गदर आंदोलन
का
इतिहास

गदर आंदोलन का इतिहास

भैरव लाल दास

प्रकाशक

प्रभात पेपरबैक्स

4/19 आसफ अली रोड, नई दिल्ली–110002

फोन : 23289777 • हेल्पलाइन नं. : 7827007777

इ–मेल : prabhatbooks@gmail.com ❖ वेब ठिकाना : www.prabhatbooks.com

संस्करण

प्रथम, 2020

मूल्य

पाँच सौ रुपए

अ.मा.पु.स. 978-93-5322-928-3

मुद्रक

आर–टेक ऑफसेट प्रिंटर्स, दिल्ली

GADAR ANDOLAN KA ITIHAS
by Shri Bhairab Lal Das

Published by **PRABHAT PAPERBACKS**
4/19 Asaf Ali Road, New Delhi-110002

ISBN 978-93-5322-928-3

₹500.00

स्मृति-शेष

प्रिय भगिनी

सुश्री आद्या (प्रिया)

को समर्पित

लेखकीय

1934 में बिहार में आए प्रलयंकारी भूकंप में पटना सिटी अवस्थित तख्त श्री हरिमंदिर साहब (पटना गुरुद्वारा) को भारी क्षति पहुँची और इसके भवन ध्वस्त से हो गए। कामागाटा मारू से प्रसिद्ध बाबा गुरदित सिंह द्वारा तख्त श्री हरिमंदिर साहब के पुनर्निर्माण, बिहार के कई स्थानों पर भूकंप पीड़ितों के सहायतार्थ जुटाए गए धन एवं किए गए कार्यों का जिक्र बिहार विधान परिषद् की काररवाई में किया गया। मुझे आश्चर्य लगा कि पंजाब का रहनेवाला व्यक्ति बिहार की विपदा के समय कैसे सामने आया? गुरदित सिंह की रिश्तेदारी बिहार विधान परिषद् के पूर्व सदस्य सरदार चंद्रमौलेश्वर प्रसाद सिंह के परिवार में हुई है।

'विप्लवी बटुकेश्वर दत्त' पुस्तक लिखते समय 'गदर आंदोलन' के बारे में पढ़ने का मौका मिला था। करतार सिंह सराभा को सरदार भगत सिंह अपना नायक मानते थे और उनकी तसवीर हमेशा अपनी जेब में रखते थे। परंतु आज की पीढ़ी, खासकर हिंदी क्षेत्र के लोग, करतार सिंह सराभा के बारे में बहुत कम जानते हैं। यह दुःखद है। भारतीय स्वतंत्रता संग्राम इतिहास के प्रखर विद्वान् मालविंदरजीत सिंह वड़ाईच का आशीर्वाद लेने मैं चंडीगढ़ स्थित उनके आवास पर पहुँचा और उनके समक्ष अपनी पीड़ा व्यक्त की। वड़ाईच साहब ने मुझे गदर आंदोलन का इतिहास लिखने की अनुमति ही नहीं दी, बल्कि कुछ महत्त्वपूर्ण स्रोत भी सामने रख दिए। गदर आंदोलन के महान् स्वतंत्रता सेनानी भगवान सिंह ज्ञानी के पौत्र सुरिंद्रपाल सिंहजी का भी मैं आभारी हूँ, जिनके दिल में भारतीय स्वतंत्रता संग्राम के योद्धाओं के लिए अपार श्रद्धा है।

गदर आंदोलन एवं भगत सिंह का इतिहास आज भी पंजाब के कण-कण में विद्यमान है। पंजाब के किसी विद्यालय में वार्षिक उत्सव भी मनाया जाता है तो उसमें भारतीय स्वतंत्रता संग्राम पर आधारित कार्यक्रम सम्मिलित रहते हैं। भावी पीढ़ी को अपना इतिहास बताने के लिए यह अनूठा राज्य है। लेकिन दूसरी कठिनाई यह है कि इतिहास

की पुस्तकें या तो पंजाबी (गुरुमुखी) गें हैं अथवा अंग्रेजी में। हिंदी में कम पुस्तकें उपलब्ध हैं।

गदर आंदोलन का अमेरिका से संबंधित इतिहास पढ़ते-पढ़ते मैं इतना विह्वल हो गया कि संबंधित जगहों को देखने की इच्छा मेरे मन में बलवती होती चली गई। स्टॉक्टन का गुरुद्वारा, ज्वाला सिंह ठट्ठियाँ का फार्म हाउस, सेन फ्रांसिस्को का वुड स्ट्रीट हॉल, न जाने कितनी जगह मेरे मस्तिष्क में घूमती रहती थीं। अमेरिका जाना आसान नहीं था। लेकिन जब दृढ़ इच्छा हो तो भगवान् भी सहयोग करने के लिए तैयार हो जाते हैं। अटलांटा से कौशल त्रिपाठीजी का आमंत्रण आया कि मुझे गदर आंदोलन पर एक भाषण देना है। सुरिंद्रपाल सिंहजी ने उनसे मेरे अध्ययन के बारे में चर्चा की थी। अब सबसे बड़ी समस्या पैसों की थी। वरिष्ठ सहकर्मी वेदप्रकाश राय के सौजन्य से कार्यालय के मेरे अधिकारी श्री सतीश कुमार सिंह से एक लाख रुपया उधार मिला। कुछ पैसों की व्यवस्था मित्र मनोज एवं संजय द्वारा की गई। वीजा, हवाई टिकट आदि की व्यवस्था भी होती चली गई। अटलांटा में सुरिंद्रपाल सिंह के घर पर ठहरा। मेरे सम्मान में उन्होंने रात्रिभोज का भी आयोजन किया, जिसमें गदर से संबंधित कई लोगों के परिवारजन सम्मिलित हुए।

कैलिफोर्निया के सेक्रेमेंटो में प्रवासी भारतीयों द्वारा गदर योद्धाओं की याद में बड़ा आयोजन प्रतिवर्ष किया जाता है और उसमें भी मुझे आमंत्रित किया गया। कार्यक्रम के पूर्व हम लोग महान् क्रांतिकारी बरकतुल्लाह साहब की मजार पर पुष्प अर्पित करने गए। बड़ा ही भावुक क्षण था। बरकतुल्लाह साहब की एक ही इच्छा थी कि उनके मृत शरीर का दफन आजाद भारत में हो। यह नहीं हो सका। कार्यक्रम का आरंभ गदर पार्टी का झंडा फहराकर किया गया। गदरियों की याद में प्रत्येक वर्ष होनेवाले इस शानदार कार्यक्रम में मुझे सम्मानित भी किया गया। इसके लिए मैं आयोजकों के प्रति, खासकर बिंद्रा साहब, कश्मीर सिंह और बिल भट्टी का सदैव आभारी रहूँगा।

कार्यक्रम के दौरान बिल भट्टी साहब से परिचय हुआ। उन्हें यह जानकर बड़ा अच्छा लगा था कि मैं 'गदर' पर पुस्तक लिख रहा हूँ और अपना पैसा खर्च कर अमेरिका आया हूँ। बिल भट्टी ने मुझे सेन फ्रांसिस्को, स्टॉक्टन आदि शहरों में अवस्थित गदर पार्टी से संबंधित जगहों को दिखाया। हमारे साथ ट्रांसपोर्ट का व्यवसाय करनेवाले सेठ सांघेराजी भी थे। हम लोग बहुत देर तक 436, हिल स्ट्रीट, सेन फ्रांसिस्को का वह मकान ढूँढ़ते रहे, जहाँ सर्वप्रथम गदर पार्टी का कार्यालय बनाया गया था। हमें निराशा हाथ लगी। मकान संख्या 436 को छोड़कर सारे मकान थे। बाद में किसी ने बताया कि वह मकान एक आयरलैंड की महिला का था, जिसने औने-पौने दाम में उस मकान को बेच दिया और उस मकान को तोड़कर दूसरे मकान में मिला लिया गया। सुनकर बड़ा

कष्ट हुआ। भारतीय स्वतंत्रता संग्राम की इन धरोहरों के प्रति हमारे नीति-निर्माताओं के मन में उचित आदर की कमी है।

सेन फ्रांसिस्को के वुड स्ट्रीट स्थित गदर कार्यालय एवं स्टॉक्टन गुरुद्वारा के गदर संग्रहालय जाकर मैं अभिभूत हो गया। सेक्रेमेंटो में मैंने जब स्टॉक्टन गुरुद्वारा दर्शन की इच्छा व्यक्त की थी तो कई लोगों ने मुझे हतोत्साहित किया कि वहाँ जाना उचित नहीं है, क्योंकि वहाँ अतिवादियों का कब्जा है। जब मैंने बिल भट्टीजी से इसका जिक्र किया तो एक सच्चे सरदार की तरह वे खड़े हो गए और कहा कि अब तो मैं आपको वहाँ जरूर ले जाऊँगा और देखता हूँ कि वहाँ कौन अतिवादी है! वास्तव में स्टॉक्टन गुरुद्वारा में मैंने ऐसी कोई स्थिति नहीं देखी, जिससे डर उत्पन्न होता हो। संग्रहालय में सिख इतिहास का जीवंत परिचय मिलता है। 1984 के दिल्ली दंगे और स्वर्ण मंदिर परिसर की सैन्य काररवाई सिख इतिहास का अंग ही है। संग्रहालय में प्रिंटिंग प्रेस मशीन अभी तक सुरक्षित एवं आदरपूर्वक रखी हुई है, जिस पर करतार सिंह सराभा एवं अन्य क्रांतिकारीगण 'गदर' अखबार का मुद्रण करते थे। वुड स्ट्रीट स्थित गदर सभागार देखने के क्रम में सेन फ्रांसिस्को में भारत के कौंसुल जनरल श्री एन. पार्थसारथी महोदय से मुलाकात का अवसर मिल गया। यह उनकी सदाशयता थी कि उन्होंने बिना किसी पूर्व सूचना के मिलने की अनुमति प्रदान की। वस्तुतः मैं उनका एवं उनके कनीय अधिकारी आनंद कुमार झा का ध्यान यूनिवर्सिटी ऑफ कैलिफोर्निया, बर्कले में रक्षित करतार सिंह सराभा से संबंधित दस्तावेजों की ओर आकृष्ट कराना चाहता था, जिसका अध्ययन किया जाना अभी भी बाकी है।

अमेरिका प्रवास के दौरान मैं कैलिफोर्निया के सनी वेल में दिवाकरजी के घर पर ठहरा। दिवाकरजी और नवनीतजी के सहयोग से अमेरिका प्रवास सुखमय रहा। वस्तुतः दिवाकरजी एवं उनकी पत्नी सौ. मुन्नी ने अमेरिका प्रवास के लिए मुझे प्रेरित ही नहीं किया, सब चिंताओं से मुक्त भी कर दिया। उनके सहयोग के बगैर मैं अमेरिका प्रवास के बारे में सोच भी नहीं सकता था। बोस्टन में अपने बालसखा और प्रसिद्ध वैज्ञानिक अजय मल्लिक के घर पर पंद्रह दिनों तक रुका। अजय एवं उसकी पत्नी श्वेता, उनके बच्चे कुश और लव के साथ कैसे पंद्रह दिन बीत गए, पता भी नहीं चला। उनकी याद हमेशा आती है। अजय की पड़ोसन रेखा भंडारी का भी शुक्रगुजार हूँ, जिन्होंने जैन मंदिर एवं बोस्टन भ्रमण में मेरी बहुत मदद की।

स्वतंत्रता संग्राम का इतिहास अध्ययन में जिन लोगों की रुचि है, उनकी एक और विशेषता है कि वे नवीन पीढ़ी को प्रेरित भी करते हैं। जवाहरलाल नेहरू विश्वविद्यालय के चमनलाल, हरियाणा के रघुवीर सिंह, पटना के कर्मेंदु शिशिर आदि के प्रति मैं शुक्रगुजार हूँ, जिन्होंने समय-समय पर प्रेरित किया। इस बीच मैं दिल्ली विश्वविद्यालय

की मेधावी प्रोफेसर सुश्री अनुभा अनुश्री के संपर्क में भी आया, जिन्होंने अपना योगदान अमेरिका के स्टेनफोर्ड विश्वविद्यालय में दिया है। मुझे विश्वास है कि मेरे गदर आंदोलन का इतिहास लेखन श्रृंखला अब आरंभ हो गई है।

गदर आंदोलन का इतिहास लिखने के लिए प्रकाशित ग्रंथ एवं अमेरिकी नागरिकों से लिये गए साक्षात्कार को ही आधार बनाया गया है। इस पुस्तक में वर्णित सारी त्रुटियों की जिम्मेदारी मेरी है। अनुरोध इतना ही है कि ज्ञानवर्धन हेतु त्रुटि की जानकारी मुझे भी देने का कष्ट करें, ताकि इसका परिमार्जन किया जा सके।

—भैरव लाल दास

पटना

अनुक्रम

गदर आंदोलन के पूर्व भारत की क्रांतिकारी गतिविधियाँ

उन्नीसवीं सदी के दूसरे दशक में भारतीयों के बीच अंग्रेजी शिक्षा का प्रसार होना आरंभ हो चुका था। इसके साथ ही पश्चिमी उदारवादी राजनीतिक शिक्षा का प्रसार, निर्वाचित जनप्रतिनिधित्व प्रणाली, नागरिक अधिकार, कानून की नजर में समानता के सिद्धांत की जानकारी भी भारतीयों को प्राप्त होने लगी। इससे पूर्व तक भारतीय जनमानस में अंग्रेजों की न्याय पद्धति के प्रति श्रद्धा तो थी, परंतु वे अपने आस-पास हो रही घटनाओं के प्रति आँख मूँदकर बैठे हुए नहीं थे। शासक वर्ग द्वारा भारतीयों के प्रति किए जा रहे दुर्व्यवहार के कारण उन्हें गुस्सा आ रहा था। उनके सामने कई ऐसे उदाहरण थे, जिनमें शासक वर्ग द्वारा कानून का उल्लंघन किए जाने के बावजूद उन्हें मामूली रूप से दंडित कर छोड़ दिया गया था। कानून तोड़नेवालों में यूरोप के प्लांटर्स और सिपाही सबसे अधिक थे।[1] उन्नीसवीं सदी के तीसरे दशक के बाद से ही भारत में राजनीतिक चेतना का विकास होना आरंभ होने लगा। पहली राजनीतिक संस्था 1838 में कलकत्ता में 'लैंड होल्डर्स सोसाइटी' के नाम से बनी, जिसका उद्देश्य बंगाल, बिहार और उड़ीसा के भूस्वामियों के हितों की रक्षा करना था।[2] 1843 में बंगाल में 'ब्रिटिश इंडियन सोसाइटी' की स्थापना हुई, जिसका श्रेय द्वारिका नाथ ठाकुर और जॉर्ज टाम्पसन को है।[3]

1851 में 'ब्रिटिश इंडियन एसोसिएशन', 1852 में 'मद्रास नेटिव एसोसिएशन' और 'बंबई एसोसिएशन' स्थापित की गईं। दादा भाई नौरोजी ने 1866 में लंदन में 'ईस्ट इंडिया एसोसिएशन' की स्थापना की, जिसकी शाखाएँ भारत के प्रमुख नगरों में गठित की गईं।[4] थियोसोफिकल सोसाइटी (ब्रह्मविद्या समाज) की स्थापना अमेरिका में रूसी महिला हेलेना पेट्रोवना ब्लोवास्की और अमेरिकी कालोनल आलकाट द्वारा 7 सितंबर, 1875 को हुई और उक्त दोनों व्यक्तियों के प्रयास से 1882 में इसका प्रधान कार्यालय मद्रास आया।[5] आनंद मोहन बोस और सुरेंद्रनाथ बनर्जी के नेतृत्व में 1876 में 'इंडिया

एसोसिएशन' का गठन किया गया। एम. वीर राघवाचारी, जी. सुब्रह्मण्यम अय्यर, आनंद चारलू आदि ने मद्रास में 1884 में 'मद्रास महाजन सभा' बनाई। फिरोजशाह मेहता, के.टी. तैलंग आदि ने 1885 में 'बंबई प्रेसीडेंसी एसोसिएशन' की स्थापना की।[6] दिसंबर 1885 में बंबई में 'भारतीय राष्ट्रीय कांग्रेस' की स्थापना हुई। अंग्रेज सरकार पंजाब के कूका विद्रोहियों के कारण भी परेशान थी। विद्रोहियों ने अंग्रेजी विद्यालयों का त्याग, विदेशी वस्तुओं का बहिष्कार, सरकारी न्यायालय एवं पोस्ट ऑफिसों का बहिष्कार, स्वदेशी नारा एवं स्वदेशी कपड़ों को पहनना आरंभ कर दिया था। अंग्रेज अधिकारियों को ऐसा लगा कि ये लोग समानांतर सरकार चला रहे हैं। मलेरकोटला नामक स्थान पर हुई हत्या के बाद लुधियाना के डिप्टी कमिश्नर कोवन ने विद्रोहियों को तोप के मुँह पर बाँधकर उन्हें उड़ा दिया था।[7]

ब्रिटेन की सम्राज्ञी द्वारा 1858 में की गई घोषणा के बावजूद शासन में भारतीयों का प्रवेश नाममात्र का ही था। 1877 में आई.सी.एस. में नियुक्ति की उम्र 21 वर्ष से घटाकर 19 वर्ष किए जाने के बाद भारतीयों के प्रशासनिक क्षेत्र में जाने के अवसर लगभग अवरुद्ध हो गए। 1878 में लॉर्ड लिटन के शासनकाल में 'आर्म्स ऐक्ट' पारित हुआ, जिसके अनुसार भारतीयों के हथियार रखने पर पाबंदी लग गई। 'इंडियन एंड वर्नाकुलर प्रेस ऐक्ट, 1878' इसी अवधि में पारित हुआ, जिसके अधीन भारतीय समाचार-पत्रों पर कई प्रकार के अंकुश लगाए गए। इससे पूर्व 1876 में 'ड्रामेटिक परफॉर्मेंस कंट्रोल ऐक्ट' पारित हुआ था, जिसमें यह प्रावधान किया गया था कि ब्रिटिश शासन के जुल्म को मंच पर नाटक के माध्यम से नहीं दिखाया जा सकता है। 1883 में यूरोपियन सदस्यों द्वारा विरोध किए जाने के कारण लॉर्ड रिपन द्वारा लाया गया 'इलबर्ट बिल' अपने पुराने स्वरूप में पारित नहीं कराया जा सका और इसको लेकर भारतीयों में हताशा उत्पन्न हुई।[8] वस्तुतः रिपन द्वारा तैयार किए गए प्रस्ताव के अनुसार 'कोड ऑफ क्रिमिनल प्रोसिज्युर' को मूल विधेयक से अलग कर दिया गया था और इसका अर्थ यह था कि न्यायालयों में जज की कुरसी पर मेधा के अनुसार भारतीय भी बैठ सकते थे।[9]

भारत के अधिक-से-अधिक आर्थिक दोहन के उद्देश्य से यहाँ के देशी उद्योगों को नष्ट कर यहाँ से कच्चा माल इंग्लैंड भेजा जाना शुरू किया गया। साथ ही पूरे देश में रेलवे का जाल बिछाया जाना भी शुरू हुआ। ब्रिटिश सरकार ने भारत के सामंतों को अपना सहयोगी बनाकर किसानों का भयानक उत्पीड़न शुरू किया। नतीजतन उन्नीसवीं सदी के अंत तक आते-आते देश के अनेक भागों में छुट-पुट विद्रोह होने लगे।[10]

उन्नीसवीं शताब्दी के अस्सी के दशक में सांस्कृतिक चेतना का विकास, पश्चिमी शिक्षा का प्रभाव और भारतीय प्रेस के उदय के कारण भारतीयों में ब्रिटिश सरकार के प्रति विरोध की मानसिकता बढ़ती चली गई। विरोध के मूल में आर्थिक शोषण और प्रशासनिक

विफलता ही थी, जिससे लोगों में हिंसक प्रतिक्रिया बलवती हुई। निलहा क्रांति, पाबना उपद्रव, संताल विद्रोह और डेक्कन विद्रोह के रूप में अंग्रेज सरकार भारतीयों की विद्रोही मानसिकता से परिचित हो चुकी थी। धार्मिक क्षेत्र में उन्नीसवीं सदी के छठे दशक में कूका विद्रोह और सातवें दशक में वहाबी आंदोलन का काफी असर पड़ा। इसी बीच जनता को बुद्धिजीवियों का आम नेतृत्व भी हासिल होता चला गया। भारत में कई संगठन बनते चले गए।[11] भारत के सशस्त्र क्रांतिकारी आंदोलन का इतिहास बहुत पुराना है। बहावियों द्वारा सितंबर 1871 में कलकत्ता में चीफ जस्टिस नार्मन की हत्या और फरवरी 1872 में अंडमान में वायसराय मेयो की हत्या क्रांति की पहली घटना थी।[12]

1885 में 'भारतीय राष्ट्रीय कांग्रेस' का जन्म हुआ। 1892 में 'इंडियन कौंसिल ऐक्ट' पारित हुआ, जिसके कारण भारतीयों को विधान परिषद् में प्रतिनिधित्व का मौका मिला। 'इंदु प्रकाश' (1893-94) में अरविंदो घोष एवं 'केसरी' (1894) में बाल गंगाधर तिलक द्वारा प्रकाशित लेख में कांग्रेस की 'प्रार्थना और याचना' नीति की खुलकर निंदा की गई। भारत का मध्य वर्ग यह महसूस करने लगा कि अंग्रेजों को भारत से भगाने के अलावा और कोई रास्ता नहीं है।[13] 31 मई, 1893 को विवेकानंद बंबई से रवाना हुए और कोलंबो, पेनांग, सिंगापुर, हांगकांग, कैंटन, नागासाकी, कोबे, ओसाका, क्योटो, टोक्यो, योकोहामा, वैंकूवर और विनिपेग होते हुए 30 जुलाई को शिकागो पहुँचे।[14] 11 सितंबर, 1893 को शिकागो के 'आर्ट इंस्टीट्यूट' के हॉल में 'विश्व धर्म सम्मेलन' आरंभ हुआ तो मंच के मध्य में रखी कुरसी पर अमेरिकी कैथोलिक चर्च के प्रमुख पादरी कार्डिनल गिबंस, उनकी दाईं बगल में सम्मेलन के अध्यक्ष चार्ल्स कैरोन बोनी और बाईं ओर अन्य धर्माधिकारी बैठे हुए थे। यद्यपि भारत की ओर से स्वामी विवेकानंद के अतिरिक्त 'ब्रह्म समाज' के प्रतापचंद्र मजूमदार, थियोसोफिकल सोसाइटी की प्रतिनिधि श्रीमती एनी बेसेंट, भारतीय ईश्वरवादियों की ओर से नगहकर और जैन धर्म के प्रतिनिधि के रूप में वीरेंद्र गांधी मंच पर विराजमान थे। 11 से 27 सितंबर तक 17 दिन चले 'विश्व धर्म सम्मेलन' में विवेकानंद ने कुल छह मानक व्याख्यान दिए। स्वामीजी के भाषण के बाद अमेरिका और यूरोप के जनमानस में भारत की तेजस्विता और गौरवशाली अतीत के प्रति लोगों का ज्वार उमड़ पड़ा और स्वामीजी का बहुत प्रचार हुआ। उनकी प्रशंसा करनेवालों में विलियम जेम्स, निकोलस टेसला, अभिनेत्री सारा बर्न हार्ड, मादाम एम्मा काल्व, एंग्लिकन चर्च, लंदन के धार्मिक चिंतक रेवरेंड कैनन विल्बर फोर्स, रेवरेंड होवीस, सर पैट्रिक गेडेस, हाइसिंथ लॉयसन, सर हाइटैम नैक्सिम, नेल्सन रॉकफेलर, लिओ टॉलस्टॉय, रोम्याँ रोलाँ आदि के नाम हैं। रोम्याँ रोलाँ ने उन्हें 'हिंदू धर्म का नेपोलियन' कहा। भारतविद् ए.एल. बाशम ने कहा कि इतिहास का पहला व्यक्ति, जिन्होंने पूर्व की आध्यात्मिक संस्कृति के मित्रतापूर्ण प्रत्युत्तर का आरंभ किया

और आधुनिक विश्व के धर्म, दर्शन और अध्यात्म को नवीन रूपाकार प्रदान करके आध्यात्मिक विश्व का नया मानचित्र तैयार किया।[15]

इस यात्रा के दौरान स्वामीजी ने मध्य पश्चिमी प्रशांत क्षेत्र और कुछ दक्षिणी क्षेत्रों का दौरा भी किया। समाचार-पत्रों में स्वामीजी की प्रशंसा में खूब समाचार छपे। नवंबर 1894 में स्वामीजी ने न्यूयॉर्क में 'वेदांत सोसाइटी' की स्थापना की।[16] अमेरिका के बुद्धिजीवियों में भारत के प्रति एक अलग सहानुभूति उत्पन्न हुई।[17] अमेरिका में रामकृष्ण मिशन आश्रम की शाखाएँ स्थापित होने लगीं। स्वामीजी के शिष्य बोधानंद, परमानंद, प्रोकाशानंद और त्रिगुनातीतानंद स्वामीजी के संदेश को अमेरिका में प्रसारित करते रहे। इस संदेश में देशभक्ति भी छिपी थी।[18]

भारत के महान् संत स्वामी रामतीर्थ ने अमेरिका की यात्रा कर वहाँ के लोगों को भारत की आत्मा का जो दिग्दर्शन कराया, उससे अमेरिका में भारतीय दर्शन की जिज्ञासा उत्पन्न हुई। दूसरी ओर भारत के शिक्षित और संभ्रांत वर्गों में भी अमेरिका और कनाडा के संबंध में अभिरुचि जगी। इसी लहर में कई भारतीय विद्यार्थी उच्च शिक्षा प्राप्त करने के लिए इन देशों को जाने लगे।[19] अमेरिका से वापस आकर अमेरिका के बारे में स्वामी रामतीर्थ ने अपने विचार स्थानीय अखबारों में लिखे और यह लेख पंजाब के युवकों तक भी पहुँचे। गरीबी से निकलने के लिए उनके पास दो ही उपाय थे—फौज में भरती हो जाना अथवा पंजाब से बाहर जाकर रोजी-रोटी की तलाश करना।[20]

स्वामी विवेकानंद के प्रसिद्ध भाषण से अमेरिका में भारत के प्रति सहानुभूति की लहर उठ गई थी। स्वामीजी के शिष्य अभेदानंद 1897 में लंदन से न्यूयॉर्क गए और मई 1906 तक वहाँ रुके। उनका भाषण देशद्रोही करार दिया गया। विवेकानंद के शिष्य स्वामी अभेदानंद द्वारा अमेरिका के विभिन्न हिस्सों में दिए गए भाषण को 1906 में प्रकाशित किया गया, जिसमें सरकार की नजर में बहुत आपत्तिजनक बातें लिखी गई थीं। बंबई सरकार द्वारा इसे प्रतिबंधित कर दिया गया।[21] 20 जून, 1899 को विवेकानंद की दूसरी पश्चिमी देशों की यात्रा कलकत्ता से आरंभ हुई। इसमें उनके साथ स्वामी तुरीयानंद और सिस्टर निवेदिता भी साथ थीं।[22] अमेरिका से वापस आने के बाद विवेकानंद ने 1897 में कलकत्ता में जो भाषण दिया, उसमें उन्होंने स्पष्ट किया कि युवकों को डरने की जरूरत नहीं है। स्वामी विवेकानंद के छोटे भाई भूपेंद्रनाथ दत्त, जो 'युगांतर' के प्रथम संपादक थे, पर मुकदमा चलाया गया था और जून 1908 में जेल से छूटने के बाद वे कुछ दिनों तक बेलूर मठ में छिपे रहे और उसके बाद अमेरिका चले गए।[23] इसी जमाने में व्यायाम तथा मानसिक उन्नति के लिए बंगाल के अनेक भागों में 'अनुशीलन समितियाँ' खुलीं और गाँव-गाँव में इसका प्रचार हुआ। अकेले ढाका में समिति की 600 शाखाएँ थीं।[24]

बुद्धिजीवियों में यह विश्वास जगा कि ब्रिटेन अब पूर्व की तरह शक्तिशाली नहीं है। फ्रांस और रूस उसके पुराने प्रतिद्वंद्वी हैं। कैसर के नेतृत्व में जर्मनी ब्रिटेन के शत्रु पक्ष में इजाफा कर रहा है। बोअर युद्ध में ब्रिटेन की हालत से लोगों में पुन: यह धारणा बनी कि वह पूर्णतया भारतीय सैनिकों पर निर्भर है। इसके अलावा उसका कोई वजूद नहीं है। कैसर की दोनों तुर्की यात्रा ने एशिया में नए उदय का संकेत दे दिया था। 9 सितंबर, 1898 को दमश्कस में दिए गए भाषण में उसने अपने आपको 'इसलाम के रक्षक का मित्र' बताया। 1897 में ग्रीक पर तुर्की की विजय हुई। 1898 में ही इथोपियन सैनिकों ने अदोवा में इटली को रौंद दिया। कुछ वर्षों बाद ही जापान ने रूस को पराजित किया। इन सब बातों का भारतीय जनमानस पर इतना गहरा असर पड़ा कि वे क्यों पश्चिम को, खासकर ब्रिटेन को शक्तिशाली मानते हैं ? और यदि अन्य देशों की स्थिति में परिवर्तन हो सकता है तो फिर भारत में क्यों नहीं ? जबकि 1857 में ही भारत में क्रांति हो चुकी थी। लोगों में यह धारणा बनी कि अलोकप्रिय शासन व्यवस्था को व्यक्तिगत क्रांति से हटाया जा सकता है और इसमें देशी राज्यों के सैनिकों की सहायता ली जा सकती है। भारतीयों के समक्ष गैरीबाल्डी के स्वयंसेवकों की कहानी और कैवोर द्वारा विदेशों से हथियार प्राप्त करने के उदाहरण थे। युवाओं के समक्ष भगवद्गीता एवं विवेकानंद के उपदेशों के अतिरिक्त मैजिनी और गैरीबाल्डी की कहानी को 'मुक्ति कौन पथे' में समाहित कर प्रस्तुत किया गया था। इसमें कहा गया था कि हथियार प्राप्त करना कठिन नहीं है, भारतीय युवकों को हथियार निर्माण के प्रशिक्षण के लिए विदेश भेजा जा सकता है। इसके अलावा भारतीय सैनिकों से भी सहायता ली जा सकती है। बंगाल के मुख्य न्यायाधीश सर लारेंस जेनकिन ने यह भी उल्लेख किया कि विदेशों से हथियार प्राप्त करने के तरीकों को भी प्रकाशित किया गया। भारतीय क्रांतिकारियों ने आयरलैंड के फेनियंस और रूस के क्रांतिकारियों के तरीकों का भी अनुसरण किया। बाल गंगाधर तिलक ने आयरलैंड के आंदोलन 'कर नहीं' देने का प्रस्ताव सीखा तो वहीं बंगालियों ने 'बहिष्कार' इनसे ही सीखा। क्रांति के लिए पैसों की व्यवस्था राजनीतिक डकैतियों से करने का तरीका उन्होंने रूसी क्रांतिकारियों से सीखा। जेम्स केरी की हत्या जब कन्हाई दत्त ने की तो उनकी तुलना पैट्रिक ओ. डॉनेल से की जाने लगी। लाला लाजपत राय द्वारा मैजिनी के जीवन पर तैयार की गई पुस्तिका और सावरकर द्वारा 'मैजिनी की आत्मकथा' क्रांतिकारियों की पसंदीदा थीं। इनमें यूरोपीय क्रांति, गैरीबाल्डी और वाशिंगटन के उदाहरण थे।[25] लॉर्ड कर्जन के वायसराय काल (1899-1905) ने भारतीय क्रांतिकारियों को फलने-फूलने और सुदृढ़ होने का लगातार अवसर दिया। कांग्रेस के प्रति सहानुभूतिपूर्ण नीति, उच्च शिक्षा के प्रचार-प्रसार पर प्रतिबंध और इसे सरकार के अधीन किया जाना, 1904 में यूनिवर्सिटी ऐक्ट पारित किया जाना, फरवरी 1905 में कलकत्ता विश्वविद्यालय में दिए गए भाषण

में बंगालियों के प्रति अभद्र भाषा का प्रयोग किया जाना और अंत में बंगाल-विभाजन इसके उदाहरण हैं।[26]

बंबई प्रेसीडेंसी के रत्नागिरि में 23 जुलाई, 1856 को जनमे बाल गंगाधर तिलक ने 1875 में पूना के डेक्कन कॉलेज से बी.ए. और 1879 में बंबई से कानून की डिग्री हासिल की। 2 जनवरी, 1880 को उन्होंने पूना में 'न्यू इंग्लिश स्कूल' की स्थापना की और 'केसरी' एवं 'मराठा' नामक समाचार-पत्रों का प्रकाशन भी आरंभ किया।[27] 1882 में कोल्हापुर राजनीतिक केस के विरुद्ध समाचार-पत्रों में टिप्पणी छापने के अभियोग में तिलक एवं दोनों समाचार-पत्रों के संपादक आगरेकर के विरुद्ध बंबई हाईकोर्ट में मुकदमा चलाया गया एवं उन्हें तीन महीने की सजा सुनाई गई। 1884 में तिलक और उनके मित्र ने 'डेक्कन एजुकेशन सोसाइटी' का गठन किया और 1885 में 'फर्ग्युसन कॉलेज' की स्थापना भी की गई।[28] 1894 के करीब श्री दामोदर चाफेकर तथा उनके भाई बालकृष्ण चाफेकर ने एक सभा बनाई, जिसका नाम 'हिंदू धर्म संरक्षिणी सभा' रखा गया। शिवाजी और गणेश उत्सव के समय वे राष्ट्रभक्ति के श्लोक गाते थे।[29]

चाफेकर बंधुओं ने 1896-97 में पूना में 'व्यायाम मंडल' की स्थापना की। वे व्यायाम और शस्त्र संचालन की शिक्षा देकर ऐसे नौजवान तैयार करना चाहते थे, जो देश के लिए प्राणों की बाजी लगाने को तैयार हों। उन्होंने बंबई में विक्टोरिया की मूर्ति के मुँह पर अलकतरा पोता। पूना में 22 जून, 1897 की रात को हीरक जयंती समारोह से लौटते हुए रैंड और एयर्स्ट नामक दो अंग्रेज अधिकारियों को गोली मार दी गई। पूना में प्लेग रोकने के नाम पर लोगों के घरों में घुसकर जोर-जबरदस्ती करने के लिए इन दोनों की बड़ी बदनामी हुई थी। सरकार ने 'व्यायाम मंडल' के सदस्यों को गिरफ्तार किया।[30] तिलक को गिरफ्तार कर लिया गया और अठारह महीने के सश्रम कारावास की सजा सुनाई गई। लेकिन बाद में छह महीने के बाद उन्हें रिहा कर दिया गया।[31]

महाराष्ट्र में लोकमान्य तिलक क्रांतिकारी विचारों के नेता बनकर उभरे और उन्होंने संपूर्ण भारत के क्रांतिकारियों को एक नवीन नेतृत्व प्रदान किया। उन्होंने अपना नेतृत्व ऐतिहासिक और धार्मिक मान्यताओं को सामने रखकर उभारा।[32] तिलक ने सितंबर 1893 और मई 1895 में गणपति और शिवाजी उत्सव मनाना आरंभ कर दिया था।[33] शिवाजी और गणपति पूजा का आरंभ कर उन्होंने अंग्रेज शासन पर विषाक्त प्रहार किया। अपने दो समाचार-पत्र 'मराठा' और 'केसरी' के माध्यम से भी तिलक ने विदेशी शासन का विरोध आरंभ किया।[34]

1896-97 और 1899-1900 में भारत में बड़े अकाल पड़े। सत्तर और अस्सी के दशक में छोटे-छोटे अकाल पड़े थे। बड़े अकाल के बारे में लॉर्ड कर्जन का आकलन था कि अकाल में भारत की संपूर्ण आबादी का एक-चौथाई भाग प्रभावित हुआ। हालाँकि

अब तक कांग्रेस से जुड़े नेताओं का ब्रिटिश सरकार पर भरोसा बना हुआ था, लेकिन नवयुवकों में आक्रोश उत्पन्न होने लगा। गौ-हत्या, एज ऑफ कंसेंट बिल और प्लेग के दौरान पुलिस द्वारा घर-तलाशी लेने के क्रम में किए जा रहे दुर्व्यवहार को रोकने में असफलता का जिम्मा लोगों ने कांग्रेस के सिर मढ़ना आरंभ कर दिया।[35] 1896-97 में ही प्लेग महामारी आई। पूना में इसे 'ताऊन' (एक प्रकार की बीमारी) नाम दिया गया और यह 1897 में भयंकर रूप से फैल रहा था। बीमारों की घर-घर में तलाशी होने लगी और जबरदस्ती घर खाली कराए जाने लगे। मिस्टर रैंड नामक अंग्रेज इस कार्य के लिए विशेष रूप से तैनात होकर आए थे। ये कड़े मिजाजी या बदमिजाजी अधिकारी थे, जिनके व्यवहार से आम जनता में भयंकर असंतोष फैला और रैंड को सार्वजनिक शत्रु करार दिया गया। 4 मई, 1897 को बाल गंगाधर तिलक ने अपने अखबार 'केसरी' में इस आशय का लेख लिखा कि बीमारी तो केवल एक बहाना है, वास्तव में सरकार लोगों की आत्मा को कुचलना चाहती है।[36]

22 जून, 1897 को साम्राज्य में महारानी विक्टोरिया का '60वाँ राज्याभिषेक दिवस' मनाया जा रहा था। पूना शहर में भी उत्सव हो रहा था। शहर में रोशनी, आतिशबाजी का दौर चल रहा था। दो गोरे ऑफिसर मिस्टर रैंड और लेफ्टिनेंट एयर्स्ट खुशी से मस्त झूमते हुए गणेशकुंड से लौट रहे थे। दोनों गोरे ऑफिसरों को क्रांतिकारियों ने गोली मार दी और वे चीख पड़े। उनकी मृत्यु हो गई। इन क्रांतिकारियों में से एक का नाम था—दामोदर चाफेकर। इसने ब्रिटिश साम्राज्यवाद की छाती पर पहली गोली मारी थी। हत्या के अभियोग में पकड़े जाने पर चाफेकर ने अदालत में कबूल किया कि हत्या जानबूझकर की गई। इससे पहले बंबई में महारानी विक्टोरिया की मूर्ति के मुँह पर तारकोल पोतनेवाला भी वही था। इसका उद्देश्य यह था कि आर्य भ्राताओं के दिल में उत्साह की लहर पैदा हो और हम लोग विद्रोह का टीका माथे पर लगाएँ। चाफेकर बंधुओं को फाँसी की सजा हुई।[37] अंग्रेज अधिकारियों की हत्या का अपराधी करार देकर दामोदर हरि चाफेकर, बालकृष्ण चाफेकर, वासुदेव चाफेकर और महादेव विनायक रानाडे को 18 अप्रैल, 1898 को फाँसी दे दी गई। एक को आजीवन कारावास का दंड दिया और पूना के दो प्रतिष्ठित नागरिक नाटू बंधुओं को 'देश-निकाला' दे दिया।[38] 8 फरवरी, 1899 को 'व्यायाम मंडल' के सदस्यों ने उन द्रविड़ बंधुओं को मृत्युदंड दे दिया, जिन्होंने बीस हजार रुपए के इनाम के लालच में चाफेकर बंधुओं को गिरफ्तार कराया था।[39]

लॉर्ड कर्जन द्वारा लिये गए निर्णय के अनुसार 1901 में 'नॉर्थ-वेस्ट वेस्टर्न फ्रांटियर प्रोविंस' नामक नए प्रांत का गठन पंजाब को विभाजित कर किया गया और इसका व्यापक असर पंजाब की राजनीति पर पड़ा। रूस पर जापान जैसे छोटे देश की विजय

होना पंजाब के सुदूर देहात में बसे गाँवों में चर्चा का विषय बना। बंगाल-विभाजन एवं महाराष्ट्र में क्रांतिकारी घटनाओं का असर भी पंजाब के जनमानस पर पड़ा।[40]

वारींद्र कुमार घोष का जन्म 1880 में इंग्लैंड में हुआ था। ये श्री अरविंदो के भाई थे और दोनों डॉ. डी.के. घोष के लड़के थे। श्री अरविंदो की सारी शिक्षा इंग्लैंड में ही हुई थी। वे कैंब्रिज विश्वविद्यालय से 'क्लासिकल ट्रिपोज' की परीक्षा में प्रथम श्रेणी में उत्तीर्ण हुए थे। इनका चयन आई.सी.एस. में हो गया था, किंतु घोड़े की सवारी नहीं आने के कारण इनका चयन अंतिम रूप से नहीं हुआ। 1903 में वारींद्र बंगाल आए, लेकिन स्थिति अनुकूल नहीं देखकर अपने भाई श्री अरविंदो के पास पुनः वापस बड़ौदा चले गए। श्री अरविंदो उस समय बड़ौदा कॉलेज में वाइस प्रिंसिपल थे। 1904 में वे पुनः बंगाल आए। इन्हें गिरफ्तार कर लिया गया और 22 मई, 1908 को मजिस्ट्रेट के सामने बयान दिलाया गया।

बंगाल में नव गोपाल मित्र, राज नारायण बोस एवं रवींद्रनाथ टैगोर द्वारा युवाओं को लगातार उत्साहित किया जा रहा था, जिन्हें बंकिम चंद्र चटर्जी, विवेकानंद और जापानी विद्वान् काकुजो ओकाकुरा के संदेश बताए जा रहे थे। ओकाकुरा 1900-01 में भारत आए और उनके साथ हुई बातचीत से क्रांतिकारियों को नया मनोबल मिला। उन्हें विश्वास हुआ कि ब्रिटेन के विरुद्ध जापान सहायता दे सकता है।[41] (महर्षि) अरविंद के भाई वारींद्र घोष द्वारा कलकत्ता में 'युगांतर' अखबार के प्रकाशन का मुख्य उद्देश्य अंग्रेज शासन का विरोध करना था। 'वंदे मातरम्', 'स्वराज्य' एवं 'न्यू इंडिया' अखबारों में बिपिन चंद्र पाल एवं अरविंदो घोष द्वारा लिखे जानेवाले लेख से क्रांतिकारियों को एक नई दिशा मिलती थी।[42] बंग-भंग लॉर्ड कर्जन के दिमाग की उपज थी। जुलाई 1905 में इसकी घोषणा हुई। इसके विरोध में 'स्वदेशी' का नारा दिया गया। बंग-भंग के बाद पंजाब की क्रांतिकारी गतिविधियों में भी तेजी आई। पंजाब के क्रांतिकारी सतीशचंद्र घोष, इंद्रकांत वगैरह के जरिए बंगाल के क्रांतिकारियों के साथ घनिष्ठ संपर्क रखते थे। उनका नेतृत्व लाला हरदयाल के हाथों में था। पुलिस प्रतिवेदन के अनुसार, अजीत सिंह लाहौर में यूरोपियों को पूर्वी भाषाएँ पढ़ाया करते थे।[42ए]

बंगाल के सतीश चंद्र बसु और इनके साथियों ने लाठी वगैरह चलाना सिखाने के लिए कलकत्ता की मदन मित्र लेन में एक छोटा क्लब खोला था। इसका नाम रखने का सवाल आया तो बसु के विवरण के अनुसार, नरेन भट्टाचार्य (बाद में 'एम.एन. राय' के नाम से विख्यात) ने 'अनुशीलन समिति' नाम सुझाया। इस बीच अरविंद घोष, जो बड़ौदा कॉलेज में वाइस प्रिंसिपल थे, महाराष्ट्र के ठाकुर साहब के 'क्रांतिकारी दल' में शामिल हो चुके थे। उन्होंने 1902 में जतींद्रनाथ बंद्योपाध्याय (जतीन उपाध्याय) को क्रांतिकारी संगठन की नींव डालने के लिए बंगाल भेजा। 'अनुशीलन समिति क्लब' में

ट्रेनिंग देनेवालों में वारींद्र घोष, अविनाश भट्टाचार्य और पंडित सखाराम गणेश देउस्कर आदि थे। 1905 में 'भवानी मंदिर' नामक पहली पुस्तक प्रकाशित की गई। 'वर्तमान रणनीति' उनकी दूसरी पुस्तक थी। मार्च 1906 में 'युगांतर' नामक अखबार का प्रकाशन आरंभ किया गया। 'युगांतर' के कई चुने लेखों का संग्रह 'मुक्ति कौन पथे' नामक पुस्तक में प्रकाशित हुआ था।[43]

1906 के आरंभ में लाहौर के एक अंग्रेज पत्रकार ने अपने नौकर को गोली मार दी। लेकिन उसे सिर्फ छह माह की सजा दी गई। जूरियों ने राय दी कि पत्रकार ने जानबूझकर गोली नहीं चलाई थी। रावलपिंडी में रात के समय एक ट्रेन से उतरकर दूसरी ट्रेन की प्रतीक्षा करनेवाली एक औरत को स्टेशन मास्टर के कमरे में ले जाकर गोरे असिस्टेंट स्टेशन मास्टर ने बलात्कार किया। उस पर और उसके नौकर पर मुकदमा चला, किंतु दोनों निर्दोष करार देकर छोड़ दिए गए। कहा गया कि सबकुछ औरत की रजामंदी से हुआ, अतः बलात्कार न था।[44] सहारनपुर के बंगाली प्रवासी जतींद्र मोहन चटर्जी और कुछ नौजवानों ने मिलकर 1904 में एक गुप्त सोसाइटी बनाई और धमोला नामक नदी के किनारे प्रतिज्ञा की थी कि वे देश की स्वाधीनता के लिए अपना जीवन बलिदान कर देंगे। वे शीघ्र ही अपना दफ्तर रुड़की ले गए[44क] और खासकर इंजीनियरिंग कॉलेज के छात्रों को अपने साथ लिया। शीघ्र ही उनके साथ लाला हरदयाल, अजीत सिंह और सूफी अंबा प्रसाद आ मिले।[44ख]

6 दिसंबर, 1907 को गवर्नर की गाड़ी अपने पथ पर मिदनापुर के पास से जा रही थी। एक जोर का धमाका हुआ और गाड़ी पटरी से उतर गई। लाट साहब बाल-बाल बच गए। धमाके में पाँच फीट चौड़ा और पाँच फीट गहरा गड्ढा हो गया। 1907 के अक्तूबर में ढाका जिले के निताईगंज नामक स्थान में एक आदमी को छुरा मारकर लूट लिया गया। 23 दिसंबर, 1907 को ढाका के भूतपूर्व जिला मजिस्ट्रेट मिस्टर एलन की पीठ पर गोली मारी गई, लेकिन बाद में वे बच गए। 11 अप्रैल, 1908 को चंदन नगर के फ्रेंच मेयर के घर पर बम डाला गया, पर कोई मरा नहीं। इस मेयर ने फ्रेंच भारत से गुप्त रूप से अस्त्र-शस्त्र मँगाने का रास्ता बंद कर दिया था।[45] वारींद्र ने 'युगांतर' अखबार निकाला। 1907 में इसके ग्राहकों की संख्या लगभग 7000 थी। 1908 में इसकी बिक्री और बढ़ गई। किंतु इसी समय 'न्यूजपेपर इनसाइटमेंट टू ऑफेंसेज ऐक्ट' के अनुसार इसे बंद करने का आदेश सरकार की ओर से दिया गया। चीफ जस्टिस सर लारेंस जेंकिंस ने 'युगांतर' की फाइलों के संबंध में बताया कि "इनकी हर एक पंक्ति से अंग्रेजों के प्रति विद्वेष टपकता है। हर एक शब्द से क्रांति के लिए उत्तेजना झलकती है। इसमें बताया गया है कि क्रांति कैसे होगी ?[46] वारींद्र घोष ने अपने मित्र भूपेंद्रनाथ दत्त और अविनाश भट्टाचार्य की सहायता से 'युगांतर' प्रकाशित किया और लगभग डेढ़ साल तक चलाया,

फिर इसे इसके प्रकाशक को सौंप दिया। 1907 में 14–15 युवकों को संगठित किया और इन्हें क्रांति की शिक्षा दी।[47] वे अस्त्र-शस्त्र भी इकट्ठा करने लगे। अब तक इन्होंने 11 पिस्तौल, चार राइफल और एक बंदूक एकत्र कर लिये थे। उनके संगठन में एक युवक उल्लासकर दत्त भी था। अपने घर में उसने एक अस्थायी प्रयोगशाला विकसित की और वहाँ पर उसने बम बनाना सीख लिया था। इनकी मदद से 32 नंबर, मुरारी पुकुर रोड, कलकत्ता के एक मकान में बम बनाने का कार्य प्रारंभ हो गया था। इनके एक मित्र हेमचंद्र दास अपनी पूरी जायदाद बेचकर पेरिस जाकर मेकैनिक बन गए और उन्होंने बम बनाना सीख लिया था। मजिस्ट्रेट के समक्ष उन्होंने अपने बयान में कहा कि 'हम नहीं समझते कि राजनीतिक हत्याओं से आजादी किस प्रकार आएगी? हम हत्याएँ इसलिए करते हैं कि हम समझते हैं कि जनता को इसकी आवश्यकता है।'[48] उपेंद्रनाथ बनर्जी एक प्रसिद्ध लेखक थे और उन्होंने भी कोर्ट में अपना क्रांतिकारी बयान दिया था। वारींद्र घोष जिस षड्यंत्र में पकड़े गए, वह भारतीय इतिहास में 'अलीपुर षड्यंत्र केस' नाम से विख्यात हुआ।[49]

'अलीपुर षड्यंत्र' में 34 आदमी पकड़े गए। नरेन गोसाईं मुखबिर बन गया और उसे 'अलीपुर षड्यंत्र केस' से 30 जून, 1908 को माफी दे दी गई। पुलिस को इनकी सुरक्षा की चिंता बनी रहती थी, इसलिए गोसाईं को जेल में ही रखा गया, सिर्फ जेल के अस्पताल में इन्हें भेज दिया गया। पुलिस अब इनकी सुरक्षा को लेकर आश्वस्त हो गई। लेकिन क्रांतिकारी गोसाईं को मारने का संकल्प कर चुके थे। जेल के अंदर किसी की हत्या करना एक कठिन काम था। कहा जाता है कि मछली या कटहल के बीच में चाकू और पिस्तौल जेल के अंदर लाया गया। इस काम में क्रांतिकारियों से सहानुभूति रखनेवाले जेल के कुछ कर्मचारियों की मिलीभगत की भी चर्चा हुई।[50] पहले सत्येन ने खाँसी की बीमारी का बहाना बनाया और जेल अस्पताल के अंदर चले गए। बाद में कन्हाई लाल ने पेट की बीमारी एवं दर्द की शिकायत जेल अधिकारियों से की और उन्हें भी अस्पताल में भरती कराया गया। कन्हाई लाल की हालत देखकर डॉक्टर ने बताया कि यह कैदी अब कुछ ही दिनों का मेहमान है।[51]

इससे पहले से ही सत्येन क्रांतिकारी जीवन से ऊब चुकने की बात जेल के कई कर्मचारियों को बताया करता था। कई अवसरों पर वह यह भी प्रकट कर चुका था कि वह नरेन की तरह पुलिस का मुखबिर बनना चाहता है और वह विभिन्न लोगों की सहायता से यह संकेत नरेन को दिया करता था। सत्येन के अभिनय से जेलर के साथ-साथ अस्पताल के लोग भी प्रभावित हो गए। बुलाने पर नरेन गोसाईं सत्येन से मिलने अस्पताल आया, परंतु उसके साथ जेलर भी था। नरेन के सामने आते ही सत्येन ने गोली चला दी। लेकिन गोली नरेन के पाँव में लगी और वह भागा। स्थिति को देखकर कन्हाई

ने पीछा गया। बीच में एक फाटक पड़ता था, नरेन फाटक के उस पार चला गया। कन्हाई के लिए यह पता करना मुश्किल होता जा रहा था कि नरेन किस ओर भागा है। लेकिन पहरेदार ने फाटक खोल दिया और इशारा भी किया कि नरेन उधर गया है। कन्हाई दौड़कर नरेन के नजदीक आया और गोलियों से उसे छलनी कर दिया।[52]

नरेन की हत्या की खबर ने क्रांतिकारियों में एक नए उत्साह का संचार किया। सुरेंद्रनाथ बनर्जी ने बंगाली दफ्तर में मिठाई बाँटीं और इसे 'राष्ट्रीय विजय' की संज्ञा दी। हत्या के अभियोग में 10 नवंबर, 1908 को सत्येन और कन्हाई को फाँसी की सजा दे दी गई।[51] 10 फरवरी, 1909 को 'अलीपुर षड्यंत्र' के सरकारी वकील को जान से मार डाला गया। 24 फरवरी, 1910 को अदालत के सामने इस कांड की देख-रेख कर रहे डी.एस.पी. को गोली मार दी गई।[53]

दसवीं जाट रेजीमेंट में बगावत

राष्ट्रवादी क्रांतिकारियों ने 10वीं जाट रेजीमेंट को अपनी तरफ मिलाकर गवर्नर जनरल, प्रधान सेनापति और ब्रिटिश हुकूमत के अन्य उच्च अधिकारियों को खत्म कर देने की योजना बनाई थी। 1905 के 'बड़ा दिन' के अवसर पर बंगाल के गवर्नर की कोठी में वॉल डांस का इंतजाम था। इसमें वायसराय मिंटो, प्रधान सेनापति और अन्य सभी उच्च अधिकारियों को आमंत्रित किया गया था। क्रांतिकारियों ने नृत्य के उस हॉल को ही उड़ा देने की योजना बनाई थी, ताकि ब्रिटिश हुकूमत के सारे अधिकारी खत्म हो जाएँ। उस वक्त पहरा देने के लिए 10वीं जाट रेजीमेंट तैनात की जानेवाली थी। क्रांतिकारियों ने उसे अपने पक्ष में मिला लिया था।[54]

इस रेजीमेंट के एक सैनिक ने आखिर में गद्दारी की और इस योजना की सूचना अधिकारियों को दे दी। फलतः इस रेजीमेंट के 25 सैनिकों पर अदालत में मुकदमा चलाया गया था और उन पर क्रांतिकारी दल होने का अभियोग लगाया गया। लेकिन कलकत्ता में उस समय रूस के प्रधान वाणिज्य दूत अरसेनिया द्वारा 6 फरवरी, 1910 को पीट्र्सबर्ग भेजे संवाद के अनुसार 42 सैनिकों पर मुकदमा चलाया गया।[55] क्रांतिकारी होतीलाल वर्मा के अनुसार, वे स्वयं अलीपुर स्थित जाट रेजीमेंट में जाया करते थे और इस संबंध में हावड़ा के डॉ. शरतचंद्र मित्तर पर भी मुकदमा चला था।[56] वारींद्र घोष और उनके साथियों ने कई नवयुवकों, 11 रिवॉल्वर, 4 राइफल और एक बंदूक इकट्ठा की और धार्मिक एवं शारीरिक शिक्षा आरंभ की।[57] बंगाल में कई गुप्त समितियों का गठन हुआ। बंगाल के लेफ्टिनेंट गवर्नर की हत्या के कई षड्यंत्र रचे गए। इस गुट में शामिल होनेवाले उल्लासकर दत्त ने बम बनाना सीखा था। उनकी सहायता से कलकत्ता के मानिकतला में 32, मुरारी पुकुर रोड के बगीचेवाले मकान में बम बनाने का छोटा सा

कारखाना खोला गया। उनके साथ हेमचंद्र दास (कानूनगो) आ मिले, जिन्होंने अपनी सारी संपत्ति बेचकर रूस जाकर बम बनाने की कला सीखी थी।[58]

इस गुट ने पहला बम पूर्व बंगाल के अत्याचारी लेफ्टिनेंट गवर्नर सर बैमफील्ड फुलर को मार डालने के लिए तैयार किया था। इस काम को पूरा करने का भार स त्रह वर्ष के नौजवान प्रफुल्ल चाकी को सौंपा गया था, किंतु वह सफल न हो सके। इसके बाद 6 दिसंबर, 1907 को बंगाल के लेफ्टिनेंट गवर्नर की ट्रेन मेदिनीपुर के पास उड़ा देने की कोशिश की गई, किंतु ट्रेन सिर्फ पटरी से उतरकर रह गई। कोई हताहत नहीं हुआ। 11 अप्रैल, 1908 को चंद्रनगर के फ्रांसीसी मेयर को बम मारकर खत्म करने का प्रयत्न किया गया। 30 अप्रैल, 1908 को मुजफ्फरपुर में खुदीराम बोस और प्रफुल्ल चाकी ने जिला जज डी.एच. किंग्सफोर्ड को खत्म करने के लिए बम फेंका। किंग्सफोर्ड ने कलकत्ता के चीफ प्रेसीडेंसी मजिस्ट्रेट की हैसियत से क्रांतिवादी पत्र 'युगांतर', 'वंदे मातरम्', 'संध्या' और 'नवशक्ति' से संबंधित लोगों को सजाएँ दी थीं। 26 अगस्त, 1907 को अरविंद घोष पर 'वंदे मातरम्' के सिलसिले में चले मुकदमे के दौरान अदालत के भीतर और बाहर जो गड़बड़ी हुई थी, उसके सिलसिले में गिरफ्तार सुशील कुमार सेन को किंग्सफोर्ड ने दूसरे दिन 15 बेंत मारने की सजा दी थी। क्रांतिकारियों के अनुसार इन्हीं कारणों से किंग्सफोर्ड को खत्म कर देने का फैसला किया गया था।[59] मुजफ्फरपुर में किंग्सफोर्ड की ही घोड़ागाड़ी की तरह घोड़ागाड़ी को क्लब से लौटते देख खुदीराम बोस और प्रफुल्ल चाकी ने उस पर बम चलाया। दुर्भाग्य कि उस गाड़ी में राष्ट्रीय आंदोलन से हमदर्दी रखनेवाले मिस्टर कैनेडी की पत्नी और पुत्री थीं। पुत्री तुरंत मारी गई और पत्नी ने बम आघात से 28 घंटे बाद दम तोड़ दिया। किंग्सफोर्ड ठीक वैसी ही गाड़ी में कुछ पीछे आ रहा था, वह साफ बच गया। खुदीराम बोस और प्रफुल्ल चाकी भाग निकले, लेकिन पुलिस के जाल से वे बच न सके। खुदीराम को 1 मई को वाइनी स्टेशन पर गिरफ्तार कर लिया गया और उन्हें 11 मई, 1908 को फाँसी दी गई। प्रफुल्ल चाकी को समस्तीपुर स्टेशन पर 2 मई, 1908 को बीरभूम जिला पुलिस के एक सब-इंस्पेक्टर ने पहचान लिया। उसने मोकामा स्टेशन पर दूसरे पुलिस अफसरों के साथ मिलकर उन्हें गिरफ्तार करने की कोशिश की। गिरफ्तारी से बचने के लिए चाकी ने अपनी पिस्तौल की आखिरी गोली स्वयं मार ली।[60]

सरकार लाला लाजपत राय को पंजाब के सारे क्रांतिकारी आंदोलन का मस्तिष्क और अजीत सिंह को उनका दाहिना हाथ समझती थी। इसलिए उन दोनों को गिरफ्तार करने और मांडले ले जाकर नजरबंद करने के वारंट 7 मई, 1907 को जारी किए गए। लाला लाजपतराय को 9 मई को लाहौर में उनके घर से गिरफ्तार किया गया, किंतु अजीत सिंह फरार हो गए। उन्हें 2 जून को अमृतसर में गिरफ्तार किया गया।[61] 1909 में

लाहौर में बहुत सी पुस्तक–पुस्तिकाएँ प्रकाशित हुईं, जो क्रांतिकारी सिद्धांतों का प्रचार करती थीं। इन पुस्तकों के प्रकाशन और वितरण के लिए जिम्मेदार मुख्यतः लालचंद फलक, अजीत सिंह, उनके दो भाई किशन सिंह और सोरबन सिंह तथा अंबाप्रसाद थे। लालचंद फलक कवि थे। उन्होंने 1907 के आंदोलन में हिस्सा लिया था और लाहौर के हंगामे में उन्हें सजा भी हुई थी, लेकिन अपील करने पर वह छूट गए थे।[62]

सूफी अंबाप्रसाद संयुक्त प्रदेश के मुरादाबाद के रहनेवाले थे। उन्हें 1897 में राजद्रोह के अभियोग में 18 महीने की कड़ी सजा हुई थी। 1901 में फिर उन्हें मानहानि, धमकी और जाली दस्तावेज को असली बताने के अभियोग में दंड मिला था। 10 फरवरी, 1907 को वह जेल से रिहा किए गए थे। लालचंद फलक और अंबाप्रसाद दोनों अजीत सिंह की क्रांतिकारी संस्था 'मुहिब्बाने वतन' के सदस्य थे। अंबाप्रसाद उर्दू के बड़े अच्छे लेखक थे। अजीत सिंह और उनके भाई जिन पुस्तकों का वितरण करते थे, उनमें से अधिकांश के लेखक अंबाप्रसाद थे। इन पुस्तकों के प्रकाशन और वितरण के लिए लालचंद फलक ने लाहौर में 'वंदेमातरम् बुक एजेंसी' और अजीत सिंह ने 'भारतमाता बुक एजेंसी' खोल रखी थी।[63]

नवंबर 1909 में अजीत सिंह, अंबाप्रसाद, सोरबन सिंह, लालचंद फलक और किशन सिंह पर मुकदमा चलाया गया। अजीत सिंह और अंबाप्रसाद फरार होकर फारस चले गए। सोरवन सिंह बीमार थे, इसलिए उनके ऊपर से मुकदमा हटा लिया गया तथा अगले साल उनकी मृत्यु भी हो गई। लालचंद फलक को चार साल की और किशन सिंह को दस महीने की सजा दी गई।[64] नवंबर 1909 में अजीत सिंह की 'भारतमाता बुक एजेंसी' की तलाशी ली गई। वहाँ भाई परमानंद भी रहते थे और उनके संदूक में बम बनाने की पुस्तिका और क्रांतिकारी योजनाओं के कुछ कागजात पाए गए थे। भाई परमानंद 1907 में लंदन में किंग्स कॉलेज में इतिहास पढ़ते थे, उस वक्त लाजपतराय ने उन्हें ये पत्र लिखे थे। लाला हरदयाल अगस्त 1908 में भारत छोड़कर यूरोप चले गए और अपने क्रांतिकारी गुट का नेतृत्व दिल्ली के मास्टर अमीरचंद के हाथों में छोड़ गए। हरदयाल के दूसरे शिष्य सहारनपुर के ज्योतिंद्र मोहन चटर्जी और लाहौर के दीनानाथ थे। ये लोग परस्पर मिलकर काम करते थे। चटर्जी भी जल्दी ही इंग्लैंड चले गए और दीनानाथ का संपर्क रासबिहारी बोस से करा गए। 1910 में बोस लाहौर गए और हरदयाल के गुट का नेतृत्व अपने हाथ में लिया। उस वक्त बोस देहरादून के 'इंपीरियल फोरेस्ट इंस्टीट्यूट' में क्लर्क थे।[65] सावरकर ने पूना के फर्ग्युसन कॉलेज में शिक्षा पाई थी और बंबई विश्वविद्यालय से बी.ए. की डिग्री ली थी। वे नासिक जिले के रहनेवाले थे। 1905 में वे श्री अगम्य गुरु परमहंस के प्रभाव में आ गए थे। गुरु ने एक–एक आना चंदा इकट्ठा करने की सलाह दी थी और कहा था कि सरकार से डरो मत। पूना में

नौ आदमियों की कमेटी बनाई गई। इनके भाई गणेश दामोदर सावरकर ने 'तरुण भारत सरकार' की स्थापना की थी।[66] नासिक में गणपति उत्सव मनाने के सिलसिले में 'मित्र मेला' की स्थापना हुई और 1904 में सावरकर-बंधु (गणेश और दामोदर) उसके प्रमुख सदस्य बन गए। इसी 'मित्र मेला' से 1907 तक 'अभिनव भारत' नाम की गुप्त संस्था का जन्म हुआ। इस संस्था की शाखाएँ महाराष्ट्र के कई जगहों में फैलती चली गईं। उसने सभाओं, पुस्तिकाओं, गणपति और शिवाजी के उत्सवों, गीतों आदि द्वारा सशस्त्र संग्राम के जरिए महाराष्ट्रवासियों के मन में देश को स्वतंत्र करने की भावना का सतत प्रयास किया। 'अभिनव भारत' का फैलाव कर्नाटक, मध्य प्रदेश और दिल्ली तक हो गया। उसने बंगाल के क्रांतिकारियों से भी संबंध स्थापित किया। उसने देश-विदेश से तरह-तरह के अस्त्र-शस्त्र इकट्ठा करने की कोशिश की।[67] 1906 में विनायक दामोदर सावरकर लंदन चले गए। उस समय उनकी उम्र मात्र 22 साल थी।[68]

जिस समय विनायक इंग्लैंड गए, सावरकर बंधुओं में सबसे ज्येष्ठ गणेश दामोदर सावरकर 'मित्र मेला' नामक संस्था के नेता थे और गणेश नासिक में इस संस्था के व्यायाम इत्यादि के शिक्षक थे। वर्ष 1908 में मराठी कविता लिखने एवं उनके संगठन 'लघु अभिनव भारत मेला' के कृत्यों के आरोप में दफा 121 के तहत इन पर मुकदमा चलाया गया और नासिक में 9 जून, 1909 को इन्हें आजीवन निर्वासन का दंड दिया गया। गणेश सावरकर पर निचली अदालत में मुकदमा करनेवाले अंग्रेज का नाम जैक्सन था।[69] जैक्सन ने बाबाराव सावरकर (सावरकर के बड़े भाई) की 'लघु अभिनव भारतमाता' कविता पर भी रोक लगाई थी। इन्हें बेड़ियों में जकड़कर रोड पर घुमाया गया।[70] 18 नवंबर, 1909 को बंबई हाईकोर्ट ने उनकी अपील बरखास्त कर दी और सजा बहाल रखी।[71]

क्रांतिकारी अनंत लक्ष्मण कन्हारे का जन्म महाराष्ट्र के रत्नागिरि जिले के आयनी मेटे नामक गाँव में हुआ था। इनकी पढ़ाई औरंगाबाद और फिर नासिक में हुई। वीर सावरकर द्वारा स्थापित 'अभिनव भारत' नामक संस्था के ये सदस्य बने।[72] जैक्सन को प्रोन्नति देकर बंबई का आयुक्त बनाया गया था और वे नासिक से बंबई जाने की तैयारी कर रहे थे।[73] जैक्सन नाटकों का शौकीन था। नाटक मंडली अपने नाटक का विमोचन जैक्सन से करवाकर उन्हें विदाई देनेवाली थी। जैक्सन के विदाई समारोह में 21 दिसंबर, 1909 की रात को एक नाटक खेला जा रहा था।[74] ये तीनों क्रांतिकारी विजयानंद नाट्यगृह में जाकर बैठ गए। जैक्सन के नजदीक कान्हा बैठा था। ज्यों ही जैक्सन इसे देखने के लिए फाटक पर पहुँचा, अनंत लक्ष्मण कन्हारे ने ब्राउनिंग पिस्तौल से गोली दाग दी। किंतु निशाना चूक गया। दूसरी गोली बाँह पर लगी और जैक्सन नीचे गिर गया। शुरू में लोगों को लगा कि जैक्सन के स्वागत में पटाखे चलाए जा रहे हैं। कन्हारे ने

कई गोलियाँ जैक्सन को मारीं। नासिक के क्रांतिकारियों के कर्वे गुट ने जिला मजिस्ट्रेट जैक्सन की हत्या कर गणेश सावरकर के निर्वासन का बदला चुकाया। गोलीबारी के बाद क्रांतिकारियों को गिरफ्तार कर लिया गया।[75]

जैक्सन की हत्या के अपराध में सात आदमियों पर मुकदमा चलाया गया, जिनमें से तीन को फाँसी दे दी गई। नासिक में एक षड्यंत्र केस चला, जिसमें 38 आदमियों पर मुकदमा चला। उसमें से 27 आदमी दोषी ठहराए गए और उन्हें सजा हुई।[76] 19 अप्रैल, 1910 को ठाणे की जेल में तीनों क्रांतिकारियों अनंत लक्ष्मण कन्हारे, विनायक देशपांडे और कृष्ण गोपाल कर्वे को फाँसी दी गई। फाँसी के समय अनंत लक्ष्मण कन्हारे की उम्र 18 वर्ष थी।[77] विनायक दामोदर सावरकर को लंदन से गिरफ्तार कर नासिक लाया गया और 37 आदमियों के साथ 'नासिक षड्यंत्र' केस चलाया गया। दिसंबर 1910 में विनायक सावरकर को आजीवन निर्वासन का दंड दिया गया।[78] जिस पिस्तौल से जैक्सन को मारा गया, वह पिस्तौल सावरकर ने इंग्लैंड से भेजा था। बाद में 13 मार्च, 1910 को लंदन में सावरकर को गिरफ्तार कर लिया गया। उन्हें भारत लाकर उन पर दो मुकदमे चलाए गए और अंत में उन्हें दो आजीवन कारावास की सजा सुनाई गईं।[79] लंदन से सावरकर ने कई हथियार इस संस्था को भेजे थे। पांडुरंग महादेव बापट को 'अभिनव भारत' ने रूसी क्रांतिकारियों से बम बनाने की कला सीखने के लिए पेरिस भेजा था। वहाँ हेमचंद्र दास और मिर्जा अब्बास के साथ उन्होंने यह कला सीखी।[80] गिरफ्तारी से पहले ही गणेश सावरकर को इस बात की सूचना मिल गई कि अमुक जहाज से हथियार आ रहा है और उन्होंने इसकी सूचना अपने मित्र को दे दी।[81]

बनारस में 1907 में 'शिवाजी महोत्सव' मनाया गया और एक जुलूस निकालने की तैयारी की गई।[82] इस समारोह में पंडित सुंदरलाल ने क्रांतिकारी भाषण दिया, जिसके कारण पुलिस ने जुलूस निकालने की आज्ञा ही नहीं दी। सुंदरलाल ने 1909 में इलाहाबाद से 'कर्मयोगी' निकाला। इसकी घोषणा 'अभ्युदय' के 23 जुलाई, 1909 के अंक में की गई।[83]

कलकत्ता के नेशनल कॉलेज के प्राध्यापक पंडित मोक्षदा चरण समध्याय के घनिष्ठ सहयोगी सुरानाथ भादुड़ी अप्रैल 1908 में बनारस आए और शचींद्र नाथ सान्याल की मदद से बंगाल के बाहर भी 'अनुशीलन समिति' की स्थापना की।[84] उस वक्त सान्याल बंगाली टोला हाई स्कूल के एंट्रेंस के छात्र थे। पुलिस का ध्यान इस नाम की तरफ जाते ही उसे बदलकर 1910 में 'युवक समिति' कर दिया गया। सान्याल ने कलकत्ता के पत्रकार माखन लाल सेन की मार्फत बंगाल के क्रांतिकारियों के साथ संपर्क स्थापित किया। रासबिहारी बोस को पुलिस 'दिल्ली षड्यंत्र केस' में सारे भारत में खोज रही थी। वे प्राय: एक साल तक बनारस में रहे, लेकिन पुलिस को उनका पता न लगा।

18 नवंबर, 1912 को बम का प्रशिक्षण देने के क्रम में रासबिहारी बोस के घर में एक बम फट गया और इसके बाद रासबिहारी बोस को अन्यत्र जाना पड़ा।[85] बंग-भंग के बाद पंजाब के क्रांतिकारी कामों में भी सरगर्मी आई। ये क्रांतिवादी सतीश चंद्र घोष, चंद्रकांत वगैरह के जरिए बंगाल के क्रांतिकारियों के साथ घनिष्ठ संपर्क रखते थे। पुलिस की रिपोर्ट के अनुसार अजीत सिंह लाहौर में यूरोपियों को पूर्वी भाषाएँ पढ़ाया करते थे। 1906 में उनके शिष्यों में लासेफ नामक रूसी भी था।[86]

1907 में पंजाब के गवर्नर सर डेनजिल इबटसन ने एक रिपोर्ट में लिखा कि नए विचारों का बड़े जोर से प्रचार हो रहा है। पूर्वी तथा पश्चिमी पंजाब में ये विचार पढ़े-लिखे लोगों में, विशेषकर वकील, मुंशी और छात्रों में फैल रहे थे। किंतु मध्य पंजाब में तो ये विचार हर श्रेणी में फैले मालूम देते हैं। लोगों में बड़ी बेचैनी तथा असंतोष है। लाहौर से आंदोलनकारी आ-आकर अमृतसर और फिरोजपुर में राजद्रोह का प्रचार कर रहे थे। फिरोजपुर में इनको काफी सफलता मिली, जबकि अमृतसर में ये इतने सफल न रह सके। ये रावलपिंडी, स्यालकोट तथा लायलपुर में अंग्रेजों के विरुद्ध बड़े जोर-शोर से प्रचार कार्य कर रहे हैं। लाहौर में तो इस प्रचार कार्य का कुछ कहना ही नहीं। इससे सारे शहर में एक गहरी बेचैनी फैली थी। दो जगह गोरों का अपमान गोरा होने की वजह से किया गया और एक जगह तो ऐसा हुआ कि एक संपादक को सजा दी गई तो दंगा ही हो गया।[87]

बिहार के पटना, देवघर, दुमका आदि शहरों में क्रांतिकारियों की गतिविधियों के अध्ययन से पता चलता है कि इनमें से अधिकांश का संबंध बंगाल से आए क्रांतिकारियों एवं 'अनुशीलन समिति' के साथ था।[88] कटक के जाजपुर के पास चैनपुर में हुई डकैती में अधिकतर नौजवान बिहार के थे। सान्याल ने पटना के बाँकीपुर में 'अनुशीलन समिति' की शाखा खोली थी। बिहार के नौजवानों में स्वदेश-प्रेम की भावना पैदा करनेवालों में 'बिहार नेशनल कॉलेज' के अंग्रेजी के प्राध्यापक और पटना लॉ कॉलेज में कानून के प्राध्यापक कामाख्यानाथ मित्र का स्थान अगली कतार में था। 1911 में 'बिहार यंगमैंस इंस्टीट्यूट' में उनका भाषण हुआ। इस भाषण में उन्होंने बताया कि जब स्वामी विवेकानंद अमेरिका से लौटे थे तो उस वक्त वे छात्र थे और स्वामीजी से मिलने गए थे। उस वक्त स्वामीजी ने उनसे कहा था—'भारत को आज जिस चीज की जरूरत है, वह है बम।' बाद में कामाख्या बाबू को कॉलेज की नौकरी छोड़नी पड़ी।[89]

क्रांतिकारियों की गतिविधियाँ तत्कालीन मध्य प्रदेश में भी थीं। 'मानिकतला बम केस' में एक अभियुक्त ने कहा था कि अकोला के ब्राह्मण गणेश श्रीकृष्ण खापर्डे ने नागपुर के नौजवान बी.एच. काने को बम बनाना सीखने के लिए कलकत्ता भेजा था। 'मानिकतला केस' में काने को भी सजा हुई थी, लेकिन अपील करने पर उसे छोड़ दिया

गया था। 1905 के बाद राजस्थान में भी क्रांतिकारी संगठन की नींव रखी गई। इसकी पहल करनेवालों में अर्जुन लाल सेठी, बरहत केशरी सिंह और राव गोपाल सिंह आदि प्रमुख थे। अर्जुनलाल सेठी का संबंध दिल्ली के मास्टर अमीरचंद, अवध बिहारी और बालमुकुंद जैसे क्रांतिकारियों के साथ था।[90] ग्वालियर में षड्यंत्र के दो मुकदमे चले। एक में 22 व्यक्तियों को तथा दूसरे में 19 व्यक्तियों को फाँसी की सजा दी गई। इनमें से अधिकतर चितपावन ब्राह्मण थे। 1910 में सतारा में एक षड्यंत्र का पता लगा। तीन ब्राह्मणों पर मुकदमा चलाया गया। इन पर आरोप था कि ये लोग 'अभिनव भारत समिति' के सदस्य थे।[91]

अप्रैल 1907 में बिपिन चंद्र पाल का मद्रास दौरा हुआ और उन्होंने विभिन्न स्थानों पर हुए अपने भाषण में स्वाधीनता की चर्चा की। राजमुंदरी में पाल के भाषण के पाँच दिन बाद ही 24 अप्रैल, 1907 को वहाँ के सरकारी कॉलेज के छात्रों ने हड़ताल कर दी। काकीनारा में पाल के भाषण का प्रभाव यह हुआ कि गोरों को देखकर बच्चे 'वंदे मातरम्' का नारा लगाने लगते। 1 मई, 1907 को एक लड़के ने जिला मेडिकल अफसर के सामने नारा लगाया तो उसके कान मल दिए गए। प्रतिक्रिया यह हुई कि उसी रात को जनता ने उस यूरोपीय क्लब पर आक्रमण किया, जिसमें वह अफसर खाना खा रहा था।[92] 9 मार्च, 1907 को चिदंबरम पिल्लई ने तिनेवेली के अपने भाषण में और सुब्रह्मनिया शिवा ने अपने भाषण में लोगों से विदेशी चीजों का बायकॉट करने की अपील की। 12 मार्च को इन्हें गिरफ्तार कर लिया गया। परिणाम यह हुआ कि 13 मार्च को तिनेवेली और तूतीकोरिन में बड़ा हंगामा मचा और लोगों ने सरकारी इमारतों और दफ्तरों पर हमला कर उनमें आग लगा दी।[93] बी.बी.एस. अय्यर त्रिचनापल्ली के रहनेवाले थे और वहीं वकालत करते थे। 1907 में वह रंगून गए और आगामी वर्ष इंग्लैंड गए। वहाँ वे सावरकर के संपर्क में आए। सावरकर की गिरफ्तारी के बाद इंग्लैंड से वे पेरिस चले गए और वहाँ वह मदाम कामा से मिले। अक्तूबर 1910 में वे भारत आए और मुसलमान का भेष धारण कर पांडुचेरी आ पहुँचे और क्रांति का प्रचार करने लगे। मदाम कामा से उनका पत्र-व्यवहार होता था और वह उनके कामों की सहायता के लिए प्रतिमास 50 फ्रैंक भेजती थीं।[94]

नीलकंठ अय्यर पांडचेरी क्रांतिकारी दल के सदस्य थे और साधु का भेष धारण कर स्वदेशी का प्रचार करते और अपना परिचय 'नीलकंठ ब्रह्मचारी' के रूप में देते। उनकी गिरफ्तारी के लिए 1000 रुपए के पुरस्कार की घोषणा की गई, लेकिन बाद में उन्होंने स्वयं कलकत्ता के पुलिस कमिश्नर के समक्ष आत्मसमर्पण कर दिया। शंकरकृष्ण अय्यर के साथ घूम-घूमकर उन्होंने दक्षिण भारत में क्रांति का प्रचार किया था। जून 1910 में शंकर ने अपने बहनोई वांची का परिचय नीलकंठ से कराया। नीलकंठ जब

पांडचेरी में थे, तभी पेरिस से सुब्रहमनिया अय्यर (बी.बी.एस. अय्यर) वहाँ आए थे।[95]

17 जून, 1911 को मद्रास के निकट तिनेवेली के जिला मजिस्ट्रेट ऐश को दोपहर के लगभग रेल के डिब्बे में तिनेवेली जिले के मनियाची जंक्शन पर गोली मार दी गई। लगभग बीस मिनट बाद ऐश की मृत्यु हो गई। गोली मारनेवाले का नाम था वांची अय्यर, जो त्रावणकोर के जंगलात के महकमे में किरानी थे। उन्होंने कुछ मिनट बाद ही आत्महत्या कर ली। वांची के साथ उनके साले शंकरकृष्ण अय्यर भी थे। वे भाग निकले, किंतु बाद में पकड़े गए और उन्हें चार साल की सजा हुई।[96] पुलिस प्रतिवेदन के अनुसार वी.वी.एस. अय्यर ने ही वांची अय्यर को ऐश की हत्या करने के लिए तैयार किया था। ब्रिटिश शासकों ने ऐश की हत्या के बाद 'तिनेवेली षड्‌यंत्र केस' चलाया। मद्रास हाईकोर्ट के स्पेशल ट्रिब्यूनल ने इसका फैसला 15 फरवरी, 1912 को सुनाया। 14 अभियुक्तों में से 9 को सजा दी गई। प्रथम अभियुक्त नीलकंठ अय्यर को सात साल की कड़ी सजा दी गई।[97]

सप्तम एडवर्ड की मृत्यु के बाद जॉर्ज पंचम के सम्राट् बनने पर 12 दिसंबर, 1910 को 'दिल्ली दरबार' किया गया। 23 दिसंबर, 1912 को दोपहर के लगभग वायसराय की नई राजधानी में प्रवेश की रस्म अदा करने के लिए हाथी पर बैठकर सवारी निकाली थी। हौदे के सामने की दाहिनी सीट पर वायसराय बैठा था और बाईं सीट पर लेडी हार्डिंग बैठी थीं, पीछे दो सेवक बैठे थे। जब सवारी चाँदनी चौक से होकर धुलिया कटरा के सामने से जा रही थी, तभी एक बम आ गिरा और वायसराय के ठीक पीछे बैठे सेवक के सामने फटा। सेवक उसी वक्त मर गया। खुद वायसराय बम और हौदे के टुकड़ों से गंभीर रूप से घायल हो गए। बसंत विश्वास और मन्मथ विश्वास नामक दो क्रांतिकारी स्त्रियों का भेष धारण कर छत पर सवारी देखने बैठी स्त्रियों के बीच जा बैठे थे और वहीं से उन्होंने बम फेंका था। कांग्रेस ने तत्काल ही पटना में चल रहे अधिवेशन में इस घटना पर दु:ख प्रकट करते हुए एक तार संदेश हार्डिंग को प्रेषित किया। इसके अभियोग में अनेक गिरफ्तारी की गईं और उन पर दो वर्ष तक मुकदमा चला। यह मुकदमा 'दिल्ली षड्‌यंत्र केस' के नाम से मशहूर हुआ। इसमें दीनानाथ मुखबिर बन गया। आखिर में मई 1915 में अमीरचंद मास्टर, अवध बिहारी और बालमुकुंद को दिल्ली में तथा बसंत कुमार विश्वास को अंबाला में फाँसी दी गई तथा चरनदास को आजीवन काला पानी की सजा दी गई। रासबिहारी बोस गिरफ्तारी से बचने के लिए भारत से निकल भागे और जापान पहुँच गए।[98]

लॉर्ड हॉर्डिंग पर बम 1912 में फेंका गया और लॉर्ड इरविन पर 1929 में बम फेंका गया। 1909 में लॉर्ड और लेडी मिंटो अहमदाबाद आई थीं तो उनकी गाड़ी पर भीड़ में से किसी एक ने बम फेंका था। वह बम फूटा नहीं। जब इसकी तलाशी ली गई कि

आखिर क्या गिरा है तो तलाशी लेनेवाले व्यक्ति ने पाया कि एक बम जैसी चीज गिरी है। इसी क्रम में बम फट गया और उसका हाथ उड़ गया। यही लॉर्ड मिंटो थोड़े दिनों बाद अंडमान का निरीक्षण करते हुए एक पठान कैदी की छुरी से मारे गए।[99]

प्रथम विश्वयुद्ध के पूर्व अमेरिका एवं कनाडा में भारतीय क्रांतिकारी

काठियावाड़ रियासत के एक धनी परिवार के युवक श्यामजी कृष्ण वर्मा का जन्म 1857 में हुआ और 40 वर्ष की उम्र में वे 1897 में लंदन आए। इनका निवास 9, क्वींस वुड, हाईगेट में था और इनके संपर्क में सरदार सिंह रावोजी राणा (एस.आर. राणा) और मैडम भीकाजी रुस्तमजी कामा आईं। एस.आर. राणा 1898 में लंदन आए और शीघ्र ही श्यामजी के विचारों से ओत-प्रोत हो गए। अगले वर्ष वे गहनों का व्यापार करने के लिए पेरिस चले गए। कुछ वर्ष बाद वहाँ उन्होंने एम.वी.गोदरेज के साथ 'पेरिस इंडियन सोसाइटी' का गठन किया। गोदरेज 1901 में पेरिस आए थे। व्यापार के सिलसिले में राणा हमेशा लंदन आते रहते थे और इस क्रम में श्यामजी से लगातार उनका संपर्क बना रहता था।[100]

रैंड पर जब गोली चली, श्यामजी कृष्ण वर्मा बंबई में थे। पुलिस उस हत्याकांड में उन्हें भी फँसाना चाह रही थी। वे इंग्लैंड चले गए। 1905 में उन्होंने 'इंडिया होम रूल सोसाइटी' नाम की एक सभा स्थापित की और खुद उस सभा के सभापति हुए। उस सभा ने एक मासिक मुख पत्रिका निकाली, जिसका नाम 'इंडियन सोशियोलॉजिस्ट' पड़ा। इंग्लैंड में भारतीय छात्रों के बीच स्वदेश की भावना के विकास हेतु दिसंबर 1905 में श्यामजी ने ऐलान किया कि वे हजार-हजार रुपए की 6 छात्रवृत्तियाँ दे रहे हैं, जिससे कि लेखक, पत्रकार तथा दूसरे योग्य युवक भारतवर्ष से यूरोप, अमेरिका तथा अन्य देशों में आ सकें और स्वदेश में लौटकर स्वाधीनता तथा राष्ट्रीय एकता का ज्ञान फैला सकें। इसके साथ पेरिस निवासी श्री एस.आर.राणा का एक पत्र भी प्रकाशित किया गया, जिसमें उन्होंने दो-दो हजार रुपए की तीन वृत्तियों विदेश-भ्रमण के लिए राणा प्रताप सिंह, शिवाजी तथा किसी प्रख्यात मुसलमान राजा के नाम पर रखने का वादा किया था।[101] 1903 के पूर्व अमेरिका में भारतीयों की संख्या अत्यधिक कम थी। ब्रिटेन की अपेक्षा यहाँ कार्य करने की अधिक आजादी थी। अमेरिका में आयरिश अमेरिकन की संख्या अधिक थी और वे ब्रिटिश सरकार के विरोधी थे। इनमें से कई लोग कामा और श्यामजी को जानते थे और उनका पत्राचार भी चलता था। इन लोगों के सहयोग से 'इंडो आयरिश' की शुरुआत हुई और क्रांति के परचे भारत भेजे जाने लगे। आयरिश और भारतीयों के बीच संगठन बनाने में भारतीय छात्र कैमिली एफ. सलदंहा ने महत्त्वपूर्ण भूमिका निभाई। सिन फेन नेता से दोस्ती बढ़ाने के लिए मई 1906 में

उन्हें डब्लिन भेजा गया, जिसमें क्लान-ना-गेल ने मदद की।[102] मार्च 1907 में 'वेदांत सोसाइटी' द्वारा 135, वेस्ट 80वीं स्ट्रीट में मकान खरीद लिया गया।[103] भीकाजी कामा भी 1901 में लंदन आईं। 1897 के प्लेग के दौरान हुए अनुभव ने कामा को अंग्रेजी सरकार का घोर विरोधी बना दिया था और वे शीघ्र ही श्यामजी समूह की प्रमुख सदस्या बन गईं। इसी वर्ष श्यामजी के साथ जे.एम. पारिख और जे.सी. मुखर्जी आदि जुड़े।[104] लेकिन भारत की स्थिति अलग थी। यहाँ संगठन बनाने की स्वतंत्रता बहुत कम थी। मराठी साप्ताहिक 'केसरी' में प्रकाशित दो लेखों के अभियोग में 24 जून, 1908 को प्रात:काल सरकार ने तिलक को गिरफ्तार कर लिया और उन पर राजद्रोह का मुकदमा चलाना शुरू किया। उन्हें छह वर्ष कारागार और 1000 रुपए के जुरमाने की सजा दी गई। इस सजा के विरोध में बंबई के मजदूरों ने दूसरे दिन ही हड़ताल कर दी। पुलिस ने लाठी और गोली चलाई, जिसमें 15 आदमी मारे गए और 38 घायल हुए। नवंबर 1907 में 'राजद्रोहात्मक सभा कानून' (सेडीशंस मीटिंग्स ऐक्ट) और 1910 में 'प्रेस ऐक्ट' लागू किया। उसमें बिना मुकदमा निर्वासन के लिए 1818 के रेग्युलेशन का सहारा लिया। नाटू भाइयों को बिना मुकदमा के दो वर्षों के निर्वासन की सजा बंबई रेग्युलेशन संख्या XXXV ऑफ 1827 के अंतर्गत दी गई थी। विदेशों में पढ़नेवाले छात्रों का भारतीय बुद्धिजीवियों से संपर्क हुआ। लंदन, पेरिस और न्यूयॉर्क में भारतीय केंद्रों की स्थापना होना आरंभ हो गया। लाला लाजपत राय और अजीत सिंह को 1907 की गरमी में मांडले जेल भेज दिया गया। 13 दिसंबर, 1908 को नौ बंगालियों को निर्वासित किया गया। 1 नवंबर, 1907 को 'प्रिवेंशन ऑफ सेडिशन मीटिंग ऐक्ट' पारित किया गया। दिसंबर 1908 में 'इंडियन क्रिमिनल लॉ अमेंडमेंट ऐक्ट' पारित किया गया और 8 जून, 1908 को 'प्रेस ऐक्ट' भी पारित हुआ।[105]

इंग्लैंड का 'भारत भवन' देशभक्तों का केंद्र बन गया। सन् 1907 की जुलाई में किसी सदस्य ने पार्लियामेंट में यह प्रश्न पूछ लिया कि क्या सरकार श्यामजी कृष्ण वर्मा के विरुद्ध कुछ करने का इरादा कर रही है? श्यामजी ने इसके बाद इंग्लैंड के 'भारत भवन' से अपना डेरा उठा लिया और पेरिस चले गए। लेकिन उनका अखबार 'इंडियन सोशियोलॉजिस्ट' पहले की भाँति लंदन से निकलता रहा। 1909 में इसके मुद्रक के ऊपर मुकदमा चला और उसे सजा हुई। दूसरे व्यक्ति ने इसके मुद्रण का भार उठाया, किंतु उसे भी सितंबर 1909 में एक वर्ष की कड़ी सजा हुई। फिर अखबार पेरिस से निकलने लग गया।[106] 1857 में भारत में हुए गदर की याद में 1908 में 'भारत भवन' में 'गदर दिवस' धूमधाम से मना। इस आयोजन में सौ से अधिक भारतीय छात्र उपस्थित हुए। 'ऐ शहीदों' शीर्षक से एक परचा उसी समय प्रकाशित हुआ। इसमें 1857 में गदर युद्ध में मारे गए शहीदों की तारीफ थी। यह फ्रेंच टाइप में छपा था, जिससे लोगों ने अनुमान लगाया कि

यह काम श्यामजी कृष्ण वर्मा ने किया है। 'डेली न्यूज' नामक समाचार-पत्र, जो लंदन से भारत आता था, उसके पृष्ठों के बीच में इसकी प्रति रखकर भारत भेजी जाती थी।[107] 'भारत भवन' में आने-जानेवालों को 'घोर चेतावनी' नामक एक परचा मुफ्त दिया जाता था और उनसे यह कहा जाता था कि वे इस परचे को देश में अपने मित्रों के पास भेजने की व्यवस्था अपने स्तर से कर दें। 'भारत भवन' की सभा में छात्रों को गुप्त हत्या के लिए उत्तेजित किया जाता था।[108]

इन दिनों लंदन और पेरिस में 'यूरोपीय क्रांति' की धूम मची हुई थी और आयरिश, फेनियंस और पूर्वी यूरोप के निर्वासित क्रांतिकारियों के साथ भारतीयों के व्यक्तिगत संपर्क हुए। अपने देश के लिए कुछ करने का संकल्प श्यामजी और उनके समूह के सदस्यगण ले चुके थे। इनका कांग्रेस पर कतई विश्वास नहीं था और भारत की आजादी वे क्रांति के मार्फत होना ही एकमात्र रास्ता समझते थे। इसी कारण लंदन में गठित भारतीय संगठन, यथा—ईस्ट इंडियन एसोसिएशन, लंदन इंडियन सोसाइटी अथवा ब्रिटिश कमेटी ऑफ कांग्रेस से इन्होंने कोई ताल्लुक नहीं रखा।[109]

'दी सोशियोलॉजिस्ट' के प्रकाशन के साथ श्यामजी ने 18 फरवरी, 1905 को 'इंडियन होम रूल सोसाइटी' का गठन अपने निवास पर किया। वे स्वयं इसके अध्यक्ष बने और एस.आर. राणा, जे.एम. पारिख, एम.बी. गोदरेज और एस. सुहारावरदी इसके उपाध्यक्ष बनाए गए। जे.सी. मुखर्जी सचिव बनाए गए। भारत में होम रूल की स्थापना, इसके लिए ब्रिटेन में प्रचार और भारतीयों में आजादी और राष्ट्रीय एकता की भावना विकसित किया जाना, इसका उद्देश्य रखा गया। दादा भाई नौरोजी ने एक वर्ष पूर्व एम्सटर्डम में आयोजित 'अंतरराष्ट्रीय समाजवादी कांग्रेस' में ऐसी ही माँग रखी थी और 1906 में कांग्रेस के अधिवेशन में ऐसी ही माँग उठी थी। इसलिए श्यामजी की माँग कुछ अलग या नई नहीं थी। लेकिन अपने लेख में श्यामजी ने गोपाल कृष्ण गोखले और फिरोजशाह मेहता की सीमित माँगों को लेकर जिस प्रकार कटु आलोचना की थी, उससे साफ जाहिर हो गया था कि वे देश के लिए क्या चाहते हैं![110]

इस बीच उन्होंने 63, क्रॉमवेल एवेन्यू, हाईगेट में मकान खरीद लिया, जिसका उपयोग क्रांतिकारियों के आवास और प्रशिक्षण स्थल के रूप में होने लगा। इसका नाम 'इंडिया हाउस' रखा गया और इसका विधिवत् उद्घाटन हिंडमैन द्वारा 10 जुलाई, 1905 को किया गया। अपने भाषण में उन्होंने कहा कि ब्रिटेन के प्रति वफादार होना भारत से विश्वासघात करना है। ब्रिटेन से किसी बात की आशा नहीं की जानी चाहिए और भारत की रक्षा करने के लिए एक प्रकार से 'सनकी' लोगों को आगे आना चाहिए। उद्घाटन समारोह में दादा भाई नौरोजी, लाला लाजपत राय, लाला हंसराज, एंथोनी क्वेल्च, मैडम देशपांडे और स्वीनी ने भाग लिया था। इसके बाद 'इंडिया हाउस' इस समूह का

मुख्यालय बन गया। रविवार को दोपहर में भारत की स्थिति पर चर्चा के लिए बैठक आयोजित की जाने लगीं।[111]

श्यामजी की सोच थी कि उनका समूह भारत से बाहर रहता है और जो भी काम होने हैं, वे भारत में होने हैं और भारतीयों द्वारा होने हैं। इसके लिए 'पेन और पर्स' की सहायता बाहर से की जा सकती है और कुछ युवकों को विदेश लाकर क्रांति का प्रशिक्षण दिया जा सकता है। ऐसा भारत में होना असंभव है। श्यामजी ने लंदन में क्रांतिकारी संगठन की शुरुआत की और जनवरी 1905 में 'दि सोशियोलॉजिस्ट' नाम से एक मासिक पत्रिका का प्रकाशन आरंभ किया।[112] जून 1905 के 'दि सोशियोलॉजिस्ट' के मुखपृष्ठ पर हर्बर्ट स्पेंसर की दो प्रमुख उक्तियों को छापा गया—"Every man is free to do that which he wills provided he infrings not the equal freedom of any other." और दूसरा था "Resistance to aggression is not simply justifiable, but imperative. Non-resistance hurts both altruism and egoism."

'सोशियोलॉजिस्ट' के प्रथम अंक में एच.एम. हिंडमैन की उक्ति भी छपी—'Indian must learn to rely upon themselves and organise themselves apart from their foreign masters for their final emancipation.' अपने लेख में श्यामजी लिखते रहे कि राजनीतिक स्वतंत्रता के लिए भारतीयों को स्वयं तैयार होना चाहिए और इसके लिए भारत से अंग्रेज शासकों को निकालना जरूरी है। भारतीयों को यह आशा कदापि नहीं करनी चाहिए कि शासन का स्वरूप बदल सकता है। प्रथम अंक में ही श्यामजी ने घोषणा की कि वैसे पाँच भारतीय स्नातक युवक, जो अपनी शिक्षा पूरी करने हेतु इंग्लैंड आना चाहते हैं, दो हजार रुपए की विशेष छात्रवृत्ति दी जाएगी। लेकिन शर्त रखी गई कि शिक्षा पूरी कर वे भारत जाकर सरकार में भरती नहीं हो सकते हैं।[113]

1906 में 'सोशियोलॉजिस्ट' में छपी खबर के अनुसार श्यामजी ने एक हजार रुपए की छह छात्रवृत्ति भारतीय लेखक एवं पत्रकारों के विदेश-भ्रमण के लिए आरंभ कीं। राणा ने दो हजार रुपए की तीन छात्रवृत्तियाँ आरंभ कीं। पूर्वी बंगाल के बारीसाल नामक जगह पर सुरेंद्रनाथ बनर्जी की हुई गिरफ्तारी के विरोध में 4 मई, 1906 को 'इंडिया हाउस' में एक बैठक हुई। दूसरे दिन 'पेरिस इंडियन सोसाइटी' में भी ऐसी ही सभा हुई। 1906 की गरमी में श्यामजी द्वारा चलाई गई छात्रवृत्ति का लाभ लेकर विनायक दामोदर सावरकर लंदन पहुँचे और 'इंडिया हाउस' के 'ग्रे इन' से जुड़े। उनके दो भाई गणेश विनायक सावरकर और नारायण विनायक सावरकर 'मित्र मेला' और उसके बाद 'अभिनव भारत सोसाइटी' के सदस्य थे, जो उस समय पश्चिमी भारत का प्रमुख

क्रांतिकारी संगठन था। सावरकर-बंधुओं की क्रांति के प्रत्यक्ष अनुभव का लाभ 'इंडिया हाउस' को मिला। उन्हें लगा कि क्रांतिकारियों को विदेशों में लाकर सैनिक प्रशिक्षण दिया जाना अत्यंत आवश्यक है। वीरेंद्र नाथ चट्टोपाध्याय की मंशा थी कि अभी ही ब्रिटिश शासकों पर हमला कर दिया जाए।[114]

सैनिक प्रशिक्षण के लिए पेरिस को उपयुक्त स्थान समझते हुए बंगाल के 'युगांतर समूह' के हेमचंद्र दास को अगस्त 1906 के अंत में पेरिस भेजा गया। पांडुरंग एम. बापट और मिर्जा अब्बास को 'इंडिया हाउस' से पेरिस भेजा गया। ये लोग 1907 में भारत लौटे। इस बीच नीतिसेन द्वारकादास और ज्ञानचंद वर्मा भारत से लंदन पहुँचे और प्रत्यक्ष रूप से 'इस्टर्न एक्सपोर्ट एंड इंपोर्ट कंपनी' नामक व्यापारिक संगठन का आरंभ 'ग्रेज इन पैलेस' में किया। वस्तुतः इस संगठन का काम हथियार एवं प्रचार सामग्रियों को भारत भेजना था। द्वारकादास को जे.सी. मुखर्जी के स्थान पर 'होम रूल सोसाइटी' का सचिव बना दिया गया। 1907 के जुलाई में ज्ञान चंद वर्मा सचिव बन गए। इनकी गतिविधियाँ सामने आने लगी थीं और 1906 में पहली बार 'द टाइम्स' नामक अखबार ने इसकी चेतावनी दी थी।[115]

फरवरी 1907 की दूसरी आम सभा में श्यामजी ने दस हजार रुपए का दान 'होम रूल सोसाइटी' को दिया। जून 1907 में 'सोशियोलॉजिस्ट' ने एक नया संगठन 'देश भक्त समाज' के गठन की सूचना प्रकाशित की। इस संगठन के तीन अवयव थे—अंतरंग सभा (केंद्रीय कमेटी), जिसमें श्यामजी के साथ भारत के कुछ प्रमुख क्रांतिकारी नेता, सहायक और मित्र बनाए गए।[116] पंद्रह सौ रुपए की वार्षिक सहायता विदेशों में प्रचार के लिए दी गई और यह तय हुआ कि लंदन में 'समाज' का पहला भाषण बिपिन चंद्र पाल 1907 में देंगे। हालाँकि ब्रिटिश सरकार ने पाल को लंदन जाने की अनुमति एक वर्ष तक नहीं दी। इस बीच ब्रिटेन में रह रहे आयरिश क्रांतिकारियों, स्कॉटलैंड यार्ड एवं समाचार-पत्र के कर्मियों के समूह के ताल्लुकात बढ़े। आयरिश मित्र 'हूज ओ डॉवेल' ने 'इंडिया हाउस' का परिचय इजिप्ट के युवा एवं निर्विवाद नेता मुस्तफा कमाल से कराया, जो 1906 में इंग्लैंड के दौरे पर आए थे। इसके बाद इजिप्ट से इनका संबंध गहराता गया, जिनमें फरीद बेग और मंसूर रिफात की भूमिका अधिक थी।[117]

10 मई, 1907 को 1857 के गदर की पचासवीं वर्षगाँठ लंदन में मनाई गई और 'हे शहीद' और 'गहरी चेतावनी' नामक परचे सार्वजनिक रूप से वितरित किए गए। 11 मई और 7 जून, 1907 को पेरिस और लंदन में, लाजपत राय और अजीत सिंह के निर्वासन के विरुद्ध सभा हुई। ब्रिटिश अधिकारियों का ध्यान इस संगठन पर पहले से था। श्यामजी और उनके सहयोगियों द्वारा लिखे गए पत्रों को खोला जाने लगा और एक जासूस 'ओ ब्रेन' ने इनके साथ मित्रता स्थापित कर ली। 17 मई और 19 जून को 'द टाइम्स' ने

'इंडिया हाउस' पर पुनः खबरें छापीं और 'नेशनल रिव्यू' में सर इवान जोंस ने जून माह में लगातार खबरें छापीं कि इस 'रहस्यपूर्ण घर' में क्या-क्या गतिविधियाँ चल रही हैं! जून में श्यामजी पेरिस आ गए और 10 एवेन्यू, इंग्रेस पासी में अपना निवास बनाया। यहीं से वे 'इंडिया हाउस' और 'सोशियोलॉजिस्ट' के संचालन के निर्देश देते रहे। अक्तूबर 1907 में कामा ने ब्रिटेन छोड़ दिया और पहले अमेरिका और फिर पेरिस आ गईं और 1909 में वहीं रहने लगीं। श्यामजी, एस.आर. राणा और मैडम कामा, तीनों ने पेरिस को क्रांति का प्रमुख केंद्र बनाया।[118]

श्यामजी और कामा के 'इंडिया हाउस' से चले जाने के बाद नेतृत्व का भार वी.डी. सावरकर पर आ गया। 1908 में 'इंडिया हाउस' में वाई.वाई.एस. अय्यर, टी.एस. राजम और एस.वी. तिरुमल अचारी जुड़े। जनवरी 1908 में द्वारका दा और ज्ञानचंद वर्मा भारत गए थे और पुनः अगस्त में लंदन वापस आए। 1908 में बंगाल में बम विस्फोट किया गया था और लंदन के नेताओं का भारतीय क्रांतिकारियों को प्रशिक्षण एवं हथियार आपूर्ति का लक्ष्य सामने था। लंदन विश्वविद्यालय में रसायन शास्त्र के छात्र डॉ. देसाई ने जून 1908 के एक रविवारीय बैठक में बम निर्माण पर एक भाषण दिया। 1908 में सावरकर ने 'फ्री इंडिया सोसाइटी' का गठन किया, जिसके वे अध्यक्ष एवं अय्यर उपाध्यक्ष बनाए गए। भारतीय राजकुमारियों को विक्टर इमानुएल-II के जीवन से प्रेरणा लेने के लिए खुली अपील की गई। बम निर्माण का प्रशिक्षण लेने के लिए वर्ष के अंत में तिरुमल अचारी को लंदन से और नंद कुमार सेन को भारत से भेजा गया। फ्रांस में प्रशिक्षण कार्य में उनके निकटतम सहयोगी गोविंद अमीन थे।[119]

श्यामजी अधिक निर्भीक होकर पेरिस से लिखने लगे। उनके अनुसार 'निलहों' की तरह गुप्त संगठन का निर्माण किया जाना चाहिए। सेना से संपर्क कर उन्हें क्रांति में सहयोगी बनने के लिए तैयार करना चाहिए तथा रूसी क्रांति के माध्यम से ही भारत से अंग्रेजों को भगाया जा सकता है। अप्रैल 1908 में रूसी गुप्त संगठन का संविधान प्रकाशित किया गया।[120] 19 सितंबर, 1907 से ही 'सोशियोलॉजिस्ट' पर भारत में प्रतिबंध लगा दिया गया था। मई 1908 में 'दि गैलिक अमेरिकन' और 'जस्टिस' नामक पत्र पर भी प्रतिबंध लगा दिया गया, क्योंकि इन पत्रों में भी 'सोशियोलॉजिस्ट' के अंश छपे होते थे। लेकिन हथियारों के साथ इन पत्रों एवं अन्य परचों को फ्रांस और पुर्तगाल के नागरिकों की मदद से भारत पहुँचा दिया जाता था। 1908 में ब्रिटिश सरकार ने 'सोशियोलॉजिस्ट' के दो प्रकाशकों—आर्थर बोर्सले और गे अल्फ्रेड एल्ड्रेड पर मुकदमा चलाने एवं एक वर्ष के लिए कारावास भेजने में सफलता पाई।[121] 'इंडिया हाउस' के सदस्यों एवं श्यामजी के बीच मतभेद का मुख्य कारण यह था कि एक तरफ श्यामजी सुरक्षित जगह पर रहकर क्रांति लेखन कर रहे थे, वहीं 'इंडिया हाउस' पर शासन का

खतरा हमेशा मँडराता रहता था। श्यामजी के विरोध में कामा और राणा भी आ गए थे। सितंबर 1908 में बिपिन चंद्र पाल और जी.एस. खापर्डे का लंदन दौरा हुआ, जिससे खटास में कुछ कमी आई।[122]

26 सितंबर, 1908 को बिपिन चंद्र पाल द्वारा दिए गए भाषण से लंदन में रहनेवाले क्रांतिकारियों का मनोबल बहुत नीचा हो गया। कारण, पाल ने हिंसा की निंदा की थी। अपने भाषण में उन्होंने मानवतावाद की रक्षा में ब्रिटेन और भारत को साथ कार्य करने की अपील की थी। अभी तक क्रांतिकारी पाल को अपनी प्रेरणा मान रहे थे। हालाँकि पाल को श्यामजी के विकल्प के रूप में मान्यता मिलनेवाली थी। बैठक में निर्णय लिया गया कि जहाँ मद्रास में कांग्रेस की बैठक बिना क्रांतिकारियों के होनेवाली है, उसी प्रकार यूरोप में एक बैठक आयोजित की जाए। खापर्डे की अध्यक्षता में 20 दिसंबर, 1908 को लंदन के कैक्सटन हॉल में एक बैठक हुई, जिसमें पूर्ण आजादी का प्रस्ताव पारित किया गया। तुर्की की आजादी का स्वागत एवं ब्रिटिश सामाज्य के बहिष्कार का भी निर्णय लिया गया। निर्णय लिया गया कि तुर्की एवं भारत के दुश्मन इंग्लैंड से संघर्ष के लिए 'इंडो इजिप्टियन नेशनल एसोसिएशन' का गठन किया जाए। 23 जनवरी, 1909 को हुई बैठक की अध्यक्षता बिपिन चंद्र पाल ने की।[123] पाल और खापर्डे ने 'हिंद नेशनल एजेंसी' नामक संगठन बनाया, जिसके सचिव चट्टोपाध्याय बनाए गए और 10 दिसंबर, 1908 को मासिक पत्रिका 'स्वराज' के प्रकाशन का निर्णय लिया गया। 27 फरवरी, 1909 को इसका प्रथम अंक प्रकाशित हुआ, परंतु 16 मार्च, 1909 तक इसका प्रकाशन बंद हो गया। अब तक पाल 'लंदन इंडियन सोसाइटी' की वकालत करने और हिंसा की अवधारणा की निंदा करने के लिए लंदन में अलोकप्रिय हो गए थे।[124]

'इंडिया हाउस' यूरोप के क्रातिकारी केंद्र के रूप में विकसित हो चुका था। 'इंडिया हाउस' में 12 जनवरी को कुंजलाल भट्टाचार्य और 1 फरवरी, 1909 को वासुदेव भट्टाचार्य द्वारा ली वार्नर का साक्षात्कार लिया गया और उन्हें थप्पड़ मारा गया। उन पर मुकदमा चलाया गया, जिसके दौरान उन्होंने ब्रिटिश सरकार की निंदा की। 'इंडिया हाउस' के सदस्य 'लंदन इंडियन सोसाइटी' और 'ईस्ट इंडियन एसोसिएशन' से जुड़े और उस पर आधिपत्य कर लिया।[125] श्यामजी और पाल के बीच बढ़ती शत्रुता का असर आंदोलन पर पड़ा और अपने-अपने पक्ष को लेकर 4 अप्रैल, 1909 को सावरकर और हैदर रजा के बीच कटु झड़प भी हुई। अब 'इंडिया हाउस' में मात्र चार सदस्य रह गए थे और चंदा घटकर 30 पौंड रह गया था।[126] एस.आर. राणा ने 20 ब्रॉनिंग पिस्तौल की एक खेप सावरकर के लिए 'इंडिया हाउस' के पते पर पेरिस से भेजी। 'इंडिया हाउस' के चतुर्भुज अमीन भारत जा रहे थे। सावरकर ने अपने भाई गणेश के लिए फरवरी 1909 में यह पिस्तौलें भारत भेजीं। इसी में से एक पिस्तौल से जिला मजिस्ट्रेट, नासिक की

हत्या 21 दिसंबर, 1909 को हुई।[127] 'अंतरराष्ट्रीय समाजवादी कांग्रेस' का 1909 का अधिवेशन स्टुअटगार्ट में हुआ। इंग्लैंड के प्रतिनिधिमंडल के अध्यक्ष राम्से मैक्डोनॉल्ड के लाख विरोध के बावजूद मैडम कामा ने कांग्रेस से भारत के स्वतंत्रता संबंधी प्रस्ताव पारित करवाने में सफलता प्राप्त कर ली। इसमें उन्हें हिंडमैन, कार्ल लेवकेंच्ट, रोजा लक्जमबर्ग और जॉन जॉरस ने भरपूर मदद की। हालाँकि प्रस्ताव ब्यूरो के समक्ष उस समय नहीं रखा जा सकता था, इसलिए इस पर मतदान तो नहीं हुआ; लेकिन कांग्रेस के अध्यक्ष सिंगर ने व्यवस्था दी कि प्रस्ताव की भावना को कांग्रेस और ब्यूरो द्वारा पारित किया जाता है। कामा को स्वयं द्वारा डिजाइन किए गए भारतीय झंडे को मंच पर फहराने की अनुमति दी गई।[128]

महीनों तक संगठन का कार्य बाधित रहा। 'नासिक षड्यंत्र केस' में गणेश सावरकर को आजीवन निर्वासन की सजा की खबर 9 जून, 1909 को 'इंडिया हाउस' पहुँचते ही क्रांतिकारियों में नया जोश आ गया। 20 जून को हुई सामान्य रविवारीय बैठक में सावरकर ने शपथ ली कि ब्रिटिश सरकार को सबक सिखाया जाए। उनकी बातों से सब सहमत हुए। विश्वविद्यालय इंजीनियरिंग कॉलेज के छात्र मदनलाल ढींगरा को इस काम के लिए चुना गया। 'इंडिया ऑफिस' के सर कर्जन विलियम वायली की इंपीरियल इंस्टीट्यूट, लंदन में 1 जुलाई, 1909 को ढींगरा ने गोली मारकर हत्या कर दी। इस घटना में एक स्थानीय पारसी चिकित्सक डॉ. कवास लालकाका की भी मृत्यु हो गई। ढींगरा को पेनोटन विले जेल में फाँसी की सजा दी गई और इसके ठीक एक दिन पहले 26 अगस्त को 'न्यू एज' नामक अखबार ने लिखा कि भारत में ब्रिटिश शासन के अंत की शुरुआत हो गई है।[129] इन घटनाओं से श्यामजी बहुत डर गए और उन्होंने 'इंडिया हाउस' को बेच डाला और 'सोशियोलॉजिस्ट' का प्रकाशन भी कुछ दिनों के लिए बंद कर दिया। अब पेरिस से इसका प्रकाशन आरंभ हुआ और नवंबर, 1909 का अंक पेरिस से निकला। ढींगरा की शहादत भारतीय युवकों के लिए नई प्रेरणा थी, वहीं वे क्रांतिकारी नेताओं के आपसी मतभेद और विचारशून्यता से ऊब गए थे। 3 जुलाई, 1909 को सुरेंद्रनाथ बनर्जी की अध्यक्षता में लंदन में हुई बैठक में पाल और खापर्डे ने ढींगरा के कृत्यों की निंदा की।[130]

आगा खान की अध्यक्षता में 5 जुलाई को दूसरी बैठक हुई। क्रांतिकारियों ने ढींगरा के कृत्यों के समर्थन में 4 जुलाई और 1 अगस्त को अलग बैठक की। सावरकर निर्विवाद नेता के रूप में लंदन में प्रतिष्ठापित हो चुके थे, जिन्हें राणा और कामा का समर्थन प्राप्त था। 'सोशियोलॉजिस्ट' की नरमवादी नीतियों के प्रकाशन के कारण उन्होंने श्यामजी और 'सोशियोलॉजिस्ट' से अपना संबंध तोड़ लिया। एक अलग पत्र के प्रकाशन की आवश्यकता उन्हें महसूस होने लगी। जेनेवा से 10 सितंबर, 1909 को

'वंदे मातरम्' नामक मासिक पत्र का प्रकाशन आरंभ हुआ। कामा इसकी संपादक बनीं, जिनका कार्यालय 25, रुई डेपोंथियो, चैंपस एलीसी, पेरिस में था। आरंभिक कुछ महीनों में लाला हरदयाल और तिरुमल अचारी ने उन्हें सहयोग दिया। मार्च 1910 के अंक में विस्तार से लिखा गया कि क्रांतिकारी साहित्यों के प्रचार की आवश्यकता है और क्रांति का केंद्र कलकत्ता, पूना और लाहौर से स्थानांतरित होकर पेरिस, जेनेवा, बर्लिन, लंदन और न्यूयॉर्क हो गया है।[131]

मैडम कामा के संपादकत्व में नवंबर 1909 में 'मदन का तलवार' नामक पत्र का प्रकाशन बर्लिन से हुआ। इसका कारण था कि जर्मनी और इंग्लैंड के बीच में शत्रुता थी और क्रांतिकारी अपना केंद्र जर्मनी में बनाना चाहते थे। हालाँकि यह पत्र कुछ ही समय बंद हो गया। 'सी कस्टम ऐक्ट' के तहत ऐसे पत्रों के भारत प्रवेश पर प्रतिबंध था। पांडचेरी में फ्रांस और पुर्तगाल के उपनिवेश थे। इसका लाभ उठाते हुए, 58, रुई डेमिशन, इट्रैंजेरेस, पांडचेरी में एक कार्यालय की स्थापना की गई और जिसके संपादक एस. श्रीनिवास शास्त्री से कामा और तिरुमल अचारी के लगातार पत्र-व्यवहार होते रहे। ये पत्र अफ्रीका में रहनेवाले भारतीयों को भी भेजा गया।[132] बीमार सावरकर 6 जनवरी, 1910 को इलाज के लिए फ्रांस गए। उनकी अनुपस्थिति में अय्यर और चट्टोपाध्याय के बीच गंभीर मतभेद सामने आए। अय्यर क्रांतिकारी हिंसा में विश्वास रखते थे, वहीं चट्टोपाध्याय का मत था कि इंग्लैंड और जर्मनी के बीच संभावित युद्ध के समय प्रहार किया जाए। सावरकर को इस मतभेद की सूचना मिल गई और वे तुरंत वापस आ गए। भारत की बंबई सरकार उन्हें गिरफ्तार करना चाहती थी और जैसे ही सावरकर लंदन के विक्टोरिया स्टेशन पर उतरे, 13 मार्च, 1910 को उन्हें गिरफ्तार कर लिया गया।[133]

अय्यर और चट्टोपाध्याय अपना मतभेद भूल गए और उन्हें क्रमशः नेता और उपनेता घोषित किया गया। 2 मई को समाचार आया कि 'नासिक षड्यंत्र केस' के लिए सावरकर को भारत भेजा जाएगा। 'इंडिया हाउस' में मित्र चाहते थे कि उनका मुकदमा इंग्लैंड में चले। उन्हें पता था कि यदि भारत में मुकदमा चला तो हश्र क्या होगा! इसके लिए उन्होंने 200 पौंड का चंदा एकत्र किया। बिपिन चंद्र पाल के पुत्र निरंजन पाल ने आयरिश सिपाहियों की मदद से सावरकर से जेल में संपर्क किया। चट्टोपाध्याय, ज्ञान चंद्र वर्मा, माधव राव और आयरिश मित्र डेविड गार्नेट ने सावरकर को पुलिस चंगुल से उस समय मुक्त कराना चाहा, जब वे बो स्ट्रीट, पुलिस कोर्ट ले जाए जाएँगे। योजना असफल हो गई और 1 जुलाई को सावरकर को लेकर 'मोरिया' नामक जहाज भारत के लिए चल पड़ा। फ्रांस में यह समाचार अय्यर द्वारा भेज दिया गया था और सावरकर को छुड़ाने की तैयारी का निर्देश दिया गया, जब 'मोरिया' मार्सेली नामक तट पर पहुँचता। ऐसा समझा जाता था कि कोई-न-कोई मोटर गाड़ी लेकर बंदरगाह के तट पर तैयार

रहेगा। जहाज के पाखाना घर के छेद से सावरकर भाग निकले और फ्रांस में जा घुसे। उन्होंने फ्रांस की पुलिस को अपनी बात भी कही, लेकिन पुलिस सावरकर की बात नहीं समझ पाई और ब्रिटेन पुलिस को सौंप दिया, जिसने सावरकर को मुकदमे के लिए भारत भेज दिया।[134] 1905 के बाद से जॉर्ज फिट्जेराल्ड 'फ्रीमैन' और उसका पत्र 'दि गेलिक अमेरिकन' में भारतीय स्वतंत्रता का समर्थन किया गया था और सैनिकों से क्रांति की अपेक्षा की गई थी। मौलवी बरकतुल्लाह और सैमुअल लुकाश जोशी के सहयोग से 1906 में 'पैन आर्यन एसोसिएशन' की स्थापना की गई, जो एक-दो वर्षों तक भारतीय स्वतंत्रता के हित में एवं ब्रिटिश सरकार के विरोध में प्रचार करती रही। अमेरिकन उपनिवेशवाद से घृणा करते थे और मानव-मुक्ति के प्रशंसक थे। अतएव भारतीय स्वतंत्रता की आवाज को स्थानीय समर्थन मिलता था। फरवरी 1909 में बरकतुल्लाह के जापान चले जाने और मार्च 1909 में जोशी के ब्रिटेन चले जाने के बाद इस संगठन की गतिविधियाँ बंद हो गईं।[135] 5 सितंबर, 1907 को प्रसिद्ध आयरिश-अमेरिकन मॉयरॉन फेल्प्स ने 'इंडो अमेरिकन नेशनल एसोसिएशन' की स्थापना की, जिसका नाम नवंबर में बदलकर 'सोसाइटी फॉर दि एडवांसमेंट ऑफ इंडिया' रख दिया गया और सदस्यता शुल्क एक डॉलर रखा गया। वे स्वयं सचिव-सह कोषाध्यक्ष बने और अन्य पाँच निर्देशक भी अमेरिकन ही थे। इसकी पहली बैठक 20 दिसंबर, 1907 को न्यूयॉर्क में हुई, जिसमें भारत के स्वदेशी आंदोलनकारियों का संदेश सचिव द्वारा पढ़ा गया और डॉ. कथवर्ट हॉल ने भारत पर ब्रिटिश शासन का विरोध किया। फेल्प्स वेर्नर और डॉ. हॉल की त्रिसदस्यीय समिति का गठन आंदोलन को प्रभावशाली बनाने के उपाय ढूँढ़ने के लिए किया गया। 15 जनवरी, 1908 को दूसरी बैठक हुई, जिसमें भारतीय अकाल के कारणों की पड़ताल की जाँच करने का निश्चय किया गया।[136]

अमेरिका में ब्रिटिश विरोधी भावनाओं का प्रचार होना आरंभ हो गया था। 1906 के शरद ऋतु में 'पैन आर्यन एसोसिएशन' की स्थापना 1, वेस्ट 34वीं स्ट्रीट में मराठा ईसाई सैम्युअल लुकाश जोशी, पिता-स्वर्गीय रेव. लुकाश मलोबा जोशी, चर्च मिशनरी सोसाइटी एवं भोपाल के मोहम्मद बरकतुल्लाह द्वारा की गई। इसमें उन्हें आयरिश संस्था 'क्लान-ना-गेल' से मदद मिली। सितंबर 1907 में मायरॉन एच. फेल्प्स, वकील द्वारा 'इंडो अमेरिकन नेशनल एसोसिएशन' का गठन किया गया, जिसका नाम नवंबर 1907 में बदलकर 'सोसाइटी फॉद दि एडवांसमेंट ऑफ इंडिया' कर दिया गया। अक्तूबर 1907 में मैडम कामा न्यूयॉर्क पहुँचीं और एक साक्षात्कार में उन्होंने कहा कि भारत गुलाम है।[137] जनवरी 1908 में पैन-आर्यन के सहयोग से न्यूयॉर्क में एक मकान किराए पर लिया गया और इसका नाम 'इंडिया हाउस' रखा गया। यह भारतीय छात्रों के रहने के लिए सस्ती जगह थी और बैठक का स्थल भी। शिकागो, डेट्रॉयट में इसकी शाखाएँ

खोली गईं और सदस्य संख्या सैकड़ों तक पहुँच गई। 'इंडिया हाउस' के छात्र क्लान-ना-गेल के व्यवहार से प्रसन्न नहीं थे और सदस्य संख्या घटकर डेढ़ सौ रह गई। फरवरी 1909 में फेल्प्स ने 'इंडिया हाउस' को बंद कर दिया और 27 मार्च को बोस्टन से नेपल्स होते हुए भारत के लिए रवाना हो गए।[138] जनवरी 1909 में फ्रीमैन ने 'इंडो-अमेरिकन क्लब' की स्थापना की, लेकिन इसे भी मार्च 1910 में बंद कर देना पड़ा।

'सावरकर प्रकरण' में भारतीय क्रांतिकारियों को मुँह की खानी पड़ी। क्रांतिकारी नेतृत्व में आई शून्यता को भरने के लिए बिपिन चंद्र पाल ने 8 नवंबर, 1910 को 'हिंद बरादरी' का गठन किया, जिसकी पहली बैठक की अध्यक्षता जे.एम. पारिख ने की। पाल स्वयं इसके अध्यक्ष बने और आसफ अली, डी.पी. मुखर्जी और के.एन. दासगुप्ता को उपाध्यक्ष और निरंजन पाल को सचिव बनाया गया। कुछ दिनों बाद इसका नाम बदलकर 'हिंदुस्तान सोसाइटी' कर दिया गया। मार्च 1911 में पाल ने एक अन्य मासिक पत्र 'दि इंडियन स्टुडेंट' का प्रकाशन आरंभ किया, जिसके लिए वित्तीय सहायता बड़ौदा के गायकवाड़ ने दिया। हालाँकि अब तक पाल की वित्तीय स्थिति ठीक हो चुकी थी। द्वितीय अंक के बाद ही पत्र का प्रकाशन बंद हो गया और 13 मई, 1911 को 'हिंदुस्तान सोसाइटी' बंद हो गई। इस प्रकार इंग्लैंड के क्रांतिकारी कार्यों का अंत हो गया। 16 सितंबर, 1910 को खापर्डे भारत आ चुके थे। पाल जब सितंबर 1911 को भारत वापस लौटे तो इसकी खबर किसी ने नहीं ली।[139]

एस.आर. राणा और कामा की उम्र अधिक हो गई थी और उनमें नेतृत्व क्षमता का अभाव था। सावरकर इंग्लैंड से चले गए थे। अय्यर, चट्टोपाध्याय और हरदयाल का आपस में मतैक्य नहीं था। 28 सितंबर, 1910 को हरदयाल 'रास डिबूटी', पेरिस के लिए रवाना हुए और फरवरी 1911 में अमेरिका चले गए। उनके प्रस्थान के एक महीने बाद अय्यर पेरिस से जेनेवा होते हुए बर्लिन चले गए। वहाँ से वे 4 दिसंबर, 1911 को पांडचेरी पहुँचे। फ्रांस में चट्टोपाध्याय अकेले बच गए। उनका कामा से मतभेद था। मतभेद को दूर करने के लिए 24 दिसंबर को दोनों की बैठक भी हुई, लेकिन कोई फलाफल नहीं निकला एवं अप्रैल 1911 के आरंभ में तिरुमल अचारी म्यूनिख के लिए रवाना हो गए।[140]

1911 में कामा अकेले 'वंदे मातरम्' का प्रकाशन कर रही थीं। इंग्लैंड-जापान गठजोड़ के विरुद्ध लोगों की मानसिकता बढ़ाने में जापान में बरकतुल्लाह सफल सिद्ध हो रहे थे, जिसका प्रचार राणा, कामा और हीरालाल बैंकर ने किया। इसमें उन्हें कुछ जापानी व्यापारियों ने भी मदद की। श्यामजी अभी भी पेरिस में अलग-थलग होकर रह रहे थे। समाचार आया कि 21 अप्रैल, 1914 को किंग जॉर्ज पेरिस आ रहे हैं। क्रांतिकारियों को गंध लग गई कि राजा के आगमन के पूर्व भारतीयों को नजरबंद किया जा सकता है। अप्रैल के द्वितीय सप्ताह में चट्टोपाध्याय बर्लिन चले गए और जून में श्यामजी जेनेवा चले गए।

जुलाई 1914 में 'सोशियोलॉजिस्ट' का उन्होंने प्रकाशन आरंभ कर दिया। प्रथम विश्वयुद्ध के आरंभ के बाद स्विस अधिकारियों के आग्रह पर राजनीतिक गतिविधियाँ उन्हें बंद कर देनी पड़ीं। हालाँकि राणा और कामा पेरिस में रह गए थे, लेकिन फ्रांस अधिकारियों के निर्देशानुसार जून 1914 में उन्हें 'वंदे मातरम्' का प्रकाशन बंद कर देना पड़ा।[141]

प्रथम विश्वयुद्ध के आरंभ होते हुए राणा और कामा को पुलिस निगरानी में बारडेक्स और मार्सेली में रखा गया और 25 अक्तूबर को उन्हें निर्वासन की सजा दी गई। कामा जब पूछताछ के लिए बारडेक्स आईं तो उन्हें पता चला कि 6 अक्तूबर को राणा को भी निर्वासित कर दिया गया है। कामा पर आरोप था कि वे भारतीय सिपाहियों को उकसाने के लिए मार्सेली में घुसी थीं। राणा को जनवरी 1915 में निर्वासित कर मार्टिनेक में रखा गया और राणा को युद्ध अवधि तक विची में रखा गया। इस प्रकार क्रांतिकारियों के कार्यों पर विराम लग गया।[142] मदनलाल ढींगरा अमृतसर के एक खत्री कुल में उत्पन्न हुए थे और धनी परिवार से आते थे। पंजाब विश्वविद्यालय से बी.ए. पास करने के बाद आगे पढ़ने के लिए वे इंग्लैंड गए। वे वहाँ शहर के आमोद-प्रमोद में लिप्त हो गए। वे घंटों बैठकर गुलाब के फूल का निरीक्षण किया करते थे। उनके बारे में खुफिया प्रतिवेदन दिया गया कि या तो वे कवि हैं अथवा क्रांतिकारी। लंदन में ही वे विनायक के संपर्क में आए। सावरकर से मिलने के बाद उनका लक्ष्य बिल्कुल स्पष्ट हो गया। सावरकर से गुप्त रूप से मिलने के बाद ढींगरा ने सावरकर एवं भारतीय समूह के लोगों से अपनी दूरी बढ़ा ली और सर कर्जन वाइली से वे लगातार मिलने लगे। उनके इस मेल-जोल की चर्चा भारतीय छात्रों के बीच अधिक होने लगी और अन्य छात्र ढींगरा के इस व्यवहार की अप्रत्यक्ष रूप से आलोचना करने लगे।[143] 1 जुलाई, 1909 को मदनलाल ढींगरा ने लंदन के साम्राज्य विद्यालय की एक सभा में सर कर्जन वाइली नामक अंग्रेज को गोली मार दी। कर्जन भारत मंत्री के शरीर रक्षक थे, किंतु वास्तव में वे भारतीय छात्रों पर खुफिया का काम करते थे। उन्होंने सावरकर तथा श्यामजी के 'भारत भवन' के मुकाबले भारतीय विद्यार्थियों की एक सभा खोल रखी थी।[144]

मदनलाल ढींगरा हत्या के बाद रँगे हाथ पकड़े गए थे। ढींगरा के निवास की तलाशी के दौरान दो पिक्चर पोस्टकार्ड पाए गए। एक पर तारकनाथ दास के पत्र 'फ्री हिंदुस्तान' (न्यूयॉर्क) में कुछ ही दिन पूर्व प्रकाशित चित्र की नकल थी। इसमें भारतीयों को तोपों के आगे उड़ाते हुए दिखाया गया था। न्यायालय में अपने बयान में ढींगरा ने कहा कि 'मैं यह बयान इसलिए दे रहा हूँ कि संसार को, विशेषत: अमेरिका के हमारे समर्थकों को, यह पता लग जाए कि हमारा यह पुण्य कार्य न्यायसंगत है।[144ए] अदालत में उन्होंने बयान दिया—'जो सैकड़ों अमानुषिक फाँसी तथा कालेपानी की सजा हमारे देशभक्तों को हो रही हैं, मैंने उसी का एक साधारण सा बदला उस अंग्रेज के रक्त से लेने

की चेष्टा की है। मैंने इस संबंध में अपने विवेक के अतिरिक्त किसी से सलाह नहीं ली। मैंने किसी के साथ षड्यंत्र नहीं किया। मैंने तो केवल अपना कर्तव्य पूरा करने की चेष्टा की है।' 16 अगस्त, 1909 को मदनलाल ढींगरा को फाँसी दे दी गई और उनकी लाश जेल के अंदर ही दफन कर दी गई।[145] 1909 के फरवरी महीने में विनायक को पेरिस में 20 ब्राउनिंग पिस्तौलें मिली थीं, जो कारतूस से भरी हुई थीं। उसी समय भारत में चतुर्भुज अमीन नामक काम करनेवाला रसोइया भारत लौट रहा था। उसके संदूक में एक नकली पेंदा बनाकर इन पिस्तौलों को इसमें डाल दिया गया और भारत भेज दिया गया।[146]

संदर्भ—

1. अमिताभ मुखर्जी (सं.), 'मिलिटेंट नेशनलिज्म इन इंडिया', 1995, पृष्ठ–57।
2. विश्वमित्र उपाध्याय, 'विदेशों में भारतीय क्रांतिकारी आंदोलन', प्रथम भाग, पृष्ठ–15।
3. सीताराम झा 'श्याम', 'भारतीय स्वातंत्र्य संग्राम की रूपरेखा', 1981,पृष्ठ–13, बिहार हिंदी ग्रंथ अकादमी, प्रेमचंद्र मार्ग, राजेंद्र नगर, पटना।
4. विश्वमित्र उपाध्याय, पृष्ठ–15।
5. सीताराम झा 'श्याम', पृष्ठ–17।
6. विश्वमित्र उपाध्याय, पृष्ठ–15।
7. सोहन सिंह जोश, 'हिंदुस्तान गदर पार्टी', 1977, पीपुल्स पब्लिशिंग हाउस, नई दिल्ली।
8. अमिताभ मुखर्जी (सं.), पृष्ठ–58।
9. एमिली सी. ब्राउन, 'हरदयाल हिंदू रिवॉल्यूशनरी एंड रेशनलिस्ट', 1975, मनोहर, पृष्ठ–10।
10. चमनलाल, करतार सिंह सराभा, 2007, पृष्ठ–6।
11. एल.पी. माथुर, 'इंडियन रिवॉल्यूशनरी मूवमेंट इन द यू.एस.ए.', 1970, पृष्ठ–2।
12. अयोध्या सिंह, भारत का मुक्ति संग्राम, 1977, मैकमिलन इंडिया लिमिटेड, पृष्ठ–233।
13. अमिताभ मुखर्जी, पृष्ठ–60।
14. स्वामी चेतनानंद, 'गॉड लिव्ड विद देम, लाइफ स्टोरीज ऑफ सिक्सटीन मोनास्टिक डिसिपल ऑफ श्री रामकृष्ण', पृष्ठ–43।
15. भरत सिंह (सं.) गोदारण, अंक–8, अक्तूबर–दिसंबर, 2010, पृष्ठ–11।
16. स्वामी चेतनानंद, पृष्ठ–45।
17. अशोक कुमार मुखोपाध्याय, 'टेरोरिज्म—ए कोलोनियल कंस्ट्रक्ट', पृष्ठ–189।
18. ए.सी. बोस, 'इंडियन रिवॉल्यूशनरीज एब्रॉड', 1971, पृष्ठ–38, भारती भवन, पटना।
19. प्रीतम सिंह पंछी, 'गदर की गूँज और कामागाटा मारू का रोमांच', 1977, राजधानी ग्रंथागार, 59, एच–VI, लाजपत नगर, नई दिल्ली, पृष्ठ–20।

20. एफ.सी.आई. सेमांगर एंड जे. स्लेटरी, 'एन एकाउंट ऑफ द गदर कंसिपिरेसी' 1913–15, 1919, अर्चना पब्लिकेशंस, 286, चाणक्य पुरी, सदर, मेरठ।
21. ए.सी. बोस, पृष्ठ–37।
22. वही, पृष्ठ–9।
23. स्वामी चेतनानंद, पृष्ठ–44।
24. अमिताभ मुखर्जी, पृष्ठ–60।
25. जेम्स कैंपबेल केर, 'पॉलिटिकल ट्रबुल इन इंडिया', पृष्ठ–13।
26. वही।
27. मन्मथनाथ गुप्त, 1948, 'भारत में सशस्त्र क्रांति चेष्टा का रोमांचकारी इतिहास', नागरी प्रेस, दारागंज, प्रयाग, पृष्ठ–17।
28. अयोध्या सिंह, 235।
29. एल.पी. माथुर, पृष्ठ–4।
30. वही।
31. ए.सी. बोस, पृष्ठ–9।
32. एल.पी. माथुर, पृष्ठ–4।
33. ए.सी. बोस, पृष्ठ–4 एवं 5।
34. मन्मथनाथ गुप्त, पृष्ठ–18।
35. वही, पृष्ठ–19।
36. अयोध्या सिंह, पृष्ठ–23।
37. वही।
38. एल.पी. माथुर, पृष्ठ–5।
39. ए.सी. बोस, पृष्ठ–9।
40. एल.पी. माथुर, पृष्ठ–5।
41. जेम्स कैंपबेल केर, पृष्ठ–322।
42. अयोध्या सिंह, पृष्ठ–242।
42ए. वही, पृष्ठ–203।
43. आर.सी. मजुमदार, 'हिस्टरी ऑफ फ्रीडम मूवमेंट इन इंडिया', भाग–2,1975, कलकत्ता, पृष्ठ–281।
44. अयोध्या सिंह, पृष्ठ–251।
44क. मन्मथनाथ गुप्त, 1948, 'भारत में सशस्त्र क्रांति चेष्टा का रोमांचकारी इतिहास', नागरी प्रेस, दारागंज, प्रयाग, पृष्ठ–46।
44ख. वही, पृष्ठ–44।
45. मन्मथनाथ गुप्त, पृष्ठ–42।
46. वही, पृष्ठ–43।
47. वही, पृष्ठ–44।

48. वही, पृष्ठ–47।
49. वही, पृष्ठ–48।
50. वही,पृष्ठ–49।
51. वही।
52. अयोध्या सिंह, पृष्ठ–250।
53. आर.सी. मजुमदार, पृष्ठ–281।
54. अयोध्या सिंह, पृष्ठ–251।
55. 'सेडिशन कमेटी रिपोर्ट', 1918, पृष्ठ–20।
56. अयोध्या सिंह, पृष्ठ–242।
57. वही, पृष्ठ–243।
58. वही, पृष्ठ–244।
59. वही, पृष्ठ–253।
60. जेम्स कैंपबेल केर, पृष्ठ–320।
61. वही, पृष्ठ–321–22।
62. वही, पृष्ठ–320।
63. वही, पृष्ठ–329।
64. वही, पृष्ठ–20।
65. अयोध्या सिंह, पृष्ठ–236।
66. वही, पृष्ठ–236।
67. मन्मथनाथ गुप्त, पृष्ठ–32।
68. 'राष्ट्रधर्म', संपादक—आनंद मिश्र 'अभय', संस्कृति भवन, राजेंद्र नगर, लखनऊ।
69. अयोध्या सिंह, पृष्ठ–237।
70. 'राष्ट्रधर्म', वही।
71. वही।
72. अयोध्या सिंह, पृष्ठ–237।
73. 'राष्ट्रधर्म', वही।
74. मन्मथनाथ गुप्त, पृष्ठ–19।
75. राष्ट्रधर्म, वही।
76. अयोध्या सिंह, पृष्ठ–237।
77. 'उद्‍भट क्रांतिकारी अनंत लक्ष्मण कन्हारे', संपादक—आनंद मिश्र 'अभय', 'राष्ट्रधर्म', अप्रैल 2012, संस्कृति भवन, राजेंद्र नगर, लखनऊ।
78. अयोध्या सिंह, पृष्ठ–236।
79. मन्मथनाथ गुप्त, पृष्ठ–19।
80. अयोध्या सिंह, पृष्ठ–237।
81. जेम्स कैंपबेल केर, पृष्ठ–341–42।

82. अशोक कुमार मुखोपाध्याय, 'टेरोरिज्म—ए कोलोनियल कंस्ट्रक्ट', पृष्ठ–189।
83. मन्मथनाथ गुप्त, पृष्ठ–40।
84. अयोध्या सिंह, पृष्ठ–257।
85. वही।
86. जेम्स कैंपवेल केर, पृष्ठ–21 87, वही।
87. वही।
88. डब्ल्यू सेली, 'बिहार और उड़ीसा में क्रांतिकारी संगठन के साथ संबंध', 1906–16, द्वितीयक स्रोत—'अयोध्या सिंह, भारत का मुक्ति संग्राम', पृष्ठ–258।
89. अयोध्या सिंह, पृष्ठ–258।
90. वही, पृष्ठ–260।
91. मन्मथनाथ गुप्त, पृष्ठ–40।
92. जेम्स कैंपबेल केर, पृष्ठ–12।
93. वही, पृष्ठ–12–13।
94. वही, पृष्ठ–183।
95. वही, पृष्ठ–185।
96. वही।
97. वही, पृष्ठ–186–87।
98. वही, पृष्ठ–331–32।
99. मन्मथनाथ गुप्त, पृष्ठ–40।
100. ए.सी. बोस, पृष्ठ–14।
101. मन्मथनाथ गुप्त, पृष्ठ–20।
102. ए.सी. बोस, पृष्ठ–38।
103. अशोक कुमार मुखोपाध्याय, पृष्ठ–189।
104. ए.सी. बोस, पृष्ठ–14।
105. वही, पृष्ठ–10।
106. मन्मथनाथ गुप्त, पृष्ठ–24।
107. वही।
108. वही।
109. ए.सी. बोस, पृष्ठ–14।
110. वही, पृष्ठ–16।
111. वही, पृष्ठ–17।
112. वही, पृष्ठ–15।
113. वही, पृष्ठ–15।
114. वही, पृष्ठ–18।
115. वही, पृष्ठ–19।

116. वही।
117. वही।
118. वही।
119. वही, पृष्ठ-21।
120. वही, पृष्ठ-22।
121. वही।
122. वही, पृष्ठ-23।
123. वही, पृष्ठ-24।
124. वही।
125. वही।
126. वही, पृष्ठ-25।
127. वही, पृष्ठ-22।
128. वही, पृष्ठ-20।
129. वही, पृष्ठ-26।
130. वही, पृष्ठ-27।
131. वही, पृष्ठ-28।
132. वही।
133. वही, पृष्ठ-29।
134. वही, पृष्ठ-30।
135. वही, पृष्ठ-40।
136. वही, पृष्ठ-40।
137. अशोक कुमार मुखोपाध्याय, पृष्ठ-190।
138. वही, पृष्ठ-41।
139. वही, पृष्ठ-32।
140. वही।
141. वही, पृष्ठ-34।
142. वही।
143. मन्मथनाथ गुप्त, पृष्ठ-27।
144. वही।

144.ए प्रीतम सिंह पंछी, 'गदर की गूँज और कामागाटा मारू का रोमांच', पृष्ठ-48।

145. मन्मथनाथ गुप्त, पृष्ठ-30।
146. वही, पृष्ठ-19।

□

पंजाब में सामाजिक एवं राजनीतिक असंतोष

पंजाब ब्रिटिश भारत का बगीचा था। यदि एशिया में किसी एक प्रांत को ब्रिटिशों ने पूरे मनोयोग से विकसित किया तो वह पंजाब ही था, जो सर हेनरी लॉरेंस के कर्तव्यों की उपज थी।[1] मध्य पंजाब को नदियाँ तीन हिस्सों में विभाजित करती थीं। रावी और व्यास नदी के बीच का मैदानी हिस्सा 'माझा' या 'माँझा' कहलाता था और इसके निवासी 'मंझहैल्स' कहलाते थे। सतलज नदी के दक्षिण और पूरब का हिस्सा 'मालवा' कहलाता था और व्यास और सतलज नदी के बीच का हिस्सा 'दोआबा' कहलाता था।[2] 1747 से 1760 तक अफगान आक्रमणकारी अहमदशाह अब्दाली दोआबा क्षेत्रों से कई बार गुजरा। वस्तुतः यह क्षेत्र सिख गुरिल्ला सैनिकों का क्षेत्र बन गया। उन्नीसवीं सदी के आरंभिक वर्षों में यह संपूर्ण क्षेत्र महाराजा रंजीत सिंह के क्षेत्राधिकार में आ गया और यहाँ का शासन लाहौर से होता था। 1839 में महाराजा रंजीत सिंह की मृत्यु एवं 1846 में आंग्ल-सिख युद्ध के बाद इस क्षेत्र में शासन की संशय की स्थिति बन गई। दोआबा क्षेत्र ने ब्रिटिश सेना के सामने आत्मसमर्पण कर दिया और यह क्षेत्र आयुक्त जॉन लॉरेंस के क्षेत्राधिकार में तब्दील हुआ। 1848-49 में द्वितीय आंग्ल-सिख युद्ध के बाद दो वर्षों तक शासन की स्थिति पूर्ववत् बनी रही।[3] ब्रिटिश ईस्ट इंडिया कंपनी द्वारा 1849 में पंजाब पर आक्रमण किया गया और 1857 के गदर के बाद 1858 में पंजाब का शासन सीधे तौर पर ब्रिटिश साम्राज्य के अंतर्गत आ गया। 1857 के गदर को दबाने में अंग्रेज सरकार को पंजाब के देशी सिख राजाओं से मदद मिली। 1857 में हुई क्रांति के बाद अंग्रेजों ने अपनी सेना को नए सिरे से सुव्यवस्थित करना शुरू किया। इसके लिए पंजाब को 'गैरीसन स्टेट' यानी 'रक्षक राज्य' माना गया। ब्रिटिश सैनिक अधिकारी लॉर्ड रॉबर्ट्स और लॉर्ड किचनर द्वारा तैयार की गई योजना के अनुसार पंजाब ऐसे राज्य के रूप में चिह्नित किया गया, जहाँ से सैनिकों की नियुक्ति सबसे अधिक होने की संभावना थी।[4] 1857 के गदर

की असफलता के बाद के कुछ दशकों में देश में हुए दमन के कारण खुले विद्रोह की परिस्थितियाँ नहीं थीं, परंतु सशस्त्र संघर्ष की परंपरा मरी नहीं थी।[5] वहाबी आंदोलन की तरह ही पंजाब का कूका आंदोलन सिख धर्म के पुरातन स्वरूप को बहाल करने के उद्देश्य से किया गया था, जिसकी अंतिम परिणति अंग्रेजों से भारत को आजाद कराने के रूप में हुई।

भगत जवाहरमल द्वारा कूका आंदोलन का गठन पश्चिम पंजाब में 18वीं शताब्दी में ब्रिटिश द्वारा पंजाब पर आधिपत्य जमाने के कुछ वर्ष पूर्व हुआ था। भगत जवाहरमल 'सियाँ साहब' के नाम से प्रचलित थे। सिख धर्म में आई विसंगति, जैसे जातिगत आधार पर भेदभाव, विधवाओं के साथ दोयम व्यवहार, मूर्ति पूजा आदि को मिटाने के लिए इस संगठन की स्थापना की गई थी। सियाँ साहब और उनके शिष्य बालक सिंह द्वारा उत्तर-पश्चिम सीमांत प्रांत के हाजरो में इसका मुख्यालय बनाया गया। इसके कार्यकर्ताओं की अलग पोशाक थी—अपनी पगड़ी ये अलग ढंग (सिद्धपाग) से बाँधते थे, गले में एवं कलाई पर भी उनका विशेष चिह्न रहता था। 1863 में बालक सिंह की मृत्यु के बाद राम सिंह इसके नेता बने। वे पहले नव निहाल सिंह नामक सिख शासक की सेवा में कार्य कर चुके थे।[6] उन्होंने संगठन में जाट एवं नीची जाति के लोगों की बड़ी संख्या में नियुक्ति की। गुरु गोविंद सिंह की भक्ति, खालसा का प्रभुत्व स्थापित करना और अंग्रेजी सरकार को देश से बाहर निकालना इनका मुख्य उद्देश्य था।[7] राम सिंह सार्वजनिक रूप से कहा करते थे कि जब एक लाख पच्चीस हजार सिख उनके साथ आ जाएँगे तो अंग्रेज को यहाँ से भगा दिया जाएगा। इसके बाद कूकाओं का भारत में गजनी से कलकत्ता तक राज हो जाएगा। राम सिंह बाद में 'भैनी आला' नामक स्थान पर आ गए, जो लुधियाना से 14 मील पूरब में अवस्थित है। अपने समर्थकों को उन्होंने सैन्य शिक्षा देनी शुरू की और अपने संगठन में 'सूबा' और 'नायब सूबा' का ओहदा स्थापित किया। हालाँकि उनके सांगठानिक क्रिया-कलाप, खासकर महिला और पुरुष अनुयायियों द्वारा समवेत नृत्य की खासी आलोचना भी हुई।[8] पंजाब के किसानों के बीच नामधारी संप्रदाय के कूका आंदोलन का मुख्य लक्ष्य धार्मिक और सामाजिक सुधार था।[9] 1863 के बाद से ही कूका आंदोलन से अंग्रेज को खतरा महसूस होने लगा था।[10] यह भी खबर फैली कि राम सिंह और नेपाल नरेश के बीच 'गुप्त समझौता' हो गया है और 1870 में नेपाल नरेश के सहयोग से जम्मू में 'कूका रेजीमेंट' की स्थापना की गई है। सरकारी सेवा का परित्याग करने, सरकारी स्कूलों में बच्चों को नहीं भेजने, सरकारी न्यायालयों का बहिष्कार कर अपने विवाद पंचायत में सुलझाने, विदेशी वस्तुओं का बहिष्कार करने और यहाँ तक कि डाक सेवा का भी बहिष्कार करने का उन्होंने ऐलान कर दिया। वे घर में बने स्वदेशी कपड़े पहनने तथा आत्मनिर्भर होने पर जोर देते थे।[11]

सिख एकता को तोड़ने में देशी राजा एवं जमींदारों द्वारा किए गए प्रयास के कारण 'सिंह सभा' की स्थापना अंग्रेजों की चाटुकारिता के लिए हुई, वहीं दूसरी धरा, विदेशों से आयातित सामानों का बहिष्कार, हाथ से बुने हुए वस्त्रों को पहनने, न्यायालय, यहाँ तक कि पोस्टल सेवा तक का बहिष्कार आरंभ कर दिया। अमेरिका में गठित 'गदर पार्टी' के संस्थापक अध्यक्ष सोहन सिंह भाखना गुरु बाबा राम सिंह के ही शिष्य थे।[12] 1863 के बाद से ही कूका आंदोलन से अंग्रेज को खतरा महसूस होने लगा था। 1871 के पूर्व कूकाओं द्वारा पंजाब के आस-पास के क्षेत्रों की कई जगहों पर मूर्तियों को तोड़ दिया गया और कुछ कसाइयों की हत्या कर दी गई, जिन पर उन्हें शक था कि ये लोग गौ-हत्या करते हैं। पंजाब को जब अंग्रेजों ने जीता था तो 'सिख-दरबार' जाकर विश्वास दिलाया गया था कि वे पंजाब में 'गौ-हत्या' बंद करवा देंगे, लेकिन ऐसा हुआ नहीं। सड़कों पर खुलेआम गौ मांस बेचे जाते थे। इसी कारण कूकाओं के निशाने पर कसाई आए थे। इस कारण अंग्रेजों से कूकाओं की दुश्मनी बढ़ती चली गई।[13] अमृतसर के स्वर्ण मंदिर के एक दरवाजे के निकट सार्वजनिक बूचड़खाना खोल दिया गया और गाय की हड्डियाँ एक 'हिंदू कुआँ' में पाए जाने के बाद कूकाओं का खून खौलने लगा। चार कसाइयों की हत्या कूकाओं द्वारा की गई और तीन लोगों अन्य कसाई बुरी तरह घायल हो गए। लुधियाना के रायकोट में कूकाओं ने तीन की हत्या कर दी और तेरह लोग घायल हो गए। ऐसा कहा जाता है कि इन हत्याओं से राम सिंह का कोई भी लेना-देना नहीं था। कूकाओं ने महज धार्मिक उन्माद के कारण ये हत्याएँ की थीं।

13 जनवरी, 1872 को भैनी में आयोजित एक सभा में 150 लोग शामिल हुए। सभा का नेतृत्व पटियाला क्षेत्र के सकरौंदी गाँव के दो जाटों ने किया था। इसकी सूचना राम सिंह ने पूर्व में ही पुलिस को दे दी थी कि ये लोग उनके नियंत्रण में नहीं हैं और कुछ अनहोनी को अंजाम दे सकते हैं। ये लोग अपने हाथों में कुल्हाड़ी, डंडा लिये मलेरकोटला शहर पर आक्रमण करने के लिए निकल पड़े। पटियाला के पाएल तक वे शांतिपूर्वक गए और दूसरे मलौध में पुनः एकत्र हुए। यह क्षेत्र सरदार बदन सिंह का था। भीड़ चाहती थी कि सरदारजी नेतृत्व करें और उनसे हथियार एवं पैसों का सहयोग मिले। संघर्ष में दोनों ओर के दो-दो लोगों की मृत्यु हुई और कूका के हाथ तीन घोड़े, एक बंदूक और एक तलवार लगी। बाकी लोग इनके साथ नहीं आए और इनकी संख्या 150 से अधिक कभी नहीं हुई। अगला निशाना मलेरकोटला की राजधानी कोटला थी, जो मलौध से नौ मील की दूरी पर थी। 15 जनवरी की सुबह नवाब के महल एवं खजाने पर हमला कर दिया गया।[14]

बाबा राम सिंह के आदेश के प्रतिकूल 150 कूका आंदोलनकारियों द्वारा लुधियाना के निकट मलौध और कोटला (मलेरकोटला) नामक छोटे जमींदार के यहाँ हमला

कर दस लोगों की हत्या कर दी गई[15] और 17 लोग घायल हुए, जबकि कूकाओं के 9 लोग मारे गए थे और 38 घायल हुए थे। लेकिन नवाब की फौज ने उन्हें खदेड़ दिया और पटियाला जाकर 68 कूकाओं ने आत्मसमर्पण कर दिया। विद्रोह की खबर पाकर लुधियाना के डिप्टी कमिश्नर मि. एल. कोबान दल-बल के साथ रवाना हुए और जिन 68 लोगों को कैद किया गया था (इनमें 29 घायल लोग भी शामिल थे), को सौंपने का फरमान जारी किया गया। इनमें से 49 लोगों को तोप से उड़ा दिया गया।[16] यह मलेरकोटला में हुई हत्याओं के लिए बदला लेने का एक बहाना मात्र था। 21 बाकी लोगों पर कमिश्नर द्वारा मुकदमा चलाया गया और दूसरे दिन 22 नौ कूकाओं को फाँसी दी गई और दो को आजीवन कारावास दिया गया। मिस्टर कोवान ने 49 कूकाओं को 16, 17, 18 जनवरी, 1872 को तोपों से उड़वा दिया। एक कूका को तलवार से टुकड़े-टुकड़े कर दिया गया तथा पाँच को उम्रकैद की सजा सुनाकर कालेपानी भेज दिया गया।[17] इन घटनाओं के कारण कूका अधिक उग्र हो गए।[18] राम सिंह को अपने ही गाँव में नजरबंद कर दिया गया, हालाँकि राम सिंह का कोई कसूर नहीं था। उसने पूर्व में ही पुलिस एवं प्रशासन को सूचना दे दी थी, लेकिन प्रशासन द्वारा घटना की रोकथाम के लिए कोई उपाय नहीं किए गए। बावजूद इन्हें वायसराय कौंसिल के आदेश के तहत आजीवन कारावास की सजा दी गई और रंगून जेल भेज दिया गया, जहाँ 1885 में इनकी मृत्यु हो गई।[19] इसकी चर्चा गाँव में अब भी हो रही थी।[20] इस घटना से भारतीयों में बहुत आक्रोश फैला और वे अंग्रेज सरकार का 'असली चेहरा' पहचानने लगे।[21] वास्तव में यह 1857 के गदर की प्रतिशोधी घटनाओं की पुनरावृत्ति थी।[22] गौ-हत्या के प्रतिशोध में 1871 में अमृतसर और रायकोट में हुई हत्याओं के कारण कूका आंदोलनकारियों को सार्वजनिक फाँसी दी गई थी।[23]

कूका विद्रोह के दमन से यह स्पष्ट हो गया था कि सरकार किसी भी आंदोलन को बरदाश्त करने को तैयार नहीं थी। ऐसी परिस्थितियों में उन्नीसवीं सदी के उत्तरार्ध के प्रारंभिक दशकों में सशस्त्र आंदोलन प्रायः दबा रहा, जबकि थोड़ी भिन्न परिस्थितियों में प्रतिरोध का दूसरा स्वरूप लोकप्रिय हुआ।[24] पंजाब की कृषि पर अंग्रेज शासकों की नजर थी। इंग्लैंड के अनाज की पूर्ति वे पंजाब के कृषि उपज के निर्यात से करते थे और इससे वे अपनी आर्थिक स्थिति भी सुदृढ़ करते थे। अंग्रेज सरकार की नीति से पंजाब में छोटे जमींदारों की आर्थिक स्थिति अधिक अच्छी हुई, लेकिन किसान एवं मजदूरों की आर्थिक स्थिति लगातार खराब होती गई। वे कर्ज में दबते गए। देश बार-बार अकाल से ग्रसित होता गया।[25] पंजाब के प्रशासनिक ढाँचे में परिवर्तन किए गए। प्रशासनिक जिलों का पुनर्गठन, राजस्व एवं कृषि के लिए नए महकमे का निर्माण और छोटे न्यायालय के गठन से शासन अधिक सुदृढ़ बना। बंजर भूमि का विकास एक नया कदम था। सरकार

के प्रोत्साहन से अनाज आधारित खेती के बदले निर्यात आधारित नकदी खेती का विस्तार हुआ और कृषकों को अनाज के बदले नकद मिलना आरंभ हुआ। टैक्स में बढ़ोतरी हुई। निश्चित तिथि को अनिवार्य रूप से टैक्स चुकाने के कारण किसानों को कर्ज लेने पर मजबूर होना पड़ा। वे गाँव के सूदखोरों से कर्ज लेते थे। नए-नए कानून, अदालती निर्णयों एवं वकीलों के शोषण के कारण बाजार में पैसों का प्रचलन अधिक हुआ। सूदखोरों के व्यापार बढ़ते गए, उनकी संख्या भी बढ़ती गई; लेकिन किसान दिन-प्रतिदिन कर्ज में डूबते चले गए।[26]

पंजाब के ग्रामीणों के लिए सेना की नौकरी जीविकोपार्जन का सबसे प्रमुख आधार था। इन दिनों इंग्लैंड पूरे विश्व भर में विभिन्न युद्धों में संलिप्त था। पंजाब की सामाजिक स्थिति के कारण अंग्रेज अधिकारियों को पंजाब से अधिक मात्रा में सेना की नियुक्ति का मौका मिला। तन ताई तौंग ने लिखा है कि रोहतक के जाटों की तरह पंजाब के किसान परिवार के युवकों को भी लगा कि सूदखोरों के चंगुल से बचने का सबसे अच्छा तरीका सेना की नौकरी ही है।[27] सेना में नियुक्ति के लिए पश्चिमी पंजाब के रंगरूट सबसे अच्छे माने जाते थे। इन इलाकों में कृषक वर्ग के असंतोष के कारण सरकार की चिंता सेना में भरती होनेवाले जवानों के प्रति हुई। दूसरी ओर, किसानों को साहूकारों के चंगुल से बचाने की जिम्मेदारी भी सरकार के ऊपर थी।[28]

उन्नीसवीं सदी में पंजाब में भूमि-सुधार कार्यक्रम के अंतर्गत नहरों का विस्तार, सिंचाई सुविधा में वृद्धि एवं उत्पादित अन्न को बाजार उपलब्ध कराना था। इन सुधारों से एक ओर किसानों में जहाँ समृद्धि आई, वहीं दूसरी ओर जमीन के भाव में बेतहाशा वृद्धि भी हुई। 1969 में आए अकाल में भारी तादाद में पशुओं की क्षति हुई और 1870 तक पंजाब में कर्जदारी बहुत बढ़ गई। साहूकारों के चंगुल में किसान फँसते चले गए। किसान एवं साहूकार के बीच विवाद न्यायालयों में घसीटे जाते और कचहरी-वकील के चंगुल में फँसकर किसान पुनः साहूकार के चंगुल में आ जाते। शादियों पर बेतरतीब खर्च, लड़कियों को दहेज देना, पत्नियाँ खरीदने पर खर्च, झगड़ा-मुकदमा, शराब-अफीम के सेवन एवं पारिवारिक झगड़ों के कारण भी किसान सूद पर कर्ज लेते।[29]

1893 में पारित 'पंजाब कोलोनाइजेशन ऑफ लैंड ऐक्ट' में संशोधन के कारण चेनाब नहर कॉलोनी में रहनेवाले लोगों के दैनिक जीवन पर गहरा असर पड़ा। अंग्रेज सरकार ने 1887 में एक वृहद् कार्यक्रम चलाया, जिसके फलस्वरूप चेनाब नदी के पानी को नहर बनाकर उन क्षेत्रों में सिंचाई सुविधा उपलब्ध कराई गई, जहाँ के खेत पहले बंजर थे। इसके बाद इन क्षेत्रों के खेत बहुत उपजाऊ होते चले गए। हालाँकि सरकार का पक्ष लेनेवाले इलाहाबाद से प्रकाशित 'पायोनियर' अखबार ने इन विधेयकों का जोरदार विरोध करते हुए लिखा कि अंग्रेज अधिकारियों की इस गलत सलाह से सरकार पर बुरा

असर पड़ेगा।[30] हालाँकि इस कानून से किसानों के हितों की रक्षा हुई, लेकिन समाज में जातिवाद का नया जहर सामने आने लगा। कौन किसान है और कौन किसान नहीं है, इसका निर्णय पेशे से नहीं, बल्कि जाति से होता था। सभी जाट, राजपूत और अनुसूचित जाति के लोगों को किसान घोषित कर दिया गया, जबकि खत्री, अरोड़ा और बनिया को गैर-किसान की श्रेणी में रख दिया गया। यहाँ यह ध्यान देने योग्य है कि पंजाब में हिंदू, मुसलिम और सिख, तीनों संप्रदाय के लोग रहते थे और ये जातियाँ सभी संप्रदाय में थीं। सिख अरोड़ा एवं खत्री अधिकतर किसान थे, जबकि हिंदू अरोड़ा एवं खत्री किसान नहीं थे। इस लिहाज से सिख अरोड़ा का नजदीकी पेशागत रिश्ता हिंदू जाट से था। इस कानून ने समाज में एक नई जातीय गोलबंदी खड़ी कर दी। सिख समुदाय तीन जातीय वर्गों, यथा-जाट, गैर-जाट (ब्राह्मण, खत्री और वैश्य थे) और अछूत (मजहबी, रामदासिये, सिकलीघर और कबीरपंथी) में बँट गया।[31]

पंजाब के तत्कालीन वित्त आयुक्त मैलकॉम डार्लिंग ने अपनी पुस्तक 'पंजाब पीजेंट्स इन प्रोस्पेरिटी एंड डेब्ट' में उल्लेख किया है कि नए ढंग से विकसित 'केनाल कॉलोनी' में 25 एकड़ जमीन का टुकड़ा आवंटित किया गया। 1875-76 में एक एकड़ भूमि का दाम 20 रुपया था, जो बढ़कर 1907-08 में 98 रुपया हो गया। लेकिन ऐसी जमीन जहाँ सिंचाई का प्रबंध नहीं था या जहाँ सिंचाई वर्षा पर आधारित थी, वहाँ की स्थिति दिन-प्रतिदिन खराब होती चली गई। महाजनों से लिये गए ऋण समय पर नहीं चुकाए जाने के कारण किसान अपनी जमीन या तो बेच देते थे या बंधक रख देते थे। बैरियर नामक एक अंग्रेज अधिकारी द्वारा लगाए गए अनुमान के मुताबिक 1886 में ऐसी जमीन का क्षेत्रफल करीब 120,000 एकड़ था, जो 1991 में बढ़कर चालीस लाख एकड़ हो गया। पंजाब में कहावत बन गई कि यदि किसान एक बार सूदखोर महाजन के चंगुल में फँस जाता है, तो न तो वह स्वयं और न ही उसका बच्चा आजीवन इससे निकल पाता है। ग्रामीणों की निरक्षरता सूदखोर महाजनों को शोषण करने में सहायता पहुँचाती थी। ब्रिटिश अधिकारियों को इस बात का आभास था कि उनकी नीतियों के कारण पंजाब में विषम स्थिति उत्पन्न हो गई है। इब्सन ने लिखा कि सरकार द्वारा बनाई गई नीतियाँ एवं कानून 'शोषण के नए इंजन' बन गए हैं। न्याय निर्णय किसानों के लिए मुसीबत बन गए हैं। अधिकरियों की भ्रष्टाचारिता और आवश्यक वस्तुओं के दाम में इजाफे से ग्रामीण जनता परेशान है।[32]

सरकार ने अधिक राजस्व, जनसंख्या में फैलाव और पंजाब के लिए एक 'आदर्श नीति' के तहत इस परियोजना पर 3 करोड़ की राशि खर्च कर दी। 1907 में सरकार को 7 लाख वार्षिक की दर से लाभ आना आरंभ हो गया। अमृतसर, गुरुदासपुर, जालंधर, सियालकोट और होशियारपुर जैसे घने इलाकों से हिंदू, मुसलिम एवं सिख जमींदारों के

बीच 20 लाख एकड़ जमीन वितरित की गई। इन कार्यों का प्रभारी 'कॉलोनी अधिकारी' को बनाया गया, जिसने क्षेत्र को छोटे-छोटे चक में विभक्त कर दिया, जहाँ नाली, बाजार आदि की उत्तम व्यवस्था की गई। एक किसान को करीब 27 एकड़ जमीन का टुकड़ा मिला। सेवानिवृत्त सैनिकों को एक से तीन एकड़ का अतिरिक्त 'मिलिटरी ग्रांट' मिला। इस क्षेत्र में किसान एवं सरकार के बीच मतभेद में न्यायालय को हस्तक्षेप करने का अधिकार नहीं होने के कारण कॉलोनी अधिकारी तानाशाह बन गए। ब्रिटिश अधिकारियों ने इस परियोजना को एक 'बड़ी सफलता' के रूप में प्रचारित करना आरंभ कर दिया।[33] केनाल कॉलोनी, लायलपुर में विकसित नहर प्रणाली के कारण बंजर भूमि में उन्नत खेती होने लगी। पंजाब सरकार ने अपने वफादार जमींदारों एवं पूर्व सैनिकों को 25 एकड़ जमीन का टुकड़ा लायलपुर में बसने के लिए दिया और वहाँ पर करीने से गाँवों एवं कस्बों को बसाया गया। जमीन का दाम जहाँ 1875-76 में 20 रुपया प्रति एकड़ था, 1907-08 में बढ़कर 98 रुपया प्रति एकड़ हो गया। लेकिन जिन खेतों की सिंचाई वर्षा पर आधारित थी, वहाँ लगातार सूखा पड़ा। गरीब किसानों की संख्या बढ़ी और पंजाब में नए सूदखोर एवं वकीलों का एक नया वर्ग उभरकर आया। कर चुकाने के लिए किसानों ने जमीन बेचना आरंभ कर दिया। सिर्फ 1886 में 120,000 एकड़ जमीन या तो बेची गई या गिरवी रखी गई। 1901 में चालीस लाख एकड़ जमीन गिरवी रखी जा चुकी थी। 1907 तक पंजाब में छह अकाल पड़े। प्रथम विश्वयुद्ध के चार वर्षों में कुल साढ़े छिहत्तर लाख व्यक्ति लड़ाई में मारे गए, परंतु इसी अवधि में कुल 2,87,31,324 भारतीयों की महामारियों में अकाल मृत्यु हो गई। अकाल के बावजूद 1912-13 में भारत से 26 करोड़ डॉलर मूल्य के अनाज का निर्यात किया गया, 1913-14 में भी यह राशि 21 करोड़ 60 लाख डॉलर थी। ब्रिटिश भारतवर्ष से 30 लाख पौंड धन ब्रिटेन जाता रहा और इसमें लगातार 12 प्रतिशत की वृद्धि होती रही। डॉ. जे.आई. सदरलैंड के अनुसार, भारत में अकाल का कारण सूखा या जनसंख्या में वृद्धि नहीं था, काफी मात्रा में धन भारत से इंग्लैंड भेजे जाने तथा भारतीय उद्योगों को नष्ट कर दिए जाने के कारण उत्पन्न गरीबी ही इसका मूल कारण थी। हिंडमैन का अनुमान था कि कम-से-कम 17 करोड़ 50 लाख पौंड की राशि हर वर्ष भारत से बाहर जाती थी और एक सेंट भी भारत वापस नहीं आता था। स्वामी अभेदानंद ने अपनी पुस्तक 'इंडिया एंड हर पीपुल' में लिखा है कि भारत ने इंग्लैंड से प्राप्त ऋण पर 1900 में 24 करोड़ 40 लाख पौंड ब्याज दिया। 1901-11 में कुल 35,69,71,410 डॉलर राजस्व के रूप में वसूले गए और इसमें से 8,47,95,515 डॉलर इंग्लैंड में गृह व्यय (होम चार्जेज) के रूप में खर्च कर दिए गए।[34] 'दि पंजाब पीजेंट इन प्रास्पर्टी एंड डेब्ट' पुस्तक के पृष्ठ-208 पर जिक्र किया गया है कि पंजाब में महाजनों की संख्या 1868 में 53,263 थी, जो 1911 में बढ़कर 198,890 हो गई।[35]

मध्य पंजाब भारतीय सेना को एक-तिहाई से अधिक जवान मुहैया कराती थी। 1849 में ब्रिटिश सेना ने पंजाब पर आक्रमण कर उसे अपने अधीन कर लिया। आरंभिक वर्षों में ब्रिटिश सरकार की नीति जमींदारों को परेशान करनेवाली नहीं थी, लेकिन बाद के वर्षों में जमींदारों की आर्थिक स्थिति में ह्रास होता गया। इसे लेकर ब्रिटिश सरकार चिंतित हो गई। सरकार ने 1900 में 'भूमि परित्याग कानून' बनाया, जिसके तहत अदालती फैसलों और शर्तयुक्त विक्रय की धारा से जुड़े गैर-कानूनी रेहनों के कार्यान्वयन के लिए किसानों की जमीनें कुर्क कराने पर प्रतिबंध लग गया। बिना जिला पदाधिकारी की अनुमति के किसानों की जमीन गैर-किसानों को बेचने या बंधक बनाने पर भी प्रतिबंध लगा दिया गया।[36]

अनुमति देने के पूर्व जिला पदाधिकारी यह देखते थे कि जमीन विक्रेता की जाति गजट में 'कृषक' जाति के रूप में दर्ज है अथवा नहीं। सरकार के राजस्व एवं कृषि विभाग के आँकड़ों के अनुसार जमीन की बिक्री में तेजी से गिरावट आई और कृषकों पर से ऋण का बोझ भी कम हुआ। हिंदू जमींदारों ने इस विधेयक के विरोध में जनसभाएँ कीं। नवंबर 1900 में विधेयक कानून में परिणत हो गया। सफलता से उत्साहित होकर जमींदारों एवं छोटे नवाबों के आर्थिक उन्नयन के लिए सरकार द्वारा दूसरा विधेयक भी लाया गया। पूर्व में 'दी पंजाब प्री एम्पशन ऐक्ट' में प्रावधान किया गया था कि गाँव में यदि कोई जमीन बेचेगा तो उस गाँव के जमींदार को उस जमीन को खरीदने का पहला अधिकार होगा। यदि कोई नवाब दिवालिया हो जाए तो 'कोर्ट ऑफ वार्ड्स ऐक्ट' के तहत राज्य सरकार को यह अधिकार प्राप्त था कि उस परिवार से बिना पूछे वह 'कोर्ट्स ऑफ वार्ड्स' के तहत रख दी जाए। साथ ही 'एग्रीकल्चरल डेब्ट लिमिटेशन ऐक्ट' के तहत ऋण मुकदमा बढ़ाने की तिथि तीन वर्ष से छह वर्ष कर दी गई थी। ये सभी विधेयक छोटे जमींदारों एवं किसानों को परेशान करनेवाले थे और स्थानीय जनता एवं स्थानीय अखबारों द्वारा विरोध में लिखे गए लेख के बावजूद 1900 ई. के चार वर्षों के अंदर सारे विधेयक पारित करवा लिये गए।[37]

प्रसिद्ध लेखक सोहन सिंह जोश के मुताबिक, ब्रिटिश सरकार अपनी सेनाओं के लिए 71.5 प्रतिशत जवानों की भरती गरीब किसान जनता में से करती थी, क्योंकि धनी व्यक्ति अपने बेटों को कदाचित् ही फौज में भेजते थे। इसीलिए सरकार जानबूझकर पंजाब के किसानों को गरीब बनाए रखने की नीति का अनुसरण कर रही थी। गाँवों में मुखिया, जेलदार आदि युवकों को सेना में भरती कराने में अफसरों की मदद करते थे। जरूरत पड़ने पर इसके लिए जोर-जबरदस्ती भी की जाती थी। इस काम में मदद देनेवालों को 'सरदार साहिब', 'सरदार' या 'राय बहादुर', 'खान बहादुर' आदि की उपाधियाँ भी दी जाती थीं।[38] 'भूमि परित्याग कानून', 1900 ने कृषि भूमि को साहूकारों

के हाथों में जाने से बचा लिया, परंतु यह ग्रामीण कर्जदारी की समस्या को नहीं सुलझा सका। पंजाब में बार-बार आई अकाल और गिल्टीदार प्लेग में 40 लाख से अधिक लोगों की जानें गईं। इधर सरकार नए-नए करारोपण करती रही। चेनाब नदी की नहरों के गिर्द बसाई गई नई बस्तियों को प्रभावित करनेवाला एक 'बिल' पेश किए जाने के बाद लोगों के सामने शंका गहराने लगी कि जमीन सरकार की है और वे सिर्फ किसान हैं। इसी बीच किसानों को अपनी वसीयत तैयार करने से मना कर दिया गया, जिसमें वे अपने पुत्रों को जमीन का अधिकार सौंपते। बिल के प्रावधान के अनुसार, किसानों को कम-से-कम 55 पेड़ हर चौक में लगाने होंगे, जबकि बिना अनुमति वे पेड़ नहीं काट सकते थे। बिल का अखबार में, जनसभाओं द्वारा और यहाँ तक कि पंजाब विधान परिषद् में भी जोरदार विरोध किया गया। सिखों की ओर से प्रताप सिंह अहलूवालिया ने सदन में बिल का जोरदार विरोध किया। सरकार इतने से ही नहीं मानी। रावलपिंडी जिले में नई कॉलोनियाँ बसाई जाने लगीं और बड़ी दोआब नहर से लिये जानेवाले पानी के दाम बढ़ा दिए गए। सिखों के बाहुल्यवाले जिले लायलपुर एवं रावलपिंडी सबसे अधिक प्रभावित हुए।[39] राष्ट्रीय एवं अंतरराष्ट्रीय स्तर पर हुए घटनाक्रम से पंजाब अछूता नहीं रह गया था। छोटे से जापान ने रूस पर विजय पाई थी। बंगाल विभाजन रोकने के लिए सरकार को मजबूर करने की अपने देशवासियों की जीत के बारे उन्होंने सुना और तिलक का नारा—'स्वराज हमारा जन्मसिद्ध अधिकार है', उनके कानों तक भी पहुँचा। इसमें उन्होंने जोड़ा कि 'अगर तुम हमें इस अधिकार से वंचित रखते हो तो हम तुम्हें टुकड़ों में उड़ा देंगे।' पंजाब का माहौल बहुत गरम हो गया।[40]

इस क्षेत्र में पहली अशांति तब उत्पन्न हुई, जब सिंचाई विभाग ने अच्छी जमीन ले ली और ऐसे क्षेत्रों में किसानों को जमीन आवंटित करवाई, जहाँ नहर का पानी नहीं पहुँचता था। लोगों ने उसका विरोध करना शुरू किया और इन क्षेत्रों के लिए कम राजस्व की माँग करने लगे। सामाजिक व्यवस्था के अंतर्गत पिता की मृत्यु के बाद जमीन का बँटवारा पुत्रों के बीच होने की परिपाटी थी। लेकिन अंग्रेज अधिकारियों ने इस पर आपत्ति की, क्योंकि ऐसी व्यवस्था होने से जमीन टुकड़ों में विभक्त हो जाती। उनकी आशंका यह भी थी कि इस कारण राजस्व संग्रह पर विपरीत असर पड़ेगा और कॉलोनी बसाने के उद्देश्यों की पूरी तरह पूर्ति नहीं हो पाएगी। कुछ किसानों ने घर बनाने के लिए पेड़ों को काट दिया, खेतों में घर बना डाले और वहाँ साफ-सफाई की स्थिति खराब हो गई। ऐसी घटनाएँ गुगेरा शाखा में अधिक पाई गईं। इस कारण अधिकारियों ने धमकी के तौर पर दंड की व्यवस्था की, लेकिन बाद में विधिवत् दंड की व्यवस्था कर दी गई। इसके विरोध में कुछ लोग न्यायालय गए, जिसमें कॉलोनी अधिकारी को दोषी करार दिया गया।[41] पैतृक संपत्ति हस्तांतरण की प्रथा को विचलित करने के लिए अधिकारियों ने दंडात्मक

प्रावधान किए, वृक्षारोपण अनिवार्य बनाया और 1902 के बाद बसनेवाले किसानों को अधिक राजस्व देने की व्यवस्था की गई। यह भी व्यवस्था की गई कि यदि जमीन का अधिकार-पत्र प्राप्त किए बिना किसान की मृत्यु हो जाती है तो जमीन सरकार को वापस (हस्तांतरित) हो जाएगी और सरकार को यह अधिकार होगा कि वह फिर से किसी अन्य को यह जमीन आवंटित करे। बिना अधिकारी की अनुमति के पैतृक संपत्ति के हस्तांतरण पर रोक लगा दी गई।[42]

लाहौर के भू-राजस्व दर में बढ़ोतरी की गई। यह इतनी अधिक की गई कि सरकार की लागत का यह 65 प्रतिशत थी। सिंचाई कर में भी वृद्धि की गई। अधिकारियों ने कर बढ़ाने का प्रस्ताव इसलिए दिया, क्योंकि उन्हें सरकार के सामने दिखाना था कि इस नहर प्रणाली को विकसित करने में जितना पैसा लगाया गया है, उससे अधिक आय सरकार को हो रही है और यह परियोजना लाभदायक है। इस कारण किसानों को अपने खेत के कुएँ से पानी लेकर सिंचाई करने से मना किया गया और उन्हें सिंचाई करने के लिए कर देकर नहर का पानी खरीदने के लिए बाध्य किया गया।[43] 1904 में पंजाब से गेहूँ का निर्यात अमेरिका एवं रूस से ज्यादा था। लेकिन पंजाब में अन्न बहुत महँगे हो गए और लोगों के लिए उपलब्ध नहीं थे।[44]

'गुलाब बारू' प्रकरण से यह सामने आ गया था कि पुलिस की भूमिका दमनकारी है। इस महिला के साथ अत्याचार किया गया, परंतु जिला पदाधिकारी या जिला न्यायालय द्वारा अभियुक्तों के कृत्यों पर परदा डाला गया।[45] 1897 से 1918 तक पंजाब में बार-बार प्लेग महामारी का दौर चला। इस अवधि में पंजाब राज्य में ही 30 लाख लोगों की मृत्यु सिर्फ प्लेग से हुई। 1904 में आए प्रतिवेदन के अनुसार, पंजाब के गाँवों में 50 से 70 प्रतिशत आबादी प्लेग के कारण मर गई। प्लेग के बचाव के लिए अंग्रेज अधिकारियों द्वारा लाल फीता बाँधना, क्वेरेंटाइन दवा का प्रयोग, घर-घर तलाशी और जानबूझकर दुर्व्यवहार किए जाने से उत्पन्न तनाव के कारण कई जगह प्रतिरोध हुए एवं पुलिस द्वारा गोली चलाई गई। जफरवाल तहसील में एक नायब तहसीलदार को मारकर जला दिया गया। जाट सिखों द्वारा लाठी, तलवार एवं गँड़ासा लेकर हमले किए गए। गढ़शंकर नामक तहसील में पुलिस इतनी घबरा गई कि बिना आदेश के ही गोली चलाना आरंभ कर दिया, जिसमें 9 लोगों की मृत्यु हुई और 35 घायल हुए। अधिकारियों द्वारा इसे 'स्थानीय विद्रोह' की संज्ञा दी गई। गढ़शंकर घटना के बारे में अधिकारियों ने प्रतिवेदित किया कि यह एक सुनियोजित षड्यंत्र है। अकाल एवं महामारी के कारण लाखों लोगों की मृत्यु हो गई।[46] साम्राज्यवाद का शोषण तीव्रतर होता जा रहा था। पंजाब के गाँवों में जो शोषण था, वह मुख्यत: आर्थिक ही था। चेनाब नहर की बस्तियों में तथा बड़ी दुआब में सरकार नहर के टैक्स की दर बढ़ा रही थी, इस पर असंतोष हुआ। सरकार की इस

नीति से जनता इतनी क्रुद्ध हो गई थी कि जनता ने फौज़ और पुलिस से नौकरी छोड़ने को कहा। रेल कुलियों की एक बार हड़ताल हुई तो सारी जनता ने उनसे सहानुभूति दिखाई। उनकी हमदर्दी में यत्र-तत्र आम सभा हुईं और हड़तालियों के सहायतार्थ एक बड़ी रकम चंदे के रूप में उगाही गई।[47] वर्ष 1907 तक पंजाब को छह बार अकाल का सामना करना पड़ा।[48] लेकिन अकाल के कारण पंजाब से अनाज निर्यात की दर में कोई कमी नहीं हुई। 1896-97 और 1899-1900 में भीषण अकाल के दरम्यान भी सरकार द्वारा पंजाब से अन्न निर्यात नहीं रोका गया।[49] 1904 में जितने गेहूँ का निर्यात पंजाब से इंग्लैंड को किया गया, उतना निर्यात अमेरिका एवं रूस से भी नहीं हुआ। स्थानीय लोगों को अनाज उपलब्ध होने में कठिनाई होने लगी और इसका दाम लगातार बढ़ता गया। जमीन बेचने और बंधक रखने की प्रथा तेजी से बढ़ती गई। अकाल और प्राकृतिक विपदा में भी टैक्स में कोई कमी नहीं हुई।[50] अमृतसर, गुरुदासपुर एवं लाहौर जिलों के बीच से गुजरनेवाली बड़ी दोआब नहर प्रक्षेत्र की जमीनों के लगान में वृद्धि करने का निर्णय नवंबर 1906 में लिया गया। इन क्षेत्रों में सिंचाई कर की दर पश्चिमी पंजाब के इलाकों से कम रहने का कारण था कि इन क्षेत्रों से अधिक संख्या में युवक सेना में भरती होते थे।[51] सेना में भरती होना पंजाब के युवकों के लिए कर्ज से उबरने का एकमात्र उपाय होता था। उन्हें प्रतिमास 7 से 9 रुपया वेतन मिलता था, लेकिन जब वे वरदी पहनकर गाँव पहुँचते थे तो उन्हें बहुत इज्जत मिलती थी। पंजाब से सेना में भरती का अनुपात 309 प्रतिशत तक बढ़ चुका था और ब्रिटिश सरकार के लिए पंजाब एक सेनारक्षक राज्य के रूप में स्थापित हो चुका था।[52] सिख जाट बाहुल्य यह क्षेत्र 'माँझा' नाम से विख्यात था। हालाँकि जल कर की दर 25 प्रतिशत ही बढ़ाई गई थी, परंतु नकदी फसल पर यह अधिभार 50 प्रतिशत तक पहुँच जाती थी। इधर मजदूरी की दर में भी बढ़ोतरी हो गई थी। मुख्य सचिव एडवार्ड मैकलैगन ने उप-राज्यपाल से स्पष्ट कहा कि कर वृद्धि से किसानों को बहुत अधिक परेशानी है, लेकिन सिंचाई विभाग की सलाह पर उप-राज्यपाल ने इसे अनसुना कर दिया। किसानों के धैर्य की सीमा टूटने ही वाली थी।[53]

1906 तक कॉलोनी के अंदर किसानों को दंडस्वरूप तीन लाख रुपए देने पड़ गए थे और उनके अंदर विद्रोह उत्पन्न होने लगा। नौकरशाही के निचले स्तर पर भयंकर भ्रष्टाचार था। तानाशाही यहाँ तक थी कि यदि एक सप्ताह के लिए किसी किसान को अपने घर जाना होता था तो पहले वे इसके लिए कॉलोनी अधिकारी के यहाँ चिरौरी करते थे, ताकि किसी व्यवस्था की आड़ में इन्हें दंडित न कर दिया जाए। 1903 में 'जमींदार' अखबार ने इन प्रावधानों की निंदा आरंभ कर दी। 1906 तक आते-आते कई किसानों को अपनी जमीन के मालिकाना हक से हाथ धोना पड़ा। 1905 एवं 1906 में मुख्य फसल कपास कीड़ों के कारण बरबाद हो गई।[54]

कॉलोनी के अंदर निर्मित भवन एवं नहर के पानी का मालिकाना हक सरकार के सिंचाई विभाग का था, जबकि राजस्व की उगाही का भार राजस्व विभाग पर था। वस्तुतः दोनों विभागों के बीच छोटे-छोटे मुद्दों पर मतभेद बना रहता था। इन दोनों विभागों से विचार-विमर्श किए बिना, मात्र नहर अधिकारी से परामर्श लेकर ही वित्त आयुक्त ने विधेयक का मसौदा तैयार कर लिया।[55] हाल के दिनों में लिये गए अलोकप्रिय निर्णय की पराकाष्ठा के रूप में सरकार द्वारा लिये गए इन निर्णयों को देखा गया और इसके विरुद्ध जनता में घोर आक्रोश उत्पन्न हुआ। केनाल कॉलोनी में जमीन आवंटन के समय सरकार द्वारा कतिपय शर्त लगाई गई थीं। सरकार द्वारा निर्णय लिया गया कि इन शर्तों को पूरा नहीं किए जाने पर भूमि आवंटी को दंडित किया जाएगा। इस दंड के विरुद्ध में आवंटी न्यायालय गए और वहाँ से अपने पक्ष में निर्णय लेकर आए। लेकिन सरकार तो पंजाब के किसानों को परेशान करने के मंसूबों को लेकर बैठी हुई थी। किसानों पर लगाए गए दंड को कानूनी रूप देने के लिए 'द कोलोनाइजेशन बिल, 1906' लाया गया। इस विधेयक के प्रावधानों के अनुसार न्यायालय इन मामलों में दखलंदाजी नहीं कर सकती थी। भूमि आवंटन की सरकार की नीति और प्रक्रिया को अत्यधिक कड़ा बना दिया गया। सामान्यतया ज्येष्ठ पुत्र को पिता की संपत्ति मिलती है, इसमें व्यवधान डाल दिया गया। इतना ही नहीं, यदि घर में कोई पुरुष नहीं बचे तो जमीन पुनः सरकार के अधीन चली जाएगी, ऐसा प्रावधान किया गया। इतना ही नहीं, सरकार द्वारा आवंटित भूमि, कुछ वर्षों तक किराएदार के रूप में रहने के उपरांत, यदि वे चाहें तो, खरीद भी सकते थे, लेकिन इस प्रावधान को भी समाप्त कर दिया गया।[56]

25 अक्तूबर, 1906 को पंजाब कौंसिल में 'पंजाब लैंड कोलोनाइजेशन बिल' उपस्थापित किया गया, जिसमें केनाल कॉलोनी की जमीन के बारे में कई महत्त्वपूर्ण निर्णय लिये गए। नवंबर 1906 में बड़ी दोआब केनाल के क्षेत्र में पड़नेवाले खेतों के सिंचाई राजस्व में सामान्यतया 25 प्रतिशत की वृद्धि कर दी गई। विशेष फसल के लिए इस दर को 50 प्रतिशत तक बढ़ा दिया गया। इस नहर से अमृतसर, गुरुदासपुर एवं लाहौर जिलों में सिंचाई की जाती थी। रावलपिंडी जिले की जमीन के राजस्व दर में वृद्धि किए जाने का भी निर्णय लिया गया।[57] पंजाब विधान परिषद् में 'पंजाब प्री-इम्शन ऐक्ट', 'कोर्ट ऑफ वाड्‌र्स ऐक्ट' और 'एग्रीकल्चरल डेब्ट लिमिटेशन ऐक्ट' के प्रावधानों ने भी जनता में प्रतिरोध की नई लहर पैदा की।[58] विधेयक में नहर अधिकारी के प्रशासनिक अधिकारों में बढ़ोतरी कर दी गई। हालाँकि भारत सरकार द्वारा विधेयक के कुछ प्रावधानों को स्पष्ट करने का निर्देश दिया गया, परंतु पंजाब विधान परिषद् के सदस्य डेंजिल इबेट्सन और राजस्व सचिव जेम्स विल्सन ने प्रशासनिक महकमे में पैरवी कर विधेयक पारित करवाने में शीघ्रता दिखाई। पुनः पंजाब के उप-राज्यपाल डेनिस फिट्ज पैट्रिक ने अपने सहयोगियों

को विधेयक से उत्पन्न होनेवाली स्थिति का पूर्वाभान करते हुए चेतावनी तक दे दी और तार द्वारा संदेश भेजा कि विधेयक पर पंजाब विधान परिषद् में बहस निरस्त कर दी जाए। पंजाब के उप-राज्यपाल चार्ल्स रिवाज से अस्थायी तौर पर डेंजिल इबेट्सन ने पद भार लिया और विधेयक के कुछ प्रावधानों को संशोधित किया गया। लेकिन पैतृक संपत्ति पुत्रों को हस्तांतरण करने संबंधी प्रावधान में कोई बदलाव नहीं लाया गया। जब भारत सरकार ने विधेयक के नए स्वरूप पर मंथन आरंभ किया, इबेट्सन परिषद् में आ चुके थे और उन्होंने स्वनिर्मित विधेयक की पुरजोर सिफारिश की। 25 अक्तूबर, 1906 को पंजाब विधान परिषद् में यह विधेयक लाया गया और इसे प्रवर समिति में भेज दिया गया।[59]

1905 एवं 1906 में मुख्य फसल बरबाद हो गई। सरकार द्वारा दिन-प्रतिदिन बनाए गए नए-नए कानून से आम जनता आजिज हो गई थी। कार्यपालिका के निचले स्तर पर अत्यधिक भ्रष्टाचार था। लोगों को पता चल गया था कि स्थानीय सरकारी मुलाजिम किसानों को और परेशान ही करेंगे। इस नियम से पंजाबी रीति-रिवाज पर सरकार द्वारा आक्रमण किया गया था।[60] बड़ी दोआब नहर क्षेत्र में किसानों का असंतोष बढ़ चुका था। 'पंजाब एलिएनेशन ऑफ लैंड ऐक्ट 1901' को बदलकर 'कोलोनाइजेशन बिल, 1906' लाए जाने एवं बड़ी दोआब क्षेत्र में सिंचाई कर बढ़ाने के विरोध में किसान आंदोलनरत थे।[61] समाचार-पत्र 'जमींदार' के संपादक सिराजउद्दीन अहमद प्रमुख जमींदार भी थे और किसानों की हितैषी संस्था 'बार जमींदार एसोसिएशन' से संबद्ध थे। लायलपुर के जमींदार और वकील रामचंद भी इससे जुड़े हुए थे।[62]

किसानों की जनसभा में सरकार के निर्णय की आलोचना की गई। सरकार के इन निर्णयों के खिलाफ आंदोलन करने का निर्णय 'योमैन ग्रांटी बार जमींदार एसोसिएशन' द्वारा लिया गया। इनमें से कई स्थानीय न्यायालय में वकालत करते थे। लायलपुर के वकील रामचंद, जमींदार एवं वकील शहाबुद्दीन और डाक सेवा से सेवानिवृत्त सिराजुद्दीन ने किसान आंदोलन की अगुवाई की। प्रत्येक बैठक से पहले ये लोग छपे हुए निमंत्रण-पत्र बँटवाते थे, बैठक की काररवाई प्रेस में दी जाती थी और चंदा इकट्ठा किया जाता था।[63] गुगेरा शाखा नहर प्रक्षेत्र में अधिक सभाएँ हुईं। 29 जनवरी, 1907 को सांगला में हुई सभा में 3000 से अधिक संभ्रांत किसान उपस्थित थे। असंतोष की लहर पंजाब के अन्य किसानों के बीच से होते हुए सेना तक जा पहुँची, क्योंकि विरोध करनेवाले किसानों में सेवानिवृत्त सैनिकों की संख्या अधिक थी। लायलपुर में 3 फरवरी, 1907 को हुई बैठक में 10 हजार से अधिक किसान जमा थे।[64] इस बैठक में सर्वसम्मति से प्रस्ताव पारित किया गया कि हिंदू और मुसलमानों को कोई ऐसा कार्य नहीं करना चाहिए, जिससे एक-दूसरे समुदाय की भावना आहत हो और उन्हें एकजुट होकर अंग्रेजों का विरोध करना चाहिए।[65]

मार्च आते-आते इस आंदोलन में लाला लाजपत राय और अजीत सिंह जुड़ गए और आंदोलन को नया नेतृत्व एवं दिशा देना आरंभ किया। अजीत सिंह ने इस मुद्दे पर कॉलोनी क्षेत्र के बाहर भी आंदोलन की रूपरेखा तैयार की। 22 एवं 23 मार्च, 1907 को वार्षिक पशु मेला के अवसर पर लायलपुर में आयोजित जनसभा में 9000 से अधिक लोग उपस्थित थे। इसमें आठ पृष्ठों का एक परचा वितरित किया गया, जिसमें अंग्रेजों को बाहर भगाने का अनुरोध भी किया गया था।[66] इस सभा में 'झांग सायल' के संपादक प्रभु दयाल द्वारा एक गाना गाया गया था—'पगड़ी सँभाल ओ जट्टा'। यह गीत इतना लोकप्रिय हुआ कि इस आंदोलन का मुखड़ा गीत बन गया।[67] पंजाब में, और विशेषकर जाट के लिए पगड़ी उनके आत्मसम्मान और आत्मगौरव का प्रतीक माना जाता है।[68]

अप्रैल में लाहौर एवं अमृतसर में हुई सभा में राजस्व नहीं देने का निर्णय लिया गया। इस सभा में लाला लाजपत राय और सरदार अजीत सिंह द्वारा मुख्य भाषण दिया गया। अजीत सिंह ने सभी सरकारी पदों का त्याग करने, क्रांति के लिए कुरबानी देने को तैयार रहने और जमीन के लिए कर देना बंद करने का आह्वान किया। लालाजी संयुक्त प्रांत में भाषण देने के लिए विदा हो गए, लेकिन अजीत सिंह पूरे पंजाब भर में आयोजित विभिन्न जनसभाओं में क्रांतिकारी भाषण करते रहे।[69] 4 अप्रैल, 1907 को उन्होंने 12000 जमींदारों को संबोधित किया। दो दिन बाद सिंह सभा, लाहौर द्वारा आयोजित जनसभा में उन्होंने जमींदारों से आह्वान किया कि वे नौकरशाहों का आदेश नहीं मानें।

आर्यसमाज को सरकारी कोप से बचाने के लिए पंजाब आर्यसमाज के अध्यक्ष लाला हंसराज ने 22 मई, 1907 को गवर्नर सर डेंजिल इबेट्सन से मुलाकात की एवं 27 मई को उन्हें पत्र भेजा कि किसी भी राजनीतिक संस्था या राजनीतिक आंदोलन से आर्यसमाज का कोई संबंध नहीं है।[70] पंजाब कौंसिल में 1906 में प्रस्तुत दो प्रस्तावों में पहला लायलपुर के नए निवासस्थान और दूसरा भूमि के अधिकार परिवर्तन कानून में संशोधन के लिए था। इससे पंजाब की जनता नाराज हो गई। दैनिक 'पंजाबी' में लेख लिखा गया। सरकार विरोधी लेख लिखने के लिए इससे पूर्व ही 'पंजाबी' पर अभियोग लगाया गया था और बाद में इससे संबंधित लाला जसवंत राय एवं अठावले को क्रमशः दो साल एवं छह महीने की सजा भी मिली थी, लेकिन अखबार की निर्भीकता में कोई कमी नहीं आई।[71] बंगाल की घटनाओं के असर के साथ मिलकर पंजाब में विस्फोटक हालत पैदा कर दी। लाहौर से निकलनेवाले पत्र 'दि पंजाबी' द्वारा ब्रिटिश सरकार द्वारा आम जनता के विरुद्ध की जा रही दमनकारी नीतियों के खिलाफ तथ्य प्रकाशित किए गए।[72] लाला लाजपत राय के अंग्रेजी दैनिक-पत्र 'पंजाबी' के लेखों और टिप्पणियों ने पंजाब के नौजवानों को नया जोश और नया स्वर दिया।[73]

सरकार ने दोनों को गिरफ्तार कर लिया और उन पर मुकदमा चलाना शुरू किया।

अप्रैल 1907 में लाला जसवंत राय को 6 महीने की कड़ी सजा और 1000 रुपए के जुरमाने तथा संपादक अठावले को 6 महीने की सजा और 200 रुपए जुरमाने का दंड दिया गया।[74] उनके हाथों में हथकड़ी डालकर सार्वजनिक रूप से उन पर अत्याचार किया गया। उनके साथ अमानुषिक काररवाई की गई। उन्हें जेल में बंद कर दिया गया, जहाँ चोर, डकैत एवं अन्य खतरनाक अपराधी रहते थे। इस घटना से ब्रिटिश सरकार के खिलाफ आक्रोश उभरकर सामने आया।[75] इससे लाहौर में हंगामा मच गया। लाला लाजपत राय ने पंजाब का दौरा कर शासकों के खिलाफ शिकायतों की जाँच आरंभ की।

बंगाल विभाजन के बाद वहाँ का सार्वजनिक जीवन उबल पड़ा और स्वदेशी-प्रचार के साथ विदेशी बहिष्कार का खुला सार्वजनिक आंदोलन खड़ा हो गया। कलकत्ता में श्री दादाभाई नौरोजी की अध्यक्षता में कांग्रेस का जो अधिवेशन हुआ, उसमें सरदार अजीत सिंह भी अपने बड़े भाई सरदार किशन सिंह के साथ शामिल हुए। वहाँ से वापस पंजाब आकर उन्होंने किसानों को संगठित कर आंदोलन चलाने का संकल्प लिया। महान् क्रांतिकारी सूफी अंबाप्रसाद अपने अखबार 'जमी उल वतन' में लिखे एक लेख पर पाँच साल की जेल काटकर तभी छूटे थे और वे सरदार अजीत सिंह से आ मिले।[76] सूफी अंबाप्रसाद के साथ मिलकर अजीत सिंह ने 'भारतमाता सोसाइटी' नामक संस्था स्थापित की और यह संस्था पंजाब में गरम दल के लोगों का केंद्र बन गई।[77]

अजीत सिंह 1906 से ही गरम दल की सभाओं में रहते थे। 1907 के आरंभ में उन्होंने सूफी अंबाप्रसाद की सम्मति से एक नई संस्था स्थापित की और उसका नाम 'भारतमाता' रखा गया। इस संस्था द्वारा आयोजित सभाओं में अजीत सिंह खुल्लम-खुल्ला गरम दल के सिद्धांतों का प्रचार करते और अंग्रेजी शासन के विरुद्ध धुआँधार व्याख्यान दिया करते थे।[78] इनके संगठन का नाम 'भारतमाता सोसाइटी' अथवा 'अंजुमन-ए-मुहिबान-ए-वतन' (Association of the Patriots) था। अजीत सिंह बालगंगाधर तिलक के अनुयायी थे।[79] अजीत सिंह को सूफी अंबाप्रसाद, आगा हैदर और सैयद हैदर रिजा का समर्थन प्राप्त था। फरवरी 1907 में इन लोगों ने किसानों के हितों में 'इंडियन पैट्रियाट एसोसिएशन' की स्थापना की।[80]

अजीत सिंह एवं सूफी अंबाप्रसाद के अतिरिक्त इसके प्रमुख कर्ता-धर्ता थे—सरदार किशन सिंह, सरदार स्वर्ण सिंह, लाला हरदयाल, लाला लालचंद फलक, मेहता नंद किशोर, महाशय घसीटाराम, केदारनाथ सहगल आदि। इस सोसाइटी के दो अस्त्र थे—पहला भाषण और दूसरा प्रकाशन। प्रकाशन के लिए 'भारतमाता बुक एजेंसी' स्थापित की गई, जो राजद्रोहात्मक साहित्य का प्रकाशन और प्रचार करती थी। इसकी आत्मा सूफी अंबाप्रसाद थे। 'भारतमाता' (पहले मासिक, फिर साप्ताहिक), 'इंडिया' (अंग्रेजी), 'पेशवा' (उर्दू) और 'पंजाबी' (अंग्रेजी) देश में आंदोलन के समर्थक पत्र

थे। 1857 की बगावत, उँगली पकड़ते पहुँचा पकड़ा, देशी फौज, बंदर बाँट, जफर सेना और बागी मसीहा आदि पुस्तकों ने जनता के मन को उद्वेलित और उत्तेजित करके रख दिया। इन सभी पुस्तकों को सरकार द्वारा जब्त कर लिया गया।[81] 'शहीद-ए-आजम' भगत सिंह के चाचा सरदार अजीत सिंह आंदोलन के नेता थे। इनका जन्म 23 फरवरी, 1881 को खटकड़कलाँ (पंजाब) में हुआ था। उन्होंने गाँव में अवस्थित विद्यालय से प्राथमिक कक्षा की परीक्षाएँ उत्तीर्ण कीं और बंगा स्थित सरकारी मध्य विद्यालय में आगे की पढ़ाई की। सन् 1894 में अजीत सिंह ने साईंदास एंग्लो संस्कृत उच्च विद्यालय से मैट्रिक पास किया। संस्कृत से लगाव होने के कारण वे आगे की पढ़ाई बनारस में करना चाहते थे, परंतु माता-पिता के दबाव में आकर कानून की पढ़ाई करने के लिए इनका नामांकन बरेली में करवाया गया। बीमार हो जाने के कारण कुछ ही महीनों के बाद उन्होंने बरेली से लौटकर डी.ए.वी. कॉलेज, लाहौर में अपना नामांकन कराया और यहीं से राजनीतिक कार्यों में इनकी दिलचस्पी बढ़ती गई।[82] अजीत सिंह 1897 ई. से पहले जालंधर एंग्लो संस्कृत स्कूल में पढ़ा करते थे। वह लाला सुंदरदास के प्रिय शिष्यों में थे। 1897 के अकाल में उनके भाई किशन सिंह (भगत सिंह के पिता) को एजेंट बनाकर नागपुर और जबलपुर भेजा गया और वापसी में अनाथों की एक टोली लेकर लाहौर आए तो उन्हें लाहौर के नए अनाथालय का अध्यक्ष बना दिया। उन दिनों अजीत सिंह दयानंद कॉलेज में पढ़ा करते थे। बाद में उन्होंने पढ़ाई छोड़ दी और अपने भाई के पास हमेशा आते रहते थे। वे सार्वजनिक वाद-विवाद में भाग लेते और कभी-कभी समाचार-पत्रों में लिखते भी थे। अंग्रेजों को फारसी, उर्दू और हिंदी पढ़ाकर वे अपनी जीविका चलाते थे।[83] 1896 में इंटर पास कर वे स्कूल में अध्यापक हो गए।[84] लायलपुर, लाहौर और अमृतसर जिलों के किसानों में ब्रिटिश सरकार के विरुद्ध असंतोष की लहर फैली। अजीत सिंह के आह्वान पर लोगों ने सरकारी सेवाएँ और न्यायालय का बहिष्कार आरंभ किया। किसानों से अनुरोध किया गया कि वे कोई टैक्स नहीं दें और निर्यात करने के लिए खेतों से अनाज नहीं उठाने दें।[85] लाहौर के 'इंडियन एसोसिएशन' नामक संगठन के प्रधान लाला लाजपत राय थे और उनके निमंत्रण पर गोपाल कृष्ण गोखले लाहौर आए थे।[86] गोखले के सुंदर एवं सरस भाषणों ने अजीत सिंह को प्रभावित नहीं किया। इनकी प्रतिक्रिया थी—'चमकदार भाषणों से स्वतंत्रता नहीं मिल सकती। इसके लिए तो कठिन लड़ाई लड़नी पड़ेगी।'[87] संयोग ऐसा था कि जिस दिन गोखले लाहौर पहुँचे, उसी दिन 'पंजाबी' अखबार के मुकदमे का फैसला आया। फैसले से लोग बहुत गुस्सा थे। निर्णय सुनाने के तुरंत बाद लाला लाजपतराय द्वारा सेशन जज की अदालत में जमानत के लिए प्रार्थना-पत्र दिया गया, जिसे स्वीकार कर लिया गया। जज का निर्णय लेकर लालाजी स्वयं जेल जाकर दोनों को जमानत पर छुड़ा लाए। इस बीच उत्तेजित नागरिकों ने जिला

मजिस्ट्रेट के बँगले पर तोड़-फोड़ की, कुछ अंग्रेजों के साथ मार-पीट की गई और कई गाड़ियों पर कीचड़ एवं पत्थर बरसाए गए। लारेंस नाग से एक फिटन (बग्घी) पर सवार होकर 'सिविल मिलिटरी गजट' समाचार-पत्र के संवाददाता जा रहे थे, जिसके साथ लोगों ने दुर्व्यवहार करना चाहा, परंतु लालाजी के हस्तक्षेप से ऐसा नहीं किया जा सका। गोखले को साथ लेकर लोगों ने पूरे शहर में जुलूस निकाला। अनारकली पहुँचने पर लोगों की संख्या का अनुमान करना कठिन हो गया।[88] अजीत सिंह एक-दो बार लालाजी के पास आए और आर्थिक सहायता की माँग की। लेकिन लालाजी ने इसके लिए कुछ शर्तों को सामने रखा, जिसे अजीत सिंह पूरा नहीं कर पाए। गोखले के आगमन ने अजीत सिंह के काम को और भी बल दिया। बस्तियों के कानून के संबंध में और नहर के कर के संबंध में, जो उन्हीं दिनों बढ़ाया गया था, उन्हें जमींदारों के बीच जाकर काम करने का अवसर मिला, जिसका परिणाम यह हुआ कि उनका प्रभाव बहुत बढ़ गया। लालाजी ने स्वयं लिखा है कि जो जमींदार उनके पास आते थे, उन्हें वह राय बहादुर रामशरण दास और मुहम्मद शफी के पास जाने के लिए कहते। एक बार मैंने वायसराय के नाम तार का मसौदा भी बनाकर दिया, परंतु मैंने लेखनी से सहायता करने और समाचार-पत्रों में लिखने के अतिरिक्त नई बस्तियों के कानून के बारे में किसी प्रकार का आंदोलन नहीं चलाया और न ही सीधे तौर पर भाग लिया।[89] पंजाब के हर जिला, नगर और गाँव से लोग व्याख्यान देने के लिए लाला लाजपत राय को बुलाते थे, किंतु वे टाल देते थे। अजीत सिंह के व्याख्यानों में हजारों लोग आते थे और बहुत उत्साह प्रदर्शित करते थे। अजीत सिंह के अतिरिक्त लायलपुर के शहाबुद्दीन वकील बड़े उत्साह से आंदोलन में भाग लेते थे। उन्होंने पंजाबी में एक कविता बनाकर पढ़ी, जिसने लोगों पर बहुत प्रभाव डाला।[90]

अजीत सिंह के भाषण का असर पंजाब की जनता के ऊपर बहुत प्रभावी ढंग से पड़ता था। ब्रितानवी अत्याचारों का वर्णन वे करते तो आग हो जाते और देश की दुर्दशा का वर्णन करते तो आँसुओं का दरिया हो जाते। वे बोलते रहते और वर्षा आ भी जाती तो भी एक श्रोता तक न हिलता। ऐसा दृश्य भी होता कि सारा जलसा दहाड़ता और ऐसा भी होता कि सारा जलसा अपने आँसुओं में डूब-डूब जाता। उनका आकर्षण अथाह था, प्रभाव बेपनाह था। अजीत सिंह के ज्वालामुखी भाषणों को फैलता देखकर पंजाब के गवर्नर ने सब जिलों को एक अध्यादेश भेजा कि जनता को चेतावनी दी जाए कि वह सरदार अजीत सिंह का भाषण न सुने। अंग्रेज कलेक्टरों ने अपने-अपने जिलों के देहातों और नगरों में इस आदेश का प्रचार किया, पर इससे अजीत सिंह का आकर्षण और भी बढ़ गया। उनके जलसों में लोग टूट पड़ने लगे।[91] 14 मार्च, 1907 को सरदार अजीत सिंह का लाहौर में भाषण हुआ और विषय था—'हिंदुस्तान हमारा है'। वहाँ उपस्थिति

तीन हजार थी। 17 मार्च को लाहौर में ही स्वदेशी पर उन्होंने भाषण दिया। तीसरा जलसा आर्य सेवक होटल के मैदान में हुआ। इस जलसे में 1500 छह फीटे लट्‌ठबंद किसान उपस्थित थे। इन सबने अपना-अपना अँगूठा लगाकर प्रस्ताव पास किया और पंजाब सरकार के मार्फत भारत-मंत्री को इंग्लैंड में यह समुद्री तार भेजा—'अंग्रेज हिंदुस्तान छोड़ जाएँ तो बेहतर है, वरना अहिंसात्मक और शांत ढंग से कर-बंदी आंदोलन बड़े जोरों से शुरू कर दिया जाएगा।' साथ ही यह भी नोटिस दिया गया कि सरकार अपनी नहरों को बंद कर दे, वरना हम 'आबियाना' (जल-कर) नहीं देंगे।[92] जब सरदार अजीत सिंह भाषण कर रहे थे, कई सौ शस्त्रधारी पुलिस और अफसरों ने मैदान को घेर लिया। उन्होंने जलसा बरखास्त करने का हुक्म दिया। तभी सूफी अंबाप्रसाद दरवाजे में कुरसी डालकर बैठ गए और उन्होंने दृढ़ता से कहा कि 'मैं देखूँगा, कौन कमबख्त जलसा बंद करता है?' किसी की भी यह हिम्मत नहीं हुई कि भीतर घुसने की कोशिश करे।[93] 'इंडिया' के संपादक लाला पिंडीदास इस जलसे में उपस्थित थे। उनके अनुसार, इस जलसे में एक भी आदमी ऐसा न था, जो सरदार अजीत सिंह का भाषण सुनकर रो न रहा हो। सब रुमाल या दुपट्टे से आँसू पोंछ रहे थे। 'वंदे मातरम्' की गूँज के साथ जलसा समाप्त हुआ तो पुलिस ने भीड़ पर घोड़े दौड़ा दिए। मना करने पर भी वे नहीं माने तो सरदार किशनसिंह और महाशय घसीटाराम ने अंग्रेज पुलिस अफसर मिस्टर बीटी को पकड़ लिया और उसे खूब पीटा। सरदार किशन सिंह, सरदार स्वर्ण सिंह, लाला लालचंद फलक, लाला गोवर्धनदास, महाशय घसीटाराम और पंडित रामचंद्र पेशावरी को गिरफ्तार कर लिया गया।[94]

बैरियर ने अपने लेख में लिखा है कि भारतीय राष्ट्रीय कांग्रेस के प्रतिनिधि के तौर पर 'लाहौर इंडियन एसोसिएशन' के सदस्यगण लायलपुर की बैठक में शरीक हुए थे। बैठक की काररवाई देखने के लिए आर्यसमाज के लाला लाजपतराय भी आए थे, परंतु उस समय आंदोलन से उनका संबंध नहीं था। हालाँकि सरकार यह समझ बैठी कि लालाजी के उकसावे पर ही सबकुछ हो रहा है। मार्च में रिवाज सेवानिवृत्त होनेवाले थे, अतएव वे चाहते थे कि इससे पूर्व ही यह बिल पारित हो जाए। उन्होंने प्रतिवेदन देने के लिए सेलेक्ट कमेटी पर दबाव डाला। विधेयक पर हुई तीखी बहस के बीच पंजाब विधान परिषद् के तीन सदस्यों ने विधेयक वापस लिये जाने के लिए जोर डाला, परंतु विधेयक पर मतदान कराकर पारित करवा लिया गया। पंजाब सरकार जहाँ अपनी सफलता पर प्रसन्न थी, वहीं यह विश्वास भी जता रही थी कि अशांति के बादल जल्दी ही छँट जाएँगे। परंतु विद्रोह की गति जोर पकड़ती चली गई और अब यह सुदूर देहात में भी फैल गया। 22 एवं 23 मार्च को लायलपुर में संपन्न हुए पशु मेले का उपयोग करते हुए नेताओं ने पैंफलेट वितरित किए एवं सरकार से विधेयक वापस लेने की माँग की। सरकार द्वारा

बिल के समर्थन में परचा वितरित किया गया।[95]

शहाबुद्दीन के अनुरोध पर ही लालाजी लायलपुर के पशु मेले के दिन होनेवाली सभा में भाषण देने के लिए गए और 20 मार्च को वहाँ पहुँचे। उनके साथ रायबहादुर सुखदयाल, बख्शी टेकचंद, पंडित रामभज दत्त और 'पंजाबी' पत्र के मालिक लाला जसवंत राय भी थे। वहाँ वे रामचंद्र मनचंदा वकील के यहाँ ठहरे और चौधरी शहाबुद्दीन वकील, 'जमींदार' पत्र के संपादक सिराजुद्दीन और सरकार की ओर से भेजे गए एक जिलेदार से मिले। सभास्थल पर पहुँचने पर उन्होंने देखा कि अजीत सिंह का व्याख्यान चल रहा है। सभा की विधिवत् काररवाई एक पेंशन पाए हुए सैनिक अफसर को सभापति बनाने के बाद शुरू हुई। सियालकोट के एक मुसलमान मौलवी ने भी एक पंजाबी कविता पढ़ी। शहाबुद्दीन और रामभज दत्त ने भी व्याख्यान दिए। लाहौर से छपवाकर लाया गया प्रार्थना-पत्र सुनाया गया। लोगों ने यह देखा कि जिला कलेक्टर और पुलिस अधीक्षक बाहर से सभा की काररवाई देख रहे हैं। हालाँकि उन्होंने सभा की काररवाई में कोई दखलंदाजी नहीं की। रामभज दत्त के हस्तक्षेप के बाद अजीत सिंह का भाषण हुआ और उनका व्याख्यान विद्रोहजनक था। सभा के संचालकों ने कई बार उसे बंद करने का विचार किया, परंतु रामभज दत्त ने उनको मना किया। अंत में उन्होंने उनको बंद किया और सभापति ने उठकर यह कह दिया कि सभा समाप्त। परंतु लोग अजीत सिंह को सुनते रहे।[96] 22 एवं 23 मार्च, 1907 को लायलपुर में करीब 9000 किसान विरोध के लिए जमा हुए थे। स्थानीय संपादक प्रभु दयाल ने 'पगड़ी सँभाल ओ जट्टा' गीत से कार्यक्रम की शुरुआत की। मुख्य भाषण लाला लाजपत राय एवं अजीत सिंह का हुआ। हालाँकि लाजपत राय अपना भाषण अधिक कटु नहीं बनाना चाहते थे, लेकिन श्रोताओं की रुचि एवं जोश को देखकर उनका तेवर बदलता चला गया और सरकार की नजर में उनका भाषण 'देशद्रोही' बन गया। लालाजी ने स्पष्ट कहा कि जमीन का मालिक भगवान् है और तत्काल ब्रिटेन का 'राजा' है और कॉलोनीवासी को राजा के आई.सी. एस. नौकर का फरमान नहीं मानना चाहिए। अजीत सिंह ने अपने भाषण में खूनी संघर्ष का आह्वान करते हुए आग्रह किया कि लोगों को सरकारी पद त्याग देना चाहिए और सरकार को राजस्व देना बंद कर देना चाहिए।[97] इस जनसभा में 'इंडियन एसोसिएशन' का प्रतिनिधित्व लाला लाजपत राय, राय साहब सुख दयाल, पंडित रामभज दत्त चौधरी, लाला दूली चंद और बख्शी टेक चंद ने किया था। सरदार तेजा सिंह ने आंदोलन में तन, मन और धन से मदद करने की बात कही। दस्का के बड़े जमींदार सरदार ईशर सिंह अध्यक्ष और चौधरी अब्दुल्ला खान, चौधरी फतेह खान, मौलवी सिराजुद्दीन, सरदार तेजा सिंह और ईशर सिंह उपाध्यक्ष चुने गए। हिंदू और मुसलमान मिलाकर कुल 21 व्यक्ति कार्यकारिणी के सदस्य निर्वाचित हुए। लायलपुर के 'पंजाब नेशनल बैंक' में

खाता खोलने का निर्णय लिया गया। रामभज दत्त ने हिंदू-मुसलिम एकता पर बल दिया और अपने भाषण का अंत 'सत श्री अकाल, वाहेगुरुजी का खालसा, वाहेगुरुजी की फतह', 'अल्लाह-ओ-अकबर' और 'वंदेमातरम्' के नारों से किया।[98]

भाषण के बाद लालाजी संयुक्त प्रांत चले गए, लेकिन अजीत सिंह क्षेत्र में घूम-घूमकर बिल का विरोध करते रहे। उनकी संस्था 'अंजुमन-ए-मोहिबान-ए-वतन' ने विरोध का नेतृत्व अपने हाथ में ले लिया।[99] इसी जलसे में बाँके दयाल का संगीत 'पगड़ी सँभाल ओ जट्टा, पगड़ी सँभाल ओए' (Take care of your turbon, O' farmer, take care of your turbon) काफी लोकप्रिय हुआ।[100]

इस गाने ने लोगों में बहुत उत्साह उत्पन्न किया।[101] 1907 तक लोगों के होंठों पर एक नया गीत आ गया—पगड़ी सँभाल ओ जट्टा।[102] जिस प्रकार बंगाल में 'वंदे मातरम्' गीत जनप्रिय हुआ, उसी प्रकार पंजाब में निम्न गीत लोकप्रिय हुआ—

पगड़ी सँभाल ओ जट्टा, पगड़ी सँभाल ओ!
माँझे दे जोर नाल और मालवे दे शोर नाल कदी नइयों हारना!

(हे जाट, तू अपनी पगड़ी अर्थात् इज्जत को सँभाल। माँझा और मालवा, अखंडित पंजाब के दो प्रमुख भाग की ताकत और आंदोलन के कारण हम कभी हारेंगे नहीं!)

इस गीत को गाने के कारण गाँवों की सभाओं में उस वक्त बाँके दयालजी की बड़ी माँग थी।[103]

कुछ समय बाद ही शहर में यह बात फैल गई कि लोग डिप्टी कमिश्नर और जिला जज के बँगलों में घुसकर उपद्रव कर रहे हैं। किसी तरह उन्हें शांत कराया गया। थोड़ी देर बाद पता लगा कि भीड़ बूटासिंह के कारखाने में घुस गई। बूटासिंह को लोग देशद्रोही और इस सारे झगड़े का कर्ता-धर्ता समझते थे। शाम को मंडी के अहाते में एक सभा होना निश्चित किया गया, जिसे तबीयत खराब रहने के बावजूद लाला हंसराज साहनी भी संबोधित करनेवाले थे। बीच में ही जिला मजिस्ट्रेट पी.डी. एगन्यू ने सख्त स्वरों में सभा स्थगित करने की सूचना दी। सभा स्थगित कर दी गई। दूसरे दिन दोपहर बाद पुलिस द्वारा लाला गुरुदासराम, लाला हंसराज साहनी, लाला अमलोक राम को गिरफ्तार कर लिया गया और पंडित जानकीनाथ और मलिक खजान सिंह की खोज होनी शुरू हो गई। इनकी जमानत की अर्जी स्वीकार नहीं की गई। पूरा शहर विरोधी स्वर अख्तियार किया हुआ था।[104] 27 मार्च को लायलपुर में और 29 मार्च को अमृतसर में हुई जनसभा में अजीत सिंह ने भाषण दिया। 1 अप्रैल को लाहौर के शाह आलमी दरवाजे पर सरदार अजीत सिंह पूरे जोश से गरजे और उन्होंने अंग्रेजों के वध को उचित बताया और खुलेआम आतंकवादियों का समर्थन किया।[105] 4 अप्रैल, 1907 को 12000 जमींदारों की एक बड़ी सभा हुई। दो दिनों बाद लाहौर में हुई सिख सभा में भी अजीत सिंह ने भाषण दिया। 6

अप्रैल को जमींदारों से आग्रह किया गया कि वे ब्रिटिश अधिकारी का आदेश मानना बंद कर दें। ब्रिटिश सामानों के बहिष्कार का निर्णय लिया गया और जल-कर देना भी बंद कर दिया गया। निर्णय के विरुद्ध जाने पर किसानों को पाँच सौ रुपए दंड देने की व्यवस्था भी की गई।[106]

6 और 7 अप्रैल, 1907 को लाहौर की सभाओं में उनके भाषण हुए। 9 अप्रैल को गुजराँवाला की सभा में 6000 से भी अधिक की उपस्थिति थी। 14 अप्रैल को पुनः लाहौर में सभा हुई। मुख्य विषय था—'समाचार-पत्रों का दम'। लाला जसवंत राय के पत्र 'पंजाबी' पर सरकार ने मुकदमा चला दिया था और लालाजी को गिरफ्तार कर लिया था। 16 अप्रैल को फिर सभा हुई लाहौर में ही। 17 और 18 मार्च को मुलतान में हुई सभा में भी सैनिक आए थे, परंतु 18 अप्रैल को लाहौर में हुई सभा में बड़ी संख्या में सैनिकों की भागीदारी रही।[107] रावलपिंडी में 21 अप्रैल, 1907 को हुई जनसभा को संबोधित करते हुए अजीत सिंह ने हिंदू-मुसलमान की एकता पर बल देते हुए कहा कि हमारी जनसंख्या 30 करोड़ और डेढ़ लाख अंग्रेज यहाँ हैं। यदि हम लोग फूँक मार देंगे तो वे उड़ जाएँगे। इस सरकार ने प्लेग और अकाल में भी जनता के लिए कुछ नहीं किया, इसलिए हम लोगों को सरकारी सेवा को छोड़ देना चाहिए। साहबों को अपना खाना खुद बनाने दीजिए।[108] इससे कुछ दिन पूर्व अजीत सिंह ने रावलपिंडी जाकर व्याख्यान दिए थे। उन सभाओं में से एक सभा के सभापति लाला गुरुदासराम साहनी बैरिस्टर थे और विज्ञापनदाताओं में अमोलकराम वकील थे। सभा में व्याख्यान देनेवालों में लाला हंसराज वकील, पंडित जानकीनाथ कौल बैरिस्टर और खजान सिंह बैरिस्टर थे। सभा के बाद जिले के डिप्टी कमिश्नर ने इन पाँचों सज्जनों के नाम सूचना निकाली कि वे एक नियत तारीख को इस बात का उत्तर दें कि इस सभा में सम्मिलित होने के अपराध में इनको वकालत और बैरिस्टरी से क्यों अलग न किया जाए? इस सूचना ने पंजाब भर में धूम मचा दी, क्योंकि लाला हंसराज और लाला अमोलकराम पंजाब के प्रसिद्ध और लोकप्रिय नेताओं में गिने जाते थे। लाला लाजपत राय इस सिलसिले में रावलपिंडी पहुँचे और एक बैरिस्टर के यहाँ गए। यहाँ पर इस समय लाला गुरदासराम साहनी के अतिरिक्त रायबहादुर मैयादास साहनी, लाला हंसराज साहनी के पुत्र बोधराज बैरिस्टर, लाला हंसराज साहनी, पंडित जानकीनाथ तथा और कुछ और आदमी उपस्थित थे। वहाँ यह चर्चा हुई कि कल पेशी के समय नगर में हड़ताल होगी। दूसरे दिन कचहरी में लगभग बीस हजार की भीड़ उपस्थित थी। डिप्टी कमिश्नर लगभग बारह बजे उपस्थित हुए और उन्होंने आते ही अजीज अहमद बैरिस्टर को तथा अभियुक्तों को बुलाकर यह सूचना दी कि पंजाब सरकार की आज्ञा से काररवाई स्थगित की गई। यह आज्ञा सर्वसाधारण में बिजली के समान फैल गई और लोग करतल ध्वनि करने लगे।[109] रावलपिंडी में हुई

जनसभा के विरुद्ध सरकार ने तीन व्यक्तियों को हिरासत में लिया, जिसके विरोध में शहर में दंगा हो गया। पाँच जिलों में जनसभा करने पर पाबंदी लगा दी गई। प्रेस पर भी अत्याचार किए गए। राजस्व न चुकाने पर कठोर दंड की व्यवस्था की गई।[110] 26 अप्रैल को बटाला में और 28 अप्रैल को गुरुदासपुर में सभाएँ हुईं, जिनमें सरदार अजीत सिंह ने 1857 के गदर की हिमायत की। देहातों में भी बराबर जलसे हो रहे थे और इस तरह वातावरण सनसनी से भरपूर था। सनसनी जनता में थी, आतंक अंग्रेजों में था।[111]

पंजाब में जनांदोलन के बढ़ते रुख से घबराकर अंग्रेज सरकार ने रावलपिंडी के छह नामी वकीलों को गिरफ्तार कर लिया। विरोध में शहर में हंगामा और बढ़ गया, जिसके बाद लगभग साठ आदमियों को गिरफ्तार किया गया और पाँच को सात-सात साल की सजा दी गई। 10 मई, 1907 को पंजाब में 1857 आंदोलन की पचासवीं वर्षगाँठ मनाई जानेवाली थी और इसको लेकर अंग्रेज सरकार इतनी डर गई कि कहा जाता है कि बंबई में एक खाली ट्रेन स्टेशन पर बिल्कुल तैयार रखी गई थी, ताकि विद्रोह आरंभ होते ही पंजाब से अंग्रेज नागरिकों को तत्क्षण हटाया जा सके।[112] ब्रिटिश सरकार हमेशा सतर्क रहती थी कि पंजाब अवस्थित सेना का संपर्क राजनीति से नहीं हो। बड़े अक्षरों में टँगा रहता था—'सेना नियुक्ति क्षेत्र-राजनीति प्रवेश निषेध।' 1857 क्रांति की असफलता का विवेचन पंजाब के गाँवों में होता था।[113] विद्रोह की लहर सेना में भी पहुँचने लगी। 1907 में जालंधर के जाट सिख अजीत सिंह द्वारा सरकार के विरोध में खुलकर दिए गए भाषणों को सुनने के लिए जगह-जगह पर सेना के जवान भी पहुँचे थे और आपस में इसकी चर्चा किया करते थे।[114] सेना के बैरकों में असंतोष संबंधी राजनीतिक परचों को देखकर ब्रिटिश अधिकारियों का माथा ठनका[115] कि इस आंदोलन में कुछ सैनिकों की भी भागीदारी थी।[116] कमांडर इन चीफ, लॉर्ड किचनर द्वारा जिलों के सैन्य पदाधिकारियों से क्रांति में सैनिकों की भूमिका की जाँच कराई गई।[117] 10वीं जाट रेजीमेंट में रचे जा रहे षड्यंत्र तक पुलिस पहुँच चुकी थी। बंगाल के 'युगांतर समूह' के सदस्यों की पहुँच इस रेजीमेंट के फोर्ट विलियम, कलकत्ता स्थित कार्यालय तक हो चुकी थी। सेना के उच्चाधिकारियों की चिंता शिखर पर पहुँच गई। ऐसा कहा जाता है कि कमांडर इन चीफ, लॉर्ड किचनर ने लंदन स्थित गृह विभाग को सूचित किया कि यदि अजीत सिंह एवं लाला लाजपत राय को गिरफ्तार नहीं किया गया तो भारतीय सैनिकों की स्वामीभक्ति को बचाकर रखना उनके लिए असंभव हो जाएगा। उन्होंने चेतावनी दे डाली कि यदि ऐसा नहीं किया गया तो वे अपने पद से त्याग-पत्र दे देंगे।[118] सरकार इस नतीजे पर पहुँची कि असंतोष की जड़ में कोलोनाइजेशन बिल है।[119] 1909 में लाहौर से बहुत सी पुस्तक-पुस्तिकाएँ प्रकाशित और वितरित हुईं, जिसकी व्यवस्था लालचंद फलक, अजीत सिंह, उनके दो भाई किशन सिंह और सोबरन सिंह तथा अंबाप्रसाद द्वारा की गई।[120]

लेफ्टिनेंट गवर्नर सर चार्ल्स रिवाज के विदाई के अवसर पर अमृतसर के खालसा कॉलेज के छात्रों ने बड़ा प्रतिकूल प्रदर्शन किया। बड़े शहरों में विरोध सभाओं का नेतृत्व करनेवालों में लाला लाजपत राय, सूफी अंबाप्रसाद एवं 'भारतमाता सोसाइटी' के अजीत सिंह तथा 'इंडिया' के संपादक पिंडी दास आदि थे।[121] अमृतसर, लाहौर और रावलपिंडी में हुए विद्रोह के बाद स्थिति और खराब हो गई। उप-राज्यपाल इबेट्सन ने लॉर्ड मिंटो को स्थिति से अवगत कराया और अनुरोध किया कि आंदोलन के नेता अजीत सिंह एवं लाला लाजपत राय को गिरफ्तार कर निर्वासित कर दिया जाए। आर्यसमाज के नेता रामभज दत्त ने युवकों से आह्वान किया कि वे अंग्रेजों को मार डालें। रावलपिंडी में पी.डी. एगेन्यू नामक अधिकारी ने पाँच वकीलों को उपद्रव के आरोप में गिरफ्तार कर लिया। स्थिति की विकरालता को देखते हुए परिषद् ने अजीत सिंह एवं लालाजी को गिरफ्तार करने की अनुमति दे दी। 10 मई, 1907 को 1857 की क्रांति का पचासवीं वर्षगाँठ थीं। अधिकारियों ने जनसभा करने पर पाबंदी लगा दी। लाला लाजपत राय और अजीत सिंह को गिरफ्तार करने और मांडले ले जाकर नजरबंद करने के वारंट 7 मई, 1907 को जारी किए गए[122] और 9 मई को लालाजी को निर्वासित कर दिया गया।[123] 9 मई, 1907 को लाहौर में उनके घर से लाला लाजपत राय को गिरफ्तार कर लिया गया। लाला लाजपत राय पर बिना मुकदमा चलाए हुए ही इन्हें जेल भेज दिया गया।[124] ईस्ट इंडिया कंपनी द्वारा लगभग सौ वर्ष पूर्व बनाए गए 'बंगाल रेग्यूलेशन-II ऑफ 1818' के तहत अजीत सिंह और लाला लाजपत राय को निर्वासित किया गया था।[125] अजीत सिंह फरार हो गए। इन्हें 2 जून को अमृतसर से गिरफ्तार किया गया।[126] लालाजी और अजीत सिंह निर्वासित कर 11 मई, 1899 को मांडले जेल भेज दिए गए।[127] 1907 में जून में पार्लियामेंट में भाषण देते हुए मोर्ले ने कहा, 'पहली मार्च से पहली मई तक पंजाब के प्रसिद्ध आंदोलनकारियों ने 28 सभाएँ कीं, जिनमें से केवल 5 से खेती संबंधी दुःखड़ों का ताल्लुक था, बाकी विशुद्ध राजनीतिक सभा थीं।'[128]

डेंजिल इबेट्सन मार्च 1907 में लाहौर वापस आए। उन्हें यह बात समझ में आ गई थी कि इस आंदोलन का नेतृत्व लाहौर के वकीलों द्वारा किया जा रहा है। इस बीच अमृतसर, लाहौर और रावलपिंडी में हुए दंगे ने स्थिति को और गंभीर बना दिया। उन्होंने तुरंत घोषणा की कि जल-कर में वृद्धि को एक वर्ष के लिए तत्काल स्थगित किया जाता है। 3 मई, 1907 को उन्होंने गवर्नर जनरल मिंटो को एक लंबा पत्र लिखा, जिसमें अपने लिए अधिक अधिकार की माँग की। पाँच जिलों में जनसभाओं पर प्रतिबंध लगा दिया। अपने होंठों के घाव का इलाज कराने के लिए इबेट्सन को छुट्टी पर जाना पड़ा। स्थिति की विकरालता को देखते हुए गवर्नर जनरल ने 26 मई, 1907 को अपने वीटो अधिकार से इस विधेयक को निरस्त कर दिया। पूर्व कोलोनी अधिकारी पोफाम यंग ने लिखा कि

इससे जनता का गुबार कम हो गया है।[129] पंजाब की असहजता को देखते हुए गवर्नर जनरल लॉर्ड मिंटो ने बिल पर अपना 'वीटो' लगा दिया। भूमि-कर और जल-कर कम कर दिया गया। राजनीतिक अपराधियों को क्षमादान की घोषणा के लिए ब्रिटिश सम्राट् के जन्मदिन को बहाना बना लिया गया और बर्मा में छह महीने बिताकर पंजाबी नेता घर लौट आए।[130] 6 महीने नजरबंद रखने के बाद नवंबर में लाला लाजपत राय एवं अजीत सिंह को मांडले जेल से रिहा कर दिया गया।[131] सरदार अजीत सिंह ईरान भाग गए।[132] लाला लाजपत राय के साथ उनके बर्मा निर्वासन के बाद अजीत सिंह द्वारा दिए गए भाषणों के सार को गुरुमुखी में छपवाकर सैनिकों के बीच वितरित करवाया गया।[133] इस मामले पर अंग्रेज अधिकारियों की काफी आलोचना हुई। जल-कर पर नवीन प्रतिवेदन देने के लिए इबेट्सन ने एक छोटी समिति का गठन किया, जिसने अपना प्रतिवेदन जनवरी 1908 में दिया। इसमें आंदोलन का मुख्य कारण कम जल आपूर्ति, जल-कर बढ़ाने का गलत फैसला और फसलों का नुकसान बताया गया। 1908 की शरद ऋतु में सरकार द्वारा गठित समिति का पूरे पंजाब में दौरा हुआ। एक प्रश्नावली तैयार कर 200 से अधिक जमींदारों की सलाह ली गई। पैतृक संपत्ति के हस्तांतरण पर रोक उठा ली गई और चक को सामान्य प्रशासनिक क्षेत्र में तब्दील कर दिया गया। दंड की व्यवस्था भी समाप्त हो गई।[134]

वायसराय द्वारा 'वीटो' की प्रक्रिया से 'कोलोनाइजेशन' बिल को निरस्त किया गया और पंजाब सरकार ने सिंचाई की बढ़ी हुई दर वापस ले ली। सन् 1912 में अंततः कोलोनाइजेशन बिल पारित हुआ, लेकिन इसमें किसी भी विवादास्पद प्रावधान को समाहित नहीं किया गया था।[135] अजीत सिंह एवं लाला लाजपत राय के मांडले निर्वासन एवं केनाल कानून को वापस लिये जाने के बाद से ही आंदोलन की तीव्रता कम होती चली गई। 'मॉर्ले-मिंटो सुधार कानून' पास होने के बाद प्रशासनिक सुधार के उपाय आरंभ हुए।[136] पंजाब में आंदोलन का नेतृत्व द्वितीय स्तर के नेताओं, यथा-सूफी अंबाप्रसाद, लालचंद फलक, भाई परमानंद और पिंडी दास के हाथों में आ गया। अजीत सिंह के भाई किशन सिंह (सरदार भगत सिंह के पिता) और प्रसिद्ध राष्ट्रीय कवि लाल चंद फलक को राष्ट्रीय कविताओं के संबंध में गिरफ्तार कर लिया गया। उन्हें इसी समय सजा दी गई।[137]

लालचंद फलक ने 1907 के आंदोलन में हिस्सा लिया था और लाहौर के हंगामे में उन्हें सजा भी हुई थी। लेकिन अपील करने पर वह छूट गए थे। सूफी अंबाप्रसाद मुरादाबाद के रहनेवाले थे। उन्हें 1897 में राजद्रोह के अभियोग में 18 महीने की कड़ी सजा हुई थी। 1901 में उन्हें मानहानि, धमकी और जाली दस्तावेज को असली बताने के अभियोग में दंड मिला था। 10 फरवरी, 1907 को वह जेल से रिहा किए गए थे।

पुस्तकों के प्रकाशन और वितरण के लिए लाल चंद फलक ने लाहौर में 'वंदेमातरम् बुक एजेंसी' और अजीत सिंह ने 'भारतमाता बुक एजेंसी' खोल रखी थी।[138] नवंबर 1909 में इनके विरुद्ध काररवाई आरंभ हुई। अजीत सिंह और अंबाप्रसाद फरार हो गए और फारस चले गए। सोरवन सिंह बीमार थे, इसलिए उनके ऊपर से मुकदमा हटा लिया गया तथा आगामी वर्ष उनका देहांत हो गया। लालचंद फलक को चार साल की और किशन सिंह को दस महीने की सजा दी गई। नंद गोपाल को 'कौमी इसलाह' निकालने के लिए उसी समय पाँच साल के कालापानी की सजा दी गई।[139] भाई परमानंद का जन्म रावलपिंडी से 75 मील दक्षिण-पश्चिम में जेहलम जिले की चकवाल तहसील के करियाला नामक गाँव में 4 नवंबर, 1876 को हुआ था। इनके पिता का नाम ताराचंद एवं माता का नाम मथुरा देवी था। इन्होंने 1891 में दयानंद एंग्लो वैदिक स्कूल, लाहौर में अपना नामांकन करवाया। 1902 में पंजाब विश्वविद्यालय से एम.ए. की परीक्षा पास की और डी.ए.वी. कॉलेज, लाहौर में पढ़ाने लगे।[140] भाई परमानंद के एक पूर्व पुरुष ने, आत्म-बलिदान की पराकाष्ठा दिखला दी थी। उस समय उन्हें मुसलमानों ने आरे से चीरकर मारा था। उसी समय से सिखों में यह खानदान 'भाई' नाम से विख्यात हो गया। सिखों में यह 'भाई' संज्ञा बड़ी सम्मानसूचक है।[141]

लाहौर में मोरी दरवाजे के नजदीक एक मकान में वह किराए पर रहते थे। 1909 की गरमी में दक्षिण भारत प्रवास पर निकलने के कारण उन्हें यह मकान छोड़ने का विचार आया। इसी मकान को भगत सिंह के पिता किशन सिंह और चाचा अजीत सिंह ने किराए पर लिया और अपनी राजनीतिक संस्था 'भारतमाता' का मुख्यालय बनाया। बाद में जब पुलिस की दबिश से तंग आकर अजीत सिंह सूफी अंबाप्रसाद के साथ फारस भाग गए, तब इस मकान को छोड़ने की नौबत आई। प्रवास से वापस आने पर और मकान छोड़ने की सूचना पाकर पुनः 3 नवंबर, 1909 को भाई परमानंद ने इस मकान की चाबी मँगवा ली और अपना सामान इसमें रखवा दिया। 5 नवंबर, 1909 को पंजाब के नौ स्थानों पर तलाशी ली गई, जिनमें महत्त्वपूर्ण थे—(1) कौमी बुक एजेंसी, मालिक कर्मचंद, (2) भारतमाता बुक एजेंसी, लाहौर, मालिक श्री किशन सिंह, (3) श्री अजीत सिंह के पिता श्री अर्जुन सिंह का मकान, लायलपुर, (4) श्री अजीत सिंह के ससुर लाला धरपतराय, वकील, कसूर (जिला लाहौर), (5) करिया (जिला जेहलम) में भाई परमानंद का मकान।[142] नवंबर 1909 में जब अजीत सिंह की 'भारतमाता बुक एजेंसी' की तलाशी ली गई तो वहाँ भाई परमानंद भी थे। तलाशी के दौरान उनके संदूक में 'बम मैन्युअल' मिला था, जैसा अलीपुर षड्यंत्रकारियों के पास था। बंगाल के 'अलीपुर षड्यंत्र' के तहत बम बनाने की विधि की पुस्तिका क्रांतिकारी संगठनों के मुख्य कार्यकर्ताओं को वितरित की गई थीं। भाई परमानंद जब इंग्लैंड में पढ़ रहे थे, उस समय लाला लाजपत राय ने

लाहौर से दो चिट्ठी क्रमशः 28 फरवरी, 1907 एवं 11 अप्रैल, 1907 को लिखी थीं। पुलिस के हाथ उक्त दोनों चिट्ठियाँ आ गईं। पत्र का आशय था कि वे वहाँ श्यामजी कृष्ण वर्मा से संपर्क कर पंजाब आंदोलन के लिए निधि की सहायता प्राप्त करें।[143] लालाजी ने फिर लिखा कि श्यामजी कृष्ण वर्मा से कहें कि धन के थोड़े हिस्से को लगाकर यहाँ के छात्रों के लिए ढंग की राजनीतिक पुस्तकें भेजें। दूसरे पत्र में दस हजार रुपया राजनीतिक मिशनरियों को देने की माँग भी की गई। चिट्ठी में लिखा था कि लोग अजीब बेचैनी में हैं। खेतिहर श्रेणी में भी यह असंतोष बहुत फैला है। मुझे भय है कि कहीं लोग फूट पड़ने की जल्दीबाजी में न कुछ कर जाएँ![144] भाई परमानंद को अपराध संहिता के अंतर्गत गिरफ्तार किया गया।[145] अप्रैल 1910 में तीन साल के मुचलके की सजा दी गई और मुकदमे के अंत में उन्हें कॉलेज से भी बरखास्त कर दिया गया।[146]

ब्रिटिश सरकार हमेशा चाहती थी कि पंजाब की सिख राजनीति उनकी मुट्ठी में रहे। खालसा दीवान के एक धड़े ने गदर आंदोलनकारियों को बाहर करने के लिए सरकार के समक्ष अभ्यावेदन दिया था। 1907 में गोपाल कृष्ण गोखले लाहौर दौरे पर आए और उनका वहाँ स्वागत किया गया। खालसा कॉलेज की धर्मशाला में उनके भाषण को सुनने के लिए बहुत से छात्र आए। सरकार को शक हुआ कि खालसा दीवान द्वारा गोखले को आमंत्रित किया गया है। नवंबर 1913 में उप-राज्यपाल सर माइकल ओ'डायर का खालसा कॉलेज में हुए भाषण का निहितार्थ था कि सरकार सिखों से यह आशा नहीं करती कि वे शिक्षित हों और अपने हितार्थ राजनीति करें। इन्हीं आरोपों के आधार पर प्रोफेसर जोध सिंह को कॉलेज से निष्कासित कर दिया गया और एस. नारायण सिंह से जबरन इस्तीफा दिलाया गया। जाहिर है, डायर की अपेक्षा पर ये सिख खरे नहीं उतरे थे।[147]

चीफ खालसा दीवान के नेता ब्रिटिश सरकार के भक्त थे। सोसाइटी द्वारा सिख छात्रों की शिक्षा के लिए कई जिलों में उच्च विद्यालय एवं अमृतसर में खालसा कॉलेज की स्थापना की गई। इस प्रकार की शिक्षा प्रणाली से ब्रिटिश सरकार घबराती थी, क्योंकि कुछ ही समय पूर्व शिक्षा के विकास के कारण ही उसने अमेरिका पर से कब्जा खोया था। सोसाइटी द्वारा 'सिख शिक्षा सम्मेलन' आयोजित किया गया। ब्रिटिश सरकार इस प्रकरण से खुश नहीं थी। हालाँकि सोसाइटी सरकारपरस्त थी, फिर भी सरकार ने खालसा कॉलेज का प्रबंधन अपने हाथ में ले लिया।[148] अंग्रेज विद्वान् मेकॉलिफे को ब्रिटिश सरकार द्वारा सिख धर्म का अध्ययन करने के लिए कहा गया। अंग्रेजों ने सिख धर्म को दो भागों में बाँट दिया। पहला रूढ़िवादी और दूसरा तत खालसा। रूढ़िवादी सिख ब्रिटिश सरकार के प्रति पूर्णतः समर्पित थी, इसलिए इस वर्ग को सरकार द्वारा सदैव प्रोत्साहन मिला। तत खालसा में दो वर्ग थे। पहला चीफ खालसा दीवान और दूसरा सिंह सभा।

हालाँकि ये लोग भी सरकार के भक्त थे, लेकिन इन पर शासकों की नजर बनी रहती थी। सभी सिख गुरुद्वारों पर सरकार द्वारा कब्जा जमा लिया गया।[149]

'ब्रह्म समाज' एवं 'देव समाज' ने पंजाब में सामाजिक कार्यक्रमों में क्रांतिकारी तरीके से काम करना आरंभ कर दिया। ईसाई धर्म परिवर्तन के विरुद्ध लोगों में असंतोष उत्पन्न हुआ और गाँवों में ईसाई धर्मों को 'अंग्रेजी राज का धर्म' संज्ञा देते थे। पंजाब में आर्यसमाज की स्थापना और इसकी लोकप्रियता का कारण था कि इसने हिंदू धर्म की रक्षा का नारा दिया था। 'गदर पार्टी' के संस्थापक लाला हरदयाल और अजीत सिंह के विचार आर्यसमाज की विचारधारा से प्रभावित थे। चीफ खालसा दीवान की स्थापना 1901 में हुई। पंजाब के अधिकांश गुरुद्वारे या तो 'अमृतसर सिंह सभा' या 'चीफ खालसा दीवान' के अंतर्गत थे। शिक्षा की स्थिति यह थी कि छात्र या तो सामान्य रूप से मैट्रिक या स्नातक की डिग्री लेते थे या फिर 'घरजक उपदेशक विद्यालय' से डिग्री लेते थे। अमेरिका एवं हांगकांग गुरुद्वारों में 'उपदेशक' रह चुके भगवान सिंह ज्ञानी इसी 'घरजक' विद्यालय से उत्तीर्ण छात्र थे।[150]

जस्टिस रॉलेट ने अपनी रिपोर्ट में लिखा—'अस्त्र की शक्ति प्राप्त करने का एक और बहुतेरी अच्छा उपाय है। रूस की क्रांति में देखा गया है कि जार की सेना में क्रांतिकारियों से मिले हुए बहुत से आदमी हैं, जो कि समय पड़ने पर अस्त्र-शस्त्र समेत क्रांतिकारियों से मिल जाएँ। फ्रांस की राज्यक्रांति में भी यह प्रणाली खूब सफल रही थी। जहाँ पर कि शासक विदेशी हैं, वहाँ पर तो क्रांतिकारियों के लिए और भी सुविधा है, क्योंकि विदेशी सरकार को अपनी अधिकांश सेना पराधीन जाति से ही भरती करनी पड़ती है। यदि क्रांतिकारी जरा बुद्धिमानी से इन लोगों में स्वतंत्रता का प्रचार करें तो बहुत काम हो सकता है। जब असली संघर्ष का मौका आएगा, तब क्रांतिकारियों को न सिर्फ इतने सीखे हुए आदमी मिलेंगे, बल्कि सरकार पक्ष के अच्छे-से-अच्छे हथियार मिलेंगे।[151] फ्रेडरिक ने बंगाल के हिंदू क्रांतिकारियों एवं मुसलिमों के सहयोग से बनाई गई क्रांतिकारियों को अंग्रेजों के लिए बड़ा खतरनाक होने का संदेश दिया था।[152]

लाला हनुमंत सहाय पहले विदेशी माल के व्यापारी थे। बंगाल विभाजन के बाद जब स्वदेशी का नारा चला तो उन्होंने अपने व्यवसाय को तिलांजलि दे दी। 1909 में उन्होंने चेलपुरी के अपने मकान में एक राष्ट्रीय स्कूल और एक वाचनालय खोला। यहाँ पर युवकों को क्रांति की शिक्षा दी जाने लगी। इस स्कूल में अमीर चंद, गणेशी लाल खस्ता, मास्टर अवध बिहारी आदि शिक्षक थे। वर्ष 1908 तक दीनानाथ, जे.एन. चटर्जी और अमीर चंद लाला हरदयाल के अनुयायी बन गए। यूरोप जाने के बाद लालाजी क्रांतिकारी गुट का नेतृत्व दिल्ली के मास्टर अमीरचंद के हाथों में छोड़ गए। मास्टर अमीरचंद दिल्ली के एक अध्यापक थे। एक तरह से ये उत्तर भारत के पहले संगठनकर्ता

थे। लाला हनुमंत सहाय इनके सहायक थे।[153] हरदयाल के दूसरे शिष्य सहारनपुर के जोतींद्र मोहन चटर्जी और लाहौर के दीनानाथ थे। चटर्जी भी जल्दी ही इंग्लैंड चले गए और दीनानाथ का संपर्क रासबिहारी बोस से करा गए। 1910 में बोस लाहौर गए और हरदयाल के गुट का नेतृत्व अपने हाथ में ले लिया।[154]

उस वक्त रासबिहारी बोस देहरादून के 'इंपीरियल फॉरेस्ट इंस्टीट्यूट' में क्लर्क थे। इसी समय शचींद्रनाथ सान्याल, सेठ दामोदरस्वरूप, अवध बिहारी, बंकिम चंद्र सिंह आदि नौजवान उनके सहयोगी के रूप में काम करते थे। इस दल का बंगाल के क्रांतिकारियों से संबंध था। श्री अमरेंद्र नाथ चट्टोपाध्याय ने बसंत विश्वास और मन्मथ विश्वास को बंगाल भेजा था। 1910 में रासबिहारी उत्तर भारत आए। उनके साथ महात्मा हंसराज के पुत्र बराज भी इस आंदोलन में शरीक हुए। उनके साथ चरन दास, मन्नूलाल, खुदीराम आदि थे। रासबिहारी के हेड क्लर्क होकर देहरादून के जंगल विभाग में आने के पहले यह संस्था केवल एक प्रचार कार्य की संस्था थी। रासबिहारी ने लाला हरदयाल के काम को आगे बढ़ाया। अवध बिहारी, दीनानाथ, बालमुकुंद आदि को उन्होंने राजनीतिक शिक्षा दी। उन्होंने 'लिबर्टी' नामक उत्तेजक क्रांतिकारी परचा बँटवाया और बम बनाने की शिक्षा भी दी।[155] 1912 में सर माइकल ओ'डायर पंजाब के गवर्नर थे। उनके आते ही भारतवर्ष के बड़े लाट, लॉर्ड हार्डिंग पर बम फेंका गया। 12 दिसंबर, 1911 को दिल्ली में एक विराट् दरबार किया गया। 1910 में बादशाह एडवर्ड के मरने के बाद जॉर्ज पंचम ब्रिटिश साम्राज्य के तख्त-ताज के मालिक हुए। कलकत्ता की जगह दिल्ली को राजधानी बनाने का निर्णय लिया गया। 23 दिसंबर, 1912 को दिल्ली में बड़े समारोह के साथ भारत के वायसराय लॉर्ड हॉर्डिंग भारत की नई राजधानी दिल्ली में प्रवेश कर रहे थे। हजारों हाथी, घोड़े, तोप, बंदूक आदि के साथ जुलूस चल रहा था। जुलूस चाँदनी चौक से जब गुजर रहा था, उस समय इस पर बम फेंका गया। इसमें वायसराय का अंगरक्षक मारा गया। वायसराय को भी माथे के पीछे चोट आई, लेकिन वे केवल मूर्च्छित हो पाए। जुलूस में भगदड़ मच गई। बाद में परचा बाँटा गया, जिसमें इस हमले की तारीफ की गई। 17 मई, 1913 को लाहौर के लारेंसबाग में, जहाँ शहर के गोरे एकत्रित होते थे, बम फूटा था। इस विस्फोट में भी एक गोरा नहीं मारा गया, बल्कि एक हिंदुस्तानी अर्दली ही मारा गया।[156] दिल्ली में वायसराय पर बम प्रहार होने के बाद भारत का खुफिया विभाग इस षड्यंत्र की गुत्थी सुलझाने के लिए सक्रिय हो गया। लगभग दो वर्ष बाद इस षड्यंत्र का पता पुलिस को लग पाया। दिल्ली के अतिरिक्त पुलिस अधीक्षक डी. पेटी ने 11 नवंबर, 1914 को दिए गए अपने प्रतिवेदन में इसका खुलासा किया। 'दिल्ली बम विस्फोट' के पूर्व मार्च 1911 के आरंभ में कलकत्ता के डलहौजी स्क्वायर पर बम फेंका गया, परंतु यह फट नहीं पाया। 'दिल्ली बम विस्फोट' के लगभग पंद्रह दिन पूर्व दूसरे

बम विस्फोट का प्रयास मिदनापुर में हुआ। यह बम एक पुलिस मुखबिर के घर में फेंका गया था। सभी बम विस्फोट का निरीक्षण कर बम विशेषज्ञ कर्नल मुशर्रत विलियम्स ने अपनी राय दी कि सभी बम विस्फोटों के पीछे एक ही दिमाग कार्य कर रहा है और सभी बमों का निर्माण बंगाल में किया गया है। मौलवी बाजार में 27 मार्च, 1913 एवं लाहौर में 17 मई, 1913 को हुए बम विस्फोट की प्रकृति भी समान ही थी। निष्कर्षत: 1911 में डलहौजी स्क्वायर, उसी वर्ष मिदनापुर में हुए बम विस्फोट, सिलहट के मौलवी बाजार में 1912 में हुए विस्फोट और 1913 में लाहौर में हुए विस्फोट, सभी एक ही समूह का षड्यंत्र है। मिदनापुर में अब्दुर रहमान के घर पर विस्फोट किया गया, जो कि पुलिस का मुखबिर था। इसी प्रतिवेदन में स्पष्ट हुआ कि इस षड्यंत्र के मुख्य कार्यकर्ता बसंत कुमार विश्वास हैं और नेतृत्व रासबिहारी बोस का है। इसी समूह द्वारा लाहौर के लॉरेंस गार्डेन में भी बम विस्फोट किया गया। आसाम में गोर्डन के ऊपर होनेवाले हमले के डर से उनका स्थानांतरण पंजाब हो गया था और यहाँ भी उसे मारने के लिए बम विस्फोट का प्रयास किया गया। बम का निशाना चूक गया और 17 मई, 1913 को एक भारतीय चपरासी की इससे मृत्यु हो गई। लॉर्ड हार्डिंग पर दिल्ली में फेंके गए बम और लाहौर में फेंके गए बम भी एक ही तरह के थे। वस्तुत: अमर चटर्जी नामक व्यक्ति से रासबिहारी के लिए बसंत कुमार विश्वास ने दस बम लिये थे।

पुलिस छापेमारी के क्रम में राजाबाजार, कलकत्ता की तलाशी के दरमियान अवध बिहारी के नाम का पता चला। वे मास्टर अमीरचंद के घर पर रहते थे। उनके घर पर तलाशी के दौरान पुलिस को एक क्रांतिकारी परचा भी हाथ लगा और इसके साथ बम की एक टोपी तथा कुछ पत्र भी मिले। पुलिस को एक कागजात हाथ लगा, जिसके आधार पर दीनानाथ नामक व्यक्ति को गिरफ्तार किया गया, जिसने षड्यंत्र की सारी जानकारी पुलिस को बता दी। अमीरचंद, उनके भतीजे सुलतान चंद और अवध बिहारी गिरफ्तार कर लिये गए। इसी के आधार पर अन्य व्यक्तियों को गिरफ्तार किया गया और इनके ऊपर 'दिल्ली षड्यंत्र' नामक केस चलाया गया, जिसमें दीनानाथ सरकारी गवाह बन गया। बाद में सुलतान चंद भी पुलिस के मुखबिर बन गए। 14 लोगों को अभियुक्त बनाया गया, जिसमें रासबिहारी भी थे, जो उस समय तक फरार हो गए थे और पुलिस उन्हें पकड़ नहीं सकी। इन पर सात माह तक मुकदमा चला और 5 अक्तूबर, 1914 को बसंत कुमार, अवध बिहारी, अमीर चंद और बालमुकुंद को फाँसी की सजा दी गई। पुलिस को अब तक वायसराय पर बम फेंकने के सूत्र का पता न चल पाया था, परंतु इस अपराध में चार व्यक्तियों को फाँसी की सजा दे दी गई।[157] बलराज, हनुमंत सहाय को आजीवन निर्वासन की सजा दी गई और बाकी लोगों को छोड़ दिया गया।[158] मई 1915 में अमीर चंद मास्टर, अवध बिहारी और बाल मुकुंद को दिल्ली में तथा बसंत

कुमार विश्वास को अंबाला में फाँसी दी गई तथा चरन दास को आजीवन कालापानी की सजा दी गई।[159] रासबिहारी बोस गिरफ्तारी से बचने के लिए भारत से निकल भागे और जापान पहुँच गए।[160]

बालमुकुंद जोधपुर में राजकुमारों को पढ़ाने का काम करते थे और भाई परमानंद के भाई लगते थे। गाँव में उनके घर को दो गज जमीन के अंदर तक खोद डाला गया, लेकिन पुलिस को कुछ भी नहीं मिला। बालमुकुंद की पत्नी श्रीमती रामरखी ने जिस दिन बालमुकुंद को फाँसी हुई, उस दिन सबेरे उठकर वस्त्र–आभूषण आदि धारण कर श्रृंगार किया और जाकर चबूतरे पर बैठ गई। उसके चेहरे पर दुःख का कोई चिह्न नहीं था। उसके प्राण वहीं छूट गए। पति–पत्नी दोनों को एक साथ जलाया गया।[161] पुलिस के उपर्युक्त प्रतिवेदन से रासबिहारी की सक्रियता का पता चलता है। जैसे ही उन्हें पता चला कि 'अलीपुर बम केस' में पुलिस उन तक पहुँच सकती है, वे कलकत्ता से भागकर देहरादून आ गए और पुलिस उपाधीक्षक सुशील घोष के साथ संपर्क बढ़ा लिया, ताकि पुलिस उन्हें सुशील घोष का मुखबिर समझे और वह पुलिस की शंकित नजरों में आने से बच सकें। सरकार के तीन बड़े खुफिया अधिकारी देनहम, पेट्री और क्लेवलैंड इस बात को जानते थे। बाद में जब रासबिहारी की पूरी विवरणी पुलिस को प्राप्त हो गई तो सुशील घोष को रासबिहारी के साथ अपनी संबद्धता के लिए 'कारण बताओ नोटिस' का जवाब देना पड़ा। वस्तुत: 'दिल्ली बम विस्फोट' के तुरंत बाद रासबिहारी देहरादून भाग गए और वहाँ जाकर उन्होंने एक जनसभा का आयोजन कर दिल्ली बम विस्फोट की निंदा की और ब्रिटिश सरकार के प्रति स्वामिभक्ति का प्रदर्शन किया गया। रासबिहारी की क्रांतिकारी सक्रियता बंगाल, दिल्ली एवं पंजाब राज्यों में भी थी, परंतु अपनी राजनीतिक चतुरता के कारण वे पुलिस से अपने को बचा सके। प्रसिद्ध टैगोर परिवार के 'राजा पी.एन. टैगोर' के छद्म नाम से वे जापान भागने में सफल हो गए। इससे पूर्व मुरारी पुकुर में हुई पुलिस छापेमारी में रासबिहारी के दो पत्र पुलिस को हाथ लग गए थे, जिसके बाद ही उन्हें बंगाल से बाहर भेजने की चर्चा क्रांतिकारियों की बैठक में होने लगी। शशिभूषण राय चौधरी की सलाह एवं उनके द्वारा की गई व्यवस्था के अनुसार प्रफुल्ल टैगोर के बच्चों के अभिभावक बनकर रासबिहारी को देहरादून भेजा गया। बाद में उन्होंने वन विभाग में अपने लिए नौकरी भी ढूँढ़ ली। अब तक इनका संपर्क जुगांतर समूह, चंद्रनगर समूह एवं चिनसुरा समूह के साथ हो चुका था।[162] नवंबर 1907 में इलाहाबाद से एक पत्र निकला, जिसका नाम 'स्वराज' था। इसके परिचालक शांतिनारायण थे, जो पहले पंजाब के किसी अखबार के संपादक थे। इस पत्र का उद्देश्य लाला लाजपत राय तथा सरदार अजित सिंह की नजरबंदी से रिहाई थी। शांतिनारायण को खुदीराम बोस के संबंध में लिखे हुए एक आपत्तिजनक लेख के कारण लंबी सजा हुई। 'स्वराज' बंद नहीं हुआ। आठ में

से तीन संपादकों को सजा हुई। इन आठ संपादकों में से सात पंजाबी थे। 1910 में 'प्रेस ऐक्ट' के बाद ही यह अखबार बंद किया जा सका। इलाहाबाद से 1909 में 'कर्मयोगी' नामक अखबार भी निकला था।[163] 1908 में होतीलाल वर्मा, जाट जाति के नेता, पंजाब में पत्रकारिता कर चुके थे। अरविंदो घोष का कलकत्ता से जो 'वंदे मातरम्' निकलता था, वे उसके संवाददाता थे। क्रांतिकारी प्रचार के कारण वर्माजी को दस साल की कालेपानी की सजा हुई। इनके पास बम बनाने के मैनुअल के हिस्से मिले थे।[164]

संदर्भ—

1. एच.एम. हाइंडमैन, 'दि अवेकनिंग ऑफ एशिया', पृष्ठ–243।
2. डब्ल्यू.एच. मैकलोड, 'पंजाबी इन न्यूजीलैंड, ए हिस्टरी ऑफ पंजाबी माइग्रेशन 1890–1940', 1986, गुरु नानकदेव विश्वविद्यालय, अमृतसर, पृष्ठ–12।
3. 'मैकलोड', पृष्ठ–16।
4. हरीश के. पुरी, 'गदर मूवमेंट, ए शॉर्ट हिस्टरी', 2011, पृष्ठ–4, नेशनल बुक ट्रस्ट, नई दिल्ली।
5. विश्वमित्र उपाध्याय, 1986, 'विदेशों में भारतीय क्रांतिकारी आंदोलन' (प्रथम भाग), प्रगतिशील जन प्रकाशन, बी–55, गुलमोहर पार्क, नई दिल्ली, पृष्ठ–42।
6. वही, पृष्ठ–42।
7. आर.सी. मजुमदार (सा.सं.), 'ब्रिटिश पारामांट्सी एंड इंडियन रेनेसाँ, पार्ट-I', 1963, भारतीय विद्या भवन, चौपाटी रोड, बंबई (मुंबई)।
8. आर.सी. मजुमदार (सं.), पृष्ठ–901।
9. विश्वमित्र उपाध्याय, पृष्ठ 42।
10. आर.सी. मजुमदार (सं.), पृष्ठ–901।
11. वही।
12. विश्वमित्र उपाध्याय, पृष्ठ–42।
13. आर.सी. मजुमदार (सं.), पृष्ठ–901।
14. हरीश के. पुरी, पृष्ठ–11।
15. आर.सी. मजुमदार (सं.), पृष्ठ–902।
16. वही, पृष्ठ–904।
17. मृदुला मुखर्जी, 'पीजेन्ट्स इन इंडियाज नन-वॉयलेंट रिवॉल्यूशन प्रैक्टिस एंड थ्योरी', 2004, पृष्ठ–26।
18. आर.सी. मजुमदार (सं.), पृष्ठ–904।
19. हरीश के. पुरी, पृष्ठ–11।
20. आर.सी. मजुमदार (सं.), पृष्ठ–904।

21. गुरचरन सिंह सहिंसरा, 'गदर पार्टी का इतिहास, प्रथम भाग', 1912–17, पृष्ठ–8, 1961, 'देश भगत यादगार कमेटी', जालंधर।
22. आर.सी. मजुमदार (सं.), पृष्ठ–902।
23. हरीश के. पुरी, पृष्ठ–11।
24. मृदुला मुखर्जी, पृष्ठ–26।
25. विश्वमित्र उपाध्याय, पृष्ठ–42।
26. मृदुला मुखर्जी, पृष्ठ–26।
27. विश्वमित्र उपाध्याय, पृष्ठ–42।
28. हरीश के. पुरी, पृष्ठ–3।
29. हरीश के. पुरी, पृष्ठ–7।
30. खुशवंत सिंह, पृष्ठ–156।
31. वही, पृष्ठ–152।
32. एन. गेराल्ड बैरियर, 'पीजेंट रेजिस्टेंट इन इंडिया' (1858;1914)1993 (सं.), डेविड हार्डिमन, पृष्ठ–229 (विषय—'दि पंजाब डिस्टरबेंस ऑफ 1907' : 'दि रिस्पोंस ऑफ दि ब्रिटिश गवर्नमेंट इन इंडिया टू अग्रेरेरियन अनरेस्ट', ऑक्सफोर्ड यूनिवर्सिटी प्रेस, बंबई, पृष्ठ–232।
32. खुशवंत सिंह, पृष्ठ–156।
33. हरीश के. पुरी, पृष्ठ–5।
34. बैरियर, पृष्ठ–232।
35. विश्वमित्र उपाध्याय, पृष्ठ–164।
36. विश्वमित्र उपाध्याय, पृष्ठ–165।
37. खुशवंत सिंह, पृष्ठ–156।
38. एन. गेराल्ड बैरियर, 'पीजेंट रेजिस्टेंट इन इंडिया' (1858;1914) 1993 (सं.), डेविड हार्डिमन, पृष्ठ–229 (विषय—'दि पंजाब डिस्टरबेंस ऑफ 1907 : दि रिस्पोंस ऑफ दि ब्रिटिश गवर्नमेंट इन इंडिया टू अग्रेरेरियन अनरेस्ट', ऑक्सफोर्ड यूनिवर्सिटी प्रेस, बंबई।
39. विश्वमित्र उपाध्याय, पृष्ठ–165।
40. खुशवंत सिंह, पृष्ठ–158।
41. वही, पृष्ठ–159।
42. बैरियर, पृष्ठ–232।
43. वही, पृष्ठ–233।
44. एच.एम. हाइंडमैन, 'दि अवेकनिंग ऑफ एशिया', पृष्ठ–245।
45. हरीश के. पुरी, पृष्ठ–5।
46. एच.एम. हाइंडमैन, पृष्ठ–247।

47. हरीश के. पुरी, पृष्ठ–5।
48. मन्मथनाथ गुप्त, 1948, पृष्ठ–55।
49. हरिशंकर श्रीवास्तव, 'दि हिस्टरी ऑफ इंडियन फेमिंस', 1858–1918, 1968, श्री राम मेहरा एंड को., आगरा।
50. हरीश के. पुरी, पृष्ठ–5।
51. हरीश के. पुरी, पृष्ठ–7।
52. बैरियर, पृष्ठ–236।
53. हरीश के. पुरी, पृष्ठ–5।
54. बैरियर, पृष्ठ–236।
55. वही।
56. बैरियर, पृष्ठ–235।
57. मृदुला मुखर्जी, पृष्ठ–27।
58. वही।
59. हरीश के. पुरी, पृष्ठ–89।
60. बैरियर, पृष्ठ–235।
61. मृदुला मुखर्जी, पृष्ठ–29।
61. हरीश के. पुरी, पृष्ठ–10।
63. वही, पृष्ठ–90।
64. बैरियर, पृष्ठ–240।
65. वही।
66. हरीश के. पुरी, पृष्ठ–91।
67. वही।
68. मृदुला मुखर्जी, पृष्ठ–29।
69. हरीश के. पुरी, पृष्ठ–91।
70. वही।
71. अयोध्या सिंह, 'भारत का मुक्ति संग्राम, 1977', मैकमिलन इंडिया लिमिटेड, पृष्ठ–253।
72. 'लाला लाजपत राय, मेरी आत्मकथा', 2005, गोविंदराम हासानंद, 4408, नई सड़क, दिल्ली, पृष्ठ–150।
73. एच.एम. हाइंडमैन, 'दि अवेकनिंग ऑफ एशिया', पृष्ठ–244।
74. अयोध्या सिंह, पृष्ठ–204।
75. वही।
76. एच.एम. हाइंडमैन, 'दि अवेकनिंग ऑफ एशिया', पृष्ठ–244।

77. वीरेंद्र सिंधु, 'युगद्रष्टा भगतसिंह और उनके मृत्युंजय पुरखे', 2011, राजपाल एंड संस, कश्मीरी गेट, दिल्ली, पृष्ठ–72।
78. अयोध्या सिंह, पृष्ठ–204।
79. लाला लाजपत राय, पृष्ठ–152।
80. हरीश के. पुरी, पृष्ठ–10।
81. अरुण चंद्र गुहा, 'फर्स्ट स्पार्क ऑफ रिवॉल्यूशन', 1971, पृष्ठ–329।
82. वीरेंद्र सिंधु, पृष्ठ–72।
83. वही, पृष्ठ–70।
84. लाला लाजपत राय, पृष्ठ–153।
85. वीरेंद्र सिंधु, पृष्ठ–70।
86. हरीश के. पुरी, पृष्ठ–10।
87. लाला लाजपत राय, पृष्ठ–150।
88. वीरेंद्र सिंधु, पृष्ठ–70।
89. लाला लाजपत राय, पृष्ठ–150।
90. वही, पृष्ठ–152।
91. वही, पृष्ठ–156।
92. वीरेंद्र सिंधु, पृष्ठ–73।
93. वही, पृष्ठ–76।
94. वही।
95. वही।
96. बैरियर, पृष्ठ–242।
97. लाला लाजपत राय, पृष्ठ–156।
98. बैरियर, पृष्ठ–242।
99. हरीश के. पुरी, पृष्ठ–97।
100. बैरियर, पृष्ठ–242।
102. हरीश के. पुरी, पृष्ठ–10।
103. अयोध्या सिंह, पृष्ठ–204।
104. खुशवंत सिंह, पृष्ठ–159।
105. अयोध्या सिंह, पृष्ठ–204।
106. लाला लाजपत राय, पृष्ठ–162।
107. वीरेंद्र सिंधु, पृष्ठ–76।
108. बैरियर, पृष्ठ–242।
109. वीरेंद्र सिंधु, पृष्ठ–77।
110. हरीश के. पुरी, पृष्ठ–96।

111. लाला लाजपत राय, पृष्ठ–158।
112. मृदुला मुखर्जी, पृष्ठ–29।
113. वीरेंद्र सिंधु, पृष्ठ–78।
114. अयोध्या सिंह, पृष्ठ–204।
115. सोहन सिंह जोश, पृष्ठ–30।
116. वही।
117. हरीश के. पुरी, पृष्ठ–10।
118. सोहन सिंह जोश, पृष्ठ–30।
119. मृदुला मुखर्जी, पृष्ठ–29।
120. अरुण चंद्र गुहा, पृष्ठ–330।
121. मृदुला मुखर्जी, पृष्ठ–29।
122. जेम्स कैंपवेल केर, 'पॉलिटिकल ट्रबुल इन इंडिया', पृष्ठ–317।
123. खुशवंत सिंह, पृष्ठ–159।
124. अयोध्या सिंह, 252।
125. लाला लाजपत राय, पृष्ठ–162।
126. एच.एम. हाइंडमैन, पृष्ठ–247।
127. हरीश के. पुरी, पृष्ठ–10।
128. अयोध्या सिंह, पृष्ठ–204।
129. मन्मथनाथ गुप्त, 'भारत में सशस्त्र क्रांति चेष्टा का रोमांचकारी इतिहास', 1948, पृष्ठ–45, नागरी प्रेस, दारागंज, प्रयाग।
130. हरीश के. पुरी, पृष्ठ–93।
131. खुशवंत सिंह, पृष्ठ–159।
132. मृदुला मुखर्जी, पृष्ठ–29।
133. अयोध्या सिंह, 252।
134. सोहन सिंह जोश, पृष्ठ–30।
135. बैरियर, पृष्ठ–255।
136. मृदुला मुखर्जी, पृष्ठ–29।
137. अरुण चंद्र गुहा, पृष्ठ–334।
138. जेम्स कैंपवेल केर, पृष्ठ–321–22।
139. अयोध्या सिंह, पृष्ठ–253।
140. 'क्रांतिकारी भाई परमानंद', धर्मवीर, 1989, पृष्ठ–61, डी.ए.वी. पब्लिकेशंस फाउंडेशन, चित्रगुप्त मार्ग, नई दिल्ली।
141. 'शचींद्रनाथ सान्याल, बंदी जीवन', 2012, पृष्ठ–38, साक्षी प्रकाशन, एस–16, नवीन शाहदरा, दिल्ली।

142. 'राजनीतिक बी, गोपनीय, प्रोसीडिंग्स', जनवरी 1910, गृह, संख्या-25-26, रा.अ., नई दिल्ली, द्वितीयक स्रोत—धर्मवीर, पृष्ठ-61।
143. अरुण चंद्र गुहा, पृष्ठ-334।
144. मन्मथनाथ गुप्त, 1948, पृष्ठ-57।
145. अयोध्या सिंह, पृष्ठ-254।
146. वही।
147. सोहन सिंह जोश, पृष्ठ-29।
148. वही, पृष्ठ-25।
149. सोहन सिंह जोश, पृष्ठ-26।
150. हरीश के. पुरी, पृष्ठ-14।
151. मन्मथनाथ गुप्त, पृष्ठ-45।
152. 'सेडिशन कमेटी रिपोर्ट', पृष्ठ-119।
153. मन्मथनाथ गुप्त, पृष्ठ-58।
154. अयोध्या सिंह, पृष्ठ-254।
155. मन्मथनाथ गुप्त, पृष्ठ-60।
156. वही, पृष्ठ-63।
157. वही, पृष्ठ-64।
158. अरुण चंद्र गुहा, पृष्ठ-336।
159. अयोध्या सिंह, पृष्ठ-253।
160. जेम्स कैंपवेल केर, पृष्ठ-331-32।
161. मन्मथनाथ गुप्त, पृष्ठ-65।
162. अरुण चंद्र गुहा, पृष्ठ-337।
163. मन्मथनाथ गुप्त, पृष्ठ-83।
164. वही, पृष्ठ-84।

□

श्रमिकों का कनाडा एवं अमेरिका आगमन

औपनिवेशिक शासन पद्धति के कारण 1757 के पलासी युद्ध के बाद ही, पंजाब ही नहीं, भारत के सभी राज्यों की आर्थिक स्थिति दिनानुदिन कमजोर पड़ती गई। ब्रिटिश ईस्ट इंडिया कंपनी द्वारा 1849 में पंजाब पर अधिकार किया गया और 1857 की क्रांति के बाद 1858 में यह ब्रिटिश सरकार के अधीनस्थ हो गया। पंजाब के विभिन्न राजे-रजवाड़ों द्वारा भेजे गए सिख सैनिकों की मदद से ब्रिटिश सरकार 1857 की क्रांति को कुचलने में सफल हुई थी। कृषि-प्रधान राज्य पंजाब द्वारा उपजाए गए अन्न पर इंग्लैंड की निर्भरता दिनानुदिन बढ़ती जा रही थी और ब्रिटिश शासन की नजर पंजाब पर अधिक थी। पंजाब के युवकों के लिए सेना में भरती होना आजीविका का सबसे अच्छा साधन था। ब्रिटिश सेनाधिकारी लॉर्ड रॉबर्ट्स और लॉर्ड किचनर आदि भी पंजाब को सेना के लिए सबसे उपयुक्त राज्य समझते थे। प्रशासनिक एवं न्यायालय संबंधित कार्यों को पंजाब में नए सिरे से सुव्यवस्थित किया गया। यहाँ रेलवे और सिंचाई के लिए नहरों की व्यवस्था की गई। बंजर भूमि को आबाद करने के लिए उपाय किए गए, जिससे पंजाब में विकास का नया दौर आरंभ हुआ। अब पंजाब का अन्न घरेलू खपत तक सीमित नहीं रहकर निर्यात एवं नकदी का आधार बन चुका था। इसके साथ राजस्व उगाही एवं कर की दर में भी वृद्धि हुई। कर वसूलने में निर्दयता के कारण किसानों को गाँव के साहूकारों से सूद पर पैसा लेना पड़ा, ताकि समय पर सरकार को कर दिया जा सके। पुनः साहूकार को समय पर सूद या ऋण नहीं लौटाने पर गाँव में मुकदमेबाजी का नया दौर आरंभ हुआ। पहले से गरीब किसान साहूकारों के चंगुल में फँसकर दरिद्र होते चले गए। पंजाब के तत्कालीन वित्त आयुक्त मैलकॉम डार्लिंग ने अपनी पुस्तक 'पंजाब पीजेंट इन प्रोस्पेरिटी एंड डेब्ट' में लिखा है कि यह कहना गलत है कि पंजाब में विकास हुआ।[1]

पंजाब से दूसरे देशों में जाकर पैसा कमाने की प्रवृत्ति को दो भागों में विभाजित

किया गया है। परिवार के एक या दो सदस्य दूसरे देशों में जाकर अधिक पैसा कमाकर अपने और अपने परिवार के लिए धन, संपत्ति और प्रतिष्ठा अर्जित करते थे। अर्जित पैसों से सोना खरीदने की चाहत होती थी। लेकिन मजदूरों के दूसरे वर्ग के सामने विदेश जाना मजबूरी थी, क्योंकि पेट भरने के लिए उनके पास अनाज नहीं था। खेती के लिए अधिक पैसों की आवश्यकता थी, जो उनके पास नहीं थे। 1904 में पंजाब से सेन फ्रांसिस्को गए भाग सिंह 'कैनेडियन' ने अपनी डायरी में लिखा कि उनके पिता के पास 42 एकड़ जमीन थी, लेकिन खेती से उनके परिवार का गुजर-बसर होना मुश्किल हो गया था। सोहन सिंह भाखना के परिवार के पास 65 एकड़ जमीन थी, लेकिन इनमें से अधिकतर खेत बंधक थे। सात रुपए प्रतिमास की नौकरी से त्याग-पत्र देकर वे मजदूरी करने के लिए अमेरिका चले गए। छोटे किसानों की हालत अधिक दयनीय थी। डेंजिल इब्तसन, जो बाद में पंजाब के उप-राज्यपाल भी बने, ने किसानों की स्थिति के बारे में 1889 में लिखा कि वे बहुत मेहनत करना चाहते हैं, किंतु उनकी हालत दयनीय है। उनकी आमदनी से उनके परिवार का भरण-पोषण भी कठिन है और यह 'खतरनाक' स्थिति है।[2]

ग्रेट ब्रिटेन की महारानी विक्टोरिया के शासन की 50वीं जयंती समारोह के अवसर पर 1897 में हुए हीरक जयंती उत्सव में भाग लेने के बाद कनाडा के रास्ते लौटनेवाले लोगों ने वहाँ का आँखों-देखा हाल सुनाया। पहले से गए श्रमिकों के मुँह से वहाँ की समृद्धि का बखान सुनकर उनकी कल्पना में पंख लग गए। उन्हें इस बात का आभास हुआ कि कनाडा में औद्योगिक संपन्नता है और वहाँ पर मजदूरी मिलने की संभावनाएँ हैं। वहाँ विकास के लिए श्रमिकों की माँग है और रोजगार के अच्छे अवसर भी हैं। वस्तुतः इनमें से कई श्रमिक कनाडा से अपने परिवार को लाने के लिए भारत आए थे।[3] शंघाई, हांगकांग और सुदूर पूर्व के देशों में पुलिस की नौकरी करनेवाले अथवा भारतीय सैनिक बॉक्सर युद्ध के दौरान अन्य देशों के सैनिकों के संपर्क में आए और तब उन्हें पता चला कि अंतरराष्ट्रीय स्तर पर हो रहे संघर्ष में सैनिकों की भूमिका कितनी महत्त्वपूर्ण है! छुट्टी के दिनों में अथवा सेवानिवृत्ति के बाद इनमें से कई लोग कनाडा पहुँचे।[4]

31 मई, 1893 को विवेकानंद बंबई से शिकागो रवाना हुए और कोलंबो, पेनांग, सिंगापुर, हांगकांग, कैंटन, नागासाकी, कोबे, ओसाका, क्योटो, टोक्यो, योकोहामा, वैंकूवर और विनिपेग होते हुए 30 जुलाई को शिकागो पहुँचे। इन्हें विश्व की धर्म संसद् में भाग लेना था। अपनी प्रथम यात्रा के दौरान स्वामीजी बोस्टन भी गए। 11 सितंबर, 1893 को धर्म संसद् की शुरुआत हुई, जो 27 सितंबर, 1893 तक चली।[5] इस यात्रा के दौरान स्वामीजी ने मध्य पश्चिमी प्रशांत क्षेत्र और कुछ दक्षिणी क्षेत्रों का दौरा भी किया। समाचार-पत्रों में स्वामीजी की प्रशंसा में खूब समाचार छपे। 1893 में अमेरिकनों

ने पहली बार किसी भारतीय मनीषी का उद्घोष सुना।[6] नवंबर 1894 में स्वामीजी ने न्यूयॉर्क में 'वेदांत सोसाइटी' की स्थापना की।[7] विवेकानंद की पश्चिमी देशों की दूसरी यात्रा 20 जून, 1899 को कलकत्ता से आरंभ हुई। स्वामी तुरीयानंद और सिस्टर निवेदिता भी यात्रा में उनके साथ थीं।[8] स्वामी विवेकानंद की यात्रा के बाद अमेरिका में भारत के बारे में मित्रतापूर्ण और सहानुभूति की लहर उठी। रामकृष्ण मिशन की शाखाएँ न्यूयॉर्क सहित कई जगहों पर खुलीं। स्वामी अभेदानंद, स्वामी बोधानंद, स्वामी परमानंद, स्वामी प्रोक्षानंद, स्वामी त्रिगुनातीतानंद आदि शिष्यों ने स्वामी विवेकानंद के उपदेशों को जगह-जगह पर उजागर किया।[9] 1897 में अभेदानंद लंदन से न्यूयॉर्क गए और वहाँ 1906 तक बसे। अमेरिका में उनके भाषण के अंशों को 'इंडिया एंड हर पीपुल' नामक पुस्तक के रूप में प्रकाशित किया गया, जिसे देशद्रोही करार देते हुए बंबई सरकार ने इसे प्रतिबंधित कर दिया।[10] 1904 में स्वामी रामतीर्थ ने अमेरिका जाकर हिंदू-दर्शन का प्रचार किया और वहाँ की तरक्की को आँखों से देखने के बाद भारत आकर उन्होंने भाषणों तथा अखबारों में लिखे गए लेखों द्वारा भारतीय लोगों को, विशेषत: पंजाबियों को, प्रेरित किया कि वे अमेरिका जाएँ, वहाँ औद्योगिक विद्या सीखने के बहुत साधन हैं और मजदूरी भी काफी मिलती है। इन लेखों से प्रभावित होकर कुछ स्कूलों से पढ़े-लिखे पंजाबी लड़के तथा व्यक्ति अमेरिका गए।[11]

भारतीयों का अमेरिका आप्रवासन 1899 से ही आरंभ हो गया था। सबसे पहले अमेरिका पहुँचनेवाले सिख का नाम बख्शीश सिंह था, जो 1899 में विक्रय प्रतिनिधि बनकर आए और कई बार आना-जाना कर अंत में एस्टोरिया-ओरेगाँव में बस गए।[12] अमेरिका में 1900 ई. में 2050 भारतीय पहुँचे थे। 20वीं शताब्दी के पूर्व तक विदेशों में उच्च शिक्षा के इच्छुक छात्र इंग्लैंड ही जाते थे और बड़े हाकिम, वकील या नेता बनते थे। गांधी, सुभाष, नेहरू, जिन्ना आदि नेता इसी शिक्षा की उपज थे। इस क्षेत्र में नई बात यह हुई कि विज्ञान और तकनीक की शिक्षा प्राप्त करने हेतु छात्र अमेरिका जाने लगे। 1885 में चिकित्सा शास्त्र की शिक्षा पाने गई भारतीय छात्रा कुमारी आनंदबाई जोशी शायद प्रथम महिला थीं। हार्वर्ड में पढ़ाई कर चुके डॉक्टर एस. स्वामीनाथन भी थे, जिनकी बेटी डॉ. लक्ष्मी सहगल आजाद हिंद फौज में 'नारी-ब्रिगेड' की सेनापति थीं। करतार सिंह सराभा विश्वविख्यात यूनिवर्सिटी ऑफ कैलिफोर्निया, बर्कले में इंजीनियरिंग के छात्र थे। कुछ मेधावी छात्रों, जैसे अंबेडकर और कृष्णलाल श्रीधरानी को भारतीय राजाओं ने भेजा था और आप्रवासी धनी लोगों, जैसे ज्वाला सिंह और भगत सिंह थिंड आदि की छात्रवृत्ति पर आए। इन छात्रों में तारकनाथ दास, सुधींद्र बोस, प्रफुल्ल मुखर्जी आदि ऐसे भी थे, जिनकी अभिरुचि राष्ट्रीय आंदोलन में थी।[13] भारतीयों का पहला दल 1904 में हांगकांग से कनाडा गया। उन लोगों ने कनाडा में धन कमाने की संभावनाओं

की कहानियाँ सुनी थीं। कनाडा आने पर उन्हें अच्छे वेतन मिले और उन्होंने भारत तथा फीजी द्वीप में अपने मित्रों को रिपोर्टें भेजीं।[14]

अमेरिका के वुडरो विल्सन ने 'नई आजादी' नामक अपनी पुस्तक में हिंदुस्तान की आजादी के आंदोलन तथा संगठन के विषय में लेख लिखा। शिकागो तथा न्यूयॉर्क में रहनेवाले भारतीयों के समर्थकों ने एक 'इंडो-अमेरिकन सोसाइटी' बनाई। अमेरिकी मिशनरियों को भारत भेजना आरंभ किया गया, जिन्होंने यहाँ स्कूल तथा अस्पताल खोलने शुरू किए।[15] श्रीमती ब्लावतस्की और कर्नल आल्काट ने उन्नीसवीं सदी के 1870 वाले दशक के प्रारंभ में भारत में 'थियोसोफिकल सोसाइटी' की स्थापना की।[16] अमेरिका पहुँचने के बाद अधिकांश छात्र अमेरिका में काम कर रही 'क्लान ना गेल' और अन्य आयरिश समितियों के सदस्य बने। श्यामजी कृष्ण वर्मा ने अपने आयरिश मित्रों की सहायता से अमेरिका में 'होम रूल आंदोलन' शुरू किया। सक्रिय राष्ट्रवादी एवं 'गेलिक अमेरीकन' के संपादक जॉर्ज फ्रीमैन और 'क्लान-ना-गेल' के जान डेवी ने अमेरिका में भारत की स्वतंत्रता के लिए काफी कार्य किया।[17] भारत की जनता की दशाओं से अमेरिका की जनता को अवगत कराने के लिए श्यामजी कृष्ण वर्मा ने कैंब्रिज विश्वविद्यालय के स्नातक डॉ. नारायण कृष्ण को 1906 में अमेरिका भेजा। कुछ आयरिश राष्ट्रवादियों की मदद से अक्तूबर 1906 में 'पैन आर्यन एसोसिएशन' की स्थापना की गई, जिसका कार्यालय 1, वेस्ट, 34 स्ट्रीट, न्यूयॉर्क में बनाया गया। चर्च मिशनरी सोसाइटी के रेवरेंड लुकास मलोबा जोशी के पुत्र सैमुअल लुकास जोशी इसके सचिव और बरकतुल्लाह अध्यक्ष चुने गए।[18]

ब्राडवे, न्यूयॉर्क के वकील माइरन एच. फेल्पस, जिन्होंने बोअर युद्ध के समय ब्रिटिश विरोधी रुख अपनाया था, ने सितंबर 1906 में 'इंडो-अमेरीकन नेशनल एसोसिएशन' की स्थापना की और 1907 में भारत आकर प्रभावशाली लोगों से मिले। अन्य बातों के अलावा उन्होंने भारतीय विद्यार्थियों को अमेरिकी विश्वविद्यालय आकर शिक्षा प्राप्त करने के लिए कहा। इस सोसाइटी में आयरलैंड के क्रांतिकारी नेता और 'गेलिक अमेरिकन' प्रकाशित करनेवाले जॉर्ज फ्रीमैन भी शामिल थे। इसके बाद भारतीय विद्यार्थियों का अमेरिका आने का सिलसिला आरंभ हो गया। इस सोसाइटी द्वारा न्यूयॉर्क में 'इंडिया हाउस' बनवाया गया, जहाँ भारतीयों को बिना किराया लिये ठहराया जाता, छात्रों को आर्थिक सहायता के लिए कर्जे का प्रबंध किया जाता, स्कॉलरशिप प्रदान की जाती और छुट्टी अवधि के लिए काम ढूँढ़ा जाता। सुरेंद्र मोहन बोस, संत तेजा सिंह मस्तुआणा, हरि सिंह चीमा को इसका लाभ मिला। वहीं तारकनाथ दास, लाला रामनाथ पुरी खेमकरण, लाला ठाकुरदास धूरी तथा भोपाल के मौलवी बरकतुल्लाह आदि देशभक्त भी 'न्यूयॉर्क इंडिया हाउस' में दाखिल हो गए। 1909 में यह बंद हो गया।[19]

श्रीमती कामा अक्तूबर 1907 में लंदन और पेरिस स्थित भारतीय क्रांतिकारियों की प्रतिनिधि के रूप में अमेरिका आईं और भारतीय गुलामी के कारणों को अमेरिका में प्रचारित किया। श्रीमती कामा ने मिनर्वा क्लब और आदम्स यूनियन थियोलॉजिकल सेमिनरी में आयोजित सभाओं में भाषण देते हुए अमेरिकी जनता से अपील की कि वह भारत को राजनीतिक मताधिकार दिलाए।[20] विशेष विधायी प्रावधान द्वारा 1901 में ऑस्ट्रेलिया ने अपने यहाँ मजदूरों के प्रवेश पर रोक लगा दी।[21] पंजाब के ग्रामीण मजदूर अधिक मजदूरी की तलाश में हांगकांग, शंघाई, मलाया, ऑस्ट्रेलिया, न्यूजीलैंड, चीन[22] और पूर्वी अफ्रीका के देशों में जाया करते थे। इन देशों में कार्यरत पंजाबी श्रमिकों को चीनी श्रमिकों से जानकारी मिली कि कनाडा में श्रम दर अधिक है और इसके बाद वे कनाडा की ओर उन्मुख हुए।[23]

उन्हें कनाडा के ब्रिटिश कोलंबिया राज्य में मजदूरी की नई आशा दिखाई दी। पंजाबी युवक, जो जालंधर, होशियारपुर, गुरदासपुर, अमृतसर और लुधियाना से विदेश जाने के इच्छुक होते थे, वे रेल से कलकत्ता पहुँचते। कलकत्ता से पानी का जहाज पकड़कर हांगकांग, शंघाई आदि पहुँचते। कनाडा या संयुक्त राज्य अमेरिका के किसी नगर के लिए शंघाई या हांगकांग से उन्हें दूसरा जहाज पकड़ना होता। यदि जहाज आसानी से मिल जाते तो कलकत्ता से अमेरिका या कनाडा की यात्रा दो महीने में पूरी हो जाती। अमेरिका के बंदरगाहों पर हर नए आप्रवासी की जाँच की जाती थी। बीसवीं शताब्दी के आरंभ में यात्रा का व्यय दो सौ रुपए होता था। उस समय एक डॉलर तीन रुपए का होता था। प्रवेश शुल्क बीस डॉलर था। पासपोर्ट और वीसा प्रणाली उस समय लागू नहीं हुई थी।[24] भारतीयों के अमेरिका आने के कई प्रमुख कारणों में से एक कारण पश्चिमी क्षेत्र की कम जनसंख्या और सस्ते भारतीय मजदूरों की उपलब्धता थी। कनाडाई पैसिफिक रेल लाइन निर्माण, लकड़ी चिराई और कृषि कार्य के लिए कठिन परिश्रमी मजदूरों की जरूरत थी। ऐसे कठिन कार्यों में स्थानीय मजदूरों की रुचि नहीं रहती थी।[25] स्थानीय श्रमिक संगठन नियोक्ता पर भारी पड़ रहे थे और श्रमिकों के लिए अधिक वेतन की माँग मँगवाने का दबाव मालिक झेल नहीं पाते थे। इसका लाभ जहाज कंपनी के कुछ एजेंटों ने उठाना शुरू कर दिया और वे पंजाब के किसानों के लिए घोषणा करने लगे, ताकि अधिक संख्या में मजदूरों को पश्चिमी तट तक लाया जा सके।[26] कनाडा के ट्रांस पैसिफिक स्टीमर सर्विस, कनाडियन पैसिफिक रेलवे एवं एक श्रमिक ठेकेदार डी.आर. डेवीचांदन द्वारा पंजाब के अखबारों में विज्ञापन दिया गया कि ब्रिटिश कोलंबिया में चल रहे निर्माण कार्यों के लिए अधिक वेतन पर श्रमिकों की आवश्यकता है। इसके बाद पंजाबी श्रमिक अमेरिका और कनाडा जाने के लिए उद्यत हुए। इनमें से अधिकतर आप्रवासी पूर्व सिख सैनिक थे।[27]

भारतीय सेना एवं पुलिस में भरती लोगों को विदेशों में काम करने के लिए ब्रिटिश सरकार द्वारा समय-समय पर भेजा जाता था और इनमें से अधिकतर लोग इन्हीं देशों में रह जाते थे।[28] रॉयल कमीशन ऑफ कनाडा द्वारा 1907 में भारतीय श्रमिकों के बारे में दिए गए प्रतिवेदन में तीन बिंदुओं को स्पष्ट किया गया। पहला यह कि कनाडा के आर्थिक संपन्नता के बारे में भारतीयों को विभिन्न जहाज कंपनियों द्वारा टिकट बेचने के लिए नियुक्त एजेंटों द्वारा जानकारी दी गई।[29] जहाज कंपनियों और उनके एजेंटों द्वारा अधिक मुनाफा कमाने के उद्देश्य से भारत में टिकट बेचे गए हैं।[30] दूसरा, कनाडा के कुछ व्यापारीगणों ने सस्ते श्रमिक की चाहत में भारत में अपने परचे वितरित किए[31] कि वे भारतीय श्रमिकों को आमंत्रित कर रहे हैं और तीसरा कि जो श्रमिक कनाडा आ चुके हैं, वे अपने सगे-संबंधियों को कनाडा बुला रहे हैं।[32]

1905 से 1910 के बीच पंजाब में वर्षा काफी कम हुई थी और खेती से होनेवाली आमदनी अपने सबसे निम्न स्तर पर पहुँच गई। गाँव में गरीबी बढ़ती गई।[33] विदेश जाना गरीबों के लिए संभव नहीं था, क्योंकि विदेश जाने के लिए यात्रा खर्च चाहिए और शुरुआती दिनों के लिए वहाँ रहने का इंतजाम एवं खर्च चाहिए था। यह मध्यवर्गीय सिख परिवार के लिए ही संभव था। 1907 में हांगकांग होते हुए कलकत्ता से वैंकूवर जाने का खर्च 201 रुपया आता था। अमेरिकी नियम के अनुसार आनेवाले श्रमिकों की जेब में 50 डॉलर (150 रुपया) नकद होना चाहिए। 1908 में कनाडा सरकार द्वारा इस राशि को बढ़ाकर 200 डॉलर कर दिया गया। कुछ ही परिवार इतने पैसों का इंतजाम कर सकते थे। या तो खेत बेचकर अथवा सूदखोर से ऋण लेकर ही ऐसा करना संभव होता था।[34] जहाज यात्रा खर्च की व्यवस्था के लिए अधिकांश लोगों ने ऊँचे ब्याज पर सूदखोरों से पैसे लिये। उस समय ब्याज दर 15 से 20 प्रतिशत तक थी। लोगों की यह सोच थी कि कनाडा जाकर कुछ ही दिनों में इतना पैसा जमा हो जाएगा कि सूद एवं मूलधन वापस करने में कठिनाई नहीं होगी।[35] 1904 में 204 मजदूर कोलंबिया पहुँचे। भारतीय श्रमिकों में से 90 प्रतिशत सिख थे।[36] वर्ष 1904 में भारतीयों का पश्चिमी तट पर आगमन प्रारंभ हुआ और 1906 तक आते-आते इनकी संख्या हजारों में हो गई।[37] 1908 के अंत तक साढ़े तीन हजार श्रमिक ब्रिटिश कोलंबिया में और लगभग इतने ही श्रमिक अमेरिका में बस चुके थे।[38] पंजाब के होशियारपुर, जालंधर, अमृतसर, लाहौर, लुधियाना और फिरोजपुर जिलों से और गुजरात, अवध एवं बंगाल राज्यों से भारतीय प्रशांत तट के क्षेत्रों में गए। इनमें किसान और श्रमिक अधिक थे।[39] होशियारपुर और जालंधर के किसान छोटे समूहों में सबसे पहले वहाँ गए। बाद में अन्य जिलों से भी श्रमिक गए। इनमें 75 प्रतिशत से अधिक सिख थे, जो या तो ब्रिटिश सेना में सेवा कर चुके थे अथवा पूर्व में ही विदेश भ्रमण कर चुके थे।[40] सोहन सिंह शेरगिल का जन्म

1870 में भाकना (पंजाब) नामक गाँव में हुआ था। इनके गाँव में प्राथमिक विद्यालय नहीं होने के बावजूद इन्होंने अपनी प्राथमिक शिक्षा पूरी की। कम उम्र में ही इनकी शादी हो गई और युवावस्था में ही ये नामधारी सिख गुरु बाबा केसर सिंह के संपर्क में आए और 1900 ई. के आस-पास अंग्रेजों के खिलाफ हुए संघर्ष में भाग लिया। बाद में ये अमेरिका पहुँचे और आरा मशीन में श्रमिक की नौकरी करने लगे। सेन फ्रांसिस्को में बसे हुए कुछ भारतीय एवं कैलिफोर्निया, ओरेगाँव, वाशिंगटन में रहनेवाले भारतीयों ने मिलकर 'हिंदुस्तान एसोसिएशन ऑफ दि पैसिफिक कॉस्ट' नामक संस्था का निर्माण बाद के दिनों में किया।[41] खुर्दपुर, जालंधर में भाई बलवंत सिंह का जन्म 15 सितंबर, 1882 को हुआ था। इनके पिता का नाम बुध सिंह अटवाल था। इनकी प्रारंभिक शिक्षा आदमपुर में हुई। बाल्यावस्था में ही इनकी शादी एक स्कूली छात्रा से हो गई, जिसकी मृत्यु कुछ दिनों बाद ही हो गई। प्रारंभिक शिक्षा पूरी करने के बाद बलवंत सिंह अंग्रेजी सेना में नौकरी करने लगे। इनकी दूसरी शादी नूरपुर की कर्तार कौर से हुई। 1905 में इन्होंने सेना की नौकरी छोड़ दी और उज्ज्वल भविष्य की आशा में हांगकांग विदा हो गए। जून में कनाडा के वैंकूवर पहुँचे और आरा मिल में नौकरी करने लगे। आप्रवासियों को संगठित करने में इन्होंने विशेष भूमिका निभाई और उत्तरी अमेरिका में प्रथम सिख गुरुद्वारा की स्थापना की। 1908 में जब गुरुद्वारा आरंभ हुआ तो इसके ये प्रथम ग्रंथी बनाए गए। अब तक ये आप्रवासियों के नेता बन चुके थे और जी.डी. कुमार द्वारा स्थापित 'हिंदुस्तान एसोसिएशन' के कोषाध्यक्ष मनोनीत हुए और जब इस संगठन का स्वरूप परिवर्तित कर इसे 'यूनाइटेड इंडिया लीग' का नाम दिया गया तो ये उसकी कार्यकारिणी के सदस्य भी बनाए गए।[42] अमृतसर जिले में अपना गाँव छोड़ते समय ज्वाला सिंह के पास फूटी कौड़ी भी नहीं थी। पनामा, मैक्सिको एवं अन्य कई देशों का भ्रमण करते हुए ये 1908 में सेन फ्रांसिस्को पहुँचे। इनकी संगत अमृतसर के ही वसाखा सिंह से हुई, जो ब्रिटिश सेना में ग्रंथी थे। इन्होंने स्टॉक्टन के निकट होल्ट्सविले में 500 एकड़ जमीन लीज पर ली और अत्यधिक आलू उत्पादन करने के कारण 'आलू राजा' के नाम से प्रसिद्ध हुए। 'पैसिफिक कॉस्ट खालसा दीवाना सोसाइटी' की भरपूर मदद की और छात्रों के लिए एक घर खरीद दिया, जिसका नाम 'गुरु नानक देवजी विद्यार्थी आश्रम' रखा गया। इन्होंने स्टॉक्टन में प्रथम सिख गुरुद्वारा की स्थापना की, जिसमें उन्होंने वसाखा सिंह का सहयोग लिया।[43]

हरनाम सिंह टुंडीलाट का जन्म कोटला नौध सिंह, होशियारपुर में 1882 में हुआ था। इनके पिता का नाम गुरदित सिंह था। गाँव के धर्मशाला में इन्होंने गुरुमुखी की पढ़ाई की और अंग्रेज सेना में भरती हो गए। जब इनकी प्रोन्नति होनेवाली थी, इन्होंने अपने वरिष्ठ से झगड़ा कर लिया और फौज की नौकरी छोड़कर 1906 में कनाडा आए और

तीन साल बाद अमेरिका आ गए। ओरेगाँव के ब्रिडलवेल के लकड़ी कारखाना में काम करने लगे। अब तक इन्हें काफी प्रसिद्धि मिल चुकी थी। 1912 के आरंभिक महीने में पोर्टलैंड में आप्रवासियों की सभा हुई और 'हिंदुस्तान एसोसिएशन ऑफ दि पैसिफिक कॉस्ट' का गठन हुआ। पहली बैठक में ही हरनाम सिंह को स्थानीय शाखा का सचिव चुना गया और केंद्रीय कार्यकारिणी का भी सदस्य चुना गया।[44] 1 जुलाई, 1890 को गाँव झंडियाला मानजाकी (जालंधर) में जनमे मुंशी सिंह दु:खी के पिता निहाल सिंह बच्चू सेना में सूबेदार थे। इनकी माँ का नाम मेहताब कौर था। गाँव में उर्दू माध्यम से ही उन्होंने प्राथमिक शिक्षा पाई और निजी शिक्षक की सहायता से अंग्रेजी सीखी। इनकी रुचि भाषा अध्ययन में थी और इन्होंने बांग्ला, चीनी और जापानी भी सीखी। 16 वर्ष की उम्र में अपने भाई के पास कलकत्ता पहुँचे और बंगाली क्रांतिकारियों से बहुत प्रभावित हुए। 1907 में इनके बड़े भाई कनाडा चले गए और इनके पास ये 1908 में वहाँ पहुँचे। शुरू में ये गन्ने के खेतों में काम करते थे। बाद में ये जहाज कंपनी से जुड़े और इनकी मुलाकात प्रसिद्ध गुजराती क्रांतिकारी हुसैन रहीम से हुई। दोनों ने मिलकर अमेरिका जाने की योजना बनाई और 1 जनवरी, 1910 को वे सेन फ्रांसिस्को पहुँचे। वे अमेरिका में दो वर्षों तक रहे और कैलिफोर्निया, ओरेगाँव और वाशिंगटन के क्रांतिकारियों से निकटता बढ़ाई। 1912 में ये वैंकूवर पहुँचे और शाह वैलेस शाह और डोर फैक्टरी में नौकरी की।[45] 16 मार्च, 1883 को डॉ. मथुरा सिंह का जन्म झेलम जिला के घुड़ियल गाँव में एक गरीब परिवार में हुआ। इनके पिता का नाम सरदार हरी सिंह कोहली था। इनकी प्रारंभिक शिक्षा चकवाल में हुई। ट्यूशन पढ़ाकर ये परिवार का भरण-पोषण करते थे। गरीबी के कारण इनकी आगे की पढ़ाई नहीं हो पाई। रावलपिंडी की फार्मास्युटिकल कंपनी में नौकरी की और दवा की अच्छी जानकारी प्राप्त कर ली। 1906 में नौशेरा छावनी की एक दवा दुकान में पार्टनर बन गए। 1913 में ये अमेरिका पहुँचना चाहते थे, लेकिन अर्थाभाव के कारण शंघाई तक ही पहुँचे। वहाँ पुन: एक दवा कंपनी में नौकरी पकड़ ली, जिसका नाम 'ग्रेट ईस्टर्न डिस्पेंसरी' था। पैसा बचाकर आगे की यात्रा आरंभ की और सेन फ्रांसिस्को पहुँचे।[46]

भाई परमानंद के पिता ताराचंद मोहियाल एक सामाजिक कार्यकर्ता थे और आर्यसमाज में सक्रिय थे। इनका घर झेलम (कश्मीर) के करियाला नामक गाँव में था। इनके परिवार के पूर्वज भाई मतिदास को मुगलों ने आरे से चीर दिया था और इस कारण सिख संप्रदाय में इनके परिवार को भाई के नाम से संबोधित किया जाने लगा, जो आदरसूचक उपाधि थी। 1905 में जब धार्मिक आधार पर ब्रिटिश द्वारा बंगाल विभाजन की योजना तैयार की गई तो भाई परमानंद ने इसी आधार पर सिंध के लिए माँग की। पाकिस्तान की माँग उठने के लगभग दो दशक पूर्व ही भाई परमानंद ने सिंध और उसके

आगे अफगानिस्तान के क्षेत्र को मिलाकर अलग मुसलिम प्रांत की माँग कर दी थी। बाद में इन्होंने अपनी विचारधारा में परिवर्तन किया और हिंदू और मुसलिम के एकजुट होकर ब्रिटिशों से लड़ने की वकालत की। वेद पर भाषण देने के लिए महात्मा गांधी ने भाईजी को दक्षिण अफ्रीका बुलाया। दोनों नेता इस बिंदु पर एकमत थे कि भारत को अंग्रेजों से आजादी मिलनी चाहिए, लेकिन दोनों का दृष्टिकोण अलग-अलग था। नेटाल में भाईजी की भेंट दीनबंधु एंड्रूज और जी. विलियम्स से हुई। 1906 में ये पुनः दक्षिण अफ्रीका गए। 1907 में इनकी मुलाकात हरदयाल से हुई। वे इंग्लैंड भी गए। लाला हरदयाल और मदनलाल ढींगरा के साथ भाईजी ने 'नेशनल स्पोर्ट्स एसोसिएशन' की स्थापना की। 1908 में भाईजी भारत वापस आए और क्रांतिकारी गतिविधियों में संलिप्तता के कारण इन्हें 1909 में गिरफ्तार कर लिया गया। इनके घर से पुलिस ने बम मैन्युअल और देशद्रोही दस्तावेज बरामद किए थे। 1910 में डॉक्टरी की पढ़ाई करने के लिए यूरोप आए, लेकिन ये अंग्रेजों से भारत को आजाद कराने की पढ़ाई ही करना चाहते थे। चोरी से ये त्रिनिदाद गए और वहाँ से अमेरिका पहुँचे। 1913 में इनकी मुलाकात पुनः लालाजी से हुई और दोनों ने एक साथ पोर्टलैंड, ओरेगाँव जाकर प्रवासी भारतीयों की सभाओं को संबोधित किया। वहाँ से ये यूरोप चले गए।[47]

भाई पियारा सिंह लंगेरी का जन्म 15 जनवरी, 1881 को होशियारपुर के लंगेरी गाँव में हुआ था। 1902 में ये सेना में भरती हो गए, लेकिन चार वर्ष बाद नौकरी छूट गई। नवंबर 1906 में सेन फ्रांसिस्को पहुँचे और फल बगान में नौकरी आरंभ की। बाद में रेल एवं सड़क निर्माण और आरा मशीन में भी श्रमिक की नौकरी की। समाजसेवा में इनकी सक्रियता के बारे में सुनकर वैंकूवर के संत तेजा सिंह, भाई बलवंत सिंह और भाई सुंदर सिंह ने उन्हें बुलावा भेजा। 1908 में वे वहाँ पहुँचे और 'गुरु नानक माइनिंग एंड ट्रस्ट कंपनी' के प्रबंध निदेशक बन गए। 1912 में पियारा सिंह विक्टोरिया गुरुद्वारा में ग्रंथी बन गए। करतार सिंह हुंडल और डॉ. सुंदर सिंह की साझेदारी में उन्होंने 1912 में विक्टोरिया में जमीन का एक टुकड़ा खरीदा और इंग्लैंड से प्रिंटिंग प्रेस की मशीन खरीदकर यहाँ लगाई और उसके बाद द्विमासिक पत्रिका 'संसार' का प्रकाशन आरंभ हुआ। पहले यह पत्रिका इंग्लैंड से गुरुमुखी में निकलती थी। भाई भगवान सिंह हांगकांग से वैंकूवर पहुँचे और उन्होंने मत प्रकट किया कि जब सामुदायिक पैसों से प्रेस की स्थापना हुई है तो इसका मालिकत्व किसी खास आदमी के पास नहीं रहना चाहिए। वैंकूवर की 'खालसा दीवाना सोसाइटी' द्वारा इस विषय का प्रस्ताव पारित किया गया। 'संसार' के अगले अंक में इस पर तीखी प्रतिक्रिया व्यक्त की गई। इस पर क्रांतिकारी गुट और नरमपंथी गुट में झगड़ा हो गया। जब पियारा सिंह प्रेस में सोए हुए थे, रात के अँधेरे में इस प्रेस में आग लगा दी गई। हालाँकि पियारा सिंह ने कुछ लोगों को पकड़ना भी चाहा, लेकिन

पकड़ नहीं सके। नरमपंथी गुट ने 'यूनाइटेड इंडिया एसोसिएशन' की स्थापना की, जिसका मुख्य उद्देश्य क्रांतिकारियों के गुट 'यूनाइटेड इंडिया लीग' का विरोध करना था। पियारा सिंह नरमपंथी गुट 'यूनाइटेड इंडिया एसोसिएशन' के खजांची थे। बाद में ये लोग टोरंटो चले गए। 'कामागाटा मारू प्रकरण' के समय पियारा सिंह वैंकूवर आए और क्रांतिकारियों के गुट से मिल गए। कामागाटा मारू से जाने के बाद वे टोरंटो चले गए।[48]

फिरोजपुर जिले के धुदिके गाँव में भान सिंह और अतर कौर के पुत्र प्रखर सिंह का जन्म 1885 में हुआ। इन्हें गुरुमुखी का साधारण ज्ञान था। 16 वर्ष की उम्र में इनकी शादी हर कौर से हुई। हांगकांग के रास्ते 1910 में ये कनाडा पहुँचना चाहते थे, किंतु कनाडा सरकार द्वारा भारतीयों के प्रवेश को प्रतिबंधित किए जाने से ये मैक्सिको और अमेरिका के रास्ते कनाडा (वैंकूवर) पहुँचे। एबॉट्सबोर्ड के आरा मशीन पर आकर इन्होंने नौकरी आरंभ की और 1912 में वहाँ गुरुद्वारा की स्थापना में मदद की।[49] जगत सिंह उर्फ जय सिंह का जन्म 1883 में अमृतसर के तरणतारण में हुआ था। इनके पिता का नाम अरूर सिंह और माता का नाम गुलाब कौर ढिल्लन था। 17 वर्ष की उम्र में इनकी शादी हुई। पहले इन्होंने सेना में नौकरी की और बाद में नौकरी से त्याग-पत्र देकर शंघाई आए और चौकीदार की नौकरी की। यहाँ से वे कनाडा गए और वैंकूवर में आरा मशीन पर नौकरी की। यहाँ भाई भगवान सिंह और भाई भाग सिंह के संपर्क में आए। हरनाम सिंह जैसे पंथद्रोही को मारकर ये सितंबर 1914 में भारत भाग आए।[50]

1882 में फिरोजपुर के धुदिके में पिता सज्जन सिंह एवं माता धरम कौर के घर में जन्म लिये ईशर सिंह धुदिके 1907 में कनाडा पहुँचे।[51] लुधियाना जिले के गाँव लालटेन खुर्द में पिता हुशनक सिंह ग्रेवाल एवं माता नंद कौर के घर में 1892 में जन्म लिये गुरुमुख सिंह लालटेन की परवरिश गरीबी की हालत में हुई, क्योंकि इनके पिता के पास बहुत कम जमीन थी। मिशन हाई स्कूल, लुधियाना से मैट्रिक पास करने के बाद बहुत कम पैसे साथ में लेकर 1913 में ये हांगकांग पहुँचे और कामागाटा मारू जहाज पर सवार होकर कनाडा पहुँचे थे। बाद में ये अमेरिका आए।[52] चुहर सिंह के पिता का नाम बूटा सिंह था और इनका जन्म ग्राम लील (लुधियाना) में हुआ था। पहले ये सेना में नौकरी करते थे। त्याग-पत्र देने के बाद अमेरिका पहुँचे और 'गदर पार्टी' के कार्यकर्ता बन गए।[53] संत बाबा वसाखा सिंह का जन्म 1877 में ददहर, तरणतारण में हुआ था। 19 वर्ष की उम्र में ग्रंथी के पद पर इन्होंने ब्रिटिश सेना में योगदान दिया था और इनकी नियुक्ति 11वें घुड़सवार बटालियन में हुई। सेना से त्याग-पत्र देने के बाद 1909 में चीन के रास्ते ये अमेरिका पहुँचे और होल्ट में बस गए। स्टॉक्टन के गुरुद्वारे के निर्माण में इन्होंने महती भूमिका निभाई।[54] पूना के मध्यम वर्गीय परिवार में 1888 में विष्णु गणेश पिंगले का जन्म हुआ था। गरीबी के कारण उन्हें अपनी पढ़ाई छोड़नी पड़ी, लेकिन

उनकी पढ़ाई की ललक नहीं छूटी। पहले तो उन्होंने हैंडलूम इकाई स्थापित कर परिवार की आर्थिक मदद की, लेकिन 1912 में ये अमेरिका गए और यूनिवर्सिटी ऑफ कैलिफोर्निया, बर्कले में नामांकन करवाया।[55] भाई शेर सिंह वेनपॉइन का जन्म ग्राम वेनपॉइन, तरणतारण में 1890 में हुआ था। इनके पिता का नाम केसर सिंह धालीवाल था। तीन साल तक इन्होंने सेना में नौकरी की और नौकरी से त्याग-पत्र देकर 1906 में हांगकांग पहुँचे। इन्होंने चीन में सुरक्षा गार्ड की नौकरी की और इसी वर्ष के अंत में सेन फ्रांसिस्को पहुँचे। सेक्रामेंटो और पोर्टलैंड में नौकरी की। उसके बाद कनाडा पहुँचे और आरा मिल में काम किया।[56] पृथ्वी सिंह आजाद के पिता का नाम शादी राम था और वे जीवनयापन हेतु बर्मा जाकर डेयरी फार्म का संचालन करने लगे। पृथ्वी सिंह ने पहले डाक विभाग में नौकरी की और त्याग-पत्र देकर सिंगापुर, हांगकांग, मनीला होते हुए 1912 में सिएटल पहुँचे। बाद में स्टॉक्टन आकर ज्वाला सिंह के फार्म हाउस में श्रमिक बन गए।[57] निधान सिंह चुग्गा का जन्म 1855 में मोगा जिला के चुग्गा गाँव में हुआ था। इनके पिता का नाम सुंदर सिंह था। 1882 में ये शंघाई गए और प्रहरी का काम किया। वहाँ स्थानीय गुरुद्वारे में ग्रंथी बन गए और एक चीनी महिला से शादी करने के बाद अमेरिका आ गए।[58] 1870 में लुधियाना जिले के कैला गाँव में नंद सिंह कैला का जन्म हुआ था। इनके पिता का नाम राम सिंह और माता का नाम फातो कौर था। इनकी शादी भुटा ग्राम की संत कौर से हुई। 1907 में ये वैंकूवर आकर फ्रेजर मिल-वेस्टमिनिस्टर में श्रमिक के रूप में काम करने लगे।[59] भाई करतार सिंह नवाँचंद का जन्म 1888 में नवाँचंद, फिरोजपुर में हुआ था। इनके पिता सुंदर सिंह किसान थे। 1907 में भाई करतार सिंह वैंकूवर पहुँचे और श्रमिक के रूप में काम करने लगे। बाद में जमीन-मकान खरीद-बिक्री का काम करने लगे और 'गोरा शाही जुलुम' नामक पत्रिका के प्रकाशन के कारण इन्हें काफी प्रसिद्धि मिली।[60] जवांद सिंह का जन्म 1892 में नंगल कला, होशियारपुर में हुआ था। इनके पिता का नाम नारायण सिंह बैंस और माता का नाम गुजरी कौर था। 1907 में अपने भाई हीरा सिंह के साथ 15 वर्ष की उम्र में ये कनाडा के वैंकूवर पहुँचे और आरा मिल में नौकरी करने लगे।[61] जिला होशियारपुर के गाँव हरियाणा में जगत राम का जन्म हुआ था और इनके पिता का नाम दित्ता राम था। नवंबर 1911 में ये अमेरिका पहुँचे। सुच्चा सिंह के पिता का नाम गुरदित सिंह जाट था और ये चोला कलाँ, सिरहली, अमृतसर के रहनेवाले थे। पहले ये सेना में नौकरी करते थे। बूटा सिंह के पिता का नाम शेर सिंह और माता का नाम खने कौर था। ये अकलगढ़ खुर्द, रायकोट, लुधियाना के रहनेवाले थे और 1906 में कनाडा पहुँचे। बंता सिंह का जन्म 1890 में हुआ था और ये संघोवाल, कर्तारपुर, जालंधर के रहनेवाले थे। मैट्रिक पास करने के बाद ये कनाडा पहुँचे। वीर सिंह बट्टोवाल उर्फ वीर सिंह का जन्म बट्टोवाल ग्राम, होशियारपुर

में 1871 में हुआ था। इनके पिता का नाम बूटा सिंह बैंस था और ये 1906 में कनाडा पहुँचे। उत्तम सिंह हंस का जन्म जगराँव (लुधियाना) में 1880 में हुआ और 1906 में कनाडा जाने के लिए इन्होंने भारत छोड़ा। ऊधम सिंह के पिता का नाम मेवा सिंह और माता का नाम हुकुम कौर था और इनके गाँव का नाम कसोल था, जो अमृतसर में था। इनका जन्म 15 मार्च, 1882 को हुआ था। 1907 में ये मलेशिया पहुँचे और पेनांग होते हुए तेपिंग (मलय स्टेट) पहुँचे। मलय स्टेट गार्ड में सिग्नलर की नौकरी मिली और मलय और अंग्रेजी सीखकर अमेरिका चले गए।[62] हरनाम सिंह साहरी उर्फ ईशर सिंह का जन्म 1884 में साहरी, होशियारपुर में हुआ था। इनके पिता का नाम लाभ सिंह जज और माता का नाम चाँद कौर था। सोलह वर्ष की उम्र में इनकी शादी कोटली जालंधर के रा कौर से हुई। पहले ये सेना में नौकरी करते थे। हांगकांग होते हुए ये 1907 में कनाडा पहुँचे और आप्रवासियों को अंग्रेजी सिखाने के लिए एक विद्यालय की स्थापना की। बाद में वैंकूवर गुरुद्वारा के निर्माण में सक्रिय सहयोग दिया। केसर सिंह तटगढ़ के पिता का नाम भूप सिंह था और इनका जन्म तटगढ़, तरणतारण, अमृतसर में हुआ। ये 'गदर पार्टी' के प्रथम उपाध्यक्ष एवं 'इंडियन एसोसिएशन ऑफ एस्टोरिया' के प्रथम अध्यक्ष भी बने। इंदर सिंह के पिता का नाम गुरुमुख सिंह था और इनका जन्म 1890 में पादरी कलाँ, तरणतारण, अमृतसर में हुआ। ये अमेरिका पहुँचे। हरनाम सिंह सैनी उर्फ नामा के पिता का नाम गोपाल सैनी था और इनका जन्म फतेहगढ़, जिला होशियारपुर में हुआ था। काम की खोज में ये अमेरिका पहुँचे। रूड़ सिंह उर्फ अरूर सिंह का जन्म सांगोवाल, कर्तारपुर, जालंधर में हुआ। इनके पिता का नाम पाल सिंह जाट था। ये काम की खोज में अमेरिका पहुँचे। रंगा सिंह उर्फ रोडा सिंह के पिता का नाम गुरदित सिंह था और खुर्दपुर, कर्तारपुर (जालंधर) के रहनेवाले थे। तीस साल की उम्र तक इन्होंने सेना में नौकरी की और 1908 में अमेरिका पहुँचे। भाई कपूर सिंह मोही का जन्म 1869 में मोही ग्राम में हुआ था। इनके पिता का नाम मीत सिंह और माता का नाम फतेह कौर था। चार साल तक इन्होंने सेना में काम किया और 1907 में ये कनाडा आए और वैंकूवर में इलेक्ट्रिकल रेल कंपनी में काम किया। बाद में अपने दोस्त और साझेदार हरदित सिंह लेम के साथ मिलकर ट्रेन में लकड़ी चढ़ाने का ठेका लिया। 1911 में 'यूनाइटेड इंडिया लीग' के सदस्य बने और क्रांतिकारी आंदोलन के लिए बहुत पैसा इकट्ठा किया। एबॉट्सफोर्ड गुरुद्वारा निर्माण के लिए भी इन्होंने बहुत चंदा इकट्ठा किया था।[63] सोहन लाल पाठक का जन्म 7 जनवरी, 1883 को एक ब्राह्मण परिवार में हुआ था। इनके पिता का नाम पंडित चंदा राम था। गरीबी के कारण इनकी पढ़ाई नहीं हो सकी और ये सिंचाई विभाग में नौकरी करने लगे। नॉर्मल ट्रेनिंग स्कूल, लाहौर में प्रशिक्षण लेने के बाद ये शिक्षक बन गए। लाला लाजपत राय के संपर्क में आकर ये 1910 में सियाम आए और 'गदर पार्टी' के सियाम के

कार्यकर्ता बने।[64] भाई हरदित सिंह लेम का जन्म 20 अक्तूबर, 1869 को लुधियाना जिला के लेम गाँव में हुआ था। इनके पिता का नाम भगवान सिंह टाटला और माता का नाम प्रताप कौर था। 1902 में ये हांगकांग पहुँचे और ब्रिटिश सेना में पुलिस की नौकरी की। 1906 में ये वैंकूवर पहुँचे और आरा मिल में नौकरी की। 1911 में हुसैन रहीम द्वारा 'यूनाइटेड इंडिया लीग' की स्थापना की गई और हरदित सिंह इसके सक्रिय सदस्य बने। 1912 में अबॉट्सफोर्ड गुरुद्वारा निर्माण में इन्होंने सक्रिय सहयोग दिया। तारकनाथ दास का जन्म 1884 में 24 परगना जिला, पश्चिम बंगाल में हुआ था। बैरिस्टर पी. मित्तर ने इन्हें 'अनुशीलन समिति' के साथ जोड़ा। अपने लेखन के कारण ये अंग्रेजों की आँखों में चुभने लगे और गिरफ्तारी से बचने के लिए जापान आ गए। वहाँ भी गिरफ्तारी का अनुमान लगा तो ये 1906 में सिएटल आ गए और एक फार्म हाउस में कार्य करने लगे तथा कृषकों को संगठित करना भी आरंभ किया। वहाँ पर इन्होंने 'फ्री हिंदुस्तान' का प्रकाशन आरंभ किया और 'हिंदुस्तान एसोसिएशन ऑफ वैंकूवर' की स्थापना की। इनकी नौकरी वैंकूवर के आप्रवासन विभाग में दुभाषिया के रूप में हो गई, लेकिन हॉपकिंसन के कारण इन्हें अपना पद छोड़ना पड़ा। फिर भारतीय बच्चों के लिए एक पाठशाला खोली, जहाँ शाम को भारतीयों को अंग्रेजी और गणित की शिक्षा दी जाती थी। हॉपकिंसन के कारण इन्हें कनाडा भी छोड़ना पड़ा और 1908 में ये सिएटल आ गए और पुनः 'फ्री हिंदुस्तान' का प्रकाशन आरंभ किया। वहाँ वेरमॉट के नॉरविच विश्वविद्यालय में सैन्य शिक्षा के लिए अपना नामांकन करवाया और प्रशिक्षण पूरा कर वेरमॉट नेशनल गार्ड की नौकरी के लिए आवेदन भी किया, परंतु ब्रिटिश सरकार के दबाव के कारण इन्हें बीच में ही प्रशिक्षण छोड़ना पड़ा। 1909 में ये वापस सिएटल आए और यूनिवर्सिटी ऑफ वाशिंगटन में राजनीति शास्त्र विषय में स्नातक की पढ़ाई के लिए अपना नामांकन करवाया। 1911 में इन्हें एम.ए. की भी उपाधि मिली। बीच में नियोक्ता जिम्मेदारी कानून पर शोध करने का मौका भी मिला। इन्होंने वहाँ 'हिंदुस्थान एसोसिएशन ऑफ अमेरिका' की स्थापना की। बाद में ये यूनिवर्सिटी ऑफ कैलिफोर्निया, बर्कले आए और वहाँ से पी-एच.डी. करनी चाही, जो कभी भी पूरी नहीं हुई। वहाँ इनका संपर्क लाला हरदयाल से हुआ। 1914 में इन्हें अमेरिकी नागरिकता प्राप्त हुई फिर वे जर्मन चले गए और वहाँ से आर्थिक सहायता प्राप्त करने की कोशिश की। न्यूट्रिलिटी ऐक्ट के तहत सेन फ्रांसिस्को में उन्हें 1917 में गिरफ्तार कर लिया गया और कंसास के लीवेनमॉर्थ जेल में इन्होंने 22 महीने के कारावास की सजा काटी। 1924 में ये जेल से बाहर आए और मेरी कीटने मॉर्स से शादी कर यूरोप भ्रमण के लिए चले गए। वापस आकर उन्हें कोलंबिया विश्वविद्यालय में राजनीतिशास्त्र के प्रोफेसर की नौकरी मिली और जॉर्ज टाउन विश्वविद्यालय में फेलोशिप भी मिली। 1935 में इन्होंने 'तारकनाथ दास फाउंडेशन' की स्थापना की।[65]

लाला हरदयाल की प्रेरणा से ज्वाला सिंह द्वारा शुरू की गई 'गुरु गोविंद सिंह स्कॉलरशिप' के तहत जिन छह छात्रों को उच्च शिक्षा के लिए विदेश भेजने की व्यवस्था की गई, उनमें से एक गोविंद बिहारी लाल थे। इनके पिता बीकानेर महाराजा की रियासत में ऊँचे पद पर थे। 1912 में इनका नामांकन यूनिवर्सिटी ऑफ कैलिफोर्निया, बर्कले में कराया गया। मौलवी बरकतुल्लाह के साथ भाई भगवान सिंह ज्ञानी 1914 में सेन फ्रांसिस्को पहुँचे और वहाँ से स्टॉक्टन आए। लाला हरदयाल के यूरोप जाने के बाद 'गदर पार्टी' के अध्यक्ष भाई भगवान सिंह ज्ञानी बनाए गए और उपाध्यक्ष मौलवी बरकतुल्लाह बने। इन्होंने 'यूनाइटेड इंडिया लीग' और 'गुरु नानक माइनिंग कॉरपोरेशन' में भी सहयोग दिया। संतोख सिंह का जन्म 1892 में सिंगापुर में हुआ था। उनके पिता वहाँ ब्रिटिश सेना में नौकरी करते थे। संतोख सिंह 1903 में भारत आए और अपने गाँव अमृतसर के धारदेव में इनकी स्कूली शिक्षा हुई। 1910 में खालसा कॉलेज, अमृतसर से इन्होंने एफ.ए. की पढ़ाई पूरी की। 1909 में ही इनकी शादी हो गई। 1911 में ये इंग्लैंड आए और कनाडा के रास्ते 1911 में अमेरिका पहुँचे और वहीं बस गए। अमेरिका आकर ये ज्वाला सिंह के फार्म हाउस होल्ट्सविले में नौकरी करने लगे।[66] मौलाना बरकतुल्लाह का जन्म 7 जुलाई, 1854 को भोपाल में हुआ था। इनके पिता मुंशी शेख कुदरतुल्ला भोपाल नवाब के यहाँ कार्यरत थे। इन्होंने उर्दू मदरसा से आलिम की पढ़ाई पूरी की। राजकुमारी को पढ़ाने के लिए ये खांडवा आए और वहाँ से बंबई पहुँचे। कम उम्र के बावजूद उन्होंने उच्च शिक्षा के लिए अपना नामांकन करवाया और कम समय में ही उसे पूरा भी कर लिया। 1887 में लंदन आए और पढ़ाई के साथ-साथ अरबी, फारसी और उर्दू विषय के लिए निजी ट्यूशन भी पढ़ाने लगे। अब्दुल्लाह किलियम द्वारा स्थापित 'ब्रिटिश इंस्टीट्यूट ऑफ लिवरपुल' में कुछ दिनों तक नौकरी की। यहाँ इनकी मुलाकात काबुल के अमीर के छोटे भाई सरदार नसरुल्ला खान से हुई। वहाँ 'इंडिया हाउस', लंदन की गतिविधियों से परिचित हुए एवं लाला हरदयाल से इनकी मुलाकात लंदन में ही हुई। ब्रिटेन के तत्कालीन प्रधानमंत्री ग्लैडस्टोन के खिलाफ लेख लिखने के कारण इन्हें अपनी गिरफ्तारी का अनुमान हुआ और 1899 में ये न्यूयॉर्क चले आए, जहाँ अगले छह वर्षों तक रहे। 1909 में ये जापान पहुँचे और यूनिवर्सिटी ऑफ टोकियो के ओरिएंटल लैंग्विज विभाग में प्रोफेसर के पद पर योगदान दिया। 1911 में इन्हें कुस्तुनतुनिया, काहिरा और पेट्रोगार्ड जाने का मौका मिला, जिसका मुख्य कारण इसलामिक भाईचारा को बढ़ावा देने का प्रयत्न करना था। उस समय ही इन्होंने अपने लेख में इशारा किया कि अफगानिस्तान को केंद्र बनाकर मध्य एशिया के मुसलिम देश एकजुट होकर ब्रिटिशों के खिलाफ लड़ाई लड़ सकते हैं। जापान में मुसलिम धर्म के प्रसार में भी इन्होंने अपना योगदान दिया और अपने सहायक, अपनी पत्नी और अपने ससुर को इसलाम धर्मावलंबी बनाया। 1912 में

सरकार ने बरकतुल्लाह द्वारा प्रकाशित जर्नल्स के प्रसारण पर रोक लगा दी, लेकिन तब तक वे 'अल-इसलाम' नामक दूसरे जर्नल्स का प्रकाशन आरंभ कर चुके थे। इसे भी 1913 में बंद कर दिया गया। 1914 में इन्हें अपनी नौकरी से हाथ धोना पड़ा। भाई भगवान सिंह के साथ ये अमेरिका वापस आए और 'युगांतर आश्रम' में रहकर 'गदर' अखबार में अपना योगदान देना आरंभ किया। प्रथम विश्वयुद्ध के दौरान कई जगहों पर भाषण दिया और बाद के दिनों में बर्लिन जाकर लाला हरदयाल के साथ जर्मनी से सहायता लेने के विषय में विचार-विमर्श भी किया।[67] करतार सिंह दुःखी का जन्म लुधियाना के लटाला गाँव में एक अनाथ परिवार में हुआ था। इन्होंने लुधियाना मिशन स्कूल से अपनी शिक्षा पूरी की और अंग्रेज सेना के 'रसाला' में योगदान किया। 1907 में नौकरी से त्याग-पत्र देकर ये मद्रास होते हुए सेन फ्रांसिस्को पहुँचे। इनका संपर्क बाबा वसाखा सिंह और ज्वाला सिंह से हुआ एवं 1912 एवं 1913 में योलो गार्डन में नौकरी करने लगे। वहाँ पर भाई रूर सिंह फोरमैन के पद पर थे। उनके जाने के बाद ये फोरमैन बन गए। जब 'गदर' अखबार निकालने की योजना बनी और इसके लिए नौ स्वयंसेवकों की आवश्यकता हुई तो करतार सिंह दुःखी इनमें से एक थे और 'युगांतर आश्रम' में प्रेस ऑपरेटर का काम करने लगे।[68] अपने लिखित बयान में इन्होंने कहा कि एक अमेरिकन थिएटर कंपनी शंघाई से एक पंजाबी को अमेरिका ले गई, जो बीन बजाया करता था। इसका काम कंपनी के खेल के समय बीन बजाना था। इस बीन बजानेवाले व्यक्ति ने अमेरिका जाकर बहुत पैसा कमाया तथा वहाँ शंघाई में नौकरी कर रहे अपने मित्र बाशाँ को पत्रों द्वारा अमेरिका आने के लिए प्रेरित किया।[69] गंडा सिंह कचरभान का जन्म कचरभान में हुआ था और ये बहुत कम उम्र में अमेरिका चले गए। रोपड़ के मरौली गाँव में 1883 में कांशीराम मरौली का जन्म हुआ था। इनकी शादी दस वर्ष की उम्र में ही हो गई। इन्होंने पटियाला से दसवीं पास की और अंबाला में नौकरी करने लगे। उसके बाद ये नौकरी करने हेतु दिल्ली चले आए। हांगकांग होते हुए अमेरिका पहुँचे और श्रमिक की नौकरी करने लगे। बाद में श्रमिक ठेकेदार बन गए और भारत की आजादी हेतु हजारों डॉलर का दान दिया।[70] पांडुरंग सदाशिव खानखोजे की प्रारंभिक शिक्षा वर्धा में हुई और उच्च शिक्षा नागपुर में हुई। अपनी शादी से पूर्व ऐन मौके पर ये घर से भाग गए। भागते समय इनकी माँ ने मिठाई का एक डिब्बा दिया और कहा कि जब विपत्ति आए, इनमें से एक मिठाई खा लेना। बाद में आकर देखा तो प्रत्येक मिठाई के भीतर में सोने की चेन छिपाई गई थी। अमेरिका जानेवाले जहाज पर श्रमिक की नौकरी की। एक फ्रांसीसी जहाजवाले ने भोजन देने का वचन दिया और वे उस पर चढ़कर कोलंबो पहुँचे। वहाँ से सैगोन तथा जापान के योकोहामा होते हुए टोकियो पहुँचे और उसके बाद अमेरिका आए। शुरू में होटेल में बैरा, सड़क निर्माण में श्रमिक एवं कुली का काम किया। इनकी

मुलाकात तारकनाथ दास से हुई। उसके बाद इन्होंने ओरेगाँव कृषि महाविद्यालय (अब ओरेगाँव स्टेट यूनिवर्सिटी) और माउंट तामलपैस सैनिक अकादमी में नामांकन करवाया और पंडित कांशीराम के साथ मिलकर ओरेगाँव में 'इंडियन इंडिपेंडेंस लीग' की स्थापना की। 1911 में लाला हरदयाल से मुलाकात हुई और गदर पार्टी के दो भाग, एक प्रचार इकाई और दूसरा एक्शन ग्रुप में से 'खानखोजे एक्शन ग्रुप' के समन्वयक बनाए गए। इन्होंने अपना संपर्क मेक्सिकन और जर्मनी क्रांतिकारी संगठनों के साथ बढ़ाया। वे यूरोप गए और 'गुप्त बर्लिन समिति' के सक्रिय सदस्य बनाए गए। तुर्की, ईरान, अफगानिस्तान और बलूचिस्तान भी गए। रूस जाकर लेनिन से मुलाकात की और भारत की आजादी के लिए सहयोग माँगा। 1920 में ये मैक्सिको गए और कृषि विज्ञान पर शोध करने लगे। 1936 में इनकी शादी जीन बेल्जियम की एलेक्जाड्रिन सिंडिक से मैक्सिको में हुई।[71] अमर सिंह तथा गोपाल सिंह 1905 में अमेरिका आए। न्यूयॉर्क का 'इंडिया हाउस' बंद होने के बाद सरदार हरि सिंह चीमा शिकागो चले गए। संत तेजा सिंह वैंकूवर पहुँच गए और मौलवी बरकतुल्लाह टोकियो विश्वविद्यालय में अरबी, फारसी के प्रोफेसर बन गए। सुरेंद्र मोहन बोस तथा तारकनाथ दास सिएटल आ गए। ठाकुरदास धूरी औरेगन में सेंट जॉन के भारतीय मजदूरों में जाकर मिल गए। रामनाथ पुरी कैलिफोर्निया चले गए।[72] ये लाहौर में 'पीपुल्स बैंक' में कर्मचारी थे। उन्होंने 1905 में अंग्रेजी साम्राज्य के हाथों हो रही लूट के खिलाफ एक परचा छपवाया। अंग्रेजी सरकार उनके खिलाफ मुकदमा चलाने लगी तो वे भागकर अमेरिका आ गए। यहाँ आकर उन्होंने उर्दू में एक परचा शुरू किया, जिसका नाम था—'आजादी का सर्कुलर'। इस परचे ने अमेरिकी महाद्वीप में आ रहे भारतीयों को भारत में अंग्रेजी साम्राज्य द्वारा की जानेवाली लूट की तसवीर दिखानी शुरू की।[73]

इससे पहले कनाडा में चीन और जापान के श्रमिक काफी मात्रा में आ चुके थे। 74 कनाडा और पश्चिमी तट की आबोहवा, जलवायु और मौसम कमोबेश पंजाब के समान ही था।[75] बहुत से भारतीय ब्रिटिश कोलंबिया से अमेरिकी सीमा पार कर वाशिंगटन, ओरेगाँव और कैलिफोर्निया पहुँच गए। इसका कारण पसंदीदा जलवायु को बताया गया। लेकिन महत्त्वपूर्ण यह भी था कि इसमें से अधिकतर अपने बचपन के दिनों से खेती करते आ रहे थे और भारत में इनके अपने खेत थे। कैलिफोर्निया में खेती करने की असीम संभावनाएँ थीं। यहाँ खेत पट्टे पर लिया जा सकता था और जमीन खरीदी भी जा सकती थी। 'खेत का मालिक' होने का गौरव उन्हें आकर्षित करता था। अधिकतर लोग उत्तरी कैलिफोर्निया के चावल उत्पादन क्षेत्र एवं दक्षिणी कैलिफोर्निया के कपास उत्पादन क्षेत्र की ओर उन्मुख हुए।[76] अमेरिका के सेन फ्रांसिस्को से 75 मील दक्षिण पर सन जोआकिन घाटी अवस्थित है। यहाँ की बलुआही जमीन कृषि के लिए बहुत ही उपयुक्त

है। स्टॉक्टन के नजदीक 'डेल्टा' की जमीन 10–12 फीट नीचे तक प्राकृतिक खाद से भरी थी। मई–सितंबर के शुष्क मौसम में भी यहाँ का वर्षानुपात 10 इंच था। गरमी में यहाँ का अधिकतम तापमान 82 डिग्री फॉरेनहाइट एवं जाड़े में न्यूनतम तापमान 47 डिग्री फॉरेनहाइट तक आ जाता था। अंगूर, अंजीर, नारंगी, बीन, आलू, मकई, ईख, चुकंदर आदि फसलों के लिए यह उपयुक्त जगह थी। यहाँ का वातावरण बहुत ही स्वास्थ्यवर्धक था। साफ नीला आसमान, हरियाली लिये छोटी पहाड़ियाँ, पेड़ों से आच्छादित धरती, यूकिलिप्टस के ऊँचे–ऊँचे पेड़ से युक्त मनोहारी छटा यहाँ आनेवाले लोगों को बरबस आकर्षित कर लेती थी। यहाँ आनेवाले लोग स्थायी रूप से यहाँ बसने के लिए लालायित हो उठते थे। जब इन क्षेत्रों से भारतीय रेल से गुजरते थे तो उनके मन में यहाँ आकर रहने की इच्छा उत्पन्न हो जाती थी। सर्वप्रथम 1907 में भारतीयों का यहाँ प्रवेश हुआ। इसके बाद फ्रेशनो, बैकर्सफिल्ड और स्टॉक्टन में भारतीय आने लगे और ये शहर भारतीयों के मुख्य केंद्र के रूप में उभरकर आए। इन तीनों में स्टॉक्टन के नजदीक अधिक संख्या में भारतीय खेती कार्य से जुड़े थे। स्टॉक्टन में भी होल्ट, लोडी और सैंडो में भारतीयों की संख्या अधिक थी। फ्रेशनो को 'रायसीन की रानी' की संज्ञा दी जाती थी और इसके अंदर वे लोन स्टार, कोनेजो, क्लोविस और मदेरा जैसे क्षेत्रों में रहते थे।[77]

ये लोग उन देशों में खेती योग्य भूमि खरीद लेते थे। ये खेत 30 से 80 एकड़ तक होते थे और इन खेतों में गेहूँ, ईख, जौ, चना, मटर, कपास, तरबूज, मकई, लसूनघास आदि की खेती करते थे।[78] अमेरिका के उत्तरी कैलिफोर्निया के सेक्रामेंटो घाटी क्षेत्र की मिट्टी और जलवायु सन जोआकिन से मिलती–जुलती थी। अंतर यही था कि यहाँ की मिट्टी चावल की खेती के लिए अधिक उपयुक्त थी। उत्तरी कैलिफोर्निया के कृषि कार्य एवं दक्षिणी कैलिफोर्निया के फलों के मौसम के बीच के छुट्टी के दिनों में ये सेक्रामेंटो घाटी में विश्राम करते थे और सामाजिक गतिविधियों में भाग लेते थे। फलों के बाग फॉलसॉम, औरेंजेविले, लुमिस और न्यू कैसल क्षेत्र में थे और चावल का उत्पादन मारिसविले, कोलुसा, टुडोर, विलोज, शिको, बुटे सिटी, नेल्सन, ग्रिडले और ब्रिग्स क्षेत्रों में होता था। ब्रिग्स में भारतीय सफल व्यापारी बनकर उभरे और अधिकांश चावल उत्पादन खेतों को इन्होंने खरीद लिया।[79] दक्षिणी कैलिफोर्निया में मैक्सिको के पड़ोस में अवस्थित इंपीरियल घाटी का अधिकांश क्षेत्र समुद्र तल से नीचे था। 60 मील लंबे और 45 मील चौड़े इस क्षेत्र की आबादी 1920 में 43000 थी। पूरे वर्ष वर्षापात एक इंच से अधिक नहीं थी। हवा शुष्क थी। जाड़े में तापमान 24 डिग्री से कम नहीं होता था और जुलाई–अगस्त में भी तापमान 115 डिग्री से अधिक नहीं जाता था। जमीन काफी उपजाऊ थी। कृषि सिंचाई व्यवस्था पर आधारित थी। अंगूर, कपास, लसूनघास, माईलो, जौ और खरबूजा यहाँ की मुख्य फसलें थीं। 1910 में जब भारतीयों का यहाँ प्रवेश हुआ

तो यह क्षेत्र बिल्कुल अविकसित था। यहाँ की अत्यधिक गरमी को स्थानीय अमेरिकी सहन नहीं कर पाते थे और वे इस क्षेत्र में आने से कतराते थे।[80]

प्रशांत क्षेत्र के कनाडाई इलाके में ब्रिटिश कोलंबिया सबसे समृद्ध जगह थी, जिसका क्षेत्रफल 372630 वर्गमील था। तट के नजदीक की जमीन बहुत उपजाऊ थी। वातावरण अपेक्षाकृत मध्यम श्रेणी का था और वर्षानुपात भी सामान्य ही था। फलों का उत्पादन यहाँ अधिक होता था। 'बारहमासी बगीचा' के नाम से प्रसिद्ध 'फ्रेजर वैली' में संसार के सर्वश्रेष्ठ फलों का उत्पादन होता था। इसके विभिन्न क्षेत्रों में सोना, चाँदी, ताँबा, जिंक, पारा, कोयला और लोहे की खदान थीं। गहरे जल में और नदी में खूब मछली मिलती थीं। लकड़ी का व्यापार प्रमुख व्यवसाय था। वैंकूवर द्वीप में सोने की खदानें थीं। इन सब कारणों से भारतीय यहाँ आने के लिए आकर्षित हुए और वैंकूवर शहर धार्मिक एवं सामाजिक केंद्र बन गया। अमेरिका और कनाडा में रहनेवाले शहरों में वैंकूवर में भारतीय, खासकर सिखों की संख्या सबसे अधिक थी। इसके बाद विक्टोरिया का स्थान था। वैंकूवर आने के बाद भारतीय न्यू वेस्टमिनिस्टर, फ्रेजर मिल्स, डंकन, कूम्ब्स और ओसियन फॉल्स नामक क्षेत्रों में फैल गए। ओरेगाँव के एस्टोरिया, लिंटन और ब्रिडल वेल के लकड़ी कारखाने में काम करनेवाले श्रमिकों की संख्या अधिक थी। वाशिंगटन के वेलिंघम और टाकोमा क्षेत्र में भी काम के लिए भारतीय गए। लेकिन लकड़ी उद्योग में आई मंदी और 'भारत विरोधी आंदोलन' के कारण इन क्षेत्रों से भारतीयों का पलायन हुआ और इनकी संख्या 100 तक रह गई।[81]

जब भारतीय प्रशांत क्षेत्र में पहुँचे, उस समय पश्चिमी प्रशांत रेल लाइन निर्माण कार्य जारी था। बहुत से भारतीय श्रमिक इस निर्माण कार्य में जुड़ गए। कुछ लोग दक्षिणी प्रशांत और उत्तरी प्रशांत रेल लाइन निर्माण में जुड़े तो कुछ श्रमिकों को कैलिफोर्निया के ओकलैंड में अवस्थित लोहा कारखाने में काम मिल गया। अधिकतर भारतीय कृषि कार्य में जुड़े हुए थे, इसलिए इन्हें लोहे के कारखाने में काम करने में मन नहीं लगा। स्टॉक्टन, कैलिफोर्निया के नजदीक अवस्थित कृषि फॉर्म एवं पशुपालन फॉर्म में चुकंदर के खेतों में इन लोगों ने अपना रोजगार ढूँढ़ा। इनकी कड़ी मेहनत, लगन और ईमानदारी की तरफ जमीन मालिकों का ध्यान आकर्षित हुआ और यही इनके रोजगार एवं समृद्धि का कारण भी बना। जमीन मालिक चाहते थे कि और सिख श्रमिक यहाँ आएँ और लगन से काम करें। सिख श्रमिक उनकी पहली पसंद बन गए। धीरे-धीरे इन लोगों ने अंग्रेजी बोलना सीख लिया। शनैः-शनैः ये लोग जमीन पट्टे पर लेकर खेती करने लगे। पट्टे पर जमीन इन्हें कैलिफोर्निया के होल्ट में मिली और इन लोगों ने आलू, प्याज, बींस आदि की खेती करनी शुरू कर दी।[82] कनाडा, विशेषकर इसके ब्रिटिश कोलंबिया में प्राकृतिक संपदा की प्रचुरता, कम जनसंख्या, अधिक मजदूरी के कारण भारतीय श्रमिकों के लिए विशेष

आकर्षण था। भारत में जहाँ प्रतिदिन मजदूरी दस से पंद्रह सेंट थी, वहीं कनाडा में दो से पाँच डॉलर तक प्रतिदिन की मजदूरी मिल जाती थी। यहाँ पर भारतीयों को औद्योगिक क्षेत्र में हाथ आजमाने का भरपूर मौका मिला। 1919 तक आते-आते भारतीयों की संख्या 300 तक पहुँच गई थी। हालाँकि कपास उत्पादन में आई कमी के कारण बहुत से लोग यहाँ से चले गए। फिर भी एल सेंट्रो, कैलेक्सिको, होल्टविले और ब्राउले आदि जगहों पर 200 से अधिक भारतीय रहते थे।[83]

कुछ भारतीय उटा, एरिजोना, नेवादा और दक्षिणी डाकोटा क्षेत्र में रहते थे। युद्ध काल में जब गेहूँ की किल्लत हो गई तो कुछ भारतीयों ने एरिजोना के चांडलेर के नजदीक गेहूँ उपजाने के लिए जमीन खरीद ली। कुछ भारतीय ब्रिंगम सिटी एवं उटा क्षेत्र में रहते थे और कुछ लोग न्यूयॉर्क, शिकागो और न्यू ओरेलांस में भी रहते थे।[84] सिएटल आनेवाले मुख्य रूप से ब्रिटिश कोलंबिया से पहुँचे थे। ओरेगाँव पहुँचनेवाले अधिकतर लोग लकड़ी चिराई मिल के आस-पास रहते थे। न्यूयॉर्क पहुँचनेवाले अधिकतर लोग नाविक थे, जिनमें से कुछ व्यापार के लिए भी पहुँचे थे। पूर्व से जो लोग कनाडा में बस गए थे, वे लोग अपने संबंधियों को यहाँ लाना चाहते थे। ये लोग यहाँ आकर संपन्न हो चुके थे और वे चाहते थे कि उनके सगे-संबंधी भी यहाँ आकर वैसी ही संपन्नता प्राप्त कर लें।[85] इसलिए वे अपने सगे-संबंधियों को कनाडा के बारे में विस्तार से पत्र लिखते थे।[86] एक सामान्य प्रचलन था कि पंजाब से आए श्रमिक कनाडा और अमेरिका में अपने गाँव से गए श्रमिकों के बुलावे पर वहाँ जाते थे और पहली बार वहाँ जाने पर उनके ही साथ रहते थे और आस-पास में रोजगार ढूँढ़ते थे।[87] ज्यादातर श्रमिक समूहों में आते थे। ये समूह एक ही गाँव से होते थे, जो पहले पुलिस या सेना में काम कर चुके होते थे।[88]

8-10 लोगों के समूह में ये श्रमिक लकड़ी के छोटे घरों या शेड बनाकर सामान्यता कार्यस्थल के नजदीक ही रहते थे, जिसे 'बंक' कहा जाता था। बारी-बारी से एक श्रमिक खाना आदि का इंतजाम करता था। कार्यस्थल एवं आस-पास रहनेवाले स्थानीय लोगों से पहले इनका परिचय बढ़ता और फिर दोस्ती भी हो जाती थी। पंजाब की जातिवादी व्यवस्था को यहाँ लोग भूल जाते थे तथा नए श्रमिकों को नौकरी ढूँढ़ने में या आर्थिक सहायता कर यथासंभव सहायता दी जाती थी।[89] शायद ही कोई भारतीय कनाडा में हमेशा के लिए रहने के लिए घर बनाने के उद्देश्य से कनाडा पहुँचा हो! कुछ वर्षों तक कनाडा में रहकर, धन कमाकर वे अपने देश लौटना चाहते थे। लेकिन एक बार कनाडा पहुँच जाने के बाद इनमें से कई लोग कनाडा में स्थायी रूप से भी बसना चाहते थे।[90]

कनाडा पहुँचे श्रमिकों में अधिकांशत: वैंकूवर सिटी के आस-पास के क्षेत्र या ब्रिटिश कोलंबिया के वैंकूवर द्वीप के नजदीक जाकर बसने लगे। वहाँ पर रेल निर्माण कार्य के अतिरिक्त अन्य कार्यों, यथा—जंगल साफ करने, मोटे लंबे पाइन और फिर पेड़ों

को काटना, खेतों को समतल करना, ट्राम लाइन की मरम्मत करना, लकड़ी के कारखाने में काम करना, रेल लाइन के लिए लकड़ी का स्लीपर बिछाने आदि में लगनेवाले कठोर श्रम के लिए पंजाबी श्रमिकों की अधिक माँग थी। अन्य मजदूर भवन-निर्माण, दूध के कारोबार, फल चुनने और अन्य कृषि कार्यों में लगते थे। अमेरिका गए श्रमिक कैलिफोर्निया के सन जोआकिन और सेक्रेमेंटो की घाटियों ओरेगाँव और वाशिंगटन के लकड़ी कारखानों के नजदीक जाकर बसते गए। बहुत से श्रमिकों ने अमेरिकियों से पट्टे पर खेत लिये। कनाडा और अमेरिका में ऐसे सभी भारतीयों को 'हिंदू' कहा जाता था। जबकि इनमें से अधिकतर 'पगड़ीधारी पंजाबी सिख' थे। दिक्कत यह थी कि अमेरिका के मूल बाशिंदों को 'रेड इंडियन' के नाम से पुकारा जाता था। क्रिस्टोफर कोलंबस द्वारा अमेरिका की खोज के बाद इन मूल निवासियों को किनारे कर दिया गया।[91] पश्चिमी क्षेत्र पहुँचे ये श्रमिकगण खेतों में, बगीचों में, रेल की पटरी बिछाने, लकड़ी चिराई मिल अथवा जंगल कटाई और साफ करने का काम पट्टे पर लेते थे। इनकी प्रतिदिन की मजदूरी डेढ़ से दो डॉलर की होती थी। इनमें से कोई बेरोजगार नहीं रहता था। अपना खर्चा चलाकर ये प्रतिमाह 30 से 35 डॉलर बचा लेते थे। इस बात की पुष्टि लॉर्ड क्रीवे को लिखे गए पत्र दिनांक 20-12-1908 में कर्नल ई.जे.सी. स्वायने द्वारा की गई कि 1907 में 2200 भारतीयों में से मात्र 45 बेरोजगार थे, जो भारत से आनेवाले नए लोगों के साथ 'हिंदू घर' में रहते थे और इनमें से एक भी भारतीय के रहने और भोजन का खर्च कभी भी कनाडा सरकार द्वारा वहन नहीं किया गया।[92]

आरंभिक दिनों में इन्हें रोजगार ढूँढ़ने में बहुत परेशानी होती थी। रोजगार कार्यालय में इनके साथ भेदभाव बरता जाता था और इन्हें कोई सहायता नहीं करता था। पगड़ी बाँधने के कारण स्थानीय कर्मचारी इन्हें तुरंत पहचान जाते थे और इनके साथ असहयोग करते थे। जिन लोगों को रोजगार मिल जाता था, वे इतने मेहनती होते थे कि नियोक्ता खुश हो जाते थे और जब उन्हें और श्रमिकों की आवश्यकता होती थी तो ये इसके लिए सिख श्रमिक से ही अनुरोध करते थे। इस प्रकार एक-एक कर रोजगार के अवसर खुलते जाते थे। इन लोगों का कोई श्रमिक संगठन नहीं था।[93] पंजाबी श्रमिकों द्वारा अमेरिका एवं कनाडा क्षेत्र के आर्थिक विकास के लिए किए गए योगदान को भी नजरअंदाज नहीं किया जा सकता है। कैलिफोर्निया के इंपीरियल घाटी के बंजर क्षेत्र को इन लोगों ने अपनी मेहनत से खेती योग्य बनाया और कोलौसुआ क्षेत्र में चावल की खेती योग्य भूमि विकसित की।[94]

ज्वाला सिंह ठट्ठियाँ और संत विसाखा सिंह ददेहर, भाई हजारा सिंह ददेहर तथा एक-दो अन्य साथी मिलकर कैलिफोर्निया का एक कृषि फॉर्म ठेके पर लेकर खेती करते थे। बाद में संतोख सिंह भी आकर मिल गए। इस फॉर्म में सदा लंगर (भंडारा) लगा

रहता। कैलिफोर्निया जानेवाला प्रत्येक भारतीय, जो देश से नया आया होता और जिसके पास होटल में ठहरने के लिए पैसे न होते या जो बीमार पड़ जाता, वह अनिश्चित अवधि के लिए यहाँ आ टिकता।[95] कैलिफोर्निया के 'आलू राजा' ज्वाला सिंह और कनाडा के राम धुलेटा काफी अमीर बन गए थे। ज्वाला सिंह ने अपनी डायरी में लिखा है कि कनाडा की एक-चौथाई खेती योग्य भूमि पंजाबी आप्रवासियों द्वारा खरीद ली गई थी। राम सिंह की संपत्ति 125,000 डॉलर की थी। अधिकतर लोगों ने व्यापार, ठेकेदारी और चल संपत्ति में निवेश कर धन कमाया और विभिन्न जगहों पर गुरुद्वारों के निर्माण में भी चंदे दिए। अधिकतर लोग पंजाब से अपना परिवार लाकर कनाडा में स्थायी रूप से बसना चाहते थे। लेकिन स्थानीय लोगों की रंगभेद नीति के कारण उन्हें सार्वजनिक स्थलों पर भी तिरस्कृत होना पड़ता था। लेकिम पंजाबी श्रमिकों में विद्रोह की भावना के और कारण भी थे।[96] श्रमिकों को कभी भी पैसे की कमी नहीं हुई और न ही ये लोग कभी कनाडा के राजकीय पैसों या सहायता के मोहताज हुए। खेतों में कठिन परिश्रम के कारण पंजाबी श्रमिकों की साख कनाडा में काफी बढ़ गई।[97]

कृषि फॉर्म में काम करनेवाले श्रमिकों की कार्यावधि तो निश्चित रहती थी, लेकिन खेतों में काम करनेवाले श्रमिकों की कार्यावधि निश्चित नहीं रहती थी। अमूमन वे 9 से 10 घंटे काम करते थे। इंपीरियल घाटी का तापमान दिन में 115 डिग्री फॉरेनहाइट तक पहुँच जाता था और इस भीषण गरमी में आदमी के लिए काम करना असंभव था। इसलिए ये दो या तीन बजे सुबह से काम करना आरंभ कर देते थे और दस-सवा दस बजे तक अपना काम बंद कर देते थे। पुनः शाम में चार या पाँच बजे ये खेतों में काम करने जाते थे और देर शाम तक काम करते थे। जाड़े के दिनों में ये सुबह साढ़े सात बजे से आठ बजे खेतों में पहुँच जाते थे और दिन में आधा घंटा विश्राम कर पूरे दिन काम करते थे। समय पर फसल काटने या फलों को समय पर तोड़ने का दबाव उन पर रहता था और ऐसे समय इनका कार्यकाल 13-14 घंटों से अधिक हो जाता था। दूसरी ओर जब कृषि का व्यस्त समय समाप्त हो जाता था, उसके बाद इन्हें बेरोजगार भी रहना होता था। लकड़ी कारखाने में कार्यावधि निश्चित रहती थी। दिन में सामान्यतः एक घंटे का विश्राम इन्हें दिया जाता था।[98]

कनाडा में इन्हें प्रतिदिन 1.5 या 2 डॉलर मेहनताना मिलता था और यदि इनकी प्रोन्नति फोरमैन में हो जाती थी तो इन्हें 2.5 या 3 डॉलर प्रतिदिन की दर से मिलता था। इतना पैसा भारतीय सैनिकों को पूरे महीने के वेतन के रूप में मिलता था। हालाँकि अमेरिका के लिंटन (पोर्टलैंड) में मजदूरी अपेक्षाकृत अधिक थी। सुबह 6 बजे से आधी रात तक खेतों में काम करनेवाले मजदूर एक दिन में 5 से 6 डॉलर तक कमा लेते थे। स्थानीय श्वेत इन मजदूरों की काम करने की क्षमता से अचंभित थे और प्रायः कहा करते

थे कि ये लोग जानवर की तरह काम करते हैं। इन श्रमिकों का अपने ऊपर बहुत कम खर्च था, इसलिए अधिकतर पैसा ये बचा लेते थे और मनीऑर्डर के माध्यम से अपने गाँव भेजते थे। बर्कले विश्वविद्यालय के छात्र नंद सिंह सिहरा ने 1913 में कलकत्ता से प्रकाशित होनेवाले 'मॉडर्न रिव्यू' में लिखा कि ऐसा कोई भारतीय प्रशांत क्षेत्र में नहीं है, जिसके पास अपनी जमीन नहीं हो और जिसके पास कम-से-कम सात-आठ हजार रुपए नहीं हों। इन पैसों से पंजाब में पचास एकड़ जमीन खरीदी जा सकती थी। सिहरा ने आगे लिखा कि कनाडा में पचहत्तर लाख डॉलर से अधिक रकम चल संपत्ति के व्यापार में लगा दी गई थी। एक ओर पंजाबी जहाँ जी-तोड़ मेहनत कर रहे थे, वहीं स्थानीय श्वेत श्रमिक इनकी उन्नति से जल-भुन रहे थे।[99] भारत में ये पुरानी पद्धति के आधार पर हल-बैल से खेती करते थे, जबकि अमेरिका में इन्हें आधुनिक वैज्ञानिक उपकरणों का प्रयोग कर खेती करनी थी। भारतीय श्रमिकों की तरह अन्य मूल के श्रमिक भी इन आधुनिक उपकरणों के प्रयोग से वाकिफ नहीं थे। लेकिन भारतीय अन्य मूल के श्रमिकों से इतने आगे निकल गए कि उन्होंने इन उपकरणों का न सिर्फ प्रयोग सीखा, बल्कि बहुत ही कम समय में इन्हें उपयोग भी करने लगे। इन उपकरणों में गैंग प्लॉज, मॉविंग मशीन, डबल रो लिस्टर्स और 8 फीटवाले सिक्स हॉर्स डिस्क्स शामिल थे। आरा मशीन पर काम करने का इन्हें कोई अनुभव नहीं था, लेकिन कुछ ही दिनों में ये इन्हें कुशलतापूर्वक चलाना सीख लिये।[100]

लंबे कद के भारतीय कृषि से संबंधित कार्यों को पसंद करते थे। जापानी श्रमिकों का कद इनके मुकाबले छोटा होता था और ये भारतीयों के मुकाबले मेहनती कार्य करने में स्वाभाविक रूप से ये पीछे रह जाते थे। हालाँकि इनकी कुशलता औद्योगिक कार्यों में अधिक होती थी। इंपीरियल घाटी के आशा सिंह अपनी कपास मिल में भारतीय श्रमिकों को न सिर्फ नियुक्ति में प्राथमिकता देते थे, बल्कि इन्हें अन्य श्रमिकों के मुकाबले अधिक भुगतान भी करते थे। उनकी राय से इंपीरियल घाटी के अन्य मिल मालिक भी सहमत रहते थे। उत्तरी कैलिफोर्निया के कोलुसा, मार्सविले, विलो और चीको क्षेत्र में अवस्थित चावल खेतों के मालिकों की भी यही राय थी। मार्सविले में हकीम खान की हजार एकड़ से अधिक क्षेत्रफल में चावल की खेती थी और वे भी हिंदुस्तानी श्रमिकों को अपने खेत में काम देना पसंद करते थे। यही स्थिति फल एवं सब्जी उत्पादकों की थी। ईस्टर्न लंबर कंपनी, लेडीस्मिथ के प्रबंधक सोरन सिंह का मानना था कि यदि एक भारतीय श्रमिक के बदले में तीन चीनी या जापानी श्रमिकों की नियुक्ति की जाती है, फिर भी भारतीय श्रमिक ही अधिक काम कर देते हैं। यही नजरिया वर्जीनिया लंबर कंपनी, कूम्ब्स के प्रबंधक सर्वश्री बाल मुकुंद एवं लोचन सिंह का था। मेयो लंबर कंपनी के प्रबंधक कपूर सिंह मेहनती भारतीय श्रमिकों का बहुत आदर करते थे।[101] अमेरिका के आप्रवासी विभाग

में अनुवादक पद पर कार्यरत डेडी बुर्जोर को विभाग द्वारा 'हिंदू' श्रमिकों की स्थिति पर अध्ययन करने का निर्देश दिया गया। 1914 में विभाग में समर्पित प्रतिवेदन में डेडी बुर्जोर ने कहा कि परिश्रमी पंजाबियों की अमेरिका के सेक्रेमेंटो घाटी में इतनी अधिक साख है कि लोग आनेवाले 'हिंदू' श्रमिकों को काम पर लेने के लिए 'एंजेल आईलैंड' बंदरगाह तक पहुँच जाते हैं। प्रतिवेदन में आगे कहा गया कि बंजर जमीन एवं जंगली जमीन को इन श्रमिकों ने अपनी मेहनत के बल पर 'उन्नत एवं लहलहाते खेत' में परिवर्तित कर दिया है। ऐसा करना श्वेत श्रमिकों से कभी संभव नहीं था।[102]

कैलिफोर्निया में फार्म श्रमिक स्थायी एवं अस्थायी, दोनों तौर पर कार्यरत थे। अमेरिकन किसान 'फोरमैन' या 'गैंग मास्टर' के तौर पर अनुभवी एवं पुराने श्रमिकों की उनकी नियुक्ति करते थे। कृषि मौसम में अतिरिक्त किसानों की नियुक्ति की जाती थी और कार्य की माँग के अनुसार ये अलग-अलग क्षेत्रों में जाकर काम करते थे। मेहनत, लगन एवं निष्ठा की बदौलत श्रमिकों ने अमेरिकन किसानों का दिल जीत लिया और यही कारण है कि दूसरे भारतीय श्रमिकों को रोजगार मिलने में आसानी हुई। इतना ही नहीं, अन्य श्रमिकों के लिए ये 'आदर्श' बनते चले गए।[103] भारतीय श्रमिक रेल लाइन निर्माण, मकान मरम्मत, सड़क निर्माण एवं मरम्मत, लोहा गलाई आदि क्षेत्रों में काम करते थे। कुछ श्रमिक व्यापार भी करने लगे। ब्रिटिश कोलंबिया में लकड़ी कारखाना खोलना इन्हें पसंद था। इनमें तानसोर लंबर कंपनी और डंकन की मायो लंबर कंपनी, लेडीस्मिथ की ईस्टर्न लंबर कंपनी, कूम्ब्स की वर्जिनिया लंबर कंपनी, वैंकूवर की भारत लंबर कंपनी आदि प्रमुख नाम हैं। ब्रिटिश कोलंबिया में 1908 में पचास हजार डॉलर से गुरु नानक बैंकिंग एवं ट्रस्ट कंपनी एवं 1910 में पच्चीस हजार डॉलर की पूँजी से बॉम्बे ट्रेडिंग कंपनी की शुरुआत की गई। इसके अतिरिक्त 7 श्रमिक गृह, 2 फैक्टरी, 2 किराना दुकान, जलावन लकड़ी की 50 दुकानें, 25 कृषि फॉर्म, 6 लकड़ी कंपनी भी भारतीय श्रमिकों ने खरीद लीं। नियम के अनुसार ये व्यापारिक प्रतिष्ठान 'पार्टनरशिप' के तहत खोले गए, जिनमें 3 से लेकर 6 पार्टनर तक होते थे। ये तथ्य उपलब्ध नहीं हैं कि कितने श्रमिक अमेरिका और कनाडा में कार्यरत थे! 'स्टेट बोर्ड ऑफ कंट्रोल ऑफ कैलिफोर्निया' द्वारा प्रकाशित दस्तावेज (पृ.सं.-47) के अनुसार, 1920 में 2099 एकड़ जमीन इन लोगों ने खरीद ली थी और 86,340 एकड़ जमीन पट्टे पर ली गई थी। सबसे महत्त्वपूर्ण तथ्य यह था कि भारतीय 'मालिकों' की कंपनी में चीन, जापान, कनाडा या भारतीय मूल के श्रमिक रखे जाते थे और इसमें किसी तरह का भेदभाव नहीं बरता जाता था। लकड़ी मिल से निकलनेवाली 'बरबाद' लकड़ी को जलावन के रूप में बेचने का व्यवसाय इनके लिए बहुत फायदेमंद होता था। मिल से पूरे दिन निकलनेवाली लकड़ी को एक निश्चित दाम पर ये खरीद लेते थे और अपने गोदाम में रख लेते थे। पुनः

धीरे-धीरे इन लकड़ियों को बेचकर मुनाफा कमाते थे। लेकिन इसमें उन्हें बहुत दक्षता की आवश्यकता होती थी और इन्हें उस लकड़ी मिल के बारे में सारी जानकारी रखनी होती थी।[104] कनाडा एवं अमेरिका की आर्थिक उन्नति, ऊँची मजदूरी, श्रमिकों के लिए आदर और विशेषकर इन देशों में आजादी की स्थिति को देखकर भारतीय प्रसन्न थे। वे हाड़-तोड़ मेहनत करते थे और अधिक-से-अधिक मजदूरी कमाने की कोशिश करते थे। इससे कई लोग समृद्ध होते चले गए।[105]

प्रशांत क्षेत्र में रोजगार के लिए जानेवालों में पंजाब के सिख ही सबसे अधिक थे। अधिकतर नवयुवक गठीला बदन व लंबे कद के थे, जिनकी उम्र 25 से 45 वर्ष के बीच थी। अपनी शारीरिक बनावट के कारण वे लकड़ी कारखाने में काम करने में चीनी एवं जापानी मूल के श्रमिकों से जल्दी एवं अधिक काम कर लेते थे और इसी कारण नियोक्ता उन्हें पसंद भी करते थे। इनका स्वास्थ्य भी बहुत अच्छा था। टाइफॉयड या चेचक, जो इन क्षेत्रों की सामान्य बीमारी थी, को छोड़कर अन्य कोई बीमारी इन्हें नहीं थी। होल्टविले के डॉक्टर एच.बी. ग्रेजेर एवं केलेक्सिको, कैलिफोर्निया के डॉक्टर चार्ल्स पी. इंजेल एवं वैंकूवर के डॉक्टर डब्ल्यू. वाई. कॉरी के प्रतिवेदन से इस बात की पुष्टि होती है कि भारतीय श्रमिकों को कोई बीमारी नहीं थी।[106]

नई तकनीक को जल्दी सीखना और उसका प्रयोग आरंभ कर देना, तकनीकी प्रणाली को सीखने में बढ़-चढ़कर भाग लेना, सिंचाई की नई प्रणाली के विकास में योगदान देना, फल तोड़ना, पेड़ों की काट-छाँट में निपुणता प्राप्त करने के गुणों के कारण प्रशांत क्षेत्र में इनकी गिनती कुशल श्रमिकों में होने लगी। कृषि कार्य में तो इन्हें महारत हासिल थी और इसलिए इन्हें 'आदर्श कृषक' की संज्ञा मिलने लगी। 'चांडलर एरिजोनियन' नामक पत्र ने 14 मई, 1920 को एरिजोना के भारतीय किसान गोपाल सिंह के बारे में लिखा कि गोपाल सिंह के 400 एकड़ के खेत में कपास की बुआई की गई है, परंतु 12 मई तक इनके खेत में एक बूँद भी पानी नहीं था। लेकिन इसकी इन्हें चिंता नहीं थी। भारत में अपने पिता से सीखे तकनीक का उपयोग करते हुए उन्होंने कपास के बीज को कुछ अंदर तक डाल दिया, ताकि जमीन के भीतर की नमी का उपयोग कर कपास का पौधा उग जाए। निश्चित ही गोपाल सिंह ने अमेरिकी किसानों के समक्ष 'नेतृत्व' का नया उदाहरण पेश किया है।[107]

लेमन, गोनासन कंपनी लिमिटेड, विक्टोरिया बी.सी. के श्री सी.एस. गोनासन ने उद्धृत किया कि भारतीय श्रमिकों की सीखने की क्षमता बहुत अधिक थी। दि कोलंबिया रिवर लंबर कंपनी लिमिटेड, गोल्डेन बी.सी. में सौ से अधिक भारतीय काम करते थे। इसके प्रबंधक ने लिखा कि ये लोग मेहनती, कार्य के प्रति सजग, तेज और इनमें सीखने की ललक बहुत अधिक है।[108] जिस प्रकार अमेरिका में रेल निर्माण कार्य से श्रमिकगण

कृषि कार्य की ओर उन्मुख हुए, कनाडा के ब्रिटिश कोलंबिया में भी कुछ इसी तरह की घटनाएँ हुईं। पहले वे लकड़ी के कारखानों में एवं रेल निर्माण कार्य में मजदूरी करते थे, लेकिन धीरे-धीरे ये औद्योगिक क्षेत्र में प्रविष्ट हुए। कुछ लोग जमीन-मकान की खरीद-बिक्री में लग गए और कुछ लोगों ने अपना स्वतंत्र व्यवसाय करना भी आरंभ किया। इनमें से कुछ लोग मिल मालिक भी बन गए। कैलिफोर्निया के प्रशांत तट में कुछ लोगों ने एक से तीन वर्षों के लिए पशुपालन फॉर्म पट्टे पर लेकर व्यापार करना आरंभ किया। लीज की अवधि समाप्त होने के बाद या तो वे लीज का नवीनीकरण करवा लेते थे अथवा नया फॉर्म लीज पर ले लेते थे। यदि चालीस एकड़ की जमीन में बगीचा लगाया जाता तो यह फायदेमंद होता था, लेकिन चावल या कपास की खेती के लिए यह छोटा पड़ता था; क्योंकि इतने छोटे खेत में आधुनिक मशीन का उपयोग वे खेती के लिए नहीं कर पाते थे। सन जोआकिन में भी अधिकतर जमीन 40 एकड़ की ही थीं। कुछ जमीन 80 एकड़ की भी थीं। अंगूर की खेती के लिए 40 एकड़ पर्याप्त जमीन होती थी। कभी-कभी दो लोग मिलकर जमीन के दो टुकड़े पट्टे पर ले लेते थे। इंपीरियल घाटी में औसतन 160 एकड़ या इससे अधिक क्षेत्रफल का एक जमीन का टुकड़ा होता था। चावल का खेत 500 से 1000 एकड़ क्षेत्रफल की जमीन के टुकड़ों में होता था।[109] अमेरिका में इनके बगीचों का औसत क्षेत्रफल 40 से 80 एकड़ था और चावल के खेत का क्षेत्रफल 500 से 1000 एकड़ था और कपास का खेत 160 एकड़ से अधिक क्षेत्रफल का था।[110]

श्री ए.ई. रे, सेक्रेटरी मैनेजर, ग्रोअर्स डिस्ट्रिब्यूटिंग एजेंसी फॉर सीजनल एंड स्टीडी लेबर, फ्रेशनो, श्री जेम्स जे. ब्रेनमैन, लूमिस, कैलिफोर्निया के किसान, श्री होवार्ड रीड, मैरिसविले के फल उत्पादक, श्री विले एम. ग्रिफेन एवं श्री ई.एफ. टूमे, फ्रेशनो, कैलिफोर्निया के फल उत्पादकगण, ओरेगाँव अवस्थित वेस्ट ओरेगाँव लंबर कंपनी, लिंटन के प्रबंधक श्री ई.डब्ल्यू. किंग्सले, श्री जे.ए. रैंकिन, प्रबंधक, हैमंड लंबर कंपनी, एस्टोरिया, श्री गस्ट कैंटालोप, इंपीरियल घाटी के उत्पादक एवं श्री फ्रैंक वाटरमैन, मेंटेका, कैलिफोर्निया के उत्पादक ने इन पंजाबी श्रमिकों के बारे में जो राय प्रकट की है, उसके अवलोकन से स्पष्ट होता है कि पंजाबी श्रमिकों की साख बहुत ही अच्छी थी। ये लोग अपने दायित्व के प्रति बहुत ही सजग रहते थे और जिन कार्यों में इन्हें लगा दिया जाता था, जब तक यह पूरा नहीं होता था, ये उससे अलग नहीं होते थे। ये समय के बहुत ही पाबंद थे। इन श्रमिकों को काम के लिए निश्चित घंटों की कोई परवाह नहीं होती थी। खासकर कृषि कार्य में ये इतने तल्लीन होकर काम करते थे कि ये लोगों का विश्वास ही नहीं, दिल भी जीत लेते थे। इन गुणों के कारण अन्य मूल के श्रमिकों को इन लोगों ने बहुत पीछे छोड़ दिया।[111] भारतीय श्रमिक घंटे के आधार पर कार्य करने की अपेक्षा ठेका पर प्रति नग के आधार पर काम करना पसंद करते थे। इसमें उन्हें अधिक पारिश्रमिक भी

मिल जाता था। अंगूर की सौ ट्रे तोड़ने के बदले 1920 में इन्हें 1.75 डॉलर मिलता था। इसी प्रकार अन्य फलों को तोड़ने के लिए भी उन्हें इसी प्रकार का पारिश्रमिक मिलता था। ब्रिंगम सिटी, उटा में चुकंदर का एक एकड़ खेत साफ करने में उन्हें 7 डॉलर मिलता था और इस काम को वे कई लोगों के साथ मिलकर करते थे। इस काम में उन्हें स्वच्छंदता होती थी और समय-सीमा से वे बँधे हुए नहीं होते थे। ऐसे काम उन्हें आपस में श्रम विभाजन का अवसर देते थे। आस-पास अवस्थित कई बगीचों के फल तोड़ने का वे ठेका ले लेते थे। आरंभिक दिनों में जब ये प्रशांत क्षेत्र पहुँचे थे तो ठेके पर लेकर ही काम आरंभ किए थे। इस पद्धति में वे खूब पैसा कमा लेते थे और अपना पैसा पुनः कृषि क्षेत्र में लगा देते थे। इंपीरियल घाटी में फसल काटने की अवधि में श्रमिकों को साप्ताहिक भुगतान होता था, जबकि अन्य समय में पाक्षिक या मासिक भुगतान होता था। ठेका प्रणाली में कार्य संपन्न हो जाने के बाद भुगतान होता था। इंपीरियल घाटी में भारतीय श्रमिकों को एक साल में 800 डॉलर तक का भुगतान होता था। फ्रेशनो, सन जोआकिन घाटी और सेक्रेमेंटो घाटी में श्रमिकों की वार्षिक आय 800 से 1000 डॉलर के बीच थी। इमिग्रेशन कमीशन, 1911 के प्रतिवेदन के अनुसार 1908 में भारतीय श्रमिकों की वार्षिक आय (10.2 माह में) 451 डॉलर थी, जो 1921 में बढ़कर 900 डॉलर की हो गई।[112]

पंजाबी श्रमिकों का मुख्य भोजन रोटी था। भोजन में वे थोड़ा सा चावल, हरी सब्जी और कभी-कभी मांस भी लेते थे। भोजन लेने में उनका धार्मिक पूर्वग्रह भी था। कई लोग पशुपालन फॉर्म में काम करते थे और मुरगीपालन एवं बत्तखपालन करते थे। दूध, मक्खन, अंडा और मांस इन्हें आसानी से उपलब्ध था और इसका उपयोग वे जमकर करते थे। शाक-सब्जियाँ, चाय-कॉफी, मसाला भी इन्हें प्रचुर मात्रा में उपलब्ध था। सामान्यतः महीना भर का अनाज ये थोक में खरीदकर रख लेते थे। एलसेंट्रो, दक्षिणी कैलिफोर्निया के एक किराना दुकानदार स्टेवर्ट, फ्रेशनो काउंटी, आशफोर्ड ब्रदर्स और सेक्रेमेंटो घाटी के टूडोर आदि के अनुसार, पंजाबी श्रमिक अच्छी गुणवत्ता वाली सामग्री खरीदते थे। अमेरिका में उपलब्ध सामग्रियों को अपने ढंग से अपने स्वाद के अनुसार पकाकर वे खाते थे। एक ओर अमेरिकी जहाँ टेबल-कुरसी पर बैठकर काँटा-चम्मच से खाते थे, पंजाबी श्रमिक नीचे जमीन पर चटाई बिछाकर पत्तल में खाते थे। उनका भोजन ही ऐसा होता था कि इसके लिए काँटा-चम्मच की आवश्यकता नहीं के बराबर होती थी।[113]

यदि अधिक संख्या में श्रमिक एक जगह रहते तो ये 'मेस' चलाते थे। इसका प्रचालन बहुत ही जनतांत्रिक पद्धति से होता था। मेस चलाने का भार बारी-बारी से एक-एक आदमी उठाता था और इनके जिम्मे सामान खरीदने से लेकर भोजन पकाने तक का भार होता था। इस पर आनेवाले खर्चे का बँटवारा वे मेस के प्रत्येक सदस्यों के बीच कर देते थे और इनसे पैसा भी ले लेते थे। जब ये 'भारतीय मालिक के मिल' में काम करते थे

तो कंपनी द्वारा सामान खरीदकर दे दिया जाता था, बाकी चीजों की जिम्मेदारी श्रमिकों पर होती थी। ओरेगाँव, लिंटन के एक लंबर कैंप में भोजन बनाने के लिए भारतीय रसोइया रखने का उदाहरण भी सामने आया है, जिसे वे प्रतिदिन का पारिश्रमिक (90 डॉलर प्रतिमाह) उतना ही देते थे, जितना वे स्वयं कमाते थे। औसतन 60 डॉलर से 90 डॉलर प्रतिमाह रसोइया का भुगतान होता था। प्रति श्रमिक प्रति माह भोजन का औसतन खर्च 30 से 35 डॉलर आता था। फ्रेशनो, स्टॉक्टन, सेक्रेमेंटो, सन जोआकिन घाटी में यह खर्च 25 से 35 डॉलर प्रतिमाह का आता था।[114]

आमतौर पर पशुपालन फॉर्म, किसान या उद्योग मालिक द्वारा उपलब्ध कराए गए घरों में ही ये रहते थे। कभी-कभी उन्हें किराए पर मकान लेना होता था, जिसे वे एक से तीन साल तक के लिए लेते थे। लकड़ी के कारखाने के नजदीक श्रमिकों के किराए पर लेने के लिए छोटे-छोटे घर बनाए जाते थे। इन घरों की स्थिति अच्छी नहीं रहती थी और 'कैलिफोर्निया कमीशन ऑफ इमिग्रेशन एंड हाउसिंग' द्वारा बनाए गए नियमों का पालन नहीं करते थे। किराए पर लिये गए कृषि फॉर्म में श्रमिकों के रहने के लिए जो घर बनाए जाते थे, वहाँ पर शौचालय एवं साफ-सफाई की व्यवस्था बहुत ही दयनीय रहती थी। इंपीरियल घाटी में शुष्क मौसम के कारण वे घरों के बाहर सोना पसंद करते थे। सुबह उठकर स्नान करना उनकी दिनचर्या में शामिल था। शौचालय से आकर वे अपने हाथ-पैर धोते थे। इनके कमरे साफ होते थे। इनके अंत:वस्त्र बहुत ही साफ रहते थे। ग्रामीण इलाके में वे दातुन से दाँत साफ करते थे और शहरी क्षेत्र में टुथब्रश का उपयोग करते थे।[115] समय बीतने के साथ इनमें से कई मजदूरों ने अपना फॉर्म हाउस खरीद लिया। इनमें से कई लोगों के संपर्क स्थानीय निवासियों से होते चले गए। इनमें से अधिकतर सिख थे, अतएव गुरुद्वारे की भी स्थापना की गई, जो बाद के दिनों में सामुदायिक केंद्र के रूप में विकसित हुए। इन लोगों द्वारा गठित संगठन को 'इंडियन एसोसिएशन' या 'हिंदी सभा' के नाम से पुकारा गया और प्राय: इसे 'हिंदुस्थानी एसोसिएशन' का नाम भी दिया गया। 'इंडियन स्टूडेंट ऑर्गनाइजेशन' से यह संस्था भिन्न थी।[116]

आरंभिक दिनों में आए श्रमिक कनाडा के मशीनीकरण, आर्थिक समृद्धि, ऊँचे मकान, बिजली, साफ एवं चौड़ी सड़कें, सुस्सज्जित कपड़ों में सजी-धजी महिलाओं एवं बच्चों को उन्मुक्त वातावरण में सड़कों पर, बाजारों में जब घूमते देखते थे तो उन्हें अपना देश पिछड़ा लगता था। इस देश में मानवीय श्रम को बहुत अधिक इज्जत दी जाती थी। श्रमिकों को समाज में कमतर नहीं समझा जाता था। भोजन, पोशाक एवं सामाजिक स्तर पर पंजाब में श्रमिकों को न्यून समझा जाता था। अपने श्रम की बदौलत वे कनाडा में प्राप्त सामाजिक स्थान से गौरवान्वित महसूस करते थे। गदर के एक क्रांतिकारी ने इसे 'स्वर्ग का नमूना' संज्ञा दी है।[117] इंपीरियल घाटी में युद्धकाल में एक एकड़ कपास

की खेती के लिए किसानों को 35 डॉलर का किराया देना होता था, जबकि युद्धकाल के पूर्व इसका किराया 4 डॉलर ही होता था। किसानों को जमीन का किराया के अतिरिक्त सिंचाई कर भी देना होता था। यदि फसल के बदले नकदी नहीं देना होता था तो फसल का एक-चौथाई या एक-तिहाई देना होता था। कुछ लोग मिलकर खेत पट्टे पर लेते थे। ऐसी स्थिति में ये लोग बराबर के शेयरहोल्डर होते थे और किसी एक आदमी को खेत की व्यवस्था का भार दिया जाता था, जिसे 'फोरमैन' कहा जाता था। कार्य बँटवारा ठीक ढंग से नहीं होने के कारण इन लोगों का आपस में मतभेद एवं झगड़ा हो जाता था। पार्टनरशिप व्यवस्था में खेती अधिक अच्छे ढंग से हो पाती थी। पट्टे पर जमीन लेते समय ये जमींदार को एक-चौथाई या एक-तिहाई पैसा दे देते थे। बाकी पैसे के लिए ये 'हैंडनोट' लिख देते थे। जमींदारों के भुगतान के लिए कभी-कभी इन्हें बैंक से ऋण भी लेना होता था। इसके लिए इन्हें फसल से भरा खेत या व्यक्तिगत धन भी गिरवी रखना होता था। कैलिफोर्निया के उत्तरी जिलों में सूद की दर 7 से 9 प्रतिशत और इंपीरियल घाटी में 10 प्रतिशत होती थी।[118]

प्रशांत क्षेत्र के भारतीय श्रमिकों को शिक्षा नहीं होने या कम होने से होनेवाली परेशानियों से सीधा अनुभव था इसलिए उनकी जितनी ताकत थी, सबको लगाकर वे भारतीय छात्रों के शिक्षा के लिए कुछ करना चाहते थे। एम.पी. शौघनेसी ने सेक्रेमेंटो से निकलनेवाले 'कैलिफोर्निया एंड दि ओरिएंटल्स' नामक पत्र के 1920 के अंक में लिखा कि जैसे ही उनकी क्षमता बढ़ती थी, वे अपने बच्चों को इंजीनियरिंग, कृषि और यहाँ तक कि पायलट का प्रशिक्षण भी दिलाना आरंभ कर देते थे। भारतीयों का स्वभाव था कि वे कभी भी किए गए उपकार को भूलते नहीं थे और समय आने पर वे इसके लिए आभार प्रकट करते थे। वे जिनसे कर्जा लेते थे, उपयुक्त समय आने पर वे उन्हें पैसा वापस भी कर देते थे। इसमें समय-सीमा का कोई बंधन नहीं था।[119] कनाडा एवं अमेरिका के नागरिकों को उस समय बड़ी प्रसन्नता होती थी, जब उन्हें भारतीयों का कोई संदेश पत्र या पैसा प्राप्त होता था।[120]

जिस समय भारतीय श्रमिक प्रशांत क्षेत्र में पहुँचे, वे सिर्फ एक साधारण श्रमिक थे, जिन्हें अंग्रेजी का ज्ञान भी नहीं था। उनके पास इतने ही पैसे होते थे, जितने एक आप्रवासी मजदूर के पास होना जरूरी था। वे अपने साथ धार्मिक आस्था और विश्वास भी साथ लाए थे, जिस कारण उन्हें कतिपय कार्य करने होते थे। उनके साथ हर जगह और हर समय भेदभाव किया जाता था। लेकिन उनके अंदर कुछ अच्छा करने का भरोसा था और यही कारण है कि उनका विश्वास कभी खंडित नहीं हुआ। वे अपना कर्तव्य करते और अपने स्वर्णिम भविष्य की चिंता में जी-तोड़ मेहनत करते। कुछ ही वर्षों में इनकी स्थिति में परिवर्तन आरंभ हो गया। 'कैलिफोर्निया स्टेट कमीशन ऑफ इमिग्रेशन

एंड हाउसिंग' के मुख्य स्वच्छता अभियंता एडवार्ड ए. ब्रॉउन ने लिखा है कि भारतीय श्रमिकों के नाम श्रमिकों की सूची से बदलकर नियोक्ता की सूची में आने लगे और यह स्थिति चावल उत्पादन क्षेत्र योलो, कोलुसा, ग्लेन, ब्यूट, सटर के अतिरिक्त कपास उत्पादन क्षेत्र में भी हुआ।[121]

इनकी सफलता का मूल मंत्र इनका मेहनती होना था। इंपीरियल घाटी एवं सन् जोआकिन घाटी का तापमान इतना विकट था कि अमेरिकी यहाँ रहना भी पसंद नहीं करते थे। अत्यधिक गरमी और दलदली जमीन के कारण अमेरिकी किसानों के लिए यहाँ कोई आकर्षण नहीं था। लेकिन भारतीय श्रमिकों ने इस परिस्थिति के आगे हार नहीं मानी और अपने श्रम एवं निष्ठा की बदौलत इस जमीन से भी 'सोना' उपजाने लगे। स्वभाव से ये व्यापारी थे। अपना ध्यान सदैव अपनी आय पर केंद्रित करके रखते थे। जुआ खेलने, मछली मारने या जानवर का शिकार करने में ये अपना समय व्यतीत नहीं करते थे। ठेके पर काम करने में इन्हें लाभ होता था और ये इसे पसंद करते थे। इससे उन्हें एक प्रकार का व्यापारिक आत्मसंतोष होता था। जमीन खरीद-बिक्री और पट्टे पर लगाने का काम और औद्योगिक कारखाना में मशीन लगाने के काम में इनकी खूब रुचि रहती थी। इसके लिए ये पर्याप्त पूँजी भी निवेश करने के इच्छुक रहते थे। यदि आवश्यकता हो तो ऐसी परिस्थिति के लिए ये बैंक से कर्ज भी लेने को तैयार हो जाते थे। यदि सफलता मिल गई तो ठीक, अन्यथा जब तक ये बरदाश्त कर पाते, इससे भागते नहीं थे। जोखिम भरा व्यापार करना इन्हें प्रिय था और इन्हीं कारणों से ये लगातार उन्नति के मार्ग पर चलते रहे।[122]

सुख-दु:ख में साथ देना भारतीयों का सबसे बड़ा गुण था और आपसी भाईचारे एवं दोस्ती के आधार पर ये बड़ा से बड़ा संकट भी झेल लेते थे। उनकी दोस्ती सिर्फ भारतीयों के साथ ही नहीं होती थी, बल्कि अमेरिकन, कनाडाई या अन्य मूल के लोगों से भी होती थी और उनके साथ भी ये उदारतापूर्वक व्यवहार करते थे। यह भी एक आश्चर्य की बात है कि भारतीय समाज, जाति-धर्म, ऊँच-नीच, अमीर-गरीब की संकीर्णताओं से जकड़ा हुआ रहता है और इसी परिस्थिति में वे भारत से गए थे। लेकिन वहाँ जाकर इनके जीवन-दर्शन में बदलाव हुआ और वैश्विक नजरिया से ये संपूर्ण मानव जाति को देखने लगे।[123] इनकी नजर में चीनी-जापानी या अन्य मूल के लोगों के प्रति भी स्नेह आदर था और यही कारण है कि इन्होंने कभी भी किसी अन्य मूल के लोगों से झगड़ा नहीं किया। इनके ऊपर धर्म का अधिक प्रभाव था। खासकर गुरु नानक के संदेशों को ये दोहराते रहते थे। इनमें सहिष्णुता, धैर्य और कठिन परिस्थिति में अपने को ढालने की अद्भुत योग्यता थी।[124]

भारतीयों के सबसे बड़े गुण 'धैर्य' से अमेरिकी बहुत प्रभावित हुए। वस्तुत: ऐसी मान्यता थी कि सभी भारतीयों के अंत:मन में एक ईश्वर का वास रहता है, जो सांसारिक

उतार-चढ़ाव या लाभ-हानि से कदापि विचलित नहीं होता। एक बार कृषि में आई भीषण मंदी से भारतीय कृषकों को बहुत अधिक घाटा हुआ। लेकिन इस घाटे को भी 'धरती माँ का प्रसाद' समझकर भारतीय पुनः नवीन चेतना एवं उत्साह के साथ खेती में जुट गए। यह देखकर अमेरिकियों को बहुत आश्चर्य हुआ। वे इस नवीन दर्शन को इससे पहले कभी अनुभव नहीं किए थे। गेज नामक विद्वान् ने लिखा कि यदि ये अमेरिकी होते तो इतना घाटा देखकर ये पागल हो जाते। लेकिन इनका विश्वास अडिग है। आर.जे. मिलर ने लिखा कि लाभ की तरह हानि को बरदाश्त करना वाकई एक 'दर्शन' का ही चमत्कार है। ये उस धरती से अमेरिका गए हुए थे, जहाँ 2500 वर्ष पहले बुद्ध ने लगभग यही उपदेश दिया था।[125] इन्हें औपचारिक शिक्षा नहीं मिली थी और यहाँ तक कि इन्हें अंग्रेजी का ज्ञान तक नहीं था, लेकिन वे व्यापार और अपना हित देखने में भलीभाँति सक्षम थे। सेक्रेमेंटो घाटी का चावल का खेत हो, इंपीरियल घाटी का कपास का खेत हो, सन जोआकिन घाटी का बगीचा हो अथवा ब्रिटिश कोलंबिया का लकड़ी कारखाना हो, अपनी बुद्धि और मेहनत के बल पर ये सदैव उन्नति करते रहे।[126] प्रशांत क्षेत्र के पंजाबी श्रमिक स्वभाव से मितव्ययी थे। वे अपना जीवन स्तर अपनी आमदनी के अनुसार कम या ज्यादा रखते थे। अमेरिका या कनाडा में उनका कोई सामाजिक आधार नहीं था, इसलिए उनका खर्च भी काफी कम था।[127]

रामचंद्र के प्रतिवेदन के अनुसार, 1918 में इंपीरियल घाटी के 20 हजार एकड़, 1919 में 25 हजार एकड़, 1920 में 38,000 एकड़ और 1921 में 30,000 एकड़ जमीन में इनकी खेती थी। जलवंत सिंह के प्रतिवेदन के अनुसार, सेक्रेमेंटो घाटी में ये 45,000 एकड़ में चावल, 35,000 एकड़ में सब्जी और 5,000 एकड़ में फल की खेती करते थे। सेक्रेमेंटो से प्रकाशित 'कैलिफोर्निया एंड ओरिएंटल्स' पत्र के 1920 में प्रकाशित अंक के पृष्ठ-47 के अनुसार, 1919 आते-आते ये 2499 एकड़ जमीन के मालिक बन गए और 86,340 एकड़ में ये खेती करते थे। ब्रिटिश कोलंबिया में ये 1909 में ही लाखों डॉलर का व्यापार संपत्ति की दलाली में करते थे। कपूर सिंह, रहीम सिंह एवं अन्य के प्रतिवेदन के अनुसार, 1921 में इनकी संपत्ति का मूल्य बढ़कर 4 लाख डॉलर हो चुका था। व्यापार में इन्हें घाटा भी उठाना होता था और यह विभिन्न कारणों से होता था। 1919-20 में व्यक्तिगत नुकसान 3,000 डॉलर से 80,000 डॉलर का होता था। सेक्रेमेंटो के चावल सम्राट् 'हकीम खान' के आकलन के मुताबिक, 1920 में कैलिफोर्निया के भारतीयों का नुकसान 70 लाख डॉलर से 90 लाख डॉलर के बीच था।[128]

कैलिफोर्निया के कोलुसा, फ्रेशनो, मार्सविले, सेक्रेमेंटो और स्टॉक्टन एवं ओरेगाँव के एस्टोरिया और लिंटन अवस्थित सातों बचत बैंक में मिलाकर 779 भारतीयों के कुल 2,38,630 डॉलर 1921 में जमा थे, जो प्रति व्यक्ति औसतन 306 डॉलर था। इसमें चेक

खाते में जमा की गई राशि का विवरण नहीं है। इसी साल ब्रिटिश कोलंबिया, विक्टोरिया एवं वैंकूवर में अवस्थित बचत बैंक के 142 भारतीयों के खाते में औसतन 431 डॉलर के हिसाब से 63,000 डॉलर जमा थे।[129] भारतीय श्रमिकों में आत्मगौरव का भान बहुत अधिक होता था। ये अपना खर्च स्वयं अर्जित पैसों से चलाते थे। सरकार, किसी संस्था, किसी व्यक्ति या किसी धर्मार्थ संगठन से सहायता माँगना, उधार लेना या दूसरे पर भारित होना अपने आत्मविश्वास के खिलाफ समझते थे। यदि ऐसी आवश्यकता आ ही गई तो ये अपने सहयोगी श्रमिकों से उधार लेते थे, जो कुछ दिनों बाद चुका दिया जाता था। बीमार पड़ने पर ये अस्पताल में जाकर अथवा निजी चिकित्सक के यहाँ पैसा खर्च कर अपना इलाज कराते थे। इन तथ्यों की पुष्टि करते हुए इरविन एच. वेबस्टर, रजिस्ट्रार, एसोसिएटेड चैरिटीज ऑफ सन जोआकिन काउंटी, स्टॉक्टन कैलिफोर्निया ने लिखा है कि अस्पताल में इलाज कराने के अतिरिक्त किसी तरह की कोई सहायता कभी भी भारतीय श्रमिकों ने नहीं माँगी। मिस मेरी जे. जज, रजिस्ट्रार सेक्रेमेंटो काउंटी, दान विभाग ने लिखा कि मैं पिछले ग्यारह वर्षों से समाजसेवा के क्षेत्र में हूँ और मेरे सम्मुख कभी कोई याचना या आवेदन भारतीयों द्वारा नहीं किए गए। रेभ. जॉर्ज डी. आयरलैंड, डायरेक्टर ऑफ रिलीफ कमेटी, वैंकूवर, बी.सी. एवं मिस ई.एम. काने, एसोसिएटेड चैरिटी ऑफ सेन फ्रांसिस्को, कैलिफोर्निया ने भी इसी तरह के वक्तव्य दिए। स्थानीय लोगों द्वारा भारतीय श्रमिकों के विरुद्ध चलाए गए आंदोलन में खूब जोर-शोर से इस बात को प्रचारित किया गया कि पिछले पंद्रह वर्षों से ये भारतीय श्रमिक अमेरिका या कनाडा आकर सरकार या समाज पर भार बनकर रह जाते हैं। अमेरिकनों द्वारा दिए गए उपर्युक्त वक्तव्य से इस धारणा का पूर्णतः खंडन हो जाता है।[130]

अमेरिका में रहने के बावजूद ये अपनी जन्मभूमि को भुला नहीं पाए थे। इन्हें अपने परिवारजनों की हमेशा याद आती रहती थी। हालाँकि इनमें से कुछ अमेरिका एवं कनाडा में बस जाना चाहते थे, किंतु दोनों देशों द्वारा इसमें कई तरह की बाधा उत्पन्न की गई। इन सबके बावजूद जिस मिट्टी में उनका जीवनयापन होता था, जहाँ वे रहते थे, जिस धरती पर वे साँस लेते थे, जहाँ वे पैसा कमाते थे, उसके एहसान को भी नहीं भुलाते थे। वे सदैव एक जिम्मेदार नागरिक के रूप में अपने कर्तव्यों का पालन करने के लिए तत्पर रहते थे। जर्मनी के विरुद्ध युद्ध में कई लोगों ने अमेरिकी सरकार द्वारा सेना में भरती होने के आह्वान पर सहयोग किया और फ्रांस और बेल्जियम के युद्ध के मैदानों में मुस्तैदी से खड़े होकर अपने कर्तव्यों का पालन कर रहे थे।[131] अधिकांश श्रमिकों की शादी भारत में ही हो चुकी थी और वे अपनी पत्नी एवं बच्चों को भारत में छोड़कर प्रशांत क्षेत्र में रोजगार के लिए आए थे। इनमें से कुछ के परिवारजन तो प्रशांत क्षेत्र में आने में सफल हुए, लेकिन बाकी को सफलता नहीं मिली। यहाँ आकर वे भारतीय श्रमिकों के साथ ही

रहते थे और इन लोगों को अमेरीकी या कनाडाई जनता के साथ सीधा संवाद नहीं होता था। लगभग एक दर्जन भारतीय अपनी पत्नियों के संग यहाँ आए थे, जिनमें से तीन-चार परिवार सेक्रेमेंटो और बाकी ब्रिटिश कोलंबिया में रहते थे। कुछ श्रमिकों ने यहाँ आकर स्थानीय महिला से शादी रचा ली। इंपीरियल घाटी में एक दर्जन से अधिक श्रमिकों ने मेक्सिकन महिलाओं से शादी कर ली। कुल मिलाकर 30 से अधिक शादियाँ यहाँ हुईं।[132]

कनाडा सरकार ने एक नीति के तहत इन भारतीय श्रमिकों के परिवारजनों को कनाडा प्रवेश से रोका, क्योंकि उनकी सोच थी कि यदि इनके परिवारजन भारत में रहेंगे तो इन्हें लाचार होकर आज या कल भारत वापस जाना ही होगा। यही नीति अमेरिकी सरकार की भी थी। भारतीयों ने इस नीति का जमकर विरोध किया। एक तरफ उनका सफल औद्योगिक व्यापारिक जीवन था, दूसरी ओर बिना पत्नी के जीवन बसर करना भी असंभव था। उन्हें भारत में छोड़ देना भी कठिन था। यह एक तरह से उन निर्दोष पत्नी एवं बच्चों पर अपराध ही होता। प्रशांत क्षेत्र में जो अविवाहित नवयुवक आए थे, वे यदि प्रशांत क्षेत्र में रहते तो उन्हें या तो जीवन भर अविवाहित रहना होता या फिर वे यहीं पर शादी करते! नीग्रो महिला से वे शादी कर सकते थे, क्योंकि अमेरिका में यह आसानी से उन्हें उपलब्ध हो सकती थी। लेकिन नीग्रो महिला को लेकर इनके मन में कम आकर्षण था। दूसरा स्थान मैक्सिको मूल से आईं महिला का था। कुछ लोगों ने शादी भी की। लेकिन ऐसी महिलाएँ सिर्फ दक्षिणी कैलिफोर्निया में ही सहजता से शादी के लिए उपलब्ध थीं, अन्यत्र कम। जबकि अधिकांश भारतीय उत्तरी कैलिफोर्निया क्षेत्र में थे। तीसरी अमेरिकी और कनाडाई मूल की महिला थीं। इनकी भारतीयों के साथ शादी की बात सामने आने पर समाज में तूफान खड़ा होने की संभावना थी।[133] वे शादी के लिए वापस भारत जा सकते थे, लेकिन नियम के अनुसार उन्हें एक साल के अंदर कनाडा और 6 माह के अंदर अमेरिका वापस ही आना होता। वे अपनी पत्नी को प्रशांत क्षेत्र में नहीं ला सकते थे। युद्ध अवधि में इंग्लैंड की इंपीरियल कौंसिल द्वारा नया नियम बनाया गया कि उपनिवेश की प्रजा उपनिवेश के किसी भी हिस्से में जा सकती है, वहाँ रह भी सकती है। कनाडा सरकार द्वारा इस नियम को स्वीकृति भले ही दे गई हो, व्यवहार में यही था कि भारतीयों को कनाडा प्रवेश की अनुमति नहीं थी।[134]

भारत में इनकी शिक्षा बहुत कम स्तर की ही हुई थी। यहाँ आकर भी इन्हें औपचारिक रूप से शिक्षा नहीं मिली। आरंभिक दिनों में ये अंग्रेजी नहीं बोल पाते थे और अपनी बात कहने के लिए इन्हें दूसरों की सहायता लेनी होती थी। वे न तो अखबार पढ़ सकते थे और न ही अपने उत्पाद को अच्छे दामों पर बेच पाते थे। इस कारण वे स्थानीय लोगों के साथ घुल-मिल नहीं पाते थे। इनके मनोरंजन का कोई साधन नहीं था। कभी-कभी ये ताश खेलते थे। अधिकांश समय आपस में तर्क-वितर्क करते रहते थे और

इसका अंत कभी-कभी झगड़े में होता था। कुछ लोग बिलियड्र्स खेलने जाते थे। कुछ लोग सिनेमा देखना पसंद करते थे। चूँकि इनका कार्यस्थल शहर से दूर होता था, इसलिए इन्हें इसका मौका भी बहुत कम ही मिलता था। हालाँकि भारतीय श्रमिकों पर अपराध के आरोप में कई मुकदमे चलाए गए। लेकिन अधिकतर अपराध शराब पीकर अपने सह श्रमिकों के साथ किए गए।[135] भारतीय श्रमिकों, खासकर पंजाबी सिखों में दान देने की प्रवृत्ति बहुत अधिक थी और प्रशांत क्षेत्र में भी ये इसमें किसी से पीछे नहीं थे। इन्होंने सामाजिक संगठनों को मुक्तहस्त दान दिए। इन संगठनों में अमेरिका और कनाडा की रेडक्रॉस सोसाइटी और भारत के शैक्षिक संगठन भी थे।[136]

अमेरिकन विश्वविद्यालय में पढ़नेवाले तीन भारतीय छात्रों की पढ़ाई का खर्चा भी इस संगठन ने उठाया। 'दि पैसिफिक कोस्ट खालसा दीवान सोसाइटी' ने कई छात्रों को पढ़ाई में आर्थिक सहायता दी। कैलिफोर्निया विश्वविद्यालय में पढ़नेवाले 15 छात्रों के मुफ्त आवासन के लिए इस संस्था ने वर्कले में एक घर किराया पर लिया। 'खालसा दीवान सोसाइटी ऑफ कैलिफोर्निया' और ब्रिटिश कोलंबिया की 'खालसा दीवान सोसाइटी' द्वारा पंजाब के विभिन्न जेलों में दिन एवं रात के विद्यालय खोले गए। इनमें होशियारपुर, जालंधर, अमृतसर, लाहौर, लुधियाना और फिरोजपुर जिलों के 4 उच्च विद्यालय, 8 मध्य विद्यालय और एक दर्जन से अधिक कन्या मध्य विद्यालय शामिल थे। कई विद्यालयों एवं महिला विद्यालयों को आर्थिक सहायता दी गई। लाला सिंह के प्रतिवेदन के अनुसार, अपनी स्थापना के बाद से 'दि पैसिफिक कोस्ट खालसा दीवान सोसाइटी' द्वारा शैक्षणिक कार्यों में सहायता देने के उद्देश्य से 1,98,000 डॉलर की सहायता राशि दी गई।[137]

'कॉमनवेल्थ' में सहयोग करने के लिए 20 जुलाई, 1917 को 'दि पैसिफिक कोस्ट हिंदुस्तानी एसोसिएशन' द्वारा कैलिफोर्निया सरकार के समर्थन में एक प्रस्ताव पारित किया गया। इस संबंध में विस्तृत प्रतिवेदन 'दि सेन फ्रांसिस्को क्रोनिकल' के 22 जुलाई, 1918 के अंक के पृष्ठ-12 के कॉलम-7 पर छपा। स्वतंत्रता ऋण (Liberty Loan), रेडक्रॉस और अन्य सामाजिक संगठनों को इन भारतीय श्रमिकों ने उदारतापूर्वक दान दिया। 18 अप्रैल, 1918 के 'इंडिपेंडेंट स्टॉक्टन' में खबर छपी कि 'दि पैसिफिक कोस्ट खालसा दीवान सोसाइटी', जो सिख बंधुओं की संस्था है, द्वारा सात सदस्यों की एक समिति का गठन 'लिबर्टी लोन' के लिए चंदा उगाही के लिए किया गया था और आज इस समिति ने 27 सदस्यों द्वारा दान में दिए गए कुल 1350 डॉलर की राशि इसमें जमा की गई है। डॉ. पर्दमान सिंह ने उद्धृत किया कि स्टॉक्टन से निकलने वाले एक अखबार ने भारतीय श्रमिकों की अमेरिकी देशभक्ति भावना की खूब प्रशंसा करते हुए लिखा कि 'लिबर्टी बॉण्ड' के चौथे अंक की खरीद में इन्होंने 6000 डॉलर दिए हैं। इनमें

से अधिकतर वैसे लोग हैं, जो पूर्व में भी इसके लिए दान दिए थे।[138]

इंपीरियल घाटी में रहनेवाले 75 फीसदी से अधिक भारतीयों ने 'लिबर्टी बॉण्ड' में चंदा दिया। यदि पूरे कैलिफोर्निया राज्य की गणना की जाए तो यह 70000 डॉलर के आस-पास होता है। अखबार ने आगे लिखा कि ये लोग अलग किस्म के हैं और अमेरिका की लड़ाई में सहयोग करने के लिए तैयार हैं, युद्ध के लिए भोजन आपूर्ति करते हैं और उदारतापूर्वक 'लिबर्टी बॉण्ड' एवं 'युद्ध टिकट' में दान देते हैं। सेक्रेमेंटो के पुलिस प्रमुख के वक्तव्य को अखबार ने प्रकाशित करते हुए उपर्युक्त तथ्य अंकित किए।[139] 'दि मुसलिम लीग ऑफ अमेरिका' द्वारा एक अनाथालय को 1919 में 3400 डॉलर दान दिए गए और 1920 में 'अखिल भारतीय खिलाफत समिति' को 3000 डॉलर दिए गए।[140] वर्ष 1911 तक भारतीयों ने विक्टोरिया में तीन लाख डॉलर की, वैंकूवर में दो लाख डॉलर की संपत्ति अर्जित कर ली थी। उन्होंने एक रात्रि पाठशाला के संचालन के लिए एक लाख डॉलर की राशि इकट्ठी कर ली थी और करीब छह हजार डॉलर की राशि उन्होंने घर भेजी।[141]

कपूर सिंह एवं मीत सिंह द्वारा दिए गए प्रतिवेदन के अनुसार, ब्रिटिश कोलंबिया की 'खालसा दीवान सोसाइटी' द्वारा निम्न दान दिए गए[142]—

1.	ननकाना साहिब गुरुद्वारा लाहौर में हुई हत्याकांड के पीड़ितों के लिए	–1330 डॉलर
2.	जलियाँवाला बाग नरसंहार के पीड़ितों के लिए	–3000 डॉलर
3.	राजनीतिक बंदियों के परिवारजनों को	–2100 डॉलर
4.	प्रेस पर दबाव बनाने के उद्देश्य से सताए गए पीड़ितों को	–700 डॉलर
5.	कांग्रेस 'तिलक स्वराज निधि' में दान	–3333 डॉलर
6.	कनाडा एवं भारत में धार्मिक और शैक्षणिक कार्यों के लिए	–78000 डॉलर
7.	भारत में शैक्षिक कार्यक्रमों के लिए	–70000 डॉलर
8.	कामागाटा मारू मुकदमे के लिए	–50000 डॉलर
9.	आप्रवासी संबंधी मुकदमे के लिए	–30000 डॉलर
10.	कनाडा एवं ब्रिटिश सरकार से मिलने गए प्रतिनिधिमंडल के लिए	–12000 डॉलर
11.	कनाडा में भारतीय प्रेस के लिए	–15000 डॉलर
12.	मुख्यतः भारत एवं कनाडा, दक्षिण अफ्रीका, तुर्की और अमेरिका के राजनीतिक पीड़ितों के लिए	–30000 डॉलर

1906 में गाँव मलिक, जगराओ, लुधियाना के भाई अर्जुन सिंह गुरुग्रंथ साहिब की बीड़ लेकर कनाडा पहुँचे और किराए के मकान में 22 जुलाई, 1906 को एक गुरुद्वारा बनाया तथा इसके पहले ग्रंथी भी बने। प्रबंध समिति में सेवा सिंह जत्थेदार, भोला सिंह उप जत्थेदार, अर्जुन सिंह मलिक खजांची, भाग सिंह भिक्खीविंड सेवक तथा बलवंत सिंह उप-सेवक बनाए गए। जमीन खरीदकर दो मंजिला गुरुद्वारा बनाया गया, जिसका मुहूर्त 19 जनवरी, 1908 को किया गया और सिखों के अधिकारों की रक्षा तथा इनके लिए संघर्ष करने के मकसद से 'खालसा दीवान सोसाइटी' का गठन किया गया, जिसमें भान सिंह प्रधान, महिंद्र सिंह उप-प्रधान, भाग सिंह भिक्खीविंड खजांची, भोला सिंह सेवक, विशन सिंह उप सेवक और बलवंत सिंह खुर्दपुरी ग्रंथी बनाए गए। इस कमेटी ने ही होंडुरास न जाने की लड़ाई लड़ी थी।[143] 1909 में बाबू हरनाम सिंह काहरी साहरी तथा उनके साथ बन्नू के एक मास्टर गुरुदित आए, जिन्होंने अपना नाम बदलकर गुरुदत्त कुमार रख लिया। न्यूयॉर्क के देशभक्तों के सामने 1909 में एक राष्ट्रीय सभा बनाई गई, जिसका नाम 'हिंदुस्तान एसोसिएशन' रखा गया और इसके प्रधान भाई भाग सिंह भिक्खीविंड, सचिव जी.डी. कुमार तथा खजांची बलवंत सिंह खुर्दपुर बनाए गए। उर्दू में 'स्वदेश सेवक' नाम का अखबार शुरू किया गया, जिसके संपादक जी.डी. कुमार थे। हापकिंसन को किसी उमराव सिंह ने जी.डी. कुमार के कमरे से यूरोप से निकल रहे क्रांतिकारियों के 'सोशियोलॉजिस्ट', 'वंदेमातरम्', 'तलवार', 'लिब्रेटर' और मौलवी बरकतुल्लाह द्वारा जापान से जारी किए गए 'इसलामिक फ्रेटरनिटी', आयरलैंड से 'आयरिश इंडियंस' नामक पत्रिकाओं की कई प्रतियाँ चुराकर दे दीं। ऐसा ही एक गुरुमुखी अखबार 'प्रेयसी खालसा' अमर सिंह झिंगड़ ने जारी किया। वैंकूवर में एक मकान पहले किराया पर लेकर तथा बाद में खरीदकर 'इंडिया हाउस' की तर्ज पर 'स्वदेश सेवक होम' बनाया।[144] मई 1911 में जी.डी. कुमार की एक निजी कमजोरी के कारण 'स्वदेश सेवक होम' वाले मकान के स्वामित्व का झगड़ा उठ खड़ा हुआ तथा वे कनाडा छोड़कर अमेरिका चले गए तथा सिएटल में रहने लगे। वहाँ उन्होंने 'यूनाइटेड इंडिया लीग' बना ली, जिसके प्रधान हसन रहीम तथा सचिव राजा सिंह उर्फ हजारा सिंह वाडिया बने। इस लीग ने 'रहीम' के संपादन में जनवरी 1914 में अंग्रेजी में 'हिंदुस्तान' नामक पत्रिका शुरू की।[145] वैंकूवर स्टोरवाले हीरा सिंह तथा भाई प्यारा सिंह लंगेरी ने ओटावा से अंग्रेजी में 'आर्यन' नामक द्विमासिक पत्र शुरू किया। वैंकूवर से पंजाबी में प्रकाशित 'आर्यन' के संपादक डॉ. सुंदर सिंह तथा 'संसार' के संपादक करतार सिंह थे। इन पत्रों के लेख सिख मर्यादा के दायरे में सीमित थे। जनवरी 1910 में छगन लाल खराज वर्मा, जो पोरबंदर काठियावाड़ के रहनेवाले थे, जापान से कनाडा आए तथा उन्होंने 'हसन रहीम' के नाम से अपना कारोबार शुरू किया। जल्दी ही वह कनाडा इंडियन सप्लाई एंड ट्रस्ट कंपनी के

मैनेजिंग डायरेक्टर बन गए। आगे चलकर वह 'हिंदुस्तान एसोसिएशन' के जन्मदाताओं में से एक बने। उनके आने से इस सोसाइटी की फ्रांस, नटाल (अफ्रीका) तथा मिस्र में रह रहे देशभक्तों के साथ चिट्ठी-पत्री शुरू हो गई। हसन रहीम, बगे खाँ गुजरात (काठियावाड़) तथा कुछ अन्य सज्जन 'इवव' (इंडस्ट्रियल वर्कर्स ऑफ दि वर्ल्ड) की गतिविधियों में बढ़-चढ़कर भाग लेते रहे। ये लोग हड़तालों में गिरफ्तार किए जानेवाले कनाडा के मजदूर लोगों की जमानतें लेते, जिसका कनाडा के अफसरों ने बहुत बुरा माना।[146] उसने दो बार हसन रहीम को गिरफ्तार करके देश निष्कासन के लिए मुकदमा चलाया। दोनों बार ही रहीम बरी हो गए। 29 मार्च, 1912 को हापकिंसन ने यह रिपोर्ट करके रहीम को गिरफ्तार करवा दिया कि यह व्यक्ति कनाडा के नागरिक अधिकारों के योग्य न होते हुए भी मतदाता (वोटर) बन गया है तथा इसने चुनावों में मतदान किया है और यह चुनाव में 'इवव' के उम्मीदवार के लिए चुनाव एजेंट भी बना है। लेकिन 2 मई, 1912 को वे बरी हो गए। मतदान करने का इल्जाम उन पर साबित न हो सका तथा मतदाता सूची में उनका नाम नहीं मिला।

कपूर सिंह एवं मीत सिंह के प्रतिवेदन के अनुसार, 1907 में 'खालसा दीवान सोसाइटी' या 'फ्री डिवाइन कम्युनियन', ब्रिटिश कोलंबिया की स्थापना की गई। इस संगठन का उद्देश्य धार्मिक, शैक्षणिक एवं जनसेवा था। इस संस्था का मुख्यालय वैंकूवर में था और विक्टोरिया, एबोस्टफोर्ड, न्यू वेस्टमिनिस्टर, फ्रेजर मिल्स, डंकन, कॉम्ब्स और ओसियन फॉल्स में इसकी शाखाएँ थीं। इस संगठन द्वारा चार गुरुद्वारों का निर्माण किया गया। विक्टोरिया एवं वैंकूवर में अवस्थित दोनों गुरुद्वारों की संपत्ति 45 हजार डॉलर की थी। लाल सिंह के प्रतिवेदन के अनुसार, 'पैसिफिक कोस्ट खालसा दीवान सोसाइटी' की स्थापना भी लगभग इसी समय हुई और इसका मुख्यालय स्टॉक्टन, कैलिफोर्निया में था। इसकी सदस्यता फीस 12 से 50 डॉलर प्रतिवर्ष थी। स्टॉक्टन, कैलिफोर्निया में निर्मित गुरुद्वारा की संपत्ति करीब 30 हजार डॉलर थी। 'सिख-अमेरिकन एजुकेशन सोसाइटी' शिक्षा प्रसार के कार्य में संलग्न थी।[147] 1907 के प्रारंभ में अमेरिका के कैलिफोर्निया राज्य में खगेंद्र चंद्र दास, पांडुरंग खानखोजे, तारकनाथ दास, अधरचंद्र लसगर आदि भारतीय छात्रों ने 'भारतीय स्वतंत्रता संघ' की स्थापना की।[148]

1911 के अंत में 'हिंदुस्तान एसोसिएशन' का गठन खगेंद्र चंद्र दास, वसंत कुमार राय, वाई.एम.ए. नंदेलकर और शेवडे ने शिकागो में किया था।[149] उत्तरी अमेरिका के प्रशांत तट के क्षेत्रों में भारत, विशेषकर पंजाब से रोजी-रोटी की तलाश में गए श्रमिकों एवं भारत के अन्य क्षेत्रों से गए छात्रों एवं क्रांतिकारियों का जब समन्वय हुआ तो 'गदर आंदोलन' की शुरुआत हुई।[150]

संदर्भ—

1. हरीश के. पुरी, 'गदर मूवमेंट, ए शॉर्ट हिस्टरी', 2011, पृष्ठ–5, नेशनल बुक ट्रस्ट, नई दिल्ली।
2. हरीश के. पुरी, पृष्ठ–2।
3. ए.सी. बोस, 'इंडियन रिवॉल्यूशनरीज एब्रॉड', 1971, पृष्ठ–43, भारती भवन, पटना।
4. रजनीकांत दास, 'हिंदुस्तानी वर्कर्स ऑन दि पैसिफिक कोस्ट', 1923, वॉल्टर डे ग्रुयटर एंड कंपनी, बर्लिन, पृष्ठ–5।
5. स्वामी चेतनानंद, 'गॉड लिव्ड विथ देम, लाइफ स्टोरीज ऑफ सिक्सटीन मोनास्टिक डिसिपुल्स ऑफ श्री रामकृष्णा', 1997, पृष्ठ–43।
6. वेदप्रकाश 'वटुक', 'विपन्नता से क्रांति की ओर', पृष्ठ–13, अलंकार प्रकाशन, 3611, नेताजी सुभाष मार्ग, दरियागंज, नई दिल्ली।
7. स्वामी चेतनानंद, पृष्ठ–45।
8. स्वामी चेतनानंद, पृष्ठ–44।
9. ए.सी. बोस, पृष्ठ–37।
10. वही।
11. 'पंडित बाल मुकुंद एकरूली तथा बाबा हरनाम सिंह टुंडीलाट के बयान', स्रोत, गुरचरन सिंह सहिंसरा, 'गदर पार्टी का इतिहास', पृष्ठ–12, देश भगत यादगार कमेटी, जालंधर।
12. एल.पी. माथुर, पृष्ठ–9।
13. वेदप्रकाश 'वटुक', पृष्ठ–15।
14. विश्वमित्र उपाध्याय, विदेशों में भारतीय क्रांतिकारी आंदोलन, 1986, पृष्ठ–167, प्रगतिशील जन प्रकाशन, बी–55, गुलमोहर पार्क, नई दिल्ली।
15. गुरचरन सिंह सहिंसरा, 'गदर पार्टी का इतिहास', पृष्ठ–18।
16. विश्वमित्र उपाध्याय, पृष्ठ–146।
17. वही, पृष्ठ–148।
18. वही, पृष्ठ–149।
19. गुरचरन सिंह सहिंसरा, पृष्ठ–18।
20. विश्वमित्र उपाध्याय, पृष्ठ–149।
21. हरीश के. पुरी, पृष्ठ–2।
22. एल.पी. माथुर, पृष्ठ–10।
23. हरीश के. पुरी, पृष्ठ–2।
24. वेदप्रकाश 'वटुक', पृष्ठ–15।
25. हरीश के. पुरी, पृष्ठ–2।
26. ए.सी. बोस, पृष्ठ–43।

27. हरीश के. पुरी, पृष्ठ-9।
28. आर.के. दास, पृष्ठ-6।
29. वही, पृष्ठ-7।
30. ए.सी. बोस, पृष्ठ-7।
31. आर.के. दास, पृष्ठ-7।
32. ए.सी. बोस, पृष्ठ-7।
33. वही, पृष्ठ-44।
34. हरीश के. पुरी, पृष्ठ-9।
35. रजनीकांत दास, पृष्ठ-8।
36. खुशवंत सिंह, 'गदर' : 'इंडियाज फर्स्ट आर्म्ड रिबेलियन', पृष्ठ-91।
37. ए.सी. बोस, पृष्ठ-43।
38. ए.सी. बोस, पृष्ठ-44।
39. आर.के. दास, पृष्ठ-8।
40. हरीश के. पुरी, पृष्ठ-9।
41. इंदर सिंह एवं सायंतन चक्रवर्ती, 'दी गदर हीरोइक्स', 2013, पृष्ठ-34, इंडिया इंपायर पब्लिकेशंस, एन-126, द्वितीय तल्ला, ग्रेटर कैलाश, पार्ट-1, नई दिल्ली।
42. वही, पृष्ठ-48।
43. वही, पृष्ठ-56।
44. वही, पृष्ठ-50।
45. वही, पृष्ठ-62।
46. वही, पृष्ठ-59।
47. वही, पृष्ठ-68।
48. वही, पृष्ठ-71।
49. वही, पृष्ठ-65।
50. वही, पृष्ठ-89।
51. वही, पृष्ठ-87।
52. वही, पृष्ठ-85।
53. वही, पृष्ठ-83।
54. वही, पृष्ठ-80।
55. वही, पृष्ठ-77।
56. वही, पृष्ठ-101।
57. वही, पृष्ठ-99।
58. वही, पृष्ठ-97।
59. वही, पृष्ठ-95।

60. वही, पृष्ठ–93।
61. वही, पृष्ठ–91।
62. वही, पृष्ठ–103।
63. वही, पृष्ठ–137।
64. वही, पृष्ठ–134।
65. वही, पृष्ठ–149।
66. वही, पृष्ठ–152।
67. वही,पृष्ठ–164।
68. वही, पृष्ठ–158।
69. गुरचरन सिंह सहिंसरा, 'गदर पार्टी का इतिहास', 1961, पृष्ठ–11, 'देश भगत यादगार कमेटी', जालंधर।
70. इंदर सिंह, पृष्ठ–155।
71. वही, पृष्ठ–164।
72. गुरचरन सिंह सहिंसरा, पृष्ठ–20।
73. 'बाबा हरनाम सिंह टुंडीलाट का बयान, होम (पॉलिटिकल)', अप्रैल 1908, काररवाई संख्या–1, 'दाखिल दफ्तर तथा करोड़ों के लिए अनाज' नामक पत्रिका, जिल्द नं.–1, जनवरी, 1953।
74. हरीश के. पुरी, पृष्ठ–2।
75. वही, पृष्ठ–17।
76. आर.के. दास, पृष्ठ–15।
77. वही, पृष्ठ–17।
78. वही, पृष्ठ–18।
79. वही, पृष्ठ–19।
80. वही, पृष्ठ–20।
81. वही, पृष्ठ–21।
82. वही, पृष्ठ–22।
83. वही, पृष्ठ–20।
84. वही, पृष्ठ–21।
85. 'कनाडा', 'सेशनल पत्र 1907–08', खंड–17, नं.–36ए, 1908, पृष्ठ–8, 86, रजनीकांत दास, पृष्ठ–7।
87. हरीश के. पुरी, पृष्ठ–17।
88. ए.सी. बोस, पृष्ठ–45।
89. हरीश के. पुरी, पृष्ठ–17।
90. रजनीकांत दास, पृष्ठ–8।

91. हरीश के. पुरी, पृष्ठ–17।
92. ए.सी. बोस, पृष्ठ–45।
93. आर.के. दास, पृष्ठ–29।
94. ए.सी. बोस, पृष्ठ–44।
95. प्रीतम सिंह पंछी, पृष्ठ–29।
96. हरीश के. पुरी, पृष्ठ–16।
97. हरीश के. पुरी, पृष्ठ–17।
98. आर.के. दास, बर्लिन, पृष्ठ–37।
99. हरीश के. पुरी, पृष्ठ–18।
100. आर.के. दास, पृष्ठ–41।
101. आर.के. दास, पृष्ठ–46।
102. हरीश के. पुरी, पृष्ठ–18।
103. आर.के. दास, पृष्ठ–26।
104. वही, पृष्ठ–28।
105. हरीश के. पुरी, पृष्ठ–16।
106. आर.के. दास, पृष्ठ–41।
107. वही, पृष्ठ–44।
108. वही, पृष्ठ–44।
109. वही, पृष्ठ–23।
110. ए.सी. बोस, पृष्ठ–44।
111. आर.के. दास, पृष्ठ–42।
112. वही, पृष्ठ–62।
113. वही, पृष्ठ–64।
114. वही, पृष्ठ–66।
115. वही, पृष्ठ–74।
116. ए.सी. बोस, पृष्ठ–44।
117. हरीश के. पुरी, पृष्ठ–19।
118. आर.के. दास, पृष्ठ–25।
119. वही, पृष्ठ–106।
120. वही।
121. वही, पृष्ठ–93।
122. वही, पृष्ठ–95।
123. वही, पृष्ठ–107।
124. वही।

125. वही, पृष्ठ–108।
126. वही, पृष्ठ–95।
127. वही, पृष्ठ–101।
128. वही, पृष्ठ–94।
129. वही, पृष्ठ–101।
130. वही, पृष्ठ–102।
131. वही, पृष्ठ–104।
132. वही, पृष्ठ–82।
133. वही, पृष्ठ–110।
134. वही।
135. वही, पृष्ठ–82।
136. वही, पृष्ठ–105।
137. वही, पृष्ठ–105।
138. वही, पृष्ठ–104।
139. वही।
140. वही, पृष्ठ–105।
141. ए.सी. बोस, पृष्ठ–44।
142. आर.के. दास, पृष्ठ–106।
143. गुरचरन सिंह सहिंसरा, पृष्ठ–73।
144. वही, पृष्ठ–74।
145. वही।
146. वही, पृष्ठ–79।
147. आर.के. दास, पृष्ठ–91।
148. शचींद्रनाथ सान्याल, पृष्ठ–37।
149. ए.सी. बोस, पृष्ठ–44।
150. हरीश के. पुरी, पृष्ठ–16।

□

भारतीय श्रमिकों से चिढ़

चाहे अमेरिका हो या कनाडा, छोटे तबके के गोरे श्रमिकों को ही भारतीय श्रमिकों से चिढ़ हुई। कड़ी मेहनत से अर्जित समृद्धि के बावजूद अमेरिकन एवं कनाडाई समाज में इनकी प्रतिष्ठा नहीं बढ़ी। अब तक ये गोरे श्रमिक श्रम संगठन, हड़ताल, तालाबंदी आदि की धमकी देकर मालिकों से मनमाना पैसा ऐंठते थे। उन्हें लगा कि भारतीय श्रमिक यहाँ आकर सारा खेल बिगाड़ रहे हैं।[1]

भारतीय श्रमिकों की बढ़ती संख्या से निचले तबके के गोरे चिंतित रहने लगे। वे भारतीय श्रमिकों को पसंद नहीं करते थे। स्थानीय श्रमिकों को मिल मालिक बिल्कुल पसंद नहीं करते थे, क्योंकि ये लोग समय-असमय हड़ताल, बंदी, तोड़-फोड़ पर उतारू हो जाते थे और अपनी मनमानी पर उतर आते थे। स्थानीय श्रमिकों को भारतीय श्रमिकों से इसलिए घृणा थी, क्योंकि इनके कारण वे हड़ताल बंदी कर अपना वेतन नहीं बढ़ा पाते थे।[2] भारतीय श्रमिकों की बढ़ती लोकप्रियता स्थानीय श्रमिकों को खटकने लगी। उन्हें यह अच्छा नहीं लगता था कि कोई नियोक्ता अमेरिकन के बदले भारतीय श्रमिकों को नियुक्ति में प्रधानता दे! कुछ लोगों ने कहना शुरू किया कि भारतीय श्रमिक अच्छे तो हैं, लेकिन अमेरिकन के मुकाबले अच्छे नहीं हैं। चीनी और जापानी श्रमिकों की तुलना में भले ही भारतीय श्रमिक मेहनती हों, लेकिन अमेरिकन उनसे अच्छे हैं। कैलिफोर्निया के शिको अवस्थित स्टेट इम्प्लॉयमेंट कार्यालय के पूर्व प्रबंधक एच.एल. मिलर की राय थी कि औद्योगिक तकनीक में भारतीय श्रमिकों से अमेरिकन श्रमिक बेहतर हैं। रिंजे लैंड एंड नेविगेशन कंपनी, स्टॉक्टन के कार्सन सी. कूक, जॉर्ज ई. लेमे, सेक्रेटरी, फ्रेसनो काउंटी चैंबर ऑफ कॉमर्स की राय में भारतीय श्रमिक अन्य मूल के श्रमिकों की तरह ही थे। लेकिन कुछ अमेरिकन भारतीय श्रमिकों के गुणों की प्रशंसा करने में पीछे नहीं रहते थे। एच.बी. ग्रिफिन, न्यायाधीश एवं ब्रॉउले में बड़े कृषि फॉर्म के मालिक ने भारतीय श्रमिकों को 'सर्वश्रेष्ठ' कहा। इसी तरह टाइडवाटर साउदर्न रेलवे कंपनी के बायरॉन एच. बियर्स ने लिखा कि इस इलाके में भारतीय श्रमिक 'सबसे अच्छे उदाहरण' हैं।[3]

फिलीपींस पर अमेरिका के कब्जे के तुरंत बाद प्रख्यात लेखक रुडयार्ड किपलिंग ने श्वेत नस्ल की उत्कृष्टता पर 1899 में एक कविता 'व्हाइट मेंस बर्डेन' लिखी थी। स्थानीय श्वेत निवासियों को अपनी नस्ल पर गुमान था और वे अपनी नस्ल को दुनिया की सर्वश्रेष्ठ नस्ल मानते ही नहीं थे, ठहराने पर भी तुले हुए थे। भारतीय श्रमिकों को अपने अंग्रेज शासकों की सोच से इसका स्वाद पूर्व में भी लग चुका था। श्रमिक संगठनों की बैठकों में एशियाई मूल की नस्ल पर घृणात्मक व्यंग्य किए जाते थे और फूहड़ मजाक तक किए जाते थे। गली और बाजारों में भारतीय श्रमिकों के साथ दुर्व्यवहार किए जाने की शिकायत तो आम थी। फुरसत के क्षणों में पुराने श्रमिक सुनाते थे कि किस प्रकार उन्हें रेस्टोरेंट में भोजन के लिए प्रवेश करने पर रोक दिया गया था अथवा कैसे उन्हें चलती बस से धक्का देकर उतार दिया गया था। श्वेत श्रमिक नेता नारेबाजी कर सरकार से माँग करते थे कि इन 'गंदे लोगों' को कनाडा प्रवेश से मना कर दिया जाना चाहिए। उनका नारा था कि कनाडा 'अश्वेतों' के लिए है और हमेशा ऐसा ही रहेगा।[4]

भारतीय, चीनी एवं जापानी श्रमिकों द्वारा स्थानीय श्रमिकों के रोजगार के अवसर कम करने के कारण स्थानीय श्वेत श्रमिकों में इनके प्रति दुराग्रह की भावना पनपी। श्वेत श्रमिक संगठनों को ऐसा लगा कि एशियाई श्रमिकों द्वारा सस्ते श्रमिक उपलब्ध कराए जाने के कारण मालिकों के साथ मोल-भाव करने में वे कमजोर पड़ रहे हैं। उनका गुस्सा सबसे अधिक गंदे 'हिंदू' श्रमिकों पर था, जो मुख्य रूप से कनाडा आए थे। 'हिंदू' एक भद्दी गाली के समान थी, जिसका अर्थ 'गंदा आदमी' होता था। पगड़ी के कारण इन्हें 'रैग हेड्स' तक कहा जाता था। ऐसी धारणा फैलाई गई कि हिंदू गंभीर बीमारी फैलाने के वाहक हैं। भारत के बारे में भ्रांति फैलाई गई कि वहाँ लोग नंगे रहते हैं और यह देश साधु, साँप के पुजारियों, विधवा हत्यारों का देश है और गंदगी, बीमारी एवं अज्ञानता से भरा हुआ है।[5]

लकड़ी मिल के नजदीक अँधेरा एवं गंदे घर एवं कुछ श्रमिकों की गँवई आदत से लोगों को परेशानियाँ होने लगीं। आधे से अधिक श्रमिक या तो सेना में रहते हुए विदेश भ्रमण कर चुके थे अथवा विदेशों में 'गार्ड' की नौकरी कर चुके थे। ऐसे लोग पश्चिमी देशों के नागरिकों के आचार-विचार, संस्कृति एवं आदतों से परिचित थे। इन लोगों को पश्चिमी देशों के अनुकूल वातावरण में अपने को ढालने में असुविधा नहीं हुई और ये स्थानीय लोगों का विश्वास हासिल करने में सफल हुए। लेकिन शेष आधे श्रमिक, जो पंजाब के गाँवों से सीधे कनाडा पहुँच गए थे, उनकी आदत लोगों को पचती नहीं थी। सार्वजनिक जगहों पर एवं लोगों के सामने थूक फेंकना, अपनी नाक एवं गला साफ करना, सड़कों के किनारे चलते समय जोर-जोर से बोलना एवं महिलाओं को घूरने की

आदत से लोग परेशान थे। इसके अतिरिक्त खूब शराब पीना एवं शराब पीकर चिल्लाना एवं आपस में लड़ने की आदतों को बरदाश्त करने की स्थिति में स्थानीय लोग नहीं थे। आव्रजन अधिकारियों ने प्रतिवेदित किया कि छोटी-छोटी बातों में भी झूठ बोलने की आदत के कारण कई श्रमिकों को एंजेल आईलैंड बंदरगाह से वापस कर दिया गया है। हाड़तोड़ मेहनत करके कमाई गई साख को रंगभेद नीति एवं श्रमिकों की कुछ गंदी आदतें चौपट कर रही थीं। श्याम वर्ण, पगड़ी, लंबे केश एवं दाढ़ी आदि वेशभूषा श्वेत नागरिकों से पंजाबी सिख को अलग करती थीं और कई श्वेत तो इनकी आदतों से अचंभित तक थे।[6]

कनाडा में अंग्रेज और फ्रांसीसी दो जातियों की ही बहुसंख्या थी। 1900 से 1914 तक दोनों का जर्मनी के विरुद्ध संयुक्त मोरचा बना हुआ था। इंग्लैंड और फ्रांस की बस्तियाँ एशिया में थीं और वे भारतीयों को गुलाम के समान तुच्छ समझते थे। कनाडा गए कई भारतीय संपन्न हो चुके थे, जिसे कनाडाई पसंद नहीं करते थे। कनाडा में अमेरिका की भाँति स्वतंत्रता, समानता और एकता की भी कोई शानदार परंपरा कायम नहीं हुई थी।[7]

कनाडा अंग्रेजी साम्राज्य का एक उपनिवेश था और उसके स्वार्थ अंग्रेजी शासन के साथ जुड़े हुए थे। स्वतंत्र देशों के स्वतंत्र विचारों को भारतीय भारत में ले जाकर प्रचार करें, इससे अंग्रेजों के स्वार्थों को हानि पहुँचती थी। प्रेस के साथ दिए गए साक्षात्कार में जनरल स्वेम ने माना कि 'राजनीतिक दृष्टि से भारतीयों का यहाँ या किसी भी गोरी बस्ती में रहना इसलिए अनुचित है कि वे गोरों का भेद जान लेते हैं। ये आदमी लौटकर भारत में जाते हैं और गुलामी के बंधनों से मुक्ति के विचारों का प्रचार करते हैं, जिससे राज्य और कानून का तंत्र उलट सकता है।[8] लेफ्टिनेंट जनरल सर जॉर्ज मैकमम के प्रतिवेदन से स्पष्ट होता है कि कनाडाई नागरिक रंगभेद एवं नस्लभेद मानसिकता से ग्रसित थे। वे चाहते थे कि कनाडा सिर्फ गोरों की जमीन रहे और इसमें वे सबसे बड़ी बाधा भारतीयों को मानते थे। भारतीय अकेले कनाडा पहुँचे थे। शादीशुदा सिखों की पत्नियाँ पंजाब में ही रह गई थीं। संभोग की भूख वे स्थानीय स्तर पर उपलब्ध वेश्याघरों में जाकर मिटाते थे। सामान्य रूप से ये वेश्याएँ गोरी नस्ल की थीं और उनके संपर्क में आकर इन्हें आस-पास रहनेवाले तथाकथित बड़े लोगों के कारनामों की जानकारी मिलती गई। शारीरिक श्रम, पैसा कमाना, संगठन बनाना, देशप्रेम आदि मानदंडों पर भारतीय देख चुके थे कि वे किसी भी रूप में गोरों से कम नहीं हैं, बल्कि बेहतर हैं। अंतिम, चारित्रिक स्तर पर भी भारतीय समझ चुके थे कि गोरे लोग भी हम लोगों से बेहतर नहीं हैं। अब तक कनाडा के सिख समझ चुके थे कि नस्ल के आधार पर गोरों द्वारा भारत या विश्व के अन्य देशों में शासन करना मात्र एक छलावा है। वे किसी भी रूप में भारतीयों से बेहतर नहीं हैं। कनाडावासियों को सामान्य रूप से एवं इंग्लैंड के औपनिवेशिक हुक्मरानों को विशेष रूप से पता चल रहा था कि

कनाडा में रहनेवाले भारतीय श्रमिकों के मार्फत अगर भारत में जानकारी फैल गई कि गोरे 'सर्वश्रेष्ठ' नहीं हैं तो उन्हें भारत पर शासन करना असंभव हो जाएगा। अतएव, वे भारतीयों के खिलाफ होते चले गए।[9]

पंजाबी श्रमिकों के बारे में झूठा दुष्प्रचार किया गया कि वे एक से अधिक विवाह करते हैं, अनाप-शनाप बकवास करते रहते हैं, गंदे रहते हैं और कई गंभीर बीमारियों से ग्रसित भी हैं। हिंदू धर्म, विशेषकर सिखों की जीवनशैली एवं संस्कृति को लेकर गंभीर अफवाह फैलाई गई। भारत और कनाडा, दोनों देश उस समय इंग्लैंड के उपनिवेश थे और इस कारण भारतीय नागरिक इंग्लैंड के दूसरे उपनिवेश में अपने लिए एक विशेष तरजीह चाहते थे। कनाडा द्वारा भारतीय श्रमिकों के विरुद्ध काररवाई की गई थी, लेकिन चीन एवं जापान से आए श्रमिकों के विरुद्ध कोई ठोस प्रतिक्रिया नहीं दी थी। बढ़ी हुई दाढ़ी, लंबे बाल और पगड़ी को लेकर स्थानीय लोगों की शिकायत रहती थी। यह बात सच है कि सिखों की पगड़ी हैट की अपेक्षा जल्दी गंदी हो जाती थी और भीग भी जाती थी। काम करते समय दाढ़ी को धूल से पूर्णत: बचा लेना उनके लिए संभव नहीं होता था। यही कारण है कि स्थानीय लोगों की धारणा थी कि भारतीय श्रमिक गंदे रहते हैं। लेकिन कुछ लोग इस धारणा का प्रतिवाद भी करते थे। टोरंटो के जेम्स ई. डॉब्स ने जोरदार शब्दों में बताया कि सिख श्रमिक बहुत ही साफ रहते हैं। हालाँकि सिखों में यह कमी थी कि वे स्थानीय परिवेश के अनुसार पोशाक में परिवर्तन नहीं करते थे। बिना इस्तरी किए हुए पतलून एवं कमीज पहनना, बिना पॉलिश के जूते पहनना आदि ऐसी आदतें थीं, जिनके कारण भारतीय श्रमिकों की हँसी उड़ाई जाती थी।

ब्रिटिश कोलंबिया के मॉटिगल एवं टार्टर नामक कैनेडियन पैसिफिक रेलवे स्टीमर्स पर शल्य चिकित्सक के रूप में सेवा दे चुके डॉ. एच.एस. लॉसन ने आरोप लगाया कि 'साफ-सफाई के मामले में इनकी आदतें अच्छी नहीं हैं। ये सार्वजनिक जगहों पर थूकते हैं और अपना गला तथा नाक साफ करते हैं। ये शराब भी पीते हैं। लेकिन मैं इनके प्रति दुर्भावना नहीं रखता हूँ। डॉक्टर के नाते मैंने हजारों भारतीय श्रमिकों के स्वास्थ्य की जाँच की।' उन्होंने लिखा कि पहले उन्हें सिखों को लेकर पूर्वग्रह था, लेकिन हजारों सिखों का परीक्षण करने के बाद निष्कर्षत: कह सकता हूँ कि वे स्वच्छ एवं ईमानदार होते हैं।[10] मैं दावे के साथ कह सकता हूँ कि साफ-सफाई, श्वेत वस्त्र धारण और यहाँ तक कि अच्छे स्वास्थ्य के बारे में मेरी पक्की धारणा है कि ये सबसे अच्छे होते हैं। इनकी ईमानदारी तो अनुकरणीय है।[11]

1903 में स्थानीय सरकार ने चीनी और जापानी श्रमिकों के कनाडा प्रवेश पर रोक लगाने का आदेश जारी किया था। हालाँकि एशियाई मूल के श्रमिकों के बीच भारतीय श्रमिकों का अनुपात बहुत ही कम था, लेकिन श्वेत गुंडों ने भारतीयों को निशाना बनाते हुए

उनके साथ मार-पीट की। कनाडा सरकार के अनुरोध पर दिसंबर 1906 में एक चेतावनी जारी की गई, जिसमें उन्हें कनाडा जाने से सख्त मनाही की गई। लेकिन इसका असर कम पड़ा और कनाडा एवं अमेरिका जानेवाले श्रमिकों की तादाद में लगातार वृद्धि होती चली गई। भारतीय श्रमिकों के विरुद्ध आंदोलन का रणक्षेत्र ब्रिटिश कोलंबिया भी बना। स्थानीय संगठनों एवं प्रेस द्वारा आंदोलन खड़े किए गए। इनके निशाने पर नए आप्रवासी भारतीयों के साथ-साथ पूर्व से रह रहे भारतीयों के परिवारजन थे। नया वेस्टमिनिस्टर के 15 महिला जनप्रतिनिधियों ने एक प्रस्ताव पारित कर अंग्रेज सरकार की उस नीति की निंदा की, जिसमें भारतीयों की पत्नियों को कनाडा प्रवेश की अनुमति दी गई थी।[12]

इस बात पर विचार किया जाना प्रासंगिक होगा कि आखिर प्रशांत क्षेत्र के नागरिकों के निशाने पर भारतीय क्यों आए? पहला कारण था कि यूरोपीय श्वेत अपने मूल को सर्वश्रेष्ठ मानते थे। पिछले दो सौ वर्षों में अर्जित की गई संपत्ति के कारण दुनिया के किसी भी मूल के लोगों के लिए उनके मन में किसी प्रकार का आदर नहीं था। दूसरी बात थी कि सिखों के लंबे बालों को लेकर उनके मन में पूर्वग्रह गहरे हो गए थे। तीसरी बात थी कि उनके मन में यह बैठ गया कि भारतीय श्रमिक कम पगार में काम करना स्वीकार कर लेते हैं। इस बात में आंशिक सच्चाई ही थी, क्योंकि जिस समय ये प्रशांत क्षेत्र पहुँचे थे, उस समय भले ही उन्होंने कम पगार पर काम करना स्वीकार किया हो, लेकिन बाद के दिनों में इन्होंने ऐसा नहीं किया। चौथा कारण यह था कि 'खराब जीवन स्तर' के कारण अमेरिकन भारतीय श्रमिकों को बहुत न्यून समझते थे। वास्तविकता यह थी कि भले ही भारतीय श्रमिकों को अपने दैनिक जीवन पर कम खर्च करना पड़ता हो, लेकिन इनका जीवन स्तर इतना खराब नहीं था कि लोग इसके लिए आंदोलन करते! सबसे महत्त्वपूर्ण कारण था कि भारतीयों की औद्योगिक सफलता से वे ईर्ष्या करते थे। अमेरिका या कनाडा के नागरिक देखते थे कि उनके देशवासी जहाँ 'फोर्ड' की सवारी करने की हैसियत नहीं बना पाते, भारतीय 'हडसन सुपर सिक्स' का आनंद लेते हैं।[13]

भारतीय आव्रजकों का भी 1906 तक कोई खास विरोध नहीं हुआ, परंतु इसके बाद विरोध धीरे-धीरे बढ़ता गया। कनाडा में आकर कुछ जापानियों और चीनियों ने काफी धन व संपत्ति अर्जित कर ली थी। इन्होंने अपने कार्यालय के कामकाज तथा कारोबार देखने के लिए कुछ श्वेत लड़कियों को अपना कर्मचारी नियुक्त कर लिया था। कनाडा के श्वेत लोग इससे अपमानित महसूस करने लगे और उन्होंने इसका विरोध शुरू किया। श्वेत जाति के अहं से प्रभावित सस्काचेवन सर्वोच्च न्यायालय ने भी यह निर्णय दिया था कि प्रांतीय सरकारें इस प्रकार के कानून बना सकती हैं।[14]

1900 की जनगणना के मुताबिक अमेरिका में भारतीयों की संख्या 2050 थी। इनमें छात्र, व्यापारी एवं ऐसे लोग भी शामिल थे, जिनका जन्म भारत में हुआ था। 1902 में

84 से बढ़कर 1910 में 1710 लोगों के अमेरिका आगमन के कारण स्थानीय लोगों में चिंता और रोष उत्पन्न हुआ। चीनी और जापानी श्रमिकों के बहुतायत आगमन से वे लोग पहले से ही नाराज चल रहे थे। इस विषय पर 'एशियाटिक एक्सक्लूजन लीग' सक्रिय हो उठी और आव्रजन अधिकारियों के समक्ष आवेदन दिए गए। 29 जून, 1910 के 'द सेन फ्रांसिस्को कॉल' के प्रथम पृष्ठ पर इसके विरोध में लेख प्रकाशित हुआ। अन्य अखबारों में भी लगातार लेख छपे। स्थानीय श्रमिकों द्वारा आव्रजन अधिकारियों के समक्ष वाशिंगटन डी.सी. में प्रदर्शन किए गए। इससे आव्रजन अधिकारी भारत से आनेवाले श्रमिकों की अधिक सख्त होकर जाँच-पड़ताल करने लगे और अधिकतर लोगों को वापस भारत भेजा जाने लगा। 'कमिश्नर जनरल ऑफ इमिग्रेशन' के प्रतिवेदन (1918-19) के अनुसार 1908 में जहाँ 1710 भारतीय अमेरिका आए थे, 1909 में यह संख्या घटकर 337 रह गई। अगले वर्ष इस संख्या में बढ़ोतरी हुई और यह 1782 तक पहुँच गई। विरोध प्रदर्शन के परिणामस्वरूप भारतीयों की संख्या 1911 में 517, 1912 में 165, 1913 में 188, 1914 में 172 और 1915 में यह संख्या 82 रह गई। 1911 में कनाडा की सीमा में 11,932 चीनी और 2,986 जापानी दाखिल हुए और सिर्फ एक भारतीय को कनाडा में उतरने दिया गया।[15]

12 जुलाई, 1906 को वैंकूवर पहुँचा जहाज 37 भारतीय (पंजाबी) यात्रियों की एक टोली लेकर गया था, जिसमें से कितनों को कनाडा उतरने के योग्य माना गया! 1906 में कनाडा में भारतीयों की संख्या मात्र 387 थी। किंतु वैंकूवर के मेयर ने भारत विरोधी तत्त्वों को भड़काते हुए आज्ञा दी कि इन भारतीय यात्रियों को जहाज से न उतरने दिया जाए। तीन-चार दिनों तक पुलिस की नाकाबंदी रही और यात्रियों को नहीं उतरने दिया गया। यह नाकाबंदी गैर-कानूनी थी, इसलिए अधिकारी वर्ग डर गया। चौथे दिन पुलिस स्वत: वहाँ से चली गई और भारतीय शहर में दाखिल हो गए।[16]

पश्चिमी तट के नजदीक अधिक संख्या में भारतीय आप्रवासी श्रमिकों के रहने के कारण वैंकूवर (कनाडा) आंदोलन का केंद्र बन गया। भारतीयों के विरुद्ध हिंसापूर्ण झड़पें और आप्रवासी कानून के दुरुपयोग की लगातार खबरों के कारण तारकनाथ दास यहाँ वर्ष 1907 में पहुँचे। संयोगवश जापान से सुरेंद्र मोहन बोस और भारत से गुरुदत्त कुमार भी इसी समय वैंकूवर पहुँचे। ब्रिटिश कोलंबिया में रह रहे भारतीयों को संगठित एवं शिक्षित करने के उद्देश्य से उन्होंने न्यू वेस्टमिनिस्टर, वैंकूवर के 'मिल साइड' में 1908 में एक विद्यालय खोला। लेकिन हॉपकिंसन द्वारा सरकार को दिए गए प्रतिवेदन के आलोक में इस विद्यालय को बंद करना पड़ा। भारतीयों की समस्या से स्थानीय लोगों को परिचित कराकर उनकी सहानुभूति प्राप्त करने एवं भारतीयों को संगठित करने के उद्देश्य से तारकनाथ दास और सुरेंद्र मोहन घोष ने 'इंडो अमेरिकन एसोसिएशन' की स्थापना की। लेकिन दो

नए बंगालियों द्वारा सिख श्रमिकों का विश्वास जीतना आसान काम नहीं था। कम समय के अंतराल में यह संगठन भी चल बसा।[17]

जब चीन, जापान एवं अन्य देशों से इतने अधिक श्रमिक कनाडा पहुँचे थे तो फिर इतनी कम संख्या में गए भारतीय मजदूरों से कनाडा के नेताओं को क्यों चिढ़ हुई ? कनाडा में आसन्न चुनाव के मद्देनजर वहाँ के मजदूरों पर अपना प्रभाव जमाने के लिए स्टीवेंस एवं अन्य नेताओं ने हिंदू श्रमिकों को मोहरा बनाया। उन्होंने प्रचार करना आरंभ किया कि इन हिंदू श्रमिकों के कारण समाज का जीवन स्तर घटिया होता जा रहा है। हालाँकि इस समय तक मजदूर वर्ग का संगठित उदय नहीं हो पाया था, लेकिन इन नेताओं ने इसका आधार बनाना आरंभ कर दिया था। सिखों की पगड़ी एवं दाढ़ी पर जब कटाक्ष किए गए तो उनकी भावनाओं में उबाल आने लगा, क्योंकि इसका संबंध सिख संस्कृति से था। भारतीय श्रमिकों के कनाडा प्रवेश को लेकर कनाडावासियों ने 1906 में विरोध सभा आयोजित की।[18]

18 अक्तूबर, 1906 को वैंकूवर टॉउन हॉल में हुई जनसभा में भारतीय श्रमिकों के कनाडा प्रवेश पर रोक लगाने संबंधी प्रस्ताव पारित किए गए। इस सभा में प्रधानमंत्री के भतीजे हेनरी एच. ग्लैडस्टोन भी उपस्थित थे, जो 15 वर्षों तक भारत में रह चुके थे। उसने खड़े होकर इस आरोप का खंडन किया। कुछ अन्य कनाडाइयों ने इसके विरोध में स्वर ऊँचे किए। बाद में 'पैसिफिक मंथली' (खंड-17, 1907) में ग्लैडस्टोन का एक लेख प्रकाशित हुआ, जिसमें उन्होंने सिखों की खूब प्रशंसा की।[19] इन श्रमिकों के आने की मनाही करने अथवा इन्हें अन्यत्र स्थानांतरित किए जाने की माँग जोर पकड़ने लगी।

कनाडा सरकार के अनुरोध पर भारत सरकार ने दिसंबर 1906 में आदेश पारित कर भारतीय श्रमिकों के कनाडा जाने पर पाबंदी लगा दी। लेकिन फिर भी श्रमिक कनाडा जाते ही रहे। वैंकूवर में सितंबर 1907 में जापानी श्रमिकों के विरुद्ध हिंसक संघर्ष हुए, लेकिन जापानी कौंसिल के अधिकारियों ने हस्तक्षेप कर जापानी श्रमिकों को सहायता पहुँचाई। 1907 में कनाडा राज्य सरकार ने श्रमिकों के कनाडा आगमन को रोकने के लिए कई आदेश जारी किए, जिसे भारतीयों ने न्यायालय में चुनौती दी। न्यायालय ने इन आदेशों को खारिज कर दिया। इसके बाद कनाडा सरकार ने तत्कालीन भारतीय अंग्रेजी सरकार के पास जाकर इस समस्या की गंभीरता को बताया।[20]

1907 के बाद आए हुए भारतीय कनाडा के नागरिक बन चुके थे और नियमानुसार उन्हें अपने परिवारजनों को कनाडा बुलाने का हक था। 9 मई, 1910 के हुक्म नं. 920 और खासकर इसकी धारा 42 के प्रावधान से डरकर कोई भी जहाज कंपनी भारतीयों को सीधे कनाडा का जहाज टिकट नहीं बेचती थी। भारतीयों ने इस प्रावधान को अदालत में चुनौती देने की ठानी और इसकी पहल हीरा सिंह द्वारा की गई। आरंभिक दिनों में ही

कनाडा आए हीरा सिंह अपनी पत्नी और बच्चों को कनाडा लाए, लेकिन अधिकारियों ने उन्हें कनाडा प्रवेश की अनुमति नहीं दी।[21] हीरा सिंह ने न्यायालय में मुकदमा किया। इससे पहले कि न्यायालय अधिकारियों के आदेश को रद्द कर दे, कनाडाई अधिकारियों ने उन्हें कनाडा प्रवेश की 'कृपापूर्ण' अनुमति तो दे दी, लेकिन समस्या ज्यों-की-त्यों रह गई। हांगकांग एवं अन्य जगहों पर कनाडा प्रवेश की प्रतीक्षा करते हुए कई लोगों को भारत वापस भेज दिया गया। अब 'खालसा दीवान सोसाइटी' और 'हिंदुस्तान एसोसिएशन' ने फैसला लिया कि ऐसी परिस्थिति पुनः उत्पन्न की जाए, ताकि दोबारा मुकदमा लड़ा जा सके। भारतीय श्रमिकों के अमेरिका पहुँचने के पूर्व ही चीन, जापान और कोरिया के श्रमिक बहुतायत में अमेरिका पहुँच चुके थे, जिससे स्थानीय श्रमिकों के हितों का विरोध हुआ। 'चीनी एक्सक्लूजन ऐक्ट-1882' में पारित किया गया और जापान के साथ वर्ष 1907 में 'जेंटिलमैन एग्रीमेंट' हुआ। इन सबों का उद्देश्य दूसरे देशों से श्रमिकों के कनाडा प्रवेश पर रोक लगाना था।[22] चीनी एवं जापानी श्रमिकों के बहुतायत में कनाडा आने के कारण स्थानीय लोगों में उत्पन्न वैर भाव एवं प्रदर्शन के कारण वर्ष 1907 में 'रॉयल कमीशन' का गठन किया गया। कमीशन ने अपने प्रतिवेदन में इन देशों के श्रमिकों के साथ भारतीय श्रमिकों के भी कनाडा प्रवेश पर रोक लगाने की अनुशंसा की।[23] गोपनीय प्रतिवेदन में उल्लेख किया गया है कि भारतीय श्रमिकों को कनाडा की कठिन आबोहवा के कारण उन्हें जाने से रोकने पर सहमति बनी। हालाँकि इसी प्रतिवेदन के अगले खंड में उल्लेख किया गया है कि कनाडा में रंगभेद से उत्पन्न होनेवाली कठिनाइयों, कनाडा के श्रमिकों के उन्नत जीवन, परिवार के प्रति उच्च कोटि का उनका दायित्व होने के कारण भारतीय श्रमिकों को कनाडा आने से मना किया जाए।[24]

9 मई, 1907 को प्रिवी कौंसिल ने आज्ञा निकाली—"आज की तारीख से कनाडा में सिर्फ वही लोग प्रवेश कर सकेंगे, जो देश से, जिसके वे असली निवासी हैं और नागरिक हैं, सीधी यात्रा द्वारा वहाँ आएँगे।"[25] तय हुआ कि जलवायु परिवर्तन के कारण भारतीय श्रमिकों को होनेवाली कठिनाइयों से निदान के लिए, कनाडा में नस्ली संघर्ष एवं अन्य कठिनाइयों से निजात के लिए और कनाडाई श्रमिकों के जीवन स्तर की रक्षा, पारिवारिक कर्तव्य और उच्च नागरिक जिम्मेदारी की रक्षा के लिए भारतीय श्रमिकों के कनाडा प्रवेश पर रोक लगाने का निर्णय लिया जाए। निर्णय लिया गया कि कनाडा सरकार एवं भारत सरकार संयुक्त रूप से ऐसी सभी जहाज कंपनियों द्वारा भारतीयों को कनाडा लाने की प्रक्रिया पर तुरंत रोक लगाई जाएगी। भारत सरकार ऐसे सभी परचों को जब्त करेगी, जिसमें कनाडा की आर्थिक संपन्नता के बारे में बखान किया गया हो। 'इंडियन इमिग्रेशन ऐक्ट, 1883' में विहित प्रावधानों के अनुपालन में सख्ती बरती जाएगी। इस कानून में प्रावधान था कि विशेष परिस्थिति को छोड़कर, भारतीय श्रमिक विदेश नहीं जा सकते

हैं। इसके अंतर्गत सिलोन (श्रीलंका), स्ट्रेट्स सेटलमेंट के अंतर्गत आनेवाले देशों को शामिल नहीं किया गया था। कनाडा कौंसिल द्वारा पारित नियम के अनुसार कनाडा प्रवेश करनेवालों के पास न्यूनतम राशि 25 डॉलर से बढ़ाकर 200 डॉलर किए जाने का भी निर्णय लिया गया। सबसे महत्त्वपूर्ण निर्णय लिया गया कि जिस देश के नागरिकों हों, उस देश से सीधी जहाज सेवा के लिए खरीदे गए टिकट ही मान्य होंगे। भारत से सीधी जहाज सेवा कनाडा की नहीं थी और इस प्रकार भारतीयों के कनाडा प्रवेश पर पूर्णत: रोक लगाने हेतु उपाय ढूँढ़ लिये गए थे।[26]

उस समय जहाज का किराया 450 रुपए था। 200 डॉलर (600 भारतीय रुपए) जेब में रखने की अनिवार्यता के बाद एक मजदूर को कम-से-कम 1000 रुपए नगद रहने पर ही वह कनाडा आने के लिए सोच सकता था। जापान सरकार ने इस प्रावधान को बहुत गंभीरता से लिया और इसके विरुद्ध युद्ध करने की चेतावनी तक दे डाली। कनाडा सरकार ने तत्काल प्रावधान किया कि जापान से प्रतिवर्ष 400 मजदूरों को आने की छूट दी जा रही है। चीन सरकार द्वारा चेतावनी दी गई कि कनाडा की वस्तुओं का बहिष्कार किया जाएगा। चीन निवासियों के लिए तुरंत छूट दी गई और कनाडा सरकार द्वारा प्रावधान किया गया कि 500 रुपए अदा करने पर चीनी कनाडा में प्रवेश कर सकते हैं।[27]

कनाडा एवं भारत सरकार द्वारा जहाज कंपनियों के टिकट बिक्री पर तत्काल प्रभाव से रोक लगा दी गई। भारत सरकार द्वारा ऐसे विज्ञापनों पर भी रोक लगा दी गई, जिसमें कनाडा जाने का लोभ उत्पन्न होता हो।[28] इंडियन इमिग्रेशन ऐक्ट, 1883 के प्रावधानों की अलग व्याख्या करते हुए भारतीय श्रमिकों के कनाडा जाने पर भी रोक लगा दी गई।[29] 15 फरवरी, 1907 को 'इमिग्रेशन ऐक्ट' पारित हुआ और इस ऐक्ट की धारा-3 के अनुसार भारत सहित स्याम, चीन, साइबेरिया के कुछ क्षेत्र, अफगानिस्तान, अरब, मलय के अधिकांश द्वीप को 'निषिद्ध क्षेद्ध' घोषित करते हुए इन क्षेत्रों से अमेरिका आनेवाले लोगों पर सख्त पाबंदी लगा दी गई।[30]

5 सितंबर, 1907 को वेलिंघम, वाशिंगटन में 600 से अधिक स्थानीय श्रमिकों ने लकड़ी मिल में काम कर रहे भारतीय मूल के 400 श्रमिकों पर जब हमला किया, इनके साथ बुरी तरह मारपीट की गई और इन्हें शहर छोड़ने का आदेश दिया गया। उस समय मेयर ए.एल. ब्लॉक ने इस संकट में भारतीयों की भरपूर सहायता की थी। इस घटना के बाद अमेरिकी उद्योगपतियों ने अमेरिकी श्रमिकों के बराबर भारतीय श्रमिकों को पगार देना आरंभ कर दिया। स्थानीय अखबार में वर्टर डी डॉड ने 'दि हिंदू इन दि नॉर्थ वेस्ट-दि वर्ल्ड टुडे' में इस घटना की तीव्र भर्त्सना की। 25 जनवरी, 1908 को कैलिफोर्निया के 'लाइव ओक' में और 21 मार्च, 1910 को ओरेगाँव और सन होजे में भारतीय श्रमिकों पर हमले किए गए।[31]

वेलिंघम में सिखों के साथ हुए हिंसक संघर्ष की लहर ब्रिटिश कोलंबिया तक पहुँची, जहाँ सिखों के साथ हिंसा की गई। 'न्यूयॉर्क आउटलुक' नामक अखबार ने अपने 21 सितंबर, 1907 के अंक में घटना के बारे में विस्तार से लिखा। इस बीच भारतीय श्रमिकों से लदा दूसरा जहाज वैंकूवर पहुँचा। विरोध में कनाडाई नागरिकों ने प्रधानमंत्री को तार द्वारा सूचित किया। मामले से पल्ला झाड़ते हुए ब्रिटिश सरकार ने कनाडा सरकार को सूचित किया कि यह उनका आंतरिक मामला है और इसे वे अपने स्तर से सुलझाएँ। बढ़ते राजनीतिक असंतोष एवं भारतीय श्रमिकों से छुटकारा पाने के लिए कनाडा सरकार ने 'होंडुरास योजना' तैयार की। होंडुरास सरकार से संपर्क कर उनकी सहमति भी ले ली गई।[32]

विलियम सी. हॉपकिंसन का जन्म 16 जून, 1880 को हुआ था।[33] इसके पिता ब्रिटिश सेना में सार्जेंट थे। इनके पिता जब इलाहाबाद में पदस्थापित थे, हॉपकिंसन को हिंदी एवं पंजाबी भाषा तथा गुरुमुखी लिपि सीखने का अवसर मिला था। 24 वर्ष की उम्र में 80 रुपए मासिक वेतन पर इनकी नियुक्ति कलकत्ता में हुई, जो 1907 में बढ़कर 125 रुपया हो गया। 1907 में वैंकूवर पहुँचने के पूर्व ये कलकत्ता में पुलिस प्रशिक्षक के पद पर काम कर रहे थे।[34] हालाँकि घोषित तौर पर ये छुट्टी लेकर कनाडा गए थे, परंतु वहाँ उन्होंने जासूस के रूप में अपने को स्थापित कर पैसा कमाने का अच्छा अवसर देखा। 'टाइम्स ऑफ लंदन' के पत्रकार से साँठ-गाँठ कर 22 मई, 1908 को एक आधारहीन लेख प्रकाशित करवाया, जिसका कथ्य था कि भारतीय राष्ट्रीय आंदोलन के समर्थकगण सिएटल और वैंकूवर में रहकर चंदा इकट्ठा करते हैं, दस्तावेजों की छपाई करवाते हैं, बम मैन्युअल से संबंधित साहित्य का प्रकाशन भी करते हैं और भारत में क्रांतिकारी संगठनों को आपूर्ति करते हैं।[35] सबसे पहले हॉपकिंसन कनाडा सरकार के श्रम विभाग के उप मंत्री मैकेंजे किंग के संपर्क में आया और उसे अपने प्रभाव में लिया। मैकेंजे ने आंतरिक सुरक्षा मंत्री के निजी सचिव जे.बी. हार्किन और ओटावा में पदस्थापित आप्रवासी अधीक्षक डब्ल्यू.डी. स्कॉट को पत्र लिखकर हॉपकिंसन के लिए सिफारिश की और कलकत्ता की अपनी नौकरी छोड़कर नवंबर 1908 में नई सेवा में योगदान कर लिया।[36] वैंकूवर में इन्हें अनुवादक की नौकरी मिली और सरकारी कर्मियों के बीच ये जासूस के रूप में स्थापित हो गए, जिनका काम भारतीय श्रमिकों के बारे में प्रतिवेदन करना था। नकली दाढ़ी लगा, पगड़ी बाँधकर सिख के वेश में वह सिखों के घरों के नजदीक घूमता था और अपने को लाहौर से आया सिख नौजवान बताता था।[37] सिख़ों की राजनीतिक योजना के बारे में उल्टा-सीधा प्रतिवेदन भेजकर वह कनाडा, ब्रिटिश एवं भारत सरकार के अधिकारियों के बीच अपनी उपयोगिता बना चुका था। उसने बेला सिंह एवं अर्जन सिंह को अपना गुप्त एजेंट भी बना लिया था। हॉपकिंसन के निशाने पर सबसे पहले तारकनाथ दास आए।

उसने सरकार को प्रतिवेदित कर दिया कि दास 'बम मैन्युअल' पुस्तक प्रकाशित कर इसे भारत भेजना चाहते हैं। दास को अपनी नौकरी गँवानी पड़ी और अप्रैल 1908 में उन्हें कनाडा से निर्वासित होना पड़ा।[38]

भारतीयों की स्थिति के बारे में 'मौंट्रियल विटनेस' नामक अखबार ने लिखा—'बहुत से भारतीय अमेरिका के विश्वविद्यालयों में पढ़ते हैं, पर हमारे विश्वविद्यालयों में वे जाने क्यों नहीं आ सकते? यह बड़ी अजीब बात है कि हमारे शासन द्वारा भारतीयों को ही अपमानजनक व्यवहार का निशाना बनाया गया है! देश में हजारों चीनी कुटुंब प्रत्येक सदस्य का कर देकर आ रहे हैं। कई नियमों के अनुसार उनके परिवार भी आ सकते हैं। जापानी कर दिए बिना आ सकते हैं। शर्त यह है कि उनके पास पचास डॉलर हों। उनके परिवार भी आ सकते हैं…कुछ महीने पहले उसी जहाज, जिस पर छह भारतीय स्त्रियाँ आईं, सोलह जापानी स्त्रियाँ वैंकूवर पहुँचीं। जापानियों के आने का किसी को कोई अफसोस न हुआ। परंतु चूँकि भारतीय स्त्रियाँ अपने पतियों के पास जाना चाहती थीं, हमारे लोगों में एक श्रेणी को बुखार चढ़ गया कि कनाडा को गोरों का देश बनाए रखना है। भारतीय स्त्रियों को कनाडा की सरकार ने सिर्फ रहम के आधार पर जहाज से उतरने दिया।[39]

लेकिन कनाडा सरकार ने चीनी एवं जापानी समुदाय के साथ इस तरह का प्रतिबंध नहीं लगाया, जबकि उनकी संख्या भारतीयों से बहुत ही अधिक थी।[40] एशियाई श्रमिकों में चीन और जापान से कनाडा की सीधी जहाज सेवा थी, सिर्फ भारत से नहीं थी। जाहिर है, भारतीय श्रमिकों को लक्ष्य बनाकर यह आदेश पारित किया गया था। 25 डॉलर के बदले 200 डॉलर रखने के आदेश ने चीन और जापान से आए श्रमिकों को प्रभावित नहीं किया, क्योंकि वहाँ की सरकार ने कनाडा की सरकार से मिलकर अलग व्यवस्था की थी। लेकिन भारत सरकार ने कुछ नहीं किया।[41]

भारतीयों को कनाडा छोड़कर अपने देश वापस लौटना पड़ा। 1910 के आदेश के तहत वैसे श्रमिक, जो कनाडा में रह गए थे, उन्हें भारत से अपनी पत्नी-बच्चों को कनाडा लाने के अनुमति नहीं दी गई। कनाडा के दरवाजे भारतीयों के लिए पूरी तरह बंद कर दिए गए थे। जब वे अपनी पत्नी को कनाडा लाना चाहे तो कनाडा के आव्रजन अधिकारी उनकी पत्नियों को पहले तो कनाडा में रोककर रखा और बाद में उन्हें हांगकांग वापस कर दिया गया। उन्हें उन घटनाओं के लिए 'जमानत' लेनी पड़ती थी, जिन घटनाओं में अमेरिकन या कनाडाई नागरिक को जमानत नहीं देनी होती थी।[42] 1907 में वैंकूवर (कनाडा) में 'खालसा दीवान सोसाइटी' की स्थापना हुई और इस सोसाइटी ने 25000 डॉलर से वैंकूवर में एक गुरुद्वारा बनाया। इसी तरह विक्टोरिया (कनाडा) में संत तेजा सिंह ने गुरुद्वारा बनाया।[43] जी.डी. कुमार और हरनाम सिंह आदि ने 1909 में वैंकूवर में

'हिंदुस्तान एसोसिएशन' की स्थापना की और 1910 में गुरुमुखी लिपि में पंजाबी मासिक पत्रिका 'स्वदेश सेवक' का प्रकाशन करने लगे। बलवंत सिंह, हरनाम सिंह, जी.डी. कुमार एवं 'खालसा दीवान सोसाइटी' के सदस्यगण उन जगहों पर जाकर विचार-विमर्श करते, जहाँ सिख श्रमिकों की आबादी थी। इन लोगों का तर्क था कि जापानी और चीनी श्रमिकों पर भी निर्वासन का संकट आया, लेकिन चूँकि इनकी सरकारें मुस्तैद होकर अपनी जनता के हित में कनाडा सरकार के समक्ष खड़ी हुईं तो उन्हें निर्वासित नहीं किया गया। लेकिन भारत की सरकार ने ऐसा कुछ नहीं किया।[44] भारतीयों द्वारा 'संसार' नामक पत्र का प्रकाशन 1913 में विक्टोरिया से आरंभ हुआ। कुछ अंकों के प्रकाशन के बाद इसे एकाएक बंद कर देना पड़ा। 1914 में वैंकूवर से एच. रहीम द्वारा 'दि हिंदुस्तानी' का प्रकाशन आरंभ किया गया, जो 'यूनाइटेड इंडिया लीग' का मुखपत्र था। इसका उद्देश्य 'संसार' से मिलता-जुलता था। इस संगठन द्वारा समय-समय पर परचे भी प्रकाशित किए गए। 'दि पैसिफिक कोस्ट खालसा दीवान सोसाइटी' द्वारा 'गुरु नानक सीरीज' से परचे प्रकाशित किए गए। 'कनाडा इंडिया लीग' नामक पत्र का प्रकाशन 1915 में आरंभ हुआ, जो 1917 तक चला। इस संगठन द्वारा 'इंडियाज अपील टू कनाडा' नामक परचा भी अनेक अंकों में प्रकाशित किया गया।[45]

पंजाब के सिख ब्रिटिश सरकार की 'तलवार' की भाँति थे। इधर सिख अब तक अपने को ब्रिटिश सरकार का सबसे वफादार वर्ग मानते थे। कनाडा गए श्रमिकों में से अधिकांश ब्रिटिश सेना में सेवा दे चुके पूर्व सैनिक थे। उनकी सोच थी कि इन सब आधार पर ब्रिटिश सरकार को पंजाबी श्रमिकों के लिए कनाडा में न सिर्फ उनके अधिकारों की रक्षा होनी चाहिए, बल्कि चीनी और जापानी श्रमिकों की अपेक्षा उन्हें 'विशेष सम्मान' भी मिलना चाहिए। वैसे श्रमिक, जो सेना में कार्य करते थे, ब्रिटिश सरकार के प्रति इनकी राजभक्ति बहुत अधिक थी। लेकिन सरकार की चुप्पी से वे मर्माहत थे एवं उन्हें बेइज्जती महसूस हो रही थी। इनमें से कई लोगों को विशिष्ट सेवा के लिए पद आदि दिया गया था और ये अधिक प्रताड़ित महसूस कर रहे थे। सिख समिति की 23 अक्तूबर, 1909 को हुई बैठक में 14वीं सिख रेजीमेंट की ओर से 'बॉक्सर युद्ध' में लड़ चुके एक पूर्व सैनिक नाथा सिंह ने वैंकूवर (कनाडा) गुरुद्वारा में हुई संगत में खड़े होकर भारत की दुर्दशा के बारे में बताया।[46] और प्रस्ताव रखा कि गुरुद्वारा प्रबंधन के कोई भी कार्यकारिणी सदस्य ब्रिटिश गुलामी के प्रतीक पदक, दंड, पोशाक आदि चीजों का उपयोग नहीं करेंगे। नाथा सिंह का तर्क था कि इन चीजों से स्पष्ट होता है कि वे लोग ब्रिटिश सेना के सिपाही रह चुके हैं और यह गुलामी का प्रतीक है। प्रस्ताव सर्वसम्मति से पारित हुआ। 14वीं सिख रेजीमेंट के पूर्व सिपाही संख्या 2760 गरीब सिंह, जो 'बॉक्सर विद्रोह' में ब्रिटिश सेना की ओर से चीन भेजे गए थे और बहादुरी का पदक प्राप्त किया था, ने अपना पदक उतारते हुए

तुरंत ऐलान कर दिया कि वे ब्रिटिश प्रभुसत्ता को दरशानेवाले किसी भी पदक का धारण नहीं करेंगे। 10वीं बंगाल लांसर रेजीमेंट में पाँच वर्षों तक सेवा कर चुके एस. भाग सिंह ने 'सेवा प्रमाण-पत्र' को जला दिया।[47] इस घटना के कुछ दिन बाद वैंकूवर के मेयर ने वैंकूवर गवर्नर जनरल के स्वागत में मिलिटरी परेड के आयोजन में शामिल होने के लिए पूर्व सिख सैनिकों को आमंत्रित किया, जिसे गुरुद्वारा के सचिव भाग सिंह ने ठुकरा दिया। कनाडा के सिख अब अंग्रेज सरकार की गुलामी से ऊब चुके थे।[48]

21 सितंबर, 1911 में कनाडा सरकार के आह्वान पर जॉर्ज पंचम की ताजपोशी का दिन मनाने के लिए एक भी हिंदुस्तानी जश्न में शामिल नहीं हुआ, बल्कि उन्होंने अपना अलग जलसा करके कनाडा सरकार की ज्यादतियों की खुले तौर पर निंदा की तथा इस बहिष्कार का कारण भी सब लोगों को बताया। कनाडा तथा अमेरिका की सैर पर आए हुए बड़ौदा के महाराजा को 25 जून, 1910 को वैंकूवर बुलाया गया तथा एक भारी जलसे में उन्हें मान-पत्र पेश किया गया। लेकिन जब 17 अगस्त, 1912 को कनाडा के दौरे पर आए कांग्रेस सदस्य गोपाल कृष्ण गोखले को वैंकूवर आने का न्योता दिया गया तो उन्होंने आने से साफ इनकार कर दिया। वास्तव में, अंग्रेजी साम्राज्य से मिल-जुलकर चलने तथा सहूलियतें या रियायतें हासिल करनेवाली कांग्रेस के तत्कालीन नेतृत्व का कनाडाई हिंदुस्तानियों के कौमी आंदोलन के प्रति यही रवैया था।[49]

एक शिक्षित भारतीय साधु सिंह धामी को आश्चर्य लगा कि कनाडा की श्वेत जनता अपनी सरकार से कम, ब्रिटिश उपनिवेशवादी सरकार से भावात्मक रूप से अधिक लगाव रखती है! 1906-07 में श्रम बाजार में आई मंदी के कारण अश्वेत श्रमिकों में 'हिंदू' श्रमिकों के प्रति घृणा अधिक गहराई। संयोग ही था कि इस वर्ष सबसे अधिक भारतीय श्रमिक वैंकूवर पहुँचे थे। कनाडाई श्रमिक नेताओं ने रैली निकालकर 'हिंदू' के कनाडा प्रवेश पर रोक लगाने की आवाज बुलंद की। ब्रिटिश कोलंबिया का निर्वाचन नजदीक ही था। श्रमिकों के वोट के लिए राजनीतिज्ञों ने श्रमिक नेता के सुर में सुर मिलाना आरंभ किया। 'कूलियर्स', 'दि फोरम', 'द सर्वे' और 'व्हाइट मैन' जैसे पत्रों ने अपने स्तंभ में खुले तौर पर भारतीय श्रमिकों के कनाडा प्रवेश पर रोक लगाने संबंधी लेख लिखे। ब्रिटिश कोलंबिया से एक संवाददाता ने 'मांट्रियल स्टार' अखबार को लिखा कि 'इस बात की कोई परवाह न की जाए कि ये लोग (भारतीय) अंग्रेजी राज्य के नागरिक हैं या इन्होंने अंग्रेजों की लड़ाइयों में भाग लेकर मेडल लिये हुए हैं। ब्रिटिश कोलंबिया के निवासी गोरों की बस्ती कायम रखना चाहते हैं। भले ही अंग्रेजी सरकार और बादशाह जॉर्ज यह न चाहते हों। टोरंटो के एक प्रसिद्ध मजदूर नेता जेम्ज सिंपसन ने कहा कि अगर टोरंटो के धर्म प्रचारकों ने सिखों का साथ दिया, जो अपने परिवार यहाँ लाना चाहते हैं, तो संगठित मजदूर गिरजों की संस्थाओं से भी टक्कर लेंगे।[50]

अमेरिका में 'एशियाटिक एक्सक्लूजन लीग' काफी समय से सक्रिय थी। 1882 में चीनी श्रमिकों को अमेरिका प्रवेश पर रोक लगाने में सफलता पाई थी। जापान सरकार के साथ किए गए समझौते के आलोक में 1908 में जापानी श्रमिकों के प्रवेश पर भी रोक लगाई गई। कनाडा के श्रमिक संगठन ने अमेरिका के इस संगठन के साथ संपर्क एवं तालमेल बनाया, ताकि एशियाई श्रमिकों को खदेड़ा जा सके। हड़ताल के दौरान भारतीय नहीं, बल्कि जापानी श्रमिकों को केंद्र बनाकर प्रहार किया गया। लेकिन हड़ताली समूहों ने भारतीय श्रमिकों को भी खदेड़ते हुए अमेरिका के सीमा क्षेत्र तक पहुँचा दिया। इनमें से कुछ जब अमेरिका की सीमा में घुसे तो वहाँ पूर्व से तैनात लीग के कार्यकर्ता इन्हें खदेड़ने के लिए तैनात थे। अमेरिका एवं कनाडा दोनों ओर से इन्हें प्रताड़ित किया जाता था।[51] वैंकूवर के नजदीक 'पोर्ट मूडी' में स्थापित किया गया गुरुद्वारा भारतीयों के प्रार्थना स्थल के साथ-साथ सामुदायिक केंद्र भी बन गया। नए श्रमिकों के लिए यह शरणस्थली थी एवं यहाँ रहकर वे रोजगार की तलाश करते थे। 'खालसा दीवान सोसाइटी' नामक संस्था की स्थापना की गई, जिसके अध्यक्ष भाग सिंह और बलवंत सिंह (ग्रंथी) एवं मीत सिंह पंडोरी इसके सचिव बनाए गए। अब हिंदू एवं सिखों के धार्मिक एवं सांस्कृतिक मूल्यों पर भी प्रहार आरंभ हो गए थे। सिखों को यह बिल्कुल नागवार लगा कि कार्यस्थल पर जाने के पूर्व उन्हें केश कटाकर अन्य श्रमिकों की भाँति हैट पहनकर जाना पड़ेगा! सिख अनुशासन का उन लोगों ने प्रचार करना आरंभ कर दिया। नवाँचंद के भाई करतार सिंह ने लिखा है कि जनवरी 1908 तक करीब 600 सिखों ने हैट पहनना आरंभ कर दिया था।[52] इसी समय कई स्थानों पर गुरुद्वारे निर्मित हुए और वैंकूवर (कनाडा) और स्टॉक्टन (कैलिफोर्निया, यू.एस.ए.) अवस्थित गुरुद्वारे मुख्य केंद्र बनकर उभरे। भारतीय श्रमिक आए दिन बेइज्जती, जुल्म एवं हिंसा के शिकार होते थे, लेकिन स्थानीय पुलिस की उनके प्रति कोई सहानुभूति नहीं होती थी।

1900 ई. में भी जापानी और चीनी श्रमिकों के कनाडा आगमन को लेकर जब हो-हल्ला मचाया गया था तो सरकार ने जाँच के लिए 'रॉयल कमीशन' की स्थापना की। कमीशन ने अपने प्रतिवेदन में चीनी-जापानी श्रमिकों के कनाडा आगमन को रोकने की सिफारिश की। पुनः 1907 में बाहरी श्रमिकों के विरुद्ध आवाज उठाई गई। 1907 में आई आर्थिक मंदी के कारण राजनीतिक दल अश्वेतों की बेरोजगारी को लेकर प्रचार करना आरंभ किया और इसके मूल में भारतीय श्रमिकों का निरंतर कनाडा प्रवेश कराना था। इसके विरुद्ध हिंसक प्रदर्शन किए गए। हालाँकि लकड़ी कारखाना के मालिक, बड़े जमींदार और ठेकेदार सस्ते श्रमिकों के कनाडा आने देने के पक्ष में थे। कंजरवेटिव पार्टी और अन्य नेताओं ने हल्ला मचाना आरंभ किया कि शीघ्र ही कनाडा बाहरी गंदे श्रमिकों से पट जाएगा और इसे रोका जाना बहुत ही जरूरी है। हालाँकि 1907 में भारतीय श्रमिकों

की संख्या 3000 से अधिक नहीं थी, फिर भी भारतीय श्रमिकों के विरुद्ध अभियान जारी रहा। 1908 के आरंभ में कानूनी रूप से जब भारतीय श्रमिकों ने कनाडा में प्रवेश किया तो सरकारी प्रतिवेदन में इसे 'आक्रमण' करार दिया गया। हालाँकि इस वर्ष भारतीय श्रमिक से अधिक मात्रा में जापानी और चीनी श्रमिक कनाडा आए, परंतु इस ओर किसी का ध्यान नहीं गया। भारतीयों के विरुद्ध अभियान नस्ली कम, राजनीति से प्रेरित अधिक था।[53]

1857 क्रांति की 50वीं वर्षगाँठ के अवसर पर कैंपों में ब्रिटिश सरकार के विरुद्ध परचे छापकर सेना के विभिन्न कैंपों में वितरित किए गए थे, जिनमें कहा गया था 'सिपाही न बनो'। पंजाब में सरदार अजीत सिंह, लाला लाजपत राय और लंदन में भी डी. सावरकर और श्यामजी कृष्ण वर्मा की गतिविधियों ने ब्रिटिश शासन को परेशान कर रखा था। पंजाब के 'किसान आंदोलन' के सबसे बड़े नेता के रूप में अजीत सिंह उभरकर सामने आ रहे थे।[54]

डेंजिल इब्तसन ने पंजाब के बारे में कई खुफिया प्रतिवेदन सरकार को दिए। इनमें 'देशद्रोही परचे' की चर्चा भी थी। आप्रवासी पंजाबी श्रमिकों के कनाडा एवं अमेरिका के राजनीतिक उन्मुक्त वातावरण में रहने के कारण 'स्वतंत्रता' की माँग की भी चर्चा थी। भारत के वायसराय लॉर्ड मिंटो ने कनाडा सरकार को लिखा कि भारतीय श्रमिकों के कनाडा प्रवेश पर रोक के लिए वे सभी आवश्यक सहायता देने के लिए तैयार हैं। ब्रिटिश सरकार का उपनिवेश कनाडा भी था और भारत भी। ब्रिटिश सरकार अपने उपनिवेश में यह संदेश नहीं जाने देना चाहती थी कि एक उपनिवेश (भारत) के नागरिकों को दूसरे उपनिवेश (कनाडा) में प्रवेश से रोकने के उपाय किए जा रहे हैं। कुछ वर्षों में ब्रिटिश कोलंबिया में भारतीयों द्वारा लगातार प्रदर्शन किए गए। 'इंडो-अमेरिकन एसोसिएशन' की समाप्ति के बाद स्थानीय सिखों ने नेतृत्व अपने हाथ में ले लिया और तारकनाथ दास तथा सुरेंद्र मोहन के सान्निध्य में वैंकूवर में 1908 में 'सिख गुरुद्वारा प्रबंधन समिति' का गठन किया गया। इस संगठन के नीचे ब्रिटिश कोलंबिया के लगभग सभी भारतीय संगठन आ गए। उत्तरी अमेरिका का यह पहला ऐसा संगठन था, जिसकी सदस्यता सबसे बड़ी संख्या में आप्रवासी भारतीयों द्वारा ली गई। ब्रिटिश कोलंबिया से ब्रिटिश होंडुरास में भारतीय श्रमिकों को विस्थापित करने के मामले में इसी संगठन ने सरकार से विचार-विमर्श किया था और 22 नवंबर, 1908 को सरकार का प्रस्ताव नामंजूर भी कर दिया गया था। हालाँकि इन संगठनों में कोई क्रांतिकारी नहीं थे, लेकिन बाद के वर्षों में क्रांतिकारी गतिविधियों के प्रसार में इसकी बड़ी भूमिका साबित हुई।[55] इन सब कारणों का नतीजा हुआ कि 1908 में जहाँ कनाडा पहुँचनेवाले भारतीयों की संख्या 2623 थी, 1909 में यह घटकर 6 हो गई।[56]

मार्च 1908 में इन लोगों ने वैंकूवर से अंग्रेजी पत्रिका 'फ्री हिंदुस्तान' का प्रकाशन आरंभ किया, जो हरेक दो माह पर निकलता था। उद्देश्य के रूप में लिखा गया—

'Resistance to tyranny is service to humanity and a necessity of revolution.' (जुल्म का विरोध करना मानवता की सेवा है और सभ्यता का आवश्यक अवयव भी है।) अंग्रेजी में प्रकाशित होने के कारण स्थानीय भारतीय श्रमिकों के जागरण का इस पत्र का मुख्य उद्देश्य नहीं था, बल्कि इसके माध्यम से ये सभी जगहों पर रह रहे क्रांतिकारियों को संदेश देना चाहते थे। अमेरिका में इस पत्र की माँग अधिक होने लगी। ब्रिटिश उपनिवेश में रहकर ऐसे पत्रों के प्रकाशन में तारकनाथ दास को कठिनाई होने लगी और इसके प्रकाशन के लिए वे 1908 में सिएटल (अमेरिका) चले गए। अब इनका स्वर भी बदल गया था। इन्होंने खासकर भारतीय सैनिकों एवं सिखों को राष्ट्रीय कर्तव्य के बारे में पत्र के माध्यम से संदेश देना आरंभ किया। जुलाई 1909 से भारत सरकार को पत्र के बारे में सारी जानकारी प्राप्त हो गई और उन्होंने इसके विरुद्ध काररवाई करने के लिए अमेरिकी सरकार से अनुरोध किया। लेकिन यह निष्कर्ष निकाला गया कि इस पत्र द्वारा कानून का किसी प्रकार से भी उल्लंघन नहीं किया गया है। अमेरिकी जनमत इस बात का समर्थन दे रहा था कि लाखों मूक भारतीयों की आवाज बनकर यह पत्र उभरा है। बाद में जब तारकनाथ दास 'फ्री हिंदुस्तान' का प्रकाशन न्यूयॉर्क से करने लगे तो फ्रीमैन इस पत्र के साथ गहरे रूप से जुड़ गए। अर्थाभाव में नवंबर 1910 के बाद से इसका कोई भी अंक नहीं निकल पाया। इस पत्र की सोच बाकी अन्य क्रांतिकारी पत्रों से बिल्कुल भिन्न थी। जुलाई–अगस्त 1909 के अंक में एक लेख निकला, जिसमें कहा गया कि भारत को स्वतंत्रता के लिए चीन की राह अपनानी चाहिए। सिर्फ कुछ राजनीतिक हत्या कर देने मात्र से भारत स्वाधीनता नहीं प्राप्त कर सकता है। मार्च–अप्रैल 1910 के अंक में छपा कि देश को उन्नत करने के लिए, आम जन को उन्नत करना आवश्यक है, अन्यथा हम 1857 में हुई क्रांति की तरह असफल हो जाएँगे। मैजिनी के कथ्य को प्रमुखता दी गई कि 'शिक्षा और विप्लव द्वारा ही आमजन को जाग्रत् किया जा सकता है'।[57] ऐसे आलोचनात्मक लेख और आम जन पर आधारित तथ्यों के प्रकाशन से विकसित राजनीतिक चेतना की पुष्टि होती है।

एस.एस. पनामा मारू से 35 भारतीयों का समूह वैंकूवर पहुँचा, लेकिन अधिकारियों ने उन्हें प्रवेश की अनुमति नहीं दी। इनमें से एक नारायण सिंह ने 'बंदी प्रत्यक्षीकरण' (Habeas Corpus) के अंतर्गत मुकदमा दायर किया। अपने आवेदन में नारायण सिंह ने न्यायाधीश मरफी के उस आदेश को चुनौती दी, जिसमें उन्होंने नए लोगों के कनाडा प्रवेश पर रोक लगाई थी। मुख्य न्यायाधीश हंटर ने मरफी के आदेश के ऊपर आदेश दिया कि नए आए हुए सभी लोग कनाडा में रह सकते हैं। मुख्य न्यायाधीश का यह नया आदेश सरकार एवं अधिकारियों के लिए तिलमिलाने वाला था, जो यह निश्चय कर चुके थे कि किसी भी परिस्थिति में भारतीय श्रमिकों को वापस भेजना ही है।[58]

उधर कनाडा सरकार मन बना चुकी थी कि भारतीय श्रमिकों को कनाडा में प्रवेश नहीं करने दिया जाएगा। कनाडा सरकार कोई भी निर्णय भारत सरकार और ब्रिटिश सरकार के सहयोग एवं विचार के बिना नहीं लेना चाहती थी। प्रिवी कौंसिल में लिये गए निर्णय के अनुसार कनाडा के गवर्नर जनरल ने 27 मई, 1908 को आदेश-निकाला। इसके अनुसार भारत से आनेवाले सभी यात्रियों के कनाडा प्रवेश पर मनाही लगा दी गई, जो अपने देश से सीधे कनाडा तक यात्रा 'सीधे आनेवाले जहाज' और 'सीधे टिकट' पर नहीं किए हों। सरकार के इस निर्णय से चीनी और जापानी श्रमिकों पर कोई प्रभाव नहीं पड़ा, क्योंकि चीन और जापान से कनाडा के लिए सीधी जहाज सेवा थी। भारत से कनाडा आने के लिए सीधी जहाज सेवा नहीं थी। अत: अधिकारियों के इस चालाकी भरे निर्णय का सबसे अधिक प्रभाव भारतीय श्रमिकों के कनाडा आगमन पर पड़ा।[59]

3 जून, 1908 को कनाडा सरकार द्वारा दूसरा आदेश-निकाला गया कि आप्रवासी के कनाडा पहुँचने पर उनके पास 200 डॉलर होना आवश्यक है। जबकि जापानी यात्रियों के लिए यह सीमा अभी भी 40 डॉलर की ही थी। भारतीय समझते थे कि चूँकि कनाडा ब्रिटिश सरकार के अधीन ही है, अत: उन्हें विशेष रियायत मिलनी चाहिए। लेकिन इससे उलट उन्हें परेशान करनेवाले आदेश जारी किए जा रहे थे। साफ था कि अधिकारियों ने पूरा सोच-विचार कर भारतीय श्रमिकों के कनाडा प्रवेश को पूरी तरह बंद करने के लिए ऐसा आदेश जारी किया था। प्रिवी कौंसिल ने अपने आदेश संख्या 920, मई 1910 द्वारा कनाडा सरकार को यह अधिकार भी दे दिया कि वह किसी भी व्यक्ति के कनाडा प्रवेश पर रोक लगा सकती है और किसी भी भारतीयों को कनाडा से बाहर निकालने का आदेश भी जारी कर सकती है।[60]

कनाडा के पुराने श्रमिक अपने बीवी-बच्चों को कनाडा लाना चाहते थे, ताकि कनाडा में स्थायी रूप से वे बस सकें। कुछ श्रमिक मनीला, हांगकांग, सिंगापुर, योकोहामा आदि शहरों में भी रुके हुए थे, ताकि उपयुक्त मौका मिलते ही वे कनाडा में प्रवेश कर सकें। वे यह नहीं समझ सके थे कि भारत की ब्रिटिश सरकार और कनाडा सरकार के बीच आपस में गुप्त सहमति बनी है कि वे किसी भी हालत में श्रमिकों को कनाडा नहीं प्रवेश करने दें। अब तक ब्रिटिश सरकार ने कनाडा के इन श्रमिकों को या तो भारत वापस भेजने अथवा किसी और अन्य जगह भेजने की भी तैयारी कर ली थी।[61]

इसके लिए पनामा केनाल क्षेत्र, हवाई, फिजी और क्यूबा आदि जगहों पर विचार आरंभ हुए। ब्रिटिश होंडुरास के गवर्नर जनरल और कमांडर इन चीफ ब्रिगेडियर जनरल ई.जे.ई. स्वायने ने इंग्लैंड उपनिवेश होंडुरास के नाम पर स्वीकृति दे दी। स्वायने 16 वर्षों तक भारतीय सेना में नौकरी कर चुके थे और उन्हें पूरा विश्वास था कि उनके द्वारा तैयार की गई योजना के तहत सिख श्रमिक पूरा संतुष्ट रहेंगे, क्योंकि उन्हें इनकी मानसिकता

के बारे में सबकुछ पता है। अमेरिका के प्रसिद्ध इतिहासकार हैरोल्ड गुड का मत है कि स्वायने 'बाँसुरी वादक' की भूमिका निभाना चाहते थे।[62]

होंडुरास की राजधानी वेजिका जाकर वहाँ की स्थिति के बारे में जानकारी लेने के लिए नागर सिंह एवं शाम सिंह, कनाडा के अधिकारी बी.जे. लारकिंस और हॉपकिंसन को मिलाकर एक समिति गठित की गई। लाहौर जेल में बंद सोहन सिंह भाकना के कथ्यों को उल्लेखित करते हुए सोहन सिंह जोश ने लिखा है कि समिति के साथ गए दो पंजाबी युवकों का नाम भाई सतनागर सिंह एवं सोहन (शान) सिंह डोगरा था।[63] लारकिंस का विश्वास था कि यदि इस समिति द्वारा स्वीकारात्मक प्रतिवेदन दिया जाता है तो करीब 1000-1500 भारतीय श्रमिकों को होंडुरास भेजा जा सकता है। जैसे ही समिति अध्ययन के लिए बेलिज रवाना हुई, कंजरवेटिव पार्टी ने अखबार में बयान दे दिया कि एक हजार 'हिंदू' को होंडुरास भेजा जाएगा।[64] 16 अक्तूबर, 1908 के पहले बुधवार को हार्किन ने पादरी राइट तथा कलकत्ता से छुट्टी पर आए एक पुलिस अधीक्षक हापकिंसन, भाई भाग सिंह भिक्खीविंड, भाई प्यारा सिंह लंगेरी, भाई सूबा सिंह, भाई बलवंत सिंह खुर्दपुर, ग्रंथी हरनाम सिंह साहरी, पंडित बालमुकुंद सकरूली, मेहरचंद, राधीकृष्ण तथा मुंशी राम आदि नेताओं तथा अन्य हिंदुस्तानियों के साथ एक गिरजे में बैठक की तथा होंडुरास के संबंध में सरकारी योजना बताई।[65] कनाडा सरकार भाई सतनागर सिंह और भाई शान सिंह डोगरा को अपने साथ होंडुरास ले गई, ताकि वहाँ जाकर स्थिति का आकलन किया जाए। सरकार का षड्यंत्र था कि इन दोनों सिखों से इस बात पर सहमति ले ली जाए कि होंडुरास की स्थिति अनुकूल है और मजदूरी के लिए वहाँ जाया जा सकता है। इसके बाद सभी मजदूरों को जहाज पर लादकर होंडुरास भेज दिया जाए।[66]

प्रतिनिधिमंडल 25 अक्तूबर, 1908 को होंडुरास पहुँचा और 7 नवंबर को वापस आया। वहाँ उन्हें तीस भारतीय मिले। वे भारतीय मजदूरों की उन टोली में से बचे थे, जो बीस साल पहले हुए एक करार के अनुसार वहाँ पर मजदूरी करने आए थे। होंडुरास के मजदूरों को आठ डॉलर महीना, दो सेर आटा, दो सेर चावल, आधा सेर चीनी, एक सेर दाल, आधा सेर वनस्पति घी, साढ़े तीन छटाँक नमक और ढाई छटाँक मसाला एक सप्ताह के राशन के रूप में मिलता था। वे भारत लौटने को बहुत उतावले थे।[67] दोनों पंजाबियों ने पाया कि होंडुरास में बहुत मच्छर हैं और अस्वास्थ्यकर जलवायु में लोग पीला बुखार से ग्रसित हैं। उनकी मुलाकात पूर्व में वहाँ गए कुछ भारतीयों से हुई, जिनकी हालत बहुत खराब थी। ये लोग बँधुआ मजदूर के रूप में वहाँ ले जाए गए थे और किन्हीं कारणों से उन्हें वहाँ रहना पड़ रहा था। उनका कहना था कि वे जल्द-से-जल्द यहाँ से भाग जाना चाहते हैं, परंतु उनके पास वापस लौटने तक के पैसे नहीं हैं।[68] ब्रिटिश कोलंबिया में भारतीय आंदोलन को एक नई हवा नवंबर 1908 में मिली, जब निरंजन सिंह

उर्फ तेजा सिंह न्यूयॉर्क से वैंकूवर पहुँचे। इनकी संगठन क्षमता बहुत अधिक थी। वैंकूवर पहुँचते ही इन्होंने स्वदेशवासियों में एक नया उत्साह भर दिया और अब ये आंदोलन के नेता बन गए। पचास हजार डॉलर से एक खान कंपनी की शुरुआत की और भारतीयों को मितव्ययिता एवं स्वावलंबी बनाने की सीख देने हेतु 'गुरु नानक ट्रस्ट' का भी गठन किया। छह महीने के अंदर ही प्वायंट एटकिंसन के नजदीक उत्तरी वैंकूवर में 172 एकड़ जमीन 25 हजार डॉलर में खरीद ली।[69] वहाँ उन्होंने सोने की खान का व्यापार, लकड़ी का कारखाना और बैंकिंग का व्यवसाय आरंभ कर दिया। 12 सदस्यों की एक समिति इन सब व्यवसाय को देखने के लिए बनाई और न्यूयॉर्क, शिकागो, सेन फ्रांसिस्को और सिएटल में अपने अधिकृत एजेंटों की भी नियुक्ति की। 1908-09 तक भारतीय युवकों में बेरोजगारी मुश्किल से पाँच प्रतिशत या इससे भी कम थी। लेकिन ये सभी एकजुट, विश्वास से लबरेज, सकारात्मक भाव से भरे हुए थे। शायद क्रांति के लिए तैयार हो रहे थे।[70] जून 1908 में न्यूयॉर्क आने के पूर्व तेजा सिंह अमृतसर के खालसा कॉलेज में प्राध्यापक थे। इन्हें सिख धर्म की शिक्षा मस्तुआना के संत अतर सिंह से मिली थी और गुरु के निर्देश पर ये गुरु नानक के उपदेश का प्रचार करने के लिए विदेश गए। ये स्वामी विवेकानंद के विचारों से बहुत प्रभावित थे। न्यूयॉर्क आने के बाद ये कोलंबिया यूनिवर्सिटी टीचर्स कॉलेज में ग्रीष्मकालीन पाठ्यक्रम में शामिल हुए। सिखों की धार्मिक संगत में जाकर उपदेश देना इनका शौक था। सिखों के कनाडा से निर्वासित किए जाने के मामले को लेकर दिशा-निर्देश के लिए वैंकूवर गुरुद्वारा समिति द्वारा इन्हें आमंत्रित किया गया। तेजा सिंह ने अपने क्रांतिकारी भाषण में कहा कि गुरु नानक ने उनके सपने में आकर कहा कि जर्मनी की सहायता से ब्रिटिश औपनिवेशिक सरकार से मुक्ति पाई जा सकती है।[71] उस समय कनाडा में रह रहे डॉ. तेजा सिंह को सरकार द्वारा रचे जा रहे षड्यंत्र की जानकारी एक यात्री से मिल गई। वह यात्री पूर्व में होंडुरास में रह चुका था और उसने अत्यधिक कम मजदूरी एवं पीला बुखार के बारे में विस्तार से बता दिया। होंडुरास गए मिशन का प्रभारी खुफिया निरीक्षक हॉपकिंसन था, जिसे स्पष्ट हो चला था कि दोनों पंजाबियों को सही स्थिति की जानकारी मिल गई है। उसने दोनों पंजाबियों को घूस के रूप में हजारों डॉलर लेने एवं सरकार के पक्ष में प्रतिवेदन देने के लिए अनुरोध किया। लेकिन दोनों पंजाबियों ने घूस लेने और किसी भी प्रतिवेदन पर हस्ताक्षर करने के लिए मना कर दिया।[72]

ह्यूज जॉनस्टन का मत है कि हॉपकिंसन पर 3000 डॉलर घूस देने का आरोप लगा था, परंतु उसके पास इतने पैसे नहीं थे और न ही सरकार द्वारा घूस देने के लिए पैसा उपलब्ध कराए जाने का कोई साक्ष्य अब तक मिला है। मई 1911 में आंतरिक सुरक्षा मंत्रालय द्वारा वॉन गुटेनबर्ग को निर्देशित किया गया कि वह हॉपकिंसन पर लगाए गए आरोपों की जाँच करें। जाँच के क्रम में उसकी भेंट एक भारतीय से हुई, जिसका नाम

बोगा था और उसने स्पष्ट कहा कि उनके साथ आए आठ व्यक्तियों को कनाडा प्रवेश के लिए हॉपकिंसन द्वारा प्रत्येक व्यक्ति से पचास डॉलर की घूस ली गई है।[73] भगवान सिंह के मामले में हॉपकिंसन ने अपने वरीय अधिकारी से कहा कि वह सही तथ्यों का उल्लेख करना चाहता है कि भगवान सिंह के ऊपर भारत की उपनिवेश सरकार द्वारा गंभीर आरोप लगाए गए हैं तथा यह भी कि उसने पैसा कमाने के उद्देश्य से भगवान सिंह को कनाडा में घुसने में सहयोग किया है। वस्तुतः भगवान सिंह जिस व्यक्ति के छद्म नाम से कनाडा पहुँचे थे, वह पूर्व से ही कनाडा का निवासी था।[74] घूसखोरी के मामले में हॉपकिंसन के विरुद्ध लगाया गया स्वतः प्रमाणित आरोप श्रीमती उदय राम का फरवरी 1910 में कनाडा प्रवेश था।[75]

तेजा सिंह ने कई जनसभाएँ कीं और स्पष्ट किया कि सिख श्रमिक न तो बेरोजगार हैं और न ही गरीब हैं कि उन्हें होंडुरास भेज दिया जाए। उन्होंने 15 हजार डॉलर से अधिक राशि खर्च कर गुरुद्वारा का निर्माण किया है और लगभग इतनी ही राशि जैकसन वेले नामक सोने की खदान का शेयर खरीदने में लगाई है। 10 हजार डॉलर राशि खर्च कर इन्होंने जमीन खरीदी है, इसलिए उन्हें होंडुरास भेजना अन्याय होगा। जनसभा की कारवाई कई समाचार-पत्रों में छपी।[76] भारतीय प्रतिनिधिमंडल के कनाडा लौटने पर 22 नवंबर, 1908 को एक बैठक गुरुद्वारे की ऊपरी मंजिल पर आयोजित की गई, जिसमें 1500 के लगभग भारतीय, श्री हापकिंसन, ओटावा के कमिश्नर, बंदरगाह का हेल्थ ऑफिसर डॉ. मुनरो, एक मिशनरी, एक वकील और एक पत्रकार शामिल थे।[77]

गुरुद्वारे में हुई सभा में होंडुरास गए दोनों पंजाबियों ने विस्तार से वहाँ की जानकारी दी तो सिखों ने होंडुरास जाने से बिल्कुल मना कर दिया। गुरुद्वारा प्रबंधक समिति की ओर से ब्रिटिश, कनाडा एवं भारत सरकार को अलग-अलग तार देकर कनाडा सरकार द्वारा होंडुरास भेजने के षड्यंत्र की आलोचना की और लिखा कि यदि ऐसी स्थिति आ गई तो वे वापस भारत जाना पसंद करेंगे।[78] जब हिंदुस्तानियों को यह पता लगा कि उन्हें जबरदस्ती होंडुरास भेजा जा रहा है तो उन्होंने 20 अक्तूबर, 1908 को हिंदुस्तान में अंग्रेजी सरकार को तार भेजा। हिंदुस्तान की अंग्रेज सरकार ने लंदन स्थित इंडिया ऑफिस को तार भेजा कि हमारी अनुमति के बिना यह काम न किया जाए। उपनिवेशों के दफ्तर ने हिंदुस्तानियों को सूचना दी कि किसी को जबरदस्ती होंडुरास नहीं भेजा जाएगा।[79]

हालाँकि ओटावा कमिश्नर ने स्वयं आकर सिखों को समझाने का प्रयास किया, लेकिन सभा को संबोधित करने से पूर्व ही उन्हें भाग जाना पड़ा। इस षड्यंत्र की जड़ में पंजाबी एवं हिंदी की जानकारी रखनेवाले खुफिया निरीक्षक हॉपकिंसन थे, जिन्हें मुँह की खानी पड़ रही थी। एक अन्य खुफिया निरीक्षक एवं सिख थानेदार बेदी खेम सिंह भी अमेरिका एवं कनाडा जा-जाकर भारतीय सिखों की राजनीतिक गतिविधियों के बारे

में सरकार को प्रतिवेदित करते थे। कनाडा सरकार ने ब्रिटिश होंडुरास के गवर्नर जनरल स्वायेन को भारतीयों को समझाकर होंडुरास जाने के लिए तैयार करने के लिए बुलाया, जिसने घर-घर जाकर सिखों से बातचीत की। पहले वे पंजाब में रह चुके थे और उन्हें हिंदी और पंजाबी का ज्ञान था। उन्हें वैंकूवर होटल में ठहराया गया था। उनके समझाने के बाद भी कोई सिख टस से मस होने को तैयार नहीं हुआ। वापस जाकर उन्होंने 'वैंकूवर वर्ल्ड' नामक समाचार-पत्र में अपना प्रतिवेदन प्रकाशित किया कि तेजा सिंह का कहना सही है कि वे ब्रिटिश कोलंबिया छोड़ने को तैयार नहीं हैं। यदि जबरदस्ती उन्हें होंडुरास भेजा गया तो ब्रिटिश सेना के 50 हजार सिख सैनिक विद्रोह कर देंगे और इसके लिए फिर दो लाख गोरे सैनिकों को भेजना होगा। कनाडा सरकार के सामने इस अध्याय को बंद करने के अलावा कोई दूसरा रास्ता नहीं था।[80] श्रमिक इसे भारतीयों की कनाडा पर जीत की तरह मानते थे।[81]

इस घटना के बाद तेजा सिंह कैंब्रिज जाकर डॉनिंग कॉलेज के अपने अध्यापक जैकसन से मिले, जिसने फटकारते हुए कहा कि सिखों एवं मुसलिमों को होंडुरास नहीं जाने के लिए तेजा सिंह ही जिम्मेदार हैं और इस कारण परीक्षा पास करने के बावजूद उन्हें डिग्री नहीं मिलेगी। इसके विरोध में तेजा सिंह सीनेट के अध्यक्ष से मिले, जिसने यही बात दुहराई कि उन्हें सभी तथ्यों की जानकारी है और उसे डिग्री नहीं मिलेगी।[82] भारतीयों की स्थिति के संबंध में जनरल स्वायेन का साक्षात्कार 14 दिसंबर, 1908 को वैंकूवर (कनाडा) से प्रकाशित अखबार 'दि वर्ड' में छपा। वे ब्रिटिश सरकार की तरफ से कनाडा के भारतीयों के संबंध में विचार करने के लिए भेजे गए थे। उसने कहा कि भारतीयों की एक बात महत्त्वपूर्ण है कि वे औरों के साथ घुल-मिल जाते हैं।[83]

9 मई, 1910 को नया आव्रजन कानून पारित होने के बाद भारतीयों की स्थिति में लगातार गिरावट होती चली गई। इस कानून द्वारा भारतीयों को अपने परिवारजनों को कनाडा लाने पर पाबंदी लगा दी गई। 24 अप्रैल, 1910 को रहीम की अध्यक्षता में 'स्वदेश सेवक होम' में संपन्न बैठक में गुरुदत्त कुमार, इंदु सिंह, हरनाम सिंह, पंडित शिव दयाल राजशाही, उमराव सिंह, शेर सिंह, पंडित बाल मुकुंद सकरूली, नत्था सिंह, गुरमुख सिंह, भाग राम, नामी राम रायकोट, केहर सिंह, तारकनाथ दास, हजूरा सिंह तथा हरनाम सिंह साहरी आदि ने भाषण दिए।[84] 'हिंदुस्तानी एसोसिएशन' के सचिव की हैसियत से कुमार ने 28 जून, 1910 को कनाडा के प्रधानमंत्री को इस कानून के विरुद्ध एक पत्र लिखा, जिसका कोई जवाब नहीं आया।[85]

गुरुदत्त कुमार द्वारा प्रकाशित 'स्वदेश सेवक' के मई 1910 के अंक में 24 अप्रैल को वैंकूवर और 15 मई, 1910 को विक्टोरिया में हुई जनसभा का उल्लेख किया गया, जिसमें सिखों पर की जा रही दुर्भावनाओं की चर्चा हुई। सबसे पहला बिंदु ब्रिटिश सरकार

द्वारा यूरोपीय और भारतीय जनता के बीच किए जा रहे भेदभाव के तहत अलग-अलग कानून का निर्माण किया जाना था। दूसरा बिंदु कनाडा प्रवेश के विषय पर भारतीय नागरिकों के साथ जापानी नागरिकों से भी बदतर व्यवहार किया जाना एवं तीसरा बिंदु सीधी जहाज सेवा की शर्त भारतीयों के कनाडा प्रवेश को पूर्णत: प्रतिबंधित करने के लिए लगाई गई है। जोगेश चंद्र मिश्र नामक छात्र को 'कलकत्ता एसोसिएशन' द्वारा पढ़ाई के लिए कनाडा भेजा गया, जिसे कनाडा में नहीं घुसने दिया गया और यह छात्र सिएटल में पढ़ाई कर रहा है। इस बिंदु पर भी सभा में विचार किया गया कि अमेरिका में चीन एवं अन्य देशों से आनेवाले श्रमिकों के प्रवेश रोकने के लिए कानून बनाए गए हैं, जबकि कनाडा में भारतीय छात्रों एवं व्यापारियों को भी नहीं आने दिया जा रहा है। जिनके पास कनाडा में अपनी जमीन है, उनके परिवारजनों को भी कनाडा प्रवेश के समय 200 डॉलर रखने की व्यवस्था भारतीय नागरिकों के अधिकारों का हनन है। अमेरिका, जर्मनी और जापान में भारतीयों के साथ ऐसे भेदभाव नहीं किए जा रहे हैं।[86] 1911 में कनाडा सरकार द्वारा पारित आदेश के आलोक में किसी भी प्रकार के श्रमिकों के कनाडा प्रवेश पर रोक लगा दी गई।[87] वर्ष 1911 में भारतीय सिखों के एक प्रतिनिधिमंडल ने ओटावा जाकर कनाडा सरकार के अधिकारियों के सम्मुख अपनी व्यथा रखी, परंतु इसका कोई लाभ नहीं मिला। भारत सरकार ने कनाडा और अमेरिका सरकार के हर उस अनुरोध को स्वीकार किया, जिससे भारतीय श्रमिकों को कनाडा और अमेरिका से वापस आना पड़े। इस कारण श्रमिकों का भारत सरकार के प्रति गुस्सा बढ़ना स्वाभाविक था।[88]

कुछ अमेरिकन के सहयोग से तारकनाथ दास ने 19 जनवरी, 1910 को सिएटल में 'एसोसिएशन फॉर दि प्रमोशन ऑफ एजुकेशन फॉर दि पीपुल ऑफ इंडिया' नामक संगठन की स्थापना की। वाशिंगटन विश्वविद्यालय में इतिहास विभाग के अध्यक्ष प्रो. एडवार्ड मैकमोहन इसके प्रथम अध्यक्ष और तारकनाथ दास इसके प्रथम सचिव बनाए गए। जैसा कि पूर्व में कहा गया है कि तारकनाथ दास सिएटल से न्यूयॉर्क चले गए और यह संगठन भी अकाल काल कवलित हो गया। 1907 में अमेरिका पहुँचनेवाले भारतीय श्रमिकों की संख्या में हुई वृद्धि के कारण इसका नाम बदलकर 'एशियाटिक एक्सक्लूजन लीग' कर दिया गया। रंगभेद नीति से आच्छादित लीग की विरोध नीति का सबसे बुरा असर भारतीय श्रमिकों पर पड़ा। हालाँकि चीन, जापान, कोरिया या मैक्सिको से आनेवाले श्रमिकों की तुलना में भारतीयों की संख्या बहुत ही कम थी। 1913 के जनगणना प्रतिवेदन के अनुसार 1 जनवरी, 1910 को कैलिफोर्निया में जापान के 41356 श्रमिक थे। लीग का प्रतिरोध दिन-प्रतिदिन बढ़ता ही जा रहा था। लीग के नेताओं ने सरकार को चेतावनी दे डाली कि यदि भारतीय श्रमिकों को अमेरिका आने से रोका नहीं गया तो हिंसक संघर्ष होना सुनिश्चित है। जिला आप्रवासी आयुक्त द्वारा भारतीयों के

अमेरिका प्रवेश के आवेदन को निरस्त कर दिया गया। कनाडा सरकार की भाँति ही 1917 में अमेरिका सरकार द्वारा भी भारतीयों के प्रवेश पर रोक लगा दी गई।[89]

इंपीरियल घाटी मैक्सिको सीमा के नजदीक अवस्थित है और यहाँ मैक्सिकनों की संख्या अधिक है। अमेरिकन के मन में मैक्सिकन के प्रति अच्छी धारणा नहीं थी और इन्हें ये 'दुनिया का सबसे आलसी मूल' एवं 'चारित्रिक रूप से कमजोर' मानते थे। फ्रेशनो में आर्मेनियन मूल के लोगों के प्रति अमेरिकन की भावना अच्छी नहीं थी। उन्हें वे 'गंदा' समझते थे। अमेरिकन का मानना था कि ये 'धोखा' देकर और लोगों को 'ठगकर' व्यापार में मुनाफा कमाते हैं। फ्रेशनो की बीस प्रतिशत से अधिक जनता आर्मेनियन थी। चीनी मूल के बारे में अमेरिकन का मत था कि ये सुस्त, गंदे और अफीम खाकर धुत रहनेवाले लोग हैं और इन्हें ये लड़ाई में हार जानेवाले जानवर की उपमा देते थे। हालाँकि इधर कुछ दिनों से चीनी मूल के लोगों के प्रति अमेरिकन नजरिया में बदलाव हो रहा था कि वे भले ही सुस्त हैं, लेकिन बहुत ही सुलझे हुए ईमानदार और व्यावहारिक हैं। जापानी को वे 'आक्रमणकारी' और 'धूर्त' मानते थे। अमेरिकन की नजर में भारतीय 'बहुत गंदे' थे। लंबे बाल, लंबी दाढ़ी और 10 फीट लंबे कपड़े की पगड़ी बाँधनेवाला 'गंदा' ही हो सकता है। इनकी नजर में ये 'अकुशल श्रमिक' हैं। अमेरिकन के इन पूर्वग्रहों के कारण भारतीयों की कठिनाइयाँ बढ़ने लगीं।[90] कनाडा सरकार द्वारा 1904 के बाद से ही सख्ती बरते जाने के बाद अमेरिका जानेवाले श्रमिकों की संख्या में वृद्धि हुई। 1904 में 211 भारतीय अमेरिका पहुँचे थे, 1905-06 आते-आते इनकी संख्या बढ़कर 674 हो गई। इनमें से 600 श्रमिक कनाडा के थे। 1907 में यह संख्या बढ़कर 1072 हो गई।

अब तक अमेरिकी नागरिकों का ध्यान इस ओर नहीं गया था। लेकिन अब वहाँ भी भारतीय श्रमिकों के अमेरिका प्रवेश के विरोध में लोग गोलबंद होने लगे और विरोध बढ़ता ही रहा। 'एशियाटिक एक्सक्लूजन लीग' की स्थापना सिख सैनिकों के विरोध में ही की गई। 1906 तक कैलिफोर्निया में भारतीय मजदूरों के साथ दुर्व्यवहार की एक भी घटना नहीं घटी। 1907 के आरंभ में कुछ भारतीय श्रमिकों को वाशिंगटन के वर्लिंघम मिल से एवं कुछ श्रमिकों को अमेरिका के पश्चिमी शहरों से निकाला गया।[91] 1907 में वर्लिंघम दंगे के बारे में जॉन जेनसन और 21 मार्च, 1910 में पोर्टलैंड के नजदीक सेंट जोन में हुए दंगे के बारे में जोहाना ओडगेन का प्रतिवेदन बयाँ करता है कि भारतीयों के साथ किस प्रकार के दुर्व्यवहार किए गए! गोरे श्रमिकों द्वारा उन्हें पीटा गया, सामान छीन लिये गए, उन्हें भगा दिया गया और उनकी नौकरी तक छीन ली गई। सेंट जोन में 38 भारतीयों पर हमले हुए थे। स्थानीय पुलिस ने उपद्रवियों का ही पक्ष लिया। हरनाम सिंह ने कांशीराम की प्रशंसा करते हुए लिखा है कि उन्होंने पहले पुलिस और बाद में पोर्टलैंड के

ब्रिटिश कौंसिल को घटना की जानकारी दी। बाद में पंजाबियों को कार्यस्थल पर लाया गया और कुछ युवकों की शिनाख्त भी करवाई गई। 190 लोगों को गिरफ्तार करने के लिए वारंट निर्गत किए गए।[92]

टाकोमा (अमेरिका) में हुई रेल हड़ताल के दौरान स्थानीय श्रमिकों ने भारतीय श्रमिकों के घरों पर धावा बोल दिया। इस रेल हड़ताल के बाद अमेरिका के पश्चिमी हिस्सों के कई शहरों में भारतीय श्रमिकों के घर की तलाशी ली गई थी। 1908 में 'पगड़ीधारी भारतीयों' के साथ हिंसक संघर्ष हुआ। इसके बाद सरकार द्वारा भारतीयों के प्रवेश पर सख्ती बरती जाने लगी। 1911 के बाद अमेरिका आनेवाले श्रमिकों की संख्या घटने लगी। 1907 से 1911 तक लगभग 400 श्रमिकों को अमेरिका प्रवेश पर मनाही की गई।[93] भारतीय श्रमिकों को रोकने के लिए अमेरिका में कानूनी रूप से तो कोई कारवाई नहीं हुई, लेकिन सरकार पर भार, बीमारी या आप्रवासी श्रमिक कानून के उल्लंघन की आड़ में श्रमिकों को अमेरिका आने से हतोत्साहित किया गया। लेकिन इसका अधिक असर श्रमिकों पर नहीं पड़ा। वांछित अवधि तक होनोलुलू में रहकर श्रमिक अमेरिका घुस जाते थे। 1913 तक यह संख्या बढ़कर 6656 तक पहुँच गई। इस तरह का कोई ऐक्ट तो पारित नहीं किया गया, लेकिन भारतीय श्रमिकों के अमेरिका आगमन को तीन आधार पर रोकने का निर्णय लिया गया। पहला, सरकार पर आर्थिक बोझ, दूसरा, खतरनाक बीमारी और तीसरा, विदेशी ठेका श्रमिक कानून। हालाँकि कई भारतीय श्रमिक होनोलुलू बंदरगाह पर कुछ समय बिताकर अमेरिकी कानून का पूर्णतया पालन करते हुए अमेरिका में प्रवेश कर जाते थे। अमेरिका के पश्चिमी क्षेत्रों में भारतीय श्रमिकों का धीरे-धीरे आगमन जारी रहा और 1913 के अंत तक इसकी संख्या बढ़कर 6,656 हो गई। इन श्रमिकों के विरोध भी लगातार चलते रहे।

स्थानीय श्रमिकों की माँग थी कि भारतीय श्रमिकों के अमेरिका प्रवेश पर रोक लगाई जाए और जहाँ तक संभव हो सके, इन्हें बाहर निकाल दिया जाए। 'एशियाटिक एक्सक्लूजन लीग' ने अमेरिका के राष्ट्रपति को, सेन फ्रांसिस्को के लेबर कौंसिल द्वारा वाशिंगटन के आप्रवासी संबंधी कमिश्नर जनरल को 12 सितंबर, 1913 को एवं आप्रवासी अधीक्षक, ओटावा द्वारा मांट्रियल के आप्रवासी आयुक्त को 15 सितंबर, 1913 को, सेंट्रल लेबर कौंसिल द्वारा 15 जुलाई, 1913 को सौंपे गए ज्ञापन का कथ्य भी यही था। 1910 में 1782 भारतीय अमेरिका पहुँचे, जो 1903 में 83 और 1906 में 271 के आँकड़े से बहुत अधिक था। इनमें से अधिकतर भारतीयों ने फिलीपींस के रास्ते गैर-कानूनी ढंग से प्रवेश किया था। 1913 में 72 लोगों को गिरफ्तार किया गया। भारतीयों ने सिएटल और सेन फ्रांसिस्को अदालत में आवेदन देकर अमेरिकी अधिकारियों के आदेश के खिलाफ गुहार भी लगाई, परंतु जज ने अधिकारी के आदेश को सही करार दिया।

1913 में 6656 भारतीय अमेरिका में थे, जबकि 1915 में सिर्फ कैलिफोर्निया में 7000 से अधिक भारतीय थे।[94]

भारतीय श्रमिकों पर सबसे बड़ा आरोप कम दर पर मजदूरी करना था। अमेरिकन श्रमिक मजदूरी के लिए एक दर निर्धारित कर दिए थे और उनका एक सामाजिक स्तर भी था। इस स्तर को वे किसी भी हालत में बनाए रखना चाहते थे। आरंभिक दिनों में भारतीय श्रमिक जो अमेरिका आए, उन्हें अमेरिका की सामाजिक स्थिति के बारे में जानकारी नहीं थी और उन्होंने अपना पारिश्रमिक कम बताया। एक बार कम पारिश्रमिक तय हो जाने के बाद अधिक पारिश्रमिक की माँग करना भी संभव नहीं था। इसका नाजायज लाभ कुछ नियोक्ताओं द्वारा उठाया गया। स्थानीय श्रमिकों द्वारा अधिक मजदूरी की माँग के साथ भारतीय श्रमिकों के संबद्ध नहीं होने का कारण यह था, उन्हें यह जानकारी थी कि शारीरिक रूप से सक्षम श्रमिकों की माँग बहुत अधिक है। श्रमिकों का खर्च कम था, क्योंकि उनका परिवार उनके साथ नहीं रहता था। अधिक पैसों की आवश्यकता की माँग वे अपने साथी से माँगकर पूरा कर लेते थे। उनका खर्च कम था, इसलिए वे अधिक पैसों की माँग के पीछे नहीं भागते थे। इंपीरियल घाटी में इनकी प्रतियोगिता अमेरिकन, मैक्सिकन और जापानी श्रमिकों से थी, जो कपास के खेतों में काम करते थे। फ्रेशनो में अमेरिकन, जापानी, आर्मेनियन श्रमिकों से इनकी प्रतियोगिता थी। सन जोआकिन घाटी के सब्जी एवं फलों के खेत में इनकी प्रतियोगिता अमेरिकन एवं जापानी श्रमिकों से थी। सेक्रेमेंटो घाटी में जापानी श्रमिकों के साथ चावल के खेतों में इनकी मुख्य प्रतियोगिता थी। ओरेगाँव, वाशिंगटन और ब्रिटिश कोलंबिया के लकड़ी के कारखाने में भारतीय श्रमिकों की प्रतियोगिता चीनी, जापानी, अमेरिकी और कनाडाई श्रमिकों से थी। भारतीय श्रमिक किसी भी श्रमिक से किसी भी मामले में कम नहीं थे और कोई कारण नहीं था कि इन्हें दूसरों से कम आँका जाए।[95]

सस्ती मजदूरी के लिए भारतीयों का जो शोषण करना था, वह हो चुका था। अब उसका काम हो चुका था और उसे भारतीयों की आवश्यकता नहीं रह गई थी। जंगल कट चुके थे, रेल पथ बिछाए जा चुके थे, ट्राम मार्ग ठीक-ठाक हो चुके थे। भव्य भवन निर्मित हो चुके थे और इस प्रकार कनाडा को स्वर्ग में परिणत करने के सपने साकार हो चुके थे। और अब इस साकार वैभव में बेचारे नए भारतीयों के लिए कोई गुंजाइश न रह गई थी। अत: उसने नए भारतीयों के प्रवेश को रोकने का निश्चय किया। बड़े कड़े नियम बनाए गए। परिणामत: 1909 के पूरे वर्ष में केवल 6 भारतीय कनाडा में प्रवेश प्राप्त कर सके।[96] भारतीय श्रमिक कनाडा एवं अमेरिका में भारत की अपेक्षा अधिक स्वतंत्र वातावरण में रहते थे और यहाँ उन्होंने मानवीय मूल्यों के प्रति सम्मान को निकट से महसूस किया। अब वे अपने लिए आदर और स्वतंत्रता की माँग भी करने लगे। इसके

अभाव में इनके मन में क्रांति की विचारधारा पनपने लगी। समाज से अधिक माँग, नए विश्वास, पराए देश में असुरक्षा की भावना ने उन्हें चिंतित एवं उत्तेजित करना आरंभ कर दिया। यह ऐसा समय था, जब लोगों के मन में राजसत्ता के विरुद्ध क्रांति की भावना का बीज आसानी से बोया जा सकता था, जिसे असंतोष की आग पुष्पित करती।[97] इस तथ्य की पुष्टि न्यायाधीश ग्रिफिन और एटॉर्नी शॉउगनेसी ने भी की। भारतीय श्रमिकों के साथ कदम-कदम पर भेदभाव किया गया। कानूनी रूप से वे अमेरिका की नागरिकता ले सकते थे, लेकिन व्यावहारिकता में उनके आवेदन को रद्द कर दिया जाता था। उन्होंने इसके लिए न्यायालय में मुकदमा तक लड़ा। आप्रवासी अधिकारी भारतीय श्रमिकों के साथ बहुत अधिक सख्ती से पेश आते थे। थोड़ी सी भी गलती होने पर इन्हें प्रशांत क्षेत्र में प्रवेश से रोक ही नहीं दिया जाता था, बल्कि उन्हें निर्वासित भी कर दिया जाता था। जहाज कंपनी द्वारा इन्हें टिकट नहीं दिया जाता था। इन्हें हांगकांग या अन्य बंदरगाहों पर बिना किसी कारण रोककर रख लिया जाता था।[98]

औद्योगिक क्षेत्र में भी इनके साथ भेदभाव होते थे। उनके लिए काम करने के उद्योगों की कोटि बहुत सीमित थी। कुछ उद्योगों में उन्हें काम करने की इजाजत नहीं थी। यद्यपि इनके काम से सब संतुष्ट रहते थे, लेकिन अमेरिकन या कनाडाई नागरिकों की अपेक्षा इन्हें कम पगार दी जाती थी। कारखाने में उन्हें सबसे निम्न कोटि का काम दिया जाता था। उनकी शिकायत पर कोई ध्यान देनेवाला नहीं होता था, न ही उनकी शिकायत को दूर करने के लिए कोई सोचता ही था। दुर्घटना की स्थिति में इन्हें मुआवजा नहीं दिया जाता था। किराए के मकान के लिए इन्हें अधिक किराया देना पड़ता था और भुगतान की शर्त भी कठोर होती थी।

सामाजिक क्षेत्र में इनके साथ कठोर भेदभाव अपनाया जाता था। थिएटर, सिनेमा हॉल, रेस्टोरेंट या होटल में इनके साथ पूर्ण भेदभाव अपनाया जाता था। इन्हें शहर के सबसे खराब क्षेत्र में रहने के लिए बाध्य किया जाता था। जिन घरों में, झोंपड़ियों में रहने के लिए अमेरिकन और कनाडाई सोच भी नहीं सकते थे, वैसे घरों में रहने के लिए भारतीयों को बाध्य किया जाता था। जब वे अपनी भारतीय संस्कृति का पालन करते थे तो सार्वजनिक तौर पर उनका उपहास किया जाता था। इन्हीं सब कारणों से भारतीय और अमेरिकी या कनाडाई आपस में घुल-मिलकर नहीं रह पाए। भारतीयों को असह्य पीड़ा अपनी पराधीनता को लेकर होती थी। खासकर कोई जब उन्हें इसके लिए दुत्कारता और ताने मारता तो वे और दुःखी हो जाते थे। जापानियों के साथ भी अमेरिकियों की झड़पें होती थीं। लेकिन उनके पीछे जापानी सरकार सशक्त होकर खड़ी हो जाती थी, इसलिए उन्हें जो कुछ हानि होती, उसका उन्हें मुआवजा तक मिल जाता। भारतीयों से अकसर पूछा जाता कि भारत की जनसंख्या कितनी है ? जवाब मिलता कि

तीस करोड़। फिर पूछा जाता कि भारत में अंग्रेज कितने हैं? यह बताने पर कि सवा लाख के लगभग हैं, अमेरिकन ताना देते कि तुम भेड़ें हो या आदमी?[99] सोहन सिंह भकना के अनुसार भारतीयों के प्रति वैसे भी काफी घृणा की जाती थी। ट्रामों में, होटलों में और दूसरी जगहों में उनके साथ घृणा का व्यवहार किया जाता था। एक बार प्रोफेसर तेजा सिंह कनाडा से अमेरिका मुझसे मिलने के लिए आए। मैं उन्हें पोर्टलैंड दिखाने ले गया और बारह बजे दिन का भोजन कराना चाहा। उनके साथ रेस्तराँ में कदम रखा ही था कि उसके गोरे मालिक ने कहा—'यहाँ तुम्हारे लिए जगह नहीं है'। हमने फिर दूसरे रेस्तराँ में खाना खाया।[100]

एक बार एक होटल में चाय पीने के क्रम में कुछ भारतीय और कुछ अमेरिकी जमा हुए। एक एलबम उनके हाथ में था, जिसमें लगभग सभी देशों के झंडे के चित्र थे। भारतीयों से कहा गया कि वे अपने देश का झंडा दिखाएँ और भारतीयों ने 'यूनियन जैक' पर उँगुली रख दी। इस पर अमेरिकन हँसने लगे और कहा कि यह तो इंग्लैंड का झंडा है! भारतीयों को यह मानना पड़ा कि भारत का अपना कोई झंडा नहीं है। इस पर एक अमेरिकन विद्यार्थी ने कहा कि तुम जिंदा ही क्यों हो? हम तो पराधीनता का जीवन जीने के बजाय मौत का आलिंगन करना पसंद करते हैं।[101] सोहन सिंह भकना (गदर पार्टी के पहले अध्यक्ष) काम की तलाश में आए एक भारतीय को अपनी जान-पहचानवाले एक अमेरिकी कारखानेदार के पास ले गए। औपचारिकता के बाद जब उन्हें बताया गया कि वह काम के लिए आया है तो वह गुस्से से उबल पड़ा और कहा कि 'मेरा दिल करता है कि तुम्हें गोली से उड़ा दूँ! मुट्ठी भर गोरों की गुलामी करते हुए तुम्हें शर्म नहीं आती? मैं तुम्हें बंदूकें और गोलियाँ देता हूँ। पहले अपना देश स्वतंत्र कराकर आओ, फिर जहाज पर तुम्हारा स्वागत करनेवाला मैं पहला आदमी रहूँगा।'

दूसरे देशों के नागरिक भी अमेरिका में आकर बसने लगे। 1846 में आयरलैंड एवं जर्मनी में आलू की फसल नष्ट हो गई और इस कारण बहुत से लोगों को मजबूरी में अमेरिका आना पड़ा। 1850 में करीब 10 लाख आयरिश अमेरिका पहुँच चुके थे। अंग्रेजों के साथ इनकी पुरानी दुश्मनी थी और वे अमेरिका आते समय इस भावना को अपने साथ लाए। 1904 में जर्मनी के विरुद्ध इंग्लैंड, फ्रांस और रूस के साथ एक गठबंधन हो गया। जर्मनी भी काफी संख्या में अमेरिका में थे। अंग्रेजों के विरुद्ध लड़ने के लिए जर्मनों की तैयारी होने लगी। अमेरिका में रह रहे जर्मनों को एकजुट करने के लिए जर्मन मंत्री डॉ. डरनबर्ग अमेरिका आए। अंग्रेज विरोधी इन तत्त्वों ने भारतीयों को भी अंग्रेज के विरुद्ध उकसाया।

उन्नीसवीं सदी के पूर्वार्ध से ही आयरिश अमेरिकन की सक्रियता इंग्लैंड के विरुद्ध बढ़ने लगी। कृष्णाई वर्मा और मैडम कामा का संबंध इनसे बढ़ता गया और एक दुश्मन

(इंग्लैंड) के खिलाफ दोनों संगठनों की नजदीकियाँ बढ़ती गईं। अमेरिका में इंडियन-आयरिश संगठन विकसित होने लगे। न्यूयॉर्क के कुछ छात्रों ने 1903 में क्रांतिकारी परचा भारत भेजना आरंभ कर दिया था। दोनों प्रकार के संगठनों के बीच कड़ी का काम भारतीय छात्र कैमिले एफ. सलदांहा ने किया था। मई 1906 में क्लैन-ना-गेल ने इन्हें डब्लिन भेजा था, ताकि सिन-फिन-लीडर्स से संपर्क बढ़ाया जा सके। 1905 में सबसे लोकप्रिय आयरिश क्रांतिकारी संगठन 'दि गैलिक अमेरिकन' था, जिसके नेता जॉर्ज फिट्जेराल्ड 'फ्रीमैन' थे, जो भारतीय स्वतंत्रता आंदोलन की खुलकर वकालत करते थे। भारत और लंदन में हाल में हुई घटनाओं के मद्देनजर न्यूयॉर्क में भारतीय छात्र और आयरिश संगठनों ने मिलकर लंदन की तर्ज पर अमेरिका में 'इंडिया हाउस' की नींव रखी, लेकिन इसे लंदन की तरह सक्षम नेतृत्व नहीं मिल पाया।[102]

रूस पर जापान की विजय के बारे में हांगकांग से लेकर फारस के बाजारों में चर्चा होने लगी थी। 8 अप्रैल, 1904 को 'डॉन इन दि ईस्ट' शीर्षक से एक समाचार 'दि बेंगाली' में छपा। इसमें बेरट्रेंड शैडवेल की एक कविता भी छपी। पोर्ट आर्थर बंदरगाह पर जापान को युद्ध में मिली सफलता की चर्चा तिलक ने 16 फरवरी, 1904 के अखबार में की। भारत में 'यंगमैन इम्प्रूवमेंट सोसाइटी' की बैठक 13 जून, 1905 को चंदरगॉट, हैदराबाद में हुई। बंबई में भी बैठक हुई। तिलक ने करीब हजार रुपए का चंदा इकट्ठा कर बंबई में जापान के राजदूत को हस्तगत किया। 9 अक्तूबर, 1905 को फेबियन सोसाइटी, लंदन की सभा को संबोधित करते हुए गोखले ने कहा कि भारतीयों को जापान का देशप्रेम सीखना चाहिए।[103] 1905 के बाद टोकियो में पढ़नेवाले छात्र 'शिवाजी उत्सव' मनाने लगे। जापान पहुँचनेवाले प्रथम क्रांतिकारी सुरेंद्र मोहन बोस 1906 में जापान पहुँचे और 17, गोंडवारमाची, आओयामा, टोक्यो में अवस्थित एक केंद्र को 'इंडिया हाउस' नाम दिया। इसे क्रांतिकारियों का केंद्र बनाया गया। लेकिन जापान से कोई सहायता न मिलता देख 1907 के अंत में ये वैंकूवर आ गए और 29 दिसंबर, 1907 को 'वंदे मातरम्', कलकत्ता के संपादक को लिखा कि जापान से भारतीयों को अधिक आशा नहीं रखनी चाहिए।[104]

बरकतुल्लाह फरवरी 1909 में अमेरिका से जापान पहुँचे और टोक्यो के विदेशी भाषा संस्थान में उर्दू शिक्षक के पद पर योगदान दिया। यहाँ वे इजिप्ट सेना में कार्य कर चुके कैप्टन फाडली के संपर्क में आए। पैन-इसलामिक एजेंट के रूप में कैप्टन फाडली सितंबर 1907 में जापान आए थे और अंग्रेजी में एक पत्रिका 'इसलामिक फ्रेटरनिटी' का प्रकाशन आरंभ कर दिया था। बरकतुल्लाह इस पत्रिका से जुड़ गए और फाडली के जापान से जाने के बाद इस पत्रिका के संपादक एवं मालिक बन गए। ओटोमन सरकार की ओर से इस पत्रिका को मासिक आर्थिक सहायता मिलती थी। काबुल से भी इस

पत्रिका को आर्थिक सहायता मिलती थी। टोक्यो में चीन के राजनयिक मा (दि मुसलिम चार्ज डी' अफेयर्स ऑफ चाइना इन टोकियो)[105] से बरकतुल्लाह की दोस्ती हो गई और कुछ ही समय बाद यह पत्रिका 'अंग्रेजी शासन का विरोधी' बन गई।[106] बरकतुल्लाह के शिष्य हसन हतानो ने बाद में मुसलिम धर्म स्वीकार कर लिया। कोरिया में विद्रोह के कारण पूरे जापान में ब्रिटिश विरोधी भावना व्याप्त थी और इसका लाभ बरकतुल्लाह ने उठाया। भारतीय क्रांतिकारियो को आपूर्ति किए गए अधिकतर हथियार याकोहामा और कोबे में बरकतुल्लाह एवं इनके सहयोगियों से प्राप्त हुए थे। बरकतुल्लाह की दोस्ती काउंट तैसुकु इतागाकी, डॉ. तोरु तेराओ, सुयोशी इनुकाई और कोकुर्यु (ब्लैक ड्रैगन) पार्टी के खतरनाक माने जानेवाले नेता मिसुरु तोयोमा से हुई।

कुछ ही दिनों में बरकतुल्लाह भारतीय क्रांति के जापान में एक बड़े केंद्र बन गए। 'सोशियोलॉजिस्ट' इनके पते पर ही आती थी और जापान में ये वितरित करवाते थे। 'इसलामिक फ्रेटरनिटी' की पहुँच पूर्वी एशिया के कई देशों में हुई। राम किशन, राम लाल, सोहन सिंह आदि के सहयोग से कोबे में क्रांतिकारी गतिविधियों में इजाफा हुआ। 1 अगस्त, 1912 को भारत के वायसराय ने इंग्लैंड में राज्य सचिव से अनुरोध किया कि 'इसलामिक फ्रेटरनिटी' बंद करने के लिए जापान सरकार से अनुरोध किया जाए। सरकार के निर्देश पर विदेशी भाषा संस्थान के निदेशक 'मुराकामी' ने बरकतुल्लाह को चेतावनी दी और स्थिति में कोई परिवर्तन नहीं देखकर 12 अक्तूबर, 1912 के आदेश से इसे बंद कर दिया गया। वस्तुत: इसका प्रकाशन सितंबर 1912 में ही बंद कर दिया गया था और हसन हतानो नामक एक व्यक्ति ने 'अल-इसलाम' नामक पत्र का प्रकाशन आरंभ किया, जो आधा अंग्रेजी और आधा जापानी में था।

बरकतुल्लाह ने उर्दू परचा 'अल नजीर अल उरयान' का प्रकाशन मई 1912 से आरंभ कर दिया। इसके अतिरिक्त 1913 में टोक्यो से 'आखर अल-हेलाल सेफ' उर्दू में और 'प्रोक्लेमेशन ऑफ लिबर्टी' का अंग्रेजी में प्रकाशन बरकतुल्लाह ने आरंभ कर दिया था। इनकी कई प्रतियाँ सिंगापुर होते हुए भारत तक पहुँचती थीं। गोम्बेई यामामोटो और शिगेनोबु ओकुमा के नेतृत्ववाली सरकार इंग्लैंड से अच्छा संबंध चाहती थी, अतएव बरकतुल्लाह 6 मई, 1914 को जापान छोड़कर अमेरिका आ गए। अब तक मलाया, थाईलैंड, सुमात्रा, फिलीपींस में भारतीयों का प्रवेश आरंभ हो गया था। हालाँकि इनकी संख्या बहुत ही कम थी। बंगाल के 'युगांतर आश्रम' के भोलानाथ चटर्जी ने 1910 या 1911 में क्रांति का संदेश मलाया पहुँचाया था। यहाँ पूर्व से ही पंजाबी श्रमिक छोटा-मोटा काम करते थे। प्रेम सिंह, गुजर सिंह के सहयोग से पेनांग में एवं वीर सिंह व जगत सिंह के सहयोग से पेरिल में क्रांतिकारी केंद्रों की स्थापना हुई। लेकिन यहाँ अधिक गतिविधियाँ नहीं हो पाने के कारण भोलानाथ वापस भारत आ गए। 1913 में भोलानाथ और नानी

बोस को 'युगांतर समूह', बंगाल द्वारा थाईलैंड भेजा गया। इस समय थाईलैंड एक स्वतंत्र देश था और इस देश का ब्रिटेन की ओर झुकाव कम था। यहाँ जर्मन इंजीनियर के अधीन रेल निर्माण में पंजाब के श्रमिक कार्य करते थे। बैंकॉक में स्थानीय वकील कुमुद मुखर्जी के संपर्क में भी ये आए। इन्होंने अपना ध्यान पकोह के ल्युडर्स नामक जर्मन सेक्शन मैनेजर के अधीन अमर सिंह, बालर सिंह और राम सिंह उर्फ नारायण सिंह को नौकरी दिलाने में सफलता प्राप्त की।[107] शीघ्र ही क्रांति का संदेश अन्य जगहों पर फैलना आरंभ हो गया। बंडॉन में कार्यरत जर्मन रेलवे ऑफिसर डोयरिंग की दोस्ती आर्य सिंह उर्फ प्रिंस, इंदर सिंह, तीन अन्य भारतीय व्यवसायी दीवान चंद, गणपत राय और चतुर लाल से हुई और इनके सहयोग से भारतीय क्रांतिकारियों का संबंध बैंकॉक में जर्मन के राजनयिकों से हुआ। थाइलैंड के पहुरत नामक स्थान पर अवस्थित गुरुद्वारा क्रांतिकारी गतिविधियों का केंद्र बना। यहाँ पर संगठन को नेतृत्व देने के लिए बुद्धा सिंह, ठाकुर सिंह और लोधा सिंह थे। इस समय चीन एवं उत्तरी अमेरिका के बीच सीधी जहाज सेवा थी, जो भारत एवं दक्षिण-पूर्व एशिया के देशों में नहीं थी। भारत से अमेरिका एवं कनाडा जानेवाले आप्रवासियों को चीन होकर ही जाना होता था, अतएव क्रांतिकारियों के लिए चीन विश्राम के लिए अत्यंत महत्त्वपूर्ण केंद्र के रूप में था।

इंडोनेशिया में भारतीयों की संख्या बहुत कम थी। 1914 में मेदन एवं डेली नामक जगहों पर अर्जुन सिंह एवं वीर सिंह द्वारा क्रांतिकारी गतिविधियाँ आरंभ की गईं। इनका संबंध पेनांग के प्रेम सिंह एवं जकार्ता के अब्दुल सलेम से था। जकार्ता में जर्मनी राजनयिक से अब्दुल सलेम के बहुत अच्छे संबंध थे।

गुरुदत्त कुमार द्वारा फिलीपींस में क्रांतिकारी गतिविधियाँ आरंभ हुईं। ये 1913 में सेन फ्रांसिस्को से आए थे और मनीला में क्रांतिकारी केंद्र की स्थापना की। कुछ ही दिनों में इन्होंने 900 डॉलर इकट्ठा कर लिया। दोस्त मुहम्मद नामक एक पठान रात्रि प्रहरी के साथ मिलकर इन्होंने 22, कोला पटोला नामक स्थान पर 'हिंदुस्तानी एसोसिएशन' की स्थापना की। दोस्त मोहम्मद को अध्यक्ष एवं चंदन सिंह को उपाध्यक्ष बनाया गया। इस समूह के अन्य प्रमुख व्यक्ति कुंदन लाल थे। कुछ ही दिनों में 'पलवन' और 'मिंदनाओ' नामक द्वीप पर भी क्रांतिकारी गतिविधियों का आरंभ हो गया।

ईरान जानेवाले प्रथम क्रांतिकारी अगाचे थे, जो 1906 में यहाँ पहुँचे। अपने ऊपर चलाए जा रहे मुकदमे समाप्त होने के बाद अंबाप्रसाद 11 जनवरी, 1908 को भारत से रवाना हुए और काठमांडू एवं काबुल में कुछ दिन रहने के बाद ईरान पहुँचे। 1909 के अंत तक अजीत सिंह, ऋशिकेश, ठाकुर दास और जिया-उल-हक वहाँ पहुँच चुके थे। इनका मुख्य केंद्र शिराज में था और इसके प्रमुख से इनका अच्छा संबंध था। स्थानीय मित्रों के सहयोग से इन्होंने मई 1910 में एक क्रांतिकारी पत्र 'हयात' का प्रकाशन आरंभ

किया। ये सब बातें अंग्रेजों की नजरों में चुभने लगीं और 1907 में देश का बँटवारा होने के बाद दक्षिण और पूर्वी ईरान पर इनका नियंत्रण स्थापित हो गया। इससे पहले कि अंग्रेज इन भारतीयों को गिरफ्तार करते, शिराज के उप-राज्यपाल के सहयोग से ये 'बाफ्ट' चले गए। इससे पहले सितंबर 1910 में अजीत सिंह, अंबाप्रसाद और जिया-उल-हक ने 'वुशायर' जाकर अपना केंद्र स्थापित किया और व्यापारियों एवं समुद्री जहाज के चालक दलों के साथ मिलकर भारतीय क्रांतिकारियों के साथ संपर्क में भी रहे।

अक्तूबर में कुछ दिनों के लिए अजीत सिंह ईरान गए और वहाँ एक स्थानीय पुस्तक विक्रेता शेख हुसैन के मार्फत क्रांतिकारी दस्तावेजों को भारत भेजने का प्रबंध किया। लेकिन शीघ्र ही वुशायर अंग्रेजों के प्रभाव में आ गया और इनकी गिरफ्तारी की तैयारी होने लगी। जिया-उल-हक को गिरफ्तार कर लिया गया। एक पुराने अप्रचलित रास्ते को पकड़कर स्थानीय लोगों की सहायता से अजीत सिंह, अंबाप्रसाद, ठाकुर दास और ऋशिकेश वहाँ से निकलने में सफल हो गए। अंबाप्रसाद पुनः शिराज आ गए और 'हयात' का प्रकाशन आरंभ कर दिया। इस पूरे प्रकरण को स्थानीय अखबार 'नजफ' ने 25 अक्तूबर, 1910 (10 साल 1328) को विस्तार से प्रकाशित किया। इन लोगों की समझ में आ गया कि ईरान में रहकर अब कुछ भी करना मुमकिन नहीं है। अगाचे ईरानी सेना में भरती होना चाहते थे, जो उस समय रूस के अधीन थी, और यह संभव भी नहीं था, अतएव ये अमेरिका चले गए। वुशायर छोड़ने के तुरंत बाद ठाकुर दास पेरिस के लिए रवाना हो गए और वहाँ से ये अमेरिका पहुँच गए। अगले वर्ष अजीत सिंह ने भी इसी मार्ग का अनुसरण किया और कुछ दिन पेरिस एवं डकार में बिताकर रियो द जनेरियो पहुँच गए। अंबाप्रसाद ईरान में ही रुक गए। स्थानीय जनजातीय प्रमुखों के साथ इन्होंने खूब दोस्ती बढ़ाई और ब्रिटिश सरकार के विरुद्ध प्रचार अभियान में जुट गए। हालाँकि तुर्की ईरान से अधिक बड़ा था, लेकिन यूरोप की कारगुजारियों से तंग-तबाह था। तुर्की की ईसाई जनता भी बराबर विद्रोह पर उतर जाती थी। सुल्तान अब्दुल हमीद-II इन 'पैन इसलामिक' बलों को यूरोप के विरुद्ध संगठित करना चाहते थे और इस उद्‌देश्य से राजनीतिक रूप से प्रशिक्षित सैकड़ों मुसलमानों को भारत सहित उन देशों में भेजा गया, जहाँ मुसलिम आबादी अधिक थी। इनकी सहायता के लिए प्रेस की स्थापना भी की गई। हज-यात्रा में भी देशभक्ति से संबंधित क्रांतिकारी भावनाओं का प्रचार किया गया। भारतीय मुसलमानों के मन-मस्तिष्क में अंग्रेज के विरुद्ध बातें भरती चली गईं। 1897 में ग्रीक पर तुर्की की विजय ने तुर्की को नवीन विश्वास एवं गर्व से भर दिया।

मोरक्को पर फ्रांस का कब्जा और इसमें अंग्रेजों का साथ देने के कारण और ईरान पर इंग्लैंड-रूस गठबंधन द्वारा कब्जा किए जाने के कारण भारतीय मुसलिम अंग्रेजों से नाराज थे। हेजाज रेलवे और ओटोमन नौसेना के लिए दिए गए चंदे से यह बात स्पष्ट हो

रही थी कि भारतीय मुसलिमों के लिए तुर्की का खलीफा सिर्फ धार्मिक नेता ही नहीं है। तुर्की के खलीफा से अनुरोध किया गया कि वे तुर्की सरकार द्वारा निर्मित और सामानों की आपूर्ति भारत में करें। भारतीय मुसलमानों की सहायता एवं मार्गदर्शन के लिए तुर्की के खलीफा को अपने पुत्र को इस्तांबुल (तब कुस्तुनतुनिया) भेजने का आग्रह किया गया। भारतीय मुसलमानों के लिए विद्यालय एवं 'तकिया' का संचालन मक्का, बेरुत, जेरुसलम और इस्तांबुल में आरंभ हुआ।

मुसलिमों में सबसे अधिक गुस्सा त्रिपोली एवं बाल्कन युद्ध के बाद आया। उन्हें अब विश्वास हो गया था कि 'दार-ए-इसलाम' पर कब्जा करने के लिए ईसाइयों द्वारा नापाक गठजोड़ किया गया है। ब्रिटिशों की मिलीभगत के विरुद्ध भारत के कई शहरों में अंग्रेज सरकार के खिलाफ उग्र प्रदर्शन हुए और भारतीय प्रेस द्वारा विष-वमन जारी हुआ। 'द रेड क्रेसेंट' नामक संस्था का गठन इस संकट की घड़ी में तुर्की को सहायता पहुँचाने के लिए किया गया। 15 दिसंबर, 1912 को डॉ. अंसारी के नेतृत्व में एक चिकित्सा दल बंबई से तुर्की के लिए रवाना हुआ। लखनऊ को मुख्यालय बनाकर 'द अंजुमन-ए-खुद्दा-ए-काबा' नामक संगठन की स्थापना मई 1913 में की गई और इस संगठन द्वारा तुर्की की मदद के लिए धन-संग्रह आरंभ हुआ। कई क्रांतिकारी परचों का प्रकाशन आरंभ हुआ और तुर्की के एजेंटों ने पूरे देश में घूमना आरंभ कर दिया। मुसलिमों में यह भावना बलवती हो गई कि ब्रिटिश सरकार के अधीन जीवनयापन अब मुश्किल हो गया है। भारत से गए स्वयंसेवकगण एवं चिकित्सा दल के सदस्यगण तुर्की में बसना चाहते थे। 1 जून, 1913 को 'रेड क्रेसेंट सोसाइटी' के तीन सदस्यों का प्रतिनिधिमंडल भारत से गए तीन सौ से अधिक मुसलिमों के बसने के उद्देश्य से विचार-विमर्श के लिए कोनिया गया। अदन में कुछ भारतीय मुसलिमों को बसाने के संबंध में भी विचार किया गया। लेकिन इस सबका नतीजा सिफर ही रहा। कुछ लोगों ने इस्तांबुल के आस-पास जाकर बसना आरंभ कर दिया। ओटोमन सरकार के लिए अपनी जनता को स्थिति की विषमता की जानकारी देना जरूरी था और यह भी कि संपूर्ण इसलामिक जगत् का नैतिक समर्थन उन्हें प्राप्त है। इनमें से अधिकतर भारतीयों को छोटी-मोटी नौकरी और पेंशन दी गई। इनका काम था—भारत से आनेवाले तीर्थयात्रियों को अंग्रेज सरकार के विरुद्ध प्रचार करना और उनके बीच क्रांतिकारी साहित्य, खासकर 'जश्न-ए-इसलाम' का वितरण करना। इनके बीच अब्दुल जब्बार नामक सक्रिय नेता था, जो भारतीय क्रांतिकारियों के साथ-साथ 'पान इसलामिक' गतिविधियों के बीच समन्वय का काम भी करता था। प्रथम विश्वयुद्ध के समय इन लोगों ने 'इंडिपेंडेंस कमेटी' की स्थापना भी की। 5 सितंबर, 1907 को प्रसिद्ध आयरिश अमेरिकन मायरन फेल्प्स द्वारा न्यूयॉर्क में 'इंडो अमेरिकन नेशनल एसोसिएशन' की स्थापना की गई। नवंबर में इसका नाम बदलकर 'सोसाइटी

फॉर दि एडवांसमेंट ऑफ इंडिया' रखा गया और इसका सदस्यता शुल्क 1 डॉलर रखा गया। मायरन इसके सचिव सह-कोषाध्यक्ष बनाए गए।

अमेरिका में प्रथम भारतीय क्रांतिकारी संगठन 'पान-आर्यन एसोसिएशन' था। 1906 में इसका गठन न्यूयॉर्क में सैमुअल लुकाश जोशी और मौलवी बरकतुल्लाह के सहयोग से हुआ। फ्रीमैन का सहयोग भी उन्हें मिला और इसका नाम बदलकर 'सोसाइटी फॉर दि एडवांसमेंट ऑफ इंडिया' रखा गया। लेकिन फरवरी 1909 में बरकतुल्लाह के जापान एवं मार्च 1909 में जोशी के लंदन चले जाने के बाद संगठन की काररवाई समाप्त हो गई। वस्तुत: इस संगठन को सशक्त नेता नहीं मिल पाया। मोहम्मद बरकतुल्लाह (1864-1927) इसलाम के विद्वान् थे और ब्रिटिश सरकार के कड़े विरोधी थे। हालाँकि इस संस्था के बाकी सभी पाँचों निदेशक अमेरिकी थे, जिससे स्पष्ट होता है कि इस संस्था से भारतीय छात्रों का अधिक लगाव नहीं था। 20 दिसंबर, 1907 को इसकी प्रथम बैठक न्यूयॉर्क में हुई। इस बैठक में मायरन ने स्वदेशी आंदोलनकारियों का पत्र पढ़ा और रेव. डॉ. कथवेर्ट हॉल ने ब्रिटिश शासन में हो रही असुविधाओं के बारे में विस्तार से बताया। फेल्प्स, वेरनर एवं डॉ. हॉल को सम्मिलित करते हुए एक समिति का गठन संगठन की सक्रियता को बढ़ाने के उद्देश्य से किया गया। 15 जनवरी, 1908 को हुई दूसरी बैठक में भारत में आए अकाल के कारणों एवं इसे रोकने के उपायों के बारे में चर्चा हुई। फेल्प्स ने 'पान-आर्यन एसोसिएशन' के सहयोग से गतिविधियों को बढ़ाने के लिए न्यूयॉर्क में किराए पर एक मकान लिया, जिसका नाम 'इंडिया हाउस' रखा गया। शिकागो एवं डेट्रॉयट में इसकी शाखाएँ खुलीं। भारतीय छात्रों का फेल्प्स के नेतृत्व पर कम भरोसा होने और आम अमेरिकियों के भारत की परिस्थितियों के प्रति उदासीन रहने के कारण फरवरी 1909 में 'इंडिया हाउस' बंद हो गया और 27 मार्च को फेल्प्स बोस्टन और नेपल्स होते हुए भारत के लिए प्रस्थान कर गए। जनवरी 1909 में फ्रीमैन द्वारा एक अन्य संगठन 'इंडो-अमेरिकन क्लब' की स्थापना की गई, जो मार्च 1910 में खत्म हो गया। नेतृत्व के अभाव में इन संगठनों ने अपना कोई खास प्रभाव नहीं दिखलाया।

अप्रैल 1908 में कनाडा से निष्कासित किए जाने के बाद तारकनाथ दास सिएटल आ गए और 'क्लैन.ना. गेल' नामक क्रांतिकारी आयरिश संगठन के नेता जॉर्ज फिट्जगेराल्ड ने फ्रीमैन की सहायता से 'फ्री हिंदुस्तान' का प्रकाशन करना आरंभ किया। फ्रीमैन पहले न्यूयॉर्क से प्रकाशित होनेवाले पत्र 'गेलिज अमेरिकन' के संपादक थे और उपनिवेशवादी ब्रिटेन के कड़े विरोधी थे। भारतीय क्रांतिकारियों के साथ फ्रीमैन की बहुत दोस्ती और सहानुभूति थी। वे सैमुअल लुकाश जोशी और मोहम्मद बरकतुल्लाह के साथ काम कर चुके थे। पंजाबी श्रमिकों की एक सभा को संबोधित करते हुए फ्रीमैन ने कहा था कि भारतीयों की तुलना में भारत में ब्रिटिश लोगों की जनसंख्या अत्यधिक कम है और

इन्हें आसानी से भगाया जा सकता है। अजीत सिंह उस समय ब्राजील में थे और दास ने उन्हें पत्र लिखा कि वे सिख भाइयों के साथ वस्तुत: जमीन पर काम कर रहे हैं। ये भी सैन्य प्रशिक्षण के पक्ष में थे। उन्होंने वेरमॉन्ट राज्य के नॉरविच मिलिटरी स्कूल में अपना स्थानांतरण करवा लिया। सुरेंद्र मोहन बोस अमेरिकी विश्वविद्यालय में रसायन शास्त्र पढ़ते थे और भारतीय विषय पर वे अच्छा भाषण करते थे। बम बनाने का फॉर्मूला हरनाम सिंह सहरी को सुरेंद्रनाथ बोस ने ही भेजा था। जिस तरह 'दि पैसिफिक कोस्ट हिंदुस्तानी एसोसिएशन' द्वारा 'हिंदुस्तान गदर' का प्रकाशन हिंदी और पंजाबी भाषा में आरंभ किया गया, उसी तरह से 'इंडिपेंडेंट हिंदुस्तान' का प्रकाशन अंग्रेजी में हुआ। समय-समय पर संगठनों द्वारा हिंदी और पंजाबी में परचे भी प्रकाशित किए गए। इन संगठनों के प्रकाशन का उद्‍देश्य 'क्रांति' का प्रसार करना था। 1907 में प्रसिद्ध बागी सरदार अजीत सिंह को अमेरिका लाने के लिए चंदा भी इकट्ठा किया गया। लाला हरदयाल का कहना था कि वह फिजूल ही पेरिस में समय गँवा रहे हैं।[108] 1907 के आस-पास कनाडा के वैंकूवर और विक्टोरिया में गुरुद्वारे के निर्माण हुए। उसी समय ज्वाला सिंह ठट्ठियाँ और संत बिसाखा सिंह ददेहर के पुरुषार्थ से अमेरिका में 'पैसिफिक कोस्ट खालसा दीवान सोसाइटी' की स्थापना हुई। स्टॉक्टन (कैलिफोर्निया) में गुरुद्वारा बनाया गया। हरनाम सिंह काहरी साहरो ने 1910 में सिएटल (अमेरिका) में और वैंकूवर (कनाडा) में छात्रावास स्थापित किए। उन्होंने वैंकूवर में एक रात्रि पाठशाला भी स्थापित की।

डॉ. खानखोजे नागपुर के रहनेवाले थे और लोकमान्य तिलक द्वारा विदेशों में शस्त्रों तथा सैन्य शास्त्र की शिक्षा प्राप्ति का आदेश दिए जाने पर भारत से बाहर गए थे। पहले वह जापान पहुँचे और विस्फोटकों का प्रशिक्षण प्राप्त किया, परंतु अंग्रेजों और जापानियों की उस समय मैत्री थी, इसलिए वहाँ ज्यादा देर टिकना आसान न था। 1908 में वे अमेरिका पहुँचे और पोर्टलैंड के पंडित कांशीराम से मिले। कांशीराम ने लकड़ी मिल में ठेके लेकर काफी धन कमाया था और वह भारतीय विद्यार्थियों तथा राजनीतिज्ञों की सहायता को सदैव लालायित रहते थे। 1909 में 'इंडिया इंडिपेंडेंस लीग' की स्थापना हुई, जिसके उपाध्यक्ष खानखोजे बने। संगठन में सभी धर्मावलंबी शामिल हों, इस प्रयोजन से खानखोजे ने मुसलिम नाम 'पीर खान' रख लिया।

1911 में अति तेजस्वी और ओजस्वी मराठा युवक विष्णु गणेश पिंगले इंजीनियर बनने के प्रत्यक्षत: उद्‍देश्य हेतु अमेरिका पहुँचे और खानखोजे से मिले। वह बम बनाने में प्रवीण थे। अत: उन्हें क्रांतिकारी सेना खड़ी करने का काम सौंप दिया गया था। इस जटिल काम में हरनाम सिंह 'टुंडीलाट' उनके मुख्य सहयोगी बने।

अमेरिका के पश्चिमी क्षेत्रों में शहर के दूर गरीब ग्रामीणों के बीच रहनेवाले भारतीय छात्र भी इन पंजाबी श्रमिकों के संपर्क में आए। स्वदेश की भावना बलवती हुई और

इन्होंने आपस में अपनी भावनाओं का आदान-प्रदान किया और इस समस्या के समाधान के लिए कोई ठोस उपाय करने की ठानी। भारत के इन अशिक्षित श्रमिकों को सहायता की आवश्यकता थी। छात्रों ने सोचा कि इन श्रमिकों की सहायता कर वे एक ओर जहाँ देशवासी की सेवा करेंगे, इनका विश्वास जीतेंगे, वहीं अपने देश की स्वतंत्रता हेतु इन्हें शिक्षित, संगठित करेंगे एवं इनमें क्रांतिकारी संघर्ष की भावना भी भरेंगे। इन सब बातों को ध्यान में रखते हुए 1907 के आरंभ में तारकनाथ दास, पांडुरंग खानखोजे, रामनाथ पुरी और खगेंद्र चरण दास ने सेन फ्रांसिस्को में 'इंडियन इंडिपेंडेंस लीग' की स्थापना की। हालाँकि इनमें से सभी क्रांतिकारी नहीं थे। भारतीय श्रमिकों के हितों की रक्षा एवं इनके बीच राजनीतिक शिक्षा का प्रसार करना इस संगठन का उद्देश्य था। इस प्रकार का राजनीतिक और सामाजिक कार्य प्राय: सभी क्षेत्रों में आरंभ हुआ। ब्रिटिश सरकार के विरुद्ध भावना भड़काना, भारत की राजनीतिक स्थिति का चित्रण करना और भारतीयों में इस बात का विश्वास पैदा करना कि सभी समस्याओं का समाधान राष्ट्रीय आजादी है, यह इन संगठनों का मुख्य उद्देश्य बन गया।[109]

सितंबर 1910 में तारकनाथ दास पुन: वैंकूवर वापस आए। भारतीयों के आक्रोश को देखते हुए उन दोनों नेताओं ने इन्हें संगठित कर क्रांति के बारे में सोचना आरंभ किया। इनके समक्ष 'इंडिया हाउस', लंदन का मॉडल था। वैंकूवर में उन्होंने एक मकान किराए पर लिया, जिसका नाम 'यूनाइटेड इंडिया हाउस' रखा गया। उस समय बड़ौदा के गायकवाड़ अमेरिका की यात्रा पर थे और ऐसा समझा जाता है कि इस मकान के किराए का खर्चा गायकवाड़ द्वारा दिया गया। आजादी-पसंद, मानव-हितैषी तथा गुलामों का भला चाहनेवाले गोरों की एक सोसाइटी सेन फ्रांसिस्को तथा दूसरी विक्टोरिया में बनाई गई। इन दोनों सोसाइटियों का नाम 'हिंदुस्तानी मित्र सभा' था। सेन फ्रांसिस्को वाली मित्र सभा के महासचिव स.ब. वाल्टर्ज थे, उन्होंने अपने दफ्तर संख्या-2 ए स्ट्रीट से 3 अक्तूबर, 1910 को कनाडा में कामकाज करनेवाले अमेरिका से गए हुए 349 हिंदुस्तानियों के हस्ताक्षरों वाला एक पत्र हिंदुस्तान के वायसराय को भेजा। लेकिन 'यूनाइटेड इंडिया हाउस' के सिलसिले में तेजा सिंह और सुंदर सिंह का नाम नहीं आता है, इसलिए यह अंदाजा लगाया जा रहा है कि कुमार और तारकनाथ दास को सभी भारतीयों का सहयोग नहीं मिला हो। कुछ ही महीनों बाद 'यूनाइटेड इंडिया हाउस' बंद कर देना पड़ा। अगस्त 1911 में सुंदर सिंह ने दूसरे क्रांतिकारी मासिक पत्र 'आर्यन' की शुरुआत की। लेकिन निधि के अभाव में 1913 के आरंभ में इसे भी बंद कर दिया गया।

16 अप्रैल, 1911 को हुई सार्वजनिक सभा में हिंदुस्तानियों ने माँग की कि 'हिंदुस्तानियों के परिवारों को कनाडा में लाने की आज्ञा दी जाए और अमेरिका से अपने कामकाज के लिए कनाडा आनेवालों पर सीधे सफर वाली शर्त न लगाई जाए। एक अन्य

प्रस्ताव में माँग की गई कि लंदन में इस साल हो रही इंपीरियल कॉन्फ्रेंस में हिंदुस्तानियों का अंग्रेजी साम्राज्य के उपनिवेशों में 'निवासी' के तौर पर रहने का हक मान लिया जाए। कनाडा की 'हिंदुस्तानी मित्र सोसाइटी' ने भी अंग्रेज सरकार से यह माँग मान लेने का अनुरोध किया। वैंकूवर से प्रकाशित साप्ताहिक अखबार 'सैटर्डे सनसेट' ने 27 मई, 1911 के अपने अंक में भी इस माँग का समर्थन करते हुए लेख प्रकाशित किया।[110]

वर्ष 1911 में सिखों के प्रसिद्ध नेता और ग्रंथी बलवंत सिंह खुर्दपुर और भाग सिंह भिक्खीविंड अपनी पत्नी और बच्चों को कनाडा लाने के लिए भारत गए। 17 मई, 1911 को वायसराय को तार भेजा कि कलकत्ते में जहाज कंपनियाँ उन्हें कनाडा के लिए सीधी टिकटें नहीं दे रही हैं। हिंदुस्तान सरकार ने इसके जवाब में लिखा कि हिंदुस्तान की अंग्रेजी सरकार इसके संबंध में कुछ नहीं कर सकती, वह कनाडा की सरकार को इसके बारे में लिखें। कनाडा की सरकार ने भेजे गए तारों का कोई जवाब नहीं दिया। वे कलकत्ता में कई दिन बरबाद करने के बाद हांगकांग के बेड़े पर सवार हुए। हांगकांग में भी उनके परिवार को कनाडा के लिए टिकटें नहीं दी गईं। दो महीने भटकने के बाद वे ऐसे जहाज पर सवार हुए, जिसे कनाडा होते हुए सेन फ्रांसिस्को जाना था। उन्होंने सेन फ्रांसिस्को के टिकट लिये तथा वैंकूवर आ गए। दोनों व्यक्तियों को कनाडा प्रवेश की अनुमति तो दी गई, लेकिन पत्नी एवं बच्चों को अनुमति नहीं दी गई। फलतः पूरे परिवार को वापस हांगकांग जाना पड़ा। न्यायालय में आवेदन दिए गए, लेकिन न्यायालय ने इसमें हस्तक्षेप करने से इनकार कर दिया। 22 सितंबर, 1911 को वायसराय की विधान परिषद् में सच्चिदानंद सिन्हा ने प्रश्न किया तो सरकार ने उत्तर दिया कि हम कनाडा जानेवालों पर पाबंदियों को नरम करने के लिए लंदन के इंडिया ऑफिस को लिख रहे हैं।[111] इसके बाद बैठक हुई, जिसमें तेजा सिंह और सुंदर सिंह ने प्रस्ताव दिया कि एक प्रतिनिधिमंडल ओटावा जाकर सरकार से वार्त्ता करे। 'खालसा दीवान सोसाइटी' तथा 'यूनाइटेड इंडिया लीग' की ओर से डॉ. सुंदर सिंह, संत तेजा सिंह, राजा सिंह वाडिया (होशियारपुर) तथा पादरी एल.डब्ल्यू. हाल में एक प्रतिनिधिमंडल के तौर पर 27 नवंबर को एक स्मार-पत्र पेश किया और 15 दिसंबर, 1911 को गृहमंत्री मि. रौजर्स से मुलाकात की। ब्रिटिश सेना में सेवा और वफादारी का हवाला देते हुए उनकी माँग थी कि उन्हें अपने पत्नी और बच्चों के साथ कनाडा में रहने की अनुमति मिलनी चाहिए। मंत्री का उत्तर अस्पष्ट था। लेकिन वापस आकर तेजा सिंह ने प्रचार किया कि भारतीयों की जीत हो गई है और मंत्री ने बीवी-बच्चों के साथ कनाडा में रहने की अनुमति दे दी है। समाचार हांगकांग पहुँचा, जहाँ भाग सिंह और बलवंत सिंह अपने परिवार के साथ चिंतामग्न प्रतीक्षारत थे। एक महीने बाद वे सपरिवार कनाडा वापस आए, लेकिन फिर इन्हें प्रवेश की अनुमति नहीं दी गई। तेजा सिंह द्वारा फैलाए गए दुष्प्रचार के कारण यह

परिस्थिति उत्पन्न हुई। तेजा सिंह कुछ ही दिनों बाद कनाडा से चले गए। मामले को तूल पकड़ता देख कनाडा के अधिकारियों ने दोनों महिलाओं को कनाडा प्रवेश की अनुमति तो दे दी, लेकिन इसे कृपा की संज्ञा दी गई।[112]

कुछ दिन रहने के बाद पुन: मई के आरंभ में पुन: दोनों बीवियों को देश-निष्कासन का हुक्म सुना दिया गया। उच्च न्यायालय में मुकदमा दायर किया गया। 6 मई, 1912 को जनसभा हुई और 7 मई को 'इंडिया ऑफिस', लंदन को तार भेजा गया। 10 मई को हॉपकिंसन ने सरकार को प्रतिवेदन भेज दिया। न्यायाधीश मौरीसन ने स्पष्ट लिखा कि वह रहीम के मुकदमे में पहले ही लिख चुके हैं कि 9 मई,1910 को जारी हिंदुस्तानियों पर सीधे सफर वाली पाबंदी संबंधी हुक्म में गवर्नर जनरल अपने आपको प्राप्त हुई शक्तियों से कहीं आगे निकल गया है। 23 मई, 1912 को कनाडा के गृह विभाग के उप मंत्री व.व. कोरी ने घाटों के विभागीय अफसर मैलकम रीड को तार दिया कि हिंदुस्तानी परिवारों को कनाडा में रहने दिया जाए।[113] 23 जून, 1912 को हुई जनसभा में सिख बीवियों के साथ कनाडा सरकार की ओर से किए गए दुर्व्यवहार की निंदा करने के बाद माँग की कि कनाडा सरकार हिंदुस्तानियों के साथ भी चीनियों के समान व्यवहार करे। इधर भारतीय अखबारों में कनाडा में सिख श्रमिकों के साथ हो रहे रंगभेद एवं भेदभाव की नीतियों को लेकर 'द लोयाल गजट', 'द देश', 'द हिंदू', 'द ट्रिब्यून', 'द पंजाबी', 'द खालसा सेवक' और 'द लीडर' में लगातार लेख छप रहे थे। 12 मई, 1912 को 'द लोयाल गजट' में 1857 क्रांति को दबाने में सिखों द्वारा बहाए गए खून का हवाला दिया गया। पत्र में भारत सरकार से हस्तक्षेप की माँग भी की गई। 'द पंजाबी' (लाहौर) ने सिखों के आक्रोश को उजागर करते हुए लिखा कि अपनी पत्नी और बच्चों के बिना आदमी कैसे रह सकता है ? श्रीमती एनी बेसेंट और विपिनचंद्र पाल ने भी ब्रिटिश सरकार की नीतियों की आलोचना की। भारतीयों के बारे में ब्रिटिश अधिकारियों की सोच के बारे में ओटावा सरकार के कृषि मंत्री बुरेल को उपनिवेश सचिव ऑस्टिन चेंबरलेन द्वारा लिखे गए पत्र से पता चलता है। 9 जुलाई, 1912 को लिखे गए पत्र में स्पष्ट किया गया है कि सिखों द्वारा अपनी संस्कृति की रक्षा में दाढ़ी और पगड़ी रखने की जिद करना और इसको लेकर गोरों द्वारा उद्वेलित होना घोर रंगभेद एवं नस्लभेद मानसिकता का परिचायक है। उन्होंने आगे लिखा कि ऐसा कानून बना दिया गया है कि भारतीय अपनी पत्नी को कनाडा नहीं ला सकते हैं। इस कारण कई भारतीय खराब संगत में आकर वेश्यावृत्ति में संलग्न हैं और इस कारण बीमारियों को बढ़ावा मिल रहा है। इससे गोरी नस्ल एवं ईसाई धर्म पर खतरा उत्पन्न होने लगा है।[114]

15 दिसंबर, 1911 को 'खालसा दीवान सोसाइटी' और 'यूनाइटेड इंडिया लीग' की स्थापना वैंकूवर में की गई। एक ही तिथि को दो संगठनों का निर्माण भारतीय

प्रवासियों के श्रेणीकरण का द्योतक है। हालाँकि हथियारों के अवैध तरीके से संग्रह करने और भारतीयों के हितों के मुद्दों पर संघर्ष करने में सभी एकजुट रहते थे। दोनों संगठनों द्वारा आहूत एक जनसभा की अध्यक्षता छगन खैराज वर्मा उर्फ हसन रहीम द्वारा की गई। इसमें यह निर्णय लिया गया कि तीन सदस्यीय एक प्रतिनिधिमंडल कनाडा में प्रवासी भारतीयों की समस्या पर ध्यान आकृष्ट करने हेतु पहले लंदन और यदि आवश्यकता हो तो भारत भेजा जाए। बलवंत सिंह, नंद सिंह और नारायण सिंह प्रतिनिधिमंडल के रूप में पहले लंदन और फिर भारत आए, लेकिन कोई लाभ नहीं हुआ। भारतीयों में निराशा गहरी हो गई और वे आक्रोशित हो उठे।[115] कनाडा से भारत जानेवाले श्रमिक एक साल के अंदर कनाडा आ सकते थे, लेकिन कनाडा छोड़ने के पूर्व उन्हें अपना फोटो एवं अँगूठा निशान कनाडा के उस अधिकारी के पास छोड़ना होता था, जिसने उन्हें भारत जाने की अनुमति दी हो। अब तक अँगूठा निशान सिर्फ अपराधियों को देना होता था। इस व्यवस्था से उन्हें मानसिक ग्लानि होती थी और वे समझते थे कि अपराधियों एवं श्रमिकों में कनाडा कानून के अनुसार कोई भेद नहीं रह गया है। उनकी सोच थी कि जब ब्रिटिश अधिकारियों को अच्छे सैनिक की आवश्यकता होती है तो वे सिख समुदाय की ओर देखते हैं, लेकिन अपनी रोजी-रोटी के लिए ब्रिटिश उपनिवेश में उन्हें ऐसे-ऐसे जलालत देखने पड़ रहे हैं!

सिटन नामक विद्वान् ने एक मिल मजदूर लाखा सिंह के वृत्तांत का उल्लेख किया है। कारखाने के अंदर घटी दुर्घटना में उसका हाथ बुरी तरह क्षतिग्रस्त हो गया और उसे अस्पताल में कई हफ्तों तक अपना इलाज करवाना पड़ा। कारखाना प्रबंधन द्वारा उसे कोई सहायता नहीं दी गई। यहाँ तक कि प्रबंधन द्वारा उसका आवेदन-पत्र भी प्राप्त नहीं किया गया। लाखा सिंह न्याय चाहता था, जो उसे मिलना कठिन था। कारखाना का चिकित्सक मिल का शेयरहोल्डर भी था। कंपनी की मिलीभगत से उसने न्यायालय में ऐसा प्रमाण-पत्र उपस्थित कर दिया, जिसके कारण बीमा कंपनी द्वारा काम नहीं करने की अवधि के पारिश्रमिक के रूप में उसे आधी रकम ही मिल पाई। दूसरी घटना गंगा सिंह के साथ घटी। केरियाडेल नामक जगह पर गंगा सिंह ने जमीन का एक टुकड़ा खरीदा और उस पर अपना छोटा सा घर बनाना चाहा। नगर निगम के मकान निरीक्षक के सम्मुख उसने घर बनाने का आवेदन दिया और साथ ही डेढ़ डॉलर की रकम जमा कराकर रसीद भी रख ली। लेकिन बाद में उसे जानकारी मिली कि 'हिंदू' यहाँ पर अपना घर नहीं बना सकता है। इस प्रकार नगर निगम ने स्वयं द्वारा बनाए गए कानून का उल्लंघन किया था। गंगा सिंह को जब घर बनाने की अनुमति नहीं मिली तो उसने जमीन पर एक छोटा-सा कनात लगाकर रहना चाहा, लेकिन कुछ देर बाद ही स्थानीय पुलिस ने आकर उसे इसके लिए मना कर दिया। गंगा सिंह गरीब था और इस कारण वह

अपने अधिकारों के लिए न्यायालय में लड़ाई नहीं लड़ सकता था। स्पष्ट था कि ब्रिटिश उपनिवेश में एक ही कानून की व्याख्या भारतीयों के लिए अलग होती थी और गोरों के लिए अलग होती थी। हालाँकि सिटन ने सिर्फ दो घटनाओं का जिक्र किया है, परंतु ऐसी घटनाएँ सर्वत्र विद्यमान थीं।

अफवाहों का बाजार भी गरम रहा। 9 अगस्त, 1913 को ओटावा से एक तार संदेश अधिकारी को मिला, जिसमें लिखा था कि चार जहाजों में भरकर लगभग एक लाख की जनसंख्या भारत से सीधे कनाडा पहुँच रही है और भारत के धनी लोगों ने इसकी सारी व्यवस्था की है। एक अन्य गोरे ने 'हिंदू आप्रवासन' शीर्षक से एक लेख लिखा, जिसमें उसने वर्णन किया कि उन्हें 13 वर्षों तक भारत में रहने का अनुभव है और वे भारतीय परिस्थिति को भलीभाँति जानते हैं। वहाँ सरकार के प्रति समर्पित लोगों की कमी है और अभी भारत पूरी तरह व्यवस्थित नहीं हुआ है। इसलिए वहाँ के लोगों को बाहर बसने की अनुमति नहीं दी जानी चाहिए, बल्कि बाहर के लोगों को भारत जाकर वहाँ बसना चाहिए। ब्रिटिश उपनिवेश, यथा—कनाडा, ऑस्ट्रेलिया और अफ्रीका गोरों एवं उनके वंशजों के लिए सुरक्षित उपनिवेश हैं। हिंदू, विशेषकर सिख और बंगालियों का रहन-सहन बहुत घटिया है और ऐसे लोगों के लिए कनाडा में कोई जगह नहीं है।

सरहली, अमृतसर के रहनेवाले भाई भगवान सिंह सिख धर्म के बड़े विद्वान् थे। इनके पिता का नाम सुरमुख सिंह था। ये जाति के ब्राह्मण थे और अमृतसर जिला के तरणतारण थाना के विरिंग नामक गाँव के निवासी थे।[116] 1907 के अजीत सिंह के किसान आंदोलन में भी उन्होंने बढ़-चढ़कर भाग लिया था। 1909 में मलाया जाने के पूर्व भारत की आंतरिक राजनीतिक कसमसाहट का उन्हें अनुभव हो गया था। 1907-08 में पंजाब में अशांति के दौरान गिरफ्तारी से बचने के लिए भगवान सिंह ज्ञानी ने गुप्त रूप से वर्ष 1909 में भारत छोड़ दिया और पेनांग के एक गुरुद्वारे में ग्रंथी का कार्य करने लगे। मलाया के पेरक गुरुद्वारा के ग्रंथी के रूप में उन्होंने अपनी सेवा दी। वहाँ ये क्रांति का उपदेश देते थे। इस बात पर इनका मतभेद वहाँ रह रहे भारतीय सैनिक एवं भारतीय पुलिस से हुआ और 1911 एवं 1912 में इनकी गिरफ्तारी भी हुई। ये मार्च 1910 में हांगकांग पहुँचे और स्थानीय गुरुद्वारे में ग्रंथी बन गए। इनका मुख्य काम क्रांति के संदेश का प्रसारण होता था। इसलिए गुरुद्वारा प्रबंधक समिति ने इन्हें काम से हटा दिया। 1910 में ये हांगकांग के सेंट्रल सिख गुरुद्वारा में ग्रंथी के रूप में आ गए। इस समय उत्तरी अमेरिका जानेवाले सिखों के लिए हांगकांग गुरुद्वारा विश्रामस्थल के रूप में भी था। अपने धर्म उपदेश के क्रम में ज्ञानीजी ने इन सिखों को ब्रिटिश सरकार के विरुद्ध क्रांतिकारी भाषण भी दिए। इसको लेकर हांगकांग पुलिस में कार्यरत ब्रिटिश शासक के वफादार या जासूस लाल सिंह, जो गुरुद्वारा के अध्यक्ष भी थे, उनसे गंभीर मतभेद हो

गया। क्रांतिकारी उपदेश के कारण 1913 में उन्हें वहाँ से भी हटा दिया गया। कनाडा जाने के लिए ये हांगकांग से 14 मई, 1913 को रवाना हो गए, लेकिन हांगकांग में उन्होंने क्रांति का बीज बो दिया। इस समय यहाँ 140 भारतीय थे, जो क्रांति के रंग में रँगकर क्रांति संबंधी बातें अपने दोस्त, यहाँ तक कि सेना में भरती अपने मित्रों, संबंधियों से पत्र के माध्यम से करने लगे। अन्य जगहों पर प्रकाशित क्रांतिकारी साहित्य भी यहाँ पहुँचना आरंभ हो गया। क्रांति संदेश धीरे-धीरे शंघाई, एमोई एवं स्वातो में भी पहुँचा। 1913 में शंघाई के स्थानीय गुरुद्वारा में मथुरा सिंह एवं हरनाम सिंह के नेतृत्व में नियमित बैठकें होती थीं। यहाँ भी पंजाबी श्रमिकों का संबंध जर्मन राजनयिकों से था और यहाँ से उन्हें सलाह एवं प्रोत्साहन मिलता था। 1911 में चीन में हुए विद्रोह के बाद यहाँ हथियार आसानी से उपलब्ध हो जाते थे। अतएव कुछ लोगों ने भारत में हथियारों की सौदागरी भी आरंभ कर दी। इस कारण ज्ञानीजी कनाडा चले आए और अगस्त 1913 में वैंकूवर के विक्टोरिया पोर्ट पर 'नत्था सिंह' के छद्म नाम से कनाडा में प्रवेश किया। ये भान सिंह, नाथा सिंह, बी.एस. जाख आदि नामों से भी पुकारे जाते थे और[117] इसमें उन्हें हॉपकिंसन के एजेंट बेला सिंह जियान ने सहायता की थी। जिस समय सरकार द्वारा भारतीयों के कनाडा प्रवेश पर रोक लगा दी गई थी, बेला सिंह सरकारी अधिकारियों से मेल-जोल एवं साँठ-गाँठ की आड़ में पैसे लेकर भारतीयों को कनाडा प्रवेश की गैर-कानूनी व्यवस्था करवा देता था। अधिकारीगण बेला सिंह को ऐसा करने की इसलिए छूट देते थे, क्योंकि इससे उन्हें जासूसी कार्य में मदद मिलती थी। लेकिन ज्ञानीजी अलग तरह के व्यक्ति थे।

ज्ञानीजी के वैंकूवर आने के बाद गुरुद्वारा के खालसा दीवान सोसाइटी के नेताओं में नया उत्साह जाग्रत् हुआ। अपने रविवारीय उपदेश में ज्ञानीजी ने बड़ी चतुराई से गुरु गोविंद सिंह के उपदेशों को संदर्भ बनाकर ब्रिटिश सरकार के विरुद्ध लोगों को समझाया। ज्ञानीजी अच्छे कवि भी थे। उनकी कविता सुनकर श्रोताओं में क्रांतिकारी जोश उबाल मारने लगता था। ज्ञानीजी ब्रिटिश सरकार के विरुद्ध संघर्ष में एवं सिखों के विरुद्ध कनाडा में किए जा रहे भेदभावपूर्ण अन्याय के विरुद्ध लड़ने में सभी भारतीयों की राजनीतिक एकता का समर्थन करते थे। सिखों के अलग संघर्ष करने की बात को लेकर वे सुंदर सिंह एवं करतार सिंह आदि के धड़े की आलोचना भी करते थे। 'संसार' में उनके क्रांतिकारी लेख लिखने को लेकर 'खालसा दीवान सोसाइटी' के नेताओं से उनका मतभेद हो गया। सोसाइटी हॉपकिंसन एवं उनके जासूस एजेंटों की आपसी विश्वासघाती नीतियों को लेकर आक्रोशित थे। क्रांतिकारी गतिविधियों के कारण कुछ ही दिनों के अंदर ये कनाडा के आव्रजन अधिकारियों की नजर में आ गए। ज्ञानीजी के 'देशभक्ति प्रचार' से तंग आकर हॉपकिंसन आप्रवासी अधिकारियों को ज्ञानीजी के छद्म नाम से कनाडा

प्रवेश के बारे में प्रतिवेदित कर दिया और इसके बाद एक जाँच आयोग का गठन हो गया। ज्ञानीजी का संपर्क सेन फ्रांसिस्को के राजनीतिक नेताओं से था और दिसंबर में अमेरिका चले जाने की उनकी योजना थी। जून 1913 के आस-पास भाई भगवान सिंह कनाडा पहुँचे। 5 अगस्त को 'संसार' नामक अखबार में यह खबर छपी और 30 सितंबर को भाई भगवान सिंह की गिरफ्तारी का आदेश आप्रवासन अधिकारी ने यह आरोप लगाते हुए जारी कर दिया कि वे छद्म नाम से यहाँ पहुँचे हैं।

छद्म नाम से कनाडा प्रवेश करने के आरोप में इन्हें गिरफ्तार कर लिया गया और इन पर कानूनी काररवाई आरंभ हुई। न्यायालय में मुकदमा के दौरान ये काफी चर्चित हो गए और इन्हें आप्रवासी भारतीयों की सहानुभूति प्राप्त हुई।[118] उनकी गिरफ्तारी की खबर जंगल में लगी आग की तरह पूरे कनाडा में फैल गई और सिख उत्तेजित हो उठे। 3 अक्तूबर को 2000 डॉलर के मुचलके पर उन्हें जेल से बाहर निकाला गया। वैंकूवर गुरुद्वारा में हुई बैठक में 400 डॉलर का चंदा इकट्ठा किया गया, ताकि भगवान सिंह का मुकदमा लड़ा जा सके। लेकिन कनाडा सरकार नहीं मानी और उन्हें कनाडा छोड़कर जाना पड़ा। बहुत प्रयास के बावजूद अधिकारियों ने इन्हें कनाडा से निष्कासित करने का आदेश पारित करते हुए हांगकांग वापस जानेवाले जहाज में जबरन बैठा दिया। 18 नवंबर को उन्हें गिरफ्तार कर हांगकांग निर्वासित कर दिया गया। 19 नवंबर को 'एस. एस. इम्प्रेस' जहाज पर उन्हें जबरन चढ़ाकर जापान भेज दिया गया।

इसे लेकर सिख समुदाय आहत हुआ और उनका मन गुस्से और आक्रोश से भर गया, जब उन्हें यह जानकारी मिली कि 'बंदी प्रत्यक्षीकरण' के मामले में याचिका दायर होने के बावजूद अधिकारियों ने ज्ञानीजी को जंजीरों से जकड़कर घसीटते हुए जहाज पर फेंक दिया। इस बीच ज्ञानीजी सहायता के लिए चिल्लाते रह गए, लेकिन उन्हें सहायता नहीं दी गई। यह भी एक संयोग ही था कि 'गदर' साप्ताहिक पत्रिका के प्रथम प्रकाशन के समय ही ज्ञानीजी को निर्वासित किया गया था। ये उस जहाज पर से भागने में सफल हो गए और अमेरिका पहुँच गए।

भगवान सिंह के विरुद्ध दिए गए आदेश को वकील जे.ई. बर्ड द्वारा न्यायालय में 'बंदी प्रत्यक्षीकरण' के तहत मुकदमा दायर किया गया। परंतु न्यायाधीश रीड ने इसे रद्द करते हुए तर्क दिया कि वकील द्वारा अपने आवेदन के साथ कोई दस्तावेज संलग्न नहीं किया गया है। हालाँकि उस समय भगवान सिंह को जमा की गई दो हजार डॉलर की राशि वापस करते हुए रिहा कर दिया गया, लेकिन जैसे ही उन्होंने कार्यालय के बाहर अपने पैर रखे, पुलिस ने पुनः उन्हें गिरफ्तार कर लिया। उनके हाथों में हथकड़ी लगा दी गई, हाथ-पैर बाँध दिए गए और विक्टोरिया जाने के लिए तट पर तैयार 'प्रिंसेज एलाइस' नामक जहाज पर चढ़ा दिया गया।[119] भगवान सिंह जैसे प्रबुद्ध धार्मिक नेता के

प्रति दुनिया भर के सिखों की बहुत आस्था थी और गिरफ्तारी के समय उनके साथ जैसा क्रूर व्यवहार किया गया, इसे देखते हुए सिख समुदाय मर्माहत एवं उत्तेजित हो गया। रूंग सिंह (सिख) और रौम शाह (मुसलमान) ने घटना की निंदा, विशेषकर आप्रवासन अधिकारी मॉलकम रीड की निंदा करते हुए एक परचा प्रकाशित किया। 'डेली सन' नामक समाचार-पत्र के 23 अप्रैल, 1914 के अंक में इसका अनुवाद प्रकाशित हुआ। इस परचा में उल्लेख किया गया था कि भाई भगवान सिंह को गिरफ्तार कर एक छोटे केबिन में डाल दिया गया और बाहर से ताला बंद कर दिया गया। वकील के साथ कई भारतीय भी इस जहाज पर सवार हो गए। हालाँकि भारतीय इस केबिन का दरवाजा तोड़ देना चाहते थे, परंतु वकील ने उन्हें ऐसा करने से मना कर दिया। भगवान सिंह के साथ बुरी तरह मारपीट की गई थी। भगवान सिंह ने बताया कि उनके हाथ और पैर बाँध दिए गए और मुँह में कपडा ठूँस दिया गया, ताकि वे बोल नहीं सकें। जब उनके मुँह से कपड़ा हटाया गया तो उन्होंने उपस्थित भारतीयों को संबोधित करते हुए कहा कि 'आप लोग अपना सिर नीचा कर क्यों खड़े हैं? अपनी मातृभूमि को आजाद कराने के बारे कुछ सोचिए और कुछ कीजिए, ताकि हम लोगों का अपना देश हो। मेरी स्थिति पर आर्तनाद नहीं करें, बल्कि 'वंदे मातरम्' का नारा लगाएँ। हमें यह दु:ख भारत के बाहर हो रहा है। ऐसी ही तकलीफ वीर सावरकर ने दस वर्षों तक कारावास में काटी है और ऐसी ही तकलीफ अजीत सिंह, हरदयाल, कृष्णा वर्मा और मैडम कामा काट रही हैं। यह कोई चिंता का विषय नहीं है। आज से मैं भी उन लोगों की तरह देश की स्वतंत्रता के लिए अपने को न्योछावर कर रहा हूँ। हम लोग खुद जेल जा रहे हैं। ब्रिटिश सरकार हमें जेल भेजे या फाँसी दे दे, इससे कोई अंतर पड़नेवाला नहीं है।'[120] भगवान सिंह को जापान भेज दिया गया। 'संसार' अखबार में भारतीयों के साथ हो रहे भेदभाव को विस्तार से प्रकाशित किया गया। कनाडा में भाई भगवान सिंह के साथ किए गए सलूक से आप्रवासी भारतीयों में अंग्रेज सरकार के प्रति असंतोष की एक नई लहर दौड़ गई। बंगाल में पुलिस अधिकारी के रूप में पदस्थापित अपने भाई को कनाडा से एक अंग्रेज अधिकारी ने एक पत्र लिखा, जिसमें कनाडा में रह रहे आप्रवासी भारतीयों के असंतोष की चर्चा की गई और यह भी कहा गया कि भारतीय क्रांतिकारी दो वर्षों के अंदर भारत में सशस्त्र क्रांति आरंभ कर देंगे। उन्हें सिर्फ इस बात का इंतजार है कि इंग्लैंड कब युद्ध में कूदता है![121]

इंग्लैंड से वापस आने के बाद ब्रिटिश कोलंबिया के मंत्री सर रिचर्ड मैकब्राइड ने ओटावा में कहा कि उनकी बातचीत इंग्लैंड के मंत्रियों से हुई है और उन्होंने इस बात पर सहमति दे दी है कि ब्रिटिश कोलंबिया सिर्फ गोरों के रहने के लिए है और यहाँ से सभी भारतीयों को बाहर निकाले जाने के प्रयास होंगे। ऐसा कानून बनाया जाएगा, जिसके अनुसार, कनाडा के किसी भी कारखाने में भारतीय मजदूरों को काम करने की छूट नहीं

दी जाएगी। कनाडा में रह रहे भारतीयों की भारत सरकार एवं भारतीय नेताओं से मुख्य शिकायत यह थी कि वे कनाडा सरकार द्वारा की जा रही ज्यादतियों के विरुद्ध कोई कदम नहीं उठा रहे हैं। उन्हें बहुत प्रसन्नता होती थी, जब इस विषय को लेकर भारत का कोई नेता कहीं कुछ बोलता था। 18 सितंबर, 1913 को शिमला में हुई बैठक में सुरेंद्रनाथ बनर्जी ने जो कुछ कहा, उससे वे बहुत प्रसन्न हुए। उनकी प्रसन्नता और बढ़ गई, जब उन्हें यह जानकारी मिली कि लोक सेवा आयोग के समक्ष गवाही देते हुए जस्टिस हसन इमाम ने यह कहा कि 'गोरे प्रभुत्ववाले ऐसे देश, जो भारतीयों को अपनी सीमा में घुसने नहीं देना चाहते या रहने नहीं देना चाहते, उन देशों के सभी गोरे अफसरों को भारत सरकार की सेवा से तुरंत बरखास्त कर देना चाहिए। कनाडा में हमें घोर कठिनाइयों में डाला जा रहा है। यदि ऐसा है तो कनाडा के नागरिकों को कोई अधिकार नहीं है कि वे भारत सरकार की सेवा में रहें।' इस प्रकार भारतीयों ने उसी भाषा का इस्तेमाल करने का साहस दिखाना आरंभ किया, जैसी कनाडा की सरकार बोल रही थी।[122]

संदर्भ—

1. ए.सी. बोस, पृष्ठ–45।
2. वही, पृष्ठ–44।
3. आर.के. दास, पृष्ठ–48।
4. वही, पृष्ठ–21।
5. हरीश के. पुरी, पृष्ठ–21।
6. वही, पृष्ठ–20।
7. प्रीतम सिंह पंछी, पृष्ठ–36।
8. वही, पृष्ठ–37।
9. सोहन सिंह जोश, पृष्ठ–66।
10. वही, पृष्ठ–85।
11. आर.के. दास, पृष्ठ–75।
12. वही, पृष्ठ–112।
13. वही, पृष्ठ–113।
14. विश्वमित्र उपाध्याय, पृष्ठ–167।
15. प्रीतम सिंह पंछी, पृष्ठ–39।
16. वही।
17. ए.सी. बोस, पृष्ठ–50।
19. वही, पृष्ठ–46।
20. एल.पी. माथुर, पृष्ठ–13।
21. वही, पृष्ठ–14।

22. गुरचरन सिंह सहिंसरा, पृष्ठ–55।
23. सोहन सिंह जोश, पृष्ठ–59।
24. आर.के. दास, पृष्ठ–9, एल.पी. माथुर, पृष्ठ–132।
25. एल.पी. माथुर, पृष्ठ–8।
26. प्रीतम सिंह पंछी, पृष्ठ–39।
27. आर.के. दास, पृष्ठ–9, एल.पी. माथुर, पृष्ठ–13।
28. गुरदित सिंह, 'वोयाज ऑफ कामागाटा मारू', पृष्ठ–60।
29. ए.सी. बोस, पृष्ठ–8।
30. एल.पी. माथुर, पृष्ठ–9।
31. कमिश्नर जनरल, आव्रजन का प्रतिवेदन 1918–19, पृष्ठ–60।
32. आर.के. दास, पृष्ठ–112।
33. सोहन सिंह जोश, पृष्ठ–80।
34. ह्यूज जॉन्स्ट्सन, 'दि सर्विलांस ऑफ इंडियन नेशनलिस्ट ऑफ नॉर्थ अमेरिका', 1908–18।
35. हरीश के. पुरी, पृष्ठ–38।
36. ह्यूज जॉन्स्ट्सन, वही।
37. ह्यूज जॉन्स्ट्सन, वही।
38. हरीश के. पुरी, पृष्ठ–38।
39. वही।
40. प्रीतम सिंह पंछी, पृष्ठ–40।
41. एफ.सी. आईसेमॉन्गर एवं जे. स्लैटरी, पृष्ठ–3।
42. ए.सी. बोस, पृष्ठ–46।
43. आर.के. दास, पृष्ठ–114।
44. प्रीतम सिंह पंछी, पृष्ठ–22।
45. हरीश के. पुरी, पृष्ठ–35।
46. आर.के. दास, पृष्ठ–92।
47. हरीश के. पुरी, पृष्ठ–35।
48. सोहन सिंह जोश, पृष्ठ–72।
49. वही, पृष्ठ–72।
50. गुरचरन सिंह सहिंसरा, पृष्ठ–82।
51. प्रीतम सिंह पंछी, पृष्ठ–38।
52. हरीश के. पुरी, पृष्ठ–22।
53. वही, पृष्ठ–23।
54. वही, पृष्ठ–25।
55. वही।

56. ए.सी. बोस, पृष्ठ–52।
57. एल.पी. माथुर, पृष्ठ–9।
58. ए.सी. बोस, पृष्ठ –51।
59. हरीश के. पुरी, पृष्ठ–37।
60. वही, पृष्ठ–27।
61. वही।
62. वही।
63. वही।
64. सोहन सिंह जोश, पृष्ठ–81।
65. हरीश के. पुरी, पृष्ठ–29।
66. गुरचरन सिंह सहिंसरा, पृष्ठ–46।
67. सोहन सिंह जोश, पृष्ठ–81।
68. प्रीतम सिंह पंछी, पृष्ठ–42।
69. सोहन सिंह जोश, पृष्ठ–81।
70. ए.सी. बोस, पृष्ठ–52।
71. वही।
72. सोहन सिंह जोश, पृष्ठ–81।
73. ह्यूज जॉन्स्ट्सन, उपरोक्त।
74. वही।
75. वही।
76. सोहन सिंह जोश, पृष्ठ–81।
77. प्रीतम सिंह पंछी, पृष्ठ–42।
78. सोहन सिंह जोश, पृष्ठ–81।
79. गुरचरन सिंह सहिंसरा, पृष्ठ–46।
80. सोहन सिंह जोश, पृष्ठ–83।
81. हरीश के. पुरी, पृष्ठ–29।
82. सोहन सिंह जोश, पृष्ठ–83।
83. प्रीतम सिंह पंछी, पृष्ठ–28।
84. गुरचरन सिंह सहिंसरा, पृष्ठ–52।
85. ए.सी. बोस, पृष्ठ–53।
86. सोहन सिंह जोश, पृष्ठ–77।
87. एल.पी. माथुर, पृष्ठ–14।
88. ए.सी. बोस, पृष्ठ–46।
89. सोहन सिंह जोश, पृष्ठ–64।
90. आर.के. दास, पृष्ठ–111।

91. ए.सी. बोस, पृष्ठ–44।
92. हरीश के. पुरी, पृष्ठ–134।
93. एल.पी. माथुर, पृष्ठ–15।
94. वही, पृष्ठ–15।
95. आर.के. दास, पृष्ठ–36।
96. प्रीतम सिंह पंछी, पृष्ठ–21।
97. ए.सी. बोस, पृष्ठ–48।
98. आर.के. दास, पृष्ठ–114।
99. प्रीतम सिंह पंछी, पृष्ठ–32।
100. वेदप्रकाश 'वटुक', पृष्ठ–28।
101. प्रीतम सिंह पंछी, पृष्ठ–33।
102. ए.सी. बोस, पृष्ठ–39।
103. हरीश चंद्र त्रिपाठी, 'इंडो-जैपनीज रिलेशंस, कल्चरल, पॉलिटिकल एंड इकोनॉमिक एनालिसिस', 2001, पृष्ठ–85, जानकी प्रकाशन, पटना।
104. ए.सी. बोस, पृष्ठ–67।
105. हरीश चंद्र त्रिपाठी, पृष्ठ–86।
106. ए.सी. बोस, पृष्ठ–68।
107. वही, पृष्ठ–73।
108. प्रीतम सिंह पंछी, पृष्ठ–51।
109. ए.सी. बोस, पृष्ठ–49।
110. गुरचरन सिंह सहिंसरा, पृष्ठ–56।
111. वही।
112. एफ.सी. 'आईसेमॉन्गार एवं जे. स्लैटरी', पृष्ठ–3।
113. गुरचरन सिंह सहिंसरा, पृष्ठ–56।
114. सोहन सिंह जोश, पृष्ठ–87।
115. ए.सी. बोस, पृष्ठ–54।
116. एफ.सी. आईसेमॉन्गार एवं जे. स्लैटरी, पृष्ठ–39।
117. वही।
118. वही।
119. सोहन सिंह जोश, पृष्ठ–91।
120. वही।
121. एफ.सी. आईसेमॉन्गार एवं जे. स्लैटरी, पृष्ठ–40।
122. सोहन सिंह जोश, पृष्ठ–94।

□

संगठन का निर्माण और विरोध के स्वर

अमेरिका में इंग्लैंड के राजदूत लॉर्ड ब्रायस ने 1908 में अमेरिकी सरकार एक अर्द्ध-सरकारी पत्र के माध्यम से अनुरोध किया था कि अमेरिका में रह रहे भारतीयों को वहाँ से वापस किया जाना चाहिए। इस पत्र की प्रति 'फ्री हिंदुस्तान' में छापते हुए संपादक तारकनाथ दास ने इसे 'मूर्ख का प्रस्ताव' करार दिया था और अमेरिका की सरकार को इस प्रस्ताव को खारिज करने के लिए धन्यवाद दिया। लेकिन अमेरिका की सरकार ने भारतीयों के अमेरिका प्रवेश पर रोक लगाने का दूसरा रास्ता अपना लिया। खराब स्वास्थ्य अथवा झूठ बोलने के आधार पर इन्हें वापस कर दिया जाता था। 1907 में एंजेल आईलैंड से सिर्फ 10 प्रतिशत श्रमिकों को ही वापस किया गया था, जबकि 1909 में यह बढ़कर 50 प्रतिशत हो गया। 1914 तक आते-आते अमेरिका में भारतीय श्रमिकों का प्रवेश लगभग बंद हो गया। कनाडा से अधिकतर श्रमिक अमेरिका चले गए और 1908 में कनाडा में मात्र 3500 श्रमिक ही रह गए थे। अमेरिका और कनाडा को मिलाकर करीब दस हजार श्रमिक थे। अन्य देशों में हजारों श्रमिक कानूनी या गैर-कानूनी ढंग से प्रशांत क्षेत्र के देशों में प्रवेश का इंतजार कर रहे थे। प्रिवी कौंसिल के निर्णय को कनाडा के न्यायालय में चुनौती दी गई, लेकिन इसका कोई परिणाम नहीं निकला।[1]

भारत की राजनीतिक स्थिति में 9 मई, 1907 को लाला लाजपत राय को गिरफ्तार कर लाहौर से निर्वासित कर दिया गया। 15 मई को वे रंगून पहुँचे और अगले दिन उन्हें मांडले जेल भेज दिया गया। अजीत सिंह को 3 जून, 1907 को गिरफ्तार किया गया और वे 14 जून को रंगून पहुँचे और 15 जून को मांडले पहुँचाए गए। लाला लाजपत राय, बाल गंगाधर तिलक और बिपिन चंद्र पाल (लाल-बाल-पाल) जेल में बंद थे। 'अलीपुर षड्यंत्र केस' में अरविंदो घोष पर मुकदमा चलाया जा रहा था। तिलक ने क्रांतिकारी युवकों को सलाह दी कि वे देश छोड़कर चले जाएँ। लंदन जानेवालों में श्यामजी कृष्ण वर्मा, विनायक दामोदर सावरकर, मैडम भीकाजी कामा, सैमुअल लुकाश जोशी, मुहम्मद

बरकतुल्लाह, लाला हरदयाल, वारींद्र नाथ चट्टोपाध्याय, भूपेंद्रनाथ दत्त आदि थे, जो यूरोप और अमेरिका आ गए थे। पांडुरंग खानखोजे पहले जापान गए और फिर 1908 में कैलिफोर्निया पहुँचे। तारकनाथ दास, आधार चंद्र लस्कर और सुरेंद्र मोहन बोस 'बंगाल अनुशीलन समिति' के सदस्य थे और रामनाथ पुरी, जी.डी. कुमार, हरनाम सिंह सहरी पंजाब के थे और ये सब प्रशांत तट के देशों कनाडा और अमेरिका में 1907 में पहुँचे और इनका मकसद उच्च शिक्षा था। सारंगधर दास ने 1904 से 1911 के बीच बर्कले विश्वविद्यालय में भारत से आकर शिक्षा ग्रहण करनेवाले छात्रों की गणना 46 बताई थी।[2] क्रांतिकारियों के लिए लंदन, पेरिस, जेनेवा, बर्लिन, न्यूयॉर्क और सेन फ्रांसिस्को आदि महत्त्वपूर्ण जगह बनते चले गए।[3] वैंकूवर गुरुद्वारा लोकप्रिय धार्मिक और सामुदायिक केंद्र बन चुका था। बलवंत सिंह और भाग सिंह सिख समुदाय के प्रमुख नेता बनकर उभरे। बलवंत सिंह गुरुद्वारा के प्रतिष्ठित ग्रंथी थे। 1906 में कनाडा आने के पूर्व ये भारतीय सेना की 36वीं रेजीमेंट में दस वर्षों तक सेवा कर चुके थे और लांस नायक के रूप में उनकी प्रोन्नति भी हुई थी। भाग सिंह गुरुद्वारा समिति के अध्यक्ष थे। कनाडा आने के पूर्व ये पाँच वर्षों तक दसवीं बंगाल लांसर रेजीमेंट की सेवा कर चुके थे। गुरुद्वारा समिति का नाम बदलकर 'खालसा दीवान सोसाइटी' कर दिया गया। सब लोगों को इकट्ठा कर ये कनाडा सरकार के विरुद्ध न्यायालय में मुकदमा करना चाहते थे और ब्रिटिश सरकार को ज्ञापन भी देना चाहते थे।[4] गुरुदत्त कुमार बन्नू पंजाब के रहनेवाले थे।[5] गुरुदत्त कुमार ने अपने आवास 1632, सेकेंड एवेन्यू, फेयर व्यू, वैंकूवर से 'स्वदेश सेवक गृह' की शुरुआत की और जनवरी 1910 में गुरुमुखी में 'स्वदेश सेवक' मासिक पत्र का प्रकाशन आरंभ किया, जिसकी आरंभ में 500 प्रति छपती थीं।

हॉपकिंसन के प्रतिवेदन में भारतीय श्रमिकों के क्रांतिकारी होने की खबर दी गई थी। इसका असर हुआ कि भारतीय श्रमिकों की गतिविधियों पर सरकारी अधिकारी नजर रखने लगे। भारत के सी.आई.डी. के निर्देशक ने 'स्वदेश सेवक' पर कड़ी नजर रखनी आरंभ कर दी। इस पत्र में सेना के सिपाहियों को ब्रिटिश सरकार के विरुद्ध उठ खड़ा होने का आह्वान किया गया था।[6] सिखों के लिए उत्तेजनात्मक तथ्य प्रकाशित करने के आरोप में 'सी कस्टम ऐक्ट' के तहत भारत में इस पत्र पर मार्च 1911 में[7] प्रतिबंध लगा दिया गया। पुलिस को विश्वास था कि इस क्रांतिकारी संगठन का सूत्रधार जी.डी. कुमार है। पुलिस के अनुसार गुरुद्वारा के निर्माण एवं संचालन के लिए जो धन कुमार द्वारा जुटाया गया है, वस्तुतः वह हथियार खरीदने के लिए लिया गया है, जिसका उपयोग भारत में हिंसक उपद्रव के लिए किया जानेवाला है। 31 मई, 1911 को 'वैंकूवर डेली प्रोविंस' में खबर छपी कि राइफल खरीदने के लिए 'हिंदू' ने हजारों डॉलर भेजा है। हालाँकि कुमार ने अखबार में छपी खबर की निंदा की और इसे आधारहीन एवं कपटपूर्ण बताया। हरनाम

सिंह सहरी की गिरफ्तारी पूर्व में ही हो चुकी थी और कुमार को लगा कि अब उनका ही नंबर आनेवाला है। अपनी गिरफ्तारी की आशंका में जी.डी. कुमार 1911 के जून माह में कनाडा छोड़कर सिएटल (अमेरिका) चले गए और तारकनाथ दास से मिलकर वहाँ 'हिंदुस्तान एसोसिएशन' की स्थापना की।[8]

23 वर्षीय बंगाली युवक तारकनाथ दास 'ढाका अनुशीलन समिति' से संबद्ध थे और उच्च शिक्षा के लिए 1906 में अमेरिका आए। जब पुलिस द्वारा क्रांतिकारियों की गिरफ्तारी होने लगी तो ये विदेश आ गए। उन्होंने पहले सिएटल के कॉलेज में अपना नामांकन करवाया और अमेरिकी आव्रजन विभाग में इन्हें दुभाषिया की नौकरी मिल गई और 1907 में ये वैंकूवर आ गए। इन्होंने आठ पृष्ठों का 'फ्री हिंदुस्तान' अखबार निकालना आरंभ किया, जो लंदन से श्यामजी कृष्ण वर्मा द्वारा प्रकाशित 'इंडियन सोशियोलॉजिस्ट' से मिलता-जुलता था। 1908 में इन्होंने कनाडा सरकार की श्रमिक विरोधी नीतियों के विरुद्ध एक आम सभा का आयोजन किया। लॉर्ड मार्ले को एक तार संदेश भी दिया गया। बैठक का प्रतिवेदन 'फ्री हिंदुस्तान' में भी प्रकाशित हुआ। बाद में प्रकाशित एक लेख में कहा गया कि यदि अंग्रेजी उपनिवेश में भारतीय श्रमिकों को घुसने से रोका गया तो देर-सबेर भारत से भी अंग्रेजों को भागना होगा। लेख में चेतावनी दी गई कि स्थिति में सुधार नहीं हुआ तो ब्रिटिश साम्राज्य के टुकड़े-टुकड़े कर दिए जाएँगे। दास ने सुझाव दिया कि भारतीय सेना के सिख सैनिकों को राजनीतिक शिक्षा दी जानी चाहिए।[9]

ब्रिटिश सरकार द्वारा अमेरिका सरकार पर तारकनाथ दास द्वारा प्रकाशित 'फ्री हिंदुस्तान' के प्रकाशन पर प्रतिबंध लगाने के लिए दबाव डाला जा रहा था। यह मामला न्यूयॉर्क के गवर्नर चार्ल्स ई. हग्स के पास भेजा गया, जिसने जिला अटॉर्नी चार्ल्स एस. व्हाइटमैन से कानूनी सलाह माँगी कि क्या इसके प्रकाशन से किसी कानून का उल्लंघन हो रहा है? व्हाइटमैन ने अपने कानूनी सलाह में स्पष्ट कर दिया कि प्रकाशन के तथ्य से किसी भी कानून का उल्लंघन नहीं हो रहा है। इस प्रकार 'फ्री हिंदुस्तान' के प्रकाशन पर तुरंत प्रतिबंध नहीं लगाया जा सका। हालाँकि ब्रिटिश सरकार के दबाव में अमेरिकी सरकार आ गई। सितंबर 1910 में पुनः इस मामले पर विचार आरंभ हुआ और इस अखबार के प्रकाशन पर रोक लगाने की तैयारी कर ली गई। प्रतिबंध लगने का आभास होते ही पत्र के संपादन से जुड़े जॉर्ज फ्रीमैन ने इस अखबार के प्रकाशन पर अपनी ओर से रोक लगाते हुए 'बहाना' बनाया कि इस अखबार को और चलाने के लिए पैसा नहीं है।[10]

1857 क्रांति की पचासवीं सालगिरह लंदन में भारतीयों द्वारा धूमधाम से मनाई गई और सावरकर की पुस्तक 'दि इंडियन वार ऑफ इंडिपेंडेंस' का प्रकाशन भी किया गया। 1907 में दो परचों का प्रकाशन और वितरण भी हुआ, जिनके नाम 'ओ मार्ट्यार' और

'खालसा' थे। 'खालसा' परचों में सिखों से धर्म और देश की रक्षा करने की अपील की गई। दिसंबर 1908 में गुरु गोविंद सिंहजी की जयंती वेस्टमिनिस्टर के कैक्सटॉन हॉल में मनाई गई और लाला हरदयाल ने इस समारोह में ही 'वंदे मातरम्' को काफी लोकप्रिय बना दिया। 31 मई, 1907 को लाला हरदयाल ने 'इंडियन सोशियोलॉजिस्ट' के संपादक को पत्र लिखा, जिसमें भारत के आजादी संग्राम को तीन भागों में विभक्त करने की योजना बनाई—राजनीतिक शिक्षा, क्रांतिकारी आक्रमण और पुनर्निर्माण। इस हेतु उन्होंने इटली के तीन क्रांतिकारियों मैजिनी, गैरीबाल्डी और कोबोर की श्रृंखला का वर्णन किया।[11] हरदयाल का संपर्क रूस, इजिप्ट, आयरलैंड, मैक्सिको और चीन के क्रांतिकारी संगठनों से था। इतिहासकार हैरोल्ड गुड का मत है कि शिक्षित क्रांतिकारियों और पंजाब के सिख श्रमिकों के मिलन से गदर आंदोलन हुआ। गदर का मुख्य केंद्र अमेरिका का सेन फ्रांसिस्को था और इसके मुख्य प्रवर्तक लाला हरदयाल थे। वे बड़े प्रतिभावान थे।[12]

लाला हरदयाल का जन्म 1884 में दिल्ली में हुआ। इनके पिता का नाम गौरी दयाल माथुर था, जो जिला न्यायालय में मुंशी के पद पर काम करते थे। इनकी प्रारंभिक शिक्षा कैंब्रिज मिशन स्कूल में हुई और संस्कृत से स्नातक करने के लिए इन्होंने अपना नामांकन सेंट स्टीफेंस कॉलेज में करवाया। कॉलेज शिक्षा प्राप्त करते समय दिल्ली में 'उर्दू अदब' से वे प्रभावित हुए। छात्र जीवन में ईसाई मिशनरियों का सादगीपूर्ण जीवन, उनकी लगन एवं निष्ठा उनके मन में बस गई। कॉलेज सहपाठी तेज बहादुर सप्रू के अनुसार, लालाजी के हाथ में जो कुछ भी आता था, उसे वे पढ़ डालते थे और इतनी कम उम्र में इतना अध्ययन करनेवाला और बिल्कुल ही स्पष्ट विचारधारा के छात्र बहुत कम थे।[13] पंजाब विश्वविद्यालय से[14] एम.ए. की डिग्री हासिल करने के लिए इन्होंने गवर्नमेंट कॉलेज, लाहौर में अपना नामांकन करवाया। लाहौर डी.ए.वी. कॉलेज के प्राचार्य महात्मा हंसराज, लाला लाजपत राय और इतिहास एवं राजनीति शास्त्र के प्रोफेसर एवं आर्यसमाज से संबद्ध भाई परमानंद के व्यक्तित्व से वे बहुत प्रभावित हुए। तीन साल की राज्य छात्रवृत्ति के लिए लाला हरदयाल का चयन हुआ और 1905 में उच्च शिक्षा के लिए उन्होंने इंग्लैंड आकर ऑक्सफोर्ड विश्वविद्यालय के सेंट जॉन्स कॉलेज के आधुनिक इतिहास विषय में अपना नामांकन करवाया और आई.सी.एस. की तैयारी भी करने लगे।[15] इनकी प्रतिभा के कॉलेज के प्राध्यापक बहुत कायल थे। कॉलेज के ईसाई मिशनरीज प्रोफेसर सी.एफ. एंड्रूज के सादगीपूर्ण रहन-सहन से लालाजी उन्हें अपना आदर्श मानने लगे। क्रांतिकारी विचारों से भरे होने के कारण लालाजी का संपर्क क्रांतिकारी पीटर क्रोपोटकिन से हुआ, जो उस समय बाकुनिन के बाद सबसे बड़े क्रांतिकारी विचारक माने जाते थे। अपनी इस भेंट को लाला हरदयाल ने 'तीर्थयात्रा' की संज्ञा दी।[16]

इंग्लैंड में ही ये गे अल्ड्रेड के संपर्क में आए, जो 'इंडियन सोशियोलॉजिस्ट' का प्रकाशन कर रहे थे। लालाजी का प्रथम लेख इसी पत्रिका में प्रकाशित हुआ, जिसमें कहा गया कि वे (लालाजी) भारत के प्रशासनिक सुधार के पक्ष में नहीं हैं, बल्कि शासन प्रणाली के परिवर्तन के पक्ष में हैं।[17] 'ब्रिटिश हाउस ऑफ कॉमंस' के सदस्य के रूप में दादा भाई नौरोजी ने 1892 में सदस्यता ली। लाला हरदयाल श्यामजी कृष्ण वर्मा के संपर्क में आए, जिन्होंने 1905 की जनवरी में 'इंडिया होम रूल सोसाइटी' की स्थापना की थी। भारत के स्वतंत्रता आंदोलन के विषय पर 1907 में उन्होंने एक रूपरेखा तैयार की और इस पर श्यामजी कृष्ण वर्मा के साथ विचार-विमर्श भी किया। रूपरेखा बनी कि भारत जाकर तीन काम करने हैं—पहला, आम जनता को राजनीतिक शिक्षा, दूसरा, ब्रिटिश द्वारा शोषण और तंत्र पर प्रहार और अंत में युद्ध। उनकी नजर में स्वतंत्रता सेनानी वही बन सकता है, जो अपने ऊपर कम-से-कम खर्च करे और उसके जीवन में और कोई जिम्मेदारी या बंधन नहीं हो।[18] 1907 के अंत में हरदयाल की स्कॉलरशिप की अवधि समाप्त होनेवाली थी और इसके ठीक पहले इन्होंने आई.सी.एस. की तैयारी और स्कॉलरशिप के सहारे आगे की पढ़ाई को त्याग-पत्र दे दिया और राष्ट्र-सेवा के लिए अपने को समर्पित कर दिया। इतिहासकारों के एक वर्ग का मानना है कि लाला हरदयाल के मन में अंग्रेज सरकार की नीतियों के प्रति भारी घृणा थी, लेकिन दूसरा वर्ग यह मानता है कि वे शुरू से ही क्रांतिकारी विचारों के हिमायती थे।[19]

विलायत जाने के बाद लाला हरदयाल का ऑक्सफोर्ड में पढ़ना तथा सरकारी छात्रवृत्ति लेना अस्वीकार करने के पीछे कारण यह था कि वे समझने लगे कि अंग्रेजी शिक्षा का तरीका ही बुरा है। इस तरह की शिक्षा से भारतीयों को कोई लाभ होनेवाला नहीं है। वे विदेश से वापस आ गए और भारत में राजनैतिक शिक्षा का प्रसार आरंभ किया। आरंभ में वे दिल्ली और लाहौर में क्रियाशील रहे। 1908 के आरंभिक महीनों में लाला हरदयाल भारत वापस आए[20] और गोपाल कृष्ण गोखले और बाल गंगाधर तिलक से मिले। उस समय उनके मन में विचारों का आंदोलन चल रहा था। असहयोग आंदोलन के समय लाला हरदयाल ने युवकों को ब्रिटिश सरकार के विरुद्ध कार्य करने के लिए खूब प्रोत्साहित किया। लोगों को इज्जत के साथ जीवन जीने की भी सलाह दी। इसी बीच लाला लाजपत राय को सूचना मिली कि पुलिस लाला हरदयाल को गिरफ्तार करनेवाली है और उन्होंने लाला हरदयाल को सूचित करवाया कि वे जल्द भारत छोड़ दें। हालाँकि हरदयाल उस समय भारत नहीं छोड़ना चाहते थे, क्योंकि उनकी पत्नी को पहला बच्चा शीघ्र ही होनेवाला था। लेकिन अगस्त माह में वे पुनः यूरोप और लंदन चले गए।[21] शायद उनके भाग्य में न तो अपनी बेटी को देखना लिखा था और न ही पुनः अपनी पत्नी से मिलना लिखा था।[22] 1909 में पेरिस जाकर ये 'वंदे मातरम्' के संपादक बने।[23]

कुछ दिनों बाद वे वहाँ से अल्जीयर्स चले गए। फिर वहाँ कुछ समय बिताने के बाद वे ला मार्टिनिक्यू चले गए, जहाँ वे वर्ष 1911 तक रुके। भाई परमानंद से जब इनका संपर्क हुआ तो उन्होंने इनके जीवन की दिशा ही बदल दी और इनसे अनुरोध किया कि अमेरिका जाकर वे आप्रवासियों के बीच काम करें और भारत की आजादी के लिए अपना जीवन समर्पित करें।[24] जून 1911 में हरदयाल अमेरिका पहुँचे और तन-मन-धन से क्रांतिकारी आंदोलन के लिए स्थापित हो गए। उनकी मित्रता कैलिफोर्निया विश्वविद्यालय के डॉ. ए.डब्ल्यू. रायडर और स्टेनफोर्ड विश्वविद्यालय के डॉ. स्टुअर्ट से हो गई। उन्होंने बर्कले में जाकर अपना डेरा जमाया। यह सेन फ्रांसिस्को (कैलिफोर्निया) का एक उपनगर है, जहाँ यूनिवर्सिटी ऑफ कैलिफोर्निया अवस्थित है। 1911 में लाला हरदयाल कैलिफोर्निया विश्वविद्यालय के नजदीक, बर्कले आ गए और क्रांतिकारियों से संपर्क बढ़ाने लगे।[24.1] भाई परमानंद ने स्टेनफोर्ड विश्वविद्यालय के प्रधान डॉक्टर स्टार जोर्डन को सुझाव दिया था कि वह लाला हरदयाल को प्राध्यापक नियुक्त कर लें।[24.2] इनकी विद्वत्ता की ख्याति के कारण जनवरी 1912 में इन्हें स्टेनफोर्ड विश्वविद्यालय में दर्शनशास्त्र और संस्कृत पढ़ाने का काम मिला। कैलिफोर्निया के पॉलो एल्टो उपनगर में अवस्थित लेलैंड स्टेनफोर्ड यूनिवर्सिटी में फरवरी 1912 में इन्होंने अपना योगदान भारतीय दर्शन एवं संस्कृत के अध्यापक के रूप में दिया।[25] लेकिन इसके लिए वे वेतन नहीं लेते थे। जनसभा में भाषण करने, अखबारों में क्रांतिकारी और उत्तेजक लेख लिखने और खासकर क्रांतिकारी विचारों का प्रचार करने के कारण विश्वविद्यालय प्रशासन को असहजता होने लगी और इन्होंने सितंबर में पढ़ाने का काम छोड़ दिया।[24.3] लालाजी ने भाई परमानंद से कहा कि विश्वविद्यालय के प्रधान ने मुझे लिखा है कि मैं लड़कियों के सम्मुख विवाह के विरुद्ध व्याख्यान देता हूँ। मैंने उन्हें उत्तर दिया कि मैं अपने पद से त्याग-पत्र देने को तैयार हूँ। भाई परमानंद ने लाला को त्याग-पत्र न देने की राय दी, परंतु उन्होंने कहा कि मैं अपने विचारों को दबा नहीं सकता, विश्वविद्यालय छोड़ सकता हूँ।[24.4] लेकिन अमेरिका में उनकी भाषण-यात्रा जारी रही। स्टेनफोर्ड से इस्तीफा देने के बाद हरदयाल बर्कले गए, जहाँ उन्होंने छात्रों का एक क्लब गठित किया और ब्रिटिश विरोधी भावनाएँ उत्पन्न करने के उद्देश्य से भाषण दिए। 'इंडस्ट्रियल वर्कर्स ऑफ वर्ल्ड' के मंच से दिए गए भाषण और 'सेन फ्रांसिस्को बुलेटिन' और 'सेन फ्रांसिस्को ट्रिब्यून' में भाषण की खबर छपने से लाला हरदयाल को खूब प्रसिद्धि मिली और अमेरिका में इनकी उपस्थिति मात्र से भारतीयों, खासकर पंजाबियों को गौरव होने लगा था।[24.5] यहाँ उन्होंने सांगठनिक गतिविधियाँ आरंभ कीं। सर्वप्रथम एक छात्र क्लब की स्थापना की और क्रांतिकारी विचारधारा को अपने संपर्क के नवयुवकों के बीच प्रसारित करने के लिए भाषण देना आरंभ किया।[26] यहाँ पर ये श्रमिकों के संपर्क में भी आए

और 'इंडस्ट्रियल वर्कर्स ऑफ दि वर्ल्ड' के सेन फ्रांसिस्को शाखा के सचिव बन गए। ओकलैंड में इस संस्था को जमीन दी गई थी और इन्होंने यहाँ पर 'बाकुनिन इंस्टीट्यूट ऑफ कैलिफोर्निया' की स्थापना भी की थी।[27] मार्च 1912 से आरंभ हुए सत्र में इन्होंने भाषण की कड़ी प्रस्तुत की।

स्टेनफोर्ड विश्वविद्यालय में योगदान करने के तुरंत बाद हरदयाल कुछ चिंतित रहने लगे और उन्होंने अपने मित्र एस.आर. राणा को पत्र लिखकर अपनी चिंता से अवगत भी कराया। हालाँकि वे स्टेनफोर्ड में जनवरी 1912 से सितंबर 1912 तक ही रहे, परंतु अमेरिका आकर उन्हें क्या करना है, इस बारे में उनके मन में बिल्कुल स्पष्ट योजना थी। भारत की आजादी के विषय पर वे अपने मित्र जॉन बार्नी, विलियम जेनिंग्स ब्रायन आदि से लगातार विमर्श कर रहे थे। 1898 में 'एंटी इंपीरियलिस्ट लीग' की स्थापना हुई थी और ब्रायंस इसके सदस्य थे। इन्होंने ही 1906 में 'ब्रिटिश रूल इन इंडिया' शीर्षक से एक लेख लिखा था, जो बहुत लोकप्रिय हुआ। बाद में 'गदर' ने इस लेख को पुनः अपने पत्र में छापा।[28]

स्टेनफोर्ड विश्वविद्यालय के प्रवाचक के रूप में ब्रिटिश सरकार के विरुद्ध विष-वमन अभियान जारी था। जून में इन्होंने समाचार-पत्र 'सेन फ्रांसिस्को बुलेटिन' के जॉन डी. वैरी से दोस्ती कर ली। समाचार-पत्र के कॉलम में क्रांतिकारी गतिविधियों के बारे में उल्लेख करना आरंभ कर दिया। विश्वविद्यालय में इनकी पक्की नौकरी नहीं थी। फिर भी क्रांतिकारी गतिविधियों में बढ़-चढ़कर भाग लेने के कारण सब तरफ से इनकी आलोचना होने लगी। लेकिन इसी क्रम में प्रबंधन के साथ इनका मतभेद हो गया और सितंबर 1912 में अपने पद से त्याग-पत्र देकर ये पुनः बर्कले वापस आ गए। ये पूर्णकालिक तौर पर एस्टोरिया की 'हिंदुस्थानी एसोसिएशन' से जुड़ गए और 'साइडलाइट्स ऑन इंडिया' नामक प्रथम परचा प्रकाशित किया। यूरोप में भारतीय क्रांति की ज्वाला थम सी गई थी और अमेरिका इसके लिए उपयुक्त जगह थी। हरदयाल ने ब्रिटिश सरकार के विरुद्ध छपे अपने परचे भारत एवं विश्व के अन्य देशों में बसे चुनिंदा भारतीयों को भेजना आरंभ कर दिया।[29]

1907 में स्टुअर्ट में 'इंटरनेशनल सोशियलिस्ट कांग्रेस' में मादाम कामा ने भारत की आजादी का प्रतीक तिरंगा झंडा फहराया। इस सम्मेलन में उपस्थित रोजा लक्जेमबर्ग, काल लिबनेच्ट, एच.एम. हिंडमैन और अन्य प्रतिनिधियों ने भारत की आजादी की समस्या की विवेचना को बहुत गंभीरतापूर्वक सुना और अवगत हुए। सोहन सिंह भकना के अनुसार, दिसंबर 1912 में प्रसिद्ध चीनी नेता सन यात सेन ओरेगाँव पहुँचे और उनका स्वागत चीनी नागरिकों ने काफी धूमधाम से किया।[30] 'इंडिया हाउस', लंदन में हरदयाल श्यामजी के सान्निध्य में रहे थे।

अमेरिका में लाला हरदयाल का संपर्क 'इंडियन स्टूडेंट्स यूनियन ऑफ यूनिवर्सिटी ऑफ कैलिफोर्निया, बर्कले', 'अमेरिकन इंटेलेक्चुअल्स ऑफ एंटी इंपीरियलिस्ट लीग' और 'वर्कर्स ऑफ दि वर्ल्ड मूवमेंट' से था। उन्होंने भारतीय छात्रों को अमेरिका आमंत्रित करने की योजना बनाई। कैलिफोर्निया के होल्ट्सविले कृषि फार्म पर हरदयाल की भेंट ज्वाला सिंह, वसाखा सिंह और संतोख सिंह आदि से हुई और वे उनकी देशभक्ति भावना से ओत-प्रोत हो गए। ज्वाला सिंह ने गुरुग्रंथ साहिब पर हाथ रखकर शपथ ली थी कि वे भारत की आजादी के लिए समर्पित हैं।[31] इस घटना ने लाला हरदयाल को एक असीम ऊर्जा से भर दिया था। लालाजी के अनुरोध पर व्यवसायी ज्वाला सिंह ने कैलिफोर्निया विश्वविद्यालय में अध्ययन के लिए पाँच भारतीय छात्रों के लिए छात्रवृत्ति आरंभ की। पाँच में से चार भारतीय अमेरिका पहुँच गए, लेकिन ज्वाला सिंह को लगा कि वे सिर्फ तीन भारतीयों की छात्रवृत्ति ही वहन कर पाएँगे। चौथे छात्र, सैयद महमूद की पढ़ाई का खर्चा उठाने के लिए हरदयाल ने नवाब खान से अनुरोध किया, जिसे नवाब खान ने स्वीकार कर लिया। लेकिन कुछ ही समय बाद सैयद महमूद हरदयाल और ज्वाला सिंह के विरुद्ध नवाब खान से शिकायत करने लगे और इसका नतीजा यह हुआ कि 'हिंदुस्तानी एसोसिएशन' में हिंदू-मुसलिम भावना बलवती हो गई। नवाब ने स्वयं को 'हिंदुस्तानी एसोसिएशन' के कार्य-कलापों से अपने को अलग तो किया ही, साथ ही साथ उन्होंने उत्तरी अमेरिका के प्रमुख मुसलिमों को चिट्ठी लिखकर ब्रिटिश सरकार के विरुद्ध 'हिंदू खेल' में सहयोग नहीं करने का अनुरोध भी किया। 1913 तक 37 भारतीय छात्र बर्कले विश्वविद्यालय में पढ़ते थे, जिनमें से एक दर्जन से अधिक छात्रों के आने-जाने का खर्च और छात्रवृत्ति कैलिफोर्निया के भारतीयों ने वहन की थी।[32]

23 दिसंबर, 1912 को दिल्ली में भारत के वायसराय लॉर्ड हार्डिंग पर फेंके गए बम का समाचार सुनने के बाद लाला हरदयाल अति उत्साहित हो गए। 'नालंदा क्लब' में भारतीय छात्रों को जब यह समाचार मिला तो वे खुशी से नाचने लगे। 'वंदे मातरम्' गाकर और समारोह मनाकर उन्होंने आनंद लिया। लाला हरदयाल ने इस अवसर पर एक परचा 'युगांतर सर्कुलर' प्रकाशित कर बम फेंकने की घटना के साहस की अति प्रशंसा की। अब लाला हरदयाल पर पुनः क्रांतिकारी विचार पूर्णतः हावी हो गए। अब तक वे बाकुनिन के क्रांति दर्शन से प्रभावित थे, अब वे लंदन के क्रांति विचारक पीटर क्रोप्टोकिन से भी प्रभावित हो गए।[33] सोहन सिंह भकना और कांशीराम द्वारा ओरेगाँव आने का लाला हरदयाल को निमंत्रण मिलते ही अपनी भावी योजना को अमली जामा पहनाने के प्रयास में वे सक्रिय हो उठे। मार्च 1913 में लाला हरदयाल सेंट जोंस गए और पंजाबी श्रमिकों की एक बड़ी सभा को संबोधित किया। इसके बाद उन्होंने प्रशांत क्षेत्र की कई जगहों पर जाकर भाषण किए।[34] अमेरिका में रह रहे भारतीय मजदूरों के बीच

ब्रिटिश सरकार की नीतियों के विरुद्ध वर्ष 1913 में भाषण देना आरंभ किया। वर्ष 1912 के बाद से अमेरिका में ब्रिटिश शासन के विरुद्ध चल रही गतिविधियों पर भारत सरकार नजर रख रही थी। सरकार द्वारा सिख ग्रंथी, ईसाई मिशनरीज और यहाँ तक कि अपने प्रतिनिधियों को अमेरिका में संगठन को कमजोर करने के लिए और ब्रिटिश सरकार के पक्ष में वातावरण निर्माण के लिए भेजा। सरकार की योजना अंशतः फलीभूत भी हुई। 16 भारतीय छात्रों का एक अलग समूह 'हिंदुस्तानी एसोसिएशन' से अलग हो गया। इस समूह ने अपने को ब्रिटिश सरकार का 'हितैषी' घोषित किया और इस समूह के अध्यक्ष वी.एस. शर्मा और उपाध्यक्ष एच.ई. पांडेय बनाए गए।[35] स्थिति की जटिलता को देखते हुए हरदयाल ने तारकनाथ दास को 11 जनवरी, 1913 को तार संदेश दिया और 13 जनवरी को 'हिंदुस्तानी एसोसिएशन' की आपात बैठक आयोजित करने का भी अनुरोध किया। गोविंद बिहारी लाल ने तारकनाथ दास और हरदयाल का पक्ष लेकर स्थिति को सँभाला और उपस्थित लोगों ने सर्वसम्मति से प्रस्ताव पारित कर एकजुटता दिखाई।[36]

उधर पोर्टलैंड की 'हिंदुस्तान एसोसिएशन ऑफ पैसिफिक कोस्ट' की गतिविधियाँ सचिव जी.डी. कुमार के बीमार पड़ने के बाद ही सुस्त हो गई थीं। मई 1913 में लाला हरदयाल ने 'मॉडर्न रिव्यू' में एक लेख लिखा। क्रांतिकारी संगठन की दृष्टि से यह लेख अत्यंत महत्त्वपूर्ण था।

संदर्भ—

1. हरीश के. पुरी, पृष्ठ-30।
2. वही, पृष्ठ-47।
3. एफ.सी. आईसेमॉन्गर एवं जे. स्लैटरी, पृष्ठ-1।
4. हरीश के. पुरी, पृष्ठ-30।
5. सोहन सिंह जोश, पृष्ठ-72।
6. हरीश के. पुरी, पृष्ठ-39।
7. ए.सी. बोस, पृष्ठ-53।
8. हरीश के. पुरी, पृष्ठ-39।
9. वही, पृष्ठ-34।
10. सोहन सिंह जोश, पृष्ठ-76।
11. हरीश के. पुरी, पृष्ठ-138।
12. एफ.सी. आईसेमॉन्गर एवं जे. स्लैटरी, पृष्ठ-1।
13. हरीश के. पुरी, पृष्ठ-55।
14. मन्मथनाथ गुप्त, पृष्ठ-56।
15. इंदर सिंह एवं सायंतन चक्रवर्ती, पृष्ठ-39।

16. हरीश के. पुरी, पृष्ठ–55।
17. इंदर सिंह एवं सायंतन चक्रवर्ती, पृष्ठ–39।
18. हरीश के. पुरी, पृष्ठ–57।
19. एफ.सी. आईसेमॉन्गर एवं जे. स्लैटरी, पृष्ठ–1।
20. वही, पृष्ठ–2।
21. वही।
22. हरीश के. पुरी, पृष्ठ–57।
23. इंदर सिंह, पृष्ठ–39।
24. वही।

24.1 हरीश के. पुरी, 'गदर मूवमेंट', पृष्ठ–58।

24.2 विश्वमित्र उपाध्याय, पृष्ठ–220।

24.3 हरीश के. पुरी, पृष्ठ–58।

24.4 विश्वमित्र उपाध्याय, पृष्ठ–220।

24.5 हरीश के. पुरी, पृष्ठ–58।

25. एफ.सी. आईसेमॉन्गर एवं जे. स्लैटरी, पृष्ठ–2।
26. वही।
27. इंदर सिंह एवं सायंतन चक्रवर्ती, पृष्ठ–39।
28. हरीश के. पुरी, पृष्ठ–140।
29. ए.सी. बोस, पृष्ठ–57।
30. हरीश के. पुरी, पृष्ठ–139।
31. वही, पृष्ठ–142।
32. ए.सी. बोस, पृष्ठ–57।
33. हरीश के. पुरी, पृष्ठ–141।
34. वही, पृष्ठ–60।
35. ए.सी. बोस, पृष्ठ–58।
36. वही।

□

संघर्ष का सूत्रपात

16वीं और 17वीं शताब्दियों में अमेरिका और यूरोप में घटी घटनाओं से अमेरिका आनेवालों की संख्या में लगातार वृद्धि होने लगी। 1620 में जोन रॉबिंसन के नेतृत्व में प्रगतिशील अंग्रेज, जो इतिहास में 'पिलग्रिम फादर्स' के नाम से विख्यात हैं, अपनी मातृभूमि को सदा के लिए अलविदा कहकर अमेरिका आकर बस गए। अमेरिका में खेती योग्य जमीन की कमी नहीं थी और इसके लिए मजदूरों की आवश्यकता थी। जुलाई 1776 में प्रख्यात अमेरिकी स्वतंत्रता की घोषणा हुई, जिसमें कहा गया कि सब लोग बराबर पैदा हुए हैं और प्रत्येक को स्वतंत्रता का अधिकार है। यह केवल प्रचार-मात्र नहीं था, प्रगतिशील अमेरिकी भावना का प्रतीक भी था। अब्राहम लिंकन के नेतृत्व में हब्शी गुलामों को स्वतंत्र कराने हेतु उत्तरी अमेरिका ने दक्षिण अमेरिका के साथ युद्ध लड़ा और गुलामों को श्वेतों के समान राजनीतिक अधिकार दिलाए। लाला हरदयाल ने अमेरिका के संबंध में लिखा कि "अमेरिकी झंडे के नीचे कोई भी विचार ऊँचे गगन मंडल में उड़े बिना नहीं रह सकता।"[1] अमेरिका में आकर भारतीयों को स्वतंत्रता और पराधीनता का स्पष्ट अंतर दिखाई देने लगा। अब वे मत-मतांतर और प्रांतीयता आदि की विषमताओं को भुलाकर एक भारतीय के रूप में सोचने लगे।[2] भाई परमानंद ने लिखा—'अमेरिका में प्रत्येक स्थान पर आदमी की समानता पाई जाती है। रेलों में एक ही दर्जा है। पश्चिमी राज्यों में समानता के सिद्धांत पर बहुत अमल होता है। उदाहरण के लिए कॉलेज में सहायकों (Attendant) को वही वेतन मिलता है, जो प्रोफेसरों को प्रारंभ में मिलता है। अंतर केवल इतना ही है कि प्रोफेसर विद्या दान देकर ख्याति प्राप्त कर लेते हैं।'[3] कनाडा में पंजाबियों की एकता के कारण कुछ ही लोग यूरोप से अमेरिका पहुँचे। लाला हरदयाल ने लिखा कि विदेश यात्रा से भारतीयों को आर्थिक एवं नैतिक लाभ प्राप्त होता है और उसमें स्वाभिमान तथा देशप्रेम की भावना जाग उठती है।[4] भारतीय अपने आचार-विचार को ऊँचा उठाने के लिए हमेशा तत्पर रहते थे। जो भी नया आदमी

भारत से आता, उससे वे कोट-पैंट लेकर जहाज पर मिलते और अमेरिकन सभ्यता के अनुसार व्यवहार में आनेवाली वे सब बातें सिखा देते, जिनका वहाँ पर प्रचलन था। सारा दिन कड़ा परिश्रम करने पर भी रात्रि के समय वे घर पर अंग्रेजी पढ़ा करते थे या फिर शहर के रात्रि स्कूलों में पढ़ने चले जाते थे।[5]

भारतीय पत्रकार संत निहाल सिंह ने लिखा कि कोई भी भारतीय, जो बेकार होता और जिसे पैसे की आवश्यकता होती, कभी किसी कनाडावासी या सरकार के पास सहायता के लिए नहीं जाता। उसके देश-भाई उसका गुजारा चलाने में सहायता करते, बिना यह पूछे कि उसकी जाति और धर्म क्या है ? मेरा निजी अनुभव है कि कई बार तीस से चालीस प्रतिशत लोग बेकार रहे हैं, पर उनकी संयम से गुजारा करने की खूबी और एक-दूसरे के काम आने की भावना ने उन्हें बाधाओं से पार कर दिया।[6] ब्रिटेन उपनिवेश के खिलाफ अमेरिका ने 1776 में स्वतंत्रता की लड़ाई लड़ी थी। कनाडा ब्रिटेन का उपनिवेश था और भारत भी। कनाडाई अपने देश की अपेक्षा ब्रिटेन से ज्यादा भावनात्मक लगाव रखते थे। भारतीय अमेरिका के स्वतंत्र वातावरण को देखकर अभिभूत हो जाते थे। अनेक देशों के क्रांतिकारी अमेरिका जाकर शरण लेते थे और अपने देश की राष्ट्रीय भावनाओं के विकास का संचालन भी यहीं से करते थे। वर्ष 1908 तक पंजाब से 5000 भारतीय मजदूर कनाडा आ चुके थे और 1910 तक कनाडा एवं अमेरिका आए मजदूरों की संख्या 10000 हो चुकी थी। 1914 में सरकारी अधिकारियों द्वारा यह सूचना दी गई कि मनीला से 6000 से अधिक भारतीय अमेरिका आने के लिए तैयार बैठे हैं।[7]

अमेरिका के ओरेगाँव, कैलिफोर्निया और वाशिंगटन में काम करनेवाले भारतीय श्रमिकों में राजनीतिक चेतना का प्रसार होने लगा था। श्रमिकों के एक जगह बैठकर भोजन करने से इनके बीच धार्मिक अवरोध ध्वस्त होने लगा था और राष्ट्रीय भावना का विकास भी होने लगा था। पोर्टलैंड-ओरेगाँव के नजदीक सेंट जॉन और वाशिंगटन के नजदीक सिएटल इन श्रमिकों के राजनीतिक केंद्र के रूप में उभरे। सेंट जॉन के लकड़ी के कारखानों में काम करनेवाले पंडित कांशीराम बीस श्रमिकों के 'मेट' थे। क्षेत्र की अन्य लकड़ी के कारखानों में भाई सोहन सिंह भकना, हरनाम सिंह टुंडीलाट, ऊधम सिंह, रामरखा, इस्सर सिंह आदि कार्यरत थे। इनमें से सोहन सिंह भकना की राजनीतिक प्रखरता कुछ अधिक थी, क्योंकि इससे पूर्व वह पंजाब के 'नामधारी आंदोलन' में सक्रिय रहे थे। सिएटल में भी भारतीयों के बीच राजनीतिक चेतना का विकास हो रहा था। अपना 'इंडिया हाउस' बंद कर तारकनाथ दास 1909 में सिएटल पहुँचे और बंगाल के क्रांतिकारी सुरेंद्र मोहन बोस के नेतृत्व में यहाँ से उन्होंने 'फ्री इंडिया' मासिक पत्र का प्रकाशन आरंभ किया। 1911 में तारकनाथ दास ने 'ईस्ट इंडिया एसोसिएशन' की स्थापना की।[8]

1910 तक कांशीराम जोशी और सोहन सिंह भकना 'हिंदुस्तानी एसोसिएशन ऑफ पोर्टलैंड' को एक राजनीतिक संगठन का स्वरूप दे चुके थे। इसका प्रभाव तेजी से पड़ना शुरू हुआ। इन लोगों ने नजदीक शहर के भारतीयों से संपर्क स्थापित करना आरंभ कर दिया और कुछ ही महीनों में जहाँ-जहाँ भारतीय रहते थे, यथा-वाशिंगटन, ओरेगाँव, कैलिफोर्निया आदि जगहों पर, इसी प्रकार के संगठन की आवश्यकता महसूस होने लगी। कनाडा की अपेक्षा अमेरिका में राजनीतिक गतिविधि करना ज्यादा आसान था और संगठन के नेता ने एकजुटता स्थापित करने में वैंकूवर से अधिक सफलता पाई थी।[9] 'यूनाइटेड इंडिया लीग' और 'खालसा दीवान सोसाइटी, वैंकूवर' की स्थापना दिसंबर 1911 में वैंकूवर में हुई।[10]

यह संस्था राजनीतिक तौर पर भारत से उपनिवेशवादी सरकार को हटाने के लिए ताना-बाना तैयार करती थी, वहीं 'खालसा दीवान सोसाइटी' कनाडा में सिखों की सुरक्षा, खासकर उनके निर्वासन की समस्या को हल करने में जुटी थी। दोनों का कार्यालय एक ही गुरुद्वारे में था और दोनों कार्यालय के संचालकगण भी एक ही थे। दोनों धड़ों में अंतर था कि एक पक्ष ब्रिटिश सरकार को उखाड़ फेंकने के मुद्दे पर अन्य क्रांतिकारी राजनीतिक संगठन के साथ सिख संस्था को जोड़ने के पक्ष में नहीं था। इनमें डॉ. सुंदर सिंह, तेजा सिंह आदि थे। जैसे-जैसे क्रांतिकारी गतिविधियाँ बढ़ती गईं, ऐसे लोग मुख्य गतिविधियों से किनारा करते चले गए। खुफिया सूत्रों द्वारा एक को 'देशद्रोही समूह' एवं दूसरे को 'असंतुष्ट समूह' की संज्ञा दी गई।[11] 'खालसा दीवान सोसाइटी' और 'यूनाइटेड इंडिया लीग' की बैठक में एकता पर जोर दिया गया और निर्णय लिया गया कि एक प्रतिनिधिमंडल इंग्लैंड के उच्चाधिकारियों एवं भारत के वायसराय से भेंटकर अपनी समस्याओं से अवगत कराए। कैलिफोर्निया के हॉल्टविले नामक क्षेत्र में रह रहे धनी ज्वाला सिंह को लिखे गए पत्र में बलवंत सिंह ने उनसे वैंकूवर आने का अनुरोध किया। गुरु गोविंद सिंह जयंती के उपलक्ष्य में सिखों का जमावड़ा लगा।[12] 'डोमिनियन हॉल' में एक सभा हुई, जिसमें निर्णय लिया गया कि ब्रिटिश और भारत सरकार के पास प्रतिनिधिमंडल भेजा जाए।[13] कनाडा की राजधानी ओटावा जाकर अधिकारियों से मिलने गए प्रतिनिधिमंडल को जब कोई लाभ नहीं मिला तो 22 फरवरी, 1913 को भारतीयों की एक आम सभा वैंकूवर में आहूत की गई।[14]

बैठक में तय किया गया कि लंदन में भारत के उपनिवेश सचिव, पंजाब के उपराज्यपाल और भारत के वायसराय से भेंट करने एक प्रतिनिधिमंडल जाए। बलवंत सिंह, नारायण सिंह और कैलिफोर्निया विश्वविद्यालय के इंजीनियरिंग छात्र नंद सिंह सिहरा को मिलाकर इस प्रतिनिधिमंडल का गठन किया गया। सिहरा अंग्रेजी, उर्दू और पंजाबी भाषा के जानकार थे और 'मॉडर्न रिव्यू', कलकत्ता में उनके कई लेख प्रकाशित

हो चुके थे।[15] सभा में लिये गए निर्णय के अनुसार तीन सदस्यीय प्रतिनिधिमंडल का गठन इस उद्देश्य से किया गया कि वह इंग्लैंड और भारत के अधिकारियों के समक्ष कनाडा के आप्रवासी भारतीयों की तकलीफों को रखे। प्रतिनिधिमंडल के गठन के प्रस्ताव में इस बात को रेखांकित किया गया कि डोमिनियन प्रशासन हमारे इस आवेदन पर, कि हमें अपने पत्नी एवं बच्चों के साथ कनाडा में रहने दिया जाए, अब तक बहरी बनी हुई है। 'हम हिंदुस्तानी', 'यूनाइटेड इंडिया लीग' एवं 'खालसा दीवान सोसाइटी', वैंकूवर द्वारा आयोजित बैठक में श्री नंद सिंह, सिहरा, बलवंत सिंह और नारायण सिंह को प्रतिनिधिमंडल का सदस्य मनोनीत करते हैं और आग्रह करते हैं कि प्रतिनिधिमंडल लंदन के गृह विभाग के समक्ष हमारी कठिनाइयों को व्यक्त करे। प्रतिनिधिमंडल भारत में अवस्थित अन्य संस्थाओं यथा, भारतीय राष्ट्रीय कांग्रेस, अखिल भारतीय हिंदू सभा, ऑल इंडिया मुसलिम लीग, चीफ खालसा दीवान एवं भारतीय जनता के समक्ष कठिनाइयों को रखे और इसके निराकरण हेतु उनका सहयोग भी प्राप्त करे।[16]

इस प्रतिनिधिमंडल के मुख्य प्रवक्ता नंद सिंह सिहरा जाति एवं पेशे से बढ़ई थे और इनका जन्म जालंधर जिले के फिल्लौर गाँव में हुआ था। इनके भाई उत्तर-पश्चिमी रेलवे में परमानेंट वे इंस्पेक्टर के पद पर तैनात थे। इन्होंने खालसा कॉलेज, अमृतसर से एफ.ए. तक की शिक्षा प्राप्त की और 'टेक्निकल इंस्टीट्यूट', बंबई में इंजीनियरिंग की प्रवेश परीक्षा में उत्तीर्ण हुए। मूरलैंड, कैलिफोर्निया के प्रसिद्ध धनाढ्य ज्वाला सिंह द्वारा स्थापित 'गुरुगोविंद सिंह स्कॉलरशिप' इन्हें प्राप्त हुआ और वर्ष 1910 अथवा 1911 में इनका नामांकन यूनिवर्सिटी ऑफ कैलिफोर्निया, बर्कले में हुआ।[17] नंद सिंह सिहरा के साथ कई अन्य पंजाबी भी यूनिवर्सिटी ऑफ कैलिफोर्निया, बर्कले में पढ़ते थे। ये लाला हरदयाल के पक्के समर्थक थे और दिल्ली बम विस्फोट की घटना पर जश्न मनाने के लिए 25 दिसंबर, 1912 को आयोजित रात्रिभोज में भी ये शामिल हुए थे।[18] वर्ष 1905 में 36वीं सिख रेजीमेंट के लांस नायक के पद से जब बलवंत सिंह ने इस्तीफा दिया था तो उस समय तक वे 10 वर्षों की सेवा पूरी कर चुके थे। आरंभिक दिनों में वे संन्यासी या फकीर बनना चाहते थे, लेकिन घरवालों के दबाव के कारण उन्होंने इस धारणा को छोड़ दिया। अप्रैल 1906 में ये पहले हांगकांग गए और वहाँ से जून में वैंकूवर पहुँचे। जब वैंकूवर में चंदा इकट्ठा कर गुरुद्वारा बनाया गया तो इन्हें ग्रंथी की जिम्मेदारी दी गई। जब कनाडा के सिखों को ब्रिटिश होंडूरास भेजा जाने लगा तो कनाडा सरकार एवं भारतीय सिखों के बीच बातचीत में इन्होंने महत्त्वपूर्ण भूमिका निभाई थी। 1909 में इन्होंने कैलिफोर्निया के सिखों के बीच भ्रमण किया और कई सिखों को धार्मिक शिक्षा भी दी। वर्ष के अंत में ये वापस भारत आए और 1911 में जब कनाडा जाने लगे तो अपने साथ अपने परिवार को भी ले गए। गुरुद्वारे के दूसरे ग्रंथी भाग सिंह ने भी अपने साथ परिवार को कनाडा ले जाना

चाहा। हालाँकि भाग सिंह एवं बलवंत सिंह को कनाडा प्रवेश की अनुमति मिल गई, परंतु उनकी पत्नियों को कनाडा प्रवेश की अनुमति नहीं मिली और उन्हें निष्कासन का आदेश सुनाया गया। कनाडा सरकार के इस आदेश का भारतीय सिखों ने जमकर हिंसक विरोध किया और अंततः कनाडा के अधिकारियों ने 'कृपा' दिखाते हुए जनवरी 1912 में दोनों महिलाओं को कनाडा प्रवेश की अनुमति दे दी।[19]

नारायण सिंह के पिता का नाम मलका सिंह था और वे पटियाला जिला के बरनाला थाना के ठिकरीवाला नामक गाँव के रहनेवाले थे। अब तक इन्हें जाननेवालों की संख्या अधिक नहीं थी। सबसे पहले नारायण सिंह ने ही यह आह्वान किया कि भारतीयों को भारत वापस जाकर क्रांति करनी चाहिए। इसके बाद इनकी प्रसिद्धि बहुत बढ़ गई।[20] 14 मार्च, 1913 को यह प्रतिनिधिमंडल मांट्रियल और सेंट जॉन के रास्ते इंग्लैंड रवाना हुआ।[21] लंदन पहुँचने के बाद भारतीय राष्ट्रीय कांग्रेस की लंदन ब्रांच के अध्यक्ष वेडरबर्न के माध्यम से भारत सचिव से भेंट करने के लिए एक आवेदन किया। इंडिया ऑफिस ने 17 अप्रैल, 1913 को उत्तर दिया कि प्रतिनिधिमंडल औपनिवेशिक कार्यालय के लोगों से मिले।[22] एक महीना तक इंतजार होता रहा, परंतु उपनिवेश सचिव ने प्रतिनिधिमंडल को मिलने का समय तक नहीं दिया। हारकर वे लोग भारत के लिए प्रस्थान कर गए।[23] लंदन पहुँचकर उपनिवेश आबादियों के मंत्री मिस्टर लीऊस हारकोर्ट से मुलाकात की दरख्वास्त दी। लेकिन उसने मिलने से इनकार कर दिया। उनका कहना था कि प्रतिनिधिमंडल जानबूझकर कनाडा सरकार से नहीं मिला, बल्कि उसका उल्लंघन करके सीधा साम्राज्यवादी सरकार से मिलने आ गया है और दूसरा कि प्रतिनिधिमंडल का नेता नंद सिंह सिहरा कनाडा के हिंदुस्तानियों का प्रतिनिधि नहीं है। 14 मई, 1913 को उपनिवेशों के अंडर सेक्रेटरी एंडरसन के साथ वजीरे हिंद का राजनीतिक पैरोकार सर डनलप स्मिथ के साथ इस प्रतिनिधिमंडल की बैठक हुई, जिसमें नंद सिंह दुभाषिए के तौर पर मौजूद थे।[24] प्रतिनिधिमंडल का जहाज 28 मई को खुलनेवाला था। उसने 23 मई को दोबारा मुलाकात करने का आवेदन दिया, जिसका जवाब 23 मई को पौने पाँच बजे मिला। इस तरह मुलाकात को टाल दिया गया। पुनः 27 मई के लिए समय माँगा गया, जिसका जवाब जहाज खुलने के समय तक नहीं आया। प्रतिनिधिमंडल जब बंबई पहुँचा तो पोस्ट मास्टर जनरल द्वारा पत्र मिला कि कनाडा सरकार ही आपके लिए कुछ कर सकती है।[25]

इंग्लैंड में प्रतिनिधिमंडल ने नेसर विलियम वैडरबरन, सर हैनरी काटन, सर मच्छंदरजी भावनगरी, सर के.जी. गुप्ता और संसद् के कई सदस्यों के साथ मुलाकात की। एक सभा कैंब्रिज हॉल और एक कारवसन हॉल (कैक्सटन हॉल), लंदन में हुई, जिसके सभापति सर मच्छंदरजी भावनगरी थे।[26] 14 मई, 1913 को कैक्स्टन हॉल में

एक सभा हुई, जिसकी अध्यक्षता सर मुंचेरजी एम. भावनगरी, के.सी.आई.ई. ने किया। लंदन में प्रतिनिधिमंडल ने कई अधिकारियों से वार्त्ता की।[27] इस बैठक में जनरल ऐवर्ट, सर जेम्स तथा लेडी विल्सन, मि. जैब पैसिंगटन हाजिर थे, जबकि जे. फील्डमार्शल अल राबर्ट्स, लॉर्ड हैमिल्टन, लॉर्ड एंपीरियल, लेडी साइमन हैम, लॉर्ड लैमिंगटन, लॉर्ड किनेअर्ड, डॉ. रूथर फोर्ड, रैमजे मैकडॉनल्ड, अमीर अली, गोखले तथा कई अन्य लोगों के लिखित संदेश पहुँचे।[28] प्रतिनिधिमंडल सिलोन (श्रीलंका), मद्रास (चेन्नई), बंबई (मुंबई) के रास्ते 6 जुलाई, 1913 को लाहौर पहुँचा। नंद सिंह सिहरा का एक साक्षात्कार 'ट्रिब्यून' में प्रकाशित हुआ, जिसमें प्रतिनिधिमंडल का स्वागत किया गया था और आप्रवासी भारतीयों की कठिनाइयों को उजागर किया गया था। 'आर्य पत्रिका' में इसी तरह का एक लेख प्रकाशित हुआ।[29]

प्रतिनिधिमंडल मद्रास में नेटसन, बंबई में फिरोजशाह मेहता और श्री वाशन से मिला। लाहौर की भारत बिल्डिंग में सभा की गई, जहाँ कनाडा के सवाल को लेकर श्री मेहर सिंह चावला, मियाँ जलालुद्दीन और चौधरी रामभज दत्त की एक कमेटी बनाई गई। पंजाब के उप-राज्यपाल से मिलने के बाद प्रतिनिधिमंडल ने सर कुँवर हरनाम सिंह, कुँवर दलजीत सिंह, सर जोगेंद्र सिंह, पंडित मदन मोहन मालवीय, बनर्जी तथा वायसराय की कौंसिल के कई सदस्यों से भेंट की।[30] प्रतिनिधिमंडल ने भारतीय प्रेस एवं राजनीतिक संगठनों का सहयोग माँगा और पंजाब के उपराज्यपाल और भारत के वायसराय से भी भेंट की। 11 जुलाई, 1913 को लाहौर से प्रकाशित 'द ट्रिब्यून' ने सिहरा का एक लंबा साक्षात्कार प्रकाशित किया। भारत आए इस प्रतिनिधिमंडल की पहली सार्वजनिक सभा 4 अगस्त, 1913 को लाहौर में हुई। सरकार को देनेवाले ज्ञापन तैयार करने एवं अन्य स्थानों पर सार्वजनिक सभाएँ करने का फैसला किया गया।[31] निर्णय लिया गया कि स्मार-पत्र का प्रारूप तैयार करने के लिए एक उप-समिति का गठन किया जाए। पंडित रामभज दत्त वकील को समिति का सचिव नियुक्त किया गया एवं उप-समिति में सेवा राम वकील, 'लॉयल गजट' के संपादक अमर सिंह, रामभज दत्त और आव्रजक भारतीयों के ये तीनों प्रतिनिधि थे।[32] वकील पंडित रामभज दत्त, भाई मेहर सिंह, चावला और वकील मिर्जा जलालुद्दीन को उप-समिति का सचिव नियुक्त किया गया। एक और उप-समिति की स्थापना हुई, जिसमें 'ट्रिब्यून' के संपादक अमृतलाल राय, सेवा राम सिंह, वकील, 'लॉयल गजट' के संपादक अमर सिंह, पंडित रामभज दत्त एवं तीन अन्य सदस्यों को रखा गया।[33]

18 अगस्त, 1913 को लाहौर के ब्रेडले हॉल में एक जनसभा हुई, जिसमें शहर के कई प्रमुख व्यक्ति, जिनमें लाला लाजपत राय, रामभज दत्त आदि थे, शामिल हुए। सभा में कई वक्ताओं ने आपत्तिजनक बातें कीं। इनमें 'जमींदार' के संपादक एम. जाफर

अली, मेहर सिंह, चावला और लाला दुनी चंद, वकील शामिल थे। एक संदिग्ध आचरण के कवि अल्लाह यार खान, योगी ने उर्दू में कविता पाठ किया।[34] इस सभा की अध्यक्षता सरदार बघेल सिंह कल्ला ने की। सर पी.सी. चटर्जी ने स्मार-पत्र पेश किया, जिसका समर्थन दीवान किशन किशोर, मौलाना जफर अली खाँ, सरदार मेहर सिंह चावला, लालचंद बैरिस्टर तथा हरनाम सिंह मानावालिए ने किया। दूसरे स्मार-पत्र के द्वारा सरदार बघेल सिंह कल्ला, सर पी.सी. चटर्जी, मियाँ मोहम्मद शफी, नवाब मोहम्मद अली खाँ, मलिक उमर हयात खाँ टिवाना, लाला हरकिशन लाल, सरदार मेहर सिंह चावला, सरदार सेवाराम सिंह, मिर्जा जलालुद्दीन, पंडित रामभज दत्त, रायबहादुर रामशरण दास, रायबहादुर मोहन लाल, मौलाना जफर अली खान, नवाब फतेह अली खान, दीवान किशन, किशोर कैप्टन शेर सिंह, लाला लाजपत राय तथा लाला दुनीचंद की एकजुटता में एक कमेटी बनाई गई और बैठक में लिये गए फैसले हिंदुस्तान सरकार को 7 अक्तूबर, 1913 को भेजे गए।[35]

15 दिनों बाद पुनः बैठक हुई। अंबाला, लुधियाना, जालंधर, फिरोजपुर, शिमला, गुजराँवाला, सियालकोट, रावलपिंडी और तरणतारण में भी बैठकें हुईं। अपने भाषण के माध्यम से प्रतिनिधिमंडल के सदस्यों ने एक ओर जहाँ अपनी तकलीफों से आम लोगों को अवगत कराया, वहीं ब्रिटिश सरकार की नीतियों पर प्रहार भी किया। इस समस्या से कांग्रेस भी अपने को अलग नहीं रख सकी। शिमला में 18 सितंबर, 1913 को हुई जनसभा की अध्यक्षता कांग्रेस के सुरेंद्रनाथ बनर्जी ने की एवं इसमें पारित प्रस्ताव की प्रति पंजाब के उप-राज्यपाल सर माइकल ओ'डायर को दी। कांग्रेस के कराची सेशन में ब्रिटिश सरकार से अनुरोध किया गया कि कनाडा में सिखों पर हो रही ज्यादती को दूर करने में वह हस्तक्षेप करें और 'सीधी यात्रा' का आदेश रद्द करे।[36] शिमला में ही प्रतिनिधिमंडल की औपचारिक बातचीत पंजाब के उप-राज्यपाल और भारत के वायसराय से हुई। पंजाब के उप-राज्यपाल बलवंत सिंह के हाव-भाव से बहुत कुपित हुए और उन्होंने इसका जिक्र वायसराय से भी किया।[37] पंजाब के उप-राज्यपाल अपेक्षाकृत अधिक रूखे थे। शायद इन पर हॉपकिंस के प्रतिवेदन का प्रभाव था। उसने प्रतिनिधिमंडल के सदस्यों को उत्तेजक भाषण न करने की चेतावनी भी दी। अपने संस्मरण में उन्होंने खुफिया प्रतिवेदनों की चर्चा करते हुए लिखा कि उन्हें इस बात की जानकारी थी कि बलवंत सिंह बैरकों में जाकर सेना के जवानों से मुलाकात करता है। ओ'डायर की नजर में यह प्रतिनिधिमंडल कनाडा में गठित देशद्रोहियों का एजेंट है।[38] भाई बलवंत सिंह ने ओ'डायर को बहुत खरी-खोटी सुनाई और कहा कि पंजाब सरकार के अध्यक्ष होने के नाते वह कुछ करें।[39] इसी कारण ओ'डायर ने अपनी पुस्तक 'इंडिया एज आई नो' में भाईजी के लिए बहुत बुरे शब्दों का प्रयोग किया।[40] प्रतिनिधिमंडल को

भारत में प्रेस का सहयोग मिला और आम जनता का भी। बावजूद समस्या का कोई समाधान नहीं निकला। कनाडा जाकर उन्होंने कहा कि ब्रिटिश सरकार को उखाड़ने के लिए भारत की जनता तैयार हो गई है।[41] 20 दिसंबर, 1913 को प्रतिनिधिमंडल भारत के वायसराय लॉर्ड हार्डिंग से दिल्ली में मुलाकात की। हालाँकि वायसराय ने धैर्यपूर्व सारी बातें तो सुनीं, लेकिन यह भी कहा कि इस मामले में भारत सरकार कुछ नहीं कर सकती है। प्रतिनिधिमंडल द्वारा 1012 हस्ताक्षरोंवाला एक स्मार-पत्र भी पेश किया गया। 'ऑल इंडिया मुसलिम लीग' ने दिसंबर 1913 में आगरा में होनेवाले वार्षिक सम्मलेन में वही प्रस्ताव पास करके हिंद सरकार को भेजा, जो लाहौर के ब्रैडला हॉल में पास किया गया था। 3 फरवरी, 1914 को सर फजल भाई करीम भाई ने वायसराय की विधान परिषद् में प्रश्न पूछे।[42]

लाहौर में प्रतिनिधिमंडल ने सिंह सभा के संयुक्त सचिव डॉ. बालदेव सिंह, एल.एम.एस., 'लॉयाल गजट' के संपादक अमर सिंह और 'ट्रिब्यून' के संपादक से अलग-अलग भेंट की। प्रतिनिधिमंडल ने 'देश' के संपादक दीनानाथ से भी संपर्क किया। दीनानाथ को वर्ष 1907 में क्रांतिकारी लेख प्रकाशित करने के आरोप में दो वर्षों की सजा हो चुकी थी और इस प्रकार वे लाहौर में क्रांतिकारी के रूप में प्रसिद्ध थे। 'देश' में एक लेख प्रकाशित हुआ, जिसमें कहा गया कि लाहौर में एक आम सभा का आयोजन कर आप्रवासी भारतीयों की कठिनाइयों पर चर्चा की जानी चाहिए। लेख में यह भी उद्धृत किया गया कि प्रतिनिधिमंडल को किसी अधिकारी से मिलने से पूर्व आम जनता के समक्ष अपनी बात रखनी चाहिए। साथ ही यह भी कहा गया कि प्रतिनिधिमंडल को सेना के विभिन्न छावनियों में जाकर अपनी कठिनाइयों को सेना के सम्मुख रखना चाहिए। हालाँकि अपने आपमें यह सलाह लीक से हटकर थी, लेकिन प्रतिनिधिमंडल के समक्ष इंग्लैंड में भी इस तरह की सलाह श्री केर हार्डी, एम.पी. द्वारा दी गई थी। 'सिंह सभा' के साथ हुई बैठक में एक सदस्य ने सुझाव दिया कि अब 'हिंदुओं और सिखों को जाग्रत्' होने का समय आ गया है।[43] 'पंजाबी' अखबार में नंद सिंह का एक लंबा लेख प्रकाशित हुआ।

प्रतिनिधिमंडल ने अंबाला, लुधियाना, जालंधर एवं फिरोजपुर में जनसभाएँ कीं। अंबाला में किसी भी सैनिक को जनसभा में भाग लेने से रोक दिया गया और प्रतिनिधिमंडल को '23वीं सिख पायोनियर' के अहाते में प्रवेश करने से मना कर दिया गया। फिरोजपुर में प्रतिनिधिमंडल के विश्राम की व्यवस्था खालसा बालिका विद्यालय के प्रबंधक भाई तख्त सिंह द्वारा की गई। प्रतिनिधिमंडल ने शहर में भाषण दिया तथा सैनिक छावनी में प्रवेश करने की कोशिश भी नहीं की। 13 सितंबर, 1913 को प्रतिनिधिमंडल लाहौर वापस आया और पुनः शिमला के लिए प्रस्थान कर गया। 18 सितंबर, 1913

को शिमला में एक जनसभा आयोजित हुई, जिसकी अध्यक्षता सुरेंद्रनाथ बनर्जी ने की।[44] उन्होंने कनाडा में सिखों के साथ हो रहे भेदभाव का मामला उठाते हुए कहा कि कौंसिल के सिख प्रतिनिधिमंडल इस मामले को गंभीरता के साथ नहीं उठा रहे हैं और इस प्रकार वे अपने माथे पर कालिख लगवाने की कोशिश कर रहे हैं।[45] प्रतिनिधिमंडल ने अपना दौरा जारी रखते हुए 5 अक्तूबर, 1913 को लॉयलपुर के खालसा धर्मशाला में जनसभा का आयोजन किया, जिसमें हकीम अमीनुद्दीन ने आप्रवासी भारतीयों की समस्याओं पर दृढ़तापूर्वक विचार रखे। यहीं पर बलवंत सिंह की मित्रता हरचंद सिंह से हुई। बाद में हरचंद सिंह की प्रसिद्धि 1913-14 में दिल्ली के गुरुद्वारा रकाबगंज के चहारदीवारी विवाद में हुई। बलवंत सिंह के कनाडा वापस पहुँचने के बाद भी हरचंद सिंह से पत्राचार होता रहा। बलवंत सिंह ने ब्रिटिश सरकार का विरोध करते हुए सुझाव दिया था कि 'चीफ खालसा दीवान' को भंग करते हुए 'सिख सोसाइटी' की स्थापना की जाए, जिसका मुख्यालय लाहौर में हो और यह सोसाइटी एक समाचार-पत्र का प्रकाशन करे, जिसे मुफ्त में सदस्यों को वितरित किया जाए।[46]

प्रतिनिधिमंडल अमृतसर पहुँचा, जहाँ 'सिंह सभा' के सचिव भाई देवा सिंह और भाई बुध सिंह, उपदेशक से विचार-विमर्श हुआ। बलवंत सिंह ने अपने भाषण में अमेरिका एवं कनाडा से वापस आए भारतीयों से मिलने की इच्छा जाहिर की। अक्तूबर माह में ही प्रतिनिधिमंडल का दौरा गुजराँवाला और सियालकोट का हुआ। इसके बाद प्रतिनिधिमंडल की आधिकारिक यात्रा का एक तरह से समापन हुआ। हालाँकि इसके बाद वे अलग-अलग होकर भारत के कई जगहों पर गए। इनमें जालंधर और उसके आस-पास का क्षेत्र, रावलपिंडी, तरणतारण, गाजियाबाद एवं कराची आदि थे। कराची में कांग्रेस का अधिवेशन होनेवाला था और प्रतिनिधिमंडल के सदस्य इस अधिवेशन में शामिल होना चाहते थे।[47]

भारतीय राष्ट्रीय कांग्रेस ने 1913 में कराची में हुए अपने 28वें अधिवेशन में 'सीधे सफर' की शर्त को हटाने की माँग की।[48] कांग्रेस का अट्ठाईसवाँ अधिवेशन 26, 27 और 28 दिसंबर, 1913 को कराची में हुआ। पारित किए गए प्रस्ताव (प्रस्ताव संख्या-6 'लगातार यात्रा धारा' कनाडा प्रवासी भारतीय) के अनुसार कांग्रेस द्वारा लगातार यात्रा शर्त का विरोध किया गया। प्रस्ताव में कहा गया कि कनाडा की प्रिवी कौंसिल के हुक्म नंबर 920 के अनुसार, जो आमतौर पर 'लगातार यात्राधारा' कहलाता है, वहाँ जाने की जो मनाही है, उसका यह कांग्रेस विरोध करती है; क्योंकि उससे प्रत्येक ऐसे भारतीय के कनाडा जाने की मनाही हो जाती है, जो वहाँ रहने न लग गया हो; क्योंकि दोनों महाद्वीपों के बीच प्रत्यक्ष रूप से कोई जहाज नहीं आता-जाता और जहाज थ्रू टिकट देने से इनकार करते हैं और इसके अनुसार वहाँ रहनेवाले भारतीयों को अपने स्त्री-बच्चों को

लाने की मुमानियत हो जाती है। इसलिए यह कांग्रेस साम्राज्य सरकार से प्रार्थना करती है कि उपरोक्त 'लगातार यात्रा धारा' को रद्द कराने की आवश्यकता है।[49] रावलपिंडी की जिस जनसभा में बलवंत सिंह ने भाषण दिया, यह दीवान दौलत राम और पंडित गुलाब चंद की हस्ताक्षर से आयोजित हुई थी। इस जनसभा में वक्ताओं ने दक्षिण अफ्रीका और कनाडा में रह रहे भारतीयों की स्थिति पर चर्चा की। वक्ताओं में सुराजुद्दीन, लाला नानक चंद और बख्शी शिवराम आदि थे। बख्शी शिवराम ने औपनिवेशिक सरकार को स्वार्थी करार देते हुए कहा कि विदेश नीति की कमजोरियों के कारण यह सब हो रहा है। उन्होंने कहा कि विदेश नीति को प्रभावित करने की शक्ति भी भारतीयों के पास ही है। उनका भाषण जोशीला और ब्रिटिश शासक की नीतियों के विरुद्ध इतना कठोर था कि अध्यक्ष को बीच में ही उन्हें रोक देना पड़ा।[50] बलवंत सिंह पेशावर भी गए और ऐसा कहा जाता है कि उन्होंने वहाँ के अमीर से मुलाकात कर उनसे ब्रिटिश शासन पर दबाव डालने का अनुरोध किया। हालाँकि अमीर ने साफ शब्दों में कहा कि कनाडा में एक भी अफगानी नागरिक नहीं है, इसलिए वे ब्रिटिश सरकार पर दबाव नहीं डालेंगे।[51]

प्रतिनिधिमंडल के सदस्यगण अलग-अलग होकर कनाडा वापस चले गए। अपने गाँव खुर्दपुर के पाँच आदमियों को लेकर बलवंत सिंह मार्च 1914 में कनाडा वापस चले गए। नंद सिंह ने रंगून का रास्ता पकड़ा, जहाँ उनके इंजीनियर भाई नौकरी करते थे। वहाँ से वे कनाडा चले गए। इसी समय नारायण सिंह भी भारत से बाहर चले गए। प्रतिनिधिमंडल के भारत-भ्रमण से एक लाभ यह हुआ कि कनाडा में रह रहे भारतीयों के प्रति एक सहानुभूति जाग्रत् हुई।[52] इधर कनाडा की कंजरवेटिव पार्टी के नेतागण प्रतिनिधिमंडल के दौरे की खबर अखबारों में पढ़कर और चिढ़ गए। ब्रिटिश कोलंबिया के सांसद एच.एच. स्टीवेंस ने रंगभेद नीतियों का खुल्लम-खुल्ला समर्थन करते हुए जनसभा में कहा कि कनाडा में इन भारतीयों को रहने का कोई अधिकार नहीं है और इन्हें यहाँ नहीं रहने दिया जाएगा। विभिन्न समाचार-पत्रों में प्रकाशित प्रतिवेदनों को संग्रह कर पंजाबी में अनुवाद कर 'संसार' नामक पुस्तक प्रकाशित की गई। श्वेत लफंगों द्वारा कई अफवाहें फैलाई गईं। एक यह कि चार जहाजों से लाखों सिख कनाडा आ रहे हैं और इसकी व्यवस्था पंजाब के धनी लोगों द्वारा की गई है। 22 अक्तूबर, 1913 को स्टीवेंस ने कनाडा की जनता को ललकारते हुए कहा कि यदि तुम्हें शांतिपूर्वक कनाडा में रहना है तो इन भारतीयों को सामान सहित कनाडा से भगा दो। कनाडा के भारतीयों में हतोत्साह का वातावरण छा गया। भारत की ब्रिटिश सरकार के विरुद्ध इनके मन में अधिक आक्रोश था।[53]

वैंकूवर के संसद् सदस्य एच.एच. स्टीवेंस विशेष रूप से भारतीयों के प्रति घृणा भाव रखते थे। भारतीयों के प्रति विद्वेष फैलाने में उनका सबसे अहम योगदान रहा।

'कामागाटा मारू प्रकरण' के समय संसद् का सत्र नहीं चल रहा था और वे वैंकूवर में थे। जिस किसी भी सभा या बैठक में वे जाते थे, भारतीयों के विरुद्ध विष-वमन करते थे। 10 जुलाई, 1913 को वैंकूवर में हुई सभा में उन्होंने कहा कि यदि हिंदू (भारतीयों) को अपना परिवार कनाडा लाने की अनुमति दी जाएगी तो प्रत्येक भारतीय अपने साथ चार महिलाओं को लाएँगे और बताएँगे कि ये मेरी लड़कियाँ हैं, जो वस्तुतः उनकी पत्नियाँ होंगी। 30 सितंबर को आयोजित एक अन्य सभा में उसने कहा कि भारतीयों को उनके अपने देश में ही कोई अधिकार नहीं है। उन्हें कनाडा की नागरिकता की इजाजत किसी भी हालत में नहीं दी जाएगी। परिवार को कनाडा लाने की अनुमति भारतीयों को कथमपि नहीं दी जाएगी। इनका धार्मिक और बौद्धिक स्तर बिल्कुल ही घटिया है। उन्होंने गोरों को ललकारते हुए कहा कि यहाँ पर कौन ऐसा व्यक्ति है, जो अपनी बेटी की शादी ऐसे भारतीयों से करना पसंद करेगा? उन्होंने स्पष्ट किया कि आंतरिक व्यवस्था मंत्री रॉगर्स ने कभी भी ऐसा आश्वासन नहीं दिया कि भारतीयों को अपना परिवार कनाडा लाने की अनुमति दी जाएगी। 22 अक्तूबर, 1913 को उन्होंने पुनः वैंकूवर में कहा कि यदि आप कनाडा में सुखी जीवन चाहते हैं तो आपको तत्क्षण भारतीयों को यहाँ से भगाना पड़ेगा।[54] इतना होने के बावजूद अब तक कानूनी तौर पर भारतीयों के लिए कनाडा आना संभव नहीं हो पाया था। इसके लिए अदालती काररवाई की आवश्यकता थी। हांगकांग से कनाडा आने के लिए 39 लोगों को बुला लिया गया, जिसे कनाडा सरकार ने वैंकूवर में उतरने से मना कर दिया। जमानतें देकर हिंदुस्तानियों को वापस जाने से रोक दिया गया। मुकदमा हाई कोर्ट तक पहुँचा। इधर अपनी कानूनी स्थिति को और सुदृढ़ करते हुए कनाडा सरकार ने 25 अगस्त, 1913 के अपने कानून में यह संशोधन कर दिया कि गवर्नर जनरल के हुक्म से मजदूरों तथा कारीगरों को छह महीने तक कनाडा के घाटों पर उतरने से रोका जा सकता है। आदेश के अंतिम खंड में लिखा गया कि "घाटों के विभाग को यह अधिकार है कि यदि उसे लगता है कि इससे मजदूर मंडी पर कोई अंतर नहीं पड़ेगा, वह किसी को भी घाट पर उतार सकता है। जापानियों के जहाज से उतरने के संबंध में जापान सरकार से हमारा समझौता हो चुका है। जापान की सरकार इस हुक्म को जापानियों के विरुद्ध न समझे।" उद्‍देश्य स्पष्ट था कि सिर्फ भारतीयों को ही रोकना है। 25 नवंबर, 1913 को कनाडा के मुख्य न्यायाधीश ने फैसला दिया कि सीधे सफर की शर्त लागू करना, उन अधिकारों का उल्लंघन है, जो संसद् ने कनाडा सरकार को दे रखा है। उसने कनाडा सरकार का हुक्म रद्‍द कर दिया तथा 35 हिंदुस्तानियों को उतरने की आज्ञा दे दी। लेकिन साम्राज्यवादी अहंकार के कारण गोरे कनाडाई ने संसद्, समाचार-पत्रों तथा बैठकों में 'हाय-हाय' करनी जारी रखी। 'डंकन व्यापार मंडल' ने कहा कि "हमें एशियाई जमींदार नहीं चाहिए। यदि वे जमीनों को जोतना चाहते हैं तो

मजदूर बनकर जोतें, मालिक बनकर नहीं। हम किसी भी कीमत पर उनको ऐसा नहीं करने देंगे।"[55]

लुधियाना, सराभा के जाट सिख परिवार में 24 मई, 1896 को करतार सिंह का जन्म हुआ था। इनकी माता का नाम साहिब कौर और पिता का नाम मंगल सिंह था। बचपन में ही इनके पिता की मृत्यु हो गई थी। इनका लालन-पालन इनके दादा ने किया। वही इनके अभिभावक बने। गाँव में ही इन्होंने प्राथमिक शिक्षा पूरी की। पढ़ाई के लिए करतार सिंह लुधियाना के रगलसा हाई स्कूल में भरती कराए गए। मिशन हाई स्कूल, लुधियाना से इन्होंने मैट्रिक की शिक्षा प्राप्त की। लेकिन इसी बीच उनके चाचा का स्थानांतरण उड़ीसा हो गया और अपने चाचा के साथ ये उड़ीसा चले आए। उड़ीसा से एंट्रेस की परीक्षा पास की। इनके दादाजी ने उच्च शिक्षा के लिए इन्हें अमेरिका भेज दिया।[56] 1 जनवरी, 1912 को ये सेन फ्रांसिस्को बंदरगाह पर उतरे।[57] आव्रजन अधिकारियों ने उन्हें विशेष पूछताछ के लिए रोक लिया। पूछा—"तुम यहाँ क्या करने आए हो?" जवाब मिला—"पढ़ने।" "क्या हिंदुस्तान में पढ़ने का तुम्हें कोई स्थान न मिला?" "मैं उच्च शिक्षा (विमान विज्ञान) प्राप्त करने के लिए कैलिफोर्निया विश्वविद्यालय में दाखिल होने के विचार से आया हूँ।" पूछताछ के क्रम में अधिकारियों ने कहा कि यदि तुम्हें उतरने की अनुमति न मिली तो क्या करोगे? सराभा ने उत्तर दिया कि यह तो बड़ी नाइनसाफी होगी। यदि विद्यार्थियों को अमेरिका आकर उच्च शिक्षा प्राप्त नहीं करने दी जाएगी तो दुनिया की तरक्की कैसे होगी? इससे तो देश-दुनिया का नुकसान ही होगा।[58] छात्रों के मार्ग में ऐसी अड़चनें डालने से संसार की प्रगति रुक जाएगी। कौन जानता है कि मैं ही यहाँ शिक्षा प्राप्त कर संसार के कल्याण के लिए कोई महान् कार्य करने में समर्थ हो सकूँगा? उतरने न दिया गया तो शायद संसार एक ऊँची प्रतिभा से वंचित रह जाएगा।[59] अमेरिका प्रवेश के समय इनके साथ अच्छा बरताव नहीं किया गया। जहाँ अन्य देशों के नागरिकों को सिर्फ औपचारिक पूछताछ के बाद अमेरिका प्रवेश करने दिया जाता था, वहीं भारतीयों के साथ अभद्रता बरती जाती थी। पूछने पर उत्तर मिला—"क्योंकि भारतीय गुलाम हैं।" रसायनशास्त्र की शिक्षा प्राप्त करने के लिए इन्होंने अपना नामांकन यूनिवर्सिटी ऑफ कैलिफोर्निया, बर्कले में करवाया।[60]

कनाडा में गुरुदत्त कुमार, हरनाम सिंह सहरी और तारकनाथ दास के पहुँचने के बाद क्रांतिकारी संघर्ष में नया मोड़ आया। उत्तर-पश्चिम सीमांत राज्य के बन्नु नामक जगह में रहनेवाले गुरुदत्त कुमार ने नेशनल कॉलेज, कलकत्ता में उर्दू शिक्षक के रूप में योगदान दिया और क्रांतिकारियों के संपर्क में आए। होशियारपुर जिले के सहरी नामक गाँव की रहनेवाले हरनाम सिंह एफ.ए. पास करने के बाद 'सवार' के पद पर भारतीय सेना की चौथी कैवलरी में नौकरी करते थे। ये आर्यसमाज आंदोलन से भी संबद्ध थे और

हांगकांग में इनकी मुलाकात कुमार से हुई। 1907 में ये दोनों साथ-साथ वैंकूवर पहुँचे। नशाबंदी, सायंकालीन विद्यालय एवं आत्मविश्वास के ये प्रचारक थे।[61]

बलवंत सिंह का जन्म 1882 ई. में जालंधर के खुर्दपुर गाँव में हुआ था। उन्होंने फौज की नौकरी की। लेकिन ऊबकर उन्होंने फौज की नौकरी छोड़ दी और विदेश चले गए। कनाडा पहुँचकर उन्होंने गुरुद्वारे का निर्माण कराया। वहाँ से वापस वे शंघाई आए। बैंकॉक में इन्हें गिरफ्तार कर लिया गया। बाद में इन्हें ब्रिटिश सरकार को सौंप दिया गया, जहाँ इन्हें मृत्युदंड दे दिया गया। भाई भाग सिंह बीस साल की उम्र में फौज में भरती हुए, लेकिन जल्द ही फौज की नौकरी से त्याग-पत्र दे दिया। वे चीन चले गए और हांगकांग में पुलिस की नौकरी कर ली। बाद में शंघाई की म्युनिसपैलिटी में नौकरी करने लगे। उसके बाद में ये कनाडा चले गए। वहाँ इन्हें बलवंत सिंह एवं सुंदर सिंह का साथ मिला और 'गदर पार्टी' में ये सम्मिलित हो गए। ब्रिटिश कोलंबिया में इनकी गिरफ्तारी हुई और बाद में ये छूटे। कनाडा में ही बेला सिंह ने इन्हें गोली मार दी थी। भाई वतन सिंह ने बेला सिंह को भी गोली मारी। बेला सिंह ने सात गोली मारी थी।[62] मैट्रिक पास करने के बाद पुस्तकों से और डॉक्टरों के संपर्क में आकर मथुरा सिंह डॉक्टरी सीखने लगे और डॉक्टर बन गए। इसी बीच इनकी स्त्री और पुत्री की मृत्यु हो गई। स्वतंत्र होकर डॉक्टरी सीखने के लिए विदेश चले गए। अमेरिका जाना चाहते थे, लेकिन शंघाई में ही सारे पैसे खर्च हो गए। फिर शंघाई में ही पैसा जमा किया और अमेरिका के लिए प्रस्थान किया। अमेरिका पहुँचने पर इमिग्रेशन के अधिकारियों से झगड़ा हो गया और इन्हें वापस शंघाई भेज दिया गया। वहाँ से ये भारत आए।[63] 27 वर्षीय रामनाथपुरी लाहौर जिला के खेमकरण गाँव के रहनेवाले थे और लाहौर में बैंक क्लर्क की नौकरी करते समय ब्रिटिश सरकार के विरुद्ध दो परचे प्रकाशित एवं प्रचारित करवाए थे। उन्होंने भारतमाता का ऐसा चित्र बनाया, जिसमें मृत भारतमाता की हड्डी ही शेष बची थी और जिसका कारण अंग्रेजों द्वारा किया गया शोषण था। 1906 में कैलिफोर्निया आने पर इन्हें दुभाषिया का काम मिल गया। कार्टून की पसंदगी के कारण इन्हें सब लोग जानने लगे। 1907 में रामनाथ पुरी द्वारा आप्रवासी भारतीय श्रमिकों के बीच क्रांतिकारी प्रचार के लिए एक समाचार-पत्र का प्रकाशन आरंभ किया गया। उर्दू में प्रकाशित इस साप्ताहिक पत्र का नाम 'सर्कुलर ऑफ फ्रीडम' (सर्कुलर-ए- आजादी) रखा गया। प्रथमतः इसका प्रकाशन 3700, कैलिफोर्निया स्ट्रीट, सेन फ्रांसिस्को से हुआ और कुछ दिनों बाद II, मंगोलिया स्ट्रीट, ऑकलैंड से प्रकाशित होना आरंभ हुआ।[64] इसमें लेख लिखा गया कि भारतीयों को बंदूक और हथियार चलाने का प्रशिक्षण लेना चाहिए।

समय-समय पर क्रांतिकारी परचे भी प्रकाशित होते रहे और मुख्यतः भारतीय सैनिकों के बीच वितरण के लिए इन्हें भारत भेजा जाता था। अर्थाभाव में एक वर्ष से

अधिक अवधि तक इसका प्रकाशन संभव नहीं हो सका। हालाँकि आप्रवासी भारतीयों के सामाजिक एवं राजनीतिक केंद्र के रूप में सेक्रेमेंटो और पोर्टलैंड (यू.एस.ए.) प्रमुख केंद्र के रूप में बने रहे।[65] चित्तपावन ब्राह्मण पी.एस. खानखोजे भी सैनिक प्रशिक्षण के पक्ष में थे। 1907 में अमेरिका आने के बाद ये कैलिफोर्निया में बस गए और बर्कले में पढ़नेवाले भारतीय छात्रों को सैन्य प्रशिक्षण लेने के लिए प्रेरित करने लगे। अपनी बात का असर नहीं होते देख ये पोर्टलैंड चले आए। आधार चंद्र लस्कर के साथ मिलकर इन्होंने तामलौस मिलिटरी स्कूल में अपना नामांकन करवाया। सैन्य प्रशिक्षण में आधुनिक तकनीक से वे बहुत प्रभावित थे। उन्हें यह भी आभास हुआ कि भारत की आम जनता को राजनीतिक प्रशिक्षण दिया जाना बहुत ही आवश्यक है और इन्होंने अमेरिका में रह रहे भारतीयों को जाग्रत् करने का काम आरंभ किया। कांशीराम द्वारा दी गई वित्तीय सहायता से इन्होंने 'इंडियन इंडिपेंडेंस लीग' नामक संस्था का गठन किया। पंजाब के अंबाला जिला के मरौली गाँव के रहनेवाले कांशीराम श्रमिक लकड़ी मिल में सुपरवाइजर थे और भारतीय श्रमिकों के लिए बहुत सहयोगी थे। ज्यों-ज्यों बाजार में श्रमिकों की माँग कम होती, अधिक-से-अधिक श्रमिक इनके संगठन से जुड़ते चले जाते। ऐमिली सी ब्राउन ने लिखा है कि एक समय आकर इसकी सदस्य संख्या 500 तक पहुँच गई।[66]

सेक्रेमेंटो और स्टॉक्टन में रहनेवाले पंजाबी सिख ज्वाला सिंह, वसाखा सिंह और संतोख सिंह आदि से लाला हरदयाल की मुलाकात हुई। गुरु गोविंद सिंह के नाम पर छह छात्रवृत्तियों की घोषणा की गई, ताकि भारत से छात्र अमेरिका आकर उच्च शिक्षा प्राप्त कर सकें। 'द पोटैटो किंग' के नाम से प्रख्यात और धनी ज्वाला सिंह ने पैसा दिया। छात्रवृत्ति समिति में लाला हरदयाल, तेजा सिंह, तारकनाथ दास और कैलिफोर्निया विश्वविद्यालय, बर्कले के प्रोफेसर आर्थर यू. पोप थे। नंद सिंह सिहरा, नेल्लौर (मद्रास) के चेंचिया, हरदयाल का साला गोविंद बिहारी लाल, कुकटजूर शर्मा, पैंडियन इस छात्रवृत्ति को पानेवाले छात्रों में से थे, जो बाद में क्रांतिकारी आंदोलन के अच्छे और निष्ठावान कार्यकर्ता बने। लाला हरदयाल, भाई तेजा सिंह, तारकनाथ दास आदि की एक प्रबंधक समिति बना दी गई।[67] विश्वविद्यालय के नजदीक किराए के एक मकान में ये लोग रहते थे। विश्वविद्यालय में पढ़नेवाले अन्य भारतीय छात्रों द्वारा 'नालंदा क्लब' का गठन भी किया गया। लालाजी सेन फ्रांसिस्को, बर्कले या ऑकलैंड में आते, तब गोविंद बिहारी लाल के कमरे में ठहरते। वे भाषण देते तो अगले दिन दैनिक पत्रों में उसका विवरण पढ़कर भारतीय विद्यार्थी बहुत आह्लादित होते। भाई परमानंद के अनुसार, 'भारतीय विद्यार्थी पैंडियन भारत सरकार का जासूस था, जो लालाजी और उनके आंदोलन की जासूसी करता था। ब्रिटिश एजेंट डब्ल्यू.सी. हॉपकिंसन ने हरदयाल की गतिविधियों की रिपोर्ट तत्काल भेज दी थी। कोई ठोस प्रमाण न होने के कारण ब्रिटिश राजदूत स्पिंग

राइस हरदयाल के विरुद्ध अमेरिकी अधिकारियों को प्रतिवेदन देने में हिचकिचा रहे थे। परंतु भारत सरकार ने हॉपकिंसन के एंग्लो इंडियन सहायक टिल्टन स्टील को एक सरकारी रिपोर्ट (ब्लू बुक) भेजी थी।'[68] प्रोफेसर बुक्स के अनुसार लालाजी बर्कले में आतंकवादियों के लिए एक स्कूल चला रहे थे। वे रेलवे लाइन के साथ एक छोटे से कमरे में संत या फकीर के समान रहते थे। बिस्तर या तकिए के बगैर फर्श पर सोते थे। इसके अतिरिक्त उन्होंने 'लाल झंडे का भाईचारा' ('फ्रैटर्निटी ऑफ दि रेड फ्लैग') नाम की संस्था चलाई और इसके लिए उन्होंने 'बाकुनिन इंस्टीट्यूट' भी स्थापित कर रखा था। इसे वे 'अराजकतावादी मठ' कहते थे। उन्हें आशा थी कि वे अपने 'भाईचारा' के लिए इटली और फ्रांस में रंगरूट भरती कर सकेंगे और वे स्विट्जरलैंड में भी एक अन्य मठ खोलना चाहते थे। कैलिफोर्निया विश्वविद्यालय के इतिहास के प्राध्यापक खैराती राम रमरस ने लिखा है कि 'लाला हरदयाल' का प्रभाव विद्यार्थियों पर बहुत ज्यादा था।[69]

दिल्ली में वायसराय लॉर्ड हार्डिंग पर क्रांतिकारियों द्वारा फेंके जाने की घटना के बाद भारतीय छात्रों की हुई सभा में लालाजी के अतिरिक्त सनयात सेन का पुत्र भी शामिल था। 23 दिसंबर को लाला हरदयाल ने पैंडियन की उपस्थिति में 'रेडिकल क्लब' के कई सदस्यों को बुलाया और हर एक से कहा, "क्या आपने सुना है कि मेरे एक साथी ने लॉर्ड हार्डिंग का कैसा बुरा हाल किया है?" यह खबर सुनकर सभी प्रसन्न हुए और विद्यार्थी तो खुशी में घंटों 'वंदेमातरम्' गाते और नाचते रहे।[70] जतींद्रनाथ लाहिड़ी ने एक बैठक में हरदयाल से कहा कि वह अमेरिका में रह रहे सिखों के बीच जाकर काम करें। करतार सिंह सराभा और होशियारपुर के जगत राम से लाला हरदयाल का संपर्क हो गया था।[71] जनवरी 1913 के आरंभ में लाला हरदयाल ने 'युगांतर सर्कुलर' नाम से एक पत्रक तैयार करके श्यामजी को पेरिस भेजा। श्रीमती कामा ने इसकी डेढ़ हजार प्रतियाँ छपवाईं। मार्च 1913 में यह प्रति भारत सरकार के हाथ लग गई और इसे जब्त कर लिया गया। इसमें लिखा था कि '23 दिसंबर का बम, तेरा बार-बार स्वागत है।'[72]

हालाँकि सिख श्रमिकों के नियोक्ता एवं बड़ी मात्रा में श्वेत जनता मेहनती सिख श्रमिकों के हितों की पक्षधर थी, वहीं कुछ श्वेत सार्वजनिक स्थलों, सिनेमा घरों, बाजारों आदि में सिखों के साथ दुर्व्यवहार करने से चूकते नहीं थे। स्थिति यहाँ तक विस्फोटक हो गई थी कि कोई भी सिख अकेले बाजार जाने का साहस नहीं कर सकता था। लाठी, डंडा, हॉकी स्टिक आदि से लैस होकर हमेशा समूह में ये लोग बाजार जाते थे और इनके साथ दुर्व्यवहार होने पर ये मुँहतोड़ जवाब देने से पीछे नहीं हटते थे। 1910 में हुई ऐसी ही एक घटना का जिक्र करते हुए ज्वाला सिंह ने लिखा कि उन लोगों ने भारतीयों की रक्षा के लिए ब्रिटिश कौंसिल में आवेदन तो दिया था, परंतु कोई काररवाई नहीं हुई। कैलिफोर्निया के वुडलैंड की घटना का वर्णन करते हुए उन्होंने आगे लिखा कि एक बार

बाजार में निश्चित जगह पर उन्होंने एक आदमी के पास गुप्त रूप से लाठी-डंडा पहले ही रख दिए थे। आम दिनों की तरह जब वे बाजार गए तो श्वेत लोगों ने उनके साथ दुर्व्यवहार करना आरंभ किया और इसके बाद दोनों पक्षों में झड़प हुई। अपने हथियारों का प्रयोग कर सिखों ने लफंगों को खूब पीटा। उसके बाद लफंगों ने सिखों को तंग करने का साहस कभी नहीं किया।[73]

संदर्भ—

1. प्रीतम सिंह पंछी, पृष्ठ-27।
2. वही।
3. वही।
4. वही, पृष्ठ-28।
5. वही, पृष्ठ-29।
6. वही।
7. हरीश के. पुरी, पृष्ठ-2।
8. जी.एस. देओल, 'दी रोल ऑफ दि गदर पार्टी इन द नेशनल मूवमेंट', 1969, पृष्ठ-55, स्टर्लिंग पब्लिशर्स प्रा.लि., दिल्ली।
9. ए.सी. बोस, पृष्ठ-54।
10. बाबा गुरदित सिंह, पृष्ठ-62।
11. हरीश के. पुरी, पृष्ठ-40।
12. वही, पृष्ठ-43।
13. प्रीतम सिंह पंछी, पृष्ठ-44।
14. एफ.सी. आईसेमॉन्गार एवं जे. स्लैटरी, पृष्ठ-4, बाबा गुरदित सिंह, पृष्ठ-61।
15. हरीश के. पुरी, पृष्ठ-43।
16. एफ.सी. आईसेमॉन्गार एवं जे. स्लैटरी, पृष्ठ-4।
17. वही, पृष्ठ-4।
18. वही।
19. वही, पृष्ठ-5।
20. वही।
21. प्रीतम सिंह पंछी, पृष्ठ-45।
22. विश्वमित्र उपाध्याय, पृष्ठ-210।
23. हरीश के. पुरी, पृष्ठ-44।
24. गुरचरन सिंह सहिंसरा, पृष्ठ-65।
25. वही।
26. प्रीतम सिंह पंछी, पृष्ठ-45।

27. एफ.सी. आईसेमॉन्गर एवं जे. स्लैटरी, पृष्ठ–5।
28. गुरचरन सिंह सहिंसरा, पृष्ठ–67।
29. एफ.सी. आईसेमॉन्गर एवं जे. स्लैटरी, पृष्ठ–5।
30. प्रीतम सिंह पंछी, पृष्ठ–45।
31. विश्वमित्र उपाध्याय, पृष्ठ–211।
32. वही।
33. एफ.सी. आईसेमॉन्गर एवं जे. स्लैटरी, पृष्ठ–7।
34. वही।
35. गुरचरन सिंह सहिंसरा, पृष्ठ–66।
36. हरीश के. पुरी, पृष्ठ–44।
37. एफ.सी. आईसेमॉन्गर एवं जे. स्लैटरी, पृष्ठ–7।
38. हरीश के. पुरी, पृष्ठ–44।
39. विश्वमित्र उपाध्याय, पृष्ठ–214।
40. गुरचरन सिंह सहिंसरा, पृष्ठ–68।
41. हरीश के. पुरी, पृष्ठ–44।
42. गुरचरन सिंह सहिंसरा, पृष्ठ–68।
43. एफ.सी. आईसेमॉन्गर एवं जे. स्लैटरी, पृष्ठ–6।
44. वही, पृष्ठ–7।
45. सोहन सिंह जोश, पृष्ठ–95।
46. एफ.सी. आईसेमॉन्गर एवं जे. स्लैटरी, पृष्ठ–8।
47. वही।
48. पट्टाभि सीतारमैया, 'कांग्रेस का इतिहास', पृष्ठ 41 एवं 65।
49. कन्हैयालाल नंदन (अनुवादक एवं संपादक) 'कांग्रेस के प्रस्ताव—1885–1931, वर्ष 1931,[4] पृष्ठ–290, नवयुग प्रकाशन मंदिर, विद्यापीठ रोड, बनारस छावनी।
50. एफ.सी. आईसेमॉन्गर एवं जे. स्लैटरी, पृष्ठ–8।
51. वही।
52. वही, पृष्ठ–9।
53. हरीश के. पुरी, पृष्ठ–44।
54. सोहन सिंह जोश, पृष्ठ–93।
55. गुरचरन सिंह सहिंसरा, पृष्ठ–71।
56. इंदर सिंह एवं सायंतन चक्रवर्ती, पृष्ठ–41।
57. चमनलाल, 'गदर पार्टी नायक करतार सिंह सराभा', 2007, नेशनल बुक ट्रस्ट, नई दिल्ली।
58. वेदप्रकाश 'वटुक', पृष्ठ–20।

59. चमनलाल, पृष्ठ- ??।
60. इंदर सिंह एवं सायंतन चक्रवर्ती, पृष्ठ-41।
61. हरीश के. पुरी, पृष्ठ-33।
62. मन्मथनाथ गुप्त, 1948, पृष्ठ-71।
63. वही।
64. ए.सी. बोस, पृष्ठ-49।
65. वही।
66. हरीश के. पुरी, पृष्ठ-50।
67. विश्वमित्र उपाध्याय, पृष्ठ-221।
68. वही, पृष्ठ-222।
69. वही, पृष्ठ-223।
70. वही।
71. हरीश के. पुरी, पृष्ठ-59।
72. विश्वमित्र उपाध्याय, पृष्ठ-223।
73. हरीश के. पुरी, पृष्ठ-40।

□

अमेरिका में आप्रवासी भारतीयों की स्थिति

हालाँकि कनाडा और ब्रिटिश कोलंबिया में रह रहे अधिकांश भारतीयों को हरदयाल के प्रति सद्‌भावना थी और वे उनके प्रशंसक थे, लेकिन मुख्य रूप से 'यूनाइटेड इंडिया लीग', वैंकूवर नामक संस्था हरदयाल के कार्यों की प्रशंसक थी। इस संस्था की स्थापना 'भारत में सामाजिक और राजनीतिक पुनरुत्थान' के लिए प्रयास करने हेतु की गई थी। वैंकूवर और स्टॉक्टन में अवस्थित गुरुद्वारे का इन कार्यों में व्यापक सहयोग रहता था। ज्यों ही हरदयाल का क्रांतिकारी अभियान आरंभ हुआ, गुरुद्वारे का समर्थन मिलना भी आरंभ हो गया। दोनों गुरुद्वारों के उपदेशकों ने क्रांतिकारी विचारों को लोगों तक पहुँचाने का क़ाम शुरू कर दिया। इन उपदेशकों में मुख्य इंदर सिंह ग्रंथी थे। इनके पिता का नाम आला सिंह था और इनका पैतृक गाँव मल्ला, जिला लुधियाना था। ये 1906 में हांगकांग गए और वहाँ से कैलिफोर्निया पहुँचे। कुछ दिनों तक इधर-उधर घूमने के बाद 1 अगस्त, 1913 को इनकी नियुक्ति स्टॉक्टन गुरुद्वारा में ग्रंथी के रूप में हुई। 'गदर-दी-गूँज' की सारी कविताएँ इन्हें कंठस्थ थीं और इन्होंने इन कविताओं को 'कूट लिपि' के माध्यम से भी जन-जन तक पहुँचाने का अभियान चलाया।[1] 1912 में अमेरिका में राष्ट्रपति का चुनाव होनेवाला था और वहाँ व्याप्त बेरोजगारी राजनीतिक प्रचार का महत्त्वपूर्ण विषय बन गई थी। अमेरिकन श्रमिक भारतीय श्रमिकों को 'बाहरी' समझते थे। अमेरिका में व्याप्त बेरोजगारी के मुख्य कारणों में इन भारतीय श्रमिकों को ठहराया गया और इस कारण उनके साथ दुर्व्यवहार की घटनाएँ होने लगीं। सेंट जॉन में भारतीय श्रमिकों पर रात्रि में हमला हुआ और उन्हें जान बचाने के लिए वहाँ से भागना पड़ा। लेकिन पटियाला के कन्हैया सिंह के पास एक पिस्तौल थी और उसने अकेले दंगाइयों का सामना कर उन्हें भागने के लिए मजबूर कर दिया। इस घटना के बाद वह अकेले कुछ दिनों वहाँ डटकर काम करते रहे। वाशिंगटन के टाकोमा के नजदीक कुछ भारतीय श्रमिक रेल लाइन निर्माण कार्य में लगे हुए थे। इनके ऊपर अमेरिकन श्रमिकों

ने हमला करना चाहा, लेकिन वे वहाँ से जान बचाकर भाग निकले। लेकिन कुछ समय बाद उन्होंने पाँच पिस्तौल और कुछ राइफलों का इंतजाम कर लिया। इस बार जैसे ही अमेरिकन इन पर हमला करने आए, इन लोगों ने उन्हें खदेड़कर भगा दिया। इस घटना की चर्चा अन्य जगहों पर हुई और भारतीय श्रमिकों में उत्साह और विश्वास का वातावरण बना। इन घटनाओं से मनोबल इतना बढ़ गया कि वे अब यह सोचने लगे कि इसी तरह भारत से श्वेत शासकों को भगाया जा सकता है।[2]

1912 के अंत में बालकन युद्ध का असर अमेरिका में रह रहे भारतीयों पर बहुत पड़ा। लुधियाना (पंजाब) के हलवाड़ा के नवाब खान ने वर्णन किया कि कनाडा और अमेरिका में रहनेवाले ग्रीक के नागरिक, अपने धर्मगुरुओं के अनुरोध पर, बड़ी तादाद में वापस अपने देश जा रहे हैं, ताकि तुर्की के विरुद्ध युद्ध में भाग ले सकें। नवाब खान ने बताया कि ग्रीक नागरिकों की इस भावना का असर अन्य मुसलमानों पर व्यापक ढंग से पड़ा है और वे अपने धर्म की रक्षा के लिए आगे आने के लिए तैयार हैं। सितंबर-अक्तूबर 1912 में सेक्रेमेंटो में हुई जनसभा के बाद एक समिति बनाई गई एवं इस समिति ने चंदा उगाही के लिए विभिन्न स्थलों का दौरा किया, ताकि तुर्की की सहायता की जा सके। इसी क्रम में नवाब खान एवं उनके सहयोगी गुलाब हुसैन उर्फ ठाकुर दास ने सेन फ्रांसिस्को की यात्रा की। वहाँ उनकी भेंट हरदयाल से हुई और उन्हें हरदयाल का भाषण सुनने का भी मौका मिला। हरदयाल द्वारा तुर्की के पक्ष में दिए गए भाषण का सकारात्मक असर नवाब खान पर पड़ा और वे राजनीतिक कार्यों के लिए समर्पित होते चले गए। हिंदू-मुसलिम एकता विषय पर विचार करने के लिए एस्टोरिया में एक बैठक हुई और एक समिति का गठन किया गया। बाद में इस समिति का हरदयाल की 'हिंदी एसोसिएशन' में विलय हो गया। जिस प्रकार हरदयाल के व्यक्तित्व एवं भाषण का जैसा असर नवाब खान पर पड़ा, वैसा ही असर कई अन्य लोगों पर भी पड़ा।[3]

नवाब खान के पिता का नाम गौस खान था। ये जाति के राजपूत (धर्मांतरण के पूर्व) थे। इनकी प्रारंभिक शिक्षा अपने गाँव में हुई। पढ़ने में कम रुचि के कारण 16 वर्ष की उम्र में 1901 में इन्होंने घर छोड़ दिया और हांगकांग में नौकरी कर रहे अपने भाई के पास चले गए। छह-सात महीने हांगकांग में रहने के पश्चात् वापस अपने गाँव आए, जहाँ नौशेरा के आठवीं कैवलरी में इनकी नौकरी लग गई। लेकिन वर्ष 1905 में इन्होंने नौकरी छोड़ दी। इनका चयन पेनांग के मलाया स्टेट गाइड में आर्टिलरी शाखा में हो गया। इन्होंने पुन: 1908 में नौकरी से इस्तीफा दे दिया और दिसंबर 1909 में अमेरिका के लिए प्रस्थान किया तथा 1910 में अमेरिका पहुँचे। दिसंबर 1910 में इन्होंने वैंकूवर का रुख किया, जहाँ इनका संपर्क रहीम उर्फ हुसैन रहीम से हुआ। इस व्यक्ति का नाम छगन खैराज वर्मा उर्फ छगन लाल था। इनका जन्म 1865 के आस-पास हुआ

था। ये जाति से बनिया थे और इनका पैतृक निवास पोरबंदर राज्य के काठियावाड़ में था। 1895 में ये जापान गए, जहाँ जमशेदजी मानेजी नानपोरिया के साथ हिस्सेदारी में व्यापार आरंभ किया। सात वर्ष के बाद भारी मात्रा में धन-संपत्ति लेकर ये होनोलुलू के लिए रवाना हो गए और वहाँ 'हुसैन रहीम' के छद्म नाम से रहना आरंभ कर दिया। 1910 में छगन लाल वैंकूवर पहुँचे और पर्यटक बनकर कनाडा के मांट्रियल नामक शहर पहुँचे। अप्रैल 1910 में कनाडा के आव्रजन मामलों में इन्होंने रुचि लेना आरंभ कर दिया। एक-दो महीने के बाद आव्रजन अधिकारियों को छगन लाल के बारे में जानकारी मिली कि इन्होंने वैंकूवर में रहना आरंभ कर दिया है और इतना ही नहीं, जमीन-मकान खरीदने-बेचने के एक व्यापारिक संस्थान की कमान भी अपने हाथ में ले ली है। वैंकूवर की 'हिंदुस्तान एसोसिएशन' ने 30 जून, 1910 को लंदन के 'इंडिया ऑफिस' को एक तार द्वारा शिकायत की कि कोलंबिया की सरकार मुसलमान व्यापारियों को गैर-कानूनी तौर पर देश-निकाला दे रही है। एक अन्य अर्जी हिंदुस्तान के अंग्रेज गवर्नर जनरल को 20 जून, 1911 को मिली। ये अर्जियाँ लंदन के 'इंडिया ऑफिस' के मार्फत कनाडा सरकार को भेजी गईं।[5] आव्रजन अधिकारियों ने छगन लाल को चेतावनी दी कि उन्हें कनाडा से निर्वासित किया जाएगा। 27 अक्तूबर, 1910 को इन्हें गिरफ्तार कर लिया गया और गिरफ्तारी के बाद अधिकारियों को जानकारी मिली कि छगन लाल का पत्राचार 'फ्री हिंदुस्तान' के संपादक तारकनाथ दास से होता था। छगन लाल के पास अमेरिका, अफ्रीका, स्विट्जरलैंड, इजिप्ट, फ्रांस आदि देशों में रह रहे भारतीय क्रांतिकारियों के नाम और पते थे। इनके पास नाइट्रो-ग्लिसरीन नामक रसायन बनाने संबंधी दस्तावेज भी मिले।[4]

हुसैन रहीम उर्फ छगन खिराज वर्मा को गैर-कानूनी ढंग से कनाडा प्रवेश के आरोप में जब गिरफ्तार किया गया तो 'हिंदुस्तान एसोसिएशन' और 'खालसा दीवान सोसाइटी' द्वारा न्यायालय में मुकदमा किया गया। काठियावाड़, पोरबंदर के रहनेवाले हुसैन रहीम व्यापार के लिए आए थे। न्यायालय ने उन्हें जेल से छोड़ने का आदेश दिया और रहीम के कनाडा में रहने के अधिकार को जायज ठहराया। न्यायाधीश मरफी ने अपने आदेश में कहा कि गवर्नर जनरल ने आदेश संख्या 920, मई 1910 निर्गत करने के दौरान न्यायालय के अधिकार क्षेत्र का उल्लंघन किया है। आव्रजन अधिकारी द्वारा यदि किसी विदेशी नागरिक के विरुद्ध कोई आदेश दिया जाता है और उस नागरिक द्वारा इस आदेश की चुनौती न्यायालय में दी जाएगी तो इस आदेश की धारा-23 के अंतर्गत अब न्यायालय इसकी फरियाद सुनने का अधिकार नहीं रखता है और इस प्रकार यह कनाडा के 'सुप्रीम लॉ' का ही उल्लंघन है। न्यायालय के इस निर्णय से भारतीयों में एक नई आशा का संचार हुआ।[5] कनाडा से निर्वासित किए जाने संबंधी मामले में छगन लाल के

पक्ष में निर्णय आया और इन्हें कनाडा में रहने की अनुमति मिल गई। शनैः-शनैः भारतीय आव्रजन मामलों के ये नेता बनकर उभरे और कनाडा में रह रहे भारतीयों के असंतोष को स्वर देने का काम इन्होंने किया।[6]

अपने भाई के निर्देश पर नवाब खान ने छगन लाल से तो अपना संपर्क खत्म कर लिया, लेकिन गुलाम हुसैन के साथ संपर्क बनाए रखा। गुलाम हुसैन उर्फ ठाकुर दास के पिता का नाम सावन राम था और ये पटियाला राज्य के धुरी नामक गाँव के रहनेवाले थे। इनके चरित्र के बारे में भी कई तरह की बातें सामने आईं। सबसे पहले ये 1905 में अमेरिका गए और दो वर्षों के बाद वापस भारत पहुँचे। भारत में देशद्रोह के आरोप में इन्हें गिरफ्तार कर लिया गया। बाद में इन्हें 'बेल' मिली। इसके बाद ये पर्सिया चले गए, जहाँ इनका संपर्क अजीत सिंह और अंबा प्रसाद से हुआ। यहाँ से पुनः ये अमेरिका गए और अगस्त 1911 में अमेरिका पहुँचे। नवाब खान के अनुसार गुलाम हुसैन के क्रांतिकारी और राजनीतिक विचारों को अमली जामा पहनाने का काम हरदयाल करते थे। लेकिन बाद में हरदयाल एवं गुलाम हुसैन के बीच वैचारिक मतभेद हो गया और दोनों अलग हो गए।[7] अजीत सिंह द्वारा रचित पुस्तक के लिए नवंबर 1909 में लाहौर के कई जगहों पर तलाशी हुई। लाहौर की 'भारतमाता बुक एजेंसी' में ली गई तलाशी के क्रम में भाई परमानंद का एक बक्सा मिला। इसमें बम बनाने के दस्तावेज मिले। यह दस्तावेज कलकत्ता के मानिक टोला और सावरकर के नासिक में अवस्थित घर में मिले दस्तावेज के समान ही थे। अप्रैल 1910 में परमानंद पर सी.आर.पी.सी. की धारा 110(एफ) के अंतर्गत मुकदमा आरंभ किया गया, जिसमें उन्हें तीन साल की सजा हो सकती थी। 3 अक्तूबर, 1910 को ही ये बंबई से यूरोप के लिए प्रस्थान कर गए। 1911 में ये बर्कले, कैलिफोर्निया पहुँचे।[8]

1913 में हरदयाल ने अमेरिका के पैसिफिक कॉस्ट की यात्रा आरंभ की थी। उनके विद्वत्तापूर्ण भाषण का प्रभाव लोगों पर बहुत असर करता था और अपने भाषणों के कारण वे लोकप्रिय होते चले गए। भारतीयों के कनाडा एवं अमेरिका प्रवेश पर लगाई गई रोक के कारण लोगों में ब्रिटिश सरकार के प्रति गहरा असंतोष था। 'हिंदुस्तान एसोसिएशन ऑफ यूनाइटेड स्टेट्स ऑफ अमेरिका' मुख्यतः अमेरिका में पढ़ रहे भारतीय छात्रों एवं शिक्षितों की संस्था थी और 'सिख खालसा दीवान', जिसका मुख्यालय स्टॉक्टन, कैलिफोर्निया में था, हरदयाल के प्रति सद्भावना रखती थी और उनके कार्यों को बढ़ावा देती थी। 'हिंदुस्तान एसोसिएशन' की स्थापना कई वर्ष पूर्व हो चुकी थी और 1913 में इसके सदस्यों की संख्या करीब 250 थी। इस संस्था का मुख्य उद्देश्य भारत के छात्रों को अमेरिका आने के लिए प्रोत्साहित करना था, ताकि उन्हें राष्ट्रीयता एवं क्रांतिकारी शिक्षा दी जा सके।[9] हरदयाल के अतिरिक्त पेरिस स्थित भारतीय क्रांतिकारियों ने अगस्त

1911 में ठाकुर दास को प्रशांत तट पर सिख भाइयों में क्रांतिकारी विचारों का प्रचार करने के मिशन पर अमेरिका भेजा था। हरदयाल 1911 में मार्त्तीनीक से चलकर कुछ दिन बोस्टन में ठहरे, वहाँ से वह हार्वर्ड गए, जहाँ सिख पंथ के प्रचारक भाई तेजासिंह कैलिफोर्निया से उनसे मिलने आए। जॉर्ज टाउन में रह रहे भाई परमानंद को हरदयाल ने पत्र लिखा कि आप भी किसी अन्य स्थान के बजाय कैलिफोर्निया चले आइए। जब भाई परमानंद सेन फ्रांसिस्को (कैलिफोर्निया) पहुँचे, तब हरदयाल होनोलुलू (हवाई द्वीप) चले गए थे। वहाँ उन्होंने सनयात सेन से भेंट की थी। उस समय उन्हें होनोलुलू में निष्कासित कर दिया गया था। हरदयाल ने हनुमंत सहाय को लिखा कि मैं शंकर, कांट, हैगज, मार्क्स आदि विचारकों का अध्ययन कर रहा हूँ। हरदयाल शीघ्र होनोलुलू से कैलिफोर्निया वापस आ गए।[10]

रामचंद, पेशावरिया और परमानंद आदि को साथ लेकर मई 1913 में हरदयाल पोर्टलैंड पहुँचे। पोर्टलैंड से परमानंद को क्रांतिकारी कार्यों को अंजाम देने के लिए भारत भेजा गया। परमानंद का जन्म पंजाब के झेलम जिले में 1875 में हुआ और पंजाब के लोगों के लिए ये परिचित थे। इनकी शिक्षा दयानंद एंग्लो-वैदिक कॉलेज, लाहौर में हुई। कई वर्षों तक आर्यसमाज के उपदेशक एवं प्रोफेसर के रूप में इन्होंने यहाँ नौकरी की। ये लाला लाजपत राय के पक्के समर्थक थे। 1906-07 के पंजाब के क्रांतिकारी आंदोलन के जन्मदाता के रूप में लाला लाजपत राय की पहचान पूरे प्रदेश में थी। 1905 में आर्यसमाज के प्रतिनिधि के रूप में इन्होंने दक्षिण अफ्रीका की यात्रा की। 1907 में वापस इंग्लैंड आए। अत्यधिक ठंड के कारण पुन: भारत आकर डी.ए.वी. कॉलेज में प्रोफेसर के रूप में इनकी नियुक्ति हुई।[11] सोहन सिंह भकना के साथ लगभग दो सौ भारतीय श्रमिक मोनार्क मिल में काम करते थे और वे मिल के नजदीक ही रहते भी थे। लाला हरदयाल के साथ पहली बैठक इन्हीं श्रमिकों के साथ आयोजित की गई। इनमें से कई श्रमिकों की शिकायत थी कि हालाँकि वे खूब पैसे कमाते हैं, लेकिन वे अपनी जिंदगी से प्रसन्न नहीं हैं। उन्हें लगता है कि उन्हें सरेआम अपमानित कर उनकी इज्जत उछाली जाती है। उनकी समझ में नहीं आता था कि भारतीयों को इतना खराब, पिछड़ा एवं मूर्ख क्यों समझा जाता है? भारत क्यों इतना गरीब है और अमेरिका और कनाडा जैसे देश इतने धनी और समृद्ध कैसे हैं?[12]

1911 में कनाडा से जी.डी. कुमार (पूरा नाम गुरुदत्त कुमार) सिएटल (वाशिंगटन) पहुँचे तथा कोटलानौध सिंह के भाई हरनाम सिंह के साथ भारतीय केंद्रों पर घूमकर राष्ट्रीयता का प्रचार करने लगे। इनका कहना था कि अब प्रार्थना और आवेदन करने का समय समाप्त हो चुका है। अपनी शिकायतों के निवारण हेतु एक संगठन की आवश्यकता आ चुकी है। सेंट जोंस और पोर्टलैंड के क्षेत्र में बिखरे हुए भारतीय श्रमिकों में धीरे-धीरे

जागृति आ रही थी, लेकिन उनके पास 'नेतृत्व' का अभाव था। 1912 में मोनार्क मिल एक महीना के लिए बंद हो गया और सोहन सिंह भकना और ऊधम सिंह कसेल को नौकरी से हटा दिया गया। वे दोनों एस्टोरिया (ओरेगाँव) में रह रहे भाई केसर सिंह के पास पहुँचे और वहाँ उन्हें एक संस्था स्थापित करने का आग्रह किया।[13] भारतीय मजदूरों की जुलाई 1912 में पोर्टलैंड में बैठक हुई। हरनाम सिंह, कोटलानौध और ब्राइडल वेल के कुछ और कार्यकर्ता, सेंट जॉन से पंडित कांशीराम और कुछ अन्य लोग, लिटन से भाई सोहन सिंह भकना और कुछ अन्य लोग तथा पोर्टलैंड से कुछ अन्य व्यक्ति इस ऐतिहासिक बैठक में शामिल हुए।[14] ब्रिडल वेल (ओरेगाँव) में काम कर रहे श्रमिकों सहित सेंट जॉन से पंडित कांशीराम, रामरखा और मोनार्क मिल क्षेत्र में काम करनेवाले भाई सोहन सिंह भकना, भाई ऊधम सिंह केसल आदि शामिल हुए।[15] इस बैठक में 'पैसिफिक कोस्ट हिंदी एसोसिएशन' गठित करने का निर्णय किया गया। भाई सोहन सिंह भकना अध्यक्ष, जी.डी. कुमार सचिव और पंडित कांशीराम कोषाध्यक्ष चुने गए।[16] प्रत्येक रविवार को संस्था की बैठक होती थी, जिसमें सामाजिक एवं राजनीतिक विषयों पर विचार-विमर्श होता था। पोर्टलैंड (ओरेगाँव) के एक किराए के मकान में इसका कार्यालय खोला गया। इस बैठक में यह भी निर्णय लिया गया कि 'दि इंडिया' नामक पत्र उर्दू में प्रकाशित किया जाए। एक अखबार उर्दू में भी निकाला जाए। प्रबंधक कमेटी में हरनाम सिंह टुंडीलाट, ऊधम सिंह कसेल, रामरखा तथा दो साथी और लिये गए।[17] संगठन का उद्देश्य भारत की देशी पत्रिकाओं का अध्ययन, भारत से नवयुवकों को बुलाकर उन्हें अमेरिका में शिक्षित करने की व्यवस्था करना, ताकि उनकी राष्ट्रीय चेतना विकसित हो सके और भारतीयों के लिए साप्ताहिक बैठकों का आयोजन करना था।[18] तीन या चार साप्ताहिक बैठकों के बाद गुरुदत्त कुमार को पेट की बीमारी हो गई और उन्हें ऑपरेशन के लिए अस्पताल में दाखिल होना पड़ा और इससे पोर्टलैंड की 'हिंदुस्तान एसोसिएशन' वस्तुत: निष्क्रियप्राय हो गई थी। 'हिंदुस्तान' पत्र का प्रकाशन भी नहीं हो सका। कुछ दिनों बाद सोहन सिंह भकना और भाई ऊधम सिंह कसेल कुछ दिनों के लिए ऑस्ट्रिया मिल (वाशिंगटन स्टेट) में काम करने के लिए चले गए। इस मिल में 120 भारतीय काम करते थे। वहाँ भी 'हिंदुस्तान एसोसिएशन ऑफ पैसिफिक कोस्ट' की शाखा कायम की गई। इस शाखा के प्रधान केसर सिंह ठठगढ़, मुख्य सचिव मुंशी करीम बख्श और कोषाधिकारी मुंशी राम बनाए गए।[19]

सोहन सिंह भकना और उनके साथियों ने मिलकर विचार किया कि अजीत सिंह को निमंत्रण दिया जाए, जो कि उस समय ब्राजील में रह रहे थे। इसी बीच धुरी, पंजाब के क्रांतिकारी ठाकुर दास ने सुझाव दिया कि लाला हरदयाल को आमंत्रित किया जाए। उन्होंने परामर्श दिया कि आजकल लालाजी सेन फ्रांसिस्को में हैं और विद्यार्थियों के बीच

भाषण देने के अतिरिक्त इन दिनों उनको कोई काम नहीं है। यदि वह आ जाएँगे तो दफ्तर व अखबार का कार्य उन्हें सौंप दिया जाए। बैठक में यह प्रस्ताव सर्वसम्मति से पारित हुआ। हरदयाल से चिट्ठी-पत्री करने का कार्य कांशीराम को सौंपा गया।[20] अमेरिका आने के पूर्व ठाकुर दास मैडम कामा और एस.आर. राणा के साथ काम कर चुके थे। आमंत्रण मिलने पर लाला हरदयाल चहक उठे और क्रिसमस की छुट्टियों में दिसंबर 1912 के अंतिम सप्ताह में उन्होंने सेंट जोन आने का आश्वासन तो दिया, लेकिन अन्य व्यस्तताओं के कारण वे उस समय नहीं आ सके।[21] मार्च 1913 के अंतिम सप्ताह में वे यहाँ पहुँचे।[22]

मार्च 1913 में 'वंदे मातरम्' में एक अवकाश प्राप्त हिंदू सैनिक का 'फिर हम क्या करें?' शीर्षक लेख छपा था कि 'कुछ समय पूर्व हमने लिखा था कि हमारे क्रांतिकारी आंदोलन की हर आतंक करनेवाले के विरुद्ध खुले युद्ध में परिणति होनी चाहिए। यदि आम जनता और नियमित सेना इस युद्ध में सहयोग दे, तभी यह सफल हो सकता है।[23] लाला हरदयाल ने भाई परमानंद से अनुरोध किया कि वह उनके साथ सेंट जोन चलें। सेंट जोन में 25 मार्च, 1913 की रात में पंडित कांशीराम के घर पर लाला हरदयाल और भाई परमानंद का व्याख्यान सुनने के लिए पंजाबियों की एक बैठक हुई। बैठक में भाई परमानंद ने कहा कि इतनी बड़ी जनता को समझाने के लिए पढ़े-लिखे लोगों की आवश्यकता होगी। अत: भारतीयों को अमेरिका बुलाकर पढ़ाने के लिए छात्रवृत्ति संस्थान की स्थापना की जानी चाहिए। इनकी सलाह किसी को नहीं जँची। उन्होंने कहा कि कब नौ मन तेल होगा, कब राधा नाचेगी? कितने छात्रों को बुला सकते हैं, वे और उनमें से कितने सचमुच स्वदेश लौटकर जीवन राष्ट्र को समर्पित करेंगे? इस बात की क्या गारंटी है कि वे शिक्षा पाकर यहाँ या वहाँ अच्छा पद पाकर देशद्रोही नहीं बनेंगे? उपस्थित श्रमिकों ने साफ-साफ कहा कि हमारी समस्या तो यह है कि हमारा इन देशों में पग-पग पर अपमान होता है, शोषण होता है, दमन होता है। हम एक पल भी सुख की साँस नहीं ले सकते हैं। हमें आदमी की तरह रहने का अधिकार तक नहीं। ऐसे में वे लोग यहाँ शिक्षा पाकर हमारे लिए क्या करेंगे?[24] रही संगठन बनाने की बात, संगठन तो बना था 'हिंदुस्तान एसोसिएशन'। जी.डी. कुमार को अखबार भी निकालना था। कुछ हुआ उससे?[25] वे तो कुछ करने के लिए उद्यत थे। होशियारपुर जिला के कोटला नौधसिंह के रहनेवाले हरनाम सिंह भी इस बैठक में उपस्थित थे। उन्होंने लिखा कि हरदयाल में खूबी थी कि वे जनता का 'मूड' भाँपने की जबरदस्त कला जानते थे। उन्होंने तुरंत कहा कि इंग्लैंड की शिक्षा पद्धति से सिर्फ 'दास मनोवृत्ति' वाले ही निकल सकते हैं। भारत की स्वतंत्रता तब ही संभव है, जब इसे आम जनता और किसानों का सहयोग प्राप्त हो।[26]

भाई परमानंद चाहते थे कि भारतीय छात्रों को भारत से आमंत्रित कर उनकी शिक्षा की व्यवस्था की जाए। इस प्रस्ताव पर विचार-विमर्श तो खूब हुआ, लेकिन इसे स्वीकृति नहीं मिली। लाला हरदयाल ने इस बैठक में प्रस्ताव दिया कि भारत को आजाद कराने के लिए क्रांतिकारी रास्ता अख्तियार किया जाना चाहिए और यह प्रस्ताव पारित भी हुआ।[27] लाला हरदयाल ने इस बैठक में सलाह दी कि ब्रिटिश दासता से भारत को स्वतंत्र कराने की तैयारियाँ करने के उद्देश्य से भारतीयों में क्रांतिकारी विचारों का प्रचार करने के लिए उर्दू और पंजाबी में एक साप्ताहिक अखबार निकाला जाना चाहिए। 1857 के गदर के बहादुर नायकों की स्मृति में इस साप्ताहिक पत्र का नाम 'गदर' होना चाहिए। उन्होंने यह भी सुझाव दिया कि 'गदर' का मुख्यालय सेन फ्रांसिस्को में हो और उसको 'युगांतर आश्रम' कहा जाए।[28] इस बैठक में करतार सिंह सराभा भी उपस्थित हुए, जो छुट्टी के दिनों में कार्य करने के लिए अपने ग्रामीण साथी रुलिया सिंह के अनुरोध पर यहाँ पहुँचे थे।[29] लाला हरदयाल ने कहा कि जो संगठन बनाया जाए, उसमें बिना भेदभाव के सबको समान सम्मान और स्वतंत्रता दी जाए। आजादी का बिगुल बजानेवाली संस्था में सब एक साथ बैठें, एक साथ रहें, एक साथ खाएँ, पकाएँ। साझा आवास, साझा लंगर, साझा रहन-सहन, एक सा खर्च। साझी विरासत, साझी शहादत, साझा सपना! सबने आवेश में आकर हरदयाल को सराहा। सभा में एक दलित भी था। उसे लगा कि उसके लिए तो क्रांति आ गई है, क्योंकि उसके जीवन में पहली बार उसे अछूत के रूप में नहीं, एक इनसान के रूप में देखा गया था।[30]

लाला हरदयाल ने सुझाव दिया कि गुरुमुखी या उर्दू में एक समाचार-पत्र का प्रकाशन किया जाए, ताकि आम लोग इसे पढ़ सकें और समझ सकें। इस पत्र को, जहाँ तक संभव हो, अधिक-से-अधिक भारतीयों तक पहुँचाया जाना चाहिए। दूसरा कदम सैनिक विद्रोह, सैन्य प्रशिक्षण, हथियारों का संग्रह और ब्रिटिश सेना में भारतीयों को अपनी ओर मिलाना होगा। तीसरा कदम वास्तविक युद्ध होगा। लाला हरदयाल ने इस पत्र का नाम 'गदर' रखा, क्योंकि यह कार्ययोजना की प्रवृत्ति से मिलता-जुलता था। श्रोताओं का मत था कि 'गदर' नाम सुनते ही अंग्रेज डर जाएँगे और हतोत्साहित हो जाएँगे। यह निश्चय हुआ कि 'उर्दू' एवं 'पंजाबी' में प्रकाशित होनेवाले 'गदर' अखबार का प्रकाशन सेन फ्रांसिस्को से होगा और प्रशांत क्षेत्र एवं भारत में रहनेवाले अधिक-से-अधिक लोगों तक इसे पहुँचाना होगा। इसकी कार्यकारिणी के सदस्यों को 'गदर' प्रकाशन के लिए धन इकट्ठा करने की जिम्मेदारी दी गई।[31] ऐसी सभी जगहों पर जहाँ भारतीय श्रमिक कार्यरत हों, संस्था की एक निर्वाचित समिति होगी, जो प्रत्यक्ष रूप से केंद्रीय समिति के अंतर्गत काम करेगी। केंद्रीय कार्यकारिणी समिति का चुनाव स्थानीय समिति द्वारा किया जाएगा। केंद्रीय समिति सभी कार्यों का मार्गदर्शन करेगी और प्रेस, पत्र और अन्य कार्यों का

पर्यवेक्षण करेगी। केंद्रीय समिति द्वारा तीन सदस्यीय राजनीतिक समिति या गुप्त समिति का गठन किया जाएगा। प्रत्येक सदस्य को माह में कम-से-कम एक डॉलर सदस्यता राशि देनी होगी। सबसे महत्त्वपूर्ण निर्णय लिया गया कि धार्मिक आचरण सदस्यों के व्यक्तिगत आचरण होंगे और संस्थागत रूप से धर्म पर कोई बहस नहीं हो सकती है। प्रत्येक सदस्य का यह दायित्व होगा कि वह जहाँ कहाँ भी हो, भारतीय स्वतंत्रता संग्राम में अपना योगदान दे।[32] समर्पित कार्यकर्ताओं के लिए मुफ्त भोजन एवं वस्त्र की व्यवस्था की गई, लेकिन इस समय उनके लिए किसी तरह का मानदेय देने के बारे में निर्णय नहीं लिया गया।[33] इस प्रतिनिधि सभा में सारी योजना पर पुनः विचार हुआ और अंत में लाला हरदयाल ने अपना प्रस्ताव रखा। प्रस्ताव इस प्रकार था—

1. संगठन का नाम 'हिंदी एसोसिएशन ऑफ दि पैसिफिक कोस्ट ऑफ अमेरिका' होगा (यही बाद में 'हिंदुस्तान गदर पार्टी' के नाम से लोकप्रिय हुआ)।
2. इसका लक्ष्य सशस्त्र संघर्ष द्वारा भारत को ब्रिटिश दासता से मुक्त कराना और समानता तथा न्याय के आधार पर राष्ट्रीय सरकार का गठन करना होगा।
3. पार्टी उर्दू, पंजाबी और हिंदी आदि भाषाओं में 'गदर' साप्ताहिक पत्र निकालेगी।
4. एसोसिएशन का कार्यालय सेन फ्रांसिस्को में होगा, जो क्रांतिकारियों का केंद्र तथा बंदरगाह है।
5. पार्टी कार्यालय, 'गदर' स्टाफ तथा अन्य जगहों पर काम करनेवाले भाई वेतन नहीं लेंगे, परंतु उन्हें समानता के आधार पर खाना और कपड़ा दिया जाएगा।
6. पार्टी के प्रत्येक भारतीय सदस्य को प्रति माह एक डॉलर सदस्यता शुल्क देना होगा।
7. प्रत्येक फैक्टरी या 'गैंग' की एक चुनी हुई समिति होगी, जो पार्टी की कार्यकारिणी समिति से प्रत्यक्ष रूप से संबंधित होगी।
8. प्रतिनिधियों द्वारा निर्वाचित कार्यकारिणी समिति अखबार और प्रेस का तथा अन्य खुले काम करेगी।
9. कार्यकारिणी समिति अपने सदस्यों में से तीन व्यक्तियों का एक आयोग चुनेगी, जो राजनीतिक और गुप्त कार्यों के लिए पूर्णतः जिम्मेदार होगा।
10. धर्म प्रत्येक सदस्य का निजी मामला होगा और धार्मिक मामलों पर बहस की अनुमति नहीं दी जाएगी।
11. पार्टी के हर सदस्य का यह कर्तव्य होगा कि वह गुलामी के विरुद्ध लड़े और जहाँ कहीं भी संघर्ष चलाया जा रहा हो, उसका समर्थन करे।
12. पार्टी के संगठनों के चुनाव हर वर्ष कराए जाएँगे।

हरदयाल का प्रस्ताव सर्वसम्मति से स्वीकृत हुआ। केंद्रीय समिति का चुनाव हुआ और निम्न सदस्य सर्वसम्मति से चुने गए—

1. सोहन सिंह भकना, प्रधान
2. लाला हरदयाल, मुख्य सचिव
3. केसर सिंह थटगढ़, उप-प्रधान
4. पंडित कांशीराम, कोषाध्यक्ष
5. ठाकुर दास, संयुक्त सचिव।

प्रबंधन कमेटी के सदस्यगण थे—

1. भाई केसर सिंह, एस्टोरिया मिल (वाशिंगटन स्टेट)।
2. मुंशी करीम बख्श, एस्टोरिया मिल।
3. मुंशी राम, एस्टोरिया मिल।
4. ऊधम सिंह कसेल, मनारक मिल।
5. ईशर सिंह मरहाना, मनारक मिल।
6. सोहन सिंह भकना, मनारक मिल।
7. हरनाम सिंह 'टुंडीलाट', ब्रेडविल मिल।
8. अमर सिंह कोटला नौध सिंह, ब्रेडविल मिल।
9. पंडित कांशीराम, सेंट जोन।
10. रामरक्खा, सेंट जोन।
11. ठाकुर दास, सेंट जोन।
12. किशन सिंह, वियाना मिल।
13. एक सदस्य, लिंकन से।
14. अमर सिंह, पोर्टलैंड से।[34]

सोहन सिंह भकना, हरदयाल और कांशीराम पार्टी का गुप्त और राजनीतिक काम करने के लिए आयोग के सदस्य चुने गए। नेताओं की अपील पर इस सभा में दस हजार डॉलर एकत्र हुए।[35] क्रांति की रूपरेखा तो 'हिंदुस्तान एसोसिएशन' बनने के बाद ही तैयार होने लगी थी, जिसमें सशस्त्र क्रांति, स्वतंत्रता और समानता के आधार पर राष्ट्रीय गणतंत्र आदि थे, परंतु सेंट जोन की प्रथम बैठक में पार्टी का नाम बदल चुका था। इस बैठक की काररवाई की स्वीकृति के लिए ओरेगाँव और वाशिंगटन स्टेट के सभी कारखानों में बैठकें रखने का विचार किया गया।[36] इस सभा के तत्काल बाद कोई ठोस कार्यक्रम शुरू नहीं हो सका। आव्रजक भारतीय मजदूर अपने कामों पर और लाला हरदयाल कैलिफोर्निया चले गए। कुछ माह तक न तो पार्टी केंद्र का काम चला और न

ही समाचार-पत्र निकला। इस बीच लाला हरदयाल, नंद सिंह, मास्टर तेजा सिंह और आइओवा विश्वविद्यालय के प्रोफेसर सुधीर बोस शिष्टमंडल बनाकर वाशिंगटन गए, परंतु वहाँ स्थित ब्रिटिश राजदूत ने कोई सहायता नहीं की। निराश होकर शिष्टमंडल वापस लौट आया।[37]

उपर्युक्त निर्णयों पर अमल करने और अधिकाधिक आव्रजक भारतीयों का समर्थन व सहयोग प्राप्त करने के उद्देश्य से ब्रिडल वेल में 31 मार्च, 1913 को पहली बैठक रखी गई, जिसमें सेंट जॉन से पंडित कांशीराम मड़ौली आए। यहाँ संगठन की शाखा कायम की गई, जिसका सचिव भाई हरनाम सिंह कोटला नौध सिंह तथा खजांची अमर सिंह को बनाया गया।[38] अगली बैठक लिंटन में 7 अप्रैल, 1913 को तथा वाशिंगटन के बाना में 14 अप्रैल, 1913 को बुलाई गई। अन्य स्थानों पर इसी प्रकार की मीटिंगें हुईं। लाला हरदयाल ने इन मीटिंगों में सारी योजना पर प्रकाश डाला।[39] वाना में गठित समिति के सचिव भाई ऊधम सिंह कसेल नियुक्त किए गए तथा एक अन्य साथी को खजांची बनाया गया। वाना में ही फैसला किया गया कि अगली बैठक एस्टोरिया में रखी जाए, ताकि इस काम को बाकायदा प्रतिनिधि संगठन का रूप दिया जाए।[40] सोहन सिंह भकना द्वारा 21 अप्रैल, 1913 को एस्टोरिया में एक बैठक आयोजित की गई। इस बैठक में उपर्युक्त स्थानों के अतिरिक्त पोर्टलैंड, सेंट जोन सहित विभिन्न केंद्रों के 120 प्रतिनिधियों ने हिस्सा लिया।[41] इस बैठक में ब्रिडल वेल, पोर्टलैंड, बीना, सेंट जॉन और लिंटन आदि जगहों के प्रतिनिधिगण एकत्रित हुए। लाला हरदयाल ने कार्यकर्ताओं को तन, मन एवं धन से सहयोग करने की अपील की। लालाजी के अनुरोध पर इस कार्यक्रम में कार्यकर्ता के रूप में सहयोग देने के लिए आगे आनेवालों में करतार सिंह लटाला और करतार सिंह सराभा सहित नौ लोग थे।[42] विचार-विमर्श के पश्चात् सेंट जोन वाले निर्णयों को सर्वसम्मति से पारित किया गया। अखबार और दफ्तर चलाने के लिए सदस्यों ने दिल खोलकर चंदे दिए। पंडित कांशीराम ने दस हजार डॉलर नकद और एक कीमती प्लॉट दिया।[43] एस्टोरिया के लिए एक समिति का भी गठन हुआ, जिसमें भाई केसर सिंह को अध्यक्ष, मुंशी करीम बख्श को सचिव और लाला मुंशी राम को कोषाध्यक्ष बनाया गया।[44] अमेरिका में रह रहे सभी भारतीयों के लिए एक 'हिंदी सभा' के गठन का प्रस्ताव पारित हुआ।[45] इस प्रकार अमेरिका में रह रहे लगभग सभी वर्गों को क्रांतिकारी शिक्षा देने की संस्थागत तैयारी हो गई।[46]

2 जून, 1913 को हरदयाल पोर्टलैंड से एस्टोरिया पहुँचे। इनके साथ गुलाम हुसैन उर्फ ठाकुर दास, रामचंद पेशावरिया आदि थे, जिन्होंने 1906-07 की 'पंजाब क्रांति' में विशिष्ट भूमिका का निर्वाह किया था। रोपड़, जिला-अंबाला के रहनेवाले पंडित कांशीराम और अमृतसर के रहनेवाले सोहन सिंह आदि भी इनके साथ थे। इन लोगों की

मुलाकात हलवाड़ा के नवाब खान एवं उनके सहयोगियों से हुई। ट्राम के दो डब्बे और दो मोटरगाड़ी भाड़े पर लिये गए, जिन्हें 'इंडिया' और 'फ्रीडम' शब्दों से सजाया गया। हरदयाल 'वंदे मातरम्' शब्दों का उच्चारण करते थे, परंतु उन्होंने माला पहनने से मना कर दिया। इन लोगों ने हिंदू होटल में साथ-साथ भोजन किया और उसके बाद जनसभा का आयोजन हुआ, जिसकी अध्यक्षता रामचंद ने की। इसके बाद हरदयाल एवं नवाब खान का भाषण हुआ। हरदयाल ने अपने भाषण में कहा कि आप अमेरिका आकर यहाँ की समृद्धि अपनी आँखों से देख चुके हैं। यह समृद्धि इसलिए है, क्योंकि अमेरिका का शासन उसके देशवासियों के हाथ में है। लेकिन भारत के शासन में भारतीयों का कोई योगदान नहीं है। ब्रिटिश शासक अपने हितों का ध्यान रखते हैं। भारत एक कृषि-प्रधान देश है और कृषि के कारण भारत विश्व में सबसे धनी देश के रूप में स्थापित हो सकता है। गेहूँ का उत्पादन भारत में होता है और इसका निर्यात इंग्लैंड के लिए किया जाता है। भारत में अकाल है। सोलह वर्षों के अंदर भारत में दो करोड़ से अधिक लोगों की मौत भुखमरी के कारण हो गई है। पिछले दशक में अस्सी लाख लोगों की मौत प्लेग नामक महामारी के कारण हो गई है। ब्रिटिश शासन को इन मौतों से कोई मतलब नहीं है। इन वर्षों में पूरे संसार में युद्ध में सिर्फ पाँच लाख लोगों की मौत हुई है। भारत में ब्रिटिश शासन के अंतर्गत या तो अकाल आता है या फिर प्लेग आता है। अमेरिका में शिक्षित लोगों को सम्मान और आदर मिलता है, लेकिन भारत में अपमान मिलता है। इसलिए धार्मिक भावना से अपने को अलग रखकर ब्रिटिश शासन से भारत की मुक्ति एवं देश की समृद्धि के बारे में विचार करें। आप जो भी कमाएँ, देश के लिए कमाएँ। आप जो भी काम करें, देश के लिए करें। भारत में अंग्रेजी शिक्षा एक धोखा है। धन का संग्रह किया जाए और भारत के नवयुवकों को अमेरिका लाकर यहाँ शिक्षित किया जाए, ताकि ये देशसेवा लायक बन सकें। भारत के लिए त्याग करने के लिए तैयार रहें। धन-संग्रह कर पुस्तक का प्रकाशन किया जाए, ताकि ब्रिटिश शासन के खिलाफ लोगों के मन में घृणा का संचार किया जा सके। सेंट जोन और ब्रिडल वेल में किए गए धन-संग्रह में अब तक 350 डॉलर जुटाए जा चुके हैं और 50 डॉलर का आश्वासन मिल गया है। भाई परमानंद को 150 डॉलर देकर भारत भेजा गया है, ताकि वहाँ क्रांतिकारी अभियान का कार्य आरंभ हो सके। पंडित कांशीराम ने 300 डॉलर में जमीन का एक टुकड़ा खरीदा था, जिसे उन्होंने चंदे के रूप में हम लोगों को दिया है। अब यह आपका उत्तरदायित्व है कि आप दिल खोलकर चंदा दें। वुडलैंड में 150 भारतीयों की जनसभा को मैंने संबोधित किया, जिसका आयोजन होशियारपुर, हरियाणा के पंडित जगत राम और करतार सिंह ने किया था। वहाँ पर 1200 डॉलर का धन-संग्रह हुआ और 200 डॉलर प्रतिमाह देने का आश्वासन भी मिला। इसी व्यक्ति द्वारा सेक्रेमेंटो में एक बड़ी जनसभा का आयोजन किया

गया है। सभा के अंत में 100 डॉलर एकत्र हुए, 900 डॉलर का आश्वासन मिला और साथ ही 100 डॉलर मासिक चंदा का आश्वासन भी मिला।[47]

हरदयाल के सुझाव पर एस्टोरिया में चंदा संग्रह के लिए एक समिति का गठन किया गया। हरदयाल ने स्पष्ट किया कि वे सेन फ्रांसिस्को के भारतीय छात्रों के प्रतिनिधि हैं। इसी तरह कांशीराम सेंट जॉन और पोर्टलैंड और सोहन सिंह ब्रिडल वेल के प्रतिनिधि हैं। उन्होंने सुझाव दिया कि इसी प्रकार एस्टोरिया के लिए एक समिति का गठन किया जाए और समिति के प्रतिनिधिगण आपस में विचार-विमर्श करें। हरदयाल ने यह भी प्रस्ताव दिया कि इस समिति का नाम 'दि हिंदी एसोसिएशन ऑफ दि पैसिफिक कॉस्ट' रखी जाए। विचार-विमर्श के बाद प्रस्ताव पर सहमति हुई। चूँकि सेन फ्रांसिस्को में हरदयाल के समर्थकों की संख्या सबसे अधिक थी, इसलिए यह भी प्रस्ताव आया कि प्रेस से संबंधित कार्य सेन फ्रांसिस्को में हो। अंत में, प्रेस से संबंधित कार्यों हेतु स्थल का नामकरण भी हरदयाल के अनुरोध पर 'दि युगांतर आश्रम' किया गया। जब अखबार के नामकरण का प्रश्न आया तो हरदयाल ने ही प्रस्ताव दिया कि अखबार का नाम 'गदर' रखा जाए। इस प्रस्ताव पर स्वीकृति प्रदान की गई। प्रस्ताव आया कि जो अखबार प्रकाशित किए जाएँगे, उसका मुफ्त वितरण भारत एवं अन्य देशों में किया जाए, जहाँ भारतीय मूल के लोग रहते हैं। अखबार में ब्रिटिश शासन के अत्याचार से संबंधित लेख लिखे जाएँ। 'हिंदी एसोसिएशन' के सदस्यों से आग्रह किया गया कि वे अपने मित्र, संबंधी एवं परिचितों के नाम-पते तैयार करें, ताकि उन्हें 'गदर' अखबार की प्रति मुफ्त भेजी जाए। नवाब खान के संस्मरण के अनुसार, ऐसा लगा कि हरदयाल अपनी पूरी तैयारी के साथ एस्टोरिया की बैठक में आए थे, परंतु उन्होंने चतुराई से लोगों को यह एहसास दिलाया कि सारी योजना आज की बैठक में ही तैयार हुई है। उन्होंने यह भी उल्लेख किया है कि हरदयाल के हाथ में एक चेक-बुक थी, जिस पर 'दि हिंदी एसोसिएशन ऑफ दि पैसिफिक कॉस्ट' की मुहर तक लगी हुई थी।[48] 2 जून, 1913 को सेन फ्रांसिस्को में 'गदर पार्टी' अस्तित्व में आई।[49] 3 जून, 1913 को हिंदू होटल में एक और बैठक हुई, जिसमें करीब 60 लोग उपस्थित हुए। सब लोगों ने 'युगांतर आश्रम' को चंदा दिया। हरदयाल ने विशेषकर सिखों को हिदायत दी कि वे शराब से अपने को यथासंभव दूर रखें। उन्होंने सुझाव दिया कि अमेरिका में रहनेवाले भारतीयों के बीच क्रांतिकारी विचार फैलाने के लिए कुछ लोगों की एक समिति बनाई जाए, जो अमेरिका के विभिन्न शहरों की यात्रा करे। अजीत सिंह के बारे में हरदयाल का विचार था कि वे फ्रांस में यूँ ही बैठकर समय गुजार रहे हैं। उन्होंने प्रस्ताव दिया कि कुछ चंदा इकट्ठा किया जाए, ताकि अजीत सिंह के फ्रांस से अमेरिका तक यात्रा करने का खर्च जुटाया जाए और वे अमेरिका आ सकें। उन्होंने आश्वासन दिया कि वे इस संबंध में अजीत सिंह को पत्र लिखेंगे।[50]

4 जून, 1913 को फिनिश सोशलिस्ट हॉल, एस्टोरिया में 'इंडिया' विषय पर हरदयाल ने एक भाषण दिया, जिसमें भारतीयों के अतिरिक्त कुछ अमेरिकी भी उपस्थित थे। प्रारंभिक औपचारिकताओं के बाद हरदयाल ने कहा कि 'दिल्ली दरबार' के आयोजन पर पाँच मिलियन डॉलर का खर्च आया है, जबकि लोग भूखे मर रहे हैं। वहाँ पर किंग जॉर्ज दिखावटी आयोजन में भाग लेने के लिए गए हैं। महारानी के तंबू के इर्द-गिर्द तीन दिनों तक के लिए लगाए गए गुलाब के बगीचे का खर्च 30 हजार डॉलर आया है। भारत की ब्रिटिश सरकार दुनिया की सबसे घटिया सरकार है। भारत में जेल में बंद कैदियों पर ढाए जानेवाले कहर से सभी परिचित हैं। हिंदू और अंग्रेज के बीच न्याय में काफी अंतर है। यदि अंग्रेज द्वारा किसी भारतीय की हत्या की जाती है तो अंग्रेज पर 'दुर्भावना' का आरोप लगाया जाता है और प्रतिवेदन में यह लिखा जाता है कि यह किसी अन्य कारण से मर गया। रोमन साम्राज्य, क्रांति के पूर्व का फ्रांस और यहाँ तक कि रूस के साम्राज्य से घटिया भारत में ब्रिटिश सरकार है। इसमें सुधार नहीं लाया जा सकता है, बल्कि इसका अंत होना आवश्यक है। आठ साल पूर्व भारत में हुए क्रांतिकारी आंदोलन को सरकार ने दबा दिया। आप सभी लोगों को आमंत्रित किया जाता है कि भारत की गरीब जनता के ऊपर जुल्म से उबरने के बारे में उन्हें शिक्षा दी जाए। उन्होंने 'ब्रिटिश इंपायर' के बदले 'ब्रिटिश वाम्पायर' शब्द का उच्चारण किया। उन्होंने आशा जताई कि आगामी दस वर्षों के अंदर भारत में क्रांति आएगी और यह क्रांति युद्ध के माध्यम से आएगी। भारत में दो-तिहाई से अधिक सैनिक भारतीय हैं, जिन्हें मासिक 4 डॉलर की तनख्वाह मिलती है, जबकि अंग्रेज सैनिक को प्रतिमाह 25 डॉलर की तनख्वाह मिलती है।[51] नवाब खान के अनुसार, भाषण के अंत में एक अमेरिकन खड़ा हुआ और हरदयाल से पूछा कि भारत की जनसंख्या कितनी है ? हरदयाल ने जवाब दिया कि जनगणना प्रतिवेदन के अनुसार 30 करोड़ है। अमेरिकन ने आगे पूछा कि वहाँ पर अंग्रेजों की आबादी कितनी है ? हरदयाल ने जवाब दिया कि करीब सवा लाख। अमेरिकन ने बड़ी आसानी से कहा कि इतने अंग्रेजों को भारतीय जनता बिना किसी कठिनाई के पत्थर मारकर भगा सकती है। हरदयाल ने इसे स्वीकार करते हुए कहा कि धीरे-धीरे भारतीय अपनी शक्ति को पहचानने लगे हैं।[52]

एक और बैठक ओरेगाँव राज्य के ब्रिडल विले में हुई। ब्रिडल विले के लकड़ी कारखाने में हरनाम सिंह के साथ करीब 20 पंजाबी श्रमिक काम करते थे। ये लोग भी इस बैठक में भाग लेने के लिए आए। 1907 में सरदार अजीत सिंह द्वारा किए गए आंदोलन से इन्हें अवगत कराया गया और लाला हरदयाल की बैठक में उपस्थिति मात्र से ही ये लोग बहुत उत्साहित हुए। लाला हरदयाल ने इस बैठक में कहा कि करीब 135 वर्ष पूर्व अंग्रेज सरकार अमेरिका का शोषण उसी प्रकार कर रही थी, जिस प्रकार अभी

ये भारत का कर रहे हैं। अमेरिका ने ब्रिटिश सरकार के विरुद्ध 'स्वतंत्रता का युद्ध' की घोषणा की और इंग्लैंड को पराजित किया। उसके बाद यहाँ धर्मनिरपेक्ष प्रजातांत्रिक राज्य की स्थापना की गई। अब ये अपने मालिक स्वयं हैं और स्वतंत्रता एवं समृद्धि को इन्होंने अर्जित किया है। उन्होंने उपस्थित भारतीयों से अनुरोध किया कि स्वतंत्रता के लिए अमेरिका की तरह ही उन्हें सशस्त्र क्रांति की तैयारी आरंभ करनी चाहिए। उन्होंने कहा कि कई अमेरिकी स्वतंत्रता संघर्ष में भारतीयों की मदद करने के लिए तैयार हैं। यही कारण है कि अमेरिका में इस तरह का संगठन बनाना संभव हो पाया है। भारत में ऐसा किया जाना संभव नहीं था। उन्होंने कहा कि पार्टी (हिंदी एसोसिएशन) प्रजातांत्रिक, धर्मनिरपेक्ष एवं राजनीतिक पार्टी के रूप में चलाई जानी चाहिए। कई अन्य जगहों पर हुई बैठक में स्थानीय पंजाबी श्रमिकों को भाग लेने का मौका मिला। सभी बैठकों में लोगों की जिज्ञासाओं का जवाब लाला हरदयाल यही देते थे कि हम लोगों का एकमात्र उद्‌देश्य अंग्रेजों को भारत से निकाल बाहर करने का होना चाहिए और इसके लिए ऐसी कार्यप्रणाली विकसित की जानी चाहिए, ताकि उस पर कार्य किया जाना संभव हो सके।[53] सेक्रेमेंटो के निकट पाओलो में भारतीयों की एक बैठक में लालाजी ने ओजस्वी भाषण दिया। श्रोताओं ने धन दिया। लालाजी ने उसे बैंक में जमा करवाकर अपने साथ उनके ही एक आदमी को जिम्मेदार बना दिया। हरदयाल और उनके साथियों ने सेंट जोन, ब्रिडल वेल, लिंटन, पोर्टलैंड, एस्टोरिया, वापणा, सेक्रेमेंटो, स्टॉक्टन, वुडलैंड, बर्कले आदि में अगस्त 1914 तक कई बैठकें कीं।

ओरेगाँव की एक सभा में गठीले कद के एक बुजुर्ग, जो पहले सेना में हवलदार थे, लाला हरदयाल की इस दीर्घकालीन कार्ययोजना के बारे में सुनकर बिफर उठे। उन्होंने कहा कि यदि अंग्रेजों को ही भगाना है तो इसके लिए अखबार निकालने की क्या आवश्यकता है? कनाडा एवं अमेरिका में रह रहे सिखों से अनुरोध किया जाना चाहिए कि वे अपना काम छोड़ें और जत्था बनाकर भारत जाएँ। सेना में काम कर रहे अपने भाइयों की सहायता माँगें। आखिर भारत में अंग्रेजों की संख्या कितनी है? पाँच सौ भारतीयों पर भी एक अंग्रेज नहीं आएँगे।[54]

इस बुजुर्ग सिख की तरह कई भारतीय जल्द-से-जल्द ऐसा कुछ करना चाहते थे, ताकि अंग्रेजों को भारत से भगाया जा सके। इस तरह की अकुलाहट अन्य सिखों में भी थी, ऐसा लालाजी से स्पष्ट महसूस किया। लेकिन उनके सामने सही योजना बनाने की जिम्मेदारी थी। 4 जून को एस्टोरिया में इस श्रृंखला की अंतिम बैठक हुई। इसमें कहा गया कि दस वर्षों के अंदर भारत में युद्ध आरंभ कर दिया जाएगा। लालाजी का मत था कि इतने दिनों में भारतीय सेना की मदद प्राप्त कर ली जाएगी, आवश्यक हथियार जमा कर लिये जाएँगे, प्रशिक्षण एवं योजना बनाने का काम भी पूरा हो जाएगा। ऐसी

बैठक ब्रिडल वेल, वुडलैंड, विनांस, लिंटन और पोर्टलैंड में हुई, जहाँ भारतीय श्रमिक कार्यरत थे। लाला हरदयाल ने समूह नेताओं से कहा कि सेन फ्रांसिस्को एवं बर्कले क्षेत्र में उनकी बैठकें हुई हैं। स्टॉक्टन क्षेत्र में 'हिंदुस्तानी वर्कर्स ऑफ दि पैसिफिक कोस्ट' नामक संगठन पूर्व से कार्यरत था। हॉल्टविले (कैलिफोर्निया) के ज्वाला सिंह ने अपने साथी वसाखा सिंह, संतोख सिंह, दरबारा सिंह और इस्सर सिंह के साथ मिलकर 1912 में देशभक्तों का एक समूह बनाया था। पोर्टलैंड के कांशीराम की तरह ज्वाला सिंह आर्थिक सहायता देने में उदार रहते थे। हरदयाल के संपर्क में आने के बाद गुरु गोविंद सिंह के नाम पर छात्रवृत्ति देने की घोषणा हुई, जिसके अंतर्गत पढ़ाई की सारी व्यवस्था का खर्च उठाने का निर्णय लिया गया। हरदयाल ने अपने भाषण में कहा कि भारतीय स्वतंत्रता संग्राम में हिंदू, मुसलिम और सिखों को भाई की तरह एक साथ होकर लड़ना होगा। मराठा, बंगाली, पठान एवं अन्य लोगों के साथ मिलकर इसे राष्ट्रीय संघर्ष का रूप देना होगा। ब्रिटिश ने भारतीयों को कई तरह से बाँटकर रखा है। आंदोलन का स्वरूप धर्मनिरपेक्ष, प्रजातांत्रिक एवं राष्ट्रीय होगा। इन्होंने भारतीयों को सलाह दी कि वे अमेरिकियों से झगड़ा नहीं करें, उनकी शत्रु ब्रिटिश सरकार है। हालाँकि भारतीयों के साथ रंगभेद एवं अमेरिका में प्रवेश की मनाही को लेकर सिख अधिक आक्रोशित थे, लेकिन लाला हरदयाल ने अमेरिकियों से झगड़ा नहीं करने की सलाह दी। स्थानीय क्षेत्र के लिए एक कार्यकारिणी समिति का गठन करने का सुझाव भी दिया गया। एस्टोरिया के फिनिश सोशलिस्ट हॉल में लाला हरदयाल की एक महत्त्वपूर्ण बैठक हुई, जिसमें कार्यकारिणी सदस्यों की संख्या बढ़ाकर 24 कर दी गई। सोहन सिंह भकना, लाला हरदयाल एवं कांशीराम को गुप्त समिति का सदस्य बनाया गया, जिन्हें अल्प समय के अंदर निर्णय लेने का अधिकार भी दिया गया। इस प्रकार गदर आंदोलन की रूपरेखा तैयार हो गई। लगभग प्रत्येक बैठक में उपस्थित लोगों ने खुले मन से चंदा दिया और इसके बाद भी चंदा देने का आश्वासन दिया। इसके अतिरिक्त स्थानीय क्षेत्र के कार्यकारिणी के सदस्यों को व्यक्तिगत तौर पर चंदा इकट्ठा करने का कार्य भी सौंपा गया।[55]

436, हिल स्ट्रीट, सेन फ्रांसिस्को के किराए के मकान में 'गदर' का कार्यालय खोला गया। यहाँ करतार सिंह सराभा, हरनाम सिंह (कोटला नौध सिंह), रघुबर दयाल गुप्ता और हरियाणा के जगत राम स्वयंसेवक के रूप में आए। इस मकान में 'गदर' अखबार का मुद्रण भी होता था और स्वयंसेवकों के लिए आवास भी यही था। इसका नाम 'युगांतर आश्रम' रखा गया। यहाँ आश्रम की तरह जीवन था और लाला हरदयाल ने स्वयं यहाँ रहकर सादा जीवन का उदाहरण पेश किया था।[56] बाद में प्रेस को 1324, वलेंसिया स्ट्रीट ले जाया गया।[57]

अमेरिका में रह रहे भारतीयों के जागरण की अब आवश्यकता नहीं रह गई थी। अब लक्ष्य था—भारत एवं विश्व के अन्य क्षेत्रों में रह रहे भारतीयों में राष्ट्रीय भावना जगाना। भारत में क्रांतिकारी पत्रिका निकालने पर सरकार का अंकुश था। श्यामजी कृष्ण वर्मा द्वारा प्रकाशित 'सोशियोलॉजिस्ट' की प्रतिष्ठा श्यामजी की प्रतिष्ठा की तरह ही कम हो गई थी। ऐसे में संगठन की एक अपनी पत्रिका की अनिवार्यता लोगों को महसूस हुई। ऐसी पत्रिका अमेरिका जैसे सुरक्षित देशों से ही प्रकाशित की जा सकती थी। निर्णय लिया गया कि 'गदर' नामक साप्ताहिक पत्र सेन फ्रांसिस्को से प्रकाशित किया जाए। चूँकि पत्रिका प्रकाशन का उद्‌देश्य भारतीयों एवं विश्व के अन्य क्षेत्रों में रह रहे भारतीयों में क्रांतिकारी भावना का उदय था। अत: निर्णय लिया गया कि यह पत्रिका हिंदी और अंग्रेजी दोनों भाषा में छपे।[58] लाला हरदयाल महासचिव चुने गए थे और उन्हें अखबार चलाने का काम भी दिया गया था। किंतु कुछ महीनों तक अखबार शुरू न हो सका। मजदूर लोग अखबार की प्रतीक्षा कर रहे थे। ओरेगाँव और वाशिंगटन के मजदूरों की ओर से प्रधान भाई सोहन सिंह भकना को पत्र मिलने लगे। दरअसल हिंदुस्तानियों को लाला हरदयाल पर भी शंका होने लगी थी, जो अकसर पढ़े-लिखे लोगों को लेकर होती है कि ये लोग पैसा खा जाते हैं, काम नहीं करते।[59]

प्रधानजी को लालाजी को पत्र लिखना पड़ा कि वे भारतीयों की काहिली की आलोचना तो करते हैं, पर स्वयं अपने कर्तव्य के प्रति सजग नहीं हैं।[60] अंत में सितंबर 1913 में लालाजी की ओर से प्रधानजी को पत्र मिला कि मैं सेहत खराब रहने के कारण अखबार का काम नहीं कर सकता, इसलिए सरदार अजीत सिंह को इटली से बुला लिया जाए। एस्टोरिया वाली मीटिंग में रुपए की गड़बड़ी के डर से लाला हरदयाल के कहने से ही यह प्रस्ताव पास किया गया था कि काम करनेवाले पहले अपने पास से खर्च करें तथा बाद में यह खर्च मंजूर करवाकर खजांची से ले लिया करें। लालाजी की अपनी तो कोई आमदनी नहीं थी, वे कहाँ से लेकर खर्च करते? उनका पत्र मिलने पर सेंट जान में कार्यकारिणी की मीटिंग बुलाई गई। इसमें लालाजी के इलाज के खर्च का प्रबंध करने का फैसला किया गया। सरदार अजीत सिंह को बुलाकर अखबार शुरू करनेवाला सुझाव रद्‌द कर दिया गया तथा अखबार शुरू करने के लिए नकद पेशगी दे दी गई।[61] उधर कैलिफोर्निया विश्वविद्यालय के युवा छात्र करतार सिंह सराभा ने न केवल उत्साह से भरकर अपनी सेवाएँ पत्र के प्रकाशन के लिए अर्पित कर दीं, वरन् घर से मँगवाए (अपने खर्च के लिए) दो सौ डॉलर भी दे दिए। अविलंब ही 436 हिल स्ट्रीट पर लिये किराए के मकान में 'युगांतर आश्रम' स्थापित किया गया। यह आश्रम 'गदर' पत्र के उर्दू संस्करण के प्रकाशित होने तक स्थायी रूप से 5, वुड स्ट्रीट, सेन फ्रांसिस्को में आ गया।[62]

शनिवार, 1 नवंबर, 1913। बर्कले की प्रमुख सड़क शैटेक एवेन्यू पर स्थित 'शैटेक होटल' का विशाल सभागार। दरअसल बाबा भकना के अतिरिक्त भारत की स्वतंत्रता के हामी जॉन बैरी, 'सेन फ्रांसिस्को बुलेटिन' के संपादक मिस्टर ओल्डर और उनकी पत्नी, राजनीति शास्त्र के प्राध्यापक प्रोफेसर रीड, प्रसिद्ध न्यायविद् मिस्टर लुईस, उपन्यासकार आर्थर होप, प्रोफेसर आर्थर राइडर आदि अनेक गण्यमान्य व्यक्ति, छात्र और संगठन के कार्यकर्ता। जोश से प्रसन्नता से भरा युवा छात्र करतार सिंह सराभा, उसके साथी, किसान-मजदूर। आज 'गदर' के उर्दू संस्करण का विमोचन था। हरदयाल द्वारा संपादित, रघुबरदयाल गुप्ता द्वारा तैयार किया हुआ (अंकित) और सराभा द्वारा मुद्रित।[63] हाथ से तैयार आठ पृष्ठों के 17x11 इंच के आकार के इस साप्ताहिक का एक-एक पन्ना सुनियोजित था। न उसका कोई मूल्य था, न उसमें कोई व्यावसायिक विज्ञापन होता था। 'गदर' के लोकार्पण समारोह में उपस्थित भारत की स्वतंत्रता के समर्थक अमेरिकनों ने चेतावनी दी कि मात्र ओजस्वी भाषणों से कुछ होना नहीं है। ये लेख और भाषण और अतीत की गौरवगाथाएँ प्रेरक हों, उस संग्राम के लिए, जिसमें 1776 में अमेरिकन क्रांति की भाँति खून बहाना ही होगा। 'सशस्त्र क्रांति की तैयारी करो, हम तुम्हारे साथ हैं।'[64]

1 नवंबर, 1913 को पहला अंक छपा। नए वातावरण, प्रकाशन की नेतृत्व क्षमता के कारण 'गदर' लोकप्रिय बनता चला गया। इसकी खूब बिक्री होने लगी और विश्व के लगभग सभी क्षेत्रों से इसकी माँग आने लगी।[65] पुरानी लिथोग्राफ मुद्रण मशीन से 'गदर' का प्रकाशन आरंभ हुआ। इसके लिए करतार सिंह सराभा, हरनाम सिंह एवं अन्य को कड़ी मेहनत करनी पड़ती थी। दो-तीन अंक निकलते ही तथा बाहर पहुँचते ही अखबार की माँग बहुत ज्यादा बढ़ गई। साइक्लोस्टाइल मशीन आवश्यकतानुसार छपाई पूरी करने में सक्षम नहीं थी। पहले ही महीने के आखिरी दिनों में बिजली से चलनेवाली एक लिथो मुद्रण मशीन ली गई और सारा काम किराए के नए मकान, 1324, वेलेंसिया स्ट्रीट में होने लगा।[66]

काम बढ़ने पर ज्यादा आदमियों की जरूरत महसूस हुई, तब करतार सिंह सराभा और रघुवर दयाल के साथ भाई करतार सिंह दुक्की लताला, भाई बसंत सिंह चौंदा पटियाला, भाई हरनाम सिंह कोटला नौधसिंह तथा गुजरात के खेमचंद दासजी को बुलाकर अखबार के काम में लगा दिया गया। खेमचंद दासजी तीनों अखबारों का सारांश गुजराती भाषा में लिखकर महीने में एक-दो बार 'गदर' अखबार के गुजराती संस्करण में छाप देते थे। इसी तरह रघुबर दयाल गुप्ताजी अखबार के चार-पाँच अंकों का हिंदी में सारांश लिखकर हिंदी वाले संस्करण में छाप देते, क्योंकि वह हिंदी भी जानते थे। अखबार के सबसे ऊपर दोनों कोनों में 'वंदे मातरम्' लिखा होता था।[67] पत्र

में स्पष्ट एवं खुले रूप से 'क्रांति' का आह्वान किया गया और यह आश्वासन दिया गया कि संघर्ष में जर्मनी की सहायता मिलेगी। आप्रवासी भारतीयों के विभिन्न भाषा-भाषी तक सुगम रूप से अपनी बात पहुँचाने के लिए यह निर्णय भी लिया गया कि अन्य भारतीय भाषाओं में भं 'गदर' प्रकाशित किया जाए। इसके पश्चात् 'गदर' उर्दू, गुजराती, पश्तो, गोरखाली अं.र गुरुमुखी लिपि में भी प्रकाशित होने लगा। पश्तो और गोरखाली में यह कभी-कभं ही छपता था।[68] स्वयंसेवकों के कार्य बँटे हुए थे। कोई खाना बना रहा है, कोई अखबार के लिए लेख लिख रहा है, कोई लिथो मशीन चला रहा है, कोई अखबार के लिए कागज मोड़ रहा है, कोई लिफाफे पर पते लिख रहा है तो कोई हिसाब-किताब लिख रहा है। इस बीच हरदयाल के संपर्क में जतींद्रनाथ लाहिड़ी, दारिशी चेंचिया, गोविंद बिहारी लाल आदि देशभक्त आए। तारकनाथ दास पहले से ही हरदयाल के संपर्क में थे। इस प्रकार श्रमिकों का संपर्क विश्वविद्यालय में पढ़नेवाले छात्रों से हुआ।[69]

'गदर' अखबार की लोकप्रियता के कारण एवं भारत सरकार एवं भारतीयों के अदम्य भाव से जुड़ने के कारण संपूर्ण आंदोलन 'गदर आंदोलन' के नाम से प्रचलित हुआ। शीघ्र ही हरदयाल ने 'गदर पार्टी' के संगठन स्वरूप में परिवर्तन कर अंतरिम समिति और बाह्य समिति का निर्माण किया। सदस्यों को तीन नियम स्वीकार करना अनिवार्य कर दिया गया। पहला, नए सदस्यों के प्रवेश के लिए कम-से-कम दो पुराने सदस्यों की अनुशंसा जरूरी है, दूसरा, सदस्यता ग्रहण के छह महीने तक उन्हें दल की गोपनीय बातों को जानने का कोई अधिकार नहीं होगा, और तीसरा, यदि किसी सदस्य द्वारा दल की कोई गोपनीयता भंग की जाएगी अथवा दल की निधि का दुरुपयोग किया जाएगा तो उसे मृत्युदंड की सजा दी जाएगी। इसके अतिरिक्त सदस्यों के आचरण हेतु अन्य 17 नियम बनाए गए। हरदयाल ने न सिर्फ भारतीयों का एक जीवंत एवं सक्रिय संगठन तैयार कर लिया, बल्कि उन्होंने अपना संपर्क अमेरिका के कुछ श्रमिक संगठनों से भी बढ़ा लिया। अमेरिका के समाजवादियों एवं क्रांतिकारियों के साथ समन्वयकर्ता के अतिरिक्त मार्क्स एवं एंजेल्स के वे प्रशसंक भी थे। 1912-13 में वे सेन फ्रांसिस्को के 'इंडस्ट्रियल वर्कर्स ऑफ दि वर्ल्ड' नामक श्रमिक संगठन के सचिव भी चुने गए।[70]

उस समय अमेरिकियों के समक्ष एक-दो बातें, यथा अमेरिका जुल्म के विरुद्ध संघर्ष करनेवाले क्रांतिकारियों की शरणस्थली है और यह विश्व भर में समानता और स्वतंत्रता के सिद्धांत का पोषण करती है, कह देने भर से उनका विश्वास जीता जा सकता था। अमेरिका में ब्रिटेन की उपनिवेशवादी नीतियों की घोर भर्त्सना की जाती थी और इसके लिए अमेरिकियों के मन में गहरी घृणा थी। अंग्रेज एवं जर्मनी के बीच बढ़ती शत्रुता के बीच भारतीय क्रांतिकारियों ने अमेरिकी-जर्मन गठजोड़, विशेषकर

जर्मन नियंत्रित प्रेसों से लाभान्वित होने की नीति बनाई।[71] अमेरिका में प्रशिक्षित चीनी देशभक्तों ने चीन जाकर सफल क्रांति की थी। भारतीय क्रांतिकारियों ने भी कुछ इस तरह का ख्वाब देखना आरंभ किया कि भारत के दु:खों का अंत अमेरिकी सहयोग से हो सकता है।[72]

11 दिसंबर, 1913 को सेक्रेमेंटो में एक विशाल सभा हुई, जिसमें विभिन्न स्थानों की गदर पार्टी की शाखाओं के प्रतिनिधि शामिल हुए। हरदयाल ने इस सभा में कहा कि यदि भारत ने दासता की जंजीरों को तोड़ने के लिए इस सुअवसर का लाभ नहीं उठाया तो उसके लिए दूसरा ऐसा अवसर आना संभव नहीं होगा। उन्होंने बर्नहार्डी की पुस्तक 'जर्मनी और आनेवाला युद्ध' से एक अध्याय पढ़कर सुनाया और कहा, "अब सब भारतीय भारत को लौटें और अंग्रेजों के विरुद्ध, जो जर्मनों से लड़ रहे हैं, शस्त्र लेकर खड़े हो जाएँ।" लोगों ने जोरदार तालियाँ बजाकर लालाजी के सुझाव का समर्थन किया। नवयुवक करतार सिंह गाने लगे—

'चलो, चलिए देश नूँ युद्ध करन।
एहो आखिरी वचन फरमान हो गए।
फरमान हो गए, फरमान हो गए।'

उन्होंने विदेशों में रह रहे सभी भारतीय क्रांतिकारियों का 1914 में सम्मेलन बुलाने का विचार किया।[73]

31 दिसंबर, 1913 को कैलिफोर्निया के सेक्रेमेंटो में एक सभा हुई, जिसमें केंद्रीय समिति के पाँच सदस्यों ने भाग लिया। अन्य उपस्थित लोगों में भाई ज्वाला सिंह, संतोख सिंह, वसाखा सिंह, निधान सिंह, रुड़ सिंह, चानन सिंह, पंडित जगत राम हरियाणा, करम सिंह, करतार सिंह लटाला और भाई भगत सिंह आदि शामिल थे। इस बैठक में लाला हरदयाल ने ओजस्वी भाषण दिया। मंच पर प्रसिद्ध स्वतंत्रता संग्रामी एवं शहीदों की तसवीर लगाई गई थी।[74] सेक्रेमेंटो की बैठक में भाई केसर सिंह, पंडित कांशी राम, मुंशी राम, लाला हरदयाल और ओरेगाँव और वाशिंगटन स्टेट के प्रतिनिधि के रूप में सोहन सिंह भकना शामिल हुए। कैलिफोर्निया की ओर से दूसरा उप-प्रधान ज्वाला सिंह चुना गया। प्रबंधक कमेटी में संत वसाखा सिंह, भाई निधान सिंह, भाई अरुड़ सिंह, भाई चनन सिंह चूड़चक, भाई हजारा सिंह ददेहर, भाई कर्म सिंह चीमा, पंडित जगत राम और भाई करतार सिंह दुक्की लिये गए। भक्त सिंह (दूसरा नाम गांधा सिंह), करतार सिंह सराभा और दूसरे महत्त्वपूर्ण देशभक्त इस बैठक में उपस्थित थे। 'हिंदी एसोसिएशन ऑफ पैसिफिक कोस्ट' पहले ओरेगाँव और वाशिंगटन स्टेट तक ही सीमित थी, परंतु कैलीफोर्निया के सेक्रेमेंटो कॉन्फ्रेंस ने इसको 'सर्व-अमेरिकन पार्टी' बना दिया और काम बहुत फैल गया, क्योंकि वहाँ दूर बसे खेतों में भारतीय काम करते थे। उन तक पहुँचने

के लिए पैदल ही रास्ता था। सोहन सिंह भकना, भाई गांधा सिंह और करतार सिंह दुक्की ने उन भारतीयों तक पहुँचकर संगठन को मजबूत बनाया।[75] सोहन सिंह भकना ने अपनी पुस्तक 'जीवन संग्राम' में उल्लेख किया है कि जब 'गदर' अखबार बहुत प्रचलित हो गया तो कनाडा में छपनेवाले एक-दो नर्म अखबार बंद हो गए। कैलिफोर्निया में बहुत कार्यकर्ता भी बन चुके थे।

सेक्रेमेंटो में हुई सभा में लाला हरदयाल ने उन्हें हिंदी में समझाया कि ब्रिटिश शासन के अंतर्गत भारत एक गुलाम देश है। ब्रिटिश मालिक बनकर सबकुछ नियंत्रित करते हैं और भारत का धन इंग्लैंड चला जाता है। पिछले 150 सालों से ब्रिटिश भारत की संपदाओं को चूस ले रहे हैं। गरीबी और अकाल इसका परिणाम है, जिसके कारण लाखों लोग मर जाते हैं। कठिन परिश्रम करनेवाले किसान बरबाद हो रहे हैं। 50 वर्ष पहले जो किसान खुशहाल थे, वे कर्ज के बोझ से दबे हुए हैं। उन्हें अपनी जमीन या तो बेचनी पड़ रही है अथवा गिरवी रखनी पड़ रही है। बहुत कम वेतन पर वे सेना में भरती होते हैं और विदेशी धरती पर लड़े जानेवाले युद्ध में वे अपनी जान तक दे देते हैं। यह युद्ध किसी नए क्षेत्र पर आक्रमण कर वहाँ के लोगों को गुलाम बनाने के लिए लड़े जा रहे हैं। जमींदार किसान के बेटों को भी रोजी-रोटी की तलाश में विदेशों में भटकना पड़ता है। यहाँ आकर वे कुली का काम करते हैं और उनके साथ रंगभेद की नीति अपनाई जाती है। वे पैसे तो कमाते हैं, लेकिन उनकी कोई इज्जत नहीं होती। अपने देश में जिनकी इज्जत नहीं होगी, विदेश में उनकी इज्जत नहीं हो सकती है। कनाडा ब्रिटेन का उपनिवेश है और चूँकि भारत ब्रिटेन का गुलाम है, अतः कनाडा भी भारतीयों को अपना गुलाम ही समझता है। इससे उबरने का एक ही रास्ता है कि ब्रिटिश सरकार को भारत से भगा दिया जाए। इसके बाद अमेरिका जैसी सरकार का गठन भारत में भी किया जा सकता है। अंग्रेजों को भगाने के बाद सभी नागरिकों को समान तरह की स्वतंत्रता मिलेगी। जाति या धर्म के आधार पर उनके साथ भेद-भाव नहीं किया जा सकता है। जब हम अपने देश के मालिक बनेंगे, तब ही स्थिति में सुधार लाया जा सकता है। लेकिन यह संघर्ष, साहस और त्याग की माँग भी करता है।[76]

हरदयाल के भाषण में यह ओज था कि यह श्रोताओं के दिल और दिमाग तक उतर जाता था। नेताओं के मन में तो था ही कि भारत की स्वतंत्रता के लिए कुछ किया जाना चाहिए। अपनी भावना से वे लाला हरदयाल को अवगत कराएँ। ब्रिटिश एक बहुत बड़ा औपनिवेशिक साम्राज्य है और ब्रिटिश सेना को हरा देना कोई आसान काम नहीं है। श्रोताओं ने उन्हें बताया कि हजारों श्रमिक उत्तरी अमेरिका क्षेत्र में रहते हैं। ये खूब पैसा कमाते हैं और अपने लिए खूब संपत्ति भी खरीद चुके हैं। पैसा देने और अन्य त्याग के लिए ये लोग तैयार हैं। वे आपसे जानना चाहते हैं कि इसके लिए क्या किया

जाए और कार्ययोजना किस प्रकार तैयार की जाए? कहाँ से कार्य आरंभ किया जाए? लाला हरदयाल ने स्पष्ट समझाया कि 1857 की भाँति सैनिक क्रांति करके ही स्वतंत्रता हासिल की जा सकती है। भारतीय कांग्रेस पार्टी जिस प्रकार छोटे-छोटे सुधार के लिए आवेदन और अनुरोध कर रही है, इससे कुछ नहीं होनेवाला है। ब्रिटिश सरकार को युद्ध में हराकर ही भारत से भगाया जा सकता है। 1857 की क्रांति ने ब्रिटिश सरकार की भारत में नींव को हिला दिया था। हजारों हिंदू और मुसलमान को साथ होकर ब्रिटिश सरकार से लड़ना होगा। इनमें से वैसे देशभक्त, जो बहादुरी एवं त्याग के लिए दूसरों के समक्ष उदाहरण पेश करेंगे, वे शहीद भी हो सकते हैं। 1857 की क्रांति इसलिए असफल हो गई कि एकदम महत्त्वपूर्ण समय पर कई सिख सरदार और देशी राजाओं ने देशभक्तों को धोखा दे दिया। इसलिए ब्रिटिश सरकार को बचाने के लिए अंग्रेज सिखों के प्रति शुक्रगुजार है। लेकिन अब सिखों को क्रांतिकारी देशभक्तों के साथ मिलकर अंग्रेज सरकार से लड़ना होगा। दूसरा गदर अधिक सुनियोजित एवं सुव्यवस्थित तरीके से होना चाहिए। भारत में श्वेतों की संख्या अधिक नहीं है। कोई भी विदेशी सरकार भारत की तीन सौ मिलियन जनता पर शासन नहीं कर सकती, जब भारत के किसान, आम जनता और श्रमिक एकजुट होकर ब्रिटिश सरकार को भगाने के लिए कृत संकल्पित हो जाएँ! सबसे बड़ी समस्या लोगों में दासता की मनोवृत्ति है। इनके पास राजनीतिक शिक्षा का अभाव है। इसलिए जनता को जाग्रत् करने, उनके बीच राष्ट्रीय देशभक्ति की भावना का संचार करना हमारा पहला काम होना चाहिए।[77]

अब संगठन थोड़ा मजबूत हो रहा था। सदस्यों द्वारा दिए गए चंदों से आर्थिक स्थिति भी ठीक हुई। लोगों ने और चंदा देने का आश्वासन भी दिया। हरदयाल अब अमेरिका के पश्चिमी किनारे के शहरों में भाषण देने के लिए निकल पड़े। उनके अभियान में कांशीराम जोशी, भाई परमानंद और रामचंद्र भारद्वाज हमेशा उनके साथ जाते। अब क्रांतिकारियों की सीधी मुलाकात उन लोगों से होने लगी, जिसका उन्हें नेतृत्व करना है। हरदयाल के भाषण से लोगों में नया जोश उबाल मारने लगा और अब भारतीयों का संगठन क्रांतिकारी संगठन में तब्दील हो रहा था। अमेरिकी भारतीय अपने नेता को सुन रहे थे, परख रहे थे, उन पर विश्वास कर रहे थे और उनके आह्वान पर त्याग करने के लिए तैयार भी हो रहे थे। लोगों द्वारा मुक्तहस्त चंदे दिए गए। हरदयाल के ओजस्वी भाषण ने उन्हें भारतीयों का निर्विरोध नेता बना दिया था। कुछ ही महीनों में सदस्य संख्या में काफी वृद्धि हो गई और पूर्वी एशिया के कई शहरों में इसकी शाखाएँ खुलने लगीं।[78]

संदर्भ—

1. एफ.सी. आईसेमॉन्गार एवं जे. स्लैटरी, पृष्ठ–10।
2. जी.एस. देओल, पृष्ठ–56।
3. एफ.सी. आईसेमॉन्गार एवं जे. स्लैटरी, पृष्ठ–10।
4. वही, पृष्ठ–11।
5. गुरचरन सिंह सहिंसरा, पृष्ठ–53।
6. एफ.सी. आईसेमॉन्गार एवं जे. स्लैटरी, पृष्ठ–11।
7. हरीश के. पुरी, पृष्ठ–36।
8. एफ.सी. आईसेमॉन्गार एवं जे. स्लैटरी, पृष्ठ–12।
9. वही, पृष्ठ–9।
10. विश्वमित्र उपाध्याय, पृष्ठ–219।
11. एफ.सी. आईसेमॉन्गार एवं जे. स्लैटरी, पृष्ठ–12।
12. हरीश के. पुरी, पृष्ठ–62।
13. जी.एस. देओल, पृष्ठ–56।
14. विश्वमित्र उपाध्याय, पृष्ठ–226।
15. जी.एस. देओल, पृष्ठ–56।
16. विश्वमित्र उपाध्याय, पृष्ठ–226।
17. बाबा सोहन सिंह भकना, 'जीवन संग्राम', तर्कभारती प्रकाशन, बरनाला पृष्ठ–32।
18. जी.एस. देओल, पृष्ठ–56।
19. सोहन सिंह भकना, पृष्ठ–33।
20. पृष्ठ।
21. हरीश के. पुरी, पृष्ठ–59।
22. जी.एस. देओल, पृष्ठ–60।
23. विश्वमित्र उपाध्याय, पृष्ठ–219।
24. वेदप्रकाश 'वटुक', पृष्ठ–44।
25. वही।
26. हरीश के. पुरी, पृष्ठ–64।
27. जी.एस. देओल, पृष्ठ–60।
28. विश्वमित्र उपाध्याय, पृष्ठ–227।
29. सोहन सिंह भकना, पृष्ठ–33।
30. वेद प्रकाश 'वटुक', पृष्ठ–47।
31. हरीश के. पुरी, पृष्ठ–65।
32. जी.एस. देओल, पृष्ठ–60।
33. वही, पृष्ठ–61।

34. सोहन सिंह भकना, पृष्ठ–36।
35. विश्वमित्र कुमार, पृष्ठ–229।
36. सोहन सिंह भकना, जीवन संग्राम, पृष्ठ–36।
37. विश्वमित्र उपाध्याय, पृष्ठ–230।
38. गुरचरन सिंह सहिंसरा, पृष्ठ–102।
39. वही, पृष्ठ–103।
40. वही।
41. ए.सी. बोस, पृष्ठ–58।
42. जी.एस. देओल, पृष्ठ–60।
43. सोहन सिंह भकना, पृष्ठ–37।
44. जी.एस. देओल, पृष्ठ–61।
45. ए.सी. बोस, पृष्ठ–58।
46. एफ.सी. आईसेमॉन्गर एवं जे. स्लैटरी, पृष्ठ–13।
47. वही, पृष्ठ–14।
48. वही, पृष्ठ–15।
49. प्रीतम सिंह पंछी, पृष्ठ–51।
50. एफ.सी. आईसेमॉन्गर एवं जे. स्लैटरी, पृष्ठ–16।
51. वही।
52. वही, पृष्ठ–17।
53. हरीश के. पुरी, पृष्ठ–65।
54. वही, पृष्ठ–66।
55. वही, पृष्ठ–68।
56. वही, पृष्ठ–69।
57. वही, पृष्ठ–144।
58. ए.सी. बोस, पृष्ठ–59।
59. गुरचरन सिंह सहिंसरा, पृष्ठ–106।
60. वेद प्रकाश 'वटुक', पृष्ठ–54।
61. गुरचरन सिंह सहिंसरा, पृष्ठ–106।
62. वेद प्रकाश 'वटुक', पृष्ठ–54।
63. वही।
64. वही, पृष्ठ–56।
65. ए.सी. बोस, पृष्ठ–59।
66. हरीश के. पुरी, पृष्ठ–70।
67. गुरचरन सिंह सहिंसरा, पृष्ठ–112।

68. ए.सी. बोस, पृष्ठ–60।
69. हरीश के. पुरी, पृष्ठ–70।
70. ए.सी. बोस, पृष्ठ–60।
71. वही।
72. वही, पृष्ठ–61।
73. विश्वमित्र उपाध्याय, पृष्ठ–231।
74. जी.एस. देओल, पृष्ठ–61।
75. सोहन सिंह भकना, पृष्ठ–39।
76. हरीश के. पुरी, पृष्ठ–63।
77. वही, पृष्ठ–64।
78. ए.सी. बोस, पृष्ठ–59।

□

साप्ताहिक 'गदर'

'विदेशी धरती पर देशी भाषा में इसकी शुरुआत की जा रही है, लेकिन यह अंग्रेजी शासन के विरुद्ध युद्ध की शुरुआत है।'

'गदर' का पहला अंक 1 नवंबर, 1913 को उर्दू में प्रकाशित हुआ। बड़े एवं मोटे अक्षरों में लिखे गए 'गदर' के साथ चार अक्षर लिखे गए—'अंग्रेजी राज का दुश्मन।' बाएँ और दाहिने 'वंदे मातरम्' लिखा गया। इसके नीचे लिखा गया—'भारत के नवयुवकों, हथियार लेकर शीघ्र तैयार हो जाओ।' 8 नवंबर, 1913 को गुरुमुखी (पंजाबी) में प्रकाशन आरंभ हुआ। इसके नीचे लिखा था—'जे चित्त प्रेम खेलन का चाओ, सिर धड़ ताली गली मेरे आओ।' इसका अर्थ था—जो देश प्रेम के लिए आना चाहते हैं, उन्हें अपना सिर अपने हाथ में रखकर इस गली में आना चाहिए। पवित्र 'आदिग्रंथ' में गुरु नानक को उद्धृत करते हुए यह 20वाँ श्लोक था। हालाँकि यह धार्मिक श्लोक था, लेकिन इसका राजनीतिक निहितार्थ था कि जो कोई इस संग्राम में भाग लेना चाहता है, उसे अपना जीवन कुरबान करने के लिए हमेशा तैयार रहना चाहिए। 'गदर' अखबार का प्रकाशन आंदोलन की शुरुआत मात्र ही नहीं थी, इसके माध्यम से क्रांति की शिक्षा दी गई और क्रांति के लिए संगठन एवं योजना बनाने में भी इससे अद्भुत सहायता मिली। सोहन सिंह भकना ने भी कहा कि वस्तुत: आंदोलन की शुरुआत 1 नवंबर, 1913 को उसी दिन हो गई, जिस दिन 'गदर' का प्रकाशन आरंभ हुआ।[1] पहले अंक से ही संपादक और लेखक ने 'गदर' के माध्यम से न सिर्फ भारत की जनता को राजनीतिक शिक्षा देने की कोशिश आरंभ की, बल्कि ब्रिटिश शासन के अधीन रह रहे भारतीयों के गिरते मनोबल को उठाने की चेष्टा भी की, ताकि लोग ब्रिटिश शासन के खिलाफ संघर्ष और त्याग के लिए भी तैयार हो सकें। सबसे बड़ी खासियत थी कि 'गदर' में बिल्कुल ही साधारण ढंग से और लोगों को तुरंत समझ में आनेवाली भाषा का प्रयोग किया। 'मेरा नाम और मेरा काम' शीर्षक से पहले अंक में छापा गया—'हमारा नाम क्या है ?—गदर। हमारा

काम क्या है?—गदर, क्रांति आरंभ करना। यह क्रांति कहाँ होगी?—भारत में। यह कब होगी?—कुछ वर्षों के अंदर। यह क्यों होगी?—क्योंकि भारत के लोग ब्रिटिश शासन के शोषण और जुल्म को और बरदाश्त नहीं करेंगे; क्योंकि भारत के लोग स्वतंत्रता के लिए लड़ने और इसके लिए शहीद होने के लिए तैयार हो गए हैं। भारत के प्रत्येक नागरिक का यह कर्तव्य है कि वह इसकी तैयारी आरंभ करे।'

इसी अंक में हरदयाल ने लोगों को जाग्रत् होने का आह्वान भी किया। हरदयाल के सामने एक ही लक्ष्य था—भारत की आजादी। इसके लिए वे 'गदर' में क्रांतिकारी और उत्तेजक भाषा में लेख लिखते थे। एक लेख उन्होंने इस प्रकार लिखा—'150 वर्ष पहले अंग्रेजों ने भारत में शासन की नींव डाली और धीरे-धीरे बंगाल, मद्रास, बंबई और पंजाब में फैल गए। अब वे देशी राज्यों को भी कमजोर कर चुके हैं। भारत में लगी इस आग को बुझाने का समय आ गया है और इस सरकार को बरबाद कर देना है।' 'गदर' अखबार लोगों को सुनहरे भविष्य का सपना भी दिखाता था—'स्वतंत्रता-प्राप्ति के बाद भारत में शांति स्थापित हो जाएगी और सभ्यता की सारी निशानियाँ, जैसे—शिक्षा, स्वास्थ्य, सफाई एवं विकास से भारत परिपूर्ण हो जाएगा।'[2]

वी.डी. सावरकर इंग्लैंड में जब अपनी पुस्तक 'दि इंडियन वार ऑफ इंडिपेंडेंस 1857' में अपने विचार लिख रहे थे, लाला हरदयाल उनके साथ ही रहते थे। अधिकांश क्रांतिकारियों ने इस पुस्तक को देखा एवं पढ़ा और इसको आधार बनाकर एक और क्रांति करने की कल्पना तक की। हरदयाल को 1857 की क्रांति से बहुत लगाव था। उन्होंने 'गदर' में एक लेख लिखा कि इसका नाम 'गदर' रखा गया है और इस नाम से ही अंग्रेजों की कँपकँपी छूटने लगती है। हालाँकि यह सफल क्रांति नहीं थी, लेकिन जुल्मी अंग्रेजों को इससे सबक मिल गया था। 1857 क्रांति में हम शत्रु को बरबाद नहीं कर पाए, लेकिन इसके पंख को जकड़ दिया गया। साँप तो नहीं मरा, लेकिन यह अधमरा जरूर हो गया।[3]

'गदर' के उर्दू संस्करण में 8 नवंबर के बाद एवं 23 दिसंबर के बाद गुरुमुखी संस्करण में सावरकर की इस पुस्तक का अंश प्रकाशित होना आरंभ हुआ। भारत के तत्कालीन 'नायक', यथा—बाल गंगाधर तिलक, अरविंदो घोष, बिपिन चंद्र पाल, खुदीराम बोस, कन्हाई लाल दत्त आदि के बारे में लेख लिखा करते थे। यह भी लिखा गया कि कई क्रांतिकारी देश छोड़कर चले गए हैं और क्रांति की प्रतीक्षा कर रहे हैं। इनमें अजीत सिंह, सूफी अंबाप्रसाद, श्यामजी कृष्ण वर्मा, मैडम भीकाजी कामा जैसे लोग हैं।[4] 'गदर' में दो स्तंभ नियमित रूप से लिखे जाते थे। पहला 'अंग्रेजी राज का कच्चा चिट्ठा' और दूसरा 'अंकों की गवाही'। जर्मनी के सेना अधिकारी जनरल फ्रिडरिक वॉन बर्नहार्डी की आयरलैंड की ताजा यात्रा का वर्णन देते हुए अखबार में लिखा गया कि

जर्मनी और इंग्लैंड का युद्ध निकट भविष्य में संभावित है और ऐसी हालत में आयरलैंड जर्मनी की ओर से लड़ेगा। फ्रेडरिक की पुस्तक 'जर्मनी और अगला युद्ध' का उद्धरण देते हुए 'गदर' में लिखा गया—'यदि जर्मनी और इंग्लैंड के बीच युद्ध छिड़ता है तो ऐसे देश का भविष्य खुशियों से भर जाएगा, जो आज ब्रिटिश शासन में बरबाद हो रहे हैं'।[5]

31 दिसंबर, 1913 को सेक्रेमेंटो में हुई जनसभा में लालाजी ने जर्मन राजनयिक को अपने साथ मंच पर बैठा लिया। लालाजी इससे यह संदेश देना चाहते थे कि आगामी युद्ध में भारतीय क्रांतिकारियों को जर्मन सरकार से मदद मिलेगी। 6 जनवरी, 1914 के 'गदर' के अंक में सेक्रेमेंटो की बैठक के संबंध में विस्तार से लेख छपा। इस लेख के माध्यम से लालाजी ने इशारा किया कि अमेरिका सरकार उन्हें सहायता नहीं दे सकती है और इसके लिए उन्हें (लालाजी को) जर्मनी की यात्रा तुरंत करनी चाहिए। भारतीय क्रांतिकारियों को जर्मनी से सहायता मिलने की चर्चा तो प्रायः 'गदर' के हर अंक में होती थी। बाद के अंकों में कहा गया कि जर्मनी से इंग्लैंड के आगामी युद्ध शुरू होने के बाद ही भारत के अधिकतर सेनाधिकारी और सिपाही भारत छोड़कर बाहर चले जाएँगे। ब्रिटिश सेना को हराने का यह सुनहरा अवसर होगा। 'गदर' के अंकों से लोगों को यह आश्वासन-सा मिला कि युद्ध के समय भारतीय क्रांतिकारियों को जर्मनी की तरफ से हथियार एवं पैसों की सहायता दी जाएगी, ताकि ब्रिटिश शासन को समाप्त किया जा सके।[6] 8 नवंबर के अंक में पाठकों से अपील की गई कि उन्हें क्या करना चाहिए! इसमें स्पष्ट किया गया कि विदेशों में रहनेवाले भारतीयों के संग्राम में भाग लेने मात्र से स्वतंत्रता नहीं मिल सकती है। इसके लिए भारत के सभी तबके के लोगों को कड़ी मेहनत और त्याग की जरूरत पड़ेगी। उन्हें तन, मन और धन से देश की सेवा करनी होगी। उन्होंने पाठकों को सलाह दी कि सबसे पहले उन्हें प्रतिमाह कुछ चंदा देना चाहिए, ताकि हजारों लोगों को मुफ्त में बँटनेवाले अखबार का प्रकाशन नियमित रूप से होता रहे। दूसरी सलाह दी गई कि वे अखबार में निकली सामग्रियों को ठीक से पढ़ें, उस पर चिंतन-मनन करें। तीसरा कर्तव्य है कि ऐसी व्यवस्था की जाए, ताकि अधिक-से-अधिक लोग इसे पढ़ें। ब्रिटिश सरकार नहीं चाहेगी कि भारत में इसे लोग पढ़ें। इसलिए उनका चौथा कर्तव्य यह बनता है कि वे किसी अन्य लिफाफे में भरकर इसे भारत भेजें। पाँचवाँ कर्तव्य यह है कि वे युद्ध की तैयारी करें और अपनी जान देने के लिए तैयार हो जाएँ।[7]

8 दिसंबर को पंजाबी (गुरुमुखी) संस्करण निकाला गया और गुजराती और हिंदी में विशेषांक निकाला गया। शुरू में दोनों संस्करण हाथ से लिखकर निकाले गए। उर्दू संस्करण का पंजाबी अनुवाद गुरुमुखी संस्करण में निकाला गया, हालाँकि इसमें सिख धर्म से संबंधित कुछ नए लेख भी दिए गए। लेखन कार्य में हरदयाल के साथ करतार सिंह और हरनाम सिंह भी जुड़ गए थे। सिख युद्ध की वीरतापूर्ण बातों का स्मरण कराया

गया। द्वितीय आंग्ल-सिख चिलियाँवाला युद्ध में सिखों की वीरता का उदाहरण पेश किया गया। इस बात पर दु:ख प्रकट किया गया कि उसी सिख समुदाय के लोग विदेशी धरती पर आकर हाथ पर हाथ धरे चुपचाप बैठे हुए हैं। मोटे अक्षरों में लिखा गया कि उन्हीं सिखों के वंशज स्वतंत्रता के लिए पुनः युद्ध में कूदने जा रहे हैं। 1857 की क्रांति को सिखों के योगदान के कारण ही दबाया जाना संभव हो पाया था। अखबार में 'खालसा' पर इसे एक कलंक की संज्ञा देते हुए इसे धो देने की अपील की गई। अफगान और बर्मा युद्ध में पंजाबी सैनिकों के शौर्य गाथा की चर्चा की गई। अब वे सेना में पुनः नौकरी करने नहीं जाएँगे। पंजाबी कविता में सिखों के कष्ट को बड़े मार्मिक शब्दों में उकेरा गया।[8]

नवंबर 1913 में भाई भगवान सिंह के जबरन निर्वासन के बाद सिख समुदाय की आहत भावना को मुंशा सिंह 'दु:खी' ने 'जुलुम! जुलुम!! गोरे शाही जुलुम!' नामक कविता के माध्यम से बयाँ किया।[9] इन सब कविताओं को संग्रह कर एक पुस्तिका 'गदर गुंजन' नाम से प्रकाशित की गई और इसकी दस हजार प्रतियाँ छपीं। इसके सात संस्करण छापे गए। गुरुद्वारा में सिखों का जमा होना और छोटे-छोटे समूहों में इन कविताओं का सस्वर पाठ किया जाना आम प्रचलन हो गया। इन कविताओं को सुनते ही कनाडा में उनके साथ हो रहे भेदभाव, दुर्व्यवहार और तकलीफ उनके सामने आ जाती थी और वे इस अपमान का बदला लेने के लिए कुछ भी करने को तैयार हो जाते थे।[10] आयरलैंड, इजिप्ट, चीन, मैक्सिको और अन्य देशों के क्रांतिकारी आंदोलन एवं गतिविधियों के बारे में 'गदर' में लेख छपते थे। भारत के स्वतंत्रता आंदोलन के संघर्ष के लिए इन आंदोलनों से प्रेरणा लेने की बात 'गदर' में की जाती थी। आयरिश एवं रूसी क्रांतिकारियों को लालाजी अपनी बैठक में आमंत्रित करते थे और भारतीयों से मुलाकात भी करवाते थे। बैठक में इन्हें 'आयरिश गदरी' और 'रूसी गदरी' और 'मैक्सिन गदरी' के नाम से पुकारा जाता था।[11] 'गदर' साप्ताहिक को डाक से अथवा स्वयं जाकर सिखों के कार्यस्थल पर, गुरुद्वारे में अथवा मेस में पहुँचाना स्वयंसेवकों का मुख्य कार्य होता था। 'गदर' का बंडल परिचित लोगों के पास इस अनुरोध के साथ भेजा जाता था कि वे अपने स्तर से इसे वितरित करवा दें। इनमें ऐसे लोगों के पते भी शामिल थे, जो गाँव के प्रमुख हों, सेना में नौकरी करने के दौरान जिनसे दोस्ती हुई हो। बंदरगाहवाले शहर, जैसे—हांगकांग, योकोहामा, पेनांग, मनीला, सिंगापुर, मलाया के विभिन्न शहर, अर्जेंटाइना, पनामा, मैक्सिको, ब्राजील, त्रिनिदाद, होंडुरास, केन्या आदि देशों से भी 'गदर' अखबार की माँग आई और इनके नाम-पते रजिस्टर में दर्ज किए जाते थे और समय-समय पर इनमें परिवर्तन भी किए जाते थे। इनमें से अधिकतर वैसे पंजाबी थे, जो आना तो कनाडा या अमेरिका चाहते थे, लेकिन उन्हें इसमें सफलता नहीं मिली। वे अपने नजदीकी गुरुद्वारे में 'गदर' के नए अंक के आने की उत्सुकतापूर्वक प्रतीक्षा करते रहते थे। इनमें से कई

पंजाबी ऐसे भी थे, जो 'गदर' पढ़ नहीं सकते थे। गुरुद्वारे के ग्रंथी 'गदर' को जोर-जोर से पढ़कर उन्हें सुनाते थे। गुरुदत्त कुमार मनीला चले गए थे और वहाँ पर 'गदर' के वे प्रमुख स्रोत बन गए। मौलवी बरकतुल्लाह टोकियो में 'गदर' का बंडल प्राप्त करते थे। विश्व की अनेक जगहों से 'गदर' के लिए चंदे भी आते थे।[12]

दिसंबर 1913 में अखबार का गुरुमुखी संस्करण प्रकाशित हुआ और मई 1914 में गुजराती अंक का प्रकाशन हुआ। गुरुमुखी में 2500 प्रतियों और उर्दू में 2200 प्रतियों का प्रकाशन हुआ। अखबार में छपे लेखों का सार था कि अब भारत में ब्रिटिश शासन के जुल्म को बहुत दिनों तक बरदाश्त किया जाना संभव नहीं है। 'युगांतर आश्रम' में पुस्तकों के प्रकाशन, युवा उपदेशकों के प्रशिक्षण और क्रांति की तैयारियों से संबंधित कार्य किए जाएँगे। 'गदर' अखबार में प्रकाशित लेख ब्रिटिश शासन के खिलाफ लोगों के मस्तिष्क को उत्तेजित करने, हत्या के लिए उकसाने और क्रांति का प्रचार करने से संबंधित होते थे। अखबार के माध्यम से अपील की गई कि अंग्रेजों की हत्या करने, क्रांति करने और अंग्रेजों को भारत से बाहर निकालने के उद्देश्य से सभी लोगों को भारत जाना चाहिए और इस कार्य में मदद करनी चाहिए।[13] 13 सितंबर, 1915 को 'लाहौर षड्यंत्र केस' में विशेष ट्रिब्यूनल द्वारा दिए गए न्याय-निर्णय में 'गदर' अखबार के बारे में निम्न टिप्पणी की गई—

ट्रिब्यूनल द्वारा 1 नवंबर, 1913 को छपे 'गदर' के प्रथम अंक से लेकर 15 सितंबर, 1914 तक प्रकाशित अंकों का अध्ययन किया गया। दिसंबर 1913 के बाद 'गदर' का अंक 'मंगलवार' को प्रकाशित होना आरंभ हुआ, क्योंकि मंगल को 'शक्ति' के दिन के रूप में भारत में मान्यता है। 'गदर' के मुखपृष्ठ पर छपा हुआ रहता है—'ब्रिटिश शासन का शत्रु'। प्रथम पृष्ठ पर ही छपा रहता है—'ब्रिटिश शासन का पर्दाफाश'।

'गदर' के बारे में निम्न तथ्य उजागर किए गए—

(क) ब्रिटिश शासन के खिलाफ आँकड़ों एवं तथ्यों को तोड़-मरोड़कर पेश किया गया। खासकर पुनर्वास, रेल, नहर, गेहूँ का निर्यात, महामारी के बारे में गलत तथ्य प्रस्तुत किए गए।

(ख) विश्व के अन्य देशों में चल रही क्रांतियाँ, पूर्व में घटित क्रांतियों के बारे में उल्लेख किया गया। क्रांतियों को उदाहरण के रूप में लेने की सीख दी गई।

(ग) प्रत्येक अंक में सावरकर द्वारा रचित 'भारतीय क्रांति का इतिहास' को खंडों में उर्दू में प्रकाशित किया गया।

(घ) तथाकथित शहीद, जैसे—बाल गंगाधर तिलक, अरविंदो घोष और अजीत सिंह के बारे में तथ्य दिए गए।

(ङ) भारत में हुई राजनीतिक हत्या और राजनीतिक डकैतियों को स्वीकृति दी गई।

(च) जर्मन के प्रति सहानुभूति और प्रशंसक शब्दों का इस्तेमाल किया गया।

(छ) भारतीय जनता को शीघ्रातिशीघ्र क्रांति के लिए उत्तेजित किया गया और अमेरिका में रह रहे भारतीयों को उकसाया गया कि वे क्रांति के लिए शीघ्र भारत जाएँ।

(ज) अखबार की भाषा दूषित थी।

(झ) जानबूझकर घृणित और अशिष्ट भाषा का प्रयोग किया जाना।

(ट) 'गदर पार्टी' के संगठन की गतिविधियों के बारे में विस्तार से प्रकाशन। भारत में क्रांति के लिए कोई कसर नहीं छोड़ना।

ट्रिब्यूनल ने निम्न अंकों के बारे में विशेष उल्लेख किए—

29 नवंबर, 1913—बंगाल की राजनीतिक डकैतियों को जायज ठहराया गया और कहा गया कि इन डकैतियों में बंगाल के संभ्रांत एवं प्रतिष्ठित परिवारों के युवकों ने भाग लिया।

23 दिसंबर, 1913—क्रांतिकारियों द्वारा किए गए बम विस्फोट एवं डकैती को क्रांति के लिए जायज ठहराया गया।

17 फरवरी, 1914—ब्रिटिश सैनिकों की तुलना में कम वेतन के लिए भारतीय सैनिकों को उकसाया गया।

21 जुलाई, 1914—इस अंक का सार यह था कि राजा कृषक के दुश्मन होते हैं।

28 जुलाई, 1914—अजीत सिंह को उद्धृत करते हुए लिखा गया कि देशभक्तों में जागृति लाने की आवश्यकता है। इंग्लैंड और जर्मनी में युद्ध अवश्यंभावी है। भारतीयों को क्रांति के लिए तैयार हो जाना चाहिए और ज्यों ही युद्ध की घोषणा की जाती है, क्रांति आरंभ होनी चाहिए।

4 अगस्त, 1914—युद्ध के बारे में विस्तार से छापा गया है। भारतीयों से आग्रह किया गया है कि वे जर्मनी की सहायता करें। जर्मनी के प्रति सहानुभूति जताते हुए लिखा गया है कि युद्ध में अकेले लड़ने से जर्मनी के उद्देश्यों की पूर्ति नहीं हो सकती है।

21 जुलाई, 1914 के अंक से स्पष्ट होता है कि 'गदर पार्टी' का संपर्क जर्मनी के ज्यूरिख नामक शहर में भारतीय छात्रों द्वारा गठित संस्था 'प्रो इंडियन सोसाइटी' से भी था', इसका नाम बाद में 'अहवाव-ए-हिंद' (भारत का मित्र) कर दिया गया। 'गदर' में 'पूरब के हमारे भाई' नामक एक लेख जर्मनी प्रोफेसर द्वारा लिखा गया था। 'गदर' का वितरण बड़े पैमाने पर सेन फ्रांसिस्को, वैंकूवर एवं अन्य केंद्रों से होने लगा। इसकी प्रतियाँ मनीला, जापान, हांगकांग, शंघाई, दक्षिण और पूर्वी अफ्रीका अर्थात् उन सब जगहों पर भेजी जाने लगीं, जहाँ भारतीय मूल के लोग रहते थे। जिन्हें 'गदर' भेजा जाता था, उनसे अनुरोध किया जाता था कि वे इसे पढ़कर नष्ट नहीं करें, अपितु भारत में

रह रहे अपने मित्र, संबंधी को भेज दें। कुछ ही दिनों बाद नैरोबी, जोहांसबर्ग, सिंगापुर, बैंकॉक, शंघाई, हांगकांग, हांको, तेतसिन और मोजी (जापान) आदि शहरों से 'गदर' की प्रतियाँ भारत आनी शुरू हो गईं।[14]

निदेशक, केंद्रीय खुफिया कार्यालय से सर्वप्रथम यह संदेश भारत आया कि 'गदर' की प्रतियाँ छपनी आरंभ हो गई हैं। संभवतः 7 दिसंबर, 1913 का अंक पंजाब पुलिस के हाथ लगा, जिसे लुधियाना के सरदार गज्जन सिंह को भेजा गया था। पुलिस को इसमें पहली सफलता 24 जनवरी, 1914 को तब लगी, जब पोस्ट मास्टर जनरल, पंजाब और उत्तर-पश्चिम फ्रंटियर राज्य सर्किल, लाहौर द्वारा इसे जब्त किया गया। सामान्य लिफाफे में हाथ से पता लिखकर 'गदर' अखबार की बहुत अधिक प्रतियाँ बंबई में मिलीं। कुछ प्रतियों की बंबई में पहचान नहीं की जा सकी, लेकिन पंजाब में इसे जब्त कर लिया गया। अब तक 252 प्रतियाँ जब्त की जा चुकी थीं। इनमें से 23 लिफाफे भारतीय सैनिकों को भेजे गए थे और बाकी सब पंजाब के बाशिंदों को भेजे गए थे। 'गदर' की प्रतियाँ या तो उर्दू में थीं अथवा गुरुमुखी लिपि में। अधिकांश में एक छोटा पुरजा लगा हुआ था, जिसमें लिखा गया था कि पढ़ने के बाद दूसरों को भी पढ़ने के लिए दे दें।[15] 7 फरवरी, 1914 को 104 लिफाफे पंजाब में मिले। इनमें से 6 लिफाफे सैनिकों के लिए थे और 66 लिफाफों में 'गदर' अखबार था। 13 फरवरी, 1914 को बंबई में 387 लिफाफे और कुछ लिफाफे पंजाब में मिले। 331 लिफाफों में 'गदर' की प्रतियाँ थीं, जिनमें से 15 सैनिकों को भेजी गई थीं। कुछ लिफाफे कपूरथला, फरीदकोट, नाभा और पटियाला के बाशिंदों को भेजे गए थे, लेकिन अधिकांश पंजाब ही भेजे गए थे। पुलिस की कड़ी चौकसी के बावजूद ग्रामीणों को गदर की प्रतियाँ मिल ही जाती थीं।[16] 'युगांतर आश्रम' के प्रबंधकों पर इस बात का दबाव था कि वे कुछ नया रास्ता ढूँढ़ें, ताकि 'गदर' की प्रतियाँ पुलिस के हाथ नहीं लग सकें। इसके लिए उन्होंने नया रास्ता अख्तियार किया कि 'गदर' अखबार के अतिरिक्त अलग से निजी पत्र लिखवाकर अपने किसी संबंधी या मित्र को भारत भेजा जाता। हरमंदिर (गोल्डन टेंपल), अमृतसर के निर्माण में सिख नवयुवकों द्वारा किए गए श्रम एवं खालसा कॉलेज की स्थापना में सिखों द्वारा दिए गए योगदान का जिक्र करते हुए पत्र में लिखा गया कि दोनों संस्थानों को अंग्रेजों ने अपने कब्जे में कर लिया और उनका तर्क है कि इन पर सिखों का कोई अधिकार नहीं है। कानपुर की मसजिद में मुसलमानों की भूमिका के बारे में आप सब लोग जानते हैं, परंतु इसका पुनर्निर्माण ब्रिटिश सरकार द्वारा कराया गया है। लेकिन सिखों के संदर्भ में दोहरे मापदंड अपनाए जा रहे हैं और यहाँ तक कि सिखों द्वारा तैयार किए गए भवनों पर सरकार कब्जा कर रही है। क्या हम, सिख इसे बरदाश्त कर सकते हैं? हम कथमपि इसे बरदाश्त नहीं करेंगे। दूसरे पत्र में लिखा गया कि अंग्रेज हम सब लोगों को ईसाई बना

देंगे। हालाँकि पंजाब के साहूकार, सरदार, सरकारी अधिकारी और बड़े जमींदारों (जाट) का कहना है कि इस धरती पर सबसे अच्छी सरकार अंग्रेजों की है। लेकिन हमारी यह सोच हमें बरबाद कर देगी और भारतमाता का स्थान विश्व के मानचित्र से गायब हो जाएगा। इससे बचने के लिए आवश्यक है कि सिख, हिंदू और मुसलमान आपस में भाईचारे को बढ़ावा दें, अपने-अपने बच्चों को शिक्षित करें। पत्र में अनुरोध किया गया कि इस पत्र को किसी को पढ़ने के लिए नहीं दें, बल्कि पढ़ने के बाद इसे जला दें। जहाँ तक 'गदर' का प्रश्न है, यह किसी को पढ़ने के लिए दिया जा सकता है, क्योंकि इसका प्रकाशन अमेरिका से होता है और प्रकाशन बंद करवाना अंग्रेज सरकार के वश के बाहर की बात है। हमारे देश से प्रत्येक वर्ष अंग्रेज 50 करोड़ रुपया अपने देश ले जाते हैं और हमारा देश दिन-प्रतिदिन कंगाल होता जा रहा है। एक पत्र में एक 'चौधरी साहब' से अनुरोध किया गया कि 'गदर' में जैसा अनुरोध किया गया है, वैसा ही आप करें। क्रांति की तैयारी अमेरिका और कनाडा की धरती पर हो गई। आपको इन गोरे बदमाशों को भारत से भगाने की तैयारी करनी चाहिए। बंगाल में ऐसा किया जा रहा है और इसके लिए पार्टी का गठन किया गया है। आप भी कुछ करने में सक्षम हैं और इसी विश्वास के साथ आपसे अनुरोध किया जा रहा है। तुर्की का बदला लिया जाना चाहिए। ये गोरे बदमाश तुर्की के खिलाफ हैं। गुप्त रूप से सारे यूरोपवासी तुर्की के खिलाफ हैं। यदि आप किसी दूसरे देश का भ्रमण करेंगे तो आपको पता चल जाएगा कि जो देश स्वतंत्र है, वह देश कितना सुखी और समृद्ध है। इसलिए आपसे बार-बार अनुरोध किया जा रहा है कि आप पुलिस में और जनता में क्रांति की भावना का संचार करें और परतंत्रता की बेड़ी को तोड़ डालें। आपको दोहरे लिफाफे में 'गदर' अखबार भेजा जा रहा है।[17]

एक पत्र होशियारपुर जिले के महालपुर थाने के थानेदार को भेजा गया। पत्र में लिखा गया कि इसे पढ़कर यूँ ही फाड़कर नहीं फेंका जाए, बल्कि पूरी तरह से पढ़ा जाए और इसमें वर्णित चीजों से दूसरे लोगों को भी अवगत कराया जाए। भारत को चोर एवं लुटेरों द्वारा लूटा जा रहा है। जिनका जन्म भारत में हुआ है, उनका यह कर्तव्य बनता है कि इसे रोकने के लिए आगे आएँ। आप ऐसे लोगों पर प्रश्नचिह्न नहीं लगाएँ, जो देश के लिए काम कर रहे हैं। आप अपने स्वार्थ के लिए दूसरों को तकलीफ में नहीं डालें। यदि सरकारी अधिकारी राष्ट्रीय कार्यकर्ताओं को परेशान करेंगे तो वे अपनी सुरक्षा के बारे में पहले विचार कर लें, अन्यथा बाद में उनके परिवारजनों को पछताना पड़ेगा। आपको यह समझना चाहिए कि आपकी सुरक्षा वायसराय से अधिक नहीं हो सकती है, जिन पर बम प्रहार किया जा चुका है। इसलिए हमारी भावना को जिला, तहसील, थाना सहित सभी जैलदार, लंबरदार, जागीरदारों तक पहुँचा दी जाए और इसमें हिंदू एवं मुसलमान का विभेद नहीं किया जाए।[18]

एक पत्र पति द्वारा पत्नी को लिखा गया कि कठिन समय आ गया है और जिंदगी का कोई भरोसा नहीं है। बहुत ही कम समय बाद क्रांति आरंभ होगी और अंग्रेजों के साथ हमारा युद्ध आरंभ होनेवाला है। अन्यायी हम पर राज कर रहे हैं। इसलिए हम लोग जुल्मी की हत्या को जायज ठहराते हैं। हम लोग अपने हाथों में तलवार और तोप लेकर हमला करनेवाले हैं और हम लोग जुल्मी को मार डालेंगे। हम लोग गोविंद सिंह के वंशज हैं। यदि जिंदा रहे तो हमारा मिलन होगा। क्या भारत सरकार के प्रबंधन में किसी प्रकार की खलबली है ? यदि ऐसा कुछ हो तो हमें लिखो। साहस से काम लो। विजय को वीरांगना की तरह स्वीकार करना। पहले कष्ट होता है, फिर सुख मिलता है। चिंता की बात नहीं है। हमारी समृद्धि हमारा इंतजार कर रही है।[19] हिंदुस्तान सरकार की ओर से अखबार की हरेक लिखित सामग्री को जब्त करके गैर-कानूनी घोषित कर दिया जाने लगा और आए हुए परचों को काबू में करने के लिए हांगकांग, सिंगापुर, कलकत्ता, मद्रास, बंबई, रंगून आदि बंदरगाहों पर अमेरिका की ओर से आ रही डाक, पार्सलों एवं बिल्टियों पर 'समुद्री महसूल कानून' लागू कर दिया गया, जिसके तहत बंदरगाह की पुलिस को जहाजों पर ही डाक तथा बिल्टियों को खोलकर देखने तथा गैर-कानूनी माल जब्त कर लेने के अधिकार मिले हुए थे।[20] 'युगांतर आश्रम' के प्रबंधकों को पुलिस की इस सक्रियता के बारे में जानकारी मिल चुकी थी और वे इससे बचने का रास्ता ढूँढ़ रहे थे। व्यावसायिक लिफाफे में सामग्री भेजना और 'गदर' अखबार को टुकड़ों में काटकर भेजने का नया तरीका ढूँढ़ा गया और इस हेतु लिफाफे मनीला भेजे गए।[21] वैंकूवर में एक तिरस्कार सभा का सफलतापूर्वक आयोजन किया गया और इसमें 1608 डॉलर और 15 सेंट का चंदा जमा किया गया।

36वीं सिख बटालियन, लखनऊ के सूबेदार ने दीवान सिंह को एक पत्र लिखा था, जिसका उत्तर दीवान सिंह द्वारा दिया गया कि ज्यों ही हमें अमेरिका आने का परमिट मिलेगा, हम आपको भेज देंगे। दीवान सिंह ने अमेरिका में आप्रवासी भारतीयों को होनेवाली कठिनाइयों के बारे में विस्तार से जिक्र करते हुए कहा कि गलत कानून बनाकर भारतीयों को अमेरिका एवं कनाडा आने से इसलिए रोका जा रहा है, क्योंकि भारत असुरक्षित देश है। यदि किसी देश में ऐसी कठिनाइयाँ उत्पन्न होती हैं तो उसका राजा तुरंत इन समस्याओं का समाधान ढूँढ़ने की कोशिश करता है, लेकिन हमारे देश में इस पर कोई ध्यान नहीं देता। सभी जगहों पर गलत कानून के सहारे भारतीयों को प्रताड़ित किया जा रहा है। इसलिए हम लोगों का आपस में एकजुट होना आवश्यक है। हमारे देशवासी को दूसरे देशों में 'दाढ़ीवाली औरत' कहकर चिढ़ाया जाता है। यह बहुत कष्टदायक है। 82वीं बटालियन के एक सिपाही को कैलिफोर्निया से एक सिख ने चिट्ठी भेजी और उसमें कहा गया कि पहले यहाँ करीब 10 हजार भारतीय थे, लेकिन अब मात्र

6 हजार ही हैं। अंग्रेज सरकार हमें पसंद नहीं करती और इसलिए भारतीयों को अमेरिका आने से रोक दिया गया है। इन बदमाशों ने हमें बुरी तरह लूटा है और जब तक हम इनके शिकंजे से आजाद नहीं होंगे, हमारी उन्नति नहीं हो सकती है। हिंदू से जबरन इसलाम बनानेवाले औरंगजेब जिस प्रकार हिंदू को 'भाई' समझते थे, अंग्रेजी उसी प्रकार भारतीयों को 'भाई' कहते हैं। भारत की स्थिति अत्यंत खराब हो गई है। यदि हम लोग किसी एक श्वेत अंग्रेज को देखते हैं तो हम डर जाते हैं। कनाडा और अमेरिका में रह रहे भारतीय चाहते हैं कि श्वेत अंग्रेज को मार डालें। कोई भी इन्हें देखना तक नहीं चाहता। सिख कमजोर हो गए हैं और वे कुछ नहीं कर सकते। उनके हरमंदिर, अमृतसर पर जबरन कब्जा कर लिया गया, परंतु वे कुछ नहीं कर सके। खालसा कॉलेज, जहाँ सभी सिख पढ़ते थे, उस पर अंग्रेजों ने कब्जा जमा लिया है। इससे अच्छा होता कि सिख मर जाते··· इसका एक ही समाधान है और वह है क्रांति। भारत में फैला प्लेग रोग अंग्रेज सरकार के कारण ही हुआ। अंग्रेजों ने भारतीयों को इतना गरीब और कमजोर बना दिया कि वे अपने लिए भोजन और वस्त्र का इंतजाम भी नहीं कर सकते हैं। पूरे विश्व के किसी भी देश में प्लेग महामारी नहीं फैली, सिर्फ भारत में फैली है। मैं इन सभी तथ्यों को 'गदर' अखबार से लाया हूँ, जो अमेरिका में छपता है। मैं आपको 'गदर' अखबार भेजना चाहता था, लेकिन चूँकि यह भारत में प्रतिबंधित है, इसलिए इसकी कुछ पंक्तियाँ भेज रहा हूँ। आप हमें बताएँ कि आजकल भारत में क्या-क्या हो रहा है? रेजीमेंट में आजकल किन-किन चीजों पर चर्चाएँ हो रही हैं? क्या अभी भी भारतीय सिपाही अपना सिर ग्यारह रुपया के लिए कटा रहे हैं? भारतीयों से अच्छी स्थिति अंग्रेजों के कुत्तों की है, क्योंकि उन्हें अपना पेट भीख माँगकर नहीं भरना पड़ता है। अंग्रेज सरकार हमारी भिखमंगी स्थिति की तरफ ध्यान नहीं देना चाहती, इसलिए हमें ही कुछ करना होगा। इस पत्र के बारे में किसी भी श्वेत अंग्रेज को कुछ नहीं बताएँगे, क्योंकि इससे आप परेशानी में फँस जाएँगे।[22]

अखबार छापने के अलावा 'युगांतर आश्रम' ने कई घटनाओं तथा समस्याओं पर विशेष पुस्तिकाएँ छापीं। सबसे पहले 'फिरंगी का फरेब' उर्दू और गुरुमुखी में छापा गया। इसके बाद लॉर्ड हार्डिंग पर बम फेंकनेवालों को प्रोत्साहन देने के लिए बम के दर्शन पर 'शाबाश' नामक पुस्तिका छापी गई। पुस्तिका बाकुनिन, प्रूधों, प्रिंस क्रोपाटकिन आदि के उद्धरणों और संदर्भों से भरी पड़ी थी। रूस, आयरलैंड, मैक्सिको तथा अन्य देशों में बम का प्रयोग करने को स्वतंत्रता प्राप्ति के लिए सही राह बताया गया था। उसके बाद 'गदर' अखबार से कविताएँ एकत्र कर 'गदर दी गूँज' शीर्षक से छपवाई गईं। भाई भगवान सिंह को कनाडा की हुकूमत की ओर से अदालत के हुक्मों की परवाह न करते हुए जबरदस्ती मोटर में डालकर हांगकांग भेज देने की घटना को 'जुल्म-जुल्म गोरे शाही जुल्म' शीर्षक से छापा गया। 'गदर' के पहले पृष्ठ पर छापा जानेवाला 'अंग्रेजी राज दा कच्चा चिट्ठा'

भी पुस्तिका के रूप में छापा गया। 'तिलक की रिहाई', 'नवाँ जमाना', 'पंजाबी भरावाँ देना सुनेहा', 'पंजाबी भाइयों के नाम संदेश', 'अंकों की गवाही', 'अंग्रेजी राज की लूटपाट' तथा 'जुल्मों के आँकड़े' आदि पुस्तिकाएँ बड़ी मात्रा में छापी गईं। 'हिंदुस्तानी सिपाही', 'फौजियों को क्रांति करने का आह्वान', जस्टिस फ्रेड्रिक मैर्कनस की 'बीसवीं शताब्दी में हिंदुस्तानी पुलिस के तरीके' तथा 'रूसी क्रांतिकारियों की कहानियाँ' भी छापकर बाँटी गईं।[23]

'दि ऐलान-ए-जंग', 'नया जमाना', 'परचा'—जिस पर लिखा था—'The Balance sheet of British Rule in India' भी छपाई गई। 'दि गदर दी गूँज' कविताओं और गानों का संग्रह था, जिनमें से अधिकतर का प्रकाशन 'गदर' में हो चुका था। संभवत: यह प्रथम पुस्तक थी, जिसका प्रकाशन 'युगांतर आश्रम' द्वारा किया गया था। इसका प्रथम प्रकाशन 1914 में गुरुमुखी में हुआ। इसकी दस हजार प्रतियाँ छपवाई गईं। बाद में उर्दू लिपि में भी इसका प्रकाशन हुआ। 'ऐलान-ए-जंग' में भारत की गरीबी का वर्णन किया गया था और उल्लेख किया गया कि इसका मुख्य कारण अंग्रेज सरकार है। इसमें वर्णन किया गया कि भारत के उत्पादों को अंग्रेज अपने यहाँ ले जाते हैं। युद्ध में भारतीय सैनिकों को लड़ने-मरने के लिए आगे कर दिया जाता है, जबकि यूरोपियनों को पीछे रखा जाता है। बाल गंगाधर तिलक एवं बलराज जैसे देशभक्तों को बिना किसी बात के कसूरवार ठहराया गया है। तुर्की युद्ध की चर्चा करते ही मुसलमान उत्तेजित हो जाते थे। इसमें यह भी लिखा जाता था कि इजिप्ट में दूसरे सुलतान को लाने की तैयारी हो चुकी है। भारत के प्राचीन गौरव की चर्चा करते हुए लिखा गया कि सूअर खानेवालों को मार डालना उचित है। पूरे देश में क्रांति की शुरुआत हो चुकी है। हिंदू और मुसलमान मिलकर काम करेंगे। भारतीयों के लिए एक सुनहरा भविष्य इंतजार कर रहा है और यदि इस युद्ध में वे शहीद होते हैं तो स्वर्ग उनका इंतजार कर रहा है।[24]

'नया जमाना' के रचयिता हरदयाल थे। प्रथम पृष्ठ पर ही लिखा गया था—'वंदे मातरम्'। चिकित्सकों की दोषपूर्ण पढ़ाई मानव जीवन के लिए घातक है। पत्रिका में तिलक की प्रशंसा में पंडित वजीर चंद, बी.ए. द्वारा लिखित गीत था, जिसके बारे में लेखक का मत था कि इसका पालन सभी छात्रों को करना चाहिए। लेखक ने आगे आह्वान किया कि देश के लिए सभी लोगों को बलिदान के लिए तैयार होना चाहिए। इसके बाद भारत की विभिन्न संस्थाओं के बारे में तथ्य दिए गए, जिसके बारे में लेखक का तर्क था कि यह लोगों को गुमराह करनेवाला है। लेखक ने आह्वान किया कि भारत के लिए स्वतंत्रता और समानता सबसे आवश्यक है।[25] 'लाहौर षड्यंत्र केस' के निर्णय में इस बारे में टिप्पणी की गई कि इंग्लैंड देश, श्वेत अंग्रेज और ब्रिटिश सरकार को नीचा दिखाने के लिए गलत शब्दों का उपयोग किया गया है। इसके लिए तथ्यों को तोड़-

मरोड़कर इस प्रकार पेश किया गया है, ताकि भारत की कम पढ़ी-लिखी जनता को तुरंत समझ में आ जाए। खुले शब्दों में आम जनता से क्रांति का आह्वान किया गया है। तथ्यों को विकृत कर निम्न ढंग से प्रस्तुत किया गया है—

1. हमारे बच्चे शिक्षा ग्रहण करने के लिए बेचैन हैं। कॉलेजों की स्थापना तो की गई, परंतु पढ़ाई आ भ नहीं हुई।
2. समाज के प्रतिष्ठि लोग भी सड़कों पर घूम रहे हैं और उन्हें रहने के लिए घर तक नहीं है।
3. शालीमार जैसे बगीचे को इन लोगों ने 'भोज' के लिए व्यवहार कर नष्ट कर दिया है।
4. अविश्वसनीय शत्रुओं ने हमारी बहनों एवं बेटियों की इज्जत के साथ खिलवाड़ किया है।
5. भारत से धन बटोरकर ये इंग्लैंड ले गए हैं।
6. प्रत्यक्ष एवं छोटे तौर पर बुल्गारिया को तुर्की के विरुद्ध लड़ाया गया है, जबकि परोक्ष रूप से तुर्की के विरुद्ध इंग्लैंड युद्ध कर रहा है।
7. अंग्रेज स्वयं यहाँ नहीं आए हैं, बल्कि नाभा और पटियाला राजा द्वारा इन्हें यहाँ लाया गया है। इन्होंने पंजाब को उनकी सहायता से जीता, जो अपनी मातृभूमि के विश्वस्त नहीं थे। नाभा और पटियाला राजा द्वारा 'चंडाल' से बदतर कार्य किया गया है।
8. खालसा कॉलेज की स्थापना सिखों द्वारा की गई और अब इस पर श्वेत अंग्रेजों ने अधिकार कर लिया है और सुंदर सिंह मजीठा इसे बरबाद कर रहे हैं।
9. देश को बचाने के लिए होनेवाली क्रांति में हजारों बालकों और महिलाओं तक को शहीद होना पड़ेगा।
10. जुल्मी यूरोपियनों ने इस देश को लूट लिया है।

इसी न्याय-निर्णय में लिखा गया कि उन्होंने देशवासियों को निम्न सुझाव भी दिए थे—

1. गुप्त राज सभा का गठन किया जाए और मराठा एवं बंगालियों से दोस्ती बढ़ाई जाए।
2. सबसे पहले देशद्रोहियों से निबटा जाए और उसके बाद दुश्मनों की छाती पर बैठा जाएगा।
3. कुछ स्थलों पर डकैतियाँ डाली जाएँ।
4. हिंदू, सिख एवं मुसलमानों को एक-दूसरे का सहायक बनना आवश्यक है।
5. नास्तिक ईसाइयों के रक्त से अपनी प्यास बुझाओ।

6. सिर्फ शेखी बघारने से कुछ नहीं होगा, क्रांति का समय आ चुका है।
7. 'गदर' पढ़ने के बाद मुझे ऐसा लगा कि क्रांति का समय आ चुका है।
8. गाय, सूअर और झटका मांस के कारण भारतीयों में झगड़ा होता है, परंतु अंग्रेज तीनों चीजें खाते हैं।
9. जाओ और सैनिकों को जगाकर पूछो कि वे क्यों सो रहे हैं? तलवारबाजी के धनी भारतीय, मुसलमान, पठान, डोगरा, सिखों से जाकर कहो कि यूरोपियन महान् नहीं हैं। आप सब लोगों को एकजुट होना चाहिए।
10. ऐसा समय कब आएगा, जब खालसा (सिख) एकजुट होकर तलवार उठाएँगे और अंग्रेजों को काट डालेंगे?
11. शीघ्रताशीघ्र क्रांति की तैयारी की जाए। आप अपने देश पर राज करने का हक क्यों छोड़ना चाहते हैं?
12. यह मेरा कर्तव्य है कि हम 'गदर' का समर्थन करें। इसे अपना बच्चा समझें। इसके अतिरिक्त हमारा यह भी कर्तव्य है कि हम देश के लिए क्रांति करें।
13. सिखों, यह देखो कि भारत का सपूत हरदयाल किस प्रकार लोकप्रिय हो रहा है!
14. हमें सभी यूरोपियनों का रक्त पी लेना चाहिए।
15. हमें सबसे पहले छुरों से अभ्यस्त होना चाहिए, अन्यथा बरछा देखकर हम डर जाएँगे।
16. हमें सरकारी प्रतिष्ठानों पर डकैती डालनी चाहिए और पंजाब के लोगों को जाग्रत् करना चाहिए। हमें कुछ स्थलों पर गुरिल्ला युद्ध आरंभ करना चाहिए। हे भाई, बंगालियों की तरह जाग्रत् हो!
17. हमें तिरंगों की तरह अपने को विकसित करना चाहिए।
18. यदि अगले पच्चीस वर्षों तक अंग्रेज यहाँ रह गए तो हमारा नामोनिशान बिल्कुल मिट जाएगा। इसलिए हमें तुरंत क्रांति करनी चाहिए।
19. हमें छूतप्रथा और जातिप्रथा का अंत करना चाहिए, क्योंकि ये आपस में हमें विभाजित करते हैं।
20. 1857 क्रांति की प्रशंसा की गई।
21. हमें जेलों की फाटकें तोड़कर राष्ट्र के लिए क्रांति करनेवालों को आजाद कराना चाहिए और अपने देश के प्रति विश्वस्त बनना चाहिए।
22. अपने देश जाओ और क्रांति की तैयारी करो।
23. खजाना लूटने का समय आ गया है। शहीद होने का द्वार खुल चुका है।
24. युद्ध आरंभ करने के लिए अपने मन में निश्चय करो।

25. हमें सबसे पहले अपने देश जाकर आम जनता एवं सैनिकों में क्रांति का प्रचार करना चाहिए, ताकि वे अंग्रेजों का संहार कर उन्हें टुकड़ों-टुकड़ों में काट डालें। अपने झंडे के प्रति सम्मान व्यक्त करते हुए उसे फहराना चाहिए।[26] लालाजी की राय थी कि हमें अभी पार्टी का झंडा नहीं बनाना चाहिए। इसलिए 'गदर पार्टी' अमेरिका में रहते हुए अपना कोई झंडा न बना सकी। 27 जनवरी, 1914 के 'गदर' के सातवें अंक में तीसरे पृष्ठ पर झंडे के संबंध में लिखा गया—'अभी झंडे की कोई जरूरत नहीं है। झंडे सदा लड़ाइयों में उठाए जाते हैं। जब हम अंग्रेजी साम्राज्य के विरुद्ध युद्ध शुरू करेंगे, झंडा बना लेंगे।' 'वंदे मातरम्' को कौमी नारा बनाया गया। उसे जलसे व मीटिंगों में पूरे जोश से लगाया जाता। 'गदर' अखबार तथा पार्टी के सभी प्रकाशनों में सबसे ऊपर 'वंदे मातरम्' लिखा होता। 'गदरी' लोग आपस में मिलते समय भी एक-दूसरे को 'वंदे मातरम्' कहकर बुलाते थे। पार्टी का निशान था 'हिंदुस्तान के नक्शे पर हाथ में तलवार लिये खड़ी भारतमाता।' यह चिह्न पार्टी के सभी प्रकाशनों तथा 'गदर' अखबार के पहले पृष्ठ पर छपता था।[27] जिस प्रकार सिखों को उनके गुरु के नाम पर शीघ्र ही उत्तेजित कर दिया जाता था, उसी प्रकार मुसलिमों को बालकन युद्ध की चर्चा कर उत्तेजित किया जाता था, जिसके लिए इंग्लैंड को दोषी ठहराया जाता था। कांग्रेस के बारे में कहा गया कि इसके संस्थापक मि. ह्यूम नासमझ अंग्रेज हैं। प्रत्येक वर्ष दूसरे अंग्रेज इसके अध्यक्ष बनाए जाते हैं। इंपीरियल लेजिस्लेटिव कौंसिल के सदस्य गोपाल कृष्ण गोखले इसमें काफी रुचि लेते हैं। इसी प्रकार मेहता बंधु और दादाभाई नौरोजी इसके सहयोगी हैं। संक्षेप में सारे कमजोर एवं डरपोक लोग इससे जुड़े हैं। ये लोग भारत के अकाल और प्लेग की रोकथाम के बारे में कुछ नहीं सोच रहे हैं। अपने अधिकार के लिए ये लोग सरकार के सामने भीख माँगते हैं, परंतु इन्हें यह पता नहीं है कि भीख माँगने से अधिकार नहीं मिलनेवाला है। इनकी ऐसी नौटंकी से न अकाल खत्म होनेवाला है और न जनता को करों में रियायत मिलनेवाली है। इससे न तो उद्योगों का फैलाव होगा और न न्यायपूर्ण शासन व्यवस्था की स्थापना होगी। इससे न तो किसानों का पेट भरेगा और न ही प्लेग से रोकथाम होगी। कुछ नौजवानों को विधान परिषद् का सदस्य बनाकर देश की समस्या का अंत नहीं होनेवाला है। हालाँकि ये नौजवान विधान परिषद् में जाकर अच्छा भाषण दे सकते हैं। योग्य भारतीयों द्वारा सरकारी नौकरी ग्रहण करने से देश को सबसे अधिक नुकसान पहुँचता है। इस प्रकार देश को आपदा से भी नहीं बचाया जा सकता है। देशवासियों को जाग्रत् करने के लिए अधिक

साहस और बुद्धिमत्ता की आवश्यकता है। अंग्रेजों की चाटुकारिता से कुछ नहीं होनेवाला है। कांग्रेस अंग्रेजों के हाथों का एक खिलौना है और इसका संचालन इंग्लैंड से होता है, इसलिए इसका बहिष्कार किया जाना चाहिए।[28] भारत में नए प्रकार के धार्मिक संगठनों का नित्य उदय हो रहा है और इनमें से अधिकांश संगठनों का दावा है कि वे भारत को गुलामी के बंधनों से मुक्त करानेवाले हैं। कुछ लोगों का मानना है कि धार्मिक संगठनों की आपस में मत-भिन्नता हिंदू भारत की सक्रियता और ताकत की निशानी है। लेकिन यह ऐतिहासिक तथ्य पर आधारित नहीं है। वस्तुतः हरेक व्यक्ति का अपना धार्मिक दर्शन या सिद्धांत होता है। किसी व्यक्ति को किसी दार्शनिक सिद्धांत को स्वीकार करने के लिए बाध्य नहीं किया जा सकता है। धार्मिक आधार पर सामाजिक संगठनों का निर्माण किया जाना उचित नहीं है। किसी भी देश की आर्थिक उन्नति उसकी जनता के गुणों के आधार पर होती है, न कि धार्मिक संगठनों के आधार पर। यहाँ तक कि अंग्रेजों की उन्नति उनकी बहादुरी, कर्तव्यपरायणता, प्रेम और साहस के आधार पर टिकी है। जापान की उन्नति का भी यही आधार है। हालाँकि जब तक ग्रीक निवासियों द्वारा इन गुणों को अपनाया गया, उनकी उन्नति हुई; लेकिन ज्यों ही वे इससे गिरे, उनकी अवनति हो गई। हालाँकि उनका धार्मिक आधार पूर्व की तरह बना हुआ था। भारत ने कई वीरों को जन्म दिया है, जिनमें राम सिंह, नाना साहिब, तात्या टोपे, रानी झाँसी, हरि सिंह नलवा, अरविंदो घोष, बाल गंगाधर तिलक, अंबाप्रसाद सूफी और अजित सिंह आदि हैं। लेकिन इन लोगों के धर्म अलग-अलग रहे हैं। इसलिए यह आवश्यक है कि पूरे देश के लोगों का एक धर्म हो।[29] किसी भी देश की उन्नति उसकी जनता द्वारा अपनाए गुणों पर आधारित होती है। शिक्षा अनिवार्य तत्त्व है, लेकिन धर्म का संबंध शिक्षा से नहीं है। धार्मिक प्रवचन द्वारा अकाल, प्लेग, अशिक्षा, मूर्खता, लोभ, शत्रुता, डर, दासता और रोग आदि को नहीं भगाया जा सकता है। अज्ञानता के कारण हम अपने कर्तव्यों से आँख मोड़ लेते हैं और धार्मिक प्रवचन में संलग्न हो जाते हैं, जो हमें बरबाद कर डालता है। यह सोचना मूर्खतापूर्ण है कि भारत में यदि एक धर्म हो जाएगा तो इससे सारी समस्याओं का अंत हो जाएगा! शिक्षा और सामाजिक सुधार का आधार धर्म कथमपि नहीं बनाया जाना चाहिए।[30] देश का कोई भी नागरिक, चाहे उसका धर्म कुछ भी हो, वह चाहेगा कि उसका देशवासी सुखी रहे, प्लेग से मुक्त रहे, स्वतंत्र रहे और उन्हें समानता के आधार पर न्याय मिले। लेकिन ये उसे तभी प्राप्त हो सकते हैं, जब देशवासी अपने कर्तव्यों का पालन

करें, शिक्षित हों और प्रसन्नतापूर्वक अपना जीवनयापन करें। और जब तक देशवासियों को वैयक्तिक स्वतंत्रता, समानता और शांति प्राप्त नहीं होगी, ऐसा होना असंभव है। इसलिए सभी देशवासियों को अपने कर्तव्य का पालन ठीक ढंग से करना चाहिए, शिक्षा प्राप्त करनी चाहिए और प्रसन्न रहना चाहिए। प्रसन्नता किसी खास लोभ पर टिकी नहीं होती है। सबसे प्रमुख चीज अपना कर्तव्यपालन है। स्वतंत्रता के लिए कर्तव्यपालन उचित है, न कि धर्मांधता। शिक्षा और प्रसन्नता स्वतंत्रता और समानता पर आधारित होती हैं और यह सिद्धांत पूरे विश्व में लागू होता है। उत्तर भारत में 'हिंदू महासभा' नामक एक संस्था कार्यरत है, जिसका मुख्य उद्देश्य कुछ समारोहों का आयोजन करना और समय-समय पर उप-राज्यपाल को बधाई संदेश भेजना है। इस संस्था के सदस्य अमीर और चापलूस हैं। इसके अधिकांश सदस्यों को स्वतंत्रता प्राप्ति के रास्तों की जानकारी नहीं है और यह संस्था देशहित के लिए कोई काम नहीं कर सकती है।[31] बहुत कम प्रतिशत हिंदू शराब पीते हैं और इसकी रोकथाम के लिए संगठन का निर्माण किया जाना भी उचित नहीं है। इस संगठन का उद्देश्य भी मूर्खतापूर्ण है, क्योंकि शराबखोरी से देश बरबाद नहीं होता है। प्लेग एवं अकाल का कारण शराबखोरी नहीं है। भारतीयों पर किए जा रहे अन्यायपूर्ण कार्यों के लिए शराबखोरी को जिम्मेदार नहीं ठहराया जा सकता है। यदि आप कुछ करना चाहते हैं तो ब्रिटिश सरकार के खिलाफ काम कीजिए, अन्यथा गाल बजाना बंद कीजिए। गौ-हत्या निवारण के लिए संगठन खड़ा करना भी निरर्थक है। मुसलमान और ईसाई गौ-हत्या करते हैं और हिंदू ऐसा नहीं चाहते, परंतु हिंदुओं का मुसलमान और ईसाई पर कोई नियंत्रण नहीं है। स्वतंत्रता प्राप्त करना हमारा सर्वप्रथम उद्देश्य होना चाहिए। हमें गाय की अपेक्षा मानवाधिकार के प्रति अभिरुचि होनी चाहिए। जब हिंदुओं को कोई काम नहीं रहता है तो वे कॉलेज और विश्वविद्यालय खोलते हैं। जब तक देश को स्वतंत्रता हासिल नहीं होगी, कॉलेज और विश्वविद्यालय सरकार के अधीन रहेंगे और देशवासियों को ठीक ढंग से शिक्षा नहीं मिल सकती है। जब तक देशवासियों को शिक्षा प्राप्त करने का अधिकार नहीं दिया जाएगा, तब तक शैक्षणिक संस्थान सरकार के नियंत्रण में रहेंगे। कुछ हिंदू विवाह के लिए उम्र निर्धारण, विधवा का पुनर्विवाह, दलितों के उत्थान जैसे छोटे-छोटे विषयों पर अपना ध्यान केंद्रित करते हैं। ये सामाजिक सुधार अच्छी कोटि में आते हैं, लेकिन इसके लिए क्रांति की आवश्यकता नहीं है। यह ऐसे मुद्दे नहीं हैं, जिनके कारण 75 लाख लोगों की प्लेग और अकाल के कारण भारत में मृत्यु हुई है और ये बार-बार भारत में आ रहे हैं। अपने देश

की राजनीति में स्वतंत्रता और समानता के सिद्धांत को समावेशित करने की आवश्यकता है और तभी देशवासियों को शिक्षा और प्रसन्नता प्राप्त होगी। कई देशप्रेमियों को हिंदी-उर्दू विवाद गुमराह करता है। ध्यान रखा जाना चाहिए कि ऐसे विवादित विषयों के समाधान के लिए उचित समय तब आएगा, जब हम स्वतंत्रता हासिल कर लेंगे। यह तो बचकाना सलाह है कि हम सरकार से कहें कि वह न्यायालय में हिंदी को लागू करे अथवा देवनागरी लिपि को सिक्का एवं मुद्रा में स्थान दिया जाए! क्या आप यह समझते हैं कि यह न्यायालय हमेशा के लिए रहनेवाला है? उर्दू के विरोध में कई लोग हैं, किंतु अंग्रेजी के विरुद्ध लोग क्यों नहीं बोलते हैं, जो विदेशी भाषा है? यदि देशवासी चाहते हैं कि हिंदी को अन्य भाषाओं से ऊपर उठाना आवश्यक है तो लोगों को 'गदर' को प्रेम करना चाहिए। जिस प्रकार 'गीता' में कृष्ण ने कहा कि मेरे पास आओ, मैं तुम्हें हरेक पाप से मुक्ति दिलाऊँगा। उसी प्रकार 'गदर पार्टी' इस संकट की घड़ी में पुकारती है कि 'हे देशवासियो! सामाजिक और धार्मिक संगठनों से अपने को दूर रखें। हमारे पास आओ, हमारी बातों को सुनो। हमारी क्रांति की मशाल से पूरे देश को प्रज्वलित करो। मैं शक्ति की देवी हूँ, जो कमजोर लोगों की रक्षा करती है। जो लोग वर्षों से अलथ-थलग हैं, उन्हें एकजुट करती है, अन्याय को दूर भगाती है और देश की प्लेग एवं अकाल से भी रक्षा करती है। इस बरबाद देश को खुशहाल बनाना है। हमारे समर्थक भारतमाता के लिए विश्वास, शिक्षा और प्रसन्नता लाना चाहते हैं।'[32]

'भारत में अंग्रेजी शासन का पक्का चिट्ठा' (Balance sheet of British Rule in India) परचे में तथ्यों को उजागर किया गया कि अंग्रेज भारत से प्रतिवर्ष 50 करोड़ रुपए (167 मिलियन डॉलर) ले जाते हैं और यही कारण है कि भारतीय दिन-प्रतिदिन गरीब बनते जा रहे हैं। भारतीयों की प्रति व्यक्ति आय पाँच पैसे (2.5 सेंट) रह गई है।

2. इस देश में जमीन पर 65 प्रतिशत से अधिक कर लगाए जाते हैं।
3. 240 मिलियन आबादीवाले इस देश में शिक्षा पर 7¾ करोड़ रुपए (25,000,000 डॉलर) खर्च होते हैं। साफ-सफाई पर 2 करोड़ रुपए (6,000,000 डॉलर) खर्च होते हैं। लेकिन सेना पर 29½ करोड़ रुपए (97,000,000 डॉलर) खर्च होते हैं।
4. अंग्रेज सरकार में अकाल पड़ने की संख्या में वृद्धि हो रही है और पिछले दस वर्षों के अंदर 20 मिलियन पुरुष, महिला और बच्चों की मृत्यु भुखमरी के कारण हुई है।

5. प्लेग नामक महामारी के कारण पिछले छह वर्षों के अंदर 8 मिलियन लोगों की मृत्यु हुई है। पिछले 13 वर्षों के अंदर मृत्यु दर 21 प्रति मील से बढ़कर 31 प्रति मील हो गई है।
6. देशी राज्यों में एकता और अव्यवस्था को बढ़ावा देने और अंग्रेज सरकार अपनी शक्ति को बढ़ाने पर लगातार खर्च कर रही है।
7. हिंदू की हत्या करनेवाले और हिंदू महिलाओं की इज्जत लूटनेवाले अंग्रेज को दंडित नहीं किया जाता है।
8. हिंदू और मुसलिमों से निधि लेकर ईसाई पादरी (मिशनरियों) को वित्तीय सहायता दी जाती है।
9. हिंदू और मुसलमानों के बीच आपसी वैमनस्य बढ़ाने के लिए लगातार प्रयास किए जा रहे हैं।
10. अंग्रेजी उद्योगों को बढ़ावा देने के लिए भारतीय हस्तशिल्प एवं हस्तकरघा उद्योग नष्ट किए जा रहे हैं।
11. भारतीय धन और भारतीय हिंदू सैनिकों की क्षति की बदौलत चीन, अफगानिस्तान, बर्मा, इजिप्ट और पर्शिया को जीता गया है।
12. भारतीय देशी राज्यों की आबादी 70 मिलियन है, जबकि अंग्रेज सरकार के अधीन राज्यों की आबादी 240 मिलियन है।
13. ब्रिटिश सरकार में 79,614 अंग्रेज अधिकारी और 29,948 स्वयंसेवक हैं।
14. 1857 क्रांति के 56 साल बीत चुके हैं और एक दूसरी क्रांति की तुरंत आवश्यकता है।

प्रकाशक :
'हिंदुस्तान गदर पार्टी'
सेन फ्रांसिस्को, कैलिफोर्निया
यूनाइटेड स्टेट ऑफ अमेरिका।[33]

'गदर पार्टी' के नेताओं/सदस्यों ने जिस स्वतंत्र भारत की कल्पना की थी, वही भारत 'लघु रूप' में 'युगांतर' या 'गदर आश्रम' में जीने का प्रयास भी किया। धार्मिक अभिवादनों का स्थान 'वंदे मातरम्' ने ले लिया। 'जूते और धर्म दरवाजे से बाहर' रखकर वे वहाँ शुद्ध भारतीय होकर जीते, साथ पकाते, साथ खाते, साथ घर की देखभाल करते, साथ मिलकर 'गदर' निकालते। सभी को पार्टी दो डॉलर महीना जेबखर्च देती। न कोई बड़ा होता, न छोटा। इस सहभागिता में एक ओर हरदयाल, भगवान सिंह, बरकतुल्लाह जैसे विद्वान्/दार्शनिक थे, तो दूसरी ओर हरीसिंह उस्मान जैसे अपनी समस्त संपत्ति

आश्रम को दान कर रहनेवाले कर्मठ किसान थे। युवा कर्मठ कार्यकर्ता करतार सिंह सराभा भी थे, जिन्होंने उन्नीस वर्ष की अवस्था में शहादत पाई और अमेरिका में बसे मात्र दो दलित प्रवासियों में एक मंगूराम भी थे।[34]

18 जनवरी, 1886 को मुगोवाल (होशियारपुर) में जनमे मंगूराम के पिता का नाम हरनामदास था, जो चमड़े का काम करते थे। भाजवाड़ा हाईस्कूल में पढ़ाई के समय इन्हें जातिगत विद्वेष का सामना करना पड़ा और एक जमींदार के संबंधी की मदद से 1909 में अमेरिका चले आए। चार वर्षों तक खेतों और मिलों में काम किया। गदर पार्टी के सदस्य बने और गदर आश्रम में रहकर उन्हें अनुभूति हुई कि वे एक नए समाज के सदस्य हैं, जहाँ सबके साथ समानता का व्यवहार होता होगा। 'मेरे लिए तो क्रांति हो गई, जब पहली बार मुझे अहसास हुआ कि मैं अछूत नहीं, एक इनसान हूँ।[35] यही मंगूराम बाद में 1915 में उन क्रांतिकारी पाँच लोगों में एक चुने गए, जिन्हें भारत में क्रांति करने के लिए 'मैवरिक' नामक जहाज में हथियार ले जाने थे। जावा में गिरफ्तार होकर एक वर्ष जेल में रहे। ब्रिटिश अपनी गिरफ्त में लेकर इन्हें फाँसी पर लटकाना चाहते थे, परंतु जर्मन अधिकारियों ने बचाया। मनीला गए तो वहाँ भी ब्रिटिश चंगुल से जर्मनीवालों ने बचाया। एक दिन 'मनीला टाइम्स' में पढ़ा 'मंगूराम को ब्रिटिश शासन ने फाँसी दे दी'। गदर पार्टी की सहायता से 1925 में भारत आए और 16 वर्ष बाद 'इनसान' के रूप में आदर सहित रहकर भारत में आने पर पुनः 'अछूत' कहा गया। विद्रोहस्वरूप 'आदि धर्म' की स्थापना में सहभागी बने। आर्यसमाज के कुलीन वर्ग द्वारा 'अछूतोद्धार' को तिलांजलि देकर 'अपने लोगों द्वारा अपनी स्वतंत्रता पाने का आंदोलन' इन्हें श्रेयस्कर लगा। इनकी मृत्यु 22 अप्रैल, 1980 को हुई।[36]

पुलिस के हाथों से बचने के लिए 'युगांतर आश्रम' के कार्यकर्ताओं ने एक नई तरकीब निकाली। सभी परचे पहले कनाडा भेज दिए जाते तथा वहाँ से अलग-अलग ठिकानों पर भेजे जाते। जब अंग्रेजी साम्राज्य को इसका पता चल गया तो परचा फिर रुक गया। अब पार्टी ने इसे जापान के रास्ते भेजना शुरू किया। जब जापान की डाक भी छाँटकर देखने की कोशिश की जाने लगी तो पार्टी ने परचा पेटियों में बंद करके भेजना शुरू किया। मौलवी बरकतुल्लाह के नेतृत्व में संगठित पार्टी ने इस डाक को किसी व्यक्ति के हाथों उसके निजी सामान के रूप में मैडम कामा को पेरिस में भेजने का प्रबंध कर लिया। अखबार भेजने के लिए नए-नए ठिकाने ढूँढ़े गए। प्रथम विश्वयुद्ध वाले शुरू-शुरू के वर्षों में पार्टी ने इस्फहान (ईरान), मनीला, मकाऊ, शंघाई, हांगकांग, सिंगापुर, रंगून, रियूनियन, कैसाब्लांका तथा हिंदुस्तान की भूमि पर पुर्तगाल तथा फ्रांस के उपनिवेशों, बटाविया तथा इराक का अखबार को बाँटने के लिए प्रयोग किया। रूस के क्रांतिकारियों के हाथों अखबार चीन से रूस तथा रूस से ईरान में पहुँचाया जाता।

ईरान से सीमावर्ती प्रांत तथा बलोचिस्तान में अखबार आता रहा। अखबार को बाँटने के प्रबंध में पार्टी के हजारों डॉलर खर्च होते रहे, लेकिन पार्टी यह कुरबानी करती रही तथा अंग्रेजी साम्राज्य के विरुद्ध अखबार को बाँटने के संबंध में शुरू हुई लड़ाई को अंत तक लड़ती रही।[37]

अखबार के छपने तथा इसको बाँटनेवाले काम से पार्टी दफ्तर का काम भी काफी बढ़ गया। पार्टी दफ्तर तथा अखबार से संबंधित डाक आने-जाने लगी। विष्णु, गणेश पिंगले तथा खानखोजे आदि तीन साथी आश्रम में आ गए। बर्कले विश्वविद्यालय में पढ़नेवाले जतींद्रनाथ लहरी तथा दरसी चनचैया नामक एक मद्रासी विद्यार्थी शनिवार तथा रविवार को आकर दफ्तर के कामों में तथा अखबार को डाक से भेजने में सहायता करने लगे।[38]

क्रांतिकारी भाषण

जिस प्रकार 'गदर' अखबार के प्रकाशन एवं वितरण का काम आरंभ हुआ, उसी प्रकार क्रांतिकारी भाषणमाला की तैयारी भी आरंभ हुई। 'गदर' अखबार में छपी घोषणा के अनुसार 'हिंदी एसोसिएशन ऑफ पैसिफिक कॉस्ट' का शाखा कार्यालय पोर्टलैंड, एस्टोरिया, सेंट जॉन, सेक्रेमेंटो, स्टॉकटन, ब्रिडल वेल एवं अन्य जगहों पर खोला गया है और फरवरी 1914 में छपी घोषणा के अनुसार कैलिफोर्निया की विभिन्न जगहों पर शाखा कार्यालय खोलने हेतु स्टॉकटन में एक समिति का भी गठन किया गया है। विभिन्न जगहों पर जनसभा का आयोजन कर भारतीय आप्रवासियों के बीच अंग्रेज सरकार की नीतियों के विरुद्ध जनमत तैयार किया जाने लगा। 23 दिसंबर, 1913 के 'गदर' की प्रति में एक सूचना छपी कि 31 दिसंबर, 1913 को सेक्रेमेंटो में एक जनसभा का आयोजन किया गया है और 6 जनवरी, 1914 के अंक में इस जनसभा के बारे में विस्तृत विवरणी दी गई। यह जनसभा 'हिंदी एसोसिएशन' के तत्त्वावधान में आयोजित की गई थी और इसमें कविता पाठ एवं क्रांतिकारी भाषण दिए गए। मैजिक लालटेन की सहायता से महत्त्वपूर्ण बिंदुओं की ओर ध्यान आकृष्ट किया गया। मंच पर लगाए गए परदे पर क्रांतिकारियों के चित्र छपे हुए थे। अंत में, हरदयाल ने कहा कि इंग्लैंड के विरुद्ध युद्ध में जाने के लिए जर्मनी तैयारी कर रहा है और यही उचित समय है, जब हम क्रांति के लिए भारत चलें।[39]

1 फरवरी, 1914 को बर्कले में अगली जनसभा हुई, जिसका विस्तृत विवरण 'गदर' के 10 फरवरी के अंक में प्रकाशित हुआ। इस जनसभा को हरदयाल के अतिरिक्त एक अमेरिकी क्रांतिकारी ओवेन ने भी संबोधित किया। अगली जनसभा 15 फरवरी, 1914 को स्टॉकटन में हुई। 'गदर' के 27 जनवरी के अंक में सूचना छपी कि देशभक्ति

के बारे में हरदयाल और रामचंद का भाषण होगा, जिसके बारे में 17 फरवरी, 1914 के अंक में विस्तार से जानकारी दी जाएगी। यह एक सफल जनसभा थी, जिसमें बड़ी संख्या में लोगों ने भाग लिया, गीत गाए गए, क्रांतिकारी भाषण हुए, झंडा फहराया गया और ब्रिटिश सरकार को उखाड़ फेंकने की शपथ ली गई। उपस्थित सभी लोगों ने आश्वासन दिया कि वे अपनी कमाई क्रांति के लिए दान करेंगे। शाम को पुनः 'जादू लालटेन' की सहायता से अंग्रेज सरकार द्वारा भारत में किए जा रहे विभेद के बारे में लोगों को बताया गया। साथ ही प्रसिद्ध क्रांतिकारियों की तसवीरें भी लोगों को दिखाई गईं। दूसरे दिन पुनः एक जनसभा हुई, जिसमें समान शपथ लिये गए और यह निश्चय किया गया कि पूरे अमेरिका में इस तरह की जनसभा का आयोजन किया जाएगा। इस जनसभा में उपस्थित हलवाड़ा के नवाब अली खान ने 'लाहौर षड्यंत्र केस' के समक्ष उपस्थित होकर कहा कि बैठक को जगत राम, हरदयाल और करतार सिंह ने भी संबोधित किया और ब्रिटिश सरकार को उखाड़ फेंकने के लिए चंदा उगाही भी की गई। 4 मार्च, 1914 को 'हिंदी एसोसिएशन' के अध्यक्ष द्वारा सेक्रेमेंटो में आयोजित बैठक के बारे में विस्तार से 10 मार्च, 1914 के 'गदर' के अंक में प्रकाशित किया गया, जिसमें उपस्थित दर्शकों से क्रांति में भाग लेने का आह्वान किया गया।[40] कनाडा में बसे भारतीयों से मंजूरी लेने के लिए फरवरी 1914 में स्टॉक्टन में सभा हुई। इस सभा की अध्यक्षता प्रसिद्ध पंजाबी क्रांतिकारी ज्वाला सिंह ने की। इसमें बाबा सोहन सिंह, केशर सिंह, करतार सिंह, लाला हरदयाल, तारकनाथ दास, पृथ्वी सिंह, बाबा करम सिंह, बाबा वसाखा सिंह, भाई संतोख सिंह, पंडित जगत नारायण हरियाणवी, दलीप सिंह फाल, पूरन सिंह, निरंजन सिंह पंडोरी, कमर सिंह धूत, निधान सिंह महरोरी, बाबा निधान सिंह चग्घा, बाबा अरुड़ सिंह आदि शामिल थे। इस सभा में कई प्रस्ताव पारित हुए। यह प्रवासी हिंदुस्तानियों का पहला क्रांतिकारी जलसा था। अखबार और छापेखाने में काम करनेवाले सेन फ्रांसिस्को चले गए। बाबा सोहन सिंह और बाबा केसर सिंह कैलिफोर्निया में संगठन के उद्देश्य से दौरा करने लगे। भगत सिंह और करतार सिंह इसमें साथ हो गए।[41] इसके थोड़े ही दिन बाद एक सभा और बुलाई गई। इसमें शहीद राम सिंह, भाग सिंह, मलाल सिंह, मौलवी बरकतुल्लाह आदि शामिल हुए। यह भी बहुत बड़ा जलसा था। इसमें धन संग्रह के कई उपायों पर विचार किया गया। अब तक गदर पार्टी का विस्तार काफी हो चुका था और इसकी शाखाएँ कनाडा, पनामा, चीन और अन्य देशों में भी फैल गई थीं।[42]

हरदयाल की गिरफ्तारी

भारत में ब्रिटिश सरकार के अधिकारी हॉपकिंसन द्वारा भेजे गए प्रतिवेदन से पहले से ही चिंतित थी। 'गदर' का स्वरूप देखकर उन्हें लगा कि पंजाब को इसका केंद्र बनाया

जा रहा है और 'सेना' को भड़काने की कोशिश की जा रही है और इसे वे नजरअंदाज नहीं कर सकते थे। 'सी कस्टम ऐक्ट' के अंतर्गत दिसंबर 1913 में सरकार द्वारा घोषित तौर पर प्रतिबंध लगाने के पूर्व ही 'गदर' के भारत में प्रवेश पर रोक लगाने के प्रयास आरंभ हो गए थे। निदेशक, गुप्तचर ब्यूरो ने प्रतिवेदित किया कि 30 जनवरी, 1914 को मुंबई में 'गदर' का 215 बंडल जब्त किया गया। पंजाब सरकार, खुफिया विभाग और यहाँ तक कि विश्व के अन्य देशों की पुलिस के लिए 'गदर' को जब्त करना सबसे अहम और प्राथमिक कार्य बन गया, ताकि पंजाब के लोगों तक 'गदर' नहीं पहुँच सके। प्रतिवेदन के अनुसार 'गदर' अखबार की 300 प्रतियाँ मलाया, डच, ईस्ट इंडीज और सुदूर पूर्व की अन्य जगहों पर जब्त की गई हैं। सर चार्ल्स टेगार्ट के मुताबिक सिख समुदाय को सबसे अधिक 'गदर' अखबार ने ही प्रभावित किया।[43]

लाला हरदयाल ने 'गदर' अखबार के अतिरिक्त कुछ परचे भी प्रकाशित करवाए। इनमें 'शाबाश' और 'बम का दर्शन' आदि थे। दिसंबर 1912 में वायसराय लॉर्ड हार्डिंग पर दिल्ली में फेंके गए बम की घटना के बाद ये परचे निकाले गए, ताकि अंग्रेज अधिकारियों में डर पैदा हो। 'शाबाश' परचे पर बड़े अक्षरों में लिखा गया था—'मूल्य—एक अंग्रेज का सिर'। इससे लालाजी के क्रांतिकारी चरित्र सामने आए। 'गुलामी का जहर और गुलाम की आत्मा' में हरदयाल ने ब्रिटिश सरकार द्वारा लोगों के मन में बसाई गई गुलामी की भावना के बारे में लिखा। पूर्व में उनके द्वारा लिखे गए दो लेख 'हिंदू की विजय' और 'समानता का अर्थ' को पुनः प्रकाशित किया गया। 'नवें जमाने दे नवें आदर्श', 'रूसी गदरों की दास्तान' आदि कई अन्य ऐसे परचे थे, जिन्हें मुफ्त में वितरित किया गया। इतने बड़े पैमाने पर 'गदर' के प्रसार और इसकी माँग से लालाजी बहुत उत्साहित थे और उन्होंने अपने एक मित्र बैन वायक ब्रुक्स को इस बारे में विस्तार से लिखा।[44] गदर पार्टी की लोकप्रियता बढ़ने के साथ ही अंग्रेज सरकार की चिंता बढ़ने लगी। उनकी समझ में आया कि 'गदर' के मुख्य केंद्र में लाला हरदयाल हैं और यदि इसे हटा दिया जाए तो आंदोलन नरम पड़ जाएगा।[45] हरदयाल की गतिविधियों को लेकर मार्च 1914 के अंत तक अमेरिकी अधिकारियों के मन में भी संदेह उत्पन्न होने लगा।[46]

भारतीय सैनिकों को खुलेआम विद्रोह के लिए उकसाते हुए 'गदर' अखबार ने अपने अंकों में लिखना आरंभ किया। लड़ाकू सिख, मुसलमान, शेर हृदय राजपूत, पेशावर के सैनिक एवं सीमांत पठान, अफरीदी और अफगानी को ललकारते हुए लिखा कि आप लोग बेकार ब्रिटिश सरकार के लिए लड़ रहे हैं। आपकी कुरबानियों का कोई फायदा नहीं होनेवाला है। जब युद्ध होता है तो ब्रिटिश सैनिकों को बैरक में सुरक्षित रखा जाता है और आप लोगों को लड़ने के लिए भेज दिया जाता है। भारतीय सैनिकों की बदौलत अंग्रेजों का शासन टिका हुआ है और अंग्रेज सैनिकों की तुलना में भारतीय सैनिकों की

स्थिति अत्यंत दयनीय है।[47] 1913 में अमेरिका की स्थानीय सरकार द्वारा दिए आदेश से स्थिति में परिवर्तन हो गया। इस आदेश के अनुसार किसी भी विदेशी को कैलिफोर्निया में न तो जमीन खरीदने और न ही पट्टा पर लेने की अनुमति थी। कैलिफोर्निया राज्य सरकार के इस निर्णय पर ब्रिटिश अधिकारियों ने प्रसन्नता जाहिर की। 1914 के आरंभ में 'गदर' के संपादन का दायित्व रामचंद्र को सौंपते हुए सरकार के इस विभेदकारी निर्णय के विरुद्ध हरदयाल आंदोलन में कूद पड़े। लेकिन श्रमिक संगठनों, मार्क्सवादियों, क्रांतिकारियों के साथ गठजोड़ के कारण हरदयाल सरकारी अधिकारियों की नजर में खटक रहे थे। सेन फ्रांसिस्को के ब्रिटिश कौंसिल के अधिकारियों ने जब हरदयाल की गतिविधियों के बारे में औपचारिक रूप से लिखित शिकायत अमेरिकी अधिकारियों को सौंपी तो उनका गुस्सा बढ़ा।[48] ब्रिटिश सरकार के अनुरोध पर कैलिफोर्निया राज्य सरकार हरकत में आई और हरदयाल को अमेरिका से भगाने के लिए योजना तैयार हुई।[49] लाला हरदयाल अपने मित्रों से कहने लगे कि ऐसा अवसर आ सकता है, जब ब्रिटिश सरकार द्वारा बनाए गए जबरदस्त दबाव में आकर अमेरिका सरकार उनकी गिरफ्तारी के बारे में आदेश दे। पिछले दो वर्षों से ब्रिटिश दूतावास सार्वजनिक तौर पर ऐसी प्रतिक्रिया दिया करता था।[50] यह डर फैला कि ब्रिटिश सरकार को खुश करने के लिए अमेरिकी सरकार हरदयाल को भारत को सौंप सकती है। उन्हें सलाह दी गई कि वे तुरंत अमेरिका छोड़कर यूरोप के किसी देश चले जाएँ। 25 मार्च, 1914 को शाम में इनका भाषण 'इंटरनेशनल वर्कर्स ऑफ दि वर्ल्ड सभागार' में हुआ, जो पहले से ही आयोजित था। इस सभा में उन्होंने स्वयं को ब्रिटिश सरकार के दोषी के रूप में परिभाषित नहीं किया, बल्कि आरोप लगाया कि अमेरिका सरकार ब्रिटिश दूतावास की चापलूस हो गई है और उसके निर्देश पर काम करना आरंभ कर दिया है।[51]

बुधवार, 25 मार्च, 1914 को अमेरिका के प्रसिद्ध वकील स्लिकरमैन की अध्यक्षता में अमेरिकियों की एक बड़ी बैठक सेन फ्रांसिस्को के बोहोमियन हॉल में आयोजित की गई थी, जिसमें करीब 250 लोग शामिल हुए थे। हरदयाल के भाषण का विषय था—'भारत में ब्रिटिश राज की शव-परीक्षा'।[52] 8.15 बजे तक हॉल खचाखच भर गया था। आश्रम के कर्मचारीगण और कुछ अन्य लोग हॉल के बाहर सीढ़ियों पर हरदयाल के आने का इंतजार कर रहे थे। हरदयाल आए और जैसे ही उन्होंने हॉल में घुसना चाहा, उन्हें आभास हुआ कि सादे लिबास में दो या तीन पुलिसवाले उनसे कुछ पूछना चाहते हैं। वे रुक गए। पुलिसवालों ने हरदयाल से नाम पूछा और वे उन्हें एक किनारे ले गए और धीरे से कहा कि अमेरिका के आप्रवासी कार्यालय द्वारा आरोप लगाया गया है कि वे (हरदयाल) एक आतंकी हैं और इस आधार पर अमेरिका से बाहर निकालने के लिए उन्होंने 'वारंट' भी जारी किया है, जो अभी उनके हाथ में है। पुलिसकर्मियों ने

हरदयाल से आग्रह किया कि वे अगले दिन आप्रवासी कार्यालय पहुँचकर अपनी बात रखें। उन्होंने कहा कि चूँकि हरदयाल को अभी भाषण करना है, इसलिए वे उन्हें अभी गिरफ्तार नहीं करना चाहते हैं, बशर्ते वह यह आश्वस्त करें कि वे कल सुबह निश्चित रूप से कार्यालय में उपस्थित हो जाएँगे। हरदयाल ने 'वारंट' को पूरा पढ़ा। उन्हें इसकी भनक पहले ही लग गई थी। उन्होंने पुलिसकर्मियों को भरोसा दिलाया कि वे निश्चित रूप से कल आप्रवासी कार्यालय में उपस्थित रहेंगे। उन्होंने सहृदयता के लिए पुलिसकर्मियों को धन्यवाद भी दिया। वारंट के बारे में सुनकर आश्रम के कर्मचारी थोड़े उद्विग्न हुए, लेकिन हरदयाल ने उन्हें शांत रहने के लिए कहा।[53] हालाँकि सरकार के सम्मुख ऐसे कोई कागजात नहीं थे, जिसके आधार पर हरदयाल को आतंकी घोषित कर उन्हें अमेरिका से निर्वासित कर दिया जाता! हापकिंसन ने लालाजी के एक तीन साल पुराने भाषण का रिकॉर्ड ढूँढ़ लिया, जो उन्होंने रूसी क्रांतिकारियों की ओर से बुलाए गए अमेरिकियों के एक जलसे में दिया था।[54] रूस की जारशाही व्यवस्था के खिलाफ दो वर्ष पूर्व हरदयाल द्वारा दिए गए भाषण को आधार बनाकर कैलिफोर्निया सरकार द्वारा गिरफ्तारी का वारंट जारी किया गया था।[55] 25 मार्च, 1914 को वाशिंगटन से निर्गत गिरफ्तारी का वारंट हरदयाल को जिस समय मिला, उनकी क्रांतिकारी गतिविधियाँ एवं प्रसिद्धि बहुत फैल गई थीं।[56] उनके दिमाग में स्पष्ट था कि उन्होंने किसी भी अमेरिकी कानून का कोई उल्लंघन नहीं किया है।[57] अमेरिकी आव्रजन अधिकारियों के समक्ष अपनी दलील पेश करते हुए हरदयाल ने कहा कि वे पिछले तीन वर्षों से अमेरिका में रह रहे हैं और इस तर्क के आधार पर आगे भी रहेंगे। दूसरी बात यह कि उनकी सारी गतिविधियाँ भारत में अंग्रेजी राज के विरुद्ध हैं और इसके लिए वे लगातार संघर्षशील रहेंगे।[58] उन्होंने यह भी कहा कि उनके जीवन का उद्‌देश्य भारत में क्रांति लाना है। उन्होंने इस बात से इनकार किया कि इस क्रम में उन्हें किसी से व्यक्तिगत द्वेष है और वे उनकी हत्या करना चाहते हैं अथवा हत्या करने के लिए उकसाना चाहते हैं। उन्होंने साफ किया कि व्यक्तिगत हत्या क्रांति नहीं है और क्रांति ऐसी शिक्षा नहीं देती है। वे ब्रिटिश सरकार की बँधुआ मजदूरी प्रथा से घृणा करते हैं और चाहते हैं कि अपनी मातृभूमि को ब्रिटिश सरकार से आजाद कराएँ।[59] हरदयाल के तर्क को अमेरिकी प्रेस ने खुलेआम स्वीकार किया। 'इनसाइट इन टू मॉडर्न हिंदुइज्म' के लेखक ने विस्तार से इस प्रकरण पर प्रकाश डालते हुए लिखा कि लाला हरदयाल को इंग्लैंड के दबाव के कारण ही अमेरिका से निर्वासित होना पड़ा।[60]

अमेरिका के राष्ट्रपति विलसन के मंत्रिमंडल में राज्य सचिव विलियम जेनिंग्स ब्रायन ने 1906 में एक पुस्तक लिखी थी, जिसका नाम था—'ब्रिटिश रूल इन इंडिया।' इस पुस्तक में भारत में अंग्रेजी औपनिवेशिक शासन के विरुद्ध सबसे तल्ख टिप्पणी की गई थी। इस पुस्तक को अंग्रेज अधिकारियों द्वारा 'देशद्रोही' करार दिया गया था।

हरदयाल ने तर्क दिया कि अंग्रेज सरकार के विरुद्ध उनकी टिप्पणी इस पुस्तक में प्रकाशित तथ्यों से अपेक्षाकृत बहुत ही नरम है। बाद में ब्रायन डेमोक्रेटिक पार्टी से अमेरिकी राष्ट्रपति के लिए सशक्त उम्मीदवार के रूप में भी उभरे, परंतु राष्ट्रपति विलसन की कुछ नीतियों को लेकर उनका मतभेद हो गया और उन्होंने त्याग-पत्र भी दे दिया। वे औपनिवेशिक शासन प्रणाली के कट्टर विरोधी थे।[61]

हरदयाल ने अपने भाषण में कहा कि 'दोस्तो, दुश्मन ने पहला आक्रमण कर दिया है। हमें अपने आपको बधाई देनी चाहिए। हमारे कामों से ब्रिटिश सरकार बौखला गई है। मुझे अफसोस है कि अमेरिकी सरकार उसके दबाव में आकर अपने उन्हीं आदर्शों की हत्या कर रही है, जिनके लिए उसके पूर्वजों ने खून बहाया था—आजादी, बोलने की, लिखने की, विचारों की, जनता का राज कायम करने की। शर्म की बात है कि दुनिया को आजादी का रास्ता दिखानेवाला सर्वशक्तिमान देश ब्रिटिश सरकार के जूते चाट रहा है। हमारी आजादी की, विचारों की रक्षा करने के बजाय हमें अनाचारी भेड़िए के मुँह में ढकेल रहा है, ताकि वह हम पर झूठे इल्जाम लगाकर हमें फाँसी के तख्ते पर लटका दे। यह हमारे लिए ही नहीं, विश्व भर के लिए, विशेषकर अमेरिका के लिए एक शर्मनाक दिन है। 'शर्म-शर्म' की आवाजों के बीच हरदयाल ने कहा कि मैं उस शैतान सरकार को यह बता देना चाहता हूँ, भले ही सत्ता मदहोशी में उसके कान बंद हों, एक हरदयाल को अमेरिका से निकलवाने से या फाँसी पर चढ़ा देने से आंदोलन बंद नहीं होगा, आवाज नहीं दबेगी। एक हरदयाल की जबान बंद होगी तो हजारों लोग उसकी भाषा बोलेंगे। एक हरदयाल शहीद हुआ तो हजारों हरदयाल पैदा होंगे। इतिहास का यही नियम है, यही न्याय है। अंत में विजय दमनकारी की नहीं, जालिम, आततायी की नहीं, न्याय, सत्य और मजलूम की होगी। आज नहीं तो कल, यह सरकार तो जाएगी ही, हरदयाल रहे न रहे।'[62]

सभा को संबोधित करने के बाद हरदयाल बाबा सोहन सिंह भकना के साथ 'क्रॉनिकल' अखबार के कार्यालय में गए, जिसका संपादक आयरिश मूल का था। अगले ही दिन अखबार में हरदयाल का समाचार 'अंग्रेजों की पिट्ठू अमेरिकी सरकार' शीर्षक के साथ छपा। एक कार्टून भी छपा, जिसमें अमेरिकी राष्ट्रपति हरदयाल को कसाई के बकरे की तरह पकड़े खड़ा था और सामने खड़ा किंग जॉर्ज एक बोरे का मुँह खोले दोनों हाथों से उसे पकड़ कह रहा था, 'इस बकरे को इस बोरे में डाल दो।' वकीलों की सलाह के बाद रघुबर दयाल गुप्ता के साथ हरदयाल सुबह दस बजे आप्रवासी पुलिस के दफ्तर में पहुँचे। सारे दिन पूछताछ होती रही। शाम के छह बजे समाजवादी विचारधारा की कर्मठ समाजसेवी ऐमा गोल्डमैन ने हरदयाल को एक हजार डॉलर की जमानत देकर छुड़ा लिया।[63] क्रांतिकारी व्यूहरचना के आरोप में हरदयाल को सेन फ्रांसिस्को में 25 मार्च, 1914 को गिरफ्तार कर लिया गया एवं उन्हें एक हजार

डॉलर के बॉण्ड पर तत्काल रिहा भी कर दिया गया।[64] उन्हें निर्देश दिया गया कि वे 10 अप्रैल, 1914 को पुनः न्यायालय के समक्ष उपस्थित हों।[65] हरदयाल को अब यह बात समझ में आ गई थी कि अमेरिका में स्वतंत्र होकर कार्य करना उनके लिए अब संभव नहीं हो पाएगा। इस घटना के तुरंत बाद अपने अमेरिकी साथी द्वारा भरे गए बेल बॉण्ड को स्वीकारते हुए उन्होंने अमेरिका छोड़ दिया और यूरोप के लिए प्रस्थान कर गए।[66] भेष बदलकर हरदयाल न्यूयॉर्क के रास्ते इटली और वहाँ से स्विट्जरलैंड पहुँच गए। ऐमा गोल्डमैन द्वारा दी गई जमानत जब्त हो गई, पर पार्टी ने उसकी एक हजार डॉलर की रकम सधन्यवाद वापस कर दी।[67] एक हजार डॉलर जमानत की राशि पार्टी द्वारा दी गई थी।[68] अमेरिका छोड़ने के पूर्व 25 मार्च, 1914 को सेन फ्रांसिस्को में आयोजित जनसभा में उन्होंने कहा कि क्रांतिकारी भाषण देने के कारण उनकी गिरफ्तारी हुई है। अमेरिका छोड़ने के तुरंत बाद वे जर्मनी जाकर क्रांति की तैयारी आरंभ करेंगे।[69] हरदयाल को सबसे अधिक गुस्सा इस बात पर था कि स्वतंत्रता का पक्षधर अमेरिका ब्रिटिश शासन के प्रभाव में आकर ऐसे निर्णय ले रहा है! अपनी गिरफ्तारी के संबंध में 27 मार्च को हरदयाल ने एक प्रेस वक्तव्य जारी कर कहा कि अमेरिका की जनतांत्रिक सरकार ने अब ब्रिटिश सरकार का जूता चाटना शुरू कर दिया है। उन्होंने कहा कि कई महीनों से उनकी जासूसी की जा रही थी, परंतु उन्होंने न तो अपना उद्देश्य बदला और न ही अपनी कार्यशैली में कोई परिवर्तन किया। उन्हें पता था कि एक-न-एक दिन उनकी गिरफ्तारी का वारंट निर्गत होगा।[70]

लालाजी द्वारा यह आरोप लगाया जाना कि इंग्लैंड की सरकार के इशारे पर अमेरिका सरकार द्वारा उनकी गिरफ्तारी का वारंट निकाला गया है, कोई अतिशयोक्ति नहीं थी। सच्चाई यह थी कि ब्रिटिश दूतावास के सचिव अरनेस्ट स्कॉट के अनुरोध पर ऐसा किया गया था। हालाँकि जे.सी. केर ने अपनी पुस्तक 'पॉलिटिकल ट्रबुल इन इंडिया' (1907-17) में अमेरिका के आव्रजन आयुक्त की पत्रकार वार्त्ता का जिक्र किया है, जिसमें यह कहा गया कि लालाजी के विरुद्ध निकाले गए वारंट का संबंध ब्रिटिश सरकार से नहीं है। लालाजी ने 1913 में ओरेगाँव और सेन फ्रांसिस्को में क्रांतिकारी भाषण दिए थे, इसी वजह से गिरफ्तारी का वारंट निकाला गया।[71] हरदयाल की गिरफ्तारी की खबर सेन फ्रांसिस्को के सभी अखबारों की सुर्खियाँ बनीं। आव्रजन अधिकारियों द्वारा की गई पूछताछ और 1000 डॉलर के मुचलके पर उनका रिहा किया जाना और अखबारों द्वारा लिये गए साक्षात्कार से पुनः अगले दिन के समाचार-पत्र भरे हुए थे।[72]

उन पर लगाए गए आरोप का कोई भी संबंध 'गदर आंदोलन' से सीधे तौर पर नहीं था। अमेरिका में वाक् स्वतंत्रता का अधिकार, अपनी बात कहने का अधिकार सबको प्राप्त था और अमेरिकी कानून के अनुसार यह कोई अपराध नहीं था। उन पर क्रांति की

वकालत करने का आरोप लगाया गया। रूसी क्रांति के दौरान जार एलेक्जेंडर की हत्या को उचित ठहराने संबंधी लेख 31 अक्तूबर को 'गदर' में छपा था और उसी को आरोप का आधार बनाया गया।[73] इस घटना की निंदा मैडम कामा सहित अमेरिकन, आयरिश और भारतीय क्रांतिकारियों द्वारा की गई।[74] लालाजी की गिरफ्तारी के तुरंत बाद प्रमुख नेताओं की बैठक 'युगांतर आश्रम' में हुई।[75] लालाजी को सलाह दी गई कि वे अमेरिका छोड़कर स्विट्जरलैंड चले जाएँ। नेताओं को भय था कि वायसराय लॉर्ड हार्डिंग पर फेंके गए बम प्रकरण के कारण ब्रिटिश सरकार उन्हें गिरफ्तार करना चाह रही है। 'गदर' अखबार में इस घटना के समर्थन में लालाजी द्वारा लेख लिखे गए थे। एच.जी. ग्रिसवोल्ड ने अपनी पुस्तक 'इनसाइट इन टू मॉडर्न हिंदुइज्म'[76] में लिखा था कि पुलिस सूचना के मुताबिक वायसराय पर फेंके गए बम की योजना कैलिफोर्निया में बनाई गई थी और लालाजी इसके प्रमुख सूत्रधार थे।[77] वातावरण में दुःख, आक्रोश और उत्तेजना थी। लालाजी को अपने बारे में कभी कोई डर नहीं हुआ था। उन्हें चिंता थी कि उनके बाद 'गदर आंदोलन' को इसी रफ्तार से किस प्रकार चलाया जा सकेगा? 31 मार्च को 'गदर' के अंक में लालाजी के प्रकरण के बारे में विस्तार से छापा गया, जिसका शीर्षक था—"बधाई! बधाई!! बधाई!!! सावधान हो जाइए। दुश्मन का यह पहला बाण है"।[78] अखबार में लिखा गया कि हरदयाल की गिरफ्तारी से संगठन की ताकत दस गुना बढ़ जाएगी। अब तक जो सोचते थे कि पार्टी को चंदा दे देने से ही काम चल जाएगा, अब वे सोचेंगे कि कैसे जीवन को कुरबान कर दिया जाए![79]

लालाजी की गिरफ्तारी का समाचार पढ़कर प्रधान भाई सोहन सिंह भकना, उप-प्रधान भाई केसर सिंह, खजांची पंडित कांशीराम तथा अन्य कई साथियों को साथ लेकर ओरेगन से आ गए। भाई ज्वाला सिंह ठट्ठियाँ, भाई संतोख सिंह, भाई कर्म सिंह चीमा तथा अन्य गदरी देशभक्त कैलिफोर्निया से पहुँच गए। भाई सोहन सिंह भकना ने 'युगांतर आश्रम' में पक्का डेरा लगा लिया। लालाजी के स्थान पर भाई संतोख सिंह को महासचिव चुना गया। हरनाम सिंह कोटला नौधसिंह को अखबार का संपादक बनाया गया तथा संतोख सिंह, पंडित रामचंद पेशावरी, पंडित सोहन लाल पाठक पट्टी तथा पंडित जगत राम हरियाणा आदि चार साथियों को उनके साथ लगाया गया। इस तरह एक संपादकीय बोर्ड बना। पंडित जगत राम, हरियाणा, पंडित सोहन लाल पाठक तथा पृथ्वी सिंह आजाद स्थायी तौर पर 'युगांतर आश्रम' में रहकर काम करने लगे। महासचिव पार्टी का संचालन करते तथा भाई हरनाम सिंह कोटला नौधसिंह, पंडित सोहन लाल पाठक आदि सज्जन अखबार तथा दफ्तर के काम में हाथ बँटाते। भाई पृथ्वी सिंह, भाई करतार सिंह दुक्की, भाई बसंत सिंह चौंदा आदि प्रेस का काम करते थे।[80] 7 अप्रैल, 1914 से अखबार का नया नाम दिया गया 'हिंदुस्तान गदर' (खंड-1, संख्या-1)।[81]

लालाजी के अमेरिका से एकाएक गायब हो जाने के कारण कई लोगों के मन में शंका उत्पन्न होने लगी। गदर पार्टी के नेताओं ने आरोप लगाया कि लालाजी को ब्रिटिश अधिकारियों ने अपहरण करवा लिया है। गोविंद बिहारी लाल, सारंगधर दास और गुप्ता, जो अमेरिकन विश्वविद्यालय के छात्र थे और हरदयाल के काफी निकट थे, अपहरण की बात फैलाई। 13 मई, 1914 को 'सेन फ्रांसिस्को क्रॉनिकल' के अंक में स्पष्ट हुआ कि ब्रिटिश अधिकारियों के दबाव में आकर ही लालाजी के विरुद्ध वारंट निर्गत हुआ था। स्विट्जरलैंड से जब तक लालाजी का पत्र नहीं आया, तब तक लोगों में यह रहस्य बना रहा।[82] 'लालाजी प्रकरण' पर किसान-श्रमिकों के दिल में उत्पन्न भावना का इजहार कविता के माध्यम से किया गया। कविता का कथ्य था—

'जब यह समाचार आया-
हमारे दिल को जला दिया-
जैसे किसी ने जलती आग पर घी छिड़का हो-
आग में और वृद्धि की गई हो।'

हरदयाल के जाने के बाद 'गदर' के संपादक रामचंद्र बने और ये निर्विवाद रूप से 'गदर आंदोलन' के नेता भी बन गए। सोहन सिंह और भाई संतोष सिंह बहैसियत सभापति और मंत्री के काम करते रहे। करतार सिंह, पृथ्वी सिंह और पंडित जगत राम बाहर संगठन में काम करते रहे।[83] रामचंद्र पेशावरी सन् 1912 के जाड़े में अपनी पत्नी समेत सेंट जॉन के पंडित कांशीराम के पास पहुँचे। कांशीराम ने उन्हें लकड़ी लदवाने के काम में लगा दिया। अत्यधिक ठंड के कारण रामचंद्र बीमार पड़ गए और उनकी उँगुलियाँ अकड़ गईं। पास में पैसा नहीं था। कांशीराम ने छह महीने तक उनका खर्च चलाया। मनारक मिल से चंदा इकट्ठा कर सौ डॉलर सोहन सिंह भकना ने भेजा। जब 'युगांतर आश्रम' आरंभ हुआ तो रामचंद्र एवं उनकी पत्नी को एक कमरे में रहने की व्यवस्था लाला हरदयाल ने कर दी और सोहन सिंह भकना के अनुरोध पर दवा और खाने का खर्चा भी पार्टी की ओर से दिया गया। उनकी पत्नी को नाइट स्कूल में पढ़ने के लिए दाखिल भी करा दिया गया। लालाजी के जाने के बाद इसे अखबार में काम भी दिया गया। लेकिन बाद में उसकी दशा क्या हुई, यह इतिहास में दर्ज है।[84] हरदयाल के अंगरक्षक और हरदयाल के अत्यंत विश्वस्त हरनाम सिंह कोटला ने अपने संस्मरण में लिखा है कि अमेरिका छोड़ने के पूर्व हरदयाल ने कई औपचारिकताओं को पूरा किया। उनके स्थान पर संतोख सिंह को 'गदर पार्टी' का महासचिव निर्वाचित किया गया। हरदयाल ने अपनी सारी जिम्मेदारी उन्हें सौंप दी। वे उन्हें बैंक ले गए, जहाँ गदर पार्टी का पैसा हरदयाल के खाते में जमा था। सारा पैसा संतोख सिंह के खाते में जमा किया गया। हरनाम सिंह कोटला को 'गदर' का प्रभारी संपादक नियुक्त किया गया और उन्हें डाकघर ले जाकर संबंधित लोगों से

परिचय करा दिया गया, ताकि वे मनीऑर्डर-चिट्ठी आदि प्राप्त कर सकें और डाकघर के सेफ डिपोजिट में जमा रकम की निकासी भी आसानी से कर सकें। सारे कार्यकलाप पार्टी की कार्यकारिणी समिति द्वारा लिये गए निर्णय के अनुरूप हुए।[85] हरदयाल के प्रस्थान के बाद नेतृत्व में आई रिक्ति की पूर्ति 22 मई, 1914 को हुई, जब पूर्वी एशिया से भगवान सिंह ज्ञानी और बरकतुल्लाह अमेरिका पहुँचे। चार वर्षों से ये विभिन्न क्षेत्रों में भ्रमण कर रहे थे और जापान से लेकर फिलीपींस तक इनका संपर्क था और इन देशों की स्थिति से वे अवगत थे। अमेरिका आने के बाद 'गदर' आंदोलनकारियों का संपर्क पूर्वी एशिया के विभिन्न देशों में रह रहे भारतीयों के साथ बढ़ा, जो धीरे-धीरे घनिष्ठ भी हुआ। भगवान सिंह ज्ञानी एवं बरकतुल्लाह के सहयोग से रामचंद्र ने अमेरिका के सभी भारतीय संगठनों का आपस में समन्वय स्थापित किया।[86] लालाजी के यूरोप जाने के एक सप्ताह पूर्व, 14 अप्रैल को 'गदर' के उर्दू संस्करण का भार रामचंद्र पेशावरी को दिया गया। वे जनवरी में 'युगांतर आश्रम' में आने के बाद ही हरदयाल को संपादकीय कार्य में सहायता दे रहे थे। रामचंद्र पूर्व से ही मास्टर अमीर चंद जैसे क्रांतिकारियों के सान्निध्य में रहे थे, जिन्होंने दिसंबर 1912 में वायसराय लॉर्ड हार्डिंग पर बम फेंकने का षड्यंत्र रचा था। रामचंद्र को गुजराँवाला से प्रकाशित होनेवाले अखबार 'इंडिया' और दिल्ली से प्रकाशित उर्दू अखबार 'आकाश' के संपादन का अनुभव था। इसलिए लालाजी संपादकीय कार्य से निश्चिंत हो गए कि यह अब ठीक से चलता रहेगा। बरकतुल्लाह को टोकियो में शिक्षण कार्य से हटा दिया गया और लालाजी ने उनसे अनुरोध किया कि वे आएँ और 'गदर' का प्रबंधन सँभालें। ब्रिटिश सरकार के दबाव में आकर बरकतुल्लाह द्वारा प्रकाशित होनेवाले 'इसलामिक फ्रेटरनिटी' पत्र को जापान सरकार ने प्रतिबंधित कर दिया था। वे 'पान इसलामिस्ट' क्रांति के विद्वान् थे। भगवान सिंह ज्ञानी को पाँच माह पूर्व कनाडा से निर्वासित कर दिया गया था और वे बरकतुल्लाह के साथ 'भगोड़े' के रूप में रह रहे थे। 23 मई को बरकतुल्लाह और भगवान सिंह ज्ञानी सेन फ्रांसिस्को पहुँचे। सोहन सिंह भकना, पृथ्वी सिंह आजाद, खेम चंद आदि स्वयंसेवक के रूप में रहने के लिए 'युगांतर आश्रम' आ चुके थे।[87] हरदयाल के सेन फ्रांसिस्को एवं अमेरिका छोड़ने से 'युगांतर आश्रम' के कार्यकलापों पर कोई असर नहीं पड़ा, बल्कि क्रांतिकारी गतिविधियों में एक नई चेतना आ गई।[88] आत्मविश्वास से लबरेज, अमेरिका से प्रस्थान करने के पूर्व 23 जून, 1914 के 'गदर' के 'उर्दू' संस्करण में लिखा था कि हमारी पार्टी और हमारी व्यवस्था इतनी मजबूत हो चुकी है कि मेरे अमेरिका छोड़ देने मात्र से गदर आंदोलन पर कोई असर नहीं पड़ेगा, क्योंकि हम लोगों ने इसे बहुत सशक्त बना दिया है। मैं अमेरिका से बाहर रहकर भी आजादी के लिए काम करता रहूँगा। मुझे जर्मनी जाना है, ताकि वहाँ से गदर आंदोलन को सहयोग मिल सके।[89] गदर पार्टी की शाखाओं ने पूरे

मन से 'गदर' पत्र का प्रचार करने, नए सदस्य बनाने और चंदा इकट्ठा करने का काम जारी रखा। अप्रैल 1914 से अगस्त 1914 में प्रथम महायुद्ध की घोषणा होने तक पार्टी के प्रधान और अन्य अधिकारियों ने जगह-जगह विशाल सभाएँ कर गदर की भावना को न केवल जीवित रखा, वरन् नई ऊर्जा फूँकी। अन्य देशों के साथ उत्तरी अमेरिका की 72 शाखाओं में 'गदर' की गहरी पैठ हो चुकी थी।[90] लालाजी के जाने के बाद नेताओं में एक नई चेतना का उदय हुआ। सोहन सिंह भकना ने अपनी नौकरी छोड़ दी और वे पूर्णकालिक तौर पर आश्रम में रहने लगे और पार्टी अध्यक्ष की जिम्मेदारी उन्होंने बहुत संजीदगी से निभानी शुरू की। संतोख सिंह विद्वान् और निपुण महासचिव थे। पंडित जगत राम ने प्रेस के कार्यों की जिम्मेदारी ली और पृथ्वी सिंह लालरू, पूरण सिंह सोही, सोहन लाल पाठक और अमर सिंह नवाँशहर आदि ने प्रेस को सुचारु रूप से चलाने के लिए आगे बढ़कर जिम्मेदारी ली।[91] करतार सिंह दुक्की और भगत सिंह के साथ मिलकर सोहन सिंह भकना ने भारतीय क्षेत्रों में जाकर क्रांतिकारी भाषण देना आरंभ किया, ताकि लोगों को गदर पार्टी के उद्देश्यों की संपूर्ण जानकारी मिल सके। वस्तुतः लालाजी के जाने के बाद गदर के कार्यों पर कोई विपरीत असर नहीं पड़ा। सभी निर्णय कार्यकारिणी समिति द्वारा जनतांत्रिक पद्धति से लिये जाते थे और इसका क्रियान्वयन भी होता था।[92] एस्टोरिया में एक जनसभा हुई, जिसे रामचंद और अमर सिंह ने संबोधित किया। इसमें क्रांतिकारी कविता पाठ किया गया और रामचंद ने उपस्थित जनों से अनुरोध किया कि ब्रिटिश साम्राज्य को हिलाकर हटा दें। एस्टोरिया में एक समिति का गठन किया गया, जिसके अध्यक्ष केशर सिंह बनाए गए और गदर के सिद्धांतों को अमली जामा पहनाने हेतु काररवाई करने का अनुरोध किया गया। इस बैठक में सोहन सिंह, केशर सिंह, ऊधम सिंह, काशी राम, रामरखा, रुलिया सिंह आदि ने भाग लिया। उपस्थित सभी लोग बाद के दिनों में क्रांति के लिए भारत आए।[93]

'युगांतर आश्रम' के आमदनी और खर्चा का विवरण

गदर पार्टी के खर्च और आमदनी की रिपोर्ट हर महीने छपकर स्थानीय कमेटियों को पहुँच जाती थी, लेकिन छपने से पहले प्रबंधक कमेटी में पेश होती और पास होने के पश्चात् फिर छपती थी।[94]

'युगांतर आश्रम' में होनेवाले खर्च की पाई-पाई विवरणी रखने हेतु नेतागण शुरू से ही प्रयत्नशील रहे थे। हालाँकि माह के अंत में आमदनी और खर्च का एक विवरण समिति के समक्ष रखा जाता था, लेकिन लोगों को इस बात पर संदेह है कि इसमें सही-सही विवरण दिए जाते थे। आमदनी और खर्च की राशि को लेकर सदस्यों में व्याप्त मतभेद समय-समय पर उभरकर सामने आए। जून 1914 में पेश की गई विवरणी रोचक है। इस माह में आमदनी

914-10 डॉलर दिखाई गई और खर्च 891-15 डॉलर दिखाया गया। इसमें कहा गया कि 76-54 डॉलर की सहायता मनीला से आई है, 9-76 डॉलर की सहायता राशि फ्रांस से मिली और 1-60 डॉलर की राशि टर्की से प्राप्त हुई। बाकी सहायता राशि अमेरिका और कनाडा के विभिन्न प्रांतों से आई। खर्च की विवरणी निम्न थी—

डाक टिकट—157 डॉलर।

'गदर दी गूँज' के उर्दू संस्करण के जिल्दबंदी पर खर्च—11.25 डॉलर।

'बैलेंस शीट ऑफ ब्रिटिश रूल' के 5000 अंग्रेजी संस्करण के प्रकाशन पर खर्च—11.90 डॉलर।

'गदर' के उपदेशकों का यात्रा-व्यय—258.95 डॉलर।

गदर के कार्यकर्ता

'गदर' में संपादक को छोड़कर कोई भी कार्यकर्ता स्थायी या नियमित कर्मचारी नहीं थे। जो भी स्वयंसेवक 'गदर' के लिए सेवा देते थे, उन्हें भोजन, कपड़ा और दो डॉलर मासिक जेब-खर्च दिए जाते थे। हालाँकि ठीक ढंग से इस तथ्य पर प्रकाश नहीं आया है कि गदर कार्यालय में कौन-कौन लोग कार्यरत थे और उनकी क्या जिम्मेदारी थी! लेकिन समय-समय पर दिए गए साक्षात्कार से उभरकर आए तथ्यों से इस बात की जानकारी मिलती है कि निम्न व्यक्ति वहाँ कार्यरत थे—

रामचंद, पेशावरिया, उर्फ पद्म, पिता—मथुरा लाल, ब्राह्मण, कालू खान, पेशावर, संपादक एवं महाप्रबंधक, 'गदर'। लाहौर में 1906-07 में अजीत सिंह के साथ आंदोलन करने के क्रम में इनकी प्रसिद्धि सामने आई। अपनी लेखनी एवं भाषण से अंग्रेज सरकार के विरुद्ध थे। 1907 में गुजराँवाला से प्रकाशित होनेवाले क्रांतिकारी पत्र 'इंडिया' और दिल्ली से प्रकाशित होनेवाले 'आकाश' पत्र का कुछ दिनों तक संपादन का कार्य किया। 1911 के अंत में उन्होंने भारत छोड़ दिया और चीन, जापान (योकोहोमा) होते हुए 13 मार्च, 1913 को सिएटल, वाशिंगटन पहुँचे। इनका संपर्क हरदयाल से हुआ और वे उनके साथ यात्रा करते रहे। 'गदर' में जुड़ने के बाद इनका प्रारंभिक कार्य सावरकर द्वारा रचित पुस्तक 'भारतीय क्रांति' का उर्दू अनुवाद करना था, जिसके अंश समय-समय पर 'गदर' में प्रकाशित हुए।[95] अमर सिंह, पिता-उत्तम सिंह, राजपूत, नवाँशहर, जिला-जालंधर की मित्रता कन्हैया सिंह के पिता ज्वाला सिंह से अमेरिका में हुई और वे एक-दूसरे के घर बम निर्माण का प्रशिक्षण लेने के क्रम में जाते थे। उन्होंने 'गदर' में योगदान दिया. परंतु अगस्त 1914 के अंत में उन्होंने भारत में क्रांति करने के उद्देश्य से अमेरिका छोड़ दिया।[96]

करतार सिंह, पिता-मंगल सिंह, ग्राम-सराभा, जिला-लुधियाना। ये 1913 में

कैलिफोर्निया विश्वविद्यालय, बर्कले में रसायन शास्त्र का अध्ययन करने के लिए आए। वहाँ ये हरदयाल के संपर्क में आए और अपना गृह-त्याग कर दिया। 'गदर' में योगदान देने के बाद इन्होंने इसके प्रकाशन का कार्य सँभाला और कुछ ही दिनों के अंदर इनकी प्रतिष्ठा 'गदर' कार्यालय में व्याप्त हो गई। भारत में क्रांति के उद्देश्य से 1914 में ये भारत आए। मुंशी राम, पिता-निहालामल, खत्री, आरापुर, जिला-जालंधर। 1905-06 में भारत से वैंकूवर आए। नवाब खान द्वारा गठित 'इंडियन एसोसिएशन' के ये सहायक सचिव चुने गए और हरदयाल द्वारा आयोजित सभा में भी इन्हें सहायक सचिव के रूप में प्रतिनिधित्व करने का मौका दिया गया। 'गदर' प्रेस में भी इनका दायित्व सहायक प्रबंधक का था और ये रामचंद के अधीन अपनी सेवा देते थे। मुख्य रूप से 'गदर' कार्यालय के लिए ये पत्र-व्यवहार करते थे और जिन व्यक्तियों को 'गदर' की प्रतियाँ भेजी जानी हैं, उनका नाम और पता पंजी में लिखते थे। 1915 के आरंभिक महीनों में ये 'गदर' कार्यालय में काम करते थे और उसके बाद इन्हें 'गदर' संबंधी उपदेश देने के लिए लॉस एंजेल्स भेजा गया।[97] हरी सिंह की पढ़ाई एम.ए. तक हुई थी और वे 'गदर' में छद्म नाम 'मॉम दे प्ल्युम फकीर' नाम से क्रांतिकारी कविताएँ लिखते थे।

संगठन की आवश्यकता के लिए और आनेवाले समय में हवाई ताकत की महानता को अनुभव करते हुए फौजी शिक्षा का कार्यक्रम भी तैयार किया गया। करतार सिंह सराभा और मास्टर ऊधम सिंह जनरल चुने गए।[98] जतींद्रनाथ लहरी रेल, सड़कें तथा पुल उड़ानेवाले रासायनिक पदार्थ एवं बम बनाना सीखने के लिए शिकागो में दाखिल हो गए तथा दरसी चनचैया सैनिक प्रशिक्षण श्रेणी में दाखिल होने के लिए ऊटा स्टेट में लोगान के कृषि कॉलेज में चले गए। डॉ. खानखोजे ने भी कॉलेज में ही सैनिक शिक्षा प्राप्त की।[99] करतार सिंह को हवाई जहाज उड़ाने का प्रशिक्षण दिलाने के लिए जर्मन कौंसिलर के माध्यम से एक जर्मन कंपनी के पास सेन फ्रांसिस्को भेजा गया। यह जर्मन कौंसिलर से पहली बातचीत थी, जो भाई संतोख सिंह के माध्यम से हुई थी।[100] सराभा को अमेरिका के पूर्वी तट पर भेजा गया, जहाँ आकर वे न्यूयॉर्क की एक हवाई जहाज कंपनी में दाखिल हो गए तथा जहाज उड़ाने तथा उनकी मरम्मत करने का हुनर सीखकर आए।[101] मास्टर ऊधम सिंह कसेल हांगकांग के तोपखाने में नौकरी कर चुके थे और निशानेबाजी और फौजी शिक्षा के दूसरे ढंगों में माहिर थे। सैनिक कार्य सीखनेवाले कार्यकर्ताओं को मास्टर ऊधम सिंह के हवाले कर दिया गया, जिसमें उन्हें गुरिल्ला युद्ध, फौजी परेड, बंदूक, बम और पिस्तौल चलाने में निपुण करने की जिम्मेदारी सौंपी गई। उन्हें भाई ज्वाला सिंह और संतोख सिंह के कृषि फार्म में फौजी प्रशिक्षण दिया जाना आरंभ किया गया। बम बनाने और पुल उड़ानेवाली डायनामाइट तैयार करनेवाले काम को सिखलाने के लिए एक आयरिश क्रांतिकारी देशभक्त ने उत्तरदायित्व लिया। उसने

सबसे पहले हरनाम सिंह कोटला नौधसिंह को यह सिखाया, जिसने इस काम को करतार सिंह सराभा और पृथ्वी सिंह लालड़ को सिखाया। 5 जुलाई, 1914 को हरनाम सिंह उस विस्फोटक मसाले को बाएँ हाथ में लेकर खड़े थे, तभी उसमें धमाका हो गया और उनका हाथ उड़ गया।[102] ज्वाला सिंह के फार्म हाउस पर बम बनाते समय हरनाम सिंह की बाजू उड़ गई। उस समय सोहन सिंह भकना वहीं उपस्थित थे और उन्होंने अपनी पगड़ी उतारकर उसके हाथ पर बाँधी।[103] बाद में उनका एक हाथ काटना पड़ा और वे हरनाम सिंह 'टुंडीलाट' बन गए।

मिनेसोटा की घटना

जून के अंत में 'एस.एस. मिनेसोटा' नामक जहाज फिलिपींस से सिएटल पहुँचा, जिसमें दो सौ से अधिक भारतीय श्रमिक थे। इन श्रमिकों को अमेरिका में उतरने से मना कर दिया गया। इस घटना के कारण आप्रवासी भारतीयों में असंतोष की लहर दौड़ गई। अमेरिकी सरकार ने भी 1913 में हिंदुस्तानी मजदूरों को अमेरिका आने से रोकने के लिए घाटों के कानून में 'रेकर बिल' के नाम का संशोधन कर दिया। पार्टी को जब इस कानूनी संशोधन का पता लगा तो उसकी ओर से लाला हरदयाल तथा अन्य साथियों का प्रतिनिधिमंडल अमेरिका के राष्ट्रपति से मिला कि वह हिंदुस्तानियों को अमेरिका आने से न रोकें। अमेरिका सरकार ने कनाडा सरकार की तरह मजदूर की मंडी में भीड़ का बहाना किया। इस पर लाला हरदयाल मान गए और कहा कि यदि हिंदुस्तानियों को रोकना ही है तो मजदूरी करने आए हुए को रोक दो, लेकिन पढ़ने तथा व्यापार करने के लिए आनेवालों को न रोको। अमेरिकी सरकार लालाजी के इस सुझाव पर राजी हो गई। जब हिंदुस्तानी मजदूरों को इस फैसले का पता लगा तो वे लालाजी पर बहुत नाराज हुए। लालाजी दोबारा अमेरिकी राष्ट्रपति से मिले, लेकिन राष्ट्रपति ने इस बारे में उनकी राय नहीं मानी। गदर पार्टी के कार्यकर्ताओं में पार्टी के प्रति अटूट विश्वास, उनकी राजनीतिक चेतना तथा आजादी की लगन से वे इतने ज्यादा प्रभावित थे कि उन्होंने अपने आपको कार्यकर्ताओं तथा पार्टी पर थोपने का कभी प्रयत्न नहीं किया।[104] पार्टी दूसरे देशों के आंदोलनों से जुड़े आंदोलनकारी तत्त्वों से संबंध बनाकर रखती थी, जिनमें आयरिश, रूसी, इंडोनेशियाई, जापानी, चीनी आदि थे। एक रूसी लड़की मिस ई. रोजोकूहर गदर पार्टी का साहित्य लोगों में बाँटती तथा विदेशी गुप्त ठिकानों पर पहुँचाने के लिए जहाजों में जाकर दे देती। इसी तरह मैरी लियोन हाउजर, श्री तथा श्रीमती कैरिंगटन लिऊस तथा श्री फ्रैडाबर्च तथा उनके परिवार के सदस्य पार्टी के अमेरिकी सहायक थे।[105] अब हिंदुस्तान में गदर की तैयारी आरंभ करनी थी। बलवंत सिंह उर्फ बंता सिंह संघवाल को संगठन के कार्यों के लिए पंजाब भेजा गया तथा भगत सिंह कच्चरमन एवं करतार सिंह दुक्की को

भारत में 'गदर' अखबार निकालने का प्रबंध करने के लिए भारत भेजा गया।[106]

अमेरिकी महाद्वीप के अतिरिक्त कनाडा, सिंगापुर, हांगकांग, मलाया, सियाम, मनीला, जापान, पनामा, हंकाऊ तथा शंघाई आदि में भारतीय राष्ट्रीय चेतना गदर आंदोलन के तौर पर फैल गई तथा क्रांतिकारी नारे हर जगह गूँजने लगे। हिंदुस्तानियों के मन से अंग्रेजी राज का डर सदा-सदा के लिए निकल गया।[107] शंघाई के हिंदुस्तानियों में अंग्रेजी राज विरोधी लहर गदर पार्टी के गठन होने के पूर्व ही आरंभ हो चुकी थी। चीनियों को अपने देश के लिए लड़ने-मरने को उतावले देखकर तथा उनके बीच 'अंग्रेज माई-बाप' का भ्रम शंघाई तथा कैंटन में खत्म होते देखकर भारतीयों की भावना में उबाल आता गया और इसकी शुरुआत 1907 की पुलिस हड़ताल के रूप में सामने आई। इस संघर्ष में कई कार्यकर्ता परिपक्व हुए, जिनमें हरनाम सिंह कसेल, हवलदार संग सिंह रूडीवाला, जनमेजा सिंह सुरसिंघ आदि थे। 29-30 जुलाई, 1914 को गदर पार्टी की ओर से भाई सुंदर सिंह दौले नंगर (अमृतसर) तथा डॉक्टर मथुरा सिंह ढुडियाल आए। भाई हरनाम सिंह कहूटा तथा भाई बीर सिंह बडिंग (जालंधर) को जापान से शंघाई पहले ही भेज दिया, क्योंकि कनाडा से चलकर कामागाटा मारू जहाज हांगकांग जानेवाला था। उन्होंने शंघाई में पार्टी का प्रचार किया। कुछ दिन बाद ही सोहन सिंह भकना यहाँ पहुँचे। 'गदर' अखबार पहुँचते ही हर शाखा काम करने लगी। हर सप्ताह गुरुद्वारे में मीटिंग की जाती, 'गदर' अखबार पढ़ा तथा बाँटा जाता। गुज्जर सिंह भकना तथा बिसाखा सिंह ददेहर यहाँ इस आंदोलन के जन्मदाता थे। डॉक्टर मथुरा सिंह कोहली भी हांगकांग से आते थे तथा पार्टी का खूब प्रचार करते थे। इनके अलावा भाई राम सिंह लुधियाना, भाई केहर सिंह मेरहाणा, पंडित आत्माराम जाहमण, ठाकुर सिंह कालासिंघा, प्रेम सिंह, इंदु सिंह, गंडा सिंह तथा केसर सिंह, सुनार सुरसिंघ, कर्मचंद कोहली, बिशन सिंह तथा अजायब सिंह बरपाल, हरनाम सिंह रसूलपुर, जिंदर सिंह नौशहरा पन्नुआ, चानण सिंह बूडलंद, ठाकुर सिंह ठट्ठियाँ, हरि सिंह ककड़, शिवदयाल कपूर घणुपुरवाले (जिला अमृतसर), तेजा सिंह भिक्खीविंड, सूजा सिंह वल्टोहा (जिला लाहौर) तथा सखण सिंह गुज्जरवाल आदि प्रमुख कार्यकर्ता थे। डॉक्टर मथुरा सिंह को पार्टी ने प्रचार करने के लिए कैलिफोर्निया से हांगकांग भेजा। अंग्रेज हाकिमों ने इनके विरुद्ध सख्त कदम उठाए। पंडित हरनाम दास, गाँव वाँ, जिला लाहौर को 'गदर' अखबार मँगवाने तथा बाँटने के आरोप में शंघाई से जबरदस्ती निकालकर गाँव ले जाकर बंद कर दिया। भाई भगवान सिंह का तार गुज्जर सिंह भकना के नाम आया और पुलिस ने उसे पढ़ लिया। इसलिए भाईजी तथा राम सिंह लुधियाना को भी शंघाई से निकाल दिया गया। अमेरिका से गदरी नेताओं का जहाज जब जापान आकर किनारे पर लगा तो वहाँ भाई निधान सिंह चुग्घ तथा भाई प्यारा सिंह लंगेरी को शंघाई

भेजा गया तथा बाकी सब मनीला चले गए। लगभग चालीस-पचास गदरी उनके साथ आंदोलन करने के लिए निकल पड़े। भाई ध्यान सिंह उम्रपुर, भाई हजारा सिंह ददेहर, भाई पाला सिंह तथा अन्य साथी अमेरिका से हिंदुस्तान जाते हुए प्रचार करने के लिए यहाँ उतरे। भाई भगवान सिंह तथा संतोख सिंह ने बैंकॉक में गदर का ठिकाना बनाने के लिए शंघाई से बहुत मदद ली। पंडित आत्माराम जाहमण, शिवदयाल कपूर तथा भाई ठाकुर सिंह कालसिंघा भाई संतोख सिंह के साथ बैंकॉक गए।[108]

हांगकांग में आई जागृति सिर्फ हिंदुस्तानियों तक ही सीमित न रही, सभी हिंदुस्तानियों में आई, चाहे वे पुलिसवाले हों, दरबान, फौजी या कनाडा-अमेरिका आने और जानेवाले यात्री हों। यहाँ भी हिंदुस्तानी पुलिस ने वेतन के लिए हड़ताल की, जिसके नेता डॉ. भगत सिंह सुरसिंघ तथा भाई गुरदित्त सिंह लम्मे जटपुरा थे। 1907-08 में यहाँ होतीलाल वर्मा और मौलवी बरकतुल्लाह गए। होतीलाल ने पहले दरबानों के बीच प्रचार किया, फिर फौजों में उस समय के एक बहुत प्रभावशाली नेता उजागर सिंह तथा भाई भगवान सिंह ने बात पहुँचाई। भगवान सिंह को 1911 में पहली बार और 1912 में दूसरी बार गिरफ्तार किया गया, किंतु वे बरी होते गए।[109]

1910 में यहाँ गुरुद्वारा बनाया गया तथा 1913 में 'गदर' अखबार आना आरंभ हो गया। एक कमेटी बनाई गई, जिसमें हीरा सिंह चरड़, लाभ सिंह वल्टोहा तथा भगत सिंह सुरसिंघ नेता थे। उन दिनों पंजाबियों की 25वीं एवं 26वीं पलटनें भी हांगकांग में ही थीं। फौजियों का गुरुद्वारा आना बंद कर दिया गया और भगवान सिंह को ग्रंथी के पद से हटाकर हरनाम सिंह कहूटा को ग्रंथी बनाया गया, लेकिन वह भी गदरी बन गए। 25वीं पलटन के फौजा सिंह, वरियाम सिंह तथा हरनाम सिंह आदि सिपाहियों को 'गदर' अखबार अपने पास रखने के लिए आरोप में छह-छह महीने कैद की सजा हुई। भाई बिशन सिंह हेडक्लर्क 25वीं पलटन में गदरी विचारोंवाले फौजियों के नेता थे। 26वीं पलटन के कृपा सिंह हवलदार, हरनाम सिंह कालीसंघा, लाभ सिंह कसूर, फुम्मन सिंह कलेर आदि आठ फौजी सिपाही पीछे डिपो कोकरानी में भेज दिए गए। हांगकांग की सरकार ने हीरा सिंह चरड़ को गिरफ्तार किया तो फौजों में भारी आक्रोश पैदा हुआ। दूसरे गदरी नेता सम्मा सिंह भड़ाणा (लाहौर) थे। यहाँ 'गदर' अखबार के अंक कैंटर से सब्जी के बोरों में आते थे। चीनी ये अंक लाकर गदरियों को देते थे। हीरा सिंह एक लखपति हिंदुस्तानी थे। उन्होंने सिंगापुर में भी गदर आंदोलन को ऊँचा उठाने के लिए हिस्सा लिया था। इसके अलावा ऊधम सिंह लाधूपुरा (अमृतसर), महिंद्र सिंह ढुडिके तथा शेर ठोकरीवाला (गुरुदासपुर) प्रसिद्ध कार्यकर्ता थे।[110]

मनीला में भी 'गदर' पार्टी बन गई थी। इसके पहले प्रधान पद पर जगराँव के हाफिज अब्दुल्लाह चुने गए। गदर पार्टी के दूसरे प्रधान भाई भगवान सिंह भी मनीला आए। गदरी

कार्यकर्ताओं में हाफिज अब्दुल्ला जगराँववाले 'तीसरे लाहौर षड्यंत्र' केस, रहम अली वजीद (बरनाला), चंद सिंह वड़ापाचा (लुधियाना) लाला सिंह साही (लुधियाना) तथा ध्यान सिंह बंगसीपुरा (लुधियाना), फेरू शहर के शहीद थे। मुज्तबा हुसैन जौनपुर (उत्तर प्रदेश) को 'बर्मा केस' में सजा हुई। इस टापू ने गदर आंदोलन को बीबी गुलाब कौर जैसी देशभक्त तथा निडर क्रांतिकारी दी।[111] सियाम (थाईलैंड) के बैंकॉक में पंजाबियों ने दो गुरुद्वारे बनाए थे—एक नामधारियों का तथा दूसरा 'तत्त खालसे' का। एक गुरुद्वारा रेलों में काम करनेवाले पंजाबियों ने च्यंगमई में बनाया था। देशभक्ति चेतना का प्रचार होना शुरू हुआ और इनके नेता गाँव फेलोके, जिला गुजराँवाला का भाई बुड्ढा सिंह था। 'गदर' अखबार को बाँटने का प्रबंध जीवन सिंह फेलोके, भाई इंदू सिंह, भाई धर्म सिंह, चेतराम स्यालकोटिया तथा कर्मचंद कोहली करते थे। बैंकॉक में हिंदुस्तानी इनकलाबी केंद्र पैदा हो गया और कुछ दिन बाद यहाँ हीरा सिंह चरड़ पहुँचे, जिनको हांगकांग से अंग्रेजी हुकूमत ने 'देश-निकाला' दे दिया था।[112]

बैंकॉक से अमेरिका गए सोहन लाल पाठक बर्मा आने के क्रम में सितंबर 1914 में बैंकॉक पहुँचे। गदर पार्टी के महासचिव भाई संतोख सिंह आत्माराम जाहमण (लाहौर) तथा शिवदयाल कपूर घणुपुरवाले (अमृतसर) को साथ लेकर अक्तूबर 1914 में बैंकॉक पहुँचे तथा जनवरी 1915 के अंत में बाबू हरनाम सिंह साहरी भी यहाँ पहुँचे। गदर पार्टी की एक मजबूत शाखा यहाँ स्थापित थी, जिसमें टपगमई गुरुद्वारे के ग्रंथी वासावा सिंह वाडा (होशियारपुर), बाबा अमर सिंह इंजीनियर शेरपुर (लुधियाना), भाई पाला सिंह शेरपुर, भाई निरंजन सिंह संगतपुर (लुधियाना), चेतराम बैरोवाल (सियालकोट), जीवन सिंह तथा बुड्ढा सिंह फेलोके (गुजराँवाला), ज्ञानचंद मोरी मरल (लाहौर) आदि देशभक्त थे।[113] जून 1916 में भाई भगवान सिंह, प्रधान, गदर पार्टी पनामा आए तथा बाकायदा गदर पार्टी की शाखा कायम की। इस शाखा में पंजाबी, सिंधी तथा बंगाली यानी सभी तरह के हिंदुस्तानी शामिल थे। इनमें भाई अमर सिंह संधवा, रला सिंह अधोवाल (जालंधर), काबल सिंह रूड़का, निधान सिंह महेसरी (फिरोजपुर), खुदाबख्श (हुगली, बंगाल) काफी प्रसिद्ध थे तथा विशेष योगदान देते थे। निधान सिंह महेसरी तथा बिशन सिंह हिंदुस्तानी सदासिंहवाला 'युगांतर आश्रम' में काम करने के लिए 1915 में सेन फ्रांसिस्को भी गए थे।[114] फ्रीमैन नामक आयरिश पत्रकार ने 'फ्री हिंदुस्तान' पत्र में सहयोग करके क्रांतिकारी अंतरराष्ट्रीयता का श्रेष्ठ उदाहरण प्रस्तुत किया था। एक अन्य आयरिश पत्रकार एडवर्ड गैमंस ने सुरेंद्रनाथ के मासिक पत्र 'इंडिपेंडेंट हिंदुस्तान' में उपसंपादक बनकर काम किया था। यह पत्र 1920 में निकला था। इससे पहले 1919 में प्रसिद्ध आयरिश देशभक्त और राजनीतिज्ञ डी. वैलेरा अमेरिका गए, जहाँ गदर पार्टी ने उनका स्वागत किया और उन्हें तलवार भेंट की।[115]

संदर्भ—

1. हरीश के. पुरी, पृष्ठ-73।
2. वही, पृष्ठ-75।
3. वही, पृष्ठ-76।
4. वही।
5. वही, पृष्ठ-77।
6. वही, पृष्ठ-78।
7. वही।
8. वही, पृष्ठ-79।
9. वही, पृष्ठ-80।
10. वही, पृष्ठ-81।
11. वही।
12. वही, पृष्ठ-82।
13. एफ.सी. आईसेमॉन्गर एवं जे. स्लैटरी, पृष्ठ-17।
14. वही, पृष्ठ-20।
15. वही, पृष्ठ -21।
16. वही।
17. वही, पृष्ठ-23।
18. वही।
19. वही।
20. गुरचरन सिंह सहिंसरा, पृष्ठ-112।
21. एफ.सी. आईसेमॉन्गर एवं जे. स्लैटरी, पृष्ठ-21।
22. वही, पृष्ठ-24।
23. गुरचरन सिंह सहिंसरा, पृष्ठ-116।
24. एफ.सी. आईसेमॉन्गर एवं जे. स्लैटरी, पृष्ठ-29।
25. वही।
26. वही।
27. गुरचरन सिंह सहिंसरा, पृष्ठ-120।
28. एफ.सी. आईसेमॉन्गर एवं जे. स्लैटरी, पृष्ठ-30।
29. वही, पृष्ठ-31।
30. वही।
31. वही, पृष्ठ-32।
32. वही, पृष्ठ-33।
33. वही, पृष्ठ-34।
34. वेदप्रकाश 'वटुक', पृष्ठ-64।

35. वही, पृष्ठ–65।
36. वही।
37. गुरचरन सिंह सहिंसरा, पृष्ठ–114।
38. वही, पृष्ठ–116।
39. एफ.सी. आईसेमॉन्गर एवं जे. स्लैटरी, पृष्ठ–35।
40. वही, पृष्ठ–36।
41. मन्मथनाथ गुप्त, 1948, पृष्ठ–73।
42. वही, पृष्ठ–75।
43. हरीश के. पुरी, पृष्ठ–82।
44. वही, पृष्ठ–83।
45. सोहन सिंह जोश, पृष्ठ–178।
46. एफ.सी. आईसेमॉन्गर एवं जे. स्लैटरी, पृष्ठ–36।
47. सोहन सिंह जोश, पृष्ठ–179।
48. ए.सी. बोस, पृष्ठ–61।
49. सोहन सिंह जोश, पृष्ठ–179।
50. हरीश के. पुरी, पृष्ठ–84।
51. वही।
52. वेद प्रकाश 'वटुक', पृष्ठ–70।
53. सोहन सिंह जोश, पृष्ठ–179।
54. गुरचरन सिंह सहिंसरा, पृष्ठ–122।
55. सोहन सिंह जोश, पृष्ठ–179।
56. हरीश के. पुरी, 'गदर' पृष्ठ–84।
57. वही।
58. एफ.सी. आईसेमॉन्गर एवं जे. स्लैटरी, पृष्ठ–36।
59. सोहन सिंह जोश, पृष्ठ–181।
60. वही।
61. सोहन सिंह जोश, पृष्ठ–181।
62. वेद प्रकाश 'वटुक', पृष्ठ–73।
63. वही।
64. ए.सी. बोस, पृष्ठ –61।
65. सोहन सिंह जोश–181।
66. ए.सी. बोस, पृष्ठ –61।
67. वेद प्रकाश 'वटुक', पृष्ठ–74।
68. सोहन सिंह भकना, पृष्ठ–40।
69. एफ.सी. आईसेमॉन्गर एवं जे. स्लैटरी, पृष्ठ–36।

70. सोहन सिंह जोश, पृष्ठ–180।
71. सोहन सिंह जोश, पृष्ठ–180।
72. हरीश के. पुरी, पृष्ठ–84।
73. वही।
74. वही।
75. वही।
76. पृष्ठ–245।
77. सोहन सिंह जोश, पृष्ठ–182।
78. हरीश के. पुरी, पृष्ठ–84।
79. 'दि गदर मूवमेंट', पृष्ठ–152।
80. गुरचरन सिंह सहिंसरा, पृष्ठ–124।
81. 'दि गदर मूवमेंट', पृष्ठ–152।
82. सोहन सिंह जोश,पृष्ठ–182।
83. ए.सी. बोस, पृष्ठ –62।
84. सोहन सिंह भकना, पृष्ठ–43।
85. सोहन सिंह जोश, पृष्ठ–183।
86. ए.सी. बोस, पृष्ठ–62।
87. हरीश के. पुरी, पृष्ठ–84।
88. एफ.सी. आईसेमॉन्गर एवं जे. स्लैटरी, पृष्ठ–36।
89. सोहन सिंह जोश, पृष्ठ–184।
90. वेद प्रकाश 'वटुक', पृष्ठ–76।
91. सोहन सिंह जोश, पृष्ठ–184।
92. सोहन सिंह जोश, पृष्ठ–185।
93. एफ.सी. आईसेमॉन्गर एवं जे. स्लैटरी, पृष्ठ–36।
94. सोहन सिंह भकना, पृष्ठ–41।
95. एफ.सी. आईसेमॉन्गर एवं जे. स्लैटरी, पृष्ठ–38।
96. वही।
97. वही, पृष्ठ–38।
98. सोहन सिंह भकना, पृष्ठ–43।
99. गुरचरन सिंह सहिंसरा, पृष्ठ–130।
100. सोहन सिंह भकना, पृष्ठ–43।
101. गुरचरन सिंह सहिंसरा, पृष्ठ–131।
102. वही।
103. सोहन सिंह भकना, पृष्ठ–43।
104. गुरचरन सिंह सहिंसरा, पृष्ठ–124।

105. वही, पृष्ठ-128।
106. वही, पृष्ठ-130।
107. वही, पृष्ठ-134।
108. वही, पृष्ठ-138।
109. वही, पृष्ठ-139।
110. वही, पृष्ठ-140।
111. वही, पृष्ठ-142।
112. गुरचरन सिंह सहिंसरा, पृष्ठ-143।
113. वही, पृष्ठ-144।
114. वही, पृष्ठ-146।
115. रामविलास शर्मा, 'भारत में अंग्रेजी राज और मार्क्सवाद', खंड-I, 1982, राजकमल प्रकाशन प्रा.लि., नई दिल्ली, पृष्ठ-81।

□

कामागाटा मारू

कामागाटा मारू की घटना का गदर पार्टी से कोई पूर्व निर्धारित संबंध नहीं था, लेकिन इसने दक्षिण-पूर्व एशिया तथा कनाडा में पैदा हो रही अंग्रेजी साम्राज्य के विरुद्ध उस चेतना को और भी प्रचंड किया, जिसे 'गदर' अखबार ने नेतृत्व प्रदान करके राष्ट्रीय एकता तथा क्रांति के मार्ग पर अग्रसर कर दिया था।[1] कनाडा में रहनेवाले पंजाबी मूल के भारतीयों द्वारा 1908 तक दो करोड़ पंद्रह लाख रुपए की संपत्ति अर्जित की जा चुकी थी। कई सिखों के कार्यालय में श्वेत लड़कियाँ नौकरी करने लगी थीं। भारतीयों की समृद्धि को देखकर श्वेत कनाडाइयों के मन में ईर्ष्या होने लगी। भारतीयों के कनाडा प्रवेश को रोकने के लिए वर्ष 1908 में ही अध्यादेश संख्या 920 एवं 926 पारित किया गया। आदेश संख्या-920 में प्रावधान किया गया कि वही व्यक्ति कनाडा प्रवेश कर सकता है, जो अपनी मातृभूमि से सीधा टिकट खरीदकर कनाडा पहुँचा हो। अध्यादेश संख्या-926 के प्रावधान के अनुसार कनाडा पहुँचनेवालों की जेब में 200 डॉलर की राशि होना अनिवार्य कर दिया गया। 9 मई, 1910 को कनाडा सरकार द्वारा एक और अध्यादेश पारित कर एशियाई मूल के लोगों के कनाडा प्रवेश पर पाबंदी लगा दी गई। संसदीय विधान द्वारा पारित इस आदेश का असर सबसे अधिक भारतीयों पर पड़ा। वर्ष 1911 में कनाडा पहुँचनेवाले चीनी नागरिकों की संख्या 11,132 थी, जापानी नागरिकों की संख्या 2,986 थी, जिनमें 1037 महिलाएँ थीं, वहीं सिर्फ एक भारतीय ही कनाडा पहुँच सका था।[2] दिसंबर 1910 में लुधियाना के उधई राम जोशी और हिसार के देवीचंद के मन में भी भारत से कनाडा के लिए सीधी जहाज सेवा आरंभ करने का विचार आया था। उन्होंने कनाडियन पैसिफिक रेलवे के हांगकांग एजेंट से संपर्क कर उनसे अनुरोध किया कि वे भारत से हांगकांग होते हुए वैंकूवर तक के लिए सीधे जहाज सेवा का टिकट बेचने की व्यवस्था करवाएँ। इसके लिए उन्होंने कलकत्ता के बैंक में एक हजार पौंड की राशि जमा भी करवाई।[3] लेकिन सरकार के दबाव में ऐसा नहीं हो

सका। इसके बाद तारकनाथ दास से कहा गया कि वह सीधा टिकट नहीं देने के कारण कलकत्ता के किसी वकील से कंपनी पर मुकदमा दायर कराएँ।[4] इससे पहले बी.एल. वर्मा, जिन्हें कनाडा से निर्वासित कर दिया गया था, हांगकांग से कनाडा के लिए किराए पर जहाज चलाना चाहते थे। उनके पास पैसा नहीं था और लोग उन पर विश्वास नहीं करते थे, इसलिए वह जहाज नहीं चला पाए।[5] जनवरी 1914 में हांगकांग में रहनेवाले बिहारी लाल वर्मा ने प्रयास किया कि किराए पर एक जहाज लेकर कनाडा प्रवेश को इच्छुक हांगकांग में रह रहे भारतीयों को लेकर हैलिफैक्स, नोवा स्कोटिया बंदरगाह जाया जाए। एक तो वर्मा की उम्र कम थी और दूसरे उसके पास इस परियोजना में आनेवाले खर्च के लिए उपयुक्त निधि का अभाव था, इस कारण उन्हें विश्वास नहीं हुआ कि वे इस कार्य में सफल हो पाएँगे।[6] कनाडाई आव्रजन कानून में धारा-23 जोड़ दिया गया। यह सबसे विषैली धारा थी। इसके प्रावधान के अनुसार किसी भी न्यायालय, किसी भी न्यायाधीश या पदाधिकारी को आव्रजन से संबंधित विवादों पर विचार करने के अधिकार से वंचित कर दिया गया। (धारा-23 के शब्द थे—No court, and no judge or officer thereof, shall have the jurisdiction to review, quash, reverse, restrain or otherwise interfere with any proceedings, decisions or orders of the Minister or any Board of Inquiry, or Officer Incharge made or given under the authority in accordance with provisions of this act relating to the detention or deportation of any ejected immigrant, passenger or other person upon any ground whatsoever, unless such person is a Canadian Citizen or has Canadian Domicile.) इस धारा का कुप्रभाव सामान्य प्रवासियों पर बहुत अधिक पड़ा।

कनाडा में पूर्व से रह रहे लोगों की पत्नियों एवं बच्चों तक को भी कनाडा प्रवेश की मनाही हो गई। भारतीयों ने इस नियम का कड़ा विरोध किया। 1911 में इस समय लंदन में 'समान साझीदारी' पर ब्रिटिश कॉमनवेल्थ देशों की बैठक चल रही थी, वहाँ प्रतिवाद पत्र भेजा गया। भारतीयों का एक प्रतिनिधिमंडल कनाडा के प्रधानमंत्री सर रोबर्ट बार्डेन और आंतरिक सुरक्षा मंत्री मि. रोबर्ट रोगर्स से मिलने गया, परंतु कोई फलाफल नहीं निकल सका।[7] जून 1912 के अंत में कलकत्ता की एक जहाज कंपनी का एजेंट मिस्टर वी. ऐटकिन्न कलकत्ता से सीधे कनाडा (वैंकूवर) के टिकट के संबंध में एक जापानी जहाज कंपनी से पूछताछ भी की। समाचार-पत्रों में कनाडा प्रवेश के संबंध में छपी खबर के कारण कनाडा सरकार ने अगस्त 1913 में भारत सरकार से अनुरोध किया कि वह इस प्रयत्न को रोके। भारत सरकार ने आश्वस्त किया कि ऐसा कुछ नहीं हो रहा है।[8]

भारतीय समुदाय के दो प्रमुख सदस्य भाग सिंह एवं बलवंत सिंह कनाडा में पूर्व से रह रहे थे और भारत से लौटते समय उनकी पत्नियाँ भी साथ हो गईं। जनवरी 1912 में ये लोग वैंकूवर पहुँचे। इस आदेश के आलोक में पत्नियों एवं बच्चों को कनाडा प्रवेश पर रोक लगा दी गई। इन्हें गिरफ्तार कर लिया गया और जिस 'एस.एस. मोंटेग्ले' नामक जहाज से कनाडा पहुँचे थे, उसी जहाज से वापस जाने का आदेश दे दिया गया। बंदी प्रत्यक्षीकरण (हैबियस कॉरपस) के दाखिल आवेदन को ब्रिटिश कोलंबिया राज्य के उच्चतम न्यायालय ने स्वीकार कर लिया और इन्हें गिरफ्तारी से मुक्त कर दिया गया। कनाडा सरकार ने इसे 'विशेष कृपा' की संज्ञा दी। लेकिन पत्नी एवं बच्चों को अलग किए जाने के मामले ने तूल पकड़ लिया था और इसे लेकर लोगों ने आंदोलन करना आरंभ कर दिया था।[9] 'यूनाइटेड इंडिया लीग' और 'खालसा दीवान सोसाइटी' इस मुद्दे पर एकमत हो गईं और 22 फरवरी, 1913 को हुई बैठक में एक प्रतिनिधिमंडल भेजने का निर्णय लिया गया।[10]

15 दिसंबर, 1911 को स्थापित दोनों संस्थाओं द्वारा एक त्रिसदस्यीय समिति को भारतीयों के प्रवेश की समस्या के समाधान हेतु वार्त्ता करने के लिए भेजा गया था, जिसके सदस्य सरदार बलवंत सिंह, सरदार नंद सिंह और सरदार नारायण सिंह थे। बाद में यह समिति भारत के दौरे पर भी आई।[11] इस विषय को लेकर कनाडा सीनेट में भी प्रश्न पूछे गए। 2 जून, 1913 को सीनेटर डगलस द्वारा सरकार के इस कृत्य को 'ईसाइयत के विरुद्ध', 'ब्रिटिश नीति के विरुद्ध' एवं 'कृतघ्नता' की संज्ञा दी।[12] 1913 में ही दक्षिण अफ्रीका में नस्लभेद के विरुद्ध भारतीयों का संघर्ष महात्मा गांधी के नेतृत्व में आरंभ हुआ था और नई दिल्ली में रकाबगंज गुरुद्वारा की चहारदीवारी को ध्वस्त करने के उपरांत तनावपूर्ण विवाद आरंभ हो गया था। इसी वर्ष मलाया से 60 सिखों को अकारण गिरफ्तार कर मद्रास जेल में भेज दिया गया, जहाँ पर भाषा नहीं समझने के कारण उन्हें भीख मिलना भी कठिन हो गया था।[13] 17 अक्तूबर, 1913 को 'एस.एस. पनामा मारू' नामक जहाज से 56 भारतीय विक्टोरिया पहुँचे। अधिकारियों द्वारा जहाज पर हुई जाँच-पड़ताल के बाद सिर्फ 17 लोगों को कनाडा प्रवेश की अनुमति मिली। हालाँकि इनमें से अधिकतर सीधी सेवा के तहत कनाडा पहुँचे थे, लेकिन 39 लोगों को कनाडा से बाहर भेजने का आदेश निर्गत कर दिया गया। यहाँ तक कि उनके संबंधियों को भी इनसे नहीं मिलने दिया गया।[14] 26 नवंबर, 1913 को भारत के राज्य सचिव को तार प्राप्त हुआ, जिसमें 39 सिखों को विक्टोरिया में रोककर रखे जाने की सूचना थी।[15] बंदी प्रत्यक्षीकरण के तहत इन लोगों की ओर से दो आवेदन ब्रिटिश कोलंबिया उच्च न्यायालय में जस्टिस मरफी एवं तत्कालीन मुख्य न्यायाधीश हंटर की अदालत में दायर किए गए। धारा-23 के तहत जस्टिस मरफी ने इन आवेदनों को निरस्त कर दिया।[16]

भारतीयों की ओर से जे.ई. बर्ड ने बहस की। अपने बहस में बर्ड ने कहा कि आदेश संख्या-920 कानून-सम्मत नहीं है, क्योंकि धारा-23 के अधीन मात्र 'ऑर्डर-इन-कौंसिल' को यह अधिकार है कि वह इन मामलों को देखे। एशियाई देशों के साथ विशेष प्रावधान पूर्व से है और इसको दरकिनार करते हुए कनाडा सरकार द्वारा आदेश जारी किया गया है। उन्होंने आगे कहा कि 1858 में ब्रिटिश इंपीरियल सरकार द्वारा आदेश जारी किया गया है, जिसका प्रभाव ब्रिटेन के अधीन समस्त देशों पर लागू है और इस आदेश के तहत भारतीयों को ब्रिटिश नागरिक माना गया है और कनाडा भी ब्रिटेन के अधीन एक देश है। उन्होंने आगे कहा कि इमिग्रेशन ऐक्ट की धारा-38 के तहत आदेश संख्या-920 गैर-कानूनी है, क्योंकि इसमें सीधी यात्रा का प्रावधान किया गया है। भारत से कनाडा के बीच सीधी जहाज सेवा नहीं है, अतएव सीधी यात्रा का बंधन कानून-सम्मत नहीं है।[17] लेकिन मुख्य न्यायाधीश ने अपने न्याय निर्णय में कहा कि धारा-23 के तहत अदालत को मातहत नहीं किया जा सकता है। उन्होंने उक्त दोनों आदेशों को कानूनी प्रावधान के विपरीत बताया, क्योंकि यह धारा-38 के प्रावधानों के ऊपर बाध्यकारी है। इस प्रकार उन सभी 39 भारतीयों के कनाडा प्रवेश का रास्ता साफ हो गया।[18] नवंबर 1913 में ही 39 पंजाबी किसान किसी तरह टिकट लेकर हांगकांग से वैंकूवर आए थे। अदालती आदेश के बाद ये किसान कनाडा प्रवेश में सफल हो गए।[19] भाई भगवान सिंह के मुकदमे में कोलंबिया मुख्य न्यायाधीश जस्टिस हंटर ने 24 नवंबर, 1913 को सीधे सफर के अदालती हुक्म को गलत करार दे दिया।[20] मुख्य न्यायाधीश के फैसले के बाद कनाडा में बसे लोगों ने अपने घरों को चिट्ठियाँ लिखकर भाई-बंदों को अपने पास बुलाना शुरू कर दिया। न्यायालय द्वारा हुक्म को रद्द करने के बावजूद कोई भी जहाज कंपनी हिंदुस्तानियों को कनाडा ले जाने के लिए तैयार नहीं हुई और कनाडा आनेवाले काफी आदमियों को हांगकांग में रुकना पड़ा। कनाडा के हिंदुस्तानियों ने जहाज कंपनियों से फिर मोल-तोल करना शुरू किया। बिहारी लाल वर्मा, जो अमेरिकी इंडियन कोलोनाइजेशन कंपनी में सचिव था, कलकत्ता की एक अंग्रेजी फर्म फर्मेऐडियु पूल एंड कंपनी को कलकत्ता से कनाडा तक के लिए सीधे टिकट देने के लिए कहा और पाँच सौ यात्रियों के टिकट की नकद रकम पेशगी रखने का वायदा किया। लेकिन सरकार का कोपभाजन बनने के डर से कंपनी ऐसा नहीं कर सकी। मुख्य न्यायालय द्वारा दिए गए न्याय निर्णय से संबंधित समाचार को विश्व के सभी प्रमुख समाचार-पत्रों ने प्रमुखता से छापा।[21]

सिंगापुर के ठेकेदार गुरदित सिंह ने इस समाचार को पढ़कर भारत से सीधी जहाज सेवा व्यवसाय शुरू करना चाहा।[22] पंजाब के अमृतसर जिला के सरहली गाँव के रहनेवाले हुकुम सिंह की पाँच संतानें थीं, जिनके नाम—पहलू सिंह, गुरदित सिंह, संता सिंह और दो बेटियाँ भाग कौर और राज कौर थीं।[23] गुरदित सिंह का जन्म 1859 में

हुआ था। पिछले 35 वर्षों से वे मलाया स्टेट में ठेकेदारी करते थे। इनके दादाजी सिख सेना में कार्य कर चुके थे। कैप्टन स्पीडी द्वारा मलाया के रबर कारखाना की रखवाली के लिए माँझा सिख के जिस प्रथम जत्थे की नियुक्ति की गई थी, उसमें इनके पिता भी थे। पंजाब वापस आने के पूर्व गुरदित सिंह के पिता ने अपने दोनों पुत्रों को मलाया बुला लिया और गुरदित सिंह मलाया के जंगलों में पदस्थापित ब्रिटिश सेना को दूध की आपूर्ति का ठेका लेकर धन कमाने लगे और व्यापारिक फायदों के लिए कई छोटे-मोटे काम करने लगे।[24] भारतीय मजदूरों की दारुण स्थिति को देखकर इनका हृदय पिघल जाता था। उन्होंने इसकी चर्चा एक अंग्रेज से की तो उसका कहना था कि एक घोड़े से उन्हें 1500 रुपया की आमदनी होती है, जबकि एक भारतीय मजदूर से सिर्फ 40 या 50 रुपए की।[25] दास प्रथा की समाप्ति के लिए 1833 में यूरोपीय शक्तियों के बीच एक संधि हुई। इससे पहले अंग्रेजों की लगभग चालीस कंपनियाँ अफ्रीका एवं एशिया के अविकसित क्षेत्रों से मजदूरों को पकड़कर अन्य क्षेत्रों में बेचने का कारोबार करती थीं। इस संधि के बाद भी लगभग 7000 भारतीय मजदूरों को मॉरीशस एवं अन्य क्षेत्रों में बेचा गया था।[26]

गुरदित सिंह की गिनती सिंगापुर के धनी ठेकेदारों में थी। 'कामागाटा मारू योजना' उनके दिमाग की उपज थी। व्यापारिक कार्यों के सिलसिले में वे हांगकांग में रुके हुए थे। हांगकांग के सेंट्रल सिख गुरुद्वारा भ्रमण के दौरान उन्हें सैकड़ों सिख नवयुवक मिले, जो अपने घरों से निकलकर अमेरिका या कनाडा जाने के लिए पहुँचे थे। सैंकड़ों सिख दूसरे क्षेत्र में अपनी बारी की प्रतीक्षा में थे। लेकिन कानूनी रूप से कनाडा ने अपने दरवाजे बंद कर रखे थे। भारत से कनाडा की सीधी जहाज सेवा नहीं थी, इसलिए कोई भी कंपनी सीधी जहाज सेवा का टिकट बेच भी नहीं सकती थी। इनमें से अधिकतर या तो अपनी जमीन बेचकर, जमीन गिरवी रखकर अथवा सूद पर पैसों की व्यवस्था कर यहाँ पहुँचे थे और अमेरिका या कनाडा जाना चाहते थे। उनकी हालत देखकर ये द्रवित हो गए। हालाँकि इन श्रमिकों के पास पर्याप्त पैसे थे, परंतु ये असहाय से दिख रहे थे। कुछ लोगों ने गुरदित सिंह से सहायता की याचना भी की।[27] कुछ आप्रवासी भारतीयों ने हांगकांग में उनसे संपर्क कर वैंकूवर के लिए किराए पर एक जहाज लेने का अनुरोध किया।[28] तीन अन्य व्यक्तियों के साथ मिलकर गुरदित सिंह ने कलकत्ता से वैंकूवर तक के लिए जहाज चलाने की सोची, ताकि भारत से 'सीधी यात्रा' की शर्त पूरी की जा सके। यदि यह परियोजना सफल हो जाती तो आगे की योजना थी कि गुरदित सिंह एक जहाज खरीदकर यह व्यवसाय शुरू करते और पैसा कमाते।[29] कनाडा सरकार के 'सीधी जहाज' शर्त को पूरा करने के लिए जापानी जहाज 'कामागाटा मारू' को सिंगापुर के सिख ठेकेदार गुरदित सिंह ने किराए पर लिया, ताकि पूर्वी एशियाई देशों के भारतीय श्रमिकों को कनाडा पहुँचाकर धन कमाया जा सके।[30] यह उनकी शुद्ध व्यावसायिक सोच थी।[31]

कनाडा सरकार द्वारा 'सीधी जहाज सेवा' की शर्त संबंधी कानून बनाकर एक तरह से भारतीयों के कनाडा प्रवेश पर रोक लगा दी थी। आरंभ में इस शर्त से चीनी एवं जापानी श्रमिक भी प्रभावित हुए। जापानी सरकार ने इस कानून का कड़ा विरोध किया और यहाँ तक चेतावनी दे डाली कि इसके लिए युद्ध भी छिड़ सकता है। जापानी नागरिकों के लिए कनाडा सरकार ने तुरंत अपने फैसले को संशोधित कर लिया और नई व्यवस्था की कि प्रत्येक वर्ष 400 जापानी नागरिक कनाडा प्रवेश कर सकते हैं और उनके लिए बाकी शर्तें भी उदार कर दी गईं। चीनी कौंसिल ने भी इस कानून पर विरोध जताया और कनाडा में निर्मित सामग्रियों के चीन में प्रवेश रोकने संबंधी आदेश जारी करने की चेतावनी दे डाली। कनाडा सरकार चीन की घुड़की के आगे सहम गई और उसने कहा कि 500 रुपया प्रति व्यक्ति टैक्स अदा कर कोई भी चीनी कनाडा में प्रवेश कर सकता है। इसमें किसी प्रकार की कोई पाबंदी नहीं है। कनाडा तथा चीन एवं जापान के बीच एक समझौता हुआ। लेकिन भारत सरकार से ऐसे किसी प्रतिरोध की आशा भी नहीं जा सकती थी, क्योंकि भारत में भारतीयों की सरकार ही नहीं थी।[32] भारत से कनाडा की सीधी जहाज सेवा उपलब्ध नहीं रहने के कारण कनाडा जाने के लिए भारतीय पहले हांगकांग जाते थे और फिर वहाँ से जहाज पकड़ते थे। इस कानून के पारित होने के पूर्व जो लोग कनाडा में रह रहे थे, उनकी पत्नियाँ और बच्चे कनाडा जाना चाहते थे तो उन्हें इसी रास्ते का अनुसरण करना होता था। इस कानून के पारित होने के बाद कनाडा बंदरगाह पर बहुत हृदय-विदारक दृश्य उपस्थित हो जाता था। पति अपनी पत्नी को लेने के लिए और पिता अपनी संतान को लेने के लिए कनाडा के बंदरगाह पर पहुँचते थे, लेकिन वे न तो अपनी पत्नी एवं बच्चों को ले पाते थे, बल्कि उनसे बात भी नहीं कर पाते थे। उन्हें वापस हांगकांग भेज दिया जाता था।[33] हालाँकि गुरदित सिंह को इस बात की जानकारी थी कि कनाडा में भारतीयों के प्रवेश निषिद्ध हैं, लेकिन उन्हें इस कार्य में व्यापारिक लाभ की अपार संभावनाएँ दिखीं। आरंभिक दिनों में गुरदित सिंह को किराए पर जहाज लेने के लिए आनेवाले खर्च का इंतजाम करने में कठिनाई हुई, क्योंकि जिन लोगों ने उन्हें ऐसा करने का सुझाव दिया था, वे खर्च के लिए अग्रिम देने में आना-कानी करने लगे। गुरदित सिंह वापस सिंगापुर तो लौट गए, लेकिन उन्होंने हांगकांग में रह रहे भारतीयों से संपर्क बनाए रखा और इस योजना से विमुख नहीं हुए। उन्होंने इस योजना पर विस्तार से ध्यान दिया और लिखा कि भारत में एक इंडियन स्टीमशिप कंपनी का गठन किया जाए, जिसके अधीन कलकत्ता से वैंकूवर तक सीधी जहाज सेवा आरंभ हो, ताकि 'लगातार यात्रा' की कनाडा सरकार की शर्त पूरी की जा सके। इसके लिए उन्होंने एक एजेंट की सेवा भी ली, ताकि यह पता लगाया जा सके कि कितने लोग कलकत्ता से वैंकूवर की सीधी यात्रा के लिए ख्वाहिशमंद हैं।[34]

1909 में गुरदित सिंह वापस भारत आए और भारत से सीधी जहाज सेवा के बारे में विचार करना आरंभ किया। लेकिन कोई भी जहाज कंपनी कलकत्ता से जहाज परिचालन के लिए तैयार नहीं हुई और इस प्रकार उनकी योजना पूरी नहीं हो सकी। कनाडा द्वारा सीधी यात्रा की अनिवार्यता को देखते हुए कनाडा एवं अमेरिका से आनेवाले सिख हांगकांग, मनीला, शंघाई और सिंगापुर में इस माँग पर जोरदार विचार करने लगे थे। कनाडा के सिखों की माँग पर ही गुरदित सिंह के मन में इस व्यवसाय के प्रति आकांक्षा जगी। गुरदित सिंह दिसंबर 1913 में हांगकांग पहुँचे।[35] गुरदित सिंह की उपस्थिति में गुरुद्वारा कमेटी ने एक बैठक बुलाई और उन्हें जहाज का प्रबंध करने का काम सौंपा तथा उनकी पूरी सहायता करने का प्रण किया।[36] सभा में पारित प्रस्ताव से उनके विचार को बल मिला।[29] 31 जनवरी, 1914 को गुरुद्वारा सभा, हांगकांग द्वारा गुरदित सिंह को भेजे गए तार में इस प्रस्ताव का अनुरोध किया गया था। बाबा गुरदित सिंह ने पंजाब तथा कलकत्ता के गुरुद्वारों में कनाडा जहाज ले जाने का विज्ञापन बँटवाया। भारत सरकार द्वारा कलकत्ता से जहाज चलाने की अनुमति नहीं दी गई और निराश होकर गुरदित सिंह पुनः हांगकांग चले आए।[38]

सीधी जहाज सेवा का अनुरोध करने के बाद गुरुद्वारा में यह भी विचार-विमर्श हुआ कि एक लाख डॉलर की राशि कनाडा बैंक में यात्रियों की सुरक्षा हेतु जमा कर दी जाएगी और आवश्यकतानुसार 80 लाख रुपए की निधि गुरदित सिंह को उपलब्ध करा दी जाएगी।[39] तत्पश्चात् एस.एस. गुरुनानक स्टीमशिप कं. का गठन गुरदित सिंह द्वारा किया गया[40] और वे इसके प्रबंध निदेशक बने। हांगकांग वापस आकर विचार-विमर्श के बाद 24 मार्च, 1914 को जर्मन एजेंट ए. बोन की मदद से जापानी जहाज कामागाटा मारू किराए पर लिया गया।[41] इस जहाज की कुल क्षमता 3096 टन की थी, जबकि सामान्य क्षमता 1918 टन की थी। 265 अश्वशक्ति से लैस जर्मनी ल्वॉयड 100 ए.आई. द्वारा निर्मित इस जहाज का भार 4300 टन था।[42] 28 मार्च, 1914 को जापान की एक छोटी सी कंपनी शीनेई किशन गोरी काईशा से जर्मन जहाजी दलाल मिस्टर ब्यून के माध्यम से मालवाहक जहाज कामागाटा मारू को छह महीने के लिए हांगकांग के 11,000 डॉलर के मासिक किराए पर लिया गया। आरंभ में इस जहाज को छह महीने के लिए किराए पर लिया गया।[43] 37 शर्तों के अधीन लिये गए किराएनामा पर गुरदित सिंह के अतिरिक्त आर. सोलोमन और ए. ब्यून द्वारा हस्ताक्षर किए गए।[44] शर्त संख्या-4 एवं 33 के प्रावधानों के अनुसार पहले महीने का किराया पेशगी होगा, दूसरे महीने का किराया शर्तों पर दोनों पक्षों के बीच हस्ताक्षर होने के एक सप्ताह के अंदर देना होगा, तीसरे महीने का किराया 14 दिनों के भीतर और जापान से प्रस्थान करने के पूर्व देना होगा और इसके बाद के महीनों का किराया जहाज के एजेंट को देना होगा।[45] इस जहाज की अगली फेरी

8 जुलाई को कलकत्ता से वैंकूवर के लिए होनेवाली थी।[46] 13 फरवरी, 1914 को गुरदित सिंह का बयान कई समाचार-पत्रों में प्रकाशित हुआ, जिसने इश्तहार का कार्य किया।[47] जिस समय हांगकांग में गुरदित सिंह कामागाटा मारू को किराए पर लेने की तैयारी कर रहे थे, उस समय त्रिसदस्यीय प्रतिनिधिमंडल पंजाब राज्य के दौरे पर था। गुरदित सिंह जब वापस जा रहे थे, उस समय उनके साथ दलजीत सिंह भी थे। इससे पूर्व दलजीत सिंह 'पंजाबी भैन' मासिक पत्रिका के संपादक थे, जो महिला शिक्षा पर आधारित पत्रिका थी। यह पत्रिका सिख कन्या महाविद्यालय, फिरोजपुर के तत्त्वावधान में प्रकाशित होती थी, जिसके संस्थापक भाई तख्त सिंह थे। जब प्रतिनिधिमंडल फिरोजपुर पहुँचा तो उसकी मेजबानी इसी संस्था द्वारा की गई थी। दलजीत सिंह गुरदित सिंह के सचिव बन गए और बाद के दिनों में इन्होंने प्रमुख भूमिका अदा की थी।[48] हालाँकि कई लोगों ने गुरदित सिंह को समझाया कि किसी भी हालत में कनाडा भारतीयों को अपने यहाँ घुसने नहीं देगा। परंतु ब्रिटिश कोलंबिया उच्चतम न्यायालय द्वारा दिए गए एक निर्णय के कारण ये उत्साहित हो गए।[49]

'एस.एस. पनामा मारू' के 39 भारतीयों के मामले में मुख्य न्यायाधीश गार्डोन हंटर ने 24 नवंबर, 1913 को सरकार द्वारा लगाए गए प्रतिबंध को रद्द करते हुए सभी भारतीयों को कनाडा प्रवेश एवं रहने की अनुमति दे दी। (सिर्फ चार को अस्वस्थता के आधार पर मना किया गया) न्यायालय के निर्णय से हॉपकिंसन और वैंकूवर के आव्रजन एजेंट मॉलकम रीड तो तिलमिला गए। प्रिवी कौंसिल ने पुनः 7 जनवरी, 1914 को दूसरा आदेश जारी कर दिया, जिसमें मुख्य न्यायाधीश द्वारा दिए गए न्याय निर्णय को अप्रभावी कर दिया।[50] न्यायालय द्वारा 'बंदी प्रत्यक्षीकरण' के आवेदन स्वीकार करने के बाद भी उन लोगों ने भगवान सिंह को जबरन निर्वासित करवा दिया था। उच्चतम न्यायालय के इस निर्णय से उन सभी भारतीयों के मन में आशा का एक नवीन संचार हुआ, जो विश्व के विभिन्न बंदरगाह शहरों में कनाडा प्रवेश की प्रतीक्षा में इंतजार कर रहे थे। सबसे ज्यादा उत्साहित हुसैन रहीम थे, जो भगवान सिंह के साथ हुए दुर्व्यवहार से बहुत आक्रोशित थे। जॉन्सटन ने लिखा कि हुसैन रहीम और उनके साथी खतरनाक मूड में थे और हॉपकिंसन और उनके एजेंटों को सबक सिखाने के बारे में आपस में बातें करते रहते हैं।[51]

'पनामा मारू' नामक जहाज से गए 39 भारतीय श्रमिकों के विवाद में कनाडा उच्चतम न्यायालय द्वारा दिए गए न्याय निर्णय से गुरदित सिंह बहुत उत्साहित हुए। लेकिन उन्हें इस बात की जानकारी नहीं थी कि 'सीधी जहाज सेवा' और दो सौ डॉलर की शर्त पर कनाडा कौंसिल की मुहर लग गई है।[52] गुरदित सिंह को बताया गया कि कनाडा में रहनेवाले कुछ सिखों ने भारत में रहनेवाले अपने मित्र को पत्र लिखा कि 'यदि

कनाडा आना चाहते हो तो जल्दी जहाज का टिकट लेकर सवार हो जाओ'। खुशी की यह खबर भारत के समाचार-पत्रों में भी छपी। अमृतसर से प्रकाशित 'खालसा सेवक' ने कनाडा में भारतीयों की इस 'विजय' पर उन्हें बधाई दी। पत्र ने न्याय निर्णय के तथ्यों की गहराई में जाए बगैर लिखा कि जो भाई कनाडा जाना चाहते हैं, उनके लिए यह अच्छा अवसर है।[53] कनाडा सरकार द्वारा पारित नियम के अनुसार आव्रजन विभाग को यह अधिकार दिया गया कि एशिया के किसी भी देश से आनेवाले नागरिकों को वह कनाडा में प्रवेश करने से रोक सकता है, बशर्ते उसके पास 200 डॉलर की राशि हो और उस देश से कनाडा तक सीधा जहाज आता हो। वस्तुतः कनाडा के अधिकारियों द्वारा ये दोनों शर्तें खूब सोच-समझकर रखी गईं, क्योंकि उन्हें पता था कि भारत से कनाडा सीधे जहाज नहीं चलता है। यदि किसी अन्य देश से चलनेवाले जहाज पर चढ़कर भारतीय कनाडा पहुँचना चाहते तो उन्हें कनाडा के बंदरगाह पर उतरने नहीं दिया जाता और वापस उन्हें उसी देश भेज दिया जाता, जहाँ वे जहाज पर चढ़े थे। इस प्रकार अनेक भारतीय हांगकांग, शंघाई, मनीला एवं अन्य स्थानों पर फँसे हुए थे और येन-केन-प्रकारेण कनाडा जैसे देश में प्रवेश चाहते थे। ऐसा समझा जाने लगा कि कनाडा के आप्रवासी भारतीयों के नेता बलवंत सिंह, भाग सिंह और हुसैन रहीम बड़ी संख्या में भारतीयों को कनाडा में प्रवेश दिलाना चाहते हैं, ताकि कनाडा में वे अपनी आवाज बुलंद कर सकें और ब्रिटिश सरकार को इस संबंध में निर्णय लेने के लिए बाध्य किया जा सके। पंजाब में इस योजना पर पूर्व में ही विचार-विमर्श हुआ था। वैंकूवर में रह रहे भारतीयों द्वारा एक संवाद सुदूर पूर्व देशों में प्रचारित करवा दिया गया कि 31 मार्च, 1914 के पूर्व तक आनेवाले आप्रवासियों को कनाडा सरकार अपने देश में प्रवेश करने पर आपत्ति नहीं करेगी।[54]

हालाँकि गुरदित सिंह के सहयोगियों का मत था कि कनाडा सरकार किसी को आने से रोक नहीं सकती है, लेकिन गुरदित सिंह को इस पर संशय था। अपनी प्रस्तावित व्यापारिक परियोजना और सलाह के लिए उसने वैंकूवर की 'खालसा दीवान सोसाइटी' को लिखा और उन्हें स्वीकारात्मक उत्तर मिला। पत्र में यह भी कहा गया कि आनेवाले यात्रियों के लिए न्यायालय में मुकदमा लड़ा जाएगा। हालाँकि कलकत्ता के बदले हांगकांग से इस जहाज को चलाने का निर्णय लिया गया, क्योंकि हांगकांग और कनाडा दोनों ब्रिटिश के उपनिवेश थे और एक उपनिवेश से दूसरे उपनिवेश में जाना कानूनी रूप से गलत नहीं था। कोयला परिवहन के लिए उपयोग किए जानेवाले कामागाटा मारू नामक जापानी जहाज पर यात्रियों के बैठने के लिए लकड़ी के बेंचों की व्यवस्था की गई और कुछ अन्य मरम्मत भी की गई।[55]

यात्रियों में उत्साह तो था ही, उन्हें डर भी था कि यदि कनाडा में उन्हें उतरने और प्रवेश की छूट नहीं मिली, तब क्या होगा? गुरदित सिंह के सामने यह सबसे बड़ा और

बार-बार आनेवाला प्रश्न था, जिसका उन्हें कई बार जवाब देना होता था। अखबारवालों को वे जवाब देते थे कि हम लोग ब्रिटिश साम्राज्य के नागरिक हैं और उपनिवेश के अंदर उन्हें एक जगह से दूसरी जगह जाने का अधिकार है। यह एक बड़ा अन्याय है कि जापानी श्रमिकों को कनाडा प्रवेश की अनुमति दी जाती है, जबकि भारतीयों को नहीं! इस मामले को वे उच्चतम न्यायालय में ले जाएँगे और इसके बाद भी उन्हें सफलता नहीं मिली तो वे जहाज को ब्राजील ले जाएँगे। यदि ये सब भी नहीं होगा तो हम लोग वापस भारत जाएँगे और सारे मामले को सरकार के समक्ष उठाएँगे।[56] जहाज चलाने से पूर्व गुरदित सिंह कानूनी पक्षों को भी भलीभाँति परख लेना चाहते थे। इसके लिए हांगकांग की तीन प्रमुख कानूनी सलाहकार कंपनी मैसर्स सी.डी. विलियमसॉन, ई.जे. ओरिट और सी.ई.एच. डेविस से संपर्क किया, जिन्होंने अपनी कानूनी सलाह में किसी प्रकार की कानूनी बाधा से इनकार किया। (कानूनी सलाह के शब्द थे—Referring to your interview with us this afternoon when you enquired whether there were any restrictions upon Indians who wish to travel to Vancouver, so far as this country is concerned, we have to advise you that in our opinion there are no restrictions upon immigration by Indian from the colony, unless they are under contract of service.) यहाँ यह उल्लेख कर देना आवश्यक है कि कोई भी यात्री पूर्व से सेवा में नहीं थे।[57]

हांगकांग के नामी विधि प्रतिष्ठान के अंग्रेज वकीलों से सलाह ली गई थी, जिसमें कहा गया कि नियमानुसार उपनिवेश के एक देश से दूसरे देश सीधी जहाज सेवा द्वारा जाने में कोई आपत्ति नहीं है, बशर्ते जहाज पर जानेवाले सेवा के लिए अनुबंधित नहीं हों।[58] गुरदित सिंह ने कानूनी फर्म मैसर्स विलकिंसन एंड ग्रिस्ट, 9 क्वींस रोड, हांगकांग से 24 मार्च, 1914 को कानूनी सलाह प्राप्त की।[59] अपना व्यापार आरंभ करने के पूर्व गुरदित सिंह कानूनी तौर पर सुनिश्चित हो जाना चाहते थे कि आखिर कानूनी बाधाएँ क्या-क्या हैं और इनका शमन कैसे किया जा सकता है? उन्होंने कनाडा की एक कानूनी कंपनी मैक्रॉसन एंड हार्पर से विधिवत् पूछा। 24 जून, 1914 को इस कंपनी द्वारा उत्तर दिया गया कि यह प्रश्न अब कानूनी नहीं रह गया, बल्कि राजनीतिक हो गया है।[60] आरंभ में गुरदित सिंह को आशा थी कि कनाडा जानेवाले जहाज के लिए कम-से-कम पाँच सौ टिकट बिकेंगे। ऐसा होता भी। पंजाबी भाषा में पोस्टर तैयार किए गए और इन्हें ऐसी जगहों पर लगाया गया, ताकि अधिक-से-अधिक प्रचार-प्रसार हो सके। गुरुद्वारे में विक्रय केंद्र स्थापित किए गए। टिकट छपवाए गए और प्रत्येक टिकट का मूल्य 100 डॉलर रखा गया।[61] इससे अधिक यात्री इस जहाज से जाना चाहते थे, लेकिन उन्हें कुछ-

न-कुछ अनहोनी की आशंका थी।[62] हांगकांग की सरकार ने अपने विश्वासपात्र एजेंटों द्वारा मुसाफिरों में शंका पैदा करवा दी कि कनाडा सरकार इन मुसाफिरों को उतरने की आज्ञा नहीं देगी, क्योंकि यह जहाज सीधे हिंदुस्तान से नहीं आ रहा।[63]

हांगकांग के अधिकारियों को जब यह मालूम हुआ कि गुरदित सिंह हांगकांग से कनाडा तक जहाज चलाना चाहते हैं तो इन पर एक झूठा मुकदमा कर दिया गया।[64] 25 मार्च, 1914 को एकाएक गुरदित सिंह को गैर-कानूनी तरीके से टिकट भेजने और अनधिकृत रूप से जहाज चलवाने का षड्यंत्र करने के आरोप में गिरफ्तार कर लिया गया और उनके कार्यालय पर पुलिस ने कब्जा कर लिया।[65] ज्यों ही पुलिस गुरदित सिंह को गिरफ्तार करने पहुँची, उसने 9, क्वीन स्ट्रीट पर अवस्थित कानूनी फर्म को इत्तला दी, जो तत्काल थाना पहुँची। वकील ने पुलिस को एक पत्र दिया, जिसमें यह उल्लेख किया गया था कि अधिकारी को यह कोई कानूनी अधिकार नहीं है कि वह कामागाटा मारू को हांगकांग से प्रस्थान करने से प्रतिबंधित करे। इतना ही नहीं, वकीलों ने चेतावनी दी कि यदि ऐसा किया जाएगा तो 10 लाख डॉलर के हरजाना का मुकदमा उन पर दायर किया जाएगा। इस चेतावनी से पुलिस डर गई और न सिर्फ गुरदित सिंह को रिहा कर दिया गया, बल्कि जहाज पर भेजे गए सशस्त्र बल को भी वापस बुला लिया गया।[66] पंजाबी रेजीमेंट के लोगों को जब यह पता चला तो वे इसके विरोध में उतर आए।[67] 25 मार्च को गुरदित सिंह को गिरफ्तार किया गया और उनके कार्यालय की तलाशी भी ली गई। पुलिस को कोई आपत्तिजनक सामान नहीं मिला और उन्हें रिहा कर दिया गया। 28 मार्च को इनकी पेशी न्यायालय में हुई और वहाँ पुलिस ने अपना मुकदमा वापस ले लिया।[68] जाँच में कुछ भी संदेहात्मक नहीं मिला और उन्हें मुचलके पर गुरदित सिंह को रिहा करना पड़ा।[69] न्यायालय में पुलिस ने मुकदमा दायर नहीं किया। पुलिस की इस हरकत से यात्रीगण भड़क उठे और मात्र 165 यात्री ही हांगकांग से कामागाटा मारू पर सवार हुए।[70] यदि हांगकांग के ब्रिटिश अधिकारी गुरदित सिंह को अपने कार्यालय बुलाकर कनाडा, भारत एवं ब्रिटिश सरकार द्वारा दिए गए आदेश के बारे में विस्तार से बताते तो संभव था कि गुरदित सिंह अपनी योजना को स्थगित कर देते। लेकिन ब्रिटिश अधिकारी अपनी जिद पर अड़े रह गए।[71] इतना ही नहीं, हांगकांग सरकार ने जहाज के चलने का आज्ञा-पत्र कई दिनों तक रोके रखा। जहाज को 28 मार्च को रवाना होना था। सरकार ने तार भेजकर कनाडा सरकार से पूछा कि जहाज को रोक लिया जाए या चलने दिया जाए? कनाडा की सरकार से जवाब देने में देर हो गई। मुसाफिरों के विरोध तथा एकजुटता के कारण हांगकांग सरकार को आखिरकार 4 अप्रैल को आज्ञा-पत्र देना पड़ा[72] हांगकांग के तत्कालीन उपनिवेश सचिव सेवंस से गुरदित सिंह की पुरानी जान-पहचान थी। 3 अप्रैल को वे रिक्शा से कहीं जा रहे थे कि

उनकी नजर गुरदित सिंह पर पड़ी और इसके अगले दिन उनके कार्यालय में डेढ़ घंटे से अधिक समय तक हुए विचार-विमर्श के बाद जहाज को जाने की अनुमति मिली।[73] कामागाटा मारू के प्रस्थान करने के तीन दिन पूर्व ही अखंड पाठ आरंभ किया गया और सैकड़ों पंजाबी वहाँ एकत्र हुए। प्रस्थान करने के दिन अरदास-पूजा भी की गई और इस जहाज का नाम 'गुरु नानक जहाज' रखा गया। 4 अप्रैल, 1914 को जहाज के प्रस्थान करने के दिन गुरदित सिंह ने यहाँ तक कहा कि यदि यहाँ पैसा नहीं है तो वहाँ पहुँचकर भी पैसा दिया जा सकता है। और कई लोग जाने के लिए तैयार हो गए। कोयला लादनेवाले जहाज पर कुछ और जगह बनाकर अतिरिक्त बेंचों की व्यवस्था की गई। 'गुरुग्रंथ साहिब' के लिए एक अलग केबिन की व्यवस्था की गई और थोड़े से मुसलिमों के लिए नमाज घर की भी व्यवस्था की गई। जहाज पर यात्रा करनेवाले 165 यात्रियों के 'बोले सो निहाल, सत श्री अकाल' के जयघोष के साथ जहाज की यात्रा आरंभ हुई।[74] गुरदित सिंह ने ओटावा, दिल्ली और लंदन के अधिकारियों को तार देकर अपनी योजना के बारे में पूर्व में ही सूचित कर दिया था।[75]

4 अप्रैल, 1914 को कामागाटा मारू के हांगकांग से रवाना होने के बाद कनाडा सरकार की नींद खुली और 8 अप्रैल, 1914 को हांगकांग के गवर्नर को कनाडा सरकार का तार संदेश मिला, जिसमें गवर्नर-इन-कौंसिल के 8 दिसंबर, 1913 एवं 31 मार्च, 1914 के आदेश के अनुपालन में कनाडा प्रवेश की असमर्थता व्यक्त की गई।[76] यात्री की संख्या कम होते देख जहाज के प्रबंधकों ने रास्ते में अन्य यात्री लेने के लिए अपने आदमी शंघाई तथा मनीला भेजे। हांगकांग गुरुद्वारे के ग्रंथी भाई हरनाम सिंह कहूटा को मनीला भेजा गया। वह 60 यात्री लेकर शंघाई पहुँचे।[77] जहाज हांगकांग से 4 अप्रैल, 1914 को रवाना हुआ और 8 अप्रैल को शंघाई पहुँचा। वहाँ 111 यात्रियों को जहाज में बैठाया गया।[78] जहाज पर 114 यात्री चढ़े।[79] कामागाटा मारू के शंघाई पहुँचने पर जर्मनी की एक केबल कंपनी ने सूचना दी कि लगभग 400 भारतीय वैंकूवर के लिए रवाना हुए हैं। इस समाचार को लंदन की एक प्रेस एजेंसी ने प्राप्त कर लिया और इसे बड़ा समाचार बनाकर दुनिया भर के अखबारों को भेज दिया। 16 अप्रैल, 1914 को वैंकूवर के अखबार 'प्रोविंस' ने सुर्खियाँ लगाईं कि जहाज भरकर हिंदू वैंकूवर आ रहे हैं।[80] शंघाई से यह जहाज 14 अप्रैल को छूटा और 19 अप्रैल को मोजी (जापान) पहुँचा।[81]

यहाँ से और कोयला लेना था तथा किराए की अगली किस्त 22,000 डॉलर भी अदा की जानी थी, लेकिन पैसे नहीं थे। कुछ किराया नए यात्रियों से लिया गया और शेष का प्रबंध भाई बलवंत सिंह खुर्दपुर ने किया।[82] यहाँ भी जहाज में 186 यात्री सवार हुए, जिनमें से अधिकतर मनीला और नागासाकी से आए थे। वहाँ से जहाज 28 अप्रैल को योकोहामा पहुँचा और यहाँ पर 14 यात्री सवार हुए। जहाज जब योकोहामा से खुला

तो कुल 376 यात्री जहाज पर थे, इनमें 24 मुसलिम, 12 हिंदू और शेष 340 सिख थे।[83] शंघाई में 111, मोजी में 86, योकोहामा में 14, कुल 376 यात्री जहाज पर सवार हुए, जिनमें से 25 मुसलमान थे।[84] गुरदित सिंह 'गदर' में प्रकाशित सामग्री से बहुत प्रभावित रहते थे और हांगकांग के केंद्रीय गुरुद्वारा में भाषण करते हुए उन्होंने 'गदर' में प्रकाशित इस तथ्य पर अपनी सहमति प्रकट की कि भारत से ब्रिटिश को भगाने के लिए हथियारबंद क्रांति की जानी चाहिए। 'गदर' के नए अंक का बंडल उन्होंने 'शंघाई' और 'मोजी' में जहाज पर रखवाया।[85] मनीला में रह रहे तीन सौ से अधिक भारतीय हांगकांग, शंघाई, मोजी और योकोहामा आदि जगहों पर रुके हुए थे। जब ये लोग जहाज पर सवार हुए तो इनके समक्ष क्रांतिकारी भाषण दिए गए कि यदि कनाडा सरकार उनका प्रवेश रोकती है तो ब्रिटिश सरकार के विरुद्ध क्रांति की जाएगी। उन्हें 'गदर' अखबार का बंडल दिया गया। विभिन्न बंदरगाहों पर जहाज में बंडल चढ़ाए गए। योकोहामा में उनकी मुलाकात बलवंत सिंह, भाई भगवान सिंह और मौलवी बरकतुल्लाह से हुई। इन्होंने जहाज में सवार होकर यात्रियों को अमेरिका एवं कनाडा की स्थिति के बारे में विस्तार से बताया।[86]

भारत भेजे गए प्रतिनिधिमंडल के एक सदस्य 'खालसा दीवान सोसाइटी' के भाई बलवंत सिंह मोजी से कोबे तक इस जहाज से आए और रास्ते में उन्होंने भारत की स्थिति से यात्रियों को अवगत कराया।[87] बलवंत सिंह ने भारत के वायसराय पेनहर्स्ट के लॉर्ड हार्डिंग एवं पंजाब के उप-राज्यपाल सर माइकल ओ'डायर के साथ बातचीत का पूर्ण विवरण यात्रियों को सुनाया।[88] वे भारत से वैंकूवर वापस जा रहे थे, जब उन्हें मोजी में कामागाटा मारू के बारे में सूचना मिली कि यात्रियों को लेने के लिए यह जहाज यहाँ कई दिनों तक रुका रहा।[89] वह क्रोजी तक इसी जहाज में गए तथा आगे एक अन्य जहाज पर सवार होकर कनाडा पहुँच गए। भाई भगवान सिंह को कनाडा से निष्कासित कर दिया गया था और वे अमेरिका जा रहे थे।[90] योकोहामा में जहाज के यात्रियों को भाई भगवान सिंह और मोहम्मद बरकतुल्लाह का भाषण सुनने का अवसर मिला। यात्रियों के लिए वे 'गदर' के ताजे अंक का बंडल अपने साथ लाए थे। हरदयाल की गिरफ्तारी और अमेरिका से उनके निर्वासन की खबर सुनकर वे सेन फ्रांसिस्को जा रहे थे। भगवान सिंह के भाषण में ब्रिटिश साम्राज्य के कृत्यों के प्रति घृणा का भाव था और उन्होंने यात्रियों से कहा कि यदि उन्हें कनाडा प्रवेश की अनुमति नहीं मिलती है तो वे भारत वापस जाकर ब्रिटिश सरकार को भगा दें। जॉन्सटन ने लिखा है कि भगवान सिंह ने गुरदित सिंह को कह दिया था कि कनाडा सरकार यात्रियों को कनाडा-प्रवेश की अनुमति नहीं देगी।[91] क्रांतिकारी गतिविधियों के लिए प्रसिद्ध मौलवी बरकतुल्लाह कुछ वर्षों से जापान में रहकर सुदूर पूर्व में ब्रिटिश सरकार के विरुद्ध क्रांतिकारी प्रचार करते थे। इस बात के साक्ष्य नहीं जुटाए जा सके हैं कि कनाडा में रह रहे भारतीय क्रांतिकारियों से गुरदित सिंह ने पूर्व

में ही कोई संपर्क किया अथवा नहीं! लेकिन गुरदित सिंह के व्यावसायिक प्रतिष्ठान का कनाडा में चल रही क्रांतिकारी गतिविधियों को पूरा समर्थन था और क्रांतिकारियों का भी इस प्रतिष्ठान पर भरोसा था। यही कारण है कि कामागाटा मारू पहुँचने के कुछ समय पूर्व ही एक शक्तिशाली नाव किराए पर ले ली गई थी। इस नाव को किराए पर लेने का कारण था कि यदि वैंकूवर में भारतीय आप्रवासियों को नहीं उतरने दिया गया तो आव्रजन अधिकारियों से छिपकर भारतीय यात्रियों को छोटे-छोटे समुद्री तटों पर उतारकर कनाडा में प्रवेश करवा दिया जाए। हालाँकि उनकी यह योजना सफल नहीं हो सकी।[92] उधर कनाडा सरकार इस नई विपदा के लिए लंदन के उपनिवेश विभाग से सलाह-मशविरा कर चुकी थी। हांगकांग के गवर्नर ने कनाडा सरकार को सारी सूचनाएँ दे दी थीं। कनाडा सरकार ने तार द्वारा हांगकांग के गवर्नर को सूचित किया कि किसी भी परिस्थिति में श्रमिकों को प्रवेश की इजाजत नहीं दी जाएगी। लेकिन यह तार कामागाटा मारू के प्रस्थान के तीन दिन बाद 7 अप्रैल को पहुँचा। इस जहाज पर वायरलेस की सुविधा नहीं थी, इसलिए गुरदित सिंह अथवा जहाज के कप्तान टी. यामामोटो से संपर्क नहीं किया जा सकता था। मुख्य न्यायाधीश हंटर द्वारा दिए गए न्याय निर्णय के तुरंत बाद कनाडा सरकार हरकत में आ गई। प्रिवी कौंसिल के अपने आदेश संख्या 23, दिनांक 7 जनवरी, 1914 में उल्लेख किया कि 'आव्रजन ऐक्ट' (The Immigration Act) के अधीन गठित 'इमिग्रेशन बोर्ड' द्वारा की गई किसी भी काररवाई, निर्णय या आदेश की समीक्षा, रद्द करने, उलटने या कम करने का अधिकार किसी भी न्यायालय को नहीं होगा। प्रिवी कौंसिल द्वारा पारित किए गए इस आदेश की जानकारी 'खालसा दीवान सोसाइटी' और गुरदित सिंह को पहले ही मिल गई थी, लेकिन वे इस परियोजना पर एक 'प्रयोग' करना चाहते थे। डर तो सबको बना हुआ था, लेकिन वे निर्भीक घोषणा कर इसे हमेशा कम करने की कोशिश करते थे। इनका आत्मविश्वास चरम पर था। एक ब्रिटिश अधिकारी ने जब इस जहाज के बारे में पूछताछ आरंभ की तो एक यात्री ने जवाब दिया—'यह जहाज पूरे भारत का है और भारत के स्वाभिमान का प्रतीक है। यदि इसे रोका जाएगा तो सेना में क्रांति हो जाएगी'।[93]

17 अप्रैल, 1914 को स्टीवेंस ने संसद् में एक प्रश्न पूछा कि क्या भारतीयों को कनाडा में प्रवेश की अनुमति दी जाएगी? गृहमंत्री रोचे का उत्तर था—"नहीं, घाटों के विभागीय अफसरों पर जोर दिया गया है कि जो हिंदुस्तानी नए कानूनों का उल्लंघन करके कनाडा आएँ, उन्हें जहाज से उतरने नहीं दिया जाए।" 'खालसा दीवान सोसाइटी', शंघाई ने भी 17 अप्रैल को तार द्वारा भारत के वायसराय को कामागाटा मारू की सूचना देते हुए अनुरोध किया कि इन्हें कनाडा प्रवेश में सहायता दी जाए, लेकिन उत्तर आया कि इस मामले में सरकार कुछ नहीं कर सकती है।[94] ब्रिटिश कोलंबिया के दो सांसद

एच.एच. स्टीवेंस और पी.ओ. वरनार्ड (विक्टोरिया) भारत विरोधी थे। स्टीवेंस ने 23 जून, 1914 को डोमिनियन हॉल, वैंकूवर में भारत विरोधी भाषण दिया।[95] हालाँकि कुछ अश्वेत कनाडाई भारतीयों के समर्थक भी थे। आर.डब्ल्यू. क्लार्क ने प्रधानमंत्री आर.एल. बोर्डेन को पत्र लिखकर स्टीवेंस द्वारा अनावश्यक किए जा रहे दुष्प्रचार के बारे में सचेत किया। भारतीयों के कनाडा प्रवेश की मनाही पर दूरंदेशी दिखाते हुए सांसद कांसग्रेन ने संसद् में इस प्रश्न को उठाया कि जब सबों को कनाडा आने की छूट है तो फिर इन सिखों को क्यों नहीं, जबकि ये ब्रिटिश सरकार के सैनिक रह चुके हैं?[96] योकोहामा से 2 मई को चलकर कुल 376 यात्रियों को लेकर कामागाटा मारू विक्टोरिया तट पर कुराटिन नामक स्थान पर[97] 21 मई, 1914 को पहुँचा। आरंभिक पूछताछ के बाद जहाज को आगे जाने दिया गया और 49 दिन की यात्रा के बाद 23 मई को कामागाटा मारू वैंकूवर तट पर बुर्राड इनलेट पहुँचा। ब्रिटिश कोलंबिया के प्रधानमंत्री सर रिचर्ड मैकब्राइड का एक साक्षात्कार 'द टाइम्स' (लंदन) में छापा गया, जिसमें उन्होंने कहा कि इन लोगों को कनाडा में प्रवेश की अनुमति नहीं दी जाएगी। जहाज के चालक दल और यात्रियों को यह जानकर बड़ा ताज्जुब हुआ कि जहाज को तट से बहुत दूर पुलिस निगरानी में रोका गया है। आव्रजन विभाग के हथियारबंद पुलिस दस्ते इस जहाज की दिन-रात निगरानी में लगे हुए थे।[98] कनाडा सरकार निश्चय कर चुकी थी कि कामागाटा मारू से आए किसी भी यात्री को कनाडा प्रवेश की अनुमति नहीं दी जाएगी और इसके लिए वह तैयारी भी कर चुकी थी। न तो गुरदित सिंह को और न ही अन्य किसी यात्री को जहाज से उतरकर जहाज के बारे में पोत कार्यालय में सूचना देने के लिए जाने की अनुमति दी गई।[99] बाबा गुरदित सिंह से जहाज के यात्रियों के स्वास्थ्य का प्रमाण-पत्र कहीं गुम हो गया था। कनाडा की सरकार को बहाना मिल गया। चूँकि मुसाफिर अपने स्वास्थ्य की जाँच पहले और बाद में करवाए बिना जहाज से उतारे नहीं जा सकते थे, इसलिए डॉक्टरी जाँच में जानबूझकर देरी की गई।[100]

सभी यात्रियों का सख्त स्वास्थ्य परीक्षण डॉ. ए.एस. मोनरो द्वारा किया गया, जिनमें से 90 यात्रियों को ही स्वास्थ्य के आधार पर कनाडा प्रवेश के लिए योग्य ठहराया गया।[101] चूँकि किसी के पास भी नियम के अनुसार वांछित स्वास्थ्य प्रमाण-पत्र और 200 डॉलर नहीं थे, अत: उनमें से किसी को भी जहाज पर से उतरने की अनुमति कनाडा के आव्रजन अधिकारियों द्वारा नहीं दी गई।[102] मुख्य आप्रवासी नियंत्रक मालकम आर. रीड इन यात्रियों को 'वैंकूवर पर आक्रमणकारी' की तरह व्यवहार करने पर तुले थे। स्वभाव के नीरस, जिद्दी, घमंडी रीड को ऐसी किसी भी परिस्थिति से नफरत थी, जो सरकारी नियमों के विपरीत थी। भारत सरकार द्वारा नियुक्त गुप्तचर हॉपकिंसन के प्रतिवेदन ने रीड के आक्रामक व्यवहार में एक तरह से आग में घी डालने का काम

किया।[103] सामान्य शिष्टाचार के अनुसार गुरदित सिंह को अपने जहाज के आगमन की सूचना तट आयुक्त को देनी थी, परंतु रीड तो इन्हें ऐसे कैदी के रूप में देख रहा था, जो कनाडा से बाहर भागने के लिए उद्यत हो![104] कनाडाई अधिकारियों ने जहाज के एक डॉक्टर को सिर्फ जहाज से उतरने की अनुमति दी, क्योंकि वह कनाडा का आप्रवासी था।[105] सिर्फ डॉ. रघुनाथ सिंह एवं छात्र भान सिंह को उतरने की अनुमति मिली। डॉ. रघुनाथ सिंह को गुरदित सिंह ने यात्रियों की देखभाल के लिए हांगकांग से लिया था, लेकिन वास्तव में वह कनाडा सरकार का एजेंट था। 18 जून को 4 बजे अपराह्न डॉ. रघुनाथ सिंह और आव्रजन गुप्तचर अधिकारी हॉपकिंसन की लंबी मुलाकात हुई और इसके बाद डॉ. रघुनाथ सिंह एवं उनके परिवारजनों को 'ब्रिटिश सैनिक सेवा' में रहने के आधार पर कनाडा प्रवेश की अनुमति मिल गई। हालाँकि यात्रियों ने विरोध किया कि डॉ. रघुनाथ सिंह की दो पत्नी हैं और उन्होंने सिर्फ एक का ही उल्लेख किया है। डॉ. रघुनाथ सिंह की दो पत्नियाँ थीं और कनाडा में बहु-विवाह अवैध था।

डॉ. रघुनाथ सिंह एवं भान सिंह को कनाडा प्रवेश की अनुमति इसलिए दी गई, क्योंकि उन्होंने अधिकारियों को यात्रियों के संबंध में सारी गुप्त सूचना दे दी थी। वह शिप पर नौकरी करता था। गुरदित सिंह ने इसे 200 डॉलर दे दिए थे कि वह एस.एस. इम्प्रेस से वापस हांगकांग जा सके, क्योंकि कामागाटा मारू के प्रकरण पर निर्णय होने में विलंब था। इसी कोटि के भान सिंह को कनाडा प्रवेश की अनुमति देने का कारण यह था कि उसने यात्रियों के विषय में कई पत्र अधिकारियों को दिए।[106] डॉ. रघुनाथ सिंह की पैरवी पर भान सिंह को भी कनाडा में उतरने की अनुमति दे दी गई।[107] बाकी यात्रियों के निर्वासन संबंधी आदेश पारित कर जहाज के एजेंट को हस्तगत करा दिया गया। धारा-23 के अनुसार ऐसे यात्री, जो उपदेशक (ग्रंथी, मौलवी), व्यापारी, छात्र, पर्यटक और सरकारी कर्मचारी हों, उन पर यह धारा लागू नहीं होगी। लगभग 50 यात्री ऐसे थे, जो उपर्युक्त कोटि में आते थे; लेकिन किन्हीं को भी जहाज से उतरने की अनुमति नहीं दी गई। गुरदित सिंह को जहाज का सामान उतरवाना था, लेकिन इसकी अनुमति भी नहीं दी गई। वे कानूनी सलाह लेना चाहते थे; लेकिन ऐसा भी नहीं करने दिया गया। यात्रियों को कनाडा के नागरिकों से मिलने की अनुमति भी नहीं दी गई।[108] जब वैंकूवर में कामागाटा मारू को रोक लिया गया तो गुरदित सिंह ने जे. एडवर्ड बर्ड नामक वकील के माध्यम से न्यायालय में विरोध दर्ज करवाया। लेकिन कहा गया कि हार्वर अधिकारियों द्वारा यह निर्णय लिया गया है। पुलिस की नाव क्यों इसके इर्द-गिर्द पहरा दे रही है, इस बात पर कहा गया कि यात्रियों की सुरक्षा के लिए ऐसा किया जा रहा है।[109] जहाज के मालिक ने एजेंट को तार भेजा कि 8000 येन भाड़ा को 11 जून तक हांगकांग में आकर जमा करो और जहाज पर वायरलेस होना आवश्यक है। रीड की योजना थी कि किसी भी प्रकार

11 तारीख तक जहाज को रोक लिया जाए, ताकि इसे अत्यधिक घाटा उठाना पड़े और कानूनी मामले में भी फँस जाए।[110] 7 जून को गुरदित सिंह ने गवर्नर जनरल को तार द्वारा सूचित किया कि 11 जून तक उन्हें जहाज के किराए का 11000 डॉलर भुगतान करना है अन्यथा जहाज जब्त कर लिया जाएगा। ऐसा तभी संभव है, जब उन्हें तट पर जाने दिया जाए। उन्हें जो घाटा लग रहा है, इसकी सारी जिम्मेदारी सरकार पर है।[111] तार में लिखा गया कि यात्रियों का राशन-पानी खत्म हो चुका है। कनाडा की सरकार राशन-पानी लेने नहीं देती। वह वकील भी करने नहीं देती और माल-असबाब को उतारने-चढ़ाने की आज्ञा भी नहीं देती।[112] सम्राट् ने कनाडा सरकार को तार भेजा, जिसका जवाब कनाडा सरकार ने 10 जून को दिया—'राशन-पानी देना शुरू कर दिया गया है। वकील से मिलने तथा जहाज से माल उतारने की आज्ञा दे दी गई है'।[113] कनाडा में भारतीयों के नेता हुसैन रहीम, सोहन लाल पाठक, बलवंत सिंह आदि के लिए यह बहुत बड़ी चुनौती थी, क्योंकि ये लोग सारी गतिविधियों से अवगत थे।[114]

रविवार 31 मई, 1914 को गुरुद्वारे में 'खालसा दीवान सोसाइटी' तथा 'यूनाइटेड इंडिया लीग' की साझी छत्रच्छाया में 700 हिंदुस्तानियों की विशाल जनसभा हुई, जिसमें हुसैन रहीम ने स्थिति पर प्रकाश डाला। गुरदित सिंह द्वारा भेजे गए संदेश में कहा गया कि ब्रिटिश अधिकारियों द्वारा उनके व्यापारिक हित पर चोट की गई है और यात्रियों को उतरने की इजाजत नहीं देकर उनके समक्ष वित्तीय संकट की स्थिति आ गई है। इस बैठक के मुख्य वक्ता बलवंत सिंह थे। उन्होंने कहा कि कुछ वर्ष पूर्व भारत की जैसी स्थिति थी, आज वैसी नहीं है, बल्कि 1857 के समय जैसी थी, वैसी ही है। भारतीय प्रवास की चर्चा करते हुए कहा कि उन्हें यह महसूस हुआ कि यदि कुछ दिनों के अंदर 'होम रूल' की मंजूरी नहीं मिली तो अंग्रेज सरकार के विरुद्ध भारतीय क्रांति के लिए तैयार हो जाएँगे। कनाडा प्रवेश में उत्पन्न किए गए व्यवधान की चर्चा करते हुए उन्होंने कहा कि भारतीय ब्रिटिश सरकार कनाडा सरकार को इस बात पर दबाव नहीं डाल रही है कि औपनिवेशिक जनता को उपनिवेश के किसी भी देश में जाने की छूट प्राप्त है। उन्होंने भारत के गौरवशाली इतिहास एवं अंग्रेज सरकार के विरुद्ध सिखों द्वारा किए गए संघर्ष की याद दिलाते हुए सलाह दिया कि ब्रिटिश अधिकारियों के इस अन्याय के विरुद्ध हार मानने की आवश्यकता नहीं है।[115] भाई बलवंत सिंह तथा हुसैन रहीम की अपील पर जनसभा में ही 60,000 डॉलर इकट्‌ठे हो गए। इस बैठक में लिये गए निर्णय के अनुसार कामागाटा मारू प्रकरण की सहायता के लिए अखिल भारतीय कांग्रेस और नाभा तथा पटियाला के राजाओं को तार भेजा गया कि वे हिंदुस्तान की सरकार पर दवाब डालें।[116] इसी बीच कनाडा में रह रहे भारतीयों ने जहाज में फँसे भारतीयों के लिए आवश्यक धन मुहैया कराने, वहाँ सकारात्मक वातावरण का निर्माण करने और आवश्यकता पड़ने पर

न्यायालय में मुकदमा लड़ने के लिए पंद्रह व्यक्तियों की एक 'तटवर्ती समिति' का गठन किया। वैंकूवर के तट पर गठित इस 'तटवर्ती समिति' का नेतृत्व भाग सिंह, हुसैन रहीम, बलवंत सिंह, सोहन लाल और उमराव सिंह को दी गई और जहाज का किरायानामा भाग सिंह और हुसैन रहीम के नाम कर दिया गया।[117] कनाडा के अधिकारी नहीं चाहते थे कि जहाज कंपनी को 11 हजार डॉलर यात्रियों द्वारा समय पर चुकाया जा सके, ताकि उन्हें यात्रियों के विरुद्ध कारर‌वाई करने का एक अवसर मिल जाए। लेकिन अधिकारियों के मंसूबे पर 'तटवर्ती कमेटी' ने पानी फेर दिया। उन्होंने न सिर्फ वांछित 11000 डॉलर चुका दिए, बल्कि जहाज का किरायानाभा भाग सिंह और हुसैन रहीम के नाम स्थानांतरित भी करवा दिया।[118]

इस कमेटी ने 22,000 डॉलर की किस्त अदा कर दी तथा 20 जून को जहाज के किराए भाड़े का पट्टा भाई भाग सिंह भिक्खीविंड तथा हुसैन रहीम के नाम लिखवा दिया।[119] पट्टे को इसलिए भी बदला गया, ताकि जहाज कनाडावालों का हो जाए और उसे घाट पर लगने की आज्ञा प्राप्त हो जाए तथा यात्री किसी-न-किसी तरह कनाडा में उतर जाएँ। लेकिन सरकार ने अपनी जिद नहीं छोड़ी।[120] जहाज के सचिव दलजीत सिंह ने 16 जून को रीड को पत्र लिखा कि विलंब के लिए वैंकूवर में कामागाटा मारू जहाज के एजेंट गार्डेनर जॉन्सन और आप जिम्मेदार होंगे।[121] कनाडा के नागरिकों को जहाज पर जाकर यात्रियों से मिलने की अनुमति नहीं दी गई। जहाज पर लदा कोयला उतारने और कनाडा की लकड़ी जहाज पर चढ़ाने की भी अनुमति नहीं दी गई। यहाँ तक कि वकील वर्ड को भी अपने मुवक्किल से मिलने की अनुमति आव्रजन अधिकारी रीड द्वारा नहीं दी गई। दु:खी होकर वर्ड ने प्रधानमंत्री बोर्डन को 23 जून को तार दिया।[122] कनाडा में रह रहे भारतीय भी अपने स्तर से कनाडा प्रशासन, खासकर आव्रजन अधिकारी मॉलकम रीड के कृत्यों की निंदा कर रहे थे। रीड की नीति थी कि जहाज से कोई यात्री कोई संदेश नहीं भेज सके और उच्च न्यायालय में कोई मुकदमा दायर नहीं हो सके और किसी भी तरह जहाज को वापस हांगकांग भेज दिया जाए।[123] जहाज बंदरगाह पर खड़ा रहा। 31 मई और 21 जून को सरकारी अधिकारियों की अमानवीय निर्दयता के विरुद्ध 'विरोध रैली' का आयोजन किया गया, जिसमें अनेक समाजवादी कनाडाई भी सम्मिलित हुए। लेकिन अधिकारीगण भारतीयों को जहाज सहित भगाने के लिए कृतसंकल्पित थे।[124] जहाज किराया के लिए चंदा उगाही की गई। 'खालसा दीवान सोसाइटी' और 'यूनाइटेड इंडिया लीग' द्वारा संयुक्त रूप से समुद्र तट पर ही यात्रियों के पक्ष में 21 जून, 1914 को दूसरी सभा आयोजित की गई, जिसमें 500 से अधिक भारतीय एवं 150 से अधिक कनाडाई श्वेत नागरिक शामिल हुए। बैठक में समाजवादियों की उपस्थिति अधिक थी। इसका कारण था कि हुसैन रहीम स्थानीय समाजवादी संगठन के सचिव थे। 'तटवर्ती

समिति' (Shore Committee) द्वारा उस समय के जाने-माने और विश्वासी वकील जे.ई. वर्ड को नियुक्त किया। वकील वर्ड रहीम के मित्र थे और सलाह एवं न्यायिक सहायता के लिए हमेशा उपलब्ध रहते थे। बैठक में वकील वर्ड ने स्पष्ट किया कि अधिकारी वर्ड की करतूतों के कारण वे कुछ भी करने में अक्षम हैं, क्योंकि वर्ड ने कानून का दरवाजा बंद कर दिया है। इस मुद्दे का मानवीय पहलू भी खत्म हो चुका है। बैठक की अध्यक्षता करते हुए रहीम ने ब्रिटिश समुदाय के प्रति भारतीयों के आक्रोश की चर्चा की। गुरुद्वारा में उपदेश सुनानेवाले भाई बलवंत सिंह तुरंत भारत से वापस आए थे और अपने उत्तेजनापूर्ण भाषण में उन्होंने कहा कि अंग्रेजों को भारत से भगाने की क्रांतिकारी चेतना सब जगहों पर व्याप्त है। कुछ वर्षों के भीतर भारतीयों को क्रांति आरंभ कर देनी चाहिए।[125] सभा में उपस्थित एक कट्टर समाजवादी ने अपने भाषण में कहा कि सभी आप्रवासियों को भारत वापस जाना चाहिए और वहाँ जाकर क्रांति कर अपने देश का मालिक स्वयं बनना चाहिए।[126]

'कामागाटा मारू प्रकरण' पर अमेरिका में लगातार कई बैठकें हुईं, जिनमें भगवान सिंह ज्ञानी, बरकतुल्लाह, रामचंद्र और सोहन सिंह भकना ने भाषण दिए। उधर पंजाब के कई समाचार-पत्रों में ब्रिटिश सरकार से इस मामले में हस्तक्षेप की माँग की गई।[127] लाहौर, रावलपिंडी, गुजरखान, पटियाला, चकवाल तथा कई स्थानों पर 'दीवान' लगाकर आक्रोश प्रकट किया गया। लंदन में 'ऑल इंडिया मुसलिम' लीग के उपाध्यक्ष सी.ए. लतीफ ने 18 जून, 1914 को भारतीयों के साथ हो रही रंगभेद नीति के विरुद्ध उपनिवेश विभाग को एक पत्र लिखा, लेकिन इस पत्र के जवाब में भारत सचिव हारकोर्ट ने स्पष्ट कर दिया कि भारतीयों को उपनिवेश के किसी भी देश में जाकर बसने का अधिकार हासिल नहीं है।[128]

'ऑल इंडिया मुसलिम लीग' ने 18 जून को लंदन में उपनिवेशों वाले दफ्तर के सामने कनाडा सरकार के इस दुर्व्यवहार के विरुद्ध सख्त विरोध प्रदर्शन किया।[129] बलवंत सिंह ने लायलपुर में रहनेवाले अपने भाई हरचंद सिंह को लिखे पत्र में स्पष्ट किया कि कनाडा के अधिकारी भारतीयों के न्यायसंगत अधिकारों के बारे में सुनने को तैयार नहीं हैं, क्योंकि उनकी नजर में भारतीय मात्र नौकर हैं। पत्र में उन्होंने अपने भाई से अनुरोध किया कि कनाडा सरकार के इस अन्यायपूर्ण कृत्य के बारे में भारतीय जनमानस में चेतना फैलाई जानी चाहिए।[130] लाहौर के दैनिक अखबार 'ट्रिब्यून' ने ब्रिटिश शासन के प्रति निष्ठावान भारतीयों की ऐसी दुर्दशा के विरोध में लेख छापा। 11 जून, 1914 को पुनः इस संबंध में समाचार छापा गया, जिसमें लाहौर के ब्रेडले हॉल में नागरिकों की हुई बैठक का जिक्र किया गया। लायलपुर से प्रकाशित होनेवाले उर्दू अखबार 'खालसा अखबार' के 5 जून, 1914 के संस्करण में विरोध व्यक्त करते हुए लिखा गया कि सिख सैनिक ब्रिटिश

सरकार के लिए अपनी जान कुरबान करते हैं, लेकिन सरकार के अधिकारियों ने मिलने की अनुमति तक नहीं दी। 7 जून एवं 10 जून के अंक में लाहौर से प्रकाशित 'हिंदू' ने कनाडा के अश्वेतों के रंगभेद नीति पर विरोध प्रकट किया। 10 जून के अंक में लाहौर के 'देश' नामक अखबार ने भी विरोध प्रकट किया।[131] कनाडाई अधिकारी जानते थे कि यदि यह मामला न्यायालय में ले जाया जाएगा तो अधिकारियों की दलील अस्वीकार कर दी जाएगी। इसलिए वे इस मामले को अनिर्णय की स्थिति में रहने देना चाहते थे। यात्रियों के वकील वर्ड ने रीड से मुलाकात कर अनुरोध किया कि किन्हीं दो व्यक्तियों के अनुरोध पर समिति विचार करे। उन्होंने मुंशी सिंह, पिता—वजीर सिंह एवं नारायण सिंह, पिता—वेलेका सिंह के मामले पर विचार करने का अनुरोध किया। विचारोपरांत मुंशी सिंह के मामले पर विचार किया गया।[132] वकील वर्ड की सलाह पर एक यात्री मुंशी सिंह के नाम पर एक आवेदन विक्टोरिया के अपीलीय न्यायालय में 25 जून को दायर किया गया। मनसा सिंह नामक भारतीयों ने आव्रजन अधिकारियों के इस आदेश के विरुद्ध विक्टोरिया अदालत में मुकदमा दर्ज किया।[133] जिस प्रकार 'एस.एस. पनामा मारू' नामक जहाज के मामले में न्यायालय द्वारा आदेश दिया गया, कुछ वैसे ही आदेश की प्रतीक्षा इन लोगों को थी।[134] अमेरिका के प्रमुख नौ हिंदुस्तानी कारोबारियों की ओर से उत्तरी अमेरिकी तथा हिंदुस्तानी अंग्रेजी प्रजा को एक खुली चिट्ठी छपवाकर बाँटी गई और इसे अमेरिकी तथा कनाडाई अखबारों में भी छापा गया।[135]

गुरदित सिंह ने स्पष्ट कर दिया कि उनके पास जहाज में रह रहे यात्रियों के लिए राशन-पानी खरीदने के लिए पैसा नहीं है और न ही जहाज को हांगकांग वापस ले जाने के लिए किराया ही है। उन्होंने प्रस्ताव दिया कि जहाज के यात्रियों के साथ व्यापारी की तरह व्यवहार करते हुए उन्हें कनाडा में उतरने एवं व्यापार करने की छूट दी जाए अथवा हांगकांग से कनाडा आने पर जितने पैसे खर्च हुए हैं, उसकी भरपाई कनाडा सरकार करे।[136] तारकनाथ दास से संपत्ति के मामले पर एवं कामागाटा मारू के संबंध में विचार करने के लिए भाग सिंह, बलवंत सिंह और मेवा सिंह सुमास (वाशिंगटन) गए। हालाँकि उनका उद्देश्य हथियार खरीदकर यात्रियों को देना भी था। वहाँ उन्होंने कुछ हथियार खरीदे। उनकी इच्छा थी कि कामागाटा मारू के माध्यम से इन हथियारों को भारत भेज दिया जाए। अमेरिका से वापस लौटते समय 2 स्वचालित पिस्तौल और पाँच सौ गोलियों के साथ मेवा सिंह को गिरफ्तार कर लिया गया। अन्य लोगों को अमेरिकी अधिकारियों ने इस आरोप में गिरफ्तार किया कि वे अनधिकृत रूप से सीमा पार किए हैं और भारतीयों का कनाडा में प्रवेश वर्जित है। भाग सिंह और बलवंत सिंह को रिहा कर दिया गया, परंतु हरनाम सिंह को देश से निष्कासित कर दिया गया।[137]

कनाडा वापस आते समय मेवा सिंह के पास एक पिस्तौल एवं 500 कारतूस

मिले एवं उन्हें गिरफ्तार कर एबुट्सफोर्ड जेल में बंद कर दिया गया। मुकदमे में मेवा सिंह के विरुद्ध अवैध हथियार छुपाकर लाने के लिए 50 डॉलर का जुरमाना और इसे जमा नहीं करने की दशा में तीन महीने कैद की सजा सुनाई गई। रीड ने अमेरिकी अधिकारियों को अन्य भारतीयों को गिरफ्तार करने एवं भारत वापस भेजने का अनुरोध भी किया। अमेरिका के आप्रवासी निरीक्षक जे.एल. जुरब्रिक ने ऐसा करने से इनकार करते हुए लिखा कि भारतीय ब्रिटिश कोलंबिया के नागरिक हैं और वे अस्थायी प्रयोजन से अमेरिका आए थे। भाग सिंह द्वारा बेला सिंह और बाबू सिंह से संपर्क कर अनुरोध किया गया कि वह भारतीयों के विरुद्ध कनाडा सरकार के लिए जासूसी करना छोड़ दे। भाई भगवान सिंह 'नत्था सिंह' के छद्म नाम से वैंकूवर प्रवेश करना चाहते थे, लेकिन बेला सिंह ने ही जासूसी कर योजना को रीड के समक्ष प्रकट कर दिया था। भाग सिंह बेला सिंह को जासूसी छोड़ने के लिए जमीन एवं पैसे की सहायता भी करना चाहते थे। लेकिन भाग सिंह के साथ हुई वार्त्ता का पूरा जिक्र बेला सिंह ने रीड के समक्ष कर दिया और उनकी नजर में अपना ऊँचा स्थान बना लिया। इस प्रकरण के बाद रीड भाग सिंह को रास्ते से हटाना चाहते थे। रीड, स्टीवेंस और हॉपकिंसन के उकसाने पर ही बेला सिंह ने गुरुद्वारे में भाग सिंह की हत्या कर दी।[138] रीड की अध्यक्षता में गठित जाँच समिति में कुल 20 सदस्य थे। सबसे पहले उस मामले को विचारार्थ रखा गया, जिसका संबंध कनाडा के बाशिंदों के साथ था। ऐसे लोगों की संख्या 20 थी और इन्हें कनाडा जाने की अनुमति दी गई। विकलांगों पर इसके बाद विचार किया गया, जिनकी संख्या करीब दस थी। सभी मामलों पर बारी-बारी से विचार किया जाता था। प्रत्येक दिन जाँच समिति की बैठक नहीं होती थी और निर्णय नहीं सुनाए जाते थे। वर्ड को आपत्ति इसी पर थी और अंत में उन्हें यहाँ तक कहना पड़ा कि न्याय का तमाशा बनाया जा रहा है और जो जज हैं, वे ही वकील भी हैं।[139] वकील वर्ड ने रीड के कारनामों पर चेतावनी देते हुए 17 जून को दो पत्र लिखे। रीड भी इस वास्तविकता से अवगत था कि यदि मामला न्यायालय में जाता है तो उसकी परेशानी बढ़ जाएगी। 24 जून को आव्रजन अधीक्षक डब्ल्यू.डी. स्कॉट को लिखे गए पत्र में रीड ने इस बात की आशंका जाहिर करते हुए लिखा कि किसी भी तरह मामले को न्यायालय में जाने ही नहीं दिया जाए। रीड निर्णय सुरक्षित रखे हुए थे और अपना निर्णय सुनाने के लिए वर्ड का दबाव बढ़ रहा था।[140] एक ओर जहाँ न्यायालय में जाने से रोकने के सारे उपाय किए गए, वहीं दूसरी ओर आव्रजन अधिकारी इस बात पर अडिग था कि इमिग्रेशन बोर्ड के निर्णय को छोड़कर वे किसी भी कोर्ट का कोई आदेश बिल्कुल नहीं मानेंगे। गुरदित सिंह एवं जहाज के कप्तान को जहाज पर से निकलने नहीं दिया गया और वह 'कैदी' के समान थे। वकील वर्ड को अपने मुवक्किल से मिलने की छूट नहीं दी गई।[141] वकील वर्ड को आव्रजन अधिकारियों के गुस्से की जानकारी थी और

यह भी पता था कि यह मुकदमा काफी दिनों तक चलेगा। आव्रजन अधिकारी मालकॉम रीड और एजेंट हॉपकिंसन के समर्थन में संसद् सदस्य एच.एच. स्टीवेंस के खुलकर आ जाने से स्थिति और जटिल हो गई।[142] पाँच जजों की एक बेंच ने 7 जुलाई को इस आवेदन को रद्द करने का आदेश दिया।[143] आधे-अधूरे दस्तावेज के साथ न्यायालय में मुंशी सिंह का आवेदन दिया गया। 25 जून, 1914 को बोर्ड की बैठक में मुंशी सिंह के मामले पर विचार-विमर्श हुआ और उसे निर्वासित किए जाने का निर्णय सुनाया गया।[144]

मंसा सिंह के आवेदन को 17 जुलाई, 1914 को न्यायालय द्वारा रद्द कर दिया गया। कनाडा के उच्चतम न्यायालय द्वारा न्याय निर्णय दिया गया कि कौंसिल का नया आदेश उन्हें अलग न्याय देने से रोकता है।[145] अब यह न्यायिक विषय नहीं रह गया था, बल्कि कनाडा की राष्ट्रीय नीति में परिवर्तित हो चुका था।[146] न्याय निर्णय आने के बाद कामागाटा मारू के यात्रियों की आशा समाप्त हो गई।[147] भारतीय समुदाय एवं यात्रियों की अंतिम आस टूट गई। आव्रजन अधिकारी रीड एवं हॉपकिंसन एवं उनके एजेंट बेला सिंह और बाबू सिंह की हत्या करने की चर्चा सब जगह होने लगी।[148] इस बीच उच्च अधिकारियों का निर्देश आ गया कि जिन मामलों पर विचार किया जा चुका हो, निर्णय पारित किया जाए। रीड वैसे किसी भी मामले पर निर्णय देने से बचा, जो न्यायालय के क्षेत्राधिकार के अंतर्गत आता हो। मुंशी सिंह के निर्वासित किए जाने का आदेश पारित हुआ। जस्टिस मरफी के समक्ष औपचारिक आवेदन दिया गया, जिसे निरस्त कर दिया गया। फिर विक्टोरिया की अपील अदालत में आवेदन दिया गया। सभी जजों ने एकमत से अपील आवेदन को 6 जुलाई, 1914 को ठुकरा दिया। कोई और उपाय न देख वर्ड ने रीड के समक्ष आवेदन दिया कि कामागाटा मारू पर लदे माल को उतारने और नया माल लादने की अनुमति दी जाए। यात्रियों को वापसी किराया दिया जाए और 20 डॉलर की राशि जहाज के यात्रियों के यात्रा खर्च के लिए दी जाए। लेकिन रीड अपनी पुरानी बातों को दुहरा रहा था कि यात्रियों को एस.एस. इम्प्रेस से वापस किया जाए और यदि आवश्यकता पड़ गई तो यात्रियों को हांगकांग भेजने के लिए जहाज की व्यवस्था की जाए।[149] जस्टिस मरफी के समक्ष वर्ड ने औपचारिक रूप से आवेदन दिया, जिसे खारिज कर दिया गया और उसके बाद विक्टोरिया के अपीलीय न्यायालय में मुकदमा दायर किया गया। मुख्य न्यायाधीश मैकडोनाल्ड की बेंच के पाँच न्यायाधीशों ने रीड के निर्णय को सही ठहराया। एक न्यायाधीश ए.ई. मैकफिलिप्स ने अपने निर्णय में कहा कि इन भारतीयों को अपने देश में रहना चाहिए, कनाडा आने की कोई जरूरत नहीं है।[150] 18 जून को 'इंडियन मुसलिम लीग' के लंदन में हुए उग्र प्रदर्शन एवं अन्य देशों से कामागाटा मारू के पक्ष में तैयार हो रहे जनमत से कनाडा सरकार डर गई और 28 जून को जहाज पर राशन-पानी ले जाने तथा पानी में खड़ी छोटी नौकाओं में माल उतारने तथा लादने

की आज्ञा दी। विचार-विमर्श करने के लिए वकील को जहाज पर आने की सहूलियत 7 जुलाई को दे दी गई।[151] इस बीच गुरदित सिंह द्वारा गठित समिति, जिसमें हरनाम सिंह, नामक वल सिंह, अमर सिंह, सुंदर सिंह तथा वीर सिंह थे, ने वकील को बुलाकर कहा कि किसी भी तरह जहाज के हांगकांग वापस जाने की बातचीत आरंभ की जाए। इसका कारण यह था कि नए पट्टाधारी ने गुरदित सिंह से लाभ-हानि का हिसाब-किताब माँगना शुरू किया और गुरदित सिंह ने सोचा कि इससे अच्छा है कि जहाज को वापस हांगकांग ले चला जाए। अब समस्या सिर्फ राशन-पानी की रह गई थी।[152] इसका दूसरा पहलू यह था कि नए पट्टेदारों को महसूस हुआ कि यदि जहाज हांगकांग वापस चला जाएगा तो उनकी 22000 डॉलर की पूँजी तो जाएगी ही, इतने दिनों तक किए गए खर्च का भी कोई हिसाब-किताब नहीं रह जाएगा।[153]

जहाज में कुछ ही दिनों के लिए राशन और पानी बचा हुआ था। जहाज के अगले दिनों के किराए के लिए गुरदित सिंह के पास पैसा नहीं था। 'तटवर्ती कमेटी' को जहाज के मालिक को पैसा देने के लिए तुरंत 22 हजार डॉलर की आवश्यकता थी। कनाडा और अमेरिका में बैठकें की गईं और पैसे की व्यवस्था कर जहाज के मालिक का भुगतान कर दिया गया।[154] किराए की बाकी 22000 डॉलर की राशि भी जमा करवा दी गई।[155]

इस प्रकरण में आठ सप्ताह लग गए। जहाज पर राशन एवं पीने के पानी का घोर अभाव हो गया। लेकिन इसकी जिम्मेदारी लेने के लिए रीड तैयार नहीं हुआ। बाकी सारी जिम्मेदारी जहाज के मालिक एवं एजेंट पर थोप दी।[156] जहाज पर पीने के पानी का घोर अभाव हो चुका था। एक ओर कनाडाई अधिकारी यात्रियों को जहाज से उतरने नहीं दे रहे थे और दूसरी ओर जहाज पर भोजन और पानी की आपूर्ति भी ठप कर दी गई थी। लोग अपनी मौत स्पष्ट रूप से सामने देख रहे थे। जहाज का जापानी कर्मचारी किनारे पर जाकर अपने लिए पीने का पानी लाता था, लेकिन किसी को भी नहीं देता था। प्यास के कारण सुंदर सिंह का बेटा फौजा सिंह बेहोश हो गया। उसकी माँ चीत्कार करने लगी। जहाज के कैप्टन के कक्ष से बीयर लाकर गुरदित सिंह ने कुछ बूँदें बच्चे के मुँह में डाला तो उसे होश आने लगा। लेकिन इस कारण जहाज का कैप्टन बहुत नाराज हो गया। उसी शाम जापानी कर्मचारी द्वारा जब पुनः पानी लाया गया तो जहाज के प्यासे यात्री उस पर टूट पड़े। कोई कप में पानी माँग रहा था तो कोई छीना-झपटी में फर्श पर गिरा पानी जीभ से चाट रहा था। किसी के कपड़े पर पानी गिरा और कोई उस कपड़े को ही चूसने लगा। बहुत भयानक दृश्य उत्पन्न हो गया था।[157] जहाज समिति के अमर सिंह ने कनाडा सरकार को लिखा कि तीन दिनों तक बिना खाना-पानी के रहेंगे तो आपको पता चलेगा कि भूख और प्यास क्या होती है और समूह में ऐसा करके देखें! दो महिलाएँ और पाँच बच्चे भूख और प्यास के मारे दम तोड़ने की स्थिति में पहुँच चुके हैं। वर्ड का कहना था

कि चूँकि आदेश निर्गत करने में रीड ने देरी की है, अतएव, राशन एवं पानी की व्यवस्था उन्हीं की जिम्मेदारी है।[158] जहाज में राशन एवं पीने के पानी का घोर अभाव हो चुका था और लोग मरने की स्थिति में पहुँच चुके थे। 7 जून, 1914 को गुरदित सिंह द्वारा ब्रिटेन के राजा को तार संदेश भेजा गया कि "चार दिनों से जहाज पर खाद्य सामग्री नहीं है।[159] लेकिन रीड किसी भी हालत में जहाज पर अनाज नहीं देने देगा।[160] भूख के कारण जहाज के यात्री मर जाएँगे। यात्रियों को कैद कर लिया गया है।" पीने के पानी के कारण जहाज के जापानी कर्मचारियों के साथ हुई छीना-झपटी ने दूसरा ही रूप ले लिया। उसने वैंकूवर के जापानी कौंसिलर होरी को इसकी सूचना दे दी। होरी ने कनाडा सरकार को संदेश भेजा कि उसके नागरिक के साथ कनाडा के तट पर अभद्रता बरती गई है। लेकिन किसी तरह होरी को जहाज की वस्तुस्थिति के बारे में बता दिया गया और फिर होरी जहाज की हालत देखने के लिए स्वयं आया।[161]

रीड स्वयं 'विनामक' नामक नाव पर बैठकर निगरानी करता था और उन्हीं लोगों को मिलने दिया जाता था, जिसको वह अनुमति देता था। 26 जून, 1914 को जहाज के यात्री भान सिंह एवं पोहलो राम ने रीड को पत्र लिखा कि जहाज पर एक बूँद पानी नहीं है और यदि एक घंटे के अंदर पानी की आपूर्ति नहीं की गई तो कुछ लोग मर जाएँगे। इस मामले में गुरदित सिंह कुछ भी करने से असमर्थ हैं। उन्होंने ओटावा के गवर्नर जनरल को पुन: तार दिया कि आप्रवासी विभाग से पेयजल उपलब्ध कराए जाने के बार-बार किए गए अनुरोध का कोई असर नहीं है। इस मृत्यु से अच्छा है कि हमें गोली मार देने का आदेश दे दिया जाए![162] गुरदित सिंह के तार संदेश के आलोक में लंदन के बकिंघम पैलेस से एक तार संदेश कनाडा भेजा गया। कनाडा के गवर्नर जनरल ने तार का उत्तर दिया कि राशन एवं पीने के पानी की आपूर्ति आरंभ कर दी गई है। वकील को यात्रियों से मिलने की छूट भी दे दी गई है। हालाँकि तार भेजे जाने के बहुत देर बाद आपूर्ति की गई।[163]

यात्रियों ने पाँच सदस्यों अमर सिंह, हरनाम सिंह, सुंदर सिंह, वीर सिंह और हरनाम सिंह को मिलाकर एक समिति का गठन किया और इस समिति ने 8 जुलाई को दो बार रीड से अनुरोध किया कि जहाज पर पानी और खाने के सामान की आपूर्ति की जाए। लेकिन इन सबका नतीजा कुछ भी नहीं निकला। समिति द्वारा जहाज का नियंत्रण अपने हाथों में ले लिया गया था; कारण, गुरदित सिंह द्वारा किए गए अनुरोध का कोई असर नहीं हो रहा था। समिति ने आप्रवासी विभाग को एक प्रकार की चेतावनी दी कि यदि 9 जुलाई के 8.00 पूर्वाह्न तक जहाज पर भोजन और पानी की व्यवस्था नहीं की गई तो वे जहाज को तट पर ले जाने के लिए बाध्य हो जाएँगे। उनकी चेतावनी का असर रीड पर पड़ा और वह जहाज पर 'कुछ सामानों की आपूर्ति' करने के लिए तैयार हुआ।

दो-तीन दिनों तक की व्यवस्था कनाडा सरकार के खर्च पर की जा सकी।[164] रीड और हॉपकिंसन को यह विश्वास था कि अमेरिका के 'गदरी' कनाडा के अपने मित्रों को हंगामे के लिए उकसा रहे हैं। उन्हें शंका थी कि भारतीय बम बना रहे हैं और कामागाटा मारू से हथियारों की तस्करी करना चाहते हैं। 5 रिवॉल्वर एवं 500 से अधिक कारतूस लिये अमेरिका सीमा का उल्लंघन करनेवाले मेवा सिंह को कनाडाई अधिकारी ने गिरफ्तार कर लिया। खालसा दीवान सोसाइटी के अध्यक्ष भाग सिंह, बलवंत सिंह एवं एक अन्य को भी अमेरिकी अधिकारियों ने गिरफ्तार कर लिया। ऐसा समझा गया कि कनाडा और अमेरिका सीमा के नजदीक सिएटल में रहनेवाले तारकनाथ दास और सात माह पूर्व जबरन निर्वासित किए गए भगवान सिंह ज्ञानी ने मिलकर इन हथियारों का प्रबंध किया है।[165]

ब्रिटिश कोलंबिया के अधिकारी इस जहाज को शीघ्रातिशीघ्र वापस भेजना चाहते थे। वापस जाने का आदेश 17 जुलाई को ही दे दिया गया था। रीड की धमकी से हॉपकिंसन भी डर गया। वह भारत में रह चुका था और उसे पता था कि यात्रियों के साथ कोई भी खून-खराबा भारत सरकार को कठिन समस्या में डाल देगा। भारत के वायसराय ने कनाडा सरकार को किसी भी प्रकार का बल-प्रयोग न करने की सलाह दी थी।[166] शहर में बढ़ते तनाव को देखते हुए अधिकारीगण ने 'तटवर्ती समिति' के सदस्यों से अनुरोध किया कि वे जहाज पर जाकर यात्रियों से वापस जाने का अनुरोध करें। जहाज पर आवश्यक सामान एवं दवाएँ उपलब्ध करा दी गई हैं। हुसैन रहीम, मीत सिंह एवं अन्य को जहाज के अंदर जाने की अनुमति दी गई। रीड के अनुरोध पर भाग सिंह को सुमास (वाशिंगटन) में जेल में बंद कर दिया गया था।[167] पुनः कनाडाई अधिकारियों ने जहाज को वापस जाने का आदेश तो दिया, लेकिन जहाज के उग्र यात्री अधिकारियों के आदेश सुनने तक को तैयार नहीं थे। उन्होंने जहाज पर नियंत्रण कर लिया और जहाज को वापस नहीं जाने देने के निर्णय पर अड़े रहे।[168] वर्ड के किसी भी तर्क का कोई उत्तर रीड ने नहीं दिया। वर्ड ने यहाँ तक लिखा कि भूखों मारने से अच्छा है कि उन्हें गोली से उड़ा दिया जाए! ओटावा के आव्रजन अधीक्षक स्कॉट ने जहाज के कप्तान यामामोटो को कानूनी काररवाई की चेतावनी दी।[169]

इधर कनाडा के प्रधानमंत्री वोर्डेन ने वस्तुस्थिति को ध्यान में रखते हुए जहाज के मालिक के वकील टूपर को एक गुप्त तार संदेश 14 जुलाई को दिया। इसमें कहा गया कि यदि जहाज का प्रस्थान सुनिश्चित हो जाए तो यात्रियों की माँग के अनुसार अनाज और पानी की व्यवस्था कनाडा सरकार के आंतरिक विभाग द्वारा कर दी जाएगी। कामागाटा मारू के एजेंट गार्डेनर जॉनसन ने वकील वर्ड से अनुरोध किया कि वह पानी की आपूर्ति किए जाने के बदले 200 डॉलर देने का निर्देश हुसैन रहीम और भाग सिंह को

दें। कामागाटा मारू के एजेंट टूपर के इस अनुरोध को कनाडाई अधिकारियों ने स्वीकार कर लिया कि जहाज पर राशन-पानी की व्यवस्था कर दी जाएगी और जहाज वैंकूवर तट से वापस चला जाएगा। लेकिन अधिकारियों ने यह शर्त भी रखी कि तीन मील दूर जाकर रसद आपूर्ति की जाएगी।[170] टूपर से एक गलती हो गई कि उसने स्वीकार कर लिया कि इन सब सामानों की आपूर्ति तीन मील दूर समुद्र में की जाएगी। इस पर कुल 4000 डॉलर का खर्च आनेवाला था।[171] इस शर्त को मानने के लिए यात्री तैयार नहीं थे। दलजीत सिंह ने गार्डेनर जॉनसन को स्पष्ट कहा कि हमें आपकी बातों पर कोई विश्वास नहीं है। हमें यहाँ ही रसद चाहिए।[172] 16 जुलाई, 1914 को राशन-पानी देने का वायदा करके कनाडा सरकार ने मुसाफिरों को घाट से चले जाने का हुक्म दिया और साथ में धमकी भी दी कि यदि जहाज कनाडा की समुद्री सीमा से बाहर न गया तो राशन-पानी बंद करके यात्रियों को भूखे मार दिया जाएगा।[173] टूपर द्वारा अनुरोध स्वीकार किए जाने के कारण यात्रियों में पुनः असंतोष बढ़ गया। तीन-चार दिन बीत जाने के बाद भी जहाज का ईंधन नहीं बनने दिया गया। कैप्टन को तट पर लाया गया और विमर्श का दौर आरंभ हुआ। रीड का दबाव था कि यदि यात्रीगण ईंधन नहीं बनने देते हैं तो पुलिस के 35 जवानों को रक्षा के लिए जहाज के अंदर तैनाती की जाएगी। स्थिति को देखते हुए '72 बी.सी.फोर्थ हाईलैंडर्स' के राइफलधारी जवानों को बुला लिया गया। इस बीच पुलिस द्वारा जहाज में घुसने से मना कर दिया गया। 18 जुलाई की रात्रि में रीड, स्टीवेंस वकीलों के साथ जहाज पर जाना चाहते थे, लेकिन यात्रियों ने आधी रात में उनके जहाज में प्रवेश पर मना कर दिया और जहाज की सीढ़ी नहीं खोली गई।[174] जहाज का कैप्टन आधे कपड़ों में बाहर आया। उसे पूरे कपड़े पहनकर बाहर आने को कहा गया। कैप्टन का स्पष्ट कहना था कि जब तक जहाज के किराएदार उसे जाने के लिए नहीं कहेंगे, वह नहीं जाएगा और इस मामले में वह कनाडाई अधिकारियों की बात सुनने के लिए राजी नहीं है। विमर्श का दौर पुनः आरंभ हुआ। रीड किसी भी हालत में जहाज से छुटकारा पाना चाहता था। रीड का कहना था कि जहाज के किराएदार भाई भाग सिंह को गिरफ्तार कर सुमास (वाशिंग्टन) जेल में डाल दिया गया है और दूसरे किराएदार हुसैन रहीम को जापान पुलिस खोज रही है। लेकिन जहाज का कैप्टन कुछ भी सुनने को तैयार नहीं था। रीड ने कहा कि कनाडा के मंत्री ने उसे अधिकृत किया है कि जब जहाज हांगकांग के रास्ते में 3 मील की दूरी तय कर ले, उस पर सभी आवश्यक सामान लाद दिए जाएँ। कैप्टन ने जहाज के अंदर जाकर गुरदित सिंह से इस अनुरोध को स्वीकार कर लेने का आग्रह किया, लेकिन बात नहीं बनी।[175]

जहाज के यात्रियों का व्यवहार अब शांतिपूर्ण नहीं रह गया था। उन्होंने आदेश मानने से इनकार कर दिया और जहाज के कैप्टन एवं अन्य अधिकारियों को एक केबिन

में बंद कर दिया और जहाज को आगे बढ़ाने से मना कर दिया। आव्रजन अधिकारियों ने 19 जुलाई को पुलिस की सहायता ली और कैप्टन एवं अन्य अधिकारियों के बचाव के लिए पुलिस को जहाज पर भेजना चाहा।[176] यात्रियों का गुस्सा सातवें आसमान पर था। एक यात्री ने कहा कि अब हम लोग मरने और मारने के लिए तैयार हैं। जहाज को वापस ले जाने के लिए वे हरगिज तैयार नहीं हुए और कैप्टन यामामोटो से जहाज का नियंत्रण अपने हाथ में ले लिया। अधिक मात्रा में पुलिस बल भेजने के लिए रीड ने सरकार से आग्रह किया।[177] पंजाब फौजों की भरती के लिए बहुत बड़ा क्षेत्र था, जिसकी बिगड़ती हुई हवा उस समय सिर पर सवार जंग के खतरे को देखते हुए बहुत महँगी साबित हो सकती थी। इसलिए तत्कालीन वायसराय लॉर्ड हार्डिंग ने लंदन तथा इससे भी बढ़कर ओटावा (कनाडा) को तार भेजा कि जहाज पर जुल्म-जबरदस्ती न की जाए। कनाडा सरकार के लिए ये बड़े नाजुक हालात थे। कहीं स्थानीय अफसर कुछ गलत न कर बैठें, इसलिए उसने ओटावा से कृषि मंत्री मार्टिन बर्ल को वैंकूवर भेजा।[178]

इधर आप्रवासी विभाग के अधीक्षक स्कॉट ने जहाज के कप्तान यामामोटो से मुलाकात कर उस पर दबाव बनाया कि यदि वह जहाज को तुरंत हांगकांग वापस ले जाता है तो उन पर कोई मुकदमा नहीं चलाया जाएगा, अन्यथा जहाज की साफ-सफाई में त्रुटि एवं यात्रियों को भोजन की आपूर्ति नहीं करने के कारण भारी दंड लगाया जाएगा।[179] एक तरफ जहाज पर पानी एवं राशन का हाहाकार था, तो दूसरी ओर इस बात को लेकर जोरदार बहस छिड़ी हुई थी कि आखिर उसका खर्चा कौन उठाएगा? कनाडा सरकार, जहाज के मालिक या जहाज के किराएदार? यात्रियों को एक शाम के भोजन के लिए 6 टन एवं पूरे दिन के लिए 15 टन पानी की जरूरत थी। इसके अतिरिक्त 6 टन पानी जहाज के इंजन एवं प्रकाश के लिए चाहिए। 15 पौंड मक्खन एक शाम के भोजन के लिए चाहिए।[180] कनाडाई अधिकारीगण जहाज पर भोजन और पानी रोककर भी आंदोलित यात्रियों को वापस जाने के लिए नहीं मना सके तो अंततः उन्होंने 120 पुलिसवालों से लैस 'सी लाइन' नामक जहाज को कामागाटा मारू को नियंत्रित करने के लिए बुलाया। 18 जुलाई की रात 1.00 बजे रीड ने 400 पुलिस जवानों के साथ जहाज पर 'आक्रमण' कर दिया। आधा घंटा पहले हॉपकिंसन ने आकर चेतावनी दी कि जहाज को 400 पुलिसकर्मियों ने घेर लिया है और यदि यात्रीगण जहाज को कनाडा की सीमा से तुरंत दूर नहीं ले जाएँगे तो जहाज को जबरदस्ती खींचकर बाहर कर दिया जाएगा। इसमें यदि कोई प्रतिरोध करेगा तो उसे मार दिया जाएगा।[181]

40 पुलिसकर्मियों, विशेष राइफल से लैस 35 पुलिस अधिकारियों के साथ 'सी लाइन' तैयार खड़ा था। पुलिस जहाज 'सी लाइन' द्वारा कामागाटा मारू पर नियंत्रण का प्रयास किया गया।[182] 19 जुलाई को 1.30 बजे रात में आव्रजन विभाग की पुलिस

कामागाटा मारू को रस्सी से बाँधकर बाहर करने के लिए पहुँची। पुलिस टीम में 125 पुलिस अधिकारी, 35 विशेष अधिकारी, आव्रजन विभाग के विधि परामर्शी लैडनर और एच.एच. स्टीवेंस थे। यात्रियों ने जाने से इनकार कर दिया।[183] 'सी लाइन' नामक छोटा जहाज, जो कामागाटा मारू से कम-से-कम 15 फीट नीचे था, पर सवार होकर, हथियारों से लैस पुलिस के जवान आए। जहाज पर सवार सभी 352 यात्री जहाज के किनारे पर खड़े हो गए। 'सी लाइन' को 'कामागाटा मारू' के साथ मोटे रस्से से बाँध दिया गया, लेकिन कुछ ही देर बाद इस रस्सी को यात्रियों ने काट दिया। यात्रियों पर नियंत्रण के लिए पुलिस ने सारे प्रयास किए और जहाज पर चढ़कर वे गुरदित सिंह को गिरफ्तार करना चाहते थे। लेकिन यात्रियों ने भी ठान रखा था कि चाहे परिणाम कुछ भी हो, इन पुलिसकर्मियों के नियंत्रण में जहाज को नहीं आने देना है। जहाज पर उपलब्ध कोयले, जली हुई ईंट के टुकड़े, मशीन के पार्ट-पुरजे आदि से पुलिस पर प्रहार करना आरंभ किया गया। उग्र यात्रियों द्वारा की गई पत्थरबाजी से पुलिस प्रमुख सकते में आ गए और उन्होंने गोली चलाने का आदेश तक दे डाला।[184] 19 जुलाई को यात्रियों ने ईंटों एवं कोयला से पुलिस पर आक्रमण आरंभ कर दिया, जिसमें कम-से-कम पाँच पुलिसवाले जख्मी हो गए।[185] जहाज पर उपलब्ध कोयले के टुकड़ों से उन्होंने पुलिस पर प्रहार करना आरंभ किया। 'सी लाइन' के सभी शीशे चकनाचूर कर दिए गए। पुलिस एवं यात्रियों में अच्छी लड़ाई हुई। हालाँकि पुलिस द्वारा कुछ गोलियाँ भी चलाई गईं, लेकिन इससे कोई घायल नहीं हुआ। इसका कारण था कि 'सी लाइन' से कामागाटा मारू बहुत ऊँचा था। चार यात्रियों को चोट आई।[186] यात्रियों ने पत्थर एवं कोयले के टुकड़े पुलिस पर फेंकना आरंभ किया और लाठी, डंडे से पुलिस की पिटाई आरंभ की, ताकि किसी प्रकार पुलिस को जहाज पर चढ़ने से रोका जा सके। ऐसा भी कहा जाता है कि जहाज से एक या दो बार पिस्तौल से गोलियाँ भी चलाई गईं।[187] दलजीत सिंह ने बलवंत सिंह को लिखा कि मौत हमारे इर्द-गिर्द मँडरा रही है, लेकिन जब तक हम जिंदा हैं, जहाज को बिना रसद के वापस नहीं जाने देंगे। गुरदित सिंह के सचिव ने हॉपकिंसन से कहा कि उन्हें रीड की बातों का भरोसा नहीं है। उन्हें यह भी विश्वास नहीं है कि तीन मील दूर जाने के बाद जहाज पर सामान लाद दिया जाएगा। यही नहीं, वैंकूवर में ही जहाज पर कलकत्ता तक पहुँचने लायक सामान लाद दिया जाएगा तो वे जहाज को वापस ले जाने के लिए तैयार हैं, अन्यथा नहीं।[188]

दलजीत सिंह द्वारा भाई बलवंत सिंह को लिखे गए पत्र से स्पष्ट होता है कि यात्रियों में मरने और मारने की भावना बलवती हो उठी थी। वे मरना पसंद करते, किंतु बिना राशन के जहाज को आगे नहीं बढ़ने देते। उनके अनुसार, पुलिस जहाज पर आकर गुरदित सिंह को गिरफ्तार करना चाह रही थी। लेकिन जब उसने यात्रियों से दुर्व्यवहार

करना आरंभ कर दिया तो यात्रियों ने भी मुँहतोड़ जवाब दिया और पुलिस को मार भगाया। इससे जुड़े रॉबी एल. रीड नामक अधिकारी ने लिखा कि जहाज पर सवार 300 से अधिक यात्रियों में अधिकतर सेना और पुलिस की सेवा कर चुके लोग थे, जिन्हें नियंत्रण करना आसान काम नहीं था। इस घटना में पुलिस अधिकारी मैकलेमान और लैडनर सहित कई लोग घायल हो गए।[189] यात्रियों ने 'सी लाइन' नामक जहाज को भी भगा दिया।[190]

'दि वैंकूवर सन' नामक पत्र ने लिखा कि 'चिंघाड़ते हुए हिंदुओं ने पुलिस पर आक्रमण किया'।[191] लेकिन गोली नहीं चलाई गई। कई पुलिसकर्मी एवं आव्रजन विभाग के कर्मचारी घायल हो गए। लगभग 2 बजे सभी लोग वापस हो गए। पुलिस प्रमुख एच.एच. स्टीवेंस और विधि परामर्शी लैंडनर के विचार के बाद युद्धपोत 'रेनबो' को बुला लिया गया।[192] 'तटवर्ती समिति' के कुछ सदस्यों ने 'सी लाइन' में घुसकर यात्रियों को समझाने की कोशिश की। कनाडा के कृषि मंत्री मार्टिन बुरेल ने आश्वासन दिया कि कामागाटा मारू जहाज से माल नहीं उतरने देने के कारण जो हानि हुई है, उसकी भरपाई की जाएगी।[193] आव्रजन विभाग के परामर्शदाता लैंडर ने जापान दूतावास के अधिकारी वाई.ए. होरी से जहाज के कप्तान पर दबाव डालने का अनुरोध किया। लेकिन कुछ भी आदेश पारित करने से पूर्व होरी अपनी सरकार से निर्देश ले लेना चाहता था। लेकिन जहाज हटाने की समय-सीमा 6 बजे निर्धारित कर दी गई थी।[194]

इधर यात्रियों ने अपना अभ्यावेदन देना बंद नहीं किया। उनका कहना था कि वे बलपूर्वक वापस नहीं जाएँगे और अपनी जान देना पसंद करेंगे। उनकी माँग थी कि वे किसान हैं और उन्हें अलवेर्टा में जमीन का टुकड़ा दे दिया जाए, ताकि वे खेती कर सकें। उनका यह भी कहना था कि चूँकि गुरदित सिंह को जहाज पर से उतरकर न्यायालय के समक्ष सारे दस्तावेज रखने की अनुमति नहीं दी गई, इसलिए न्यायालय का ऐसा निर्णय आया है। अब तक उनका 350 हजार डॉलर खर्च हो चुका है। अतएव, उन्हें कनाडा के किसान के रूप में रहने की अनुमति दी जाए।[195] इसके बाद 'रेनबो' नामक सैनिक युद्धपोत को बुलाया गया एवं उन्हें आदेश दिया गया कि आवश्यकता पड़ने पर वे गोली भी मार सकते हैं।[196] सरकार ने 'रेनबो' नामक नौसैनिक पोत को सहायता के लिए भेजा।[197]

21 जुलाई के अहले सुबह 'रेनबो' कामागाटा मारू के बगल में चुपके से जाकर खड़ा हो गया। 'रेनबो' पर मशीनगन आदि लगे हुए थे। 10 बजे सुबह 'रेनबो' की सारी बंदूकों का मुँह 'कामागाटा मारू' की तरफ खुल गया। रहीम ने इसे बड़ा मजा कहा। अंत में 'तटवर्ती समिति' ने निर्णय लिया कि कामागाटा मारू वापस चला जाए। कमांडर होस ने पूरे अभियान के संचालन का जिम्मा लिया और इसके लिए 'डी.सी.ओ.आर.' नामक बटालियन को मोरचा सँभालने का आदेश दिया।[198] एरिक डब्ल्यू मॉर्स ने 'सम

एस्पेक्ट्स ऑफ दी कामागाटा मारू अफेयर्स' और जी.ई. मॉर्टिमोर ने 'दि बैटल ऑफ कोल हार्बर' में कनाडा की रंगभेद नीति के विरुद्ध निहत्थे भारतीयों की सशस्त्र पुलिस पर विजय की प्रशंसा की। 'मॉर्निंग सन' नामक अखबार ने अपने संपादकीय में अधिकारियों की कारगुजारियों की निंदा की। हालाँकि अगले सोमवार की रात में 'सेंट्रल कंजरवेटिव क्लब' में स्टीवेंस ने साफ किया कि उनकी हार नहीं हुई है और पुलिस द्वारा राइफल का प्रयोग यात्रियों की सुरक्षा के लिए किया गया।[199] 'रॉयल फुजिलायर्स' द्वारा बहुत नजदीक से 0.303 बोर की गोलियों से 177 फायर किए गए।[200]

युद्धपोत 'रेनबो' अपने पूरे लाव-लश्कर के साथ 'युद्ध' के लिए आ पहुँचा। इसमें अतिरिक्त रूप से 50 सैनिक लाए गए थे। छठी वैंकूवर रेजीमेंट के बल, आयरिश 'फुजिलायर्स' के बल भी आक्रमण के लिए तैयार थे। पाँव की बेड़ी एवं हाथ की हथकड़ी का बड़े पैमाने पर इंतजाम किया गया था। वैंकूवर राज्य पुलिस द्वारा अन्य सामानों की आपूर्ति की गई थी। 'रेनबो' के कमांडर द्वारा 6 इंच तोप के मुँह का रुख कामागाटा मारू की ओर कर दिया गया था।[201] योजना थी कि सभी यात्रियों को एक-एक कर 'रेनबो' पर लाकर उन्हें कैद कर लिया जाए। युद्ध की पूरी तैयारी देखकर कनाडा प्रेस ने सवाल उठाया कि आयरिश फुजिलायर्स, हाई लैंडर्स और छठी रेजीमेंट को बुलाने का निर्देश किसने दिया? लेकिन इसका जवाब कनाडा अधिकारियों के पास नहीं था।[202] स्थिति में गरमाहट आते ही कनाडाई पदाधिकारी एवं भारतीय नेता दोनों ही हथियारों के प्रयोग की मनाही चाह रहे थे। अधिकारी इस बात के लिए राजी हुए कि किसी भी यात्री को भूख से मरने नहीं दिया जाएगा।[203] बाद में यात्रीगण भी इस बात के लिए तैयार हुए कि जहाज को वापस ले जाया जाएगा, परंतु उन्होंने शर्त रखी कि उनके वापस जाने तक के लिए पर्याप्त राशन की व्यवस्था जहाज में कर दी जाए।[204] यात्रियों की बात मान ली गई और 6000 डॉलर की कीमत का राशन जहाज में पहुँचाया गया।[205] वापसी यात्रा के लिए 6000 डॉलर के मूल्य का राशन जहाज पर लादा गया।[206]

हॉपकिंसन एवं दलजीत सिंह के बीच हुए संवाद में दलजीत सिंह ने शर्त रखी कि यदि जहाज पर राशन-पानी की आपूर्ति कर दी जाएगी और जहाज को किराया पर लेनेवाले भाग सिंह और रहीम से उनकी मुलाकात की व्यवस्था कर दी जाएगी तो जहाज का 'वाष्प' बनने देने के लिए तैयार हो जाएँगे। स्थिति आक्रामक हो चुकी थी। कैप्टन यामामोटो द्वारा लिखित रूप से पुलिस सुरक्षा की माँग की गई। रहीम से जबरन लिखवा लिया गया कि किराएदार जहाज को भेजने के लिए तैयार हैं। जहाज के जापानी चालक दल के सदस्यों के समक्ष विकल्प दिया गया कि वे कोमागाटा मारू से उतरकर 'रेनबो' पर सवार हो जाएँ, लेकिन जापानी अधिकारी होरी इससे सहमत नहीं हुए और वे निष्पक्ष जाँच की माँग करने लगे। यात्रियों के वकील वर्ड एवं मैकनिल ने कनाडाई अधिकारियों

के समक्ष प्रस्ताव रखा कि कामागाटा मारू से माल उतारने और नया माल चढ़ाने की अनुमति दी जाए। यात्रियों को किसी अन्य जहाज से भेजने की व्यवस्था की जा सके। इन यात्रियों को क्षतिपूर्ति, वापसी का किराया और राशन-पानी का इंतजाम कर दिया जाए। लेकिन कनाडाई अधिकारी किसी भी प्रस्ताव को सुनने तक के लिए तैयार नहीं थे और यात्रियों को नौसैनिक ताकत के बल पर वापस भेजना चाहते थे।[207]

अफवाहों का बाजार गरम था। आव्रजन अधिकारियों द्वारा अफवाह फैलाई गई कि एक और जहाज वैंकूवर पहुँचनेवाला है, जिस पर भी बहुत लोग सवार हैं। दूसरी अफवाह फैलाई गई कि यात्रीगण कामागाटा मारू में आग लगानेवाले हैं, ताकि वे कनाडा में प्रवेश कर जाएँ। तीसरी अफवाह थी कि स्थानीय भारतीय नावों में भरकर हथियार की आपूर्ति करनेवाले हैं। यह भी कि भारतीय रीड की हत्या करनेवाले हैं।[208] लोगों में अंदेशा फैलाया गया कि यदि कामागाटा मारू पर आक्रमण किया जाता है तो कनाडा में रह रहे भारतीय शहर में आगजनी करेंगे। यह सही है कि 'इंडस्ट्रियल वर्कर ऑफ दि वर्ल्ड' द्वारा भारतीयों का समर्थन किया जा रहा था, लेकिन आव्रजन अधिकारियों ने हवा दी कि स्थिति इतनी संवेदनशील हो गई है कि स्थानीय पुलिस इसे नियंत्रित नहीं कर सकती, इसलिए सेना बुलाई गई है।[209] जहाज के शांतिपूर्वक वापस जाने में मदद के लिए आव्रजन अधिकारियों ने चार भारतीयों से सहयोग की अपील की, जिसे सोहन लाल पाठक ने ठुकरा दिया। एच. रहीम और गुरुद्वारे के पुरोहित भाई मीत सिंह को बुलाया गया। इन्हें जहाज पर जाकर विमर्श करने की अनुमति दी गई। दलजीत सिंह द्वारा रखे गए प्रस्ताव को स्वीकार कर लिया गया और जहाज पर आवश्यक मात्रा में राशन और दवा की व्यवस्था कर दी गई। मीत सिंह और एच. रहीम सुबह तक जहाज पर थे। बाकी यात्रियों को दस-दस के समूह में सरकारी नौका से जहाज तक भेजा गया, ताकि वे अपने देशवासियों से विमर्श कर सकें। सिर्फ भाग सिंह को नहीं जाने दिया गया, क्योंकि उन्हें सुमास (वाशिंगटन) में गिरफ्तार कर लिया गया था।[210] कनाडा के कुछ भारतीय इस जहाज से वापस जाना चाहते थे, ताकि इन लोगों के साथ भारत वापस जाया जाए एवं ब्रिटिश सरकार के विरुद्ध क्रांति की जाए। लेकिन किसी भी अतिरिक्त यात्री को जहाज पर नहीं चढ़ने दिया गया।[211]

कामागाटा मारू के यात्रियों को 24000 डॉलर की सामग्री उपलब्ध कराई गई। लेकिन वे कुछ और चीजें चाह रहे थे। यात्रियों की ओर से गुरदित सिंह ने पत्र लिखा कि उन्हें कुछ जिंदा भेड़ एवं आटा गूँथने के लिए बड़े बरतन की आवश्यकता है और इसकी आपूर्ति किए बिना जहाज खुलने के निश्चित समय पर प्रस्थान नहीं कर पाएँगे।[212] यों अंतिम घड़ी में माँग प्रस्तुत किए जाने के कारण आप्रवासी अधिकारी रीड परेशान हो गया। कनाडा के कृषि मंत्री मार्टिन बुरेल एवं अन्य के साथ रीड को पुनः बैठक करनी

पड़ी, जिसमें यात्रियों के वकील को भी बुलाया गया। विमर्श में कहा गया कि यात्रियों की माँग सरकार एवं 'तटवर्ती समिति' द्वारा पूरी कर दी जाएगी। वकील वर्ड जहाज के भीतर गए। इनके पास जहाज के किराएदार हसन रहीम का पत्र था, जिसमें कहा गया था कि सभी सामग्री 4.00 बजे सुबह जहाज पर लाद दी जाएगी।[213] यों तो 7 जुलाई से ही इस प्रकरण को देखने के लिए कनाडाइयों की भीड़ तट पर जुटने लगी थी, लेकिन 23 जुलाई, 1914 को इस नाटक का अंत देखने के लिए सैकड़ों कनाडाई छुट्टी लेकर तट के नजदीक जमा हो गए। सबकुछ योजनागत तरीके से हो गया और कामागाटा मारू 24 जुलाई को 5.00 बजे सुबह वैंकूवर से रवाना हो गया।[214] भारतीय समुदाय के लिए यह पराजय का क्षण था। एक सिख ने बाद में टिप्पणी की कि 'ब्रिटिश साम्राज्य के प्रति निष्ठा कामागाटा मारू के साथ ही समुद्र में चली गई'।[215]

'कामागाटा मारू प्रकरण' की सर्वत्र निंदा की गई। उत्तरी अमेरिका में रहनेवाले भारतीयों ने 'एन ओपन लेटर टू दि ब्रिटिश पब्लिक' नामक एक परचा तैयार किया। परचा तैयार करनेवालों में अधिकतर व्यापारी, छात्र, सिएटल के नामी राम जोशी और वाशिंगटन विश्वविद्यालय के सुरेंद्रनाथ कार थे।[216] गदर पार्टी के अध्यक्ष सोहन सिंह भकना एवं प्रमुख नेता मौलवी बरकतुल्लाह की अध्यक्षता में कैलिफोर्निया में भारतीयों की कई बैठकें हुईं, जिसमें यह बात उभरकर आई कि भारत वापस जाकर क्रांति करने का समय आ गया है, ताकि अपने देश को आजाद कराया जा सके।[217]

5 अगस्त को भाई सुध सिंह को हांगकांग पोर्ट पर जहाज का प्रभार लेने के लिए भेजा गया, जहाँ पर जहाज 25 अगस्त को पहुँचने वाला था। लेकिन जहाज को हांगकांग तट पर नहीं पहुँचने दिया गया।[218] भाग सिंह की गिरफ्तारी के कारण कामागाटा मारू में हथियार आपूर्ति करने की योजना सफल नहीं हो पाई। 23 जुलाई, 1914 को वैंकूवर तट से रवाना होने के बाद जहाज 16 अगस्त, 1914 को योकोहामा (जापान) पहुँचा।[219]

गदर पार्टी के अध्यक्ष सोहन सिंह भकना गुप्त रूप से योकोहामा पहुँचकर कामागाटा मारू के यात्रियों से मिले। इसने दलजीत सिंह एवं हरनाम सिंह गुज्जरवाल के साथ एक होटल में मुलाकात की और गदर पार्टी की योजनाओं से अवगत कराया। उन्होंने 200 पिस्तौल और 2000 राउंड कारतूस भी कामागाटा मारू में गुप्त रूप से चढ़ाए और यात्रियों से कहा कि भारत जाकर क्रांति करनी है। इससे पहले भी कई लोग क्रांति के लिए भारत भेजे जा चुके हैं।[220] 4 अगस्त, 1914 को प्रथम विश्वयुद्ध आरंभ हो गया। जर्मनी की खतरनाक एवं बड़ी पनडुब्बी 'एम्डेन' ब्रिटिश सेना के कई जहाजों को डुबो चुकी थी। सोहन सिंह भकना ने जापानी मित्र की सहायता से जर्मन कौंसिल से मुलाकात कर भारत के लिए सुरक्षित जहाज यात्रा की व्यवस्था सुनिश्चित करवाई। इस समय भगवान सिंह, बरकतुल्लाह और करतार सिंह सराभा योकोहामा में थे। जापान में

इन्हें जानकारी मिली कि भारत में गदर आरंभ हो चुका है। वे पंजाबी लोगों को लेकर शीघ्र भारत पहुँचना चाहते थे। करतार सिंह सराभा अलग रास्ते से भारत पहुँचे। सोहन सिंह ने शंघाई जाने का मार्ग पकड़ा और वहाँ मथुरा सिंह, गुज्जर सिंह भकना एवं अन्य से मुलाकात कर भारत जाने की व्यवस्था करवाई। 'नामसांग' नामक जहाज से जब ये हांगकांग के लिए चले तो इनके साथ सौ से अधिक पंजाबी थे।[221] गदर पार्टी ने निश्चय किया कि जत्थे में लोगों को 'गदर' के लिए भारत भेजने का यह सबसे अच्छा समय है। योकोहामा में दो दिनों तक जहाज को कड़ी निगरानी में रखा गया, परंतु रात के अँधेरे का लाभ उठाकर 200 ऑटोमैटिक पिस्तौल से भरा हुआ बक्सा जहाज पर लादने में ये सफल हो गए। भकना ने जहाज पर जाकर यात्रियों को भारत जाकर क्रांति करने के बारे में गदर पार्टी द्वारा लिये गए निर्णय को विस्तार से समझाया।[222]

योकोहामा में हांगकांग के औपनिवेशिक सचिव के माध्यम से जहाज पर गुरदित सिंह को ब्रिटिश कौंसिल जनरल का आदेश प्राप्त कराया गया, जिसमें कहा गया था कि जहाज के यात्रियों को वापस हांगकांग नहीं लाया जाए; क्योंकि यहाँ पर इनके लिए रोजगार के अवसर नहीं हैं। उन्हें इस बात की चेतावनी दी गई कि यदि इस आदेश का उल्लंघन होता है कि जहाज के मालिक, एजेंट एवं किराएदार के विरुद्ध 'वैगरेंसी ऑर्डिनेंस' के तहत कानूनी काररवाई की जाएगी।[223] सिंगापुर में भी जहाज के यात्रियों को उतरने की अनुमति नहीं है, इसकी सूचना गुरदित सिंह को मिल चुकी थी।[224] आदेश के जवाब में गुरदित सिंह ने अनुरोध किया कि वे यात्रियों को भारत ले जाने के लिए तैयार हैं, बशर्ते जहाज पर आवश्यकतानुसार मांस और सब्जी की आपूर्ति कर दी जाए। उनके अनुरोध को निरस्त कर दिया गया।[225]

जहाज के मालिक ने कैप्टन को तार दिया कि तुरंत कोबे चले जाओ और इसके बाद 18 अगस्त को जहाज कोबे की ओर रवाना हुआ और 21 अगस्त को वहाँ पहुँचा। वहाँ पर जवाहरमल और तोतीराम मनसुखानी, एम.ए. उनसे मिलने के लिए आए और सभी यात्रियों को जहाज से उतारकर जुलूस की शक्ल में बाहर ले गए।[226] भारतीयों ने गुरदित सिंह एवं अन्य यात्रियों को रैली द्वारा शहर में ले जाकर शानदार स्वागत किया एवं भोज खिलाया।[227] जवाहरमल और तोतीराम मनसुखानी के सहयोग से वाइ. सातो, ब्रिटिश कौंसिल से मिलने के लिए ये लोग गए, परंतु वह कुछ भी सुनने के लिए तैयार नहीं था और एक सुर में कह रहा था कि जहाज को खाली कर दिया जाए। जब उन्हें बताया गया कि 3 अक्तूबर तक के लिए जहाज का किराया दे दिया गया है तो वह कुछ नरम पड़ा।[228]

कौंसिल जनरल के समक्ष यात्रियों ने दुबारा अनुरोध किया कि वे निराश्रित एवं गरीब हैं और उनके पास खाने का सामान नहीं है। हालाँकि इस बात में सच्चाई नहीं थी। ब्रिटिश कौंसिल ने कलकत्ता पत्र लिखा कि यात्रियों को वापस जाने के लिए 19000 येन

चाहिए। कलकत्ता से तार द्वारा सूचित किया गया कि यात्रियों को 9000 येन उपलब्ध करा दिया जाए। ब्रिटिश कौंसिल के कर्मचारी जहाज पर आकर गुरदित सिंह को पैसा देना चाहते थे और उनसे प्राप्ति रसीद पर लिखवाना भी चाहते थे। गुरदित सिंह ने इनकार कर दिया और कहा कि मेरे पास पर्याप्त पैसा है और मैं व्यापारी हूँ।[229] लेकिन स्थिति को देखते हुए कौंसिल जनरल ने कोबे से कलकत्ता पहुँचने तक की अवधि के लिए 9000 येन की आपूर्ति करवा दी। 230 यात्रियों की ओर से मीर मोहम्मद खान ने पैसा प्राप्त किया।[230]

लेकिन यात्रियों से शपथ-पत्र पर हस्ताक्षर करवा लिया गया कि अब इसके बाद वे कोई नई माँग नहीं रखेंगे। गुरदित सिंह ने स्वयं पैसा लेने से मना कर दिया और जहाज पर समिति के सचिव मुंशी मीर मोहम्मद को दिए जाने का अनुरोध किया। मुंशी मीर मोहम्मद ने इन पैसों से आवश्यक सामान खरीदवाकर जहाज पर लदवाए।[231] गुरदित सिंह ने इन पैसों से कोई सामान नहीं खरीदा, क्योंकि जहाज पर पर्याप्त मात्रा में खाद्य सामग्री उपलब्ध थी।[232] कामागाटा मारू यात्रियों के साथ किए जानेवाले बरताव के संबंध में दिल्ली और ब्रिटिश कौंसिल द्वारा पत्र लिखा गया था, जिसका उत्तर आने में विलंब होने के कारण जहाज को 12 दिनों तक कोबे तट पर रहना पड़ा। ब्रिटिश कौंसिल जनरल के आदेश के विपरीत दो हिंदू यात्रियों को जहाज पर चढ़ा लिया गया, जो सरकार की नजर में संदिग्ध थे।[233] इनमें एक जवाहरमल ज्योति राम मनसुखानी नामक सिंधी था।[234] 3 सितंबर, 1914 को कामागाटा मारू कोबे से प्रस्थान कर गया। योकोहामा और कोबे में कुछ यात्री अधिकारियों की नजर बचाकर शहर में प्रवेश कर गए। ऐसा भी कहा गया कि गुरदित सिंह ने हरनाम सिंह एवं वीर सिंह को कोबे में पर्याप्त धन देकर उन्हें क्रमश: शंघाई और हांगकांग इस उद्‌देश्य से भेजा कि वे वहाँ जाकर भारतीयों को भारत भेजने और ब्रिटिश सरकार के विरुद्ध क्रांति के लिए जाग्रत् करें।[235]

कोबे से प्रस्थान करने के बाद कामागाटा मारू 16 सितंबर को सिंगापुर पहुँचा। लेकिन इसे तट पर नहीं पहुँचने दिया गया, बल्कि पाँच मील दूर ही रखा गया। सिंगापुर पहुँचकर यात्रियों ने राशन आपूर्ति की नई माँग रखी, जिसे अधिकारियों ने निरस्त कर दिया। किसी भी यात्री को सिंगापुर में उतरने की अनुमति नहीं दी गई। हॉपकिंसन क्रांति के मंसूबों के बारे में भारत सरकार को लगातार सूचित कर रहा था। अब तक भारत सरकार को हॉपकिंसन द्वारा भेजी गई रिपोर्ट मिल गई थी कि 22, 25 एवं 29 अगस्त को अलग-अलग बंदरगाहों से भारतीय जत्थे में रवाना हो चुके हैं। 5 सितंबर के अध्यादेश के माध्यम से ब्रिटिश सरकार ने अपने सभी दूतावासों को सूचित कर दिया कि किसी को किसी भी बंदरगाह पर उतरने नहीं दिया जाए। इन तटीय शहरों में रहनेवाले भारतीय गुस्से से उबल पड़े और कामागाटा मारू चर्चा का मुख्य केंद्र बन गया। केंद्रीय गुरुद्वारा, शंघाई

एवं हांगकांग के 'दीवान' में भारतीयों ने वापस जाकर इस अपमान का बदला लेने का प्रण किया। यह एकमात्र संयोग ही था कि कामागाटा मारू के कलकत्ता पहुँचने के तुरंत बाद पहला जत्था 'शंघाई' से कलकत्ता पहुँचा था।[236]

गुरदित सिंह ने सिंगापुर के आव्रजन अधिकारियों से अनुरोध किया कि उसे कम-से-कम एक घंटे के लिए जहाज से उतरने दिया जाए, क्योंकि उन्हें व्यक्तिगत टेलीग्राम भेजना है। हालाँकि अधिकारियों ने इसकी अनुमति नहीं दी, लेकिन उसने कहा कि गुरदित सिंह आवश्यक पैसा और तार के शब्द लिखित रूप में दे दें तो वे भेजने की व्यवस्था करवा देंगे। गुरदित सिंह ने पहला तार वायसराय को भेजा कि वह कामागाटा मारू के यात्रियों की शिकायत और इसके निराकरण के लिए एक कमीशन की स्थापना करें। दूसरा तार कलकत्ता के अखबार 'डेली बंगाली' को भेजा कि कलकत्ता पहुँचने पर कामागाटा मारू से संबंधित खबर के प्रकाशन की व्यवस्था की जाए और तीसरा तार लायलपुर के सरदार हरचंद सिंह को भेजा कि वह स्वयं तथा अन्य नेताओं के साथ कामागाटा मारू के स्वागत के लिए कलकत्ता पहुँचें।[237] तार में लिखा गया कि संभवत: 28 सितंबर को कामागाटा मारू कलकत्ता पहुँचेगा और उन्होंने यह भी अनुरोध किया कि एक शिष्टमंडल की व्यवस्था की जाए, ताकि कामागाटा मारू के यात्रीगण अपनी शिकायत को अधिकारियों के समक्ष रख सकें।[238] गुरदित सिंह ने इन तारों को भेजने के लिए अधिकारी को 30 डॉलर दिया। गुरदित सिंह अपने संस्मरण में लिखते हैं कि ब्रिटिश सरकार ने सिंगापुर के गवर्नर को निर्देश दिया कि कामागाटा मारू को सीधे मद्रास भेजा जाए, लेकिन जब इसकी जानकारी यात्रियों को हुई तो उन्होंने विरोध करना शुरू कर दिया और चेतावनी तक दे डाली कि जब तक जहाज को कलकत्ता जाने की अनुमति नहीं दी जाती है, वे जहाज को चलने नहीं देंगे। सिंगापुर से जहाज रवाना होकर दो मील का सफर तय कर चुका था, लेकिन यात्रियों के जबरदस्त प्रतिरोध के कारण इसे वापस सिंगापुर तट पर लाया गया और[239] तब अधिकारियों ने इसे कलकत्ता जाने की अनुमति दे दी।[240] गुरदित सिंह के आग्रह पर योकोहामा में जहाज पर लादे गए 'गदर दी गूँज' और अन्य क्रांतिकारी साहित्य एवं पिस्तौल एवं गोलियाँ समुद्र में फेंक दिए गए। हालाँकि इनमें से कुछ यात्रियों ने पिस्तौल छुपाकर रख ली थीं।[241] वस्तुत: जहाज 26 सितंबर को डायमंड हार्बर (कलकत्ता) पहुँचा।[242] ब्रिटिश साम्राज्य (भारत) में आनेवालों के संबंध में कानून बनाने का अधिकार प्राप्त करने के लिए 5 सितंबर, 1914 को एक विधेयक लाया गया और इसका अनुसरण करते हुए 12 सितंबर, 1914 को स्थानीय सरकार को इस संबंध में नियम बनाने की शक्ति दे दी गई। इसके आलोक में 'भारत रक्षा' (आपराधिक कानून संशोधन विधेयक) (1915 का चौथा) कानून पारित किया गया एवं गवर्नर जनरल को सुरक्षात्मक निरोध करने के अधिकार दे दिए गए। 22 मार्च, 1915 को

पंजाब के 16 जिलों में इस कानून को लागू कर दिया गया।[243]

उधर कामागाटा मारू से आनेवाले यात्रियों को विशेष ट्रेन द्वारा पंजाब लाने की व्यवस्था इसी ऐक्ट के आलोक में की गई और चार सिख पुलिस अधिकारी, एक ब्रिटिश पुलिस अधिकारी एवं एक अनुभवी मजिस्ट्रेट को इसके लिए कलकत्ता भेजा गया। 26 सितंबर की शाम को कामागाटा मारू हुगली पहुँचा और डायमंड हार्बर से 6 मील दूर कालपी में इसे रोक लिया गया।[244] कलकत्ता से 90 किमी. दूर कालपी में ही इस जहाज को सुरक्षा के नाम पर रोक लिया गया। दो बार अधिकारियों ने जहाज का कोना-कोना छान मारा और हथियार और परचों की खोज की।[245] जब जहाज कलकत्ता से 70 मील दूर था, 27 सितंबर को बीच समुद्र में जहाज को एक नाव ने रुकवाया और उस पर एक अंग्रेज अधिकारी दाखिल हुआ। उसने गुरदित सिंह को जहाज के केबिन से बुलवाया और पूछा कि जहाज पर झंडा किसने लगाया है? गुरदित सिंह ने उत्तर दिया—जहाज की प्रबंधकारिणी समिति ने। इस पर क्या लिखा हुआ है? गुरदित सिंह ने उत्तर दिया कि जहाज भारतीयों का है और इस पर लिखा हुआ है—सत-श्री-अकाल, अल्लाह ओ अकबर और वंदेमातरम्।[246] जहाज को कलकत्ता से 26 मील दूर कुलबी में लंगर डालने का आदेश हुआ। उस समय उस पर 321 यात्री सवार थे।[247] कुलबी पहुँचते ही जहाज में सादी वरदी में पुलिस जवान घुसे और तलाशी लेनी शुरू की। इस दल का नेतृत्व 24 परगना के जिला पदाधिकारी डोनाल्ड, सी.आई.डी. के निर्देशक डेविड पेट्री और डी.ए.पी. पुलिस सूखा सिंह ने किया। यात्रियों के सामानों में क्रांतिकारी साहित्य और हथियार की तलाशी ली जाती थी। कई बार जाँच किए जाने और पुलिस के व्यवहार से यात्रीगण गुस्से में उबल रहे थे।[248] जब कुछ नहीं मिला तो 29 सितंबर को पुलिस सुरक्षा में जहाज को बजबज पहुँचाया गया, जो हावड़ा से 7 किलोमीटर दूर था।[249]

हालाँकि सरकारी अधिकारियों ने सिखों के प्रति उनके साथ हुए दुर्व्यवहार के कारण सहानुभूति भी जताई और कहा कि उन्हें पंजाब ले जाने के लिए एक विशेष ट्रेन की व्यवस्था की गई है। कामागाटा मारू को क्यों रोककर रखा गया, इसे गुरदित सिंह समझ नहीं पा रहे थे और उन्होंने इसकी जाँच के लिए एक आयोग बैठाने की माँग की। हालाँकि इन लोगों ने पुलिस को जाँच करने में किसी प्रकार की रोक-टोक नहीं की। गुरदित सिंह की इच्छा के विरुद्ध इनमें से अधिकतर यात्री जहाज से उतरकर ट्रेन में बैठने को लेकर तैयार नहीं हुए।[250]

29 सितंबर को जहाज कुलबी से बजबज लाया गया और यात्रियों को उतरने का आदेश दिया गया। उन्हें बताया गया कि पंजाब की गाड़ी उनकी प्रतीक्षा में खड़ी है।[251] पुलिस के पास उपलब्ध यात्री सूची से पुनः मिलान किया गया और एक बार फिर उनके सामानों की तलाशी ली गई। इसके बाद उन्हें जहाज से नीचे उतरने का हुक्म मिला।

यात्रीगण जानना चाहते थे कि उन्हें कहाँ ले जाया जा रहा है? पुलिस द्वारा जानकारी दी गई कि बजबज स्टेशन पर खड़ी विशेष ट्रेन से उन्हें पंजाब भेजा जा रहा है।[252] पुलिस के आदेश से यात्रीगण चौंके, क्योंकि उन्हें मालूम था कि पंजाब जानेवाली गाड़ी बजबज से नहीं, हावड़ा स्टेशन से रवाना होती है। यात्रीगण हावड़ा ले जाने का अनुरोध कर रहे थे। विशेष ट्रेन से यात्रा करने के लिए भी ये तैयार नहीं थे और वे अपना यात्रा खर्च स्वयं उठाना चाह रहे थे।[253]

उन्हें लगा कि ट्रेन से उन्हें किसी अज्ञात जेल में ले जाया जाएगा। गुरदित सिंह एक पुलिस अधिकारी के पास गया और पूछा कि उन लोगों को पंजाब क्यों ले जाया जा रहा है? जवाब मिला कि शायद यात्रियों के पास पैसों का अभाव है। गुरदित सिंह ने कहा कि किसी भी यात्री ने कभी नहीं कहा कि उनके पास पैसे नहीं हैं और वे पंजाब जाना चाहते हैं। लेकिन पुलिस का जवाब था कि सरकार का आदेश यही है। गुरदित सिंह का कहना था कि उन्होंने जहाज को किराए पर लिया है और उसके आदेश के बिना जहाज नहीं चल सकता तो जवाब मिला कि हमें जहाज से कोई लेना-देना नहीं है। सरकार का आदेश सर्वोपरि है और इसे मानना ही पड़ेगा, आपकी इच्छा नहीं चलेगी। 15 मिनट के अंदर जहाज से नीचे आओ अथवा परिणाम भुगतने के लिए तैयार हो जाओ।[254]

वे सरकारी अधिकारियों पर विश्वासघाती का आरोप लगाते हुए कह रहे थे कि यह सहानुभूति उन्हें धोखा देने के लिए दिखाई जा रही है और यह विशेष ट्रेन उन्हें लेकर पंजाब नहीं बल्कि आसाम या किसी अन्य जगह पर ले जाएगी। अधिकारियों के अनुसार वे झगड़ा करने के उद्‌देश्य से ही ऐसा तुच्छ एवं रुक्ष व्यवहार कर रहे थे। इस जहाज में शाहपुर जिले के 17 मुसलमान भी थे और सबसे पहले ये लोग ही पंजाब जानेवाली ट्रेन में चढ़ने के लिए राजी हुए।[255] मात्र 62 यात्री ट्रेन में सवार हुए।[256] शाहपुर (पाकिस्तान) के 6 मुसलिम और 72 अन्य यात्री पुलिस दबाव में आकर स्टेशन चले गए।[257] थके-हारे, भूखे-प्यासे वे बजबज पहुँचे। वहाँ कोई यात्री न था। उन्हें फिर कामागाटा मारू में जाने का हुक्म मिला।[258] दिन के 2 बजे का समय था और अब तक यात्रियों ने अन्न-जल ग्रहण नहीं किया था। गुरदित सिंह ने बड़ी ही नम्र भाषा में कहा कि उनके साथ दुर्व्यवहार न किया जाए। पुलिस अधिकारी के पूछने पर गुरदित सिंह ने कहा कि वे निकट के गुरुद्वारा जाकर गुरुग्रंथ साहिब को प्रतिष्ठित करना चाहते हैं। यात्रियों के माल-असबाव का प्रबंध करना, यात्रियों के आपस में लेन-देन का हिसाब-किताब करना भी कलकत्ता में रहकर ही संभव हो सकता है। दूसरी बात कि कोई भी यात्री वापस पंजाब नहीं जाना चाहता है, क्योंकि वे अपनी संपत्ति बेचकर यहाँ तक पहुँचे हैं।[259]

गुरदित सिंह ने बड़े ही नम्र शब्दों में अंग्रेज अफसरों से कहा कि जहाज कंपनी के साथ उनको पैसे के लेन-देन का विवाद निबटाना है और इसमें किसी निष्पक्ष

कानूनविद् के मध्यस्थता की आवश्यकता उन्हें पड़ सकती है। यह काम वह हांगकांग में करना चाहता था, लेकिन उन्हें इसकी अनुमति नहीं दी गई। यात्रीगण पिछले कई माह से एक-दूसरे के साथ हैं और उन्हें भी आपसी लेन-देन का हिसाब-किताब करना है। ये सब काम कलकत्ता में हो सकते हैं। लेकिन अधिकारीगण उनकी किसी भी बात को सुनने तक के लिए तैयार नहीं थे। उन्होंने गुरदित सिंह को पंद्रह मिनट का समय दिया और चेतावनी दी कि इस पंद्रह मिनट के अंदर यदि यात्रीगण जहाज खाली कर उतर नहीं जाते हैं तो उन्हें गोली मार दी जाएगी। इतना ही नहीं, यात्रियों पर दबाव बनाने के लिए एक गोरे अधिकारी ने पंद्रह मिनट की उल्टी गिनती करनी शुरू भी कर दी।[260] इस बीच बंगाल के मुख्य सचिव कुमिंग और गवर्नर कौंसिल के सदस्य ड्यूक ने घटनास्थल पर पहुँचकर गुरदित सिंह से बातचीत की। गुरदित सिंह ने बताया कि वे लोग कलकत्ता जाकर गवर्नर के समक्ष अपनी शिकायत रखना चाहते हैं। कुमिंग ने कहा कि उन्हें गवर्नर ने शिकायत सुनने के लिए भेजा है। गुरदित सिंह ने जवाब दिया कि तो हमारी शिकायत सुनी जाए। कुमिंग ने कहा कि वे यहाँ शिकायत नहीं सुनेंगे, बजबज में सुनेंगे।[261] तय हुआ कि एक सिख प्रतिनिधिमंडल स्टेशन पर जाकर ट्रेन के बारे में रेल अधिकारियों से विस्तृत पूछताछ करे। प्रतिनिधिमंडल जब व्यवस्था से संतुष्ट होकर आया तो विचार हुआ कि अब इस जहाज को छोड़ दिया जाए। लेकिन यात्री अपना सामान स्वयं ढोने के लिए तैयार नहीं हुए और उन्होंने निर्देश दिया कि सरकारी अधिकारी इन लोगों का सामान ढोएँ। सामान ढोने के लिए कुली की व्यवस्था हुई। काफी देर बाद जुलूस की शक्ल में यात्रीगण वहाँ से चले।[262]

गुरदित सिंह अपने माथे पर गुरुग्रंथ साहिब को रखकर जहाज से नीचे आए और यात्रीगण उनके पीछे-पीछे चलने लगे।[263] ये लोग कलकत्ता जाना चाहते थे, लेकिन पुलिस अधिकारी इन बातों को सुनने के लिए भी तैयार नहीं थे। आपस में विमर्श कर यात्रियों ने कहा कि यदि उनकी गिरफ्तारी हो चुकी है तो उनका गिरफ्तारी वारंट दिखाया जाए। यदि उनके पास गिरफ्तारी वारंट हो तो उन्हें उनका आदेश मानने में कोई एतराज नहीं है। वारंट दिखाने के लिए पुलिस को एक घंटे का अतिरिक्त समय भी दिया गया। डेढ़ घंटा बीतने के बाद भी पुलिस वारंट नहीं दिखा सकी।[264] 'गुरुग्रंथ साहिब' और एक झंडा इस जुलूस के आगे ले जाया गया।[265] 'गुरुग्रंथ साहिब' को हाथ में लेकर माथे पर रखते हुए गुरदित सिंह पहले हावड़ा गुरुद्वारा जाना चाहते थे और इनके पीछे-पीछे बाकी यात्रीगण थे।[266] तीन-चार मील की दूरी पर कुछ पुलिसवाले अपनी पिस्तौल में गोली भरकर इन यात्रियों को रोकना चाहते थे, लेकिन वे ऐसा नहीं कर सके। लगभग एक मील दूरी तय करने के बाद कुछ अधिकारियों को लेकर एक कार जुलूस के आगे आकर रुक गई। पूछताछ के क्रम में गुरदित सिंह ने बताया कि वे कलकत्ता में गुरुद्वारा जाकर पवित्र 'गुरुग्रंथ साहिब' को

वहाँ रखना चाहते हैं और इसके बाद वे गवर्नर से मुलाकात कर उन्हें शिकायत करेंगे।[267]

इसके बाद यात्रियों की भीड़ बजबज की ओर मुड़ गई। जुलूस बहुत धीरे-धीरे स्टेशन की ओर जा रहा था। जुलूस के अंत में गुरदित सिंह थे। बाकी यात्रीगण उन्हें साथ लेने के लिए धीरे चलते थे या फिर रुक जाते थे।[268] प्रत्येक गज की दूरी तय कर जुलूस रुक जाता था। अधिकारियों के सब्र का बाँध टूट रहा था। उन्होंने गुरदित सिंह को धमकाया कि उनके एवं उनके साथ चल रहे अन्य यात्रियों पर 'भारत रक्षा अधिनियम' की धाराएँ लगा दी जाएँगी, यदि वे सरकार द्वारा उदारतापूर्वक की गई व्यवस्था को स्वीकार करने से परहेज करेंगे।[269] जुलूस एक बार फिर आगे बढ़ा और एक जगह पर आकर अंतिम रूप से रुक गया। पुन: वे ट्रेन में चढ़ने की अपनी माँग दोहराने लगे। कलकत्ता के एक चौराहे पर पहुँचकर वे कलकत्ता की विभिन्न सड़कों की तरफ जाने लगे। इस समय स्टेशन पर पंजाब पुलिस के 27 जवान सहित एक भारतीय पुलिस अधिकारी रह गए थे।[270]

इस बीच एक बंगाली युवक एक साइकिल पर सवार होकर जुलूस की तरफ आया। एक यात्री ने इस बंगाली युवक से साइकिल बेच देने का आग्रह किया और इसके लिए दाम लगाने का भी आग्रह किया। युवक ने कहा कि उसने कुछ ही दिन पूर्व यह साइकिल 60 रुपए में खरीदी है और वह इसे 60 रुपए में बेच सकता है। इस युवक को साइकिल का दाम 75 रुपया दिया गया। वह युवक खूब खुश हुआ। गुरदित सिंह ने इस युवक से आग्रह किया कि वह लोगों को यह जानकारी दे दे कि कामागाटा मारू के यात्रीगण वापस आ गए हैं और हावड़ा गुरुद्वारा में ठहरे हुए हैं। युवक उनकी बात मानते हुए वहाँ से चल दिया।[271] इतनी कम संख्या में पुलिस बल और इतने अधिक यात्री! पुलिस बल के सामने इन यात्रियों के अनुसार व्यवहार करने के अलावा अभी और कोई विकल्प नहीं था। इन यात्रियों को सामने से जाकर रोकने का पहले प्रयास किया गया, लेकिन इसमें नाकामी मिली। जुलूस के पीछे चलनेवाले लोग आधे-अधूरे मन से चल रहे थे, अतएव, उन लोगों को अलग करने का प्रयास किया गया। इसमें उन्हें सफलता मिल गई और 42 सिख यात्री ट्रेन से वापस जाने के लिए राजी हो गए और उन्हें स्टेशन पहुँचा दिया गया। बाकी यात्री कलकत्ता जानेवाली सड़क पकड़े। इसी बीच में एक गोरा सिपाही पेट्री ने भीड़ के आगे आकर उन्हें रुकने का आदेश दिया और अपने आदेश का पालन न होते देख अपना पिस्तौल यात्रियों की ओर तानकर सड़क जाम कर खड़ा हो गया। सांदपुरा, लाहौर के सरदार इंदर सिंह और सरदार अमर सिंह अपनी छाती खोलकर उस गोरे सिपाही की पिस्तौल के आगे खड़े हो गए और चेतावनी दी कि यदि उनमें साहस है तो गोली मार दें! अमर सिंह, निहंग सिंह और इंदर सिंह ने अपना छाती खोलकर सामने रख दिया और बोले कि 'चलाओ गोली, हम मरने से नहीं डरते।' सिपाही डर गया और रास्ता छोड़कर अलग हो गया।[272] पेट्री ने टेलीफोन कर और पुलिस बल की माँग की।[273] स्थिति की जानकारी

टेलीफोन से आला अधिकारियों को देते हुए और पुलिस बल की माँग की गई, ताकि यात्रियों को कलकत्ता जाने से रोका जा सके। खबर मिलते ही कार से 'रॉयल फुजिलाइर्स' की द्वितीय बटालियन को तुरंत वहाँ भेजा गया। इसके अतिरिक्त एक पुलिस अधीक्षक, 38 यूरोपीय सार्जेंट और 20 घुड़सवार पुलिस दस्ता को भी तुरंत वहाँ भेजा गया। बजबज से तीन या चार मील दूर पुलिस की इन सिखों से भेंट हुई और इन्हें वापस लाने में इन्हें सफलता मिली। जब इन यात्रियों को स्टेशन पर लाया गया, अंधकार छा गया था।[274] इस रैली के दोनों ओर पुलिसकर्मी भी कतार में जा रहे थे। यात्रीगण उत्तेजित थे और बार-बार चेतावनी दे रहे थे। शाम के बाद जैसे ही रात की कालिमा छाई, यात्रीगण और यूरोपीय पुलिसकर्मी दोनों ही भयभीत हो उठे।[275]

उस दिन बहुत गरमी थी और यात्रियों ने सुबह से न तो कुछ खाया था और न ही पानी पिया था। वापसी में कुछ लोगों ने पेयजल का स्रोत देखा और प्यास बुझाने का लोभ-सँवरण नहीं कर पाए। उन्हें प्यास बुझाने से न सिर्फ रोका गया, बल्कि अभद्र व्यवहार करते हुए लाठी के अगले भाग से मारकर कतार में खड़े रहने के लिए बाध्य किया गया। गुरदित सिंह का किशोर उम्र का बेटा बहुत प्यासा था और पानी पीने के लिए छटपटा रहा था। गुरदित सिंह ने सड़क किनारे अवस्थित दुकान से सोडा वाटर की बोतल खरीदकर बेटे को प्यास बुझाने के लिए देनी चाही। इसी बीच एक पुलिसकर्मी ने उनके साथ धक्का-मुक्की की। अब तक शाम के 7 बज चुके थे और भूख, प्यास एवं थकावट एवं बेइज्जती से वे निढाल हो चुके थे। अब तक भारी मात्रा में पुलिस के जवान वहाँ आ चुके थे। यात्रियों को फिर से कामागाटा मारू में दाखिल होने का आदेश दिया गया, जिसे इन्होंने मानने से इनकार करते हुए गुरुग्रंथ साहिब की संध्या-पूजा अर्चना आरंभ कर दी।[276] सारे लोग पूजा की ओर उन्मुख हो गए। यात्रीगण गुरदित सिंह को घेरकर वहीं बैठ गए और कीर्तन करने लगे। पुलिस अधिकारी ने कीर्तन का अपमान करते हुए गुरदित सिंह को गिरफ्तार करना चाहा। यात्रियों के धैर्य का बाँध टूट गया।[277] इसी बीच ईस्टवुड नामक अधिकारी गुरदित सिंह को जोर से बुलाते हुए एकदम सजे हुए दीवान में अपनी छड़ी घुमाता हुआ दाखिल हुआ। गुरदित सिंह ने कहा कि संध्या-पूजा तुरंत ही समाप्त होनेवाली है और अब सिर्फ अरदास ही बच गया है। इसके बाद वे बाहर आ जाएँगे। लेकिन वह इंतजार करनेवाला नहीं था। ईस्टवुड के व्यवहार से सारे यात्री बौखलाकर खड़े हो गए और एक तरह से ईस्टवुड घेरे में आ गया। उसको घेरे से निकालने के लिए पेट्री आगे बढ़ा और उसके इर्द-गिर्द अन्य अफसर भी खड़े हो गए। एक कांस्टेबल से लाठी लेकर वह भीड़ पर लाठी बरसाने लगा। गुरदित सिंह को बीच में घेरकर यात्रीगण खड़े हो गए। प्रार्थना बीच में ही भंग हो गई और यात्रियों का धैर्य भी खत्म हो चुका था।[278] ईस्टवुड की छड़ी एक यात्री टहल सिंह राणी वल्लहार (अमृतसर) ने छीन ली।[279] अमृतसर जिले के

रानीवाला गाँव के इंदर सिंह ने ईस्टवुड के हाथों से लाठी छीन ली।[280] ईस्टवुड ने अपना पिस्तौल निकाल लिया और दो गोली फायर किया। पहली गोली हरनाम सिंह गुज्जरवाल की पगड़ी को छेदती निकल गई और दूसरी गोली से उदे नांगल (अमृतसर) के ठाकुर सिंह घायल हो गए। मुंशा सिंह ने ईस्टवुड की पिस्तौल छीनकर उन्हें तत्क्षण गोली मार दी। इनके बचाव में पेट्री और एक सी.आई.डी. ऑफिसर आए। इनकी टाँगों में गोली लगने से वे घायल हो गए। इसके बाद पुलिस ने गोलियों से यात्रियों को छलनी करना शुरू कर दिया।[281]

यात्रियों एवं पुलिस के बीच झड़प होने लगी। यात्रीगण रेलवे लाइन के इधर चौराहा के बीच में स्थान पकड़ लिये और पुलिस ने इसके विपरीत भागकर, कलकत्ता तरफ से मोरचा सँभाल लिया, जहाँ से इन्हें यात्रियों के भागने की सूचना मिली थी।[282] .303 बोर की राइफल से पुलिस ने बहुत नजदीक से 177 गोली फायर किया।[283] इसके बाद यात्रियों ने पुलिस एवं अधिकारियों पर गोली चलाना आरंभ कर दिया। सेना के जवान आगे बढ़कर गोली चलाना चाहते थे, लेकिन उनके और यात्रियों के बीच में पुलिस के जवान थे। कलकत्ता पुलिस कमिश्नर के आदेश पर उन्होंने गोलियाँ चलानी आरंभ कर दीं। सिख वापस सड़क की ओर भाग गए और दुकानों की ओट में छिपकर कुछ देर तक गोली चलाते रहे। रेलवे स्टेशन पुलिस के नियंत्रण में था और इसी अवस्था में दोनों दल सुबह के उजाले तक रहे।[284] 18 यात्री घटनास्थल पर मारे गए और दो की बाद में मृत्यु हुई। तमाशा देखनेवाले दो ग्रामीणों की मौत हुई। पंजाब पुलिस के दो जवान माल सिंह और सावन सिंह की भी मौत हुई।[285] गोलीबारी में कलकत्ता पुलिस का एक यूरोपीय अधिकारी, पंजाब पुलिस का एक हेड कांस्टेबल और एक सिपाही मारा गया। इसके अतिरिक्त, एक दुकानदार, एक बंगाली दर्शक और इस्टर्न बंगाल रेलवे के एक अधिकारी, जो स्टेशन पर यात्रियों के प्रबंध में लगे हुए थे, मारे गए। तीन अधिकारी, कलकत्ता पुलिस के तीन सार्जेंट, एक भारतीय अधिकारी और पंजाब पुलिस के चार जवान घायल हुए। 25 लोग घायल हुए और एक की डूबकर मृत्यु हो गई।[286] 18 यात्री और तमाशा देखनेवाले दो निर्दोष बंगाली मारे गए। दो यूरोपीय अधिकारी, रिजर्व पुलिस बल के एक अधीक्षक और एक रेलवे अधिकारी भी मारे गए। पंजाब पुलिस का एक सिपाही भी मारा गया।[287] सरकारी रिपोर्ट के अनुसार, 19 यात्री मारे गए और 23 घायल हुए।[288] गुरदित सिंह अपनी गिरफ्तारी देना चाहते थे। परंतु ठाकुर सिंह और दरबारा सिंह उन्हें जबरदस्ती किसी सुरक्षित स्थान पर ले गए।[289] गुरदित सिंह और 45 यात्री लापता हो गए। रात के अँधेरे में उस समय कई यात्री भाग निकले, जिन्हें अगले दिन गिरफ्तार कर लिया गया।[290]

इन यात्रियों की गिरफ्तारी के लिए बजबज एवं कलकत्ता के दक्षिणी हिस्सों में सूचना जारी की गई और तलाशी अभियान चलाया गया। 1 अक्तूबर को 25 सिख यात्री

हावड़ा जिला के एक अनुमंडल में पकड़े गए, जिनमें से 17 सिखों को मामूली झड़प के बाद गिरफ्तार कर लिया गया। 11 अक्तूबर तक 201 यात्रियों को गिरफ्तार किया जा चुका था और महीने के अंत तक गुरदित सिंह समेत बाकी बचे हुए सभी 29 यात्री गिरफ्तार कर लिये गए थे। गुरदित सिंह को इन सभी उपद्रवों के लिए जिम्मेदार ठहराया गया। इन 321 यात्रियों में से 62 चुपचाप पंजाब चले गए। 18 यात्रीगण पुलिस की गोली से शहीद हो गए थे। एक की डूबकर मृत्यु हो चुकी थी, 9 अस्पताल में थे, जबकि शेष 202 को गिरफ्तार कर जेल में डाल दिया गया था।[291] इस घटना से सरकार अत्यधिक सतर्क हो गई।[292] बजबज घटना की सर्वत्र निंदा हुई। अखबारों में पुलिस द्वारा की गई बर्बरता की भर्त्सना की गई। दबाव में आकर भारत सरकार द्वारा एक जाँच आयोग का गठन किया गया।[293] इसके अध्यक्ष वायसराय की विधानसभा के अध्यक्ष[294] विलियम विंसेंट बनाए गए, जबकि वाल्मस्ले, आई.सी.एस., वर्द्धमान (बंगाल) के राजा सर विजॉय चंद महताब, जालंधर (पंजाब) के कमिश्नर श्री फगन, आई.सी.एस. और पंजाब के दलजीत सिंह इसके सदस्य बनाए गए।[295] जाँच आयोग की 27 बैठकें हुईं और 201 गवाहों के परीक्षण हुए।[296] जैसा कि अंदेशा था, जाँच आयोग ने अपने प्रतिवेदन में सारा दोष यात्रियों के सिर मढ़ते हुए अधिकारियों एवं पुलिसजनों को निर्दोष करार देते हुए कहा कि अध्यादेश को लागू किया जाना अधिकतर यात्रियों के हित में भी था और आम शांति के लिए भी। यात्रा के आरंभिक दिनों से लेकर अब तक यात्रियों के साथ हुए कष्टप्रद व्यवहार का जिक्र भी प्रतिवेदन में किया गया। प्रतिवेदन में गुरदित सिंह को घटना का जिम्मेदार माना गया कि उन्होंने अपने हित में इन यात्रियों को भारत सरकार के विरुद्ध देशद्रोह का उपदेश दिया, जबकि सारी असुविधाओं के लिए गुरदित सिंह ही दोषी थे। किन-किन व्यक्तियों ने गोली चलाई, इन्हें पहचानने में आयोग ने असमर्थता व्यक्त की। अतएव यह निर्णय लिया गया कि यात्रियों के विरुद्ध किसी प्रकार का मुकदमा नहीं चलाया जाए। जाँच खत्म होने के बाद अध्यक्ष ने अनुशंसा की कि चूँकि अधिकतर यात्री नेताओं द्वारा की गई ठगी के शिकार हुए हैं, अतएव इन्हें जेल से मुक्त करते हुए इन्हें पंजाब वापस जाने दिया जाए। बंगाल एवं पंजाब सरकार द्वारा इन लोगों को पंजाब ले जाने की व्यवस्था की गई। कुछ महत्त्वपूर्ण लोगों को प्रतिवेदन के अंतिम प्रकाशन की तिथि तक के लिए रोक लिया गया और बाकी को छोड़ दिया गया। दिसंबर के आरंभ में 90 लोगों को छोड़ा गया। 1915 के जनवरी के अंत तक 85 लोगों को छोड़ा गया। 33 लोगों को नेता बनने, गिरफ्तारी का विरोध करने, गुरदित सिंह के अंगरक्षक होने और एक आदमी को हथियार चलाने का दोषी होने के कारण जेल से रिहा नहीं किया गया।[297]

कामागाटा मारू के यात्रियों से की गई पूछताछ एवं जहाज पर मिली सामग्री के आधार पर अधिकारियों ने **प्रतिवेदित** किया कि यह घटना पूर्व से नियोजित थी और

अधिकारियों को कामागाटा मारू में यात्रा के इतिहास से संबंधित कुछ दस्तावेज मिले, जिसमें कहा गया था कि 'बल प्रयोग' हमेशा फायदेमंद होता है। जापान के कोबे में यदि ब्रिटिश कौंसिल के अधिकारियों के साथ बलपूर्वक व्यवहार न किया गया होता तो उन्हें सहायता नहीं मिलती और यात्रीगण वहीं भूख से तड़पकर मर-खप जाते। एक अन्य दस्तावेज में कहा गया था कि 20वीं सदी में जब तक यूरोप का साम्राज्य रहेगा, मात्र बातचीत से अधिकार नहीं मिल सकता। इसके लिए बल-प्रयोग आवश्यक है और अपने प्राणों की बलि लगाने के लिए हमेशा तैयार रहनेवालों को ही अधिकार मिलता है।[298] तत्काल घटी घटना का इससे कोई संबंध नहीं था। यात्रीगण उपद्रव करने के लिए पहले से ही मन बना चुके थे। भारतीयों के राष्ट्रीय गतिविधियों के केंद्र वैंकूवर गुरुद्वारा में 30 अगस्त, 1914 को कनाडियन आव्रजन अधिकारी हापकिंसन का एजेंट बेला सिंह और उनके कुछ साथी दंगा-फसाद के विचार से गुरुद्वारे में आए। पुलिस को सूचित करने पर पुलिस ने बेला सिंह और उसके साथियों को गुरुद्वारे से बाहर निकाल दिया।[299]

उधर वैंकूवर में दुश्मनों की हत्या के लिए सिखों के खून में उबाल आने लगा। ये दुश्मन हॉपकिंसन और उनके एजेंट बेला सिंह, बाबू सिंह और गंगा राम थे। बेला सिंह ने अपने एक दोस्त 'हरनाम सिंह' की सड़ी-गली लाश एक झाड़ी में देखी। चार दिन बाद जासूस अर्जन सिंह की हत्या कर दी गई। अर्जन सिंह के लिए गुरुद्वारा में प्रार्थना सभा आयोजित की गई थी और इसमें 38 लोग जमा हुए थे।[300] 5 सितंबर, 1914 को बेला सिंह फिर गुरुद्वारे में आया और गुरुद्वारा कमेटी के प्रधान श्री भाग सिंह के पीछे आकर बैठ गया। कीर्तन हो रहा था। अचानक बेला सिंह ने पिस्तौल निकालकर गोलियाँ चलानी शुरू कर दीं। गोलियाँ श्री भाग सिंह की पीठ में लगीं। एक अन्य भारतीय वतन सिंह को भी गोलियाँ लगीं और दोनों शहीद हो गए।[301] बेला सिंह ने गुरुद्वारे में अंधाधुंध फायरिंग कर दी, जिसमें 9 लोग जख्मी हो गए। बेला सिंह को गिरफ्तार कर लिया गया।[302] बेला सिंह पर न्यायालय में मुकदमा चला और उसे निर्दोष करार दे दिया गया। वह इस बयान के आधार पर छोड़ दिया गया कि पहले उस पर भाग सिंह ने हमला किया था।[303] मुकदमा सुप्रीम कोर्ट में गया। वहाँ गदर पार्टी के सदस्य मेवा सिंह ने हापकिंसन को अदालत में गोली मार दी। मेवा सिंह को फाँसी की सजा हुई।[304] कुछ दिन पूर्व अमेरिका से हथियार लाने के आरोप में मेवा सिंह की गिरफ्तारी हुई थी। ब्रिटिश एवं कनाडा की सरकार की नजर में हॉपकिंसन 'हीरो' थे। मेवा सिंह ने अपना अपराध स्वीकार कर लिया था और इन्हें फाँसी दी गई। फाँसी पर चढ़ने के पूर्व मेवा सिंह ने कहा कि अच्छे कार्यों के लिए अपने जीवन का त्याग करने के लिए भगवान् ने उपदेश दिया था। गदर पार्टी और कनाडा के भारतीयों ने मेवा सिंह को 'शहीद' का सम्मान दिया। आज भी उस दिन को तथा इन्हें कनाडा में सम्मान के साथ याद किया जाता है।[305]

संदर्भ—

1. गुरचरन सिंह सहिंसरा, पृष्ठ–147।
2. जी.एस. देओल–84।
3. वही, पृष्ठ–87।
4. गुरचरन सिंह सहिंसरा, पृष्ठ–148।
5. सोहन सिंह जोश, पृष्ठ–129।
6. एफ.सी. आईसेमॉन्गर एवं जे. स्लैटरी, पृष्ठ–41।
7. जी.एस. देओल, पृष्ठ–85।
8. गुरचरन सिंह सहिंसरा, पृष्ठ–149।
9. जी.एस. देओल, पृष्ठ–85।
10. वही।
11. गुरदित सिंह, पृष्ठ–62।
12. जी.एस. देओल, पृष्ठ–85।
13. गुरदित सिंह, पृष्ठ–63।
14. जी.एस. देओल, पृष्ठ–85।
15. सोहन सिंह जोश, पृष्ठ–17।
16. जी.एस. देओल, पृष्ठ–85।
17. वही, पृष्ठ–86।
18. वही।
19. गुरचरन सिंह सहिंसरा, पृष्ठ–149।
20. वही।
21. जी.एस. देओल–86।
22. वही।
23. गुरदित सिंह, पृष्ठ–9।
24. हरीश के. पुरी, पृष्ठ–201।
25. गुरदित सिंह, पृष्ठ–57।
26. वही, पृष्ठ–58।
27. हरीश के. पुरी, पृष्ठ–91।
28. एफ.सी. आईसेमॉन्गर एवं जे. स्लैटरी, पृष्ठ–41।
29. हरीश के. पुरी, गदर पृष्ठ–91।
30. ए.सी. बोस, पृष्ठ–63।
31. हरीश के. पुरी, पृष्ठ–92।
32. बाबा गुरदित सिंह, पृष्ठ–61।
33. वही, पृष्ठ–61।
34. एफ.सी. आईसेमॉन्गर एवं जे. स्लैटरी, पृष्ठ–41।

35. सोहन सिंह जोश, पृष्ठ–18।
36. गुरचरन सिंह सहिंसरा, पृष्ठ–151।
37. वही, पृष्ठ–152।
38. जी.एस. देओल–88।
39. गुरदित सिंह, पृष्ठ–63।
40. सोहन सिंह जोश, पृष्ठ–18।
41. जी.एस. देओल–89।
42. गुरदित सिंह, पृष्ठ–66।
43. सोहन सिंह जोश, पृष्ठ–18।
44. गुरदित सिंह, पृष्ठ–66।
45. गुरचरन सिंह सहिंसरा, पृष्ठ–152 एवं गुरदित सिंह, पृष्ठ–6।
46. सोहन सिंह जोश, पृष्ठ–19।
47. वही।
48. एफ.सी. आईसेमॉन्गर एवं जे. स्लैटरी, पृष्ठ–41।
49. हरीश के. पुरी, पृष्ठ–92।
50. वही, पृष्ठ–202।
51. वही, पृष्ठ–92।
52. ए.सी. बोस, पृष्ठ–63।
53. हरीश के. पुरी, पृष्ठ–92।
54. एफ.सी. आईसेमॉन्गर एवं जे. स्लैटरी, पृष्ठ–41।
55. हरीश के. पुरी, पृष्ठ–93।
56. वही।
57. जी.एस. देओल–89।
58. हरीश के. पुरी, पृष्ठ–129।
59. सोहन सिंह जोश, पृष्ठ–66।
60. गुरदित सिंह, पृष्ठ–63।
61. हरीश के. पुरी, पृष्ठ–202।
62. जी.एस. देओल–89।
63. गुरचरन सिंह सहिंसरा,पृष्ठ–152।
64. सोहन सिंह जोश, पृष्ठ–129।
65. जी.एस. देओल, पृष्ठ–89।
66. हरीश के. पुरी, पृष्ठ–203।
67. सोहन सिंह जोश, पृष्ठ–129।
68. गुरदित सिंह, पृष्ठ–74।
69. सोहन सिंह जोश, पृष्ठ–129।

70. जी.एस. देओल,पृष्ठ–89।
71. सोहन सिंह जोश, पृष्ठ–129।
72. गुरचरन सिंह सहिंसरा, पृष्ठ–153।
73. गुरदित सिंह, पृष्ठ–75।
74. हरीश के. पुरी, पृष्ठ–205।
75. सोहन सिंह जोश, पृष्ठ–129।
76. वही, पृष्ठ–23।
77. गुरचरन सिंह सहिंसरा, पृष्ठ–153।
78. हरीश के. पुरी, पृष्ठ–93।
79. गुरचरन सिंह सहिंसरा, पृष्ठ–153।
80. सोहन सिंह जोश, पृष्ठ–24।
81. हरीश के. पुरी, पृष्ठ–93।
82. सहिंसरा, पृष्ठ–153।
83. हरीश के. पुरी, पृष्ठ–93।
84. सोहन सिंह जोश, पृष्ठ–26।
85. हरीश के. पुरी, पृष्ठ–94।
86. सोहन सिंह जोश, पृष्ठ–26।
87. वही, पृष्ठ–26।
88. हरीश के. पुरी, पृष्ठ–204।
89. वही, पृष्ठ–94।
90. एफ.सी. आईसेमॉन्गर एवं जे. स्लैटरी, पृष्ठ–42।
91. हरीश के. पुरी, पृष्ठ–94।
92. एफ.सी. आईसेमॉन्गर एवं जे. स्लैटरी, पृष्ठ–42।
93. हरीश के. पुरी, पृष्ठ–95।
94. सोहन सिंह जोश, पृष्ठ–27।
95. वही।
96. वही, पृष्ठ–28।
97. गुरचरन सिंह सहिंसरा, पृष्ठ–153, जी.एस. देओल, पृष्ठ–89।
98. हरीश के. पुरी, पृष्ठ–95।
99. जी.एस. देओल, पृष्ठ–89।
100. गुरुचरन सिंह सहिंसरा, पृष्ठ–154।
101. सोहन सिंह जोश, पृष्ठ–131।
102. ए.सी. बोस, पृष्ठ–63।
103. हरीश के. पुरी, पृष्ठ–205।
104. वही।

105. ए.सी. बोस, पृष्ठ–63।
106. सोहन सिंह जोश, पृष्ठ–43।
107. सोहन सिंह जोश, पृष्ठ–139।
108. जी.एस. देओल, पृष्ठ–89।
109. सोहन सिंह जोश, पृष्ठ–132।
110. वही, पृष्ठ–134।
111. सोहन सिंह जोश, 'ट्रेजेडी ऑफ कामागाटा मारू', पृष्ठ–29।
112. गुरचरन सिंह सहिंसरा, पृष्ठ–155।
113. वही, पृष्ठ–156।
114. हरीश के. पुरी, पृष्ठ–95।
115. एफ.सी. आईसेमॉन्गर एवं जे. स्लैटरी, पृष्ठ–43।
116. गुरचरन सिंह सहिंसरा, पृष्ठ–157।
117. एफ.सी. आईसेमॉन्गर एवं जे. स्लैटरी, पृष्ठ–42।
118. सोहन सिंह जोश, पृष्ठ–44।
119. गुरचरन सिंह सहिंसरा, पृष्ठ–156।
120. वही, पृष्ठ–157।
121. सोहन सिंह जोश, पृष्ठ–134।
122. वही, पृष्ठ–133।
123. वही।
124. ए.सी. बोस, पृष्ठ–63।
125. एफ.सी. आईसेमॉन्गर एवं जे. स्लैटरी, पृष्ठ–43।
126. वही।
127. हरीश के. पुरी, पृष्ठ–96।
128. सोहन सिंह जोश, पृष्ठ–41।
129. गुरचरन सिंह सहिंसरा, पृष्ठ–158।
130. एफ.सी. आईसेमॉन्गर एवं जे. स्लैटरी, पृष्ठ–43।
131. सोहन सिंह जोश, पृष्ठ–42।
132. वही, पृष्ठ–35।
133. एफ.सी. आईसेमॉन्गर एवं जे. स्लैटरी, पृष्ठ–42।
134. हरीश के. पुरी, पृष्ठ–97।
135. गुरचरन सिंह सहिंसरा, पृष्ठ–156।
136. एफ.सी. आईसेमॉन्गर एवं जे. स्लैटरी, पृष्ठ–42।
137. वही, पृष्ठ–44।
138. वही।
139. सोहन सिंह जोश, पृष्ठ–32।

140. वही, पृष्ठ–136।
141. हरीश के. पुरी, पृष्ठ–96।
142. वही, पृष्ठ–95।
143. वही, पृष्ठ–97।
144. सोहन सिंह जोश, पृष्ठ–136।
145. ए.सी. बोस, पृष्ठ–63।
146. जी.एस. देओल, पृष्ठ–89।
147. ए.सी. बोस, पृष्ठ संख्य–63।
148. हरीश के. पुरी, पृष्ठ–97।
149. सोहन सिंह जोश, पृष्ठ–37।
150. वही, पृष्ठ–137।
151. गुरचरन सिंह सहिंसरा, पृष्ठ–158।
152. वही।
153. वही, पृष्ठ–159।
154. हरीश के. पुरी, पृष्ठ–96।
155. जी.एस. देओल, पृष्ठ–89।
156. सोहन सिंह जोश, पृष्ठ–141।
157. बाबा गुरदित सिंह, पृष्ठ–94।
158. सोहन सिंह जोश, पृष्ठ–141।
159. जी.एस. देओल, पृष्ठ–89।
160. हरीश के. पुरी, पृष्ठ–96।
161. बाबा गुरदित सिंह, पृष्ठ–94।
162. सोहन सिंह जोश, पृष्ठ–35।
163. जी.एस. देओल, पृष्ठ–89।
164. सोहन सिंह जोश, पृष्ठ–38।
165. हरीश के. पुरी, पृष्ठ–97।
166. वही।
167. सोहन सिंह जोश, पृष्ठ–53।
168. ए.सी. बोस, पृष्ठ–64।
169. सोहन सिंह जोश, पृष्ठ–142।
170. हरीश के. पुरी, पृष्ठ–142।
171. सोहन सिंह जोश, पृष्ठ–54।
172. हरीश के. पुरी, पृष्ठ–142।
173. गुरचरन सिंह सहिंसरा, पृष्ठ–160।
174. सोहन सिंह जोश, पृष्ठ–54।

175. सोहन सिंह जोश, पृष्ठ–55।
176. एफ.सी. आईसेमॉन्गर एवं जे. स्लैटरी, पृष्ठ–45।
177. हरीश के. पुरी, 'गदर मूवमेंट', पृष्ठ–98।
178. गुरचरन सिंह सहिंसरा, पृष्ठ–161।
179. सोहन सिंह जोश, पृष्ठ–38।
180. वही।
181. सोहन सिंह जोश, पृष्ठ–55।
182. हरीश के. पुरी, पृष्ठ–144।
183. वही, पृष्ठ–143।
184. वही, पृष्ठ–144।
185. सोहन सिंह जोश, पृष्ठ–56।
186. वही।
187. एफ.सी. आईसेमॉन्गर एवं जे. स्लैटरी, पृष्ठ–45।
188. सोहन सिंह जोश, पृष्ठ–55।
189. वही, पृष्ठ–145।
190. ए.सी. बोस, पृष्ठ–64।
191. हरीश के. पुरी, पृष्ठ–98।
192. सोहन सिंह जोश, पृष्ठ–144।
193. ए.सी. बोस, पृष्ठ–64।
194. सोहन सिंह जोश, पृष्ठ–142।
195. वही, पृष्ठ–143।
196. ए.सी. बोस, पृष्ठ–64।
197. हरीश के. पुरी, पृष्ठ–98।
198. वही।
199. वही, पृष्ठ–146।
200. वही, पृष्ठ–155।
201. वही, पृष्ठ–148।
202. वही, पृष्ठ–149।
203. वही, पृष्ठ–97।
204. एफ.सी. आईसेमॉन्गर एवं जे. स्लैटरी, पृष्ठ–45।
205. वही।
206. हरीश के. पुरी, पृष्ठ–97।
207. वही, पृष्ठ–148।
208. वही, पृष्ठ–149।
209. वही।

210. वही, पृष्ठ–150।
211. एफ.सी. आईसेमॉन्गर एवं जे. स्लैटरी, पृष्ठ–45।
212. सोहन सिंह जोश, पृष्ठ–59।
213. वही।
214. वही।
215. हरीश के. पुरी, पृष्ठ 98।
216. सोहन सिंह जोश, पृष्ठ–61।
217. वही।
218. बाबा गुरदित सिंह, पृष्ठ–133।
219. सोहन सिंह जोश, पृष्ठ–63।
220. वही।
221. वही।
222. हरीश के. पुरी, पृष्ठ–99।
223. एफ.सी. आईसेमॉन्गर एवं जे. स्लैटरी, पृष्ठ–45।
224. सोहन सिंह जोश, पृष्ठ–65।
225. एफ.सी. आईसेमॉन्गर एवं जे. स्लैटरी, पृष्ठ–45।
226. बाबा गुरदित सिंह, पृष्ठ–139।
227. सोहन सिंह जोश, पृष्ठ–65।
228. बाबा गुरदित सिंह, पृष्ठ–139।
229. वही पृष्ठ–140।
230. एफ.सी. आईसेमॉन्गर एवं जे. स्लैटरी, पृष्ठ–45।
230. बाबा गुरदित सिंह, पृष्ठ–140।
231. सोहन सिंह जोश, पृष्ठ–65।
232. एफ.सी. आईसेमॉन्गर एवं जे. स्लैटरी, पृष्ठ–45।
233. वही।
234. सोहन सिंह जोश, 'ट्रेजेडी ऑफ कामागाटा मारू', पृष्ठ–65।
235. वही, पृष्ठ–68।
236. हरीश के. पुरी, पृष्ठ–99।
237. सोहन सिंह जोश, पृष्ठ–68।
238. एफ.सी. आईसेमॉन्गर एवं जे. स्लैटरी, पृष्ठ–45।
239. गुरदित सिंह, पृष्ठ–141।
240. सोहन सिंह जोश, पृष्ठ–67।
241. वही, पृष्ठ–68।
242. एफ.सी. आईसेमॉन्गर एवं जे. स्लैटरी, पृष्ठ–45।
243. वही, पृष्ठ–59।

244. वही, पृष्ठ–61।
245. प्रीतम सिंह पंछी, पृष्ठ–51।
246. सोहन सिंह जोश, पृष्ठ–69।
247. प्रीतम सिंह पंछी, पृष्ठ–87।
248. सोहन सिंह जोश, पृष्ठ–71।
249. हरीश के. पुरी, नई दिल्ली।
250. एफ.सी. आईसेमॉन्गर एवं जे. स्लैटरी, पृष्ठ–61।
251. प्रीतम सिंह पंछी, पृष्ठ–87।
252. सोहन सिंह जोश, पृष्ठ–71।
253. प्रीतम सिंह पंछी, पृष्ठ–87।
254. सोहन सिंह जोश, पृष्ठ–71।
255. एफ.सी. आईसेमॉन्गर एवं जे. स्लैटरी, पृष्ठ–61।
256. हरीश के. पुरी।
257. सोहन सिंह जोश, पृष्ठ–72।
258. प्रीतम सिंह पंछी, पृष्ठ–87।
259. सोहन सिंह जोश, पृष्ठ–72।
260. बाबा गुरदित सिंह, पृष्ठ–146।
261. सोहन सिंह जोश, पृष्ठ–72।
262. एफ.सी. आईसेमॉन्गर एवं जे. स्लैटरी, पृष्ठ–61।
263. सोहन सिंह जोश, पृष्ठ–72।
264. वही।
265. एफ.सी. आईसेमॉन्गर एवं जे. स्लैटरी, पृष्ठ–61।
266. हरीश के. पुरी, पृष्ठ–100।
267. बाबा गुरदित सिंह, पृष्ठ–150।
268. वही।
269. एफ.सी. आईसेमॉन्गर एवं जे. स्लैटरी, पृष्ठ–61।
270. वही।
271. बाबा गुरदित सिंह, पृष्ठ–150।
272. वही, पृष्ठ 149।
273. सोहन सिंह जोश, पृष्ठ–72।
274. एफ.सी. आईसेमॉन्गर एवं जे. स्लैटरी, पृष्ठ–62।
275. हरीश के. पुरी, पृष्ठ–100।
276. सोहन सिंह जोश, पृष्ठ–74।
277. एफ.सी. आईसेमॉन्गर एवं जे. स्लैटरी, पृष्ठ–62।
278. सोहन सिंह जोश, पृष्ठ–74।

279. गुरचरन सिंह सहिंसरा, पृष्ठ–176।
280. सोहन सिंह जोश, पृष्ठ–74।
281. सोहन सिंह जोश, पृष्ठ–75।
282. एफ.सी. आईसेमॉन्गर एवं जे. स्लैटरी, पृष्ठ–62।
283. सोहन सिंह जोश, पृष्ठ–75।
284. एफ.सी. आईसेमॉन्गर एवं जे. स्लैटरी, पृष्ठ–62।
285. सोहन सिंह जोश, पृष्ठ–75।
286. एफ.सी. आईसेमॉन्गर एवं जे. स्लैटरी, पृष्ठ–62।
287. हरीश के. पुरी, पृष्ठ–100।
288. प्रीतम सिंह पंछी, पृष्ठ–87।
289. वही।
290. सोहन सिंह जोश, पृष्ठ–75।
291. एफ.सी. आईसेमॉन्गर एवं जे. स्लैटरी, पृष्ठ–63।
292. हरीश के. पुरी, पृष्ठ–100।
293. एफ.सी. आईसेमॉन्गर एवं जे. स्लैटरी, पृष्ठ–64।
294. गुरचरन सिंह सहिंसरा, पृष्ठ–177।
295. एफ.सी. आईसेमॉन्गर एवं जे. स्लैटरी, पृष्ठ–64।
296. सोहन सिंह जोश, पृष्ठ–78।
297. एफ.सी. आईसेमॉन्गर एवं जे. स्लैटरी, पृष्ठ–64।
298. वही।
299. प्रीतम सिंह पंछी, पृष्ठ–87।
300. हरीश के. पुरी, पृष्ठ–100।
301. प्रीतम सिंह पंछी, पृष्ठ–87।
302. हरीश के. पुरी, पृष्ठ–100।
303. प्रीतम सिंह पंछी, पृष्ठ–88।
304. वही।
305. हरीश के. पुरी, पृष्ठ–100।

□

गदरियों की पंजाब वापसी

विश्वयुद्ध की धमक नजदीक आ गई थी। 'गदर' अखबार में 28 जुलाई, 1914 के अंक में ऑस्ट्रिया द्वारा सर्बिया को चेतावनी दिए जाने की घटना छपी और आशंका जताई गई कि यूरोप में शीघ्र ही युद्ध होनेवाला है। इसके तुरंत बाद के संस्करण में 'ट्रम्पेट ऑफ वार' शीर्षक से एक लेख प्रकाशित हुआ। इसमें कहा गया कि जिस क्षण का हमें इंतजार था, वह समीप आ गया है। भारत के श्वेत सैनिक रणक्षेत्र में जाएँगे। हमें तुरंत भारत के लिए प्रस्थान करना चाहिए।[1] विद्वानों का मानना है कि कामागाटा मारू के 23 जुलाई, 1914 को वैंकूवर तट से लौटने के बाद ही कनाडा एवं अमेरिका में रह रहे भारतीयों में स्वतंत्रता आंदोलन के लिए उबाल आ गया और उन्होंने भारत लौटने की योजना को कार्यान्वित करना आरंभ कर दिया।

इस बात में अंशतः ही सत्यता है। वास्तविकता यह है कि इसकी शुरुआत लाला हरदयाल द्वारा 31 दिसंबर, 1913 को सेक्रेमेंटो में दिए गए भाषण से ही हो चुकी थी। 28 जुलाई, 1914, यानी कामागाटा मारू जहाज की वापसी के चार दिनों बाद ही प्रथम विश्वयुद्ध आरंभ हो चुका था। इंग्लैंड और जर्मन एक-दूसरे के विरुद्ध युद्ध करने की घोषणा कर चुके थे। लाला हरदयाल द्वारा लगभग छह माह पूर्व ही इसकी भविष्यवाणी की जा चुकी थी और उन्होंने अपने भाषण में कहा था कि विश्वयुद्ध में, खासकर जर्मनी का सहयोग लेकर, इंग्लैंड से भारत को आजाद कराने का यह सुअवसर आ रहा है। कनाडा के एक अंग्रेज ने अपने भाई को अप्रैल 1914 में एक पत्र लिखा कि भारतीय उस क्षण का इंतजार कर रहे हैं, जब इंग्लैंड विश्वयुद्ध में शामिल होगा। भाई परमानंद ने अपनी पुस्तक 'दि स्टोरी ऑफ माई लाइफ' में लिखा है कि कामागाटा मारू की घटना ने भारतीयों की तैयारियों को एक नई दिशा दी। अमेरिकन अखबारों से भारतीयों को जानकारी मिली कि प्रथम विश्वयुद्ध के लिए भारतीय सैनिकों को फ्रांस एवं अन्य जगहों पर भेजा जा रहा है।[2] इन दो महीनों में पश्चिमी तट पर रह रहे भारतीयों में हताशा, तनाव, पराजय आदि भावनाएँ बलवती हो गईं और वे इसका बदला लेना चाहते थे। जैसे ही

कामागाटा मारू ने वैंकूवर तट से प्रस्थान किया, इंग्लैंड-जर्मनी के बीच युद्ध के छींटे उड़ने लगे। लोगों को यह विश्वास हो गया कि युद्ध होने ही वाला है। लोगों के मन में यह धारणा भी बैठती जा रही थी कि जैसे ही कुछ हजार क्रांतिकारी भारत जाकर क्रांति की शुरुआत करेंगे, देश क्रांति की ज्वाला में लहलहा उठेगा।[3]

12 अप्रैल, 1914 को 'खालसा दीवान सोसाइटी' द्वारा एक बैठक कैलिफोर्निया के स्टॉक्टन में आयोजित हुई। एस्टोरिया के प्रतिनिधि के तौर पर 'हिंदी एसोसिएशन' के अध्यक्ष सोहन सिंह को इस बैठक में भाग लेने के लिए भेजा गया। 10 मई को फ्रेसनो, अपलैंड, ऑक्सनार्ड और लॉस एंजेल्स यानी कई जगहों पर बैठकें आयोजित हुईं। क्लेरमोंट में साप्ताहिक बैठकें भी आयोजित की गईं, जिसमें कहा गया कि अंग्रेजों को भारत से भगाने के लिए खूनी क्रांति की आवश्यकता है। 7 जून को एस्टोरिया में सामान्य बैठक हुई, जिसमें कविता पाठ, गाना और भाषण हुए। बैठक की अध्यक्षता करते हुए भगवान सिंह ने क्रांतिकारी भाषण किया। बैठक को मौलवी बरकतुल्लाह और सोहन सिंह ने भी संबोधित किया और सभी वक्ताओं ने यही अनुरोध किया कि अब समय आ गया है कि भारत वापस जाकर क्रांति की जाए। 8 एवं 9 जून को आयोजित सभा में उपस्थित लोगों ने ब्रिटिश सरकार के विरुद्ध क्रांति की शपथ ली। 11 जून को ओरेगाँव (वाशिंगटन), 13 जून को अबेरदीन और 15 जून को सिएटल में सभा आयोजित की गईं। 15 जून को पोर्टलैंड में सभा के बाद बैंड-बाजे के साथ जुलूस भी निकाला गया। सभी बैठकों में कामागाटा मारू की घटना पर चर्चा होती थी और भारत पहुँचकर खूनी क्रांति की शपथ ली जाती थी। 3 जुलाई को स्टॉक्टन में एक बड़ी जनसभा हुई, जिसमें कनाडा एवं मैक्सिको के भारतीयों ने शिरकत की। 5 एवं 7 जुलाई को क्रमशः एल्टन एवं जर्सी (कैलीफोर्निया) में बैठक आयोजित की गईं।

26 जुलाई, 1914 को ऑक्सफोर्ड (कैलिफोर्निया) में एक सभा हुई, जिसमें भगवान सिंह और बरकतुल्लाह ने भाषण दिया।[4] इस बैठक में सिख एवं मुसलमान, दोनों संप्रदाय के लोग उपस्थित हुए। बैठक का आरंभ भगवान सिंह के क्रांतिकारी भाषण से हुआ, जिसमें उन्होंने सिखों से आह्वान किया कि वे ब्रिटिश सरकार के विरुद्ध क्रांति के लिए तैयार हो जाएँ; क्योंकि सरकार ने दिल्ली के गुरुद्वारा रकाबगंज की चहारदीवारी को ढाहने का काम किया है और खालसा कॉलेज का अधिग्रहण कर लिया है। मौलवी बरकतुल्लाह ने अपने भाषण में मुसलिमों को संबोधित करते हुए कहा कि ईसाई मुसलमानों के दुश्मन हैं। उन्होंने दोनों धर्मावलंबियों से अनुरोध किया कि वे अंग्रेजों को भारत से बाहर निकालने के लिए हथियार उठा लें। यूरोप में युद्ध आरंभ हो गया है और इस प्रकार क्रांति के लिए उपयुक्त समय आ चुका है। नवाब खान ने कहा कि क्रांति के लिए पर्याप्त निधि का इंतजाम कर लिया गया है और ज्यों ही इंग्लैंड युद्ध में शामिल

होगा, इजिप्ट, आयरलैंड, दक्षिणी अफ्रीका और अन्य जगहों पर ब्रिटिश शासन के विरुद्ध विद्रोह आरंभ हो जाएगा। उचित समय आ गया है कि हम भारत जाकर सेना को अपने पक्ष में करें और क्रांति का आरंभ हो जाए।[5] ऑक्सनर्ड में जुलाई 1914 में हुई बैठक में पहली बार निर्णय लिया गया कि 'गदर आंदोलनकारी' भारी संख्या में भारत लौटें। इसी प्रकार के निर्णय अपलैंड, फ्रेस्को, लॉस एंजेल्स और क्लेरमोंट में हुई बैठक में लिये गए। 28 जुलाई और 4 अगस्त को 'गदर' का विशेषांक प्रकाशित किया गया, जिसमें बाल्कन युद्ध की शुरुआत के बाद राष्ट्र के प्रति अपनी निष्ठा एवं कर्तव्य की याद दिलाई गई। ब्रिटेन युद्ध में कूद पड़ा और क्रांतिकारियों का चिरलंबित समय आ पहुँचा। सेक्रेमेंटो में भारतीयों की हुई आम सभा में जल्द-से-जल्द भारत वापस लौटने का आह्वान किया गया। भारत लौटते समय जहाज में बैठे हजारों सिख क्रांतिकारियों के गले से जयघोष निकल रहा था।[6]

9 अगस्त, 1914 को फ्रेशनो में हुई सभा में 500-600 के लगभग भारतीय उपस्थित थे। भगवान सिंह, बरकतुल्लाह और रामचंद्र ने भाषण दिए। स्वयंसेवकों की एक सूची तैयार की गई। दो-तीन सौ सिखों ने भारत लौट जाने की इच्छा प्रकट की। 11 अगस्त, 1914 को सेक्रेमेंटो में एक सभा हुई, जिसमें पाँच-छह हजार भारतीय शामिल थे। भगवान सिंह, बरकतुल्लाह और महमूद ने भाषण दिए। जहाज का टिकट लेने और हथियार खरीदने के लिए पाँच-छह हजार डॉलर इकट्ठे किए गए।[7]

फ्रेशनो (कैलिफोर्निया) और सेक्रेमेंटो (कैलिफोर्निया) में 9 अगस्त एवं 11 अगस्त, 1914 को सभा हुई, जिसमें निर्णय लिया गया कि अब भारतीयों को भारत के लिए प्रस्थान करना चाहिए और वहाँ जाकर क्रांति करनी चाहिए।[8] गदर पार्टी के नेता रामचंद्र, भाई भगवान सिंह और बरकतुल्लाह के जोशीले भाषणों में अपील की गई थी कि भारत में जाकर जनता में क्रांति का संदेश फैलाएँ।[9] उन्हें यह भी बताया गया कि सेन फ्रांसिस्को से एक जहाज जल्दी चलनेवाला है। स्टॉक्टन में दो सभाएँ हुईं। पोर्टलैंड में 7 अगस्त, 1914 को हुई सभा में उपस्थित सारे भारतीयों ने गदर करने की सौगंध खाई।[10]

4 अगस्त, 1914 को 'गदर' का विशेषांक प्रकाशित हुआ, जिसमें आह्वान किया गया कि भारत जाकर देशी सेनाओं को विद्रोह के लिए उकसाया जाए। उन्हें गदर के बारे में खुले तौर पर समझाया जाए। देशी सेनाओं से हथियार एकत्र किए जाएँ और जहाँ भी अंग्रेज मिलें, उन्हें मार दिया जाए।[11] इसी अंक में दूसरा लेख प्रकाशित हुआ, जिसमें हिंदुओं को ललकारते हुए कहा गया कि वे अपनी आँखें मलकर देखें, अपने दिमाग को खोलें! अपनी संपत्ति को गदर कार्यालय में जमा कराएँ और अपना नाम गदर सैनिकों के रूप में दर्ज कराएँ। अपने खून को साफ करने के लिए तैयार हो जाएँ। आखिर कब तक आलसी की तरह बैठे रहना चाहते हैं? शेर की तरह जंग में कूद पड़ें।[12] 11 अगस्त के

अंक में क्रांति के बारे में पुनः आह्वान किया गया कि भारतीयों को सभी जगहों पर क्रांति आरंभ कर देनी चाहिए। भारत ही नहीं, अन्य जगहों यथा चीन में भी क्रांति आरंभ करनी चाहिए। इस प्रकार धरती की हरेक जगहों से एक ही आवाज आने लगेगी—'अंग्रेजों को मार दो, अंग्रेजों को मार दो।'[13] युगांतर आश्रम में गदरियों की एक बैठक आयोजित की गई। बैठक में निर्णय लेना था कि क्या अंग्रेजों पर उस समय आक्रमण किया जाए, जब वे युद्ध में व्यस्त हों? निर्णय लिया गया कि भारतीयों को इस अवसर को नहीं गँवाना चाहिए, भले ही उन्हें पूरी सफलता नहीं मिले। बैठक में भाग लेनेवालों में सेंट जोन के पंडित कांशी राम, एस्टोरिया के केसर सिंह और करीम बख्श, विना के ऊधम सिंह कसेल, ब्रिडल वेल के शिव सिंह, पोर्टलैंड के काकू सिंह, कैलिफोर्निया के ज्वाला सिंह और कनाडा के हरनाम सिंह और बलवंत सिंह आदि थे। भगवान सिंह ज्ञानी के अनुसार, इस बैठक में तीन निर्णय लिये गए। पहला निर्णय था कि अंग्रेज शासन के विरुद्ध भारत में युद्ध की घोषणा कर देनी चाहिए और भारत को एक स्वतंत्र और संप्रभु राज्य के रूप में घोषणा कर देनी चाहिए। अब तक भारत के बुद्धिजीवियों द्वारा किसी खास शिकायत के विरुद्ध विरोध दर्ज किया जाता था। यदि आम जनता द्वारा युद्ध की घोषणा कर दी जाएगी तो इसे न तो जबरन बल-प्रयोग द्वारा दबाया जा सकता है और न ही नेताओं को घूस देकर इसे रोका जा सकता है। दूसरा निर्णय लिया गया कि इस कार्य के लिए सभी स्तरों से संसाधन जुटाना आवश्यक है। खासकर जर्मन और ऑस्ट्रिया जैसे देश, जिनका इंग्लैंड से विरोध है, उनका सहयोग भी लिया जा सकता है। तीसरा निर्णय लिया गया कि इसके लिए पर्याप्त मात्रा में धन जमा किया जाना चाहिए, सैनिक प्रशिक्षण के लिए भारतीय छात्रों को विदेश भेजा जाना चाहिए और विश्व के अन्य भागों में रह रहे भारतीयों को संदेश भेजा जाना चाहिए कि वे सभी जगहों से भारत के लिए प्रस्थान करें।[14]

एक भारतीय क्रांतिकारी ने अपनी पत्नी को लिखा—'कुछ दिन बाद बड़ा भारी गदर होगा। हमारे हाथ में तलवार होगी और आगे बढ़ते हुए हम मरेंगे। हम गुरु गोविंद सिंह के बेटे हैं। अगर जिंदा रहे तो मिलेंगे...' कैलिफोर्निया के एक सिख ने '82 नं. पंजाबी पलटन' के एक सिपाही को नौशहरा (सीमा प्रांत) में लिखा—'अमेरिका और कनाडा के सारे भारतीय मरने-मारने पर तुले बैठे हैं।' 'दि पोर्टलैंड टेलीग्राम' पत्र के 7 अगस्त, 1914 के अंक में एक खबर छपी—'एस्टोरिया (ऑरगन), 7 अगस्त—हरेक गाड़ी और जहाज, जो दक्षिण की ओर जाता है, इस शहर से बहुत सारे भारतीयों को ले जाता है। यदि यह निकासी ऐसे ही कुछ समय तक और जारी रही तो एस्टोरिया भारतीयों से बिल्कुल खाली हो जाएगा। हैमंड मिल में काम करनेवाले भारतीयों की बहुत संख्या जा चुकी है। जो पीछे रह गए हैं, वे जाने की तैयारी कर रहे हैं। कहा जाता है कि ये भारतीय सेन फ्रांसिस्को होते हुए भारत जा रहे हैं। वे सब क्रांति में भाग लेने के लिए भारत

जा रहे हैं। एक जहाज किराए पर ले लिया गया है। अंग्रेजों के यूरोप की लड़ाई में फँसे होने के कारण जल्दी ही फूट पड़ने की आशा है। यह भी कहा जाता है कि एक जापानी जहाज भारतीयों को अपने देश वापस ले जाएगा।'[15]

'फ्रेशनो रिपब्लिकन' नामक अखबार ने अपने 23 सितंबर के अंक में समाचार प्रकाशित किया कि आयवाटा थिएटर, एफ एंड कीयर्न स्ट्रीट (फ्रेशनो, कैलिफोर्निया) में आयोजित जनसभा में 350 'हिंदू' छह घंटे तक ब्रिटिश शासन के विरुद्ध की जानेवाली क्रांति को लेकर दिए गए भाषण सुनते रहे। 2000 डॉलर से अधिक राशि चंदे के रूप में जमा हुई। इस पैसे का उपयोग क्रांतिकारी साहित्य के प्रकाशन पर खर्च किया जाएगा, ताकि लोग इंग्लैंड के विरुद्ध की जानेवाली क्रांति में भाग लें। आज की जनसभा में लिये गए निर्णय के अनुसार अगले शनिवार को बहुत से 'हिंदू' 'मंचूरिया' नामक जहाज से भारत के लिए रवाना होंगे। इस बैठक की अध्यक्षता सेन फ्रांसिस्को से आए 'हिंदू' नेता रामचंद द्वारा की गई, जिसमें उन्होंने कहा कि इंग्लैंड युद्ध में लिप्त होनेवाला है और उसके विरुद्ध संघर्ष करने का यह स्वर्णिम अवसर है। दो अन्य वक्ता भगवान सिंह और मोहम्मद बरकतुल्लाह ने कहा कि इंग्लैंड भारत से जितना पैसा उगाही करता है, उसका दसवाँ भाग भी भारत में खर्च नहीं करता है। जर्मनी ने क्रांतिकारियों को आश्वासन दिया है कि यदि इंग्लैंड के विरुद्ध क्रांति होती है तो वे इसमें सहायता करेंगे।[16] भगवान सिंह, बरकतुल्लाह, रामचंद्र आदि नेताओं ने घोषणा की है कि जर्मनी ने भारत से वायदा किया है कि अगर वे अंग्रेजों के विरुद्ध विद्रोह करेंगे तो जर्मनी पूरी सहायता देगा।[17] वक्ताओं ने कहा कि इंग्लैंड के विरुद्ध क्रांति निश्चित है और यदि अभी क्रांति की गई तो विजय भी निश्चित है।[18]

अखबार ने आगे लिखा कि सेन फ्रांसिस्को में कार्यरत संस्थाओं, कैलिफोर्निया में फल के बगीचों में कार्यरत हिंदुओं तक अपना संदेश बैठक के माध्यम से पहुँचा रहे हैं। बैठक में प्राप्त चंदे का उपयोग साहित्य के प्रकाशन पर हो रहा है, जिसे अन्य हिंदुओं को भेजा जा रहा है। हिंदुओं का नामांकन सैनिक प्रशिक्षण विद्यालय में करवाया जा रहा है, ताकि भारत लौटकर वे अपने देशवासियों को युद्ध की कला सिखा सकें।[19]

फ्रेशनो में आयोजित बैठक को बरकतुल्लाह, भगवान सिंह और रामचंद्र ने संबोधित किया। वक्ताओं ने उपस्थित जनों से अनुरोध किया कि अब समय आ गया है और उन्हें भारत जाकर क्रांति में भाग लेना चाहिए, ताकि अंग्रेजों को भारत से भगाया जा सके। उन्हें आश्वस्त किया गया कि भारत पहुँचने पर उन्हें हथियार मुहैया करा दिए जाएँगे। रामचंद्र ने कहा कि हमारे पूर्वज हमें निर्लज्ज संतति के तौर पर पुकारते होंगे। वे इस बात के लिए हमें गाली देते होंगे कि हमने ऐसे असभ्य और गंदे अंग्रेजों को रहने की अनुमति दे दी, जहाँ पूर्वजों की अस्थियाँ हैं। हमारे पूर्वज हमें तब तक चैन से नहीं बैठने देंगे, जब तक

हम इन अंग्रेजों को मार नहीं दें। इन आक्रांताओं से मुक्ति दिलाने के लिए हमारी मातृभूमि हमें बुला रही है। यदि आप वास्तविक रूप से भारत की संतान हैं तो अपना धन-संपत्ति युगांतर आश्रम में जमा करवा दें और भारत जानेवाले जहाज पर यात्रा करने के लिए तैयार हो जाएँ। ऐसे देशभक्त होटल आकर अपना नाम लिखा दें। यह हमारा दायित्व है कि आपके भारत पहुँचने पर आपको हथियार मिल जाएँ। बैठक के बाद चंदे इकट्ठे किए गए और करीब तीन सौ लोगों ने भारत जाने के लिए अपना नाम लिखवाया।[20]

जिस समय प्रथम विश्वयुद्ध आरंभ हुआ, अमेरिका में पढ़ रहे भारतीय छात्रगण गरमी की छुट्टी में विभिन्न कृषि फार्मों में कार्य कर रहे थे। युद्ध की सूचना पाकर ये लोग बर्कले में जमा हुए। इन लोगों की सोच का निष्कर्ष था कि अधिक-से-अधिक मात्रा में अमेरिका से भारतीयों को वापस जाना चाहिए और भारतीय सैनिक की नौकरी कर लेनी चाहिए। इसके बाद भारतीय सैनिकों को विद्रोह के लिए तैयार करना चाहिए। जो लोग सेना की नौकरी नहीं कर सकते हों, उन्हें गुप्त रूप से इसमें सहयोग देना चाहिए और साहित्य प्रकाशन, कार्यकर्ताओं की नियुक्ति, हथियार संग्रह एवं गुरिल्ला युद्ध में संलग्न होना चाहिए। युद्ध के कारण इंग्लैंड अपना ध्यान यूरोप में केंद्रित करेगा। यदि इंग्लैंड युद्ध में पराजित होता है और क्रांतिकारियों का गुरिल्ला युद्ध जारी रहता है तो भारत को आजाद कराने का रास्ता प्रशस्त हो जाएगा।[21] 14 अगस्त, 1914 को इंग्लैंड द्वारा युद्ध की घोषणा कर दी गई। इस तिथि के आस-पास ही सभी जगहों पर जनसभा का आयोजन किया गया था और लगभग सभी नेताओं ने इन जनसभाओं में दुहराया था कि निकट भविष्य में इंग्लैंड द्वारा युद्ध की घोषणा होनेवाली है। ऐसा संदेह किया जाता है कि इन नेताओं को युद्ध संबंधी संदेश जर्मनी के माध्यम से प्राप्त होता होगा। वे यह भी जानते थे कि जर्मनी भी इस युद्ध में सम्मिलित होनेवाला है। सेक्रेमेंटो की बैठक को मौलवी बरकतुल्लाह, भगवान सिंह, रामचंद्र और एक मुसलमान, जिनका नाम महमूद था, ने संबोधित किया। इन बैठकों के आयोजन के बारे में 'गदर' में विस्तार से सूचना प्रकाशित हुई। 'गदर' में यह भी प्रकाशित हुआ कि यूरोप में युद्ध का आरंभ हो चुका है और भारत में होनेवाली क्रांति के बारे में शीघ्र ही 'गदर' अखबार में सूचना प्रकाशित होगी। इसमें कहा गया कि भारत वापस जाकर क्रांति के लिए निम्न कार्य किए जाने हैं, ताकि अंग्रेजों को भारत से भगाया जा सके—

(1) भारतीय सैनिकों को क्रांति के लिए उत्साहित करना,
(2) अंग्रेजों के वफादार अधिकरियों एवं नागरिकों की हत्या करना,
(3) क्रांतिकारी झंडे की स्थापना करना,
(4) जेल तोड़ना,
(5) सरकारी खजाना लूटना,

(6) युवकों में क्रांति का संचार करना,
(7) क्रांतिकारी साहित्य का प्रसार करना,
(8) विदेशी दुश्मनों के साथ सहयोग करना,
(9) डकैती डालना,
(10) हथियार खरीदना,
(11) बम-निर्माण,
(12) गुप्त समितियों का गठन किया जाना,
(13) थाना लूटना,
(14) रेल एवं तार को बाधित करना,
(15) ग्रामीणों में ब्रिटिश सरकार के विरुद्ध जागृति लाना।

ओरेगाँव में नियुक्त स्वयंसेवकों को लेकर अमर सिंह भी पहुँचे थे और वे इस बैठक में उपस्थित थे। बैठक में करीब 6000 डॉलर चंदा इकट्ठा किया गया और कुल मिलाकर करीब 6000 लोगों ने भारत जाने की इच्छा प्रकट की। उपस्थित जनों को बताया गया कि सेन फ्रांसिस्को से शीघ्र ही एक जहाज खुलनेवाला है, जिसमें वे यात्रा कर सकेंगे। अमेरिका के उन सभी जगहों पर क्रांतिकारी प्रवचन किए गए, जहाँ भारतीयों की आबादी थी और उन्हें उकसाया गया कि वे बिना समय नष्ट किए वापस भारत जाएँ और अंग्रेजों का कत्लेआम कर दें।[22] ओरेगाँव कृषि महाविद्यालय, कोरवालिस में पढ़नेवाले एक छात्र ने 14 सितंबर, 1914 को एक तार भेजा कि इस कॉलेज में पढ़नेवाले अधिकांश छात्र वापस भारत चले गए हैं और अब तक लगभग 1000 से अधिक लोग भारत जा चुके हैं। भारत जाने पर ये लोग क्रांति में हिस्सा लेंगे, लेकिन क्रांति के दौरान ये क्या करेंगे, अभी इनको पता नहीं है।[23] इंग्लैंड के अंतरराष्ट्रीय युद्ध में व्यस्त होने की स्थिति में भारत से सैनिक इन युद्धों में भेजे जाते और इस अवसर का लाभ क्रांतिकारी उठाना चाह रहे थे। इनका आकलन था कि देशी सैनिक 10 हैं तो अंग्रेज सैनिक 1 है। अंग्रेज इस बार सैनिकों को हिंदू-मुसलमान के नाम पर लड़ा नहीं पाएँगे, क्योंकि मुसलिम सैनिकों का मनोबल तुर्की युद्ध के कारण पहले से बढ़ा हुआ है।[24]

10 नवंबर, 1914 को भारत के खुफिया निदेशक ने प्रतिवेदित किया कि युद्ध सचिव के एक मित्र ने उन्हें विक्टोरिया से पत्र लिखा, जिसमें कहा गया कि उनका एक मित्र संपत्ति खरीद-बिक्री की दलाली करता है। अगस्त के अंतिम सप्ताह में उसे एक सिख का संदेश मिला कि उसे जमीन के दो टुकड़े बेचना है और आधी कीमत में यदि यह बिक जाए तो बेच दें। इन पैसों को वे भारत भेजना चाहते हैं। दो महीने के बाद शायद ही कोई भारतीय अमेरिका में रहने के लिए बच जाए! हालाँकि इस सिख ने कारण नहीं बताया, लेकिन लगता है कि ब्रिटिश शासन से ये लोग नाराज चल रहे हैं।[25]

खुफिया प्रतिवेदन में आगे कहा गया कि 15 अक्तूबर को 'शम-शेर-ए-खालसा' की 98 प्रतियाँ बंबई में पकड़ी गई हैं। 'खालसा दीवान सोसाइटी',. स्टॉक्टन द्वारा यह सूचना प्रसारित की गई है कि संपत्ति बेचने के लिए एक कंपनी के साथ विमर्श हुआ है। जिन लोगों को संपत्ति बेचनी हो, 'खालसा दीवान सोसाइटी' को सूचित करें। गदर कार्यकर्ताओं ने निर्णय लिया कि सभी भारतीयों को लगभग एक साथ ही स्वदेश वापस जाना चाहिए और यह कार्य नवंबर 1914 के प्रथम सप्ताह में पूरा हो जाना चाहिए। जो लोग इससे पूर्व स्वदेश पहुँच जाएँ, उन लोगों को ग्रामीणों एवं आम जनता का सहयोग प्राप्त करने का उपाय करना चाहिए। जब सभी लोग भारत पहुँच जाएँगे, उसके बाद एक तिथि का निर्धारण किया जाएगा, जिस दिन पूरे भारत में विद्रोह किया जाएगा।[26] निर्णय लिया गया कि जिन लोगों को जो भी जहाज पहले उपलब्ध हो जाए, वे भारत वापस चले जाएँ। अग्रिम दल में करतार सिंह सराभा, जगत सिंह, पियारा सिंह, हरनाम सिंह, नंद सिंह, सोहन सिंह और जवांद सिंह आदि थे, जो निप्पन मारू, लाई सांग, फू सांग और नाम सांग नामक जहाजों से भारत लौटे।[27]

करतार सिंह सराभा 15 या 16 सितंबर को कोलंबो पहुँचे। सराभा के भारत पहुँचने की खबर सी.आई.डी. अधिकारियों को भी नहीं मिल सकी और इसीलिए उन्हें गिरफ्तार नहीं किया जा सका। इस कारण सराभा स्वतंत्र रूप से प्रचार कार्यक्रमों को अंजाम दे सके। लुधियाना में सोहन सिंह भाकना को पुलिस द्वारा गिरफ्तार कर एक ताँगे में कहीं ले जाया जा रहा था और सराभा ने स्वयं यह दृश्य देख लिया। इससे उन्हें भाकना के गिरफ्तारी की सूचना मिली।[28] जगत सिंह सुरसिंघ 14 सितंबर को 'लाई सांग' नामक जहाज से कलकत्ता पहुँचे और पियारा सिंह और हरनाम सिंह 'फू सांग' नामक जहाज से पहुँचे। ये लोग तो गिरफ्तारी से बच गए, लेकिन 13 अक्तूबर, 1917 को जो लोग पहुँचे, उन्हें पुलिस द्वारा गिरफ्तार कर लिया गया। इनमें सोहन सिंह, नंद सिंह और जवांद सिंह आदि थे।[29] लाला हरदयाल ने जेनेवा से अगस्त, 1914 में पत्र भेजा—'मैं आप लोगों के साथ हमेशा हूँ और अंतिम क्षण तक रहूँगा।' 'गदर' में प्रकाशनार्थ एक लेख हरदयाल द्वारा भेजा गया, जिसका शीर्षक था—'दो चीजों की जरूरत है—गदर और बंदूक'। लेकिन जब इतने लोग भारत वापस जाकर विद्रोह करना चाहते थे, हरदयाल अपना नेतृत्व देने के लिए भारत वापस नहीं आए।[30]

गदरियों का मुख्य जत्था इसके तीन सप्ताह बाद सेन फ्रांसिस्को से 'एस.एस. कोरिया' नामक जहाज से रवाना हुआ।[31] 29 अगस्त, 1914 को 'एस.एस. कोरिया' जहाज से अमेरिका के सेन फ्रांसिस्को से पहली टोली रवाना हुई। चलने से पहले क्रांतिकारियों को कई छोटी-छोटी टोलियों में बाँटा गया। श्री केसर सिंह 'ठट्ठगढ़', श्री ज्वाला सिंह 'ठट्ठियाँ' और पंडित जगत राम को इनका नेता बनाया गया।[32] हांगकांग के

लिए सेन फ्रांसिस्को से रवाना होनेवाला यह जहाज सबसे महत्त्वपूर्ण था।[33] इस जहाज में 70 लोग सवार थे। छोटे-छोटे समूहों में गदरी इस जहाज पर सवार हुए। इन समूहों के नेता निधान सिंह, केसर सिंह, ऊधम सिंह, ज्वाला सिंह और नवाब खान मनोनीत हुए।[34] इस जहाज पर 'हिंदी एसोसिएशन' के दो उपाध्यक्ष ज्वाला सिंह और केसर सिंह, निधान सिंह, जगत राम, पृथ्वी सिंह और नवाब खान आदि थे।[35] पिरथी सिंह, जगत राम, केसर सिंह, ऊधम सिंह, जोवाला सिंह, निधान सिंह, अरूर सिंह, अमर सिंह, नवाब खान, अर्जन सिंह और रामरखा आदि की चर्चा बाद में भारत में काफी हुई। ये लोग 'कोरिया' नामक जहाज पर थे।[36]

'कोरिया' जहाज चलने से पहले मौलवी बरकतुल्लाह, भाई भगवान सिंह और श्री रामचंद्र जहाज पर आए। उन्होंने यात्रियों को संबोधित करते हुए कहा—'तुम्हारा कर्तव्य स्पष्ट है। देश लौट जाओ और भारत के हरेक कोने में गदर की चिनगारी सुलगा दो। भारत पहुँचने पर तुम्हें हथियार दिए जाएँगे। अगर हथियार जुटाने में हम सफल नहीं होते हैं तो पुलिस स्टेशनों पर धावा बोलकर हथियार लूट लो। अपने नेताओं के आदेशों पर चलो।[37] भारत जाओ और हरेक कोने से क्रांति की आवाज़ बुलंद करो। धनी को लूटो, लेकिन गरीबों पर रहम करो। ऐसा करने से तुम्हें यश मिलेगा। भारत पहुँचने पर तुम्हें हथियार मिल जाएँगे।'[38]

मौलवी बरकतुल्लाह, पंडित रामचंद्र और भगवान सिंह ज्ञानी ने जहाज पर आकर गदरियों को संबोधित किया। अपने संबोधन में इन नेताओं ने कहा कि आपका कर्तव्य बिल्कुल स्पष्ट है। भारत जाकर देश के प्रत्येक कोने से विद्रोह करना है। धन जुटाने के लिए धनी लोगों को लूटना है, लेकिन गरीब पर दया दिखानी है। ऐसा करके ही आप आम जनता का सहयोग प्राप्त कर सकते हैं। आप लोगों के भारत पहुँचने पर हथियार उपलब्ध करा दिए जाएँगे। यदि ऐसा संभव नहीं हो सका तो आप पुलिस थाना लूटकर भी हथियार इकट्ठा कर सकते हैं। अपने नेता के आदेश का निस्संकोच पालन करना है।[39] जहाज पर गदरियों का अधिकांश समय 'गदर दी गूँज' नामक पुस्तक से कविता गाकर बीतता था। जहाज पर बैठकें होती थीं और भाषण भी होते थे। रामरखा और अमर सिंह नामक गदरी जापान के योकोहामा में हथियार जमा करने के उद्देश्य से उतर गए[40] और झाँसी के परमानंद कोबे (जापान) में जहाज पर सवार हुए।[41] इसके बाद जहाज कोबे में रुका। एक अन्य जहाज से वैंकूवर से आए यात्रीगण इस जहाज में चढ़े। निधान सिंह चुग्घा, इंद्र सिंह, सुर सिंह और प्यारा सिंह 'लंगेरी' जहाज से नागासाकी उतरकर शंघाई चले गए।[42]

वैंकूवर से आए क्रांतिकारी भी कोबे में जहाज पर सवार हुए। इसके बाद जहाज मनीला में रुका। यहाँ हफीज अब्दुल्लाह, जो गदर पार्टी के स्थानीय समिति के अध्यक्ष

थे, दो अन्य लोगों के साथ मिलने के लिए आए।[43] मनीला गदर पार्टी के अध्यक्ष हाफिज अब्दुल्लाह मनीला में जहाज पर सवार हुए। समुद्र किनारे स्थानीय भारतीयों की हुई बैठक को नवाब खान और जगत राम ने संबोधित किया।[44] अपने संबोधन में इन्होंने कहा कि कुछ समय पूर्व तक आप लोगों को 'गदर' अखबार भेजा जाता था। अब क्रांति का समय आ गया है। विश्वयुद्ध में इंग्लैंड व्यस्त है और भारत से अंग्रेजों को बाहर भगाने का यह स्वर्णिम अवसर है। यदि हम इस अवसर पर चूक जाएँगे तो पता नहीं इस शताब्दी में पुनः ऐसा अवसर मिलेगा या नहीं! हमारे साथ जुड़कर मारने या मरने के लिए तैयार हो जाइए।' क्रांतिकारी साहित्य का वितरण भी किया गया।[45]

'एस.एस. कोरिया' जहाज जापान के बंदरगाहों—योकोहामा, कोबे, नागासाकी और फिलीपाइन के बंदरगाह मनीला रुकता हुआ अंत में हांगकांग जाकर रुक गया।[46] जहाज के हांगकांग पहुँचने से पहले श्री निधान सिंह चुग्घा ने शंघाई से तार द्वारा क्रांतिकारियों को सूचित कर दिया था कि हांगकांग में तलाशी का खतरा है। उस खतरे को देखते हुए हथियार पंडित जगत राम को सौंप दिए गए और क्रांतिकारी साहित्य समुद्र में फेंक दिए गए। नागासाकी बंदरगाह पर चुग्घा 'कोरिया' जहाज को छोड़कर शंघाई चले गए। उन्होंने शंघाई में एक जर्मन से पिस्तौल खरीदे।[47] जहाज के हांगकांग पहुँचने के बाद सभी यात्रियों को जहाज से उतरवा दिया गया। यहाँ से किसी अन्य जहाज से उन्हें भारत भेजा जाता।[48] 5 सितंबर, 1914 को सेन फ्रांसिस्को से दूसरा जत्था 'एस. एस. साइबेरिया' नामक जहाज सेन फ्रांसिस्को से रवाना हुआ, जो होनोलुलू, योकोहामा और नागासाकी होते हुए शंघाई तक के लिए चला था। सबसे प्रसिद्ध क्रांतिकारी मूला सिंह, उमराव सिंह, धियान सिंह (फिरोजशहर हत्याकांड में प्रसिद्ध) योकोहामा में इस जहाज पर अमर सिंह और रामरखा आए, जो 'एस.एस. कोरिया' से यहाँ पहुँचे थे। ये लोग शंघाई जाकर निधान सिंह से मिले, जिन्हें स्थानीय गुरुद्वारा से 500 रुपयों की सहायता राष्ट्रीय कर्तव्य के लिए दी गई थी। इन लोगों ने जर्मन से कुछ हथियार भी खरीदे थे।[49] कनाडा के ब्रिटिश कोलंबिया के भारतीय इसमें किसी से पीछे रहनेवाले नहीं थे। विक्टोरिया से दूसरा जहाज 'एस.एस. मैक्सिको मारू' हांगकांग के लिए रवाना हुआ।[50]

40 क्रांतिकारियों का एक अन्य दल वैंकूवर से 'एस.एस. कनाडा मारू' से रवाना हुआ। चालीस क्रांतिकारियों का एक और दल मनीला से रवाना हुआ। इस दल के मुख्य क्रांतिकारियों में जगत राम, रहमत अली और जीवन सिंह आदि थे। इनमें से अधिकतर यात्रीगण शंघाई और हांगकांग पहुँचकर भारत के लिए जहाज पकड़ते थे। इन क्रांतिकारियों ने इन जगहों से भारत जाने के लिए जिन जहाजों का उपयोग किया, उनमें से 'चांग शांग', 'नाम सांग', 'तोशा मारू' और 'मशीमा मारू. आदि थे। 57 क्रांतिकारियों को लेकर 12 अक्तूबर, 1914 को 'चांग शांग' कलकत्ता पहुँचा। सोहन सिंह भकना,

जवांद सिंह और वीर सिंह आदि को लेकर 'नाम सांग' नामक जहाज 13 अक्तूबर को कलकत्ता पहुँचा और 173 क्रांतिकारियों को लेकर 'तोशा मारू' और 63 क्रांतिकारियों को लेकर 'मशीमा मारू' 25 अक्तूबर, 1914 को कलकत्ता पहुँचा।[51]

172 यात्रियों को लेकर जापानी जहाज 'एस.एस. ताशु मारू' 28 अक्तूबर को कलकत्ता पहुँचा।[52] भारी संख्या में क्रांतिकारी सेन फ्रांसिस्को में जमा होने लगे। अन्य क्रांतिकारीगण योसाका मारू, एलिसेंटे, ऑस्ट्रिलियन, ओरांटिया, लोपेजी लोपेज, कितामो मारू, ओफिर और फ्युशिमा मारू आदि जहाजों से भारत पहुँचे।[53] 15 अक्तूबर को 'मशीमा मारू' से करीब 60-70 यात्री हांगकांग पहुँचे। इनमें करीब 30 क्रांतिकारी थे। लगभग इसी समय 'एस.एस. मैक्सिको मारू' नामक जहाज भारतीय यात्रियों को लेकर विक्टोरिया से चलकर हांगकांग पहुँचा। एक और जहाज 'एस.एस. कनाडा मारू' 30 या चालीस क्रांतिकारियों को लेकर वैंकूवर से चलकर हांगकांग पहुँचा। एक अन्य जहाज मनीला से चलकर हांगकांग पहुँचा, जिसमें जगत राम, रहमत अली, जीवन सिंह एवं अन्य चालीस-पचास क्रांतिकारी थे। 1914-15 में इन्हीं 6 जहाजों से चलकर क्रांतिकारीगण भारत पहुँचे थे।[53] शंघाई से तीस के लगभग क्रांतिकारियों की एक और टोली लेकर 'मशीमा मारू' जहाज 15 अक्तूबर को भारत के लिए चल पड़ा। इसी भाँति 'कोरिया' जहाज के बाद शीघ्र ही कनाडा और अमेरिका से 'साइबेरिया', 'मैक्सिको मारू' आदि जहाजों पर क्रांतिकारियों की टोलियाँ चल दीं। उनमें से एक टोली को श्री शेर सिंह वेईपोई 'कनाडा मारू' जहाज पर कनाडा से लेकर आए। अलग-अलग स्थानों से चली टोलियाँ हांगकांग में आकर इकट्ठी हो गईं।[54] 'तोशा मारू' और 'मशीमा मारू' से क्रांतिकारियों के हांगकांग पहुँचने के बाद वहाँ के गुरुद्वारा में कई बैठकें हुईं। वहाँ के 26वीं पंजाब बटालियन के सिपाहियों को विद्रोह कराने, कांटन के जर्मन कौंसिल से सहायता प्राप्त करने के मुद्दे पर भी बैठकों में चर्चा हुई।[55]

पंजाब सरकार एवं भारत सरकार को यह सूचना मिल रही थी कि अमेरिका में मजबूत संगठन बन रहा है और इसका उद्देश्य भारत सरकार के साथ शत्रुता है। इसके लिए बड़ी संख्या में भारतीय अमेरिका से वापस आ रहे हैं। ये भारतीय काफी वर्षों से अमेरिका में थे, इसलिए इनके पैतृक निवास के बारे में ठीक-ठीक जानकारी पंजाब पुलिस को नहीं है। 1914 के अंत में खुफिया प्रतिवेदन में अंकित है कि अमेरिका में रह रहे भारतीयों की संख्या 6000-7000 के बीच है। इनमें से आधे अमेरिका में और आधे कनाडा में रह रहे हैं। इनमें से अधिकतर पंजाबी सिख हैं। कुछ पंजाबी हिंदू और कुछ मुसलिम और पठान भी इसमें थे। लगभग 200 से 300 भारतीय छात्र, इनमें से अधिकतर बंगाली हैं, अमेरिका के विभिन्न विश्वविद्यालयों में पढ़ रहे हैं।[56]

सुदूर पूर्व के देशों, यथा—हांगकांग, शंघाई, चीन, बोरनो, जापान और फिलीपींस

में रहनेवाले भारतीयों की ठीक-ठीक संख्या के बारे में कोई जानकारी नहीं है। 31 अगस्त, 1914 को निदेशक, खुफिया विभाग, भारत सरकार को भेजे जानेवाले प्रतिवेदन में सहायक अधीक्षक, शंघाई नगरपालिका पुलिस ने कहा कि शंघाई में कुल 1100 भारतीय हैं, जिनमें से 900 सिख हैं। इनमें से लगभग 500 सिख पूर्व सिपाही या पूर्व सैनिक हैं। 50 पंजाबी मुसलमान या पठान हैं, जो नगरपालिका परिषद् में सिपाही के पद पर काम करते हैं। बाकी दरबान के रूप में कार्य करते हैं। इनमें से 150 पर पुलिस की नजर रहती है।[57]

हांगकांग में भारतीयों की संख्या 2000 बताई गई। कुली एवं अन्य छोटे-मोटे काम करनेवाले पंजाबी मजदूर सिंगापुर, पेनांग, केलांतन और कुआलालंपुर में भी रहते थे। हालाँकि गदर आंदोलन की शुरुआत अमेरिका से हुई, लेकिन इन क्षेत्रों में रहनेवाले पंजाबी श्रमिक भी इस आंदोलन से अछूते नहीं रह सके। 'गदर' अखबार की पहुँच इन क्षेत्रों तक थी और इसकी सहायता से 'गदर' का 'दर्शन' इन क्षेत्रों तक पहुँच चुका था।[58] अमेरिका और कनाडा से लौटनेवाले किसी भी श्रमिक, कामगार या छात्र को या तो गदर पार्टी का कार्यकर्ता या उसका हितैषी ही माना जाता था। 1 दिसंबर, 1914 तक हांगकांग के रास्ते कलकत्ता पहुँचनेवालों का आँकड़ा अमेरिका से 237, हांगकांग से 310 और अन्य देश, यथा—पेनांग, सिंगापुर, केलांतन आदि मिलाकर 225, कुल 772 लोग थे। कुछ लोग विभिन्न रास्तों से आए। 7 लोग अमेरिका-पेनांग-रंगून होते हुए मेल बोट से कलकत्ता पहुँचे। 37 लोग कोलंबो से धनुष्कोडि होते हुए भारत पहुँचे। कुछ लोग बंबई होते हुए पहुँचे। अगस्त और 1 दिसंबर, 1914 के बीच करीब 1000 यात्री भारत पहुँचे।[59] क्रांतिकारियों को हांगकांग में काफी दिन रुकना पड़ा। महायुद्ध छिड़ जाने के कारण जहाज नहीं मिलते थे। ऊपर से पुलिस ने पाबंदी लगा रखी थी कि बीस से अधिक भारतीय एक जहाज पर यात्रा नहीं कर सकते। हांगकांग में क्रांतिकारियों ने गुरुद्वारे में कई सभाएँ कीं, जिनमें खुलेआम गदर का प्रचार किया गया। हांगकांग में मौजूद पंजाबी पलटनों को भड़काने की कोशिश की गई। नवाब खान के अनुसार, 26 नं. पंजाबी पलटन के सिपाही गदर करने के लिए तैयार थे। योजना भी बना ली गई थी, परंतु जर्मन कौंसिल ने मना कर दिया।[60]

क्रांतिकारियों को एक दूसरा भय भी था कि छोटी-छोटी टोलियों में भारत लौटने से उद्देश्य की सिद्धि नहीं होगी। वे हांगकांग के पुलिस सुपरिंटेंडेंट से मिले। उन्होंने कहा कि वे सब एक साथ यात्रा करना चाहते हैं। पुलिस अधिकारी ने जवाब दिया कि वह किसी जहाज को उन्हें एक साथ ले जाने को कहेगा, अगर जहाज के अफसर मान गए तो उसे कोई एतराज नहीं होगा।[61] नवाब खान के नेतृत्व में एक केंद्रीय कमेटी का गठन किया गया, जिसमें केशर सिंह, ज्वाला सिंह, जगत राम, रूड़ सिंह, राम सिंह, शेर सिंह,

निधान सिंह, पृथी सिंह, अमर सिंह और सज्जन सिंह थे। उन लोगों ने तय किया कि भारत पहुँचने पर वे विभिन्न छोटी-छोटी टोलियों में बँटकर पंजाब पहुँचेंगे। लेकिन 17 दिसंबर को लुधियाना के लोधावाल में अवश्य मिलेंगे। क्रांतिकारी साहित्य के प्रकाशन एवं वितरण का भी निर्णय लिया गया।[62]

हालाँकि उन्हें यह शंका भी थी कि यदि वे छोटे-छोटे समूहों में बँट जाएँगे तो कुछ नहीं कर पाएँगे। इसलिए उन्होंने हांगकांग के पुलिस अधीक्षक से उन लोगों को एक साथ प्रस्थान करने के संबंध में अनुरोध किया। तय हुआ कि इनमें से अधिकतर यात्री 'एस.एस. तोशा मारू' से और शेष यात्री 'एस.एस. मशीमा मारू' से यात्रा करेंगे। दोनों जहाज लगभग एक ही समय में हांगकांग से रवाना हुए। 'तोशा मारू' कलकत्ता के लिए और 'शीमा मारू' कोलंबो के लिए रवाना हुआ। 'तोशा मारू' पर करीब 300 यात्री थे, जिनमें से लगभग 150 यात्री क्रांतिकारी थे। हांगकांग से जहाज खुलने के तुरंत बाद केंद्रीय समिति की बैठक जहाज पर हुई। विचार हुआ कि यदि भारत पहुँचने पर उन लोगों को हथियार मुहैया नहीं कराया गया, जैसा कि उनके नेताओं ने अमेरिका में आश्वासन दिया था, तो वे अपने लोगों के साथ मिलकर थाना लूटकर हथियार हासिल कर लेंगे। तहसील खजाना को लूटा जाएगा और ऐसे जमींदार, जो अंग्रेजों के वफादार हैं, उन्हें भी लूट लिया जाएगा। लूटे गए सामानों में से कुछ हिस्सा गरीबों को बाँट दिया जाएगा। ऐसा करके उन्हें क्रांतिकारी कार्यों में सहयोगी बना लिया जाएगा। बाकी पैसों में से कुछ अंशों से हथियार खरीदे जाएँगे और शेष पैसा सुरक्षित जमा करवा दिया जाएगा, ताकि इन घटनाओं में जो क्रांतिकारी शहीद हो जाएँगे, उनके आश्रित परिजनों को सहायता दी जा सके और उनके बच्चों की शिक्षा अमेरिका में हो सके।[63]

यह भी तय हुआ कि जैसे ही उन्हें हथियार मिल जाएँगे, भारत सरकार को तंग-तबाह करने के लिए सभी तरह के कार्य किए जाएँगे। डाकघर, रेलवे लाइन, पुल, तार लाइन और तहसील खजाना को तोड़ दिया जाएगा, बरबाद कर दिया जाएगा। जेल का गेट तोड़कर बंदियों को मुक्त कर दिया जाएगा, ताकि वे क्रांति में भागीदार बन सकें। भारतीय सैनिकों के अंग्रेजों के प्रति वफादारी पर चोट की जाएगी और उनके बीच क्रांति का संदेश प्रसारित किया जाएगा। यदि किसी सरकारी कर्मचारी ने इस कार्य में बाधा उत्पन्न की तो उसकी हत्या कर दी जाएगी। यह भी तय हुआ कि यदि क्रांतिकारी दल के सदस्यों ने अपने कर्तव्य के प्रति लापरवाही दिखाई तो उन्हें भी मौत का घाट उतार दिया जाएगा। जहाज पर कई बैठकें हुईं। सरकार को राजस्व नहीं देने, यूरोपियनों की हत्या करने, थाना लूटने एवं सूदखोरों के घरों को लूटने के संबंध में विचार किया गया। इन सब निर्णयों के बाद यात्रीगण छोटे-छोटे समूहों में बँटकर विदा हुए।[64]

किस रास्ते से वापस जाया जाए, इस बात पर राय करने के लिए रूड़ सिंह

'चुहड़चक' और नवाब खान कैंटव (चीन) के जर्मन कौंसिलर से मिले। हथियार लेकर चीन के रास्ते भारत जाने में भी खतरा था। इसलिए जर्मन कौंसिल ने यह सलाह दी कि जापानी जहाज से जाया जा सकता है।[65] अमेरिका के अलावा कनाडा, शंघाई और मनीला के गदरी क्रांतिकारियों की कुछ टोलियाँ हांगकांग में आकर इकट्ठी हो गई थीं। इसलिए क्रांतिकारियों ने एक नई केंद्रीय कमेटी संगठित की, जिसके सदस्य श्री केसर सिंह 'ठट्ठगढ़', श्री ज्वाला सिंह ठट्ठियाँ, पंडित जगराम, श्री रूड़ सिंह 'चुहड़चक', शेर सिंह वेईपोई, श्री निधान सिंह चुग्घा, श्री पृथ्वी सिंह तथा नवाब खान थे। सारे क्रांतिकारियों को भारत में जाकर काम करने के लिए अलग-अलग टोलियों में विभक्त किया गया। केंद्रीय कमेटी के सदस्यों में से प्रत्येक को एक टोली का नेता चुना गया। हरेक टोली को अपने नेता की आज्ञा के अनुसार काम करना था और इनके माध्यम से तालमेल भी नेताओं द्वारा होना था।[66]

जापानी जहाज 'तोशा मारू' और 'मशीमा मारू' लगभग एक ही समय पर हांगकांग से रवाना हुए और दोनों सिंगापुर और पेनांग भी एक ही समय पर पहुँचे। पेनांग के बंदरगाह पर दोनों जहाजों को काफी दिन रुकना पड़ा, क्योंकि यहाँ भी जर्मनी के जंगी जहाज 'एमडंन' का खतरा था। वह उन दिनों बंगाल की खाड़ी में जहाज डुबो रहा था।[67] इन दोनों जहाजों के रोके जाने के बारे में नवाब खान ने कहना आरंभ किया कि अब भारत में जन-जागरण आरंभ हो गया है।[68] पेनांग के गुरुद्वारे में क्रांतिकारियों के जोशीले भाषणों का सिलसिला कई दिनों तक चलता रहा। यहीं पर दोनों जहाजों के यात्रियों को 'कामागाटा मारू' जहाज के साथ बजबज, कलकत्ता में हुई घटना का पता चला। क्रांतिकारियों ने पेनांग से तार द्वारा 'अमृत बाजार पत्रिका', कलकत्ता से पता किया कि भारत में गदर आरंभ हो चुका है या अभी नहीं![69]

गदरियों के भारत वापस आने के कार्यक्रम से भारत सरकार चिंतित थी और हांगकांग और टोकियो के ब्रिटिश उच्चायुक्त से लगातार संपर्क में थी। 14 और 27 अगस्त को भारत सचिव द्वारा भेजे गए टेलीग्राम में गदरियों के भारत वापसी यात्रा के बारे में विस्तार से जानकारी दी गई।[70] जहाज के सिंगापुर पहुँचने पर नवाब खान उतर गए और 'मलय स्टेट' गाइड के कार्यालय पहुँचे। जहाज के बारे में की गई पूछताछ के क्रम में उन्होंने जवाब दिया कि ये लोग अमेरिका से वापस भारत जा रहे हैं और वहाँ जाकर ये क्रांति करेंगे। उन्होंने वहाँ उपस्थित सिख पुलिस से कहा कि यदि युद्ध में उन्हें जाने का आदेश हो तो वे सरकार के आदेश का पालन नहीं करें।[71] अमेरिका से भारत वापस यात्रा के क्रम में भारतीय सैनिक, जो हांगकांग, सिंगापुर और रंगून में थे, के बीच विद्रोह की ज्वाला भड़काई गई। इनमें हांगकांग में पदस्थापित 26वीं सिख पंजाबी रेजीमेंट, मलय स्टेट गाइड्स और सिंगापुर की 5वीं लाइट इनफैंट्री थी।[72]

पेनांग में दोनों जहाजों को रोके रखने से क्रांतिकारियों में क्षोभ पैदा हो गया। उन्होंने फैसला किया कि अगर जहाज इस तरह रुके रहते हैं तो पेनांग शहर में गदर की चिनगारी भड़काई जाए। इसी उद्देश्य हेतु क्रांतिकारी चार टोलियों में विभक्त होकर पेनांग शहर में घुसे। पेनांग के रेजीडेंट से मिलने के बाद दोनों जहाजों के प्रस्थान की अनुमति मिल गई।[73]

केंद्रीय समिति ने निर्णय लिया कि पेनांग में उपस्थित सिख सिपाहियों को क्रांति में साथ कर लिया जाए और यदि वे क्रांति में भाग लेने के लिए तैयार नहीं हों तो उनके हथियार छीन लिये जाएँ। शहरों में बंदूक बनाने की दुकानों के बारे में पता करने के लिए छोटे-छोटे समूहों में लोगों को भेजा गया। उन्हें यह भी जिम्मेदारी दी गई कि भारतीय सिपाहियों को क्रांति में सहयोग करने के लिए प्रोत्साहित करें और यह भी पता लगाएँ कि थाने में कितने राइफल बचे रह गए हैं? ये छोटे-छोटे समूह स्थानीय बगीचा में आपस में मिलते थे और सूचना का आदान-प्रदान करते थे। यह पता लगा कि यहाँ के सिख सिपाही अशांत हैं और वे शहर में आक्रमण करने की स्थिति में उनका साथ देने के लिए तैयार हैं। थाने पर आक्रमण करने में कोई कठिनाई नहीं है और ऐसा कर वे लगभग 50 राइफल और कारतूस हासिल कर सकते हैं। रविवार के दिन बाजार बंद होने के कारण बंदूक बनाने की दुकान के बारे में पता नहीं लगाया जा सका। सोहन सिंह का 'नामसांग' नामक जहाज सकुशल कलकत्ता पहुँचा अथवा नहीं, यह जानने के लिए एक तार कलकत्ता किया गया। यह निर्णय लिया गया कि यदि अगले 24 घंटे तक और इंतजार कर लिया जाए और उसके बाद भी यदि इनके जहाज को नहीं जाने दिया जाएगा तो शहर पर आक्रमण कर दिया जाएगा। गुरुद्वारा तक पहुँचने की कोशिश भी की गई, लेकिन सुरक्षा की चाक-चौबंद व्यवस्था होने के काण वहाँ किसी के प्रवेश की अनुमति नहीं थी। अगले दिन एक शिष्टमंडल ने वहाँ के राज्यपाल से मिलकर जहाज को रोकने का कारण जानना चाहा। इसके बाद उनके जहाज को प्रस्थान करने का आदेश दे दिया गया। 'तोशा मारू' का अगला पड़ाव रंगून हुआ। यहाँ पर उनकी मुलाकात युद्ध में कूच कर रहे सिपाहियों से हुई। इन लोगों ने सिपाहियों को युद्ध में न जाने के लिए अपील की, परंतु उन पर कोई असर नहीं हुआ। गुरुद्वारा में उपदेश देने की भी कोशिश की गई, लेकिन इसमें वे सफल नहीं हो सके।[74]

दोनों जहाज अपने गंतव्य तक पहुँचे। सभी जहाजों से वापस लौटनेवाले भारतीयों का लगभग समान व्यवहार था। क्रांतिकारी बैठकें करना, जहाज पर यात्रा कर रहे अन्य यात्रियों को एवं संपर्क में आनेवाले अन्य लोगों को ब्रिटिश वफादारी को उतार फेंकने का आह्वान किया जाना, रास्ते में पड़नेवाले पड़ाव पर उतरकर वहाँ काम कर रहे भारतीय सिपाहियों को क्रांति का उपदेश देना आदि। उनके व्यवहार को देखते हुए जहाज के

अधिकारियों ने हांगकांग पहुँचकर वहाँ की स्थानीय सरकार से सुरक्षा की मदद माँगी। मेसर्स जार्डिन माथेसन एंड कंपनी द्वारा की गई शिकायत के आलोक में 'एस.एस. ऑन संज' नामक जहाज के 9 दिसंबर के हांगकांग से प्रस्थान के पूर्व 26 पंजाबी रेजीमेंट के 12 सैनिक जवानों की सुरक्षा उन्हें प्रदान की गई। सोहन सिंह नामक क्रांतिकारी अपने सहयोगी क्रांतिकारियों के साथ 'नामसांग' नामक जहाज से अमेरिका से वापस आ रहे थे। यात्रा के क्रम में जहाज के कर्मचारियों के साथ क्रांतिकारियों की कई झड़प हुईं, जिसके दौरान जहाज कर्मचारियों को बुरी तरह पीट दिया गया। इसकी खबर 'तोशा मारू' के यात्रियों को जब लगी तो उन लोगों ने तार देकर यह जानना चाहा कि वे लोग सकुशल कलकत्ता पहुँच गए हैं अथवा नहीं? कलकत्ता पहुँचने पर सोहन सिंह के साथ तीन अन्य यात्रियों को गिरफ्तार कर जेल में डाल दिया गया।[75] 'मशीमा मारू' को कोलंबो और 'तोशा मारू' को रंगून होते हुए भारत पहुँचना था। पेनांग से 'मशीमा मारू' कोलंबो चला गया। तीन दिन तक रंगून में रुकने के बाद 'तोशा मारू' 29 अक्तूबर को कलकत्ता पहुँचा।[76]

5 सितंबर, 1914 को भारत सरकार द्वारा निर्गत अध्यादेश के तहत विदेशों से लौटनेवाले भारतीयों के साथ निबटने के अधिकार सरकार ने अपने हाथ में ले लिये थे। पुलिस द्वारा जहाज की जाँच की गई और दो को क्रांतिकारी साहित्य रखने के जुर्म में गिरफ्तार किया गया। दो को कनाडा से मिली रिपोर्ट के आधार पर पकड़ा गया। 79 को खतरनाक समझकर पुलिस की निगरानी में पंजाब भेजा गया। सौ आदमियों को दूसरी श्रेणी में विशेष गाड़ियों द्वारा भेजा गया और इन्हें मिंटगुमरी और मुलतान की जेलों में नजरबंद करने के लिए भेज दिया गया।[77]

यात्रियों की सूची प्रेषित करते हुए हांगकांग के अधिकारियों ने इन यात्रियों को लेकर सकारात्मक प्रतिवेदन नहीं दिए थे। रंगून से भी टेलीग्राम आया कि यात्रीगण ब्रिटिश सरकार के घोर विरोधी हैं और कुछ करने की योजना बनाकर भारत आ रहे हैं। वे सार्वजनिक रूप से घोषणा कर चुके हैं कि कलकत्ता पहुँचकर वे किसी बड़ी घटना को अंजाम देंगे। इन्हें विशेष ट्रेन से कलकत्ता से भेजने की व्यवस्था की गई और बंदरगाह पर शांति व्यवस्था बनाए रखने के लिए सैनिकों के साथ पुलिस बंदोबस्त भी किए गए। कलकत्ता से 6 मील दूर पहले पंचपाड़ा में एक कस्टम अधिकारी और डॉक्टर के वेश में पंजाब पुलिस के एक सहायक निरीक्षक जहाज पर सवार हुए और यात्रियों के भारी सामानों की सघन जाँच आरंभ की। बंदरगाह पहुँचने पर 20 की संख्या में यात्रीगण अपना-अपना सामान लेकर जहाज से उतरे। कस्टम अधिकारी द्वारा उनके सामानों की जाँच की जाती, शरीर की भी जाँच की जाती और उन्हें बगल के एक बरामदे में भेज दिया जाता, जहाँ पुलिस कमिश्नर और खुफिया विभाग के कुछ अधिकारी बैठे हुए थे।

इनसे नाम, पता, उनके संक्षिप्त इतिहास के संबंध में पूछताछ की जाती। इसके आधार पर यात्रियों को तीन में से किसी एक समूह में भेज दिया जाता। पहला समूह ऐसे यात्रियों का था, जिनके बारे में पुलिस को विश्वास था कि ये बिल्कुल सीधे-सादे हैं और इनसे कोई खतरा नहीं है। वे स्वयं पंजाब जा सकते हैं। दूसरा समूह ऐसे यात्रियों का था, जो अवांछित तो थे; लेकिन इनके विरुद्ध कोई खास आरोप नहीं बनता था, ताकि इन्हें गिरफ्तार कर कलकत्ता में रखा जा सके। तीसरी कोटि ऐसे क्रांतिकारियों की थी, जिन पर 'भारत रक्षा अधिनियम' की धारा लगाते हुए लगातार पुलिस निगरानी में पंजाब भेजा जाना हो। 'कामागाटा मारू जाँच समिति' के सदस्य कपूरथला के रहनेवाले राजा दलजीत सिंह इन यात्रियों को देखने के लिए स्वयं बंदरगाह पर आए। जिन यात्रियों के सामने राजा दलजीत सिंह पड़े, उनके मुँह पर ही उन्हें गंदी गालियाँ दी गईं। हालाँकि इनमें से अधिकतर यात्री राजा दलजीत सिंह को इस रूप में नहीं जानते थे कि ये कामागाटा मारू जाँच समिति के सदस्य हैं, बल्कि उन्हें वे सरकारी अधिकारी समझकर गाली दे रहे थे। चार लोगों को गिरफ्तार कर लिया गया। इनमें से दो के बारे में कनाडा सरकार ने सूचित किया था कि ये क्रांतिकारी हैं और दो के सामान से क्रांतिकारी दस्तावेज मिले थे।[78]

बजबज गोलीबारी के बाद भारत सरकार अपनी मुस्तैदी में किसी प्रकार की कोई ढील नहीं देना चाहती थी। कामागाटा मारू के बाद जितने भी जहाज कलकत्ता पहुँचे, सभी यात्रियों से सख्ती से पूछताछ की गई और जिन पर भी संदेह हुआ, उन्हें जेल में डाल दिया गया। पुलिस को जिन यात्रियों पर थोड़ा सा भी शक हुआ, उन्हें उनके गाँव में ही नजरबंद करके रख दिया गया। लेकिन पुलिस को वैसे यात्रियों पर कोई शक नहीं हुआ, जो कोलंबो या मद्रास के रास्ते भारत पहुँचे थे।[79]

'एस.एस. मशीमा मारू' से आए निधान सिंह एवं अन्य यात्रीगण 25 अक्तूबर को कोलंबो पहुँचे और धनुष्कोडि होते हुए बिना पूछताछ एवं अवरोध के अपने घर पहुँच गए। निधान सिंह सबसे पहले सिखों के पवित्र मंदिर 'नांदेड़' गए, जो उस समय निजाम शासन के अधीन था। वहाँ उन्होंने गुरु का आशीर्वाद लिया और कुछ हथियार प्राप्त करने की कोशिश भी की, लेकिन इसमें उन्हें सफलता नहीं मिली। वे पंजाब आ गए। इस रास्ते से दिसंबर में और 90 यात्री आए। हालाँकि मद्रास पुलिस द्वारा इन लोगों की जाँच-पड़ताल की गई और इन यात्रियों को निर्देश दिया गया कि वे लुधियाना पहुँचकर पुलिस के समक्ष उपस्थित हों, ताकि पंजाब के खुफिया अधिकारी उनसे पूछताछ कर सकें। इनमें से अधिकतर यात्री अमेरिका से आ रहे थे और नवंबर के आखिरी सप्ताह में हांगकांग में इनकी मुलाकात 'एस.एस. ऑन सांग' नामक जहाज के यात्रियों से हुई, जो कलकत्ता आ रहा था। पंजाब पुलिस के भारतीय अधिकारियों को जाँच-पड़ताल के लिए पहले कोलंबो और फिर धनुष्कोडि भेजा गया। जैसा कि कलकत्ता में हुआ था, कुछ लोग

दूसरे समूह में भी इसी रास्ते भारत आए। यह रास्ता सीधा नहीं था और खर्चीला भी था। दूसरे, इस रास्ते से आने पर भी जाँच-पड़ताल होती ही थी। इसलिए क्रांतिकारियों ने इस रास्ते का आगे उपयोग नहीं किया।[80]

बंदरगाह में उतरने पर यात्रियों से विस्तृत पूछताछ की जाती थी और उनके सामानों की सघन जाँच भी की जाती थी। कनाडा या हांगकांग सरकार से जिन यात्रियों के क्रांतिकारी गतिविधियों के बारे में सरकार को सूचना प्राप्त हो चुकी थी, उन्हें गिरफ्तार कर जेल में बंद कर दिया जाता। जहाज पर जिन्होंने क्रांतिकारी बातें कीं अथवा जिनके पास से क्रांतिकारी साहित्य या दस्तावेज मिले, उन्हें भी गिरफ्तार कर लिया जाता और जेल के अंदर भी उन पर कड़ी निगरानी रखी जाती। बाकी लोगों को घर जाने दिया जाता। यात्रियों के बारे में विस्तृत सूचना पंजाब पुलिस को भी दे दी जाती, ताकि उन पर नजर रखने में सुविधा हो। मराला के कांशीराम द्वारा फिरोजपुर तहसील कोषागार लूटने एवं पूछताछ के लिए रोकनेवाले पंजाब पुलिस के एक सहायक निरीक्षक एवं एक जेलदार की हत्या किए जाने के बाद पंजाब के उपराज्यपाल ने बंगाल सरकार को सलाह दी कि वापस आनेवाले सभी यात्रियों को हिरासत में लेकर लुधियाना पहुँचाया जाए, ताकि वहाँ खुफिया विभाग के अधिकारी उनकी जाँच-पड़ताल कर सकें। बाद में यही नियम भी बन गया। लुधियाना में इनसे सघन पूछताछ किए जाने की व्यवस्था की गई थी और ऐसी व्यवस्था शायद कलकत्ता बंदरगाह पर संभव नहीं हो पाती। अधिकांश जहाज दोपहर के बाद कलकत्ता पहुँचते थे और पहुँचने के बाद कुछ ही घंटे का उजियारा रह जाता था। अधिकतर जहाज पर सौ या दो सौ यात्री आते थे और इनसे पूछताछ करने में इन्हें हड़बड़ी हो जाती।[81]

एक ब्रिटिश अधिकारी, एक पंजाबी अधिकारी और ढाका सैन्य पुलिस के 100 जवानों की कड़ी सुरक्षा में यात्रियों को विशेष ट्रेन से ले जाया जा रहा था। अधिकारियों के निर्मम व्यवहार से ये यात्री उग्र हो गए, सरकार के खिलाफ उग्र भाषा का व्यवहार किया। जो यात्री अमेरिका से वापस आ रहे थे, वे इस देश में क्रांति का मंसूबा बाँधकर आए थे। रायविंड नामक जगह पर इस विशेष ट्रेन में एक खुफिया अधिकारी आया, जिसके पास कुछ लोगों की गिरफ्तारी का वारंट था। इस वारंट में करीब 100 लोगों के नाम भरे हुए थे, जो यात्रा के दौरान उग्र व्यवहार किए थे। ढाका सैन्य पुलिस के जवानों को छुट्टी दे दी गई और इन कैदियों को पंजाब पुलिस की देख-रेख में मांटगोमरी और मुलतान जेलों में ठूँस दिया गया। बाकी यात्रियों को रायविंड या अपने घर के नजदीकी स्टेशन आने पर उन्हें घर जाने की अनुमति दे दी गई।[82] हालाँकि कनाडा सरकार की सूचना के मुताबिक छह अति खतरनाक यात्री इस जहाज में नहीं मिले। कलकत्ता पुलिस द्वारा 79 लोगों को 'खतरनाक' घोषित करते हुए इन्हें पंजाब पुलिस की कड़ी सुरक्षा में पंजाब भेजा गया।

100 लोगों को दूसरी कोटि के अंतर्गत रखते हुए विशेष ट्रेन से पंजाब भेजा गया, 67 लोगों को मुक्त करते हुए इन्हें अपनी मरजी से घर वापस जाने की अनुमति दे दी गई।[83]

इस कोटि के अधिकतर यात्री पंजाबी नहीं थे। एक तरफ जहाँ इन यात्रियों की खुफिया एवं कस्टम के अधिकारी जाँच कर रहे थे, एक छोटा सूटकेस जहाज पर मिला, जिसे एक यात्री ने उतरते समय छिपा दिया था। इसमें चार रिवॉल्वर, दो ऑटोमैटिक पिस्तौल और कुछ कारतूस थे।[84] 'तोशा मारू जहाज' से आए सौ व्यक्तियों को 'अत्यंत खतरनाक' घोषित किया गया था। यही स्थिति अक्तूबर, नवंबर एवं दिसंबर माह में पहुँचे लोगों की थी।[85] लुधियाना में स्टेशन के नजदीक ही रहने के लिए 'बड़े घर' का इंतजाम था, जहाँ कैदियों को पुलिस की सुविधानुसार कई दिनों तक बंद ग्रिल में रखा जा सकता था। बाद में सरकार ने यह निर्णय लिया कि जिन लोगों को छोड़ दिया गया हो, उनके ऊपर भी स्थानीय पुलिस द्वारा कड़ी निगरानी रखी जाए। यह भी निर्णय लिया गया कि कनाडा, अमेरिका, हांगकांग, शंघाई और मनीला से आनेवाले यात्रियों को पंजाब प्रवेश की अनुमति नहीं दी जाए, जबकि मलाया स्टेट, डच, ईस्ट इंडीज आदि जगहों से आनेवालों को इससे छूट दी जाए। सभी यात्रियों के अँगूठे के नमूने लेकर फिल्लौर स्थित फिंगर प्रिंट ब्यूरो के कार्यालय भेज दिए गए।[86]

लगभग सभी गदरी नेताओं को पुलिस द्वारा गिरफ्तार कर लिया गया। अध्यक्ष सोहन सिंह भकना, भाई ज्वाला सिंह, केसर सिंह, हरनाम सिंह, जगत राम आदि को भारत पहुँचने के तुरंत बाद रोक लिया गया। कुछ नेता, जिनमें करतार सिंह सराभा, कांशी और जी. पिंगले आदि थे, पुलिस की नजरों से बच निकले।[87] ओ'डायर के अनुसार इन दो वर्षों में करीब आठ हजार क्रांतिकारी भारत आए। इनमें से चार सौ को विभिन्न जेलों में बंद कर दिया गया, पाँच सौ को उनके अपने ही गाँव में नजरबंद करके रखा गया और बाकी लोगों को छोड़ दिया गया।[88]

गिरफ्तार व्यक्तियों से खुफिया अधिकारियों द्वारा सघन पूछताछ आरंभ की गई। मोंटगोमरी के नौ कैदी और मुलतान जेल के 13 कैदियों को 'भयंकर खतरनाक' घोषित करते हुए इन्हें अन्य कैदियों से अलग कर दिया गया और इन्हें दूसरे जेलों में स्थानांतरित किया गया। बाकी जो साधारण कैदी थे, उन्हें मुचलका लेकर रिहा कर दिया गया। जिन लोगों का जेल के अंदर व्यवहार अच्छा था अथवा जिनके बारे में अंग्रेज अधिकरियों को लगा कि इनके विचार परिवर्तित हो गए हैं, उन्हें भी छोड़ दिया गया।[89]

जिन यात्रियों को लुधियाना आकर पुलिस को सूचना देने का निर्देश बंदरगाह पर दिया गया, उन्होंने इसका पालन किया। जो लोग निर्देश ठीक से समझ नहीं पाए थे, उनके स्तर से ही त्रुटि हुई। आदेश का पालन जानबूझकर नहीं करने की घटना नगण्य ही थी। एक रोमांचक घटना लुधियाना में घटी। अमेरिका से आए एक यात्री, जिनका पिछला

रिकॉर्ड अपराधी का था, उन्हें सूचना दी गई कि उन्हें गिरफ्तार कर जेल भेजा जाएगा। जिस ऑफिस ने उसे यह सजा सुनाई, वहाँ उसने कहा कि 'इससे पहले मैं जेल जाऊँ' और वह अपने कमर के नजदीक किसी चीज को टटोलने लगा। पुलिस अधिकारी को शक हुआ कि शायद इसके कमर में हथियार है और वह हमला करनेवाला है। पिस्तौल के बल पर इसे नियंत्रित किया गया। इस यात्री ने अपनी कमर से एक बेल्टनुमा कोई चीज निकाली, जिसके एक छोर से दूसरे छोर तक 350 सोवरेन गुँथे हुए थे। यह सामान उसने पुलिस अधिकारी को ही दिया, न कि अमेरिका से साथ आए अपने किसी मित्र को दिया।[90] जिला पुलिस को यात्रियों के आगमन की सूचना दी जाती, ताकि स्थानीय पुलिस द्वारा इन पर कड़ी नजर रखी जा सके। यदि कोई पुलिस को धोखा देने की कोई कोशिश करता तो उसे गिरफ्तार कर जेल में डाल दिया जाता।[91]

सिख नेताओं की एक बैठक 27 फरवरी, 1915 को सरकारी भवन, 92 लाहौर में हुई, जिसकी अध्यक्षता पंजाब के उपराज्यपाल माइकल ओ'डायर ने की। सरदारों ने सरकार के समक्ष माँग रखी कि अमेरिका से जितने भी सिख नेता वापस भारत आए हैं, उन सबों को जेल में डाल दिया जाए। हालाँकि इनमें से अधिकतर खतरनाक क्रांतिकारी की श्रेणी में रखे जाने योग्य लोग ही थे; लेकिन उपराज्यपाल ने कहा कि हजारों लोगों को जेल में रखना संभव नहीं है। उन्होंने यह आश्वासन दिया कि सरकार की स्वीकृति मिलते ही इन्हें गिरफ्तार कर जेल में डाल दिया जाएगा। राज्य विधानसभा के प्रमुख सदस्य सरदार गज्जन सिंह, जो स्वयं एक वकील भी थे, ने सुझाव दिया कि इन क्रांतिकारियों द्वारा किए गए अपराध के लिए यदि सामान्य प्रक्रिया के तहत मुकदमा चलाया जाता है तो इसका बहुत खराब असर होगा। इसलिए इन पर 'संक्षिप्त मुकदमा' की नीति अपनाई जानी चाहिए। इस बैठक में किए गए विचार-विमर्श के आलोक में केंद्रीय जिलों में जिला मजिस्ट्रेट की सहायता के लिए एक 'सिख सलाहकार समिति' का गठन किया गया। इस समिति द्वारा अमेरिका से आए भारतीयों के पंजाब प्रवेश, गिरफ्तारी, इससे बचाव अथवा जेलों से मुक्ति के संबंध में गंभीर सुझाव जिला मजिस्ट्रेट को दिए जाते थे।[93]

कलकत्ता बंदरगाह पर किसी भी यात्री के पास कोई हथियार पुलिस को प्राप्त नहीं हुआ। हथियारों की तस्करी तो की गई, लेकिन यह इक्का-दुक्का ही थी। बड़े साइज के जूते के नीचे छिपाकर एक आदमी पिस्तौल लाया। निधान सिंह की योजना थी कि साधारण बाल्टी में नकली पेंदा बनाकर उसमें रिवॉल्वर लाई जाए और इस तरह के चार बाल्टी लाए गए। जांडियाला गाँव के गुरुदित ने हथियार तस्करी के लिए एक नया तरीका ढूँढ़ा। लकड़ी के टेबल के पाए में पाँच रिवॉल्वर भरकर एवं टेबल के किनारेवाली पटरी में कारतूस भरकर उसे सील कर दिया गया। धनुष्कोडि से गुरुदित ने ट्रेन की द्वितीय श्रेणी में यात्रा की और पंजाब पहुँचकर पहले अपने घर जाकर टेबल को छिपा दिया और फिर

लुधियाना जाकर पुलिस के सामने उपस्थित हो गया।[94]

पंजाब के उपराज्यपाल द्वारा तैयार किए गए प्रतिवेदन के अनुसार फरवरी 1915 तक कलकत्ता और लुधियाना में कुल 3125 भारतीय प्रवासियों से पुलिस द्वारा पूछताछ की गई। इनमें से 189 लोगों को नजरबंद कर दिया गया और 704 लोगों को उनके अपने ही गाँव में रहने को मजबूर किया गया। कुल मिलाकर लगभग 8000 भारतीय वापस आए थे, जिनमें से 5000 के बारे में पुलिस को शक था कि वे विद्रोह की नीयत से आए हैं। लगभग 1500 लोगों को लेकर पुलिस ने कड़े निर्णय लिये।[95] 1917 के अंत तक 'भारत रक्षा अधिनियम' के अंतर्गत 905 लोगों के पंजाब प्रवेश पर रोक लगाई गई, वहीं 1513 लोगों को इससे मुक्ति दी गई। 1918 के अंत तक पंजाब-प्रवेश से मना किए गए लोगों की संख्या 547 रह गई।[96]

भाई संतोख सिंह, भाई भगवान सिंह आदि कुछ क्रांतिकारियों को छोड़कर बाकी सभी लोग भारत आ गए। हरदयाल से 'गदर' अखबार का प्रभार लेनेवाले हरनाम सिंह टुंडीलाट भी वहाँ नहीं रह सके। बाद में 'गदर' अखबार के प्रभारी बने रामचंद्र ने खास योजना तैयार कर संतोख सिंह, भगवान सिंह और चेंचिया को स्याम भेजने में सफलता पाई और इस तरह वे 'गदर' अखबार के एकमात्र सर्वे-सर्वा बनने में सफल हो गए।[97]

संदर्भ—

1. एस.के. पुरी, पृष्ठ-94।
2. जी.एस. देओल, पृष्ठ-98।
3. ए.सी. बोस, पृष्ठ-64।
4. प्रीतम सिंह पंछी, पृष्ठ-91।
5. एफ.सी. आईसेमॉन्गर एवं जे. स्लैटरी, पृष्ठ-47।
6. ए.सी. बोस, पृष्ठ-65।
7. प्रीतम सिंह पंछी, पृष्ठ-91।
8. जी.एस. देओल, पृष्ठ-99।
9. वेद प्रकाश 'वटुक', पृष्ठ-88।
10. प्रीतम सिंह पंछी, पृष्ठ-91।
11. जी.एस. देओल, पृष्ठ-99।
12. वही, पृष्ठ-99।
13. वही, पृष्ठ-100।
14. वही, पृष्ठ-101।
15. प्रीतम सिंह पंछी, पृष्ठ-92।
16. एफ.सी. आईसेमॉन्गर एवं जे. स्लैटरी, पृष्ठ-57।

17. प्रीतम सिंह पंछी, पृष्ठ–92।
18. एफ.सी. आईसेमॉन्गर एवं जे. स्लैटरी, पृष्ठ–57।
19. वही, पृष्ठ–58।
20. वही, पृष्ठ–48।
21. जी.एस. देओल, पृष्ठ–100।
22. एफ.सी. आईसेमॉन्गर एवं जे. स्लैटरी, पृष्ठ–48।
23. वही, पृष्ठ–55।
24. वही, पृष्ठ–56।
25. वही, पृष्ठ–58।
26. जी.एस. देओल, पृष्ठ–102।
27. वही, पृष्ठ–102।
28. सोहन सिंह जोश, पृष्ठ–201।
29. वही, पृष्ठ–202।
30. एस.के. पुरी, पृष्ठ–96।
31. जी.एस. देओल, पृष्ठ–102।
32. प्रीतम सिंह पंछी, पृष्ठ–93।
33. वेद प्रकाश 'वटुक', पृष्ठ–89।
34. जी.एस. देओल, पृष्ठ–102।
35. एस.के. पुरी, पृष्ठ–95।
36. सोहन सिंह जोश, पृष्ठ–201।
37. प्रीतम सिंह पंछी, पृष्ठ–93।
38. एफ.सी. आईसेमॉन्गर एवं जे. स्लैटरी, पृष्ठ–50।
39. जी.एस. देओल, पृष्ठ–102।
40. वेद प्रकाश 'वटुक', पृष्ठ–93।
41. जी.एस. देओल, पृष्ठ–103।
42. प्रीतम सिंह पंछी, पृष्ठ–94।
43. एफ.सी. आईसेमॉन्गर एवं जे. स्लैटरी, पृष्ठ–50।
44. जी.एस. देओल, पृष्ठ–103।
45. एफ.सी. आईसेमॉन्गर एवं जे. स्लैटरी, पृष्ठ–50।
46. प्रीतम सिंह पंछी, पृष्ठ–94।
47. वही।
48. एफ.सी. आईसेमॉन्गर एवं जे. स्लैटरी, पृष्ठ–50।
49. वही, पृष्ठ–51, जी.एस. देओल, पृष्ठ–103।
50. सोहन सिंह जोश, पृष्ठ–203।

51. जी.एस. देओल, पृष्ठ–103।
52. सोहन सिंह जोश, पृष्ठ–204।
53. प्रीतम सिंह पंछी, पृष्ठ–91।
53. एफ.सी. आईसेमॉन्गार एवं जे. स्लैटरी, पृष्ठ–51।
54. प्रीतम सिंह पंछी, पृष्ठ–94।
55. एफ.सी. आईसेमॉन्गार एवं जे. स्लैटरी, पृष्ठ–64।
56. वही, पृष्ठ–52।
57. वही।
58. वही, पृष्ठ–53।
59. पृष्ठ–54।
60. प्रीतम सिंह पंछी, पृष्ठ–94।
61. वही, पृष्ठ–95।
62. एफ.सी. आईसेमॉन्गार एवं जे. स्लैटरी, पृष्ठ–65।
63. वही, पृष्ठ–65।
64. वही।
65. प्रीतम सिंह पंछी, पृष्ठ–95।
66. वही।
67. वही, पृष्ठ–97।
68. एफ.सी. आईसेमॉन्गार एवं जे. स्लैटरी, पृष्ठ–67।
69. प्रीतम सिंह पंछी, पृष्ठ–97।
70. एस.के. पुरी, पृष्ठ–96।
71. एफ.सी. आईसेमॉन्गार एवं जे. स्लैटरी, पृष्ठ–66।
72. एस.के. पुरी, पृष्ठ–96।
73. प्रीतम सिंह पंछी, पृष्ठ–97।
74. एफ.सी. आईसेमॉन्गार एवं जे. स्लैटरी, पृष्ठ–67।
75. वही, पृष्ठ–69।
76. प्रीतम सिंह पंछी, पृष्ठ–97।
77. वही, पृष्ठ–98।
78. एफ.सी. आईसेमॉन्गार एवं जे. स्लैटरी, पृष्ठ–70।
79. एस.के. पुरी, पृष्ठ–97।
80. एफ.सी. आईसेमॉन्गार एवं जे. स्लैटरी, पृष्ठ–71।
81. वही, पृष्ठ–73।
82. वही, पृष्ठ–70।
83. वही।

84. वही।
85. एस.के. पुरी, पृष्ठ–97।
86. एफ.सी. आईसेमॉन्गर एवं जे. स्लैटरी, पृष्ठ–73।
87. सोहन सिंह जोश, पृष्ठ–204।
88. ओ'डायर, 'इंडिया एज आई न्यू इट', पृष्ठ–194।
89. एफ.सी. आईसेमॉन्गर एवं जे. स्लैटरी, पृष्ठ–71।
90. वही, पृष्ठ–73।
91. वही, पृष्ठ–75।
92. वेद प्रकाश 'वटुक', पृष्ठ–97।
93. एफ.सी. आईसेमॉन्गर एवं जे. स्लैटरी, पृष्ठ–74।
94. वही।
95. एस.के. पुरी, पृष्ठ–97।
96. एफ.सी. आईसेमॉन्गर एवं जे. स्लैटरी, पृष्ठ–74।
97. सोहन सिंह जोश, पृष्ठ–205।

□

पंजाब में गदर आंदोलन

विदेशों से अनेक जहाजों से क्रांतिकारीगण भारत पहुँचे। इन जहाजों में निप्पन मारू, एस.एस. मैक्सिको मारू, एस.एस. कोरिया, एस.एस. साइबेरिया, एस.एस. मशीमा मारू, तोशा मारू आदि प्रमुख थे। इसके अतिरिक्त अन्य जहाजों से भी क्रांतिकारीगण भारत पहुँचे। इंदर सिंह जिस जहाज से भारत पहुँचे, इसका नाम ज्ञात नहीं हो सका है। नंद सिंह 13 अक्तूबर को 'नाम सांग' नामक जहाज से एवं पियारा सिंह और हरनाम सिंह 16 अक्तूबर को 'फू सांग' नामक जहाज से भारत पहुँचे। 29 नवंबर, 1914 को भारत पहुँचनेवाला जहाज 'सलामी' सोहन सिंह, बसावा सिंह, बलवंत सिंह, पिंगले को लेकर आया था। 14 सितंबर को कलकत्ता पहुँचनेवाला 'ले सांग' नामक जहाज में जगत सिंह आदि थे। 12 नवंबर को रामरखा और काशी राम को लेकर पहुँचनेवाले जहाज का नाम 'लामा' था। 30 नवंबर को इंदर सिंह को लेकर आनेवाला जहाज 'फांग सांग' नाम से पुकारा जाता था। 7 जनवरी, 1915 को 'कतानु मारू' कोलंबो पहुँचा और इसमें बज सिंह, हजारा सिंह, विशन सिंह, केहर सिंह, वसाखा सिंह आदि थे। 23 जनवरी को 'नाम सांग' नामक जहाज जवांद सिंह और काला सिंह आदि को लेकर भारत पहुँचा था।[1] 'तोशा मारू' जहाज 28 अक्तूबर, 1914 को भारत पहुँचा। इसमें अमेरिका, जापान, मनीला और शंघाई से 172 भारतीय यात्री स्वदेश पहुँचे थे। 'एस.एस. कोरिया', 'एस. एस.' 'मशीमा मारू' और 'नारू सांग' जहाजों पर भी गदर पार्टी के कुछ सदस्य भारत पहुँचे। 'शिकागो मारू' जहाज सितंबर में अमेरिका से रवाना हुआ और इस पर तीन भारतीय थे। 'शिनावो मारू' 6 भारतीयों को लेकर 5 सितंबर को चला। 'साइबेरिया' 2 भारतीयों को लेकर 19 सितंबर को, 'चाइना' 11 भारतीयों को लेकर 26 सितंबर को, 'मंचूरिया' 24 भारतीयों को लेकर 29 अगस्त को, 'दि कोरिया' 62 भारतीयों को लेकर 21 अक्तूबर को, 'दि तेनवो मारू' 109 भारतीयों को लेकर और 'मंगोलिया' 141 भारतीयों को लेकर 24 अक्तूबर, 1914 को रवाना हुआ।[2]

भारत सरकार इन आप्रवासियों पर नजर रखे हुए थी। 5 सितंबर, 1914 को भारत में प्रवेश विधेयक (इंग्रेस इनटू इंडिया ऑर्डिनेंस), पास कर दिया। सेडिशन कमेटी के प्रतिवेदन के अनुसार 'डिफेंस ऑफ इंडिया ऐक्ट' के अंतर्गत 30 व्यक्तियों को जेलों में नजरबंद किया गया, 113 को उनके गाँवों में ही रहने, 25 को अन्य गाँवों में रहने का प्रतिबंध लगा दिया गया। 'इंग्रेस इनटू इंडिया ऑर्डिनेंस' के अंतर्गत अक्तूबर 1914 और दिसंबर 1917 के बीच 331 व्यक्तियों को नजरबंद किया गया और आव्रजक क्रांतिकारियों में से 2578 पर अपने गाँवों में रहने का प्रतिबंध लगा दिया गया।[3] 'कामागाटा मारू' एवं अन्य जहाजों से विदेशों से वापस आए भारतीयों में से अधिकांश को गिरफ्तार कर लिया गया। इनमें इंदर सिंह, ज्वाला सिंह, केसर सिंह, मंगल सिंह, शेर सिंह, सोहन सिंह और ऊधम सिंह आदि थे।[4] कई क्रांतिकारियों को हालाँकि उनके अपने गाँव में रखा गया, किंतु पुलिस की सख्ती के कारण वे आंदोलन में अपना योगदान नहीं दे सके। पुलिस की गिरफ्तारी से बचकर कई क्रांतिकारी अपने गाँव पहुँचे।

कुछ लोगों में कलकत्ता की विभिन्न जगहों पर छिपकर अपनी गिरफ्तारी बचा ली और किसी प्रकार पंजाब तक पहुँचने में सफल हो गए। 'तोशा मारू' जहाज से उतरकर पंजाब पहुँचनेवालों में अमर सिंह, पृथ्वीसिंह, शिव सिंह, रुलिया सिंह और अर्जुन सिंह आदि थे। इन लोगों को 'अनारकली हत्याकांड' में अभियुक्त बनाया गया था। ये लोग रेल यात्रा कर रायविंड पहुँचे और वहाँ से लाहौर आए। इनमें जगत राम भी थे। इन लोगों को परमानंद से एक-दूसरे का पता मिला था।[5] अमेरिका से रवाना होते समय अधिकतर क्रांतिकारियों ने अपना धन सेन फ्रांसिस्को स्थित गदर पार्टी के कार्यालय 'युगांतर आश्रम' में जमा करा दिया था। गिरफ्तार किए गए क्रांतिकारियों के पास जो धन था, वह जेल के फाटक पर ले लिया गया। सोहन सिंह भकना, भाई ज्वाला सिंह और केसर सिंह जैसे नेता गिरफ्तार कर लिये गए थे। करतार सिंह सराभा, काशीराम, जगत राम, हरनाम सिंह टुंडिलाट, रहमत अली, निधान सिंह चुघ, पृथ्वीसिंह आदि नेताओं के ऊपर सारी जिम्मेदारियाँ आ गईं। जो कुछ पैसे इनके पास बचे थे, यहाँ-वहाँ आने-जाने, सभा बुलाने और संपर्क करने आदि में खर्च हो गए। भगत सिंह के पिता सरदार किशन सिंह ने एक हजार रुपए दिए और उनके कहने पर लाहौर के एक साहूकार ने भी एक हजार रुपए दिए। गुरु का जांडियाला के सरदार अजित सिंह ने 25 रुपए और पशमीना की एक नीली चादर दी। वसाखा सिंह और केहर सिंह ने भी एक-एक हजार रुपए दिए थे।6 क्रांतिकारियों के सम्मुख सारे काम पड़े हुए थे, जिनमें हथियार खरीदना, बम बनाने का कारखाना खोलना, 'गदर' की तरह अखबार और क्रांतिकारी साहित्य प्रकाशन के लिए प्रेस खोलना आदि कार्य थे। धन के लिए डाका डालने के अतिरिक्त और कोई चारा बचा नहीं था।[7]

अमेरिका से आए पंडित जगत राम भाई परमानंद से मिले और उनकी सलाह के अनुसार क्रांतिकारी कार्यों को तीन भागों में बाँटा गया—असैनिक, सैनिक और जासूसी। असैनिक के प्रभारी भाई परमानंद, सैनिक के नौरंग सिंह और जासूसी का प्रभारी जगत राम को बनाया गया। लाहौर में बैठकें होती थीं। दयानंद कॉलेज के केदारनाथ और जियाउल हक छात्रों का उपयोग जोश और असंतोष फैलाने में कर रहे थे। लेकिन भाई परमानंद ने उसे ऐसा करने से मना किया, क्योंकि उनकी नजर में सरकार दबाव में आ गई थी और सिखों पर काररवाई आरंभ हो गई थी। पंजाब पहुँचने के बाद गदरियों को आभास हुआ कि भारत की वास्तविक राजनीतिक एवं क्रांतिकारी स्थिति गदरियों के अनुकूल नहीं थी। उन्हें यह भी पता लग गया कि अमेरिका में इसके अनुसार तैयारी नहीं हुई है। पंजाब के बाशिंदे इन गदरियों को अलग ढंग से देखते थे। 'दि खालसा एडवोकेट' ने 15 अगस्त, 1914 के अंक में प्रकाशित किया कि सिखों की सबसे बड़ी संस्था 'दि चीफ खालसा दीवान' मानती थी कि सिखों के सबसे बड़ी हितैषी अंग्रेज सरकार ही है। प्रथम विश्वयुद्ध में अंग्रेजों की जीत की कामना के लिए इस संस्था द्वारा गुरुग्रंथ साहिब के 'अखंड पाठ' का आयोजन किया गया।[8]

इस संस्था की नजर में गदरिए सिख धर्म से च्युत हो गए लोग हैं, जो विद्रोही देश के हाथों की कठपुतली बनकर सिख धर्म का अहित करने के लिए उद्यत हैं। 15, 24 अप्रैल एवं 26 जून, 1915 के 'दि खालसा एडवोकेट' के अंक से स्पष्ट होता है कि इन विरोधी लोगों के विरुद्ध पुलिस को सहायता देने के लिए जगह-जगह पर समितियों के गठन हुए। पुलिस थानों को पूर्व से ही निर्देशित किया गया था कि विदेशों से वापस आए इन सिखों पर कड़ी नजर रखी जाए और स्थानीय स्तर पर ये किनके संपर्क में आते हैं, उन पर भी नजर रखी जाए। जालंधर के कमिश्नर ने दिसंबर 1914 में अपने प्रतिवेदन द्वारा सरकार को आश्वस्त किया कि इन लोगों को स्थानीय स्तर पर किसी तरह का समर्थन नहीं मिल रहा है और यदि ऐसा होता है तो हमें बहुत आश्चर्य होगा।[9]

पंजाबी राजनीति का एक धड़ा अंग्रेजों को समर्थन देने के लिए उतारू था। सिर्फ पंजाब ही नहीं, अन्य प्रदेशों की राजनीतिक स्थिति भी यही थी। अंग्रेज अधिकारी भी भारतीय नेताओं का समर्थन प्राप्त करने के लिए लगातार कोशिश कर रहे थे। 5 अगस्त, 1914 को युद्ध शुरू हुआ और इसके ठीक एक दिन बाद 54 या 55 प्रसिद्ध महानुभावों, जिनमें उद्योगपति, व्यापारी, वकील आदि थे, के हस्ताक्षर से एक अभ्यावेदन अंग्रेज सरकार को समर्पित किया गया। इस दस्तावेज का संक्षेप उद्देश्य यह था कि वे कामना करते हैं कि युद्ध में अंग्रेज सरकार की विजय हो। इस पर हस्ताक्षर करनेवालों में बंबई, बंगाल, बिहार, यू.पी. सिंगापुर, यू.एस.ए., लंदन, पंजाब आदि जगहों के लोग थे। प्रसिद्ध लोगों में लाला लाजपत राय, एम.ए. जिन्ना, रतन टाटा, एस.ए. कापड़िया, सैयद हुसैन,

पी.डी. वाचा, एन.सी. सेन आदि थे।[10] जिन राष्ट्रीय नेताओं में सेना में युवकों को भरती होने की प्रेरणा देनेवाले लोग सक्रिय थे, उनमें 'अमृत बाजार पत्रिका' के संपादक मोतीलाल घोष और मोहनदास करमचंद गांधी भी थे।[11]

अंग्रेज समर्थक सिख इन गदरियों को सिख मानने के लिए तैयार ही नहीं थे, बल्कि वे उन्हें चोर, उचक्के जैसी कोटि में रखना चाहते थे। गदरियों की गिरफ्तारी में सहयोग देने के लिए सरकार द्वारा इनाम की घोषणा की गई और इस इनाम के लोभ में लोग गदरियों के बारे में पुलिस को सहयोग देने के लिए तत्पर रहते थे। सोहन सिंह भकना ने अपने संस्मरण में लिखा है कि जब वे लोग अमेरिका में थे तो उन्हें लगता था कि भारत की 300 मिलियन जनता उनकी अपनी है और सिर्फ कुछ अंग्रेजों को ही भारत से भगाना है। लेकिन यहाँ आकर उन्हें ऐसा लगा कि भारतीय राजनीति जमींदार, देशी राजाओं और पूँजीपतियों के हाथों की कठपुतली है। महात्मा गांधी जैसे व्यक्ति भी अंग्रेज सरकार की मदद कर रहे थे। इस देश की संपत्ति और यहाँ की जनता को अंग्रेज सरकार के हित में कुरबान किए जा रहे हैं।[12] गदरी नेता चैनचिया के एक मित्र ने आंध्र प्रदेश से लिखा—"वहाँ (अमेरिका में) बहुत गरमी थी, यहाँ (भारत में) बर्फीली ठंड है।" यानी राजनीतिक ठंड![13]

गदरी आंदोलनकारी बहुत समय तक देश से बाहर थे और इस बीच देश में हुए परिवर्तन, खासकर राजनीतिक दाँव-पेंच से वे लगभग अनजान ही थे। उधर अंग्रेज अधिकारी इन पर कड़ी नजर रखे हुए थे। इनमें से अधिकांश को बंदरगाह पर ही गिरफ्तार कर लिया गया था। जो लोग बच गए थे, वे स्वतंत्र रूप से बड़े संगठन का नेतृत्व देने के लिए सक्षम नहीं थे। अंग्रेज सरकार के जासूस इतने सक्रिय थे कि किसी भी योजना के बारे में सरकारी अधिकारियों को तुरंत जानकारी मिल जाती थी।[14] समुद्री यात्रा के क्रम में ही अधिकांश लोगों ने अपनी योजना के बारे में लोगों को बता दिया था और इसकी जानकारी सरकारी अधिकारियों को पहुँच चुकी थी। इनमें से किसी ने पेनांग से एक तार कलकत्ता यह जानने के लिए भेजा कि सोहन सिंह भकना सकुशल पहुँच चुके हैं अथवा नहीं? एक दूसरा तार 'अमृत बाजार पत्रिका' के संपादक को यह जानने के लिए भेजा गया कि क्या वहाँ गदर आरंभ हो गया है?[15] इन गदरियों के पास सबसे बड़ी कमी हथियारों की थी। कुछ दर्जन पिस्तौल लेकर गदरी स्वतंत्रता के लिए आंदोलन करने की स्थिति में नहीं थे। इनके पास जो भी संपत्ति थी, इन लोगों से गदर कार्यालय में जमा करवा ली गई। जो बाकी बच गई थी, जेल जाने के पूर्व इनसे छीन ली थी। कुछ लोग, जिनमें करतार सिंह सराभा, कांशी राम, जगत राम, हरनाम सिंह (टुंडीलाट) रहमत अली, निधान सिंह चुग्घा, पृथ्वी सिंह आदि शामिल थे, ने मिलकर क्रांति के लिए एक केंद्र स्थापित करना चाहा। आंदोलन की सारी जिम्मेदारी इन्हीं लोगों पर आ पड़ी थी।

इनमें से बाबा सोहन सिंह भाकना, भाई ज्वाला सिंह एवं भाई केसर सिंह आदि को नेतृत्व का अनुभव था। इसके पूर्व लाला हरदयाल ने 'गदर' के कई अंकों में भावी आंदोलन की रूपरेखा तैयार की थी। रामचंद्र ने भी इसके बारे में जानकारी दी थी। भगवान सिंह ने अपनी कविता में इसके बारे में विस्तार से बताया था।[16]

इन कार्यक्रमों में भारतीय सैनिकों का विश्वास जीतकर उन्हें अपनी ओर मिलाना, सरकारी अधिकारियों एवं उनके चमचों की हत्या, जेल तोड़कर राजनीतिक कैदियों को मुक्त कराना, क्रांतिकारी झंडे का निर्माण, पुलिस बैरक एवं थाना लूटकर हथियार प्राप्त करना, डकैती डालकर धन जमा करना, भारत में सेन फ्रांसिस्को की तरह प्रेस स्थापित करना और अखबार का प्रकाशन करना, हथियार एवं गोला-बारूद खरीदना, रेल एवं टेलीग्राफ लाइन को ध्वस्त करना और अधिक-से-अधिक युवाओं को अपने संगठन से जोड़ना प्रमुख था।[17] गदरी क्रांतिकारी पंजाब के गाँवों में घूम-घूमकर प्रचार करते थे। बंता सिंह संगवाल, रूड़ सिंह संगवाल तथा हरनाम सिंह टुंडीलाट, तीनों मिलकर रियासत कपूरथला तथा गाँव कालासिंघा, नसीर मीदी, लखण के मकसूदपुर पिरथीपुर वडाला, धालीवाल जाति के भंडाल तथा अन्य कई गाँवों में प्रचार करते रहे। बीबी गुलाब कौर हरियाणा (होशियारपुर) के गाँवों में तथा भाई प्यारा सिंह लंगेरी माहलपुर के थाने से संबंधित गाँवों में जाकर 'गदर' का संदेश पहुँचाते रहे। गदर पार्टी का उद्देश्य समझाने के लिए चमकौर साहिब में 19 दिसंबर, 1914 को धार्मिक बैठक आयोजित की गई। दीवान गाँव लोहटबद्दी में 20 तथा 29 जनवरी, 1915 को, गुज्जरवाल में 14 फरवरी, 1915 को खन्ना में भी बैठक हुई। इन बैठकों में संत रणधीर सिंह, अतर सिंह सलीमपुर, नाहरसिंह ज्ञानी, सरवण सिंह, हरनाम सिंह तथा जगत सिंह गुज्जरवाल, दलीप सिंह तथा राम सिंह फूलेवाले, लाभ सिंह तथा मस्तान सिंह नारंगवाल, महिंदर सिंह माजरी, संता सिंह नंदपुर कलौड़ आदि ने भाषण दिए। इनके अलावा भाई गांधा सिंह कच्चरमन तथा भाई अर्जुन सिंह (संत खालसा) जगराव, तलवंडी, गालिब, अजितवाल, रूमी, गुरुसर काओं के कलेराँ तथा किल्ली आदि गाँवों में भी गदर का प्रचार किया। भाई ठाकुर सिंह ठट्ठियाँ (अमृतसर), भाई ईशर सिंह, महिंदर सिंह, शाम सिंह, पाखर सिंह, पाला सिंह (सुपुत्र काला सिंह), पाला सिंह (सुपुत्र बग्गा सिंह) तथा मास्टर फेरा सिंह प्रचार करनेवाले क्रांतिकारियों में आगे रहते थे। जालंधर जिले के करतारपुर थाना के संगवाल गाँव में भाई बंता सिंह तथा भाई रूड़ सिंह का ठिकाना था।[18]

लाहौर जिले का सुरसिंघ गाँव क्रांतिकारियों का गढ़ था। इस गाँव के दो प्रमुख गदरी नेता भाई जगत सिंह तथा भाई प्रेम सिंह थे। इनके अतिरिक्त भाई बुड्ढा सिंह, गंडा सिंह, हरनाम सिंह, केसर सिंह, मंगल सिंह, साधु सिंह, गुरदित्त सिंह, इंद्र सिंह, जावंत सिंह, हिम्मत सिंह आदि क्रांतिकारी इसी गाँव के थे। शंघाई के प्रसिद्ध नेता हरि सिंह

बगल के कक्कड़ गाँव के थे और ये मादो के बराड़ के आस-पास के गाँवों में प्रचार करते थे। गुरदासपुर जिले में ठीकरीवाला, काहनूवाला थाना के आस-पास के गाँवों में क्रांति का खूब प्रचार था और इनके नेता शंघाई से आए हुए भाई शेर सिंह तथा तारा सिंह थे।[19]

गदरिए अपने लक्ष्य पर अडिग थे। दीवाली, अमावस आदि उत्सवों पर लगनेवाले मेले में शामिल होने के बहाने उन्होंने अमृतसर, ननकाना साहिब, तरणतारण और मुक्तसर आदि जगहों पर जमा होकर अंग्रेज के विरुद्ध संघर्ष करने के अपने पुराने प्रण को दोहराया। हरनाम सिंह 'टुंडिलाट' ने गाँव-गाँव घूमकर विप्लवी प्रवचन दिए। नरंगवाल के रणधीर सिंह, जिन्होंने गुरुद्वारा रकाबगंज संघर्ष में सुर्खियाँ पाई थीं, एकमात्र ऐसे पंजाबी थे, जो पंजाब में रहकर गदर आंदोलन के पक्के समर्थक बने। माइकल ओ'डायर ने लिखा कि गदरियों ने अपना ध्यान हथियारों के संग्रह और भारतीय सैनिकों को शीघ्र विद्रोह के लिए तैयार करने पर केंद्रित किया।[20]

सितंबर 1914 में खन्ना, लुधियाना में प्रवासी भारतीयों की बैठक हुई, जिसमें कोलंबो के रास्ते भारत आनेवाले यात्रीगण शामिल हुए। मालवा क्षेत्र में रहनेवाले प्रवासियों से दीवाली के मौके पर अमृतसर में घंटाघर पर मिलने के लिए कहा गया था। 16-17 सितंबर को यह बैठक अमृतसर के नानक सिंह चौबारे पर की गई। इसमें डॉक्टर मथुरा सिंह, भाई हरनाम मसिंह स्यालकोटिया, चन्नन सिंह बड़चंद, काला सिंह जगतपुर, प्यारा सिंह लंगेरी, इंद्र सिंह, बुड्ढा सिंह, गंडा सिंह तथा साधु सिंह सुरसिंघ, विशन सिंह, अजायब सिंह वरपाल, गुज्जर सिंह भकना, हरनाम सिंह रसूलपुरी, सुंदर सिंह दौलेनगंज, सुजा सिंह बलटोहा, तेजा सिंह भिक्खीविंड, ठाकुर सिंह ठट्ठियाँ तथा विसाखा सिंह ददेहर, संत सिंह आदि कार्यकर्ता शामिल हुए। इस तरह की बैठकें मोगा तथा लुधियाना में भी की गईं।[21] पार्टी की ओर से छपी हुई 'ऐलान-ए-जंग' तथा अन्य लिखित सामग्री पढ़ने तथा बाँटने के लिए लाहौर जिले में प्रेम सिंह सुरसिंघ, अमृतसर में भाई गुज्जर सिंह भकना, होशियारपुर में भाई जवंद सिंह नंगर, जालंधर में भाई रंगा सिंह खुर्दपुरी, लुधियाना में भाई उत्तम सिंह हांस तथा फिरोजपुर में भाई ईशर सिंह ढुड्डी थे। कार्यकर्ताओं को जिलेवार जिम्मेदारियाँ भी सौंपी गईं। मालवा में भाई गंधा सिंह उर्फ भगत सिंह कच्चरमन, दोआबा में भाई बंता सिंह संगवाल, माझा में भाई गुज्जर सिंह भकना थे।[22]

प्रवासी भारतीयों को विभिन्न जत्थों में बाँट दिया गया था। करतार सिंह सराभा, नवाब खान और पंडित काशीराम को लुधियाना क्षेत्र में काम करने का दायित्व सँभालना था, निधान सिंह को फिरोजपुर या मालवा क्षेत्र में काम करने का दायित्व सँभालना था। पंडित जगत राम को दोआबा क्षेत्र यानी लाहौर और अमृतसर जिले के साथ-साथ बटाला तहसील तथा गुरदासपुर के कुछ क्षेत्र सौंपे गए थे। अन्य नायक थे—केसर सिंह, रूड़

सिंह, राम सिंह, शेर सिंह और ज्वाला सिंह।[23] माझा क्षेत्र में पहली बैठक 13 अक्तूबर, 1914 को हुई, पर उपस्थिति निराशाजनक रही। दीपावली के पहले कुछ लोग अमृतसर में जुटे, जिसमें गज्जर सिंह भकना, डॉ. मथुरा सिंह, प्यारा सिंह तथा हरनाम सिंह थे।[24]

शंघाई में दरबान की नौकरी करनेवाला बलवंत सिंह उर्फ बंटा सिंह जालंधर जिले के सगवाल गाँव का निवासी था। वह अमेरिका से 1913 के अंत या 1914 के शुरू में लौटा और अपने इलाके में क्रांति का प्रचार करना शुरू कर दिया। बलवंत सिंह के भाषण का सबसे अधिक असर अरूड़ सिंह पर पड़ा था। बलवंत सिंह और उसके साथियों ने 21 जनवरी और 27 जनवरी, 1915 के बीच कपूरथला और जालंधर जिले के गाँव में लूटकर लगभग हजार रुपए इकट्ठे किए। पुलिस छापेमारी में नकद, क्रांतिकारी साहित्य और रिवॉल्वर की गोलियाँ मिली थीं।[25] अक्तूबर 1914 के दूसरे सप्ताह में फिरोजपुर-लुधियाना रेलवे लाइन पर स्थित चौकीमान स्टेशन पर पार्टी के गुप्त नाम पर सामान की बिल्टी आई थी।[26]

इस बिल्टी के मार्फत गदरियों के लिए हथियार की खेप आनी थी।[27] जब गदरी सदस्य बिल्टी के बारे में पूछताछ करने गए तो देखा कि स्टेशन पर सामने ही पुलिस का एक सिपाही खड़ा था। उन्हें शक हुआ कि कहीं स्टेशनवालों ने गदरियों को गिरफ्तार करवाने के लिए के सिपाही को बुला तो नहीं रखा है! वस्तुतः पुलिस की तैनाती बजबज नरसंहार के बाद फरार क्रांतिकारियों की धर-पकड़ के लिए की गई थी। पुलिस देखकर वे उस दिन लौट गए, लेकिन क्रांतिकारियों ने निश्चय किया कि स्टेशन मास्टर को इसकी सजा 16 अक्तूबर को 8.30 बजे शाम में दी जाएगी।[28] उस दिन वे स्टेशन पर आए और स्टाफ के अतिरिक्त अन्य व्यक्तियों को वहाँ से चले जाने को कहा गया।[29] तीन गदरी भाई बंदा चंदा सिंह वड़ैच (लुधियाना), भाई जगत सिंह सुरसिंघ तथा भाई चंदा सिंह घुमारा (फरीदकोट)[30] स्टेशन के भीतर गए। दो के हाथों में रिवॉल्वर थीं। जासूसी के आरोपी स्टेशन मास्टर के पेट में गोली मारकर हत्या कर दी गई। गोली चलाने के क्रम में पानी पिलानेवाला उत्तम नामक एक कर्मचारी भी घायल हो गया। स्टेशन में रखे हुए 50 रुपए लेकर क्रांतिकारी चलते बने। रिवॉल्वरों से लैस क्रांतिकारी स्टेशन का धन लेकर भाग गए।[31] फिरोजशाह के निकट हुई पुलिस मुठभेड़ में चंदा सिंह शहीद हुए। चौकीमान स्टेशन की घटना के लिए जगत सिंह बिंझल को फाँसी दे दी गई और चंदा सिंह घुमारा को दस वर्षों के कारावास की सजा सुनाई गई।[32] 30 नवंबर को फिरोजपुर में हथियार लूटने की योजना बनाई गई। निधान सिंह समूह के सदस्यगण, करतार सिंह और अन्य लोग फिरोजपुर में मिले। निधान सिंह समूह के सदस्यों को मोगा कोषागार लूटने की अनुमति दी गई। मोगा जाने के क्रम में क्रांतिकारियों की भिड़ंत पुलिस के दारोगा बिशारत अली एवं जैलदार ज्वाला सिंह से हुई, जिनकी हत्या कर दी गई। कुछ लोग गिरफ्तार हुए,

जिन्हें बाद में फाँसी दे दी गई। इस क्रम में रोडा सिंह और ज्वाला सिंह की गिरफ्तारी हुई और गंधा सिंह बच निकले। इस प्रकार निधान सिंह समूह का अंत हो गया।[33]

दिसंबर के अंत में पिंगले भारत आए और अमर सिंह उन्हें लेकर कपूरथला पहुँचे, जहाँ उनकी मुलाकात निधान सिंह, करतार सिंह, परमानंद, रामसरन दास आदि से हुई। इस बैठक में बम बनाने की विधि पर चर्चा हुई और पिंगले ने सूचित किया कि बंगाल के क्रांतिकारीगण भी सहयोग के लिए तैयार हो गए हैं। 31 दिसंबर को विरपाली धर्मशाला में एक बैठक हुई, जिसमें करतार सिंह, परमानंद, हरनाम सिंह, पिंगले, निधान सिंह, मथुरा सिंह, हरनाम सिंह, हिरदे राम, जगत सिंह और बलवंत सिंह आदि उपस्थित हुए। इनमें से कुछ लोगों ने संत गुलाब सिंह की धर्मशाला में बैठक की, जहाँ पर प्रयोग के लिए एक बम का निर्माण किया और इस बम को विस्फोट कर सुनिश्चित किया गया कि बम निर्माण ठीक तरीके से किया गया है। पिंगले ने प्रस्ताव रखा कि बम निर्माण का प्रशिक्षण देने के लिए एक बंगाली को लाया जाए और इस प्रस्ताव पर सब लोगों ने सहमति प्रदान की। बम निर्माण के लिए वांछित सामग्री लाने के लिए कुछ लोगों को लाहौर और कुछ लोगों को अमृतसर भेजा गया। निधान सिंह के साथ कुछ लोग लुधियाना के झब्बेवाल गए, जहाँ उन्होंने बम निर्माण की तैयारी आरंभ की। इस काम में सहायता के लिए लुधियाना के कई छात्रों को लगाया गया। हालाँकि इस जगह का उपयोग जनवरी तक ही हुआ, क्योंकि अब क्रांति का मुख्यालय नाभा स्टेट के लोहटबाड़ी नामक जगह पर बना दिया गया।[34] दूर देशों से आए क्रांतिकारीगण हलवारा में नवाब खान से मिलने पहुँचे और इन लोगों ने क्रांतिकारियों के एक समूह की संरचना की। इस समूह में समय-समय पर परिवर्तन भी हुए। करतार सिंह और निधान सिंह समय-समय पर इस समूह के साथ जुड़े। इस समूह ने अपना मुख्य काम डकैती, तहसील कार्यालय पर हमला कर धन लूटना, रेल पुल को उड़ाना, पुलिस चौकी लूटना आदि बनाया। इस समूह ने जालंधर, कपूरथला और होशियारपुर जिलों को अपना कार्यक्षेत्र बनाया। हालाँकि इस समूह को कोई खास उपलब्धि नहीं मिली। नवाब खान इससे ऊब गए। 19 दिसंबर के बाद इनकी गिरफ्तारी हो गई।

नवाब खान के नेतृत्व में[35] जालंधर जिले के फरला और कारन में 24 एवं 25 दिसंबर, 1914 को डकैती डाली गई। फरला डकैती के लिए एक घर में घुसते ही क्रांतिकारियों ने देखा कि मुसलमान गृहस्वामी नमाज अता कर रहे हैं और डकैती रोक दी गई। 24 दिसंबर को इसी गाँव में डाका डालकर एक सौ रुपए के गहने प्राप्त किए गए। पड़ोसी गाँव कमाना (कारन) में अगले दिन डाके में दो हजार पैंतालीस रुपए मिले। फरला से 100 रुपए के एवं कारन से 2,00,036 रुपए के आभूषण मिले। 24 दिसंबर को ही फिरोजपुर जिले के वैरोके गाँव में एक बनिया के घर में हुई डकैती में

एक स्त्री की मौत हो गई, लेकिन सत्रह सौ रुपए प्राप्त हुए थे। 27 दिसंबर को गुरदासपुर और जनवरी में श्री गोविंदपुर में डाके डाले गए।[37] 27 दिसंबर को गुरदासपुर जिला के चौरियाँ गाँव में, 1 जनवरी, 1915 को जालंधर जिला के होशियारपुर में नहर विभाग के सहायक ओवरसियर के घर पर, 4 जनवरी, 1915 को मोंटगोमरी जिला में, 16 जनवरी को गुरदासपुर जिले के गोविंदपुर में एवं कपूरथला की एक दुकान में 21 जनवरी को क्रांतिकारियों द्वारा डकैती की गई।[38] होशियारपुर जिले के पचनांगल गाँव में डाका डालने की योजना विफल रही। 1 जनवरी, 1915 को किए गए इस प्रयास में गाँव के बाहर चौकीदार मारा गया। बलवंत सिंह के नेतृत्व में 21 जनवरी को कपूरथला राज्य के शेखूपुर गाँव में लगातार छह दुकानों को लूटा गया। इसमें लगभग नौ हजार रुपए मिले। तीन दिन बाद इसी दल के बारह सदस्यों ने अलावलपुर गाँव में एक बनिए के दुकान से चौदह सौ रुपए लूटे।[39] 23 जनवरी, 1915 को लुधियाना जिला के सहनेवाला में एक दुकानदार के घर डाका डाला गया।[40] उसी गाँव के एक प्रवासी भारतीय के कहने पर योजना बनाई गई थी, लेकिन उसने आगाह भी कर दिया था कि उस गाँव में थाना भी है। करतार सिंह और दिलीप सिंह थाने जानेवाले रास्ते को घेरकर पहरे पर रहे और बाकी लोग डकैती के लिए घर में घुसे। गृहस्वामी को लाठी मारी गई और चाकू से भी वार किया गया।[41] इसमें दुकानदार, उसकी पत्नी व बहू को चोट आई। दुकानदार की बाद में मृत्यु हो गई। इस डकैती में बहुत कम धन मिला।[42] सिर्फ डेढ़ सौ रुपए का सामान मिला। इसी डकैती के सिलसिले में एक गदरी ने बदनीयती से घर की एक जवान लड़की का हाथ पकड़ा और वह चिल्लाने लगी। दौड़कर करतार सिंह घर के अंदर पहुँचे और अपना पिस्तौल उस गदरी पर तानकर कहा कि 'तूने क्रांतिकारियों की सौगंध तोड़ी है, तुझे मौत की सजा मिलेगी'। उसके गिड़गिड़ाने पर कहा कि यदि उस लड़की को तू बहन मान ले और वह तुझे माफ कर दे तो जिंदा रह सकता है। ऐसा ही हुआ।[43] 27 जनवरी, 1915 को लुधियाना जिले के मंसूरन गाँव के दो घरों में डाके डाले गए।[44] हमीर चंद्र[45] नामक एक साहूकार के घर डाका डाला गया, जिसमें करतार सिंह सहित तेरह गदरी थे। घर में लूट के बाद उसी घर के एक लड़के को उसके पिता और चाचा की दुकानों पर ले जाया गया और वहाँ सेफ और ताले तोड़े गए।[46] ग्रामीणों ने इनका मुकाबला किया। करतार सिंह सराभा ने ग्रामीणों को डकैती का उद्देश्य बताया और कहा कि जर्मन हमारी मदद करेंगे।[47] परंतु ग्रामीणों पर इसका कोई असर नहीं पड़ा।[48]

क्रांतिकारियों ने साहूकार की कुछ रसीदें और दस्तावेज जला दिए। छत पर से किसी ग्रामीण ने ईंट फेंकी तो करतार सिंह ने गोलियाँ चलाईं। ग्रामीण आगे आने लगे तो करतार सिंह ने मथुरा सिंह द्वारा बनाया गया बम फेंक दिया। लेकिन पड़ोसी गाँव के एक पेंशनयाफ्ता सूबेदार ने छत पर चढ़कर गोलियाँ चलानी शुरू कर दीं तो दल के सदस्य

भाग निकले। इस लूट में सोने-चाँदी के गहने, ग्यारह गिन्नियाँ, एक हजार नकद यानी कुल मिलाकर लगभग चौबीस हजार का माल मिला।[49]

27 जनवरी को जालंधर के ही एक और गाँव में डकैती के प्रयास में छज्जी से कूदने में एक गदरी का घुटना टूट गया। उसे एक साधु की कुटिया में छोड़ ही रहे थे कि गाँववालों ने उन पर आक्रमण कर दिया। उनका साथी गाँववालों पर गोलियाँ चलाता रहा और वे भाग खड़े हुए। जैलदार ने लाठी से मारकर उसे बेहोश कर दिया। रिवॉल्वर और कारतूस छीन लिये गए। बलवंत सिंह और अरूड़ सिंह को छोड़कर शेष सभी कुछ दिनों के अंदर ही पकड़े गए।[50] लोहतबादी का इच्छर सिंह दिल्ली के गुरुद्वारा रकाबगंज एवं कामागाटा मारू घटना से बहुत आक्रोशित था। उसकी योजना के अनुसार 27 जनवरी को एक सूदखोर के घर डाका डाला गया और उससे रास्ता पूछकर ही दूसरे घर में डाका डाला गया। इसमें करीब एक हजार रुपए के गहने आदि मिले।[51]

मलेर कोटला रियासत के झानिर गाँव में 29 जनवरी, 1915 को दो साहूकारों के घर डाका डाला गया। इसमें 16 सेर (कच्चा) चाँदी और 7 तोला सोना लूटा गया। विशेष ट्रिब्यूनल इस निर्णय पर पहुँचा कि 'क्रांतिकारियों के एक दल ने अपने राजद्रोहात्मक उद्देश्यों के लिए यह अपराध किया था। प्रथम लाहौर षड्यंत्र केस के फैसले में इनके अतिरिक्त राजुआना, 'जनदियाली, सिंहानवाला, भीमवाला, करतारपुर, झाबेवाल, उमेदपुर, नाभा आदि में पड़ी डकैतियों की जिम्मेदारी गदर पार्टी के क्रांतिकारियों पर डाली गई।[52] 3 फरवरी, 1915 को लुधियाना जिले के राबाँ ऊँची गाँव में एक खत्री विधवा के घर डाके डाले गए, जिसमें 2,000 रुपए नकद और 3000 रुपए मूल्य के जेवर लूटे गए। विधवा श्रीमती सारदी के कहने पर उसे कुछ धन लौटा दिया गया।[53]

डकैती के बाद उस स्त्री ने कहा कि उसे खाने के लिए कुछ नहीं है तो कुछ रुपए वापस कर दिए गए। इच्छर सिंह ने इसमें से कुछ रुपए मुख्यालय का खर्च चलाने के लिए निधान सिंह को दिए और बाकी अपने पास रख लिये।[54] करतार सिंह को दिलीप सिंह नामक एक व्यक्ति ने अपनी पत्नी के एक रिश्तेदार के यहाँ डकैती डालने के लिए कहा, क्योंकि दिलीप सिंह से उसकी दुश्मनी चल रही थी। करतार सिंह ने स्पष्ट कहा कि वे शोषकों के घरों में डकैती डालते हैं और इसका उद्देश्य पैसा जमा करना है, बदला लेना नहीं।[55]

2-3 फरवरी की रात में कुछ क्रांतिकारियों ने अमृतसर जिले के चब्बा गाँव में बेलिराम नामक साहूकार के घर डाका डाला। इसका सुझाव चब्बा के निकट गिलवाली गाँव के बसावा सिंह ने दिया था, जो बेलिराम का कर्जदार था।[56] विष्णु गणेश पिंगले के साथ 'सलामी' जहाज से भारत लौटनेवाले गिलवाली (अमृतसर) का निवासी बसावा सिंह को चब्बा (अमृतसर) गाँव के एक सूदखोर ने ब्याज पर रुपया दिया था। बसावा

सिंह ने मूला सिंह को बताया कि उस बूढ़े साहूकार के घर डकैती और उसकी हत्या कर देने से बहुत धन मिल सकता है। बसावा सिंह ने बताया कि उसके छह आदमी 2 फरवरी, 1915 को उसके घर डाका डालने के लिए तैयार हैं और इसमें मूला सिंह की मदद चाहिए। मंसूरा और सोहनेवाल में डकैती डालकर आए गदरी अमृतसर आ गए थे। मूला सिंह के कहने पर छह बम और चार रिवॉल्वरों के साथ गदरी चब्बा के लिए चले। उनके साथ छावनियों से संपर्क रखनेवाला प्रेम सिंह और एक लुहार भी था। डकैती के लिए निश्चित घर पहुँचने पर दरवाजे पर दस्तक देने पर घर का एक लड़का जगा और उसने शोर मचा दिया। तत्क्षण उसे गोली मार दी गई। पड़ोसी ने खिड़की खोली तो उस पर भी गोली चला दी। धक्का देकर दरवाजा खोला गया। संदूक तोड़ा गया, चाबियाँ देने के लिए साहूकार से मारपीट की गई। लुहार की सहायता से सेफ तोड़ा गया। हुंडियाँ जला दी गईं। बेहोश गृह-स्वामी के बेटे और उसकी पत्नी से भी मारपीट हुई। बाहर निकलते समय तक गाँव के लोग जमा हो गए थे। अर्जुन सिंह नामक गदरी ने भीड़ को रोकने के लिए बम फेंका, लेकिन वह फटा नहीं। दूसरे बम ने बीर सिंह नामक गदरी को ही घायल कर दिया। एक अन्य गदरी वरायम सिंह ऊपर के कमरे में गृह-स्वामी के शोर मचाते बेटे पर बम फेंकने आया। दरवाजा बंद होने से वापस भागा तो सीढ़ियों पर गिरकर उसी बम के फटने से मारा गया। अर्जुन सिंह ने ग्रामीणों पर एक और बम फेंका और उससे फैले धुएँ को चीरते हुए दल के लोग लूट के साथ भाग आए। गाँववालों ने अर्जुन सिंह को पकड़ लिया, प्रेम सिंह ने उसे बचाया। प्रेम सिंह पकड़ा गया तो अर्जुन सिंह ने अंतिम बम फेंक दिया और रिवॉल्वर चलाकर उसकी रक्षा की। परंतु वे काला सिंह लुहार को बचा नहीं सके। इस लूट से अठारह हजार रुपए के मूल्य का माल मिला, जो मूला सिंह को सौंप दिया गया।[57] इस डकैती में तीन बदमाशों का भी सहयोग लिया गया। ये लोग इस डाके में कुछ सोना-चाँदी लेकर भाग गए। कुछ दस्तावेज भी जला दिए गए। क्रांतिकारी रामरखा और वरियाम सिंह अपने ही बमों से हुए विस्फोट के कारण मारे गए। कुछ अन्य घायल हो गए। ग्रामीणों ने अमृतसर के लोहार काला सिंह को पकड़ लिया।[58] इन डकैतियों के अतिरिक्त जसोमेदरा, चौकी मान, फराला आदि कई स्थानों पर लूटपाट की घटनाएँ घटीं और कई स्थानों पर डाके डालने के असफल प्रयास किए गए। राजोवाना, जनदियाली, सिंघाँवाला, मैनी, शिक्को, भीमवाल, करतारपुर, झाबवाल, उमेदपुर, नामा आदि स्थानों में निराशाजनक स्थितियों का सामना करना पड़ा।[59] इन पाँचों राजनीतिक डकैतियों में करतार सिंह सराभा, गंधा सिंह, गुरमुख सिंह लालटन, अर्जुन सिंह खुखराना, चुहर सिंह अमली, वरियाम सिंह, निधान सिंह चुघ, बंता सिंह संघवाल और जगत सिंह सुरसिंघ आदि प्रमुख क्रांतिकारी शामिल थे।

डकैती की घटनाओं के बाद गदरिए जनता की नजरों में साधारण अपराधी और

डाकुओं से अधिक कुछ नहीं हो पाए। जनता को अपने विचारों के अनुकूल बना पाना तो दूर, वे तनिक भी सहानुभूति नहीं बटोर सके। ग्रामीणों ने कभी उनका पीछा किया, तो कभी पुलिस को सहयोग देकर उन्होंने पकड़वाने में सक्रिय भूमिका निभाई। इन डकैतियों के बावजूद न तो किसी सरकारी खजाने को लूटा जा सका, न किसी छावनी या शस्त्रागार पर हमला हो सका। गोरों की हत्याओं के बजाय हत्याएँ भी हुईं तो गैर-सरकारी लोगों की। गदर पार्टी के स्वर्णिम बलिदानमय इतिहास में यह प्रशंसनीय अध्याय न बन सका।[60]

'मशीमा मारू' से उतरकर यात्रीगण दो समूहों में विभक्त हो गए। एक समूह नांदेड़ स्थित हजूर साहब पहुँचा और दूसरा समूह सीधे पंजाब पहुँचा। जहाज से उतरते समय निधान सिंह ने दोनों समूहों के यात्रियों को सूचित कर दिया था कि वे मोगा स्थित श्रीराम की दुकान पर पहुँचें। पंजाब पहुँचनेवाले समूह में निधान सिंह, रोडा सिंह, ज्वाला सिंह, गंडा सिंह, चंदा सिंह, ध्यान सिंह (फिरोजशहर हत्याकांड), दलीप सिंह, अमली और अन्य लोग थे। बाद में इस समूह में हरी सिंह, काशी राम, लाल सिंह, जीवन सिंह, जगत सिंह, ध्यान सिंह, रहमत अली खान आदि जुड़ गए। इस समूह ने डकैती डालने में अपना ध्यान केंद्रित किया।[61]

'तोशा मारू' जहाज जब हांगकांग में था और कलकत्ता पहुँचा, उसी समय योजना बन गई थी कि यात्रियों को लाडोवाल नामक जगह पर पहुँचना है और योजना के मुताबिक 17 नवंबर को सभी लोग लाडोवाल पहुँचे। इस बैठक में पिरथी सिंह, रामरखा, जीवन सिंह, जगत राम, करतार सिंह, काशीराम, निधान सिंह, जगत सिंह, नवाब खान आदि थे। नवाब खान ने बताया कि वे पंजाब पहुँचने के बाद काफी दिनों तक इधर-उधर घूमते रहे, कई क्रांतिकारियों के संपर्क में रहे। बाद में उन्हें लाडोवाल पहुँचने की सूचना मिली। इस बैठक में कोषागार लूटने की योजना पर अधिक बल देने का निर्णय लिया गया। लाहौर छावनी लूटने के विषय पर सभी गदरियों की राय अलग-अलग थी।[62] नवाब खान द्वारा पुलिस को दिए विवरण से स्पष्ट होता है कि 'तोशा मारू', हांगकांग और कलकत्ता में बनी योजना के अनुसार 17 नवंबर को लाडोवाल नामक जगह पर रुलिया सिंह, अर्जुन सिंह, पिरथी सिंह, रामरखा, जीवन सिंह, जगत राम, करतार सिंह, काशी राम, निधान सिंह, जगत सिंह और नवाब खान आदि मिले और अन्य बातों के अलावा निर्णय लिया गया कि खजाने को लूटकर क्रांति के लिए राशि जमा की जाए। नेताओं को कहा गया कि वे अपने कार्यकर्ताओं को तैयार करें। इस पर अंतिम निर्णय के लिए 19 नवंबर को मोगा में एक बैठक करने का भी निर्णय लिया गया। नवाब खान को लढोवाल तक पहुँचाने का काम नाथू खान नामक ताँगा चालक ने किया था।[63] सराभा ने प्रस्ताव दिया कि निधान सिंह, सराभा और काशीराम भाई परमानंद से मिलकर विचार कर लें और पुनः चार दिन बाद लढोवाल स्टेशन पर मिलकर इस विषय पर अंतिम निर्णय लिया जाए।[64]

यह भी निर्णय लिया गया कि इस योजना को अधिक ठोस बनाने के लिए 19 नवंबर को पुनः मोगा में बैठक होगी।[65] अमर सिंह के मुताबिक क्रांतिकारियों की एक बैठक फगवारा में भी हुई थी। लेकिन इसकी तिथि के बारे में अनिश्चितता बनी हुई है। निश्चित योजना के मुताबिक 23 नवंबर को बाडोवाल और मुल्लानपुर स्टेशन के बीच में क्रांतिकारियों की एक बैठक हुई। बैठक में निधान सिंह, जगत सिंह, ध्यान सिंह, काशीराम, चंदा सिंह, रहमत अली खान, जीवन सिंह (फिरोजशहर हत्याकांड में संलग्न) के अतिरिक्त निधान सिंह समूह के सभी कार्यकर्ता और करतार सिंह आदि उपस्थित थे। बैठक में मियाँमीर सैनिक केंद्र पर हमले के लिए अंतिम निर्णय लेने के लिए 24 नवंबर को पुनः बैठक बुलाई गई।[66]

धन, हथियार और बंगाली क्रांतिकारियों से संपर्क करने की समस्या पर मुख्य रूप से विचार-विमर्श हुआ। कांशीराम धन की व्यवस्था शीघ्र करने के पक्ष में थे, सराभा बंगाल क्रांतिकारियों के तर्ज पर सरकारी खजाना लूटने के पक्ष में थे, वहीं निधान सिंह का कहना था कि गदरियों को डाका नहीं डालना चाहिए, अन्यथा सामान्य लोग उन्हें भी डकैत ही समझेंगे। अमर सिंह का कहना था कि प्रत्येक गदरी के पास हथियार होना चाहिए। इस बैठक में सूदखोरों को लूटने पर भी चर्चा हुई और भाई परमानंद की राय जान लेने का निर्णय लिया गया।[67] नवाब खान के मुताबिक मोगा बैठक में करतार सिंह ने सूचित किया कि उन्हें परमानंद ने सलाह दी है कि कोषागार लूटने की योजना तत्काल स्थगित रखी जाए, क्योंकि इसमें अधिक क्षति होने की संभावना है। करतार सिंह की सलाह पर बैठक में कोषागार लूटने की योजना को स्थगित कर दिया गया और इसके स्थान पर मियाँमीर सैनिक केंद्र से हथियार लूटने की योजना को अंतिम रूप दिया गया। परमानंद ने ही एक सिपाही को इसके लिए तैयार किया था।[68] 19 नवंबर को मोगा में हुई बैठक में सराभा ने परमानंद की सलाह जाहिर की कि यदि खजाना लूटना है तो लाहौर छावनी को लूटा जाए।[69]

इस बैठक में निधान सिंह, करतार सिंह, काशीराम, जगत सिंह, जीवन सिंह, अमर सिंह, नवाब खान, जगत सिंह और पृथ्वी सिंह आदि उपस्थित थे। करतार सिंह ने इस बैठक में खजाना लूटने की योजना को स्थगित कर दिया। उसने कहा कि परमानंद ने बताया है कि खजाना लूटने का काम बहुत ही जोखिम भरा है। इसके बदले परमानंद ने एक सिपाही को विश्वास में लिया है, जिसकी सहायता से 25 नवंबर को लाहौर (मियाँमीर) छावनी लूटने की काररवाई की जाए। नेताओं को पुनः 23 नवंबर को बडोवाल-मुल्लानपुर स्टेशन के बीच मिलने को कहा गया और निधान सिंह और काशीराम से आशा की गई कि वे 23 नवंबर को प्रतिवेदन देंगे कि योजनानुसार काररवाई होना संभव है अथवा नहीं।[70] सराभा ने सभी नेताओं को 25 नवंबर को लाहौर

छावनी में मिलने को कहा और पाँच सौ रुपए उनके बीच वितरित भी किए गए। निधान सिंह ने योजना बताई कि लाहौर छावनी में उपस्थित उनके सैनिक मित्र खजाना और शस्त्रागार की चाबी उन्हें दे देंगे। शस्त्र प्राप्त कर सबसे पहले अंग्रेजी टुकड़ी पर हमला कर देंगे। योजना तैयार कर वे क्रांतिकारियों के नेता गज्जर सिंह भकना से सहायता माँगने अमृतसर चला गया।[71] इस बीच गज्जर सिंह गिरफ्तार हो गया। शेष दल लाहौर पहुँचा तो जरूर, परंतु उन्हें वहाँ संदेश मिला कि फिरोजपुर चले जाएँ। लुधियाना स्टेशन पर नवाब खान ने बताया कि जिस हवलदार से उसे सहायता की आशा थी, उसका तबादला हो गया है। इस प्रकार पहली योजना निष्फल हो गई।[72] 17 नवंबर को ही तरणतारण में समूह की बैठक हुई और निश्चय किया गया कि बडोवाल और झाड़ साहिब की छावनियों पर हमले के लिए कार्यकर्ताओं को एकत्र किया जाए। बाद में इन दोनों स्थानों पर हुई बैठक में मियाँमीर और फिरोजपुर छावनी पर आक्रमण करने की तिथि 26 नवंबर निश्चित की गई।[73]

गदर पार्टी के नेता यह अच्छी तरह महसूस करते थे कि क्रांति की सफलता के लिए भारतीय सैनिकों का क्रांति में भाग लेना जरूरी है। उन्होंने गुप्त रूप से मियाँमीर (लाहौर) छावनी और फिरोजपुर छावनी की रेजीमेंटों के सैनिकों से बातचीत की। कुछ अन्य क्रांतिकारी पंजाब की अन्य छावनियों में भी गए। सैनिक विद्रोह करने के लिए तो तैयार थे, परंतु वे चाहते थे कि पहल गदरी क्रांतिकारी करें। सैनिकों के असंतोष का कारण था कि युद्ध के आरंभ में मोरचे पर भारतीय फौजों की पराजय हुई थी और यह अफवाह फैल गई थी कि जर्मनी की जीत हुई है। इधर गदर पार्टी की गतिविधियों तथा उनके क्रांति करने के इरादे की जानकारी भी सैनिकों को मिल गई थी। ऐसी परिस्थिति में सैनिक मोरचों पर जाकर जान देने की बजाय क्रांति में शामिल होकर देश को स्वतंत्र कराना अच्छा समझ रहे थे। जनवरी 1915 के मध्य में जमादार बूटा सिंह को लाइनों में एक संदेहास्पद व्यक्ति मिला और उसकी रिपोर्ट पर कैप्टन कारगिल ने बाहर से आए किसी भी व्यक्ति को लाइनों में न आने देने का आदेश जारी किया। जाँच में मालूम हुआ कि करतार सिंह अकसर लाइनों में आया करता था और कुछ व्यक्तियों से, जिनमें हांगकांग से आए व्यक्ति भी शामिल थे, बातचीत करता रहता था। उसे यह आभास हुआ था कि कुछ लोग विद्रोह के विचार से प्रभावित हैं। इस रिपोर्ट के फलस्वरूप 19 फरवरी, 1915 को कई व्यक्ति रेजीमेंट से बरखास्त कर दिए गए थे।[74]

गदरियों को विभिन्न छावनियों की टोह लेने और तद्नुसार प्रतिवेदन देने का जिम्मा दिया गया। हिरदे राम को जालंधर छावनी और हरनाम सिंह और संत गुलाब सिंह को बानू छावनी भेजा गया। बाद में वे नौशेरा, पेशावर और रावलपिंडी भी गए। गुरमुख सिंह लालटन और वरिंग के ऊधम सिंह ने रावलपिंडी से वापस आकर प्रतिवेदित किया कि

झेलम, रावलपिंडी, होती मरदान और पेशावर के सैनिक विद्रोह करने के लिए तैयार हैं। इसी तरह का प्रतिवेदन लंगेरी के पियारा सिंह ने सीमाप्रांत के स्टेशन कोहात से दिया।[75]

सराभा तथा भाई निधान सिंह चुग्घा ने इसलामिया हाई स्कूल, लुधियाना के विद्यार्थियों के बीच भी काम किया। वहाँ से कई विद्यार्थी पार्टी की सामग्री छापने, छपनेवाले ठिकानों तक पहुँचाने तथा पार्टी का संदेश लाने तथा पहुँचाने आदि में बहुत सहायता करते रहे। इन विद्यार्थियों में पूरन सिंह, कृपाल सिंह, बोपा राय, खड़क सिंह, सज्जन सिंह नारंगवाल आदि प्रमुख थे। कई कार्यकर्ता जैसे कालासिंघा जगतपुरिया तथा बलवंत सिंह, मादो के बराड़ आदि सेना में नियुक्त हो गए। फौजों में काम करने की विशेष जिम्मेदारियाँ इन्हें सौंपी गईं। भाई प्रेम सिंह सरहिंद को मियाँमीर (लाहौर) की छावनी पर नियुक्त किया गया। हृदय राम को जालंधर, भाई करतार सिंह सराभा को फिरोजपुर, भाई हरनाम सिंह कहूटा को झेलम, रावलपिंडी, पेशावर तथा मरदान भेजा गया। भाई प्यारा सिंह लंगेरी को बन्नू तथा कोहाट की छावनियों में लगाया गया। एक विद्यार्थी को लेकर सराभा अंबाला, मेरठ, कानपुर, आगरा, इलाहाबाद, दीनापुर, बनारस, लखनऊ, फैजाबाद आदि छावनियों में घूमे। विष्णु गणेश पिंगले को मेरठ की छावनी का जिम्मा दिया गया।[76]

क्रांतिकारी काररवाई की योजना पर विचार के लिए 2 नवंबर, 1914 को ननकाना में बैठक हुई और कुछ दिन बाद खासा (अमृतसर) में भी बैठक हुई। इन बैठकों में निर्णय लिया गया कि मियाँमीर और फिरोजपुर छावनी पर आक्रमण किया जाए। तय किया गया कि व्यास नदी तक के अमृतसर और लाहौर जिले के क्रांतिकारी मियाँमीर छावनी पर आक्रमण करेंगे और व्यास के आगे से अमृतसर जिले के क्रांतिकारी तथा जालंधर, होशियारपुर और फिरोजपुर के क्रांतिकारी फिरोजपुर छावनी पर हमला करेंगे।[77] लाहौर के निकट मियाँमीर में सैनिक छावनी पर हमला करने की योजना बनाई गई और इसके बाद 15 नवंबर, 1914 को आम विद्रोह की घोषणा करने की योजना बनाई गई।[78] 23वीं कैवलरी उन दिनों लाहौर में पदस्थापित थी। इस कैवलरी में माझा क्षेत्र के जवान अधिक थे। 'तोशा मारू' जहाज से आए गदरियों ने इनसे संपर्क करना आरंभ किया। कामागाटा मारू घटना के कारण इनमें असंतोष था।[79] लाहौर छावनी में स्थित 23वें रिसाले का एक सवार सुच्चा सिंह अक्तूबर के अंत में छुट्टी पर अपने गाँव चोला कलाँ, अमृतसर गया था। वापस आकर उसने बताया कि अमेरिका से आए लोग लाहौर छावनी पर कब्जा करना चाहते हैं और इसमें उन्हें सैनिकों की मदद चाहिए। 15 नवंबर को वे लोग लाहौर के समीप इकट्ठा होंगे।[80] उसने लांस दफादार लक्ष्मण सिंह से बातचीत की और उसने अपनी सहमति दी। इसमें प्रेम सिंह सुरसिंघ को भी शामिल कर लिया गया। 23 नवंबर, 1914 को लाहौर छावनी के पीछे कुछ सैनिकों की बैठक हुई।[81]

झाड़ साहिब में गदरियों की एक बैठक 23 नवंबर को होने की सूचना प्रेम सिंह को थी। उसने बता दिया कि लाहौर और फिरोजपुर छावनी में विद्रोह की तिथि भी 23 नवंबर ही निश्चित की गई है। लछमन सिंह के निर्देशानुसार प्रेम सिंह को छावनी में सम्मानस्वरूप एक तलवार भी भेंट की गई थी। तय किया गया कि उस दिन छावनी से सशस्त्र जवान झाड़ साहिब के लिए कूच कर जाएँगे। लेकिन ऐन मौके पर लांस दफादार ने ऐसा करने से मना कर दिया, क्योंकि वह चाहता था कि यह निश्चित कर लिया जाए कि क्या सचमुच विद्रोह हो रहा है ?[82] इधर 23 नवंबर को ही झाड़ साहिब में कुछ गदरियों की हुई बैठक में निर्णय लिया गया कि 26 नवंबर को लाहौर (मियाँमीर) छावनी में क्रांति की जाएगी।[83]

23वीं कैवलरी षड्यंत्र केस

23वीं कैवलरी षड्यंत्र केस के अमर सिंह, मूला सिंह, निधान सिंह, कहुटा के हरनाम सिंह, सुरसिंघ के प्रेम सिंह, मदन सिंह, नौरंग सिंह, भूरेवाल लाल सिंह, नरंगवाल वाले सज्जन सिंह लाहौर षड्यंत्र केस में अभियुक्त बनाए गए। सवार सुच्चा सिंह, ट्रूप-VII अक्तूबर माह के अंत में कुछ दिनों की छुट्टी पर अपने घर गए। सैनिक छावनी में वापस आकर उन्होंने अन्य सिख सैनिकों को सूचित किया कि अमेरिका से भारत आए आप्रवासीगण लाहौर पर हमला कर लाहौर किला पर कब्जा करना चाहते हैं और इसके लिए उन्हें सैनिकों की सहायता की आवश्यकता है। ट्रूप-VII के इंदर सिंह ने सुच्चा सिंह की बात सुनी और लांस दफादार लछमन सिंह को गदर से संबंधित सारी बातों से अवगत कराया। उन लोगों ने विचार किया कि इस मुद्दे पर महाराज सिंह और सुरैन सिंह से परामर्श किया जाए। लांस दफादार लछमन सिंह ने अपने आवास पर एक बैठक आयोजित की, जिसमें सवार केसर सिंह (संख्या-1604), सवार सुच्चा सिंह, सवार महाराज सिंह, सवार सुरैन सिंह, सवार इंदर सिंह आदि शामिल हुए। केसर सिंह चक 62, लायलपुर के रहनेवाले थे और उन्होंने फ्रांस में भी ब्रिटिश फौज की सेवा की थी। बैठक में सुच्चा सिंह ने तथ्यों को खोलते हुए कहा कि जब वे छुट्टी पर थे, उन्हें दुधिर गाँव के वसाखा सिंह और चोला के सुच्चा सिंह से जानकारी मिली कि बड़ी संख्या में अमेरिका से आप्रवासी भारत आए हैं, जो यहाँ क्रांति करना चाहते हैं। इन लोगों के पास बंदूक, पिस्तौल और बम हैं और ये लोग बम बनाना भी जानते हैं। ये लोग 15 नवंबर को लाहौर के राख पर इकट्ठा होंगे और लाहौर पर हमला कर लाहौर किले पर कब्जा करेंगे। ये लोग चाहते हैं कि वहाँ के सवार सैनिक हथियारों से इनकी सहायता करें। कुछ देर विचार-विमर्श करने के बाद लांस दफादार लछमन सिंह ने राय दी कि हम लोगों को ट्रूप-1 के लांस दफादार गंडा सिंह से परामर्श लेने के बाद ही किसी निष्कर्ष पर पहुँचना

चाहिए।[84] दूसरी बैठक कब्रगाह के नजदीक लगभग ढाई बजे दिन में हुई, जिसमें लांस दफादार लछमन सिंह, सवार लछमन सिंह, सवार सुरैन सिंह, सुरक्षित सिपाही सुच्चा सिंह, लांस दफादार गंडा सिंह (ट्रूप–1) और लांस दफादार नंद सिंह (ट्रूप–1) शामिल हुए। इस बैठक में इंदर सिंह भाग नहीं ले सके; कारण, वे सिग्नल प्रशिक्षण वर्ग में चले गए थे। इसीलिए सुच्चा सिंह ने बैठक में हुई बातों को दोहराया। उसने यह भी कहा कि गदर क्रांतिकारी लाहौर फोर्ट का नक्शा जानना चाहते हैं, ताकि उन्हें आक्रमण करने में सुविधा हो। लांस दफादार लछमन सिंह ने कहा कि गदर पार्टी द्वारा भेजे गए विश्वस्त सहचर को सारी बातों से अवगत करा दिया जाएगा। कुछ दिनों बाद गंडा सिंह छुट्टी पर जानेवाले थे। अतः उन्हें इस बात की जिम्मेदारी दी गई कि वे अमेरिका से आए आप्रवासियों से भेंट करें। सुंदर सिंह को जिम्मेदारी मिली कि वे गदर पार्टी और 23वीं कैवलरी के बीच समन्वय का काम करें।[85]

गंडा सिंह के छुट्टी से आने के बाद दूसरी बैठक लगभग एक बजे कब्रगाह के नजदीक हुई, जिसमें ट्रूप–VII के लांस दफादार लछमन सिंह, सवार लछमन सिंह, सुच्चा सिंह, महाराज सिंह, इंदर सिंह, सुरैन सिंह, केसर सिंह आदि शामिल हुए। लांस दफादार लछमन सिंह ने सूचित किया कि गंडा सिंह की मुलाकात गदर पार्टी के कार्यकर्ताओं से हुई है और उन्होंने सूचित किया है कि एक व्यक्ति शीघ्र ही यहाँ आकर प्रस्तावित क्रांति के बारे में सारी बातें प्रकट करेगा। कुछ दिनों बाद सुच्चा सिंह पुनः छुट्टी पर गया और वापस आकर सूचित किया कि क्रांति की तारीख 15 से 17 नवंबर तय की गई है। कुछ दिनों बाद गदर पार्टी के क्रांतिकारी और सुर सिंह गाँव के रहनेवाले प्रेम सिंह सैनिक छावनी में आए और ट्रूप–III के सवार चनन सिंह के आवास पर रुके। इस आवास पर रात में आठ बजे उनसे भेंट करनेवालों में सवार लछमन सिंह, सुच्चा सिंह, महाराज सिंह, केसर सिंह, सुरैन सिंह, नायक बूटा सिंह (VII) आदि थे। बैठक में भाग लेने के लिए गंडा सिंह और वधवा सिंह (ट्रूप–1) को भी बुलावा भेजा गया। लांस दफादार लछमन सिंह ने प्रेम सिंह का परिचय सब लोगों से कराया। प्रेम सिंह ने यह भी सूचित किया कि आज रात क्रांतिकारीगण झाड़ साहिब में जमा होंगे। इनमें से कुछ लोग ट्रेन के रास्ते लाहौर चले जाएँगे और शेष तरणतारण जाएँगे। प्रेम सिंह ने बताया कि वे स्वयं तरणतारण जानेवाले समूह में मिल जाएँगे और उसने लछमन सिंह से आग्रह किया कि वे स्टेशन जाकर लाहौर जानेवाले समूह से भेंट कर लें। लांस दफादार लछमन सिंह ने महाराज सिंह को निर्देश दिया कि ट्रूप–VII से एक तलवार लाकर प्रेम सिंह को दे दें। बैठक समाप्ति के बाद प्रेम सिंह झाड़ साहिब के लिए निकल पड़े और लछमन सिंह और सुच्चा सिंह स्टेशन के लिए चल दिए। लेकिन लाहौर जानेवाला समूह स्टेशन पर नहीं आ सका।[86]

13 नवंबर को गंडा सिंह ट्रूप–1 ने अब्दुल्ला और बुध सिंह (1) को प्रेम सिंह के

सैनिक छावनी में आगमन के बारे में विस्तार से बताया। दोनों लोगों ने क्रांति के प्रति पूर्ण सद्भावना जाहिर की। इस प्रकार सैनिक छावनी में गदर आंदोलन के प्रति सहानुभूति रखनेवालों की संख्या में विस्तार होना आरंभ हो गया। कुछ दिनों के बाद एक अनजान क्रांतिकारी के साथ प्रेम सिंह पुनः सैनिक छावनी आए और गंडा सिंह के आवास पर गंडा सिंह एवं बुध सिंह से मुलाकात की। खाना खाने के बाद वे सवार बिशन सिंह (1) के घर पर विश्राम के लिए आए, जहाँ उनकी मुलाकात बिशन सिंह के अतिरिक्त अब्दुल्ला, केहर सिंह (1), नाथा सिंह (1) से हुई। प्रेम सिंह ने जानकारी दी कि क्रांति के लिए 23-24 तारीख की तिथि निर्धारित की गई है। उसने यह भी कहा कि 24 तारीख को फिरोजपुर छावनी पर आक्रमण किया जाएगा। उसने यह भी कहा कि क्रांतिकारी दल की ओर से उन्हें छावनी में अधिक-से-अधिक लोगों को क्रांति के लिए तैयार करने के उद्देश्य से भेजा गया है। लछमन सिंह ने स्पष्ट किया कि छावनी में तब तक विद्रोह नहीं होगा, जब तक कि गदर पार्टी के कार्यकर्ता यहाँ आकर आक्रमण न कर दें।[87] राइफल रेंज में एक बैठक संध्या सात बजे लांस दफादार लछमन सिंह द्वारा आयोजित की गई। इस बैठक में टूप-VII के लांस दफादार लछमन सिंह के अतिरिक्त सवार लछमन सिंह, सवार सुच्चा सिंह, सवार महाराज सिंह, सवार इंदर सिंह, सवार केसर सिंह, सवार सुरैन सिंह सम्मिलित हुए। टूप-1 के लांस दफादार गंडा सिंह, सवार इंदर सिंह (जियोबाला वाले), लांस नायक नंद सिंह और लांस दफादार वधवा सिंह भी शामिल हुए। लछमन सिंह ने अवगत कराया कि क्रांति की तारीख 17 तारीख से बढ़ाकर 23 नवंबर कर दी गई है। इस उद्देश्य से झाड़ साहिब में क्रांतिकारीगण इकट्ठा होंगे। पुनः दो टुकड़ों में विभक्त होकर एक समूह लाहौर और दूसरा समूह फिरोजपुर के लिए प्रस्थान करेगा। सुच्चा सिंह और सुरैन सिंह को जिम्मेदारी दी गई कि वे क्रांति के आयोजन के संबंध में अधिक-से-अधिक जानकारी इकट्ठा करें। लांस दफादार लछमन सिंह ने उपस्थित सैनिकों से आग्रह किया कि वे अधिक-से-अधिक संख्या में सैनिकों को क्रांति के लिए तैयार करें। इसी दिन ग्रंथी मूल सिंह नायक बूटा सिंह और लांस दफादार लछमन सिंह से छावनी में मिला। बूटा सिंह ने ग्रंथी मूल सिंह से आग्रह किया कि वे अपने परिवार को अपने घर भेज दें, क्योंकि 23 तारीख को होनेवाली क्रांति में उन्हें भाग लेना है।[88]

21 एवं 22 तारीख को सात बजे संध्या राइफल रेंज में पुनः बैठक हुई, जिसमें टूप-VII के लांस दफादार लछमन सिंह, सवार लछमन सिंह, इंदर सिंह, महाराज सिंह, केसर सिंह, सुरैन सिंह आदि शामिल हुए। इस बैठक में टूप-1 के लांस दफादार वाधवा सिंह, लांस नायक नंद सिंह-1, सवार इंदर सिंह-1 भी शामिल हुए। टूप-VII के इंदर सिंह ने कहा कि सवार चनन सिंह (टूप-III) गदर पार्टी में शामिल हो चुके हैं और हम लोगों को ऐसा प्रयास करना चाहिए, ताकि अधिक-से-अधिक संख्या में कॉमरेड क्रांति

में शामिल हो जाएँ। लगभग 1.30 बजे दिन में लांस दफादार लछमन सिंह, सवार इंदर सिंह (VII), सुच्चा सिंह, लछमन सिंह, महाराज सिंह, सुरैन सिंह और केसर सिंह आदि कब्रगाह के नजदीक जमा हुए और क्रांति की तारीख में परिवर्तन के संबंध में विमर्श किया। 23वीं कैवलरी से सुच्चा सिंह छुट्टी से वापस आकर अवगत कराया कि क्रांति की तारीख में पुनः परिवर्तन हुआ है और यह 27 नवंबर को होना सुनिश्चित हुआ है। उन्हें यह जानकारी दुधिर के वसाखा सिंह और चोला के सुंदर सिंह से मिली थी। उन्होंने अपने दिल की बात बताई कि वे चाहते हैं कि सारा कुछ छोड़कर क्रांति में कूद पड़ा जाए। लांस दफादार लछमन सिंह ने हिदायत दी कि जब तक सारा इंतजाम माकूल नहीं हो जाए, तब तक सैनिकों को धैर्य धारण करना चाहिए। बैठक में उन्होंने कहा कि वे दो दिनों की छुट्टी पर घर जा रहे हैं और वहाँ से वे सारी सूचना लाएँगे। इसी समय गंडा सिंह अपने मित्र अब्दुल्ला और बुध सिंह से मिले और यह तय हुआ कि जब तक गदर पार्टी की ओर से कोई विश्वस्त छावनी में नहीं आ जाएँ, उन्हें इंतजार करना चाहिए। सुरैन सिंह ने लांस नायक बूटा सिंह को खबर की कि क्रांति के लिए 27 नवंबर, 1914 की तारीख निश्चित कर दी गई है।[89]

26 नवंबर को लांस दफादार लछमन सिंह, सवार इंदर सिंह, सुच्चा सिंह, महाराज सिंह, लछमन सिंह और सुरैन सिंह डेढ़ बजे दिन में कब्रगाह के समीप इकट्ठा हुए। विमर्श का मुख्य विषय था कि उन लोगों को झाड़ साहिब घोड़े पर चढ़कर जाना चाहिए अथवा पैदल जाना चाहिए? निर्णय हुआ कि घोड़े पर जाना चाहिए। क्रांति में भाग लेने के लिए सुरैन सिंह बेचैन हो रहा था। उसने सुच्चा सिंह से आग्रह किया कि उसके सामान की देखभाल की व्यवस्था कर दी जाए। सुच्चा सिंह ने कालू टमटमवाला को बुलाया, जो उनके ही गाँव का रहनेवाला था और तोपखाना बाजार, लाहौर कैंट के नजदीक रहता था और सुरैन सिंह के सामानों को उसके सुपुर्द कर दिया।[90]

26 नवंबर को शाम सात बजे लांस दफादार लछमन सिंह, सवार महाराज सिंह, सुरैन सिंह, सुच्चा सिंह, लछमन सिंह, इंदर सिंह, लांस नायक नंद सिंह और लांस दफादार वाधवा सिंह राइफल रेंज में उपस्थित हुए। उन्हें निर्णय लेना था कि वे अगली रात को होनेवाली क्रांति में सैनिक छावनी में सम्मिलित हों अथवा वे अगले दिन झाड़ साहिब जाकर क्रांतिकारियों के साथ मिल जाएँ? निर्णय लिया गया कि आज रात ही क्रांति कर दी जाए! हाजिरी के बाद लांस दफादार लछमन सिंह ने सुरैन सिंह से कहा कि उन्हें अभी क्रांति नहीं करनी चाहिए और अगले दिन तक के लिए इंतजार करना चाहिए, ताकि क्रांति आरंभ हुई अथवा नहीं, इसकी सूचना उन्हें मिल जाए। क्रांति आरंभ हुई कि नहीं, इसकी सूचना उन्हें 27 नवंबर को भी नहीं मिली। 27 नवंबर को लांस दफादार लछमन सिंह दो दिनों की छुट्टी पर चला गया और सुरैन सिंह से कह गया कि वह

क्रांति के संबंध में निश्चित सूचना एकत्र कर वापस लौटेगा।[91] क्रांति की सूचना किसी भी समय छावनी में आ सकती है, यह सोचकर गंडा सिंह ने 27 नवंबर को दोपहर में सैनिक कोषागार में रखे छह या सात सौ रुपए नकद निकाल लिये और अपने आवास पर जाकर रख दिए। उसके मन में यह बात थी कि यदि क्रांति होगी तो इन पैसों को लेकर चल दिया जाए। उसके लिए ऐसा करना एकदम आसान था, क्योंकि रिसालदार वासवा सिंह कोषागार की चाबी उसे सौंपकर छुट्टी में पर चला गया।[92]

27 नवंबर की दोपहर में सवार महाराज सिंह और सुच्चा सिंह ने आपस में मिलकर तय किया कि सैनिक छावनी से एक मील दूर पट्टी रोड पर नहर के किनारे रात में एक बैठक आयोजित की जाए। इंदर सिंह ने सुरैन सिंह को सलाह दी कि टूप-3 के चनन सिंह को भी वे अपने साथ लेकर चले जाएँ, क्योंकि वह भी क्रांतिकारियों का साथ देने के लिए बेचैन है। सुरैन सिंह और चनन सिंह अपनी तलवार एवं अन्य सामान लेकर रात के दस बजे सैनिक छावनी से विद्रोह के लिए चल निकले। इन लोगों की मुलाकात महाराज सिंह और सुच्चा सिंह के साथ नहर किनारे हुई। चारों लोग झाड़ साहिब के लिए चल पड़े। इस बीच 27 नवंबर को ही सुच्चा सिंह ने गंडा सिंह को सूचित किया था कि वे लोग क्रांति के उद्देश्य से क्रांतिकारियों से मिलने के लिए झाड़ साहिब के लिए रवाना हो रहे हैं और उनके साथ टूप-7 के सवार सुरैन सिंह, सवार महाराज सिंह, सवार इंदर सिंह, सवार लछमन सिंह हैं। गंडा सिंह ने सलाह दी कि कोई भी निर्णय लेने के पहले अपने सभी मित्रों से सलाह ले लेनी चाहिए। इसलिए उन्होंने रात को 10.00 बजे अपने आवास पर एक बैठक आयोजित की, जिसमें टूप-1 के अब्दुल्ला, बुध सिंह, नाथा सिंह, केहर सिंह, बिशन सिंह, भगत सिंह, मोटा सिंह ने भाग लिया। इस बैठक में गंडा सिंह ने सारे तथ्यों को सामने रखते हुए विचार जानना चाहा कि उन लोगों को क्रांति में भाग लेना चाहिए अथवा नहीं? बुध सिंह ने बैठक को अपने क्रांतिकारी विचारों से संबोधित किया कि उपस्थित सभी लोगों को विचार-विमर्श में समय नष्ट किए बिना क्रांति में कूद पड़ना चाहिए। बुध सिंह के क्रांतिकारी, उत्तेजक एवं उकसाऊ भाषण के बावजूद बैठक में उपस्थित लोगों में मतभेद था। कुछ लोग क्रांति में तुरंत कूद पड़ना चाहते थे, वहीं कुछ लोग गदर पार्टी द्वारा क्रांति आरंभ होने का इंतजार करना चाहते थे। इससे पहले कि बैठक में कुछ अंतिम निर्णय होता, उन लोगों को आवास के बाहर ग्रंथी मूल सिंह की आवाज सुनाई पड़ी। बुध सिंह, अब्दुल्ला और नाथा सिंह बैठक से निकलकर बाहर आए। इनके पीछे गंडा सिंह भी थे। ग्रंथी मूल सिंह की सलाह थी कि इतने कम लोग सरकार के विरुद्ध क्रांति नहीं कर सकते हैं। उसने सलाह दी कि उन्हें तब तक इंतजार करना चाहिए, जब तक कि उन्हें यह विश्वास न हो जाए कि देश की जनता उनके पीछे खड़ी है। बैठक में जिन सात नेताओं ने भाग लिया, उनकी बात सुनने के लिए बाहर एक

दर्जन से अधिक लोग खड़े थे, जिनमें तारा सिंह और वाधवा सिंह आदि भी शामिल थे।[93]

ग्रंथी मूल सिंह के अनुरोध पर गंडा सिंह, अब्दुल्ला और बुध सिंह ने निर्णय किया कि सुच्चा सिंह एवं उनके दोस्तों को क्रांति के पथ पर आगे बढ़ने से किसी प्रकार रोक लिया जाए। लेकिन उनकी कोई चाल सफल नहीं हो सकी और उसी रात को सुच्चा सिंह, महाराज सिंह, सुरैन सिंह और चनन सिंह (ट्रूप-3) क्रांति के लिए सैनिक छावनी से निकल पड़े। ये लोग 28 नवंबर की शाम तरणतारण पहुँचे। उन्हें वहाँ किसी प्रकार की अशांति का आभास नहीं हुआ। चनन सिंह ने इन लोगों से यह कहकर विदा ली कि अभी वह अपने गाँव जा रहा है और अगले दिन सुबह उन लोगों से झाड़ साहिब में मुलाकात होगी। वस्तुत: वह वहाँ से अपनी सैनिक छावनी में वापस आ गया और इस प्रकार उनके बाहर जाने के बारे में लिखित रूप में कुछ भी नहीं आया। सुच्चा सिंह, महाराज सिंह और सुरैन सिंह सिरहली एवं झाड़ साहिब के आस-पास के क्षेत्रों में खाक छानते रहे, ताकि उनकी मुलाकात गदर पार्टी के क्रांतिकारियों से हो सके। लेकिन उन्हें कोई सफलता नहीं मिली। कुछ समय बाद झाड़ साहिब में उनकी मुलाकात सुरसिंह के प्रेम सिंह और अन्य क्रांतिकारियों से हुई। 1 दिसंबर को इन तीनों सैनिकों को झाड़ साहिब के नजदीक से पुलिस ने गिरफ्तार कर लिया और इनका कोर्ट मार्शल किया गया।[94] 29 नवंबर को लांस दफादार लछमन सिंह छुट्टी से वापस आए और गंडा सिंह से कहा कि जब तक गदर पार्टी का कोई विश्वस्त सहकर्मी सूचना नहीं दे, क्रांति के संबंध में कोई भी कदम नहीं उठाया जाना चाहिए। इसी दिन रिसालदार वासवा सिंह ने गंडा सिंह से सैनिक कोषागार की चाबी और बुध सिंह से राइफल रैक की चाबी भी ले ली। इसी समय अब्दुल्ला और बुध सिंह ने ग्रंथी मूल सिंह से मिलकर 27 नवंबर की घटना के बारे में विस्तार से उन्हें बताया।[95]

30 नवंबर को लांस दफादार लछमन सिंह और सवार इंदर सिंह ने ग्रंथी मूल सिंह के पास जाकर उन्हें बताया कि रिसालदार हिसामुद्दीन एवं डोगरा एवं पठान मूल के दो सैनिकों को पट्टी के आस-पास के इलाके में गदर पार्टी के आंदोलनकारियों की गिरफ्तारी के संबंध में जानकारी जुटाने के लिए लगाया गया है। लछमन सिंह ने ग्रंथी से यह भी अनुरोध किया कि वह अपने पुत्र साधु सिंह को झाड़ साहिब गुरुद्वारा के महंत के पास इस उद्देश्य से भेजे कि कि सैनिक छावनी पर आक्रमण के संबंध में निश्चित सूचना महंतजी निहाल सिंह के माध्यम से उन लोगों को भेज दें। लछमन सिंह यह भी चाहते थे कि यह सूचना सुच्चा सिंह सहित उन सभी सैनिकों के पास भेज दी जाए, जो इन दिशाओं में क्रांति में भाग लेने के लिए गए हैं। ग्रंथी ने लछमन सिंह से यह सूचना ली और स्वयं झाड़ साहिब गुरुद्वारा जाकर महंत से मिले। लेकिन महंत ने ग्रंथी को कहा कि उनके आने में देरी हो गई है और पुलिस ने क्रांतिकारियों एवं निहाल सिंह को एक दिन पहले

ही गिरफ्तार कर लिया है। ग्रंथी वापस आकर लछमन सिंह से मिले और सारी बातों की जानकारी दी।[96] 1-2 दिसंबर को हाजिरी के बाद अब्दुल्ला ने गंडा सिंह के आवास में आकर टेलीग्राफ तार काटकर ब्रिटिश सरकार के विरुद्ध कुछ कार्य करने की इच्छा प्रकट की। गंडा सिंह ने इसकी सहमति तो दे दी, लेकिन यह हिदायत भी दी कि तैयारी में चूक नहीं होनी चाहिए। दूसरी रात को अब्दुल्ला, बुद्ध सिंह, भगत सिंह और मोटा सिंह पुनः गंडा सिंह के आवास पर आए और उन्हें भी कार्यक्रम के लिए साथ चलने को कहा। गंडा सिंह तैयार नहीं हुए, क्योंकि उन्हें वेतन-खाता से संबंधित कार्य करने थे। अगले दिन अब्दुल्ला ने गंडा सिंह को सूचित किया कि लाहौर कैंटोनमेंट और कोट लखपत के बीच रेल लाइन पर अवस्थित टेलीग्राफ तार को उन लोगों ने दो जगहों पर काट दिया है।[97] 6-7 दिसंबर को 3.00 बजे दोपहर तीन अजनबी सैनिक गुरुद्वारा पहुँचे और गंडा सिंह एवं सवार जीत सिंह से मुलाकात की। परंतु रिसालदार छगन सिंह ने उन्हें सैनिक गुरुद्वारे में ठहरने की अनुमति नहीं दी। तीनों गुरु मंगत सिंह गुरुद्वारा में जाकर रुके। तीनों अजनबियों के संबंध में गंडा सिंह और बूटा सिंह ने पेड़ के नीचे लंबी गुप्त मंत्रणा की। 7-8 दिसंबर को तीनों अजनबियों के साथ गुरु मंगत गुरुद्वारा में लांस दफादार लक्ष्मण सिंह, बुध सिंह, गंडा सिंह और ग्रंथी मूल सिंह ने विचार-विमर्श किया। तीनों अजनबियों ने हथियार की माँग की, लेकिन लक्ष्मण सिंह ने कहा कि हथियार मिलना असंभव है; क्योंकि सारे हथियार ताला-चाबी के अंदर बंद रहते हैं। बुध सिंह ने कहा कि हालाँकि हथियार मिलना कठिन है, लेकिन यदि ये लोग छह सौ-सात सौ आदमियों के साथ कैंटोनमेंट पर आक्रमण कर दें तो वे लोग आक्रमणकारियों का साथ देंगे और तब हथियार मिलना आसान हो जाएगा। निश्चय किया गया कि यदि आक्रमण किया जाता है तो निम्न प्रक्रिया अपनाई जाए—

1. सर्वप्रथम सरदार (कनीय अधिकारी) की हत्या की जाए।
2. ब्रिटिश अधिकारियों की हत्या की जाए।
3. राइफल रैक को तोड़ दिया जाए।
4. गार्ड को कब्जे में लेकर गोली-बंदूक के जखीरे पर कब्जा जमा लिया जाए।
5. इस क्रम में ब्रिटिश सरकार के वफादार सैनिकों से भिड़ंत के लिए सशक्त टुकड़ी तैयार रखी जाए।

अजनबियों ने सूचित किया कि झाड़ साहिब में 27 नवंबर को इकट्ठा होने की योजना है और इसमें सैनिकों को भी शामिल होना चाहिए। पचास या साठ के करीब गदरी क्रांतिकारीगण सिरहली थाने को लूटकर हथियार प्राप्त करने के उद्देश्य से जमा हो चुके थे, लेकिन आपस में मत-भिन्नता के कारण अभी इस योजना को स्थगित रखा गया है और क्रांतिकारियों को छिन्न-भिन्न होने के आदेश दिए गए हैं। लेकिन 26 नवंबर की

रात में लांस दफादार लक्ष्मण सिंह ने कहा कि क्रांति करनेवाले सैनिकों की संख्या कम है। पहले गदरियों को आने दिया जाए और उन्हें आक्रमण करने दिया जाए, उसके बाद सैनिक उसमें जा मिलेंगे। योजना के मुताबिक 26 नवंबर की रात में छावनी से सैनिकों को बाहर निकलना था और इसके लिए 60 से अधिक गदरी झाड़ साहिब में इंतजार करते रह गए। तब गदरियों ने निर्णय लिया कि क्रांति 27 नवंबर को होगी और तद्नुसार सैनिकों को सूचित भी कर दिया गया।[98] मियाँमीर छावनी पर आक्रमण की काररवाई स्थगित करनी पड़ी, क्योंकि जिन घुड़सवार सैनिकों को झाड़ साहिब की मीटिंग में आकर हमले की काररवाई में क्रांतिकारियों का नेतृत्व करना था, वे समय पर नहीं पहुँच सके। जब वे पहुँचे, तब गदर पार्टी के क्रांतिकारी प्रतीक्षा करके वहाँ से चले गए थे। बाद में मालूम हुआ कि 23वीं कैवलरी के ग्रंथी मूला सिंह ने इन सैनिकों से कहा था कि वे खतरा मोल न लें।[99] यह भी निर्णय लिया गया कि अगली रात गदरी तरणतारण के कैरो ग्राम में जमा होंगे और वहाँ से सरहली और पट्टी थाना पर और तरणतारण कोषागार पर हमला कर हथियार और नकद लूटी जाएगी। 40 से अधिक गदरी 27 नवंबर की रात कैरो में जमा भी हुए। उनकी योजना थी कि सरहली थाना का मुख्य द्वार तोड़ने में ददेहर (अमृतसर) के एक गुंडे की सहायता ली जाए। वे दिन भर उस गुंडे को खोजते रहे, लेकिन वह नहीं मिला। इस प्रकार थाने पर आक्रमण की योजना सफल नहीं हो पाई।[100] 27 नवंबर की रात को 23वीं कैवलरी के चार सवार व्यग्र हो उठे। वे और इंतजार करने की स्थिति में नहीं थे। तलवार लेकर और घोड़े पर सवार होकर चारों सैनिक छावनी से निकल पड़े और सुबह भूरे गाँव पहुँचे।[101] भूरे गाँव के काला सिंह ने खैरो में हुई मीटिंग का हवाला देते हुए उन्हें तरणतारण जाने की सलाह दी। एक सवार ड्यूटी पर वापस चला गया और बाकी तीन तरणतारण और सिरहाली होते हुए 30 नवंबर को झाड़ साहिब गए। घुड़सवार सैनिकों ने गदर क्रांतिकारियों से संपर्क करने की बहुत कोशिश की, परंतु वे सफल नहीं हुए।[102] इस बीच सेना के डोगरा और पठानों के दो दस्ते सिरहाली की ओर चले और इससे पहले कि ग्रंथी के माध्यम से लछमन सिंह को इस बारे में झाड़ साहिब के महंत या सवारों को कुछ जानकारी मिलती, पुलिस ने तीन सवारों को गिरफ्तार कर लिया। 30 नवंबर[103] को पुलिस ने इनमें से तीन को गिरफ्तार कर लिया। कुछ न होते देखकर भी रिसाले के कुछ लोगों ने, कुछ तो करें, यह सोचकर टेलीग्राफ के तार काटे, रेल की पटरियाँ उखाड़ीं। एक बैठक असंतुष्ट सवारों की हुई, जिसमें प्रेम सिंह तथा दूसरे गदरियों ने भाग लिया। निर्णय लिया गया कि जब तक छह-सात सौ गदरी विद्रोह नहीं करेंगे, तब तक सवार कुछ नहीं करेंगे। विद्रोह हुआ तो अफसरों की हत्या के बाद शस्त्रागार लूटा जाएगा।[104] माझा जत्था द्वारा लाहौर के 23वीं कैवलरी के सैनिकों द्वारा 26 नवंबर को सशस्त्र विद्रोह करने की योजना को कार्यान्वित नहीं किया जा सका तो निधान सिंह समूह

द्वारा योजना बनाई गई कि 30 नवंबर को फिरोजपुर सैनिक छावनी पर हमला कर दिया जाए। इस बीच ये बंगाली क्रांतिकारियों के संपर्क में भी आए।[105]

निधान सिंह ने फिरोजपुर छावनी के पठान रेजीमेंट के साथ मिलकर योजना बनाई थी कि फिरोजपुर छावनी पर 26 नवंबर को आक्रमण किया जाए। निधान सिंह और नवाब राय के दल के सदस्यगण 25 नवंबर को फिरोजपुर में मिले। लेकिन उन्हें बताया गया कि 30 नवंबर को छावनी के शस्त्रागार पर पठान सैनिकों की सहायता से आक्रमण होना है, उस दिन आएँ। निधान सिंह लाहौर जिले के सुरसिंग गाँव गए, जहाँ के कई निवासी गदरी थे।[106] गदर पार्टी के स्वाधीनता सेनानी फिरोजपुर शहर के पास जलालाबाद रोड पर मिले। अमृतसर से खबर आई कि मियाँमीर छावनी पर आक्रमण नहीं हो सका। निधान सिंह ने जलालाबाद की बैठक में आश्वस्त किया कि 30 नवंबर तक के लिए फिरोजपुर छावनी पर आक्रमण करने की काररवाई स्थगित रखी जाए, क्योंकि पठान रेजीमेंट से हथियार प्राप्त होने की व्यवस्था कर ली गई है।[107] हथियारों की कमी के कारण फिरोजपुर छावनी पर आक्रमण नहीं हो सका।

इन चार दिनों का उपयोग करने के लिए गदरियों ने योजना बनाई कि मोगा कोषागार को लूटा जाए। बैठक समाप्त होने के बाद अधिकतर लोग ट्रेन से मोगा के लिए प्रस्थान कर गए और 15 आदमी ट्रेन से नहीं जा सके, क्योंकि मोगा जानेवाली ट्रेन छूट गई।[108] उन लोगों ने तीन टमटम पर सवार होकर मोगा के लिए प्रस्थान किया। फिरोजशाह के नजदीक मिसरीवाला गाँव के नजदीक घल थाना का दारोगा विशारत अली, जेलदार ज्वाला सिंह, जेलदार फतेह सिंह सरबराह, सफेदपोश गुलाम कादिर और कुछ अन्य लोग एक घर के नजदीक जमा होकर पुलिस उपाधीक्षक की प्रतीक्षा कर रहे थे।[109] वे पुलिस अधीक्षक के आगमन की प्रतीक्षा कर रहे थे।[110] गदरियों के ताँगे आगे निकल गए। परंतु थानेदार और जेलदार को संदेह हुआ और उन्होंने पीछे से आवाज लगाकर ताँगों को रोकने के लिए कहा।[111] ताँगे रुक गए। जी.एस. देयोल ने लिखा है कि ताँगे रुके नहीं, बल्कि और तेज चलने लगे। उसके बाद दारोगा ने घोड़े पर सवार होकर ताँगे का पीछा किया, दौड़कर टमटम पकड़ लिया और सभी लोगों को नीचे उतरने को कहा।[112] वे सभी लोगों की तलाशी लेना चाहते थे। उसने अपने चपरासी इदा को कागज और पेन लाने के लिए कहा।[113] थानेदार ने वहाँ आकर गाली-गलौज की और पटियाला के रहमत खाँ को चपत भी मारी। गदर क्रांतिकारी यह अपमान सहन नहीं कर सके।[114] भाई भगत सिंह कचरभान ने गोली चलाकर थानेदार को मौत के घाट उतार दिया।[115] ध्यान सिंह, चंदा सिंह और भगत सिंह ने पिस्तौल चलाकर दारोगा और जेलदार को मार गिराया। ग्रामीणों की सहायता से पुलिस के सिपाहियों ने गदरियों का पीछा किया। और लोगों के साथ तो क्रांतिकारी भाग गए, परंतु उनमें से नौ झाड़ियों में छिप गए। गदरियों ने नहर के

किनारे खड़े सरकंडों में शरण ली। पुलिस ने झाड़ियों में आग लगा दी, जिसके कारण क्रांतिकारियों को बाहर आना पड़ा। फिर पुलिस के साथ मुकाबला हुआ। सात गदरियों ने समर्पण कर दिया। दो लड़ते रहे। गोलियाँ बंद होने पर एक गदरी मरा पाया गया और दूसरा दम तोड़ रहा था। ध्यान सिंह बांगसीपुरा और चाँद सिंह वड़ैच मारे गए और सात क्रांतिकारी पकड़े गए। छह गदरी भागने में सफल रहे। पकड़े गए सातों गदरियों, जिसमें महरौली (अंबाला) के पंडित कांशीराम, दौला सिंघवाला (पटियाला) के जीवन सिंह साहिबाना, खानपुर (लुधियाना) के बख्शीश सिंह, बिंझल लुधिया के जगत सिंह, अमरपुरा (अमृतसर) के ध्यानसिंह और साहिबाना (लुधियाना) के लाल सिंह थे, इनको फिरोजपुर के सेशन जज ने फाँसी की सजा दी। शेष छह को बाद में गिरफ्तार कर सजा दी गई। नवाब खान 19 दिसंबर, 1914 को, जगत राम हरियाणा 23 दिसंबर, 1914 को पेशावर से और पृथ्वी सिंह सामू, पटियाला से 9 दिसंबर, 1914 को गिरफ्तार किए गए। पाँच को फरार घोषित किया गया।[116] फरवरी 1915 में एक गदरी डकैती के दौरान अपने ही बम से मारा गया। अक्तूबर 1917 में काला सिंह पकड़ा गया। उसने सारा रहस्य खोल दिया और उसे माफ कर दिया गया। सात नौजवान का खोना, जिसमें काशीराम और रहमत अली थे और बाद में 19 दिसंबर को पेशावर में नवाब खान, 23 दिसंबर को जगत राम, साधू और पृथ्वी सिंह आजाद का गिरफ्तार हो जाना, निधान सिंह दल के लिए बहुत हानिकारक सिद्ध हुआ।[117] परंतु करतार सिंह सराभा ने हार नहीं मानी। जालंधर छावनी के समीप रह रहे एक गदरी हरी सिंह को आस-पास के नवयुवकों को इकट्ठा करने की प्रेरणा देने को कहा गया तो उसने इनकार करते हुए साफ कह दिया कि तुम लोगों में संगठन और व्यूह रचना का अभाव है।

लगातार मिल रही असफलताओं से गदरियों के बीच आपस में आरोप-प्रत्यारोप का दौर आरंभ हो गया। नवाब खान ने करतार सिंह सराभा पर सीधा आरोप लगाया कि उसके मूर्खतापूर्ण व्यवहार के कारण ही योजनाएँ निष्फल रही हैं। सराभा का कहना था कि सारी असफलताओं के लिए भाई परमानंद दोषी हैं। वह हर समय अपनी हिदायतें बदलता रहता है, जबकि 'युगांतर आश्रम' से निर्देश मिला था कि भाई परमानंद से सलाह लेकर ही कोई काम किया जाए। उन दोनों ने निश्चय किया कि 20-20 गदरियों का दल बनाकर वे स्वतंत्र रूप से काम करेंगे। जालंधर छावनी के पास रहनेवाले हरी सिंह ने उन्हें निराश ही किया। सराभा को नांगल कलाँ (होशियारपुर) में होनवाली बैठक की जानकारी मिली और वे वहाँ चले गए। कोहाट सेना स्थल पर विद्रोह के ध्येय से सिर्फ प्यारा सिंह ही वहाँ गए, बाकी लोग निराश होकर अपने-अपने घर चले गए।[118] गदरियों के पास नेतृत्व, व्यूह रचना ही नहीं, शस्त्र की भी भारी कमी थी। 'युगांतर आश्रम' में दिए गए आश्वासन पूरा होने की कोई तसवीर सामने नहीं थी। सोहन सिंह भाकना ने

कामागाटा मारू में जापान में जो हथियार चढ़ाया था, वह उपलब्ध नहीं था। 'एस.एस. कोरिया' नामक जहाज पर से कुछ यात्री योकोहामा में हथियार खरीदने उतरे थे और कुछ लोग नागासाकी और शंघाई में भी उतरे थे। लेकिन कलकत्ता में पुलिस चौकसी ने उनके प्रयासों पर पानी फेर दिया। शंघाई में मूला सिंह ने एक भारतीय से 6 ऑटोमैटिक पिस्तौल और छह सौ गोलियाँ ली थीं। कांशीराम को फाँसी दिए जाने के बाद उनके पते पर जापान से एक बक्सा आया, जिसमें एक माउजर पिस्तौल, दो रायफल और कारतूस थे।[119] अब गदरिए बम बनाने की सोचने लगे। बंता सिंह ने इच्छरा सिंह से कहा कि किसी ऐसे नवयुवक की तलाश की जाए, जिसे बम निर्माण का प्रशिक्षण लेने के लिए अमेरिका भेजा जाए। इच्छरा सिंह ने लुधियाना के संत रणधीर सिंह नौरंगवाल का नाम सुझाया। करतार सिंह सराभा और निधान सिंह लुधियाना के छात्रों में गदर क्रांति का प्रचार करने में जुटे थे। सुच्चा सिंह नामक छात्र खालसा हाईस्कूल, लुधियाना में पढ़ते थे और इसलामिया बोर्डिंग हाउस में टिके हुए थे। उनका डेरा क्रांतिकारियों का केंद्र बन गया। यहाँ पर बम निर्माण की सामग्री जमा करना, गदर साहित्य का प्रकाशन, संदेश का आदान-प्रदान, सैनिकों में क्रांति की ज्वाला भड़काना और क्रांति की तिथि के बारे में सामंजस्य करना आदि मुख्य कार्य होते थे। छात्रों में सुच्चा सिंह के अतिरिक्त दलीप सिंह, सज्जन सिंह, नाहर सिंह, किरपाल सिंह और देवा सिंह आदि थे, जो क्रांति से संबंधित कार्यों में आगे बढ़कर जिम्मेदारी निभाते थे।[120] 8 जनवरी, 1915 को स्कूल के मुख्य द्वार पर गुरुमुखी में हाथ से लिखा हुआ परचा साटा गया। सज्जन सिंह नौरंगवाल के बारे में 'द्वितीय लाहौर षड्यंत्र केस' में लिखा गया है कि वह छोटा करतार सिंह सराभा था।[121]

इधर छात्र सुच्चा सिंह के साथ मिलकर करतार सिंह ने अपनी काररवाई अमृतसर से आगे लुधियाना तक बढ़ा दी और इनके साथ गंधा सिंह, निधान सिंह भी थे। लोहटबाडी में इच्छरा सिंह और नारायण सिंह ने गतिविधि को बढ़ाया। झानेर, रब्बून, सहनेवाल और मनसुरन में डकैतियाँ डाली गईं। फरवरी में छब्बा में डकैती हुई थी।[122] ग्रामीणों में भी क्रांति का प्रचार किया गया। बंता सिंह और हरनाम सिंह टुंडीलाट ने जालंधर के सांगवाल में, रसूलपुरा (अमृतसर) के हरनाम सिंह और ददेहर (अमृतसर) के ठाकुर सिंह सायपुर के अनेक गाँवों में भाषण किए। चमकौर (अंबाला) में हुई धार्मिक बैठक को संत रणधीर सिंह नौरंगवाल ने संबोधित किया, जिसमें अमेरिका से आए हुए कुछ आप्रवासी भी थे। भूरे गाँव (अमृतसर) के नजदीक झाड़ साहब के महंत ने ग्रामीणों का सहयोग दिलाने में बहुत मदद की। सुरसिंह (लाहौर) के दूसरे महंत नाथ सिंह ने भी बहुत मदद की। ददेहर, सांगवाल (होशियापुर), सुरसिंग (लाहौर), धुदेके (फिरोजपुर) गाँव क्रांति का केंद्र बन गया। 'लाहौर षड्यंत्र केस' में सजा पाए 231 क्रांतिकारियों में से 121 की नियुक्ति स्थानीय स्तर पर हुई थी।[123] गदरियों के सैन्य विभाग के मूला सिंह ने

बताया कि डॉ. मथुरा सिंह केमिस्ट है और बम बनाना जानता है। लेकिन कच्चा सामान खरीदने के लिए भी तो पैसे नहीं थे। मूला सिंह, भाई परमानंद और मथुरा सिंह ने अलग-अलग दुकानों से बम बनाने की सामग्री एकत्र की। एक बम बनाया गया और एक नहर के किनारे शीशम के पेड़ के पास खंभे में मारकर बम विस्फोट का सफल प्रयोग भी किया गया। इसके बाद अमृतसर के आस-पास के गाँवों में बम निर्माण का कार्य आरंभ किया गया। लुधियाना के समीप झाबेवाल गाँव में बम फैक्टरी स्थापित की गई। बाद में लोहरबादी, दाधेर, मेरठ आदि स्थानों में भी बम बनाए गए। बम बनाने में एक बंगाली क्रांतिकारी ने भी सहयोग दिया।[124] गदरियों के समक्ष अब कोई उपाय नहीं बच गया था। भाई परमानंद ने सराभा को दो हजार रुपए देकर बंगाली क्रांतिकारियों से संपर्क करने के लिए कलकत्ता भेजा। परमानंद (झाँसी) और सराभा को बनारस में एकत्र होना था और दोनों साथ जाते। परमानंद की ट्रेन छूट गई तो सराभा ने अकेले ही कलकत्ता पहुँचकर क्रांतिकारियों से संपर्क किया। लेकिन वहाँ भी हथियार मिलने की संभावना नहीं दिखी। भाई परमानंद ने जगत राम को पाँच सौ रुपए देकर पेशावर भेजा। हथियार तो नहीं ही मिले, पेशावर स्टेशन पर जगत राम गिरफ्तार भी हो गए।[125]

संदर्भ—

1. मालविंदर जीत सिंह वड़ाईच, 'वार अगेंस्ट किंग एम्पेरर', पृष्ठ-151।
2. विश्वमित्र उपाध्याय, पृष्ठ-291, 'यू.एस. डिपार्टमेंट ऑफ जस्टिस रिकॉड्र्स', रोल नं.-6, भारतीय राष्ट्रीय अभिलेखागार।
3. विश्वमित्र उपाध्याय, पृष्ठ-291, 'सेडिशन कमेटी रिपोर्ट', पृष्ठ-112।
4. मालविंदर जीत सिंह वड़ाईच एवं हरींद्र सिंह (सं.), पृष्ठ-153।
5. वही, पृष्ठ-154।
6. वेद प्रकाश 'वटुक', पृष्ठ-105।
7. विश्वमित्र उपाध्याय, पृष्ठ-303।
8. एस.के. पुरी, पृष्ठ-98।
9. वही।
10. सोहन सिंह जोश, पृष्ठ-207।
11. वेद प्रकाश 'वटुक', पृष्ठ-99।
12. सोहन सिंह जोश, पृष्ठ-208।
13. वेद प्रकाश 'वटुक', पृष्ठ-100।
14. सोहन सिंह जोश, पृष्ठ-211।
15. वही।
16. वही, पृष्ठ-212।

17. वही।
18. गुरुचरण सिंह सहिंसरा, पृष्ठ–214।
19. वही, पृष्ठ–215।
20. एच.के. पुरी, पृष्ठ–99।
21. गुरचरन सिंह सहिंसरा, पृष्ठ–203।
22. वही।
23. वेद प्रकाश 'वटुक', पृष्ठ–103।
24. वही, पृष्ठ–104।
25. वही, पृष्ठ–110।
26. गुरचरन सिंह सहिंसरा, पृष्ठ–216
27. जी.एस. देयोल, पृष्ठ–109, वेद प्रकाश 'वटुक', पृष्ठ–104।
28. गुरचरन सिंह सहिंसरा, पृष्ठ–216।
29. विश्वमित्र उपाध्याय, पृष्ठ–304।
30. गुरचरन सिंह सहिंसरा, पृष्ठ–216।
31. विश्वमित्र उपाध्याय, पृष्ठ–304।
32. जी.एस. देयोल, पृष्ठ–109।
33. मालविंदर जीत सिंह वड़ाईच एवं हरींद्र सिंह (सं.), पृष्ठ–157।
34. वही, पृष्ठ–160।
35. वेद प्रकाश 'वटुक', पृष्ठ–120।
36. जी.एस. देयोल, पृष्ठ–132।
37. वेद प्रकाश 'वटुक', पृष्ठ–120।
38. जी.एस. देयोल, पृष्ठ–132।
39. वेद प्रकाश 'वटुक', पृष्ठ–120।
40. विश्वमित्र उपाध्याय, पृष्ठ–304।
41. वेद प्रकाश 'वटुक', पृष्ठ–121।
42. विश्वमित्र उपाध्याय, पृष्ठ–304।
43. वेद प्रकाश 'वटुक', पृष्ठ–121।
44. विश्वमित्र उपाध्याय, पृष्ठ–304।
45. जी.एस. देयोल, पृष्ठ–132।
46. वेद प्रकाश 'वटुक', पृष्ठ–122।
47. विश्वमित्र उपाध्याय, पृष्ठ–304।
48. वही, पृष्ठ–304।
49. वेद प्रकाश 'वटुक', पृष्ठ–122।
50. वही, पृष्ठ–120।

51. वही, पृष्ठ–123।
52. विश्वमित्र उपाध्याय, पृष्ठ–304।
53. वही, पृष्ठ–304।
54. वेद प्रकाश 'वटुक', पृष्ठ–123।
55. वही, पृष्ठ–121।
56. विश्वमित्र उपाध्याय, पृष्ठ–305।
57. वेद प्रकाश 'वटुक', पृष्ठ–124।
58. विश्वमित्र उपाध्याय, पृष्ठ–305।
59. वेद प्रकाश 'वटुक', पृष्ठ–124।
60. वही, पृष्ठ–125।
61. मालविंदर जीत सिंह वड़ाईच एवं हरींद्र सिंह (सं.), पृष्ठ–153।
62. वेद प्रकाश 'वटुक', पृष्ठ–106।
63. मालविंदर जीत सिंह वड़ाईच, पृष्ठ–155।
64. वेद प्रकाश 'वटुक', पृष्ठ–106।
65. मालविंदर जीत सिंह वड़ाईच एवं हरींद्र सिंह (सं.), पृष्ठ–153।
66. वही, पृष्ठ–157।
67. वेद प्रकाश 'वटुक', पृष्ठ–105।
68. मालविंदर जीत सिंह वड़ाईच एवं हरींद्र सिंह (सं.), पृष्ठ–153।
69. वेद प्रकाश 'वटुक', पृष्ठ–105।
70. मालविंदर जीत सिंह वड़ाईच, पृष्ठ–155।
71. वेद प्रकाश 'वटुक', पृष्ठ–106।
72. वही।
73. विश्वमित्र उपाध्याय, पृष्ठ–307।
74. वही, पृष्ठ–306।
75. वही, पृष्ठ–307।
76. गुरचरन सिंह सहिंसरा, पृष्ठ–209।
77. विश्वमित्र उपाध्याय, पृष्ठ–307।
78. एच.के. पुरी, पृष्ठ–99।
79. जी.एस. देयोल, पृष्ठ–112।
80. वेद प्रकाश 'वटुक', पृष्ठ–109।
81. जी.एस. देयोल, पृष्ठ–112।
82. वेद प्रकाश 'वटुक', पृष्ठ–109।
83. जी.एस. देयोल, पृष्ठ–113।
84. वही, पृष्ठ–22।

85. वही, पृष्ठ–23।
86. वही, पृष्ठ–25।
87. वही।
88. वही, पृष्ठ–26।
89. वही, पृष्ठ–27।
90. वही, पृष्ठ–28।
91. वही।
92. वही, पृष्ठ–29।
93. वही, पृष्ठ–30।
94. वही।
95. वही, पृष्ठ–31।
96. वही।
97. वही, पृष्ठ–32।
98. वही, पृष्ठ–113।
99. विश्वमित्र उपाध्याय, पृष्ठ–308।
100. जी.एस. देयोल, पृष्ठ–113।
101. वही।
102. विश्वमित्र उपाध्याय, पृष्ठ–308।
103. जी.एस. देयोल, पृष्ठ–113।
104. वेद प्रकाश 'वटुक', पृष्ठ–109।
105. एस.के. पुरी, पृष्ठ–99।
106. वेद प्रकाश 'वटुक', पृष्ठ–107।
107. विश्वमित्र उपाध्याय, पृष्ठ–308।
108. वेद प्रकाश 'वटुक', पृष्ठ–107।
109. जी.एस. देयोल, पृष्ठ–114।
110. वेद प्रकाश 'वटुक', पृष्ठ–107।
111. विश्वमित्र उपाध्याय, पृष्ठ–308।
112. वेद प्रकाश 'वटुक', पृष्ठ–107।
113. जी.एस. देयोल, पृष्ठ–114।
114. वेद प्रकाश 'वटुक', पृष्ठ–107।
115. विश्वमित्र उपाध्याय, पृष्ठ–308।
116. वही।
117. वेद प्रकाश 'वटुक', पृष्ठ–107।
118. वही, पृष्ठ–111।

119. वही, पृष्ठ–116।
120. जी.एस. देयोल, पृष्ठ–119।
121. वही, पृष्ठ–120।
122. मालविंदर जीत सिंह वड़ाईच एवं हरींद्र सिंह (सं.), पृष्ठ–161।
123. जी.एस. देयोल, पृष्ठ–122।
124. वेद प्रकाश 'वटुक', पृष्ठ–117।
125. वही, पृष्ठ–117।

□

रासबिहारी बोस का नेतृत्व

भाई परमानंद से करतार सिंह सराभा को पता चला कि पंजाब में अंग्रेजी राज के विरुद्ध 1907 में बनी 'भारतमाता सोसाइटी' के लाला रामसरन दास तलवाड़, कपूरथला, मेहता आनंद किशोर तथा लाला केदारनाथ सहगल अभी भी मौजूद हैं। ये लोग बंगाल में काम कर रहे प्रसिद्ध क्रांतिकारी नेता रासबिहारी बोस के क्रांतिकारी दल की लाहौर वाली एक शाखा के रूप में काम करते थे। इसलिए गदर पार्टी ने इनके द्वारा बंगाल के क्रांतिकारी दलों से संपर्क साधने की योजना बनाई। परमानंद, झाँसी ने सराभा को इसके लिए तैयार किया था। रासबिहारी बोस को पंजाब बुलाकर उनसे आंदोलन चलवाने के संबंध में विचार-विमर्श हुआ। भाई परमानंद की सलाह पर कपूरथला से रामसरन दास तलवाड़ को बुलाया गया। उन्हें बोस से संपर्क करने के लिए बनारस भेजा गया।[1]

25 मई, 1888 को फ्रेंच क्षेत्र चंदन नगर में जनमे रासबिहारी बोस जब देहरादून में जंगल विभाग में किरानी की नौकरी करते थे, तब बम बनाना सीख लिया था। उन्होंने अपने साथी बसंत कुमार बिस्वास के साथ मिलकर भारत के वायसराय लॉर्ड हार्डिंग पर दिसंबर 1912 में बम फेंका था। 1913 में हुए 'लाहौर बम कांड' में भी बसंत कुमार बिस्वास की प्रमुख भूमिका थी, जिसका पता 1914 में पुलिस ने लगा लिया और बसंत कुमार को तीन अन्य साथियों के साथ फाँसी की सजा दे दी गई। रासबिहारी बोस भूमिगत होकर बनारस में रहने लगे। प्रवासी क्रांतिकारी विष्णु गणेश पिंगले के संपर्क में रासबिहारी आए और तब पंजाब के गदरियों से उनका संपर्क हुआ।[2] पिंगले अमेरिका में गदर पार्टी के सक्रिय सदस्य थे और क्रांति के उद्देश्य से भारत आए थे। 'दिल्ली बम विस्फोट' के बाद रासबिहारी बोस बनारस के बंगाली टोला के एक मकान में भूमिगत रह रहे थे। पिंगले ने बनारस जाकर रासबिहारी से संपर्क किया और अमेरिका से आए गदरी क्रांतिकारियों के बारे में विस्तार से समझाया।[3] लेकिन 'मॉडर्न रिव्यू' के 1966 के अप्रैल अंक में उमा मुखर्जी ने लिखा है कि पिंगले कलकत्ता से लाहौर गए और वहाँ

भाई परमानंद से मिले, जिसने पिंगले को रासबिहारी से मिलने बनारस भेजा। पिंगले के शब्द सुनकर रासबिहारी, शचींद्रनाथ सान्याल तथा अन्य क्रांतिकारियों को बड़ी प्रसन्नता हुई। पिंगले ने रासबिहारी को पंजाब चलने को कहा, लेकिन उस समय रासबिहारी पंजाब जाने की स्थिति में नहीं थे। पंजाब की वस्तुस्थिति का पता करने के लिए उन्होंने पहले शचींद्रनाथ सान्याल को भेजा।[4] जालंधर में उनकी भेंट करतार सिंह सराभा से हुई। सराभा ने शचींद्र को बताया कि अभी लुधियाना में दो-तीन सौ कार्यकर्ता एकत्रित हैं। शचींद्र को स्टेशन के पास ही एक बगीचे में ले जाया गया, जहाँ पृथ्वी सिंह, अमर सिंह और रामरखा आदि इन लोगों की प्रतीक्षा कर रहे थे।

पंजाब की हालत देखने के लिए पहले शचींद्रनाथ सान्याल को भेजा गया और अनुकूल स्थिति की जानकारी मिलने के बाद रासबिहारी 25 जनवरी, 1915 को पंजाब पहुँचे।[5] बोस के सबसे घनिष्ठ सहयोगी शचींद्रनाथ सान्याल का पूर्व से ही गदरियों से संपर्क था। वे नवंबर के अंत में जालंधर आकर करतार सिंह सराभा, अमर सिंह नवाँशहर, पृथ्वी सिंह सामूवाले, कपूरथला के रामसरन दास आदि से मिले। सान्याल को अमृतसर और लाहौर भी ले जाया गया।[6] पिंगले के बनारस आने के पूर्व ये पंजाब पहुँच चुके थे। अपनी जान हथेली पर रखकर ब्रिटिश सरकार के विरुद्ध कुछ कर गुजरने की सिखों की तमन्ना देखकर सान्याल बहुत प्रभावित हुए थे। सान्याल को यह भी विश्वास हो गया कि ब्रिटिश सरकार के सिख सैनिकों के बीच इनकी गहरी पैठ है और इनके इशारे पर सिख सैनिक कभी भी विद्रोह कर सकते हैं।[7] मुख्य रूप से उसने सलाह दी कि एक केंद्रीय नेतृत्व और कमान विकसित करने की आवश्यकता है तथा गदरियों को हथियार संग्रह करने, खासकर बम निर्माण में दक्ष होने की अत्यंत आवश्यकता है।[8]

पृथ्वी सिंह भी सान्याल के साथ बनारस जा रहे थे, लेकिन 6 दिसंबर, 1914 को उन्हें गिरफ्तार कर लिया गया। इस प्रकार सान्याल अकेले बनारस वापस गए।[9] देश में क्रांति का अनुकूल वातावरण बनते देख और विशेषकर पंजाब में गदरी कार्यकर्ताओं और सेना में क्रांति के प्रति उत्साह को महसूस कर बोस बहुत प्रसन्न हुए। बनारस में क्रांतिकारियों की एक बैठक हुई, जिसमें कार्यों का बँटवारा किया गया। विद्यालय शिक्षक दामोदरस्वरूप एवं दो साथियों को इलाहाबाद का प्रभारी बनाया गया। मराठी विनायक राव कापिले को जिम्मा दिया गया कि अधिक-से-अधिक मात्रा में बम पंजाब भेजे जाएँ। विभूति एवं प्रियानाथ को सैनिकों के बीच क्रांति फैलाने के लिए बनारस की जिम्मेदारी दी गई। नलिनी को इसी कार्य के लिए जबलपुर भेजा गया। सारी काररवाइयों का सामंजस्य करने के लिए बोस ने सान्याल को बनारस का प्रभारी बनाया।[10]

क्रांति में राजपूतों का सहयोग आवश्यक प्रतीत हो रहा था, क्योंकि सेना में एवं देशी राजाओं में राजपूतों की संख्या महत्त्वपूर्ण थी। संयुक्त प्रांत के विभिन्न राजपूत गाँवों में

संपर्क किया गया। राजपूताना के खरवा गाँव के राय साहब ठाकुर गोपाल सिंह से संपर्क किया गया, जो सहयोग देने के लिए सहमत हो गए। फतेहगढ़ (होशियारपुर) के श्री नामा और सुरजन की सहायता से मंडी राज्य के राजपूतों से संपर्क किया गया। निधान सिंह चुग्घा (फिरोजपुर) ने सानेमोर के ठाकुर जवाहर सिंह और सूरज के श्री सिद्धू से संपर्क कर उन्हें क्रांति के समर्थन और सहयोग देने के लिए राजी किया। हरनाम सिंह ने फैजाबाद में अवस्थित 9वीं भोपाल रेजीमेंट के सैनिकों को क्रांति के लिए तैयार करने का जिम्मा लिया। वे इस रेजीमेंट में पहले हवलदार के पद पर नियुक्त थे।[11] सैनिक छावनी में जाकर सबसे पहले ये लोग गदरी साहित्य का वितरण करते थे, जिसमें 'तिलक', 'नादिर मौका', 'रकाबगंज', 'कनाडा दा दुःखड़ा', 'गदर संदेश', 'ऐलान-ए-जंग' आदि प्रमुख थे। 'युगांतर आश्रम', सेन फ्रांसिस्को में हुई बैठक में ही इस बात पर जोर दिया गया था कि अमेरिका से छपाकर बहुत मात्रा में साहित्य भारत भेजना कठिन है, अतएव, भारत में इन दस्तावेजों की छपाई के लिए प्रिंटिंग प्रेस खोला जाना आवश्यक है। जुलाई 1914 में प्रिंटिंग प्रेस स्थापना के लिए करतार सिंह लटाला और भगत सिंह को अमेरिका से भारत भेजा भी गया, लेकिन निधि के अभाव में ऐसा संभव नहीं हो पाया। गदरियों ने छह साइक्लोस्टाइल मशीन खरीदीं और हाथ से लिखे पन्नों को इस पर छपवाकर वितरित किया जाता था।[12] गदरियों के पास हथियारों की भारी कमी थी। भगवान सिंह ज्ञानी अमेरिका में 279 पिस्तौल और 500 कारतूस खरीदकर बाबा सोहन सिंह भकना के माध्यम से योकोहामा में कामागाटा मारू पर रखवाने में सफल हो गए थे। कलकत्ता पहुँचने के पूर्व पुलिस की दबिश से घबराकर क्रांतिकारियों ने अधिकांश हथियार समुद्र में फेंक दिए। कुछ हथियार बाल्टी के पेंदे में नकली पेंदा लगवाकर और उसके बीच में हथियार रखकर, बड़े साइज के जूते के नीचे छिपाकर, टेबल के खोखले पाए के बीच में रखकर लाए गए, लेकिन उसकी संख्या नाम मात्र की ही थी। करमचंद (अमृतसर) शंघाई में शंघाई-नानकिंग रेलवे का कर्मचारी था और वह शंघाई से ही 6 ऑटोमैटिक पिस्तौल और 600 कारतूस लाया था, जो उसे किसी जर्मनी सहयोगी से मिले थे। उसने सारे हथियार मूला सिंह को दे दिए। नंद सिंह चार पिस्तौल एस्टोरिया (ओरेगाँव) से लाया और गोपाल सिंह एक पिस्तौल कोबे (जापान) से लाया था। पंडित कांशीराम के फाँसी के दो दिन बाद जापानी जहाज से के.आर.एम. नाम एवं कलकत्ता के पते पर हथियार के दो बक्से आए। कोलंबो के रास्ते जापान से आनेवाले नाथ सिंह भी एक राइफल और एक पिस्तौल लाने में सफल हुए थे।[13] बाबा हरि सिंह उस्मान ने हथियारों के संबंध में अलग जानकारी दी है। 'गदर' के पंजाबी संस्करण के प्रकाशन का जिम्मा भी उन्होंने उठाया था। मुख्य रूप से उनकी जिम्मेदारी संयुक्त प्रांत से अधिक-से-अधिक हथियारों की खेप पंजाब के गदरियों को पहुँचाने की थी। बाद में उन्होंने आई.एन.ए. के

लिए भी कार्य किए। 15 फरवरी, 1961 को जी.एस. देयोल को दिए गए साक्षात्कार में उन्होंने बताया कि वे नौ वर्षों तक सेना में सेवा दे चुके थे और सेना के बारे में अधिक जानकारी रखते थे। उनके अनुसार भारतीयों ने जर्मन कौंसिल को हथियार खरीदने के लिए पैसे दिए थे। कानपुर के शिवाजी गुप्ता ने जर्मन कौंसिल को हथियार खरीदने के लिए छह लाख रुपए दिए थे।[14]

कैलिफोर्निया के बर्कले में हथियार निर्माण का एक निजी कारखाना था, जिसके प्रबंधक एक जर्मनी थे, जो अमेरिका में बस गए थे। इस कंपनी से जर्मनी कौंसिल के अधिकारियों ने 15000 राइफल, 15000 पिस्तौल और राइफल के लिए 15 लाख कारतूस और पिस्तौल के लिए साढ़े सात हजार कारतूस खरीदे थे। लेकिन अमेरिका सरकार के दस्तावेज के मुताबिक (संचिका संख्या-9-10-3, शाखा-1, 'एनी लार्सन') हिर्स एंड संस, सेंट जोंस, कैलिफोर्निया, फ्रांसिस बैनरमैन, न्यूयॉर्क सिटी, डब्ल्यू. स्टोक्स, किर्क, फिलाडेल्फिया, सिएगेल कूपर कंपनी, न्यूयॉर्क सिटी और किर्टलैंड एंड ब्रदर्स कंपनी, न्यूयॉर्क सिटी से हथियारों की खरीद की गई थी। इन हथियारों में अमेरिकी स्प्रिंगफिल्ड राइफल्स (45-70) कैल.-8080, अमेरिकी स्प्रिंगफिल्ड कारबाइन (45-70)-2400, रिपिटिंग राइफल्स सिस्टम (25-70)-410, राइफल के कारतूस-3904340, कारतूस बेल्ट-5000, कोल्ट रिवॉल्वर (कैल.) 45-500, कोल्ट रिवॉल्वर के कारतूस (कैल) 45-10000।[15] विदेशों से हथियार नहीं आने की स्थिति में गदरी क्रांतिकारियों ने भारत में ही हथियार प्राप्त करने के उपाय आरंभ कर दिए। नवंबर 1914 में करतार सिंह सराभा कलकत्ता गए, परंतु वहाँ उन्हें हथियार नहीं मिले। मियाँमीर, फिरोजपुर छावनी एवं सरहली थाना लूटने की काररवाई विफल हो चुकी थी। अमृतसर से दो मील दूर वालिया केनाल पुल पर अवस्थित सैनिक चौकी पर गदर पार्टी के आठ क्रांतिकारियों, जिनमें रोडा सिंह, बलवंत सिंह सांगवाल, बचन सिंह, धुदिके एवं अन्य थे, ने हमला किया, जिसमें एक सिपाही की मृत्यु हो गई और एक सिपाही बुरी तरह घायल हो गया। तीन अन्य लोग भी घायल हुए। केंद्रीय पंजाब क्षेत्र से परंपरागत हथियार प्राप्त करने के कुछ और प्रयास भी किए गए।[18]

विदेशों से हथियार प्राप्त नहीं होने की स्थिति में गदरियों ने बम निर्माण पर ध्यान दिया। डॉ. मथुरा सिंह और हरनाम सिंह इसके लिए आगे आए। धुडियाल (झेलम) के कोहली खत्री मथुरा सिंह 1906 से 1912 तक नौशेहरा सैनिक छावनी में रसायनज्ञ पद पर कार्यरत थे। उसके बाद वे विदेश चले गए और युगांतर आश्रम के संपर्क में आए। अक्तूबर 1914 में वे भारत वापस आए। वैंकूवर के सुरेंद्र मोहन बोस से हरनाम सिंह को बम बनाने की पुस्तिका मिली थी। बम बनाने में प्रयुक्त सामग्री, जैसे—पोटाश, सल्फर, सल्फ्यूरिक एसिड आदि जमा कर दवातनुमा बरतन में रख दी जाती थी। इस प्रकार

बनाए गए बम का सफल परीक्षण अमृतसर नहर के नजदीक किया गया। लाहौर के राघो फांउड्री को इस प्रकार के आठ बम के ऊपर का हिस्सा निर्माण करने का आदेश दिया गया। अमृतसर, जालंधर, लुधियाना और अन्य छोटे शहरों से रसायन की खरीद की गई। लुधियाना के झब्बेवाल गाँव में बम बनाने का कारखाना स्थापित किया गया। 12 जनवरी, 1915 को बम कारखाना को झब्बेवाल से नाभा राज्य के लोहरबादी में स्थानांतरित कर दिया गया। एस.एन.सान्याल और पिंगले द्वारा कुछ बम बंगाल से तस्करी के माध्यम से पंजाब पहुँचाए गए।[19] अमृतसर में मुसम्मात अतरी का घर किराए पर लिया गया। पिंगले बनारस जाकर रासबिहारी बोस एवं एक अन्य बंगाली को ले आया। वे लोग इस घर में फरवरी के आरंभिक सप्ताह तक रहे। मूला सिंह के साथ मिलकर रासबिहारी बोस ने पंजाब के क्रांति की कमान अपने हाथों में ले ली थी। हालाँकि कई क्रांतिकारी मुसम्मात अतरी के घर पर रासबिहारी से मिलना चाहते थे, परंतु अधिकांश लोगों के साथ रासबिहारी गुलाब सिंह धर्मशाला में ही मिलते थे।[20]

अमृतसर पहुँचकर बोस ने क्रांतिकारियों की संख्या, पैसा और हथियार की उपलब्धता के बारे में ठोस जानकारी ली। छोटे-छोटे समूहों में कार्यरत इन सिखों का न तो कोई केंद्रीय नेता था और न ही इनका कोई मुख्यालय था। बोस ने इन समूहों को एकताबद्ध किया। सबसे पहला काम उन्होंने यह किया कि ब्रिटिश सेना के पंजाबी सैनिकों को विद्रोह के लिए तैयार करने के लिए उत्तर-पश्चिम क्षेत्र बन्नू से लेकर संयुक्त प्रांत के लखनऊ और फैजाबाद तक गदरियों को भेजा और उनसे आग्रह किया कि वे 11 फरवरी, 1915 तक वापस आकर स्थिति के बारे में बताएँ। इन लोगों से प्राप्त सूचना के आधार पर बोस आश्वस्त हो गए कि सेना विद्रोह के लिए तैयार है और इसमें अब किसी प्रकार का विलंब उचित नहीं है।[21] क्रांतिकारीगण अपने दल में हमेशा ही नए लोगों को शामिल करने के लिए उत्सुक रहते थे। 11 जनवरी को आप्रवासियों का एक नया समूह मद्रास के रास्ते पंजाब पहुँचा और इन लोगों की अमृतसर के नानक सिंह का चौबारा नामक जगह पर निधान सिंह और मूला सिंह से मुलाकात हुई।[22]

अमृतसर के गुलाब सिंह धर्मशाला में केंद्रीय कार्यालय बनाया गया। नेता और कार्यकर्ताओं के लिए अलग-अलग दो सूचना केंद्र, एक नौरंग सिंह तांगी दर्जी की दुकान और दूसरा डॉ. हरदित सिंह के दवाखाना को बनाया गया। इस बीच में पिंगले की भेंट रासबिहारी से हुई। गुलाब सिंह धर्मशाला के ऊपरी तल्ले पर ही पिंगले ने बोस को पंजाब के गदरी क्रांतिकारियों के बारे में विस्तार से बताया। हालाँकि बोस एक सप्ताह तक अमृतसर में रुके, परंतु उन्हें लगा कि क्रांति की दृष्टि से अमृतसर उचित और सुरक्षित जगह नहीं है। 6 फरवरी, 1915 को पार्टी का कार्यालय अमृतसर से लाहौर ले आया गया। बोस के साथ नवाँशहर के अमर सिंह और एक छात्र किरपाल सिंह भी थे।[23]

क्रांतिकारियों का मुख्यालय रासबिहारी बोस द्वारा लाहौर ले जाया गया और उनके साथ अमर सिंह एवं अन्य लोग चले गए। लाहौर में क्रांति की तैयारी के लिए पाँच मकान किराए पर लिये गए।[24]

कार्यालय लाहौर लाने का कारण था कि अमृतसर में गदरियों की संख्या बहुत अधिक थी और दूसरा कि वहाँ बम बनाने की उपयुक्त जगह नहीं थी। लाहौर में कई मकान किराए पर लिये गए। अविवाहित आदमी को लाहौर में मकान नहीं मिलता था, इसलिए कपूरथला के क्रांतिकारी रामशरण दास की पत्नी सरस्वती (सत्यवती)[25] को क्रांति के हित में मनाया गया कि वे मकान में रहना स्वीकार करें और तब ही किराए का मकान मिल सका। पार्टी द्वारा मोची गेट बाजार और चौक मानी में भी मकान किराए पर लिये गए। मनीला से गदर आंदोलन के प्रभाव से भारत लौटी पार्टी की एकमात्र नारी कार्यकर्ता गुलाब कौर के लिए भी मकान की व्यवस्था मूल चंद सराय[26] में की गई। बम बनाने की सामग्री के बारे में किसी को संदेह नहीं हो, इसलिए 'एम.एस. कोहली, केमिस्ट, झेलम' शीर्षक से फार्म छपवा लिया गया। एम.एस. यानी मथुरा सिंह।[27] अब क्रांतिकारियों के बीच दायित्वों का वितरण आरंभ हो गया। माझा के ददेहर, झाड़ साहिब और सुरसिंग में, मालवा के लोहटवाडी, इहुदिवे में, दोआबा के सांगोवाल और विंझु सिंह डेरा में और लाहौर के भाई परमानंद की दुकान में शाखा कार्यालय खोला गया। छावनी के जवानों से संपर्क करने के लिए मियाँमीर के एक बढ़ई मदन सिंह की दुकान को केंद्र बनाया गया।[28]

बिना समय व्यतीत किए हुए रासबिहारी ने छह कॉपी करनेवाली मशीनों को मँगाया और 'गदर' साहित्य को बड़ी संख्या में छापना शुरू कर दिया। 'गदर दी गूँज', 'गदर संदेसा' और 'ऐलान-ए-जंग' का हिंदी, उर्दू और पंजाबी में अनुवाद कर छपाई करवा दी गई और उत्तर भारत की सभी छावनियों में इसे वितरित करवाने की व्यवस्था की गई। संयुक्त प्रांत (उत्तर प्रदेश) की छावनियों का प्रभार रासबिहारी ने स्वयं लिया और सुच्चा सिंह नामक छात्र को अपना प्रतिनिधि बनाया। मथुरा सिंह और अमर सिंह को सीमांत प्रदेश, निधान सिंह और उसके साथियों को झेलम, रावलपिंडी आदि स्थानों पर तथा कुछ अन्य गदरियों को ढाका वगैरह भेजा गया।[29]

करतार सिंह के साथ सुच्चा सिंह सबसे पहले लुधियाना गए और वहाँ से वे मेरठ गए, जहाँ उनकी मुलाकात पिंगले से हुई। छावनी में उन्होंने फूल सिंह नामक सैनिक को उत्साहित किया और बारहवीं टुकड़ी के कुछ सवारों से मिले। उसके बाद सुच्चा सिंह आगरा, कानपुर, इलाहाबाद, बनारस गए। वहाँ से वे फैजाबाद और लखनऊ गए, जहाँ पुनः इनकी मुलाकात करतार सिंह और पिंगले से हुई। वापस आकर उसने सारा प्रतिवेदन रासबिहारी को दिया।[30] 12 फरवरी को रासबिहारी बोस द्वारा निश्चित किया गया कि आम क्रांति 21 फरवरी को होगी।

क्रांतिकारी परचों के वितरण से लोगों को क्रांति के लिए तैयार किया जा चुका था। 12 फरवरी के बाद क्रांतिकारियों को उन सभी संभावित जगहों पर भेजा गया, जहाँ क्रांति होनी थी। क्रांतिकारियों को विभिन्न सैनिक छावनियों में भेजकर सूचित किया गया कि क्रांति के लिए 21 फरवरी निश्चित की गई है। योजना बनाई गई कि मियाँमीर छावनी में क्रांति की सूचना जैसे ही पूरे देश में जाएगी, क्रांति कर दी जाएगी। लाहौर के विभिन्न गाँवों में रहनेवाले ग्रामीणों को इसके लिए तैयार किया गया था।[31] क्रांति के लिए प्रयोग में आनेवाले बम का निर्माण किया गया, हथियार जुटाए गए, झंडे का निर्माण किया गया, युद्ध की घोषणा संबंधी पत्र तैयार किए गए, रेल एवं टेलीग्राफ के तारों को काटने के लिए औजार जमा किए गए। सभी प्रकार की तैयारियों को युद्ध स्तर पर अंजाम दिया गया, ताकि 21 फरवरी को आम क्रांति हो सके।[32] जी.एस. देयोल लिखते हैं कि कोटला नौध सिंह के हरनाम सिंह को रावलपिंडी, बन्नु, नौशेहरा और पेशावर भेजा गया। पियारा सिंह लंगेरी को कोहाट, गुरमुख सिंह लालटन और ऊधम सिंह को झेलम तथा होती मरदान छावनियों में सैनिकों के साथ समन्वय करने के लिए भेजा गया।[33] बनारस के क्रांतिकारियों को भी सचेत किया गया। लाहौर की 23वीं कैवलरी, फिरोजपुर की 26वीं पंजाबी, 128 पायोनियर्स और 12वीं कैवलरी, मेरठ, भोपाल की नौवीं रेजीमेंट से जब सकारात्मक संदेश प्राप्त होने लगे तो 12 फरवरी, 1915 को लाहौर में क्रांतिकारियों की एक बैठक हुई, जिसमें क्रांति की तिथि 21 फरवरी रखी गई।[34] संदेशवाहकों को पुन: सभी जगहों पर इसकी सूचना के लिए भेजा गया और कहा गया कि विद्रोह लाहौर और फिरोजपुर से आरंभ होगा। युद्ध का जयघोष करने के लिए गदरियों ने राष्ट्रीय ध्वज के निर्माण का निर्णय लिया। लाल, केसरिया और नीला। करतार सिंह कपड़े का थान लेकर आया और गदरियों ने स्वयं इसे सिया। ये तीन रंग हिंदू, सिख और मुसलिम एकता के प्रतीक थे या दूसरे शब्दों में, स्वतंत्रता, समानता और भ्रातृत्व के भी प्रतीक थे।[35] गदर क्रांतिकारियों तक इन झंडों को भेजने की व्यवस्था की गई। एक झंडे के साथ पंडित परमानंद को पेशावर भेजा गया। कुछ झंडे लेकर करतार सिंह सराभा फिरोजपुर गए, सुच्चा सिंह को दो झंडे, एक अंबाला के लिए और एक मेरठ के लिए दिया गया और गुजराती ब्राह्मण मणिलाल त्रिवेदी को एक झंडे के साथ राजपूत सैनिकों के लिए मुल्तान भेजा गया। कुछ झंडों को ग्रामीण क्षेत्रों में भेजा गया, जहाँ लोग जमा होकर बैठक आदि करते थे। मुख्य नारा था—'मारो फिरंगी को'[36] विनायक राव कापिले और मणिलाल त्रिवेदी 15 फरवरी, 1915 को बम निर्माण हेतु पिकरिक एसिड और तार काटने हेतु सामग्री लाए।

रासबिहारी का दाहिना हाथ समझे जानेवाले मूला सिंह को 13 फरवरी को अमृतसर में गिरफ्तार कर लिया गया। विद्रोह की तिथि में परिवर्तन करने पर कोई विचार नहीं

किया गया। योजना थी कि इस तिथि को सभी सैनिक छावनी में विद्रोह कर दिया जाता। सान्याल ने बाद में लिखा कि हालाँकि उन्हें इस बात का डर था कि इसी बीच कहीं 23वीं कैवलरी, जिनसे उन्हें सबसे अधिक उम्मीद थी, को स्थानांतरित कर दूसरी जगह न भेज दिया जाए! विद्रोह की तिथि तय होते ही उन सभी सैनिक छावनियों में संदेश भेज दिया गया, जहाँ विद्रोह होना था।[37] समस्त उत्तर भारत की छावनियों को संदेश जा चुके थे। कौन कब, कैसे, कहाँ विद्रोह करेंगे, कौन से गदरी किस छावनी में आक्रमण करेंगे, सब योजना सुनिश्चित कर ली गई थी। कैसे, कहाँ शस्त्रागार लूटे जाएँगे, खजानों पर धावा बोला जाएगा, गोरे अधिकारियों और उनके पिट्ठू-गद्दार भारतीयों को मौत के घाट उतार दिया जाएगा, इसकी योजना बना ली गई।[38]

योजना बनाई गई कि क्रांतिकारियों का एक समूह मियाँमीर छावनी, लाहौर के हथियार गृह पर हमला करेगा और जैसे ही क्रांतिकारीगण बैरक के नजदीक आएँगे, 23वीं रिसाले के सवार क्रांतिकारियों के साथ मिल जाएँगे। उसके बाद सभी लोग लाहौर की ओर निकल जाएँगे। इसी प्रकार, कुछ क्रांतिकारीगण, 26वीं पंजाब रेजीमेंट के सिपाहियों की सहायता से फिरोजपुर के हथियारगृह पर कब्जा कर लेंगे और उसके बाद सारी छावनी क्रांतिकारियों के कब्जे में आ जाएगी। इसी तरह मेरठ के '128वीं पायोनियर्स' पर भी सिपाही फूला सिंह के सहयोग से और सवार इस्सर सिंह के सहयोग से '12 कैवलरी' पर कब्जा कर लिया जाएगा। उसके बाद 100 व्यक्ति लाहौर शहर की ओर आएँगे और शेष दिल्ली के लिए कूच कर जाएँगे, जहाँ पहुँचकर उन्हें गणतांत्रिक देश की घोषणा करनी है। छावनी में उपस्थित सभी अंग्रेज सैनिकों को मौत के घाट उतार दिया जाएगा। बाकी सभी सैनिक छावनियों को इस आशय का संदेश भेज दिया जाएगा। सर माइकेल ओ'डायर ने लिखा है कि इस प्रकार की योजना बंगाल से आए किसी क्रांतिकारियों ने ही बनाई होगी![39] हालाँकि क्रांतिकारियों की योजना थी कि लाहौर, फिरोजपुर और रावलपिंडी छावनी से क्रांति आरंभ की जाए और इसकी तैयारी बनारस, जबलपुर आदि छावनियों में थी, लेकिन पूर्वी बंगाल के दो या तीन क्रांतिकारियों को 8 फरवरी को होनेवाली क्रांति की सूचना थी और उन्होंने ढाका छावनी में क्रांति की तैयारी भी आरंभ कर दी थी।[40] 16 फरवरी को गदरी नेताओं की महत्त्वपूर्ण बैठक हुई और इसमें मियाँमीर छावनी पर आक्रमण संबंधी अंतिम व्यूह रचना की गई। क्रांतिकारियों के नेतागण आश्वस्त थे कि इसमें बहुत लोगों की आवश्यकता नहीं है, क्योंकि जैसे ही क्रांतिकारी छावनी में घुसेंगे, 23वें रिसाले के सवारगण सारा कार्य अपने हाथ में ले लेंगे। संत वसाखा सिंह, हाजरा सिंह, बिशन सिंह, केहर सिंह, इंदर सिंह और जवांद सिंह को योजना की विस्तृत जानकारी दी गई और उन लोगों से आग्रह किया गया कि वे ददेहर, मेहराना, सुरसिंग और बेसियाँ गाँवों से कुछ गिने-चुने क्रांतिकारियों

को लाएँ। योजना तैयार हुई कि 20 फरवरी को सबसे पहले लोपोके थाना पर हमला कर सारे हथियार लूट लिये जाएँगे और उसके बाद 21 फरवरी को लाहौर छावनी पर आक्रमण कर दिया जाएगा।[41]

उधर फिरोजपुर छावनी आक्रमण के लिए मालवा क्षेत्र के क्रांतिकारियों की बैठक 14 फरवरी को गुज्जरवाल में हुई और उनसे आग्रह किया गया कि वे अपने क्रांतिकारियों के साथ 21 फरवरी को फिरोजपुर में जमा हों। लुधियाना के निकट ढंडारी में संत रणधीर सिंह ने अपने साथियों के साथ 17 फरवरी को बैठक की। करतार सिंह सराभा और सज्जन सिंह नौरंगवाल पहले ही फिरोजपुर चले गए थे, ताकि 26वीं पंजाबी रेजीमेंट में जवानों को क्रांति के बारे में पूरी सूचना दे दी जाए।[42] लेकिन क्रांतिकारियों ने पुलिस की चौकन्नी गतिविधियों को नजरअंदाज कर दिया था। 2 फरवरी, 1915 को हुई चब्बा डकैती की जाँच करते समय अमृतसर के पुलिस उपाधीक्षक के.बी. लियाकत हयात खान को पता चला कि इस काम को अंजाम देने में मूलासिंह अर्थात् विदेश से वापस आए लोगों का हाथ है। इस डकैती कांड के बाद ग्रामीणों ने एक लुहार काला सिंह को पकड़ लिया था, जिससे जानकारी मिली कि इस डकैती कांड के सरगना मिरान कोट (अमृतसर) के गदरी मूला सिंह हैं।[43] उसने मादो के बराड़, जिला अमृतसर[44] के जेलदार बेला सिंह को बुलाया और उससे किसी ऐसे आदमी की खोज करने को कहा, जो प्रवासी भारतीयों के संपर्क में आ सके और उनकी गतिविधियों की सूचना पुलिस को दे सके। दो दिन बाद, 9 फरवरी, 1915 को बेला सिंह ने किरपाल सिंह बराड़ को लियाकत हयात खान से मिलाया। बेला सिंह को पता था कि किरपाल दक्षिण-पूर्वी एशिया से भारत लौटा है और 23वें रिसाले में सवार बलवंत सिंह का चचेरा भाई है। किरपाल सिंह को पुलिस जासूस की नौकरी दे दी गई।[45]

जेलदार बेला सिंह के साथ मिलकर उसने एक जासूस किरपाल सिंह को इन लोगों से संपर्क करने के काम में लगाया। किरपाल सिंह के चचेरे भाई का नाम बलवंत सिंह था और वह 'सवार' के पद पर 23वीं कैवलरी में काम करता था। अपने भाई के परिचय के सहारे किरपाल सिंह लाहौर में रासबिहारी बोस और अमर सिंह तक पहुँचने एवं उनसे संपर्क बनाने में कामयाब हो गया। किरपाल सिंह ने अपने को क्रांतिकारी के रूप में परिचय दिया, जिसकी पुष्टि निधान सिंह ने की; क्योंकि निधान सिंह किरपाल सिंह को शंघाई से ही जानता था। उधर किरपाल सिंह का भाई बलवंत सिंह एक सक्रिय क्रांतिकारी है, इस बात को सभी लोग जानते थे। मूला सिंह की गिरफ्तारी के बाद उनकी सारी जिम्मेदारी बलवंत सिंह को ही दे दी गई थी।[46] बलवंत सिंह के साथ काम करने की सुविधा उसे तब ही मिल सकती थी, जब उसे 23 रिसाले से छुट्टी मिले! बलवंत सिंह से मिलकर किरपाल सिंह ने गदर आंदोलन में भाग लेने की इच्छा व्यक्त की और मूला सिंह

से मिलाने का आग्रह किया। 12 फरवरी को वह मूला सिंह की तलाश में अमृतसर गया और नौरंग सिंह तांघी से पूछकर रसूलपुरवालों की हवेली पहुँच गया। पता चला कि वह तो लाहौर लौट गया है। लाहौर वापस आकर उसकी महंत मदन सिंह गागा से मुलाकात हुई, जो उसे मोची गेट स्थित मकान में ले गया, जहाँ मूला सिंह तो नहीं, अमर सिंह मिला। पता चला कि मूला सिंह अमृतसर लौट आया है। अमर सिंह के साथ वह पुन: अमृतसर गया, जहाँ जानकारी मिली कि मूला सिंह को 13 फरवरी को अमृतसर आते समय गिरफ्तार कर लिया गया है।[47] मूला सिंह की गिरफ्तारी के बाद बोस ने उनके सारे कार्यों की जिम्मेदारी किरपाल सिंह को सौंप दी। वस्तुत: यह पंजाब पुलिस का गुप्तचर था, जो गदर आंदोलन में घुसपैठ कर चुका था और विश्वास भी अर्जित कर चुका था।[48] बलवंत सिंह और अमर सिंह को किरपाल सिंह ने विश्वास दिला दिया कि वह गदर का सच्चा सिपाही है। वे लोग किरपाल सिंह को एक बैठक में ले गए, जहाँ निधान सिंह, केहर सिंह और हरनाम सिंह 'टुंडीलाट' थे। निधान सिंह से किरपाल सिंह की मुलाकात शंघाई में हो चुकी थी और निधान सिंह ने उसे विश्वसनीय व्यक्ति बताया।[49]

14 फरवरी को वह काम निपटाकर लाहौर के मोची गेट अवस्थित पार्टी कार्यालय पहुँचा, जहाँ भाई करतार सिंह सराभा, भाई निधान सिंह चुघ्घा, डॉक्टर मथुरा सिंह, भाई जगत सिंह सुरसिंघ, भाई हृदय राम, भाई खड़क सिंह, भाई जवांद सिंह नंगल, भाई बलवंत सिंह सठियाला, भाई हरनाम सिंह स्यालकोटिया, भाई विष्णु गणेश पिंगले, भाई परमानंद झाँसी, भाई अर्जुन सिंह सुखराणा, भाई सज्जन सिंह नारंगवाल, भाई कृपाल सिंह बोपाराय, भाई गुरुमुख सिंह ललतों, भाई हरनाम सिंह टुंडीलाट, रासबिहारी बोस आदि प्रमुख नेता मौजूद थे।[50] किरपाल सिंह ने पार्टी को यह सलाह दी कि गदरी साथी लोपोके थाने को लूटकर हथियारों को काबू कर लें।[51] किरपाल सिंह ने क्रांतिकारी नेताओं का विश्वास जीत लिया और इसी क्रम में उसे पता लग गया कि 21 फरवरी को आम क्रांति होनी है। उसने क्रांतिकारियों को चकमा देते हुए कहा कि क्रांति के लिए आदमियों का इंतजाम करने के लिए वह ददेहर जा रहा है। वस्तुत: वह हमेशा पुलिस के संपर्क में रहा और ददेहर से जो आदमी लाहौर आ रहे थे, उन्हें उसने 20 फरवरी को ही गिरफ्तार करवा दिया।[52]

किरपाल सिंह को इसकी जानकारी भी हो गई कि क्रांति की तारीख घटाकर 19 फरवरी कर दी गई है। उसने पुलिस को इसकी सूचना भी दे दी। 19 फरवरी की सुबह से ही किरपाल सिंह लाहौर के मोची गेट पर खड़ा होकर क्रांतिकारियों के जुटने का इंतजार करता रहा, ताकि पुलिस को इशारा किया जा सके। क्रांतिकारियों को भी इसकी जानकारी मिल चुकी थी कि किरपाल सिंह के कारण सारी तैयारियाँ ध्वस्त हो गई हैं। मोची गेट पर क्रांतिकारियों के नेतागण तो नहीं आए, लेकिन जो आए, वे किरपाल सिंह की हत्या कर

देना चाहते थे। किरपाल सिंह ने पुलिस को छापेमारी के लिए इशारा कर दिया। पुलिस छापेमारी में कुछ क्रांतिकारियों की गिरफ्तारी हुई। रासबिहारी बोस पुलिस की नजरों में नहीं आए और वे भागने में सफल रहे। कुछ और क्रांतिकारीगण भूमिगत हो गए। इस घटना से क्रांतिकारी संगठन को गहरा आघात लगा।[53] अब किरपाल सिंह को पता चल गया कि गदर की तिथि 21 फरवरी निश्चित की गई है। उसने इसकी सूचना पुलिस को दे दी। अगले दिन वह लाहौर गया, जहाँ गदरियों की बड़ी और महत्त्वपूर्ण बैठक होनेवाली थी। किंतु किरपाल सिंह की जान-पहचान किसी पुलिस अधिकारी से नहीं थी। उसने 15 फरवरी को पुलिस उपाधीक्षक लियाकत हयात खान को अमृतसर तार भेजकर इसकी सूचना दी थी। चूँकि तार समय पर नहीं पहुँच सका, इसलिए पुलिस की छापामारी नहीं हो पाई। 15 फरवरी को जब क्रांतिकारियों की एक बड़ी बैठक लाहौर में हो रही थी, उसने पुलिस उपाधीक्षक लियाकत हयात खान को तार संदेश भेजा कि वे अमृतसर से लाहौर आकर क्रांतिकारियों को गिरफ्तार कर लें। लेकिन पुलिस उपाधीक्षक को तार संदेश देर से मिला और पुलिस लाहौर नहीं पहुँच सकी। जब पुलिस लाहौर पहुँची तो किरपाल सिंह ने स्टेशन पर भेंट की और कहा कि पुलिस को आने में बहुत देर हो चुकी है।[54] 15 फरवरी को गदरियों की ओर से किरपाल सिंह को आदेश मिला कि वह लाहौर के 23वें रिसाले जाकर सैनिकों को विद्रोह के लिए तैयार रहने की सूचना देने के लिए मदन सिंह गागा की दुकान पर मियाँमीर जाए।[55]

वहाँ जाने के बजाय वह लाहौर स्टेशन गया, ताकि यह पता लग सके कि पुलिस दल, जिसे छापामारी करनी थी, वह लाहौर पहुँची या नहीं? यहाँ निधान सिंह तथा डॉक्टर मथुरा सिंह, भाई हरनाम सिंह कहूटा आदि से उसकी भेंट हो गई। किरपाल सिंह वहाँ पुलिस का इंतजार कर रहा था। अगले दिन वह क्रांति से संबंधित कई तरह के प्रश्न पूछने लगा, जिससे गदरियों को उसकी गतिविधियों पर संदेह उत्पन्न हो गया। उसे उस समय हटाना ठीक नहीं था। इससे पूर्व किरपाल सिंह को गदर साहित्य और झंडे के साथ दादेहड़ (लाहौर) भी भेजा गया था, परंतु इसकी सूचना वह पुलिस को नहीं दे पाया था।[56] स्टेशन पर किरपाल सिंह को घूमते हुए किसी क्रांतिकारी ने देख लिया था और यहीं से किरपाल सिंह पर शक की सुई घूमी, जो लगातार गहरी होती चली। वस्तुतः किरपाल सिंह ने संगठन को बताया था कि वह मियाँमीर जा रहा है। शक के कारण क्रांति की तारीख 21 फरवरी से घटाकर 19 फरवरी कर दी गई और पूर्व की भाँति सभी जगहों पर आदमी भेजकर सूचना भी दे दी गई।[57] यह पता चलने पर कि किरपाल सिंह ने पुलिस को 21 फरवरी को होनेवाले विद्रोह के बारे में बता दिया है, क्रांतिकारियों ने विद्रोह की तिथि बदलकर 19 फरवरी कर दी। किरपाल सिंह को इस बारे में कुछ भी नहीं बताया गया।[58]

संयोग से, जब वह दादेहड़ से वापस मोची गेट स्थित मुख्यालय आया तो किसी

कार्यकर्ता ने मासूमियत से किरपाल सिंह को बता दिया कि वह रिसाले जाकर नया खबर दे आया है कि विद्रोह 21 के बदले 19 फरवरी को होगी। किरपाल सिंह ने तुरंत यह सूचना पुलिस तक पहुँचा दी।[59] 19 फरवरी को ही पुलिस के साथ उसने योजना बनाई थी कि जब पार्टी के मुख्य कार्यालय में पार्टी का नेतृत्व जमा होगा, तो वह उनको इशारा करेगा। तद्नुसार पार्टी मुख्यालय के आस-पास पुलिस को छिपा दिया गया। पार्टी मुख्यालय में जैसे ही किरपाल सिंह पहुँचा, उस पर कड़ी नजर रखी जाने लगी। अभी तक कार्यकर्ताओं को यह पता नहीं था कि किरपाल सिंह को क्रांति की नई तिथि के बारे में जानकारी मिल चुकी है।

अत: जब पार्टी के नेता दोपहर का भोजन करके वापस लौटे, किरपाल सिंह किसी तरह मुख्यालय कार्यालय से बाहर हो गया। नजदीक के एक सी.आई.डी. कर्मी को सूचना दे दी कि आज रात को ही क्रांति होनेवाली है। सभी महत्त्वपूर्ण जगहों पर सरकार द्वारा इसकी जानकारी दे दी गई। गदरियों को किरपाल सिंह पर शंका पहले से बनी हुई थी। जैसे ही वह पार्टी कार्यालय से बाहर निकला, गदरी उसके पीछे लग गए और जैसे ही उसने सी.आई.डी. को सूचित किया, उसके तुरंत बाद उसे धर दबोचा गया और वापस पार्टी कार्यालय लाया गया। गदरियों ने निर्णय लिया गया कि जैसे ही गदरी नेतागण भोजन करके पार्टी कार्यालय में वापस आएँगे, किरपाल सिंह की हत्या कर दी जाएगी। किरपाल सिंह को इसकी भनक लग गई। 4.30 बजे अपराह्न वह पेशाब करने के बहाने छत पर गया और आस-पास छिपी पुलिस को इशारा कर दिया।[60]

पुलिस ने तुरंत मुख्यालय पर छापा मारकर सात गदरियों को गिरफ्तार कर लिया तथा बम, बम बनाने का सामान, गदरी साहित्य आदि अपने कब्जे में कर लिया। गिरफ्तार किए गए गदरियों में नवाँशहर के अमर सिंह, मंडी के हिरदा राम, सठियाला के बलवंत सिंह, लुधियाना जिले के बोपाराय के खरक सिंह, अमृतसर के काला सिंह और जवांद सिंह, लाहौर, सुरसिंघ के गुरदित सिंह थे। तीन गदरी बाद में पकड़े गए, जब वे अनजाने में ही वहाँ आए थे। समाचार अन्य गदरियों तक पहुँचा तो सब तितर-बितर हो गए। 20 फरवरी को भी छह लोग पकड़े गए, जिनमें बेसियाँ (लाहौर) के इंदर सिंह, बोपाराय (लुधियाना) के किरपाल सिंह, झाँसी के परमानंद, खड़का हमीरपुर (उत्तर प्रदेश) के सुक्रादा, लालटन (लुधियाना) के गुरमुख सिंह, बड़ा गाँव (उत्तर प्रदेश) के जमना दास और रासबिहारी के रसोइया[61] शामिल थे।[62] लाहौर का 23वाँ रिसाला इन चीजों से अनभिज्ञ था। वे तो छह-सात गदरियों का इंतजार कर रहे थे, जिनके इशारे पर विद्रोह आरंभ होगा। प्रेम सिंह और जगत सिंह निर्धारित योजनानुसार रेल लाइन के नजदीक जमा हुए, पर कोई नहीं आया। ब्रिटिश सरकार को क्रांति की खबर दे दी गई थी और मियाँमीर छावनी में संतरी कार्य में एवं हथियारों की रक्षा में अंग्रेज सिपाहियों को

लगा दिया गया था। सारे जवानों को शाम सात बजे परेड में बुला लिया गया। प्रेम सिंह और जगत सिंह भाँप चुके कि सरकार को योजना की खबर लग चुकी है और वे वहाँ से खिसक लिये।[63] शाम के सात बजे सभी सिपाहियों को कतार में खड़ा कर दिया गया। बलवंत छावनी से बाहर गया, परंतु किसी को न पाकर जल्दी ही वापस लौट आया। एक-दो दल से कतार में आकर बातचीत भी करना चाहा, लेकिन उसे पता चला कि अधिकारीगण अधिक चौकस हैं, वह वापस चला गया। आधी रात के बाद सभी सैनिक बैरक में वापस चले गए।

फिरोजपुर में 18 फरवरी को ही उन आठ सिपाहियों को बरखास्त कर दिया गया, जिनके साथ क्रांतिकारियों की मिलीभगत थी। 19 फरवरी की रात 9 बजे संत रणधीर सिंह 60 आदमियों के जत्थे के साथ रेलवे स्टेशन पर उतरे। उधान सिंह हंस, ईशर सिंह, धुदुके और अर्जुन सिंह आदि पहले से ही छावनी सीमा में प्रवेश कर गए थे और करतार सिंह सराभा के सीधे नियंत्रण में आ चुके थे। भारत सरकार के प्रतिवेदन के अनुसार सौ से अधिक लोग छावनी में प्रवेश कर चुके थे। सेना से मुअत्तल हो चुके सिपाही कृपा सिंह को सराभा ने छावनी के भीतर जाकर हाल-चाल लेने के लिए कहा। ज्यों ही कृपा सिंह छावनी के भीतर गया, उसे गिरफ्तार कर लिया गया। वस्तुतः बरखास्तगी के समय ही उसे बता दिया गया था कि वह वापस छावनी में नहीं आएगा। सराभा को शक हो गया कि यहाँ पर पुलिस को क्रांति की सूचना मिल चुकी है। सुबह कृपा सिंह को मजिस्ट्रेट के सम्मुख पेश किया गया तो उसने कहा कि वह तो अपने बकाए का हिसाब करने आया था और उसे छोड़ दिया गया। क्रांति की विफलता की स्थिति में करतार सिंह सराभा, अर्जुन सिंह और हरनाम सिंह लाहौर चले गए। मेरठ एवं अन्य जगहों पर पंजाब के संदेश का इंतजार होता रहा।[64] फिरोजपुर छावनी में विद्रोह के असफल प्रयास के बाद 19 फरवरी को ही करतार सिंह लाहौर लौट आए और सीधे रासबिहारी बोस से मिलने गए। बोस के इस मकान की जानकारी गिने-चुने क्रांतिकारियों को ही थी। उस समय हरनाम सिंह टुंडीलाट और रामसरन दास (कपूरथला) बोस के साथ उपस्थित थे। बोस एक खटिया पर उदास बैठे हुए थे। उन दिनों रामसरन दास दो हजार की जमानत के तहत पुलिस से बँधे हुए थे,[65] करतार सिंह को देखते ही बोले, "क्रांति असफल हो गई है, अब हमें भूमिगत हो जाना चाहिए।" उनकी राय थी कि सबसे पहले बोस को लाहौर छोड़ना चाहिए और उसके अगले दिन बाकी लोगों को। बोस ने पंजाबी पहनावा धारण किया और करतार सिंह के साथ लाहौर स्टेशन से बनारस के लिए रवाना हो गए।[66]

'इंडियन सेडिशन कमेटी' के प्रतिवेदन के अनुसार, बनारस के पहले कुछ साथियों से मुलाकात के बाद वे कलकत्ता पहुँचे और वहाँ अपने साथियों से कहा कि वे कुछ दिनों के लिए किसी पहाड़ी जगह पर जाना चाहते हैं और वहाँ से दो वर्षों के बाद वापस

आएँगे। सोही गाँव (लुधियाना) के बाबा गोपाल सिंह, जो 'गदर' अखबार के पंजाबी संस्करण के लेखक भी थे, उन्होंने जानकारी दी कि रासबिहारी बोस से उनकी मुलाकात 1916 में जापान में हुई थी, जहाँ वे इंग्लैंड के विरुद्ध भारतीयों को गोलबंद करने के अभियान में लगे हुए थे।[67] पुलिस के लाख प्रयत्न करने के बावजूद कि रासबिहारी बोस को गिरफ्तार किया जाए, वे पुलिस की पकड़ में नहीं आए। गदरी लाहौर छोड़कर जाने लगे, ताकि गिरफ्तारी से बचा जाए। लाहौर के ग्वालमंडी में अवस्थित गदर पार्टी के दूसरे कार्यालय से घुनग्राना के अर्जुन सिंह, सियालकोट के हरनाम सिंह और सांगवाल के बंता सिंह रवाना हुए। 20 फरवरी को दारोगा मुहम्मद मूसा और दारोगा मोहसिन अली[68] शाह क्रांतिकारियों पर निगाह रखने को विशेष गश्त पर थे। एक गाड़ी में उन्होंने तीन संदिग्ध व्यक्तियों को देखा और गाड़ी रुकवा दी। पुलिस ने कहा कि उन लोगों के पास जो कुछ भी है, उसे दे दिया जाए। अर्जुन सिंह ने कहा कि 'रुको, हम तुम्हें कुछ देना चाहते हैं' और उस पर गोली चला दी, जो थानेदार के दाएँ कंधे पर लगी।[69] पुलिस के थाना चलने का निर्देश सुनते ही एक ने उन पर रिवॉल्वर चला दी। दारोगा घायल हुआ, जबकि दूसरा मर गया। तीनों गदरिए लगातार भागते रहे। काफी दूर जाने के बाद जब उन्होंने देखा कि लोग पीछा नहीं कर रहे हैं तो अर्जुन सिंह एक नलके से पानी पीने लगे। वह पानी पी ही रहे थे कि एक गुंडे ने पीछे से टाँगें खींचकर उन्हें मुँह के बल गिरा दिया।[70] उपस्थित लोगों ने गोली चलानेवाले को पकड़ लिया। वहाँ पर दूध का दुकान करनेवाला खुदाबख्श और एक पहलवान मोहम्मद अली ने अर्जुन सिंह को पकड़ लिया[71] बाकी दो लोग भाग निकले। एक के पास बड़ी लाठी थी, जो जाँच के बाद तलवार पाई गई। इतिहास में इस घटना का जिक्र 'अनारकली घटना' के नाम से है।[72] पुलिस को उस ग्वालमंडी वाले घर का पता न था, जो रासबिहारी बोस का निवासस्थान था। कई दिनों बाद गिरफ्तार हुए गदरी खड़क सिंह से उसका पता चला और पुलिस ने वहाँ धावा बोल दिया। वहाँ कोई गदरी नहीं मिला, लेकिन रासबिहारी बोस के हाथ से लिखे कुछ नोट, गदर साहित्य, डुप्लिकेटिंग मशीन, कारतूस, सिए और अनसिए राष्ट्रध्वज, पिस्टल आदि मिले। कुछ समय बाद एक साथी के साथ घूमते हुए पंडित परमानंद मिले और उन्हें गिरफ्तार कर लिया गया।[73]

मेरठ, फैजाबाद आदि अन्य छावनियों में भी लाहौर से कोई समाचार न आने से योजना क्रियान्वित नहीं हो सकी। फिरोजपुर छावनी विद्रोह के बारे में सरकार को गंध लग गई थी और '26 पंजाबी टुकड़ी' के आठ सिपाहियों को सेना से निकाल दिया गया। करतार सिंह एवं रणधीर सिंह का दल यहाँ सक्रिय था। पचास-साठ गदरी रात के 9 बजे ट्रेन से वहाँ आए भी थे। गश्त करती पुलिस टुकड़ी ने उन्हें रोक लिया। उनमें से एक के पास में हारमोनियम था। संगीत मंडली समझकर पुलिस ने उन्हें जाने दिया। नौकरी

से निकाला हुआ किरपाल सिंह को छावनी में संदेश देने के लिए करतार सिंह ने भेजा था और उसे गिरफ्तार कर लिया गया था। छावनी के जवान गदरियों की प्रतीक्षा करते रह गए।[74] रासबिहारी बोस को विदा करने के बाद भाई करतार सिंह तथा भाई टुंडीलाट मच्छीहट्टे के मकान में, जहाँ जगत सिंह सुरसिंघ का ददेहर से आना तय था, जाकर सो गए। 21 तारीख के सुबह जगत सिंह वहाँ पहुँचे और रात को तीनों ने सलाह की कि सीमा प्रांत के आजाद इलाके में निकल जाना चाहिए। जब माहौल थोड़ा शांत होगा तो काम शुरू किया जाएगा। तीनों गदरी रात की गाड़ी से लायलपुर पहुँचे। पूर्व परिचित सरदार हरचंद सिंह से उन लोगों ने सौ रुपया लिया और पेशावर से अफगानिस्तान की सरहद के नजदीक मिचनी गाँव पहुँचे। सुबह अखबार में पढ़ा कि लाहौर से भागकर गए मुसलिम छात्रों को काबुल की सरकार ने जेल में बंद कर दिया है। काबुल सरकार द्वारा शरण न मिलने के अंदेशे में इन्होंने सोचा कि वापस पंजाब आकर लोगों को एकजुट किया जाए![75] 2 मार्च, 1915 को वे सरगोधा की बार, चक्क नं.-5 में जगत सिंह के ठिकाने पर पहुँच गए। जगत सिंह पहले 22वीं रिसाले में काम करता था।[76] और इस गाँव में रिसाले के लिए घोड़े पाले जाते थे। भाई राजेंद्र सिंह की दोस्ती जगत सिंह से पूर्व से ही थी और उसने जगत सिंह से वादा किया था कि वह क्रांति के लिए कुछ बंदूकें उन्हें देगा। राजेंद्र सिंह को विश्वास था कि एक-न-एक दिन जगत सिंह यहाँ बंदूक लेने के लोभ में जरूर आएगा और इसकी जानकारी वह गंडीविंड के रिसालदार गंडा सिंह को दे चुका था, ताकि तद्नुसारी तैयारी की जा सके। जगत सिंह जैसे ही पहुँचा, पुलिस को खबर दे दी गई। गदरियों को इस विश्वासघात के बारे में कोई शंका भी नहीं हुई थी। राजेंद्र सिंह के आँगन में चारपाई पर बैठकर करतार सिंह सराभा आस-पास के घरवालों को 'गदर दी गूँज' की कविता सुनाने में मग्न थे, तभी पुलिस ने आकर तीनों को गिरफ्तार कर लिया।[77]

विष्णु गणेश पिंगले की योजना थी कि मेरठ के 12वीं कैवलरी के जवानों द्वारा क्रांति करवाकर उन्हें दिल्ली कूच करवाया जाए! लेकिन उसकी योजना भी धरी रह गई। '128वीं पायनियर कंपनी' के भाई फूला सिंह तथा 12वें रिसाले के भाई ईशर सिंह के साथ उसका संपर्क था। लाहौर एवं फिरोजपुर छावनी में क्रांति की असफलता के बाद फौजियों पर हाकिमों की शुरू हुई सख्ती से पिंगले एवं ईशर सिंह को साथ देनेवाला दफेदार नादर खाँ घबरा गया। 16 या 17 मार्च को पिंगले मेरठ गया और नादर खाँ से मशविरा किया कि बंगालियों से बम लाकर मैगजीन के पहरेदारों को उड़ा दिया जाए। नादर खाँ और पिंगले साथ-साथ बनारस गए और काफी मात्रा में बहुत ही खतरनाक बम लेकर मेरठ छावनी पहुँचे। 23 मार्च को पिंगले सोए हुए थे, नादर खाँ ने उन्हें गिरफ्तार करवा दिया।[78] उनके पास से 10 जिंदा बम आदि बरामद किए गए। पियारा सिंह लंगेरी (होशियारपुर) को 12 अप्रैल, 1915 को गिरफ्तार किया गया। कुल 63

गदरियों को पुलिस ने गिरफ्तार किया।[79] भाई निधान सिंह चुग्घा मंडी रियासत को जाते हुए गिरफ्तार कर लिये गए, जबकि भाई रूड़ सिंह को चुहड़चक जगराओ से रायकोट को जानेवाली सड़क पर स्थित गाँव कमालपुर (चीमा) के अड्डे पर गिरफ्तार कर लिया गया।[80] अप्रैल 1917 में अमेरिका ने निर्णय किया कि विश्वयुद्ध में वह इंग्लैंड का साथ देगा। इसके बाद इंग्लैंड ने अमेरिका पर दबाव बनाना आरंभ किया कि वह अमेरिका में सक्रिय भारतीय क्रांतिकारियों को गिरफ्तार करे। अगस्त 1917 में 31 भारतीय क्रांतिकारियों को सेन फ्रांसिस्को (अमेरिका) में गिरफ्तार कर लिया गया और जेलों में बंद कर दिया गया।[81]

संदर्भ—

1. गुरचरन सिंह सहिंसरा, पृष्ठ–209।
2. वेद प्रकाश 'वटुक', पृष्ठ–129।
3. विश्वमित्र उपाध्याय, पृष्ठ–309।
4. वही, पृष्ठ–310।
5. वेद प्रकाश 'वटुक', पृष्ठ–129।
6. जी.एस. देयोल, पृष्ठ–118।
7. एस.के. पुरी, 100।
8. जी.एस. देयोल, पृष्ठ–118।
9. वही।
10. जी.एस. देयोल, पृष्ठ–124।
11. वही।
12. वही, पृष्ठ–125।
13. वही, पृष्ठ–126।
14. वही, पृष्ठ–128।
15. वही।
16. वही, पृष्ठ–129।
17. वही।
18. वही।
19. वही, पृष्ठ–131।
20. मालविंदर जीत सिंह वड़ाईच एवं हरींद्र सिंह (सं.), पृष्ठ–160।
21. एस.के. पुरी, पृष्ठ–100।
22. मालविंदर जीत सिंह वड़ाईच एवं हरींद्र सिंह (सं.), पृष्ठ–161।
23. जी.एस. देयोल, पृष्ठ–136।

24. मालविंदर जीत सिंह वड़ाईच एवं हरींद्र सिंह (सं.), पृष्ठ–160।
25. जी.एस. देयोल, पृष्ठ–136।
26. वही।
27. वेद प्रकाश 'वटुक', पृष्ठ–129।
28. जी.एस. देयोल, पृष्ठ–118।
29. वेद प्रकाश 'वटुक', पृष्ठ–131।
30. वही, पृष्ठ–130।
31. मालविंदर जीत सिंह वड़ाईच एवं हरींद्र सिंह (सं.), पृष्ठ–161।
32. वही।
33. जी.एस. देयोल, पृष्ठ–138।
34. वही।
35. वेद प्रकाश 'वटुक', पृष्ठ–130।
36. जी.एस. देयोल, पृष्ठ–140।
37. एस.के. पुरी, पृष्ठ–101।
38. वेद प्रकाश 'वटुक', पृष्ठ–130।
39. जी.एस. देयोल, पृष्ठ–139।
40. वही।
41. वही, पृष्ठ–140।
42. वही।
43. वही, पृष्ठ–146।
44. सहिंसरा, पृष्ठ–225।
45. वेद प्रकाश 'वटुक', पृष्ठ–132।
46. मालविंदर जीत सिंह वड़ाईच एवं हरींद्र सिंह (सं.), पृष्ठ–162।
47. वेद प्रकाश 'वटुक', पृष्ठ–132।
48. एच.के. पुरी, 101।
49. वेद प्रकाश 'वटुक', पृष्ठ–133।
50. सहिंसरा, पृष्ठ–226–27।
51. सहिंसरा, पृष्ठ–226।
52. मालविंदर जीत सिंह वड़ाईच एवं हरींद्र सिंह (सं.), पृष्ठ–162।
53. वही।
54. वही।
55. सहिंसरा, पृष्ठ–226।
56. वेद प्रकाश 'वटुक', पृष्ठ–133।
57. मालविंदर जीत सिंह वड़ाईच एवं हरींद्र सिंह (सं.), पृष्ठ–162।

58. वेद प्रकाश 'वटुक', पृष्ठ–134।
59. वही।
60. जी.एस. देयोल, पृष्ठ–143।
61. वही।
62. वेद प्रकाश 'वटुक', पृष्ठ–134।
63. जी.एस. देयोल, पृष्ठ–144।
64. वही, पृष्ठ–145।
65. सहिंसरा, पृष्ठ–231।
66. वेद प्रकाश 'वटुक', पृष्ठ–136।
67. जी.एस. देयोल, पृष्ठ–147।
68. जी.एस. देयोल, पृष्ठ–145।
69. सहिंसरा, पृष्ठ–231।
70. जी.एस. देयोल, पृष्ठ–230।
71. वही, पृष्ठ–145।
72. वेद प्रकाश 'वटुक', पृष्ठ–135।
73. वही।
74. वही, पृष्ठ–136।
75. सहिंसरा, पृष्ठ–232।
76. जी.एस. देयोल, पृष्ठ–145।
77. सहिंसरा, पृष्ठ–232।
78. वही, पृष्ठ–233।
79. जी.एस. देयोल, पृष्ठ–146।
80. सहिंसरा, पृष्ठ–234।
81. जी.एस. देयोल, पृष्ठ–147।

□

भारत-जर्मन योजना

भारतीय क्रांतिकारियों को बहुत पहले ही आभास हो गया था कि विश्वयुद्ध आरंभ होनेवाला है और जर्मनी और इंग्लैंड इस युद्ध में एक-दूसरे के विरोधी रहेंगे। भारतीय क्रांतिकारीगण इस अवसर की प्रतीक्षा बहुत दिनों से कर रहे थे। उन्होंने इसके लिए तैयारी भी आरंभ कर दी थी। उनके सामने स्पष्ट था कि इंग्लैंड के विरुद्ध जो देश भी युद्ध में भाग लेंगे, भारतीय क्रांतिकारियों के हितैषी होंगे। अपने इस उद्‌देश्य की पूर्ति के लिए वे जर्मनी के निकट होते जा रहे थे।[1] जर्मनी की भारतीय मामलों में रुचि के बारे में गुप्तचर विभाग के निदेशक ने 1907 में ही रिपोर्ट दी कि जर्मनी के एजेंट पश्चिमोत्तर सीमा प्रांत के कबीलों के सरदारों को राजद्रोहात्मक पैंफलेट वितरित कर रहे हैं।[2]

पहले तो जर्मनी ने भी इस आंदोलन का कोई राजनीतिक महत्त्व नहीं समझा। सिंगापुर में जेल से आजाद करवाए गए जर्मन कैदियों का गदरी सिपाहियों का साथ देने से इनकार कर देने का यही कारण था।[3] जर्मनी भी भारतीय क्रांतिकारियों का उपयोग विश्वयुद्ध के दौरान इंग्लैंड के विरुद्ध करना चाहता था। इस योजना में जर्मनी के कई उद्‌देश्य निहित थे। पहला, भारत में सशस्त्र क्रांति हो जाने के कारण अंग्रेज सरकार बाध्य होकर पश्चिमी भाग से भारतीय सैनिकों को वापस बुलाती, ताकि आंतरिक विद्रोह से देश की रक्षा की जा सके। ऐसा होने से भारतीय सेना युद्ध के मैदान में कमजोर पड़ती और जर्मन इसका लाभ उठाते। दूसरा, ऐसा करने से भारतीय हिंदू सैनिकों का मनोबल कम होता, क्योंकि उनमें धार्मिक भावना बलवती हो उठती। इतना ही नहीं, तुर्की प्रकरण को लेकर मुसलिम सैनिक भी आधे मन से युद्ध में भाग लेते और शायद मौका मिलते ही वे आत्मसमर्पण भी कर देते![4] इंग्लैंड के यॉर्कशायर के रहनेवाले राष्ट्रवादी विद्वान् सर वाल्टर स्ट्रिकलैंड (जन्म—1851) मूलतः जर्मन थे। इनकी शिक्षा कैंब्रिज में हुई थी और वे 1989 में इंग्लैंड छोड़कर इटली चले आए। इनकी शिक्षा हैरो, क्राइस्ट चर्च, ऑक्सफोर्ड एवं ट्रिनिटी में हुई थी। इन्होंने इंग्लैंड और ईसाई धर्म की तीव्र निंदा की। वे

1900 ई. तक इटली में थे और उसके बाद कई वर्षों तक उन्होंने एशिया–ऑस्ट्रलिया के कई क्षेत्रों में खूब यात्राएँ कीं। इनकी यात्रा श्रीलंका में खत्म हुई और यहाँ से वे फरवरी 1907 में त्रावणकोर आए और अक्तूबर 1908 में अपनी यूरोप यात्रा के क्रम में चंपकरामन पिल्लई को अपना दत्तक पुत्र बनाकर ज्यूरिख में इंजीनियरिंग पढ़ाई करने के लिए ले गए। चंपकरामन के पिता का नाम चिन्नास्वामी पिल्लई था और 1912 में वे हेड कांस्टेबल, संख्या 95 थे, जिनकी सेवा मुख्यालय कार्यालय, त्रावणकोर में थी। वाल्टर स्ट्रिकलैंड का कृष्ण वर्मा से पत्राचार होता था और इनके लेख 'इंडियन सोशियोलॉजिस्ट' में भी छपते थे।[5] अगस्त 1909 में मदनलाल ढींगरा, जिन्होंने कर्जन–वाइली की हत्या की थी, के सम्मान में कृष्ण वर्मा को फूल मालाएँ भेजी थीं। उन्होंने एक पत्र भी भेजा था, जिसमें हत्या की खबर पर संतोष प्रकट किया गया था और भारतीयों को सलाह दी गई थी कि 'वे अंग्रेजों को तब तक पीटते रहें, जब तक उनके शरीर से खून न निकल जाए।'[6]

प्रथम विश्वयुद्ध में इंग्लैंड की भागीदारी के बाद भारतीय क्रांतिकारियों का मनोबल बढ़ता गया। भारतीय क्रांति की भावनाएँ जर्मनी में पूर्व से ही विकसित होने लगी थीं और भारतीय उपमहाद्वीप में अंग्रेजों के विरुद्ध जर्मनी की रुचि बढ़ने लगी थी। वीरेंद्रनाथ चट्टोपाध्याय 1909 में ही जर्मनी गए और उन्होंने बर्लिन से 'तलवार' पत्र निकाला।[7] मैडम कामा का खयाल था कि भारतीय क्रांतिकारी बिना किसी रुकावट के बर्लिन में अपना प्रचार कार्य कर सकते हैं और भारतीय क्रांतिकारियों को जर्मनी से मैत्रीपूर्ण संबंध विकसित करना चाहिए। उन्होंने 1910 में ही कहा था कि "बर्लिन ऐसे देश की राजधानी है, जिसकी (जनता की) भावनाएँ इस समय सबसे अधिक इंग्लैंड के विरुद्ध हैं।"[8]

अक्तूबर 1911 में फ्रेडरिक वॉन बर्न हार्डी की पुस्तक 'जर्मनी एंड दि नेक्स्ट वार' प्रकाशित हुई और इसमें उल्लेख किया गया कि युद्ध की स्थिति में जर्मनी को भारतीय क्रांतिकारियों की मदद लेनी चाहिए। इस पुस्तक का तुरंत अंग्रेजी अनुवाद किया गया और इसके बाद भारतीय क्रांतिकारियों को जर्मन सहायता के बारे में पूरा विश्वास हो गया। बर्न हार्डी ने 1911 में कहा कि इंग्लैंड को भारत और मिस्र में चल रहे राष्ट्रीय आंदोलनों से खतरा उत्पन्न हो सकता है। यदि ये दोनों मिल गए तो विश्व में इंग्लैंड की उच्च स्थिति डाँवाँडोल हो जाएगी।[9] 1911–12 में धीरेंद्रनाथ सरकार अमेरिका से जर्मनी गए और एक साल बाद भारत से केदारेश्वर गुहा वहाँ पहुँचे। अविनाशचंद्र भट्टाचार्य के अनुसार, जर्मनी के हैंबर्ग के प्रसिद्ध व्यापारी अल्बर्ट वालिन और निदेरमायर भारतीय छात्रों के जर्मनी में पढ़ाई और इनकी क्रांतिकारी गतिविधियों के बारे में दिलचस्पी लेने लगे। बाद में वे क्रांतिकारियों को हथियार आपूर्ति करने में भी रुचि लेने लगे। धीरेंद्रनाथ ने बंगाल के 'युगांतर समूह' को सूचित किया कि जर्मनी सहायता पर विश्वास किया जा सकता है।[10] बरकतुल्लाह ने सबसे पहले नारा दिया कि 'इंग्लैंड की कठिनाई भारत

के लिए अवसर'। बरकतुल्लाह ने 1912 में अपने पत्र में 'इसलाम के विरुद्ध ईसाई गठजोड़' विषय पर अपने विचार प्रकट करते हुए लिखा था कि एक ही व्यक्ति की मुट्ठी में विश्व की शांति या युद्ध है। यह व्यक्ति जर्मनी का सम्राट् विलियम है।[11] उन्होंने लिखा कि यूरोपीय सम्मेलन या यूरोपीय युद्ध के समय मुसलमानों का यह कर्तव्य है कि वे एकजुट हो जाएँ तथा अपनी जान और संपत्ति के साथ खलीफा का साथ दें और जर्मनी का पक्ष लें।[12]

ज्यूरिख में जून 1912 में 'इंटरनेशनल प्रो-इंडिया कमेटी' (भारत समर्थक अंतरराष्ट्रीय समिति) नामक संगठन बनाया गया। चंपकरामन पिल्लई इसके अध्यक्ष और डॉ. एडवर्ड ब्रिस उपाध्यक्ष बनाए गए। स्ट्रिकलैंड, कृष्ण वर्मा और कार्ल ब्लाइपथोय एसेसर नियुक्त किए गए। 'प्रो इंडिया सोसाइटी' ने 'प्रो इंडिया' पत्र निकाला, जिसमें यह विचार व्यक्त किया गया था कि यूरोप में रह रहे भारतीय क्रांतिकारियों को जर्मनी के साथ मिलकर काम करना चाहिए, क्योंकि विश्व का भाग्य जर्मनी के हाथों में है और वह भारतीयों को स्वतंत्र कर देगा। लाला हरदयाल मार्च 1914 में अमेरिका से यूरोप चले गए थे। वह स्विट्जरलैंड पहुँचे और चंपकरामन पिल्लई द्वारा गठित 'प्रो इंडिया सोसाइटी' के सदस्य बन गए।[13] चंपकरमन पिल्लई ने जर्मन कौंसिल से अंग्रेजों के विरुद्ध परचे प्रकाशित करने की अनुमति माँगी।[14] इस समिति ने कुछ जर्मन और स्विस समाचार-पत्रों में ब्रिटिश विरोधी लेख प्रकाशित करवाए। अगस्त 1913 में इसका विवरण-पत्र फ्रेंच व जर्मन में छापकर वितरित किया गया, जिसमें लिखा गया था कि समिति एक राष्ट्रीय पत्रिका निकालना चाहती है और इसके लिए धन दिया जाए।[15] इस समिति द्वारा एक पत्र 'प्रो इंडिया' भी प्रकाशित किया गया।

लेकिन क्रांतिकारियों के वरिष्ठ नेतागण इससे परिचित नहीं थे और इसीलिए जर्मनी सहायता के लिए कोई अलग केंद्र की स्थापना जर्मनी में नहीं की गई। केदारेश्वर गुहा जनवरी 1914 में अमेरिका के लिए प्रस्थान कर गए। युद्ध के समय जर्मनी में सिर्फ वीरेंद्र नाथ चट्टोपाध्याय ही रह गए। वहाँ वे अप्रैल में पहुँचे थे और हाले में रहते थे। यह बात सिर्फ अविनाशचंद्र भट्टाचार्य ही जानते थे। जैसे ही इंग्लैंड द्वारा जर्मनी के विरुद्ध युद्ध की घोषणा की गई, अविनाश एवं वीरेंद्र द्वारा अंग्रेजों के विरुद्ध निंदा प्रस्ताव पारित कर अखबारों में बयान दिए गए।[16] 6 मार्च, 1914 को जर्मनी से प्रकाशित 'बर्लिनर टेगब्लाट' ने भारत के क्रांतिकारी समूहों एवं इनके विदेशी सहायता के संबंध में खबर प्रकाशित की।[17] इस पत्र ने 'इंग्लैंड की परेशानियाँ' शीर्षक लेख में लिखा—"कृषि पर निर्भर जनता, जिसकी संख्या 24 करोड़ है, करों के नीचे दबी जा रही है। इतिहास में इतने अधिक कर कभी नहीं लगाए गए, क्योंकि किसानों को अपनी आय का तीन-चौथाई करों और पट्टों में दे देना पड़ता है, जिसका कृषि से कोई संबंध नहीं है।" लिखा गया कि

"भारत को शस्त्र और विस्फोटक देने के लिए कैलिफोर्निया में एक संगठित प्रयास चल रहा है।"[18] न्यूयॉर्क के जॉर्ज फ्रीमैन द्वारा 11 मई, 1914 को मैडम कामा को भेजे पत्र में स्पष्ट कर दिया गया था कि शीघ्र ही युद्ध आरंभ होनेवाला है। मैडम कामा ने भारतीय क्रांतिकारियों को तद्नुसार अपना कार्यक्रम बनाने का इशारा कर दिया।[19] जॉर्ज फ्रीमैन ने श्रीमती कामा को भेजे गए पत्र में उल्लेख किया—"उन्होंने सुना है कि जर्मन सरकार ने त्रि-पक्षीय मोरचे से बातचीत करके यह निर्णय किया है कि त्रिपक्षीय गठबंधन के खुले आक्रमण का कब प्रतिरोध किया जाए और जब यह स्थिति आ जाए, तब या तो त्रिपक्षीय मोरचे को वापस हटना होगा या युद्ध शुरू हो जाएगा।"[20]

भट्टाचार्य के घनिष्ठ मित्र हेलमुट डेलब्रुक के चाचा क्लेमेंट वॉन डेलब्रुक मंत्री थे। इन्होंने जर्मन विदेश विभाग के बैरॉन बर्थेम और चट्टोपाध्याय के साथ 31 अगस्त, 1914 को एक बैठक आयोजित की। बर्थेम ने चट्टोपाध्याय का परिचय मैक्स वॉन ऑपेनहेम से करवाया, जो उस समय मध्य-पूर्व मामलों के विशेषज्ञ थे। इन्होंने भारतीय क्रांतिकारियों को सहायता का आश्वासन दिया। फिर इन लोगों की प्रतिदिन बैठकें होने लगीं। आरंभ में जर्मन विदेश विभाग भारतीय अनुरोध को लेकर बहुत उत्साहित नहीं था। लेकिन मार्ने युद्ध के बाद उन्हें पता चल गया कि विश्वयुद्ध लंबा खींचनेवाला है। तब वे भारतीय सहायता के मामले पर गंभीरतापूर्वक विचार करने लगे। वस्तुत: इसके पैरवीकार रुडोल्फ नैडोल्नी थे। इस योजना का नाम 'जिम्मेरमान' दिया गया। इंग्लैंड का समुद्र पर आधिपत्य एवं जर्मनी से भारत की अधिक दूरी के कारण भारत पर आक्रमण करने का विचार नहीं किया गया। निर्णय हुआ कि अफगानिस्तान के अमीर, सीमांत क्षेत्र की जनजातियों एवं भारतीय क्रांतिकारियों की मदद की जाए, ताकि उपयुक्त समय आने पर भारतीय सेना पर आक्रमण की स्थिति बनाई जा सके।[21] चंपकरामन पिल्लई सितंबर 1914 में ज्यूरिख में जर्मन वाणिज्य दूत से मिले और उसे भारतीय क्रांतिकारी आंदोलन की जानकारी दी। वीरेंद्रनाथ चट्टोपाध्याय हाले (जर्मनी) में पढ़ते थे। उन्होंने डॉ. अविनाशचंद्र भट्टाचार्य से मिलकर क्रांतिकारी कार्यों के लिए ठोस सहायता प्राप्त करने के उद्देश्य से जर्मनी से राष्ट्रीय ऋण की माँग की। अविनाश भट्टाचार्य ने अपने संपर्क के जरिए चट्टोपाध्याय और जर्मन विदेश विभाग के बरघोन फोन बेयथहाइम की बैठक करवाई। फिर चट्टोपाध्याय से बरघोन वोपेनहाइम की मुलाकात हुई। 'भारत-जर्मन समिति' बनाई गई, जिसमें चंपकरामन पिल्लई, वीरेंद्रनाथ चट्टोपाध्याय, डॉ. महेश्वर गोविंद प्रभाकर और डॉ. अब्दुल हाफिज प्रमुख सदस्य थे। अक्तूबर 1914 में पिल्लई जर्मन विदेश विभाग के अधीन काम करने के लिए बर्लिन आ गए।[22]

जनवरी 1915 में लाला हरदयाल इसमें शामिल हुए। बाद में तारकनाथ दास, मुहम्मद बरकतुल्लाह, चंद्रकांत चक्रवर्ती, हरंबलाल गुप्त, भूपेंद्रनाथ दत्त, तिरुमल

आचार्य और जोधासिंह महाजन इस संगठन के सक्रिय सदस्य बने। इस पार्टी का नाम 'इंडियन नेशनल पार्टी' रखा गया। इसका कार्यालय 28, विलंथ स्थान, चालोथन बुर्ग में था। चट्टोपाध्याय इसके अध्यक्ष बनाए गए।[23] भारतीय क्रांतिकारियों और जर्मन विदेश विभाग के बीच अनेक बिंदुओं पर सहमति हुई। इस बात पर सहमति हुई थी कि भारतीय जर्मन सरकार से ऋण लेंगे, जो स्वतंत्रता की प्राप्ति के बाद वापस कर दिया जाएगा। जर्मन सरकार शस्त्र आपूर्ति करने और विदेशों में स्थित सभी वाणिज्य दूतालयों को भारतीय क्रांतिकारियों की मदद करने का आदेश भेजने पर सहमत हो गई थी। वह तुर्की के सुल्तान को ब्रिटेन के विरुद्ध जिहाद की घोषणा करने पर राजी करवाने के लिए भी सहमत हो गई थी।[24] वाशिंगटन स्थित जर्मन दूतावास के कैप्टन फ्रंस फोन फ्रापेन ने गदर पार्टी को मदद देने के पीछे अपनी सरकार के इरादे को स्पष्ट करते हुए लिखा है कि "हम यही सोचते थे कि भारत हमारी मदद से अपनी स्वाधीनता प्राप्त कर लेगा, परंतु हम यह महसूस करते थे कि यदि स्थानीय गड़बड़ियाँ कराई जा सकें तो उनके कारण फ्रांस या लड़ाई के अन्य मोरचों पर भेजे जानेवाले भारतीय सैनिकों की संख्या सीमित की जा सकेगी।"[25]

जर्मनी सरकार द्वारा भारतीय क्रांतिकारियों को सहायता का आश्वासन दिया गया। इसमें जर्मनी को भारत या भारतीयों से कोई सहानुभूति नहीं थी, बल्कि वे ब्रिटिश विरोध के कारण भारतीयों की सहायता करना चाहते थे। सितंबर 1914 तक भारतीय क्रांतिकारियों और जर्मन के विदेश विभाग के साथ प्राथमिक समझौता हो गया और बर्लिन में एक समिति का गठन किया गया और अमेरिका में जर्मनी दूतावास के माध्यम से भारतीय क्रांतिकारियों से संपर्क साधा गया। 3 सितंबर, 1914 को एक समिति का गठन हुआ, जिसका नाम रखा गया—Deutscher Verein der Freunde Indien अर्थात् The German Union of Friendly India.[26]

हैंबर्ग अमेरिकन स्टीमर कंपनी के अध्यक्ष और कैसर के घनिष्ठ मित्र हेर अलबर्ट इसके अध्यक्ष बनाए गए तथा बैरॉन ऑपेनहेम और सुखठंकर उपाध्यक्ष बनाए गए। सचिव का पद धीरेन सरकार को मिला।[27] डॉ. मुल्लर संपर्क अधिकारी नियुक्त किए गए थे। 'इंडियन नेशनल पार्टी' की स्थापना के पूर्व जर्मन सरकार द्वारा 7 सितंबर, 1914 को एक समिति 'जर्मन सोसाइटी ऑफ दि फ्रेंड्स ऑफ इंडिया' का गठन किया गया।[28] जब सुखठंकर भारत वापस आ गए तो वीरेंद्रनाथ चट्टोपाध्याय इसके उपाध्यक्ष बने। बाद में धीरेन को अमेरिका भेजा गया तो डॉ. मूलर इसके सचिव बने। इस समिति में 17 भारतीयों को सदस्य बनाया गया। इस समिति के चार मुख्य कार्य थे। समिति के सदस्यों को बर्लिन के निकट स्पौंडॉनर नामक जगह पर बनाए गए विशेष शिविर में ले जाया जाता था, ताकि रसायनशास्त्री की मदद से उन्हें बम, हैंड ग्रेनेड, टाइम बम, लैंड

माइंस आदि अत्याधुनिक विस्फोटकों के निर्माण एवं बारीकियों से अवगत कराया जा सके। सदस्यों को हथियार निर्माण फैक्टरी में ले जाया गया और वहाँ उन्हें अत्याधुनिक हथियारों की संचालन पद्धति से अवगत कराया गया। समिति के कुछ सदस्यों को ऐसी जेलों में ले जाया गया, जहाँ भारतीय युद्धबंदियों को रखा गया था। उद्देश्य यह था कि इन भारतीय युद्धबंदियों में अंग्रेज विरोधी मानसिकता भर दी जाए। समिति के सदस्यों को नौसैनिक अधिकारियों के साथ संपर्क करवाया गया, ताकि भारतीय प्रक्षेत्र में नौसेना की मदद से हथियारों की आपूर्ति की जा सके। गदर पार्टी के क्रांतिकारियों से भी इस समिति का समन्वय कराया गया, ताकि क्रांतिकारी कार्यों का समेकित ढंग से संचालन किया जा सके।[29]

मार्च 1914 में लाला हरदयाल अमेरिका से यूरोप चले गए थे। वह स्विट्जरलैंड भी गए, जहाँ वह चंपकरामन पिल्लई द्वारा गठित 'प्रो इंडिया सोसाइटी' के सदस्य बन गए। वे जर्मनी की मदद प्राप्त करने के लिए उत्सुक थे और अगस्त 1914 में ज्यूरिख में भारत–मिस्र क्रांतिकारी सम्मेलन बुलाने की तैयारी में अपना काफी योगदान दिया। सितंबर 1914 में ज्यूरिख के जर्मन वाणिज्य दूत से चंपकरामन पिल्लई मिले और उसे भारतीय क्रांतिकारी आंदोलन की जानकारी दी। पिल्लई अक्तूबर में ज्यूरिख से बर्लिन चले गए और वहाँ वह जर्मन विदेश मंत्रालय के संपर्क में काम करने लगे।[30] इतिहासकार आर.सी. मजुमदार ने भूपेंद्रनाथ दत्त का उल्लेख करते हुए लिखा है कि अमेरिका में रह रहे भारतीय क्रांतिकारियों ने भी जर्मन राजदूत के समक्ष सहयोग का प्रस्ताव किया था। राजदूत ने अनुकूल प्रतिक्रिया प्रकट की थी और भारतीय क्रांतिकारियों के प्रस्ताव को अपनी सरकार के पास भेज दिया था।[31]

बीरेंद्रनाथ चट्टोपाध्याय हाले (जर्मनी) में अध्ययन कर रहे थे। वे और डॉ. अविनाशचंद्र भट्टाचार्य ने क्रांतिकारी कार्यों के लिए ठोस सहायता प्राप्त करने के उद्देश्य से जर्मनी के विदेश मंत्रालय से बातचीत की। उनकी माँग थी कि जर्मन राष्ट्रीय ऋण और अस्त्र–शस्त्र दे। उन्होंने यह भी माँग की कि विदेशों में रह रहे भारतीयों को भारत भेजने में जर्मनी मदद करे, उन्हें विस्फोटक बनाने और उनका उपयोग करने का प्रशिक्षण दे, वक्तव्य, सर्कुलर और परचे (लीफलेट) छापने में उनकी मदद करे और यदि संभव हो तो उनका प्रसारण करने में भी सहयोग दे। अविनाश भट्टाचार्य ने अपने संपर्क के जरिए चट्टोपाध्याय और जर्मन विदेश विभाग के बरघोन फोन बेयथहाइम की बैठक करवाई।[32]

प्रथम विश्वयुद्ध शुरू होने के बाद के तीन महीनों की अवधि में भारत वापस आ रहे गदर पार्टी के हजारों सदस्यों को 'बर्लिन समिति' कोई मदद नहीं दे सकी। इस प्रकार उसने सुनहरा अवसर खो दिया।[33] तुर्की जर्मनी का मित्र था और जर्मनी को विश्वास था कि आज नहीं तो कल, तुर्की युद्ध में भाग लेगा। जर्मन को भारत के नजदीक ईरान

एवं अफगानिस्तान में अपना सशक्त केंद्र बनाने की आवश्यकता थी। विलहेम वासमुस को राजनयिक सह सैनिक मिशन पर ईरान एवं अफगानिस्तान भेजा गया एवं यह भी निर्णय लिया गया कि इनके साथ कुछ भारतीय क्रांतिकारियों को भी भेजा जाए। शुरू में तो चट्टोपाध्याय के जाने की बात चली, परंतु उनका जर्मनी में रहना उचित समझकर तुर्की एवं सीमांत क्षेत्र में रहने वाले भारतीय क्रांतिकारियों को ले जाने की बात हुई।[34] क्रांतिकारियों को भारत में हथियार आपूर्ति पर भी विचार किया गया। ब्रिटेन द्वारा समुद्र में नाकेबंदी किए जाने के कारण जर्मनी से भारत हथियार भेजना असंभव था। इसलिए यह निर्णय लिया गया कि जर्मन के पैसे से किसी तटस्थ देश से हथियार खरीदकर भारत भेजा जाए। इसके लिए अमेरिका को उचित देश माना गया। यहाँ पर आयरिश क्रांतिकारियों का समूह था, जर्मनी के मिशनरीज थे और गदर आंदोलन के क्रांतिकारी थे, जिनका संपर्क भारतीय क्रांतिकारियों के साथ था। यहाँ जर्मन का गुप्त संगठन बनाया गया।[35]

विश्वयुद्ध में स्विट्जरलैंड निष्पक्ष देश था और इस कारण यूरोप, तुर्की एवं अरब देशों के क्रांतिकारी उन दिनों यहाँ आकर रहते थे। राजा महेंद्र प्रताप भी उन दिनों स्विट्जरलैंड में ही थे। जर्मन के जनरल स्टाफ ने यहाँ रह रहे हिंदुस्तानी क्रांतिकारियों को एकजुट होने में मदद की और 1 अक्तूबर, 1914 को 'हिंदुस्तानी इनकलाबी सोसाइटी' का गठन किया गया, जिसके संचालक प्रसिद्ध क्रांतिकारी वीरेंद्रनाथ चट्टोपाध्याय, चंपकरामन पिल्लई, भूपेश गुप्त तथा डॉक्टर प्रभाकर थे। इसे 'बर्लिन हिंद कमेटी' भी कहा जाता है। अफगानिस्तान जाने के क्रम में मौलवी बरकतुल्लाह स्विट्जरलैंड और कुस्तुनतुनिया में इस समिति से मिले और गदर पार्टी से संपर्क स्थापित किया गया। जर्मन सहायता लेने की नीति पर विचार-विमर्श के लिए हरंबलाल गुप्त को सेन फ्रांसिस्को भेजा गया, जिन्होंने सिएटल से तारकनाथ दास तथा बरिंद्रदास गुप्त को साथ लिया तथा गदर आश्रम आकर पार्टी के जिम्मेदार व्यक्तियों से बात की। उस समय गदर पार्टी के प्रधान भाई भगवान सिंह तथा महासचिव भाई संतोख सिंह एशिया में संगठन का कार्य करने के लिए निकल पड़े थे और गदर कार्यालय का कार्यभार रामचंद्र पेशावरिया को सौंप चुके थे। उस समय गदर कार्यालय में मुंशी राम खजांची, गोबिंदबिहारी लाल संपादक, गोधाराम उर्दू संपादक, गोपाल सिंह सोही पंजाबी संपादक, हरि सिंह (फकीर) सहायक संपादक की जिम्मेदारी निभा रहे थे। सुंदर सिंह घाली दफ्तर सचिव, राम सिंह धुलेता कनाडा की ओर से स्टाफ सदस्य, महादेव अंबोज नंदरेकर स्टाफ सदस्य, अमानुद्दीन स्टाफ सदस्य, निधान सिंह महेसरी स्टाफ सदस्य और बिशन सिंह हिंदी सदा सिंहवाला भी स्टाफ सदस्य के रूप में कार्य करते थे।[36] शुरू में गदर पार्टी इस बात के लिए तैयार नहीं हुई कि अंग्रेजों के विरुद्ध जर्मनी की सहायता ली जाए, लेकिन बाद में इस पर सहमति बन गई। योजना तैयार हुई कि जर्मन सरकार गदर पार्टी के बर्मा तथा

सियाम के मोरचे पर हथियारों, गोला-बारूद तथा धन से सहायता करेगी तथा गदर पार्टी मेसोपोटामिया (इराक) में तुर्की के विरुद्ध लड़ रही अंग्रेजों की हिंदुस्तानी फौजों में बगावत का प्रचार करेगी तथा ईरान तथा अफगानिस्तान में अंग्रेज विरोधी बगावत पैदा करने में मदद करेगी। 21 सितंबर, 1914 को हरदयाल के नाम कस्तुनतुनिया में एक तार भेजा गया और उनसे तत्काल बर्लिन आने को कहा गया, ताकि जर्मन विदेश विभाग से समझौते की शर्तें निश्चित की जा सकें।[37]

गठन के समय चंपकरामन पिल्लई, वीरेंद्रनाथ चट्टोपाध्याय, डॉ. महेश्वर गोविंद प्रभाकर और डॉ. अब्दुल हाफिज उसके प्रमुख सदस्य थे। जिस समय समिति का गठन हुआ, लाला हरदयाल जर्मनी नहीं पहुँच पाए थे। उन्हें दुबारा तार देकर जर्मनी आने का अनुरोध किया गया। जनवरी 1915 में वे इस समिति में शामिल हुए। बाद के दिनों में तारकनाथ दास, मुहम्मद बरकतुल्लाह, चंद्रकांत चक्रवर्ती, हरंबलाल गुप्त, भूपेंद्रनाथ दत्त, तिरुमल आचार्य और जोधासिंह महाजन इस संगठन के सक्रिय सदस्य बने। इस संगठन का नाम 'इंडियन नेशनल पार्टी' रखा गया और इसका कार्यालय 28 बिलंथ स्थास, चालोथन बुर्ग में था।[38] जर्मनी से किस रूप में मदद ली जाए और भारतीय क्रांतिकारियों को जर्मनी किन शर्तों पर मदद करना चाहती है, इसको लेकर क्रांतिकारियों में अलग-अलग विचारधाराएँ थीं। आमतौर पर समझ यही थी कि चूँकि जर्मनी अंग्रेज सरकार की दुश्मन है, इसलिए वह भारतीय क्रांतिकारियों का मदद करना चाहती है। उसका उद्देश्य यह है कि यदि क्रांतिकारियों की मदद से भारत में गड़बड़ियाँ कराई जा सकें तो उनके कारण फ्रांस या लड़ाई के अन्य मोरचों पर भेजे जानेवाले भारतीय सैनिकों की संख्या सीमित की जा सकेगी। लेकिन क्रांतिकारीगण के मन में यह बात भी आ रही थी कि यदि क्रांति में जर्मनी की सहायता ली जाए तो इस बात की क्या गारंटी है कि अंग्रेज के जाने के बाद भारत पर जर्मनी का शासन स्थापित नहीं हो जाएगा? भारत में शस्त्र भेजे जाने के विषय पर जब जर्मन समिति विचार-विमर्श कर रही थी तो बरकतुल्लाह ने इसमें हस्तक्षेप किया, ताकि गदरियों की योजना के साथ तालमेल हो सके। उस समय अधिकांश भारतीय प्रवासी क्रांतिकारी अमेरिका में थे। अतएव जर्मन सरकार ने न्यूयॉर्क, शिकागो और सेन फ्रांसिस्को में तीन केंद्र बनाए और स्थानीय जर्मन प्रतिनिधियों और एजेंटों को इन केंद्रों में भारतीय क्रांतिकारियों से संपर्क करने का निर्देश दिया।

कैलिफोर्निया से विभिन्न जत्थों में गदरी क्रांतिकारी जब भारत के लिए रवाना हुए, तब तक जर्मन समिति द्वारा उन्हें किसी प्रकार की सहायता नहीं दी गई। अक्तूबर 1914 में कैलिफोर्निया में हुई बैठक में ही इस बात की चर्चा हुई थी कि जर्मनी से सहायता मिलने की उम्मीद है, लेकिन फलाफल कुछ नहीं निकला। बरकतुल्लाह ने हरदयाल से अनुरोध भी किया था कि वह अपने संपर्क का इस्तेमाल कर जर्मनी से आर्थिक सहायता

प्राप्त करें। जेम्स कैंपबेलकर ने भी स्वीकार किया है कि सिखों को पंजाब भेजकर क्रांति कराने की गदर पार्टी ने जो पहली योजना बनाई थी, उसका प्रारंभ में जर्मनी से कोई संबंध नहीं था।[39] लाला लाजपत राय ने भी, जो उस समय अमेरिका में थे, लिखा है कि "जो भारतीय भारत में क्रांति करने के उद्देश्य से 1914 में अमेरिका से गए, उन्हें जर्मनी ने न तो आर्थिक सहायता दी थी और न ही प्रोत्साहित किया था। वे स्वेच्छा से तथा अपने धन के सहारे भारत गए थे।"[40] जुलाई 1915 में समिति भंग कर दी गई एवं नई समिति का गठन किया गया। अब इस समिति में कोई भी विदेशी सदस्य नहीं था और इसका नाम बदलकर 'इंडियन इंडिपेंडेंस कमेटी' रखा गया। भारतीय क्रांतिकारियों को जर्मन द्वारा पैसा एवं हथियार, अर्थात् दोनों तरह से मदद की गई। भारतीय क्रांतिकारीगण जापान, चीन, फिलीपींस, स्याम, जावा आदि जगहों पर भी गए, ताकि वहाँ से हथियारों के खेप भारत पहुँचाई जा सके।[41]

'इंडियन इंडिपेंडेंस कमेटी' की बर्लिन में हुई बैठकों में भारतीय क्रांतिकारियों के अतिरिक्त तुर्की, इजिप्ट एवं जर्मन अधिकारीगण भी शामिल होते थे। बैठकों में जर्मनी के युद्धबंदी एवं जर्मन मिशनरीज के पूर्व अधिकारीगण भी शामिल होते थे, जिन्हें अंग्रेज शासित भारतीय राज्यों की राजनीति के बारे में पूरी जानकारी होती थी। चट्टोपाध्याय एवं हरदयाल लगभग प्रतिदिन जर्मन विदेश विभाग के अधिकारियों को स्थिति से अवगत कराते थे। 'ओरिएंटल ब्यूरो फॉर ट्रांसलेटिंग' नामक एक लघु संगठन की स्थापना की गई। इस संगठन का मुख्य कार्य जर्मन युद्धबंदियों के पढ़ने के लिए क्रांतिकारी परचे का अनुवाद एवं प्रकाशन था। जर्मन अधिकारियों द्वारा भारतीय देशी राजाओं के लिए तैयार किए गए पत्रों का अनुवाद भी इस संगठन द्वारा किया जाता था।[42] 'बर्लिन समिति' ने ब्रिटिश सरकार के विरुद्ध प्रचार कार्य पर विशेष ध्यान दिया। भारत सरकार ने 1916 के मध्य तक इस समिति द्वारा तैयार किए गए 82 लीफलेटों और पैंफलेटों (परचों) की सूची तैयार की थी। ये प्रकाशन अंग्रेजी, फ्रेंच, जर्मन, डच, पुर्तगीज, स्पेनिश, इटालियन, तुर्की, अरबी, फारसी, मलायी, तातार और चीनी भाषाओं के अतिरिक्त चार-पाँच भारतीय भाषाओं में तैयार किए गए थे।[43] मार्च 1915 में भारतीय सैनिकों में राजद्रोहात्मक परचे वितरित करने के लिए स्वेज नहर क्षेत्र में एक मिशन भेजा गया, जिसमें तारकनाथ दास और एम.पी.तिरुमल आचार्य थे। यह मिशन कुस्तुनतुनिया पहुँच गया। तारकनाथ दास 1915 के अंत तक कुस्तुनतुनिया में ही थे और वहाँ जर्मन समर्थक प्रचार करने में मदद कर रहे थे। वे मार्च 1916 में ज्यूरिख वापस आ गए और बाद में उन्हें अमेरिका भेजा गया।

बर्लिन स्थित 'इंडियन इंडिपेंडेंस समिति' के सदस्य युद्धबंदियों के शिविरों में भी गए थे और उन्होंने युद्धबंदियों को ब्रिटेन के विरुद्ध युद्ध करने के लिए राजी करने

का प्रयास भी किया था। अधिकांश भारतीय युद्धबंदी बर्लिन से लगभग 12 मील दूर जोस्सेन शिविर में रखे गए थे, जो डॉ. मंसूर की देख-रेख में था। हरदयाल, कर्ताराम और तारकनाथ दास अकसर इस शिविर में जाते थे और युद्धबंदियों से विद्रोह करने और अंग्रेजों को भारत से भगाने का आह्वान किया जाता था। चूँकि अधिकांश युद्धबंदी मुसलमान थे, अतएव उनसे तुर्की जाकर अपने मुसलमान भाइयों से कंधा-से-कंधा मिलाकर लड़ने का अनुरोध किया जाता था। इस प्रचार के प्रभाव में आकर कई युद्धबंदी ब्रिटेन से युद्ध करने के लिए आगे आए और हरदयाल के साथ कुस्तुनतुनिया गए।[44] एक ऐसे अभियान की रूपरेखा तैयार की गई थी, जिसे बिल्कुल गुप्त रूप से क्रियान्वित किया जाना था। लेकिन जिसके सहभागी विश्व के कई देशों में बिखरे पड़े थे और इनके बीच समन्वय करना और इन्हें गुप्त रूप से सारी योजनाओं के बारे में जानकारी देना सबसे कठिन काम था। धीरेंद्रनाथ सरकार और नारायण एस. मराठे 22 सितंबर, 1914 को जर्मनी से अमेरिका गए और 1 अक्तूबर को अविनाशचंद्र भट्टाचार्य भारत के लिए रवाना हुए। अक्तूबर के दूसरे सप्ताह में अमेरिका से केदारेश्वर गुहा, नारायण एस. मराठे और भूपेंद्रनाथ मुखर्जी एक जहाज पर एवं सत्येंद्रनाथ सेन एवं विष्णु गणेश पिंगले दूसरे जहाज पर भारत के लिए रवाना हुए। मराठे जापान में हथियार खरीदने के लिए संपर्क स्थापित करने के लिए रुक गए और बाकी दोनों लोग सीधे भारत आए। सत्येंद्रनाथ और पिंगले चीन में रुक गए एवं वहाँ उन्होंने सनयात सेन से भी मुलाकात की।[45]

'एस.एस. सलामी' नामक जहाज से नवंबर 1914 में मराठा पिंगले और बंगाली सत्येंद्र सेन अमेरिका से कलकत्ता पहुँचे। सत्येंद्र ने यहाँ संगठन बनाने के उद्देश्य से 159, बहु बाजार, कलकत्ता का मकान चुना। 1914 के अंतिम महीनों में पुलिस को सूचना मिली कि श्रमजीवी समावाया नामक स्वदेशी कपड़ा दुकान के पार्टनर रामचंद्र मजुमदार और अमरेंद्र चटर्जी, जतींद्र मुखर्जी, अतुल घोष और नरेंद्र भट्टाचार्य से मिलकर बड़ी मात्रा में हथियारों की खेप मँगाना चाहते हैं। बंगाली क्रांतिकारियों ने स्याम एवं अन्य जगहों पर कार्यरत क्रांतिकारियों के साथ मिलकर भारत में क्रांति की योजना बनाई और इसके लिए डकैती कर धन जुटाने का निर्णय लिया गया। 12 जनवरी और 22 जनवरी, 1915 को गार्डेन रीच और बेलियाघाट डकैती डाली गई, जिससे 40 हजार रुपए मिले। भोलानाथ चटर्जी को पहले ही बैंकॉक भेजा गया था। मार्च में यूरोप से जीतेंद्रनाथ लाहिड़ी वापस आए थे और उन्होंने किसी क्रांतिकारी को बटाविया भेजकर जर्मन दूतावास से संपर्क करने का अनुरोध किया और इसके बाद नरेन भट्टाचार्य को बटाविया भेजा गया। वे अप्रैल में अपनी यात्रा आरंभ किए और अपना छद्म नाम सी. मार्टिन रख लिया।[46] 'बर्लिन समिति' ने एन.एस. मराठे के साथ धीरेंद्रनाथ सरकार को इस निर्देश के साथ अमेरिका भेजा कि युवकों को भारत भेजा जाए और वहाँ भारतीयों को सूचित किया जाए

कि जर्मनी की मदद आ रही है। ये अमेरिका स्थित जर्मन राजदूत के नाम विदेश सचिव का पत्र भी ले गए, जिसमें कहा गया था कि इन्हें 25,000 मार्क के बराबर डॉलर दे दिए जाएँ।[47] इस तार के बाद भारतीय क्रांतिकारियों ने जर्मन सरकार से एक लाख मार्क की स्वीकृति दिए जाने तथा किसी ऐसे व्यक्ति को अमेरिका भेजने का अनुरोध किया, जिन्हें सभी चीजों की जानकारी हो। जर्मनी के विदेशी मामलों के सचिव अल्बर्थ सिम्मामन्न ने अमेरिका में जर्मनी के राजदूत फोन बर्न्सतोफ को एक तार भेजा, जिसमें कहा गया था कि 'बर्लिन समिति' के एक विश्वसनीय एजेंट हरंबलाल गुप्त शीघ्र अमेरिका रवाना हो रहे हैं।[48] बरकतुल्लाह ने हरदयाल को सूचित किया कि वह अपने जर्मन मित्रों से आर्थिक मदद प्राप्त करने का प्रयास करें, ताकि आर्थिक समस्या शीघ्रातिशीघ्र हल की जा सके। उन्होंने यह भी बताया था कि अमेरिका और कनाडा में रह रहे भारतीयों में काफी जोश है। वे देश के लिए धन और जान दोनों देने के लिए तैयार हैं।[49]

आरंभ में बरकतुल्लाह को ब्रिटिश सेना के वैसे भारतीय सैनिक, जो जर्मन के समक्ष आत्मसमर्पण कर दिए हों, में क्रांति के प्रचार की जिम्मेदारी दी गई। चंपकरमन पिल्लई ने जर्मनी का संदेश देते हुए एक व्यक्ति को बैंकॉक भेजा और वहाँ प्रिंटिंग प्रेस बैठाने का अनुरोध किया, ताकि स्याम-बर्मा सीमा पर सेना में भेजा जानेवाला परचा प्रकाशित किया जा सके। हरंबलाल गुप्त को जर्मन एजेंट बोहेम के साथ मिलकर स्याम में प्रशिक्षण केंद्र खोलने का अनुरोध किया गया, ताकि बर्मा में ब्रिटिश सेना पर आक्रमण किया जा सके।[50]

इस क्षेत्र में जर्मन का ध्यान बैंकॉक में गदर आंदोलन के लिए कनाडा एवं अमेरिका से वापस जा रहे सिखों पर था और बटाविया में बंगाली क्रांतिकारियों पर था। ये दोनों केंद्र शंघाई स्थित जर्मन दूतावास से नियंत्रित हो रहे थे। ब्रिटिश गुप्तचर प्रतिवेदन के अनुसार इंडियन कमेटी और जर्मनी के बीच 1915 के प्रारंभ में एक संधि हुई, जिस पर बोनथमन्न होलबेग, फोन यागोफ, चट्टोपाध्याय, हरदयाल, महेंद्र प्रताप और बरकतुल्लाह ने हस्ताक्षर किए थे। भारतीय क्रांतिकारियों ने जर्मनी से यह भी लिखित आश्वासन माँगा कि यदि भारतीय राजा और राष्ट्रीय (नेटिव) नेता एक भारतीय राष्ट्रीय सरकार की स्थापना के लिए अंग्रेजों से युद्ध करेंगे तो जर्मन सरकार उन्हें शस्त्र, गोलियों और वित्तीय ऋण देकर तथा उनके द्वारा स्थापित अस्थायी सरकार को मान्यता देकर उन्हें नैतिक और आर्थिक समर्थन देगी। इसमें यह भी आश्वासन माँगा गया था कि साम्राज्यवादी जर्मन सरकार की भारतीय राष्ट्रीय स्वाधीनता के प्रयासों को सफल बनाने में कोई अन्य वाणिज्यीय या सांस्कृतिक रुचि नहीं है।[51] 'बर्लिन कमेटी' इस बात पर उत्सुक थी कि जर्मनी यह स्वीकार कर ले कि युद्ध द्वारा भारत की आजादी प्राप्त करना जर्मनी का मूल सिद्धांत है। वह यह भी चाहती थी कि रीशटाग (जर्मनी की संसद्) के सदस्य एक स्वतंत्र देश के रूप में भारत के महत्त्व को स्वीकार करें और यदि संभव हो

तो भारत की आजादी में रुचि लें।[52] 'बर्लिन समिति' ने गदर पार्टी से अपनी गतिविधियों का तालमेल बैठाने के उद्देश्य से हरंबलाल गुप्त को पूरा अधिकार देकर अमेरिका भेजा। उन्हें यह भी निर्देश दिया गया था कि वह भविष्य में भारत में होनेवाली क्रांति में भाग लेने के लिए स्याम (थाईलैंड) की सीमा पर भारतीयों को प्रशिक्षित करवाएँ और उन्हें शस्त्रों की आपूर्ति करें। अमेरिका पहुँचते ही गुप्त ने अमेरिका से शस्त्र व गोलियाँ भारत भेजने की तैयारी शुरू कर दी। दक्षिण चीनी सरकार के प्रतिनिधि से दस लाख राइफल खरीदने के लिए बातचीत शुरू की गई। परंतु जब जर्मनों को पता चला कि इनमें से अधिकांश राइफलें तोड़ेदार हैं और चकमक पत्थरों से चलाई जाती हैं या मुहाने की ओर से भी चलाई जाती हैं (मजल लोडर), तब उन्होंने इन पुरानी राइफलों को खरीदने का इरादा खत्म कर दिया।[53]

7 अक्तूबर को हुई बैठक के बाद जर्मनी ने तीन बड़े बैंकों से करार किया, जिसके अनुसार एशिया में अवस्थित उनकी विभिन्न शाखाओं में पैसा भेजने और गुप्त पत्र भेजने की सुविधा मिल गई। तटस्थ देश हॉलैंड जर्मनी के नजदीक था और पंजाब भारत के नजदीक था। इसलिए इन दोनों जगहों पर केंद्र स्थापित किए गए। चूँकि जावा तटस्थ देश था, अतएव यहाँ से ऐसी गतिविधियों को चलाना उचित नहीं था। अतएव, जावा में अवस्थित विभिन्न जर्मन व्यापारियों की सहायता ली गई। जर्मन विदेश विभाग के अर्न्सट न्यूहोफर के अनुरोध पर व्यापारिक फर्म मेसर्स एगनौंड हेगडॉर्न ने 250,000 जर्मनी मुद्रा जावा के किसी बैंक में अक्तूबर या नवंबर में जमा करवाई। सबसे पहली जर्मनी सहायता भारत में जून 1915 में पहुँची।[54] उधर सेन फ्रांसिस्को में गदर नेताओं ने सहायता के लिए सितंबर में जर्मन विदेश विभाग के अधिकारियों से संपर्क किया। गदरी नेताओं ने अमेरिका के किसी व्यापारिक संस्थान से 60,000 डॉलर का हथियार खरीदने का सौदा भी तय कर लिया। इसी बीच, फ्रीमैन बरकतुल्लाह के संपर्क में आए और इनका परिचय बर्लिन, लोकलांजेगर से कराया, जो 30 हजार राइफल और 50000 ऑटोमैटिक पिस्तौल की खेप गुप्त रूप से भारत पहुँचाने के लिए राजी भी हो गया। वाशिंगटन अवस्थित जर्मनी दूतावास ने इन पैसों की माँग जर्मनी से की। जर्मनी के उत्तर की प्रतीक्षा किए बिना भगवान सिंह 21 अक्तूबर को सेन फ्रांसिस्को के लिए रवाना हो गए। ब्रिटिश सरकार के खिलाफ यह एक सुनियोजित चाल थी। अमेरिका का जर्मन राजनयिक संपूर्ण योजना के प्रभारी थे। हथियार खरीदने शंघाई, चीन अवस्थित जर्मन राजनयिकों को पूर्वी एशिया का प्रभारी बनाया गया, लेकिन कार्य का केंद्र थाईलैंड और जावा को बनाया गया था। 12 नवंबर को जकार्ता में अवस्थित जर्मन राजनयिक को निर्देश दिया गया कि वे तुर्की अवस्थित जर्मनी राजनयिक से संपर्क स्थापित कर बंगाल में कार्यरत भारतीय क्रांतिकारियों से पेनांग एवं सिंगापुर में समन्वय स्थापित करे। एक वरिष्ठ राजनयिक को

इस्तांबुल भेजा गया, ताकि हज यात्रा पर आए लोगों के मार्फत दस्तावेज भारत भेजे जा सकें। जर्मन राजनयिक एवं गदर पार्टी के बीच समन्वय स्थापित करने के लिए हरंबलाल गुप्त को अमेरिका भेजा गया।[55]

सारी योजना अत्यधिक सकारात्मक परिवेश के परिप्रेक्ष्य में बनाई गई थी। भारतीय क्रांतिकारी अपनी स्थिति को बहुत बढ़ा-चढ़ाकर पेश करते थे। इसका उन्हें यह लाभ होता था कि इससे उनके कार्यकर्ताओं और स्वयंसेवकों में उत्साह का संचार होता था। दूसरी ओर जर्मन राजनयिक भी इससे प्रभावित होते थे। भारतीय क्रांतिकारी नेता इस बात को महसूस करते थे कि जर्मन राजनयिकों को उनकी तैयारी पर जितना विश्वास होना चाहिए, उतना नहीं हो पा रहा है। लेकिन सामान्य क्रांतिकारी की मुराद तो इतनी ही थी कि हथियारों की खेप भारत पहुँचे और अंग्रेजों को भारत से खदेड़ दिया जाए।[56] जर्मन राजनयिक रूडोल्फ नेडोल्नी की राय में बीस हजार राइफल और तीन हजार ऑटोमैटिक पिस्तौल इस योजना के लिए काफी थीं। जर्मनी की योजना थी कि भारत में होनेवाली क्रांति में गोरखा एवं स्थानीय जमींदार का सहयोग प्राप्त किया जाए और नेपाल के राजा को भारत की राजगद्दी सौंपने का निमंत्रण दिया जाए।[57] भारतीय क्रांतिकारियों द्वारा जर्मनी में एक 'भारतीय स्वतंत्रता समिति' का गठन किया, जिसका कार्यालय 38, वायलैंड स्ट्रासे, चारलोटेनबर्ग, बर्लिन में बनाया गया। सामान्य चंदे के अलावा इसे जर्मनी के विदेश विभाग से सहायता मिलती थी। इसके प्रथम सचिव मोहम्मद मंसूर बनाए गए। 1915 के मध्य में चट्टोपाध्याय इसके सचिव बनाए गए। दिसंबर 1916 से लेकर इसके विघटन की तिथि अर्थात् दिसंबर 1918 तक इसके सचिव भूपेंद्रनाथ दत्त थे। यहाँ पर नेतृत्व चट्टोपाध्याय के हाथों में था। कारण, इन पर जर्मनी राजनयिकों को घोर विश्वास था। आरंभिक दिनों में हरदयाल की स्थिति भी ठीक ही थी, लेकिन धीरे-धीरे इनका प्रभाव धूमिल होता चला गया और अंत में वे तसवीर से बाहर हो गए।[58] अक्तूबर में चंपक रमन पिल्लई यहाँ आकर मिले। क्रांतिकारीगण अधिकतर छात्र थे और इनके अधिकांश नेता अमेरिका में रहते थे। हरदयाल इस्तांबुल गए और वहाँ से वे जेनेवा चले गए। जर्मन विदेश कार्यालय ने विश्व के अनेक देशों में कार्यरत भारतीय क्रांतिकारियों से संपर्क स्थापित किया और इसके लिए हरबर्ट मूलर और उसके पुराने मित्र वस्ले के ज्ञानचंद्र दास गुप्ता की सहायता ली। इस कारण जनवरी 1915 के अंत तक तारकनाथ दास, बरकतुल्लाह, जीतेंद्र नाथ लाहिड़ी और वीरेंद्र नाथ दास गुप्ता अमेरिका से जर्मनी आ गए। बरकतुल्लाह के अनुरोध पर हरदयाल भी 27 जनवरी, 1915 को जेनेवा से बर्लिन आ गए।[59] 26 जनवरी, 1915 को डॉगर बैंक में जर्मन सेना की पराजय और 18 फरवरी को नौसेना की पुन: विफलता ने जर्मन मनोबल को थोड़ा कम किया और अब वे भारतीय मामलों में क्रांतिकारी नेताओं से संपर्क के प्रति अधिक ध्यान देने लगे।[60]

मई 1915 में भूपेंद्रनाथ गुप्त अमेरिका से वहाँ पहुँचे। 'भारतीय समिति' में अधिक बल आ गया। जर्मन विदेश विभाग ने शस्त्र खरीदकर भारत भेजने के लिए वाशिंगटन स्थित सैनिक सहचारी (मिलिटरी अटैची) फ्रिस्त फोन पापेन ने जर्मन दूतावास के हंस लाउशर को न्यूयॉर्क में पचास हजार मार्क उपलब्ध कराए।

इन हथियारों को भारत तक पहुँचाने के लिए जर्मन अधिकारियों ने 'मावरिक' एवं 'एनी लार्सेन' नामक दो जहाज किराए पर लिये। क्रेज स्टीमशिप कंपनी से 'मावरिक' जहाज को 27000 अमेरिकी डॉलर में खरीद लिया गया। लेकिन बाबा हरि सिंह उस्मान का कहना है कि स्टैंडर्ड ऑयल कंपनी से 'मावरिक' जहाज को 40,000 रुपए में खरीदा गया और 'एनी लार्सेन' एक जर्मन मालवाहक जहाज था। इस जहाज को मार्तिंज एंड कंपनी से किराए पर अनुबंधित किया गया था। 'एनी लार्सन' छोटा व पुराना जहाज था, जो लंबी यात्रा के लिए उपयुक्त नहीं समझा जाता था। इस जहाज पर लगभग दस हजार पुरानी किस्म की स्प्रिंगफिल्ड राइफलें (जो पहले अमेरिकी सेना की थीं), इतनी ही संगीनें (बेनट) और गोलियाँ रखने की पट्टियाँ और 45 कलिबर की लगभग चालीस लाख गोलियाँ थीं। कैलिफोर्निया के सन डिएगो बंदरगाह पर 1 से 14 अप्रैल, 1915 के बीच, रात में, हथियारों को 'एनी लार्सन' जहाज पर लाद दिया गया। हथियारों को इतनी देर से और रात में लादने का मुख्य कारण था कि इस पर अंग्रेजी गुप्तचरों का ध्यान नहीं जाए। सेक्रोरो द्वीप पर 'एनी लार्सन' को इन हथियारों को 'मावरिक' जहाज पर स्थानांतरित कर देना था। इसके पीछे उद्देश्य था कि चूँकि 'मावरिक' तेलवाहक जहाज था, इसलिए लोगों को इस पर शक नहीं होता।

सेन फ्रांसिस्को स्थित ब्रिटिश वाणिज्य दूत की शिकायत पर 'एनी लार्सन' जहाज की तलाशी ली गई और 8 मार्च, 1915 को इसे मैक्सिको जाने की अनुमति दे दी गई। जर्मन दूतावास ने प्रचार करवाया कि मैक्सिको के क्रांतिकारियों के लिए ये शस्त्र भेजे जा रहे हैं। इधर लांस एंजिलिस में रह रहे जर्मन नौसेना के भूतपूर्व अधिकारी एफ. जाब्सन के सहयोग से 'एस.एस. मावरिक' नामक अन्य जहाज अनुबंधित किया गया। योजना बनाई गई कि मेक्सिकन तट के निकट सेक्रोरो द्वीप के पास 'एनी लार्सन' और 'मावरिक' मिलते और फिर शस्त्र लेकर जावा से अंजेर होते हुए भारत पहुँचाया जाता।[61] जर्मन दूतावास के अधिकारी एवं सैनिक सलाहकार फ्रांज वॉन पॉपेन द्वारा तैयार की गई योजना के अनुसार न्यूयॉर्क की हथियार विक्रेता एजेंसी क्रूप ने लगभग दस हजार सैनिकों के उपयोगार्थ हथियारों की खरीद की। जनवरी 1915 में खरीदे गए इन हथियारों की संख्या करीब 8 हजार राइफल और 40 हजार कारतूस थे। इन हथियारों को डिब्बों में बंद कर नाव पर लादकर सेन डियागो, कैलिफोर्निया पहुँचाया गया। योजनानुसार इन हथियारों को बीच समुद्र में 'एनी लार्सन' नामक जहाज पर लाद देना था और फिर किसी निर्जन स्थान

पर हथियारों को पुनः 'मावरिक' जहाज की तेल टंकी में भर देना था। 'एनी लार्सन' नामक जहाज अपने गंतव्य स्थल पर हथियारों की खेप लेकर बिल्कुल समय पर पहुँच गया, लेकिन दुर्भाग्य से 'मावरिक' जहाज समय पर नहीं पहुँच पाया और इस प्रकार सारी योजना धराशायी हो गई।[62]

जर्मन कंपनी एफ. जेबसेन का तेलवाहक जहाज 'मावरिक' जब सेन फ्रांसिस्को से रवाना हुआ, तब उसमें माल नहीं था। उसमें 25 अधिकारी, चालक दल के सदस्य, बी. मिलर नामक यात्री और गदर पार्टी के पाँच भारतीय प्रतिनिधि थे, जिनका चयन रामचंद्र ने किया था। ये विश्वविद्यालय के छात्र नेता हरनाम सिंह फकीर, हरनामचंद्र, मांगूराम, गंभीर सिंह और हरचरण दास थे। शस्त्रों को कराची में आपूर्ति कर ये भारतीय क्रांति में हिस्सा लेनेवाले थे। रामचंद्र ने ही पाँचों के लिए टिकट खरीदा, हरनाम सिंह को दल का नेता बनाया और 600 डॉलर का चेक मार्ग व्यय के लिए दिया। उन्हें गदर पार्टी का साहित्य 'गदर दी गूँज', 'गदर' अखबार के अंक, फतवा आदि से युक्त पाँच सूटकेस भी दिए गए। ये लोग बैरे (बेटर) के रूप में जहाज में सवार हुए और इन्होंने अपना नाम बदलकर फारसी नाम लिखाया।

स्टैंडर्ड ऑयल कंपनी नामक फर्म का 'एस.एस. मावरिक' एक पुराना तेल का जहाज था, जिसे सेन फ्रांसिस्को की जर्मन व्यापारिक संस्था एफ. जेबसेन एंड कंपनी द्वारा खरीद लिया गया। बिना किसी माल के यह जहाज 22 अप्रैल, 1915 को कैलिफोर्निया के सन पेड्रो नामक स्थान से रवाना हुआ। इस जहाज पर चालक दल के 25 अधिकारी और वेटर के रूप में पाँच पारसी सवार हुए। ये सभी भारतीय थे, जिन्हें वॉन ब्रिकेन नामक जहाज से जर्मन दूतावास के सहयोग से लाला हरदयाल के बाद गदर पार्टी के सचिव बनाए गए रामचंद्र ने भेजने की व्यवस्था करवाई थी। पंजाबी हरी सिंह की पेटी में 'गदर' परचा भरा हुआ था।[63] 21 अप्रैल, 1915 को दो जर्मन अधिकारी एच.सी. नेलसन (कप्तान) और जे.बी. स्टार हंट आए और 'मावरिक' को दक्षिण कैलिफोर्निया के सान जोस डेल काबो में ले गए। सबसे पहले 'मावरिक' कैलिफोर्निया के सन जोंस डेल काबो नामक स्थान पर पहुँचा और जावा के अंजेर नामक स्थान पर जाने की अनुमति प्राप्त की। ला पाज जाने के नाम पर यात्री बी. मिलर जहाज से उतर गया। जहाज को जावा में स्थित अंजर जाने के लिए पुनः अनुमति मिली। इसके बाद यह जहाज मैक्सिको के 600 मील पश्चिम सेक्रोरो नामक द्वीप पर[64] 29 अप्रैल, 1915 को पहुँचा।[65] योजना थी कि 'एनी लार्सन' से हथियार प्राप्त कर तेलवाहक जहाज 'मावरिक' में रखा जाएगा और उसमें तेल भर दिया जाएगा। गोलियाँ एक अन्य टैंक में रखी जानी थीं और आपात स्थिति आने पर इसमें भी तेल भर दिया जाता। लेकिन 'एनी लार्सन' जहाज समय पर सकोरो पहुँच ही नहीं पाया।[66]

जर्मन दूतावास के तौशेर द्वारा हथियारों की खरीद की गई थी और इसे 'एनी लार्सन' नामक छोटे जहाज से 'सन दिएगो' नामक द्वीप पर रख दिया गया था। 'मावरिक' के अधिकारियों को निर्देश दिया गया था कि जहाज के एक खंड में राइफल को सजा दिया जाए और उसमें तेल भर दिया जाए। गोली को दूसरे खंड में सजाकर इसमें भी तेल भर दिया जाए और यदि ऐसी कोई विषम स्थित उत्पन्न हो जाए तो इस जहाज को डुबो दिया जाए। लेकिन 'एनी लार्सन' से 'मावरिक' की कभी भी मुलाकात नहीं हो सकी और कुछ सप्ताह इंतजार करने के बाद होनोलुलू के रास्ते जावा के लिए 'मावरिक' चल दिया। सेक्रोरो द्वीप पर 'एनी लार्सन', 'मावेरिक' का इंतजार करता रह गया। द्वीप के मछुआरों को 'एनी लार्सन' एवं इस पर लदे हुए हथियार देखकर संशय हुआ और 'एनी लार्सन' के कर्मचारीगण अनहोनी की आशंका से 28 अप्रैल को द्वीप छोड़कर चले गए। 'एनी लार्सन' के प्रस्थान करने के कुछ ही समय बाद 'मावरिक' सेक्रोरो द्वीप पर पहुँचा और 'एनी लार्सन' को नहीं पाया। द्वीप के वही मछुआरों ने 'मावरिक' को 'एनी लार्सन' के द्वीप छोड़ने के बारे में बताया और सारी जानकारी अमेरिकी अधिकारियों को भी पहुँचा दी गई। नतीजा हुआ कि पार्टी मुख्यालय पर अमेरिकी अधिकारियों ने धावा बोल दिया। 'मावरिक' वहाँ से जावा (इंडोनेशिया) चला गया, जहाँ पर चालक दल के पाँच भारतीयों द्वारा नौसेना पुलिस के समक्ष आत्मसमर्पण किया गया। इतना सब होने के बावजूद 'एनी लार्सन' पुनः सेक्रोरो द्वीप पर वापस आया, लेकिन पुनः 'मावरिक' को नहीं पाकर वह वाशिंगटन के अबरदीन बंदरगाह पर पहुँचा, जहाँ चालक दल के सदस्यों को पुलिस द्वारा रोककर रख लिया गया। 'मावरिक' के कप्तान को सकोरो द्वीप पर मालूम हुआ कि 'एनी लार्सन' ने वहाँ पहुँचकर प्रतीक्षा की थी, परंतु पानी एवं आवश्यक 'रसद' के अभाव के कारण वह मैक्सिको तट पर वापस चला गया है। उसे 'एनी लार्सन' के अधिकारी का नोट मिला कि उसकी प्रतीक्षा की जाए। 'मावरिक' लगातार 29 दिनों तक सकोरो द्वीप पर 'एनी लार्सन' की प्रतीक्षा करता रहा, परंतु 'एनी लार्सन' वापस नहीं आया। फिर 'मावरिक' ने सान डियागो वापस जाकर सेन फ्रांसिस्को में अवस्थित अपने मालिक से संपर्क किया, जिसने उसे हवाई द्वीप के हिलो नामक स्थान पर जाने का आदेश दिया। 11 जून, 1915 को 'मावरिक' को हिलो में आदेश मिला कि 'एनी लार्सन' से मिलने के लिए जानसन द्वीप जाए और वहाँ से माल लेकर ईस्ट इंडीज रवाना हो जाए। इस बीच 21 जून को स्टार हंट को बंद लिफाफे में निर्देश मिला कि वह 'एनी लार्सन' से कोई माल प्राप्त नहीं करे और स्वयं 'मावरिक' द्वारा बटाविया चला जाए। वस्तुतः सारी योजना का भेद खुल गया था। हुआ यह था कि 'एनी लार्सन' का कप्तान पे.हा. श्लूटर की मैक्सिको में एक महिला मित्र थी, जिसके कारण उसने सारा समय बरबाद कर दिया और 'मावरिक' से मिलने समय पर सकोरो द्वीप नहीं पहुँच सका। इस बीच

एक समाचार–पत्र ने सारी योजना प्रकाशित कर दी। अमेरिका के तटकर अधिकारियों ने होकुइम, वाशिंगटन बंदरगाह पर 'एनी लार्सन' के माल को अपने कब्जे में कर लिया। इधर बिना शस्त्र लिये 'मावरिक' जहाज जावा रवाना हुआ और 21 जुलाई, 1915 को बटाविया पहुँचा। जावा में डच अधिकारियों द्वारा इस जहाज की तलाशी ली गई, लेकिन इसे खाली पाया गया। जून 1915 के अंत में 'एनी लार्सन' वाशिंगटन के होकियाम नामक स्थान पर पहुँचा, जहाँ अमेरिकी अधिकारियों ने इस जहाज को जब्त कर लिया। वाशिंगटन में जर्मन राजदूत काउंट बर्न्सडोर्फ ने दावा जताया कि यह जहाज जर्मनी का है, लेकिन अमेरिकी सरकार ने इस दावे को खारिज कर दिया।[67]

भारतीय कुछ समय तक प्रतीक्षा करने के बाद अपने क्रांतिकारी साथियों से मिलने के लिए बैंकॉक रवाना हो गए, परंतु उन्हें रास्ते में ही गिरफ्तार कर लिया गया। केवल हरी सिंह बच निकले और कई वर्ष तक हेल्फिश के साथ काम करते रहे।[68] बटाविया में हेलफेरिक ने 'मावरिक' को प्राप्त तो किया, लेकिन पुनः इसे अमेरिका वापस जाने का हुक्म दिया। तब तक 'मार्टिन' का स्थान हरी सिंह ले चुके थे। मार्टिन अमेरिका पहुँच गया, लेकिन यहाँ पर अमेरिकी अधिकारियों द्वारा इसे गिरफ्तार कर लिया गया।[69] हेल्फिश और उसके भाई थ्योडोर हेल्फ्रिश की देख–रेख में अमेरिका से शस्त्र डच ईस्ट इंडीज में उतारने की योजना बनाई गई थी। 'बर्लिन समिति' ने सैनिक विभाग के विंसेंथ क्राफ्थ की सेवाएँ दिलाने के लिए राजी कर लिया था, क्योंकि वे इन क्षेत्रों से पूरी तरह परिचित थे। बर्लिन कमेटी ने अपनी स्थापना के तत्काल बाद डॉ. अविनाशचंद्र भट्टाचार्य को भारतीय क्रांतिकारियों को यह सूचना देने के लिए भारत भेजा था कि शस्त्रों व धन के रूप में जर्मन सहायता आ रही है। इसकी सूचना सबसे पहले जीतेंद्रनाथ लाहिड़ी ने दी और उनकी सलाह पर ही कलकत्ता में हैरी एंड संस कंपनी और बटाविया में 'के.ए.जे. चोटिरमाल एंड कंपनी' का चयन किया गया था।[70]

बंगाल क्रांतिकारियों की ओर से एम.एन. राय ने सी.ए. मार्टिन के छद्म नाम से बटाविया की यात्रा की और वहाँ हेल्फिश भाइयों से मिले। 'चोटिरमाल एंड कंपनी' के नाम से कुल 43,000 रुपए कलकत्ता भेजे गए, जिसमें से 33,000 रुपए क्रांतिकारियों को प्राप्त हुए।[71] सारी योजना ब्रिटिश पुलिस की जानकारी में आ गई। पूर्व योजना के अनुसार हेल्फिश को शस्त्र की आपूर्ति कराची में करनी थी, लेकिन सी.ए. मार्टिन के अनुरोध पर बंगाल की खाड़ी में आपूर्ति किए जाने पर सहमति बनी और जून 1915 में मार्टिन भारत वापस आ गए। जून 1915 में कुमुदनाथ मुखर्जी को बैंकॉक से भारत भेजा गया। 3 जुलाई, 1915 को वे कलकत्ता पहुँचकर जादू गोपाल मुखर्जी से मिले। उन्हें पुनः वापस बटाविया भेज दिया गया और यह संदेश भी भेजा गया कि हेल्फिश ने जिन 50,000 राइफलों को बंगाल की खाड़ी में आपूर्ति करने की योजना बनाई है, इसकी जरूरत यहाँ नहीं है। बंगाल

को केवल 15,000 राइफल की ही आवश्यकता है। शेष शस्त्रों को या तो कराची या पांडचेरी के निकट भेज दिया जाए। प्रति राइफल 15,000 गोलियों की आपूर्ति की जाए। कुमुदनाथ मुखर्जी को भारत के नक्शे में हटिया, बालासोर और पश्चिमी तट पर कारबार जिले का गोकर्नी नामक स्थान का नक्शे भी चिह्नित कर दिया गया।

वास्तव में कुमुदनाथ मुखर्जी पुलिस गुप्तचर था, जिसे शिवदयाल कपूर नामक व्यक्ति ने काफी धन देकर भारत भेजा था। संदेश मिलते ही भारतीय पुलिस सक्रिय हो उठी। बर्मा, बंगाल की खाड़ी और कलकत्ता के आस-पास तथा कराची और अंडमान द्वीप समूह में व्यापक नौसैनिक और अन्य सतर्कता बरती गई। अगस्त 1915 में कई क्रांतिकारियों को गिरफ्तार कर लिया गया। योजना असफल होने के बाद हेल्फिश का उत्साह कम हो गया। एम.एन. राय और फणींद्रनाथ चक्रवर्ती दुबारा बटाविया जाकर हेल्फिश से मिले, परंतु उल्लेखनीय सफलता नहीं मिल पाई। 'अंडमान-मुक्ति' की बनाई गई योजना के अनुसार छद्म रूप में एजेंट और व्यापारी वहाँ जानेवाला था। वह जर्मन सूत्रों से प्राप्त शस्त्र वहाँ रखता और फिर रिहा किए गए बंदियों से संपर्क करता और उनकी मदद से एक निश्चित तिथि की रात में वायरलेस स्टेशन नष्ट करने की व्यवस्था करता। भारतीय क्रांतिकारी जर्मन अधिकारियों के साथ सबांग से निकोबार जाते, जहाँ से वे बंदूकें और गोलियाँ आदि लेकर रवाना होते और उसी रात को अंडमान पहुँच जाते, जिस रात वायरलेस स्टेशन नष्ट किया जाना था। यह कार्य करने तथा कब्जा करने के बाद जो बंदी युद्ध करने लायक होते, वे ब्रिटिश सरकार के विरुद्ध युद्ध में शामिल होते।[72]

अगस्त 1915 में फ्रांस पुलिस के खुफिया विभाग के यूरोपीय सूत्र ने सूचित किया कि शीघ्र ही भारत में क्रांति होनेवाली है, जिसे जर्मनी की मदद मिलेगी। 'एस. एस. सलामी' नामक जहाज से नवंबर 1914 में मराठा पिंगले और बंगाली सत्येंद्र सेन अमेरिका से कलकत्ता पहुँचे। सत्येंद्र ने यहाँ संगठन बनाने के उद्देश्य से 159, बहु बाजार, कलकत्ता का मकान चुना। 1914 के अंतिम महीनों में पुलिस को सूचना मिली कि श्रमजीवी समावाया नामक स्वदेशी कपड़ा दुकान के पार्टनर रामचंद्र मजुमदार और अमरेंद्र चटर्जी, जतिन मुखर्जी, अतुल घोष और नरेंद्र भट्टाचार्य से मिलकर बड़ी मात्रा में हथियारों की खेप मँगाना चाहते हैं। बंगाली क्रांतिकारियों ने स्याम एवं अन्य जगहों पर कार्यरत क्रांतिकारियों के साथ मिलकर भारत में क्रांति की योजना बनाई और इसके लिए डकैती कर धन जुटाने का निर्णय लिया गया। 12 जनवरी और 22 जनवरी को गार्डेन रीच और बेलिया घाट डकैती डाली गई, जिससे 40 हजार रुपए मिले। भोलानाथ चटर्जी को पहले ही बैंकॉक भेजा गया था। यूरोप से मार्च में जीतेंद्रनाथ लाहिड़ी वापस आए थे और उन्होंने किसी क्रांतिकारी को बटाविया भेजकर जर्मन दूतावास से संपर्क करने का अनुरोध किया और इसके बाद नरेन भट्टाचार्य को बटाविया भेजा गया। उन्होंने अप्रैल में अपनी

यात्रा आरंभ की और अपना छद्म नाम सी. मार्टिन रख लिया।[73]

अप्रैल में ही अवनी मुखर्जी को जापान भेजा गया, जबकि नेता जतिन मुखर्जी बालासोर में जाकर कहीं छिप गए; क्योंकि गार्डेन रीच और बेलियाघाट डकैती के सिलसिले में पुलिस की गिरफ्तारी का उन्हें डर था।[74] बटाविया पहुँचने पर जर्मन अधिकारियों ने मार्टिन का परिचय थियोडोर हेलफेरिक से कराया, जिसने उन्हें सूचित किया कि हथियारों से भरा एक जहाज कराची की ओर जा रहा है, ताकि भारतीय क्रांतिकारियों को सहायता दी जा सके। मार्टिन ने सलाह दी कि इस जहाज को बंगाल जाने दिया जाए। शंघाई के जर्मन कार्यालय से अनुमति मिलने के बाद इसकी अनुमति दे दी गई। जहाज सुंदरवन के 'राय मंगल' नामक जगह पर आनेवाला था। हथियारों की प्राप्ति के लिए तैयारी करने के लिए मार्टिन वापस आ गया। इस जहाज में 30 हजार राइफल, 4,000 राउंड गोली एवं दो लाख रुपए नकद थे। कलकत्ता में एक क्रांतिकारी द्वारा जाली व्यापारिक प्रतिष्ठान 'हैरी एंड संस' खोले गए थे और इस पते पर मार्टिन ने तार दिया कि 'सौदा उपयोगी है'। इस कंपनी द्वारा जून में मार्टिन को तार दिया कि व्यापार के लिए पैसा लाओ। इसके बाद जून एवं अगस्त के बीच हेलफेरिक द्वारा 'हैरी एंड संस' को 43,000 रुपए दिए गए, जिनमें से क्रांतिकारियों को 33,000 रुपए मिले।[75]

अगस्त 1915 में फ्रांस पुलिस की खुफिया विभाग ने यूरोपीय सूत्र से सूचित किया कि शीघ्र ही भारत में क्रांति होनेवाली है, जिसे जर्मनी की मदद मिलेगी। जून के मध्य में मार्टिन वापस भारत आया और जतिन मुखर्जी, जादू गोपाल मुखर्जी, भोलानाथ चटर्जी और अतुल घोष के साथ 'मावरिक' जहाज से आनेवाले हथियारों के खेप की प्राप्ति के उपाय करने लगे। इनके सामने हल्दिया, कलकत्ता और बालासोर थे। हालाँकि इन्हें विश्वास था कि बंगाल में पर्याप्त मात्रा में क्रांतिकारी हैं और इस कारण पुलिस या सेना से लोहा लिया जा सकता है। इसलिए वे अपने सुरक्षित स्थान के आस-पास के तीनों पुलों को उड़ा देना चाहते थे, ताकि बाहर से सैनिक नहीं आ सकें। जतींद्र को मद्रास से आनेवाली रेल लाइन, भोलानाथ को बंगाल-नागपुर रेल लाइन के लिए, चक्रधरपुर एवं सतीश चक्रवर्ती को अजय नदी पर बने पुल को उड़ाने की जिम्मेदारी दी गई। नरेंद्र चौधरी एवं फणींद्र चक्रवर्ती को हटिया भेजा गया और उनसे अनुरोध किया गया कि वहाँ उन्हें क्रांति सेना की एक टुकड़ी लेकर पहले ईस्टर्न बंगाल जिला पर नियंत्रण स्थापित करना है और फिर कलकत्ता पहुँचना है। नरेन भट्टाचार्य एवं विपिन गांगुली को कलकत्ता एवं शहर के आस-पास के सभी शस्त्रागारों पर नियंत्रण स्थापित करना था। उसके बाद उन्हें फोर्ट विलियम पर कब्जा करना था, तत्पश्चात् कलकत्ता में सरकारी प्रतिष्ठानों को तहस-नहस करना था। 'मावरिक' से आनेवाले जर्मन अधिकारियों को पूर्वी बंगाल में रहकर क्रांतिकारियों को प्रशिक्षित करना था।[76]

'मावरिक' जहाज से हथियार प्राप्त करने का काम जादू गोपाल मुखर्जी को सौंपा गया था। जहाज से हथियारों की खेप उतारने एवं प्रकाश आदि की व्यवस्था के लिए जादू गोपाल ने राय मंगल के पास रहनेवाले एक जमींदार से सहायता माँगी और उसने सबकुछ उपलब्ध कराने का आश्वासन दिया। 'मावरिक' जहाज रात में आनेवाला था। पहचान के लिए बताया गया कि एक साथ कई रोशनी मिलेंगी। आशा की गई कि 1 जुलाई, 1915 को हथियारों की पहली खेप प्राप्त हो जाएगी।[77] इधर अतुल घोष के निर्देश पर नाव पर सवार होकर कुछ लोग राय मंगल के आस-पास घूमने लगे, ताकि 'मावरिक' जहाज के आने पर हथियारों को उतारने में मदद हो। दस दिन की अवधि बीत जाने के बाद भी 'मावरिक' नहीं आया और न ही बटाविया से कोई संदेश ही इन्हें प्राप्त हुआ।[78]

पंजाबी क्रांतिकारी आत्माराम का संदेश लेकर एक बंगाली युवक 3 जुलाई को बैंकॉक से पहुँचा और उसने बताया कि जर्मन कौंसिल द्वारा श्याम से 5000 राइफलों का जखीरा एवं एक लाख रुपया लेकर नाव राय मंगल के लिए रवाना हुई है, लेकिन बंगाली क्रांतिकारियों की समझ में आया कि शायद 'मावरिक' से भेजे जानेवाले हथियार की योजना के बदले में यह योजना बनाई गई हो। इसलिए संदेशवाहक युवक को तुरंत वापस करते हुए हेलफेरिक को संदेश दिया गया कि पुरानी योजना में फेरबदल न किया जाए। हथियारों की दूसरी खेप बालासोर के निकट हल्दिया (संदीप) अथवा पश्चिमी तट पर कारवार के दक्षिण गोकर्णी में उतारने की व्यवस्था की जाए। जुलाई के अंत तक ब्रिटिश सरकार को राय मंगल के नजदीक हथियार उतरने की सूचना प्राप्त हो गई और तद्नुसार सतर्कता बरती जाने लगी।[79] 4 सितंबर को 'हैरी एंड संस' की सहयोगी संस्था 'यूनिवर्सल इंपोरियल', बालासोर पर पुलिस द्वारा छापेमारी की गई और पुन: 20 मील दूरी पर अवस्थित काप्टीपाड़ा में छापेमारी की गई। यहाँ पर पुलिस ने सुंदरवन का नक्शा और 'मावरिक' से संबंधित 'पेनांग पेपर' बरामद किया। पुलिस के साथ हुई मुठभेड़ में दल के नेता जतिन मुखर्जी और पुलिस इंस्पेक्टर सुरेश चंद्र चक्रवर्ती की हत्या करनेवाले चित्तप्रिय राय चौधरी की मृत्यु हुई और तीन बंगाली पकड़ लिये गए। 7 अगस्त को पुलिस द्वारा 'हैरी एंड संस' पर छापेमारी की गई और कुछ लोगों को गिरफ्तार किया गया। 13 अगस्त को एक क्रांतिकारी ने जावा में हेलफ्रिक को तार भेजा और 15 अगस्त को बटाविया होते हुए हेलफ्रिक से विचार करने के लिए मार्टिन रवाना हुए।[80]

मार्टिन से कुछ भी संदेश प्राप्त नहीं होने पर बंगाल के दो क्रांतिकारी गोवा गए और 27 दिसंबर, 1915 को बटाविया में मार्टिन को तार भेजा गया कि 'क्या हो रहा है, हम लोग बहुत चिंतित हैं—बी. चट्टरटॉन।' पुलिस ने इस सिलसिले में दो बंगाली को गिरफ्तार किया, जिनमें से एक भोलानाथ चटर्जी ने पूना जेल में 27 जनवरी, 1916 को आत्महत्या कर ली।[81] उल्लेखनीय है कि 'मावरिक' की यात्रा असफल हो जाने के

बाद जर्मन कौंसिलर ने दो अलग-अलग जहाज पर हथियारों की खेप राय मंगल और बालासोर के लिए भेजने की व्यवस्था करवाई। पहले जहाज पर 20 हजार राइफल, 8 लाख कारतूस, 2,000 पिस्तौल, हैंड ग्रेनेड और अन्य विस्फोटक और दो लाख रुपए थे, जबकि दूसरे जहाज पर 10,000 राइफल, दस लाख कारतूस और हैंड ग्रेनेड तथा विस्फोटक थे। मार्टिन ने बट विया में जर्मन कौंसिल से बताया कि राय मंगल सुरक्षित नहीं है। इसके बदले हटिया में खेप उतारी जाए। हेलफ्रिक से विचार-विमर्श के बाद नई योजना बनाई गई। इस योजना के अनुसार दिसंबर के अंत में शंघाई से सीधा चलकर जहाज हटिया पहुँचेगा। बालासोर के लिए जिस जर्मन जहाज को तय किया गया है, वह अभी डच बंदरगाह पर है और यह बीच समुद्र में हथियारों का जखीरा प्राप्त करेगा। जर्मन जहाज हथियारों से लैस होकर अंडमान पर आक्रमण करेगा, वहाँ पर उन सभी क्रांतिकारियों को लेगा, जो सिंगापुर रेजीमेंट के युद्धबंदी हैं। इसके बाद यह जहाज रंगून पर आक्रमण करेगा। एक चीनी क्रांतिकारी को 60,000 जर्मन स्वर्ण मुद्रा एवं एक पत्र लेकर हेलफेरिक के पास भेजा गया। चीनी को यह निर्देश दिया गया था कि इस पत्र को पेनांग में बंगाली क्रांतिकारी को दे दें अथवा कलकत्ता में दो में से एक पते पर इसे दे दें। लेकिन ऐसा नहीं हो पाया, क्योंकि इस चीनी को सिंगापुर में ही गिरफ्तार कर लिया गया था।[82] इस बीच मार्टिन के साथ बटाविया गए बंगाली युवक को शंघाई के जर्मन दूतावास में जाकर संपर्क करने के लिए भेजा गया और उसे यह भी निर्देश दिया गया कि वह हटिया आनेवाले जहाज पर सवार हो जाए। लेकिन जैसे ही यह बंगाली शंघाई पहुँचा, इसे गिरफ्तार कर लिया गया।[83] बंगाली युवक की गिरफ्तारी के बाद जर्मन से हथियार आने की सभी संभावनाएँ समाप्त हो गईं। जतिन मुखर्जी के निधन के बाद कलकत्ता के क्रांतिकारियों ने चंद्रनगर आश्रम में रहना आरंभ कर दिया।

अक्तूबर 1915 में शंघाई नगर पालिका पुलिस द्वारा दो 'चीनी' को गिरफ्तार किया गया, जिसके पास 129 ऑटोमैटिक पिस्तौल और 20,830 कारतूस भी थे। यह सामग्री इन्हें एक जर्मन नागरिक नियल्सन द्वारा दी गई थी, जिसे जहाज पर लकड़ी के पटरे के बीच में छिपा दिया गया था। इन हथियारों को अमरेंद्र चटर्जी, श्रमजीवी समावाया, कलकत्ता के पते पर पहुँचाना था। लेकिन अमरेंद्र भी इस समय भागकर चंद्रनगर आश्रम में छिपे हुए थे।[84] गिरफ्तार हुए चीनी के नोटबुक से नियल्सन का पता 32, यंगटेस्पो रोड प्राप्त हुआ और एक युवक अवनी की भी जानकारी मिली और इसे भी गिरफ्तार कर लिया गया। ऐसा समझा जाता है कि इन हथियारों को रासबिहारी बोस ने भेजा था, क्योंकि नियल्सन के पते पर वही रहते थे। जिन पिस्तौलों को रासबिहारी भारत भेजना चाहते थे, उसे भाई, ताह डिस्पेंसरी, 108 चाओ तुंग रोड के एक चीनी ने प्राप्त किया था। रासबिहारी के साथ अविनाश रे नामक दूसरे क्रांतिकारी भी रहते थे। जर्मन सहयोग

से भारत हथियार भेजने में इस क्रांतिकारी का संबंध था। इसे कहा गया कि चंद्रनगर में मतीलाल रे एवं अन्य क्रांतिकारियों को सूचित किया जाए कि सबकुछ ठीक-ठाक है और अवनी के सुरक्षित भारत पहुँचने के विषय में निदान ढूँढ़ लिया जाए। अवनी के नोटबुक में चंद्रनगर, ढाका, कलकत्ता एवं कोमिला के क्रांतिकारियों के नाम एवं पते लिखे हुए थे। इसी में एक और पता था—अमर सिंह, इंजीनियर, पकोह, श्याम। इसी पते पर हथियारों को छिपाकर रखा जाना था। मांडले जेल में अमर सिंह को फाँसी पर लटका दिया गया।[85] वेहडे, बोएहम और हरंबलाल गुप्त पर जर्मन षड्यंत्र के विरुद्ध शिकागो में मुकदमा चलाया गया। नवंबर 1917 में सेन फ्रांसिस्को में भी मुकदमा चलाया गया, लेकिन इस बारे में कम जानकारी उपलब्ध है।[86] जर्मनी द्वारा फिलीपींस के माध्यम से भारत में हथियार आपूर्ति करने की योजना बनाई गई। गदर पार्टी के सदस्यों के साथ दो जर्मन अमेरिकी अल्बर्थ वेद और गेयाक पाउल बोम सेन फ्रांसिस्को से मनीला रवाना हुए। उन्होंने 'हेनरी एस.' नामक जहाज का अनुबंध खेल के उपयोग के लिए किया गया। योजना थी कि ज्यों ही 'हेनरी एस.' रवाना होगा, जर्मन जहाजों 'सखेन' और 'शिविटा' से शस्त्र का हस्तांतरण कर दिया जाएगा। लेकिन पुलिस को खबर हो जाने के कारण सारी योजना निष्फल हो गई।[87] 'बर्लिन समिति' द्वारा यह योजना भी बनाई गई कि अंडमान द्वीप पर कब्जा किया जाए और वहाँ के जेल में बंद कैदियों को मुक्त कर स्वतंत्रता संग्राम में उन्हें सहभागी बनाया जाए। लेकिन समिति का विचार था कि जब तक भारत में पर्याप्त संख्या में शस्त्रों की आपूर्ति नहीं कर दी जाए, इस योजना को कार्यरूप नहीं दिया जाए। सिंगापुर के ब्रिटिश अधिकारियों को इसकी भनक पहले ही मिल गई और इसे कार्यरूप नहीं दिया जा सका। योजना बनाई गई कि हथियारों से भरे हुए तीन जहाज भारत भेजे जाएँगे। एक जहाज में 500 जर्मन अधिकारी और 1000 सिपाही रहेंगे और यह जहाज अंडमान पहुँचकर वहाँ के जेल में बंद राजनीतिक कैदियों को रिहा करेगा और उसके बाद जहाज कलकत्ता पहुँचेगा। दूसरा जहाज बंगाल के किसी स्थान पर जाएगा और तीसरा जहाज पश्चिमी तट की ओर रवाना होगा। जैसे ही बर्मा पर आक्रमण होगा, पंजाब और बंगाल में क्रांतिकारी घटनाओं की शुरुआत हो जाएगी। ठीक इसी समय अफगानिस्तान एवं बलूचिस्तान की ओर से भारत पर आक्रमण कर दिया जाएगा। ऐसी योजना भारतीय क्रांतिकारियों द्वारा पूर्व में भी कई बार बनाई गई थी, लेकिन इसे कार्यरूप नहीं दिया जा सका था।[88]

'बर्लिन समिति' द्वारा दिए गए अधिकांश विवरणों के स्रोत वारींद्रनाथ घोष के निकट सहयोगी एवं 'युगांतर' अखबार के संपादक भूपेंद्रनाथ दत्त हैं। हालाँकि उसने लाला हरदयाल की भूमिका की कड़ी निंदा की है। लेकिन अन्य जगहों पर हरदयाल की विशेष प्रशंसा इस बात के लिए की गई है कि जर्मनी-भारत षड्यंत्र समिति के मुख्य

कर्ता-धर्ता हरदयाल ही थे। एक अमेरिकी शोधकर्ता ने इस घटना का उल्लेख करते हुए लिखा है कि हरदयाल का निकट संबंध जर्मनी विदेश विभाग के भारतीय शाखा के प्रभारी सचिव वॉन वेजेंडॉन्क से था और उन दोनों ने मिलकर 'इंडियन इंडिपेंडेंस कमेटी' का गठन किया था। हरदयाल के आह्वान पर ही विभिन्न विश्वविद्यालयों में पढ़नेवाले भारतीय मेधावी छात्र बर्लिन पहुँचे थे। भारतीयों के साथ होनेवाली बैठकों में ऐसे जर्मनी अधिकारीगण नियमित रूप से भाग लेते थे, जिन्हें भारतीय मामलों की अच्छी जानकारी थी। इस समिति को जर्मन सरकार द्वारा खूब धन भी दिया गया। भारत में क्रांतिकारी घटनाओं का समन्वय भी किया गया। तुर्की के रास्ते भारतीय मिशन को अफगानिस्तान भेजा गया। इस समिति के अधीन ही अमेरिका में कार्यरत भारतीय क्रांतिकारी दलों को लाया गया। इतना ही नहीं, विभिन्न देशों में कार्यरत जर्मनी दूतावास के अधिकारियों को संदेश प्रसारित करवाया गया कि वे इस समिति को मदद करें।[89] हरदयाल के बाद गदर पार्टी के अध्यक्ष रामचंद्र बने। जर्मन समिति द्वारा उनसे अनुरोध किया गया कि वे अमेरिका से आदमी एवं हथियार भारत भेजें। जर्मन अधिकारियों एवं व्यापारियों के सहयोग से अमेरिका से भारतीयों को चीन के शंघाई एवं स्वातो बंदरगाह के रास्ते स्याम भेजा गया, जहाँ से उन्हें तस्करी से भारत की सीमा में प्रवेश कराया जाता। इस रास्ते बड़ी संख्या में भारतीय अमेरिका से पहुँचे। शंघाई से क्रांतिकारियों को भारत की सीमा में प्रवेश कराने में टेहल सिंह का बड़ा योगदान रहा, जिन्होंने तीस हजार डॉलर खर्च किए।[90]

जर्मन समिति द्वारा फरवरी 1916 में चंद्रकांत चक्रवर्ती को अमेरिका भेजा गया, ताकि वहाँ पर संगठनों को मजबूत किया जा सके। वहाँ पर चक्रवर्ती द्वारा एक 'पैन-इसलामिक लीग' का गठन किया गया और एक एजेंट को सहयोग की तलाश में जापान भी भेजा गया। एक और एजेंट को वेस्ट इंडीज के तटों पर सहयोग की आकांक्षा से भेजा गया। जर्मन सरकार द्वारा बड़ी मात्रा में आर्थिक सहायता दी गई। चक्रवर्ती द्वारा मई में 15,000 डॉलर एवं लगभग इतनी ही राशि जून में प्राप्त की गई। उधर सेन फ्रांसिस्को में जर्मन मिशन द्वारा सहायता के रूप में प्रतिमाह एक हजार डॉलर की राशि रामचंद्र को दी जाती थी। लेकिन इस राशि से हथियार खरीदने के कार्य में कोई खास प्रगति नहीं हुई। चक्रवर्ती ने इस बात को स्वीकार किया था कि पिछले छह महीने के अंदर दो सौ से अधिक पिस्तौलों को तस्करी से भारत नहीं पहुँचाया गया होगा।[91] 'हेनरी एस.' नामक छोटा जहाज भी जर्मन कार्यालय के सहयोग से भारत की सहायता के लिए तैयार किया गया। मनीला में इस जहाज पर हथियार रख दिए गए। इसे शंघाई जाने के लिए अनुमति तो मिली, लेकिन रवाना होने से पूर्व ही कस्टम अधिकारियों द्वारा जाँच में हथियार पकड़ लिये गए, जिन्हें उतार लिया गया। उसके बाद इस जहाज को पोंटियानक नामक स्थान पर ले जाया गया। इस जहाज की मोटर खराब हो गई और इस कारण इसे 'सेलवेस'

नामक पोत पर रख दिया गया। इस जहाज पर दो जर्मन-अमेरिकन वेहड़े और बोएहम सवार थे। सेलवेस से बटाविया जाने के क्रम में बोएहम को सिंगापुर में गिरफ्तार कर लिया गया। बोएहम मनीला में 'हेनरी एस.' पर शिकागो से हरंबलाल गुप्त द्वारा भेजे गए संदेश के अनुसार सवार हुए थे। मनीला में जर्मन कौंसिल द्वारा बोएहम को सूचित किया गया था कि 'हेनरी एस.' से 500 रिवॉल्वर बैंकॉक में उतारे जाएँगे और शेष 5,000 माउजर पिस्तौल और शेष राइफल चित्तगौंग में उतारी जाएँगी।[92] जैसे ही बर्लिन में यह खबर पहुँची कि भारतीय क्रांतिकारी स्वेज केनाल प्रकरण में उपयोगी हो सकते हैं, तारकनाथ दास, वीरेंद्रनाथ दास गुप्ता उर्फ अली हैदर, तिरुमल अचारी उर्फ मुहम्मद अकबर, एल.पी. वर्मा और राजव अली और कुछ युद्धबंदी तुर्की के लिए चल पड़े। इनके पास हिंदी एवं उर्दू में प्रकाशित कुछ क्रांतिकारी परचे थे, जिन्हें भारतीय क्रांतिकारियों तक पहुँचवाना था। इनके साथ इजिप्ट के दो क्रांतिकारी मो. हुस्नी और मो. अब्द अलहलीम भी थे। इनका संपर्क कुछ भारतीय सैनिकों से हुआ, जिन्हें परचा वितरित किया गया। लेकिन हिंदू सिपाही दार अल इसलाम के मामलों से दूर रहना ही पसंद किए।[93] इस बीच तारकनाथ दास जन्मभूमि से इतना दूर निरर्थक अपना प्राण गँवाने के प्रश्न पर बिफर उठे। उनकी सोच थी कि यदि देश में जाकर शहादत दी जाए तो दूसरे लोगों को प्रेरणा भी मिल सकती है। उन्होंने अगस्त 1915 में इस आशय का पत्र बर्लिन भेजना आरंभ किया कि उन्हें इन कार्यों से मुक्त कर दिया जाए। हालाँकि अन्य क्रांतिकारियों पर इसका अच्छा असर नहीं पड़ा, लेकिन तारकनाथ दास को मुक्ति दे दी गई और वे वर्ष के अंत में स्वास्थ्य- लाभ के लिए हेब्रॉन चले गए। 1916 के बाद दासगुप्ता को भी निवृत्त कर दिया गया। अन्य क्रांतिकारियों को युद्धबंदियों के बीच काम करने के लिए बगदाद के कुत-एल-अमरा भेज दिया गया।[94]

अप्रैल 1915 में हरदयाल तुर्की पहुँचे। इनके स्वभाव में कोई परिवर्तन नहीं आया और अन्य क्रांतिकारियों के साथ इनकी पटरी नहीं बैठी। मई 1915 में अब्दुल जब्बार ने जर्मन कार्यालय में इसको लेकर एक चिट्ठी लिखी। हरदयाल अगस्त 1915 में बुडापेस्ट चले गए। अब्दुल जब्बार में नेतृत्व-गुण की कमी को देखते हुए सितंबर 1915 में बर्लिन से अब्दुल हफीज आए। चैत सिंह और बसंत सिंह को बगदाद भेजा गया, जबकि केरसप, केदारनाथ सोंढ़ी, अमीन शर्मा और अब्दुल अजीज को ईरान होते हुए अफगानिस्तान भेजा गया। नवंबर 1915 में तारकनाथ दास इस्तांबुल आकर अब्दुल जब्बार से मिले और पुराने मतभेद दूर करने का आग्रह किया। लेकिन स्थिति नहीं बनते देख अब्दुल जब्बार को पद से हटा दिया गया और नवंबर 1915 में अब्दुल हफीज को समन्वयक बना दिया गया।[95]

25 अप्रैल को 13 हजार सैनिकों के साथ टॉउंस एंड ने तुर्क के समक्ष कुत-एल-

अमरा में आत्मसमर्पण किया। इन सैनिकों में अधिकतर भारतीय थे। पिछले दिनों में ब्रिटिश सेना की यह महत्त्वपूर्ण हार थी। चैत सिंह पूर्व से ही बगदाद में थे। स्वेज़ केनाल मिशन से कुछ और क्रांतिकारियों को बुला लिया गया, ताकि भारतीय सैनिकों में क्रांति की लहर फैलाई जा सके। लेकिन तुर्क अलग क्रांतिकारी सेना बनाने के पक्ष में नहीं थे। जाने या अनजाने उन लोगों ने हिंदू एवं मुसलिम सैनिकों में विभेद करना आरंभ कर दिया। मुसलिम सैनिकों को अपेक्षाकृत अच्छी जगह पर अवस्थित 'एशिया माइनर' के कैंप जेल में रखा गया, वहीं हिंदू सैनिकों को बगदाद रेल निर्माण के कार्य में लगा दिया गया। सेना के मुसलिम अधिकारियों को एस्केसेहिर ले जाया गया, जबकि बाकी को कोनिया भेजा गया। कुछ दिनों बाद चट्टोपाध्याय और भूपेंद्रनाथ बर्लिन से यहाँ आए और आगामी योजना के संबंध में विचार-विमर्श किया। हालाँकि इन लोगों ने महसूस किया कि हिंदू-मुसलिम भातृत्व के तार पूरी तरह नष्ट नहीं हुए हैं। इन सैनिकों को संगठित कर क्रांतिकारी भारतीय सेना के गठन पर जर्मन सहित भारतीय क्रांतिकारी सहमत थे। 1916 में इस्तांबुल में 'भारतीय समिति' को भंग कर दिया गया।[96]

स्याम (थाईलैंड)-बर्मा योजना

प्रथम विश्वयुद्ध शुरू होने से पूर्व भी गदर पार्टी स्याम में प्रचार कर रही थी और 'गदर' अखबार वहाँ वितरित किया जाता था। स्याम में काफी सिख और कुछ मुसलमान और कुछ हिंदू रहते थे और वहाँ वर्षों से व्यापार करते थे। गदर पार्टी द्वारा योजना बनाई गई कि अमेरिका से भारतीयों को स्याम व बर्मा के निकट एकत्र किया जाए और भारत की सीमा में प्रवेश करवाया जाए। बर्मा के सैनिक पुलिस मुख्यालय में कार्यरत आधे सिखों और उत्तर भारतीय मुसलमानों से क्रांति के लिए सहयोग लिया जाए। फिर उनके सहयोग से सारे बर्मा प्रांत पर कब्जा करना था। इस योजना की सफलता जर्मनी से शस्त्रों की आपूर्ति और अंडमान द्वीप समूह पर कब्जा करने पर निर्भर थी। 'बर्लिन समिति' ने इस योजना पर अमल करने के लिए विस्तृत निर्देश देकर जोध सिंह महाजन को सेन फ्रांसिस्को भेजा था। इसके पूर्व, 1915 में ही सोहन लाल पाठक (1883-1916) और संतोख सिंह को स्याम के रास्ते बर्मा भेज दिया गया था।[97] इन्हें बर्मा में तैनात मिलिटरी पुलिस को गदर के लिए तैयार करने का कार्य दिया गया था। हरनाम सिंह कहरी-सहरी और गोपाल सिंह को भी स्याम भेजा गया और इन लोगों ने उत्तरी स्याम में पकोह नामक स्थान पर अपना मुख्यालय बनाया। योजना बनाई गई कि दो अभियान दलों को भारत भेजा जाए। एक को यूनान होकर भारत की सीमा पर पहुँचना था और दूसरे को उत्तरी बर्मा में घुसकर वहाँ क्रांतिकारियों से संपर्क करना था। योजना थी कि सुदूर पूर्व और अमेरिका से भारतीयों को स्याम व बर्मा की सीमा के निकट एकत्र किया जाए। वहाँ से

उन्हें सीमा पार करनी थी और बर्मा की मिलिटरी पुलिस का, जिसमें आधे सिख और उत्तर भारतीय मुसलमान थे, सहयोग लेना था। फिर उनके सहयोग से सारे बर्मा प्रांत पर कब्जा करना था।[98]

योजना बनाई गई कि स्याम में रहनेवाले भारतीय और जर्मनी मिलकर मॉलमेन के रास्ते बर्मा पर आक्रमण करेंगे और चीन में रहनेवाले जर्मनी दो समूहों में विभक्त हो जाएँगे। एक दल स्याम में रहनेवाले दल के साथ मिल जाएगा और दूसरा दल भामो के रास्ते बर्मा पर आक्रमण करेगा, जिसका नेतृत्व बर्मा के निर्वासित राजा करेंगे।[99] जर्मन सरकार के सहयोग से अमेरिका में न्यूयॉर्क, सेन फ्रांसिस्को और शिकागो में भारतीय क्रांति के केंद्र बनाए गए। विश्वयुद्ध आरंभ होने के बाद सबसे पहले धीरेंद्र सरकार को न्यूयॉर्क भेजा गया और हरंबलाल गुप्त को बर्लिन बुला लिया गया। गुप्त शीघ्र न्यूयॉर्क गए और केंद्र का प्रभार लिया और धीरेंद्र सरकार को अन्यत्र भेज दिया गया। परंतु कुछ समय बाद ही गुप्त को शिकागो भेज दिया गया और न्यूयॉर्क का प्रभार सी.के. चक्रवर्ती को दिया गया। चक्रवर्ती कायर, धूर्त और गद्दार निकले और उन्होंने जर्मनी सहायता की राशि का गबन एवं दुरुपयोग किया।[100]

हरंबलाल गुप्त के नेतृत्व में ही योजना बनाई गई कि 1915 की बसंत ऋतु में बर्मा की सीमा के निकट स्याम में हजारों व्यक्तियों को सैनिक प्रशिक्षण दिया जाए। प्रशिक्षक के रूप में तीन जर्मन जॉर्ज पाल बोहम, हेनरी शुल्तस उर्फ स्टरनेख और अल्बर्थ वेद की नियुक्ति की गई। योजना की सहायता के लिए जर्मन अधिकारी बोहम और जोध सिंह उर्फ हसन को भी स्याम भेजा गया। जोध सिंह को 'हसन जादे' के नाम पर न्यूयॉर्क स्थित फारसी वाणिज्य दूत से जाली पासपोर्ट दिलाया गया था। कैलिफोर्निया से दो गदरी सुकुमार चटर्जी और दरिसी चेनचैया को भी बैंकॉक भेजा गया और जिम्मेदारी दी गई कि स्याम में सर्वेक्षण करके उपयुक्त जगह की तलाश करें और योजना में स्याम में पदस्थापित जर्मन रेलवे अधिकारियों और भारतीयों की मदद लें।[101] लाला हरदयाल और अजीत सिंह ने जोध सिंह को गदर पार्टी में काम करने के लिए फरवरी 1915 में बर्लिन से अमेरिका भेजा था। उन्होंने अमेरिका में हरंबलाल गुप्त से संपर्क किया। फिर गुप्त ने ही उसे स्याम मिशन पर भेज दिया। न्यूयॉर्क स्थित फारसी वाणिज्य दूत से जोध सिंह को 'हसन जादे' के नाम से जाली पासपोर्ट बना दिया गया। तीनों जर्मन और जोध सिंह अलग-अलग रवाना हुए और 8 मई, 1915 को सेन फ्रांसिस्को पहुँचे थे। वे वहाँ गदर पार्टी के रामचंद्र एवं जर्मन वाणिज्य दूत से मिले, जिसने उन्हें 880 डॉलर दिए थे।[102]

शंघाई से आए आत्माराम, सेन फ्रांसिस्को से आए संतोख सिंह और भगवान सिंह और मनीला से आए सोहन लाल पाठक ने स्याम में पहले ही गदर पार्टी की शाखा खोल दी थी। योजना के मुताबिक लगभग दस हजार भारतीयों को सैनिक प्रशिक्षण दिलवाना

था। भारत के क्रांतिकारियों ने बैंकॉक के उत्तर पकोह में अपना केंद्र बनाया था। वहाँ जंगल में शस्त्र और गोलियाँ छिपाने के लिए कई सुरंगें खोदी गई थीं। ये शस्त्र अमेरिका और मैक्सिको से आने थे। स्याम के चंदराई जंगल में, जहाँ भारतीयों जर्मन इंजीनियरों की देख-रेख में रेलवे लाइन बनाने का कार्य चल रहा था, वहीं प्रशिक्षण दिया जाना था।[103] 'हेनरी एस.' जहाज से शस्त्र और गोलियाँ लाकर इन्हें पकोह (बैंकॉक) और चिटगाँव पहुँचाने की योजना थी। क्वाटर मास्टर के रूप में धीरेंद्र नाथ सेन 'हेनरी एस.' से आनेवाले थे, जिसका अनुबंध एल्बर्ट एच. वेद ने 40000 डॉलर में किया था। मनीला से शंघाई जाने की प्रक्रिया में जहाज की तलाशी ली गई और सारे शस्त्र पकड़ लिये गए। वस्तुतः ये लोग किसी भी तरह भारत पहुँचना चाहते थे और इस उद्‌देश्य से शंघाई से बैंकॉक जाने के बजाय वे पोंतियानिक की ओर रवाना हो गए। उनके पास बीस हजार डॉलर भी थे। परंतु यात्रा के तीसरे दिन जहाज की मोटर टूट गई और उसे सेले-बीज के पोलेलाह नामक स्थान पर शरण लेनी पड़ी। इधर अंग्रेज सरकार स्याम में भारतीय क्रांतिकारियों के जमा होने की खबर से परेशान थी और इसे छिन्न-भिन्न करने के लिए उसने गुप्तचर अधिकारी डी. पेट्री को सिंगापुर भेजा। ब्रिटिश मंत्री डेरिंग ने स्याम सरकार से कहा कि भारतीय क्रांतिकारियों की गतिविधियों के परिणाम स्याम सरकार के लिए उतने ही खतरनाक होंगे, जितने ब्रिटेन के लिए। अंग्रेज सरकार द्वारा स्याम के मंत्री से अनुरोध किया गया कि वह भारतीय क्रांतिकारियों को गिरफ्तार कर उन्हें सौंप दे। 2 अगस्त, 1915 को जोध सिंह महाजन, शिवदयाल कपूर, ठाकुर सिंह और बलवंत सिंह को गिरफ्तार कर लिया गया। दो दिन बाद दरिसी चेनच्चैया और सुकुमार चटर्जी भी गिरफ्तार कर लिये गए। उन्हें सिंगापुर निर्वासित कर दिया गया। जोध सिंह महाजन वायदा माफ गवाह बन गया और उसने भारतीय क्रांतिकारियों की सारी योजनाएँ सरकार को बता दीं। ब्रिटिश सरकार ने दस भारतीयों, हसन खाँ, बुध सिंह, गोपाल सिंह, चालिया राम, अमर सिंह, इंदर सिंह, मूलचंद, सीताराम, सोहनलाल और संतोख सिंह के नामों की सूची स्याम सरकार को दी और अनुरोध किया कि इन्हें गिरफ्तार कर ब्रिटिश सरकार को सौंप दिया जाए, क्योंकि ये भारत के साथ स्याम के लिए भी खतरनाक हैं। स्याम के राजा को 'नाइट ग्रांड कमांडर ऑफ दि स्टार ऑफ इंडिया' की उपाधि दी गई। इस बीच बोम को बटाविया में जानकारी मिली कि जोध सिंह को गिरफ्तार कर लिया गया है। उसने अमेरिका वापस जाने का निर्णय किया, परंतु ब्रिटिश अधिकारियों ने उसे सिंगापुर में गिरफ्तार कर लिया।[104]

गदर पार्टी और जापान

जापान भारतीय राष्ट्रवादियों का एक सुदृढ़ केंद्र था और रासबिहारी बोस, हरंबलाल गुप्त और अन्य क्रांतिकारियों को जापान से बहुत आशा थी। 1900 ई. में कुछ भारतीय

छात्रों ने 'ओरियंटल यंगमेंस एसोसिएशन' नामक संस्था का गठन किया था और 1903 में 'इंडो-जेपनीज एसोसिएशन' की सक्रियता भी बढ़ी थी। 1904-05 के रूस-जापान युद्ध में रूस की जारशाही परास्त हुई और भारतीयों के मन में जापान के प्रति प्रेरणा जाग्रत् हुई। आर.सी. मजुमदार ने लिखा है कि 'इस विजय के बाद भारतीय स्वतंत्रता प्रेमी यह सोचने लगे थे कि 'यूरोपीय अपराजेय नहीं हैं और एशियावासी उनका हर क्षेत्र में मुकाबला कर सकते हैं।'[105] सी.एफ. एंड्रूज ने भारतीय जनता पर इस विजय के प्रभाव के संबंध कहा था—"उत्तर भारत में उत्तेजना की लहर दौड़ गई है। यहाँ तक कि दूर-दूर के गाँवों के लोग जब एक साथ बैठकर रात में हुक्का पीते हैं, तब जापान की विजय की चर्चा करते हैं।" एक वृद्ध ने मुझसे कहा—'गदर' के बाद इस ढंग की कोई चीज नहीं हुई।[106] ब्रिटिश विरोधी केंद्र स्थापित करने के उद्‌देश्य से 1910 में बरकतुल्लाह (1859-1927) को जापान भेजा गया, जहाँ वे टोकियो विश्वविद्यालय में हिंदुस्तानी भाषा के प्राध्यापक बने। उनकी नियुक्ति जे.आर.डी. टाटा और श्यामजी कृष्ण वर्मा के सहयोग से हुई थी। जापान पहुँचते ही बरकतुल्लाह ने 'दि इसलामिक फ्रेटर्निटी' के प्रकाशन का प्रभार लिया था, जिसका प्रकाशन मिस्र के नागरिक फादली बेई ने किया था।

बरकतुल्लाह का जन्म 1864 में हुआ था और उनके पिता का नाम मुंशी शेख बरकतुल्लाह था। वे भोपाल रियासत में नौकरी करते थे। बरकतुल्लाह पहले खंडवा और बाद में बंबई में शिक्षक नियुक्त किए गए। 1895 में वे इंग्लैंड के लीवरपूल पहुँचे, जहाँ उनका परिचय काबुल के तत्कालीन अमीर के भाई सरदार नसरुल्ला खाँ से हुआ था। 1897 में लंदन में हुए 'मुसलिम पेट्रियाटिक लीग' की बैठकों में बरकतुल्लाह ने भाग लिया था। वे 1903 में अमेरिका चले गए और पुनः 1909 में टोकियो विश्वविद्यालय में प्रोफेसर बनकर आए। जून 1911 में बरकतुल्लाह टोकियो से कुस्तुनतुनिया और काहिरा चले गए। वह 5 जुलाई, 1911 को पेट्रोग्राद (लेनिनग्राद) पहुँचे और उसी दिन श्यामजी कृष्ण वर्मा को पेरिस पत्र लिखा कि उनके साथ पत्र-व्यवहार शुरू किया जाए। 1991 के अक्तूबर में बरकतुल्लाह ने टोकियो वापस आकर पत्र का प्रकाशन आरंभ कर दिया। बरकतुल्लाह को सहयोग देने के लिए रामनाथ पुरी भी जापान गए और 'एशियाटिक सोसाइटी ऑफ जापान' और 'इंडो-जेपनीज एसोसिएशन' आदि संगठनों से संपर्क किया गया। 'दि इसलामिक फ्रेटर्निटी' में प्रकाशित लेखों पर ब्रिटिश सरकार ने कड़ी आपत्ति की। इसका प्रकाशन बंद होने का आदेश जापान सरकार द्वारा जारी किया जाए, इससे पहले ही बरकतुल्लाह ने 'अल इसलाम' नामक एक अन्य पत्र प्रकाशित किया, जिसके संपादक उनके मित्र हसन हतानो थे। बरकतुल्लाह विशेषतः मुसलमानों के लिए प्रचार करते थे। उन्होंने 'आखिर उल हिलासैफा' (तलवार अंतिम उपाय है) और 'मुहम्मडन इन ऑल पार्ट ऑफ इंडिया' नामक पुस्तिका का प्रकाशन भी किया। ब्रिटिश सरकार

ने जापान सरकार से अनुरोध किया कि वह बरकतुल्लाह के खिलाफ काररवाई करे। बरकतुल्लाह का अनुबंध मार्च 1914 में समाप्त हो रहा था और जापान सरकार ने निर्णय लिया कि वह बरकतुल्लाह पर कोई काररवाई नहीं करेगी, लेकिन उनके अनुबंध का नवीकरण नहीं किया जाएगा। बरकतुल्लाह भगवान सिंह के साथ अमेरिका चले गए। जापान में रासबिहारी बोस, हरंबलाल गुप्त और केशोराम सबरवाल आदि के पहुँचने के बाद वहाँ ब्रिटिश विरोधी प्रचार कार्य तेजी से होने लगे। अपने जापान आवासकाल में रासबिहारी सनयात सेन के संपर्क में आए, जिनकी मदद से उन्होंने दो जहाजों में हथियार भरकर भारत भेजे, पर ब्रिटिश अधिकारियों ने यह हथियार पकड़ लिये। एस.पी. गुप्त, बी.के. सरकार, भगवान सिंह, अबानी मुखर्जी, हरंबलाल गुप्त और रासबिहारी बोस 1915 में जापान में प्रचार कार्य करते रहे।

'बर्लिन समिति' द्वारा भेजे गए हरंबलाल गुप्त से रासबिहारी बोस जापान में मिले। लाला लाजपत राय के जापान के उइनो सियोकेन पहुँचने पर 27 नवंबर, 1915 को रासबिहारी बोस और हरंबलाल गुप्त ने एक सभा का आयोजन किया, जिसमें जापान का ध्वज 'हिनोमारू' सजाया गया था। भारत सरकार के दबाव पर गुप्त एवं बोस के निर्वासन का आदेश जापान सरकार द्वारा जारी किया गया। ब्रिटिश दबाव के बावजूद जापान के सुप्रसिद्ध नेता मित्सुरु तोयामा ने गुप्त और रासबिहारी को शरण दी, ताकि ब्रिटिश पुलिस उन्हें गिरफ्तार नहीं कर सके। इससे पहले, टोकियो के शिनजुकु नामक स्थान के एक बड़े रेस्तराँ और बेकरी 'नाकामुराया' के मालिक सोमा ऐजो ने समाचार-पत्रों में जब रासबिहारी एवं गुप्त का निर्वासन संबंधी आदेश पढ़ा तो उसने कहा कि हमारे जैसे किसी साधारण जापानी को इन भारतीयों को शरण देनी चाहिए। उसकी बात एक ग्राहक ने सुन ली और यह बात तोयोमा को बताई। जब तोयोमा ने सोमा से पूछा कि 'तुम ऐसा करोगे', तो उसने कहा कि 'मैं अपनी जान पर खेलकर भी ऐसा करने के लिए तैयार हूँ।' तोयोमा ने ही रासबिहारी और गुप्त को सोमा के घर पर शरण दिलाई और वे चार महीनों तक भूमिगत रहे। बाद में सोमा की बड़ी लड़की तोशिको से 1918 में बोस का विवाह हुआ। बोस के लिए अब और खतरा बढ़ गया। वे बार-बार अपना घर बदलते रहे, ताकि पुलिस की नजर से बचे रहें। हालाँकि 28 वर्ष की अल्प उम्र में एक पुत्र और एक पुत्री को जन्म देकर हिंदू धर्म अपना लेनेवाली तोशिका की मृत्यु हो गई।[107]

संदर्भ—

1. के.एम. मुंशी, 'स्ट्रगल फॉर फ्रीडम', खंड-IX, 1969, पृष्ठ-213, भारतीय विद्या भवन, चौपाटी रोड, बंबई।
2. विश्वमित्र उपाध्याय, पृष्ठ-11।

3. गुरुचरण सिंह सहिंसरा, पृष्ठ–288।
4. के.एम. मुंशी, पृष्ठ–213।
5. अशोक कुमार मुखोपाध्याय, 'टेरेरिज्म—ए कोलोनियल कंस्ट्रक्ट', पृष्ठ–224।
6. विश्वमित्र उपाध्याय, पृष्ठ–13।
7. वही, पृष्ठ–10।
8. वही।
9. फ्रेडरिक बोन बर्नहार्डी, 'जर्मनी एंड दि नेक्स्ट वार' (अनुवाद—ऐलान एच. पावल्स, लंदन, 1914, पृष्ठ–96।
10. ए.सी. बोस, पृष्ठ–84।
11. जेम्स कैंपबेल केर, 'पॉलिटिकल ट्रबुल इन इंडिया' पृष्ठ–238।
12. विश्वमित्र उपाध्याय, पृष्ठ–10।
13. वही, पृष्ठ–13।
14. ए.सी. बोस, पृष्ठ–119।
15. साप्ताहिक प्रतिवेदक, डी.सी.आई., 20 अक्तूबर, 1914, होम पॉलिटिकल बी. दिसंबर, 1914, पृष्ठ–218–22, भारतीय राष्ट्रीय अभिलेखागार।
16. ए.सी. बोस, पृष्ठ–84।
17. वही।
18. विश्वमित्र उपाध्याय, पृष्ठ–12।
19. अशोक कुमार मुखोपाध्याय, पृष्ठ–222।
20. विश्वमित्र उपाध्याय, पृष्ठ–12।
21. ए.सी. बोस, पृष्ठ–86।
22. वही, पृष्ठ–119।
23. विश्वमित्र उपाध्याय, पृष्ठ–15।
24. इमिली सी. ब्राउन : 'हरदयाल : हिंदू रिवॉल्यूशनरी एंड रेशनालिस्ट', पृष्ठ–179–80।
25. सोहन सिंह जोश, 'हिंदुस्तान गदर पार्टी : ए शॉर्ट हिस्टरी', वॉल्यूम–II, पृष्ठ–13।
26. के.एम. मुंशी, पृष्ठ–213।
27. वही।
28. विश्वमित्र उपाध्याय, पृष्ठ–19।
29. के.एम. मुंशी, पृष्ठ–214।
30. जेम्स कैंपबेल केर, पृष्ठ–241।
31. आर.सी. मजुमदार, 'हिस्टरी ऑफ दि फ्रीडम मूवमेंट', वॉल्यूम III, कलकत्ता, 1966, पृष्ठ–404।
32. 'ओपेनहाइम टू हरदयाल', 21 सितंबर, 1914, जर्मन फॉरेन ऑफिस रेकर्ड्स,

माइक्रोफिल्म कॉपी, रोल नं.-397, भारतीय राष्ट्रीय अभिलेखागार।

33. विश्वमित्र उपाध्याय, पृष्ठ-22।
34. ए.सी. बोस, 'इंडियन रिवॉल्यूशनरीज एब्रॉड', 1971, पृष्ठ-86, भारती भवन, पटना।
35. वही, पृष्ठ-87।
36. सहिंसरा, पृष्ठ-285।
37. 'ओपेन हाइम टू हरदयाल', 21 सितंबर, 1914।
38. विश्वमित्र उपाध्याय, भाग-2, पृष्ठ-15।
39. जेम्स कैंपबेल केर, पृष्ठ-272।
40. 'लाला लालजत राय, यंग इंडिया', पब्लिकेशंस डिवीजन, पृष्ठ-42, विश्वमित्र उपाध्याय, खंड-2, पृष्ठ-23।
41. के.एम. मुंशी, पृष्ठ-214।
42. वही, पृष्ठ-216।
43. विश्वमित्र उपाध्याय, भाग-2, पृष्ठ-20।
44. जर्मनी में युद्धबंदी नायक मुहम्मद खाँ का वक्तव्य, होम पॉलिटिकल, एफ नं. 9/बी/1932, भारतीय राष्ट्रीय अभिलेखागार, विश्वमित्र उपाध्याय, खंड-2, पृष्ठ-28।
45. ए.सी. बोस, पृष्ठ-87।
46. वही, पृष्ठ-121।
47. ए.सी. भट्टाचार्य का नोट, संचिका संख्या-एम.आर. 152, राष्ट्रीय अभिलेखागार, नई दिल्ली।
48. तिलकराज सरीन, 'इंडियन रिवोल्यूशनरी मूवमेंट एब्रोड', पृष्ठ-123।
49. विश्वमित्र उपाध्याय, पृष्ठ-22।
50. ए.सी. बोस, 'इंडियन रिवॉल्यूशनरीज एब्रॉड', पृष्ठ-119।
51. 'बर्लिन कमेटी टू जर्मन फॉरेन ऑफिस', 17 दिसंबर, 1915, जी.एफ.बी. रोल नंबर-398, भारतीय राष्ट्रीय अभिलेखागार, विश्वमित्र उपाध्याय पृष्ठ-24।
52. विश्वमित्र उपाध्याय, पृष्ठ-25।
53. एल.पी. माथुर, 'इंडियन रिवॉल्यूशनरीज मूवमेंट इन यू.एस.ए.', पृष्ठ-84।
54. ए.सी. बोस, पृष्ठ-88।
55. वही, पृष्ठ-89।
56. वही, पृष्ठ-90।
57. वही, पृष्ठ-91।
58. वही, पृष्ठ-92।
59. वही।
60. वही, पृष्ठ-93।
61. 'द डच ईस्ट इंडीज एंड गदर ट्रायल', एफ.बी.नं.371/3425/1918, पी.आर.ओ.

(विश्वमित्र उपाध्याय, पृष्ठ–30)।

62. के.एम. मुंशी, पृष्ठ–216।
63. विश्वमित्र उपाध्याय, पृष्ठ–31।
64. सेडिशन कमेटी रिपोर्ट, पृष्ठ–124।
65. विश्वमित्र उपाध्याय, पृष्ठ–31।
66. वही।
67. सेडिशन कमेटी रिपोर्ट, पृष्ठ–124।
68. विश्वमित्र उपाध्याय, पृष्ठ–32।
69. सेडिशन कमेटी रिपोर्ट, पृष्ठ–124।
70. विश्वमित्र उपाध्याय, पृष्ठ–33।
71. 'सी.आर. क्लेवलैंड्स, नोट ऑन दि जर्मन इंडियन स्कीम', 21 सितंबर, 1915, फॉरेन डिपार्टमेंट, सीक्रेट वार, जून, 1917 नं. 1–46, भारतीय राष्ट्रीय अभिलेखागार, (विश्वमित्र उपाध्याय, पृष्ठ–33)।
72. विश्वमित्र उपाध्याय, पृष्ठ–36।
73. सेडिशन कमेटी रिपोर्ट, पृष्ठ–121।
74. ए.सी. बोस, 'इंडियन रिवॉल्यूशनरीज एब्रॉड', पृष्ठ–121।
75. वही।
76. सेडिशन कमेटी रिपोर्ट, पृष्ठ–122।
77. वही।
78. वही।
79. वही।
80. वही, पृष्ठ–123।
81. वही।
82. वही, पृष्ठ–124।
83. वही, पृष्ठ–125।
84. वही।
85. वही।
86. वही।
87. विश्वमित्र उपाध्याय, पृष्ठ–36।
88. के.एम. मुंशी, पृष्ठ–215।
89. वही।
90. वही, पृष्ठ–216।
91. वही।
92. सेडिशन कमेटी रिपोर्ट, पृष्ठ–124।

93. ए.सी. बोस, 'इंडियन रिवॉल्यूशनरीज एब्रॉड', पृष्ठ-117।
94. वही।
95. वही, पृष्ठ-119।
96. वही, पृष्ठ-120।
97. विश्वमित्र उपाध्याय, पृष्ठ-43।
98. संचिका संख्या 398, राष्ट्रीय अभिलेखागार, नई दिल्ली।
99. के.एम. मुंशी, पृष्ठ-214।
100. विश्वमित्र उपाध्याय, पृष्ठ-43।
101. वही, पृष्ठ-44।
102. वही।
103. वही, पृष्ठ-43।
104. वही, पृष्ठ-49।
105. आर.सी. मजुमदार, 'हिस्टरी ऑफ फ्रीडम मूवमेंट ऑफ इंडिया', भाग-2, पृष्ठ-202।
106. जे.एन. फरकुहर, 'मॉडर्न रिलिजियस मूवमेंट्स इन इंडिया', पृष्ठ-360।
107. विश्वमित्र उपाध्याय, पृष्ठ-60।

□

तुर्की और पारस योजना

विश्वयुद्ध शुरू होने और तुर्की पर अंग्रेजी साम्राज्य के हमले के तुरंत बाद भारतीय मुसलिम गोलबंद एवं एकजुट होने लगे। हिंदुस्तान के मुसलमानों में एकता की भावना तथा चेतना सर्व-इसलामी एकता के रूप में उभरकर दिखाई देने लगी तथा तुर्की पर अंग्रेजी साम्राज्य के हमले ने इसको अंग्रेज विरोधी विचारधारा के मार्ग पर अग्रसर कर दिया।[1] जिहाद का ऐलान होते ही स्थानीय लोगों में ब्रिटिश सरकार के विरुद्ध आक्रमण करने का जोश उबाल मारने लगा। जनवरी 1915 में कलकत्ता के प्रसिद्ध समाचार-पत्र 'अल-हिलाल' के संपादक अबुल कलाम आजाद और दारुल उल उलूम, देवबंद के मौलाना ओबेदुल्लाह सिंधी के बीच दिल्ली में गुप्त मंत्रणा हुई।[2] दिल्ली से 90 मील दूर, उत्तर प्रदेश के सहारनपुर जिले के देवबंद में 1867 में एक छोटा अरबी मकतब खुला, जो बाद में 'दारुल उलूम' के नाम से प्रसिद्ध हुआ। इस स्कूल की स्थापना हाफिज सईद आबिद हुसैन, मौलाना महताब अली और शेख निहाल अहमद द्वारा की गई। ऐसा कहा जाता है कि जब मौलाना नानाबतावी ने प्रस्ताव दिया था कि मसजिद को अँधेरे कमरों से निकाला जाए तो इसका प्रतिरोध हुआ था। इस विद्यालय की प्रसिद्धि बहुत फैली और बर्मा तथा तिब्बत जैसे सुदूर क्षेत्रों से भी लोग यहाँ पढ़ने के लिए आते थे।[3]

15 अप्रैल, 1880 को मौलाना नानाबतावी की मृत्यु के बाद इस संस्था ने अपना नेता खो दिया। इनके बाद मौलाना राशिद अहमद गंगोही इसके प्रमुख बने, जिनकी मृत्यु 1905 में हो गई। इसके बाद मौलाना महमूद हसन देवबंदी (शेख-अल-हिंद) इसके अध्यक्ष हुए। इनका जन्म 1851 में हुआ था और इन्होंने देवबंद में शिक्षा प्राप्त की थी। 1873 में स्थापना करने के बाद ये शिक्षक के रूप में यहाँ नियुक्त हुए और 1890 में प्राचार्य बने। वर्ष 1915 में इन्होंने भारत छोड़ दिया।[4] वर्ष 1900 में हिंदी-उर्दू का पुराना झगड़ा अपने सतह पर आ गया था, जब उत्तर प्रदेश के राज्यपाल ने सरकारी कार्यालयों में देवनागरी लिपि को मान्यता दे दी। नवाब मोहसिन-उल-मुल्क (1837-1907)

अलीगढ़ कॉलेज में सचिव थे और उन्होंने 'सेंट्रल उर्दू डिफेंस एसोसिएशन' के बैनर तले सरकार की इस नीति का विरोध किया। लेफ्टिनेंट गवर्नर सर एंथोनी मैकडोनेल इससे बहुत नाराज हुए और उन्होंने धमकी दे दी कि सरकार द्वारा अलीगढ़ स्कूल को दी जानेवाली सरकारी सहायता बंद कर दी जाएगी। अब तक मुसलिम मानसिकता अंग्रेज-भक्ति की थी, लेकिन इस पर उन्होंने अपनी नाखुशी जाहिर की।[5] त्रिपोली एवं बालकन युद्ध में अंग्रेज सैनिकों का तुर्की विरोध के कारण भी भारत के मुसलिमों में अंग्रेज विरोधी मानसिकता बलवती हुई। वे यह सोचने लगे कि मुसलिम एवं ब्रिटिश मित्रता मात्र एक छलावा भर है। उनकी सोच थी कि अंग्रेजों के ईसाई धर्मावलंबी होने के कारण ही वे मुसलिम राष्ट्रों के साथ शत्रुता को बढ़ावा दे रहे हैं। पर्सिया और तुर्की में राष्ट्रीयता की भावना के उभार के कारण भी भारत के मुसलिमों में ब्रिटिश विरोधी भावना बढ़ने लगी। ब्रिटिश विरोधी भावना सबसे पहले मुसलिम बुद्धिजीवियों में हुई और इसकी शुरुआत हिंदी-उर्दू विरोध से आरंभ हुई और इसका अंत भारतीय मुसलिमों के तुर्की-प्रेम पर जाकर खत्म हुआ। 1912 में डॉक्टर एम.ए. अंसारी के नेतृत्व में 'रेड क्रेसेंट मेडिकल मिशन' का गठन कर तुर्की भेजा गया। इस मिशन के गठन एवं तुर्की भेजने के मूल में भारतीय मुसलिमों की ब्रिटिश विरोधी भावना ही थी। अरब देशों में पृथकता की भावना का असर भी भारतीय मुसलिमों पर पड़ा। हालाँकि यह भावना तात्कालिक शासकों के शोषण के विरुद्ध थी, लेकिन भारत में इसका प्रभाव ब्रिटिश विरोध के रूप में हुआ।[6]

इन घटनाओं से भारतीय मुसलिम मानसिकता पर भी प्रभाव पड़ा और अब तक अलीगढ़ और देवबंद धड़ा, जो बिल्कुल अलग-थलग था, एकजुट होने लगा। देवबंद के शेख-उल-हिंद मौलाना महमूद हसन ने अलीगढ़वालों के हृदय परिवर्तन का स्वागत किया। शेख साहब ने विद्रोहियों का साथ देकर अंग्रेजों को बाहर निकालने की कमर कसी। उधर उत्तर-पश्चिम प्रांत एवं अफगानिस्तान के इर्द-गिर्द रहनेवाले विभिन्न मुसलिम कबीलों-मुजाहिदीनों में भी मुसलिम-हित की भावना जोर मारने लगी। देवबंदवालों का इन कबीलों के सरदारों से पूर्व से संपर्क था। इस क्षेत्र के मुजाहिदीनों पर देवबंद, खासकर जिहादी नेता सैयद अहमद शहीद का काफी प्रभाव था। जिस समय देवबंद के प्राचार्य शेख-उल-हिंद थे, उस समय भी इन कबीलों से देवबंद का गहरा रिश्ता था। इनमें से कई देवबंद आकर शिक्षा भी प्राप्त करते थे और मुसलिम-हित के लिए त्याग और बलिदान देने के लिए हमेशा तैयार रहते थे। इस प्रकार भारत के मुसलिमों में ब्रिटिश विरोधी भावना व्याप्त हो गई थी और इसे एक ऐसे नेतृत्व की आवश्यकता थी, जो इन घटकों को संगठित कर एक सुविचारित योजना तैयार कर सके। शेख-उल-हिंद को भी इस बात का आभास था कि अलीगढ़ और देववंद के बीच व्याप्त मतभेद की खाई को दूर किया जाना अत्यंत आवश्यक है, ताकि कट्टर उलेमाओं एवं पश्चिम में शिक्षा प्राप्त

किए मुसलिम बुद्धिजीवियों को एक मंच पर लाया जा सके। उस समय मुसलिम नेतृत्व मौलाना आजाद और मौलाना मो. अली के हाथों में था और शेख-उल-हिंद मुसलिम हित के लिए अलीगढ़वालों के हाथ नेतृत्व की कमान देने के लिए भी तैयार हो गए।[7] फरवरी 1915 में लाहौर से 14 मुसलिम छात्र मुजाहिद प्रभाव वाले इलाके से गुजरते हुए काबुल के लिए प्रस्थान किए। मुहम्मद अली और फतेह मुहम्मद के साथ ओबेदुल्लाह स्वयं काबुल पहुँचे और भारतीय क्रांतिकारियों का केंद्र यहाँ स्थापित किया गया।[8]

देश के कई मौलवी, जैसे—मौलवी ओबैदुल्लाह सिंधी तथा देवबंद से मौलवी महमूद हसन तथा मोहम्मद मियाँ अंसारी अरब चले गए। इन्होंने तुर्की का साथ देकर उसकी तथा अफगानिस्तान हुकूमत की सहायता से पश्चिमी सीमा पर हिंदुस्तान के ऊपर हमला करने की योजना बनाई। हिंदुस्तान में 'खुदाई फौज' की भरती पर विचार-विमर्श किया गया। मौलवी महमूद हसन इस 'खुदाई फौज' के कमांडर-इन-चीफ नियुक्त किए गए और इस फौज का मुख्य कार्यालय मदीना बनाया गया। इसने अपने अधीन कस्तुनतुनिया, तेहरान तथा काबुल में दूसरे दर्जे के मुख्य कार्यालय बनाए। मौलवी ओबैदुल्लाह काबुल के कमांडर नियुक्त किए गए। फरवरी 1915 में लाहौर से बारह और पेशावर तथा कोहाट से कई मुसलमान विद्यार्थी काबुल चले गए।[9]

1906 के आरंभ में अंग्रेज हाकिमों को यह विश्वास हो गया कि यदि अफगानिस्तान के अमीर हबीबुल्लाह खान को निमंत्रण दिया जाए तो वे भारत-भ्रमण का निमंत्रण स्वीकार कर सकते हैं। जून 1906 में लॉर्ड मिंटो ने एक 'गर्मजोशी भरा आमंत्रण' अमीर को भिजवाया, जिसमें शिकार की योजना को भी शामिल किया गया। हालाँकि अमीर ने आमंत्रण स्वीकार कर लिया, लेकिन स्पष्ट कर दिया कि हाल के दिनों में हुई 'संधि' के बारे में कोई बातचीत इस यात्रा के दौरान नहीं होगी। ऐसा उन्होंने अफगानी जनता का विश्वास जीतने के लिए किया था।[10] हालाँकि नसरुल्ला खान शुरू से ही ब्रिटिश विरोधी था और यह संपूर्ण यात्रा कार्यक्रम उसे नापसंद था। अतएव, उसने अमीर से अनुमति माँगी कि उसे धार्मिक यात्रा पर मक्का जाने दिया जाए। लेकिन अमीर की अनुपस्थिति में उसे सेनापति की सशक्त भूमिका निभानी थी, अतएव, वह अफगानिस्तान में ही रुक गया। ऐसे सरदारों पर, जिनके बारे में अमीर को शक था कि वे उनकी अनुपस्थिति में विद्रोह भी कर सकते हैं, उन्हें अमीर अपने साथ भारत-यात्रा पर ले गया और कुल मिलाकर 1100 लोग उनकी इस यात्रा में शामिल हुए।[11]

1893 के 'डूरंड मिशन' में शामिल और अमीर के पूर्व परिचित सर हेनरी मैकमोहन ने 2 जनवरी, 1907 को लांडीखाना में अमीर का स्वागत किया। 31 तोपों की सलामी दी गई और ब्रिटिश सम्राट् का संदेश पढ़कर सुनाया गया, जिसमें पहली बार अमीर को 'हिज मेजेस्टी' संबोधित किया गया था। आगरा में अमीर के स्वागत के लिए तीस

हजार ब्रिटिश सैनिक उपस्थित थे। अलीगढ़ के बाद अमीर ग्वालियर पहुँचे, जहाँ उसने शेर का शिकार किया। कानपुर, दिल्ली, कलकत्ता, बंबई, कराची, लाहौर, अमृतसर, रावलपिंडी, पेशावर होते हुए वे काबुल लौटे। विदाई समारोह में अमीर हबीबुल्ला खान ने सर मैकमोहन को प्रथम श्रेणी के 'सरदार' की उपाधि दी। इस यात्रा से अफगानिस्तान के अमीर की तटस्थता की नीति पर अंग्रेज अधिकारियों के मन में उठ रहे सवाल खत्म से हो गए। अमीर के व्यक्तित्व से अंग्रेज अधिकारी पूरी तरह प्रभावित हुए। अपनी यात्रा के दौरान अमीर ने बार-बार कहा कि सोवियत रूस अफगानिस्तान का दुश्मन है और वह अंग्रेजों को तब तक अपना हितैषी मानती है, जब तक अंग्रेजों पर उनका विश्वास बना है।[12]

24 अगस्त, 1914 को काबुल दरबार में अमीर ने विश्वयुद्ध के दौरान अफगानिस्तान के 'तटस्थ' रहने की घोषणा की। इस बीच अंग्रेज अधिकारियों के मन में बार-बार संशय उठ रहा था कि अमीर का झुकाव सोवियत रूस की तरफ है! इसका खंडन करने के लिए पुनः 3 अक्तूबर, 1914 को हुए काबुल दरबार में अमीर द्वारा तटस्थता की घोषणा दुहराई गई। अक्तूबर 1914 में ही तुर्की सरकार द्वारा जर्मन के उकसावे पर काला सागर में रूस के विरुद्ध नौसैनिक हमले की योजना बनाई। इसकी परिणति हुई कि रूस और इंग्लैंड के बीच मुसलिम प्रभुत्व वाले क्षेत्र में युद्ध छिड़ गया। इसकी सूचना वायसराय द्वारा अमीर को दी गई। प्रत्युत्तर में अमीर ने इस बात पर दुःख प्रकट किया कि तुर्की युद्ध में भाग ले रहा है।[13]

अफगानिस्तान की तटस्थता, तुर्की (मुसलिम) के युद्ध आह्वान का समर्थन और ब्रिटिश विरोध को लेकर अफगानिस्तान की आंतरिक राजनीति कई धाराओं में विभक्त हो गई। तुर्की के समर्थन में नसरुल्लाह के नेतृत्व वाला धड़ा था, जिसमें मुल्लाओं की संख्या अधिक थी। सितंबर 1915 में ब्रिटिश सम्राज्ञी द्वारा अमीर को पत्र लिखा गया, जिसमें उनकी तटस्थता के लिए उनकी प्रशंसा की गई।[14] सम्राज्ञी द्वारा भेजे गए पत्र लांडीखाना नामक सीमा पर पूरे लाव-लश्कर एवं समारोहपूर्वक प्राप्त किए गए। अमीर द्वारा 6 जनवरी, 1916 को इस पत्र का जवाब दिया गया, जिसमें पुनः अफगानिस्तान के तटस्थता की कसमें खाई गईं। पुनः जनवरी 1916 में अमीर ने काबुल के ब्रिटिश एजेंट से पर्सिया में युद्ध की स्थिति पर चिंता प्रकट की गई। अमीर ने कहा कि उन्हें जर्मनी, ऑस्ट्रिया आदि बड़ी शक्तियों से कोई परेशानी नहीं है। उनकी परेशानी तुर्की के युद्ध में भाग लेने के निर्णय को लेकर है, जिसके कारण मुसलिम भावना में एक नया धार्मिक उछाल आ गया है।[15] इससे पूर्व जर्मन मिशन द्वारा पर्सिया में अभियान आरंभ हो चुका था और उसने ब्रिटिश एवं रूसी सिपाहियों को वहाँ से खदेड़ने में सफलता प्राप्त कर ली थी। इससे अफगान अमीर हबीबुल्लाह खान बहुत चिंतित हो उठे थे। दूसरी ओर तुर्की

द्वारा युद्ध में भाग लेने की घटना ने अफगान की मुसलिम धार्मिक भावनाओं को जगाकर रख दिया था और इससे भी अमीर चिंतित थे। 24 जनवरी, 1916 को काबुल दरबार के बाहर बड़ी संख्या में मुसलिम जनता इकट्ठी हो गई। उन्हें अनुमान था कि दरबार के बाद अमीर द्वारा 'जिहाद' की घोषणा की जाएगी। लेकिन अमीर द्वारा ऐसी कोई घोषणा नहीं की गई। वस्तुतः अमीर को इस बात का कोई अंदाजा नहीं लग पा रहा था कि युद्ध की परिणति क्या होगी? इसलिए वह अपनी जनता को एकता एवं भाईचारा के संदेश के अलावा और कुछ नहीं बता पाए।[16]

इधर जर्मनी पर्सिया में अपनी पकड़ लगातार मजबूत करता जा रहा था। 1910 में प्रसिद्ध 'पोट्सडैम बैठक' जर्मनी एवं रूसी शासनाध्यक्षों के बीच हुई। रूसी शासक सेजोनॉफ इस बैठक में बगदाद रेलवे को मदद के लिए राजी हुए और बदले में पर्सिया में रूस की मदद मिलने का आश्वासन पाया। इस बात पर ब्रिटिश अधिकारी भड़क उठे। हालाँकि रूसी विदेश मंत्री ने स्पष्ट करना चाहा कि ऐसा सिर्फ कोनिया से बगदाद के बीच की रेल सेवा के लिए किया गया है। इस मतांतर से जर्मनी को सीधा लाभ हुआ और उसने अपनी पकड़ लगातार बढ़ाए रखी और उसने कोनिया-बगदाद रेलवे खंड के सादिजा से खानीकीन तक रेल लाइन बनाने के प्रस्ताव पर मंजूरी भी प्राप्त कर ली। जर्मन द्वारा पर्सिया में जर्मन शिक्षकों द्वारा संचालित कॉलेज खोलने का प्रस्ताव भी दिया, जिसमें पर्सिया सरकार द्वारा वार्षिक वित्तीय सहायता दी जाती। डेचे बैंक की स्थापना तेहरान में हुई और इसकी शाखाएँ तबरीज और बुशायर में भी खोली गईं। इस प्रकार जर्मन और पर्सिया के बीच घनिष्ठता दिन-प्रतिदिन बढ़ती चली गई। पर्सिया के शाह द्वारा 1908 में जब 'मजलिस' भंग कर दी गई तो अनेक नेता बर्लिन जाकर रहने लगे। इन्हीं नेताओं में से कई पर्सिया और अफगानिस्तान में 'जर्मन मिशन' के सदस्य बनकर आए थे।[17]

इस बीच एक खबर फैली कि तुर्की के प्रभाव में आकर जर्मनी द्वारा इसलाम धर्म फैलाने में मदद पहुँचाई जा रही है और संभव है कि पूरा का पूरा देश इसलाम धर्म कबूल कर ले। स्वयं कैसर ने 'हाजी विलहेलम' बनकर मक्का की यात्रा की है। इस प्रचार से 'मुसलिम मौलवी, मुल्ला और मुज्ता हिद्स' काफी प्रसन्न हुए और जर्मनी के अलावा किसी और देश के समर्थन की बात उनके मन में आ भी नहीं सकती थी। इस प्रकरण में रूस और ब्रिटिश काफी पीछे छूट चुके थे।[18] जैसे ही यह खबर फैली कि जर्मनी इसलाम को कबूल करनेवाला है, इसका जादुई असर पर्सिया के इर्द-गिर्द रहनेवाले कबीलों पर सबसे अधिक पड़ा। इनमें से कई कबीलों का पेशा डकैती करना था। वे सफल संदेशवाहक के रूप में जर्मन मिशन को सहयोग करने लगे। ताशकंद जेलों से भागे कई सौ जर्मनी एवं ऑस्ट्रिया सैनिक भी इनसे जा मिले और इस क्षेत्र से ब्रिटिश सेना को खदेड़ने में सफलता प्राप्त की।[19] युद्ध आरंभ होने से पूर्व ही पर्सिया में जर्मन अधिकारियों

की हलचल आरंभ हो चुकी थी। इनमें कैप्टर ओस्कर निदेरमायर, जो सैनिक अधिकारी के साथ-साथ प्रशिक्षित भूगर्भवेत्ता भी थे, पूर्वोत्तर पर्सिया में काफी भ्रमण किए थे। इसके अतिरिक्त जुगमेयर नामक वैज्ञानिक भी इस क्षेत्र में खूब घूमे थे।[20]

ब्रिटिश अधिकारियों की दमनात्मक काररवाइयों के कारण सूफी अंबाप्रसाद और सरदार अजीत सिंह 1909 में गुप्त रूप से भारत से जाकर फारस में रहने लगे, तभी से वहाँ ब्रिटिश विरोधी गतिविधियाँ होने लगीं। बाद में ठाकुर दास, ऋषिकेश और जिया-उल-हक वहाँ पहुँचे और इन लोगों ने 'हयात' नामक समाचार-पत्र निकालकर अपना प्रचार कार्य शुरू किया। भारत सरकार के गुप्तचर विभाग की रिपोर्ट के बाद फारस स्थित ब्रिटिश राजदूत को सूफी अंबाप्रसाद और अजीत सिंह को वहाँ से निर्वासित करवाने का निर्देश दिया, परंतु भारत और फारस के बीच कोई प्रत्यर्पण संधि (एक्स्ट्राडिक्शन ट्रीटी) न होने के कारण इन 'भागे हुए अपराधियों' का समर्पण नहीं हो पाया।[21] 1911 में अजीत सिंह के यूरोप चले जाने के कारण गतिविधियाँ कमजोर पड़ गईं। 'पेरिस इंडियन सोसाइटी' ने 1911 में तिरुमल आचार्य को कुस्तुनतुनिया भेजा। बरकतुल्लाह भी 1912 में तुर्की गए। पी.एन. दत्त युद्ध के प्रारंभ में कुस्तुनतुनिया में थे। दत्त ने ही श्रीमती कामा से और अधिक भारतीयों को वहाँ भेजने का अनुरोध किया।[22] 1907 के आंदोलन के बाद लाला लाजपत राय की गिरफ्तारी के बाद उनका यश पूरे भारतीय क्रांतिकारियों के बीच था और इस समय वे अमेरिका में थे। एक से अधिक बार उनसे अनुरोध किया गया कि वे जर्मन आकर भारतीय क्रांतिकारियों का नेतृत्व अपने हाथ में लें। लेकिन वे स्वतंत्रता आंदोलन में जर्मनी की सहायता लेने के लिए तैयार नहीं थे और इसीलिए उन्होंने जर्मन आने का प्रस्ताव ठुकरा दिया।[23]

तुर्की के इस्तांबुल में इस समय अनेक देशों के क्रांतिकारी अपना केंद्र बनाए हुए थे। 2 अगस्त, 1914 को तुर्की एवं जर्मनी के बीच युद्ध समझौता होने के तुरंत बाद जनरल लोबर्स्ट वॉन मोल्टके ने जर्मन विदेश विभाग को पत्र लिखा कि यदि इंग्लैंड से हमारी युद्ध ठनती है तो हमें भारतीय और इजिप्ट की क्रांति में सहयोग करना चाहिए। हमें पारस को भी यह संदेश देना चाहिए कि वह इस मौके का लाभ उठाए और तुर्की के साथ सहयोग कर हमेशा के लिए रूस से अपने को आजाद कर ले। इस्तांबुल में जर्मन अधिकारी एनवेर की भी ऐसी ही सोच थी। ओटोमन संसद् के कनिष्ठ अधिकारी आमिर चेकिब अर्सलान ने 10 अगस्त को जर्मन राजदूत को लिखे पत्र में कहा कि हमें दक्ष जर्मन अधिकारी को तुरंत अफगानिस्तान भेजना चाहिए।

इन क्रांतिकारियों में से कुछ लोगों को स्वांडू में अवस्थित कारखानों में हथियार एवं विस्फोटक सामग्री का प्रशिक्षण दिलाने के लिए भेजा गया एवं कुछ लोगों को रुहला बेन, डोएब्रिज और जीसेन आदि जेलों में भारतीय युद्धबंदियों के बीच क्रांति का प्रचार

करने के लिए भेजा गया। 'जिहाद' के आह्वान पर इनमें से कुछ मुसलिम, खासकर पठान क्रांति में संलग्न भी हुए, लेकिन अधिकतर की इसमें कोई रुचि नहीं थी। ईरान एवं इजिप्ट के क्रांतिकारी भी अंग्रेजों की दासता से मुक्ति के लिए संगठन बनाकर जर्मनी की मदद प्राप्त करना चाहते थे और इस क्रम में उनका संपर्क भारतीय क्रांतिकारियों के दल से हुआ। जर्मनी ने पूर्वी एशिया के देशों के लिए एक अलग संगठन बनाकर 'डेर न्यू ओरिएंट' नामक पत्र का प्रकाशन आरंभ किया, जिसका अनुवाद कई भाषाओं में होता था। जुलाई 1915 में घोषित किया गया कि भारत भी इंग्लैंड के साथ युद्ध लड़ रहा है और जर्मनी भारत का साथ देगा। 'जर्मन भारतीय समिति' की शाखाएँ ज्यूरिख, एम्सटर्डम और स्टॉकहोम में खोली गईं और इनके प्रभारी क्रमशः दासगुप्ता, चंपक रमन पिल्लई और चट्टोपाध्याय बनाए गए।[24]

इस बीच भारतीय क्रांतिकारी नेताओं की आपसी खींचतान भी जर्मन अधिकारियों की नजर से छिपी नहीं रह पाई। लाला हरदयाल के रुक्ष व्यवहार के कारण बंगाली क्रांतिकारियों के बीच वे लोकप्रिय नहीं हुए और धीरे-धीरे इससे अलग हो गए। तारकनाथ दास ने अगस्त 1915 में फिलीस्तीन से समिति द्वारा लिये गए कतिपय निर्णय पर आपत्ति जताई। जर्मन प्रतिनिधि हरंबलाल गुप्त के गदर आंदोलनकारियों के साथ अच्छे संबंध नहीं थे। लाला लाजपतराय अभी भी अमेरिका में ही थे और 13 जुलाई, 1916 को जर्मन समिति की ओर से चक्रवर्ती को सूचना दी गई कि वह लालाजी को आंदोलन में भाग लेने के लिए राजी करें, लेकिन दुर्भाग्यवश उन्होंने पुनः इनकार कर दिया।[25] श्रीमती कामा ने सितंबर 1914 में लाला हरदयाल को कुस्तुनतुनिया जाने के लिए राजी कर लिया और उन्होंने जेनेवा से इस्तांबुल पहुँचकर जर्मन राजदूत से संपर्क किया। ओटोमान सरकार के रक्षा मंत्री कैप्टन कादरी बे उन दिनों अमेरिका यात्रा पर थे और उन्होंने वहाँ भारतीय क्रांतिकारियों से विचार-विमर्श किया। कैप्टन की राय थी कि भारतीय सीमांत क्षेत्रों में प्रवेश करने के लिए भारतीय क्रांतिकारियों को तुर्की के मार्ग से जाना चाहिए। उनकी बातों से प्रभावित होकर सितंबर 1914 में पांडुरंग खानखोजे और अगाचे न्यूयॉर्क से तुर्की के लिए रवाना हो गए। उधर 'वासमुस मिशन' को हलेब (पूर्व में एलेप्पो) में रोक लिया गया था। खानखोजे, अगाचे एवं प्रमोथानंद दत्त (ये मार्च 1914 में ही तुर्की पहुँच चुके थे) यहाँ इस दल से मिल गए।[26] तुर्की पहुँचकर हरदयाल ने 'जहाँ-ए-इसलाम' के संपादक अबू-सईद से संपर्क किया और बरकतुल्लाह को अपने पास आने के लिए पत्र लिखा। बरकतुल्लाह स्वयं नहीं आ सके, परंतु उन्होंने खानखोजे और बिशन सिंह को हरदयाल की मदद के लिए वहाँ भेजा। 'जहाँ-ए-इसलाम' के उर्दू भाग में हरदयाल के लेख छपे और 20 नवंबर, 1914 में अनवर पाशा का उत्तेजक भाषण छपा, जिसमें कहा गया था कि 'हिंदुओ और मुसलमानो, तुम दोनों सैनिक हो और भाई-भाई हो, परंतु

यह कमीना अंग्रेज तुम्हारा शत्रु है। तुम जिहाद की घोषणा करके गाजी बन जाओ और अपने भाई के साथ मिलकर अंग्रेजों की हत्या करो और भारत को आजाद करो।' लाला हरदयाल बीच में ही कुस्तुनतुनिया छोड़कर चले गए। पी.एन. दत्त, जो 'दाऊद अली खाँ' के छद्म नाम से वहाँ रह रहे थे, प्रसन्न नहीं थे। उन्होंने 3 अगस्त, 1915 को जॉर्ज फ्रीमान को पत्र लिखा कि अब मुझे अकेले काम करना पड़ रहा है।[27] अमेरिका से गदरी भारत पहुँच चुके थे और वे चाहते थे कि आंदोलन में तुर्की का सहयोग लिया जाए। उन्हें भरोसा था कि तुर्की का प्रभाव काबुल पर है। इस तरह जर्मनी से भारत तक हथियार आ सकता है। 24 नवंबर, 1914 को बरकतुल्लाह ने हरदयाल को स्विट्जरलैंड पत्र लिखा और वे स्वयं 9 जनवरी, 1915 को बर्लिन पहुँच गए। 27 जनवरी को हरदयाल भी बर्लिन पहुँच गए।[28] अभी तक भारतीय क्रांतिकारियों के साथ ऐसी कोई प्रसिद्ध शख्सियत का जुड़ाव नहीं हुआ था। हाथरस के राजपूत देशी नरेश राजा महेंद्र प्रताप के स्विट्जरलैंड पहुँचने की सूचना चट्टोपाध्याय को मिली। हालाँकि महेंद्र प्रताप ऐसी कोई बड़ी शख्सियत नहीं थे, फिर भी चट्टोपाध्याय ने उन्हें तुरंत जर्मन आने का अनुरोध किया।[29]

21 फरवरी को राजा महेंद्र प्रताप को जर्मन कार्यालय बुलाया गया और प्रस्ताव दिया गया कि राजाजी, बरकतुल्लाह एवं कुछ भारतीय युद्धबंदियों को शीघ्र ही जर्मन मिशन के साथ काबुल भेजा जाए। प्रस्ताव का समर्थन जर्मन जनरल स्टाफ रुडोल्फ नैडोल्नी ने किया। प्रसिद्ध व्यवसायी अलबर्ट बालिन और मानेसन ने भी इस प्रस्ताव का समर्थन किया। उन्हें विश्वास था कि राजाजी क्षत्रिय देशी राजाओं को और बरकतुल्लाह मुसलिमों को आसानी से प्रभावित कर सकेंगे।[30] इनकी सोच थी कि राजा महेंद्र प्रताप के कारण जर्मन अधिकारियों को प्रभावित भी किया जा सकेगा और दूसरी ओर इनकी सहायता से भारतीय राजपूत जमींदारों और देशी नरेशों की सहानुभूति भी प्राप्त की जा सकती है। राजाजी 10 फरवरी, 1915 को जब बर्लिन पहुँचे तो स्वयं कैसर ने उनका स्वागत किया और राजा होने के कारण उन्हें 'ऑर्डर ऑफ दि ईगल' (द्वितीय वर्ग) से सम्मानित किया गया।[31]

महेंद्र प्रताप ने अफगानिस्तान में काम करने की योजना जर्मन विदेश विभाग के समक्ष रखी। इसमें उन्होंने लिखा कि भारत में क्रांति के लिए अनुकूल स्थिति उत्पन्न हो गई है। यदि अफगान सेना को भारत पर आक्रमण करने के लिए राजी कर लिया जाए तो भारत में ब्रिटिश साम्राज्य को उखाड़ फेंका जाएगा। यदि अफगानिस्तान भारत पर हमला करता है तो हिंदुओं का आर्थिक सहयोग लेना आवश्यक है, क्योंकि यदि उन्होंने इसे विदेशी मुसलिम आक्रमण समझा तो वे इसका विरोध कर सकते हैं। महेंद्र प्रताप हिंदुओं का यह भय दूर करने के लिए काबुल जाना और अफगान सेना में भरती होना चाहते थे।[32] विश्वयुद्ध शुरू होने के कारण सब देशों के क्रांतिकारी उन दिनों स्विट्जरलैंड

आ गए थे, क्योंकि यह देश निष्पक्ष था। यूरोप में रह रहे हिंदुस्तानी क्रांतिकारी भी स्विट्जरलैंड आ गए। जर्मन जनरल स्टाफ ने यूरोप में मौजूद इन हिंदुस्तानी क्रांतिकारियों और तुर्की तथा अरब देशों में गए मौलवियों को इकट्ठा किया।[33] जर्मन जनरल स्टाफ के निर्देश तथा सहायता से 1 अक्तूबर, 1914 को 'हिंदुस्तानी इनकलाबी सोसाइटी' बनाई गई, जिसके संचालक प्रसिद्ध क्रांतिकारी वीरेंद्रनाथ चट्टोपाध्याय, चंपकरामन पिल्लई, भूपेश गुप्त, डॉक्टर प्रभाकर और राजा महेंद्र प्रताप थे। इस सोसाइटी को 'बर्लिन हिंद कमेटी' भी कहा जाता है। जर्मन विदेश मंत्रालय के बारोन विजनडोंरव और जर्मन जनरल स्टाफ के कैप्टन रुडोल्फ नडोल्डी द्वारा इस योजना को स्वीकार कर लिये जाने के बाद इस मिशन की कमान लेफ्टिनेंट बर्नर वोडोफोन हेंटिंग को दी गई। 'हेंटिंग मिशन' के सदस्य महेंद्र प्रताप, बरकतुल्लाह, डॉ. कार्ल बेम्नर और लेफ्टिनेंट वाल्टर रोहर और कई अफगान-अफरीदी सैनिक थे। यह मिशन 10 अप्रैल, 1915 को रवाना हुआ। महेंद्र प्रताप के पास जर्मनी के रोश चांसलर (प्रधानमंत्री) द्वारा लिखे गए 27 पत्र भी थे, जो भारत के राजाओं और नवाबों के नाम थे।[34]

इस मिशन का अध्यक्ष राजाजी को बनाया गया, जबकि प्रभारी डॉ. डब्ल्यू. ओ. वॉन हेंटिंग को बनाया गया। जर्मन के चांसलर बेथमैन हॉलवेग ने उन्हें भारत के 26 देशी नरेशों के नाम एवं नेपाल नरेश के नाम से पत्र देकर औपचारिक रूप से अधिकृत किया। काबुल में रहकर इन पत्रों को विभिन्न देशी नरेशों के यहाँ गुप्त रूप से भिजवाना था।[35] जर्मन सरकार ने इस मिशन के लिए एक लाख डॉलर हेंटिंग के खाते में इस्तांबुल के डेउच बैंक में डाल दिए। राजाजी का मिशन 9 अप्रैल, 1915 को बर्लिन से चला। दूसरा मिशन भी इस मिशन के साथ इस्तांबुल तक पहुँचा। इसमें तारकनाथ दास, वीरेंद्र नाथ दासगुप्ता, तिरुमल अचारी, एल.पी. वर्मा, राजब अली आदि थे। इस मिशन को स्वेज केनाल के रास्ते इजिप्ट की ओर जाना था। इन दोनों मिशन के साथ हरदयाल इस्तांबुल तक आए। इस्तांबुल में इनका स्वागत करने के लिए प्रधान मंत्री, हिल्मी पाशा एनवर और सुल्तान स्वयं आए। भारतीय क्रांतिकारियों के प्रभारी डॉ. फुआड को बनाया गया और तुर्की के अली बे को समन्वय का जिम्मा दिया गया। तुर्की के काजिम बे को 'हेंटिंग-प्रताप मिशन' के साथ संबद्ध किया गया। सुल्तान ने अफगानिस्तान के अमीर को एक पत्र भी दिया। हिल्मी पाशा ने भी भारतीय देशी नरेशों के नाम पत्र दिया। शेख अल इसलाम द्वारा एक लिखित फतवा बरकतुल्लाह को दिया गया, जिसमें हिंदू और मुसलमान, दोनों को अंग्रेज सरकार के खिलाफ एकजुट होकर लड़ने का आह्वान किया गया। मिशन में सिर्फ एक मुसलमान बरकतुल्लाह थे। लेकिन भारतीय क्रांतिकारियों ने जर्मनी में ही कहा कि वे धर्म एवं क्रांति को अलग-अलग जेब में रखते हैं और इससे जर्मन बहुत प्रभावित हुए।[36]

राजा महेंद्र प्रताप ने अपने संस्मरण में लिखा है कि देशी राजाओं को संबोधित पत्र हिंदी में थे और मुसलिम नवाबों के लिए पत्र उर्दू में लिखे गए। सभी पत्रों की छपाई बहुत ही सुंदर एवं सलीके से की गई थी और मोरक्को शैली में बाँधा गया था। अफगानिस्तान के अमीर हबीबुल्लाह खान के नाम अलग पत्र तैयार किया गया और कैसर ने स्वयं इस पर हस्ताक्षर किया। नेपाल नरेश को प्रेषित किए जानेवाले पत्र को लेकर विदेश विभाग के अधिकारियों के बीच खूब बहस हुई। मैंने उन्हें 'हिज मैजेस्टी नेपाल नरेश' लिखने के लिए कहा, परंतु वे मानने के लिए तैयार नहीं थे। उनका तर्क था कि नेपाल नरेश को अभी तक अंग्रेज सिर्फ 'महाराजा' ही कहते हैं। मेरे लिए यह बहुत ही मनोरंजक था; क्योंकि जिस इंग्लैंड के विरुद्ध जर्मन युद्ध लड़ रहा था, उसकी सभ्यता और संस्कृति का वह अनुकरण भी करना चाहता था। हालाँकि यह विवाद 1917 में समाप्त हो गया, क्योंकि अंग्रेज सरकार इसके बाद नेपाल नरेश को 'हिज मैजेस्टी' मानने लगी थी।[37] नेपाल के महाराजा के लिए पत्र पर जर्मन के चांसलर ने हस्ताक्षर किए थे।[38] मिशन कुछ समय तक कुस्तुनतुनिया में रुका, जहाँ महेंद्र प्रताप ने तुर्की में रह रहे मिस्त्र के खेदीव, तुर्की के प्रधानमंत्री अनवर पाशा और तुर्की के सुल्तान से भेंट की। सुल्तान ने उन्हें अपने हस्ताक्षर करके अफगानिस्तान के अमीर के नाम एक पत्र और विभिन्न भारतीय राजाओं के नाम सात पत्र दिए, जिनमें ब्रिटिश सरकार के विरुद्ध उठ खड़े होने का अनुरोध किया गया था।[39]

हालाँकि अफगानिस्तान के अमीर अभी भी तटस्थ बने हुए थे। लेकिन स्वीडेन के स्वेन हेडिन ने लगभग इसी समय जर्मनी को सूचित किया कि अफगानिस्तान के अमीर इंग्लैंड से मुक्ति पाने के लिए तड़प रहे हैं। इसी प्रकार का मत ओपेनहेम और एनबर नामक एजेंटों का था और इनकी राय के आधार पर 12 अगस्त को योजना की स्वीकृति दे दी गई। इस प्रकार जर्मन ने इंग्लैंड के विरुद्ध एक नया युद्ध छेड़ने का इरादा पक्का कर लिया। भौगोलिक दृष्टि से ईरान महत्त्वपूर्ण सामरिक स्थल था। ईरान का बुद्धिजीवी वर्ग रूस और इंग्लैंड से घृणा करता था और इसका लाभ जर्मनी को मिला। ईरान में जर्मन व्यवसायियों और स्थानीय कबीलों की सहायता से जर्मन के पक्ष में दबाव बनाया गया। 26 अगस्त, 1914 को ओपनहाइम ने एनवर को लिखा कि 15 सदस्यीय मिशन जर्मनी से तुर्की के लिए प्रस्थान कर चुका है। इस मिशन के नेता विलहेम वासमुस थे।[40]

अफगानिस्तान में तुर्की जर्मन मिशन की शुरुआत अनवर पाशा द्वारा की गई थी। कुस्तुनतुनिया एवं अन्य मुसलिम बहुल क्षेत्रों में जिहाद आरंभ हो गया था। योजना बनी कि जर्मन और तुर्की मिशन के सदस्यगण खलीफा का आशीर्वाद लेकर 'पवित्र युद्ध' का संदेश लेकर पर्सिया से आगे चलकर अफगानिस्तान पहुँचेंगे। रास्ते में पड़नेवाले मुसलिम बहुल क्षेत्रों में उन्हें हथियार, नकदी और अन्य सहायता दी जाएगी। यह दल अफगानिस्तान पहुँचकर अमीर को इस बात के लिए राजी करेगा कि वह अपनी प्रजा

को भारत में अंग्रेज के विरुद्ध युद्ध करने की अनुमति प्रदान कर दें। युद्ध छिड़ने के समय भारतीय क्रांतिकारी विभिन्न जगहों से बर्लिन पहुँचे। इनमें हरदयाल और बरकतुल्लाह प्रमुख थे। जर्मन सरकार के युद्ध विभाग एवं विदेश विभाग के साथ मिलकर भारतीय राजनीतिक विभाग की स्थापना की गई। इस विभाग में अफगानिस्तान, पर्सिया एवं यूरोप के कई अनुभवी लोग भी थे। वस्तुत: नेपोलियन द्वारा पूर्व में तैयार की गई योजना के अनुसार यह मिशन काम करना चाहता था।[41]

वासमुस मिशन—इस मिशन को निर्देश दिया गया कि वह बुशायर के पीछे के हिस्से से क्षेत्र में प्रवेश करे, ताकि यहाँ से ब्रिटिश सैनिकों को हटाया जा सके। वासमुस ने इर्द-गिर्द के कबीलों को अपने मिशन में मिला लिया था। 'बर्लिन मिशन' ने कुस्तुनतुनिया पहुँचकर अनवर पाशा से भेंट की। पाशा इनसे खुलकर मिले और उन्होंने तश्किलात-ए-मकशूसा के अली वेई को मिशन के सदस्यों को सभी सुविधाएँ देने का निर्देश दिया। मिशन ने अपने एक या दो सदस्यों को इस्तांबुल में छोड़ने के बाद अपने को दो भागों में विभक्त कर लिया। एक भाग सीरिया और दूसरा बगदाद की ओर रवाना हुआ। पी.एन. दत्त उर्फ दाऊद अली खाँ और पांडुरंग सदाशिव खानखोजे (1884-1967) बुशीर भेजे गए। बाद में गदर पार्टी के सदस्य केदार नाथ, बसंता सिंह, चने सिंह, ऋषिकेश, केरसास्प और अमर चंद शर्मा भी वहाँ पहुँच गए। ये लोग 'वासमुस मिशन' में शामिल हो गए।[42]

वासमुस और उसका दल, जिसमें तीन भारतीय भी थे, दिजफुल, शस्टर होते हुए बिह बाहर के लिए चला, जो बुशायरा के नजदीक ही था। स्थानीय ईरानी के सहयोग से भारतीय सैनिकों के बीच क्रांतिकारी परचा वितरित करवाया गया। इसका मुख्य उद्देश्य यहाँ अवस्थित ब्रिटिश तेल उत्पादन केंद्र को नष्ट करना था। लेकिन इस मिशन पर कुछ तुर्क अधिकारियों की कड़ी नजर भी थी, क्योंकि उनका मत था कि अनावश्यक रूप से जर्मन का ईरान पर दबदबा आरंभ हो जाएगा। 'वासमुस मिशन' यह अनुभव कर रहा था कि विदेशी धरती पर कार्य करने के लिए मिशन को कुछ अधिक राजनीतिक अधिकार चाहिए और इस हेतु उसने जर्मन विदेश विभाग को 27 अक्तूबर, 1914 को एक पत्र लिखा। इस पत्र के आधार पर ही 'हेंटिंग-प्रताप मिशन' के गठन का रास्ता प्रशस्त हुआ था। नवंबर 1914 के प्रथम सप्ताह में तुर्की युद्ध में घिर गया। उसके दुश्मन रूस और इंग्लैंड थे। इंग्लैंड ने 6 नवंबर को शैट्ट अल अरब पर कब्जा कर लिया। 12 नवंबर को तुर्की के खलीफा ने 'जेहाद' की घोषणा कर दी और 14 नवंबर को शेख-अल-इसलाम ने फतवा जारी कर जिहाद की स्वीकृति दे दी। शिया बाहुल्य नजफ और कर्बला द्वारा भी जिहाद के समर्थन की घोषणा की गई। 23 नवंबर को इंग्लैंड ने बसरा पर भी कब्जा कर लिया।[43]

इस बीच जर्मन ने दूसरा मिशन कैप्टन ऑस्कर वॉन निदेरमायर के नेतृत्व में रवाना किया। इस मिशन को ईरान में जर्मन के मनोनीत राजदूत प्रिंस रेयुस को सुरक्षा प्रदान करना था। उसके बाद यह मिशन काबुल रवाना हुआ, जहाँ उसे अफगानिस्तान के अमीर को भारत पर आक्रमण करने के लिए राजी करना था। 'निदेरमायर मिशन' 5 दिसंबर, 1914 को इस्तांबुल से रवाना हुआ और 13 दिसंबर को हलेब पहुँचा। उस समय 'वासमुस मिशन' हलेब में ही था। क्रिसमस आयोजित करने के बाद दोनों मिशन अलग-अलग रास्तों से बगदाद के लिए रवाना हो गए। तीन भारतीय सहित वासमुस मिशन दक्षिण-पश्चिम ईरान की ओर 28 जनवरी को रवाना हुआ। 'निदेरमायर मिशन' कुछ दिनों तक बगदाद में प्रतीक्षा करने के बाद तेहरान की ओर रवाना हुआ। दौलताबाद पहुँचने के बाद 'निदेरमायर मिशन' पुनः दो भागों में विभक्त हो गया। निदरमेयर राउफ वेई की सलाह की परवाह न कर तुर्कों की मदद के बिना अफगानिस्तान की ओर रवाना हुआ और अपने दल के साथ उसने अप्रैल 1915 को फारस की सीमा पार की। यह दल करमान शाह में दो भागों में विभक्त हो गया। जिस प्रथम पार्टी के साथ वह तेहरान तक गया, उसमें गुंथर वोइग्त, कुर्त वागनेर, विल्हेम पेशान आदि थे। दूसरी पार्टी में फ्रेडरिक सेलर, इरिक जुगमेयर, वाल्टर ग्रीसिंगर और कुछ भारतीय क्रांतिकारी थे। यह दल ब्रिटिश संरक्षित क्षेत्र बलूचिस्तान में प्रवेश करने का निर्देश लेकर दक्षिण भारत की ओर रवाना हुआ। निदेरमायर कुछ समय तक फारस में प्रतीक्षा करता रहा, परंतु उसने शीघ्र अनुभव कर लिया कि फारस के युद्ध में शामिल होने की आशा करना बेकार है और वह अफगानिस्तान रवाना हो गया।[44] वासमुस वशीर में जर्मन वाणिज्य दूत था। उसने तानागिस्तानियों और अन्य पड़ोसी जनजातियों को खूब खिला-पिलाकर तथा उपहार देकर एक जर्मन समर्थक मजबूत पार्टी बना दी थी।[45]

इसके बाद यह दल शिराज की ओर रवाना हुआ, जहाँ अंबाप्रसाद पूर्व से कार्यरत थे। यहाँ का राज्यपाल मुखबिर-ए-सुल्तान जर्मन का सहयोगी था। बंदर रिग के जनजाति मुखिया हैदर खान द्वारा इस दल को 5-6 मार्च की रात्रि में पकड़ लिया गया। संयोगवश वासमुस और तीनों भारतीय उसके कब्जे से निकल भागने में सफल हो गए और मार्च के मध्य में शिराज पहुँच गए, लेकिन इनके सारे कागजात, गुप्त कोड आदि ब्रिटिश के हाथ लग गए। वासमुस और उसका दल महीनों तक शिराज में रुका रहा। अगाचे गुप्त रूप से भारत आने में सफल हो गया। 19 मई, 1915 को वासमुस और खानखोजे टेंगिस्तान के लिए निकल पड़े। उधर प्रोमोथनाथ दत्त इस्पाहन के लिए निकले, जहाँ उन्हें जर्मन अधिकारियों से मिलना था। उधर मध्य ईरान से हेंटिंग, महेंद्र प्रताप, बरकतुल्लाह, निदेरमायर आदि अफगानिस्तान के लिए निकल पड़े थे।[46]

जून 1915 में केरमन पहुँचने पर प्रोमोथनाथ का स्थानीय लोगों द्वारा स्वागत

किया गया। जुगमेयर-ग्रिसिंगर मिशन के सदस्यगण 4 जुलाई को यहाँ पहुँचे और उधर टेंगिस्तान से खानकोजे भी वहाँ पहुँच गए। इस बीच अगाचे भी भारत से वापस यहाँ पहुँच चुके थे। इन लोगों ने स्थानीय कबीलाई नेताओं और स्थानीय लोगों को क्रांतिकारी प्रशिक्षण देना आरंभ कर दिया। बलूचिस्तान में अंग्रेजों के विरुद्ध संयुक्त अभियान आरंभ करने के संबंध में बहराम खान वामपुरी से विचार-विमर्श के लिए खानखोजे, डॉ. बियाच और वेडिंग बाम होते हुए बामपुर पहुँचे। लेकिन इससे पहले अंग्रेजों द्वारा विरोधी काररवाई भी आरंभ हो चुकी थी और पैसों के बदौलत क्वान अल मुल्क, सरदार जाफर, मुहत्तसिम और बहराम खान वामपुरी को अंग्रेज खरीद चुके थे। बहराम खान वामपुरी द्वारा खानखोजे के दल पर प्रहार किया गया। जिस कारण उन्हें वापस आना पड़ा। स्थानीय कबीलाई नेताओं के भारी प्रतिरोध के कारण मुख्य जर्मन मिशन को भी वाफ्ट वापस आना पड़ा। सरदार जफर द्वारा इनके साथ लूटपाट की गई। 10 अप्रैल को खानखोजे भी पकड़ लिये गए। निरीज में जुगमेयर, अगाचे, प्रोमोथनाथ आदि पकड़ लिये गए। किसी तरह जान बचाकर तीनों भारतीय शिराज पहुँचे।[47]

जर्मन मिशन के नेता कैप्टन ओस्कर निदेरमायर को तुर्की-विरोध का एहसास बगदाद में ही हो गया था, जो इस मिशन का उपयोग बगदाद के ब्रिटिश सेना के विरुद्ध करना चाहता था। तुर्की द्वारा इस मिशन के पर्सिया प्रवेश पर भी एतराज जताया गया। इन विरोधों के बावजूद निदेरमायर 1915 के आरंभ में पर्सिया सीमा रेखा में प्रवेश करने में सफल हो गया, जहाँ इनका स्वागत स्वीडिश अधिकारी के नेतृत्व में सैनिक की टुकड़ी ने किया। इस मिशन में तुर्की के काजिम बेग, 12 जर्मनी, भारतीय क्रांतिकारी महेंद्र प्रताप एवं बरकतुल्लाह, कुछ पर्सियन सैनिक सहित 80 लोग थे। इस मिशन द्वारा पश्चिमी पर्सिया से नाइन, यहाँ से येज्छ के उत्तर-पश्चिम भाग होते हुए और उसके बाद 'लूट' रेगिस्तान के रास्ते तबास और दुहुक होते हुए संपन्न हुई।[48] अब तक ईरान पर ब्रिटिश का प्रभुत्व बढ़ चुका था। 16 सितंबर, 1915 को गवर्नर मुखबिर-ए-सुल्तान से जबरन त्याग-पत्र दिलाया गया। नवंबर तक तेहरान से 25 मील दूर कराज तक रूसी सैनिकों द्वारा कब्जा कर लिया गया और 15 नवंबर तक सेना राजधानी तेहरान तक आ गई। बाकी भारतीय क्रांतिकारी भूमिगत हो गए। अंबाप्रसाद एवं केदारनाथ सोढ़ी को ब्रिटिश सैनिकों ने गिरफ्तार कर लिया और शायद 1917 के आरंभिक दिनों में इन्हें फाँसी दे दी गई।[49]

'हेंटिंग-प्रताप मिशन' 20 अप्रैल को इस्तांबुल से चलकर 27 मई को बगदाद पहुँचा और फिर 7 जून को करमानशाह पहुँचा। इन लोगों को वहीं छोड़कर हेंटिंग ने तेहरान जाकर प्रिंस रेस एवं निदेरमायर से विचार-विमर्श किया। बाकी लोग करमानशाह से 20 जून को चलकर 28 जून को इस्पाहन पहुँचे। यहाँ हेंटिंग इनसे मिल गए और पूरा

समूह 1 जुलाई को इस्पाहन से चलकर अमरक, नाइन और राबतगुर होते हुए काबुल की ओर चला। राबतगुर में 22 जुलाई को इस मिशन के साथ निदेरमायर भी साथ हो गए।[50]

अब तक अंग्रेज एवं रूसी सैनिकों को इस मिशन के बारे में सारी जानकारियाँ मिल चुकी थीं और वे पूर्णतः सजग थे। तीन अफरीदी कैदियों के साथ डॉ. वेकर को चरेहे से टरवॉट की ओर भेजा गया, ताकि रूसी भ्रमित हो जाएँ। ऐसा हुआ भी। मुख्य मिशन बुशरुजेह 3 अगस्त को पहुँचा और उसके बाद कैन और बिरजांद होते हुए 9 अगस्त को अफगानिस्तान पहुँच गया। 2 अक्तूबर को वे काबुल पहुँच चुके थे।[51] अफगान सीमा पर ब्रिटिश एवं रूसी सेना की गश्ती थी। इनकी नजरों से बचने के लिए इस मिशन ने अपने को तीन टुकड़ियों में विभक्त किया। मिशन के ऊँट को उत्तरी भाग, पत्थर लदे हुए ऊँट को दक्षिण भाग और शेष भाग येज्दान नामक सीमावर्ती गाँव के रास्ते प्रवेश किया। इस प्रकार की कठिन यात्रा में सफल होकर वे 24 अगस्त, 1915 को अफगान सीमा में हेरात पहुँचे।[52]

'हेंटिंग मिशन' ने चाह-ए-रिग सीमा पर अफगानिस्तान सीमा में प्रवेश किया। 25 अगस्त, 1915 को हेरात पहुँचा, जहाँ गवर्नर ने, जिसे तुर्की के सुल्तान की तरफ से जारी की गई जिहाद की घोषणा दिखाई गई थी, अपने दरबार में उसका स्वागत किया। यह दल हेरात से कंधार होता हुआ काबुल पहुँचा। उस समय इस दल में छह जर्मन, दो या तीन तुर्क, एक मुल्ला, दो भारतीय-अफरीदी, जमादार मीर मस्त, 60 अरब सैनिक, एक फारसी और सामान ढोनेवाले 50 खच्चर थे। यह दल 2 अक्तूबर, 1915 को काबुल पहुँचा और उसे 'बाग-ए-बाबर' में ठहराया गया।[53]

हालाँकि इस मिशन का स्वागत किया गया, लेकिन इन्हें सैनिक सुरक्षा में शहर के बाहर एक बगीचे में रखा गया। इन्हें किसी भी स्थानीय बाशिंदों से भेंट करने की इजाजत नहीं दी गई। मिशन का कोई भी सकारात्मक असर स्थानीय लोगों पर नहीं पड़ सका। 20 दिनों की यात्रा के बाद मिशन काबुल पहुँचा, जहाँ शहर के बाहर इन्हें 'बाग-ए-बाबर' में रखा गया।[54]

जैसे ही 'जर्मन-तुर्क मिशन' हेरात पहुँचा, अफगानिस्तान के अमीर ने इसकी सूचना वायसराय को दी। उसने यह भी लिखा कि हेरात के राज्यपाल को यह भी निर्देशित किया गया है कि वह मिशन को काबुल भेजने की व्यवस्था करे, ताकि मिशन के उद्देश्यों से अवगत हुआ जाए। पत्र की समाप्ति इस वाक्य से की गई कि अफगानिस्तान की तटस्थता की नीति पर इस मिशन का कुछ भी कुप्रभाव नहीं पड़ सकता है।[55]

इस मिशन के सदस्यों को अमीर से मुलाकात करने के लिए कई सप्ताह तक इंतजार करना पड़ा। अंत में, अक्तूबर के अंतिम सप्ताह में उन्हें ऐसा अवसर मिल पाया। नवंबर 1915 में निदेरमायर द्वारा एक पत्र तेहरान के जर्मन मंत्री को लिखा गया, जो रास्ते

में ही पढ़ लिया गया कि 26 अक्तूबर को अमीर द्वारा औपचारिक रूप से मुलाकात हो पाई और इसे दोस्ताना कहा जा सकता है। लेकिन अमीर द्वारा दिए गए स्पष्टीकरण से आगे की कोई आशा नहीं दिखाई देती है। जितना जल्द हो सके, तुर्क सेना भेजने की व्यवस्था की जाए, ताकि आगे आक्रमण किया जा सके। इस मिशन के दूसरे सदस्य रोहेर ने लिखा कि यदि मशीनगन से लैस एक हजार तुर्क सैनिकों को तुरंत भेज दिया जाए तो अफगानिस्तान को युद्ध में सहयोग के लिए राजी किया जा सकता है। मेरी इस्पाहन से सीमाक्षेत्र की सामरिक यात्रा के बाद सशस्त्र सैनिकों की टुकड़ी भेजी जानी चाहिए, क्योंकि इस मार्ग पर दुश्मनों का कब्जा है। इस पत्र की प्रति अमीर को भेजी गई और उन्हें इस बात की पूरी-पूरी जानकारी मिल गई कि उनके जर्मनी अतिथि का मुख्य उद्देश्य क्या है! 1916 की गरमी में इस मिशन को और बल मिला, जब वॉन हेंटिंग के नेतृत्व में दूसरा मिशन इससे जा मिला।[56]

1915 में अफगानिस्तान के अमीर की स्थिति बहुत असमंजस भरी थी। तुर्की का सुल्तान, जो खलीफा भी था, द्वारा जिहाद की घोषणा किए जाने के कारण अफगानिस्तान के मुसलिम मुल्लाओं एवं लड़ाकू कबीलाई में एक अलग रोष उत्पन्न हो गया था। हालाँकि ये लोग जानते थे कि तुर्की द्वारा घोषित 'जिहाद' के 'फतवा' को जब तक अफगानिस्तान के अमीर द्वारा स्वीकृति प्रदान नहीं की जाती है, यह बेअसर ही रहेगा। दो शक्तिशाली शासक अंग्रेज एवं रूस एक-दूसरे के विरुद्ध थे और वे अफगानिस्तान के इर्द-गिर्द ही थे। ब्रिटेन इस तथ्य से भी अवगत था कि हालाँकि संधि के शर्तों के अनुसार अफगानिस्तान एक निरपेक्ष राष्ट्र है, परंतु अफगानिस्तान की भौगोलिक स्थिति के कारण अमीर को हमेशा मौका रहता है कि वह दो राष्ट्रों को आपस में लड़ा दे। रूस एवं ब्रिटेन अफगानिस्तान के एकदम नजदीक थे और वे हमेशा अफगानिस्तान के संपर्क में रहते थे, वहीं जर्मनी और तुर्की का अफगानिस्तान के साथ कोई सामरिक संबंध नहीं था और वे हमेशा इनसे दूर ही रहते थे।[57]

जब प्रथम विश्वयुद्ध की घोषणा हुई तो अफगानिस्तान और विकट स्थिति में फँस गया, क्योंकि रूस एवं ब्रिटेन सहयोगी राष्ट्र बन गए। जब अमीर के मंत्रिमंडल के सदस्य अमीर पर 'जिहाद' की घोषणा के लिए दबाव डालने लगे तो अमीर ने रूस एवं ब्रिटेन के सहयोगी देश होने की ओर इशारा करते हुए कहा कि यदि जिहाद की घोषणा की गई तो इसका मतलब होगा—अफगानिस्तान का हमेशा के लिए बरबाद हो जाना।[58] हेंटिंग के दल में भारतीय क्रांतिकारियों के होने से काबुल में काफी चर्चाएँ हुईं और लोग कहने लगे कि अफगानिस्तान सरकार भारत पर आक्रमण करनेवाली है। परंतु काबुल स्थित ब्रिटिश एजेंट ने इन अफवाहों का खंडन करते हुए रिपोर्ट दी कि अभी उनकी सरकार अंग्रेजों के विरुद्ध कोई सैनिक या अन्य काररवाई नहीं करने जा

रही है। अशिक्षित और धर्मांध अफगानों में तुर्की समर्थक और ब्रिटिश विरोधी भावनाएँ व्याप्त हैं।[59] जर्मन दल ने 24 अक्तूबर को पाघमान में अमीर से भेंट की, परंतु अमीर पर भारतीय क्रांतिकारियों के अनुरोधों का असर नहीं पड़ा। मिशन की अमीर से बातचीत चल ही रही थी कि भारत सरकार ने अमीर को दी जानेवाली मदद में दो लाख रुपया वृद्धि करने की घोषणा की। ब्रिटिश सरकार ने अफगानिस्तान के अमीर को तटस्थ रहने के लिए जो धन दिया, उसका जर्मनी की योजनाओं पर काफी प्रतिकूल असर पड़ा। हालाँकि अफगानिस्तान के कई बुद्धिजीवी, अमीर के भाई इनायतुल्ला, पुत्र नसरुल्ला और अमानुल्ला, सेनाध्यक्ष नादिर खाँ और विदेश मंत्री महमूद तराजी मिशन के पक्ष में थे।[60] लॉर्ड हार्डिंग द्वारा भेजे गए पत्र के जवाब में अमीर ने वचन दिया था कि कोई भी विदेशी काबुल की धरती पर पहुँचेंगे तो उन्हें निःशस्त्र कर दिया जाएगा। इस मिशन के सदस्यों को बाबर बाग के आवासीय परिसर में ठहराया गया। लेकिन वे शीघ्र ही भूख हड़ताल पर चले गए और अंततः इन्हें यहाँ से हटाना पड़ा। अफगानिस्तान के अमीर हबीबुल्लाह शांतिप्रिय एवं अंग्रेज सरकार के हिमायती थे, लेकिन इनका भाई नसरुल्लाह खान और शहजादा इनायतुल्लाह भारत पर आक्रमण का प्रबल समर्थक था। आम जनता भी ब्रिटिश की विरोधी थी और तुर्क एवं जर्मनी की समर्थक थी। 'शिराज-उल-अखबार' नामक अखबार अंग्रेज के विरोध में विष-वमन करता था। तय किया गया कि जर्मन अफगान सैनिकों को प्रशिक्षण देगी। हाजी अब्दुल्ला रजक को भारतीय क्रांतिकारियों के साथ समन्वय करने का जिम्मा दिया गया।[61]

लाहौर से जो पंद्रह मुसलमान छात्र भागकर अफगानिस्तान पहुँच गए थे, उससे भारत सरकार के अधिकारी इस निष्कर्ष पर पहुँचे कि भारत में ऐसे मुसलमान हैं, जो 'विधर्मी' भारत सरकार के विरुद्ध युद्ध को मुक्ति का मार्ग समझते हैं। ये पंद्रह भारतीय तुर्की का साथ देने के लिए काबुल गए थे। वे अपनी योग्यतानुसार गुप्तचर, संदेशवाहक, जिहाद के प्रचारक या सैनिक के रूप में तुर्की की सेवा करना चाहते थे। अमीर ने भारतीय छात्रों को यह समझाने की कोशिश की कि अभी जिहाद का समय नहीं आया है और वह उपयुक्त समय आने पर मदद देंगे।[62]

1916 के वसंत ऋतु में पर्सिया की सेना को सहायता करने एवं इसे समृद्ध करने के लिए सर पर्सी साइक्स के नेतृत्व में ब्रिटिश सेना बंदर अब्बास पहुँची। इनके द्वारा संगठित सेना का नाम 'दक्षिण पर्सिया राइफल्स' दिया गया। इस सेना को जमीनी स्तर पर खूब सहयोग प्राप्त हुआ। वस्तुतः स्थानीय लोग केरमान से जर्मन मिशनरियों को बाहर भगाना चाहते थे। जर्मन मिशनरियों की उपस्थिति के कारण स्थानीय लोगों को हमेशा जान-माल की असुरक्षा बनी रहती थी। मई में ब्रिटिश सेना, जिसमें अधिकतर भारतीय सैनिक थे, केरमान पहुँची। जर्मन सैनिक छोटी-छोटी टुकड़ियों में भाग निकले। करीब 60

अधिकारियों, जिनमें जर्मन एवं ऑस्ट्रियन की संख्या अधिक थी, को गिरफ्तार कर लिया गया। तुर्की एवं ब्रिटिश सेना के भगोड़े अफगानी सैनिकों को ब्रिटिश सेना के हवाले कर दिया गया। इस प्रकार दक्षिणी पर्सिया में जर्मन मिशनरियों का नामोनिशान नहीं रह गया। पुनः अफगानिस्तान के अमीर के समक्ष ब्रिटिश राजभक्ति के अतिरिक्त और कोई दूसरा रास्ता नहीं दिखा।[63] फील्ड मार्शल वॉन देर गॉल्ज के नेतृत्व में इराक एवं पर्सिया के लिए तुर्की जर्मन गठबंधनवाली सेना के गठन का इरादा पूर्णतः असफल हो गया। योजना थी कि फील्ड मार्शल वॉन केरमान शाह तक पहुँचते, जहाँ जर्मन अधिकारी पहले से ही स्थानीय कबीलाइयों की सूची तैयार रखते, जिन्हें इस सेना में भरती करवाना था। लेकिन पर्सियन सैनिक तुर्की जर्मन सैनिक अधिकारियों को बिल्कुल नापसंद करते थे। जब फील्ड मार्शल के सारे प्रयास असफल हो गए, फरवरी 1916 में फील्ड मार्शल ने एक संक्षिप्त तार संदेश अपने आला अधिकारियों को भेजा कि पर्सिया में अराजकता है, यहाँ कुछ नहीं किया जा सकता है, सैनिक डरपोक हैं, बहुत अधिक खर्च होने की संभावना है, जिसका फलाफल शून्य होगा। इसके कुछ ही दिन बाद एरजेरम तक आ पहुँचे रूसी सैनिकों ने पर्सिया से जर्मनी को खदेड़ डाला।[64] जर्मन और तुर्की सैनिकों का आपस में कोई तालमेल नहीं था। इसका कारण था कि तुर्की यह समझते थे कि यदि युद्ध में जर्मनी की विजय होती है तो वे तुर्की को अपना आधिपत्य देश घोषित करेंगे। जर्मनी चाहता था कि पर्सिया और अफगानिस्तान की सहायता लेकर भारत पर आक्रमण किया जाए। वहीं तुर्की की हसरत थी कि काजिम के नेतृत्व में 'सुल्तान' के अधीन मध्य एशिया के क्षेत्र में 'जिहाद' के माध्यम से इसलाम का शासन स्थापित किया जाए। तुर्की एवं जर्मन के बीच का संबंध किसी भी दृष्टिकोण से लोकप्रिय नहीं हो सका।[65]

अफगानिस्तान में तुर्की-जर्मन मिशन के संचालन में भी तुर्की की नापसंदगी उभरकर सामने आई। तुर्की की ओर से इस मिशन में काजिम बे थे, जो सिर्फ और सिर्फ इसलाम की प्रभुता स्थापित करने की योजना पर कार्य कर रहे थे। हालाँकि 'निदेरमायर मिशन' में उन्हें सिर्फ औपचारिकता के लिए ही रखा गया था। इस मिशन में सैनिक की भूमिका में अधिकांश लोग युद्धबंदी थे, जो रूस, तुर्किस्तान और पर्सिया से भागे हुए थे।[66]

नसरुल्लाह खान के नेतृत्व एवं इनायतुल्लाह खान के सहयोग से अफगानिस्तान के तुर्की समर्थकों ने जब अमीर पर दबाव बनाना आरंभ किया तो उन्होंने अपने राजनीतिक नेतृत्व गुण का पूर्ण उपयोग करते हुए कठिन निर्णय लिये। उन्होंने मुल्ला एवं प्रमुखों के साथ होनेवाली विधानसभा की बैठक की तिथि को लगातार बढ़ाया और दूसरी ओर उन्हें इस बात के लिए राजी करता रहा कि अफगानिस्तान को हमेशा निरपेक्ष नीति अख्तियार करनी चाहिए। जर्मन मिशनरियों के साथ उन्होंने जनवरी 1916 में एक मसौदे पर हस्ताक्षर किए। इसके अनुसार जर्मनी से सैनिक सहायता एवं सोने की माँग

की गई। जर्मन मिशन के निदेरमायर अमीर की राजनीतिक स्थिति से इतना ऊब चुके थे कि उन्होंने लिखा कि एक दिन अमीर कहता था कि वह जर्मनी के साथ है और दूसरा दिन कहता था कि वह जर्मनी के विरोध में है! अफगानिस्तान छोड़कर बाहर चले जाने के लिए निदेरमायर ने दो बार योजना बनाई, परंतु प्रत्येक बार अमीर के सकारात्मक आश्वासन के आगे योजना टल जाती थी। पुनः अमीर अपनी बात से मुकर जाता था। अमीर हमेशा अपने हाथ में तुरुप का पत्ता रखना चाहता था, ताकि युद्ध की विभीषिका की स्थिति में अफगानिस्तान को लाभ पहुँचाया जा सके और इसीलिए वह जर्मन मिशन को रोककर रखना चाहता था। ऐसी परिस्थिति में जर्मन अधिकारीगण उनकी सहायता कर सकते थे। निदेरमायर को अंततः यह भरोसा हो ही गया कि जब तक अफगानिस्तान में तुर्की सैनिकों की मौजूदगी नहीं होगी, भारतीय क्रांतिकारियों के साथ मिलकर अमीर को समझाना नामुमकिन है।[67] काफी प्रतीक्षा करवाने के बाद अमीर ने जर्मन मिशन को 1916 के आरंभ में अफगानिस्तान छोड़ने के लिए कहा। अमीर ने मिशन के ऑस्ट्रियाई और भारतीय सदस्यों को रोक लिया। उनका मानना था कि जर्मन राजनयिक के रूप में काबुल आए थे, जबकि ऑस्ट्रियन और अधिकांश भारतीय भागे हुए युद्धबंदी थे। काबुल से प्रकाशित हो रहे एकमात्र समाचार-पत्र 'सिराज उल अखबार' के संपादक के बीमार हो जाने के कारण मौलवी बरकतुल्लाह ने उसका काम सँभाला और तारकनाथ दास के भाषण को, जो कुस्तुनतुनिया के एक समाचार-पत्र में छपा था, पुनः प्रकाशित किया। 'सिराज-उल-अखबार' के 16 जुलाई, 1916 के अंक में लॉर्ड किचनर की मृत्यु पर एक लेख प्रकाशित हुआ कि ऊमडरमान के युद्ध में भालों और तलवारों से लैस दरवेशों ने आधुनिक बंदूकों से लैस सैनिकों पर आक्रमण किया और आसानी के साथ उनका सफाया कर दिया गया। इस युद्ध के बाद किचनर ने चंगेज खाँ का अनुसरण किया और घायल लोगों को क्रूरतापूर्वक मौत के घाट उतार दिया। फिर उसने मेंहदी की मजार को अपवित्र किया। उनका शव निकालकर क्षत-विक्षत किया गया और सिर इंग्लैंड भेज दिया गया। ट्रांसवाल के युद्ध में तीस हजार बोअरों ने दो लाख ब्रिटिश सैनिकों का तब तक मुकाबला किया, जब तक किचनर ने उनके घर व संपत्ति नहीं जला दी और उनके बच्चों व महिलाओं को अस्वस्थ शिविरों में नजरबंद नहीं कर लिया।[68] फरवरी 1915 में लाहौर के 15 छात्र अपना कॉलेज छोड़कर अफगानिस्तान गए। अवध के रायबरेली के निवासी मौलवी अहमद सईद अहमद शाह ने 1824 में भारत की सीमा पार कर युसूफजई क्षेत्र में मुजाहिदीन नामक हिंदुस्तानी कट्टरपंथियों की एक बस्ती बसाई थी। इन छात्रों ने उस बस्ती में जाकर सरदार नियामतुल्लाह से अपने एवं पंजाब में उनके चार सौ समर्थकों को जिहाद में हिस्सा लेने की योजना से अवगत कराया। सरदार ने अमीर से अनुमति लेने के लिए अपने चार लोगों को काबुल भेजा, जो तीन सप्ताह बाद वापस आए। अमीर

ने उन्हें जिहाद में जाने से मना कर दिया था। ये छात्र स्वयं काबुल के लिए रवाना हुए। जलालाबाद में कोतवाल ने इन्हें गिरफ्तार कर लिया, लेकिन बाद में सेना की देख-रेख में ये काबुल पहुँचे। शुरू में इन्हें नजरबंद रखा गया, लेकिन बाद में इसमें थोड़ी ढील दी गई। इनमें से तीन को रूसियों ने पकड़कर ब्रिटिश अधिकारियों के हवाले कर दिया।'

भारतीय छात्रों के अफगानिस्तान पहुँचने के बाद एक बड़े पान इसलामी नेता ओबेदुल्लाह ने अपने तीन साथियों अब्दुल्ला, फतेह खाँ और मुहम्मद अली के साथ भारत से काबुल रवाना हुए। ओबेदुल्लाह का विचार था कि यदि अफगानिस्तान और फारस अंग्रेजों के विरुद्ध एक हो जाएँगे तो वे उन्हें भारत से खदेड़ देंगे। ओबेदुल्लाह पंजाब के रहनेवाले थे और पहले वह सिख थे। बाद में उन्होंने इसलाम धर्म स्वीकार कर लिया था। उन्होंने देववंद (सहारनपुर) के अरेबिक कॉलेज में शिक्षा प्राप्त की थी और 12 वर्ष सिंध में रहे। यहाँ उन्होंने कई इसलामी मदरसे खोले। फिर वह देववंद कॉलेज वापस आ गए और उसमें प्रोफेसर नियुक्त हुए। उन्होंने 'देवबंद ओल्ड ब्वॉयज एसोसिएशन' की स्थापना की, जो पान इसलामी षड्यंत्रों का केंद्र बन गया। बाद में ओबेदुल्लाह को कॉलेज से निकाल दिया गया। 1913 में वे दिल्ली आ गए और तुर्क समर्थक प्रचारक तथा 'दि कॉमरेड' के संपादक मुहम्मद अली के मित्र हो गए। अपने मित्रों के साथ वे क्वेटा व कंधार होते हुए अक्तूबर 1915 में काबुल पहुँचे।[70] काबुल की गतिविधियों से राजाजी उत्साहित हुए और 1 दिसंबर, 1915 की शाम में उन्होंने काबुल में स्वतंत्र भारत के अंतरिम सरकार के गठन की घोषणा कर दी। राजा महेंद्र प्रताप राष्ट्रपति, बरकतुल्लाह प्रधान मंत्री और ओबेदुल्लाह गृहमंत्री बनाए गए। युद्धबंदियों को मुक्त कर सचिवालय के काम में उन्हें लगाया गया। फरवरी 1916 में अबुल कलाम आजाद को काबुल आकर संपर्क करने का गुप्त प्रस्ताव राजाजी और ओबेदुल्लाह ने मिलकर दिया।[71] काबुल में पूर्व से ही भारतीय क्रांतिकारी मौजूद थे। हालाँकि अमीर का समर्थन नहीं था, परंतु नसरुल्लाह और 'वार पार्टी' के अन्य सदस्यों के सहयोग से भारतीय क्रांतिकारियों और ओबेदुल्लाह ने 'अल-जानूद-ए-रब्बानिया' (अल्लाह की फौज) और 'हुकूमत-ए-भूमिगत-ए-हिंद' (भारत की अस्थायी सरकार) नामक दो संगठन बनाए। भारत की अस्थायी सरकार ने 1 दिसंबर, 1915 से अपना काम शुरू किया।[72]

नाम	**पदनाम**
राजा महेंद्र प्रताप	President
मौलवी बरकत-उल्लाह	Prime Minister
मौलवी ओबेद-उल्लाह	Home Minister

मौलवी मोहम्मद बशीर, या अब्दुल रहीम	Defence Minister
चौ. चंपक रमन पिल्लई	Foreign Minister
डॉ. मथुरा सिंह उर्फ शमशेर सिंह	Minister Plenipotentiary (पूर्ण अधिकार प्राप्त)
खुदाबख्श	Minister Plenipotentiary (पूर्ण अधिकार प्राप्त)
मोहम्मद अली	Minister Plenipotentiary (पूर्ण अधिकार प्राप्त)
डॉ. रहमत अली जकारिया	Secretary
जाफर हसन	Secretary
अल्लाह नवाज	Secretary
हरनाम सिंह कहूटा	Secretary
काला सिंह उर्फ गुज्जर सिंह	Secretary
अब्दुल अजीज	Secretary
अब्दुल बारी	Secretary

अस्थायी सरकार ने एक घोषणा-पत्र जारी किया, जिसकी प्रतियाँ भारत भेजी गईं। इस घोषणा-पत्र में भारत की मुक्ति के लिए तुर्की और जर्मन सरकारों द्वारा किए गए वायदों का उल्लेख किया गया।[73]

इस बीच जर्मन मिशन के सदस्यों और अमीर के बीच एक संधि हुई और इस पर 24 जनवरी, 1916 को हस्ताक्षर हुए। इसकी व्यवस्था के अनुसार, जर्मन सरकार अफगानिस्तान को 10 लाख राइफल, 300 बंदूकें और गोलियाँ, युद्ध में काम आनेवाले सामान तथा एक करोड़ पौंड स्टर्लिंग देगी और अफगानिस्तान की स्वतंत्रता को मान्यता देगी। संधि का प्रारूप हसन नामक एक संदेशवाहक को देल हलाल स्थित जर्मन अधिकारी ग्रींसिगर को देने के लिए दिया गया, ताकि वह इसे बर्लिन को संचारित कर दें। अंग्रेजों ने हसन को बीच में ही गिरफ्तार कर लिया। अमीर की शर्तों को गुप्त तार द्वारा बर्लिन भेजा गया, परंतु वहाँ से कोई उत्तर नहीं आया। अमीर की शर्त थी कि जब तक बीस हजार से दो लाख जर्मन-तुर्क सैनिक अफगानिस्तान नहीं आ जाएँगे, वह युद्ध में शामिल नहीं होगा। उधर ब्रिटेन और रूस संयुक्त रूप से फारस के इर्द-गिर्द थे। ऐसी परिस्थिति में सैनिकों का अफगानिस्तान पहुँचना असंभव था। इसलिए अमीर ने

जानबूझकर यह शर्त रखी। दूसरे ही दिन अमीर ने तटस्थता की नीति का खुले रूप से ऐलान भी किया। अंग्रेज सरकार का मानना था कि अमीर ने अपने दरबारियों को खुश रखने के लिए संधि पर हस्ताक्षर किए हैं।[74]

जर्मन मिशन के हेंटिंग को विश्वास हो गया कि अमीर किसी भी प्रकार सहयोग करने के लिए तैयार नहीं है, अतएव वह अपना पूरा धन लेकर वापस चला गया। भारतीय क्रांतिकारियों ने धन देने और कम-से-कम 20 हजार सैनिकों के खर्च के लिए उनसे बार-बार अनुरोध किया, लेकिन हेंटिंग सिर्फ भारतीय क्रांतिकारियों की मदद करने से जर्मनी का हित नहीं देख रहे थे। बरकतुल्लाह एवं राजा महेंद्र प्रताप ने इसे दुर्भाग्यपूर्ण बताया और इस आशय का पत्र जर्मन विदेश विभाग को देने के लिए हरवोन हेंटिंग को पत्र भी लिखा।[75]

राजा महेंद्र प्रताप ने अमीर के समक्ष प्रस्ताव रखा कि यदि अमीर युद्ध में शामिल हो जाए तो अमीर को भारत का स्थायी शासक मान लिया जाएगा। राजाजी और बरकतुल्लाह इस आस में काबुल में रह गए कि कहीं कोई संपर्क-सूत्र हाथ लग जाए। हालाँकि रूस इंग्लैंड का सहयोगी था, परंतु वे रूस से सहानुभूति की आशा लगाए बैठे थे। राजा महेंद्र प्रताप ने मार्च 1916 में अपने दो दूत मथुरा सिंह और महमूद अली को अपने हस्ताक्षरवाले पत्र देकर तुर्किस्तान गवर्नर के पास भेजा, जो रूस के जार के नाम लिखा गया था।[76] स्वतंत्र भारत के राष्ट्रपति की हैसियत से रूस के जार के नाम लिखे गए एक पत्र को लेकर मथुरा सिंह उर्फ शमशेर सिंह और मिर्जा मुहम्मद तुर्किस्तान के लिए रवाना हुए। लेकिन आशा के विपरीत, इन्हें गिरफ्तार कर ब्रिटिश सैनिकों के सुपुर्द कर दिया गया।[77] शरद ऋतु आते ही राजाजी द्वारा इस दिशा में पुनः प्रयास किया गया और काल सिंह उर्फ गुज्जर सिंह को तुर्किस्तान भेजा गया। लेकिन स्थानीय अधिकारियों द्वारा उन्हें बताया गया कि भारतीय क्रांतिकारियों का रूस में प्रवेश सुरक्षित नहीं है।[78]

रूस की सरकार ने भारत की अस्थायी सरकार के प्रतिनिधियों का सम्मान और स्वागत किया। भारत की ब्रिटिश सरकार द्वारा चिंता जताए जाने पर उन्हें गिरफ्तार तो नहीं किया गया, लेकिन रूस छोड़कर चले जाने का निर्देश दिया गया।[79]

जर्मन के पक्ष में युद्ध करने के लिए काबुल के अमीर पर दबाव पड़ने लगा। लेकिन उसने स्पष्ट कह दिया कि वे ऐसा कर सकते हैं, बशर्ते जर्मनी सेना काबुल पहुँचे। सभी जानते थे कि ऐसा होना संभव नहीं है। जर्मन मिशनरियों ने तय किया कि अब काबुल में रहने से कोई लाभ नहीं होनेवाला है। होरमुसजी दादाचानजी केरसप उर्फ हसन अली, बसंत सिंह उर्फ अजीज अहमद और डॉ. महमूद भी काबुल पहुँच चुके थे। हालाँकि नसरुल्लाह ने जर्मन मिशनरियों को काबुल में रुकने का अनुरोध किया, परंतु ये लोग मई में तीन अलग-अलग टोलियों में अलग-अलग रास्तों से काबुल से निकल

पड़े। हसन अली, अजीज अहमद और डॉ. महमूद ने भी काबुल छोड़ने का निश्चय किया और जर्मनी मिशन के साथ 25 मई, 1916 को मिल गए। डॉ. महमूद को हेरात से काबुल वापस भेज दिया गया। शेष को ब्रिटिश सेना द्वारा गिरफ्तार कर लिया गया और हसन अली एवं अजीज अहमद (केरसप एवं अजीज अहमद) की गोली मारकर हत्या कर दी गई।[80] हज यात्रा के लिए बंबई से जेद्दा जाने के क्रम में मुहम्मद हसन 18 सितंबर को इस्तांबुल पहुँचे। इनके साथ दस अन्य व्यक्ति थे, जिनमें मो. मियाँ अंसारी भी थे। लेकिन मक्का में स्थानीय अधिकारियों के साथ इनका मतभेद हो गया और इन्हें इस्तांबुल जाने से रोक दिया गया। लेकिन इनकी मुलाकात एनवर और जेमाल पाशा से हेजाज यात्रा के क्रम में हुई और इनका एवं हेजाज के गवर्नर गालिब पाशा के हस्ताक्षर से भारतीय मुसलमानों के लिए कुछ अपील इन्हें प्राप्त हुईं। इसका नाम 'गालिबनामा' रखा गया। इसके साथ कुछ और प्रचार सामग्री लेकर मुहम्मद मियाँ अंसारी भारत पहुँचे और इसे पान-इसलामिक समूह के सदस्यों एवं स्थानीय कबीलाई नेताओं के बीच वितरित कर दिया गया।[81] 1916 के आरंभ में ये काबुल पहुँचे। सभी लोग इस मत के थे कि इस्तांबुल से संपर्क स्थापित करना बहुत आवश्यक है। लेकिन यह ईरान के रास्ते होना संभव नहीं था, इसलिए मोहम्मद हसन से मक्का में संपर्क किया गया। मो. मियाँ अंसारी एवं ओबेदुल्लाह का 9 जुलाई, 1916 का पत्र लेकर शेख अब्दुर्रहीम ने मक्का होते हुए भारत के लिए प्रस्थान किया। दुर्भाग्य से ब्रिटिश पुलिस ने अगस्त में उन्हें गिरफ्तार कर लिया और तुर्की के साथ मिलकर पान-इसलामिक विद्रोह योजना से संबंधित सारे दस्तावेज ब्रिटिश पुलिस के हाथ लग गए। ये सारे पत्र एवं उत्तरी भारत के क्रांतिकारियों के लिए भेजे गए कुछ अन्य महत्त्वपूर्ण दस्तावेज अब्दुर्रहीम के कोट के भीतर रखकर सिल्क के धागे से सिल दिया गया था, इसलिए इसे 'सिल्क लेटर कांसिपरेसी केस' के नाम से इतिहास में जाना जाता है।[82]

14 अगस्त को खान बहादुर नवाज खान ने मुल्तान के कमिश्नर को रूमाल जैसे तीन छोटे-छोटे सिल्क के टुकड़ों पर लिखा हुआ पत्र दिया, जो उसे 4 अगस्त को अब्दुल हक से मिला था। अब्दुल हक नवाज खान के बच्चों का निजी शिक्षक था। यह पत्र उसे सिंध-हैदराबाद के अब्दुल रहीम को देना था, जो इसे मदीना भेजता। कमिश्नर, मुल्तान ने इस पत्र को पंजाब सचिवालय को भेजा और वहाँ से ये पत्र पंजाब सी.आई. डी. कार्यालय में भेजे गए। पंजाब सी.आई.डी. के टॉमकिंस ने इसे उर्दू से अनुवाद करवाया और अब्दुल हक से कड़ी पूछताछ आरंभ हुई। 30 अगस्त को अनुवादित अंश प्रसारित किया गया।[83] ये तीनों चिट्ठियाँ पीले सिल्क के तीन टुकड़ों में थीं। पहला पत्र शेख अब्दुल रहीम साहिब को भेजा जाना था। इस टुकड़े की लंबाई-चौड़ाई 6 इंच गुना 5 इंच थी। दूसरा पत्र 15 इंच गुना 10 इंच का था और यह हजरत मौलाना साहिब को

भेजा जाना था। पहले और तीसरे पत्र पर ओबेदुल्लाह का हस्ताक्षर भी था। अब्दुल हक के कथनानुसार सारे पत्र ओबेदुल्लाह ने ही उसे दिए थे। वहाबी आंदोलन के 'हू' ज हू, 1915' के अनुसार 'ओबेदुल्लाह मौलवी' इस आंदोलन के प्रमुख कार्यकर्ताओं में से एक थे। उनका घर सियालकोट में था और 1891 में मुसलिम धर्म अंगीकार करने के पूर्व वे सिख थे। 17 वर्ष की आयु में वे देवबंद कॉलेज के छात्र बने और पढ़ाई पूरी कर वहीं प्रोफेसर बन गए। वहाँ उन्होंने 'देवबंद ओल्ड ब्वॉयज एसोसिएशन' की स्थापना की। इसके बाद वे 12 वर्षों तक सिंध में रहे और मुसलिम जगत् में प्रसिद्धि पाई। वहाँ उन्होंने पीर झंडेवाला में एक विद्यालय की स्थापना भी। 1915 में जिहाद से संबंधित परचे का प्रकाशन किया, जो भारत भी पहुँचा। बालकन युद्ध के समय विदेशी सामानों के बहिष्कार का प्रस्ताव भी ओबेदुल्लाह ने रखा था। 1912 में ये दिल्ली आकर बस गए और यहाँ पर उन्होंने 'नजारत-उल-मुआरिफ कोरानिया' नामक संगठन बनाया, जिसकी शाखा सिंध में भी थी। इसका मुख्य उद्देश्य मुसलिम युवाओं में जिहाद की भावना भड़काना था। 27 जून, 1915 को पीर झंडेवाला के कुछ सहयोगियों के साथ ओबेदुल्लाह कराची आए और कुछ दिन बाद लखनऊ पहुँच गए। लाहौर छात्र अभियान और सैफुर रहमान मिशन के पीछे ओबेदुल्लाह का ही हाथ था। दिल्ली में वह मो. अली का घनिष्ठ सहयोगी था। अब्दुल हक के अनुसार काबुल में ओबेदुल्लाह का बहुत प्रभाव था और ब्रिटिश सरकार के विरुद्ध वे सबसे मेधावी, योग्य और शक्तिशाली मस्तिष्क रखते थे। इतना ही नहीं, सरदार नसरुल्लाह खान के सबसे नजदीकी एवं विश्वस्त में से ओबेदुल्लाह माने जाते थे। 'सिल्क पत्र' के बारे में अधिकारियों ने मत प्रकट किया कि इसके अक्षर बहुत ही स्पष्ट एवं सुंदर हैं। कहीं भी काट-कूट नहीं की गई है, कहीं भी अशुद्धि नहीं है और सिर्फ एक जगह को छोड़कर कहीं भी व्याकरण से संबंधित भूल भी नहीं है। इसकी लिखावट एवं भाषा से स्पष्ट है कि निश्चय ही यह पत्र किसी विद्वान् द्वारा लिखा गया होगा![84]

ओबेदुल्लाह के षड्यंत्र के साथी अरब देशों, भारत और अफगानिस्तान के कबीलाई इलाकों में फैले हुए थे। मुख्य पत्र हजरत मौलाना को लिखा गया था, जो किसी विश्वस्त हज यात्री के हाथों में उन्हें भेजा जाता। संदेशवाहक के साथ भेजे गए मौखिक संदेश एवं पत्र में उल्लिखित तथ्यों से यह संदेश देने की कोशिश की गई कि शेख अब्दुर रहीम साहब (हैदराबाद-सिंध) काबुल नहीं आएँ, मौलवी मंसूर इस साल हज के लिए नहीं आएँगे। शेख अब्दुल रहीम काबुल आकर अब्दुल्लाह से मिलने की कोशिश कर रहा है। इस पत्र को भेजने में वे पानीपत के मौलवी हमदुल्लाह का सहयोग ले सकते हैं। पत्र का उत्तर या तो सीधे काबुल भेज दिया जाए या फिर मौलवी अहमद लाहौरी के मार्फत भेजा जाए। अब्दुल हक के अनुसार, 'हजरत मौलाना' का आशय

मौलाना महमूद हसन देवबंद है। पत्र के अनुसार, 'मौलाना साहब' को 'जनरल' का पद दिया गया है और उन्हें 'सुल्तान-उल-उल्मा-हजरत मौलाना मोहद्दीस ऑफ देवबंद' की उपाधि दी गई है।[85]

दूसरा पत्र, जो हजरत मौलाना साहिब को लिखा गया है, उसमें कुछ चीजों के बारे में पूछा गया है। इसका अर्थ यह है कि ओबेदुल्लाह जून 1915 के बाद शायद कराची से अरब गए हों और वहाँ से भारत वापस आए हों! ओबेदुल्लाह द्वारा भेजा गया सारा पत्र रहस्यपूर्ण है। कुछ नाम भी संदेहास्पद हैं, जैसे—'हकीम साहब'। यह नाम शायद हकीम अब्दुर्रज्जाक अंसारी का है और डॉक्टर साहब शायद डॉ. अंसारी हैं, लेकिन ये दूसरे लोग भी हो सकते हैं। ओबेदुल्लाह के अनुसार, उनके लिए मदीना वापस जाना संभव नहीं दिखता है। इसलिए वे आगे बढ़ गए और 'गालिबनामा' से मिले। उल्लेखनीय है कि 'गालिबनामा' का अर्थ तुर्कीश के मिलिटरी गवर्नर (हेजाज) गालिब पाशा से है।[86]

'मुसलमान सैल्वेशन आर्मी' में मुसलिम जगत् के लोगों का नाम है, जो 'पान-इसलामिक स्कीम' में शरीक थे। उन्होंने मक्का के शरीफ को फील्ड मार्शल के रूप में घोषित किया। ओबेदुल्लाह के पत्र की तिथि 8वाँ रमजान यानी 9 जुलाई है। लगभग 23 जून को शरीफ के विद्रोह की खबर भारत पहुँच गई थी और शायद काबुल में 9 जुलाई तक नहीं पहुँची थी। वहाबी आंदोलन से संबद्ध लोगों के नाम के आगे 'लेफ्टिनेंट जनरल' शब्द जोड़ा गया था। ओबेदुल्लाह की नजरों में राजा महेंद्र प्रताप की अगुआई में काबुल की अस्थायी सरकार का संबद्ध 'आर्य सोसाइटी' से है और यह प्रत्यक्ष रूप से भारतीय राजाओं से जुड़ा हुआ है।[87]

इस बीच ओबैदुल्लाह के मित्र और देवबंद कॉलेज के मुख्य मौलवी महमूद हसन 18 सितंबर, 1915 को बंबई के 'एस.एस. अकबर' जहाज से हज के लिए मक्का व मदीना गए। महमूद हसन ने हेजाज के वली (तुर्की के सैनिक गवर्नर) गालिब पाशा के साथ मिलकर ब्रिटिश विरोधी षड्यंत्र रचा और 'गालिबनामा' के लेखक के नाम से जिहाद की एक घोषणा की। जिसे महमूद हसन के दल के सदस्य एवं सहारनपुर के मौलवी मुहम्मद मियाँ अंसारी के हाथ जनवरी 1916 में भारत भेजा और इसे भारत में वितरित भी कराया गया।[88]

अस्थायी सरकार की एक योजना तुर्की की सरकार से गठबंधन करने की थी। ओबेदुल्लाह ने एक पत्र तैयार किया और इस पत्र के साथ 9 जुलाई, 1916 को मुहम्मद हसन अंसारी द्वारा लिखा गया दूसरा पत्र भी संलग्न कर दिया। ये दोनों पत्र मदीना के महमूद हसन के पास भिजवाने थे। हसन तक पत्र पहुँचाने के लिए हैदराबाद (सिंध) के शेख अब्दुल रहीम से अनुरोध किया गया था कि या तो अपने किसी विश्वसनीय आदमी द्वारा अथवा स्वयं मदीना जाकर महमूद हसन के पास पत्र पहुँचा दें। ओबेदुल्लाह का

एक विश्वस्त दूत अब्दुल हक को पत्र देकर शेख अब्दुल रहीम के पास भेजा गया। लेकिन अब्दुल हक ने सारी बात मुल्तान के पुलिस अधिकारी खान बहादुर रब नवाज खाँ को बता दी, जिससे भारत सरकार को षड्यंत्र की जानकारी मिल गई। इसके अतिरिक्त देवबंद के शाम्स-उल-उलमा मौलवी मुहम्मद अहमद ने भी इन पत्रों के षड्यंत्रकारियों की गतिविधियों की जानकारी भारत सरकार को दे दी।[89] मियाँ मुहम्मद अंसारी ने महमूद हसन को जो पत्र लिखा था, उसमें पहले आए जर्मन और तुर्की मिशनों की चर्चा करते हुए टिप्पणी की गई थी कि जर्मन दूत वापस लौट गए हैं और तुर्क रुके हुए हैं, परंतु उनके पास कोई काम नहीं है। भारत से गए छात्रों का उल्लेख करते हुए कहा गया था कि उन्होंने मोहमांद, बाजौर, स्वात और अन्य स्थानों में क्रांति की अग्नि प्रज्वलित कर रखी है। इन भागों में 'गालिबनामा' के वितरण का अच्छा असर पड़ा है। इस पत्र में एक अन्य संगठन 'दि आर्मी ऑफ गॉड' (अल्लाह की फौज) या मुक्ति सेना या 'मुसलिम सालवेशन आर्मी' के बारे में विस्तृत जानकारी दी गई थी। इसका प्रथम उद्देश्य मुसलिम शासकों का गठनबंधन करना है और महमूद हसन से कहा है कि वह यथाशक्ति ये जानकारियाँ ओटोमन (तुर्की) सरकार और सुलतान को दे दें, क्योंकि भारत में विधर्मियों पर कारगर प्रहार करने का एकमात्र मार्ग यही है। इन पत्रों की जानकारी मिलने के बाद सरकार ने पंजाब, सिंध, दिल्ली और पेशावर में कई व्यक्तियों को गिरफ्तार किया और 'सिल्क लेटर षड्यंत्र' केस चलाया। इस मुकदमे में 59 व्यक्तियों को सजा दी गई।[90] इधर मार्च 1916 में एरजेरम पर रूसी सेना का कब्जा हो गया और इस प्रकार तुर्की सैनिकों का अफगानिस्तान पहुँचने का रास्ता भी बंद हो गया। हालाँकि कुत-अल-अमारा की हार के बाद भी अफगान सैनिकों का मनोबल कम नहीं हुआ था। सरदार नसरुल्लाह खान और इनायतुल्लाह खान की मौजूदगी में ही अमीर ने जर्मन मिशन को मई 1916 में दो-टूक उत्तर दे दिया। 22 मई, 1916 को मिशन के सदस्य कई भागों में विभक्त होकर अफगानिस्तान से विदा हो गए। सीमावर्ती क्षेत्रों में ब्रिटिश सैनिकों की मौजूदगी एवं चुस्ती के कारण मिशन के कई सदस्यों को गिरफ्तार कर जेल में बंद कर दिया गया। हालाँकि निदेरमायर को गिरफ्तार नहीं किया जा सका और वह घायल अवस्था में हमदान पहुँच गया। हालाँकि उसका मिशन पूर्णतः असफल हो गया था, लेकिन उसका साहस और उसकी नीति की प्रशंसा हमेशा होती रहेगी।

6 सितंबर, 1916 को अमीर ने ब्रिटिश एजेंट के समक्ष घोषणा की कि अफगानिस्तान ने कभी भी जर्मन मिशन को मंजूरी नहीं दी और उसे हताश होकर वापस लौटना पड़ा है। भारतीय क्रांतिकारीगण, जिनमें काजिम बे, राजा महेंद्र प्रताप और बरकतुल्लाह शामिल हैं, वे अमीर के अतिथि हैं और इस कारण ही उन्हें अफगानिस्तान से भगाया नहीं गया है। उनकी बात से ब्रिटिश एजेंट थोड़े नाराज हुए। अमीर ने पुनः इस बात पर जोर दिया

कि कोई भी शक्ति अफगानिस्तान को ब्रिटेन के साथ हुए संधि को तोड़ने के लिए विवश नहीं कर सकती है। पूर्व की भाँति ही अफगानिस्तान ब्रिटिश सरकार के प्रति स्वामिभक्ति रखता है।[91]

उधर मक्का के शेरिफ ने तुर्की सरकार के विरुद्ध विद्रोह कर दिया। 'आर्मी ऑफ गॉड' में फील्ड मार्शलों की सूची में शेरिफ का पाँचवाँ स्थान था। भारतीय क्रांतिकारियों ने शेरिफ से बहुत आशा लगा रखी थी। इस कारण मक्का व मदीना जानेवाले भारतीय तीर्थयात्रियों के संदेश भेजने की जो व्यवस्था की थी, वह कमजोर पड़ गई। मौलवी महमूद हसन और उनके चार साथियों को दिसंबर 1916 में मक्का में गिरफ्तार कर लिया गया और शेरिफ के आदेश से इन्हें जेद्दा भेज दिया गया। बाद में इन्हें माल्टा में नजरबंद कर दिया गया। 'गालिबनामा' के लेखक गालिब पाशा को युद्धबंदी बना लिया गया।[92] राजा महेंद्र प्रताप अपने साथ जर्मन चांसलर के 47 पत्र और तुर्की के सुल्तान के 7 पत्र लाए थे, जो भारतीय राजाओं, महाराजाओं और नवाबों के नाम थे। महेंद्र प्रताप ने हर पत्र के साथ अपना एक नोट लगाकर भारतीय शासकों से एक शक्तिशाली महासंघ या राष्ट्रकुल (कॉमनवेल्थ) की स्थापना की थी। ब्रिटिश सरकार को उन पत्रों की प्रतियाँ हाथ लग गईं। देशी राजाओं को विश्वास में लेकर ब्रिटिश सरकार ने इनकी एक सभा बुलाई, जिसमें इन राजाओं ने भारत सरकार की मदद करने की उत्सुकता प्रकट की और इन पत्रों को लानेवाले दूतों को गिरफ्तार कर लेने का वायदा किया। जर्मन विदेश विभाग को अपनी भावनाओं की जानकारी देते हुए महेंद्र प्रताप ने निराश होकर लिखा था कि धन की कमी के कारण उनका मिशन सफल नहीं हुआ, क्योंकि उनके पवित्र कार्य को जारी रखने के लिए जर्मनी या तुर्की ने उन्हें एक पेनी (ब्रिटिश मुद्रा) भी नहीं दी गई।[93] 7 नवंबर, 1917 को हुई रूसी क्रांति के बाद 1918 में राजा महेंद्र प्रताप रूस होते हुए बर्लिन रवाना हो गए। दो अन्य मिशनरीज को मार्च 1917 में उत्तरी-पश्चिम सीमांत प्रांत में पुलिस ने गिरफ्तार किया। इनमें से एक के पास 8000 रुपए नकद भी थे। इन घटनाओं के बाद क्रांतिकारियों का आपस में संपर्क लगभग टूट गया।[94]

इस बीच, मार्च में रूस में सत्ता परिवर्तन हुआ और केरेनेस्की सत्ता में आए। राजाजी ने पुनः संपर्क के लिए हाथ बढ़ाए। लेकिन उन्हें जवाब मिला कि रूस की नीति में कोई परिवर्तन नहीं हुआ है और भारतीय क्रांतिकारियों को रूस से किसी भी प्रकार की सहायता की अपेक्षा नहीं करनी चाहिए। लेकिन महेंद्र प्रताप का संपर्क अभियान शिथिल नहीं हुआ। जून 1917 में काल सिंह को बेथमेन हॉलवेग का पत्र लेकर नेपाल नरेश के पास भेजा गया। खानाबाद के गवर्नर के सहयोग से काल सिंह भारत होते हुए नेपाल पहुँच गए। लेकिन नेपाल नरेश ब्रिटेन के साथ अपना दोस्ताना संबंध तोड़ना नहीं चाहते थे। इसलिए राजा के अतिरिक्त किसी ने भी इन पत्रों को कभी नहीं देखा।[95]

हालाँकि भारतीय क्रांतिकारियों का अफगानिस्तान के अमीर के साथ अच्छा संबंध था और राजाजी को अफगानिस्तान की नागरिकता भी मिल गई, परंतु यहाँ रहकर उन्हें कोई लाभ नहीं दिख रहा था। स्थिति में परिवर्तन हुआ, जब रूस की सत्ता में बोल्शेविक आए। उन्होंने राजाजी को तुरंत रूस आने का निमंत्रण दिया। मार्च 1918 के आरंभ में राजाजी लेनिनग्राद पहुँचे और ट्रॉटस्की से उनकी मुलाकात हुई। रूस की आंतरिक समस्या के कारण भारतीय क्रांतिकारियों को नैतिक समर्थन के अतिरिक्त और कुछ नहीं मिल सका। राजाजी अपने मिशन के तीन साल बाद 28 मार्च, 1918 को बर्लिन पहुँच गए।[96] फ्रेडरिक ने बंगाल के हिंदू क्रांतिकारियों एवं मुसलिमों के सहयोग से बनाई गई क्रांतिकारियों की टोली को अंग्रेजों के लिए बड़ा खतरनाक होने का संदेश दिया।[97]

संदर्भ—

1. सहिंसरा, पृष्ठ–288।
2. ए.सी. बोस, पृष्ठ–111।
3. जिया–उल–हसन फारूकी, 'दि देवबंद स्कूल एंड दि डिमांड फॉर पाकिस्तान', 1962, प्रोग्रेसिव बुक्स, 40–बी, उर्दू बाजार, लाहौर, पृष्ठ–22।
4. फारूकी, पृष्ठ–47।
5. फारूकी, पृष्ठ–53।
6. वही, पृष्ठ–54।
7. वही, पृष्ठ–55।
8. ए.सी. बोस, पृष्ठ–111।
9. 'इंडिया एज आई नो ईट', पृष्ठ–176।
10. सर पर्सी स्काइस, ब्रिगेडियर जनरल, सर पर्सी स्काइस, के.सी.आई.ई., सी.बी., सी.एम.जी., 'ए हिस्टरी ऑफ अफगानिस्तान', खंड–II, 1940, मैकमिलन एंड कं. लिमिटेड, लंदन पृष्ठ–225।
11. वही, पृष्ठ–226।
12. वही, पृष्ठ–227।
13. वही, पृष्ठ–246।
14. वही, पृष्ठ–247।
15. वही।
16. वही, पृष्ठ–248।
17. वही, पृष्ठ–251।
18. वही।
19. वही, पृष्ठ–253।

20. वही, पृष्ठ–252।
21. विश्वमित्र उपाध्याय, पृष्ठ–72।
22. वही, पृष्ठ–73।
23. ए.सी. बोस, पृष्ठ–92।
24. वही, पृष्ठ–95।
25. वही, पृष्ठ–97।
26. वही, पृष्ठ–101।
27. विश्वमित्र उपाध्याय, पृष्ठ–74।
28. ए.सी. बोस, पृष्ठ–107।
29. वही, पृष्ठ–93।
30. वही, पृष्ठ–107।
31. वही, पृष्ठ–93।
32. विश्वमित्र उपाध्याय, पृष्ठ–90।
33. सहिंसरा, पृष्ठ–289।
34. विश्वमित्र उपाध्याय, पृष्ठ–91।
35. ए.सी. बोस, 'इंडियन रिवॉल्यूशनरीज एब्रॉड', पृष्ठ–107।
36. वही, पृष्ठ–108।
37. राजा महेंद्र प्रताप, 'रिफ्लेशन ऑफ एन एक्साइल', 1916, बुक कंपनी लिमिटेड, 37, निसबेट रोड, लाहौर।
38. विश्वमित्र उपाध्याय, पृष्ठ–92।
39. वही।
40. ए.सी. बोस, पृष्ठ–100।
41. सर पर्सी स्काइस, पृष्ठ–252।
42. विश्वमित्र उपाध्याय, पृष्ठ–75।
43. ए.सी. बोस, पृष्ठ–102।
44. विश्वमित्र उपाध्याय, पृष्ठ–90।
45. वही, पृष्ठ–89।
46. ए.सी. बोस, 'इंडियन रिवॉल्यूशनरीज एब्रॉड', पृष्ठ–104।
47. वही, पृष्ठ–105।
48. सर पर्सी स्काइस, पृष्ठ–255।
49. ए.सी. बोस, पृष्ठ–106।
50. वही, पृष्ठ–109।
51. वही, पृष्ठ–109।
52. सर पर्सी स्काइस, पृष्ठ संख्या- 256।

53. विश्वमित्र उपाध्याय, पृष्ठ–93।
54. सर पर्सी स्काइस, पृष्ठ–256।
55. वही।
56. वही।
57. वही।
58. वही, पृष्ठ–257।
59. विश्वमित्र उपाध्याय, पृष्ठ–93।
60. विश्वमित्र उपाध्याय, पृष्ठ–95।
61. ए.सी. बोस, पृष्ठ–110।
62. विश्वमित्र उपाध्याय, पृष्ठ–95।
63. सर पर्सी स्काइस, पृष्ठ–254।
64. वही।
65. वही।
66. वही, पृष्ठ–255।
67. वही, पृष्ठ–258।
68. विश्वमित्र उपाध्याय, पृष्ठ–97।
69. वही, पृष्ठ–98।
70. वही, पृष्ठ–100।
71. ए.सी. बोस, पृष्ठ–111।
72. गृह विभाग, पॉलिटिकल बी, प्रोसिडिंग्स, फरवरी 1917, संख्या-397–400।
73. विश्वमित्र उपाध्याय, पृष्ठ–100।
74. वही, पृष्ठ–103।
75. वही, पृष्ठ–104।
76. वही।
77. ए.सी. बोस, पृष्ठ–113।
78. वही।
79. विश्वमित्र उपाध्याय, पृष्ठ–105।
80. ए.सी. बोस, पृष्ठ–113।
81. वही, पृष्ठ–114।
82. वही।
83–87. बिहार सरकार अभिलेखागार, संचिका संख्या–1428/1916, 'पॉलिटिकल स्पेशल, सिल्क लेटर षड्यंत्र'।
88. विश्वमित्र उपाध्याय, पृष्ठ–106।
89. वही।

90. वही, पृष्ठ–107।
91. सर पर्सी स्काइस, पृष्ठ–258।
92. विश्वमित्र उपाध्याय, पृष्ठ–108।
93. वही, पृष्ठ–109।
94. ए.सी. बोस, पृष्ठ–114।
95. वही, पृष्ठ–115।
96. वही।
97. वही, पृष्ठ–119।

□

अनुलग्नक

कनाडा पहुँचनेवाले भारतीयों के आँकड़े

1905	45	1906	387
1907	2124	1908	2623
कुल			5179

(स्रोत : कनाडा, रॉयल कमीशन का प्रतिवेदन, 1908, पृष्ठ–75)

1908 में कनाडा सरकार द्वारा आव्रजन संबंधी नए नियम बनाने के बाद कनाडा पहुँचनेवाले भारतीयों की संख्या एकाएक घट गई।[2]

1909	6	1910	10
1911	5	1912	3
1913	5	1914	88
1915	0	1916	1
1917	0	1918	0
1919	0	1920	0
कुल			**18**

(कनाडा ईयर बुक, 1920, 'द डोमिनियन ब्यूरो ऑफ स्टैटिस्टिक्स', पृष्ठ–125)

भारतीयों को कनाडा प्रवेश से रोका गया

1906	18	1907	120
1908	218	1909	4

1910	6	1911	0
1912	2	1913	8
1914	14		
कुल			390

कनाडा प्रवेश के बाद निर्वासित किया गया

1908–09	24	1909–10	1
1910–11	1	1911–12	2
1912–13	1	1913–14	0
कुल			29

(कनाडा, वर्ष 1913–14 का इमिग्रेशन सुपरिंटेंडेंट का प्रतिवेदन, पृष्ठ–76)

अमेरिका आनेवाले भारतीयों का आँकड़ा

1899	15	1900	9 1
901	20	1902	84
1903	83	1904	258
1905	145	1906	271
1907	1072		
कुल			1957

वर्ष	अमेरिका में प्रवेश	अमेरिका से निष्कासित
1908	1710	124
1909	337	48
1910	1782	80
1911	517	75
1912	165	164
1913	188	213

1914	172	143
1915	82	162
1916	80	91
1917	69	136
1918	61	154
1919	68	106
1920	160	162
कुल	**5391**	**1658**

प्रशांत क्षेत्र में सेन फ्रांसिस्को और वैंकूवर तट पर भारतीय पहले पहुँचते और इसके बाद अन्य स्थानों में जाते थे।

कैलिफोर्निया	2742	वाशिंगटन	1414
न्यूयॉर्क	492	ओरेगाँव	208
न्यू जर्सी	131	मिसौरी	131
अन्य	118		
अमेरिका में कुल	5424		
हवाई	362		
कुल श्रमिकों की संख्या	**5786**		

कामागाटा मारू प्रकरण

26 सितंबर, 1914 को कामागाटा मारू के बजबज पहुँचने के समय यात्रियों की जिलावार स्थिति

जिला	**जहाज से उतरे**	**बंदी बनाए गए**	**मृत्यु**	**पलायन**
फिरोजपुर	53	40	4	3
होशियारपुर	9	2	–	1
अंबाला	9	9	–	–
अमृतसर	51	43	5	2

लाहौर	23	16	3	–
लुधियाना	46	32	3	–
जालंधर	32	14	–	–
शाहपुर	1	1	–	–
गुजराँवाला	2	1	–	1
हिसार	1	1	–	–
गुरदासपुर	4	3	–	–
लायलपुर	1	1	–	–
सियालकोट	1	1	–	–
गुजरात	1	1	–	–
रावलपिंडी	1	1	–	–
पटियाला स्टेट	58	43	1	–
नाभा स्टेट	3	–	1	1
कपूरथला स्टेट	4	3	–	–
फरीदकोट स्टेट	9	6	2	1
कलसिया स्टेट	2	2	–	–
हैदराबाद (सिंध)	2	2	–	–
कुल	**313**	**222**	**19**	**9**

इनमें 62 वैसे यात्रियों को सम्मिलित नहीं किया गया है, जो ट्रेन से पंजाब चले गए। हैदराबाद (सिंध) के दो यात्रियों को बंबई सरकार के सुपुर्द कर दिया गया।

स्रोत : होम (पॉलिटिकल) प्रोसिडिंग्स संख्या-345-67, जून 1915।
द्वितीयक स्रोत : सोहन सिंह जोश, 'ट्रेजेडी ऑफ कामागाटा मारू', पीपुल्स पब्लिशिंग हाउस, पृष्ठ-111।

कामागाटा मारू के प्रसिद्ध नेता

नाम	पिता का नाम	ग्राम	जिला
गुरदित सिंह	हुकुम सिंह	सरहली	अमृतसर
अमीर मोहम्मद खान	गुल मोहम्मद खान	लुधियाना	लुधियाना
अमर सिंह निहंग	सुच्चा सिंह	सँपुरा (खालरा)	लाहौर
आला सिंह	सुर सिंह गौर	सिंहवाली	लाहौर
हरनाम सिंह	अरुर सिंह	खालरा	लाहौर
सुरैन सिंह	ज्वाला सिंह	सरहली	अमृतसर
इंदर सिंह (तरलोचन सिंह)	प्रताप सिंह	चारिक (मोगा)	फिरोजपुर
फिरोजपुर सुंदर सिंह	वारयाम सिंह	ऐकवाल (मोगा)	फिरोजपुर
तारा सिंह	खान सिंह अलूनी	मियाँनी	लुधियाना
नवकुँवल सिंह	अलबैल सिंह	भैरी महाराजकी	नाभा

शिप कमेटी के सदस्यगण

नाम	पिता का नाम	ग्राम	जिला
सुंदर सिंह	खुशहाल सिंह	चीमा	लुधियाना
भगवान सिंह	अत्तर सिंह	मूस	अमृतसर
सांता सिंह	बदन सिंह	कालके (बरनाला)	संगरूर
दयाल सिंह	बदन सिंह	सदेरी (डिरबा)	पटियाला
दान सिंह	नाथा सिंह	अच्छरवाल	(रायकोट) लुधियाना

बजबज गोलीकांड में मारे गए लोगों की सूची

नाम	ग्राम	जिला
सिंहन सिंह	दहेदर	अमृतसर
इंदर सिंह	सिद्दो	जालंधर
अर्जन सिंह	धाडे	जालंधर
लक्ष्मण सिंह	—	जालंधर

नारायण सिंह	लोंगोदेवा	फिरोजपुर
बुर सिंह	नानोवाल	अमृतसर
भजन सिंह	—	नाभा स्टेट
चमन सिंह	वजीरके	नाभा स्टेट
शिव सिंह	नानोवाल	अमृतसर
बुर सिंह	लांगेनाना	फिरोजपुर
कमर सिंह	पोखरी	फिरोजपुर
ईशर सिंह	मानुके	फिरोजपुर
इंदर सिंह	—	—

तीन मृतकों की पहचान नहीं हो सकी।

रुकमणि कांता मजुमदार (बंगाल) और दीनबंधु पांडे (उड़ीसा) को पुलिस ने जिंदा पकड़ लिया और बाद में पुलिस द्वारा इन्हें मार दिया गया।

स्रोत : होम (पॉलिटिकल) प्रोसिडिंग्स, संख्या 97-177, नवंबर, 1914।

घायल यात्रियों की सूची

पीर बख्श बादल सिंह	मंगल सिंह	राला सिंह टेहल सिंह
इंदर सिंह	हाजरा सिंह	इंदर सिंह
प्राभ सिंह बहादुर सिंह	माल सिंह	सुंदर सिंह
सुच्चा सिंह	सुंदर सिंह	गुरदित सिंह
बृजलाल सिंह	बख्तावर सिंह	बिशन सिंह
मुंशा सिंह	दरबारा सिंह	नारंग सिंह

सरकारी दस्तावेज में पीर बख्श को सिख दिखाया गया, ताकि यह प्रमाणित किया जा सके कि कोई भी मुसलिम यात्री घायल नहीं हुए। जाँच समिति द्वारा समर्पित प्रतिवेदन की कंडिका-32 के अनुसार, तीन घायल यात्रियों की पहचान नहीं की जा सकी।

बजबज में गिरफ्तार किए गए यात्रियों की सूची

नाम	पिता का नाम	ग्राम	जिला
तेजा सिंह	दयाल सिंह	कसेल	अमृतसर
बूटा सिंह	लेहना सिंह मुच्छल	अमृतसर	अमृतसर
मस्तान सिंह	कहान सिंह	मुन (बरनाला)	संगरूर
चंदा सिंह	सरमुख सिंह	ठिकरीवाला (बरनाला)	संगरूर
वजीर सिंह	संतोख सिंह राला	भिखई	भटिंडा
जय सिंह	काला सिंह	भिला (बरनाला)	संगरूर
लाल सिंह	नारायण सिंह	मान	लुधियाना
नाथा सिंह	बूटा सिंह	चाकर	लुधियाना
पूरन सिंह	गुरदित सिंह	जानेतपुरा	लुधियाना
सुंदर सिंह	गुरुमुख सिंह	मान	लुधियाना
पाखर सिंह	राम सिंह	पंडोरी	लुधियाना
जाती सिंह	भाग सिंह	बोपाराई	लुधियाना
सांता सिंह	हकम सिंह	नांगल हरियाणा	होशियारपुर
हरदित सिंह	गुलाब सिंह	ताडे	जिंद
पूरन सिंह	राम सिंह	सिधवान	कपूरथला
सुरजन सिंह	गेजा सिंह	बुर्ज गिल	नाभा
दरबारा सिंह	राम सिंह	मलान	फिरोजपुर
सुंदर सिंह	कहान सिंह	बचोके	गुजराँवाला

अंतिम दो व्यक्ति गोली लगने से घायल नहीं हुए, बल्कि बाद में पुलिस दुर्व्यवहार से घायल हुए।

ऐसे यात्रियों की सूची, जिन्हें मृत मान लिया गया

नाम	पिता का नाम	ग्राम	जिला
किरपा सिंह	शे[illegible] सिंह	मियाँपुर (खरार)	अंबाला
बरकत सिंह	आ[illegible]ा सिंह	शांतपुर	गुजराँवाला
मुंशा सिंह	मेहताब सिंह	धोधामाजरा	होशियारपुर
राम सिंह	गुरुमुख सिंह	आबलू	फरीदकोट
माया सिंह	हेम सिंह	भदाना	कसूर
बंता सिंह	हकम सिंह	थट्टा	कसूर
नंद सिंह	धारा सिंह	बलेर	कसूर
भाग सिंह	आला सिंह	सामरा	कसूर
अर्जुन सिंह	गोविंद सिंह	खियाला (मानसा)	भटिंडा
शांता सिंह	पंजाब सिंह	खुर्दी (बरनाला)	संगरूर
वीर सिंह	लेहना सिंह	चंबल	अमृतसर
आशा सिंह	भाग सिंह	कोट दत्ता	अमृतसर
छत्तर सिंह	नाहर सिंह	सरहली	अमृतसर
बाबा (गुरदित सिंह)	हुकुम सिंह	सरहली	अमृतसर
नारायण सिंह	सुल्तान सिंह	कार्यावाला	नाभा
बुद्धा सिंह	प्रेम सिंह	तुंगवाला (मोगा)	फिरोजपुर
शेर सिंह	मस्सा सिंह	तुंगवाला (मोगा)	फिरोजपुर
कतार सिंह	कहना सिंह	तुंगवाला (मोगा)	फिरोजपुर
बंशी सिंह	रामजी	तुंगवाला (मोगा)	फिरोजपुर
केहर सिंह	सुधा सिंह	सोता(मुक्तसर)	फिरोजपुर
पक्खर सिंह	राम सिंह	झंडियाना	फरीदकोट
दलजीत सिंह	मुलख सिंह	कौनी (मुक्तसर)	फिरोजपुर
सुधा सिंह	कहन सिंह	चुहरचक (मोगा)	फिरोजपुर
लाल सिंह	गुरमुख सिंह	खियाली	लुधियाना

भगत सिंह	हिम्मत सिंह	सहेना	लुधियाना
हरनाम सिंह	पंजाब सिंह	धलियाँ	लुधियाना
पूरन सिंह	लाल सिंह	चान	लुधियाना
संतोख सिंह	बिशन सिंह	कमलपुर (जगराँव)	लुधियाना
गोदे राम	बिशन राम	पच्छीवाल (जगराँव)	लुधियाना

दो व्यक्तियों की मृत्यु पुलिस फायरिंग से निश्चित रूप से हुई, लेकिन दोनों व्यक्तियों के नामों की जानकारी नहीं है।

स्रोत : होम (पॉलिटिकल) कंसलटेशन, संख्या-1-13 मार्च, 1915।

विभिन्न जहाजों से भारत आए हुए गदरियों की सूची

चईसांग	12 अक्तूबर, 1914	कलकत्ता	57
नामसंग	13 अक्तूबर, 1914	कलकत्ता	83
फू सांग	15 अक्तूबर, 1914	कलकत्ता	53
कवाची मारू	16 अक्तूबर, 1914	कलकत्ता	24
कवांग सुंग	19 अक्तूबर, 1914	कलकत्ता	21
तोशामारू	19 अक्तूबर, 1914	कलकत्ता	173
कुतसांग	7 नवंबर, 1914	कलकत्ता	100
सामीकी मारू	11 नवंबर, 1914	कलकत्ता	16
कुमसांग	11 नवंबर, 1914	कलकत्ता	74
लामा	12 नवंबर, 1914	कलकत्ता	5
यासाकी मारू	20 नवंबर, 1914	कलकत्ता	7
सलामीस	20 नवंबर, 1914	कलकत्ता	81
हाकाता मारू	20 नवंबर, 1914	कलकत्ता	6
फाओसांग	30 नवंबर, 1914	कलकत्ता	39
सैलोन मारू	12 दिसंबर, 1914	कलकत्ता	67
फूक सांग	19 दिसंबर, 1914	कलकत्ता	141

ऑस्ट्रेलियन		कलकत्ता	115
कवाची मारू	10 जनवरी, 1915	कलकत्ता	181
यातसांग	13 जनवरी, 1915	कलकत्ता	36
चीयोमारू	14 जनवरी, 1915	कलकत्ता	–
फूसीमा मारू	14 जनवरी, 1915	कलकत्ता	–
फू सांग	15 जनवरी, 1915	कलकत्ता	121
सैलोनमारू	25 जनवरी, 1915	कलकत्ता	112
ऐडवाना	7 मार्च, 1915	कलकत्ता	31
ओस्टरले	9 मार्च, 1915	कलकत्ता	7

25-10-1914 से 24-5-1915 तक कोलंबो के रास्ते आए हुए जहाज

तिथि	जहाज	कहाँ से आए	कितने आए
25-10-1914	मुशीमा मारू	हांगकांग	51
2-12-1914	पसाका मारू	हांगकांग	07
9-12-1914	अलीकांते	हांगकांग	28
12-12-1914	ऑस्ट्रेलियन	हांगकांग	94
25-12-1914	ओरानशिया	ऑस्ट्रेलिया	12
06-1-1915	कितानोमारू	सिंगापुर	19
06-1-1915	लोपोज-ई-लोपेज	पेनांग	16
08-1-1915	ओफी	ऑस्ट्रेलिया	08
13-1-1915	मेरिया	ऑस्ट्रेलिया	08
13-1-1915	फूसीना मारू	वैंकूवर	06
24-2-1915	मोलदाविया	ऑस्ट्रेलिया	07
04-3-1915	ओस्टर्ली	ऑस्ट्रेलिया	07
31-3-1915	ऐटलैंटीक	शंघाई	02
01-4-1915	ओरसोवा	ऑस्ट्रेलिया	04

08-4-1915	उमवोलोसी	अफ्रीका	02
14-4-1915	पोलिनेशियन	अमेरिका	09
24-5-1915	लोपोज-ई-लोपेज	मनीला	06

सितंबर 1914 से लेकर दिसंबर 1915 तक हांगकांग, चीन, फिलीपींस, कनाडा एवं अमेरिका से वापस आनेवाले भारतीयों की संख्या निम्न थी—

अवधि	**उत्तरी अमेरिका से आए भारतीय**	**सुदूर पूर्व देशों से आए भारतीय**
1 सितंबर से 31 दिसंबर, 1914	320	317
1915 की पहली तिमाही	250	153
1915 की दूसरी तिमाही	17	61
1915 की तीसरी तिमाही	26	39
1915 की चौथी तिमाही	24	96

गदरियों को दिए गए सम्मान

1. अक्तूबर 1920 में 'सेंट्रल सिख लीग' द्वारा आयोजित सम्मान समारोह में संत विसाखा सिंह, भाई पियारा सिंह लंगेरी, भाई बख्तावर सिंह, भाई भाग सिंह कैनेडियन, मास्टर मोटा सिंह और भाई करतार सिंह झब्बर ने भाग लिया। इस समारोह में कामागाटा मारू के लगभग पचास यात्रियों को मंच पर बैठाया गया। मंच पर फूल-मालाओं से सजी सात खाली कुरसियाँ थीं, जो क्रमशः संत विसाखा सिंह, भाई रणधीर सिंह, मास्टर छत्तर सिंह, बाबा निधान सिंह, बाबा ज्वाला सिंह, भाई मदन सिंह गागा और ऊधम सिंह कैसेल के लिए सुरक्षित थीं, जो उस समय जेल में थे।
2. संत वसाखा सिंह का चयन उन पंचप्यारे में से एक के लिए किया गया, जो तरणतारण गुरुद्वारा सरोवर के लिए कार सेवा करने जा रहे थे।
3. संत वसाखा सिंह को 21 अक्तूबर, 1934 को शिरोमणि गुरुद्वारा प्रबंधक समिति द्वारा निर्विरोध रूप से जत्थेदार निर्वाचित किया गया।
4. गुरुद्वारा पंजा साहिब के शिलान्यास के लिए जिन पंज प्यारे का चयन हुआ,

उनमें तीन गदरियों क्रमशः संत वसाखा सिंह, बाबा निधान सिंह चुग्गा और भाई रणधीर सिंह थे।

5. 1936 में एस.जी.पी.सी. द्वारा पहले ज्वाला सिंह को अध्यक्ष निर्वाचित किया गया, परंतु जब वे निलीबार चले गए तो पुनः गदरी बाबा सोहन सिंह भखना को अध्यक्ष चुना गया।
6. निधान सिंह चुग्गा को 1936 में मोगा गुरुद्वारे का अध्यक्ष निर्वाचित किया गया।
7. 1920 में सेंट्रल सिख लीग और एस.जी.पी.सी. के सदस्य भाई पियारा सिंह लंगेरी बनाए गए।
8. 1920 में भाई भाग सिंह कैनेडियन को एस.जी.पी.सी. का सदस्य एवं 1925 में गुरुद्वारा सेंट्रल बोर्ड का सदस्य बनाया गया।
9. भाई मीत सिंह पंडोरी को 1926 में एस.जी.पी.सी. का सदस्य बनाया गया और वे गुरुद्वारा प्रबंधक समिति, मुक्तसर के भी सदस्य बनाए गए।
10. 1920 में जत्थेदार प्रताप सिंह कोट फतुही को एस.जी.पी.सी. का सदस्य बनाया गया।
11. 1920 में बाबा ईस्सर सिंह मरहाना एस.जी.पी.सी. के सदस्य बने, 1930 में ये दरबार साहिब प्रबंधक समिति के सदस्य और 4 जुलाई, 1930 को एस.जी.पी.सी. के उपाध्यक्ष बनाए गए।
12. एस.जी.पी.सी. द्वारा सिख मिशनरी कॉलेज, अमृतसर में भाई संतोख सिंह को 'कीर्ति' अखबार प्रकाशन के लिए एक कमरा दिया गया।
13. 1920–23 में भूमिगत बाबा गुरुमुख सिंह लालटो को श्री दरबार साहिब में एस.जी.पी.सी. द्वारा एक कमरा दिया गया।
14. भाई हरी सिंह चोटिन 1920 में एस.जी.पी.सी. में सदस्य बनाए गए। वे गुरु का बाग मोरचा के जत्थेदार थे।
15. जेल से छूटने के बाद जुलाई 1930 में बाबा सोहन सिंह भकना को श्री अकाल तख्त द्वारा 'सरोपा' प्रदान किया गया।
16. जुलाई 1930 में गुरुद्वारा डेरा साहिब लाहौर द्वारा भी बाबा सोहन सिंह भकना को 'सरोपा' प्रदान किया गया। उसके बाद ये श्री अकाल तख्त के जत्थेदार बनाए गए।
17. भूमिगत रहे ऊधम सिंह कसैल और गुरुमुख सिंह लालटो के लिए एस.जी.पी.सी. द्वारा सिख मिशनरी कॉलेज, अमृतसर में दो महीने के लिए दो कमरों का आवंटन किया गया।

18. कामागाटा मारू के बाबा गुरदित सिंह 1936 में एस.जी.पी.सी. के अध्यक्ष बनाए गए।

गदर आंदोलन में भाग लेनेवाले सिख उपदेशक (ग्रंथी), जिन पर विभिन्न मुकदमे चलाए गए—

1. भाई बलवंत सिंह, गुरुद्वारा वैंकूवर।
2. भाई हरी सिंह चोटिन, गुरुद्वारा वैंकूवर और शंघाई।
3. भाई पियारा सिंह लंगेरी, गुरुद्वारा वैंकूवर।
4. भाई मीत सिंह पंडोरी, गुरुद्वारा एबोट्सफोर्ड।
5. भाई मुंशा सिंह दुःखी, गुरुद्वारा विक्टोरिया।
6. भाई भगवंत सिंह प्रीतम, गुरुद्वारा पेनांग-कोरिया।
7. भाई वारयम सिंह-सुंदर सिंह, गुरुद्वारा वैंकूवर।
8. भाई वसाखा सिंह ददेहर, गुरुद्वारा स्टॉक्टन।
9. भाई हजारा सिंह ददेहर, गुरुद्वारा स्टॉक्टन।
10. भाई इंदर सिंह मलहा, गुरुद्वारा स्टॉक्टन।
11. भाई बूढा सिंह, गुरुद्वारा बैंकॉक।
12. भाई हरनाम सिंह कहूटा, गुरुद्वारा हांगकांग।
13. भाई बसावा सिंह, गुरुद्वारा सिंग मी, थाईलैंड।
14. भाई भोग सिंह, गुरुद्वारा झाड़ साहिब, अमृतसर।
15. भाई प्रेम सिंह, गुरुद्वारा पेनांग-कोरिया एवं चोमाला साहिब, लाहौड़।
16. भाई मदन सिंह गागा, गुरुद्वारा लाहौर कैंटोनमेंट (छावनी)।

सिख उपदेशक (ग्रंथी), जिन्होंने गदर आंदोलन में भाग लिया, परंतु जिन पर कोई मुकदमा नहीं चलाया गया—

1. भाई जगत सिंह, गुरुद्वारा शंघाई।
2. भाई खर्रक सिंह, गुरुद्वारा हांगकांग।
3. भाई बिशन सिंह, गुरुद्वारा ह्यान शंघाई।
4. भाई हरनाम सिंह, गुरुद्वारा वैंकूवर।
5. भाईनारायण सिंह ठिकरीवाल, गुरुद्वारा वैंकूवर।
6. भाई भगत सिंह-चरणजीत सिंह, गुरुद्वारा वैंकूवर।
7. भाई सरदारा सिंह, गुरुद्वारा बर्मा।
8. भाई जोगा सिंह, गुरुद्वारा सिंगापुर।

9. भाई उत्तर सिंह, गुरुद्वारा धिकमानपुर।
10. भाई छत्तर सिंह, गुरुद्वारा बाबा बूढ़ाजी रामदास और खदूर साहिब।
11. भाई ईशर सिंह मरहाना, गुरुद्वारा/एस.जी.पी.सी. सदस्य।
12. भाई करम सिंह नाथोक बरकी, गुरुद्वारा लाहौर।
13. भाई संता सिंह/संत लकवीर सिंह, गुरुद्वारा चक लायलपुर, फैसलाबाद।

25 गुरुद्वारों की सूची, जिन्होंने गदर आंदोलन में भाग लिया—

1. गुरुद्वारा साहिब, वैंकूवर।
2. गुरुद्वारा साहिब, विक्टोरिया।
3. गुरुद्वारा साहिब, एबॉट्सफोर्ड।
4. गुरुद्वारा साहिब, स्टॉक्टन।
5. गुरुद्वारा साहिब, हांगकांग।
6. गुरुद्वारा साहिब, शंघाई।
7. गुरुद्वारा साहिब, टिआनामेन, शंघाई।
8. गुरुद्वारा साहिब पेनांग, कोरिया।
9. गुरुद्वारा साहिब, बैंकॉक, थाईलैंड।
10. गुरुद्वारा साहिब, चिन मी, स्याम-बैंकॉक, थाईलैंड।
11. गुरुद्वारा साहिब,मनीला, फिलिपींस।
12. गुरुद्वारा साहिब, रंगून, बर्मा।
13. गुरुद्वारा साहिब, सिंगापुर।
14. गुरुद्वारा साहिब, संत गुलाब सिंह, अमृतसर।
15. गुरुद्वारा साहिब, गढ़ साहिब, अमृतसर।
16. गुरुद्वारा साहिब, साहिब लोहट बाडी, नजदीक रायकोट, लुधियाना।
17. गुरुद्वारा साहिब डेरा साहिब, नजदीक लाहौर।
18. गुरुद्वारा साहिब, चोमाला साहिब भाईगेट, लाहौर।
19. गुरुद्वारा साहिब, कैंटोनमेंट लाहौर।
20. गुरुद्वारा साहिब, सिंह सभा, रावलपिंडी।
21. गुरुद्वारा साहिब, सिंह सभा, मरदान-पेशावर।
22. गुरुद्वारा साहिब, कोहाटा, पेशावर।
23. गुरुद्वारा साहिब, पेशमलक, अफगानिस्तान।
24. गुरुद्वारा साहिब, लाल पाड़ा, अफगानिस्तान।
25. गुरुद्वारा साहिब, जलालाबाद, अफगानिस्तान।

अमेरिका में निम्न से मुलाकात हुई—

- एन. पार्थसारथी, भारतीय कौंसिल जनरल, सेन फ्रांसिस्को।
- ओ.एस.बिंद्रा, गोल्ड रिवर, कैलिफोर्निया।
- बिल भट्टी, 2714, ट्विन ब्रिजेज डीआर, सेरेस, कैलिफोर्निया।
- कश्मीर सिंह, बैकर्स फिल्ड, कैलिफोर्निया।
- सेक सांघेरा, 3818 मॉफेट रोड, सेरेस, कैलिफोर्निया।
- बिंद्रा संधु, 3940, वालनट बिल्व्ड स्टे.डी, ब्रेंटवुड, कैलिफोर्निया।
- साम सामरा, 3940, मॉफेट रोड, सेरेस।
- आनंद कुमार झा, भारतीय कौंसिल, सेन फ्रांसिस्को।
- अमन भट्टी, सेरेस, कैलिफोर्निया।
- ज्ञान सिंह बिल्गा, 11208, वुड हॉल पी.एल., बैकर्स फिल्ड, कैलिफोर्निया।
- किरपाल एस. संधु, 5152 ई. बेलग्रेविया, फ्रेसनो, कैलिफोर्निया।
- जगदीश एस. खंगुरा, 6801, बालबोआ बिल्व्ड, वैन न्युआस, कैलिफोर्निया।
- भूपिंदर एस. मैक, 18524, वेंचुरा बेल्व्ड, तर्जाना, कैलिफोर्निया।
- श्री सुरिंद्रपाल सिंह, 363, एवियन फॉलेस्ट ड्राइव, स्टॉकब्रिज, जॉर्जिया।
- मनोहर सिंह, सोको कंट्रैक्टिंग कंपनी, 3175 प्रेसिडेंशियल ड्राइव सूट, 100, अटलांटा, जॉर्जिया।
- अवतार सिंह, ग्रेनाइट यूनिक इम्प्रेशन, 4579, एबॉट्स ब्रिज रोड, सूट–10, दुलुथ, जॉर्जिया।
- सुश्री कमलेश चुघ, 3615, सलेम रोड, कोविंग्टन, जॉर्जिया।
- चांडलर बी. शर्मा, अटलांटा, 1126, पौंसे डे लियोन एवे. अटलांटा, जॉर्जिया।
- पैडी शर्मा, जॉर्जिया।
- कौशल त्रिपाठी, अध्यक्ष, आई.ए.सी.ए., जॉर्जिया।
- बी.एम. यादव, अटलांटा।
- विक्रम गर्चा, अटलांटा रवींद्र सिंह, अटलांटा।
- दर्शन सिंह, अटलांटा।

संदर्भ स्रोत : अभिलेखीय सरकारी दस्तावेज।

National Archives of India, New Delhi
(American Documents)

Pacific Historical Review, America.

Vol.XX, August, 1951, Mark Naidis, Propaganda of the Ghadar Party.

Vol. XVII, 1948, Giles, T. Brown, The Hindu Conspiracy (1914-1917)

Journal of Indian History, VolXXXVII, Part I, April 1959, John W. Spellman, International Extensions of Political Conspiracy as illustrated by the Ghadar Party.

Record Group No. 60, Roll 2, File No. 9-10-3, Section II, Cases of Regulation of the Indian Nationalist Party.

Record Group No. 60, Roll 3, File No. 9-10-3, Section II, Files relating to the violation of American neutrality by Germans and Indians, 1916-1917.

Record Group No. 60, Roll 3, File No. 9-10-3, Section III to X, 1916-1917.

Files relating to violation of American neutrality by Germans and Indians.

(a) Section III contains a memorandum on the activities of Indian revolutionaries in the States and British protests to the United States of America. The statements of Bohem and Jodh Singh are included in it.
(b) Section VI contains a memorandum on the activities of the Indian revolutionaries in the States.
(c) Section VII reproduces extracts from Ghadar.
(d) Section IX contains the statement of Starr Hunt.
(e) Section X contains a statement of Chandra Chakravarty A memorandum on the Indian Home Rule is also noteworthy.

Record Group No. 126, Central Files of the Deptt. Of Justice 1790-1945.

Department of Labour, Immigration Branch:

Record No. 85, Roll I:

(a) File No. 52903/110 of 1913.

(b) File No. 53854/133 of 1914-19 and 1919-26.

These records relate to Hindu (Indian) immigration and activities of the Hindus in the U.S.A.

U.S. Attorney for the Northern District of California :

Record Group No. 118, Roll 1 to 7, 1913-20, Selections from Neutrality cases against Indians and Germans.

Roll 4 contains a memorandum on the organization of the Hindu German conspiracy.

Bureau of Consular Affairs, Washington : Record Group No.16.

Court Proceedings of 1917 at San Francisco : United States of America versus Franz Bopp etc. el reporters, Court Transcript.

National Archives of U.S.A.

Record Group No. 60, Roll I, File No. 9-10-3.

Record Group No. 60, Roll 2, File No. 1934-24, Section I

Cases of Agnes Smedley and Sailendra Nath Ghose V/s Thomas and Macarthy, U.S. marshalls.

Record Group No. 60, Roll 2, File No. 9-10-3, Section I.

Record Group No. 60, Roll 2, File No. 9-10-3, Section II.

Canada papers

Report of the Royal Commission appointed in 1907 to inquire into the methods by which oriental laborers have been induced to come to Canada, 3827-1, Ottawa, 1908.

Report by W.L. Mackenzie King, C.M.G. Deputy Minister of labor on mission to English to confer with the British authorities on the subject of immigration from the Orient and Immigration from India in Particular (No. 36a-1908).

Canada Reports of the Superientendent of Immigration.

Canada Year Books, The Dominion Bureau of Statistics, Vol. 1-11, Senate Documents No. 747, 1911.

Abstracts of Reports of the U.S. Immigration Commission.

U.S. Reports of the Commissioner General Immigration.

Canada Newspapers and Periodicals : The Call, The

Bulletin, The Chronicle, The Examiner, The Survey, The World To-day,The American Review.

Research papers.

Inder Singh, Dalip Singh Saund : From Stockton Gurdwara to U.S. Congress, Sikh Journey in American Conference-September 22, 2012.

भारतीय राष्ट्रीय अभिलेखागार, नई दिल्ली

1. होम (पॉलिटिकल) डिपार्टमेंट प्रोसिडिंग्स, ए.बी. डिपॉजिट्स, 1907-24।
2. फॉरेन एंड पॉलिटिकल डिपार्टमेंट प्रोसिडिंग्स, 1905-21।
3. फॉरेन एंड पॉलिटिकल डिपार्टमेंट अन इंडैक्स्ड कॉन्फिडेंशियल प्रोसिडिंग्स, ए, बी एंड सी 1905-21।
4. मिलिटरी डिपार्टमेंट प्रोसिडिंग्स, 1905-21।
5. मिलिटरी डिपार्टमेंट प्रोसिडिंग्स, 1922-45।
6. पब्लिक एंड जुडिशियल डिपार्टमेंट प्रोसिडिंग्स 1905-21।
7. पॉलिटिकल एंड सीक्रेट डिपार्टमेंट प्रोसिडिंग्स 1905-21।
8. डिप्लोमेटिक पेपर्स (रिकॉर्ड्स ऑफ ब्रिटिश काउंसलर ऑफिसेज) 1907-09।
9. होम पॉलिटिकल एफ-41-1926।
10. होम पॉलिटिकल हार्स (21 सी.टी. कैवलरी) म्युटिनी केस।
12. फोर्थ इंडियन कोस्टल आर्टिलरी (मद्रास आर्टिलरी रिबोल्ट) कांस्पिरेसी केस, कोची 1942-43।
13. होम पॉलिटिकल फाइल नं. 216, 1940।
14. होम पॉलिटिकल I, एफ.नं.98/1940, मोस्ट सीक्रेट, जनरल स्टाफ, ब्रांच पृष्ठ-50।
15. डी.आई.बी. नं. एस.ए. 542 (सी.आई.एच.), 20 अगस्त, 1940, भारतीय राष्ट्रीय अभिलेखागार।

- कामागाटा मारू जाँच रिपोर्ट।
- सेडिशन कमेटी (रोलट) रिपोर्ट, 1918।
- लाहौर षड्यंत्र केस (निर्णय) गृह (राजनीतिक), ए प्रोसिडिंग्स, अक्तूबर, 1915, सं.-91।
- कनाडा और अमेरिका के सरकारी रिकॉर्ड।

- डब्ल्यू सेली, बिहार और उड़ीसा में क्रांतिकारी संगठन के साथ संबंध, 1906-16।
- साप्ताहिक प्रतिवेदक, डी.सी.आई., 1914, होम पॉलिटिकल बी. भारतीय राष्ट्रीय अभिलेखागार।
- ओपेनहाइम टू हरदयाल, 1914, जर्मन फॉरेन ऑफिस रिकॉर्ड्स, माइक्रोफिल्म कॉपी, रोल नं.-397, भारतीय राष्ट्रीय अभिलेखागार।
- जर्मनी में युद्धबंदी नायक मुहम्मद खाँ का वक्तव्य, होम पॉलिटिकल, एफ नं. 9/बी/1932, भारतीय राष्ट्रीय अभिलेखागार।
- ए.सी. भट्टाचार्य का नोट, संचिका संख्या-एम आर 152, राष्ट्रीय अभिलेखागार, नई दिल्ली।
- बर्लिन कमेटी टू जर्मन फॉरेन ऑफिस, 1915, जी.एफ.बी. रोल नंबर-398, भारतीय राष्ट्रीय अभिलेखागार।
- 'द डच ईस्ट इंडीज एंड गदर ट्रायल', एफ.बी.नं. 371/3425/1918, पी.आर.ओ.।
- सी.आर. क्लेवलैंड्स, नोट ऑन दि जर्मन इंडियन स्कीम, फॉरेन डिपार्टमेंट, सिक्रेट वार, जून 1917 नं. 1-46, भारतीय राष्ट्रीय अभिलेखागार ।
- यू.एस. डिपार्टमेंट ऑफ जस्टिस रिकॉर्ड्स, रोल नं.-6, भारतीय राष्ट्रीय अभिलेखागार।
- गृह विभाग, पॉलिटिकल बी, प्रोसिडिंग्स, फरवरी, 1917, संख्या-397-400 ।
- बिहार सरकार अभिलेखागार, संचिका संख्या-1428/1916, पॉलिटिकल स्पेशल, सिल्क लेटर षड्यंत्र ।
- भारत और विदेशों के विश्वविद्यालयों (विशेषत: अमेरिका/कनाडा) में लिखे गए पचास से अधिक शोध-ग्रंथ।

Published Books:

English—

- Malwinder Jit Singh Waraich/Harinder Singh, War Against King Emperor: Ghadar of 1914-15, Ludhiana: Bhai Randhir Singh Trust, 2001.
- G.C. Ismonger and J. Slatter, An Account of the Ghadar Conspiracy, Meerut: Archna Prakashan, 1998.

- L.P. Mathur, Indian Revolutionaries in the USA, Delhi: S Chand and Co., 1970.
- Malini Sood, Ghadar Party in North America, New York: Garland Publisher, 2000.
- J.S. Grewal, Harish K. Puri, Indu Banga (Eds). The Ghadar Movement, Background, Ideology, Action and Legacies, Patiala: Punjabi University, 2013.
- Dharam Vir, Lal (Lala) Hardyal and the Review of his Times, New Delhi: Indian Book Company, 1970.
- Emily C. Brown, Hardyal: Hindu Revolutionary and Rationalist, Delhi: Manohar, 1975.
- Jaswant and Shubh Pal, Hardyall, Delhi: Rolli Books, 2005.
- Sohan Singh Josh, Hindustan Ghadar Party: A Short History, (2 Vols), Delhi: P.P.H. 1976.
- Sohan Singh Josh, Tragedy of Kamagatamaru, Delhi: P.P.H. 1975.
- Arun Coomar Bose, Indian Revolutionaries Abroad, Patna: Bharti Bhawan, 1971.
- Tilak Raj Sareen, Indian Revolutionaries Abroad, Delhi: Sterling, 1979.
- Tilak Raj Sareen, Selected Documents of the Ghadar Party, Delhi: Mounto, 1969.
- G.S. Deol, The Role of Ghadar Party in the National Movement, Delhi: Sterling, 1969.
- A.B. Ganguly, Ghadar Revolution in America, Delhi: Metropolitan Books, 1980.
- Khushwant Singh and Satindra Singh, Ghadar 1915: 'India's First Armed Revolution', Delhi: R.K. Publishing, 1966.
- H.K. Puri, 'Ghadar Movement, ideology Organisation and Strategy', Amritsar: G.N.D. University Press, 1993.

- Harish K Puri, Ghadar Movement, A Short History, New Delhi: National Book Trust, 2011.
- R.A. Ulyanovsky (ed), Revolutionaries of Indian .n Soviet Union, Moscow: Progress Publisher, 1973/83.
- Lord Hardinge, My Indian years (1910-16) London: 1948.
- Michael O'Dwyer, Indian As I knew It, London: Constable & Company Ltd. 1925,.
- James Campbell Ker, Political Troubles in India (1907-17), GOI-1917, New Delhi: Oriental Publishes, 1973.
- H.W. Hale,Terrorism in India (1917-36), Delhi: Government of India, 1974.
- Teggart, Terrorism in India, New Delhi: Government of India, 1932.
- GOI, The Ghadar Directory, 1917, GOI, Delhi, 1917.
- GOI (P.U. Patiala), The Ghadar Directory 1934, GOI, Delhi, 1934.
- M.S. Waraich/GS, Komagatamaru (Documents) Chandigarh: Unistar, 2005.
- Malwinderjit Singh Waraich, Harish Jain (Ed.) First Lahore Conspiracy Case, Mercy Petition, Ghadar Movement Original Documents, Vol.II, Chandigarh: Unistar, SCO, 26-27, Sector 34A, 2010.
- N. Gerald Barrier, Banned Controversial Literature (1907-47), Delhi: Manohar, 1976.
- G.S. Muhay, A Zeal for Martyrdon (Kartar Singh Sarabha), Ludhiana: Lahore Book Shop, 2005.
- P.B. Sinha, Indian National Liberation Movement and Russia, Delhi: Sterling, 1975.
- M.N. Roy, Memories, Bombay: Allied 1964.
- Hardas Bal Shastri, Armed Struggle for Freedom, Pune: Kal Prakashan, 1958.

- Kalyan Kumar Bannerjee, Indian Freedom Revolutionaries in America, Kolkata: Jijnasa, 1969.
- Raja Mahendra Pratap, My life Story of 55 years, 1947
- S.A. Waiz (ed), Indians Abroad (Documents), Bombay: 1927.
- Nahar Singh and Kirpal Singh, Struggle for Free Hindustan, (Ghadar Movement in 3 Vols), Delhi: Atlanta/Nirmal, 1986, 1988.
- Baba Gurdit Singh, Voyage of Komagata Maru or India's Slavery Abroad, Chandigarh: Unistar Books P.Ltd., SCO 26-27, Sector, 34A, 2007.
- Darshan S. Tatla, Ghadar Movement: A Guide to Sources, Amritsar: GND University, 2003
- Mark Juergensmeyer, The Ghadar Syndrome, Ethnic Anger and National Pride, Population Studies, 1981.
- Juergensmeyer Mark, Religious Rebels in the Punjab, Delhi: Ajanta Publications, 1988.
- Juergensmeyer/Barrier, Sikh Studies, Comprative Perspectives on a Changing Tradition, Berkeley, Graduate Theological Union, 1979.
- Rajni Kanta Das, Hindustani Workers on the Pacific Coast, Berlin: Walter De Gruyter & Co.,1923.
- Sohan Singh Josh, Hindustan Ghadar Party: A Short History, New Delhi: PPH, 1977.
- H.M. Hyndman, The awakening of Asia, London: Cassel and Company, 1919.
- Ashok Kumar Mukhopadhyay,Terrorism—A Colonial Construct, Kolkata: Shishu Sahitya Samvad Pvt. Ltd., 32, a Acharya Prafull Chandra Road, 2009.
- Swami Chetnanand, God lived with them, Life stories of Sixteen Monastic Disciple of Shri Ramkrishna, Kolkata: Adwait Ashram, 5 Dehi Intli Road, 1997.

- Randhir Singh, Ghadar Heroes: A Forgotten Story of the Punjab Revolutionaries of 1914-15, Bombay: People's Publishing House, 1945.
- Ghadar Party da Itihas, Jalandhar: Desh Bhagat Yadgar Committee, 1961.
- Amitabh Mukherjee (Ed.), Militant Nationalism in India, Kolkata: Institute of Historical Studies, 35, Theatre Road, 1995.
- K.M. Munshi, Struggle for freedom, Vol.IX, Mumbai: Bhartiya Vidya Bhawan, Chaupati Road, 1969.
- Bernhardi, General Friedrich, Germany and the next war (Translation: Elan H Pauals) London, 1914.
- R.C. Majumdar, History of the freedom Movement, Vol. III, Calcutta: 1966.
- Lala Lajpat Roy, Young India, Delhi: National Book Trust, Delhi, 1927.
- J.N. Farquhar, Modern Religious Movement in India, New York. The Macmillan, 1915.
- Ziya Ul Hasan Faruqi, The Deoband School and the demand for Pakistan, Lahore, Progressive Books, 40-B, Urdu Bazar, 1962.
- Sir Percy Sykes, Brig. General, A History of Afghanistan, Vol.II, London: Macmillan and Co. Ltd., 1940.
- Raja Mahendra Pratap, Reflection of an exile, Lahore: Book Company Ltd. 37, Nisbet Road, 1916.
- Arun Chandra Guha, First Spark of Revolution, The early phase of India's Struggle for Independence, 1900-1920, Bombay: Orient Longman, Nicole Road, Balard Estate, 1971.
- Norman Gerald Barrier, Peasant Resistence in India (1858-1914), 1993, (Ed.) David Hardiman, (Sub.: The Punjab Disturbance of 1907, The Response of the British

Government in India to Agrararian unrest, Oxford University Press, Bombay, The Punjab Alienation of Land Bill, 1900. Duke University, Monograph No. 2, 1966.

- Mridula Mukherjee, Peasants in India's Non-violent Revolution, Practice and Theory, New Delhi: Sage Publication India Pvt. Ltd. B-42, Panchsheel Enclave, 2004.
- B.N. Pandey (Ed.), The Indian Nationalist Movement (1885-1947), Select Documents, London: The Macmillan Press Ltd., 1979.
- Harishankar Shrivastav, The History of Indian femins (1858-1918), Agra: Shri Ram Mehra and Co., 1968.
- Malwinder Jit Singh Waraich and Harish Jain, Ghadr Movement: Original Documents-Soldier's Revolts (Vol. IV).
- Malviinderjit Singh Waraich (Ed), Revolutionaries in Dialogue-Lala Ram Saran Das and Shaheed Bhagat Singh, Chandigarh: Unistar, SCO, 26-27, Sector 34A, 2007.
- P.N. Chopra (Ed.), Penal Settlement in Andaman, Government of India, 1975.
- Maia Ramnath, The Haj to Utopia, How the Ghadar Movement charted Global Radicalism and Attempted to Overthrow the British Empire, Berkeley. University of California Press, 2011.
- Harish K Puri, Ghadar Movement to Bhagat Singh, A Collection of Essays, Chandigarh: Unistar Books P. Ltd. S.C.O. 26-27, Sector 34A, 2012.
- Bipan Chandra, Amales Tripathi, Barun De, Freedom Struggle, New Delhi: National Book Trust, 2011.

Further readings:

- V.C. Joshi (Ed.) Lajpat Rai, Writings and Speeches, Vol.I & II.
- M.M. Ahluwalia, Freedom Struggle in India (1858-1909).
- Randhir Singh, Ghadar Heroes.
- Sri Ram Sharma, Punjab in Ferment in the beginning of the 20th Century.
- Ganda Singh, The Indian Mutiny of 1857 and the Sikhs, Delhi: Gurdwara Prabandhak Committee, Sisganj, Chandani Chowk, 1969.
- Syed Razi Wasti, Lord Minto and the Indian Nationalist Movement 1905-1910, Clarendon Press Oxford, 1964.
- I.M. Muthanna, People of India in North America, Banglore. South India, 1975.
- Paper Read by Dr. Paul Engles Berg at 2012 Sikh Centennial Conference, University of Pacific Stockton California.
- Lt. General Sir George Macmunn, Turmoil and Tragedy in India, 1914 and After: London: Jarolds Publishers.
- Hugh Johnston, Survelliance of Indian Nationalist 1908 to 1918.
- Prem Datta Varma, Indian Immigrants in USA: Struggle for Equality, Heritage publishers. 1995.
- Karl Douglas Hoover, PhD unpublished thesis: The German-Hindu Conspiracy in California, 1913-1918, June, 1989.
- Emily C. Brown, Forty Four Months in Germany and Turkey, P.S. King & Son, Ltd. 1920.
- A.G. Noorani, Savarkar and Hindutva, Leftward Books. 2002.
- Bhagat Singh, Canadian Society and Culture, Delhi: Vikas Publishing 1997.

- Pritam Saini, Shaheed Madan Lal Dhingra, Patiala: Punjabi University, 1991.
- Savitry Sawhney, I shall never ask for Pardon: A Memoir of Pandurang Khankoje, New Delhi: Penguin Books, New Delhi, 2008.
- Henry Landau, The Enemy Within, The Inside Story of German Sabotage in America, G.P. Putnam's Sons, 1937.
- Harold A Gould, Sikhs, Swamis, Students and Spies: The Indian Lobby in the United States 1900-1946, Delhi: Sage Publications, 2006.
- Jesse Russell, Ronald Cohn, Hindu German Conspiracy, Lennex Corp. 2012.
- Veer Damodar Savarkar, Indian War of Independence,1857, London: 1909.
- Peter Campbell South Asian Militants and Socialist Party Canada, 1904-1914, International Journal of Canadian Studies, 1999.
- Harbans Singh, The Heritage of the Sikhs, Bombay: Asia Publishing House, 1964.
- Mewa Singh Justice (Retired), Religion and History of the Sikhs, 1469-2010, 2010.
- Bhupinder Singh Holland, 'How Europe is Indebted to the Sikhs', Sikh University Press, 2009.
- Gurcharan Singh Aulakh, 'Babbar Akali Movement: A Historical Survey', National Book Shop, 2011.
- B.S. Nijjar, 'History of the Babbar Akalis', ABS Publishing, 1987.
- O'Malley, L.S.S. 'Modern India and the West, London': Oxford University Press, 1941.
- Sir Chirol Valentine, 'Indian Unrest', London: Macmillan, 1910.
- Dhillan Mohinder Singh, 'A History Book of the Sikhs

in Canada and California', Vancouver, B.C.: Shiromani Akali Dal Association of Canada, 1981.

- Bhai Parmanand, 'The Story of My Life, Trans. N. Surendera Iyer and Lal Chand Dhawan', Lahore: The Central Hindu Yuvak Sabha, 1934.
- Diwakar Prasad Singh, 'American Attitude Towards the Indian Nationalist Movement', Delhi: Munshiram Manoharlal Publisher, 1974.
- Kamlesh Mohan, 'Militant Nationalism in Punjab', New Delhi, Manohar, 1985.
- Sankar Ghose, 'The Renaissance to Militant Nationalism in India', Calcutta, Allied Publishers, 1969.
- Bhai Nahar Singh and Kripal Singh, Struggle for Free Hindustan, New Delhi: Atlantic Publishers, 1986.

हिंदी—

- चमनलाल, 'गदर पार्टी नायक करतार सिंह सराभा', नई दिल्ली:, नेशनल बुक ट्रस्ट, 2007।
- प्रीतम सिंह पंछी, 'गदर की गूँज और कामागाटा मारू का रोमांच', नई दिल्ली: राजधानी ग्रंथागार, 59, एच-VI, लाजपतनगर, 1977।
- विश्वमित्र उपाध्याय, 'विदेशों में भारतीय क्रांतिकारी आंदोलन' (प्रथम एवं द्वितीय भाग) नई दिल्ली: प्रगतिशील जन प्रकाशन, बी-55, गुलमोहर पार्क, 1986।
- मन्मथनाथ गुप्त, 'भारतीय क्रांतिकारी आंदोलन का इतिहास', दिल्ली : आत्माराम एंड संस, कश्मीरी गेट, 1999।
- मन्मथनाथ गुप्त, 'क्रांतिकारी आंदोलन का वैचारिक इतिहास', दिल्ली : आत्माराम एंड संस।
- अयोध्या सिंह, 'भारत का मुक्ति संग्राम', नई दिल्ली : मैकमिलन इंडिया लिमिटेड, 4, कम्युनिटी सेंटर, नारायणा इंडस्ट्रियल एरिया, फेज-1, 1977।
- मन्मथनाथ गुप्त, 'भारत में सशस्त्र क्रांति चेष्टा का रोमांचकारी इतिहास', (प्रथम खंड) प्रयाग : सरयू प्रसाद पांडेय 'विशारद', नागरी प्रेस, दारागंज, 1948।

- गुरचरन सिंह सहिंसरा, 'गदर पार्टी का इतिहास', (प्रथम भाग-1912-17) जालंधर : देश भगत यादगार कमेटी, 1969।
- खुशवंत सिंह, 'सिखों का इतिहास', खंड-II (1839; 2004), नई दिल्ली किताबघर प्रकाशन, 4855-56/24, अंसारी रोड, दरियागंज, 2009।
- 'लाला लाजपत राय, मेरी आत्मकथा', दिल्ली : गोविंदराम हासानंद, 4408, नई सड़क, 2005
- शिवानी किंकर चौबे, 'भारत में उपनिवेशवाद स्वतंत्रता संग्राम और राष्ट्रवाद', दिल्ली : ग्रंथ शिल्पी (इंडिया) प्राइवेट लिमिटेड, जी-82, विजय चौक, लक्ष्मी नगर, 2000।
- पट्टाभि सीतारमैय्या, 'कांग्रेस का इतिहास'
- कन्हैयालाल नंदन (अनुवादक एवं संपादक) 'कांग्रेस के प्रस्ताव—1885-1931', बनारस छावनी : नवयुग प्रकाशन मंदिर, विद्यापीठ रोड, 1931।
- 'बाबा सोहन सिंह भकना, जीवन संग्राम', बरनाला : तर्कभारती प्रकाशन।
- रामविलास शर्मा, 'भारत में अंग्रेजी राज और मार्क्सवाद', खंड-I, नई दिल्ली : राजकमल प्रकाशन प्रा.लि.,1982।
- आनंद मिश्र 'अभय' (सं.) राष्ट्रधर्म, 'उद्भट क्रांतिकारी अनंत लक्ष्मण कन्हारे', लखनऊ : संस्कृति भवन, राजेंद्र नगर, अप्रैल 2012।
- सीताराम झा 'श्याम', 'भारतीय स्वातंत्र्य संग्राम की रूपरेखा', पटना : बिहार हिंदी ग्रंथ अकादमी, प्रेमचंद्र मार्ग, राजेंद्र नगर, 1981।
- 'पृथ्वी सिंह आजाद, क्रांति पथ का पथिक', चंडीगढ़, प्रज्ञा प्रकाशन, 1964।
- भरत सिंह (प्रधान संपादक), 'गोदारण' (त्रैमासिक पत्रिका), अलीगढ़ : 1/220 ए, साकेत कॉलोनी, सुरेंद्र नगर।
- वीरेंद्र सिंधु (सं.) 'सरदार भगत सिंह, पत्र और दस्तावेज', दिल्ली : राजपाल एंड संस, 1977।
- वीरेंद्र सिंधु, 'युगद्रष्टा भगत सिंह और उनके मृत्युंजय पुरखे', दिल्ली : राजपाल एंड संस, कश्मीरी गेट, 2011।
- 'शिव वर्मा', 'संस्मृतियाँ', दिल्ली: लोक प्रकाशन गढ़, 1967।
- शचींद्र नाथ सान्याल, 'बंदी जीवन', दिल्ली : आत्माराम एंड संस, 1963।
- वेदप्रकाश 'वटुक', 'विपन्नता से क्रांति की ओर' (गदर पार्टी का संक्षिप्त इतिहास), नई दिल्ली : अलंकार प्रकाशन, 2011।
- शिवकुमार मिश्र, 'गदर पार्टी से भगत सिंह तक', दिल्ली : लोक प्रकाशन गृह,

बी–131, सादतपुर, पोस्ट–आफिस गोकलपुरी, 2009।

- नारायण सिंह लाठर, आहुति, दिल्ली : सस्ता साहित्य भंडार, 'जामा मसजिद डिस्पेंसरी देश की आजादी में सेना का योगदान' : स्मारिका: आगरा : सरदार भगतसिंह शहीद स्मारक समिति, 1983।
- भगवान् दास माहौर (डॉ.), 'काकोरी शहीद स्मृति', लखनऊ : काकोरी शहीद अर्द्धशताब्दी समारोह समिति।
- धर्मवीर, 'क्रांतिकारी भाई परमानंद', नई दिल्ली : डी.ए.वी. प्रकाशन संस्थान, चित्रगुप्त मार्ग, 1987।
- मन्मथनाथ गुप्त, 'रामशरण विद्यार्थी, भूले बिसरे क्रांतिकारी', नई दिल्ली : प्रकाशन विभाग, सूचना और प्रसारण मंत्रालय, भारत सरकार, 2006।